BASTEI
LÜBBE

STEPHEN KING

präsentiert:

Mary Shelley

FRANKENSTEIN

Bram Stoker

DRACULA

R.L. Stevenson

DR. JEKYLL & MR. HYDE

BASTEI LÜBBE

BASTEI LÜBBE TASCHENBUCH
Band 14 149

Erste Auflage: Oktober 1998

Lektorat: Martina Sahler / Dr. Edgar Bracht
Titelbild: Bavaria
Umschlaggestaltung:QuadroGrafik, Bensberg
Satz: KCS GmbH, Buchholz / Hamburg
Druck und Verarbeitung: 43737
Groupe Hérissey, Évreux Frankreich
Printed in France
ISBN 3-404-14149-0

Der Preis dieses Bandes versteht sich einschließlich der gesetzlichen Mehrwertsteuer

STEPHEN KING

EINFÜHRUNG

Aus dem Amerikanischen
von Marianne Korn

Auf den folgenden Seiten werden Sie auf drei der dunkelsten Werke der englischsprachigen Literatur des 19. Jahrhunderts stoßen; drei der dunkelsten Werke der amerikanischen und englischen Literatur überhaupt, werden viele Leser nicht ohne Grund sagen.

Schließen wir also erste Bekanntschaft mit diesen drei Romanen:

Barmherziger Gott! Seine helle Haut spannte sich straff über das Spiel der Muskeln und das Pulsieren der Adern darunter; sein schimmernd schwarzes Haar wallte; seine Zähne waren makellos weiß wie Perlen – aber diese Schönheit bildete nur einen um so entsetzlicheren Kontrast zu seinen schrumpeligen Gesichtszügen, den glatten, schwarzen Lippen und zu den stumpfen Augen, die beinahe von derselben Farbe wie die schmutzig-weißen Höhlen waren, in denen sie saßen.

Frankenstein

Sein Gesicht erinnerte stark – sehr stark – an einen Adler, mit dem scharfen Bogen seiner schmalen Nase und den markant gebogenen Nasenflügeln, der hohen gewölbten Stirn und mit dem um die Schläfen herum schütteren, ansonsten aber üppig sprießenden Haar. Die Augenbrauen waren sehr dicht und buschig und vereinten sich fast über der Nasenwurzel. Sein Mund war, soweit ich das unter dem üppigen Schnurrbart feststellen konnte, fest geschlossen, was ihm ein ausgesprochen grausames Aussehen verlieh, wozu die extrem scharfen, weißen Zähne noch besonders beitrugen; diese ragten sogar über die Lippen hinaus, deren bemerkenswert frische, rote Farbe auf eine für einen Mann seines Alters erstaunliche Vitalität hindeutete. Im übrigen waren seine Ohren sehr groß und liefen oben auffällig spitz aus; das Kinn war breit und kräftig, die Wangen fest, obwohl erkennbar dünn. Der bestimmende Eindruck aber war der einer ungewöhnlichen Blässe.

Dracula

Mr. Hyde war bleich und gnomenhaft, und er wirkte ungestalt, ohne daß man eine Mißbildung genau benennen hätte können. Sein Lächeln war widerlich, als könnte er sich selbst nicht leiden. Sein Benehmen dem Anwalt gegenüber war gewissermaßen eine mörderische Mischung aus Zaghaftigkeit und Unverschämtheit, und er sprach mit einer rauhen, flüsternden und wie gebrochenen Stimme: Das waren wohl alles Punkte, die gegen ihn einnahmen, aber alle zusammen vermochten nicht, diesen bis dahin nicht gekannten Widerwillen zu erklären, nicht den Ekel und die Furcht, womit Mr. Utterson seiner gedachte.

Dr. Jekyll und Mr. Hyde

Diese drei Werke, die hier erstmals zusammen präsentiert werden, hat die Kraft geeint, mehrere Generationen von Lesern heftig zu erschrecken.

Übrigens jeder dieser drei Buchtitel, deren jüngster schon 100 Jahre zählt, ist zu einem geflügelten Wort geworden. »Jekyll-und-Hyde-Persönlichkeit« ist eine geläufige und prägnante Umschreibung für Schizophrenie. »Ein Gesicht wie Frankenstein« versteht jeder als metaphorische Umschreibung von Häßlichkeit (das namenlose Monster und sein Schöpfer Victor Frankenstein sind im Sprachgebrauch längst unentwirrbar verschmolzen). Und der Satz »Kaum war das Licht gelöscht, führte er sich auf wie Dracula« bezeichnet ... nun, was immer Sie sich vorstellen!

Eines der häufigsten Motive der Horrorliteratur und auch der Literatur des Phantastischen ist das der Unsterblichkeit – ›das Wesen, das nicht stirbt‹ ist ein immer wiederkehrendes Thema dieses Genres – von der Beowulf-Geschichte über Poes *A Tell-Tale-Heart* (dt. *Ein verräterisches Herz*), Lovecrafts Cthulu-Mythos bis hin zu William Peter Blattys unsterblichem Panzuzu-Dämon.

Aber nur diese drei, Dracula, Frankenstein und der böse Mr. Hyde scheinen wahrhaft Unsterblichkeit erlangt zu haben. Sie stehen ein wenig außerhalb des erlauchten Kreises allgemein anerkannter anglo-amerikanischer Klassiker – und das vielleicht mit gutem Grund. Robert Louis Stevenson schrieb *Dr. Jekyll und Mr. Hyde* mit glühendem Eifer in drei Tagen. Der Inhalt versetzte seine Frau so sehr in Aufruhr, daß Stevenson das Manuskript verbrannte und es in weiteren drei Tagen noch einmal ganz neu schrieb. *Dracula* ist ein Herzklopfen auslösendes Melodrama, das in den bedenklich knarrenden Rahmen eines Briefromans eingefaßt wurde. *Frankenstein,* der bekannteste dieser drei Romane ist vielleicht auch innerhalb dieser Auswahl der am schlechtesten geschriebene. Mary Wollstonecraft-Shelley war zum Zeitpunkt der Niederschrift dieses Romans 19 Jahre jung, und entsprechend strotzt auch der Roman vor Naivität und Spitzfindigkeiten. Mit seinen immer neuen Digressionen über philosophische Theoreme erinnert er mehr an die angeregte Unterhaltung junger Studenten im College-Schlafsaal als an eine *Gothic-horror*-Erzählung.

Wenn man es sehr kritisch betrachtet, kann man diese drei Romane auch als populäre Lesestoffe betrachten, die sich kaum von ähnlichen Hervorbringungen dieses Genres unterscheiden, wie M. G. Lewis *The Monk* (dt. *Der Mönch*) oder Wilkie Collins *Armadale,* Werke, die inzwischen doch weitgehend vergessen sind.

Wie erklärt sich also das dunkle Fortleben dieser drei Bücher? Schon allein die Tatsache, daß sie ein Eigenleben führen, unabhängig von High-School-Bestimmungen und College-Leseplänen, sollte uns veranlassen, sie genauer zu betrachten. *The Rise of Silas Lapham* bleibt in Druck, weil die Lehrer wünschen, daß die Schüler es lesen; dasselbe könnte über *Moby Dick* oder *Daisy Miller* gesagt werden und ein Dutzend weiterer Romane, die tiefer graben und ehrlicher über die menschliche Natur sprechen. Aber unsere Zeitgenossen greifen nach wie vor zu *Dracula, Frankenstein, Dr. Jekyll and Mr. Hyde,* nicht als Studenten, sondern als Leser, die Bekanntschaft mit diesen drei Monstern machen wollen.

Die Filme haben ihren Anteil am Erfolg, kein Zweifel. Irgend jemand hat mal errechnet, daß mehr als sechzig Filme (mittlerweile mögen es schon dreimal so viel sein; bei dreiundsechzig hörte ich auf zu zählen) auf diesen drei Grundpfeilern der unheimlichen Literatur stehen. Sie reichen von Boris Karloffs Darstellung von Mary Shelleys Monster in dem Frankenstein-Film aus dem Jahre 1932 (ein Film, der beinahe gar nicht gedreht worden wäre, weil die Figur eines aus Leichen erschaffenen Monsters doch einige gotteslästerliche Implikationen aufweist) bis hin zu solch bizarren stofflichen Anverwandlungen wie *Daughter of Dr. Jekyll* und *Blacula* – in letzterem Film mutiert der Vampir, wie der Titel schon andeutet, zu einem Schwarzen. Die vielen Verfilmungen erklären den Erfolg dieser Bücher zu einem großen Teil, aber nicht vollständig.

Alle drei Bücher handeln von dem, was die Menschen so ziemlich am meisten fasziniert – von Geheimnissen, von Dingen, die besser ungesagt bleiben. Und doch versichern Stevenson, Shelley und Stoker uns, das Geheimnis jeweils zu lüften – ein Versprechen, das sie auch bis zu einem gewissen Grad einlösen. Vielleicht sind diese Bücher daher noch so lebendig geblieben, vielleicht auch darum so aufregend (fast möchte man sagen so anfällig) für drei Generationen von Filmregisseuren – sogar für vier, wenn wir den großen deutschen Stummfilm *Nosferatu* miteinbeziehen.

Jeder der drei Autoren hat sich mit der Idee des Bösen sehr intensiv und eigenständig auseinandergesetzt.

Im *Frankenstein*-Roman evoziert schon der Untertitel *Der moderne Prometheus* das Böse. Prometheus, der Feuerbringer, endete an einem Felsen angekettet, wo die Raben ihm die

Augen auspickten – die Strafe dafür, daß er etwas gestohlen hatte, was den Göttern gehörte. Frankenstein nimmt ein ähnliches Ende – nicht im Feuer, sondern im Eis –, weil er die Kühnheit besaß, sich eine Macht anzumaßen, die nur Göttern zusteht: die Macht, Leben zu schaffen.

Es wurde schon oft hervorgehoben, daß der *Frankenstein*-Roman vermutlich die Geburtsstunde der Science-fiction ist, wie wir sie heute kennen, aber das gilt wohl nur für die Sub-Gattung der sogenannten negativen Utopien wie *1984* und *Brave new world* (dt. *Schöne neue Welt*). Das Böse, wie es sich in Victor Frankensteins namenlosem und horrorartigem Geschöpf personifiziert, hat seinen Ursprung in einem Reagenzgläschen. Eine Kreatur, ausgebrütet von einem Verstand, der keine moralischen Beschränkungen kennt. Und wenn das Monster rund um sich alles verwüstet in der hartnäckigen Jagd nach seinem Schöpfer, verstehen wir den Sinn einer so geläufigen Redewendung wie: »Was für einen Frankenstein haben wir denn da geschaffen?«

Das Böse, das Stoker in der Gestalt des Grafen Dracula gestaltet hat, ist das genaue Gegenstück zu Mary Shelleys Figur. Frankenstein spricht zu uns aus dem beginnenden, Dracula aus dem ausgehenden 19. Jahrhundert. Und beide Bücher belegen eindrucksvoll, welch ein genaues Barometer der Volksstimmung und allgemeinen Gemütslage populäre Literatur sein kann.

Bram Stoker ist ganz eindeutig fasziniert von den Fortschritten der Technologie. Dr. Seward führt Tagebuch mittels eines Phonographen (was sich allerdings immer dann als problematisch erweist, wenn er nach einem bestimmten Eintrag auf seinen Tonbändern sucht), ein Vorläufer des modernen Diktaphons. Wenn Minna Murray Harker die Aufzeichnungen der kleinen Gruppe zusammenstellt, die sich zusammengefunden hat, um den Vampir zu bekämpfen, benutzt sie eine Schreibmaschine – zu jener Zeit eine brandneue Erfindung.

Doktor Van Helsing, der ein höchst sonderbares Pidgin-Englisch spricht, führt mit großer Selbstsicherheit nicht nur eine, sondern vier Bluttransfusionen durch (achtzig Jahre später können wir die unfreiwillige Komik dieser Szenen nicht länger leugnen: Ohne eine Bestimmung der Bluttypen vorab hätten diese Transfusionen die unglückliche Lucy Wetenra wohl unweigerlich getötet) und behandelt den verrückten Renfields mit einer Schädelbohrung. Auf seine Art ist Professor Helsing eine Kontrastfigur zu Victor Frankenstein. Beide sind Ärzte, als solche brillant und ihrer Zeit voraus. Während jedoch Mary Shelley den ingeniösen Arzt als gefährlichen und mit psychischen Defekten behafteten Mann zeichnet, stellt Stokers Arztfigur eine freundliche, humorvolle, ja sogar heroische Gestalt dar.

Der *Frankenstein*-Roman liest sich wie eine geheimnisvolle Moritat über die Gefahren, die der Versuch des Menschen birgt, die Grenzen des Wissens zu überschreiten. Der Autor des *Dracula*-Romans hingegen scheint die Ansicht zu verfechten, daß es für uns keine Grenzen gibt. Wissen und Technologie verkörpern hier nicht das Böse, sondern bringen die Rettung. Der Feind ist ein finsterer, verschlagener und uralter Vampir, ein Symbol des überkommenen Aberglaubens der Menschheit. Und das Gegenmittel ist die Systematik der Wissenschaft, mit rückhaltloser Begeisterung angewandt. Es sind nicht die Kniffe und die Detektivarbeiten, die uns in der Darstellung dieses Kampfes zwischen Wissenschaft und Aberglauben, zwischen Moderne und Vergangenheit besonders faszinieren, sondern das Auftauchen dreier hungriger weiblicher Vampire, die um das Recht wetteifern, den jungen Jonathan Harker küssen zu dürfen, oder das jähe Eindringen eines Wolfes in Lucys Schlafzimmer oder die Vorstellung einer Untoten, des Geistes einer ehemals hübschen Frau, die kleine Kinder mißbraucht, um ihren schrecklichen unstillbaren Bluthunger zu stillen. Allen voran aber fasziniert natürlich die

Gestalt des Grafen Dracula selbst, der die Pferde über den Borgo-Paß peitscht, der Harker auf seinem Schloß willkommen heißt und durch die Straßen von London und Whitby streicht. Heute, da der *Dracula*-Roman sein hundertjähriges Jubiläum erreicht, wirken Sewards Diktaphon, Minnas Schreibmaschine und Kurzschrift und van Helsings Operationen kurios-amüsant – sie veraltern wie die Kniffe in Sears Katalog der Jahrhundertwende. Der Graf selbst aber erschreckt uns nach wie vor; er ist wirklich ein Untoter, und er ist nicht um einen Tag gealtert.

Robert Louis Stevensons Erzählung ist aus ganz anderem Holz geschnitzt. Mr. Hyde, der eher über ein Kind stampfen würde, als ihm auszuweichen, verkörpert das Böse, das aus dem menschlichen Geist stammt.

Auch in diesem Fall verstellen die Verfilmungen mehr den Blick auf den Gehalt dieses literarischen Werkes, als daß sie helfen könnten, ihn aufzuspüren. Sie reduzieren ihn auf eine mordsmäßig spannende Werwolf-Geschichte; der Doktor trinkt den blubbernden dampfenden Saft, bekommt neues Haar, ein paar Warzen und vor allem höllischen Spott und geht hinaus in die nebligen Straßen von London, um zu zechen und zu töten.

Was das Buch uns bietet, ist ein bis auf die Knochen freigelegtes »Police-Court-Drama« (wie ein Kritiker es formulierte), in dessen Mittelpunkt eine schizophrene Persönlichkeit steht, die immer tiefer sinkt. Wenn wir mal die (von Stevenson selbst als ziemlich »wirr« bezeichneten) Szenen beiseite schieben, welche von dem unheilvollen Gebräu handeln, das Mr. Hyde trinkt, bleibt die finstere Geschichte eines guten Menschen, dessen niedere Instinkte nach und nach überhand gewinnen.

Wie gesagt, Stevenson schrieb seine kurze Erzählung zweimal. Anfänglich hatte er sie wohl als einen schnörkellosen Schocker angelegt. Das Entsetzen seiner Frau veranlaßte ihn, die Novelle noch einmal neu zu schreiben, als eine Erzählung mit einer moralischen Botschaft, was ihm bewundernswert gut gelang. *Dr. Jekyll und Mr. Hyde* wurde in vielen Kanzelreden als ein treffliches Werk gelobt, das beispielhaft die Abgründe sichtbar mache, die hinter den Fassaden wohlanständiger Bürger lauern. Und als eine Darstellung der Folgen, wenn dieser Sündenpfuhl nicht durch Frömmigkeit und Anstand auf immer versiegelt bleibt. Heute sind wir wohl nicht mehr so leicht geneigt, diese Erzählung als Parabel auf das Böse im anständigen Menschen zu sehen, sondern sehen sie vielmehr als eine fast schon sensationsheischende Nahaufnahme eines Menschen, dessen Verstand sich zu spalten beginnt. Das Böse ist ein unheilvoller Stern, zu dem sich der Jekyll mit enormer Geschwindigkeit hingezogen fühlt. Für den modernen Leser ist der Horror, der von dieser Erzählung ausgeht, der universale Horror eines geistigen Niedergangs.

Nachdem wir also kurz über das Böse gesprochen haben, wie es von diesen drei Autoren gezeichnet wird, scheint es angebracht, zum Ausgangspunkt zurückzukehren und uns der Vorzüge zu versichern, die diese Werke als Romane auszeichnet. Es hat immer schon eine Tendenz gegeben (die vermutlich auch nie ganz überwunden wird), populäre Kunstwerke der Vergangenheit als soziale Dokumente zu betrachten – Charles Dickens Romanen widerfährt das besonders häufig – oder als moralphilosophische und historische Unterweisungen, als Vorboten noch bedeutungsträchtigerer Literatur – gleichsam als wolle man in Romanen alles sehen, nur nicht Werke, die auf eigenen Füßen stehen und die ihre ganz eigene unverwechselbare Geschichte erzählen. Wenn Literaturprofessoren und -studenten endlich einmal *Dr. Jekyll und Mr. Hyde* nach seinen eigenen Maßstäben – also als Werk der Phantasie und der Kunst – betrachten, gerät die Diskussion meist allzu kurz. Die Lehrer neigen dazu, sich zu lange bei den Schwächen des Stils und der Erzähltechnik aufzuhalten, und die Studenten richten ihr Augenmerk allzu genüßlich auf Kuriosa wie Dr. Sewards Phonographen, Quincey P. Morris affektiertes Texas-Idiom oder Dr. Jekylls sonderbare Giftmischung.

Gewiß erreicht keines dieser drei Bücher das Niveau der großen Romane jener Literaturperiode. Wer es nicht glaubt, möge nur *Dracula* mit Thomas Hardys Roman *Jude the Obscure* (1895) (dt. *Im Dunkeln*) vergleichen. Aber kein Roman überlebt nur dank einer großartigen Idee oder dank der Neuheit seiner Erzähltechnik. *Dracula* hallt noch länger im Kopf des Lesers nach, wenn das Echo auf den ungleich makabereren und gröberen *Verney The Vampire* längst verklungen ist. Gleiches gilt für Stevensons und Mary Shelleys Romane.

Die Anlage und Technik hat für einen Roman nicht mehr Bedeutung als die Befruchtung für eine Eizelle, aus der in der Schwangerschaft dann ein Baby erwächst. Das Verfassen eines guten Romans – nichts gegen die Bezeichnung ›großer Roman‹; wir halten uns hier an das einfache ›gut‹ und hoffen, daß es den meisten Lesern bewußt ist, daß ›gute‹ Romane kaum weniger nobel sind als ›große‹ – ist weniger ein Akt des durch ätherische Musen in einen Zustand der Inspiration versetzten Verstandes, nein, das Hervorbringen eines Romans gleicht vielmehr der Arbeit eines Feuerwehrmanns, der pure Energie und unerschöpflichen Einfallsreichtum braucht. Wie die Nahrung der Mutter das Kind im Mutterleib ernährt, wie der Brennstoff die Energie liefert, die der Feuerwehrmann braucht, so zehrt der Verfasser eines Romans auf allen Stufen seiner Arbeit von seiner Imagination. Wenn die Mutter sich falsch ernährt, kann ihr Kind krank zur Welt kommen. Wenn der Feuerwehrmann seinen Maschinen keinen Brennstoff mehr gibt, funktionieren sie nicht mehr. Und wenn die Erfindungskraft des Romanciers versiegt, stirbt auch sein Werk. Dann wird sein Roman unter der alljährlichen Flut von Neuerscheinungen begraben werden.

Eines steht fest: Diese drei Romane hier sind Überlebende ihrer Gattung. Ihre Schöpfer haben – um noch einmal auf das Bild der Feuerwehrmanns zurückzukommen – ihre Epen mit ausreichend Brennstoff versorgt, so daß sie sich in dunkle Maschinen der Unterhaltung verwandeln, die den Leser bis zum Schluß in Atem halten.

Sonderbar genug, nur Robert Louis Stevenson war in der Lage, seine Imagination mehr als dieses eine Mal erfolgreich in Gang zu setzen. Seine Abenteuerromane faszinieren auch heute noch, während Stokers übrige Werke (etwa *The Lair of the White Worm*) oder Mary Shelleys weitere gotische Romane längst vergessen sind.

Jedes dieser drei Bücher ist bemerkenswert, nicht nur als Horror- oder Abenteuererzählung, sondern auch als Prototyp des Romans schlechthin.

Sobald Mary Shelley darauf verzichtet, die philosophischen Implikationen von Victor Frankensteins Schaffen anstrengend zu erörtern, gelingen ihr erschütternde Szenen der Vereinsamung und des Schreckens – besonders natürlich in den Polarszenen, wenn sich der Rachezug des Monsters dem Ende nähert. Auch die Atmosphäre der Stadt Genf beschwört Mary Shelley sehr überzeugend, was um so bemerkenswerter ist, als sie die Stadt bei der Niederschrift des Romans erst sehr kurz kannte.

Die eindringlichsten Horrorszenen liefert uns sicherlich Bram Stoker. Sein Roman mag Überlängen aufweisen, aber wer sie auf sich nimmt, wird mit Szenen und Bildern belohnt, die eines Gustave Doré würdig wären. Renfield streut fleißig Zucker auf sein Fensterbrett, um die Fliegen zu fangen, die er später mit der Geduld der Verdammten dieser Welt verzehrt. Auch die Szene, in der das Eindringen in Lucys Grab geschildert wird, ist unvergeßlich und von keiner der Verfilmungen je adäquat umgesetzt worden.

Dr. Jekyll und Mr. Hyde ist schon aufgrund seines Stils ein besonderes Leseerlebnis. G. K. Chesterton nannte diesen Stil ›dünn‹, und Grant Knight kritisierte ihn wie folgt: ›Er ist blaß und oberflächlich und hat keinerlei Tiefenwirkung. Stevenson war kein großer Denker.‹ Dem steht das Lob keines geringeren als Henry James entgegen, der Stevensons Roman ein ›Meisterwerk an Prägnanz‹ nannte. Und damit trifft er den Kern. Die Regel 13 des für ehrgeizige Autoren unentbehrlichen Handbuchs *The Elements of Style* von Strunk und White besagt: »Alles Überflüssige vermeiden!« Zusammen mit Stephen Cranes *The Red Badge of Courage* (dt. *Die Tapferkeitsmedaille*), Henry James' *The Turn of the Screw* und James M. Cains *The Postman always Rings Twice* ließ sich Stevensons ökonomisch erzählte Horrorgeschichte als Musterbeispiel für junge Schriftsteller anführen, wie man besagte 13. Regel von Strunk und White sinnvoll anwendet. Die Charakterisierungen der Hauptfiguren sind kurz und genau, sie gleichen eher Strichzeichnungen als Ölgemälden (und sind doch keine Karikaturen, denn es ist nicht möglich, dieses Buch beim Lesen nicht ernst zu nehmen), Stimmungen und Befindlichkeiten werden eher angedeutet als breitgetreten, und der Erzählfluß ist ungebrochen. Während das *Dracula*-Epos den Leser zuweilen mit dem Gefühl zurückläßt, von einem dicken Wälzer niedergestreckt worden zu sein, hat *Dr. Jekyll und Mr. Hyde* etwas vom schnellen Tod durch einen Stich mit dem Eispickel.

Die drei hier zusammengestellten Romane haben jeweils ihre eigenen unverwechselbaren Verdienste, was die Beleuchtung der Vergangenheit betrifft. *Frankenstein* enthüllt die Urängste der romantischen Epoche. Schönheit vermischt sich mit Horror, leidenschaftliche Phantasie mit dem Hang zur Selbstzerstörung, wie er in den meisten Lebensläufen großer Romantiker zutage tritt, von Percy Bysshe Shelley bis zu

Lord Byron (eine Linie, die sich bis in die Gegenwart, etwa bis zu Persönlichkeiten wie Hart Crance und Sylvia Plath weiter verfolgen läßt).

Dracula dagegen liefert ein Abbild der Sexualität im Viktorianischen Zeitalter, einer Sexualität, die hier mit Gewalt vermischt und gleichzeitig aufs äußerste sublimiert ist. Der Graf droht Jonathan Harker ständig, ihn zu beißen, ohne daß es jemals eintritt. Stoker verweilt lange bei den Aufmerksamkeiten, die der Graf Ina und Lucy entgegenbringt, und seine Prosa wird besonders verführerisch und eindringlich, wenn er den Biß des Vampirs schildert. Lucy Westenera mag, rein klinisch betrachtet, als Jungfrau ins Grab gehen, aber der Autor läßt uns nicht im Zweifel darüber, daß Draculas Biß orgiastische Empfindungen und Freuden in ihr freigesetzt hat.

Dr. Jekyll und Mr. Hyde bietet uns – darin auch Oscar Wildes *The Picture of Dorian Gray* vergleichbar – ein Bild der dunkleren Seiten jener Gesellschaft. Statt wohlerzogene Männer zu porträtieren, die sittsam durch den Hyde Park spazieren und unter den kritischen Augen einer Anstandsdame züchtige Brautwerbung treiben, wirft dieser Roman ein Licht in verschwiegene Räume und auf geheime pornographische Neigungen. Die scheinbar sachliche Prosa strotzt vor Andeutungen auf liderliche Ausschweifungen, Gewalttaten und Korruption, gleichsam ein Vorgriff auf Jack the Ripper, der durch Londons Slums ziehen und die mit Gin abgefüllten Prostituierten von Whitechapel ermorden wird. Mehr noch als Stoker richtet Stevenson, der eine gespaltene Persönlichkeit darstellt, den Blick auf die Kehrseite der viktorianischen Gesellschaft.

Ich werde hier damit enden, womit ich meine Betrachtung auch begonnen habe – mit dem Staunen über die Furcht, die uns diese drei großen literarischen Monster auch heute noch einflößen. Eine weniger beachtete Facette der Wirkung dieser Bücher ist es, daß sie alle den Rahmen der Wirklichkeit verlassen und ins Reich der entfesselten Phantasie übersetzen – und auf geheimnisvolle Weise gelingt es diesen Schriftstellern dabei, uns Leser bei diesem Sprung aus der Realität in eine zweite Wirklichkeit mitzuziehen und uns beständig an unser eigenes Leben zu erinnern. Und spätestens durch diese Leistung sind es mehr als ›nur‹ *gute* Romane, es sind *große* Meisterwerke.

Stephen King
Bridgton, Maine

MARY SHELLEY

FRANKENSTEIN

Aus dem Englischen
von Malte Heim

VORWORT

Dr. Darwin sowie einige der deutschen Naturphilosophen haben die Begebenheit, auf die dieser Roman gegründet ist, nicht für unmöglich gehalten. Man sollte nicht glauben, daß ich eine solche Möglichkeit auch nur im entferntesten ernsthaft in Betracht ziehe; andererseits habe ich mich – indem ich sie in den Mittelpunkt einer erfundenen Dichtung stelle – nicht nur als jemanden betrachtet, der lediglich eine Folge übernatürlicher, schrecklicher Ereignisse aneinanderreiht. Die Begebenheit, der das Augenmerk dieser Geschichte gilt, ist frei von den Ungereimtheiten reiner Gespenster- und Spukgeschichten. Ich habe sie wegen der Neuartigkeit der Situationen ausgesucht, die sich aus ihr ergeben; und wie unglaubwürdig sie als physikalische Tatsache auch sein mag, so eröffnet sie doch unserer Phantasie eine geeignetere und eindrucksvollere Bühne für ein Schauspiel menschlicher Leidenschaften, als es der Fall sein könnte, wenn man von einer tatsächlichen Begebenheit ausginge.

Deshalb habe ich mich bemüht, die grundlegenden Wesenszüge der menschlichen Natur zu bewahren, aber ich habe nicht gezögert, sie auf neue Art und Weise zusammenzusetzen. Die *Ilias*, jene tragische Dichtung der Griechen, *Der Sturm* und *Ein Sommernachtstraum* von Shakespeare und vor allem *Das Verlorene Paradies* von Milton gehorchen ebenfalls dieser Regel, und auch der bescheidenste Romanautor, der mit seinem Werk sowohl anderen als auch sich selbst Vergnügen bereiten will, mag bei seiner Prosadichtung von einer gewissen Freiheit oder vielmehr Regel Gebrauch machen, durch deren Anwendung bereits viele großartige Kombinationen menschlicher Gefühle und hochpoetische Werke gelungen sind.

Der Sachverhalt, auf dem meine Geschichte aufbaut, ergab

sich im Verlauf einer müßigen Unterhaltung. Ich habe den Roman zum Teil zur Zerstreuung und zum anderen aus Freude an der Entdeckung bisher unerforschter Möglichkeiten des Geistes begonnen. Als das Werk gedieh, kamen noch andere Motive hinzu. Es ist mir keineswegs gleichgültig, wie etwaige moralische Züge in den Charakteren selbst oder in ihren Empfindungen auf den Leser wirken, aber mein Interesse in dieser Hinsicht bestand vor allem darin, einerseits die Langeweile der zeitgenössischen Romane zu vermeiden und andererseits die Schönheit verwandtschaftlicher Zuneigung und den Vorzug der Tugend im allgemeinen aufzuzeigen. Auf keinen Fall darf man die Ansichten, die der Held gemäß seinem Charakter je nach Situation äußert, mit meinen persönlichen Meinungen verwechseln. Ebensowenig wäre es gerechtfertigt, aus den folgenden Seiten irgendeine philosophische Überzeugung herauszulesen, der ich selbst anhängen würde.

Außerdem möchte ich in eigener Sache noch betonen, daß ich mit der vorliegenden Geschichte in jener großartigen Landschaft begonnen habe, in der dieser Roman hauptsächlich spielt, und in einer Gesellschaft von Freunden, die ich immer noch vermisse. Ich verbrachte den Sommer des Jahres 1816 in der Genfer Gegend. Der Sommer war kalt und regnerisch, und an den Abenden saßen wir um ein loderndes Holzfeuer und erfreuten uns gelegentlich an deutschen Gespenstergeschichten, die uns zufällig in die Hände fielen. Diese Geschichten erweckten in uns den spielerischen Wunsch, etwas Ähnliches zu versuchen. Ich kam mit zweien meiner Freunde (von denen jeder die Leserschaft mit einer einzigen Erzählung mehr beeindrucken würde als ich mit mehreren) überein, daß jeder von uns eine Geschichte schreiben sollte, die sich aus einem übernatürlichen Ereignis ergeben mußte.

Aber gleich darauf wurde das Wetter heiterer; meine beiden Freunde verließen mich zu einer Reise durch die Alpen und vergaßen bei den großartigen Panoramen der Berge ihre ganzen Gespenstervisionen. Daher ist die folgende Erzählung die einzige, die fertiggestellt wurde.

MARLOW, September 1817

Erster Brief

An Mrs. Saville, England

St. Petersburg, *11. Dez. 17 ...*

Es wird Dich freuen, zu hören, daß mein Unterfangen, dem Du mit so vielen bösen Vorahnungen entgegengesehen hast, bisher glücklich verlaufen ist. Ich bin gestern hier angekommen und erachte es als meine vordringlichste Pflicht, Dir, meine liebe Schwester, zu versichern, daß es mir gutgeht und daß ich immer zuversichtlicher dem Erfolg meines Unternehmens entgegensehe.

Die Gegend, wo ich jetzt bin, liegt schon viel nördlicher als London, und wenn ich durch die Straßen von Sankt Petersburg gehe, spüre ich eine kalte, nördliche Brise auf den Wangen, die meine Nerven stärkt und mich mit Entzücken erfüllt. Kannst Du dieses Gefühl verstehen? Dieser Wind, der aus den Gegenden herüberweht, zu denen ich unterwegs bin, vermittelt mir einen Vorgeschmack des eisigen Klimas, das mich erwartet. Von diesem Wind des Versprechens inspiriert, werden meine Tagträume glühender und lebendiger. Ich bemühe mich vergebens, mich davon überzeugen zu lassen, daß der Nordpol ein Sitz des Frosts und der Einsamkeit sei; in meiner Vorstellung stellt er sich stets als eine Region der Schönheit und des Entzückens dar. Dort, Margaret, ist die Sonne stets sichtbar; ihre mächtige Scheibe rollt dicht über den Horizont dahin und taucht alle Dinge in ewigen Glanz. Dort – und mit Deinem Einvernehmen, meine Schwester, will ich ein gewisses Vertrauen in das Zeugnis der Seefahrer früherer Tage setzen – dort oben sind Schnee und Frost verbannt; wir werden über ein ruhiges Meer segeln und an ein Gestade getrieben werden, dessen Wunder und Schönheiten diejenigen jeder

Weltgegend übertreffen, die bisher auf dem bewohnbaren Erdball entdeckt wurde. Möglicherweise sind die Schöpfungen und Eigenarten dieses Landes beispiellos, ebenso wie es ohne Zweifel die Himmelserscheinungen über dieser unerforschten Einsamkeit sind. Was steht in einem Land des ewigen Lichts nicht alles zu erwarten! Vielleicht entdecke ich dort die wundersamen Kräfte, die auf die Kompaßnadel einwirken; vielleicht bringe ich auch Ordnung in tausend Himmelsbeobachtungen, und es war nur noch diese eine Reise erforderlich, um ihre scheinbaren Widersprüchlichkeiten für alle Zeiten zu lösen. Ich werde meine brennende Wissensgier mit dem Anblick eines Weltteils befriedigen, der nie zuvor besucht wurde, und meinen Fuß auf ein Land setzen, das vor mir niemand je betreten hat. Dies sind meine Verlockungen; sie verbannen all meine Furcht vor Gefahr und Tod, lassen mich die Mühen dieser Reise auf mich nehmen und erfüllen mich mit der Freude eines Knaben, der mit seinen Spielgefährten in einem kleinen Boot zu einer Entdeckungsfahrt zu den Quellen des heimatlichen Flüßchens aufbricht. Aber, einmal angenommen, alle diese Annahmen erwiesen sich als falsch, so kannst Du doch nicht den unschätzbaren Dienst bestreiten, den ich der Menschheit bis hin zur letzten Generation erweise, wenn ich in der Nähe des Pols eine Passage zu diesen Ländern entdecke, die zu erreichen zur Zeit noch so viele Monate beansprucht; oder indem ich das Geheimnis des Magneten ergründe, das sich – wenn überhaupt – nur durch ein Unternehmen der Art lüften läßt, wie ich es vorhabe.

Diese Überlegungen haben die Unruhe, mit der ich diesen Brief begann, aufgelöst, und ich fühle, wie mein Herz in einer Begeisterung erglüht, die mich zum Himmel emporhebt; denn nichts trägt so sehr zur Besänftigung des Geistes bei wie ein beharrlich verfolgtes Ziel – ein Fixpunkt, auf den die Seele ihr geistiges Auge richten kann. Diese Expedition war schon in meinen frühen Jahren mein Lieblingstraum. Ich habe mit brennendem Interesse die Berichte über die vielen Reisen gelesen, die in der Hoffnung unternommen wurden, über die Gewässer in Polnähe in den Pazifischen Ozean zu gelangen. Vielleicht erinnerst Du Dich, daß die ganze Bibliothek unseres guten Onkels Thomas aus einer Geschichte all dieser Entdeckungsreisen bestand. Meine Erziehung wurde vernachlässigt, aber ich war ein leidenschaftlicher Leser. Tag und Nacht habe ich über diesen Bänden gebrütet, und zugleich mit meiner Vertrautheit mit ihnen nahm das Bedauern zu, das ich schon als Knabe darüber empfunden hatte, daß mein Vater meinem Onkel auf dem Sterbebett das Versprechen abnahm, mich daran zu hindern, ein Seefahrerleben zu beginnen.

Diese Luftschlösser verblaßten, als ich zum ersten Mal mit jenen Dichtern Bekanntschaft machte, deren Worte Eingang in meine Seele fanden und sie gen Himmel emporhoben. Ich wurde ebenfalls zu einem Dichter und lebte ein Jahr lang in einem Paradies eigener Schöpfung; ich träumte davon, ebenfalls eine Nische in jenem Tempel zu erhalten, in dem die Namen Homers und Shakespeares verewigt sind. Du bist mit meinem Versagen und mit der Schwere meiner Enttäuschung darüber wohl vertraut. Aber eben zu dieser Zeit erbte ich das Vermögen meines Cousins, und meine Gedanken wurden wieder in ihre früheren Bahnen gelenkt.

Sechs Jahre sind vergangen, seit ich den Beschluß zu meinem jetzigen Unternehmen faßte. Ich erinnere mich noch heute an die Stunde, in der ich dieses große Wagnis gelobt habe. Ich begann, meinen Körper an Strapazen zu gewöhnen. Ich begleitete Walfänger auf mehreren Fahrten ins nördliche Meer; ich erduldete aus freien Stücken Kälte, Hunger, Durst und Schlafmangel; ich arbeitete tagsüber oft härter als die gewöhnlichen Matrosen und widmete meine Nächte dem Studium der Mathematik, der Medizin und jener Naturwissenschaften, die für den Abenteurer auf See den größten praktischen Nutzen besaßen. Zweimal habe ich tatsächlich als Zweiter Steuermann auf einem Walfänger angeheuert, der nach Grönland zu segeln beabsichtigte, und bin meinen Pflichten zur allgemeinen Bewunderung nachgekommen. Ich muß zugeben, daß ich ein wenig Stolz empfand, als mein Kapitän mir die Stelle als Erster Steuermann anbot und mich allen Ernstes zu überreden versuchte, daß ich auf dem Schiff blieb – so hoch schätzte er meine Dienste ein.

Und nun sage selbst, liebe Margaret, verdiene ich es nicht, Großes zu vollbringen? Ich hätte mich mit einem Leben in Nichtstun und Luxus zufriedengeben können, aber ich habe den Ruhm jeder Verlockung vorgezogen, die der Reichtum mir bieten könnte. Oh, wie ich mich nach einer ermutigenden Stimme sehne! Mein Mut und meine Entschlossenheit sind zwar ungebrochen, aber meine Hoffnung schwankt und mein Gemüt ist oft bedrückt. Ich bin im Begriff, eine lange und gefahrvolle Reise fortzusetzen, deren Wechselfälle meine ganze Beherztheit erfordern: Man verlangt nicht nur von mir, daß ich die Zuversicht der übrigen hochhalte, sondern manches Mal muß ich auch meinen eigenen Mut stärken, wenn andere verzagen.

Hier in Rußland herrscht jetzt die günstigste Reisezeit. Die Einheimischen gleiten geschwind in ihren Pferdeschlitten über den Schnee; diese Fortbewegungsmethode ist vergnüglich und meinem Empfinden nach angenehmer als in einer englischen Postkutsche. Die Kälte ist erträglich, wenn man sich in Pelze hüllt – eine Bekleidung, an die ich mich bereits gewöhnt habe, denn es ist ein großer Unterschied, ob man auf dem Deck eines Schiffes umhergeht oder stundenlang reglos sitzt und keine Bewegung möglich ist, die verhindert, daß einem buchstäblich das Blut in den Adern gefriert. Ich habe nicht die Absicht, mein Leben auf einer Poststrecke zwischen Sankt Petersburg und Archangelsk auszuhauchen.

Ich werde in vierzehn Tagen oder drei Wochen zu der letztgenannten Stadt aufbrechen. Ich beabsichtige, dort ein Schiff zu mieten – was sich unschwer bewerkstelligen läßt, wenn man dem Besitzer eine Pfandsumme hinterlegt – und so viele im Walfang erfahrene Seeleute anzuheuern, wie nötig sind. Ich habe nicht die Absicht, vor Juni aufzubrechen; und wann werde ich zurückkehren? Ach, liebe Schwester, wie könnte ich diese Frage beantworten? Falls ich Erfolg habe, werden viele Monate, möglicherweise Jahre, vergehen, bis ich Dich wiedersehe. Wenn ich keinen Erfolg habe, wirst Du mich bald wiedersehen – oder niemals.

Lebewohl, meine liebe, unvergleichliche Margaret. Möge der Himmel Dich mit Segen überschütten und mich beschützen, auf daß ich Dir immer aufs neue meine Dankbarkeit für all Deine Liebe und Freundlichkeit versichern kann. – Dein Dich liebender Bruder.

R. Walton

Zweiter Brief

An Mrs. Saville, England

Archangelsk, *28. März 17 ...*

Wie langsam doch die Zeit vergeht, wenn man, wie ich hier, von Frost und Schnee eingeschlossen ist! Und doch habe ich den zweiten Schritt in meinem Unternehmen getan. Ich habe ein Schiff gemietet und bin vollauf damit beschäftigt, meine Deckmannschaft zusammenzubekommen. Die Männer, die ich bereits angeheuert habe, scheinen mir verläßlich zu sein, und sie sind gewiß von unerschütterlichem Mut beseelt.

Aber mich plagt ein Verlangen, das zu erfüllen mir noch

nicht gelang; und ich spüre diesen Mangel jetzt recht empfindlich. Ich habe keinen Freund, Margaret; wenn ich vor Begeisterung über meinen Erfolg glühe, ist niemand da, der an meiner Freude teilhaben könnte; wenn mich Enttäuschung niederdrückt, nimmt es niemand auf sich, mich in meiner Niedergeschlagenheit aufzurichten. Gewiß, ich werde meine Gedanken dem Papier anvertrauen; aber welch ein armseliges Mittel ist doch ein Brief, um Gefühle mitzuteilen! Ich verzehre mich nach der Gesellschaft eines Mannes, der mit mir empfinden könnte; dessen Blick dem meinen Antwort gäbe. Du magst mich für einen Romantiker halten, meine liebe Schwester, aber ich vermisse bitterlich einen Freund. Niemand steht mir zur Seite, mitfühlend, und doch beherzt; der über einen kultivierten und doch mutigen Geist verfügte, dessen Geschmack dem meinen gliche und der meinen Plänen zustimmen oder sie korrigieren könnte. Wie gut ein solcher Freund die Schwächen Deines armen Bruders ausgleichen könnte! Ich bin zu hitzig in meiner Vorgehensweise und zu ungeduldig, wenn es Schwierigkeiten gibt. Aber noch größere Probleme bereitet mir, daß ich Autodidakt bin: In den ersten vierzehn Jahren meines Lebens lief ich wild auf Gemeindeland herum und las nichts als die Reisetagebücher unseres Onkels Thomas. Mit vierzehn machte ich mit den gefeierten Poeten unseres Landes Bekanntschaft; aber erst, als es nicht länger in meiner Macht lag, den besten Nutzen aus einer solchen Überzeugung zu ziehen, erkannte ich die Notwendigkeit, mich auch mit anderen Sprachen als meiner Muttersprache zu befassen. Heute bin ich achtundzwanzig und tatsächlich ungebildeter als mancher Schuljunge von vierzehn Jahren. Gewiß, ich habe mir mehr Gedanken gemacht und meine Tagträume sind wagemutiger und großartiger; aber ihnen mangelt (wie die Maler es nennen) an *innerer Harmonie;* und ich brauche dringend einen Freund, der genug Empfindsamkeit besäße, um mich nicht als romantisch abzutun, und genügend Zuneigung zu mir, um sich zu bemühen, mein Denken zu zügeln.

Nun, dies sind nutzlose Klagen; ich werde gewiß weder auf dem weiten Ozean noch hier in Archangelsk, unter Kaufleuten und Seefahrern, einen Freund finden. Und doch trifft man auch im Busen dieser hartgesottenen Männer auf Gefühle, die dem Bodensatz der menschlichen Art fremd sind. Mein Erster Steuermann zum Beispiel ist ein Mann von wunderbarem Mut und Unternehmungsgeist; er verlangt sehnsüchtig nach Ruhm, oder besser gesagt, nach Erfolg in seinem Beruf. Er ist Engländer und eine Fundgrube für nationale und berufliche Vorurteile; ungemildert durch Kultiviertheit; hat sich aber doch einen Rest der vornehmsten menschlichen Eigenschaften bewahrt. Ich habe an Bord eines Walfängers seine Bekanntschaft gemacht, und als ich hörte, daß er in dieser Stadt keine Anstellung finden konnte, hatte ich keine Mühe, ihn zu überreden, bei meinem Unternehmen mitzumachen.

Der Kapitän ist ein Mann von untadeligem Charakter und wird von seiner Mannschaft einstimmig wegen seiner Sanftheit und der Milde seiner Disziplin geschätzt. Dieser Umstand in Verbindung mit der wohlbekannten Rechtschaffenheit und Unerschrockenheit dieses Mannes ließ mich sehr wünschen, mich seiner Dienste zu versichern. Meine einsame Kindheit und der Umstand, daß ich meine Jünglingsjahre unter Deiner sanften und weiblichen Anleitung verbrachte, haben meinen grundlegenden Charakter derart empfindsam gemacht, daß ich meinen starken Abscheu vor der Brutalität, die üblicherweise auf Schiffen herrscht, nicht überwinden kann. Ich habe nie geglaubt, daß sie erforderlich ist; und als ich von einem Seemann hörte, der von ähnlich freundlicher Gesinnung war, und von der Achtung und dem Gehorsam, die seine Mannschaft ihm zollte, pries ich mich außerordentlich glücklich, mich seiner Dienste versichern zu können. Ich hörte zuerst in recht romantischen Worten von ihm, und zwar von einer Dame, die ihm das Glück ihres Lebens verdankt. Dies ist, in Kürze, seine Geschichte:

Er hatte sich einige Jahre zuvor in eine junge russische Dame von eher bescheidener Mitgift verliebt, und da er über eine beträchtliche Summe an Prisengeldern verfügte, stimmte der Vater des Mädchens der Verbindung zu. Er sah seine Verlobte einmal vor der festgesetzten Trauung. Sie war in Tränen gebadet, warf sich ihm vor die Füße und flehte ihn an, sie zu schonen; sie beichtete ihm, daß sie einen anderen liebte, der jedoch arm sei, und daß ihr Vater niemals einer Verbindung mit jenem Manne zustimmen würde. Mein großzügiger Freund tröstete die Bittende, und sobald er den Namen ihres Liebhabers in Erfahrung gebracht hatte, ließ er sofort von seinem Vorsatz ab. Er hatte bereits einen Teil seines Geldes zum Erwerb eines Landguts aufgewendet, auf dem er sein restliches Leben zu verbringen gedachte; aber jetzt vermachte er seinen Besitz seinem Rivalen, zusammen mit dem Rest seines Prisengeldes, damit dieser Vieh kaufen konnte; dann bat er persönlich den Vater des jungen Mädchens, deren Heirat mit ihrem Liebhaber zuzustimmen. Aber der alte Mann lehnte entschieden ab, da er sich meinem Freund auf Ehre verpflichtet fühlte. Dieser verließ das Land, als er den Vater unerbittlich fand, und kehrte nicht eher zurück, als bis er hörte, daß seine frühere Verlobte ihrer Neigung entsprechend verheiratet war. »Welch ein edelmütiger Mann!« wirst Du ausrufen. Und das ist er; aber andererseits ist er vollkommen ungebildet. Er ist stumm wie ein Türke, und es haftet ihm eine Art sorgloser Ignoranz an, die zwar seine Handlungsweise um so erstaunlicher wirken läßt, aber doch die Teilnahme und Sympathie, die ihm ansonsten entgegengebracht würde, beeinträchtigt.

Aber glaube nicht, weil ich mich ein wenig beklage, oder weil ich wegen all der Mühen, die ich vielleicht niemals haben werde, Deinen Zuspruch erhalten möchte, daß ich in meinen

Entschlüssen schwankend werde. Sie sind so gewiß wie das Schicksal, und meine Weiterreise ist nur so lange aufgeschoben, bis das Wetter erlaubt, daß ich mich einschiffe. Der Winter war entsetzlich streng, aber der Frühling läßt hoffen, und man glaubt, daß er besonders früh einsetzen wird, so daß ich möglicherweise zeitiger als erwartet aufbrechen kann. Ich werde nichts überstürzen; Du kennst mich gut genug, um immer dann auf meine Klugheit und Umsicht zu vertrauen, wenn ich für die Sicherheit anderer Menschen verantwortlich bin.

Ich kann Dir meine Gefühle angesichts der nahen Aussicht auf die Fortsetzung meines Unternehmens nicht beschreiben. Es ist unmöglich, Dir eine Vorstellung von den erregenden Gefühlen zu vermitteln, die sich halb aus Freude und halb aus Furcht zusammensetzen und die meine Vorbereitungen der Einschiffung begleiten. Ich breche in unerforschte Regionen auf, in ›das Land des Nebels und des Schnees‹; aber ich werde keinem Albatros etwas zuleide tun, deshalb mach Dir keine Sorgen um meine Sicherheit oder deswegen, daß ich so erschöpft und erbärmlich zurückkehre wie der ›Alte Matrose‹ in jener Ballade. Du wirst über meine Anspielung lächeln, aber ich werde Dir ein Geheimnis verraten. Ich habe mein Verlangen, meine leidenschaftliche Sehnsucht nach den gefahrvollen Geheimnissen des Meeres oft auf jenes Werk des phantasievollsten unter den modernen Poeten zurückgeführt. In meiner Seele wirken Kräfte, die ich nicht begreife. Im praktischen Leben bin ich ein arbeitsamer, ja, gewissenhafter Mensch; ein fleißiger und ausdauernder Arbeiter; aber daneben empfinde ich eine Vorliebe für das Wunderbare; einen Glauben an das Wunderbare; der in all meinen Vorhaben zutage tritt, mich aus dem Alltagstrott der Menschen ausbrechen läßt und auf die ungebärdige See hinaus und in die nie gesehenen Regionen treibt, die zu erforschen ich im Begriff bin.

Aber zurück zu angenehmeren Gedanken. Werde ich Dich wiedertreffen, nachdem ich grenzenlose Meere durchpflügt und das südlichste Kap von Afrika oder Amerika umschifft habe? Ich wage nicht, auf einen derartigen Erfolg zu hoffen – und ich kann es nicht ertragen, mir den umgekehrten Fall auch nur vorzustellen. Säume Du nur nicht, mir bei jeder sich bietenden Gelegenheit zu schreiben; es könnte immerhin sein, daß Deine Briefe mich genau dann erreichen, wenn ich den Zuspruch am dringendsten brauche. Ich liebe Dich sehr zärtlich. Denk an mich mit Zuneigung, falls Du nie wieder von mir hören solltest. – Dein Dich liebender Bruder

ROBERT WALTON

Dritter Brief

An Mrs. Saville, England

7. Juli 17 ...

Teuerste Schwester,

nur rasch diese Zeilen, um Dir mitzuteilen, daß ich wohlauf bin und meine Reise gute Fortschritte macht. Dieser Brief wird England durch einen Handelsmann erreichen, der jetzt auf seiner Heimreise von Archangelsk ist; glücklicher als ich, der ich mein Heimatland vielleicht viele Jahre lang nicht wiedersehen werde. Ich bin dennoch guten Muts; meine Mannschaft ist unerschrocken und, wie es aussieht, voller Zuversicht; zudem scheinen die Eisschollen, die ständig an uns vorbeitreiben und auf die Gefahren der Region hinweisen, der wir uns nähern, sie nicht zu schrecken. Wir haben bereits einen recht nördlichen Breitengrad erreicht, aber es ist Hochsommer, und wenn es auch weniger warm als in England ist, tragen die südlichen Winde, die uns geschwind jenen Gestaden entgegentreiben, die ich so sehnlich zu erreichen wünsche, eine unerwartete, belebende Wärme mit sich.

Bisher hat es keine erwähnenswerten Zwischenfälle gegeben. Eine oder zwei steife Brisen und ein unbedeutendes Leck – Vorfälle, die erfahrene Seeleute kaum der Aufzeichnung für wert erachten, und ich will zufrieden sein, wenn uns auf unserer Reise nichts Ärgeres widerfährt.

Adieu, meine liebe Margaret. Sei versichert, daß ich in meinem eigenen sowie in Deinem Interesse keine übereilten Gefahren eingehen werde. Ich werde besonnen, beharrlich und umsichtig sein.

Aber ich *werde* mein Unternehmen mit Erfolg krönen. Wie wäre es auch anders möglich? So weit schon bin ich vorgedrungen; habe einen sicheren Kurs durch die weglose See verfolgt; und die Sterne selbst sind Zeugen meines Triumphs. Weshalb nicht weiter über dieses ungezähmte und doch so willige Element fortschreiten? Was vermöchte das entschlossene Herz und den festen Willen eines Mannes aufzuhalten?

Nun hat mein übervolles Herz sich doch, ohne daß ich es wollte, in diesem Erguß Luft verschafft. Der Himmel segne Dich, meine geliebte Schwester!

R. W.

Vierter Brief

An Mrs. Saville, England

5. August 17 …

Es ist etwas so Seltsames geschehen, daß ich es nicht unterlassen kann, davon zu berichten, obwohl Du mich sehr wahrscheinlich wiedersehen wirst, bevor dieser Brief in Deinen Besitz gelangt.

Letzten Montag (den 31. Juli) waren wir nahezu von Eis umgeben; es umschloß das Schiff von allen Seiten und ließ kaum noch eine Fahrrinne für unsere Weiterfahrt frei. Unsere Lage war nicht ganz gefahrlos; insbesondere, da uns ringsum sehr dichter Nebel umgab. Folglich drehten wir bei und hofften, daß sich die Wetterlage ändern würde.

Etwa gegen zwei Uhr lichtete sich der Nebel, und wir erblickten in jeder Richtung ungeheure, bizarre Eiswüsten, die sich bis in endlose Fernen zu erstrecken schienen. Einige meiner Kameraden murrten, und auch ich selbst konnte mich einer gewissen Anspannung und furchtsamer Gedanken nicht erwehren. Plötzlich zog ein seltsamer Anblick unsere Aufmerksamkeit auf sich und lenkte uns von der Besorgnis über unsere eigene Lage ab. Wir erblickten in etwa einer halben Meile Entfernung einen Schlitten mit niedrigem Aufbau, der von Hunden gezogen wurde, auf geschwinder Fahrt in nördlicher Richtung. Auf dem Schlitten hockte eine Gestalt, die menschliche Formen aufwies, aber anscheinend von riesenhafter Statur war, und lenkte die Hunde. Wir beobachteten das rasche Vorwärtskommen des Reisenden mittels unserer Fernrohre, bis er sich in den Klippen des Eises verlor.

Diese Erscheinung erregte unsere maßlose Verwunderung. Wir waren, wie wir annahmen, viele hundert Meilen von jedem Festland entfernt; aber diese Gestalt auf dem Schlitten schien zu bezeugen, daß die Küste in Wahrheit nicht so weit entfernt war, wie wir angenommen hatten. Da wir jedoch vom Eise eingeschlossen waren, war es uns unmöglich, den weiteren Weg der Gestalt, den wir mit solch großer Aufmerksamkeit beobachtet hatten, zu verfolgen.

Etwa zwei Stunden nach diesem Ereignis vernahmen wir die Grundsee: und noch bevor die Nacht hereinbrach, gab das Eis unser Schiff frei. Wir blieben jedoch bis zum Morgen liegen, weil wir befürchteten, in der Dunkelheit mit einer jener mächtigen Eisschollen zusammenzustoßen, die nach dem Aufbrechen des Packeises frei umhertreiben. Ich nutzte diese Wartezeit, um mich für ein paar Stunden in die Koje zu legen.

Am Morgen, sobald es heller wurde, ging ich an Deck und stellte fest, daß die gesamte Mannschaft an der Reling einer Schiffseite versammelt war; offensichtlich sprachen die Männer mit jemandem auf dem Meer. Es handelte sich in der Tat um einen Hundeschlitten von der Art, wie wir ihn am Vortag gesehen hatten; er war während der Nacht auf einer großen Eisscholle an unser Schiff getrieben worden. Nur noch einer der Hunde war am Leben, doch auf dem Schlitten befand sich ein Mensch, den die Seeleute zu überreden versuchten, an Bord des Schiffes zu kommen. Er war nicht, wie der andere Reisende geschienen hatte, ein wilder Eingeborener irgendeines unentdeckten Eilands, sondern ein Europäer. Als ich auf dem Deck auftauchte, sagte der Kapitän: »Da kommt der Schiffsherr, und er wird nicht zulassen, daß Ihr auf dem offenen Meer umkommt!«

Als der Fremde meiner ansichtig wurde, sprach er mich in Englisch, aber mit einem fremdartigen Akzent an: »Bevor ich an Bord Eures Schiffes komme«, sagte er, »werdet Ihr die Freundlichkeit haben, mir zu sagen, wohin Eure Reise geht?«

Du kannst Dir mein Erstaunen vorstellen, eine derartige Frage von einem Manne zu hören, der bereits seinen sicheren

Untergang vor Augen hatte und von dem ich angenommen hätte, daß er mein Schiff als eine Rettungsmöglichkeit betrachtet haben würde, die er nicht gegen allen Reichtum der Welt einzutauschen bereit wäre. Trotzdem erwiderte ich, wir befänden uns auf einer Entdeckungsreise zum Nordpol.

Dies zu hören schien ihn zufriedenzustellen, und er erklärte sich bereit, an Bord zu kommen. Großer Gott! Margaret, wenn Du mit eigenen Augen gesehen hättest, wie zögernd dieser Mann in seine eigene Errettung einwilligte – Du wärst maßlos erstaunt gewesen. Seine Glieder waren fast erfroren, und sein Leib war durch Erschöpfung und Strapazen jämmerlich ausgezehrt. Nie zuvor habe ich einen Mann in einer derart elenden Verfassung gesehen. Wir brachten ihn in die Kajüte, doch kaum dort angelangt, wurde er ohnmächtig. Also schleppten wir ihn wieder zurück aufs Deck und riefen seine Lebensgeister zurück, indem wir ihn mit Cognac abrieben und ihm ein wenig davon einflößten. Sobald er wieder Lebenszeichen von sich gab, hüllten wir ihn in Decken und setzten ihn an den Kamin des Küchenofens. Allmählich erholte er sich genug, um ein wenig Suppe zu sich nehmen zu können, die ihn in erstaunlichem Maß wiederherstellte.

Zwei Tage lang verblieb er in diesem Zustand, bevor er wieder fähig war, zu sprechen; und ich befürchtete mehr als einmal, seine Qualen hätten ihn der Vernunft beraubt. Als er sich einigermaßen erholt hatte, ließ ich ihn in meine Kabine schaffen und leistete ihm Gesellschaft, so oft es meine Pflichten erlaubten.

Nie habe ich einen ungewöhnlicheren Menschen getroffen; seine Augen haben für gewöhnlich einen wilden, sogar wahnsinnigen Ausdruck; aber es gibt Momente – wenn jemand ihm eine Freundlichkeit oder auch nur den geringfügigsten Dienst erweist –, in denen seine Miene sich erhellt und eine Güte und Milde ausstrahlt, wie ich sie nie zuvor erblickt habe. Aber meistens malen sich Schwermut und Verzweiflung in seinem Gesicht ab; und zuweilen knirscht er mit den Zähnen, als wolle er sich gegen das Gewicht des Elends stemmen, das ihn niederdrückt.

Als mein Gast ein wenig erholt war, hatte ich große Mühe, die Männer von ihm fernzuhalten, die ihm tausend Fragen stellen wollten; aber ich ließ nicht zu, daß sie ihn mit ihrer eitlen Neugier quälten, denn die Besserung des Zustandes, in dem sich sein Körper und Geist befand, hing offensichtlich von absoluter Ruhe ab. Trotzdem stellte ihm der Erste Steuermann die Frage, weshalb er sich auf einem derart merkwürdigen Gefährt so weit aufs Eis hinaus gewagt habe?

Seine Miene verdüsterte sich augenblicklich und vollständig, und er erwiderte: »Um jemanden zu verfolgen, der vor mir geflohen ist.«

»Und ist der Mann, den Ihr verfolgt habt, auf dieselbe Weise gereist?«

»Ja.«

»Dann könnte ich mir denken, daß wir ihn gesehen haben, denn an dem Tag, bevor wir Euch auflasen, sahen wir ein paar Hunde einen Schlitten übers Eis ziehen, auf dem ein Mann saß.«

Diese Worte erweckten das Interesse des Fremden, und er stellte eine Unmenge Fragen über den Kurs, den der Dämon, wie er ihn nannte, genommen hatte. Bald darauf, als wir allein waren, sagte er zu mir: »Zweifellos habe ich Eure Neugier erregt. Ebenso wie die dieser guten Leute hier, aber Ihr seid zu rücksichtsvoll, um in mich zu dringen.«

»Gewiß; es wäre in der Tat sehr ungehörig und rücksichtslos von mir, Euch mit meiner Wißbegier zu belästigen.«

»Und dennoch habt Ihr mich aus einer seltsamen und gefährlichen Lage gerettet; Ihr habt mich großmütig gesund gepflegt.«

Kurze Zeit später erkundigte er sich, ob ich dächte, daß das Bersten des Packeises jenen anderen Schlitten zerstört hätte?

Ich erwiderte, ich könne mir darüber keine Meinung bilden, für die auch nur die geringste Wahrscheinlichkeit spräche, denn das Eis sei erst um Mitternacht gebrochen und der Reisende könne bis zu diesem Zeitpunkt durchaus einen sicheren Ort erreicht haben; aber das könne ich nicht beurteilen.

Seit diesem Gespräch belebten den geschwächten Leib des Fremden neue Lebensgeister. Er äußerte den lebhaftesten Wunsch, an Deck zu gehen und nach dem Schlitten Ausschau zu halten, der als erster erschienen war, aber ich überzeugte ihn davon, daß es besser für ihn sei, in der Kabine zu bleiben, da er bei weitem zu schwach sei, um der rauhen Luft zu trotzen. Ich versprach ihm, jemand würde an seiner Statt Ausschau halten und ihn umgehend benachrichtigen, falls sich etwas zeigen sollte.

Soweit mein Bericht über diesen merkwürdigen Vorfall und seine Entwicklung bis auf den heutigen Tag. Die Gesundheit des Fremden hat sich allmählich stabilisiert, aber er ist sehr schweigsam und läßt Anzeichen von Unbehagen erkennen, wenn jemand außer mir die Kabine betritt. Und doch ist sein Wesen so einnehmend und sanft, daß die gesamte Mannschaft Interesse an ihm hat, obwohl sie nur sehr wenig mit ihm in Berührung gekommen ist. Ich für meinen Teil fange an, ihn wie einen Bruder zu lieben, und sein ständiger und tiefer Kummer erfüllt mich mit Mitgefühl und Zuneigung. Er muß in seinen besseren Tagen ein vornehmer Mann gewesen sein, da er selbst jetzt in seinem erbärmlichen Zustand noch so anziehend und liebenswert ist.

Ich schrieb in einem meiner Briefe, meine liebe Margaret, daß ich auf dem weiten Ozean keinen Freund finden würde; und doch habe ich einen Mann gefunden, den ich, bevor sein Geist am Elend zerbrach, mit Freuden als meinen Herzensbruder betrachtet haben würde.

Ich werde meinen Bericht über diesen Fremden fortsetzen, sobald ich neue Vorfälle zu berichten habe.

13. August 17 ...

Meine Zuneigung zu meinem Gast wird von Tag zu Tag stärker. Er erregt zugleich meine Bewunderung und mein Mitgefühl in erstaunlichem Maße. Wie könnte ich auch zusehen, wie ein solch vornehmer Mensch vom Unglück zugrunde gerichtet wird, ohne den quälendsten Kummer zu empfinden? Er ist so sanft und dabei so klug; sein Geist ist so gebildet; und wenn er spricht, fließen seine Worte, obwohl äußerst wohlgesetzt, rasch und mit unvergleichlicher Eloquenz.

Er hat sich inzwischen weitgehend erholt und ist ständig an Deck zu finden; anscheinend hält er nach dem Schlitten Ausschau, den wir vor dem seinen erblickten. Obwohl er unglücklich ist, läßt er sich nicht zu sehr von seinem Kummer vereinnahmen, so daß er auch tiefes Interesse an dem bekundet, was andere beschäftigt. Er hat sich häufig mit mir über mein Vorhaben unterhalten, und ich habe mich ihm vorbehaltlos mitgeteilt. Er lauschte aufmerksam all meinen Argumenten, die letztlich für meinen Erfolg sprachen, und folgte bis ins kleinste den Maßnahmen, die ich zu dessen Sicherstellung getroffen hatte. Die Sympathie, die er mir bekundete, machte es mir leicht, ihm mein Herz zu öffnen; ihm das brennende Verlangen meiner Seele zu offenbaren; und ihm mit dem ganzen Eifer, der mich erwärmte, zu versichern, wie freudig ich mein Vermögen, meine Existenz, sogar die Hoffnung selbst zugunsten meines Unternehmens opfern würde. Leben oder Sterben eines Mannes waren nur ein geringer Preis für die Erlangung des Wissens, nach dem ich strebte; für die Herrschaft über die feindlichen Elemente, die ich erlangen und den Menschen zu Füßen legen wollte. Während ich so sprach, verdüsterten sich die Züge meines Gegenübers immer mehr. Mir fiel auf, daß er sich bemühte, seine Bewegtheit zu verbergen; er schlug die Hände vor sein Gesicht; dann bemerkte ich, daß Tränen zwischen seinen Fingern hindurchrannen – ein Stöhnen entrang sich seiner schweratmenden Brust –, und meine Stimme erbebte und versagte schließlich. Ich hielt inne. Endlich sprach er in abgerissenen Sätzen: »Unglücklicher Mann! Teilt Ihr meinen Wahnsinn? Habt Ihr ebenfalls von jenem vergifteten Trank genossen? Hört mich an – laßt mich Euch meine Geschichte beichten, und Ihr werdet diesen Kelch Euch vom Munde reißen!«

Du kannst Dir wohl vorstellen, daß diese Worte meine Neugier anstachelten; aber der Ausbruch von Kummer, der den Fremden befallen hatte, überforderte seine geschwächten Kräfte, und viele Stunden des Ausruhens und der ruhigen Unterhaltung waren erforderlich, bis er seine Fassung wiedergewann.

Nachdem er seiner heftigen Gefühle Herr geworden war, schien er sich selbst dafür zu verachten, daß er ein Sklave seiner Leidenschaft geworden war, und indem er der düsteren Tyrannei seiner Verzweiflung Einhalt gebot, bat er mich, von meinen persönlichen Belangen fortzufahren. Er fragte mich nach dem Verlauf meines bisherigen Lebens. Meine Geschichte war rasch erzählt; aber sie rief mannigfaltige Reflexionen hervor. Ich sprach von meinem Verlangen, einen Freund zu finden – von meiner Sehnsucht nach einer engeren Beziehung zu einem verwandten Geist, als sie mir je vergönnt gewesen war; und ich verlieh meiner Überzeugung Ausdruck, daß ein Mann, der nicht in den Genuß dieser Segnung gelangt war, sich nur eines geringen Glücks rühmen könne.

»Ich stimme mit Euch überein«, erwiderte der Fremde, »wir sind unfertige Geschöpfe; nur halb vollkommen, solange nicht ein Klügerer, Besserer, Liebenswerterer als wir selbst – eben ein solcher Freund, wie er sein sollte – dazu beiträgt, unsere Schwächen und Fehler auszugleichen. Ich hatte einst einen Freund; den edelsten Menschen, den man sich nur vorstellen kann; und bin deshalb in der Lage, mich zum Thema Freundschaft zu äußern. Ihr habt Hoffnung; die Welt liegt noch vor Euch, und Ihr habt keinen Grund zu verzweifeln. Ich hingegen – ich habe alles verloren und kann mein Leben nicht neu beginnen.«

Während er dies sagte, malte sich auf seinem Gesicht ein stiller Kummer ab, der mir ans Herz griff. Aber der Mann blieb stumm und zog sich gleich darauf in seine Kabine zurück.

Obwohl gebrochen im Geist, kann niemand tiefer als er die Schönheiten der Natur empfinden. Der bestirnte Himmel, das Meer, und die wundervollen Anblicke, die dieser Weltteil bietet; all diese Dinge scheinen immer noch die Macht zu haben, seine Seele sich über die Erde emporschwingen zu lassen. Ein solcher Mann führt ein doppeltes Leben: Er mag Leid erdulden und von Enttäuschungen überwältigt sein; aber wenn er in sich selbst ruht, gleicht er einem himmlischen Geist, von einem Glorienschein umgeben, in dessen Strahlenkreis kein Kummer oder Wahnsinn bestehen kann.

Wirst Du über die Begeisterung lächeln, mit der ich über diesen göttlichen Erdenwanderer spreche? Du würdest es nicht tun, wenn Du ihn sehen könntest. Du bist durch die Lektüre von Büchern und durch Deine Zurückhaltung der Welt gegenüber unterrichtet und gebildet und aus diesem Grunde ein wenig wählerisch; aber dies versetzt Dich nur noch besser in die Lage, die ungewöhnlichen Vorzüge dieses wunderbaren Mannes würdigen zu können. Ich habe manches Mal zu ergründen versucht, welche Eigenschaft er besitzt, die ihn so unermeßlich hoch über alle anderen Menschen erhebt, die ich jemals kennenlernte. Ich glaube, es handelt sich um einen intuitiven Scharfblick; eine rasche, doch niemals fehlende Urteilskraft; ein Eindringen in den Urgrund der Dinge, unvergleichlich in seiner Klarheit und Unfehlbarkeit – denke Dir hierzu die Mühelosigkeit, mit der er sich auszudrücken versteht, und eine Stimme, deren Veränderungen im Tonfall sie einer seelenbezwingenden Musik gleich macht.

19. August 17 ...

Gestern sagte der Fremde zu mir: »Captain Walton, Ihr werdet leicht erkannt haben, daß mir große und unvergleichliche Unglücksfälle widerfahren sind. Einmal bereits hatte ich beschlossen, daß die Erinnerung an diese Übel gemeinsam mit mir selbst sterben sollte; aber Ihr habt mich dazu gebracht, meinen Entschluß umzustoßen. Ihr sucht nach Wissen und Weisheit, wie ich einst; und ich hoffe inbrünstig, daß die Erfüllung Eurer Wünsche keine Schlange sein mag, die Euch sticht; so, wie es bei mir war. Ich weiß nicht, ob mein Bericht über mein Unglück Euch nützen wird; aber wenn ich bedenke, daß Ihr denselben Kurs verfolgt, Euch denselben Gefahren aussetzt, die mich zu dem gemacht haben, was ich heute bin; dann vermag ich mir vorzustellen, daß Ihr eine Lehre aus meiner Geschichte ziehen könnt; eine Moral, die Euch den rechten Weg weisen mag, wenn Ihr Erfolg in Eurem Unternehmen habt, und Euch trösten könnte, falls Ihr versagt. Macht Euch darauf gefaßt, von Ereignissen zu hören, die ein gewöhnlicher Mensch als wunderbar betrachten würde. Umgäbe uns eine gemäßigtere Naturszenerie, müßte ich befürchten, Euren Unglauben zu erregen – vielleicht sogar Euren Spott; aber in dieser wilden und geheimnisvollen Weltgegend werden Euch viele Dinge möglich vorkommen, die das Gelächter eines jeden hervorrufen würden, der nicht mit den vielfältigen Kräften der Natur vertraut ist. Aber ich zweifle auch nicht daran, daß meine Erzählung in seinem Fortgang Euch von der Wahrheit der Ereignisse überzeugen wird, von denen sie berichtet.«

Du kannst Dir gewiß vorstellen, wie sehr ich mich über die Bereitschaft des Fremden, sich mitzuteilen, freute; aber ich konnte nicht zulassen, daß er seinen Kummer erneuerte, indem er seine Mißgeschicke schilderte. Ich empfand äußerste Ungeduld, dem versprochenen Bericht zu lauschen; teils aus Neugier und zum anderen aus dem starken Wunsch heraus, ihm nach Kräften sein Schicksal erleichtern zu helfen. Ich teilte ihm diese Gefühle in meiner Antwort mit.

»Ich danke Euch«, erwiderte er, »für Eure Anteilnahme, aber sie kommt zu spät; mein Schicksal hat sich beinahe schon erfüllt. Ich warte nur noch auf ein Ereignis, dann kann ich in Frieden ruhen. Ich verstehe Eure Gefühle«, fuhr er fort, als er sah, daß ich ihn unterbrechen wollte, »aber Ihr irrt Euch, mein Freund, wenn Ihr mir erlaubt, Euch so zu nennen –; nichts vermag mein Schicksal von mir abzuwenden. Lauscht meiner Geschichte, und Ihr werdet begreifen, wie unvermeidlich meine Bestimmung sich erfüllen muß.«

Dann stellte er mir in Aussicht, daß er seinen Bericht am folgenden Tag während meiner Mußestunden beginnen wolle. Dieses Versprechen erfüllte mich mit dem innigsten Dank, und ich habe mir vorgenommen, jeden Abend, an dem mich meine Pflichten nicht allzu gebieterisch in Anspruch nehmen, auf die Aufzeichnung dessen zu verwenden, was er mir im Verlauf des Tages berichtete, und mich dabei so eng wie möglich an seine eigenen Worte zu halten. Sollte ich verhindert sein, so will ich mir wenigstens Notizen machen. Zweifellos wird Dir dieses Manuskript das größte Vergnügen bereiten; aber mit welchem Interesse und Mitgefühl werde erst ich, der ich ihn kenne und den Bericht von seinen eigenen Lippen höre, es eines Tages lesen! Eben jetzt, da ich meiner Aufgabe nachkomme, klingt mir seine volltönende Stimme im Ohr; der Blick aus seinen leuchtenden Augen ruht auf mir mit all seiner melancholischen Süße; ich sehe seine magere Hand von der Erzählung mitgerissen sich heben, während die Züge seines Gesichts seine Seele durchleuchten lassen. Seltsam und quälend muß seine Erzählung sein; furchtbar der Sturm, der dieses tapfere Schiff auf seiner Fahrt ergriff und derart zerschellen ließ!

Kapitel Eins

Ich bin gebürtiger Genfer und entstamme einer der angesehensten Familien dieser Republik. Meine Vorfahren waren viele Generationen lang Ratsherren und Rechtsberater, und mein Vater hat viele öffentliche Ämter in Ehren und Würden bekleidet. Alle, die ihn kannten, schätzten ihn wegen seiner Rechtschaffenheit und seiner unermüdlichen Sorge um das öffentliche Wohlergehen. Er widmete seine jüngeren Jahre beharrlich den Interessen seines Landes; eine Vielzahl von Umständen hatte ihn von einer frühen Ehe abgehalten, und er sollte erst gegen Ende seines Lebens ein Ehemann und Familienvater werden.

Da die Begleitumstände dieser Heirat seinen Charakter recht gut ausleuchten, kann ich nicht umhin, von ihnen zu berichten. Einer seiner engsten Freunde war ein Kaufmann, der sein blühendes Unternehmen durch zahlreiche Mißgeschicke verlor und verarmte. Dieser Mann – er hieß Beaufort – war von stolzer und unbeugsamer Wesensart, und er konnte es nicht ertragen, in dem Land, in dem er zuvor wegen seines Ranges und seiner Größe bekannt gewesen war, in Armut und Vergessenheit zu leben. Deshalb zog er sich – nachdem er seine Schulden beglichen hatte – auf die ehrenhafteste Weise mit seiner Tochter nach Luzern zurück, wo er unbekannt und in Dürftigkeit lebte. Mein Vater liebte Beaufort als wahrer Freund und war durch dessen Abstieg in ärmliche Verhältnisse zutiefst betrübt. Er beklagte bitter den falschen Stolz, der seinen Freund zu einem Verhalten verleitete, das der Zuneigung, die sie beide verband, so unwürdig war. Er bemühte sich sogleich, den Aufenthaltsort seines Freundes ausfindig zu machen, in der Hoffnung, ihn überreden zu können, daß er mit Hilfe einer Leihsumme und des Beistandes, die mein Vater ihm gewähren wollte, sein altes Geschäft wiederaufzunehmen.

Beaufort hatte wirksame Maßnahmen ergriffen, um sich zu verbergen, und es dauerte zehn Monate, bis mein Vater seinen Aufenthaltsort herausfand. In höchster Freude über seine Entdeckung eilte er zu dem Haus, das in einer elenden Gasse nahe der Reuß gelegen war. Aber als er das Haus betrat, waren Elend und Verzweiflung die einzigen, die ihn willkommen hießen. Beaufort hatte nur eine sehr geringe Summe Geldes aus dem Zusammenbruch seines Unternehmens retten können, aber sie reichte aus, um ihn und seine Tochter ein paar Monate lang am Leben zu halten; er hoffte, innerhalb dieser Frist eine achtbare Beschäftigung in einem Handelshaus zu erhalten. Er verbrachte die Wartezeit naturgemäß in Untätigkeit; sein Kummer wurde nur noch tiefer und schmerzlicher, da er Muße hatte, nachzudenken; und endlich fraß er sich so tief in Beauforts Geist ein, daß er ihn nach Ablauf von drei Monaten aufs Krankenlager geworfen hatte – unfähig zu jeder Tätigkeit.

Seine Tochter pflegte ihn mit der größten Zärtlichkeit, mußte aber voller Verzweiflung zusehen, wie ihrer beider Notgroschen rasch dahinschmolzen, ohne daß eine Aussicht auf weitere Unterstützung bestanden hätte. Aber Caroline Beaufort besaß einen ungewöhnlich starken Geist, und ihr Mut ließ sie alle Widrigkeiten überstehen. Sie führte niedrige Arbeiten aus; sie flocht Stroh; und sie verdiente auf die verschiedensten Arten einen Hungerlohn, der eben dazu ausreichte, daß sie und ihr Vater ihr Leben fristen konnten.

Auf diese Weise vergingen mehrere Monate. Ihrem Vater ging es schlechter; sie brauchte ihre ganze Zeit, um ihn zu pflegen; ihre Einnahmen versiegten; und am zehnten Monat starb ihr Vater in ihren Armen und ließ sie als Waise und Bettlerin zurück. Dieser letzte Schicksalsschlag übermannte sie; sie kniete neben Beauforts Sarg und weinte bitterlich, als mein Vater die Stube betrat. Er kam wie ein Schutzgeist zu dem armen Mädchen; sie vertraute sich seiner Fürsorge an. Nach der Beerdigung seines Freundes führte er sie nach Genf zurück, wo er sie der Fürsorge einer Verwandten überließ. Zwei Jahre nach diesen Ereignissen ward Caroline die Frau meines Vaters.

Zwischen meinen Eltern bestand ein beträchtlicher Altersunterschied, aber dieser Umstand schien sie nur noch enger in die Bande zärtlicher Zuneigung zu schlagen. Die Rechtschaffenheit meines Vaters war mit einem Sinn für Gerechtigkeit gepaart, der verlangte, daß seine Liebe nur dann stark erblühte, wenn die Empfängerin dieser Liebe als wert sich erwies. Vielleicht hatte er in früheren Jahren darunter gelitten, daß er die Unwürdigkeit einer Geliebten zu spät entdeckte, und legte deshalb gesteigerten Wert auf erprobte Tugend. Seine Zuneigung zu meiner Mutter war von Bezeugungen seiner Dankbarkeit und Verehrung geprägt, die sich gänzlich von der närrischen Verliebtheit des Alters unterschieden, denn sie entsprangen seiner Achtung vor ihren Tugenden sowie dem Wunsch, derjenige zu sein, der sie in gewissem Umfang für das ausgestandene Leid entschädigte. Dieses Bestreben verlieh der Art, wie er sie behandelte, eine unaussprechliche Güte. Er tat alles, um ihre Wünsche zu erfüllen und es ihr behaglich zu machen. Er war bestrebt, sie zu schützen, wie ein Gärtner eine liebliche, exotische Blume vor jedem rauheren Wind schützt, und sie mit allem zu umgeben, was dazu angetan schien, ihr sanftes und gütiges Wesen zu entzücken. Ihre Gesundheit und sogar ihre bisher bewahrte Seelenruhe waren durch das, was sie durchgemacht hatte, erschüttert. Mein Vater hatte bereits in den beiden letzten Jahren vor seiner Eheschließung alle seine öffentlichen Ämter eines nach dem anderen abgegeben, und gleich nach ihrer Verbindung suchten er und Caroline das angenehme Klima Italiens auf, und der Landschaftswechsel sowie die Anregungen, die ihre Reise durch jenes Land der Wunder mit sich brachte, trugen zur Wiederherstellung ihrer angegriffenen Gesundheit bei.

Von Italien aus besuchten sie Deutschland und Frankreich. Ich, ihr Erstgeborener, kam in Neapel zur Welt und begleitete sie als Säugling auf ihren Reisen. Ich blieb mehrere Jahre lang ihr einziges Kind. Sie schienen unerschöpfliche Zuneigung aus einer wahren Mine der Liebe zu schürfen, mit der sie einander und auch mich überschütteten. Die zärtlichen Liebkosungen meiner Mutter und das glückstrahlende Lächeln meines Vaters, wenn er mich betrachtete, stellen meine ersten Erinnerungen dar. Ich war ihr Spielzeug und ihr Idol, und noch etwas Besseres – ihr Kind; das unschuldige und hilflose Geschöpf, das ihnen der Himmel geschenkt hatte; das sie zum Guten erziehen mußten und dessen zukünftiges Glück oder Unglück in ihren Händen lag; je nach dem, wie sie ihren Pflichten mir gegenüber nachkamen. In Anbetracht ihres tiefen Bewußtseins dafür, was sie dem Wesen schuldeten, dem sie das Leben geschenkt hatten, in Verbindung mit dem aufmerksamen Geist der Zärtlichkeit, der sie beide beseelte, kann man sich leicht vorstellen, daß ich in jeder Stunde meiner frühen Kindheit Lektionen in Geduld, Fürsorge und Selbstbeherrschung erhielt und gewissermaßen an einer seidenen Schnur geführt wurde, so daß mir das Leben wie eine einzige Kette von Vergnügungen erschien.

Lange Zeit hindurch war ich ihre einzige Sorge. Meine Mutter hatte sich sehr gewünscht, eine Tochter zu haben, aber vorläufig blieb ich ihr einziges Kind. Als ich etwa fünf Jahre alt war, machten meine Eltern einen Ausflug über die Grenzen Italiens hinaus und verbrachten eine Woche am Ufer des Comer Sees. Ihr Hang zur Mildtätigkeit ließ sie oft die Hütten der Armen aufsuchen. Meine Mutter sah darin mehr als eine Pflicht; für sie war es eine Notwendigkeit, eine Leidenschaft, im Gedenken an ihr eigenes Leiden und die Umstände ihrer Befreiung daraus ihrerseits den Schutzengel der Elenden zu spielen. Bei einem ihrer Gänge erregte eine armselige Hütte in einem Seitentälchen, die ihnen besonders trostlos erschien, ihre Aufmerksamkeit. Die Schar zerlumpter Kinder in der Nähe der Hütte sprach von äußerster Armut. Eines Tages, als mein Vater allein nach Mailand gefahren war, nahm meine Mutter mich zu dieser Hütte mit. Wir fanden einen Bauern mit seinem Weib vor, die beide von harter Arbeit, von Sorge und Mühsal gebeugt waren und soeben ein kärgliches Mahl an ihre fünf hungrigen Kleinen ausgaben. Unter diesen Kindern war eines, das meiner Mutter besonders auffiel: ein Mädchen, das nicht in die Familie zu passen schien. Die vier übrigen Kinder waren dunkeläugige kleine Strolche von verwegenem Aussehen; dieses Kind wirkte zerbrechlich und war sehr hübsch. Ihr Haar war vom hellsten, warmen Gold und ließ sie trotz ihrer ärmlichen Kleidung wie ein Kind vornehmer Eltern erscheinen. Ihre Stirn war rein und weit geschwungen; ihre blauen Augen blickten klar; ihre Lippen und das Oval ihres Gesichts drückten ein Übermaß an Empfindsamkeit und Reinheit aus, und wohl niemand, der sie anschaute, konnte sich des Eindrucks erwehren, daß sie einem anderen als dem menschlichen Geschlecht angehörte; daß sie vom Himmel herabgestiegen und der Hauch ihrer überirdischen Herkunft noch immer um sie war.

Als die Bäuerin bemerkte, daß meine Mutter das liebliche Geschöpf mit Erstaunen und Bewunderung anschaute, erzählte sie bereitwillig dessen Geschichte. Das Mädchen war nicht ihr Kind, sondern die Tochter eines Mailänder Edelmannes. Ihre Mutter war eine Deutsche gewesen, die bei ihrer Geburt gestorben war. Das Kind war diesen guten Leuten in Obhut gegeben worden; damals war es ihnen besser gegangen. Sie waren noch nicht lange verheiratet, und ihr ältestes Kind hatte soeben das Licht der Welt erblickt. Der Vater ihres Mündels gehörte zu den Italienern, die im Gedenken an die vergangene Glorie Italiens aufgezogen worden waren – einer jener *schiavi ognor frementi*, die sich geschworen hatten, die Freiheit ihres Vaterlandes zu erkämpfen. Er fiel der Schwäche dieses Vaterlandes zum Opfer. Ob er gestorben war oder noch immer in den Kerkern Österreichs schmachtete, war unbekannt. Sein Vermögen wurde konfisziert, seine Tochter ward eine Waise und zum Betteln gezwungen. Sie blieb bei ihren Pflegeeltern und erblühte unter deren ärmlichem Dach zur Schönheit einer Rose unter dunkelblättrigen Brombeeren.

Als mein Vater von Mailand zurückkehrte, fand er mich im Vestibül unserer Villa im Spiel mit einem Kind vertieft vor, das schöner als ein gemalter Cherub war – mit einem Mädchen, dessen Augen förmlich strahlten und das in seinem Gliederbau und seinen Bewegungen anmutiger als eine Berggemse war. Die Erscheinung wurde ihm erklärt, und mit seiner Zustimmung überredete meine Mutter die bäuerlichen Pflegeeltern, ihr die Obhut über das Mädchen zu überlassen. Sie waren in die unschuldige Waise vernarrt. Ihre Gegenwart war ein Segen für sie gewesen; aber da sie einsahen, daß es dem Kind gegenüber unrecht gewesen wäre, es in Armut und Not festzuhalten, wenn die himmlische Vorsehung ihm so wohlhabende Beschützer sandte, beratschlagten sie sich mit ihrem Dorfpfarrer. Das Ergebnis war, daß Elisabeth Lavenza zu einer Mitbewohnerin unseres Hauses und – mir teurer als eine Schwester – die schöne und angebetete Gefährtin all meiner Beschäftigungen und Vergnügen wurde.

Jedermann verliebte sich in Elisabeth. Ich teilte die freudige und beinahe ehrfurchtsvolle Zuneigung, die alle ihr entgegenbrachten, und sie wurde mein Stolz und die Quelle meines Entzückens. An dem Abend, bevor sie Einzug in unser Haus hielt, hatte meine Mutter scherzhaft gesagt: »Ich habe ein hübsches Geschenk für meinen kleinen Viktor – gleich morgen soll er es erhalten!« Und als sie mir am folgenden Morgen Elisabeth als das versprochene Geschenk vorstellte, nahm ich in meinem kindlichen Sinn ihre Worte als bare Münze und betrachtete das Mädchen als die meine; als sei es nur an mir, sie zu beschützen, zu lieben und in Ehren zu halten. Ich war stolz auf alles Lob, das ihr gezollt wurde. Wir nannten einander gewöhnlich Cousin und Cousine, aber es gab kein Wort, keinen Ausdruck, der dem besonderen Verhältnis hätte gerecht werden können, in dem wir zueinander standen; sie war mir mehr als meine Schwester, denn sie sollte allein die meine bleiben, bis der Tod uns trennte.

Kapitel Zwei

Wir wurden gemeinsam aufgezogen; zwischen uns bestand ein Altersunterschied von nicht ganz einem Jahr. Ich brauche nicht zu betonen, daß uns Uneinigkeiten oder Streit jeder Art fremd waren. Harmonie war die Seele unserer Zweisamkeit, und die Verschiedenartigkeiten und Gegensätzlichkeiten in unseren Charakteranlagen banden uns nur noch enger zusammen. Elisabeth war von ruhigerem und gesammelterem Wesen, während ich mich eingehender mit den praktischen Aspekten der Dinge befaßte und von Wissensdurst geplagt war. Sie beschäftigte sich mit den ätherischen Schöpfungen der Poeten und den majestätischen und ehrfurchtgebietenden Szenerien, die unseren Schweizer Wohnsitz umgaben – die Erhabenheit der Berge, die Wechsel der Jahreszeiten, die Stille des Winters und das Leben und Weben des alpinen Sommers –; sie fand in Hülle und Fülle Dinge, die sie in Verwunderung und Entzücken versetzten. Während meine Gefährtin sich mit Ernsthaftigkeit und Befriedigung der großartigen Welt der Erscheinungen widmete, erfreute ich mich an der Untersuchung ihrer Ursachen. In meinen Augen war die Welt ein Geheimnis, das zu entschleiern ich mich sehnte. Neugierde; ein ernsthaftes Verlangen nach Erkenntnis der verborgenen Naturgesetze; und an Verzückung grenzende Freude, wenn sie sich mir offenbarten – diese Empfindungen gehören zu meinen frühesten Erinnerungen.

Nach der Geburt eines zweiten Sohnes, der sieben Jahre nach mir zur Welt kam, gaben meine Eltern ihr Wanderleben gänzlich auf und setzten sich in ihrer Heimat zur Ruhe. Wir besaßen ein Haus in Genf und eine *campagne* auf Belrive, dem Ostufer des Sees, gut eine Meile von der Stadt entfernt. Wir wohnten die meiste Zeit über in diesem Landhaus, und das Leben meiner Eltern verlief in ziemlicher Abgeschiedenheit. Es entsprach meinem Naturell, vielen Menschen aus dem Weg zu gehen und mich um so eifriger wenigen anzuschließen. Aus diesem Grunde bedeuteten mir Schulkameraden im allgemeinen nicht viel; nur mit einem einzigen von ihnen verband mich die engste Freundschaft.

Henri Clerval war der Sohn eines Genfer Kaufmannes. Er war ein Knabe von einzigartiger Begabung und Phantasie. Er liebte Wagnisse, Mühsal und sogar Gefahren um ihrer selbst willen. In den Büchern über Rittertum und Romanzen war er zu Hause. Er komponierte Heldenlieder und begann viele Erzählungen über Zauberei und ritterliche Abenteuer. Er versuchte uns zu überreden, daß wir uns verkleideten und Theaterstücke aufführten, deren Charaktere den Helden von Roncevalle, König Artus' Tafelrunde oder den Kreuzfahrern nachempfunden waren, die ihr Blut vergossen, um den Ungläubigen das Heilige Grab zu entreißen.

Kein Mensch hätte eine glücklichere Kindheit durchleben können als ich. Meine Eltern waren vom Geist der Güte und Nachsicht selbst durchdrungen. Wir spürten, daß sie nicht zu jenen Tyrannen gehörten, die nach Lust und Laune über das Los ihrer Kinder bestimmen, sondern die Urheber und Schöpfer der vielen Freuden waren, die wir genossen. Immer, wenn ich mit anderen Familien zusammenkam, wurde mir deutlich bewußt, wie gut ich es hatte, und meine erwachende Sohnesliebe wurde durch Dankbarkeit noch verstärkt.

Meine Launen und Leidenschaften waren zuweilen heftig; aber dank meiner besonderen Wesensveranlagung wurden sie umgewandelt, und ich verfolgte sie nicht in kindlicher Manier, sondern verwandelte sie in den brennenden Wunsch, zu lernen – einen Wunsch, der sich allerdings nicht unterschiedslos auf alle Dinge erstreckte. Ich gestehe, daß mich weder die Sprachen noch Regierungsprogramme oder die politischen Richtungen der verschiedenen Staaten interessierten. Es waren die Geheimnisse des Himmels und der Erde, die ich ergründen wollte. Ob es um äußere Substanz der Dinge oder den innewohnenden Geist der Natur und die mysteriöse Seele des Menschen ging, die mich beschäftigte – meine Fragen galten stets dem Metaphysischen, oder – in ihrem höchsten Sinn verstanden – den physikalischen Geheimnissen der Welt.

Henry Clerval hingegen befaßte sich sozusagen mit den ethischen Aspekten der Dinge. Das geschäftige Treiben auf der Bühne des Lebens, die Tugenden der Helden und die Taten der Menschen – dies waren seine Themen; und es war seine Hoffnung und sein Traum, daß irgendwann einmal sein Name unter jenen unerschrockenen und abenteuerlichen Wohltätern der Menschheit aufgezeichnet würde, die von der Geschichte überliefert werden.

Elisabeths heiligmäßige Seele schimmerte wie das Licht einer Altarkerze in unserem friedvollen Heim. Ihre Sympathie gehörte uns; ihr Lächeln, ihre sanfte Stimme, der unschuldige Blick aus ihren himmlischen Augen waren stets gegenwärtig, uns zu segnen und zu ermutigen. Sie war der lebendig gewordene Geist der Liebe, der die Seele besänftigt und zu sich erhebt; ich hätte über meinen Studien schwermütig und durch mein heftiges Wesen rücksichtslos werden können, aber sie war dort und unterwies mich durch das Beispiel ihrer Sanftheit. Und Clerval – welche Schlechtigkeit hätte in seiner vornehmen Gesinnung jemals Fuß fassen können? – und doch wäre er vielleicht nicht so vollkommen menschenfreundlich, so einsichtsvoll in seiner Großherzigkeit geworden; so voller Freundlichkeit und Sanftheit trotz seiner Vorliebe für abenteuerliche Taten, hätte sie ihn nicht zur wahren Schönheit der Wohltätigkeit angeregt und den Wunsch, Gutes zu tun, zum Ziel und Zweck seines brennenden Verlangens gemacht.

Es ist mir ein köstliches Vergnügen, in den Erinnerungen an meine Kindheit zu schwelgen; bevor das Unglück mir die Seele verdüstert und ihre lichten Visionen von umfassender, tätiger Nächstenliebe in trübes und bedrückendes Nachgrübeln über mich selbst verwandelt hat. Übrigens zeichnen sich in meinem Entwurf eines Bildes meiner frühen Jahre bereits jene Vorfälle ab, die in unmerklichen Schritten zu meiner nachfolgenden Geschichte des Elends führen: Denn wenn ich nach den Ursprüngen jener Leidenschaft forsche, die später mein Schicksal beherrschen sollte, so sehe ich sie wie einen Gebirgsbach aus kaum sichtbaren und fast vergessenen Quellen entspringen, aber im weiteren Laufe meines Lebens immer mehr anschwellen, bis sie endlich zum reißenden Strom wurde, der all meine Hoffnungen und Freuden hinwegschwemmte.

Die Naturphilosophie ist der Leitstern geworden, der mein Leben bestimmte; deshalb bestehe ich darauf, in diesem Bericht jene Umstände aufzuzählen, die zu meiner Vorliebe für diese Wissenschaft geführt haben.

Als ich dreizehn Jahre alt war, unternahmen wir alle eine Landpartie zu den Bädern von Thonon – aber der Wettergott zürnte und zwang uns, einen ganzen Tag im Gasthof des Ortes zu verbringen. Zufällig fiel mir in jenem Haus ein Band der Werke von Cornelius Agrippa in die Hände. Ich öffnete ihn ohne sonderliches Interesse, aber die Theorie, die er darzulegen versucht, und die wundersamen Tatsachen, von denen er berichtet, ließen meine Gleichgültigkeit bald in

Begeisterung umschlagen. Ein neues Licht schien meinen Geist zu erhellen, und ich eilte hüpfend vor Freude zu meinem Vater und sprach mit ihm von meiner Entdeckung. Mein Vater warf nur einen flüchtigen Blick auf die Titelseite des Buchs und sagte nur: »Ah, der Wunderdoktor von Nettesheim! Mein lieber Viktor, verschwende nicht deine Zeit mit ihm; es ist wertloser Plunder.«

Wenn mein Vater sich nicht mit dieser Bemerkung begnügt, sondern sich die Mühe gemacht hätte, mir zu erklären, daß Agrippas Thesen aus dem 16. Jahrhundert inzwischen vollständig überholt waren und man ein modernes System der Wissenschaft eingeführt hatte, das von größerer Erklärungskraft als das klassische war, dessen Lehrsätze mehr der Vorstellungskraft als der Empirie entsprangen, ja, dann hätte ich die alte Schrift gewiß beiseitelegen und meine angeregte Einbildungskraft befriedigen können, indem ich mit vermehrtem Eifer zu meinen früheren Studien zurückgekehrt wäre. Es ist sogar möglich, daß mein Denken in diesem Fall niemals die verhängnisvolle Richtung eingeschlagen hätte, die zu meinem Verderben führen sollte. Aber der flüchtige Blick, mit dem mein Vater den Band bedacht hatte, überzeugte mich keineswegs davon, daß er mit dessen Inhalt vertraut war; und ich setzte meine Lektüre mit dem größten Eifer fort.

Als ich nach Hause kam, sorgte ich als erstes dafür, mir die sämtlichen Werke dieses Autors zu beschaffen; danach folgten Paracelsus und Albertus Magnus. Ich las und studierte die wilden Phantasien dieser Schriftsteller mit Entzücken; sie kamen mir wie Schätze vor, die nur wenige Menschen außer mir kannten. Wie bereits gesagt, erfüllte mich immer schon ein brennendes Verlangen, die Geheimnisse der Natur zu ergründen. Trotz der großen Anstrengungen und der wunderbaren Entdeckungen der modernen Gelehrten ließen mich meine Studien stets unzufrieden und unerfüllt zurück. Wie man sich von Sir Isaac Newton erzählt, bekannte er, daß er sich wie ein Kind vorkam, das am Ufer des großen und unbekannten Ozeans der Wahrheit Muscheln auflas. Diejenigen seiner Nachfolger auf allen Gebieten der Naturphilosophie, mit denen ich vertraut wurde, erschienen selbst meinem kindlichen Verständnis wie Laien, die ein gemeinsames Interesse verband.

Der ungebildete Landmann nahm die Elemente um sich wahr und machte sich mit ihrer praktischen Nutzung vertraut. Der im höchsten Maße gelehrte Naturphilosoph wußte nur wenig mehr. Er hatte das Antlitz der Natur zum Teil entschleiert, aber ihre unsterblichen Züge waren ihm noch immer ein Wunder und ein Geheimnis. Er mochte zerteilen, zergliedern und Namen vergeben, so viel er nur wollte; aber selbst die Stoff- und die Formursachen waren ihm vollständig unbekannt – ganz zu schweigen von den Zielursachen. Ich hatte einen Blick auf die Befestigungen und Hindernisse geworfen, die Menschen davon abhielten, die Zitadelle der Natur zu erstürmen, und vorschnell und einfältig darüber gemurrt.

Aber hier waren Bücher, und hier waren Männer, die tiefer in die Geheimnisse der Natur eingedrungen waren und mehr wußten. Ich glaubte aufs Wort alles, was sie behaupteten, und wurde ihr Schüler. Es mag seltsam erscheinen, daß so etwas im achtzehnten Jahrhundert möglich war; aber ich hatte zwar den üblichen Unterricht in den Schulen Genfs genossen, war jedoch hinsichtlich meiner Lieblingsstudien auf mich selbst gestellt gewesen. Mein Vater war kein Mann der Wissenschaft, und es hatte an mir gelegen, den Kampf zwischen meiner kindlichen Verblendung und der Wißbegier eines Studiosus auszufechten. Unter der Anleitung meiner neuen Lehrer machte ich mich mit Feuereifer auf die Suche nach dem Stein der Weisen und dem Lebenselixier – aber dem letzteren galt schließlich mein ungeteiltes Interesse. Reichtum galt mir nicht viel, aber welch einen Ruhm würde mir diese Entdeckung einbringen, wenn es mir gelänge, den menschlichen Leib von Krankheiten zu heilen und die Menschheit von allen Übeln bis auf einen gewaltsamen Tod zu befreien!

Doch waren dies nicht meine einzigen Träume. Das Zitieren von Geistern oder Dämonen stellte ein Versprechen dar, das meine Lieblingsautoren bereitwillig gaben und dessen Erfüllung ich mir aufs sehnlichste wünschte; und meinen ständigen Mißerfolg bei Beschwörungen schrieb ich eher meiner eigenen Unerfahrenheit und meinen Fehlern zu als einem Mangel an Fähigkeiten oder gar Glaubwürdigkeit meiner Lehrer. Auf diese Weise war ich eine Zeitlang von längst verworfenen Denksystemen in Anspruch genommen; vermengte wie ein Unkluger tausend widersprüchliche Theorien und quälte mich verzweifelt durch einen wahren Sumpf unvereinbaren Wissens; geleitet durch eine blühende Vorstellungskraft und kindliche Vernünftelei – bis ein neuerlicher Vorfall mein Denken wieder einmal in andere Bahnen lenkte.

Ich war etwa fünfzehn Jahre alt, und unsere Familie hatte sich inzwischen in das Haus in der Nähe von Belrive zurückgezogen, als wir ein sehr heftiges und fürchterliches Unwetter erlebten. Es kam von jenseits des Juragebirges. Der Donner brach unvermittelt mit entsetzlichem Getöse von verschiedenen Himmelsrichtungen zugleich los. Ich blieb während des ganzen Unwetters in der Tür stehen und beobachtete seinen Verlauf voller Neugier und Entzücken. Plötzlich gewahrte ich einen feurigen Strahl, der von der alten und herrlichen Eiche auszugehen schien, die rund zwanzig Meter von unserem Haus entfernt stand, und sobald das blendende Licht erlosch, war die Eiche bis auf einen verkohlten Stumpf verschwunden. Als wir den Stumpf am folgenden Morgen näher untersuchten, stellten wir fest, daß der Baum auf einzigartige Weise zerschmettert worden war. Der Blitzschlag hatte ihn nicht nur zersplittert, sondern gänzlich zu dünnen

Spänen zerfetzt. Ich hatte nie zuvor etwas erblickt, das so vollständig zerstört worden war.

Vor diesem Vorfall war ich mit den erkennbaren Gesetzen der Elektrizität durchaus nicht unvertraut gewesen. Aber bei dieser Gelegenheit hatte ein in der Naturphilosophie sehr bewanderter Gast bei uns geweilt, der – von diesem Unglück angeregt – sich auf die Erläuterung einer Theorie einließ, die er über Elektrizität und Galvanismus entwickelt hatte. Seine Einsichten kamen mir zugleich neu und erstaunlich vor. Was dieser Mann sagte, stellte Cornelius Agrippa, Albertus Magnus und Paracelsus – die Herrscher meiner Phantasie – weitgehend in den Schatten, doch leider tötete der Umsturz dieser Männer die Lust in mir, meine gewohnten Studien fortzusetzen. Mir schien es, als würden oder könnten wir Menschen niemals etwas wissen. Alles, was so lange mein Interesse erregt hatte, wurde mir unvermittelt verächtlich. In einer jener Launen des Gemütes, denen wir in der frühen Jugend wohl am meisten unterworfen sind, gab ich mit einem Male meine frühere Beschäftigung auf; ich verwarf die Naturphilosophie mitsamt ihren Abkömmlingen als mißgebildete und lebensunfähige Schöpfungen der Vernunft und empfand den tiefsten Abscheu gegenüber einer Möchtegern-Wissenschaft, die niemals auch nur zur Schwelle wirklichen Wissens gelangen können würde. In dieser Stimmung nahm ich meine Zuflucht bei der Mathematik und den Disziplinen, die mit ihr zusammenhingen, denn von ihr nahm ich an, daß sie auf sicherer Grundlage ruhte und deshalb meiner Beachtung wert war.

So sonderbar sind unsere Seelen beschaffen, und von solch kleinen Zufällen hängt unser Wohlergehen oder unser Untergang ab. Wenn ich zurückschaue, will mir scheinen, als sei dieser ans Wunderbare grenzende Wandel in meinen Neigungen und Vorsätzen auf den unmittelbaren Einfluß meines Schutzengels zurückzuführen gewesen – der letzte Versuch, den dieser Geist der Bewahrung unternahm, um den Sturm abzuwenden, der schon damals in meinen Sternen stand; bereit, über mich hereinzubrechen. Der Sieg meines Engels zeigte sich durch eine ungewöhnliche Ruhe und Freude meiner Seele, die dem Aufgeben meiner überholten und neuerdings quälenden Studien folgten. Auf diese Weise wurde ich gelehrt, Böses mit der Verfolgung derartiger Studien zu verbinden, und Glück mit ihrer Verachtung.

Der gute Geist unternahm eine gewaltige Anstrengung; allein, sie war vergebens. Die Schicksalsgöttin war zu mächtig, und in ihren unumstößlichen Regeln lag meine äußerste und schreckliche Vernichtung beschlossen.

Kapitel Drei

Als ich siebzehn Jahre alt wurde, beschlossen meine Eltern, daß ich Student an der Universität von Ingolstadt werden sollte. Bisher hatte ich zwar die Genfer Schulen besucht, aber mein Vater hielt es zur Vervollständigung meiner Erziehung für notwendig, daß ich auch mit anderen Sitten als denen meines Geburtslandes vertraut wurde. Meine Abreise war also zu einem frühen Zeitpunkt anberaumt worden; aber noch bevor der festgesetzte Tag herankam, ereilte mich das erste Unglück meines Lebens.

Elisabeth hatte Scharlach bekommen; ihre Erkrankung war sehr heftig, und sie schwebte in großer Gefahr. Während des normalen Verlaufs ihrer Krankheit hatten wir alle möglichen Gründe angeführt, weshalb meine Mutter davon Abstand nehmen sollte, sich dem Krankenlager zu nähern. Anfangs hatte sie unseren dringlichen Mahnungen Gehör geschenkt, aber als sie hörte, daß das Leben ihres Lieblings bedroht war, konnte sie ihre Angst nicht länger bezähmen. Sie eilte an Elisabeths Krankenbett – ihre aufopferungsvolle Pflege besiegte die bösartige Krankheit –, Elisabeth wurde gerettet; aber für ihre Retterin waren die Folgen ihrer Unbesonnenheit fatal. Am dritten Tag wurde meine Mutter krank; ihr Fieber war von höchst alarmierenden Symptomen begleitet, und die Blicke, die ihre behandelnden Ärzte einander zuwarfen, ließen das Schlimmste befürchten. Auch auf ihrem Sterbelager wurde diese beste aller Frauen nicht von ihrer Tapferkeit und Milde verlassen. Sie legte Elisabeths Rechte in meine Hand und sagte: »Meine Kinder, meine höchsten Hoffnungen auf künftiges Glück gründeten sich auf eure spätere Vereinigung. Diese Erwartung wird nun den Trost eures Vaters darstellen. Elisabeth, meine Liebe, du mußt meinen Platz bei meinen jüngeren Kindern einnehmen. Ach! wie schmerzt es mich, von euch genommen zu werden; ist es nicht hart, euch verlassen zu müssen, da ihr alle mich glücklich gemacht und geliebt habt? Aber derartige Gedanken schicken sich nicht für mich; ich will versuchen, mich freudig dem Tod zu überlassen, und mich der Hoffnung ergeben, in einer anderen Welt mit euch wiedervereint zu werden.«

Sie starb friedlich; und noch im Tode drückte ihre Miene Liebe aus. Ich brauche die Gefühle derjenigen, denen der liebste Mensch jenem unwiderruflichsten aller Übel erlegen ist, nicht zu beschreiben; die Leere, die ein solcher Verlust in ihren Herzen hinterläßt; und die Verzweiflung in den Zügen der Hinterbliebenen. Es dauert so lange, bis der Verstand begreift, daß der Mensch, den wir täglich sahen und dessen Dasein wir als zu unserem eigenen Leben gehörig betrachteten, für immer von uns ging – daß der Glanz eines geliebten Auges erloschen, der Klang einer vertrauten und so gern vernommenen Stimme verstummt sein kann, um niemals mehr zu erklingen. Dies sind die Gedanken an den ersten Tagen; aber wenn das Verstreichen der Zeit die Wirklichkeit des Verlusts ins Bewußtsein dringen läßt – dann erst beginnt die wahre Betrübnis. Aber von wem hätte die grausame Hand des Schicksals nicht bereits einen geliebten Menschen fortgerissen? Weshalb also sollte ich einen Kummer beschreiben, den alle Menschen fühlten und fühlen müssen? Endlich naht die Zeit heran, da der Kummer eher ein wehmütiges Sich-Erinnern als ein Bedürfnis darstellt und er uns das Lächeln auf unseren Lippen zwar wie eine Entweihung vorkommen läßt, aber nicht gänzlich verbannt. Meine Mutter war tot, aber wir hatten immer noch Pflichten zu erfüllen; wir, die Hinterbliebenen, mußten unser Leben weiterführen und lernen, uns glücklich zu schätzen, daß der Verderber uns noch verschont hatte.

Meine Abreise nach Ingolstadt, die wegen der geschilderten Ereignisse aufgeschoben worden war, wurde nun beschlossen. Ich erreichte bei meinem Vater einen Aufschub von einigen Wochen. Es kam mir wie ein Sakrileg vor, die Stille des Trauerhauses so früh schon zu verlassen und mich in den Trubel des Lebens zu stürzen. Der Kummer war zwar eine neue Erfahrung für mich, aber er nahm mich deswegen nicht weniger mit. Ich war nicht geneigt, auf den Anblick jener zu verzichten, die mir verblieben waren; und vor allem wollte ich meine liebliche Elisabeth wenigstens halbwegs getröstet sehen.

Tatsächlich verbarg sie ihren Kummer und bemühte sich, uns alle zu trösten. Sie hielt ihren Blick fest auf das Leben gerichtet und kam ihren Alltagspflichten mit Mut und Eifer nach. Sie widmete sich jenen, die mit Onkel und Cousins anzusprechen man sie gelehrt hatte. Niemals war sie so bezaubernd wie in dieser Zeit, in der sie sich ihres sonnigen Lächelns erinnerte und es uns schenkte. In ihrem Bemühen, uns die Sorgen vergessen zu machen, vergaß sie sogar ihren eigenen Kummer.

Der Tag meines Scheidens stand bevor. Clerval verbrachte

den letzten Tag bei uns. Er hatte sich bemüht, seinen Vater zu der Erlaubnis zu überreden, mich zu begleiten und mein Mitstudent zu werden; aber vergebens. Sein Vater war ein engstirniger Handelsmann und erblickte in den Bestrebungen seines Sohnes Müßiggang und späteren Ruin. Henry empfand es als Unglück, von einer liberalen Erziehung ausgeschlossen zu sein. Er sprach nicht viel; aber wenn er etwas sagte, las ich in seinem brennenden und seelenvollen Blick den nicht geäußerten, aber festen Entschluß, sich von den verächtlichen Dingen, mit denen ein Kaufmann sich abgeben muß, nicht in Ketten legen zu lassen.

Wir saßen noch spät zusammen. Wir konnten uns nicht voneinander trennen und uns nicht überwinden, das Wort ›Lebewohl‹ auszusprechen. Schließlich wurde es gesagt, und jeder von uns zog sich unter dem Vorwand zurück, er bedürfe der Ruhe, und jeder glaubte, den anderen getäuscht zu haben; aber als ich in der Morgendämmerung zu dem Wagen hinabstieg, der bereitstand, mich fortzuführen, standen sie alle dort – mein Vater, um mich noch einmal zu segnen, Clerval, um mir noch einmal die Hand zu drücken, und meine Elisabeth, um mich noch einmal zu bitten, ihr recht oft zu schreiben, und um ihrem Spielkameraden und Freund die letzten weiblichen Aufmerksamkeiten zukommen zu lassen.

Ich warf mich in die Kalesche, die mich entführen sollte, und gab mich den traurigsten Gedanken hin. Ich, der ich stets von den liebenswürdigsten Gefährten umgeben und ständig bemüht gewesen war, anderen Vergnügen zu bereiten, war nun allein. In der Universität, zu der ich unterwegs war, würde ich mir meine eigenen Freunde suchen und mein eigener Beschützer sein müssen. Mein bisheriges Leben war ungewöhnlich abgeschirmt und häuslich gewesen, und diese Lebensweise hatte mir eine unüberwindliche Abneigung neuen Gesichtern gegenüber eingegeben. Ich liebte meine Brüder, Elisabeth und Clerval; dies waren ›alte, vertraute‹

Gesichter; und ich glaubte mich vollständig unvorbereitet auf die Gesellschaft Fremder. Dies waren die Grübeleien, denen ich mich zu Beginn der Fahrt hingab; aber je mehr ich mich meinem Ziel näherte, desto höher stiegen meine Stimmung und meine Hoffnungen. Ich verlangte brennend nach Wissen. Zu Hause hatte ich oft gedacht, daß es mir schwerfallen würde, meine ganze Jugend an ein und demselben Ort zu verbringen, und ich hatte mich danach gesehnt, in die Welt hinauszugehen und meinen Platz unter anderen Menschen einzunehmen. Nun wurden meine Wünsche erfüllt, und es wäre in der Tat töricht gewesen, dies zu bereuen.

Während meiner langen und ermüdenden Fahrt nach Ingolstadt hatte ich genügend Muße für diese und andere Überlegungen. Endlich erblickte ich den hohen, weißen Kirchturm der Stadt. Als wir anhielten, stieg ich aus dem Wagen und wurde in meine einsame Unterkunft geführt, wo ich den Abend nach Belieben verbringen konnte.

Am folgenden Morgen reichte ich meine Empfehlungsschreiben ein und stattete einigen der wichtigsten Professoren einen Besuch ab. Der Zufall – oder vielmehr der unheilvolle Einfluß; der Engel der Vernichtung, der von dem Augenblick an, als ich meine zögernden Schritte von der Tür meines Vaterhauses fortgelenkt hatte, eine unwiderstehliche Macht über mich ausübte – führte mich zuerst zu Magister Krempe, Professor für Naturphilosophie. Er war ein ungeschlachter Mann, aber tief mit den Geheimnissen seiner Wissenschaft vertraut. Er stellte mir Fragen über meinen Wissensstand in den verschiedenen Zweigen der Naturphilosophie. Ich antwortete unbekümmert und erwähnte mit einer gewissen Verachtung die Namen meiner Alchemisten als der wichtigsten Autoren, die ich studiert hatte. Der Professor starrte mich an und sagte: »Habt Ihr wirklich Eure Zeit damit verbracht, derlei Unsinn zu studieren?«

Ich bejahte. »Jede Minute«, fuhr Magister Krempe erregt

fort, »jeder Augenblick, den Ihr auf diese Bücher verschwendet habt, ist vollständig und für alle Zeit verloren. Ihr habt Euer Gedächtnis mit überholten Denkweisen und nutzlosen Namen belastet. Großer Gott! In welchem verlassenen Land habt Ihr nur gelebt, in dem niemand die Freundlichkeit besaß, Euch darauf hinzuweisen, daß diese Phantastereien, die Ihr so begierig aufgenommen habt, tausend Jahre alt sind und daher veraltet sein *müssen*? Ich bin einigermaßen überrascht, in diesem aufgeklärten und wissenschaftlichen Zeitalter einen Schüler von Albertus Magnus und Paracelsus zu finden. Mein lieber Herr, Ihr müßt Eure Studien gänzlich von neuem beginnen.«

Nach diesen Worten trat er beiseite, um eine Liste mit den Titeln verschiedener Bücher über die Naturphilosophie zusammenzustellen, von denen er wünschte, daß ich sie mir besorgte; dann entließ er mich mit dem Hinweis, er beabsichtige, mit Beginn der kommenden Woche eine Vorlesungsreihe über die Naturphilosophie in ihren allgemeinen Aspekten abzuhalten, und sein Kollege, Magister Waldmann, werde an den anderen Tagen Vorlesungen über Chemie halten.

Ich kehrte guten Gewissens nach Hause zurück, denn ich hatte ja gesagt, daß ich diese Autoren, die der Professor verwarf, schon vor langer Zeit als nutzlos erkannt hatte; andererseits war ich nicht sonderlich geneigt, diese Studien in welcher Form auch immer wieder aufzunehmen. Magister Krempe war ein kleiner, untersetzter Mann mit einer barschen Stimme und abstoßenden Gesichtszügen; deshalb nahm mich der Lehrer nicht gerade zugunsten seines Fachs ein. Ich habe ja bereits – wenn auch vielleicht in zu philosophischer und knapper Form – dargelegt, zu welchen Schlußfolgerungen ich in meinen frühen Jahren gekommen war. Als ich ein Kind war, hatten mir die wissenschaftlichen Ergebnisse, die moderne Professoren der Naturphilosophie in Aussicht stellten, nicht genügt. Ich war in einer gedanklichen Verwirrung, für die man nur meine allzu große Jugend und das Fehlen einer Anleitung in diesen Dingen verantwortlich machen kann, den Weg des Wissens in der Zeit zurückgegangen und hatte die Erkenntnisse moderner Forscher gegen die Träume längst vergessener Alchemisten eingetauscht. Außerdem verachtete ich die Art und Weise, wie die moderne Naturphilosophie angewendet wurde. Damals hatten die Meister der Wissenschaft nach Unsterblichkeit und Macht gesucht; das war eine ganz andere Sache gewesen; solche Perspektiven waren großartig, so irrig sie auch sein mochten; aber heute hatten sich die Verhältnisse geändert. Der Ehrgeiz der Forscher schien sich auf die Vernichtung jener Visionen zu beschränken, auf die mein Interesse an der Wissenschaft hauptsächlich gegründet war. Ich sollte die Chimären grenzenloser Größe gegen banale Realitäten eintauschen.

Derart waren meine Überlegungen während der ersten zwei oder drei Tage meines Aufenthaltes in Ingolstadt, die ich hauptsächlich darauf verwendete, mich mit den Örtlichkeiten und den bedeutendsten Bürgern meines neuen Wohnsitzes vertraut zu machen. Aber zu Beginn der neuen Woche gedachte ich des Hinweises, die Magister Krempe mir bezüglich seiner Vorlesungen gemacht hatte. Und wenn ich es auch nicht über mich bringen konnte, hinzugehen und diesen kleinen, eingebildeten Wicht seine Sentenzen von einem Katheder herab verkünden zu hören, erinnerte ich mich doch an das, was er über Magister Waldmann gesagt hatte, dem ich noch nicht begegnet war, da er sich bisher außerhalb der Stadt aufgehalten hatte.

Teils aus Neugier, teils aus Muße begab ich mich in den Vorlesungsraum, den Magister Waldmann kurz darauf betrat. Dieser Professor hatte nur wenig Ähnlichkeit mit seinem Kollegen. Er schien etwa fünfzig Jahre zu zählen und strahlte äußerstes Wohlwollen aus. Sein Haar war an den Schläfen leicht ergraut, am Hinterhaupt jedoch noch fast schwarz; seine Statur war untersetzt, aber er hielt sich bemerkenswert gerade; und seine Stimme war die angenehmste, die ich je vernommen hatte. Er begann seine Vorlesung mit einem Abriß der Geschichte der Chemie sowie einer Aufzählung der Fortschritte, die Gelehrte verschiedener Fachrichtungen erzielt hatten, wobei er die Namen der hervorragendsten Entdecker mit Begeisterung aussprach. Dann beleuchtete er kurz den gegenwärtigen Stand dieser Wissenschaft und erläuterte ihre vielen Grundbegriffe. Nachdem er noch ein paar einleitende Experimente vorgeführt hatte, schloß er mit einer Lobrede über die moderne Chemie, deren Wortlaut ich wohl niemals vergessen werde:

»Alle alten Lehrmeister dieser Wissenschaft«, sagte er, »versprachen Unmögliches und vollbrachten nichts. Die modernen Meister versprechen sehr wenig; sie wissen, daß sich Metalle nicht transmutieren lassen und daß das Lebenselixier ein Hirngespinst ist. Aber diese Gelehrten, deren Hände nur dazu zu dienen scheinen, im Schmutz herumzusuchen, und deren Augen nur dazu, um in Mikroskope oder Tiegel zu starren – sie vollbringen die eigentlichen Wunder. Sie dringen in die Tiefen der Natur ein und zeigen, wie sie an ihren verborgenen Orten wirkt. Sie schwingen sich in den Himmel empor; sie zeigen, wie das Blut zirkuliert und wie die Luft beschaffen ist, die wir atmen. Sie haben sich bisher unbekannte und nahezu unbegrenzte Kräfte nutzbar gemacht; sie können dem Donner des Himmels gebieten, ein Erdbeben nachahmen und spotten sogar der Welt des Unsichtbaren mit ihren dunklen Geheimnissen.«

Dies waren die Worte des Professors – oder laßt mich lieber sagen, die Worte des Schicksals; ausgesprochen, um mich zu verderben. Während Magister Waldmann fortfuhr, hatte ich das Gefühl, als ringe meine Seele mit einem leibhaftigen Feind; Taste um Taste meines inneren Mechanismus wurde getätigt; Saite um Saite wurde angeschlagen; und bald darauf war da nur noch *ein* Gedanke, *ein* Begriff, *ein* Ziel, das mich ausfüllte. So vieles wurde bereits erreicht, rief die Seele Frankensteins aus – mehr, weit mehr, will ich erreichen; indem ich in die Fußstapfen meiner Vorgänger trete, will ich einen neuen Weg erschließen, unbekannte Kräfte erforschen und der Welt die tiefsten Geheimnisse der Schöpfung erschließen.

In jener Nacht tat ich kein Auge zu. Mein Innerstes befand sich in einem Zustand der Verwirrung und des Aufruhrs; ich ahnte zwar, daß daraus eine neue Ordnung entstehen würde, hatte aber nicht die Kraft, sie zu schaffen. Nach Anbruch der Morgendämmerung nahte sich allmählich der Schlaf. Als ich daraus erwachte, dünkten mich die Gedanken der Nacht wie ein Traum. Das einzige, was blieb, war mein Entschluß, zu meinen alten Forschungen zurückzukehren und mich einer Wissenschaft zu verschreiben, für die ich ein natürliches Talent zu besitzen glaubte. Noch an demselben Tage stattete ich Magister Waldmann einen Besuch ab. Im privaten Bereich war sein Verhalten noch angenehmer und anziehender als vor Publikum, denn in den Vorlesungen war sein Gebaren von einer gewissen Würde, die in seinem Heim durch die größte Freundlichkeit und Güte ersetzt wurde. Ich schilderte ihm meine früheren Beschäftigungen mit fast denselben Worten, wie ich sie seinem Professor-Kollegen gegenüber gebraucht hatte. Er lauschte aufmerksam meinem Bericht über meine Studien und lächelte bei den Namen Cornelius Agrippa und Paracelsus, aber ohne die Geringschätzung, die Magister Krempe gezeigt hatte. Er sagte: »Dies waren Männer, deren unermüdlichem Eifer moderne Gelehrte die Grundlagen ihres Wissens verdanken. Sie haben uns nur die leichtere Aufgabe hinterlassen, neue Benennungen zu ersinnen und die Fakten, die sie in großem Umfang ans Tageslicht gebracht haben, in logisch verknüpfte Klassifikationen einzuordnen. Die Arbeiten genialer Männer – so irrig die Annahmen, auf denen sie gründen, auch sein mögen – verfehlen ja selten, letztlich zum Fortschritt der Menschheit beizutragen.« Ich lauschte seinen Ausführungen, die ohne jede Anmaßung oder Heuchelei vorgetragen wurden, dann erwiderte ich, seine Vorlesung habe meine Vorurteile gegen moderne Chemiker ausgeräumt; ich drückte mich in wohlgesetzter Rede aus; mit der Bescheidenheit und Achtung, die ein junger Mensch seinem Lehrer schuldet, ohne auch nur ein Wort (jede Andeutung über meine Unerfahrenheit hätte mich erröten lassen) über die Begeisterung zu verlieren, mit der ich meiner künftigen Arbeit entgegensah, und erbat lediglich seinen Rat, welche Bücher ich mir besorgen sollte.

»Ich schätze mich glücklich«, sagte Magister Waldmann, »einen Schüler gewonnen zu haben; und wenn Eure Hingabe Euren Fähigkeiten entspricht, zweifle ich nicht an Eurem Erfolg. Die Chemie ist jener Zweig der Naturphilosophie, in dem die größten Fortschritte gemacht wurden und wohl auch zu erwarten sind; deshalb habe ich sie zu meinem speziellen Fachgebiet gemacht; aber dies bedeutet nicht, daß ich die übrigen Wissenschaftsbereiche vernachlässigt hätte. Ein Forscher, der sich nur einem einzigen Zweig des menschlichen Wissens verschriebe, gäbe einen armseligen Chemiker ab. Falls Ihr den Wunsch habt, ein rechter Mann der Wissenschaft zu werden und nicht nur ein unbedeutender Experimentator, gebe ich Euch den Rat, Euch mit jedem Zweig der Naturphilosophie zu befassen, einschließlich der Mathematik.«

Dann zeigte er mir sein Laboratorium und erklärte mir Sinn und Zweck der verschiedenen Apparate, führte im einzelnen auf, was ich mir beschaffen sollte, und versprach mir, ich dürfe seine eigenen Gerätschaften benutzen, sobald ich tief genug in die Chemie eingedrungen wäre, um diese teuren Apparate nicht zu beschädigen. Zum Abschied gab er mir die Bücherliste, um die ich ihn gebeten hatte, und entließ mich.

So endete ein denkwürdiger Tag, der mein weiteres Schicksal entscheidend beeinflussen sollte.

Kapitel Vier

Von diesem Tage an wurde die Naturphilosophie und besonders die Chemie im umfassendsten Sinne nahezu meine einzige Leidenschaft. Ich las mit Eifer die Bücher, die moderne Forscher über diese Gegenstände geschrieben haben und die so voller Genie und Scharfsinn waren. Ich besuchte die Vorlesungen und pflegte die Bekanntschaft mit Männern der Wissenschaft an der Universität; sogar Magister Krempe erwies sich als Quell der Gelehrsamkeit und des gesunden Menschenverstandes, und seine abstoßenden Gesichtszüge und Manieren taten dem keinerlei Abbruch. In Magister Waldmann fand ich einen wahren Freund. Seine Freundlichkeit wurde niemals durch Dogmatismus getrübt, und seine Unterweisungen erfolgten mit einer Freimütigkeit und Herzlichkeit, daß niemand ihn als pedantisch bezeichnet hätte. Er glättete mir auf tausendfältige Weise den Pfad des Wissens und verstand es, selbst auf meine verworrensten Fragen derart klare und verständliche Antworten zu geben, daß ich sie leicht begreifen konnte. In der ersten Zeit war mein Eifer schwankend und ungewiß; dann wurde er entschlossener; und bald wurde er so glühend und hingebungsvoll, daß häufig das Licht der Sterne in der Morgendämmerung verblaßte, während ich noch in meinem Laboratorium geschäftig war.

Bei solcher Hingabe blieb es nicht aus, daß ich rasche Fortschritte machte. Mein glühender Eifer erregte in der Tat die Verwunderung meiner Mitstudenten, und meine Tüchtigkeit erstaunte die Magister. Professor Krempe fragte mich häufig mit einem anzüglichen Lächeln, wie ich mit Cornelius Agrippa vorankäme, während Magister Waldmann aufrichtiges Lob wegen meines Lernerfolgs aussprach. Zwei Jahre vergingen auf diese Weise, ohne daß ich einen Besuch in Genf gemacht hätte, denn ich hatte mich mit Leib und Seele dem

Bemühen um einige Entdeckungen verschrieben, die ich zu machen hoffte. Wer sie noch niemals selbst erfahren hat, kann die Faszination, die von der Wissenschaft ausgeht, nicht begreifen. In anderen Fächern kann man nur so weit voranschreiten, wie andere vor einem gegangen sind, und damit ist das Wissen auf diesen Bereich erschöpft; aber bei der wissenschaftlichen Forschung gibt es immer etwas zu entdecken und zu bestaunen. Ein Geist von bescheidenem Fassungsvermögen, der sich intensiv mit einem Fach befaßt, muß zwangsläufig große Tüchtigkeit auf diesem Gebiet erwerben; ich hingegen – der ich ständig ein bestimmtes Ziel vor Augen hatte; der ich völlig in diesem Studium aufging – kam so rasch voran, daß ich nach Ablauf von zwei Jahren mehrere Erfindungen zur Verbesserung der chemischen Apparaturen machte, die mir in der Universität große Wertschätzung und Bewunderung einbrachten. Bald war ich mit der Theorie und Praxis der Naturphilosophie bereits so weit vertraut, daß mir die Vorlesungen sämtlicher Professoren in Ingolstadt nichts Neues mehr beibringen konnten und mein Verweilen dort nicht länger zu meinem Vorwärtskommen beigetragen hätte; und ich dachte bereits daran, zu den Freunden in meiner Geburtsstadt zurückzukehren, als sich ein Vorfall ereignete, der mich zum Bleiben bestimmte.

Zu den Dingen, die mein Interesse in besonderem Maße angeregt hatten, gehörte der Aufbau des Körpers beim Menschen und natürlich bei jedem mit Leben begabten Tier. Woraus, so fragte ich mich häufig, ging das Prinzip des Lebens hervor? Es war eine kühne Frage, die seit jeher als ein Geheimnis betrachtet worden war; aber bei wie vielen Dingen stünden wir wohl kurz vor der Erkenntnis, wenn nicht Feigheit oder Nachlässigkeit unseren Forschungen Einhalt geboten hätte! Ich wälzte diese Überlegungen immer wieder in meinem Kopf und beschloß schließlich, mich eingehender mit jenen Zweigen der Naturphilosophie zu beschäftigen, die mit der Physiologie zusammenhängen. Hätte mich nicht ein beinahe übernatürliches Interesse angetrieben, wäre meine Beschäftigung mit diesem Studium fast unerträglich ermüdend gewesen.

Um die Urgründe des Lebens zu erforschen, müssen wir uns zunächst mit dem Tode befassen. Ich machte mich mit der Wissenschaft der Anatomie vertraut; aber das war nicht genug; ich mußte darüber hinaus den natürlichen Verfall und die Verwesung des menschlichen Leibes beobachten. Mein Vater hatte bei meiner Erziehung größten Wert darauf gelegt, mein kindliches Gemüt nicht durch die Erwähnung übernatürlicher Schrecken einzuschüchtern. Ich erinnere mich nicht, jemals beim Anhören einer Gespenstergeschichte erschauert zu sein oder die Erscheinung eines Geistes befürchtet zu haben. Die Dunkelheit hatte keinerlei Wirkung auf meine Phantasie, und ein Friedhof war für mich nichts weiter als ein Aufbewahrungsort für des Lebens beraubte Körper, die – vordem der Sitz von Schönheit und Kraft – zum Wurmfraße geworden waren. Nun trieb es mich, die Ursache und den Vorgang dieser Verwesung selbst zu ergründen, und ich war genötigt, Tage und Nächte in Grabgewölben und Beinhäusern zu verbringen. Meine Aufmerksamkeit galt allem und jedem, was dem menschlichen Zartgefühl im höchsten Maß unerträglich ist. Ich beobachtete, wie die liebliche Gestalt des Menschen verdorben und verwüstet wurde; ich sah, wie die Entstellung des Todes über das blühende Antlitz des Lebens triumphierte; ich ward Zeuge, wie der Wurm die Wunder von Auge und Hirn zernagte. Ich nahm mir die Zeit, all die ursächlichen Details zu überprüfen und zu analysieren, in denen sich zum Beispiel die Verwandlung vom Leben zum Tode und vom Tode zum Leben vollzieht; und plötzlich erschien mir inmitten der Dunkelheit ein Licht; eine Erkenntnis, so strahlend und wunderbar und dabei doch so naheliegend, daß es mich überraschte – während mich zugleich die ungeheuerliche Schau blendete, die sie mir eröffnete –, unter all den vielen Männern von großem Verstand, die ihr Interesse derselben Wissenschaft zugewandt hatten, als einziger ein derart erstaunliches Geheimnis entdeckt zu haben.

Bedenkt bitte, daß ich hier nicht von den Visionen eines Wahnsinnigen berichte. Seid versichert, daß die Sonne vom Himmel herabscheint, ist nicht wahrer als das, was ich nun berichten werde. Mag sein, daß ein Wunder bei meiner Erkenntnis mitwirkte, aber die einzelnen Schritte, die zu ihr führten, waren klar und folgerichtig. Nach Tagen und Nächten unglaublich harter Arbeit und Erschöpfung erkannte ich die Ursache der Zeugung und des Lebens – mehr noch, ich selbst wurde fähig, lebloser Materie Leben einzuhauchen.

Die Verwunderung, die ich anfangs über diese Entdeckung empfunden hatte, wich bald der Freude und dem Entzücken. Nach einer so langen Zeit, die ich mit mühseliger Arbeit verbracht hatte, nun mit einem Male auf dem Gipfel meiner Wünsche angelangt zu sein, war der befriedigendste Lohn für meine Mühen. Aber diese Entdeckung war so ungeheuer groß und überwältigend, daß alle Schritte, die mich allmählich zu ihr hingeführt hatten, ausgelöscht waren und ich nur noch das Ergebnis sah. Was seit Erschaffung der Welt Gegenstand der Forschung und der Sehnsucht der klügsten Männer gewesen war, lag nun in meiner Reichweite. Nicht, daß sich mir wie in einem Zauberstück alles zugleich offenbart hätte; das Wissen, das ich erlangt hatte, war von der Art, daß es meine Bemühungen erst dann lenkte, als ich selbst sie auf den Gegenstand meiner Forschung richtete; aber es war nicht so beschaffen, daß es mir diesen Gegenstand sogleich vollständig vor Augen geführt hätte. Ich befand mich in einer Lage ähnlich der jenes Arabers, den man zusammen mit den Toten begraben hatte und der einen Ausweg ins Leben fand; und dies allein mit Hilfe eines glimmenden und scheinbar nutzlosen Lichts.

Ich erkenne an Eurer Ungeduld und an der Neugier und Hoffnung, die sich in Euren Augen abmalen, mein Freund, daß Ihr erwartet, in das Geheimnis, das ich entdeckt habe, eingeführt zu werden; aber dies kann nicht geschehen. Hört nur geduldig bis zum Ende der Geschichte zu, und Ihr werdet leicht begreifen, weshalb ich über diesen Punkt Schweigen bewahren muß. Ich will Euch, der Ihr ebenso unvorbereitet und von brennendem Wissensdurst erfüllt seid, wie ich es damals war, nicht in Euer Verderben und in das sichere Elend führen. Lernt von mir; und wenn nicht durch meine Mahnungen, so doch durch mein Beispiel dafür, wie gefahrvoll die Erlangung von Wissen ist, und um wie vieles glücklicher sich ein Mann schätzen kann, der seine Heimatstadt für die Welt erachtet, als einer, der danach strebt, größer zu sein, als die Natur es zuläßt.

Als ich begriff, welch wunderbare Macht in meine Hände gegeben war, sann ich lange Zeit über die Art und Weise nach, wie ich sie anwenden sollte. Obwohl ich die Fähigkeit besaß, Leben einzuhauchen, war die Vorbereitung eines Leibes mit all seinen komplizierten Fasern, Muskeln und Adern, der dieses Leben empfangen sollte, immer noch eine ungeheuer mühevolle Arbeit. Ich war anfangs noch nicht schlüssig, ob ich mich in der Erschaffung eines Wesens gleich mir selbst oder lieber eines einfacheren Organismus versuchen sollte; aber meine Phantasie war durch meinen anfänglichen Erfolg derart erregt, daß ich nicht an meiner Fähigkeit zweifelte, einem Tier Leben einzuhauchen, das so kompliziert und wunderbar wie ein Mensch war. Die Mittel, die mir zur Verfügung standen, schienen einem derart schwierigen Unterfangen kaum angemessen; aber ich war mir sicher, daß ich letztlich erfolgreich sein würde. Ich bereitete mich auf eine Vielzahl von Rückschlägen vor; es mochten sich mir ständig Hindernisse in den Weg legen, und zumindest mußte meine Arbeit Stückwerk bleiben; andererseits blieb mir, wenn ich an die beinahe täglichen Verbesserungen in der Wissenschaft und in der Technik dachte, die Hoffnung, daß meine gegenwärtigen Anstrengungen zumindest den Grundstein für einen zukünftigen Erfolg legen würden. Zudem sprachen Umfang und Kompliziertheit meines Vorhabens auch nicht unbedingt für dessen Undurchführbarkeit. Mit diesen Gefühlen machte ich mich an die Erschaffung eines Menschen. Da die Kleinheit der verschiedenen Teile zuviel Zeit kosten würde, beschloß ich entgegen meiner früheren Absicht, ein Wesen von riesenhafter Statur zu erschaffen; das heißt, es sollte eine Größe von etwa zwei Meter vierzig bei einem entsprechenden Körperumfang aufweisen. Nachdem ich diese Maße festgelegt und einige Monate damit verbracht hatte, die nötigen Materialien zu beschaffen und zu ordnen, begann ich.

Niemand vermag, sich die unterschiedlichen Empfindungen vorzustellen, die mich in der ersten Begeisterung, die durch den Erfolg hervorgerufen worden war, gleich einem Sturmwind vorantrieben. Der Übergang zwischen Leben und Tod erschien mir als Schranke, die nur in unserer Einbildung existierte und die ich als erster durchbrechen würde, um eine Flut von Licht auf unsere dunkle Welt zu lenken. Eine neue Rasse würde mich als ihren Schöpfer und Urheber preisen; viele glückliche und vortreffliche Geschöpfe würden mir ihr Dasein verdanken. Kein Vater konnte die Dankbarkeit seines Kindes mit größerem Recht beanspruchen als ich den Dank meiner Geschöpfe. Indem ich diese Betrachtungen fortspann, dachte ich, daß ich – wenn ich unbelebter Materie Leben einhauchen konnte – später (obwohl ich dies jetzt noch für unmöglich hielt) das Leben dort erneuern können würde, wo der Tod den Leib bereits in Verwesung überführt hatte.

Diese Gedanken befeuerten mich, während ich mein Vorhaben mit unablässigem Eifer verfolgte. Meine Wangen waren durch das Studium fahl geworden, und mein Körper war durch das erzwungene Eingesperrtsein abgezehrt.

Zuweilen versagte ich an der Schwelle des sicheren Sieges; aber ich klammerte mich weiterhin an die Hoffnung, die schon der folgende Tag oder die nächste Stunde erfüllen mochte. Ein Geheimnis, das allein ich besaß, stellte die Hoffnung dar, der ich mich verschrieben hatte; und der Mond lugte auf meine mitternächtlichen Arbeiten, während ich mit nie nachlassendem und atemlosem Eifer die Natur bis in ihre Schlupfwinkel verfolgte. Wer könnte die Schrecken meines verborgenen Tuns nachempfinden, wenn ich mich im unheiligen Dunstkreis der Gräber beschmutzte oder die lebende Kreatur quälte, auf daß sie leblosen Ton beseelte? Noch heute erbeben meine Glieder und schwimmen meine Augen im Gedenken daran; aber damals zwang mich ein unwiderstehlicher, beinahe fanatischer Drang vorwärts; ich schien kein Empfinden oder Gefühl mehr für alles zu besitzen, was nicht mit diesem einen Ziel zusammenhing. Es handelte sich jedoch nur um einen vorübergehenden Trancezustand, der mich wieder mit erneuerter Dringlichkeit fühlen ließ, sobald ich – als der unnatürliche Antrieb erstarb – zu meinen alten Gewohnheiten zurückkehrte. Ich sammelte Knochen aus Beinhäusern und störte mit frevelnden Händen die ehrfurchtgebietenden Geheimnisse der sterblichen Hülle des Menschen auf. In einer abgelegenen Kammer, einer kargen Zelle unter dem Dach des Hauses, durch einen Korridor und eine Hintertreppe von den übrigen Räumen des Hauses abgeschieden, befand sich die Werkstatt, in der meine unheiligen Schöpfungen entstanden; oft genug wollten meine Augen aus den Höhlen hervortreten angesichts der Details meiner Tätigkeit. Der Sezierraum und das Schlachthaus versorgten mich mit einem Großteil meines Materials; und häufig wandte sich meine menschliche Natur mit Grausen von meiner Beschäftigung ab, als ich – durch einen ständig zunehmenden Eifer angetrieben – meine Arbeit fast bis zu ihrem Abschluß brachte.

Die Sommermonate vergingen, während ich mit Herz und Seele nur dieser einen Sache verschrieben war. Es war die schönste Jahreszeit; nie versprachen die Felder eine üppigere Ernte und trugen die Weinberge reichere Frucht; aber meine Augen waren blind für die Schönheiten der Natur. Und dieselbe Besessenheit, die mich nicht auf die Vorgänge um mich herum achten ließ, führte auch dazu, daß ich die Freunde vergaß, von denen mich so viele Meilen trennten und die ich so lange nicht mehr gesehen hatte. Ich wußte, daß mein Schweigen sie beunruhigte, und ich erinnerte mich gut an die Worte meines Vaters: »Ich weiß, daß du in Liebe an uns denken wirst und wir in regelmäßigen Abständen von dir hören werden, solange du mit dir selbst zufrieden bist. Du mußt mir vergeben, wenn ich jedes Ausbleiben deiner Briefe als Beweis dafür betrachten werde, daß du auch deine übrigen Pflichten vernachlässigst.«

Ich konnte mir deshalb genau ausmalen, was mein Vater dachte, aber ich konnte meine Gedanken nicht von meinem Vorhaben losreißen, das zwar im Grunde widerwärtig war, aber meine Vorstellungskraft unwiderstehlich in ihrem Bann hielt. Tatsache, ich wünschte, alle meine Gefühle der Zuneigung beiseite zu schieben, bis das große Unternehmen, das meine eigentliche Natur gänzlich unterdrückte, abgeschlossen sein würde.

Ich dachte damals, daß es unrecht von meinem Vater wäre, wenn er meine Nachlässigkeit meiner Faulheit oder einer Charakterschwäche von mir zuschrieb; aber heute bin ich davon überzeugt, daß er mit seiner Annahme, ich sei nicht frei von Schuld, recht hatte. Ein untadeliger Mensch sollte sich stets einen ruhigen und friedvollen Geist bewahren und niemals zulassen, daß eine Leidenschaft oder ein flüchtiges Verlangen seine Gemütsruhe stört. Ich bin nicht der Ansicht, daß das Streben nach Erkenntnis eine Ausnahme von dieser Regel entschuldigt. Wenn das Studium, dem Ihr Euch widmet, dazu angetan ist, Euch die Menschen, die Ihr liebt, vergessen zu machen und Euren Sinn für jene einfachen Freuden zu zerstören, die keines zusätzlichen Anreizes bedürfen, dann ist dieses Studium gewiß unerlaubt und dem menschlichen Geist nicht zuträglich. Wären diese Regeln stets befolgt worden; hätte sich kein Mensch jemals auf die Verfolgung eines Zieles eingelassen, das seiner Seelenruhe abträglich ist, wäre Griechenland nicht unterworfen worden, hätte Caesar sein Reich verschont; wäre die Entdeckung Amerikas allmählicher vonstatten gegangen, und die Reiche Mexiko und Peru wären nicht zerstört worden.

Aber ich ertappe mich dabei, daß ich im interessantesten Teil meines Berichts zu moralisieren beginne; und Euer Blick gemahnt mich, fortzufahren.

Mein Vater ließ in seinen Briefen keinen Vorwurf erkennen und reagierte auf mein Schweigen nur in der Form, daß er sich eingehender als zuvor nach meiner Beschäftigung erkundigte. Winter, Frühjahr und ein weiterer Sommer vergingen über meiner Arbeit, und ich achtete nicht auf das Blühen und das Sprießen des Grüns – Anblicke, die früher niemals verfehlt hatten, mein höchstes Entzücken zu erregen –, so tief war ich in meiner Tätigkeit versunken. Das Laub dieses Jahres war verwelkt, als meine Arbeit sich ihrem Abschluß näherte; und jetzt zeigte mir jeder Tag deutlicher, wie groß mein Erfolg war. Aber meine Begeisterung war jetzt durch Furcht gedämpft, und ich glich eher einem Arbeiter, der dazu verdammt ist, unter Tage zu schuften oder einer anderen unzuträglichen Tätigkeit nachzugehen, als einem Gelehrten bei seiner Lieblingsbeschäftigung. Nacht für Nacht suchte mich ein schleichendes Fieber heim, und ich wurde so nervös, daß es anfing, peinlich zu werden; ein fallendes Blatt ließ mich zusammenzucken, und ich mied meine Mitmenschen, als hätte ich mich eines Verbrechens schuldig gemacht. Manches Mal bestürzte mich das Ausmaß, in dem ich mich zu meinem Nachteil verändert hatte; allein mein Werk verlieh mir noch Kraft: Meine Arbeit würde bald abgeschlossen sein, und ich glaubte, Bewegung und Zerstreuung würden dann jeder beginnenden Krankheit Einhalt gebieten; und ich versprach mir selbst beides, sobald meine Schöpfung vollendet wäre.

Kapitel Fünf

In einer düsteren Novembernacht stand mein Werk vor dem Abschluß. Mit einer Verzagtheit, die an Todesangst grenzte, baute ich die lebensspendenden Instrumente um mich herum auf, die dem leblosen Ding zu meinen Füßen den Lebensfunken eingeben sollten. Es war bereits ein Uhr am Morgen; der Regen klopfte trostlos gegen die Fenster, und mein Windlicht war fast heruntergebrannt, als ich im trüben Schein der halb erloschenen Kerze sah, wie sich das stumpfe, wasserhelle Auge der Kreatur öffnete. Ihre Brust hob sich zu einem tiefen Atemzug, und ein krampfhaftes Zucken lief durch ihre Glieder.

Wie soll ich meine Gefühle in diesem schicksalhaften Augenblick oder das bedauernswerte Geschöpf beschreiben, das zu formen mir so unendliche Pein und Sorge bereitet hatte? Seine Glieder waren ebenmäßig, und seine Züge hatte ich angenehm gebildet. Angenehm! Barmherziger Gott! Seine helle Haut spannte sich straff über das Spiel der Muskeln und das Pulsieren der Adern darunter; sein schimmernd schwarzes Haar wallte; seine Zähne waren makellos weiß wie Perlen – aber all diese Schönheit bildete nur einen um so entsetzlicheren Kontrast zu seinen ausdruckslosen Gesichtszügen, den glatten, dunklen Lippen und zu den stumpfen Augen, die beinahe von derselben Farbe wie die schmutzig-weißen Höhlen waren, in denen sie saßen.

Die Wechselfälle des Lebens sind weniger veränderlich als die Gefühle des Menschen. Ich hatte nahezu zwei Jahre lang hart gearbeitet, mit dem einzigen Ziel, einem unbeseelten Leib Leben einzuhauchen. Ich hatte mir keine Ruhe gegönnt und meine Gesundheit aufs Spiel gesetzt. Mein brennendes Verlangen hatte jedes Maß überschritten; aber nun, da es vollbracht, war die Schönheit des Traumes verschwunden, und atemloser Schrecken und Abscheu erfüllten mein Herz. Unfähig, den Anblick des Wesens zu ertragen, das ich erschaffen hatte, eilte ich aus dem Raum und ging lange Zeit in meiner Schlafkammer auf und ab, da ich viel zu aufgewühlt war, um an Ruhe denken zu können. Endlich ging der Aufruhr in meinem Inneren in Ermattung über, und ich warf mich angekleidet aufs Bett, um zu versuchen, ein paar Augenblicke lang Vergessen zu finden. Aber vergebens; ich schlief zwar, wurde aber von den wildesten Träumen heimgesucht. Ich glaubte, Elisabeth zu sehen, wie sie in blühender Gesundheit durch die Straßen von Ingolstadt ging. Erfreut und überrascht schloß ich sie in meine Arme, aber als ich ihr den ersten Kuß auf die Lippen drückte, wurden sie totenfahl; Elisabeths Gesichtszüge verwandelten sich, und ich glaubte, den Leichnam meiner Mutter in den Armen zu halten; ein Leichentuch verhüllte ihre Gestalt, in dessen Falten ich die Totenmaden wimmeln sah. Entsetzt schrak ich aus meinem Schlummer auf. Kalter Schweiß bedeckte meine Stirn; meine Zähne schlugen aufeinander, und meine Glieder zuckten krampfhaft, als ich bei dem schwachen, bleichen Mondlicht, das durch die Fensterläden fiel, das elende Geschöpf erblickte; das bedauernswerte Ungeheuer, das ich erschaffen hatte. Er hielt den Bettvorhang zur Seite, und seine Augen – wenn man sie als Augen bezeichnen konnte – waren auf mich geheftet. Sein Mund öffnete sich, und er gab einige unartikulierte Laute von sich, während ein Grinsen seine Wangen verzerrte. Mag sein, daß er etwas sagte, aber ich verstand es nicht; er hatte eine

Hand ausgestreckt, wie, um mich zurückzuhalten; aber ich entwischte ihm und eilte die Treppe hinab. Ich verbarg mich in dem Hof, der zu dem Haus gehörte, in dem ich wohnte, und verbrachte den Rest der Nacht damit, in höchster Erregung auf- und abzuschreiten und aufmerksam zu lauschen. Ich hörte und fürchtete jeden Laut, als kündige er das Herannahen des dämonischen Leichnams an, dem ich so beklagenswerterweise Leben verliehen hatte.

Ach! Kein Sterblicher konnte das Entsetzen ertragen, das von solchen Zügen ausging. Eine wieder zum Leben erweckte Mumie hätte nicht so fürchterlich wie diese unglückliche Kreatur sein können. Ich hatte ihn betrachtet, als er noch im Entstehen begriffen war – schon damals war er häßlich –, aber als diese Muskeln und Gelenke die Fähigkeit der Bewegung erlangten, wurde er zu einem Ding, wie es selbst Dante sich nicht hätte ausmalen können.

Ich verbrachte die Nacht in elendem Zustand. Manches Mal klopfte mein Puls derart ungestüm, daß ich mein Blut durch jede Ader strömen spürte; dann wieder hätte ich mich vor Ermattung und äußerster Erschöpfung am liebsten zu Boden sinken lassen. In diesem elenden Zustand mischte sich noch die Bitterkeit meiner Enttäuschung; Träume, die so lange Zeit meine Nahrung und meine angenehme Zuflucht dargestellt hatten, waren mir jetzt zur Hölle geworden; der Wandel war so überraschend, meine Vernichtung so vollständig!

Endlich dämmerte ein verhangener und regnerischer Morgen herauf und ließ vor meinen schmerzenden Augen den weißen Glockenturm der Kirche von Ingolstadt erstehen. Die Uhr des Turmes zeigte die sechste Stunde an. Der Pförtner öffnete das Tor des Hofs, der mein Asyl in dieser Nacht gewesen war; ich trat auf die Straßen hinaus und durchmaß sie eilenden Schrittes, als fürchtete ich an jeder Ecke, die elende Kreatur zu erblicken. Ich wagte nicht, in meine Wohnung zurückzukehren, sondern fühlte mich gedrängt, weiterzueilen; durchnäßt vom Regen, der unablässig aus einem düsteren und trostlosen Himmel fiel.

Lange Zeit wanderte ich so dahin, in dem Wunsch, durch die körperliche Bewegung die Bürde zu erleichtern, die mir schwer auf der Seele lag. Ich durchmaß die Straßen ohne klare Vorstellung, wo ich mich befand oder was ich tat. Mein Herz schlug ängstlich; mir war übel; ich hastete mit unstetem Schritt weiter und wagte nicht, mich umzuschauen. Gefühle, wie sie Coleridge in seinem Gedicht ›Ancient Mariner‹ so genau beschrieben hat:

Gleich einem einsamen Wandersmann,
Auf seinem Wege, voll Angst und verzagt,
Der nach seinem ersten Blick hinter sich
Nicht nochmals zurückzuschau'n wagt,
Im Wissen, daß dichtauf ihm folgt
Ein furchtbarer Feind, der ihn jagt.

Nach einer Weile sah ich vor mir den Gasthof, an dem mehrere Kaleschen und Postkutschen anzuhalten pflegten. Ich hielt inne, ohne zu wissen, warum, und blieb mehrere Minuten lang stehen, den Blick starr auf eine Kutsche gerichtet, die sich über die Straße dem Gasthof näherte. Bald erkannte ich, daß es sich um eine Schweizer Postkutsche handelte; sie hielt unmittelbar neben mir an – der Schlag öffnete sich –, und ich erblickte Henry Clerval in der Kutsche, der, als er mich sah, sogleich heraussprang. »Mein lieber Frankenstein«, rief er, »wie froh bin ich, dich wiederzusehen! Welch ein glücklicher Zufall, daß du just im Augenblick meiner Ankunft hier stehst!«

Der Anblick Clervals erfüllte mich mit unvergleichlichem Entzücken; seine Gegenwart rief mir meinen Vater, Elisabeth und all die häuslichen Szenen ins Gedächtnis, die ich in so teurer Erinnerung hatte. Ich ergriff seine Hand und vergaß im selben Augenblick all mein Entsetzen und mein Unglück. Plötzlich, zum ersten Mal seit vielen Monaten, empfand ich eine stille und gelassene Freude. Ich hieß meinen Freund aufs herzlichste willkommen, und wir begaben uns zu meiner Unterkunft. Clerval berichtete mir von gemeinsamen Freunden und von den glücklichen Umständen, die es ihm gestattet hatten, nach Ingolstadt zu kommen. »Du kannst dir leicht vorstellen«, sagte er schließlich, »welche Mühe es kostete, meinen Vater davon zu überzeugen, daß die hohe Kunst der Buchführung nicht alles erforderliche Wissen einschließt; und ich glaube in der Tat, daß es mir nicht gelungen ist, ihn ganz zu überzeugen, denn seine ständige Erwiderung auf meine beharrlichen Vorhaltungen war dieselbe wie jene des holländischen Schulmeisters in dem Roman *Der Vikar von Wakefield*: ›Ich bekomme zehntausend Florins jährlich, ohne Griechisch zu können, und ich esse herzhaft, ohne Griechisch zu können.‹ Aber schließlich siegte seine Zuneigung zu mir über seine Abneigung vor dem Studieren und erlaubte mir, eine Entdeckungsreise ins Land des Wissens zu unternehmen.«

»Es bereitet mir die größte Freude, dich zu sehen; aber sag mir rasch, wie geht es meinem Vater, meinen Brüdern und Elisabeth?«

»Sie sind wohlauf und guter Dinge, sorgen sich aber ein wenig, weil sie selten von dir hören. Übrigens werde ich dir in ihrem Namen ein wenig die Leviten lesen. – Aber, mein lieber Frankenstein«, fuhr er fort, während er stehenblieb und mir voll ins Gesicht schaute, »ich bemerke erst jetzt, wie schlecht du aussiehst, so dünn und blaß, als hättest du mehrere Nächte lang nicht geschlafen.«

»Du hast recht, in letzter Zeit nahm mich eine bestimmte Angelegenheit derart in Anspruch, daß ich mir nicht die nötige Ruhe gegönnt habe; aber ich hoffe – hoffe wirklich, daß diese Art von Tätigkeit jetzt vorbei ist und daß ich endlich wieder frei bin.«

Ich zitterte am ganzen Körper und wagte kaum, an die Ereignisse der vergangenen Nacht zu denken – um wie vieles weniger, davon zu sprechen! Ich ging schnell voran, und bald hatten wir meine Unterkunft erreicht. Dann dachte ich – und der Gedanke ließ mich erschauern –, daß die Kreatur, die ich in meiner Wohnung zurückgelassen hatte, sich noch immer höchst lebendig dort aufhalten und umhergehen mochte. Ich fürchtete, das Ungeheuer zu sehen; aber noch mehr fürchtete ich, daß Henry es zu Gesicht bekommen würde. Ich beschwor ihn deshalb, ein paar Minuten lang unten an der Treppe stehenzubleiben, und eilte in meine Räume hinauf. Meine Hand lag bereits auf der Türklinke, als ich mich besann. Ich hielt inne, und ein kalter Schauer durchlief mich. Ich stieß die Tür heftig auf, wie Kinder es tun, wenn sie erwarten, daß ein Gespenst auf sie lauert; aber nichts war zu sehen. Furchtsam trat ich ein: Die Wohnung war leer; auch in meinem Schlafzimmer war mein gräßlicher Gast nicht. Ich vermochte kaum zu glauben, daß ich solches Glück haben sollte, aber als ich mich vergewissert hatte, daß mein Feind tatsächlich entflohen war, klatschte ich vor Freude in die Hände und lief die Treppe hinab zu Clerval.

Gemeinsam gingen wir in meine Wohnung hinauf, und der Hausdiener brachte uns sogleich ein Frühstück; aber ich war unfähig, an mich zu halten. Es war nicht die Freude, die von mir Besitz ergriff; ich fühlte am ganzen Körper ein Prickeln äußerster Erregung, und mein Herz hämmerte wild. Ich war unfähig, auch nur einen Augenblick lang stillzusitzen; ich sprang über die Stühle, klatschte in die Hände und lachte laut auf. Clerval führte meine ungewöhnliche Ausgelassenheit anfangs auf die Freude über seinen Besuch zurück, aber als er mich genauer anschaute, erblickte er in meinen Augen eine Wildheit, deren Ursache er unmöglich sein konnte; und mein lautes, unbeherrschtes und vernunftloses Lachen versetzte ihn in Furcht und Staunen.

»Mein lieber Viktor«, rief er aus, »was um Himmels willen ist mit dir los? Lach doch nicht so fürchterlich. Du bist ja ganz verstört; was ist denn in dich gefahren?«

»Frag mich das nicht!« schrie ich und legte mir die Hand vor Augen, weil ich glaubte, das entsetzliche Gespenst ins Zimmer treten zu sehen, »*er* kann es dir sagen. – Ach, rette mich! Rette mich!« Ich fühlte mich von dem Ungeheuer gepackt und schlug wie ein Wahnsinniger um mich, bis ich in einem Anfall zu Boden fiel.

Armer Clerval! Wie muß er sich vorgekommen sein? Das Wiedersehen, auf das er sich so gefreut haben mußte, hatte eine solch seltsame und schmerzliche Form angenommen. Aber ich bekam seinen Kummer nicht mit, denn ich war ohnmächtig geworden und sollte meine Sinne für lange, lange Zeit nicht wiedererlangen.

Es handelte sich um den Ausbruch eines Nervenfiebers, das mich für mehrere Monate aufs Krankenlager warf. Während dieser ganzen Zeit war Henry der einzige, der mich pflegte. Hinterher erfuhr ich, daß er – im Gedenken daran, daß sich mein Vater im vorgerückten Alter befand und zu einer solchen langen Reise kaum imstande war, und auch, wie sehr die Kunde von meiner Erkrankung Elisabeth mitnehmen würde – meiner ganzen Familie diesen Kummer erspart hatte, indem er sie über das Ausmaß meiner Erkrankung im ungewissen ließ. Er wußte, daß ich mir keinen liebevolleren und aufmerksameren Krankenpfleger hätte wünschen können als ihn selbst; und in der festen Hoffnung auf meine Wiederherstellung zweifelte er nicht daran, daß er meinen Angehörigen nicht nur keinen Schaden zufügte, sondern ihnen darüber hinaus die größtmögliche Freundlichkeit erwies.

Aber in Wahrheit war ich sehr krank, und gewiß hatte ich es nur den selbstlosen und unermüdlichen Bemühungen meines Freundes zu verdanken, daß ich dem Leben wiedergeschenkt wurde. Ich hatte ständig die Gestalt des Ungeheuers, dem ich zum Dasein verholfen, vor Augen, und phantasierte von ihm. Mein Gestammel versetzte Henry zweifellos in Verwunderung; zunächst hielt er es für die Ausgeburt meiner irrenden Phantasie, aber die Hartnäckigkeit, mit der ich ständig zu demselben Gegenstand zurückkehrte, überzeugte ihn schließlich davon, daß meine Verstörung in der Tat auf einen ungewöhnlichen und entsetzlichen Umstand zurückzuführen war.

Sehr allmählich und mit häufigen Rückfällen, die meinen Freund alarmierten und bekümmerten, erholte ich mich. Ich erinnere mich, beim ersten Mal, da ich wieder fähig war, meine Umwelt mit einiger Anteilnahme wahrzunehmen, bemerkt zu haben, daß das gefallene Laub verschwunden war und aus den Bäumen, die meinem Fenster Schatten spendeten, junge Blattknospen sprossen. Es war ein wunderbarer Frühling, und die Jahreszeit trug sehr zu meiner Erholung bei. Auch fühlte ich, wie Gefühle der Freude und Liebe wieder in meiner Brust Einzug hielten; die Düsternis in meinem Herzen wich, und nach kurzer Zeit war ich wieder so zuversichtlich, wie ich es gewesen war, bevor mich jene verhängnisvolle Leidenschaft ergriffen hatte.

»Mein liebster Clerval«, rief ich aus, »wie freundlich, wie überaus gut du zu mir bist. Du hast den ganzen Winter, statt ihn mit Studien zu verbringen, wie du es dir vorgenommen hattest, an meinem Krankenbett verbracht. Wie soll ich dir das jemals vergelten? Ich verspüre das größte Bedauern für die Enttäuschung, die ich dir bereitet habe; aber du wirst mir vergeben.«

»Du wirst mich voll und ganz entschädigen, wenn du dich nicht sorgst, sondern so rasch wie möglich wieder gesund wirst. Und da du solch guter Laune zu sein scheinst – kann ich mit dir wohl über eine bestimmte Angelegenheit reden?«

Ich erbebte. Eine bestimmte Angelegenheit – was mochte er wohl damit meinen? Konnte er auf etwas anspielen, an das ich nicht einmal zu denken wagte?

»Beruhige dich«, sagte Clerval, dem mein plötzliches Erbleichen nicht entgangen war, »ich werde nicht darüber sprechen, wenn es dich aufregt; aber dein Vater und deine Cousine würden sich über einen Brief in deiner eigenen Handschrift sehr freuen. Sie wissen nicht, wie krank du gewesen bist, und sorgen sich, weil sie so lange nichts von dir gehört haben.«

»Ist das alles, mein lieber Henry? Wie konntest du nur glauben, daß meine ersten Gedanken nicht diesen teuren, teuren Freunden gelten würden, die ich so sehr liebe und die meine Liebe so sehr verdienen!«

»Wenn du so denkst, mein Freund, wirst du vielleicht gern den Brief lesen, der seit einigen Tagen für dich bereitliegt; ich glaube, er ist von deiner Cousine.«

Kapitel Sechs

Clerval händigte mir den folgenden Brief aus. Er war von meiner Elisabeth:

Mein liebster Cousin,

Du warst sehr, sehr krank, und selbst die regelmäßigen Briefe von unserem lieben Freund Henry haben es nicht vermocht, mich über Deinen Zustand zu beruhigen. Man hat Dir untersagt, zu schreiben – ja, sogar, eine Feder zur Hand zu nehmen; dabei benötigen wir so dringend eine Nachricht von Dir, um unsere Anspannung zu lindern. Ich habe lange Zeit bei jeder eingehenden Post gehofft, die ersehnte Nachricht vorzufinden, und habe meine ganze Überredungskunst aufbieten müssen, um meinen Onkel davon abzuhalten, daß er eine Fahrt nach Ingolstadt unternahm. Ich habe verhindert, daß er sich den Unbequemlichkeiten und möglichen Gefahren einer derart langen Reise unterzog, und andererseits oft bedauert, nicht selbst in der Lage gewesen zu sein, sie zu unternehmen. Ich stelle mir vor, daß Deine Pflege einer habgierigen alten Frau übertragen wurde, die niemals Deine Wünsche erriet oder sich ihnen mit derselben Sorgfalt und Liebe widmete, wie Deine arme Cousine sie aufgebracht haben würde. Aber das ist nun vorbei; Clerval schreibt, daß es Dir besser geht. Ich hoffe sehnlichst, daß Du diese Nachricht bald eigenhändig bestätigen wirst.

Werde gesund – und kehre zu uns zurück. Du wirst ein glückliches und zufriedenes Heim vorfinden, und Freunde, die Dich sehr lieben. Deines Vaters Gesundheit ist ungebrochen, und sein einziger Wunsch ist, Dich wiederzusehen, um sich mit eigenen Augen von Deinem Wohlergehen überzeugen zu können; dann wird keine Sorge mehr sein gütiges Antlitz überschatten. Wie erfreut Du sein würdest, wenn Du sehen könntest, welch ein stattlicher junger Mann aus unserem Ernest geworden ist! Er ist jetzt sechzehn Jahre alt und voller Tatendrang und Eifer. Er wünscht sich, ein wahrer Schweizer zu sein und Kriegsdienste im Ausland zu leisten, aber wir können es wenigstens so lange nicht zulassen, bis sein älterer Bruder zurückgekehrt ist. Mein Onkel ist von der Vorstellung einer martialischen Laufbahn in einem fernen Land nicht erfreut, aber Ernest hat ja niemals über Deinen Lerneifer verfügt. Er würde das Studium als verhaßte Fessel betrachten – er verbringt seine Zeit lieber an der frischen Luft, indem er auf Berge klettert oder auf dem See rudert. Ich befürchte, er wird zum Müßiggänger, wenn wir nicht seinem Drängen nachgeben und ihm erlauben, den Beruf zu ergreifen, den er sich ausgesucht hat.

Hier hat sich wenig getan, seit Du uns verlassen hast; außer, daß unsere geliebten Kinder größer werden. Der blaue See, die schneebedeckten Berge, sie ändern sich ja niemals; und ich glaube, unser stilles Heim und unsere zufriedenen Herzen gehorchen denselben unveränderlichen Gesetzen. Meine kleinen Beschäftigungen füllen meine Zeit aus und machen mir Freude, und all meine Arbeit trägt ihren Lohn darin, daß ich nur zufriedene und freundliche Gesichter um mich herum sehe. Nur eine Veränderung hat stattgefunden, seit Du unseren kleinen Haushalt verlassen hast. Erinnerst Du Dich an die Umstände, unter denen die kleine Justine Moritz in unsere Familie aufgenommen wurde? Vermutlich nicht; ich will Dir deshalb ihre Geschichte in wenigen Worten berichten. Madame Moritz, ihre Mutter, war eine Witwe mit vier Kindern, von denen Justine das dritte war. Dieses Mädchen war stets der Liebling ihres Vaters gewesen; aber aufgrund einer sonderbaren Fügung konnte ihre Mutter sie nicht ausstehen und behandelte sie nach dem Tod von Monsieur Moritz sehr schlecht. Meine Tante sah dies und bedrängte – als Justine zwölf Jahre alt war – deren Mutter so lange, bis sie erlaubte, daß Justine in unserem Haus leben durfte. Die republikanischen Einrichtungen unseres Landes haben zu schlichteren und menschlicheren Sitten geführt, als sie in den benachbarten, großen Monarchien herrschen. Es werden weniger Unterschiede zwischen den Klassen der Bürger gemacht, und die niedrigeren Stände sind weder so arm noch so verachtet wie anderswo, und ihre Sitten sind angenehmer. Ein Diener in Genf zu sein bedeutet nicht dasselbe wie ein Diener in Frankreich oder in England zu sein. Als Justine also in unsere Familie aufgenommen worden war, erlernte sie die Pflichten eines Dienstmädchens; ein Stand, der in unserem glücklichen Land allerdings nicht mit Mangel an Bildung oder Verzicht auf die Menschenwürde verbunden ist.

Vielleicht erinnerst Du Dich, wie sehr Du Justine ins Herz

geschlossen hast. Ich weiß noch, wie Du einst sagtest, wenn Du einmal schlechter Laune seiest, könne ein Blick von Justine sie vertreiben, aus demselben Grund, den Ariost für die Schönheit Angelicas verantwortlich macht: weil sie so offenherzig und heiter aussah. Meine Tante faßte ebenfalls eine große Zuneigung zu dem Mädchen und ließ ihr eine bessere Erziehung zuteil werden, als sie ursprünglich vorgehabt hatte. Diese Wohltat zahlte sich in vollem Umfange aus; Justine war das dankbarste Geschöpf der Welt. Ich meine damit nicht, daß sie irgendwelche diesbezüglichen Beteuerungen ablegte – ich hörte nie desgleichen –, aber man konnte ihr an den Augen ansehen, daß sie ihre Beschützerin beinahe anbetete. Obwohl von heiterem und in mancher Hinsicht sogar leichtsinnigem Wesen, achtete sie auf jede Geste meiner Tante. Sie betrachtete sie als Muster an Güte und gab sich derart große Mühe, ihre Ausdrucksweise und ihr Verhalten nachzuahmen, daß sie mich selbst jetzt noch häufig an sie erinnert.

Als meine liebste Tante starb, waren wir alle zu sehr mit unserem eigenen Kummer befaßt, um von der armen Justine Kenntnis zu nehmen, die der Verstorbenen während ihrer Krankheit mit der rührendsten Aufmerksamkeit beigestanden hatte. Der armen Justine ging es sehr schlecht; aber sie sollte bald noch weiteren Prüfungen ausgesetzt sein.

Nacheinander starben ihre Brüder und Schwestern; und ihre Mutter blieb – mit Ausnahme ihrer vernachlässigten Tochter – kinderlos zurück. Das Gewissen der Frau war beunruhigt; sie begann, zu denken, daß der Tod ihrer Lieblinge eine Strafe des Himmels für ihre Parteilichkeit war. Sie war römisch-katholisch, und ich glaube, ihr Beichtvater bestärkte sie in dieser Meinung. Entsprechend wurde Justine ein paar Monate nach Deinem Fortgang nach Ingolstadt von ihrer reuigen Mutter nach Hause gerufen. Armes Mädchen! Sie weinte, als sie unser Haus verließ; aber der Tod meiner Tante hatte sie sehr verändert; der Kummer hatte ihrem Verhalten, das zuvor von auffallender Munterkeit gewesen war, eine gewisse Sanftheit und gewinnende Milde verliehen. Aber das Haus ihrer Mutter war erst recht nicht dazu angetan, ihre alte Fröhlichkeit wiederherzustellen. Die arme Frau war sehr schwankend in ihrer Bußfertigkeit. Manches Mal bettelte sie Justine an, ihr ihre Hartherzigkeit zu vergeben, aber bei weitaus häufigeren Gelegenheiten gab sie ihrer Tochter die Schuld am Tod ihrer Brüder und Schwestern. Die unaufhörliche Selbstquälerei rief bei Madame Moritz endlich eine Schwindsucht hervor, die sie anfangs noch reizbarer machte; aber mittlerweile hat sie ihren ewigen Frieden gefunden. Sie starb beim ersten kalten Wetter zu Beginn dieses letzten Winters. Justine ist zu uns zurückgekehrt, und ich versichere Dir, daß ich sie zärtlich liebe. Sie ist sehr klug und sanft und außerordentlich hübsch; wie bereits erwähnt, erinnern ihr Gebaren und ihr Sprachhabitus mich ständig an meine liebe Tante.

Ich muß Dir, mein teurer Cousin, auch noch einige Worte über unseren kleinen Liebling Wilhelm sagen. Ich wünschte, Du könntest ihn sehen; er ist sehr groß für sein Alter und hat holde, strahlend blaue Augen, dunkle Wimpern und einen Lockenkopf. Wenn er lacht, bilden sich zwei Grübchen auf seinen Wangen, die rosig vor Gesundheit sind. Er hat bereits eine oder zwei kleine *Bräute,* aber Louisa Biron – ein hübsches, kleines Mädchen von fünf Jahren – ist sein Liebling.

Und jetzt, lieber Viktor, wage ich zu prophezeien, daß Du nichts dagegen hast, ein wenig Klatsch über die guten Leute in Genf zu hören. Die hübsche Miss Mansfield hat bereits die Gratulationsbesuche wegen ihrer bevorstehenden Hochzeit mit einem jungen Engländer, dem Esquire John Melbourne, empfangen. Ihre häßliche Schwester Manon heiratete im letzten Herbst Monsieur Duvillard, den reichen Bankier. Louis Manoir, Dein liebster Schulfreund, hat seit der Abreise Clervals aus Genf mehrere Schicksalsschläge erlitten. Aber er hat sich schon wieder von ihnen erholt, und man hörte sogar, daß er im Begriff ist, Madame Tavernier zu heiraten; eine sehr hübsche Französin. Sie ist Witwe und viel älter als Manoir; aber sie wird sehr bewundert und ist bei jedermann beliebt.

Das Schreiben dieses Briefs hat meine Laune gebessert, lieber Cousin; aber jetzt, da ich mich dem Schluß nähere, kehrt meine alte Besorgnis zurück. Schreibe uns, liebster Viktor; eine Zeile nur – ein Wort – würde uns guttun. Zehntausendfachen Dank an Henry für seine Freundlichkeit, seine Liebe und seine vielen Briefe; wir sind ihm wirklich dankbar. Lebewohl, mein Cousin; paß auf Dich auf, und ich flehe Dich an, laß von Dir hören!

ELISABETH LAVENZA
Genf, *18. März 17 …*

»Liebe, liebe Elisabeth!« rief ich aus, als ich ihren Brief gelesen hatte. »Ich will sofort schreiben und sie alle von den Sorgen befreien, die sie empfinden müssen.« Ich tat, wie angekündigt, und diese Anstrengung erschöpfte mich sehr; aber meine Erholung hatte eingesetzt und machte stetige Fortschritte. Zwei Wochen später war ich in der Lage, mein Zimmer zu verlassen.

Eine meiner ersten Pflichten nach der Genesung bestand darin, Clerval den Professoren der Universität vorzustellen. Dieses Unternehmen kam mich hart an und wirkte sich auf die Wunden, die mein Gemüt empfangen hatte, übel aus. Seit jener verhängnisvollen Nacht, die zugleich mit der Beendigung meiner Mühen den Beginn meines Unglücks eingeläutet hatte, empfand ich einen heftigen Widerwillen allein schon gegen das Wort *Naturphilosophie*. Wenn auch meine Gesundheit im übrigen weitgehend wiederhergestellt war; der Anblick eines chemischen Gerätes ließ das ganze Elend meines nervösen Leidens wiederauferstehen. Henry hatte dies bemerkt und meine sämtlichen Gerätschaften aus meinem Blickfeld verbannt. Er besorgte mir auch eine neue Wohnung, denn er hatte bemerkt, daß ich eine Abneigung dem Raum gegenüber entwickelt hatte, der zuvor mein Laboratorium gewesen war. Aber all diese Vorsorgen Clervals wurden zunichte gemacht, als ich mit ihm die Professoren besuchte. Magister Waldmann peinigte mich, als er mit Wohlwollen und Begeisterung meine erstaunlichen Fortschritte in den Wissenschaften rühmte. Er bemerkte bald, daß mir das Thema nicht behagte; aber da er den wirklichen Grund dafür nicht erriet, schrieb er meine Reaktion meiner Bescheidenheit zu und wechselte von meinen Fortschritten zur Wissenschaft selbst über; von dem Wunsch beseelt – wie ich deutlich bemerkte –, mich zum Reden zu bringen. Was konnte ich nur tun? Er wollte mich erfreuen und ahnte nicht, daß er mich quälte. Mir war, als lege er mir bedächtig eines nach dem anderen alle jene Instrumente vor, mit deren Hilfe ich später einem langsamen und grausamen Tode überantwortet werden würde. Ich wand mich unter seinen Worten und wagte nicht, die Pein zu zeigen, die ich fühlte. Clerval, der die Empfindungen anderer stets rasch erahnte, wechselte den Gesprächsgegenstand unter dem Vorwand, in der Wissenschaft gänzlich unbeschlagen zu sein, und die Unterhaltung wandte sich allgemeinen Themen zu. Ich war meinem Freund von Herzen dankbar, sagte jedoch nichts davon. Seine Überraschung war ihm deutlich anzusehen, aber er versuchte nicht ein einziges Mal, mir das Geheimnis zu entlocken; und obwohl ich ihn mit einer Mischung aus Zuneigung und grenzenloser Achtung liebte, konnte ich es niemals über mich bringen, ihm jenen Vorfall anzuvertrauen, an den ich so häufig denken mußte, von dem ich aber befürchtete, er würde sich noch tiefer in mein Gedächtnis eingraben, wenn ich anderen gegenüber von ihm sprach.

Magister Krempe war weniger leicht zu lenken, und in

meinem damaligen Zustand einer fast unerträglichen Empfindsamkeit verursachten mir seine unangenehm plumpen Lobreden noch größere Pein als der wohlwollende Beifall Magister Waldmanns. »Verdammter Bursche!« brüllte er. »Nun, ich versichere Euch, Monsieur Clerval, er sticht uns alle aus. Ja, da mögt Ihr staunen; es ist trotzdem wahr. Ein junger Kerl, der noch vor wenigen Jahren ebenso fest an Cornelius Agrippa wie an das Evangelium glaubte, hat sich jetzt zum Ersten der Universität gemausert; und wenn ihm nicht bald die Flügel gestutzt werden, verlieren wir übrigen alle das Gesicht. – Ja, ja«, fuhr er fort, als er meine leidensvolle Miene bemerkte, »Monsieur Frankenstein ist bescheiden; eine großartige Eigenschaft bei einem jungen Mann. Wißt Ihr, Monsieur Clerval, junge Männer sollten bescheiden sein – ich selbst war so, als ich jung war –, aber das legt sich nach sehr kurzer Zeit.«

Magister Krempe begann nun mit einer Lobrede über sich selbst, die zum Glück das Gespräch von einem Gegenstand ablenkte, der mir unangenehm war.

Clerval hatte meine Liebe zu den Naturwissenschaften nie verstanden, und seine Lesegewohnheiten unterschieden sich gänzlich von den meinen. Der einzige Grund dafür, daß er die Universität besuchte, war sein Wunsch, seine Kenntnisse in den morgenländischen Sprachen zu vervollkommnen und sich auf diese Weise einen Beruf zu sichern, der seinem Lebensplan entsprach. Entschlossen, jede unrühmliche Beschäftigung zu vermeiden, wandte er seinen Blick gen Osten als Betätigungsfeld für seinen Unternehmungsgeist. Sein Interesse galt der persischen und arabischen Sprache sowie dem Sanskrit; und ich ließ mich leicht von ihm überreden, mich denselben Studien zuzuwenden. Untätigkeit war mir immer schon ein Greuel gewesen, und jetzt, da ich allen Grübeleien aus dem Weg gehen wollte und meine früheren Studien mir verhaßt waren, verspürte ich große Erleichterung darin, ein Studienkollege meines Freundes zu sein, und fand in den Schriften der morgenländischen Dichter nicht nur Belehrung, sondern auch Trost. Ich versuchte mich nicht, wie er, in vergleichenden Sprachstudien, da ich nicht beabsichtigte, mehr als eine vorübergehende Zerstreuung daraus zu machen. Ich las die betreffenden Werke nur, um ihre Bedeutung zu verstehen, und sie lohnten mir meine Mühe reichlich. Ihre Melancholie wirkt in weitaus höherem Maße besänftigend und ihre Lebenslust erheiternd auf das Gemüt, als ich es jemals beim Lesen der Autoren anderer Länder erlebt habe. Wenn Ihr in jenen Schriften lest, scheint Euch das Leben aus warmem Sonnenschein und Rosengärten zu bestehen – aus dem Lächeln und dem Unmut eines ritterlichen Feindes und dem Feuer, das Euer eigenes Herz verzehrt. Welch ein Unterschied zu der männlichen und heldenhaften Poesie Griechenlands und Roms!

Unter dieser Beschäftigung ging der Sommer dahin, und meine Rückkehr nach Genf wurde für den Spätherbst festgesetzt; da sich meine Abreise jedoch durch mehrere Zwischenfälle verzögerte, stellte sich der Winter mit seinen Schneefällen ein; die Straßen galten als nicht passierbar, und meine Reise wurde auf das Frühjahr verschoben. Mir kam dieser Aufschub bitter an, denn ich sehnte mich nach dem Anblick meiner Geburtsstadt und meiner geliebten Freunde. Ich hatte meine Rückkehr nur so lange verschoben, weil es mir widerstrebte, Clerval an einem fremden Ort alleinzulassen, bevor er mit einigen Ortsansässigen bekannt geworden war. Trotzdem verbrachten wir den Winter guten Muts; und obwohl der Frühling ungewöhnlich lange auf sich warten ließ, entschädigte seine Schönheit mich letztlich für die Verzögerung.

Der Mai war bereits angebrochen, und ich erwartete täglich den Brief, der das Datum meiner Abreise festlegen sollte, als Henry mir eines Tages eine Fußwanderung in die Umgebung von Ingolstadt vorschlug, damit ich Gelegenheit hätte, dem Land, in dem ich so lange geweilt hatte, Lebewohl zu sagen. Ich stimmte diesem Vorschlag mit Vergnügen zu; die körperliche Bewegung war mir willkommen, und Clerval war schon immer mein bevorzugter Begleiter bei jenen Ausflügen in die Natur gewesen, die ich in heimatlichen Landschaften unternommen hatte.

Unsere Wanderung dauerte vierzehn Tage. Meine Gesundheit und meine Lebensgeister waren ja schon längst wiederhergestellt, und sie wurden zusätzlich gekräftigt durch die bekömmliche Luft, das Erlebnis der Natur und die Unterhaltungen mit meinem Freunde. Das Studium hatte mich vom Umgang mit meinen Mitmenschen abgehalten und mir Scheu vor jeder Gesellschaft eingeflößt; aber Clerval bewirkte, daß sich mein Sinn wandelte; er brachte mir wieder bei, die Natur und die fröhlichen Gesichter der Kinder zu lieben. Ausgezeichneter Freund! Wie aufrichtig hast du mich geliebt, wie sehr hast du dich bemüht, mein Gemüt zu erheben, bis es so hochgestimmt wie das deine war! Ein selbstsüchtiges Verlangen hatte mich in Banden geschlagen und eingeengt, bis deine Güte und Zuneigung mir den Sinn wärmte und öffnete und ich wieder zu dem glücklichen Geschöpf wurde, das noch vor wenigen Jahren von allen geliebt wurde und keinerlei Kummer oder Sorge kannte. Wenn ich zufrieden war, konnte unbelebte Natur mich zu den größten Entzückungen hinreißen. Ein heiterer Himmel und grünende Felder erfüllten mich mit Seligkeit. Es war eine herrliche Zeit! Die Frühlingsblumen blühten an den Feldrainen, und die Sommerblumen trieben bereits Knospen. Ich wälzte keine störenden Gedanken der Art, wie sie mich im vergangenen Jahr trotz meiner Bemühungen, sie abzuschütteln, mit einer unerträglichen Bürde belastet hatten.

Henry freute sich über meine frohe Laune und brachte meinen Gefühlen die innigste Sympathie entgegen; er übertraf sich selbst in dem Versuch, mich aufzuheitern, indem er den Empfindungen in seiner eigenen Brust Ausdruck verlieh. Die Kraft seiner Seele, die sich dabei zeigte, war wahrhaft erstaunlich; seine Unterhaltung verriet größte Phantasie; und oft ersann er Erzählungen von wunderbaren Begebenheiten und Leidenschaften nach Art der persischen und arabischen Schriftsteller. Bei anderen Gelegenheiten rezitierte er meine Lieblingsgedichte oder verwickelte mich in Streitgespräche, bei denen er sich mit großem Geschick verteidigte.

Wir kehrten eines Sonntagnachmittags zu unserer Herberge zurück; die Bauern tanzten, und alle, denen wir begegneten, schienen glücklich und ausgelassen zu sein. Auch ich selbst war ausgelassen, und ich hüpfte mit dem Gefühl unbändiger Freude und Fröhlichkeit umher.

Kapitel Sieben

Bei meiner Rückkehr fand ich folgenden Brief von meinem Vater vor:

Mein lieber Viktor,

Du hast wahrscheinlich ungeduldig auf einen Brief gewartet, in dem das Datum deiner Rückkehr zu uns festgelegt ist; und anfangs war ich auch versucht, Dir nur ein paar Zeilen zu schreiben und nur den Tag zu erwähnen, an dem ich Dich erwartete. Aber das wäre ein grausamer Liebesdienst gewesen, und ich habe es nicht gewagt. Wie bestürzt wärest Du, mein Sohn, wenn Du ein glückliches und fröhliches Willkomm erwartetest und ganz im Gegenteil Tränen und Trübnis gewahrtest? Und auf welche Weise, Viktor, kann ich Dir von dem Unglück Mitteilung machen? Deine Abwesenheit kann Dich unseren Freuden und Bekümmernissen gegenüber nicht fühllos gemacht haben; und wie kann ich meinem so lange fortgebliebenen Sohn Kummer zufügen? Ich wünsche mir, Dich auf die schmerzlichen Nachrichten vorzubereiten, aber ich weiß, daß dies unmöglich ist. Schon jetzt fliegt Dein Auge über die Seite auf der Suche nach den Worten, die Dir die furchtbare Neuigkeit mitteilen.

Wilhelm ist tot! – Dieses liebliche Kind, dessen Lächeln mein Herz entzückte und erwärmte; das so freundlich und so fröhlich war! Viktor, er wurde ermordet!

Ich will nicht versuchen, Dich zu trösten, sondern Dir nur den Hergang der Ereignisse berichten.

Letzten Donnerstag (den 7. Mai) unternahmen ich, meine Nichte und Deine beiden Brüder einen Spaziergang nach Plainpalais. Der Nachmittag war mild und der Himmel klar, und wir dehnten unseren Bummel länger als gewöhnlich aus. Es dämmerte bereits, als wir daran dachten, uns auf den Heimweg zu machen; und dann entdeckten wir, daß Wilhelm und Ernest, die uns vorausgelaufen waren, nicht auffindbar waren. Also setzten wir uns auf eine Bank, bis sie umkehren würden. Ernest traf denn auch bald ein und fragte, ob wir seinen Bruder gesehen hätten; er sagte, er habe mit ihm gespielt und Wilhelm sei fortgelaufen, um sich zu verstecken, und er habe vergebens nach ihm gesucht und anschließend lange Zeit auf ihn gewartet, aber er sei nicht wieder aufgetaucht.

Dieser Bericht versetzte uns in beträchtliche Unruhe, und wir suchten nach Wilhelm, bis die Nacht hereinbrach. Elisabeth äußerte die Vermutung, daß Wilhelm allein zum Haus zurückgekehrt war. Aber dort war er nicht. Wir kehrten mit Fackeln an den Ort des Geschehens zurück, wo wir Wilhelm aus den Augen verloren hatten, denn ich konnte bei dem Gedanken, daß mein lieber Junge sich verlaufen hatte und der feuchten Nachtluft ausgesetzt war, keine Ruhe finden. Auch Elisabeth schwebte in tausend Ängsten.

Gegen fünf Uhr morgens entdeckte ich meinen holden Jungen, den ich am Abend zuvor blühend vor Gesundheit und springlebendig gesehen hatte, totenblaß und reglos im Gras ausgestreckt; an seinem Hals waren die Würgemale des Mörders.

Wir trugen ihn nach Hause, und der Schmerz, der mir ins Gesicht geschrieben stand, verriet Elisabeth, was geschehen war. Sie bestand darauf, den Leichnam zu sehen. Ich bemühte mich ohne Erfolg, sie davon abzuhalten; und sie betrat das Zimmer, in dem Wilhelm lag, untersuchte mit fliegenden Fingern seinen Hals, schlug die Hände zusammen und schrie: »O Gott! Ich habe mein liebstes Kind ermordet!«

Sie wurde ohnmächtig und ließ sich nur unter größten Mühen wieder ins Leben zurückrufen. Als sie wieder bei Sinnen war, nahm ihr Weinen und Seufzen kein Ende. Sie berichtete mir, am Abend zuvor habe Wilhelm sie angebettelt, ihn das sehr wertvolle Medaillon mit dem Bildnis Deiner Mutter tragen zu lassen, das sich in ihrem Besitz befand. Dieses Medaillon war verschwunden, und es hatte unzweifelhaft den Mörder zu der Tat gereizt. Wir haben noch keine Spur von dem Mörder, setzen aber unsere Bemühungen, ihn ausfindig zu machen, fort – obwohl sie meinem geliebten Wilhelm nicht das Leben wiedergeben werden!

Komm, liebster Viktor; nur Du allein vermagst Elisabeth zu trösten. Sie weint beständig und klagt sich zu Unrecht der Schuld an seinem Tod an; ihre Worte durchbohren mir das Herz. Wir alle sind unglücklich. Muß das für Dich, mein Sohn, nicht ein zusätzlicher Grund sein, zurückzukehren und uns zu trösten? Deine arme, liebe Mutter! Ach, Viktor; ich sage jetzt, Gott sei Dank, daß Er sie den grausamen und beklagenswerten Tod ihres jüngsten Lieblings nicht mehr hat erleben lassen!

Komm, Viktor; aber nicht mit brütenden Rachegedanken dem Mörder gegenüber, sondern von friedvollen und besänftigenden Gefühlen beseelt, die sich heilsam auf die Wunden in unserer Seele auswirken, statt sie schwären zu lassen. Betrete das Trauerhaus, mein Sohn, aber mit Freundlichkeit und Zuneigung für diejenigen im Herzen, die Dich lieben, und nicht voller Haß auf Deine Feinde. – Dein Dich liebender und betrübter Vater

ALPHONSE FRANKENSTEIN
Genf, *12. Mai 17 ...*

Clerval, der mein Gesicht beobachtet hatte, während ich diesen Brief las, war überrascht, Verzweiflung zu sehen, die der Freude folgte, die ich anfangs über die Nachrichten von meinen Freunden empfunden hatte. Ich warf den Brief auf den Tisch und barg das Gesicht in den Händen.

»Mein lieber Frankenstein«, rief Henry, als er mich bitterlich weinen sah, »ist es dir denn bestimmt, immer unglücklich zu sein? Mein lieber Freund – was ist geschehen?«

Ich deutete wortlos auf den Brief und schritt in höchster Erregung im Zimmer auf und ab. Als Clerval von dem Unglück las, das mir widerfahren war, stürzten auch aus seinen Augen Tränen.

»Ich kann dir keinen Trost spenden, mein Freund«, sagte er, »denn dein Verlust ist unersetzlich. Was gedenkst du zu tun?«

»Ich beabsichtige, unverzüglich nach Genf zu reisen. Komm mit mir, Henry; wir wollen die Pferde besorgen.«

Unterwegs versuchte sich Clerval in ein paar Trostworten, aber ich las nur sein innigstes Mitgefühl daraus. »Armer Wilhelm«, sagte er, »dieses liebe, reizende Kind, nun weilt er bei seiner Mutter, die ebenfalls ein Engel ist und, da sie ihn strahlend und fröhlich in der Blüte seiner jungen Jahre gesehen hat, über sein vorzeitiges Dahinscheiden weinen muß! Welch jammervolles Ende im Würgegriff des Mörders! Um wie vieles mehr er ein Mörder ist, daß er eine solche blühende Unschuld zerstören konnte! Der arme, kleine Kerl! Ein einziger Trost bleibt uns: Seine Freunde trauern und weinen, aber er hat seine Ruhe gefunden. Seine Todespein ist überstanden, seine Leiden sind für alle Zeiten vorbei. Der Rasen bedeckt seinen zarten Körper, und er empfindet keine Schmerzen mehr. Er braucht unser Mitgefühl nicht, und wir können es uns für die bedauernswerten Hinterbliebenen aufsparen.«

So redete Clerval, während wir durch die Gassen eilten; seine Worte prägten sich meinem Gedächtnis ein, und später, in der Einsamkeit, sollten sie in mir nachhallen. Aber für den Augenblick sprang ich – sobald die Pferde ankamen – in den Wagen und entbot dem Freunde den Abschiedsgruß.

Es war eine sehr traurige Heimfahrt. Zu Beginn ging es mir nicht schnell genug, denn es verlangte mich danach, meine geliebten und bekümmerten Freunde zu trösten und sie meines Mitgefühls zu versichern; aber je näher ich meiner Geburtsstadt kam, desto mehr verlangsamte ich die Fahrt. Ich konnte die zahllosen Empfindungen in meiner Brust kaum ertragen. Ich fuhr durch Landschaften, die mir von Jugend an vertraut waren und die ich seit annähernd sechs Jahren nicht mehr gesehen hatte. Wie sehr sich in dieser Zeit alles in Genf verändert haben mochte! Von einer plötzlichen und verheerenden Veränderung wußte ich ja, aber tausend für sich allein unbedeutende Dinge mochten gemeinsam zu anderen Veränderungen geführt haben, die – obwohl sie sich in aller Stille vollzogen hatten – möglicherweise nicht weniger einschneidend waren. Furcht überkam mich; ich wagte nicht, weiterzufahren; ängstigte mich vor tausend namenlosen Übeln, die mich erzittern ließen, obwohl ich sie nicht zu benennen vermochte.

Ich blieb zwei Tage in Lausanne, während der schmerzliche Zustand meines Gemüts anhielt. Ich saß sinnend am See;

das Wasser war unbewegt; alles ringsum atmete Stille, und die schneebedeckten Berge, ›die Paläste der Natur‹, waren unverändert. Allmählich wirkte sich die ruhige und herrliche Szenerie besänftigend auf mich aus, und ich setzte meine Fahrt nach Genf fort.

Die Straße zog sich am Ufer des Sees entlang, der schmäler wurde, während ich mich meiner Heimatstadt näherte. Ich erkannte jetzt deutlicher die schwärzlichen Hänge des Jura und den hellen Gipfel des Montblanc. Ich weinte wie ein Kind. »Liebe Berge! Mein wunderschöner See! Wie heißt ihr den Wanderer willkommen! Eure Gipfel sind heiter; der Himmel und der See sind blau und friedlich. Verheißt ihr mir auf diese Art Frieden, oder spottet ihr meines Unglücks?«

Ich fürchte, mein Freund, ich verdiene Euren Vorwurf der Weitschweifigkeit, indem ich bei diesen einleitenden Schilderungen verweile, aber ich erlebte in jenen Tagen ein vergleichsweises Glück und denke mit Freude an sie zurück. Mein Land, mein geliebtes Land! Wer, wenn nicht der, der hier geboren wurde, kann das Entzücken nachempfinden, das mich aus dem Anblick deiner Flüsse, deiner Berge und vor allem deines wunderschönen Sees überkam!

Allein, als ich mich meinem Heim näherte, überfielen mich aufs neue Kummer und Furcht. Außerdem senkte sich die Nacht hernieder, und als ich die dunklen Berge kaum mehr erkennen konnte, sank meine Stimmung noch mehr. Der Anblick breitete sich wie eine ungeheure und düstere Szenerie des Bösen vor mir aus, und ich ahnte dunkel, daß es mir bestimmt war, der unglücklichste aller Menschen zu werden. Ach, diese Prophezeiung sollte sich als nur zu wahr erweisen, und sie ging nur in einem einzigen Umstand fehl, daß nämlich das Elend, das ich ahnte und fürchtete, nicht einmal den hundertsten Teil der Qual ausmachte, die zu erdulden mir bestimmt war.

Es war tiefe Nacht, als ich die Mauern von Genf erreichte;

die Stadttore waren bereits geschlossen, und mir blieb nichts anderes übrig, als die Nacht in Secheron zu verbringen, einem Dorf in einer halben Meile Entfernung von Genf. Der Himmel war wolkenlos, und da ich nicht schlafen konnte, beschloß ich, den Ort zu besuchen, an dem mein armer Wilhelm ermordet worden war. Da mir der Weg durch die Stadt verwehrt war, mußte ich den See auf einem Boot überqueren, um nach Plainpalais zu gelangen. Auf dieser kurzen Bootsfahrt sah ich unentwegt Blitze um den Gipfel des Montblanc zucken und anmutige Muster weben. Das Gewitter schien sich rasch zu nähern, und als ich auf dem anderen Ufer aufsetzte, erklomm ich einen niedrigen Hügel, um seinen Verlauf zu verfolgen. Es kam heran; der Himmel bewölkte sich, und anfangs fiel der Regen in schweren Tropfen, um rasch heftiger zu werden.

Ich stieg von dem Hügel und setzte meinen Weg fort, obwohl die Finsternis und der Sturm mit jeder Minute zunahmen und der Donner mit fürchterlichem Krachen über mir dahinrollte. Sein Echo hallte vom Salêve, dem Juragebirge und von den Savoyer Alpen wider; grelle Blitze blendeten meine Augen und erhellten den See und ließen ihn wie ein ungeheures Laken aus Feuer erscheinen; gleich darauf schien alles in schwärzeste Dunkelheit getaucht, bis die Augen sich von dem vorhergegangenen Blitzen erholt hatten. Wie so häufig in der Schweiz entluden sich Gewitter in mehreren Himmelsgegenden zugleich. Am heftigsten wütete ein Gewitter genau nördlich der Stadt, über jenem Teil des Sees, der zwischen dem Vorgebirge Belrives und dem Dorf Copêt liegt. Ein weiteres Gewitter erleuchtete den Jura mit schwachen Blitzen, und ein drittes verdunkelte und enthüllte abwechselnd den Molê, einen Berggipfel östlich des Sees.

Während ich dem Unwetter zuschaute, das von so furchteinflößender Schönheit war, schritt ich eilig voran. Dieser erhabene Krieg am Himmel erhob auch mein Gemüt; ich klatschte in die Hände und rief laut: »Wilhelm, geliebter

Engel! Dies ist deine Totenfeier, dies ist dein Grabgesang!« Währenddessen gewahrte ich in der Düsternis eine Gestalt, die sich hinter einer nahestehenden Baumgruppe hervorstahl. Ich stand wie erstarrt und blickte angestrengt; ich konnte mich nicht geirrt haben. Ein Blitz erleuchtete die Umrisse dieser Gestalt und ließ sie scharf hervortreten; eine riesenhafte Statur in ihrer ganzen Unförmigkeit; zu gräßlich, um der Menschheit angehören zu können. Ich wußte sofort, daß es die elende Kreatur war, der scheußliche Dämon, dem ich das Leben gegeben hatte. Konnte es sein, daß er (ich erschauerte bei dem Gedanken) der Mörder meines Bruders war? Sobald diese Idee in meinem Kopf auftauchte, war ich auch schon von ihrer Wahrheit überzeugt; meine Zähne schlugen aufeinander, und ich mußte mich an einen Baum lehnen, um nicht niederzusinken. Die Gestalt schritt rasch an mir vorüber und verschwand in der Finsternis. Kein Wesen menschlicher Abstammung konnte dieses liebliche Kind vernichtet haben. *Er* war der Mörder! Ich konnte nicht länger daran zweifeln. Allein, daß mir diese Idee gekommen war, stellte einen unwiderlegbaren Beweis für ihre Richtigkeit dar. Ich erwog, dem Dämon zu folgen; aber es wäre ein vergebliches Unterfangen gewesen, denn ein neuerlicher Blitz beleuchtete ihn in der nahezu senkrechten Felswand des Mont Salêve, eines Berges im Süden von Plainpalais. Bald darauf erreichte er den Gipfel und war verschwunden.

Ich blieb reglos stehen. Der Donner wurde schwächer, aber der Regen rauschte mit unverminderter Heftigkeit hernieder, und die Szenerie war in undurchdringliche Finsternis gehüllt. Ich sann über die Geschehnisse nach, die ich bis jetzt zu vergessen mich bemüht hatte: das Gedeihen meines Schöpfungswerkes; die nächtliche Erscheinung dieses lebenden Werkes meiner Hände an meinem Bett; ihr Verschwinden. Beinahe zwei Jahre waren seit jener Nacht vergangen, in der er zum Leben erweckt worden war – ob dies sein erstes Verbrechen darstellte? Ich hatte eine verderbte, elende Kreatur in die Welt gesetzt, deren einzige Lust im Anrichten von Blutbädern und Unheil bestand; hatte sie nicht meinen Bruder ermordet?

Niemand vermöchte meine Qualen im Verlauf der verbliebenen Nacht zu ermessen, die ich frierend und durchnäßt im Freien verbrachte. Aber ich hatte kein Gefühl für die Unbilden des Wetters; meine Phantasie war in Szenen des Grauens und der Verzweiflung gefangen. Ich grübelte über das Geschöpf nach, das ich mit einem eigenen Willen und der Kraft ausgestattet, ein entsetzliches Vorhaben gleich der Tat, die es soeben vollbracht hatte, auszuführen, und auf die Menschheit losgelassen hatte; beinahe so, als wäre es meine eigene Verwandlung in einen Vampir; in einen Untoten, der dem Grabe entsteigt, um all das zu vernichten, was mir lieb und teuer war.

Der Tag graute herauf, und ich wandte meine Schritte der Stadt zu. Das Tor war geöffnet, und ich eilte zum Haus meines Vaters. Mein erster Gedanke war, der Familie zu entdecken, was ich über den Mörder wußte, und auf einer sofortigen Verfolgung zu bestehen. Aber dann dachte ich an die Geschichte, die ich würde erzählen müssen, und zögerte. Eine Kreatur, die ich selbst gebildet und mit Leben begabt hatte, war mir zur Mitternacht an den Steilwänden eines unzugänglichen Berges begegnet. Ich dachte auch an das nervöse Fieber, das mich zum Zeitpunkt meiner Schöpfung ergriffen hatte und das meinem Bericht, der ansonsten völlig unglaubwürdig klingen müßte, den Anschein eines Fieberwahns verleihen würde. Ich wußte sehr gut, wenn ein anderer mir eine derartige Geschichte zugemutet hätte, würde ich sie für die Ausgeburt eines kranken Hirns betrachtet haben. Außerdem würde die unnatürliche Herkunft des Geschöpfes selbst dann jede Verfolgung unmöglich machen, wenn es mir gelänge, meine Verwandten zu überzeugen. Und zudem: Welchen Erfolg würde eine solche Jagd überhaupt haben? Wer würde ein Geschöpf ergreifen können, das fähig war, die steilen Felswände des Mont Salêve zu erklimmen? Diese Überlegungen gaben den Ausschlag, und ich beschloß, zu schweigen.

Es war gegen fünf Uhr morgens, als ich meines Vaters Haus betrat. Ich wies die Dienerschaft an, die Familie nicht zu stören, und begab mich in die Bibliothek, um die Stunde abzuwarten, zu der sie üblicherweise aufstanden.

Sechs Jahre waren vergangen wie ein Traum, der jedoch eine unauslöschliche Spur hinterlassen hatte, und ich stand wieder dort, wo ich vor meiner Abfahrt nach Ingolstadt zum letzten Mal meinen Vater umarmt hatte. Mein geliebter und verehrungswürdiger Vater! Er war mir noch verblieben. Ich betrachtete das Bildnis meiner Mutter, das oberhalb des Kaminsimses hing. Es handelte sich um ein klassisches Sujet; es stellte Caroline Beaufort dar, die in einer Pose tiefster Verzweiflung neben dem Sarg ihres Vaters kniete. Sie trug rustikale Kleidung, und ihre Wangen waren fahl; aber um sie war ein Hauch von Würde und Schönheit, der kaum dazu angetan war, Mitleid aufkommen zu lassen. Unter diesem Bild stand eine Miniatur, die Wilhelm darstellte; und als ich sie anschaute, flossen meine Tränen. Während ich derart ergriffen dort stand, betrat Ernest die Bibliothek; er hatte mich ankommen hören und war herbeigeeilt, um mich willkommen zu heißen. Er zeigte eine durch Kummer getrübte Freude, mich zu sehen. »Viktor, mein liebster Viktor«, sagte er. »Ach! Ich wünschte, du wärst drei Monate früher gekommen, dann hättest du uns alle fröhlich und guter Dinge vorgefunden. Doch nun kommst du, um eine Betrübnis, die nichts zu lindern vermag, mit uns zu teilen; und doch wird deine Gegenwart unseren Vater, der unter dem Unglück zusammenzubrechen scheint, hoffentlich mit neuem Lebensmut erfüllen; und dein Zuspruch bewegt Elisabeth vielleicht dazu, ihre nutzlosen und quälenden Selbstvorwürfe einzustellen. – Armer Wilhelm! Er war unser Liebling und unser Stolz!«

Ungehindert fielen Tränen aus meines Bruders Augen, und mich überkam Todesschmerz. Zuvor hatte ich mir das Elend in meinem unglücklichen Heim nur vorgestellt, aber nun brach die Wirklichkeit als ein neues und deshalb nicht weniger schreckliches Unglück über mich herein. Ich bemühte mich, Ernest zu beruhigen; ich erkundigte mich eingehender über meinen Vater und jene, die ich meine Cousine nannte.

»Sie ist es vor allem«, sagte Ernest, »die des Trostes bedarf; sie hat sich selbst die Schuld am Tod meines Bruders gegeben, und das macht sie sehr unglücklich. Aber nun, da der Mörder entdeckt wurde …«

»Der Mörder entdeckt! Großer Gott! Wie ist das möglich? Wer könnte es wagen, ihn zu verfolgen? Ausgeschlossen; man könnte ebensogut versuchen, die Winde zu überholen oder einen Gebirgsbach durch einen Strohhalm zu leiten. Ich habe ihn ebenfalls gesehen; letzte Nacht war er frei!«

»Ich weiß nicht, wovon du sprichst«, versetzte mein Bruder in höchstem Erstaunen, »aber unsere Entdeckung hat unser Unglück nur vollständig gemacht. Anfangs wollte es niemand glauben, und Elisabeth ist jetzt noch nicht überzeugt, trotz aller Beweise. Und in der Tat; wer hätte geglaubt, daß Justine Moritz, die stets so liebenswert und so herzlich zu unserer Familie war, plötzlich zu einem so entsetzlichen, einem so abscheulichen Verbrechen fähig sein sollte?«

»Justine Moritz! Armes, armes Mädchen; so ist sie diejenige, die angeklagt wird? Aber das ist ein Irrtum; jeder weiß das; niemand glaubt es – nicht wahr, Ernest?«

»Zuerst hat es niemand geglaubt, aber es ergaben sich mehrere Umstände, die fast keine andere Deutung zulassen, und sie selbst benahm sich derart verwirrt, daß – nimmt man das Gewicht der Indizien hinzu –, wie ich fürchte, kein Zweifel mehr möglich ist. Aber man wird sie heute verhören; dann wirst du alles vernehmen.«

Er berichtete, an dem Morgen, als der Mord an dem armen

Wilhelm entdeckt wurde, sei Justine von einer Krankheit erfaßt worden, die sie mehrere Tage lang ans Bett fesselte. In dieser Zeit fand einer der Dienstboten, der zufällig das Kleid untersuchte, das sie in der Mordnacht getragen hatte, in einer Tasche das Medaillon mit dem Bildnis meiner Mutter, das Wilhelm kurz vor seiner Ermordung getragen hatte. Der Dienstbote zeigte seinen Fund sofort einem anderen, der – ohne mit einem Mitglied der Familie darüber zu sprechen – sofort zu einem Richter lief, und Justine wurde aufgrund der Aussagen der Dienstboten in Haft genommen. Nachdem man sie mit den Tatsachen konfrontiert hatte, erhärtete das Mädchen den Verdacht durch ihr auffallend verwirrtes Verhalten.«

Dies war eine merkwürdige Erzählung, die jedoch meine Überzeugung nicht erschütterte, und ich erwiderte ernst: »Ihr irrt euch alle, ich kenne den Mörder. Justine, die arme, gute Justine, ist unschuldig.«

In diesem Augenblick betrat mein Vater die Bibliothek. Ich sah den Kummer tief in sein Gesicht eingegraben, trotzdem bemühte er sich nach Kräften, Freude über unser Wiedersehen zu zeigen; und nachdem wir uns gegenseitig unserer Trauer versichert hatten, hätten wir uns sicherlich einem anderen Gegenstand als dem Unglücksfall zugewandt, wenn Ernest nicht ausgerufen hätte: »Großer Gott, Papa! Viktor behauptet, zu wissen, wer der Mörder des armen Wilhelm war.«

»Auch wir wissen es, unglücklicherweise«, erwiderte mein Vater, »denn es wäre mir in der Tat lieber, ich wüßte es nicht, als eine solche Verworfenheit und Undankbarkeit bei einer entdeckt haben zu müssen, die ich so hoch eingeschätzt hatte.«

»Mein teurer Vater, Ihr irrt Euch; Justine **ist** unschuldig.«

»Wenn sie es ist, sei Gott davor, daß sie leiden muß. Sie wird heute verhört, und ich hoffe – hoffe von ganzem Herzen –, daß sie freigesprochen wird.«

Diese Aussage beruhigte mich. Ich selbst war fest davon überzeugt, daß Justine – tatsächlich jeder Mensch – an diesem Mord unschuldig war. Ich hegte deshalb keinerlei Besorgnis, daß Indizien zutage gefördert würden, die ausreichten, um sie zu überführen. Mein Bericht war für die Öffentlichkeit nicht geeignet; jeder normal empfindende Mensch würde ihn wegen seiner Entsetzlichkeit als Wahnwitz abtun. Konnte denn jemand außer mir, dem Schöpfer selbst, ohne das Zeugnis seiner Sinne an die Existenz des lebenden Monuments der Vermessenheit und Unbesonnenheit glauben, das ich auf die Welt losgelassen hatte?

Bald danach gesellte sich Elisabeth zu uns. Die Zeit hatte für sie gearbeitet; seit ich sie das letzte Mal gesehen, hatte ihre Lieblichkeit die Schönheit ihrer Jahre als Kind übertroffen. Da waren noch dieselbe Offenheit und dieselbe Munterkeit; aber dazu hatte sich der Ausdruck einer größeren Empfindsamkeit und eines voll entwickelten Geistes gesellt. Sie hieß mich mit der innigsten Zuneigung willkommen. »Deine Ankunft, mein lieber Cousin«, sagte sie, »gibt mir Hoffnung. Du wirst vielleicht ein Mittel finden, die Schuldlosigkeit meiner armen Justine zu beweisen. Ach, wer wäre sicher, wenn sie eines Verbrechens überführt würde? Ich vertraue ebenso sehr auf ihre Unschuld wie auf meine eigene. Unser Unglück ist doppelt hart; wir haben nicht nur unseren reizenden kleinen Liebling verloren, sondern zudem soll uns auch noch dieses arme Mädchen, das ich aufrichtig liebe, von einem noch schlimmeren Geschick entrissen werden. Wenn sie verurteilt wird, kann ich mich nie wieder erfreuen. Aber sie wird nicht verurteilt, dessen bin ich gewiß; und dann werde ich wieder glücklich sein, selbst nach dem traurigen Ende meines kleinen Wilhelm.«

»Sie ist unschuldig, meine Elisabeth«, erwiderte ich, »und das wird sich erweisen; fürchte nichts und sei guten Mutes; ich versichere dir, daß sie freigesprochen wird.«

»Wie freundlich und großherzig du bist! Jedermann sonst glaubt, daß sie schuldig ist, und das hat mich unglücklich gemacht, denn ich wußte, daß es nicht sein kann; und alle anderen in einem so tödlichen Vorurteil befangen zu sehen machte mich hoffnungslos und verzweifelt.« Sie brach in Tränen aus.

»Liebste Nichte«, ließ sich mein Vater vernehmen, »trockne deine Tränen. Wenn sie – wie du glaubst – unschuldig ist, verlaß dich auf die Gerechtigkeit unserer Gesetze und auf meine Entschlossenheit, auch den geringsten Anschein einer Voreingenommenheit zu bekämpfen.«

Kapitel Acht

Wir verbrachten einige traurige Stunden bis elf Uhr; dem Zeitpunkt, an dem die Verhandlung beginnen sollte. Mein Vater und die übrigen Verwandten waren als Zeugen geladen worden, und ich begleitete sie zum Gericht. Ich durchlitt während der ganzen abscheulichen Justiz-Posse brennende Qualen. Immerhin sollte sich entscheiden, ob das Ergebnis meiner Neugier und meines ruchlosen Vorhabens den Tod zweier meiner Mitmenschen verursacht hatte; zum einen den eines selig lächelnden Kindes voller Unschuld und Fröhlichkeit und zum anderen den eines Mädchens, das auf weit furchtbarere Weise ermordet werden sollte; zusätzlich erschwert durch jede nur denkbare Schande, die den Mord im Gedächtnis der Menschen entsetzlich machen konnte. Justine war ein achtbares Mädchen und besaß Eigenschaften, die ihr ein unbeschwertes Leben ermöglicht haben würden; nun sollte all dies zunichte gemacht und in ein schändliches Grab getragen werden – und ich war die Ursache! Tausendmal lieber hätte ich mich selbst des Verbrechens als schuldig bekannt, dessen Justine angeklagt war; aber ich war nicht an Ort und Stelle gewesen, als es verübt wurde, und eine solche Erklärung wäre viel eher als die Phantasie eines Wahnsinnigen betrachtet worden, statt diejenige, die durch meine Schuld litt, zu entlasten.

Justine wirkte gefaßt. Sie trug Trauerkleider, und der Ernst ihrer Gefühle verlieh ihrem ohnehin ansprechenden Antlitz vollkommene Schönheit. Aber trotz ihres Ernstes schien sie auf ihre Unschuld zu vertrauen, und sie zitterte nicht, obwohl so viele Menschen sie anstarrten und insgeheim verdammten; denn der Gedanke an die Ungeheuerlichkeit des Verbrechens, das sie begangen haben sollte, verbannte alle Freundlichkeit, die man ihr ansonsten wohl um ihrer Schönheit willen entgegengebracht hätte, aus den Köpfen der Zuschauer. Sie war gelassen, aber ihre Gelassenheit war offensichtlich erzwungen; da man ihre frühere Verwirrung als Beweis für ihre Schuld ausgelegt hatte, zwang sie sich nun dazu, zuversichtlich zu erscheinen. Als sie den Gerichtssaal betrat, schaute sie sich unter den Versammelten um und hatte uns bald ausfindig gemacht. Tränen schienen ihren Blick zu verschleiern, als sie uns anschaute; aber sie faßte sich rasch wieder, und ein Blick mitleidvoller Zuneigung schien ihre völlige Schuldlosigkeit zu beweisen.

Die Verhandlung begann, und nachdem der Gegenanwalt die Anklageschrift verlesen hatte, wurden mehrere Zeugen aufgerufen. Gegen Justine sprachen eine Reihe merkwürdiger Umstände, die jedermann, dem nicht die gleichen Beweise für ihre Unschuld vorlagen wie mir, schwankend gemacht hätten. Sie war in der ganzen Nacht, als der Mord geschah, nicht im Haus gewesen, und war gegen Morgen nicht weit von dem Ort, wo man die Leiche des ermordeten Kindes später fand, von einer Marktfrau beobachtet worden. Die Frau hatte sie gefragt, was sie dort tat, und sie hatte sehr merkwürdig ausgesehen und eine verwirrte und unverständliche Antwort gegeben. Gegen acht Uhr war sie ins Haus zurückgekehrt, und als man sie gefragt hatte, wo sie die Nacht verbracht habe, hatte sie erwidert, sie habe nach dem Kind gesucht und sich angelegentlich erkundigt, ob jemand etwas über den Jungen gehört habe. Als man ihr die Leiche gezeigt hatte, war sie einem heftigen, hysterischen Anfall erlegen und hatte einige Tage lang das Bett hüten müssen. Dann kam das Medaillon ins Spiel, das der Dienstbote in ihrer Tasche gefunden hatte, und als Elisabeth es mit versagender Stimme als das nämliche bezeichnete, das sie dem Kind eine Stunde, bevor es vermißt wurde, um den Hals gehängt habe, erfüllte ein Gemurmel des Entsetzens und der Entrüstung den Gerichtssaal.

Justine wurde aufgerufen, sich zu verteidigen. Im Zuge der Verhandlung hatte sich ihr Gesichtsausdruck mehrmals verändert. Überraschung, Entsetzen und seelische Not waren deutlich auf ihrer Miene abzulesen gewesen. Zuweilen hatte sie gegen die Tränen angekämpft; aber als sie nun zu ihrer Verteidigungsrede aufgefordert wurde, sammelte sie sichtbar ihre Kräfte und sprach mit hörbarer, wenn auch schwankender Stimme.

»Gott allein weiß«, sagte sie, »wie gänzlich unschuldig ich bin. Aber ich gebe mich nicht der trügerischen Hoffnung hin, daß meine Beteuerungen mich entlasten werden; ich hoffe vielmehr, meine Unschuld durch eine klare und einfache Erklärung der Umstände darlegen zu können, die gegen mich angeführt wurden, und vertraue darauf, daß der Charakter, den ich immer gezeigt habe, meine Richter zu einer günstigen Auslegung geneigt machen werden, wo ein Umstand zweifelhaft oder verdächtig erscheint.«

Dann berichtete sie, sie habe den Abend vor der Nacht, in welcher der Mord ausgeführt wurde, mit Erlaubnis Elisabeths im Hause einer Tante in Chêne verbracht, einem etwa eine Meile von Genf entfernten Dorf. Bei ihrer Rückkehr gegen neun Uhr begegnete sie einem Mann, der sie fragte, ob sie das vermißte Kind gesehen habe. Die Nachricht, die in dieser Frage enthalten war, alarmierte sie, und sie verbrachte mehrere Stunden mit der Suche nach dem Kind, bis die Genfer Stadttore geschlossen waren und sie die restlichen Nachtstunden in der Scheune eines Bauernhauses verbringen mußte, da sie sich scheute, die Bewohner – die sie gut kannten – zu wecken. Sie verbrachte den größten Teil der Nacht schlaflos, und gegen Morgen glaubte sie, ein paar Minuten lang geschlafen zu haben, als das Geräusch von Schritten sie weckte. Es dämmerte bereits, und sie verließ ihre Nachtunterkunft, um sich erneut auf die Suche nach meinen Bruder zu machen. Wenn sie der Stelle nahegekommen war, an der seine Leiche lag, sei dies ohne ihr Wissen geschehen. Ihre Verwirrung, als die Marktfrau sie zur Rede stellte, war begreiflich, da sie eine schlaflose Nacht hinter sich hatte und über das Schicksal des armen Wilhelm beunruhigt war. Wie das Medaillon in ihre Tasche gelangt war, konnte sie nicht erklären.

»Ich weiß«, schloß das unglückliche Opfer, »wie schwer und nachteilig gerade dieser Umstand gegen mich spricht; aber es steht nicht in meiner Macht, ihn zu erklären, und nachdem ich meine völlige Ahnungslosigkeit in diesem Punkt zugegeben habe, kann ich nur Vermutungen darüber anstellen, wie dieser Gegenstand in meine Tasche gelangt ist; aber auch hier bin ich überfordert. Ich glaube nicht, daß mir jemand auf dieser Welt feindlich gesonnen ist, und gewiß halte ich niemanden für so verderbt, daß er mich mutwillig vernichten möchte. Hat mir der Mörder das Medaillon untergeschoben? Ich wüßte nicht, bei welcher Gelegenheit ihm dies möglich gewesen wäre; oder weshalb er das Kleinod gestohlen haben könnte, um sich sogleich wieder von ihm zu trennen.

Ich vertraue meinen Fall der Gerechtigkeit meiner Richter

an, aber ich sehe kaum einen Grund zur Hoffnung. Ich bitte darum, mir zu bewilligen, daß einige Zeugen über meinen Charakter befragt werden, und wenn ihr Zeugnis nicht die mir angelastete Schuld überwiegt, muß ich verurteilt werden, obwohl ich mein Seelenheil als Pfand für meine Unschuld setzen würde.«

Nun wurden mehrere Zeugen aufgerufen, die Justine seit vielen Jahren kannten, und sie sprachen sehr gut über sie; aber Furcht und Abscheu angesichts des Verbrechens, dessen diese Menschen sie schuldig glaubten, ließen sie nur zaghaft, beinahe widerwillig, vortreten. Elisabeth sah, wie selbst diese letzte Hoffnung für die Angeklagte, nämlich ihre ausgezeichnete Charakteranlage und ihr untadeliges Verhalten, im Begriff war, zunichte zu werden, und bat trotz ihrer heftigen Gefühlsbewegung um die Erlaubnis, zum Gericht sprechen zu dürfen.

»Ich bin«, so sagte sie, »die Cousine des unglücklichen Jungen, der ermordet wurde; oder eigentlich seine Schwester, denn ich wurde gemeinsam mit ihm aufgezogen, und ich lebe bereits seit lange vor seiner Geburt bei seinen Eltern. Es mag deshalb ungebührlich erscheinen, daß ich bei dieser Gelegenheit das Wort ergreife; aber da ich sehe, daß ein Mitgeschöpf wegen Feigheit seiner vorgeblichen Freunde in Begriff ist, zu verderben, wünsche ich die Erlaubnis, hier zu sprechen, damit ich sagen kann, was ich über ihren Charakter weiß. Ich bin mit der Angeklagten sehr vertraut. Ich habe im selben Haus wie sie gelebt; einmal fünf und ein anderes Mal beinahe zwei Jahre lang. In dieser ganzen Zeit schien sie mir der liebenswerteste und gutmütigste aller Menschen zu sein. Sie pflegte Madame Frankenstein, meine Tante, während derer letzten Krankheit mit der größten Liebe und Aufmerksamkeit; später dann stand sie ihrer eigenen Mutter während eines langwierigen Leidens auf eine Art und Weise bei, welche die Bewunderung von jedermann erregte, der sie kannte;

danach lebte sie wieder im Hause meines Onkels, wo die ganze Familie sie liebte. Dem Kind, das jetzt tot ist, war sie innig zugetan, und sie behandelte es wie die zärtlichste aller Mütter. Ich für meinen Teil zögere nicht, zu sagen, daß ich ihr trotz aller Indizien, die gegen sie sprechen, glaube und daß ich sie für vollkommen unschuldig halte. Sie hatte keinerlei Veranlassung für eine solche Tat; und was das wertlose Schmuckstück betrifft, auf das sich die Anklage in der Hauptsache beruft – wenn sie mich ernsthaft darum gebeten hätte, würde ich es ihr bereitwillig überlassen haben, so sehr schätze und achte ich sie.«

Ein zustimmendes Gemurmel erhob sich nach Elisabeths schlichter, aber kraftvoller Rede; aber die Zustimmung galt ihrer großherzigen Fürsprache, und nicht der armen Justine, die sich im Gegenteil als Ziel eines erneut aufflammenden allgemeinen Unmuts sah – man klagte sie der schwärzesten Undankbarkeit an. Sie hatte während Elisabeths Ansprache geweint, erwiderte aber nichts auf die Vorwürfe. Ich selbst war während der ganzen Verhandlung außerordentlich erregt und furchtsam. Ich glaubte nicht nur, daß Justine unschuldig war; ich wußte es. Konnte es sein, daß der Dämon, der (und daran zweifelte ich keinen Augenblick lang) nicht nur meinen Bruder ermordet, sondern zu seiner höllischen Befriedigung auch noch diese Unschuldige dem Tod und der Schande ausgeliefert hatte? Ich konnte den Schrecken meiner Lage nicht ertragen; und als ich bemerkte, daß die Stimme des Volkes und – nach ihren Mienen zu urteilen – auch die Richter mein unseliges Opfer bereits verdammt hatten, floh ich in höchster Pein aus dem Gericht. Die Qualen der Angeklagten waren nicht mit den meinen zu vergleichen; sie wurde vom Wissen um ihre Unschuld getröstet, aber mir zerfleischten die Fänge des Gewissens die Brust, und sie würden ihre Beute niemals wieder hergeben.

Ich verbrachte die Nacht in ungelindertem Elend. Am Morgen ging ich ins Gericht; Lippen und Kehle waren mir ausgedörrt. Ich wagte nicht, die schicksalhafte Frage zu stellen; aber man kannte mich hier, und der Gerichtsbeamte erriet den Grund meines Besuchs. Die Stimmen waren abgegeben worden; sie hatten sämtlich auf schuldig gelautet, und Justine war verurteilt worden.

Ich kann nicht für mich beanspruchen, zu beschreiben, was ich damals empfand. Ich hatte schon zuvor Entsetzen gefühlt und habe mich bemüht, die passenden Worte dafür zu finden; aber bloße Worte können nicht die krankmachende Verzweiflung übermitteln, die mich damals überkam. Der Gerichtsbeamte, an den ich mich gewandt hatte, fügte noch hinzu, Justine habe ihre Schuld bereits gestanden. »Ein solches Geständnis«, bemerkte er, »war in diesem offenkundigen Fall kaum mehr erforderlich, aber ich bin trotzdem froh darüber. In der Tat gefällt es keinem unserer Richter, einen Verbrecher allein aufgrund von Indizien zu verurteilen, so eindeutig sie auch sein mögen.«

Das war eine sonderbare und unerwartete Mitteilung – was konnte sie bedeuten? Hatten meine Augen mich getrogen? Und war ich wirklich so wahnsinnig, wie alle Welt den Verdacht hätte, wenn ich meinen Verdächtigen nennen würde? Ich eilte nach Hause zurück, wo Elisabeth bereits ungeduldig auf den Urteilsspruch wartete.

»Meine Cousine«, sprach ich zu ihr, »das Urteil ist gesprochen, wie du es bereits vermutet haben magst; alle Richter würden lieber zehn Unschuldige dem Leiden überantworten, als einen Schuldigen entkommen lassen. Sie aber hat gestanden.«

Dies war ein schwerer Schlag für Elisabeth, die fest auf Justines Unschuld gebaut hatte. »Wehe!« rief sie aus. »Wie soll ich jemals wieder an das Gute im Menschen glauben? Wie konnte Justine, die ich liebte und wie meine Schwester betrachtete, ein derart unschuldsvolles und trügerisches

Lächeln aufsetzen? Ihr sanfter Blick schien jeglicher Heftigkeit und Arglist unfähig, und doch hat sie einen Mord begangen.«

Bald darauf vernahmen wir, daß das arme Opfer den Wunsch ausgedrückt hatte, meine Cousine zu sehen. Mein Vater wünschte nicht, daß sie ging, sagte jedoch, er überließe die Entscheidung ihrem Urteil und Empfinden. »Ja«, sagte Elisabeth, »ich will zu ihr gehen, obwohl sie schuldig ist; und du, Viktor, sollst mich begleiten; ich habe nicht die Kraft, allein zu gehen.« Die Vorstellung dieses Besuchs war eine Qual für mich, aber ich konnte nicht ablehnen.

Wir betraten die düstere Kerkerzelle und sahen Justine auf einer Schütte Stroh hocken; ihre Hände waren gefesselt, und ihr Kopf ruhte auf den Knien. Bei unserem Anblick erhob sie sich, und als wir allein waren, warf sie sich Elisabeth zu Füßen und weinte bitterlich. Meine Cousine brach ebenfalls in Tränen aus.

»O Justine«, sagte sie, »weshalb hast du mich meines letzten Trostes beraubt? Ich habe mich auf deine Unschuld verlassen; und obwohl ich bereits sehr unglücklich war, fühle ich mich jetzt noch elender.«

»Ihr glaubt also auch, daß ich derart durch und durch verderbt bin? Gesellt Ihr Euch meinen Feinden zu, die mich als Mörderin verdammen?« Ihre Stimme wurde von Schluchzen erstickt.

»Steh auf, mein armes Mädchen«, erwiderte Elisabeth, »weshalb kniest du nieder, wenn du unschuldig bist? Ich gehöre nicht zu deinen Feinden; ich habe trotz aller Indizien an deine Schuldlosigkeit geglaubt, bis ich vernahm, daß du dich als schuldig bekannt hast. Du sagst, diese Nachricht sei falsch, und sei versichert, liebe Justine, daß nichts mein Vertrauen in dich erschüttern kann als dein eigenes Geständnis.«

»Ich habe gestanden, aber es war nicht die Wahrheit. Ich habe gestanden, um die Absolution zu erlangen; aber nun lastet diese Unwahrheit schwerer auf meiner Seele als all meine übrigen Sünden. Der Herr des Himmels möge mir vergeben! Seit meiner Verurteilung hat mein Beichtvater mich bedrängt; er drohte mir, bis ich fast zu glauben anfing, daß ich in der Tat jenes Ungeheuer war, als das er mich hinstellte. Er drohte mir mit Exkommunikation in meinen letzten Augenblicken auf Erden und mit dem Höllenfeuer, wenn ich weiterhin verstockt bliebe. Liebe Herrin, ich hatte niemanden, der mir beistand; alle schauten mich als eine Elende an, die zu Schande und ewiger Verdammung verurteilt war. Was konnte ich tun? Ich habe mich in einer trüben Stunde zu einer Lüge entschlossen – und jetzt bin ich erst wahrhaft unglücklich.«

Sie weinte und fuhr fort: »Ich habe mit Entsetzen daran gedacht, liebste Herrin, Ihr könntet glauben, Eure Justine, die Eure gesegnete Tante so hoch geschätzt hat und die Ihr selbst so liebtet, sei eines Verbrechens fähig, das niemand als der Teufel selbst zu vollbringen imstande sein könnte. Lieber Wilhelm! Liebstes, gesegnetes Kind! Bald schon sehe ich dich im Himmel wieder, wo wir alle glücklich sein werden – und das tröstet mich, da ich mich nun anschicke, Schande und Tod zu erleiden.«

»O Justine! Verzeih mir, daß ich dir auch nur einen Augenblick lang mißtraut habe. Weshalb hast du gestanden? Aber gräme dich nicht, liebes Mädchen. Fürchte nichts. Ich werde Einspruch erheben und deine Unschuld beweisen. Ich werde die steinernen Herzen deiner Feinde durch meine Tränen und Gebete erweichen. Du wirst nicht sterben! – Du, meine Spielgefährtin, meine Schwester, sollst auf dem Schafott verderben? Nein! Nein! Ich könnte ein derart schreckliches Unglück niemals überleben.«

Justine schüttelte trauervoll ihr Haupt. »Ich fürchte mich nicht vor dem Sterben«, sagte sie, »diese Angst ist vorüber. Gott steht mir in meiner Schwäche bei und verleiht mir den Mut, das Schlimmste zu erdulden. Ich verlasse eine traurige und bittere Welt, und wenn Ihr Euch meiner erinnert und an mich als eine denkt, die zu Unrecht verurteilt wurde, bin ich zu dem Schicksal, das mich erwartet, bereit. Lernt von mir, liebe Herrin, sich geduldig dem Willen des Himmels zu unterwerfen!«

Ich hatte mich während dieses Gesprächs in eine Ecke des Kerkers zurückgezogen, wo ich die entsetzliche Qual verbergen konnte, die von mir Besitz ergriffen hatte. Verzweiflung! Wer wagte es, von Verzweiflung zu sprechen? Das arme Opfer, das am morgigen Tag die furchtbare Schwelle zwischen Leben und Tod überschreiten würde, konnte nicht die tiefe und bittere Pein wie ich fühlen. Ich knirschte mit den Zähnen, preßte sie zusammen und konnte ein Stöhnen nicht verhindern, das sich meiner innersten Seele entrang. Justine schrak zusammen. Als sie mich erkannt hatte, trat sie vor mich und sagte: »Lieber Herr, es ist sehr freundlich von Euch, mich zu besuchen. Ich hoffe, Ihr glaubt nicht, daß ich schuldig bin!«

Ich war zu keiner Antwort fähig. »Nein, Justine«, ergriff Elisabeth das Wort, »er ist mehr als ich von deiner Unschuld überzeugt, denn selbst, als er hörte, daß du gestanden hattest, glaubte er es nicht.«

»Ich danke ihm aufrichtig. Ich verspüre in diesen meinen letzten Augenblicken die größte Dankbarkeit gegenüber allen, die meiner mit Freundlichkeit gedenken. Wie süß dünkt einer Elenden wie mir diese Zuneigung anderer! Sie entschädigt mich weitgehend für mein Ungemach, und ich fühle, daß ich nun – da Ihr, meine liebe Herrin und Euer Cousin – an meine Unschuld glaubt, in Frieden sterben kann.«

Auf diese Weise versuchte die arme Dulderin andere und sich selbst zu trösten. Und sie erlangte in der Tat die Ergebenheit, die sie sich wünschte. Ich hingegen, der wahre Mörder, spürte den nimmersterbenden Wurm der Schuld in meiner Brust nagen, der niemals Hoffnung oder Trost zuläßt. Elisabeth weinte ebenfalls und war unglücklich, aber auch ihr Leiden war frei von Schuld, und es vermochte gleich einer Wolke, die vor dem hellen Mond daherzieht und ihn verbirgt, nicht den Glanz auf Dauer auszulöschen. Qual und Verzweiflung hatten meinHerz bis ins Innerste durchbohrt; ich trug ein Höllenfeuer in mir, das nichts löschen konnte. Wir blieben mehrere Stunden lang bei Justine, und selbst dann vermochte sich Elisabeth nur sehr schwer loszureißen. »Ich wünschte«, rief sie, »ich müßte gemeinsam mit dir sterben; ich kann in dieser Welt des Elends nicht leben.«

Justine bemühte sich, zuversichtlich zu erscheinen, obwohl sie nur mühsam ihre bitteren Tränen zurückhalten konnte. Sie umarmte Elisabeth und sagte mit einer Stimme, die vor halb unterdrückter Bewegung zitterte: »Lebt wohl, liebste Elisabeth, meine geliebte und einzige Freundin; möge der Himmel in seiner Gnade Euch segnen und beschützen; möge dies das letzte Unglück sein, das Ihr je erdulden müßt! Lebt und seid glücklich, und macht auch andere Menschen glücklich.«

Am nächsten Morgen starb Justine. Es war Elisabeths herzbewegender Beredtsamkeit nicht gelungen, die Richter von ihrem festen Glauben an die Schuld der heiligmäßigen Dulderin abzubringen. Auch meine leidenschaftlichen und empörten Appelle zeitigten keine Wirkung bei ihnen. Und während ich den nüchternen Antworten und den strengen, gefühllosen Argumenten dieser Männer lauschte, erstarb mir mein beabsichtigtes Geständnis auf den Lippen. Auf diese Weise würde ich mich nur selbst zum Wahnsinnigen erklären, ohne bewirken zu können, daß die über mein unseliges Opfer verhängte Strafe aufgehoben würde. Sie starb als Mörderin auf dem Schafott!

Ich wandte mich fort von den Qualen meines Herzens der Betrachtung des tiefen und stummen Kummers meiner Elisabeth zu. Auch dies war mein Werk! Und meines Vaters Schmerz und die Trostlosigkeit in diesem noch vor kurzem so glücklichen Heim – alles war das Werk meiner dreimal verfluchten Hände! Weinet, ihr Unglücklichen; doch dies sind nicht eure letzten Tränen! Wieder und wieder sollt ihr die Totenklage erheben, stets aufs neue soll euer Wehgeschrei ertönen! Frankenstein, euer Sohn; euer Angehöriger; euer vielgeliebter Freund von Kindheit an; er, der seinen letzten Blutstropfen für euch hergeben würde – der keine Freude ersinnen oder genießen konnte, hätte sie sich nicht auch in euren geliebten Zügen widergespiegelt – der allen Segen auf euch herabflehte und sein Leben im Dienst an euch verbrachte – er macht euch weinen, läßt euch zahllose Tränen vergießen und wäre doch glücklicher, als er jemals zu hoffen gewagt, wenn die Vernichtung innehielte, bevor der Friede des Grabes eure schlimmen Qualen beendet!

So sprach meine prophetische Seele, während ich, von Reue, Entsetzen und Verzweiflung zerrissen, all jene beobachtete, die in vergeblicher Betrübnis an den Gräbern von Wilhelm und Justine standen – den ersten, unseligen Opfern meiner unheiligen Künste.

Kapitel Neun

Nichts bereitet dem menschlichen Geist mehr Pein als die tödliche Stille der Untätigkeit und der Gewißheit, nachdem die Gefühle durch eine rasche Aufeinanderfolge von Ereignissen aufgewühlt wurden – sie beraubt die Seele ebenso der Hoffnung wie der Furcht. Justine starb, und ich war am Leben. Das Blut strömte ungehindert durch meine Adern, aber auf meinem Herzen lasteten Verzweiflung und Reue als ein Gewicht, das durch nichts fortgenommen werden konnte. Der Schlaf floh meinen Augen; ich ging umher wie ein böser Geist, denn ich hatte Übeltaten vollbracht, deren Entsetzlichkeit jeder Beschreibung spotteten, und vieles, vieles mehr (so redete ich mir ein) stand noch bevor. Und doch floß mein Herz vor Freundlichkeit und Tugendliebe über. Ich hatte mein Leben mit guten Vorsätzen begonnen und nach dem Augenblick gedürstet, in dem ich sie in die Tat umsetzen und mich meinen Mitmenschen nützlich machen konnte. Und nun war alles vernichtet; statt jener Gemütsruhe, die mir erlaubt hätte, mit mir selbst zufrieden auf die Vergangenheit zurückzublicken und von dort aus neue Hoffnung zu schöpfen, war ich von Reue und Schuldbewußtsein gepackt, die mich einer Hölle äußerster Qual überantworteten.

Diese Gemütsverfassung zehrte an meiner Gesundheit, die vielleicht noch von jenem ersten Schrecken angegriffen war. Ich scheute die Gesellschaft von Menschen; jeder Ausruf der Freude, jeder Ausdruck von Zufriedenheit war mir ein Greuel, und mein einziger Trost bestand in tiefer, dunkler, todesartiger Einsamkeit.

Mein Vater bemerkte die Veränderungen in meinem Wesen und meinen Gewohnheiten voll Kummer und bemühte sich, mich mit Zureden, die sein reines Gewissen und die Makellosigkeit seines Lebens ihm eingaben, aufzurichten und den Mut in mir zu erwecken, die dunkle Wolke, die über mir dräute, zu vertreiben. »Glaubst du nicht, Viktor«, sagte er, »daß auch ich leide? Niemand könnte ein Kind mehr lieben, als ich deinen Bruder geliebt habe ...«, seine Augen füllten sich mit Tränen, »... aber ist es nicht die Pflicht der Überlebenden, sich vor einer Vermehrung ihres Unglücklichseins durch übermäßigen Kummer zu hüten? Diese Pflicht hat man auch sich selbst gegenüber; denn übergroße Trauer verhindert, daß wir gesund werden und uns freuen können und sogar, daß wir unseren täglichen Pflichten nachkommen, ohne die ein Mann der Gesellschaft keinen Nutzen bringt.«

Dieser Rat war zwar gut gemeint, aber in meinem Fall ganz

und gar nicht anwendbar; ich wäre der erste gewesen, der seinen Kummer verborgen und seine Freunde getröstet haben würde, hätten nicht Reue und Entsetzen all meine übrigen Empfindungen beherrscht. Deshalb konnte ich meinem Vater nur mit einem Blick der Verzweiflung antworten und mich danach bemühen, ihm nicht unter die Augen zu kommen.

Etwa um diese Zeit zogen wir uns wieder in unser Haus in Belrive zurück. Diese Veränderung kam besonders mir sehr gelegen. Das regelmäßige Schließen der Stadttore um zehn Uhr abends und die damit verbundene Unmöglichkeit, über diese Stunde hinaus am See zu verweilen, hatten mir das Wohnen innerhalb der Mauern Genfs gründlich verleidet. Nun war ich frei. Oft stieg ich – nachdem die übrige Familie sich zur Ruhe begeben hatte – ins Boot und verbrachte viele Stunden auf dem Wasser. Manches Mal setzte ich die Segel und ließ mich vom Wind treiben; zu anderen Malen ruderte ich zur Seemitte, ließ das Boot treiben, wohin es wollte, und gab mich meinen unglücklichen Betrachtungen hin. Häufig war ich versucht – wenn rings um mich alles friedvoll und ich das einzige Lebewesen war, das ruhelos inmitten einer so wunderschönen, herrlichen Szenerie dahintrieb; wenn abgesehen von einer Fledermaus auf einsamem Streifflug oder den Fröschen, deren mißtönendes und unregelmäßig erschallendes Quaken sich nur dann vernehmen ließ, wenn ich mich dem Ufer näherte – oft, so sage ich, war ich versucht, mich in den stillen See gleiten zu lassen, auf daß seine Wasser sich über mir schlössen und meinem Unglück ein für allemal ein Ende bereiten. Was mich davon abhielt, war der Gedanke an die heldenmütig leidende Elisabeth, die ich so zärtlich liebte und deren Leben in solchem Maße mit meinem verbunden war. Und ich dachte auch an meinen Vater und den überlebenden Bruder; sollte ich diese beiden durch meine feige Flucht schutzlos der Bosheit jenes Unholdes preisgeben, den ich auf sie losgelassen hatte?

In solchen Augenblicken weinte ich bitterlich und wünschte mir nur deshalb, daß wieder Frieden in meine Seele Einkehr halten möge, damit ich diesen Menschen Trost und Glück spenden könnte. Aber dies war nicht möglich. Gram über das Geschehene löschte alle Hoffnung aus. Ich war der Urheber untilgbaren Unheils gewesen, und ich lebte täglich in der Furcht, daß das Monstrum, das ich erschaffen hatte, eine neue Ruchlosigkeit beging. Ich hatte das unbestimmte Gefühl, daß noch nicht alles vorüber und es im Begriff war, eine weitere unerhörte Schandtat zu begehen, die durch ihre Ungeheuerlichkeit die Erinnerung an sein früheres Verbrechen fast auslöschen würde. Solange es noch etwas gab, an dem ich hing, bestand Grund zur Furcht. Mein Abscheu vor jenem Dämon läßt sich nicht beschreiben. Immer, wenn ich an ihn dachte, knirschte ich mit den Zähnen, meine Augen spien Flammen, und ich wünschte mir sehnlichst, dieses Leben, das ich so unbedacht geschaffen hatte, wieder auszulöschen. Gedachte ich seines Verbrechens, überstiegen meine Haß- und Rachegefühle jedes Maß. Ich hätte auf den höchsten Gipfel der Anden klettern und ihn von dort in den Abgrund werfen können. Ich wünschte mir, ihm wiederzubegegnen, um ihn meine äußerste Abscheu spüren zu lassen und die Morde an Wilhelm und Justine zu rächen.

Unser Haus war ein Trauerhaus geworden. Die Gesundheit meines Vaters war durch die Schrecken der jüngsten Ereignisse aufs tiefste erschüttert. Elisabeth war betrübt und verzweifelt; sie empfand keine Freude mehr an ihren üblichen Beschäftigungen; alles, was Vergnügen bereitete, schien ihr um der Toten willen ein Sakrileg; sie betrachtete ewiges Leid und Tränen als gerechten Tribut, den sie der vernichteten Unschuld zu entrichten hatte. Sie war nicht länger jenes fröhliche Geschöpf, das in meinen Knabenjahren mit mir an den Ufern des Sees gewandelt war und mit Begeisterung über unsere gemeinsame Zukunft gesprochen hatte. Sie hatte den ersten jener Unglücksfälle miterlebt, die uns Menschen gesandt werden, um uns der Erde zu entwöhnen, und sein dämpfender Einfluß hatte ihr liebliches Lächeln ausgelöscht.

»Wenn ich, mein lieber Cousin«, sagte sie, »über den elenden Tod von Justine Moritz nachdenke, sehe ich die Welt und ihr Wirken in einem anderen Licht als bisher. Früher erschienen mir Berichte über Laster und Ungerechtigkeit, über die ich in Büchern las oder von anderen hörte, wie Geschichten aus früheren Tagen oder wie der Phantasie entsprungene Ereignisse; zumindest waren sie an einem weit entfernten Ort geschehen und sprachen eher den Verstand als das Vorstellungsvermögen an; aber jetzt hat das Unglück Einzug in mein Heim gehalten, und die Menschen dünken mich Ungeheuer, die eines nach dem Blut des anderen trachten. Aber ich bin gewiß ungerecht. Alle haben jenes arme Mädchen für schuldig gehalten, und hätte sie die Untat, derer man sie bezichtigte, in Wahrheit begangen, wäre sie der verworfenste aller Menschen gewesen. Für ein Schmuckstück den Sohn ihres Wohltäters und Freundes zu ermorden; ein Kind, das sie von Geburt an gepflegt hatte und wie ihr eigenes zu lieben schien! Ich könnte der Tötung eines Menschen niemals zustimmen, aber ich hätte ein solches Geschöpf gewiß als untauglich erachtet, in der Gesellschaft von Menschen zu verbleiben. Aber sie war unschuldig. Ich weiß – ich *fühle*, daß sie unschuldig war; du bist derselben Ansicht, und das bestätigt mich. Ach, Viktor, wenn Falschheit sich so sehr als Wahrheit gebärden kann, wer könnte dann seines ungetrübten Glücks sicher sein? Ich komme mir so vor, als wandele ich am Rande eines Abgrunds, und Tausende drängten hinter mir und versuchten, mich in die Tiefe zu stürzen. Wilhelm und Justine wurden ermordet, und der Mörder kommt ungestraft davon; er bewegt sich frei und vielleicht geachtet in der Welt. Aber selbst, wenn ich für dasselbe Verbrechen zum Schafott verurteilt würde, wollte ich mit einem solchen Unhold nicht tauschen.«

Ich lauschte dieser Erklärung in äußerster Seelenpein. Ich selbst war der Mörder; ich hatte die Morde zwar nicht selbst begangen, aber verursacht. Elisabeth las mir meine Qualen vom Gesicht ab; sie ergriff zärtlich meine Hand und sagte: »Mein liebster Freund, du mußt dich beruhigen. Die Ereignisse haben mich mitgenommen; Gott allein weiß, wie sehr; aber ich fühle mich so elend wie du. In deinen Zügen malt sich manches Mal Verzweiflung und ein anderes Mal Rachedurst ab; und das läßt mich erzittern. Lieber Viktor, gebiete diesen dunklen Leidenschaften Einhalt. Denk an die Freunde, die um dich sind und alle ihre Hoffnungen auf dich setzen. Haben wir denn die Macht verloren, dich glücklich zu machen? Da wir einander doch lieben – wahrhaftig zueinander sind; hier in diesem Land des Friedens und der Schönheit; deinem Geburtsland – können wir doch die segensvolle Ruhe genießen; was könnte unseren Frieden stören?«

Konnten nicht solche Worte von ihr, die ich vor allen anderen Gaben des Glücks am meisten pries, genügen, um den bösen Geist, der in meinem Herzen lauerte, zu vertreiben? Noch während sie sprach, war ich näher zu ihr gerückt, als griffe das Entsetzen nach mir; als befürchte ich, daß in diesem Augenblick der Zerstörer gekommen sei, um mich von ihrer Seite fortzureißen.

So vermochten weder die zärtlichste Freundschaft noch die Schönheiten der Erde und des Himmels meine Seele von ihren Qualen zu erlösen; sogar die Sprache der Liebe selbst war ohnmächtig. Mich umhüllte eine Wolke, die kein wohltätiger Einfluß durchdringen konnte. Ich glich einem waidwunden Hirsch, der sich mit ermattender Kraft in ein Dickicht schleppt und dort mit brechendem Auge auf den Pfeil blickt, der ihn durchbohrte.

Manches Mal gelang es mir, mit der dumpfen Verzweiflung, die mich gefangen hielt, in gewohnter Weise umzugehen; zu anderen Malen trieb mich der Wirbelwind meiner

Besessenheit dazu, mir durch körperliche Bewegung und Ortswechsel eine gewisse Erleichterung in meinen unerträglichen Gefühlen zu verschaffen. Es war während einer solchen Anwandlung, als ich plötzlich mein Heim verließ und meine Schritte zu den nahegelegenen Alpentälern lenkte und in der Großartigkeit und der Zeitlosigkeit solcher Landschaften Vergessen für mich selbst und meine unwichtigen, weil menschlichen, Leiden zu suchen. Meine Wanderung führte mich in das Tal von Chamonix. Als Knabe hatte ich es häufig aufgesucht. Seitdem waren sechs Jahre vergangen; ich selbst war ein Wrack, aber an dieser wilden und unwandelbaren Landschaft hatte sich nichts verändert.

Den ersten Teil meines Ausflugs legte ich zu Pferd zurück. Danach mietete ich einen Maulesel, der auf diesen rauhen Pfaden einen sicheren Tritt hatte und auf dessen Rücken man sich folglich weniger der Gefahr einer Verletzung aussetzte. Das Wetter war schön; es war Mitte August; seit dem Tod Justines – jenem unglücklichen Ereignis, mit dem all mein Leid begann – waren fast zwei Monate vergangen. Das Gewicht, das auf meiner Seele lastete, wurde spürbar leichter, während ich tiefer in die Arve-Schlucht eindrang. Die gewaltigen Berge und Klippen zu beiden Seiten, das Brausen des Flusses zwischen den Felswänden und das tosende Donnern der Wasserfälle ringsum, all dies sprach beredt von der Allmacht des Schöpfers und ließ alle Furcht von mir abfallen und die Bereitschaft in mir ersterben, mich vor einem Wesen mit geringerer Macht zu verbeugen, als derjenige sie besaß, der die Elemente erschaffen hatte und ihnen gebot – wie mir hier auf die ehrfurchteinflößendste Weise vor Augen geführt wurde. Je höher ich stieg, desto großartiger und staunenerregender wurde der Blick ins Tal. Auf den Klippen tannenbestandener Berge thronten Burgruinen; die ungestüme Arve und versprengte Gebirgsdörfchen, die hier und dort zwischen den Bäumen hervorlugten – dies alles trug zu einer Szenerie von einzigartiger Schönheit bei. Dieser Eindruck wurde durch die mächtigen Alpen, deren weiße und schimmernde Pyramiden und Dome alles überragten – als gehörten sie zu einer anderen Erde; die Wohnsitze fremder Wesen –, noch ins Erhabene übersteigert und mit einem künstlerischen Hintergrund versehen.

Ich passierte die Brücke von Pélissier, wo die Schlucht, die von der Ravine gebildet worden war, sich vor mir eröffnete, und begann, den Berg zu erklimmen, der sie überragte. Bald darauf gelangte ich in das Tal von Chamonix. Dieses Tal ist anmutiger und lieblicher, aber nicht von der pittoresken Schönheit wie das von Servox, durch das ich soeben geritten war. Es war unmittelbar von den hohen und schneebedeckten Bergen begrenzt; aber ich erblickte weder Burgruinen noch fruchtbare Felder. Gewaltige Gletscher schoben sich bis an die Straße vor; ich vernahm das ferne Donnern einer zu Tal gehenden Lawine und erblickte die aufstäubende Schneewolke, die ihren Weg markierte. Der Montblanc – der unvergleichliche, herrliche Montblanc – erhob sich aus den ihn umgebenden *aiquilles,* und sein atemberaubender Gipfel überragte das Tal.

Auf diesem Ausflug durchrann mich oft ein prickelndes, lange vermißtes Gefühl der Freude. Eine Wegbiegung, ein neuer Anblick, der sich unvermittelt meinem Blick darbot und mich an vergangene Tage erinnerte und mit der leichtherzigen Fröhlichkeit meiner Knabenzeit zusammenhing. Sogar der Wind flüsterte besänftigend, und die Allmutter Natur bat mich, nicht mehr zu weinen. Dann wieder verlor der begütigende Zuspruch seine Wirkung auf mich, und ich befand mich erneut im Gefängnis des Grams und der endlosen Grübeleien. In solchen Augenblicken gab ich meinem Reittier die Sporen, in dem Bestreben, die Welt, meine Ängste und vor allem mich selbst zu vergessen; und wenn mich die Aussichtslosigkeit meiner Lage überwältigte, stieg ich aus dem

Sattel und warf mich ins Gras, von Entsetzen und Verzweiflung zu Boden gedrückt.

Endlich erreichte ich das Dorf Chamonix. Restlos erschöpft blieb ich eine kleine Weile am Fenster stehen und beobachtete die fahlen Blitze, die über dem Montblanc spielten, und lauschte dem Rauschen der Arve auf ihrem tosenden Weg ins Tal. Dieselben einschläfernden Geräusche lullten meine überwachen Empfindungen ein; sobald mein Kopf das Kissen berührte, überkam mich der Schlaf; ich spürte sein Kommen und hieß ihn als Spender des Vergessens willkommen.

Kapitel Zehn

Am folgenden Tag unternahm ich einen Streifzug durchs Tal. Ich stand vor den Quellen des Arveiron, die einem Gletscher entspringen, der sich allmählich von den Berggipfeln abwärts bewegt und droht, das Tal auszufüllen. Die schroffen Hänge riesenhafter Berge waren vor meinen Augen; die Eiswand ragte vor mir empor; die Reste einiger zerschmetterter Kiefern lagen verstreut umher; und die feierliche Stille in diesem herrlichen Audienzsaal des Herrschers Natur wurde nur durch die murmelnden Wasser, das Herabstürzen eines ungeheuren Felsbrockens, das Donnern einer Lawine oder das von den Bergen widerhallende Krachen im Eis unterbrochen, das aufgrund unabänderlicher Gesetze immer wieder bewegt und entzweigerissen wurde, als wäre es nur ein Spielball dieser Kräfte. Diese erhabene und großartige Szenerie spendete mir den größtmöglichen Trost, den zu empfangen ich fähig war. Sie erhob mich über alle kleinlichen Empfindungen, und wenn sie auch meinen Kummer nicht von mir fortnahm, so linderte und dämpfte sie ihn doch. Und sie lenkte mich in gewissem Umfang von jenen Gedanken ab, die mich in den letzten Monaten beschäftigt hatten. Am Abend zog ich mich zur Ruhe zurück; im Halbschlaf griffen meine Träume das Thema der Versammlung gewaltiger Naturerscheinungen auf, die ich tagsüber betrachtet hatte, und führten es auf ihre Weise fort. Sie alle umstanden mich – der makellose, schneeige Gipfel, die schimmernde Felsnadel, die Kiefernwälder und die zerklüftete, kahle Schlucht – und baten mich, Frieden mit mir zu schließen.

Wohin waren sie entwichen, als ich am folgenden Morgen erwachte? Die Erhebung meiner Seele entfloh zugleich mit dem Schlaf, und düstere Schwermut umwölkte erneut alle meine Gedanken. Der Regen ging in wahren Sturzbächen hernieder, und dichter Nebel verbarg die Berggipfel, so daß ich nicht einmal die Antlitze dieser mächtigen Freunde erblicken konnte. Dennoch wollte ich ihren Nebelschleier durchdringen und sie in ihrer wolkenverhangenen Einsamkeit aufsuchen. Was vermochten Regen und Sturm mir anzuhaben? Mein Maulesel wurde an die Tür gebracht, und ich machte mich an den Aufstieg zum Gipfel des Montanvert. Ich erinnerte mich an die Wirkung, die der Anblick des gewaltigen und in steter Bewegung befindlichen Gletschers auf mein Gemüt gehabt hatte, als ich ihn zum ersten Mal erblickte. Er hatte mich mit einem Hochgefühl erfüllt, das meiner Seele Flügel verliehen und ihr ermöglicht hatte, sich von der Düsternis der Welt empor zu Licht und Freude zu erheben. Der Anblick der ehrfurchtgebietenden und majestätischen Natur hatte in der Tat stets die Wirkung, mein Gemüt zu erheben und mich die vergänglichen Sorgen des Lebens vergessen zu machen. Ich beschloß, auf einen Bergführer zu verzichten, da ich mit dem Weg wohlvertraut war und die Gegenwart eines anderen nur die erhabene Einsamkeit der Szenerie stören würde.

Der Aufstieg ist steil, aber der Pfad ist in fortlaufenden und kurzen Serpentinen angelegt, die es einem ermöglichen, die Steilheit des Berges zu meistern. Die Landschaft ringsum ist entsetzlich einsam. Man gewahrt überall die Spuren der Winterlawinen; zerschmetterte und weit verstreute Bäume, von denen einige völlig zersplittert sind und andere geknickt an Felsvorsprüngen oder quer auf stehengebliebenen Bäumen liegen. Weiter oberhalb ist der Pfad durch Schneeklüfte unterbrochen, durch die unentwegt Felsbrocken zu Tal kollern; eine dieser Klüfte ist besonders gefährlich, da schon der geringste Laut wie zum Beispiel eine erhobene Stimme eine Lufterschütterung erzeugt, die ausreicht, das Verderben über den Redenden hereinbrechen zu lassen. Die Kiefern sind in höheren Regionen nicht hochgewachsen und üppig, sondern knorrig und tragen auf diese Weise zur Wildheit der Szenerie bei. Ich schaute ins Tal hinab; ausgedehnte Nebelschwaden stiegen von den Flüssen empor und umhüllten in mächtigen Wirbeln die Berge ringsum, deren Gipfel das eintönige Grau der Wolken verbarg, während der Regen vom dunklen Himmel rann und zu der schwermütigen Stimmung beitrug, in die mich die Umgebung versetzte. Ach, daß der Mensch sich eines Empfindungsvermögens rühmt, das dem der unvernünftigen Tiere überlegen ist; macht es ihn doch nur bedürftiger. Wären unsere Empfindungen auf Hunger, Durst und geschlechtliches Begehren begrenzt, würden wir uns nahezu als frei bezeichnen können; aber so, wie es ist, bewegt uns jeder Windhauch und jedes unbedachte Wort oder die Vorstellung, die ein solches Wort in uns auslösen kann.

Wir ruhen; ein Traum vergiftet uns're Schlummer;
Erwachen; ein Einfall verdirbt uns den Morgen;
Wir fühlen, reagieren mit Lachen oder Kummer,
Umarmen unser Leid, vergessen uns're Sorgen –
Beidem zu entkommen, Freude oder Gram,

Wie wir's auch empfinden, uns hindert keine Mauer,
Denn nichts naht sich uns morgen, so, wie es gestern kam,
Nur die Veränd'rung ist von Dauer.

Es war fast Mittag, als ich den höchsten Aufstiegspunkt erreicht hatte. Ich ruhte eine Weile auf einem Felssitz, von dem aus ich den See aus Eis überblicken konnte. Sowohl die Eisfläche als auch die Berge ringsum waren nebelverhangen, doch alsbald erhob sich ein Wind, der den Nebel auflöste, und ich stieg den Gletscher empor. Die Oberfläche war sehr uneben – wie die Wogen einer aufgewühlten See –, sie stieg allmählich empor und war von tiefen Spalten durchzogen. Das Eisfeld war nicht ganz eine Meile breit, aber ich benötigte fast zwei Stunden, um es zu überqueren. Der Berghang hinter mir war ein kahler, lotrechter Fels. Genau vor mir lag eine Meile entfernt der Montanvert; dahinter ragte der Montblanc in ehrfurchtgebietender Erhabenheit empor. Ich verharrte in einer Felsnische und betrachtete diese wundervolle und gewaltige Szenerie. Der See oder vielmehr der breite Fluß aus Eis schlängelte sich zwischen den Bergen hindurch, deren luftige Höhen sich nahezu lotrecht über ihm erhoben. Ihre eisigen und glitzernden Gipfel glänzten im Sonnenlicht über den Wolken. Mein Herz, das zuvor vom Kummer schwer gewesen war, weitete sich in einem Gefühl, das an Freude grenzte. Ich rief aus: »Umherschweifende Geister; wenn ihr in der Tat umherschweift und nicht in euren engen Grüften ruht, laßt dieses mein bescheidenes Glück zu oder nehmt mich als euren Gefährten fort von den Freuden des Lebens!«

Als ich diesen Ausspruch getan hatte, gewahrte ich plötzlich die Gestalt eines Mannes in einiger Entfernung, die mit übermenschlicher Geschwindigkeit auf mich zukam. Er sprang über die Spalten und Risse im Eis, die ich achtsam umgangen hatte; auch schien er, als er näher kam, größer als ein gewöhnlicher Mann zu sein. Ich war besorgt; ein Nebel legte sich über meine Augen, und ich fühlte, wie mich eine Ohnmacht anwandeln wollte; aber der kalte Bergwind stellte mich rasch wieder her. Als sich die Gestalt näherte (ein schrecklicher und abscheulicher Anblick!), sah ich, daß es der Elende war, den ich erschaffen hatte. Ich zitterte vor Wut und Entsetzen, war aber entschlossen, seiner Ankunft entgegenzusehen und mich ihm in einem Kampf um Leben oder Tod zu stellen. Er kam heran; seine Züge verrieten bittere Qual vermischt mit Verachtung und Boshaftigkeit, während ihre übernatürliche Häßlichkeit sie für menschliche Augen fast zu entsetzlich machte. Aber ich nahm diese Dinge kaum wahr; Zorn und Haß hatten mich anfangs sprachlos gemacht, und ich gewann meine Sprache nur wieder, um ihn mit Worten äußersten Abscheus und tiefster Verachtung zu vernichten.

»Dämon«, schrie ich, »du wagst es, dich mir zu nähern, und fürchtest nicht die grimmige Rache meines Rächerarmes? Hebe dich hinweg, abscheuliches Geschmeiß! Oder bleibe, auf daß ich dich in den Staub trete! Ach, vermöchte ich es doch, indem ich deine erbärmliche Existenz auslösche, jene Opfer wieder zum Leben zu erwecken, die du so teuflisch ermordet hast!«

»Ich habe diesen Empfang erwartet«, erwiderte der Dämon. »Alle Menschen hassen den Elenden; wie sehr muß demnach ich gehaßt werden, der ich elender denn alle lebenden Geschöpfe bin! Sogar du, mein Schöpfer, verabscheust und verschmähst mich, deine Kreatur, an die du mit Banden gebunden bist, die sich nur dadurch lösen lassen, daß einer von uns ausgelöscht wird. Du willst mich also töten. Wie kannst du es wagen, so mit dem Leben umzugehen? Tu deine Pflicht mir gegenüber, und ich will meine Pflicht dir und dem übrigen Menschengeschlecht gegenüber erfüllen. Wenn du mit meinen Bedingungen einverstanden bist, werde ich die Menschen und dich in Frieden lassen; lehnst du jedoch ab, werde ich den Schlund des Todes stopfen, bis er vom Blut deiner übrigen Freunde gesättigt ist.«

»Abscheuliches Ungeheuer! Teufel, der du bist! Die Qualen der Hölle sind eine zu milde Strafe für deine Untaten. Niederträchtiger Dämon! Du kommst mir mit deiner Erschaffung – wohlan; dann will ich dir den Funken wieder auslöschen, mit dem ich dich so unbedacht begabt!«

Meine Wut kannte keine Grenzen mehr; ich sprang ihn an, getrieben von allen Gefühlen, die einen Menschen zum Anschlag auf das Leben eines anderen veranlassen können.

Er wich mir mit Leichtigkeit aus und sprach: »Behalte die Ruhe! Ich flehe dich an, mir zuzuhören, bevor du deinen Haß über meinem verfluchten Haupt ausgießt. Habe ich denn nicht bereits genug gelitten, daß du noch suchst, mein Unglück zu vermehren? Das Leben mag für mich nur eine endlose Folge von Qualen sein; aber es ist mir dennoch teuer, und ich werde es verteidigen. Denke daran: Du hast mich kräftiger als dich selbst erschaffen; ich bin größer als du, und meine Glieder sind geschmeidiger. Aber ich werde mich nicht dazu hinreißen lassen, mich gegen dich zu wenden. Ich bin ja dein Geschöpf, und ich werde meinem natürlichen Herrn und Meister gegenüber sogar sanft und gefügig sein; und wenn es dein Wille ist, erfülle auch du deinen Teil, den du mir schuldest. O Frankenstein, sei nicht wie alle übrigen; trample nicht auch du noch auf mir herum; auf mir, dem du Gerechtigkeit, sogar Milde und Liebe am meisten schuldest. Bedenke, ich bin dein Geschöpf; ich sollte dein Adam sein; aber ich bin vielmehr dem gefallenen Engel gleich, den du von dir verstoßen hast, obwohl er keine Missetat beging. Wohin ich auch schaue, erblicke ich Freude – ich allein bin von ihr ausgeschlossen. Ich war gut; allein das Elend machte mich boshaft. Mach mich glücklich, und ich kehre auf den Pfad der Tugend zurück.«

»Hinweg! Ich will dich nicht anhören. Zwischen dir und

mir kann es keine Gemeinschaft geben; wir sind Feinde. Hinweg, oder laß uns unsere Kräfte in einem Kampf erproben, bei dem einer fallen muß.«

»Wie kann ich dich nur bewegen? Vermag denn kein Flehen dich dazu zu bestimmen, daß du ein wohlwollendes Auge auf dein Geschöpf wirfst, das deine Gnade und dein Mitleid erbittet? Glaube mir, Frankenstein, ich war gut; meine Seele glühte vor Liebe und Menschlichkeit; aber bin ich nicht allein; bedauernswert allein? Du, mein Schöpfer, verabscheust mich; was kann ich von deinen Mitgeschöpfen erwarten, die mir nichts schulden? Sie verachten und hassen mich. Die einsamen Berge und öden Gletscher sind meine Zuflucht. Ich wandere seit vielen Tagen hier umher; die Eishöhlen, die allein ich nicht fürchte, sind meine Wohnstatt; die einzige, die der Mensch mir nicht mißgönnt. Ich preise diesen kalten Himmel, denn er ist freundlicher zu mir als deine Mitgeschöpfe es sind. Wenn die Menschen von meiner Existenz wüßten, würden sie wie du handeln und sich bewaffnen, um mich zu töten. Soll ich sie, die mich verabscheuen, nicht hassen? Ich will keine Freundschaft mit meinen Feinden pflegen. Ich bin elend, und sie werden mein Unglück mit mir teilen. Allein, es liegt in deiner Macht, mich umzustimmen und sie von einem Übel zu befreien und zu verhindern, daß es immer größer wird und nicht nur dich und deine Familie, sondern noch Tausende anderer Menschen im Wirbelsturm seiner Raserei dahinrafft. Laß dich von Mitleid anrühren und weise mich nicht von dir. Höre meine Geschichte; wenn du sie vernommen hast, magst du mich verstoßen oder bemitleiden; wie es dich richtig dünkt. Aber höre mich an. Den Schuldigen wird, so blutig ihre Taten auch sein mögen, nach menschlichem Gesetz zugestanden, zu ihrer Verteidigung zu sprechen, bevor sie verurteilt werden. Hör mir zu, Frankenstein. Du klagst mich des Mordes an; und doch würdest du mit ruhigem Gewissen dein eigenes Geschöpf vernichten. Oh, gepriesen sei die unbestechliche Gerechtigkeit des Menschen! Aber ich bitte dich nicht um Schonung; höre mich an; und dann kannst du – wenn du es vermagst und es willst – das Werk deiner Hände zerstören.«

»Weshalb rufst du mir Dinge in Erinnerung«, entgegnete ich, »an die zu denken mich schaudert? Weshalb erinnerst du mich daran, daß ich ein elender Urheber und Schöpfer war? Verflucht sei der Tag, abscheulicher Dämon, an dem du das Licht der Welt erblicktest! Verflucht seien (obwohl ich mich damit selbst verfluche) die Hände, die dich gebildet! Du hast mich unsäglich unglücklich gemacht. Du hast mich der Kraft beraubt, darüber nachzudenken, ob ich dir gegenüber gerecht bin oder nicht. Hinfort; befreie mich vom Anblick deiner abscheulichen Erscheinung!«

»So werde ich dich befreien, mein Schöpfer«, sagte er und hielt mir seine verhaßten Hände vor die Augen, bis ich sie heftig von mir stieß. »So werde ich dir die Sicht nehmen, die dir so entsetzlich ist. Aber du kannst mir immer noch zuhören und mir dein Mitleid schenken. Bei den Tugenden, die ich einst besessen, verlange ich dies von dir. Höre meine Geschichte; sie ist lang und befremdlich, und die Temperatur an diesem Ort ist für dein feines Empfinden unzuträglich; komm mit mir zu der Berghütte. Noch steht die Sonne hoch am Himmel; bevor sie sinkt und sich hinter jenen schneeigen Gipfeln verbirgt, um eine andere Welt zu bescheinen, wirst du meine Geschichte vernommen haben und kannst entscheiden. An dir liegt es, ob ich die Nähe der Menschen für immer meide und ein Leben führe, das niemandem Harm zufügt, oder ob ich die Geißel deiner Mitgeschöpfe und der Urheber deines raschen Untergangs werde.«

Nach diesen Worten schritt er übers Eis voran; und ich folgte ihm. Ich war zu sehr mit meinen Gedanken beschäftigt, als daß ich ihm hätte antworten können; während unserer Wanderung erwog ich seine Argumente und beschloß, wenigstens seiner Geschichte zu lauschen. Zum Teil war es Neugier, die mich dazu trieb, aber mein Entschluß wurde durch Mitleid bekräftigt. Ich hatte bisher angenommen, daß er meinen Bruder ermordet hatte und war naturgemäß sehr an einer Bestätigung oder Leugnung dieses Verdachts interessiert. Außerdem fühlte ich zum ersten Mal, worin die Pflichten eines Schöpfers gegenüber seinem Geschöpf bestanden, und daß ich dafür zu sorgen hatte, daß er glücklich war, bevor ich mich über seine Verderbtheit beklagte. Diese Überlegungen hatten mich dazu bestimmt, seiner Bitte nachzukommen.

Wir überquerten das Eis und stiegen den gegenüberliegenden Fels empor. Die Luft war kalt, und es fiel erneut Regen, als wir die Hütte betraten – der Dämon mit nahezu frohlockender Miene und ich mit schwerem Herzen und bedrückter Stimmung. Aber ich willigte ein, seiner Erzählung zu lauschen. Ich setzte mich an das Feuer, das mein verhaßter Begleiter entzündet hatte, und er begann seine Erzählung.

Kapitel Elf

Ich kann mich nur sehr schwer an die erste Zeit meines Daseins erinnern – alle Ereignisse in jener Zeit erscheinen mir verworren und unklar. Allerlei seltsame Empfindungen bewegten mich, und ich sah, fühlte, hörte und roch zur selben Zeit; und es dauerte in der Tat recht lange, bis ich lernte, zwischen diesen Wahrnehmungen meiner Sinne zu unterscheiden. Allmählich – so entsinne ich mich – drang ein helleres Licht auf mich ein und zwang mich, meine Augen zu schließen. Dann kam Dunkelheit über mich, die mich beunruhigte; aber kurz nach dieser Empfindung öffnete ich meine Augen wieder, wie ich jetzt vermute, und das Licht drang erneut auf mich ein. Ich ging, und ich glaube, abwärts; aber sofort vollzog sich ein großer Wandel in meinen Empfindungen. Zuvor hatten mich dunkle und undurchdringliche Körper umgeben, die sich meiner Berührung und meiner Sicht entzogen; aber nun stellte ich fest, daß ich nach Belieben umhergehen und alle Hindernisse entweder umrunden oder vermeiden konnte. Das Licht wurde mir immer unangenehmer; und da mir auch die Wärme zunehmend zu schaffen machte, während ich umherging, suchte ich nach einem Ort, der mir Schatten spenden konnte. Dies war der Wald in der Umgebung von Ingolstadt; und hier lag ich am Ufer eines Baches und ruhte mich aus, bis ich von Hunger und Durst geplagt wurde. Diese Empfindungen weckten mich aus einem schlafähnlichen Zustand, und ich aß ein paar Beeren, die ich von den Bäumen pflückte oder vom Boden auflas. Ich löschte meinen Durst aus dem Bach, dann streckte ich mich aus und wurde vom Schlaf überwältigt.

Als ich wach wurde, war es dunkel; ich fror und ängstigte mich instinktiv, da ich so einsam war. Vor dem Verlassen deiner Wohnung hatte ich mich wegen des Kältegefühls mit Kleidungsstücken bedeckt, die jedoch nicht ausreichten, um mich vor dem Nachttau zu bewahren. Ich war eine arme, hilflose und elende Kreatur; ich wußte nichts und besaß kein Unterscheidungsvermögen; ich empfand einen großen, alles umfassenden Jammer; und so setzte ich mich zu Boden und weinte.

Bald darauf stahl sich ein sanftes Licht über den Himmel und verschaffte mir ein Gefühl der Freude. Ich erhob mich und gewahrte, wie zwischen den Bäumen eine strahlende Form emporstieg. Ich betrachtete sie voller Staunen. Sie bewegte sich nur langsam, aber sie beleuchtete meinen Pfad, und ich machte mich erneut auf die Suche nach Beeren. Es war immer noch kalt. Unter einem Baum fand ich einen weiten Mantel, in den ich mich hüllte; dann setzte ich mich auf den Boden. In meinem Denken gab es keine klaren Vorstellungen; alles war miteinander vermengt. Ich empfand Licht und Hunger und Durst und Dunkelheit; unzählige Laute drangen an meine Ohren, und eine Vielfalt von Gerüchen grüßte mich von allen Seiten; das einzige Objekt, das ich unterscheiden konnte, war der helle Mond, und ich richtete meinen Blick voller Freude auf ihn.

Mehrere Wechsel von Tag und Nacht vergingen, und das Nachtgestirn hatte stark abgenommen, als ich meine Empfindungen voneinander zu unterscheiden begann. Nach und nach sah ich deutlich den klaren Bach, der mich mit Trinkbarem versah, und die Bäume, die mir mit ihrem Blätterwerk Schatten spendeten. Ich war entzückt, als ich zum ersten Mal jenen angenehmen Klang vernahm, der häufig meine Ohren grüßte und aus den Kehlen kleiner, geflügelter Tiere kam, die oft Unterbrechungen des Lichtscheins vor meinen Augen verursachten. Ich begann auch jene Formen genauer zu betrachten, die mich umgaben, und die Umgrenzungen des strahlenden Lichtdaches über mir wahrzunehmen. Manches Mal versuchte ich, die lieblichen Gesänge der Vögel nachzuahmen, aber es gelang mir nicht. Dann wiederum wünschte ich, meine Gefühle auf meine eigene Weise auszudrücken, aber die rauhen und unartikulierten Geräusche, die ich von mir gab, erschreckten mich so sehr, daß ich wieder schwieg.

Der Mond war vom nächtlichen Himmel verschwunden und zeigte sich wieder in verminderter Form, und ich befand mich immer noch in dem Wald. Meine Empfindungen waren inzwischen deutlich unterscheidbar geworden, und mein Denken nahm jeden Tag neue Vorstellungen auf. Meine Augen gewöhnten sich an das Licht und daran, Gegenstände in ihrer richtigen Form wahrzunehmen; ich unterschied das Insekt von der Pflanze, und – nach und nach – eine Pflanze von der anderen. Ich stellte fest, daß der Sperling nur kunstlose Töne von sich gab, während Amsel und Drossel lieblich und verführerisch sangen.

Als mir eines Tages die Kälte besonders arg zusetzte, stieß ich auf ein Feuer, das umherziehende Bettlerleute hinterlassen hatten; und die Wärme, die von ihm ausging, entzückte mich. In meiner Freude stieß ich meine Hände in die Glut, um sie gleich darauf mit einem schmerzlichen Aufschrei wieder hervorzuziehen. Wie seltsam, dachte ich, daß dieselbe Ursache derart entgegengesetzte Wirkungen haben kann! Ich untersuchte die Materialien, von denen das Feuer ausging, und stellte zu meiner Freude fest, daß es sich um Holz handelte. Rasch sammelte ich ein paar Zweige ein; aber sie waren naß und wollten nicht brennen. Betrübt setzte ich mich ans Feuer und beobachtete seine weitere Entwicklung. Das nasse Holz, das ich daneben abgelegt hatte, trocknete und entflammte. Ich dachte darüber nach; und indem ich die verschiedenen Zweige befühlte, entdeckte ich die Ursache und beeilte mich, eine große Menge Holz zusammenzutragen, damit es trocknen konnte und ich einen reichlichen Vorrat an Feuerholz besaß. Als die Nacht hereinbrach und den Schlaf mit sich brachte, befiel mich große Furcht, daß mein Feuer erlöschen könnte. Ich legte sorgfältig trockenes Holz und Laub darüber und bedeckte das Ganze mit nassen Zweigen; dann breitete ich meinen Mantel auf dem Boden aus, legte mich darauf und versank in tiefen Schlaf.

Es war Morgen, als ich erwachte, und meine erste Sorge galt dem Feuer. Ich deckte es auf, und eine leichte Brise ließ rasch Flammen daraus hervorzüngeln. Ich beobachtete auch dies und verfertigte einen Fächer aus Zweigen, mit dem ich die Glut anfachte, wenn sie zu erlöschen drohte. Als es erneut Nacht wurde, stellte ich mit Vergnügen fest, daß mein Feuer außer Wärme auch Licht spendete und daß die Entdeckung des Feuers mir sogar bei der Nahrung nützte; denn ich fand, daß einige der Abfälle, die von den Bettlern zurückgelassen worden waren, nun geröstet waren und weit besser schmeckten als die Beeren, die ich von den Bäumen pflückte. Ich versuchte deshalb, meine Nahrung auf dieselbe Weise zuzubereiten, indem ich sie auf die Glut legte. Ich stellte fest, daß Beeren durch diese Behandlung verdorben wurden, Nüsse und Wurzeln jedoch warm erheblich besser schmeckten.

Aber die Nahrung wurde knapp; oft verbrachte ich den ganzen Tag mit der vergeblichen Suche nach Eicheln, um meinen nagenden Hunger zu stillen. Nach diesen Mißerfolgen beschloß ich, den Ort, an dem ich bisher mein Dasein gefristet hatte, zu verlassen und nach einem Platz zu suchen, an dem ich meine wenigen Bedürfnisse besser zu befriedigen vermochte. Am meisten bedauerte ich bei diesem Auszug den Verlust des Feuers, das mir durch Zufall in die Hände gefallen war, und von dem ich nicht wußte, wie man es zustande bringt. Ich dachte mehrere Stunden lang eingehend über dieses Problem nach; und schließlich war ich gezwungen, von allen Versuchen, mir das Feuer zu sichern, abzusehen. Ich wickelte mich in meinen Mantel und brach durch den Wald in Richtung der untergehenden Sonne auf. Drei Tage lang wanderte ich so dahin, und endlich entdeckte ich das offene Land. In der vorhergehenden Nacht hatte starker Schneefall eingesetzt, und die Felder waren von eintönigem Weiß; diese Erscheinung war alles andere als tröstlich, und ich stellte fest, daß die kalte, feuchte Substanz, die den Boden bedeckte, meine Füße frieren ließ.

Es war etwa sieben Uhr am Morgen, und ich sehnte mich nach Nahrung und einem Obdach. Endlich erblickte ich eine kleine Hütte auf einem Hang, die zweifellos als Unterkunft für einen Schäfer erbaut worden war. Das Bauwerk stellte einen neuartigen Anblick für mich dar, und ich untersuchte es mit großer Neugier. Da ich die Tür offen vorfand, trat ich ein. In der Hütte saß ein alter Mann an einem Feuer, über dem er sein Frühstück bereitete. Als er das Geräusch meines Eintretens hörte, wandte er sich um; und da er mich gewahrte, schrie er laut, verließ die Hütte und rannte mit einer Geschwindigkeit über die Felder, wie man sie seiner schwächlichen Erscheinung gar nicht zugetraut hätte. Sein Aussehen, das sich von allem unterschied, was ich bisher erblickt hatte, wie seine überstürzte Flucht, überraschten mich einigermaßen. Aber die Hütte selbst entzückte mich: Hier konnten weder Schnee noch Regen eindringen; der Boden war trocken; und sie dünkte mich ein ebenso ausgezeichnetes und überirdisches Obdach, wie das Pandämonium den Dämonen der Hölle nach ihren Qualen im Feuersee vorgekommen sein mag. Ich verzehrte gierig die Reste vom Frühstück des Schäfers, das aus Brot, Käse, Milch und Wein bestand – das letztere allerdings mundete mir nicht. Dann überkam mich Müdigkeit, und ich legte mich auf das Stroh, das auf dem Boden ausgebreitet lag, und schlief ein.

Als ich erwachte, war es Mittag, und von der Wärme der Sonne, die so hell auf das weiße Land schien, verführt, beschloß ich, meine Wanderung wieder aufzunehmen. Ich verstaute die Überbleibsel vom Frühstück des Schäfers in einer Tasche, die ich in der Hütte fand, und schritt einige Stunden lang durch die Felder, bis ich bei Sonnenuntergang an ein Dorf gelangte. Wie wunderbar mir dieses Dorf vorkam! Ich konnte mich an den Hütten, den nähergelegenen Häuschen und den stattlichen Bauernhäusern nicht sattsehen. Die Gemüsepflanzen in den Gärten, die Milchtöpfe und Käselaibe, die ich auf den Fensterbrettern einiger Häuser erblickte, erregten meinen Appetit. Ich beschloß, in eines der besseren Häuser einzutreten; aber kaum hatte ich meinen Fuß in die Tür gesetzt, als die Kinder aufschrien und eine der Frauen ohnmächtig wurde. Das ganze Dorf geriet in helle Aufregung; einige der Einwohner flohen, andere griffen mich an; bis ich – von Steinen und allerlei anderen Wurfgeschossen mit blauen Flecken und Prellungen übersät – aufs offene Land entkam und voller Furcht Zuflucht in einem niedrigen Schuppen suchte, der kaum eine Einrichtung aufwies und nach den Palästen, die ich in dem Dorf bestaunt hatte, einen jämmerlichen Eindruck auf mich machte. Der Schuppen war an ein Bauernhaus von nettem und hübschem Aussehen angebaut; aber nach meiner jüngsten, teuer erkauften Erfahrung wagte ich nicht, es zu betreten. Mein Zufluchtsort war aus Holz erbaut, aber sein Dach war so niedrig, daß ich kaum aufrecht darin sitzen konnte. Der Boden bestand aus festgestampfter Erde, aber er war trocken; und wenn auch der Wind durch unzählige Ritzen drang, stellte der Schuppen eine brauchbare Zuflucht vor Schnee und Regen dar.

So legte ich mich denn zur Ruhe, froh darüber, Schutz vor den Unbilden der Jahreszeit und – was noch wichtiger war – vor der Roheit der Menschen gefunden zu haben.

Sobald der Morgen dämmerte, kroch ich aus meinem Verschlag hervor, um einen Blick auf das angrenzende Haus zu erhaschen und herauszufinden, ob ich in meinem neuen Unterschlupf bleiben konnte. Der Schuppen war an der Rückseite des Hauses errichtet worden und stand zwischen einem Schweinestall auf der einen und einem klaren Teich an der anderen Seite. In der Vorderseite des Schuppens war eine Öffnung, durch die ich hineingelangt war. Ich machte mich daran, jede Ritze, durch die man mich hätte erblicken können, mit Steinen und Holz auszufüllen, aber derart, daß ich die Füllungen leicht herausnehmen konnte, wenn ich hinausgelangen mußte. Das einzige Licht, dessen ich mich erfreute, fiel durch den Schweinestall herein, aber mir genügte es.

Kaum hatte ich meinen Unterschlupf derart hergerichtet und sauberes Stroh über den Boden verteilt, da mußte ich mich zurückziehen, denn ich erblickte in einiger Entfernung die Gestalt eines Mannes; und ich erinnerte mich zu gut an die Behandlung, die mir am vorangegangenen Abend zuteil geworden war, um mich in seine Gewalt zu begeben. Immerhin hatte ich bereits für meinen Unterhalt für diesen Tag gesorgt, indem ich einen Laib Brot hatte mitgehen heißen und einen Becher, mit dessen Hilfe ich das Wasser, das an meinem Verschlag vorbeifloß, bequemer als aus der Hand trinken konnte. Der Boden war ein wenig erhöht, so daß er völlig trocken blieb, und aufgrund der Nachbarschaft zu dem Kamin im Haus war es sogar leidlich warm.

Auf diese Weise gerüstet, beschloß ich, in diesem Schuppen zu hausen, bis etwas geschähe, das meinen Entschluß umzustoßen geeignet war. Verglichen mit meinem früheren Domizil, dem unfreundlichen Wald mit seinen vom Regen tropfnassen Zweigen und dem trostlosen Boden, stellte er in der Tat ein Paradies dar. Ich aß mein Frühstück mit Vergnügen und war soeben im Begriff, ein Brett zu entfernen, um mich mit ein wenig Wasser zu versorgen, als ich leise Schritte vernahm; und als ich durch eine Ritze spähte, erblickte ich ein junges Geschöpf, das einen Eimer auf dem Kopf trug und an meinem Schuppen vorbeiging. Das Mädchen war jung und von sanftem Betragen; anders als bei den Dörflerinnen und Mägden, die ich bisher angetroffen hatte. Und doch war sie ärmlich gekleidet; ein grober, blauer Kittel und eine linnene Jacke waren ihre einzige Gewandung; ihr helles Haar war geflochten und ohne Schmuck; sie sah ergeben, aber traurig aus. Ich verlor sie aus den Augen; und etwa nach einer Viertelstunde kehrte sie zurück, den Eimer teilweise mit Milch gefüllt. Während sie ihres Weges ging, wobei ihr ihre Last schwer zu werden schien, kam ihr ein junger Mann entgegen, dessen Miene von noch tieferer Betrübnis sprach. Er gab ein paar Laute von sich, in denen Trauer mitschwang, nahm ihr den Eimer ab und trug ihn zum Haus. Sie folgte ihm, und beide verschwanden. Gleich darauf erblickte ich den jungen Burschen erneut, wie er – mit einigen Werkzeugen in den Händen – das Feld hinter dem Haus überquerte; und auch das

Mädchen machte sich bald im Haus und auf dem Hof nützlich.

Bei einer eingehenden Inspektion des Schuppens entdeckte ich, daß ein Teil seiner Rückwand von einem ehemaligen Fenster des Hauses gebildet wurde, das jetzt mit Brettern verschalt war. Eines dieser Bretter wies einen schmalen, beinahe unsichtbaren Riß auf, durch den ich gerade noch etwas sehen konnte. Dieser Spalt gewährte mir Einblick in eine kleine Kammer, die weiß getüncht und sauber, aber fast völlig unmöbliert war. In einer Ecke an einem kleinen Feuer saß ein alter Mann, den Kopf in die Hände gestützt, in verzweifelter Haltung. Das junge Mädchen war mit Aufräumen beschäftigt, aber im Augenblick zog sie etwas aus einer Schublade, das ihre Hände beschäftigte; dann setzte sie sich zu dem alten Mann, der ein Instrument an sich nahm und zu spielen begann; und er entlockte ihm Töne, die süßer als der Gesang von Drossel und Nachtigall waren. Es war besonders für mich, den armen Teufel, der nie zuvor etwas Schönes erblickt hatte, ein lieblicher Anblick. Das silberne Haar und die gütigen Züge des alten Bauern machten ihn mir verehrungswürdig, während das sanfte Wesen des Mädchens meine Liebe entzündete. Der Alte spielte eine süße, klagende Weise, und ich sah Tränen in den Augen seiner liebenswerten Gesellschafterin, die der alte Mann nicht beachtete, bis sie vernehmlich schluchzte; dann brachte er ein paar Laute hervor, und das liebliche Geschöpf ließ die Arbeit ruhen und kniete zu seinen Füßen nieder. Er hob sie zu sich empor und lächelte mit soviel Freundlichkeit und Zuneigung, daß mich eigenartige und überwältigende Gefühle ergriffen; ein fast schmerzliches Entzücken, wie ich es niemals zuvor empfunden hatte; weder bei Hunger oder Kälte noch bei Wärme oder beim Essen; und ich zog mich von meinem Ausguck zurück, unfähig, diese Gefühle länger zu ertragen.

Bald darauf kehrte der junge Mann mit einer Ladung Holz

auf der Schulter zurück. Das Mädchen öffnete ihm die Tür, half ihm, sich seiner Last zu entledigen, trug einen Teil des Brennholzes ins Haus und legte es am Feuer nieder; dann gingen sie und der junge Mann in einen Winkel des Hauses, wo er ihr einen großen Brotlaib und ein Stück Käse zeigte. Sie wirkte erfreut und ging in den Garten, holte einige Wurzeln und Kräuter und warf sie in einen Kessel mit Wasser, den sie übers Feuer hängte. Dann nahm sie ihre Handarbeit wieder auf, während der junge Mann in den Garten ging und damit beschäftigt schien, Möhren oder Rüben auszugraben. Nachdem er etwa eine Stunde lang gearbeitet hatte, kam ihn das junge Mädchen holen, und sie gingen gemeinsam ins Haus.

Der alte Mann hatte inzwischen seinen Gedanken nachgehangen; doch als die Mitbewohner des Hauses eintraten, hellte sich seine Miene auf, und sie setzten sich zum Essen nieder. Das Mahl war rasch verzehrt. Das junge Mädchen ging wieder seiner Hausarbeit nach; der alte Mann wandelte ein paar Minuten lang vor dem Haus in der Sonne auf und ab, auf den Arm des Burschen gestützt. Nichts hätte den Gegensatz zwischen diesen beiden vollkommenen Geschöpfen an Schönheit übertreffen können. Der eine war alt, hatte silberne Haare und ein Gesicht, das vor Güte und Liebe strahlte; der jüngere war von schlanker und anmutiger Gestalt, und seine Züge waren von edelster Regelmäßigkeit; dennoch waren in seinen Augen äußerste Traurigkeit und Verzweiflung zu lesen. Der alte Mann kehrte ins Haus zurück, und der junge Bursche lenkte seine Schritte wieder über die Felder, diesmal mit anderen Gerätschaften als heute morgen ausgerüstet.

Die Nacht sank rasch hernieder; aber ich bemerkte zu meinem äußersten Erstaunen, daß die Hausbewohner über ein Mittel verfügten, den Tag zu verlängern, und zwar in Form von Wachskerzen, und ich war entzückt, zu gewahren, daß der Untergang der Sonne das Vergnügen, das mir die Beobachtung meiner menschlichen Nachbarn verschaffte, nicht beendete. Das junge Mädchen und ihr Gefährte beschäftigten sich im Verlauf des Abends mit verschiedenen Dingen, die ich nicht verstand; und der alte Mann nahm erneut das Instrument zur Hand, das jene herrlichen Töne hervorbrachte, die mich bereits am Morgen verzaubert hatten. Sobald er damit fertig war, äußerte der junge Bursche Laute, die eintönig waren und weder an das Instrument des alten Mannes noch an die Gesänge der Vögel erinnerten; später habe ich erfahren, daß er laut vorlas, aber damals wußte ich noch nichts von dem Gebrauch von Wörtern oder Buchstaben.

Nachdem sich die Familie eine Weile auf diese Weise beschäftigt hatte, wurden die Lichter gelöscht, und man zog sich – wie ich vermutete – zur Ruhe zurück.

Kapitel Zwölf

Ich lag auf meinem Stroh und konnte nicht einschlafen. Ich dachte über die Geschehnisse des Tages nach. Was mich vor allem beeindruckte, war die sanfte Art dieser Menschen: Ich sehnte mich danach, bei ihnen zu leben; wagte aber nicht, die dazu nötigen Schritte zu unternehmen. Meine Erinnerung an die Behandlung, die mir am Vortag durch die rohen Dorfbewohner zuteil ward, war noch zu frisch, und ich beschloß, für den Augenblick still in meinem Verschlag zu verbleiben, zu beobachten und zu versuchen, die Motive ihrer Handlungsweise herauszufinden; vielleicht würden sich daraus später auch für mich andere Vorgehensweisen ergeben.

Am nächsten Morgen waren die Hausbewohner schon vor Sonnenaufgang auf den Beinen. Die junge Frau brachte das Haus in Ordnung und bereitete das Frühstück; der Bursche ging nach dem Essen fort.

Dieser Tag verlief nach demselben Muster wie der gestrige. Der junge Mann war ständig draußen beschäftigt, das Mädchen ging im Haus verschiedenen Tätigkeiten nach. Der alte Mann, den ich bald als blind erkannte, vertrieb sich seine Mußestunden entweder mit seinem Instrument oder mit Nachdenken. Nichts konnte der Liebe und Achtung gleichkommen, mit denen die beiden jüngeren ihren ehrwürdigen Hausgenossen behandelten. Sie erwiesen ihm jeden auch noch so geringen Dienst, den Liebe oder Pflicht geboten, mit Freundlichkeit; und er lohnte es ihnen jedesmal mit gütigem Lächeln.

Ihr Glück war jedoch nicht vollkommen. Der junge Mann und seine Gefährtin sonderten sich häufig von dem Alten ab und schienen zu weinen. Ich entdeckte keinen Grund für ihre Traurigkeit, aber sie machte mich sehr betroffen. Wenn schon derart liebenswerte Geschöpfe unglücklich waren, brauchte es nicht zu wundern, daß ich – ein unvollkommenes und einsames Geschöpf – elend war. Aber weshalb waren diese sanftmütigen Menschen unglücklich? Sie besaßen ein wunderschönes Haus (jedenfalls in meinen Augen) und lebten sogar im Überfluß; sie hatten ein Feuer, das sie wärmte, wenn sie froren, und genossen köstliche Speisen, wenn sie Hunger verspürten; sie besaßen ausgezeichnete Kleider und – was noch mehr zählte –, sie genossen ihre gegenseitige Gesellschaft und Unterhaltung und tauschten täglich Blicke voller Zuneigung und Freundlichkeit aus. Was hatten ihre Tränen zu bedeuten? Sprachen sie von Leid? Anfangs gelang es mir nicht, diese Fragen zu beantworten, aber meine ständige und langdauernde Aufmerksamkeit erklärte mir viele Dinge, die mir anfangs rätselhaft waren.

Es verging geraume Zeit, bis ich einen der Gründe für die Betrübnis dieser liebenswerten Familie herausfand: Es war Armut; und sie litten in sehr schmerzlichem Maße an diesem Übel. Ihre Ernährung bestand ausschließlich aus dem

Gemüse ihres Gartens, der Milch einer einzigen Kuh, die den Winter über nur wenig davon gab, da ihre Besitzer kaum das Futter aufbringen konnten, um sie am Leben zu halten. Ich glaube, sie litten oft sehr großen Hunger, besonders die beiden jüngeren; denn nicht selten stellten sie dem alten Mann Essen hin, ohne etwas für sich selbst zu haben.

Diese Fürsorglichkeit bewegte mich sehr. Ich hatte mir angewöhnt, in der Nacht einen Teil ihrer Vorräte für mich selbst zu stehlen; aber als ich herausfand, daß ich meinen Nachbarn auf diese Weise schmerzliche Verluste zufügte, nahm ich davon Abstand und gab mich mit Beeren, Nüssen und Wurzeln zufrieden, die ich im nahen Wald sammelte.

Bald entdeckte ich eine weitere Möglichkeit, ihnen von Nutzen zu sein. Ich fand heraus, daß der Jüngling einen großen Teil des Tages damit verbrachte, das Brennholz für die ganze Familie zu beschaffen; also nahm ich in der Nacht oft seine Geräte, deren Verwendungsweise ich rasch begriff, und brachte genug Feuerholz für mehrere Tage zum Haus.

Ich erinnere mich noch an das Erstaunen des jungen Mädchens beim ersten Mal, als sie morgens die Tür öffnete und davor einen großen Haufen Holz gewahrte. Sie stieß mit lauter Stimme einige Töne aus, und der Jüngling gesellte sich daraufhin zu ihr, um ebenfalls Verwunderung zu zeigen. Ich stellte mit Vergnügen fest, daß er an diesem Tag nicht in den Wald ging, sondern ihn damit zubrachte, Reparaturen am Haus vorzunehmen und im Garten zu arbeiten.

Allmählich machte ich eine noch bedeutendere Entdeckung. Ich stellte fest, daß diese Menschen über eine Methode verfügten, einander durch artikulierte Laute ihre Erfahrungen und Gefühle mitzuteilen. Ich bemerkte, daß die Worte, die sie sprachen, im Gemüt und in den Gesichtszügen des Zuhörers zuweilen Vergnügen oder Schmerz, Lächeln oder Traurigkeit hervorriefen. Dies war in der Tat eine göttliche Fähigkeit, und ich wünschte mir sehnlichst, ihrer teilhaftig zu werden. Aber ich wurde bei jedem Versuch, den ich in dieser Hinsicht unternahm, enttäuscht. Sie sprachen viel zu rasch, und die Wörter, die sie äußerten, standen in keinem offenkundigen Zusammenhang mit sichtbaren Gegenständen; deshalb gelang es mir nicht, einen Schlüssel zu entdecken, mit dessen Hilfe ich das Geheimnis des Wortgebrauchs hätte lüften können. Aber dank großer Aufmerksamkeit und nachdem ich mehrere Mondzyklen lang in meinem Verschlag ausgeharrt hatte, machte ich die Bezeichnungen für die meisten Dinge ausfindig, mit denen die Familie täglich Umgang pflog; ich lernte die Anwendung der Wörter *Feuer, Milch, Brot* und *Holz*. Außerdem erlernte ich die Namen meiner Hausgenossen. Sowohl der Jüngling als auch seine Gefährtin hatten mehrere Namen, der alte Mann hingegen nur einen, der *Vater* lautete. Das Mädchen wurde *Schwester* oder *Agatha* genannt, der junge Mann *Felix*, *Bruder* oder *Sohn*. Wie soll ich das Entzücken beschreiben, das ich empfand, als ich die Begriffe herausfand, die mit jeder dieser Lautfolgen verknüpft waren, und merkte, daß ich fähig war, diese Wörter auszusprechen! Ich unterschied noch mehrere weitere Wörter, die ich allerdings noch nicht verstehen oder anwenden konnte; zum Beispiel *gut, Liebster* und *unglücklich*.

Auf diese Weise brachte ich den Winter zu. Die sanfte Art und die Schönheit meiner Hausgenossen machte sie mir sehr teuer; waren sie unglücklich, litt ich mit ihnen; freuten sie sich, empfand auch ich Freude. Ich sah nicht viele Menschen außer ihnen; und wenn ein Fremder in ihr Haus kam, bestätigte sein barsches Gehabe und Vorgehen mir nur die größere Herzensbildung meiner Freunde. Ich bemerkte, daß der alte Mann seinen Kindern oft Mut zuzusprechen versuchte, und zuweilen rief er sie zu sich, um ihre gedrückte Stimmung aufzuhellen. Dann sprach er betont munter mit einem gütigen Ausdruck, der selbst auf mich seinen Eindruck nicht verfehlte. Agatha lauschte bei solchen Gelegenheiten voller Respekt, ihre Augen füllten sich manches Mal mit Tränen, die sie verstohlen fortwischte; aber meistens bemerkte ich, daß ihr Gesichtsausdruck und ihr Gesprächston zuversichtlicher waren, wenn sie den Ermahnungen ihres Vaters gelauscht hatte. Bei Felix war es anders. Er war stets der Bedrückteste der Familie; und selbst meinem ungeübten Auge schien er tiefer zu leiden als seine Schwester und sein Vater. Aber wenn auch seine Züge bekümmerter waren, seine Stimme war stets munterer als die seiner Schwester; besonders, wenn er zu dem alten Mann sprach.

Ich könnte unzählige Beispiele für die Liebenswürdigkeit dieser Menschen anführen. Inmitten von Armut und Not brachte Felix seiner Schwester voller Freude die erste kleine, weiße Blume, die aus dem noch schneebedeckten Boden hervorbrach. Früh am Morgen, bevor sie aufgestanden war, befreite er ihren Pfad zum Milchstall vom Schnee, schöpfte Wasser aus dem Ziehbrunnen und holte das Holz aus dem Nebengebäude, wo er den Vorrat zu seiner ständigen Verwunderung stets von unsichtbarer Hand aufgefüllt vorfand. Tagsüber arbeitete er, wie ich glaube, manches Mal für einen benachbarten Bauern, denn häufig ging er fort und kehrte erst zum Mittagessen zurück, ohne jedoch Holz mitzubringen. Zu anderen Zeiten arbeitete er im Garten; aber da im Winter dort nicht viel zu tun war, las er dem alten Mann und Agatha vor.

Dieses Vorlesen war mir anfangs völlig rätselhaft gewesen; aber nach und nach entdeckte ich, daß er beim Lesen viele von denselben Lauten verwandte wie beim Sprechen. Ich schloß daraus, daß er auf dem Papier Sprachzeichen vorfand, die er erkannte, und ich wünschte mir brennend, diese Zeichen ebenfalls zu verstehen; allein, wie sollte ich dies anstellen, da ich nicht einmal die entsprechenden Laute zu den Zeichen verstand? Ich machte jedenfalls Fortschritte in dieser Fähigkeit, die jedoch nicht ausreichten, um mich einem wie auch immer gearteten Gespräch folgen zu lassen, obwohl ich meinen ganzen Verstand daran setzte – denn ich begriff leicht, daß ich erst dann den Versuch unternehmen konnte, mich meinen Nachbarn zu entdecken, wenn ich ihre Sprache beherrschte; und wenn ich auch noch so begierig darauf war. Meine Kenntnis ihrer Sprache würde sie vielleicht eher geneigt machen, über meine Mißgestalt – von der mich der Kontrast, der mir ständig vor Augen geführt wurde, überzeugt hatte – hinwegzusehen.

Ich hatte die vollkommene körperliche Beschaffenheit meiner Hausgenossen bewundert – ihre Anmut, ihre Schönheit und ihre feinen Gesichtszüge –, aber wie sehr erschrak ich, als ich mich selbst in einem Tümpel erblickte! Anfangs wich ich zurück; unfähig, zu glauben, daß dieses Spiegelbild wirklich mich gezeigt hatte; und als ich schließlich zweifelsfrei davon überzeugt war, daß ich tatsächlich das Ungeheuer war, das ich bin, erfüllten mich die bittersten Gefühle der Verzweiflung und Demütigung. Ach! Und dabei wußte ich noch nicht um die verhängnisvollen Folgen meiner erbärmlichen Mißgestalt.

Als die Sonne wärmer schien und das Tageslicht länger währte, schmolz der Schnee, und ich erblickte die kahlen Bäume und den dunklen Erdboden. Von nun an hatte Felix mehr Arbeit, und die herzbewegenden Anzeichen für eine drohende Hungersnot wurden seltener. Die Nahrung dieser Menschen war, wie ich hinterher herausfand, sehr einfach, aber dem Körper zuträglich, und sie trieben genügend davon auf. In dem Garten, den sie bearbeiteten, sprossen mehrere Pflanzenarten; und diese Anzeichen von Wohlergehen mehrten sich täglich, während die Jahreszeit fortschritt.

Der alte Mann unternahm – auf seinen Sohn gestützt – gegen Mittag und wenn es nicht regnete (so nannte man es, wie ich herausfand, wenn der Himmel sein Wasser ausschüttete) jeden Tag einen Spaziergang. Die Regengüsse fanden häufig statt, aber ein frischer Wind trocknete den Boden rasch wieder, und die Jahreszeit wurde angenehmer.

Meine Lebensweise in dem Schuppen war eintönig. Im Verlauf des Morgens verfolgte ich das Treiben meiner Hausgenossen; wenn sie alle mit verschiedenen Arbeiten beschäftigt waren, schlief ich; den Rest des Tages verbrachte ich mit der weiteren Beobachtung meiner Freunde. Hatten sie sich zur Ruhe zurückgezogen, streifte ich durch die Wälder, wenn der Mond schien oder die Nacht sternhell war, und sammelte meine persönliche Nahrung oder Brennholz für meine Nachbarn ein. Wenn ich zurückkam, befreite ich ihre Wege von Schnee, so oft dies nötig war, und verrichtete jene Arbeiten, die ich Felix hatte erledigen sehen. Erst später sollte mir klar werden, wie sehr diese von unsichtbarer Hand geleisteten Dienste sie in Erstaunen versetzt hatten; und ein- oder zweimal hörte ich sie bei solchen Gelegenheiten die Wörter *guter Geist* und *Wunder* aussprechen; aber damals verstand ich die Bedeutung dieser Begriffe noch nicht.

Mein Denken wurde allmählich aktiver, und ich sehnte mich danach, die Beweggründe und Empfindungen dieser reizenden Geschöpfe zu entdecken; ich fragte mich, weshalb Felix so unglücklich und Agatha so betrübt wirkte. Ich glaubte (törichter Unhold!), es läge möglicherweise in meiner Macht, das Glück dieser Bedürftigen wiederherzustellen. Wenn ich schlief oder geistesabwesend war, schwebten die Gestalten des ehrwürdigen, blinden Vaters, der sanften Agatha und des trefflichen Felix vor mir. Ich betrachtete sie als höhere Wesen; als Leitbilder meiner zukünftigen Bestimmung. Ich entwarf in meiner Vorstellung tausend Szenen der Art, wie ich mich ihnen zeigen und sie darauf reagieren würden. Ich stellte mir vor, daß sie abgestoßen sein würden, bis ich durch mein freundliches Verhalten und meine gewinnenden Worte schließlich zunächst ihre Gunst und später ihre Liebe gewänne.

Diese Gedanken befeuerten mich und regten mich dazu an, mich mit erneutem Eifer dem Erlernen der Sprachkunst zu widmen. Meine Sprachorgane waren freilich grob, aber anpassungsfähig, und obwohl meine Stimme sich stark von der lieblichen Musik der ihren unterschied, gelang es mir, Wörter hervorzubringen, die ich selbst verhältnismäßig leicht verstehen konnte. Es war wie in der Fabel vom Esel und vom Schoßhündchen; nur daß der freundliche Esel, dessen Absichten von Zuneigung diktiert wurden, wenn auch sein Benehmen rauh war, eine bessere Behandlung als Schläge und Verwünschungen verdiente.

Die angenehmen Regenschauer und die belebende Wärme des Frühlings veränderten das Aussehen der Erde. Die Menschen, die sich bisher in ihre Höhlen verkrochen zu haben schienen, tummelten sich nun im Freien und befaßten sich mit den verschiedenen Anpflanzungsmethoden. Der Gesang der Vögel wurde jubelnder, und die Zweige an den Bäumen trieben Knospen. Glückliche, glückliche Erde! Zum geziemenden Wohnsitz der Götter war geworden, was noch vor kurzem kahl, klamm und ungesund gewesen war. Meine Lebensgeister erhoben sich angesichts der bezaubernden Erscheinung der Natur; die Vergangenheit wurde aus meiner Erinnerung ausgelöscht, die Gegenwart war heiter, und die Zukunft wurde von den hellen Strahlen der Hoffnung und der Vorfreude vergoldet.

Kapitel Dreizehn

Ich komme nun zum ereignisreicheren Teil meiner Geschichte. Ich werde von Ereignissen berichten, die in mir jene Gefühle weckten, die mich veränderten und gleichsam zu einem anderen Wesen machten.

Der Frühling schritt rasch voran, das Wetter wurde mild und der Himmel wolkenlos. Es überraschte mich, daß alles, was zuvor öde und düster gewesen war, sich nun mit den schönsten Blumen und grünen Kräutern schmückte. Tausend entzückende Wohlgerüche und tausend erquickende Anblicke schmeichelten meinen Sinnen.

Es war an einem jener regelmäßig wiederkehrenden Tage, an denen meine Hausgenossen von der Arbeit ausruhten – der alte Mann spielte auf seiner Gitarre, und die Kinder lauschten ihm –, als ich bemerkte, daß die Miene von Felix von unsäglicher Traurigkeit sprach; er seufzte häufig; und einmal hielt der Vater in seinem Musizieren inne, und ich entnahm seiner Gestik, daß er sich nach der Ursache des Kummers erkundigte, der seinen Sohn befallen hatte. Felix antwortete in sorglosem Tonfall, und der alte Mann hatte sein Musikstück soeben wieder aufgenommen, als es an die Tür klopfte.

Es war eine Dame zu Pferde, begleitet von einem Landmann als Führer. Die Dame war in ein dunkles Gewand gekleidet, und ihr Gesicht bedeckte ein dichter, schwarzer Schleier. Agatha stellte eine Frage, und die Fremde antwortete nur, indem sie in sehnsuchtsvollem Ton den Namen Felix aussprach. Ihre Stimme war musikalisch, glich jedoch nicht derjenigen meiner Freunde. Als Felix seinen Namen vernahm, näherte er sich rasch der Dame, die – als sie seiner angesichtig wurde – ihren Schleier zurücknahm. Ich sah ein Antlitz von engelsgleicher Schönheit und Ruhe. Ihr schimmerndes, rabenschwarzes Haar war auf merkwürdige Art in Flechten gelegt; ihre Augen waren dunkel und von sanftem Glühen erfüllt; das Ebenmaß und die Reinheit ihrer Züge waren wundersam, und ihre Wangen zart gerötet.

Felix schien beim Anblick der Fremden hingerissen; aller Kummer war aus seinem Gesicht verschwunden, und es drückte statt dessen überschwengliche Freude aus, die ich ihm kaum zugetraut hätte; seine Augen leuchteten, und seine Wangen röteten sich vor Vergnügen; und in diesem Augenblick kam er mir ebenso schön wie die Besucherin vor. In ihrem Gesicht malten sich unterschiedliche Empfindungen ab; sie wischte sich ein paar Tränen aus den lieblichen Augen und hielt Felix ihre Hand hin, und Felix ergriff sie und küßte sie verzückt und nannte die Dame, soweit ich verstehen konnte, seine süße Araberin. Sie schien ihn nicht zu verstehen, lächelte aber. Er half ihr, vom Pferd abzusteigen, entließ ihren Führer und geleitete sie ins Haus. Zwischen ihm und seinem Vater fand eine kurze Unterredung statt, dann kniete die junge Besucherin zu Füßen des alten Mannes nieder und machte Anstalten, seine Hand zu küssen; er aber hob sie zu sich empor und umarmte sie herzlich.

Bald bemerkte ich, daß die Fremde, obwohl sie artikulierte Laute von sich gab und über eine Sprache zu verfügen schien, weder von meinen Hausgenossen verstanden wurde noch ihrerseits diese verstehen konnte. Alle Beteiligten vollführten Gesten, die ich nicht deuten konnte; aber ich sah, daß ihr Erscheinen Freude im Haus verbreitete und den Kummer meiner Nachbarn vertrieb; ähnlich, wie die Sonne den Morgennebel auflöst. Felix schien besonders glücklich zu sein, und er hieß seine Araberin unter breitem Lächeln willkommen. Agatha, die stets freundliche Agatha, küßte der lieblichen Fremden die Hände, deutete auf ihren Bruder und vollführte Gebärden, die mir zu bedeuten schienen, daß er betrübt gewesen sei, bevor die Besucherin eingetroffen war.

Auf diese Weise verstrichen mehrere Stunden, während derer die Mienen aller von einer Freude sprachen, deren Ursache ich nicht verstand. Endlich begriff ich nach häufiger Wiederkehr derselben Lautfolgen, die meine Nachbarn äußerten und die Fremde wiederholte, daß sie sich bemühte, deren Sprache zu erlernen; und sogleich kam mir die Idee, daß ich diese Instruktionen zu demselben Zweck nutzen konnte. Die Besucherin erlernte in der ersten Unterrichtsstunde etwa zwanzig Wörter, von denen mir die meisten bereits vertraut waren, aber die übrigen stellten einen Gewinn für mich dar.

Als die Nacht anbrach, zogen sich Agatha und die Araberin frühzeitig zurück. Felix küßte der Besucherin die Hand und sagte: »Gute Nacht, süße Safie.« Er blieb noch lange auf und unterhielt sich mit seinem Vater, und aus der häufigen Wiederholung ihres Namens schloß ich, daß ihr liebreizender Gast der Gegenstand ihres Gesprächs war. Ich wünschte mir sehnlichst, sie zu verstehen, und bemühte mich nach Kräften, mußte aber einsehen, daß es gänzlich unmöglich war.

Am folgenden Morgen ging Felix hinaus zu seiner Arbeit, und sobald Agatha ihre übliche Hausarbeit verrichtet hatte, setzte sich die Araberin zu Füßen des alten Mannes nieder, nahm seine Gitarre und spielte einige Weisen von derart bezaubernder Schönheit, daß mir Tränen der Wehmut und der Freude in die Augen stiegen. Dann sang sie, und ihre Stimme entfaltete einen reichen Klang, schwoll an und erstarb wie die einer Nachtigall.

Als sie ihre Lieder beendet hatte, reichte sie die Gitarre Agatha, die zunächst ablehnte. Schließlich spielte Agatha eine schlichte Weise und sang dazu mit einer süßen Stimme, die aber nicht die erstaunliche Kraft der Besucherin aufwies. Der alte Mann schien bezaubert; er sprach einige Worte, die Agatha der hübschen Safie zu übersetzen versuchte und die zu besagen schienen, daß die Besucherin ihm mit ihrer Musik höchstes Vergnügen bereitet habe.

Nun gingen die Tage wieder so friedlich wie zuvor dahin, mit der einzigen Veränderung, daß in den Gesichtern meiner Nachbarn Freude an die Stelle der Traurigkeit getreten war. Safie war stets guter Dinge; sie machte zugleich mit mir rasche Fortschritte in der Sprachkenntnis, und nach zwei Monaten konnte ich das meiste von dem verstehen, was meine ahnungslosen Gastgeber sagten.

Inzwischen hatte sich auch der dunkle Ackerboden mit Grün überzogen, und der grüne Rasen war von unzähligen Blumen durchwirkt, die der Nase und den Augen lieblich schmeichelten und in der Nacht wie schimmernde Sterne in den mondhellen Wäldern erstrahlten; die Sonne war wärmer geworden, die Nächte waren klar und mild; und meine nächtlichen Streifzüge wurden zu einem reinen Vergnügen – obwohl ich sie aufgrund des späten Untergangs und des frühen Aufgangs der Sonne beträchtlich verkürzen mußte, denn ich wagte mich bei Tageslicht niemals hinaus, aus Furcht, die gleiche Behandlung zu erfahren, die mir in dem ersten Dorf zuteil geworden war, das ich betreten hatte.

Ich verbrachte die Tage in der höchsten Aufmerksamkeit, um rascher die Sprache zu meistern; und ich darf mich rühmen, raschere Fortschritte gemacht zu haben als die Araberin, die nur sehr wenige Wörter beherrschte und sich deshalb nur stockend unterhalten konnte, während ich fast jedes Wort verstand und hätte nachsprechen können, das ich hörte.

Während meine Sprachfähigkeit wuchs, erwarb ich zugleich die Kenntnis der Buchstaben, wie sie der Fremden vermittelt wurde; und dieses Wissen eröffnete mir ein weites Feld der Wunder und des Entzückens.

Das Buch, nach dem Felix die Araberin unterrichtete, war Volneys *Untergegangene Reiche*. Ich würde den Inhalt dieses Buches nicht begriffen haben, hätte Felix nicht sein Vorlesen durch ausführliche Erklärungen ergänzt. Wie er sagte, hatte er dieses Werk ausgewählt, weil sein blumiger Stil demjenigen morgenländischer Autoren nachempfunden war. Ich verdanke diesem Werk eine oberflächliche Kenntnis der Geschichte und eine Vorstellung von den gegenwärtigen Staaten der Erde; es gewährte mir einen Einblick in die Sitten, Regierungsformen und Religionen der verschiedenen Länder. Ich hörte von den trägen Asiaten; vom überragenden Genius und der geistigen Regsamkeit der Griechen; von den Kriegen und der wundersamen Tugend der frühen Römer, von ihrer späteren Entartung und vom Untergang ihres mächtigen Reiches; vom Ritterwesen, vom Christentum und von Königen. Ich hörte von der Entdeckung der Neuen Welt und weinte mit Safie über das unglückliche Schicksal der Ureinwohner Amerikas.

Diese wundervollen Berichte gaben mir ungewohnte Gefühle ein. War der Mensch tatsächlich einerseits so mächtig, so tugendhaft und großartig, und andererseits so verderbt und gemein? Er erschien mir einmal wie eine Verkörperung des bösen Prinzips und ein andermal edelmütig und gottähnlich. Ein großer und tugendhafter Mann zu sein erschien mir die höchste Ehre, die ein empfindendes Wesen erstreben kann; gemein und verderbt zu sein, wie es laut dem Buche viele gewesen zu sein scheinen, kam mir hingegen wie die größte Erniedrigung vor; ein Zustand, der eher dem blinden Maulwurf oder dem harmlosen Wurm anstünde. Lange Zeit hindurch blieb es mir unbegreiflich, wie ein Mensch hingehen und seinen Mitmenschen ermorden konnte, oder auch nur, weshalb es Gesetze und Regierungen geben mußte; aber nachdem ich ausführlich von Laster und Blutvergießen vernommen hatte, wurde meine Verwunderung geringer, und ich wandte mich voll Abscheu und Haß ab.

Nun eröffnete mir jede Unterhaltung meiner Hausgenossen neue Wunder. Während ich den Unterweisungen lauschte, die Felix der Araberin erteilte, wurde auch mir der seltsame Aufbau der menschlichen Gesellschaft erklärt. Ich hörte von der Aufteilung der Güter dieser Erde, von unermeßlichem Reichtum und äußerster Armut; von Rängen, Abstammungen und vornehmem Blut.

Diese Worte veranlaßten mich dazu, über mich selbst nachzudenken. Ich hatte gelernt, daß eine hohe, makellose Abstammung in Verbindung mit materiellem Reichtum für deine Mitgeschöpfe zu den höchsten Gütern zählte. Wer über nur eine dieser Voraussetzungen verfügte, wurde geachtet; ohne beides betrachtete man ihn von wenigen Ausnahmen abgesehen als Landstreicher oder Knecht, dazu verurteilt, seine Kräfte zum Wohle dieser wenigen Erwählten zu verausgaben! Und was war ich? Von meiner Erschaffung und meinem Schöpfer wußte ich so gut wie nichts; aber ich wußte, daß ich kein Geld, keine Freunde und keinerlei Habe besaß. Außerdem war ich mit einem Äußeren ausgestattet, das im höchsten Maße mißgestaltet und abscheulich war; ich war nicht einmal von derselben Art wie die Menschen. Ich war gelenkiger als sie und konnte mit gröberer Nahrung auskommen; ich konnte extreme Hitze und Kälte mit weniger Schaden für meinen Leib ertragen; und an Körpergröße übertraf ich sie bei weitem. Wenn ich mich umschaute, erblickte ich keinen, der mir glich. War ich demnach ein Ungeheuer, ein Makel der Erde, den alle Menschen flohen und verleugneten?

Ich vermag dir den Schmerz, den diese Grübeleien in mir auslösten, nicht zu beschreiben; ich versuchte, sie zu vertreiben, aber mit dem Wissen nahm auch mein Schmerz zu. Ach, wäre ich doch für immer in meinem heimatlichen Wald geblieben und hätte weiter keine Empfindungen als Hunger, Durst und Hitze kennengelernt!

Wie sonderbar ist es doch um das Wissen bestellt! Es haftet dem Denken an, hat es erst Besitz von ihm ergriffen, wie eine Flechte den Fels. Zuweilen wünschte ich, alle Gedanken und Gefühle von mir abschütteln zu können; aber ich mußte die Erfahrung machen, daß es nur eine Möglichkeit gab, dem

Schmerz zu entfliehen – und das war der Tod; ein Zustand, den ich fürchtete, aber nicht verstand. Ich bewunderte Tugend und edelmütige Regungen und liebte das sanfte Wesen und die Freundlichkeit meiner Hausgenossen; aber ich war von jedem Umgang mit ihnen ausgeschlossen; außer in aller Heimlichkeit, indem ich vermied, von ihnen gesehen und wahrgenommen zu werden; und diese Heimlichkeit steigerte nur mein Bedürfnis, einer von ihnen zu werden, statt es zu stillen. Die sanften Worte Agathas und das seelenvolle Lächeln der bezaubernden Araberin waren nicht für mich bestimmt. Die milden Mahnreden des alten Mannes und die lebhaften Gespräche des geliebten Felix – sie galten nicht mir. Elende, unglückliche Kreatur, die ich war!

Andere Lektionen prägten sich mir sogar noch tiefer ein. Ich hörte vom Unterschied zwischen den Geschlechtern; und von der Geburt und dem Aufwachsen der Kinder; davon, wie der Vater in das Lächeln der Kleinkinder und in die munteren Einfälle der älteren Kinder vernarrt war; wie das ganze Leben und die ganze Sorge der Mutter in ihrer gewissenhaften Fürsorge aufging; wie der Geist des Heranwachsenden sich weitete und Wissen erlangte; von Brüdern, Schwestern und den übrigen verschiedenartigen Verwandtschaftsbeziehungen, durch die Menschen untereinander gebunden sind.

Aber wo waren meine Freunde und Verwandten? Kein Vater hatte über meine Kindertage gewacht, keine Mutter mich mit ihrem Lächeln und ihren Liebkosungen gesegnet; und wenn es doch so gewesen, war meine ganze Vergangenheit jetzt ein blinder, leerer Fleck, in dem ich nichts erkennen konnte. Ich war bereits in meinen frühesten Erinnerungen so groß gewesen, wie ich jetzt war. Ich hatte bisher niemals ein Geschöpf zu Gesicht bekommen, das sich an mich erinnerte oder behauptet hätte, in einer Beziehung zu mir zu stehen. Was war ich? Diese Frage tauchte immer wieder auf, aber die einzige Antwort bestand in Seufzern.

Ich werde bald erklären, worauf diese Gefühle gerichtet waren, aber erlaube mir zunächst, zu meinen Hausgenossen zurückzukehren, deren Lebensgeschichte in mir eine solche Vielfalt an Empfindungen wie Entrüstung, Entzücken und Staunen hervorrief; Gefühle, die jedoch insgesamt in Zuneigung und Verehrung für meine Beschützer (denn so nannte ich sie in meiner Liebe und meiner unschuldigen und beinahe schmerzlichen Selbsttäuschung) einmündeten.

Kapitel Vierzehn

Es sollte einige Zeit vergehen, bevor ich die Geschichte meiner Freunde erfuhr. Sie war von einer solchen Art, daß sie nicht verfehlen konnte, sich mir tief einzuprägen, da sie eine Reihe von Umständen enthüllte, die für jedermann von meiner Unerfahrenheit interessant und wunderbar waren.

Der Name des alten Mannes war De Lacey. Er stammte von einer angesehenen Familie in Frankreich ab, wo er mehrere Jahre lang in Reichtum gelebt hatte, geachtet von den Höhergestellten und beliebt bei seinesgleichen. Sein Sohn war zum Dienst für das Vaterland aufgezogen worden, und Agatha hatte mit Damen von höchstem Rang verkehrt. Ein paar Monate vor meiner Ankunft hatten sie in einer großen und wohlhabenden Stadt namens Paris umgeben von Freunden gelebt, und alle Freuden, die Tugend, Verfeinerung des Geistes oder Geschmacks sowie eine bescheidene Wohlhabenheit zulassen, hatten ihnen offengestanden.

Der Vater Safies war der Urheber ihres Niedergangs gewesen. Er war ein osmanischer Kaufmann, der seit vielen Jahren in Paris lebte, als er aus einem Grunde, den ich nicht erfuhr, den Unwillen der Behörden erregte. Er wurde an eben dem

Tag ergriffen und ins Gefängnis geworfen, als Safie aus Konstantinopel eintraf, um bei ihm zu leben. Er wurde verhört und zum Tode verurteilt. Die Ungerechtigkeit dieser Strafe war mehr als offenkundig; ganz Paris entrüstete sich darüber; man war der Meinung, daß weit eher seine Religion und sein Vermögen die Ursache seiner Verurteilung gewesen waren als das Verbrechen, das man ihm zur Last legte.

Felix war zufällig bei dem Verhör zugegen gewesen. Er hatte sein Entsetzen und seine Empörung, als er von der Entscheidung des Gerichtshofes hörte, nicht zügeln können und in diesem Augenblick den feierlichen Schwur geleistet, den Delinquenten zu befreien. Danach sann er auf Mittel und Wege, seinen Schwur zu erfüllen. Nach vielen vergeblichen Versuchen, Zutritt in das Gefängnis zu erlangen, entdeckte er ein stark vergittertes Fenster in einem unbewachten Teil des Gebäudes, das dem Kerker des unglücklichen Mohammedaners – der in Ketten auf die Ausführung der barbarischen Strafe harrte – Licht spendete. Felix trat im Schutz der Nacht an das Gitter und setzte den Gefangenen von seinem Vorhaben in Kenntnis. Der überglückliche Osmane versuchte, den Eifer seines Befreiers anzustacheln, indem er ihm reichen Lohn verhieß. Felix wies seine Angebote verächtlich zurück, aber als er die liebliche Safie erblickte – der man erlaubt hatte, ihren Vater zu besuchen, und die Felix durch Gesten ihre lebhafte Dankbarkeit zum Ausdruck brachte –, mußte der Jüngling sich eingestehen, daß der Gefangene einen Schatz besaß, der ihn für sein Wagnis vollauf entlohnen würde.

Dem Osmanen blieb der Eindruck, den seine Tochter in Felixens Herzen hinterlassen hatte, nicht lange verborgen, und er beeilte sich, ihn sich noch mehr zu verpflichten, indem er ihm die Hand Safies zum Ehebund versprach, sobald er selbst sich an einem sicheren Ort befände. Felix war zu feinfühlig, um dieses Angebot anzunehmen; dennoch kam ihm allein die Möglichkeit einer derartigen Verbindung wie die Aussicht auf Erfüllung all seiner Wünsche vor.

Während an den folgenden Tagen Vorbereitungen für die Befreiung des Kaufmannes getroffen wurden, stachelten mehrere Briefe des lieblichen Mädchens Felixens Eifer an. Sie hatte mit Hilfe eines alten Mannes, eines Dieners ihres Vaters, der Französisch verstand, ihre Gedanken in der Sprache ihres Liebhabers ausgedrückt. Sie dankte ihm in den glühendsten Worten für seine Absicht, ihrem Vater zu helfen, und ließ zugleich Andeutungen über ihr eigenes Schicksal einfließen.

Ich besitze Abschriften dieser Briefe, da ich während meines Aufenthaltes in dem Schuppen Mittel und Wege fand, mir alles zum Schreiben Erforderliche zu beschaffen, und Felix und Agatha die Briefe häufig zur Hand nahmen. Ich will sie dir geben, bevor ich scheide; sie werden die Wahrheit meines Berichtes bestätigen; aber im Augenblick habe ich – da die Sonne bereits im Sinken begriffen ist – nur die Zeit, dir das Wesentlichste daraus mitzuteilen.

Safie berichtete, daß ihre Mutter eine christlich getaufte Araberin war, die von den Osmanen gefangen genommen und versklavt wurde; dank ihrer großen Schönheit eroberte sie das Herz von Safies Vater, und er heiratete sie. Das junge Mädchen sprach voller Bewunderung und Begeisterung über ihre Mutter, die in Freiheit geboren war und das Abhängigkeitsverhältnis, in dem sie sich jetzt befand, verachtete. Sie unterwies ihre Tochter in den Grundsätzen ihrer Religion und lehrte sie, stets auf die Weiterbildung und die Unabhängigkeit ihres Geistes bedacht zu sein, die den weiblichen Anhängern der Lehren Mohammeds untersagt ist. Dann starb diese Dame, aber ihre Lehren hatten im Denken Safies einen tiefen Eindruck hinterlassen, und die Vorstellung, in den Orient zurückzukehren und innerhalb der Mauern eines Harems eingekerkert zu werden – wo ihr nur kindliche Vergnügungen gestattet sein würden, die der Gestimmtheit ihres Herzens, das inzwischen mit den großen Ideen und edlem Tugendstreben Bekanntschaft gemacht hatte, nicht in Einklang zu bringen waren – gefielen ihr ganz und gar nicht. Die Aussicht, einen Christen zu heiraten und in einem Land zu bleiben, wo es den Frauen erlaubt war, eine gesellschaftliche Stellung einzunehmen, besaß große Verlockungen für sie.

Der Tag für die Hinrichtung des Osmanen war festgesetzt worden; aber in der Nacht davor verließ er das Gefängnis, und bevor der Morgen graute, war er viele Meilen von Paris entfernt. Felix hatte Passierscheine besorgt, die auf den Namen des Vaters, seiner Schwester und seiner selbst ausgestellt waren. Er hatte seinen Vater zuvor von den Fluchtplänen in Kenntnis gesetzt, und der alte Mann hatte bei der Ausführung seines Planes mitgeholfen, nachdem er sein Haus unter dem Vorwand einer Reise verlassen hatte und sich mit seiner Tochter in einem abgelegenen Winkel von Paris verborgen hielt.

Felix begleitete die Flüchtlinge quer durch Frankreich zunächst nach Lyon, dann über den Mount Cenis nach Livorno, wo der Kaufmann eine günstige Gelegenheit abzuwarten gedachte, in einen Teil des osmanischen Reiches zu gelangen.

Safie beschloß, bis zu dessen Abreise bei ihrem Vater zu bleiben; der Osmane erneuerte sein Versprechen, daß sie mit seinem Befreier vereint werden solle, und Felix blieb bis zu der Heirat bei den beiden; die Gesellschaft der Araberin, die ihm die natürlichste und zärtlichste Zuneigung bekundete, gestaltete ihm die Wartezeit angenehm. Sie unterhielten sich mit Hilfe eines Dolmetschers und manches Mal mit Hilfe von Blicken, und Safie sang ihm die herrlichen Weisen ihrer Heimat vor.

Der Osmane erhob keine Einwände gegen diese Vertraulichkeiten und ermutigte auf diese Weise die Hoffnung des jungen Liebhabers, während er in seinem Herzen längst andere Pläne hegte. Er verabscheute die Vorstellung, seine Tochter mit einem Christen vereint zu sehen; aber zugleich fürchtete er Felixens Groll, falls er sich unentschlossen zeigen würde, denn er befand sich noch in der Gewalt seines Befreiers, der ihn nur den italienischen Behörden hätte anzeigen müssen. Er wälzte tausend Pläne, wie er die Täuschung aufrechterhalten konnte, bis sie nicht länger erforderlich sein würde, da er gedachte, seine Tochter bei seiner Abreise heimlich mitzunehmen. Schlimme Nachrichten aus Paris kamen seinen Plänen entgegen.

Die französischen Behörden waren über das Entkommen ihres Opfers äußerst ungehalten und scheuten keinerlei Mühen, den Befreier zu entdecken und zu bestrafen. So wurde Felixens Wagestück rasch entdeckt, und De Lacey und Agatha wurden ins Gefängnis geworfen. Diese Nachricht rüttelte Felix aus seinen angenehmen Träumen auf. Sein blinder und betagter Vater und seine sanfte Schwester schmachteten in schändlicher Kerkerhaft, während er sich der Freiheit und der Gesellschaft jener erfreute, die er liebte. Diese Vorstellung peinigte ihn. Rasch vereinbarte er mit dem Osmanen, daß Safie als Zögling in einem Kloster in Livorno blieb, falls sich ihrem Vater eine günstige Gelegenheit böte zu entkommen, bevor Felix nach Italien zurückkehren konnte; dann riß er sich von der lieblichen Araberin los, eilte nach Paris und stellte sich der gerichtlichen Strafe, in der Hoffnung, durch diesen Schritt De Lacey und Agatha auszulösen.

Aber vergebens. Sein Vater und seine Schwester blieben fünf Monate lang eingekerkert, bis endlich die Verhandlung stattfand. Das Urteil lautete auf Einzug ihres Vermögens und Verbannung auf Lebenszeit aus ihrem Heimatland.

Sie fanden ein elendes Obdach in einem Dorf in Deutschland, wo ich sie vorgefunden hatte. Felix erfuhr bald, daß der betrügerische Osmane, der ihm und seiner Familie solche unerhörte Not verursacht hatte, bei der Nachricht, daß sein

Befreier derart in den Ruin und größte Armut geraten war, nicht nur unter Mißachtung von Anstand und Ehre gemeinsam mit seiner Tochter abgereist war, sondern Felix darüber hinaus dadurch beleidigt hatte, daß er ihm eine jämmerliche Summe Geldes übersandte, zusammen mit dem Rat, es zu seinem künftigen Lebensunterhalt zu nutzen.

Dies waren die Ereignisse, die Felix am Herzen genagt und ihn zu dem Zeitpunkt, als ich ihn zum ersten Male erblickt, zum elendesten Mitglied der Familie gemacht hatten. Armut und Entbehrungen hätte er ertragen; da sie eine Folge seiner Tugendhaftigkeit waren, hieß er sie willkommen; die Undankbarkeit des Osmanen und der Verlust seiner geliebten Safie jedoch stellten bittere und nicht wiedergutzumachende Unglücksfälle dar. Aber nun hatte ihn die Rückkehr der Araberin mit neuem Lebensmut erfüllt.

Als die Neuigkeit in Livorno eintraf, daß Felix weder Reichtum noch eine gesellschaftliche Stellung zu erwarten hatte, befahl der Kaufmann seiner Tochter, nicht mehr an ihren Geliebten zu denken, sondern sich auf die Rückkehr in ihre Heimat vorzubereiten. Safie mit ihrem großherzigen Wesen entrüstete sich über dieses Ansinnen; sie versuchte, ihren Vater umzustimmen, aber er ließ sie voller Zorn stehen und wiederholte nur seinen tyrannischen Befehl.

Einige Tage später betrat der Osmane das Gemach seiner Tochter und teilte ihr in Eile mit, er habe Grund zu der Annahme, daß sein Aufenthalt in Livorno verraten worden war und er schleunigst den französischen Behörden ausgeliefert werden solle; folglich habe er ein Schiff gemietet, das ihn nach Konstantinopel bringen und in wenigen Stunden in See stechen solle. Er beabsichtige, seine Tochter unter der Obhut eines zuverlässigen Dieners zurückzulassen, damit sie ohne Hast mit dem größten Teil seines Vermögens, das noch nicht in Livorno angekommen war, folgen könne.

Sobald sie allein war, beschloß Safie, zu tun, was sie in dieser Lage für richtig hielt. Der Gedanke, in der Türkei zu leben, war ihr entsetzlich; ihre Religion und ihre Gefühle sträubten sich dagegen. Aus Schriftstücken ihres Vaters, die ihr in die Hände fielen, erfuhr sie von der Verbannung des Geliebten und den Namen des Ortes, an dem er damals wohnte. Nach anfänglichem Zögern stand ihr Entschluß fest. Sie nahm einige Schmuckstücke mit, die ihr gehörten, sowie eine Summe Geldes, und verließ Italien in Begleitung einer in Livorno gebürtigen Dienerin, die ein wenig Türkisch verstand, um nach Deutschland zu reisen.

Sie kam wohlbehalten in einer Stadt an, die etwa zwanzig Meilen von dem Dorf, in dem De Lacey lebte, entfernt war, als ihre Dienerin gefährlich erkrankte. Safie pflegte sie mit aufopfernder Zuneigung, aber das arme Mädchen starb, und die Araberin stand allein dort; ohne die geringste Kenntnis der Sprache und der Gepflogenheiten dieses Landes. Die Italienerin hatte den Namen des Ortes erwähnt, zu dem die Reise gehen sollte, und nach ihrem Tode sorgte die Frau des Hauses, in dem sie gewohnt hatten, dafür, daß Safie sicher in dem Dorf ankam, in dem ihr Geliebter lebte.

Kapitel Fünfzehn

Dies war die Geschichte meiner geliebten Hausgenossen. Sie beeindruckte mich stark. Ich lernte aus den Einblicken in das gesellschaftliche Leben, die sie mir verschafften, die Tugendhaftigkeit dieser Menschen im selben Maße bewundern, wie ich die Verderbtheit der Menschheit insgesamt verabscheute.

Bis jetzt hatte ich das Verbrechen als ein entferntes Übel betrachtet, da mir Wohlwollen und Großherzigkeit stets vor Augen waren und mir den Wunsch eingegeben hatten, selbst eine Rolle in dem geschäftigen Treiben zu spielen, in dem so viele liebenswerte Eigenschaften gefragt waren und gezeigt wurden. Aber um eine Erklärung für die Entwicklung meines Verstandes zu geben, muß ich einen Vorfall erwähnen, der sich im selben Jahr zu Beginn des Monats August ereignete.

Eines Nachts fand ich bei meinem gewohnten Besuch des nahegelegenen Waldes, in dem ich meine eigene Nahrung sowie Feuerholz für meine Beschützer sammelte, auf dem Boden einen ledernen Mantelsack, der einige Kleidungsstücke sowie Bücher enthielt. Voller Begier ergriff ich die Beute und kehrte mit ihr in meinen Schuppen zurück. Zum Glück waren die Bücher in der Sprache geschrieben, deren Grundbegriffe ich bereits erlernt hatte; darunter waren das *Verlorene Paradies*, ein Band von Plutarchs *Vitae* sowie *Die Leiden des jungen Werther*. Der Besitz dieses Schatzes entzückte mich über die Maßen; von nun an studierte ich diese Texte und schärfte meinen Geist an ihnen, während meine Freunde ihren üblichen Beschäftigungen nachgingen.

Ich vermag dir die Wirkung, die diese Bücher auf mich hatten, kaum zu beschreiben. Sie erweckten in mir eine endlose Fülle neuer Vorstellungen und Gefühle, die mich zuweilen zur höchsten Verzückung erhoben, aber häufiger der tiefsten Niedergeschlagenheit auslieferten. In den *Leiden des jungen Werther* werden ja abgesehen von dem Interesse, das die einfache und liebenswerte Handlung hervorruft, vielerlei Meinungen erörtert und so viele Lichter auf all das geworfen, was mir bisher unverständlich gewesen war, daß ich eine unversiegbare Quelle der Spekulation und der Verwunderung darin fand. Die sanften und den Wert des Heimes betonenden Sitten, die darin beschrieben werden, in Verbindung mit den vornehmen Empfindungen und Gefühlen, denen etwas Selbstloses anhaftete, paßten gut zu meinen Erfahrungen bei meinen Beschützern und zu den Bedürfnissen in meiner eigenen Brust. Aber mir kam Werther selbst wie ein göttlicheres

Geschöpf vor, als ich jemals eines wahrgenommen oder mir vorgestellt hätte; sein Charakter war schlicht, prägte sich aber dem Leser tief ein. Die Erklärungen über den Tod und den Selbstmord erregten mein Erstaunen. Ich bildete mir nicht ein, den Fall vollständig erfaßt zu haben; aber ich empfand große Sympathie für den Helden, über dessen Selbstentleibung ich weinte, ohne sie genau zu verstehen. Jedenfalls bezog ich vieles in diesem Buch auf meine eigenen Gefühle und meine persönliche Lage. Ich fand mich den Menschen, von denen ich las und deren Unterhaltungen ich lauschte, sehr ähnlich, und doch kamen sie mir zugleich sehr fremd vor. Ich fühlte mit ihnen und begriff sie teilweise, aber mein Geist war ungebildet; ich hing von niemandem ab und war mit niemandem verwandt. »Ich konnt' diesen Kerker verlassen, wann immer ich wollte«, und niemand würde meine Vernichtung beweint haben. Ich war häßlich, und meine Gestalt war riesenhaft. Was bedeutete dies? Wer war ich? *Was* war ich? Woher war ich gekommen? Was war meine Bestimmung? Diese Fragen kehrten in meinem Denken ständig wieder, aber ich konnte sie nicht beantworten.

Der Band der *Vitae* des Plutarch, den ich neuerdings besaß, enthielt die Lebensbeschreibungen der frühen Herrscher des griechischen und des römischen Reiches. Dieses Buch hatte eine ganz andere Wirkung auf mich als die *Leiden des jungen Werther.* Die Ansichten Werthers waren von Verzagtheit und Schwermut geprägt gewesen; Plutarch hingegen gab mir hehre Gedanken ein; er erhob mich über die elende Sphäre meiner eigenen Gedanken und lehrte mich die Helden früherer Zeitalter bewundern und lieben. Vieles von dem, was ich las, überstieg mein Verständnis und meine Erfahrung. Ich besaß sehr ungenaue Kenntnisse über Königreiche, die Größe von Ländern, die Länge von Flüssen und die Weite der Meere. Und ich hatte überhaupt keine Vorstellung von Städten und größeren Ansiedlungen von Menschen. Das Dorf, in dem meine Beschützer lebten, stellte die einzige Schule dar, in der ich die Natur des Menschen studiert hatte; aber dieses Buch eröffnete mir neue und gewaltige Szenerien. Ich las von Männern in öffentlichen Ämtern, die ihre Artgenossen entweder befehligten oder metzelten. Ich fühlte das größte Verlangen nach Tugendhaftigkeit und den größten Abscheu vor dem Laster in mir entstehen, soweit ich die Bedeutung dieser Begriffe verstand, da ich sie einzig und allein mit Vergnügen und Schmerz in Verbindung brachte. Diese Gefühle verleiteten mich natürlich dazu, friedliebende Gesetzgeber wie Numa, Solon oder Lykurg im Gegensatz zu Gestalten wie Romulus oder Theseus zu bewundern. Das patriarchalische Leben, das mir meine Beschützer vor Augen führten, trug dazu bei, daß sich diese Eindrücke meinem Denken fest einprägten; wäre mein erster Lehrmeister der Menschlichkeit ein junger Feldherr gewesen, der nach Schlachtenruhm gedürstet hätte, wären mir vielleicht andere Gefühle eingepflanzt worden.

Das *Verlorene Paradies* hingegen rief ganz andersgeartete und weitaus tiefere Empfindungen in mir hervor. Ich las es, wie ich die übrigen Bücher gelesen hatte, die mir in die Hände gefallen waren – als eine wahre Geschichte. Es wühlte in mir alle Gefühle des Staunens und der Ehrfurcht auf, die der Entwurf eines allmächtigen Gottes, der im Widerstreit mit seinen Geschöpfen liegt, erregen kann. Oft bezog ich die Begebenheiten, die in diesem Buch beschrieben werden und deren Ähnlichkeit mit meiner eigenen Lage mich verblüffte, auf mich selbst. Wie Adam war ich anscheinend durch nichts mit anderen Lebewesen verbunden; aber dieser Zustand hatte in jeder anderen Hinsicht mit dem meinigen nichts gemeinsam. Er war als vollkommenes, glückliches Geschöpf aus den Händen Gottes hervorgegangen und erfreute sich der göttlichen Obhut seines Schöpfers; es war ihm gestattet, mit höheren Wesen zu verkehren und Wissen von ihnen zu erlangen; ich hingegen war unglücklich, ohnmächtig und allein. Oftmals wollte mir scheinen, als sei Satan das passende Sinnbild meines Lebens; denn auch ich hatte – ebenso wie er – angesichts der Freuden meiner Beschützer häufig die bittere Galle des Neides gekostet.

Ein weiterer Umstand bestärkte und bestätigte diese Gefühle. Bald nachdem ich in dem Schuppen Unterschlupf gefunden hatte, entdeckte ich einige Papiere in dem Kittel, den ich aus deinem Laboratorium mitgenommen hatte. Anfangs hatte ich sie nicht beachtet; aber nun konnte ich die Buchstaben, in denen sie geschrieben waren, entziffern, und ich begann, sie mit Fleiß zu studieren. Es handelte sich um dein Tagebuch über die vier Monate, die meiner Erschaffung vorausgingen. Du hast darin minutiös jeden Schritt im Verlauf deiner Arbeit beschrieben; dieser fortlaufende Bericht war mit den Aufzeichnungen häuslicher Begebenheiten vermischt. Du erinnerst dich gewiß an diese Papiere. Hier sind sie. In ihnen ist alles aufgezeichnet, was mit meiner verfluchten Herkunft zusammenhängt; bis ins kleinste sind die abscheulichen Umstände festgehalten, die zu meiner Entstehung führten; die ausführlichste Beschreibung meiner widerwärtigen und verhaßten Gestalt ist darin enthalten, in einer Sprache, die dein eigenes Entsetzen widerspiegelt und mein Entsetzen unauslöschlich macht. Ich wurde bei der Lektüre krank. »Hassenswerter Tag, an dem ich das Leben empfing!« rief ich in Verzweiflung aus. »Verfluchter Schöpfer! Weshalb hast du ein Ungeheuer erschaffen, das so abscheulich ist, daß selbst *du* dich voll Grausen abwandtest? Gott in seinem Erbarmen machte den Menschen schön und anmutig, nach seinem eigenen Bild; aber meine Gestalt ist ein unflätiges Zerrbild deiner Erscheinung, das die Ähnlichkeit noch entsetzlicher macht. Satan hatte seine Begleiter, Teufel wie er, die ihn bewunderten und ermutigten; aber ich bin allein und ein Greuel!«

Dies waren meine Gedanken in den Stunden, in denen ich mich der Trübsal und der Einsamkeit hingab; aber wenn ich Betrachtungen über die Tugenden der Hausgenossen anstellte – über ihr liebenswertes und gütiges Wesen –, war ich davon überzeugt, daß sie mich bemitleiden und über die mir eigene Mißgestalt hinwegsehen würden, wenn sie nur von meiner Bewunderung ihrer Tugendhaftigkeit erführen. Konnten sie ein Geschöpf von ihrer Türe weisen – und sei sein Anblick auch noch so ungeheuerlich –, das sie um Erbarmen und Freundschaft anflehte? Ich beschloß, nicht zu verzweifeln, sondern mich mit allen Kräften auf ein Gespräch mit ihnen vorzubereiten, dessen Ausgang über mein künftiges Geschick entscheiden sollte. Ich stellte diesen Versuch jedoch für einige Monate zurück, denn die Wichtigkeit seines Gelingens ließ mich einen Mißerfolg fürchten. Außerdem fand ich, daß sich mein Verständnis durch die Erfahrung eines jeden neuen Tages so sehr verbesserte, daß ich nicht eher zu dem Wagnis bereit war, als bis mein Einsichtsvermögen noch einige Monate Zeit hatte, sich zu vervollkommnen.

Mittlerweile fanden im Haus mehrere Veränderungen statt. Die Anwesenheit Safies verbreitete Glückseligkeit unter seinen Bewohnern; und ich bemerkte auch, daß ein bescheidener Wohlstand Einzug gehalten hatte. Felix und Agatha verwandten mehr Zeit auf Lustbarkeiten und Gespräche, und Diener nahmen ihnen einen Teil ihrer Arbeit ab. Sie wirkten nicht reich, aber sie waren zufrieden und glücklich; Heiterkeit und Friede kehrten in ihre Gemüter ein, während meine Gefühle jeden Tag mehr aufgewühlt wurden. Die Zunahme meines Wissens ließ mich nur um so deutlicher erkennen, welch ein elender Ausgestoßener ich war. Gewiß hegte auch ich Hoffnungen; aber sie verflüchtigten sich, wann immer ich mein Spiegelbild in einem Wassertümpel oder meinen Schatten im Mondschein erblickte; so flüchtig die Spiegelungen und so unbeständig der Schatten auch sein mochte.

Ich bemühte mich, diese Befürchtungen zu zerstreuen und mich für die Prüfung zu wappnen, der ich mich in ein paar Monaten zu unterziehen gedachte; und manches Mal ließ ich es zu, daß meine Gedanken ohne die Aufsicht der Vernunft in paradiesischen Gefilden umherschweiften; ich wagte es, mir vorzustellen, daß liebenswerte und liebliche Geschöpfe meine Gefühle verstanden und mich in meiner Schwermut aufmunterten – ihr engelgleiches Antlitz verklärt in tröstlichem Lächeln. Aber es war nur ein Traum; keine Eva linderte meinen Kummer oder teilte meine Gedanken; ich war allein. Ich gedachte der flehentlichen Bitte Adams an seinen Schöpfer. Aber wo war mein Schöpfer? Er hatte mich verlassen, und so verfluchte ich ihn in der Bitterkeit meines Herzens.

Auf diese Weise verging der Herbst. Ich sah mit Staunen und Kummer die Blätter welken und fallen und die Natur wiederum das traurige und trostlose Aussehen annehmen, das sie gezeigt hatte, als ich zum ersten Male die Wälder und den guten Mond erblickt hatte. Aber ich kümmerte mich nicht um die Rauheit des Wetters; meine Konstitution ließ mich Kälte leichter ertragen als Wärme. Andererseits hatte der Anblick der Blumen, der Vögel und die ganze frohe Pracht des Sommers mein hauptsächliches Vergnügen dargestellt, und als diese Kurzweil verschwand, wandte ich mich wieder mit mehr Aufmerksamkeit meinen Hausgenossen zu. Ihr Glück wurde durch das Ende des Sommers nicht beeinträchtigt. Sie liebten und schätzten einander, und die Freuden, die ihr gemeinsames Leben mit sich brachte, wurden durch äußere Umstände nicht beeinflußt. Je mehr ich ihnen zuschaute, desto mehr wuchs mein Verlangen, ihres Schutzes und ihrer Freundlichkeit teilhaftig zu werden; mein Herz sehnte sich danach, sich diesen freundlichen Geschöpfen zu entdecken und von ihnen geliebt zu werden; ihre holden Blicke voller Zuneigung auf mir ruhen zu sehen war das Ziel all meiner Sehnsüchte. Ich wagte nicht, daran zu denken, daß sie ihre Augen vielleicht voller Abscheu und Entsetzen von mir wenden würden. Die Armen, die an ihre Türe klopften, wurden niemals abgewiesen. Freilich stand mir der Sinn nach größeren Schätzen als ein wenig Nahrung oder Ruhe; ich wünschte mir Freundlichkeit und Mitgefühl; aber ich glaubte nicht, ihrer völlig unwürdig zu sein.

Der Winter zog ins Land, und nunmehr hatte ich den ganzen Reigen der Jahreszeiten erlebt, seit ich ins Leben getreten war. Diesmal galt meine Aufmerksamkeit ausschließlich meinem Vorhaben, mich im Haus meiner Beschützer vorzustellen. Ich erwog viele Vorgehensweisen und beschloß endlich, das Haus bei einer Gelegenheit zu betreten, wenn der blinde, alte Mann allein darin war. Ich war klug genug, um zu erkennen, daß die widernatürliche Häßlichkeit meiner Erscheinung der Hauptgrund für das Entsetzen derjenigen gewesen war, die mich bisher erblickt hatten. Meine Stimme, so rauh sie auch sein mochte, hatte nichts Furchterregendes an sich, deshalb dachte ich bei mir, wenn es mir gelang, in Abwesenheit der Kinder den guten Willen und die Vermittlung des alten De Laceys zu gewinnen, würden mich dadurch auch meine jüngeren Beschützer so akzeptieren, wie ich war.

Eines Tages, als die Sonne auf das rötliche Laub auf dem Waldboden schien und Heiterkeit, wenn auch kaum noch Wärme vermittelte, brachen Safie, Agatha und Felix zu einer Landpartie auf, während sie den alten Mann auf seinen eigenen Wunsch allein im Haus zurückließen. Sobald seine Kinder das Haus verlassen hatten, nahm er seine Gitarre zur Hand und spielte einige Weisen, die melodischer und trauriger waren als alles, was ich bisher von ihm vernommen hatte. Zu Beginn leuchtete sein Antlitz vor Freude, aber als er zu spielen fortfuhr, stellten sich Nachdenklichkeit und Traurigkeit ein; endlich legte er das Instrument zur Seite und gab sich seinem Nachsinnen hin.

Mein Herz schlug schnell; dies war die Stunde und der

Augenblick der Prüfung, der meine Hoffnungen begründen oder meine Befürchtungen bestätigen würde. Die Diener waren zu einem Jahrmarkt in der Nähe gegangen. Im Haus und in seiner Umgebung war alles still; es war eine ausgezeichnete Gelegenheit; aber als ich den ersten Schritt zur Ausführung meines Planes tat, versagten mir die Beine ihren Dienst und ich sank zu Boden. Ich erhob mich, und, indem ich den ganzen Mut aufbot, der mir zu Gebote stand, entfernte ich die Bretter, die ich vor dem Schuppen angebracht hatte, um meinen Unterschlupf zu tarnen. Die frische Luft belebte mich, und mit gefestigter Entschlossenheit näherte ich mich der Tür des Hauses.

Ich klopfte. »Wer da?« rief der alte Mann. »Tretet ein.«

Ich folgte seinem Geheiß. »Verzeiht mir mein Eindringen«, sagte ich, »ich bin ein Reisender, der ein wenig ausruhen möchte; ich wäre Euch sehr verbunden, wenn Ihr mir erlauben würdet, eine Weile vor dem Feuer zu sitzen.«

»Tretet näher«, erwiderte De Lacey, »ich werde schauen, was ich zu Eurer Bequemlichkeit tun kann. Leider sind meine Kinder nicht zu Hause, und da ich blind bin, fürchte ich, wird es mir schwerfallen, Euch etwas zu essen vorzusetzen.«

»Bemüht Euch nicht, freundlicher Mann; ich habe zu essen bei mir; ich benötige nichts als ein wenig Wärme und Ruhe.«

Ich setzte mich vor das Feuer, und Schweigen breitete sich aus. Ich wußte, daß jede Minute kostbar für mich war, aber mir wollte immer noch kein geeigneter Gesprächsbeginn einfallen, als der alte Mann das Wort ergriff: »Eure Sprache, Fremder, läßt mich in Euch einen Landsmann von mir vermuten; seid Ihr Franzose?«

»Nein, aber ich wurde von einer französischen Familie erzogen und verstehe nur diese Sprache. Ich bin auf dem Wege, ein paar Freunde, die ich aufrichtig liebe und in die ich große Hoffnung setze, um ihren Schutz zu bitten.«

»Handelt es sich um Deutsche?«

»Nein, um Franzosen. Aber laßt uns von etwas anderem sprechen. Ich bin ein unglückliches und einsames Geschöpf; ich schaue mich um und muß feststellen, daß ich keine Verwandten oder Freunde auf Erden habe. Diese liebenswerten Leute, zu denen ich unterwegs bin, haben mich nie zuvor gesehen und wissen kaum von mir. Ich fürchte mich sehr, denn wenn mein Gang zu ihnen vergeblich ist, bin ich für immer ein Ausgestoßener.«

»Verzweifelt nicht. Keine Freunde zu haben ist in der Tat ein Unglück; aber die Herzen der Menschen sind – wenn sie nicht durch Vorurteil oder Selbstsucht befangen sind – voller brüderlicher Liebe und Fürsorge. Vertraut deshalb auf Eure Hoffnung; und wenn diese Freunde tatsächlich so gütig und liebenswert sind, wie Ihr sagt, braucht Ihr nicht zu verzweifeln.«

»Sie sind freundlich – sie sind die vortrefflichsten Geschöpfe der Welt; aber unglücklicherweise hegen sie Vorurteile gegen mich. Meine Absichten sind gut, ich habe bisher niemandem Leid zugefügt und bin sogar einigermaßen wohltätig, aber ein verhängnisvolles Vorurteil trübt ihre Augen, und wo sie einen fühlenden und gütigen Freund sehen sollten, erblicken sie ein abscheuliches Ungeheuer.«

»Dies ist in der Tat ein Unglück; aber wenn Ihr wirklich schuldlos seid, könnt Ihr Euch ihnen nicht offenbaren?«

»Ich bin bereits dabei, dies zu versuchen – das ist ja der Grund dafür, daß ich derart von Angstgefühlen heimgesucht werde. Ich bin diesen Freunden aufs zärtlichste zugetan; ich habe ihnen viele Monate lang ohne ihr Wissen täglich Wohltaten erwiesen; aber sie glauben, daß ich ihnen Leid zufügen will, und das ist das Vorurteil, das ich zu widerlegen wünsche.«

»Wo leben diese Freunde?«

»Ganz hier in der Nähe.«

Der alte Mann schwieg eine Weile, dann sagte er: »Falls Ihr

mir alle Einzelheiten Eurer Geschichte anvertrauen wollt, ohne etwas zurückzuhalten, kann ich Euch vielleicht bei der Aufklärung Eurer Freunde behilflich sein. Ich bin blind und kann mir über Euer Aussehen kein Urteil erlauben; aber in Euren Worten ist etwas, das mich davon überzeugt, daß Ihr aufrichtig seid. Ich bin ein armer Mann und lebe in der Verbannung, aber es würde mich sehr freuen, wenn ich einem Mitmenschen auf die eine oder andere Weise helfen könnte.«

»Vortrefflicher Mann! Ich danke Euch und nehme Euer hochherziges Angebot an. Ihr erhebt mich durch Eure Freundlichkeit aus dem Staub; und ich baue darauf, daß ich mit Eurer Hilfe nicht aus der Gesellschaft und dem Mitgefühl Eurer Mitgeschöpfe verstoßen werde.«

»Da sei der Himmel vor! Selbst, wenn Ihr ein wirklicher Verbrecher wäret; denn die Ablehnung der Menschen würde Euch ja nur tiefer in die Verzweiflung treiben und nicht auf den Pfad der Tugend zurückführen. Auch ich bin nicht glücklich; meine Familie wurde unschuldig verurteilt; daher mögt Ihr selbst ermessen, ob ich Euch Euer Unglück nachfühlen kann.«

»Wie kann ich Euch danken, mein bester und einziger Wohltäter? Aus Eurem Munde höre ich zum ersten Mal eine freundliche Stimme, die an mich gerichtet ist; allein dafür werde ich Euch ewig danken; Eure bewiesene Menschlichkeit läßt mich sicher sein, daß ich bei jenen Freunden, die zu treffen ich im Begriff bin, Erfolg haben werde.«

»Dürfte ich die Namen und den Wohnort dieser Freunde erfahren?«

Ich schwieg. Dies war, so dachte ich, der entscheidende Augenblick, der mich allen künftigen Glücks berauben oder es mir für alle Zeiten sichern würde. Ich kämpfte vergebens um die Festigkeit meiner Stimme, um ihm antworten zu können, aber der Versuch erschöpfte meine Kraft; ich sank auf dem Stuhl zurück und schluchzte laut auf. In diesem Augenblick hörte ich die Stimmen meiner jüngeren Beschützer. Ich hatte keine Sekunde zu verschenken; ich ergriff die Hand des alten Mannes und rief: »Nun ist der entscheidende Augenblick da! Steht mir bei und gewährt mir Euren Schutz! Ihr und Eure Familie, Ihr seid die Freunde, die ich aufsuchen wollte. Verlaßt mich nicht in der Stunde der Prüfung!«

»Großer Gott!« rief der alte Mann aus. »Wer seid Ihr?«

Sogleich öffnete sich die Tür, und Felix, Safie und Agatha traten ein. Wer vermöchte das Entsetzen und die Verblüffung zu beschreiben, das sie ergriff, als sie mich erblickten? Agatha wurde ohnmächtig. Safie – außerstande, ihrer Freundin beizustehen – lief aus dem Haus. Felix warf sich auf mich und riß mich mit übermenschlicher Kraft von seinem Vater los, dessen Knie ich umklammert hatte; in rasender Erregung warf er mich zu Boden und schlug heftig mit einem Knüppel auf mich ein. Ich hätte ihn zerreißen können, Glied für Glied, wie ein Löwe eine Antilope. Aber die bittere Enttäuschung ließ mir das Herz verzagen, und ich wehrte mich nicht. Ich sah, daß Felix im Begriff war, mich erneut zu schlagen, und voller Schmerz und Qual floh ich aus dem Haus. In dem allgemeinen Tumult gelang es mir, unbemerkt in meinen Schuppen zu entkommen.

Kapitel Sechzehn

Verfluchter, verfluchter Schöpfer! Weshalb lebte ich? Weshalb löschte ich in diesem Moment nicht den Lebensfunken aus, mit dem du mich so unbarmherzig begabtest? Ich weiß es nicht; noch hatte die Verzweiflung nicht Besitz von mir ergriffen; meine Gefühle waren vielmehr die der Wut und der Rachsucht. Ich hätte mit Freuden das Haus mitsamt seinen

Bewohnern vernichten und mich an ihren Schreien und Leiden ergötzen können.

Als die Nacht hereinbrach, verließ ich mein Versteck und ging in den Wald hinaus; erst jetzt, da mir die Furcht vor Entdeckung nicht länger Hemmungen auferlegte, verlieh ich meiner Qual in einem furchtbaren Klagegeheul Ausdruck. Ich war wie ein wildes Tier, das seine Fesseln zerbrochen hatte; ich zerstörte alles, was meinen Weg behinderte, und eilte mit der Geschwindigkeit eines Hirsches durch den Wald. Ach, welch jammervolle Nacht ich durchlebte! Die kalten Sterne schienen voller Hohn auf mich herab, die kahlen Bäume winkten mir mit ihren Ästen zu, und bisweilen durchbrach die süße Stimme eines Vogels die allumfassende Stille. Alles außer mir ruhte und freute sich des Lebens; ich allein trug wie der Erzfeind die Hölle in mir, und das Wissen, daß niemand Mitgefühl mit mir empfand, gab mir den Wunsch ein, die Bäume auszureißen, Verheerung und Vernichtung anzurichten und mich dann hinzuhocken und die Zerstörung zu genießen.

Aber ich konnte dieses Übermaß an Gefühl nicht lange aushalten; bald erschöpfte mich die körperliche Anstrengung, und ich sank in verzweifelter Ohnmacht ins taufeuchte Gras. Unter den zahllosen Menschen, die das Erdenrund bevölkerten, war nicht einer, der mich bedauern und mir helfen wollte – und ich sollte meine Feinde lieben? Niemals; ich erklärte dem Menschengeschlecht immerwährenden Krieg von diesem Moment an; und vor allem demjenigen, der mich erschaffen und diesem unerträglichen Elend ausgeliefert hatte.

Die Sonne stieg empor; ich hörte menschliche Stimmen und wußte, daß ich an diesem Tag nicht in meinen Unterschlupf zurückkehren konnte. Also versteckte ich mich in einem undurchdringlichen Dickicht; entschlossen, die folgenden Stunden mit Nachdenken über meine Lage zuzubringen.

Der wohlige Sonnenschein und die reine Luft beruhigten

mich allmählich, und als ich über die Geschehnisse in dem Haus nachdachte, konnte ich nicht umhin, festzustellen, daß ich übereilte Schlüsse gezogen hatte. Gewiß hatte ich unklug reagiert. Es lag auf der Hand, daß mein Bericht den Vater für mich eingenommen hatte, und ich war ein Narr gewesen, die Kinder durch den Anblick meiner Gestalt zu erschrecken. Ich hätte den alten De Lacey zuvor zu meinem Verbündeten machen und mich den übrigen Familienmitgliedern nur in dem Maße offenbaren sollen, in dem sie auf meine Erscheinung vorbereitet waren. Ich glaubte jedoch nicht, daß meine Fehler nicht wiedergutzumachen waren und beschloß nach reiflicher Überlegung, zu dem Haus zurückzukehren, den alten Mann erneut aufzusuchen und ihn durch meine Darstellung für mich zu gewinnen.

Diese Gedanken beruhigten mich, und am Nachmittag sank ich in einen tiefen Schlaf; aber das Fieber kreiste noch in meinem Blut und ließ nicht zu, daß mich friedvolle Träume besuchten. Die schreckliche Szene des vorangegangenen Tages war mir ständig vor Augen – die Frauen flohen vor mir, in die Ohnmacht oder aus dem Zimmer, und der erzürnte Felix riß mich von seinem Vater fort. Ich erwachte erschöpft, und da ich feststellte, daß bereits die Nacht hereingebrochen war, kroch ich aus meinem Versteck hervor und machte mich auf die Suche nach Nahrung.

Als mein Hunger gestillt war, lenkte ich meine Schritte auf den vertrauten Pfad, der zu dem Haus führte. Dort lag alles in tiefer Ruhe. Ich kroch in meinen Unterschlupf und wartete still auf die Stunde, zu der – wie ich wußte – die Familie erwachen würde. Die erwartete Stunde verging, die Sonne stieg hoch am Himmel empor, aber meine Hausgenossen ließen sich nicht blicken. Ich zitterte heftig, da ich ein furchtbares Unglück ahnte. Im Hause war es dunkel, und ich vernahm keinen Laut – mir fehlen die Worte, um meine bange Qual zu beschreiben.

Dann kamen zwei Landleute des Wegs; in der Nähe des Hauses blieben sie stehen und unterhielten sich, wobei sie heftig gestikulierten; aber ich konnte nicht verstehen, was sie sagten, da sie die Landessprache benutzten, die sich von der meiner Beschützer unterschied. Bald darauf näherte sich Felix in Begleitung eines anderen Mannes; ich war verblüfft, da ich wußte, daß er das Haus heute morgen nicht verlassen hatte, und wartete angstvoll darauf, daß mir seine Worte Aufschluß über diese ungewöhnlichen Vorgänge geben würden.

»Habt Ihr auch bedacht«, sagte sein Begleiter zu ihm, »daß Ihr verpflichtet seid, mir die Pacht für drei weitere Monate zu entrichten, und auf die Erträge Eures Gartens verzichten müßt? Ich möchte mich nicht unbillig an Euch bereichern und bitte Euch deshalb, noch ein paar Tage lang über Euren Entschluß nachzudenken.«

»Das ist ganz und gar unnötig«, erwiderte Felix, »wir können keine Stunde länger in Eurem Haus bleiben. Das Leben meines Vaters ist aufgrund des entsetzlichen Ereignisses, von dem ich Euch berichtete, in höchster Gefahr. Meine Frau und meine Schwester werden sich niemals von dem Schrecken erholen. Ich bitte Euch, nicht länger mit mir zu rechten. Nehmt Euer Eigentum wieder in Besitz und laßt mich von diesem Ort fliehen!«

Felix zitterte bei diesen Worten heftig. Er trat gemeinsam mit seinem Begleiter ins Haus, und sie hielten sich wenige Minuten lang darin auf, dann gingen sie fort. Ich habe niemanden aus der Familie De Lacey jemals wiedergesehen.

Ich blieb für den Rest des Tages in einem Zustand der äußersten und dumpfen Verzweiflung in meinem Schuppen. Meine Beschützer waren fortgegangen und hatten meine einzige Verbindung zur Welt durchtrennt. Zum ersten Male erfüllten Rachedurst und Haß meine Seele, und ich tat nichts, um sie zu besänftigen; aber indem ich mich von meinen Gefühlen mitreißen ließ, richtete sich mein Denken auf Verbrechen und Mord. Sobald ich aber an meine Freunde dachte, an die milde Stimme De Laceys, die sanften Augen Agathas und die erlesene Schönheit der Araberin, schwanden diese Gedanken dahin, und ein Tränenausbruch beruhigte mich ein wenig. Dann führte ich mir wieder vor Augen, daß sie mich zurückgewiesen und verlassen hatten, und mein Zorn kehrte verstärkt zurück; und da ich keine Möglichkeit hatte, einen Menschen zu verletzen, wandte sich meine Wut unbelebten Gegenständen zu. Bei Anbruch der Nacht stapelte ich eine Fülle brennbarer Dinge und Materialien um das Haus herum auf; und wartete – nachdem ich jede Spur von Bearbeitung im Garten beseitigt hatte – voller Ungeduld darauf, daß der Mond untergehe, um mit meinem Werk fortfahren zu können.

Im weiteren Verlauf der Nacht erhob sich vom Wald her ein heftiger Wind, der den Himmel im Nu von allen Wolken leerfegte, die bisher träge dahingetrieben waren; der Sturm raste wie eine riesige Lawine heran und rief in meinem Geist eine Art Wahnsinn hervor, der alle Grenzen von Vernunft und Überlegung sprengte. Ich entzündete einen trockenen Baumast und tanzte wie ein Besessener um das dem Untergang geweihte Haus; den Blick stets auf den westlichen Horizont gerichtet, dessen Rand der Mond beinahe berührte. Endlich war ein Teil seines Runds dem Blick verborgen, und ich schwenkte meinen Feuerbrand; der Mond sank, und ich zündete mit einem lauten Schrei das vorbereitete Stroh, das trockene Heidekraut und das Buschwerk an. Der Wind entfachte das Feuer, und das Haus war rasch von Flammen eingehüllt, die sich an es schmiegten und mit ihren gespaltenen und vernichtenden Zungen an ihm leckten.

Sobald ich sicher sein konnte, daß niemand mehr einen Teil des Hauses zu retten imstande sein würde, verließ ich den Ort und suchte Zuflucht im Wald.

Und da nun die Welt vor mir lag – wohin sollte ich meine Schritte lenken? Ich beschloß, mich weit vom Schauplatz meiner Niederlage zu entfernen; aber für mich, der ich gehaßt und verabscheut wurde, mußte jedes Land gleichermaßen fürchterlich sein. Schließlich mußte ich an dich denken. Die Schriftstücke hatten mich darüber belehrt, daß du mein Vater, mein Schöpfer warst; und an wen hätte ich mich mit mehr Recht wenden können als an dich, der du mir das Leben gegeben hast? Bei den Lektionen, die Felix Safie erteilt hatte, war auch die Geographie nicht zu kurz gekommen. Dieser Unterricht hatte mir ein Bild von der Lage der Länder zueinander vermittelt. Du hattest Genf als den Namen deiner Geburtsstadt vermerkt, und ich beschloß, mich dorthin zu begeben.

Aber welche Richtung mußte ich einschlagen? Ich wußte, daß ich mich in südwestlicher Richtung bewegen mußte, um meinen Bestimmungsort zu erreichen, aber die Sonne war mein einziger Richtungsweiser. Ich kannte nicht die Namen der Städte, die ich passieren mußte, und ich konnte niemanden danach fragen, aber trotzdem verzweifelte ich nicht. Von dir hatte ich Hilfe zu erwarten, obwohl ich dir gegenüber kein Gefühl außer Haß aufbringen konnte. Fühllose, herzlose Kreatur! Du hattest mich mit Wahrnehmungsvermögen und Leidenschaften ausgestattet und mich dann als Gegenstand des Abscheus und des Entsetzens für die Menschheit in die Welt gestoßen. Dennoch besaß ich einzig und allein dir gegenüber einen Anspruch auf Mitleid und Wiedergutmachung, und ich war entschlossen, bei dir die Gerechtigkeit zu suchen, die ich vergeblich mich bemüht hatte, von anderen zu erlangen, die von menschlichem Aussehen waren.

Mein Weg war lang, und ich mußte große Beschwernisse erdulden. Es war Spätherbst, als ich die Gegend hinter mir ließ, in der ich so lange gelebt hatte. Ich reiste nur bei Nacht, weil ich befürchtete, im anderen Fall einem Menschen zu begegnen. Rings um mich verdorrte die Natur, und die Sonne wärmte nicht länger; Regen und Schnee gingen auf mich hernieder; mächtige Flüsse überzogen sich mit einer Eisschicht;

der Erdboden war gefroren, kalt und kahl, und ich fand keinen Schutz. Oh, Erde! Wie oft habe ich Flüche über den Urheber meines Daseins ausgestoßen! Die Milde der Natur war entflohen, und alles rings um mich hatte sich in Galle und Bitterkeit verwandelt. Je näher ich deiner Wohnstätte kam, desto tiefer fühlte ich in meinem Herzen das Verlangen nach Rache. Schnee fiel, und die Wasser waren hart gefroren; aber ich ruhte nicht. Ein paar Hinweise hier und dort leiteten mich, und ich besaß eine Karte des Landes; aber häufig kam ich weit von meinem Weg ab. Meine Seelenpein erlaubte keinen Aufschub; kein Zwischenfall ereignete sich, der nicht meiner Wut und meinem Elend neue Nahrung gegeben hätte; aber ein Vorfall, der sich ereignete, als ich bereits die Grenzen der Schweiz erreicht hatte – die Sonne erlangte ihre Wärme zurück, und die Erde fing wieder an, sich mit Grün zu überziehen –, bestätigte mich in besonderer Weise in meiner Bitterkeit und dem Schrecken meiner Empfindungen.

In der Regel rastete ich tagsüber und reiste nur, wenn die Nacht mich davor schützte, daß ein menschliches Auge mich erblickte. Eines Morgens jedoch bemerkte ich, daß mein Weg mich durch einen tiefen Wald führte, und wagte es, meine Wanderschaft fortzusetzen, nachdem die Sonne aufgegangen war; der Tag – es war einer der ersten Tage des Frühlings – stimmte durch die Lieblichkeit seines Sonnenscheines und die Milde seiner Luft sogar mich froh. Ich verspürte Regungen von Sanftheit und Freude, die ich schon seit so langer Zeit erstorben wähnte, wieder in mir erwachen. Halb überrascht von diesen ungewohnten Empfindungen ließ ich mich von ihnen davontragen und wagte es, meine Einsamkeit und Mißgestalt zu vergessen und glücklich zu sein. Einmal wieder netzten linde Tränen meine Wangen, und ich hob meine feuchten Augen voller Dankbarkeit zu der gesegneten Sonne empor, die mir solche Freude gespendet hatte.

Ich setzte meinen Weg über die gewundenen Pfade des

Waldes fort, bis ich an seinen Rand gelangte, der von einem tiefen und reißenden Fluß gesäumt war, in den viele der Bäume ihre jetzt im Frühling frisch knospenden Zweige senkten. Hier legte ich eine Rast ein, da ich im Ungewissen darüber war, welchem Pfad ich folgen sollte, als ich plötzlich den Klang von Stimmen vernahm, die mich dazu veranlaßten, mich im Schatten einer Zypresse zu verbergen. Ich hatte mich kaum versteckt, als ein junges Mädchen auf die Stelle zugelaufen kam, an der ich mich verbarg; sie lachte, als fliehe sie im Spaß vor jemandem. Während sie das Steilufer des Flusses entlanglief, glitt plötzlich ihr Fuß aus, und sie stürzte in die reißenden Fluten. Ich eilte aus meinem Versteck zu ihr, rettete sie unter beträchtlichen Mühen aus der Gewalt des Flusses und trug sie ans Ufer. Sie war bewußtlos, und ich bemühte mich mit allen mir zur Verfügung stehenden Mitteln, sie ins Leben zurückzurufen, als ich unversehens durch das Erscheinen eines Landmannes unterbrochen wurde, bei dem es sich wahrscheinlich um die Person handelte, vor der sie im Spaß geflohen war. Sobald er mich erblickte, kam er auf mich zugestürzt, riß mir das Mädchen aus den Armen und eilte in den tiefen Wald davon. Ich folgte ihm rasch, ohne recht zu wissen, weshalb; aber als der Mann bemerkte, daß ich im Begriff war, ihn einzuholen, riß er seine Flinte von der Schulter, zielte auf mich und schoß. Ich sank verletzt zu Boden, und der Schütze entkam in größerer Eile als zuvor in den Wald.

Dies also war die Belohnung für meine Hilfsbereitschaft! Ich hatte einen Menschen vor dem sicheren Tod errettet, und zum Dank litt ich jetzt unter den elenden Schmerzen einer Verwundung, die mir Fleisch und Knochen zerrissen hatte. Die wohlmeinende und sanftmütige Stimmung, die ich noch wenige Augenblicke zuvor empfunden hatte, verwandelte sich in eine höllische Wut und Zähneknirschen. Von Schmerzen gepeinigt schwor ich allen Menschen immerwährende Feindschaft und Rache. Aber schließlich überwältigte mich die Pein, die von meiner Wunde ausging; mein Puls setzte aus, und ich wurde ohnmächtig.

Mehre Wochen lang vegetierte ich auf elende Weise in den Wäldern und bemühte mich, die Wunde zu heilen. Die Kugel war in meine Schulter eingedrungen, und ich wußte nicht, ob sie darin steckengeblieben oder wieder ausgetreten war; jedenfalls verfügte ich über keine Möglichkeit, sie zu entfernen. Meine Qualen wurden durch das bedrückende Gefühl noch verstärkt, daß Ungerechtigkeit und Undankbarkeit an ihnen schuld waren. Ich schwor nun täglich Rache – eine so tiefe und tödliche Rache, daß sie das Verbrechen an mir und die Pein, die ich auszustehen hatte, aufwog.

Nach einigen Wochen heilte meine Verletzung, und ich setzte meine Wanderschaft fort. Die Mühen, die ich auf mich nehmen mußte, wurden nicht länger durch die strahlende Sonne oder laue Frühlingslüfte erleichtert; alle Freuden der Natur kamen mir wie ein Hohn vor, der meiner verzweifelten Lage galt und mir nur noch deutlicher zu Bewußtsein brachte, daß ich nicht dazu geschaffen war, Freuden zu genießen.

Aber meine Mühsal näherte sich ihrem Ende; zwei Monate später erreichte ich die Umgebung von Genf.

Es war Abend, als ich ankam, und ich zog mich an ein verborgenes Fleckchen an einem Feldrain zurück, um darüber nachzudenken, auf welche Weise ich mich dir nähern sollte. Erschöpfung und Hunger bedrückten mich, und ich war viel zu unglücklich, um die sanfte Abendbrise oder den Anblick der hinter den gewaltigen Bergen des Juragebirges untergehenden Sonne zu genießen.

Schließlich erlöste mich ein leichter Schlummer von meinen schmerzlichen Überlegungen, bis er durch das Herannahen eines hübschen Knaben gestört wurde, der in kindlicher Freude am Spiel genau in das Versteck gerannt kam, das ich mir ausgesucht hatte. Während ich ihm entgegenstarrte, kam mir plötzlich die Idee, daß dieses kleine Geschöpf noch frei von Vorurteilen sein mußte und noch nicht lange genug gelebt hatte, um das Entsetzen vor der Mißgestalt erlernt zu haben. Wenn ich den Knaben also ergreifen und zu meinem Begleiter und Freund erziehen konnte, wäre ich nicht mehr so allein auf dieser von Menschen bewohnten Erde.

Von dieser Idee begeistert, packte ich den Knaben, als er vorbeilief, und zog ihn an mich. Sobald er mich erblickte, legte er die Hände vor die Augen und stieß einen schrillen Schrei aus: Ich zog ihm die Hände gewaltsam vom Gesicht und sagte: »Kind, was hast du denn nur? Ich will dir nicht weh tun; hör mir zu.«

Er wehrte sich heftig. »Laß mich los«, schrie er, »Ungeheuer! Häßlicher Kerl! Du willst mich fressen und in Stücke reißen – du bist ein Oger – laß mich gehen, oder ich sag' es meinem Papa.«

»Knabe, du wirst deinen Vater niemals wiedersehen; du mußt mit mir kommen.«

»Gräßliches Ungeheuer! Laß mich los. Mein Papa ist ein Syndikus –, er ist Monsieur Frankenstein – er wird dich bestrafen. Du wagst es nicht, mich festzuhalten.«

»Frankenstein! Dann gehörst du also meinem Feind – ihm, dem ich ewige Rache geschworen habe –, du sollst mein erstes Opfer sein.«

Der Knabe wehrte sich immer noch und bedachte mich mit Bezeichnungen, die meine Verzweiflung vertieften; ich packte ihn an der Kehle, um ihn zum Schweigen zu bringen, und im nächsten Augenblick lag er tot zu meinen Füßen.

Ich starrte auf mein Opfer hinab, und mein Herz schwoll vor Frohlocken und teuflischem Triumph; ich klatschte in die Hände und rief: »Auch ich kann Elend bringen; mein Feind ist nicht unverwundbar; dieser Tod wird ihn verzweifeln lassen, und tausend weitere Schicksalsschläge sollen ihn peinigen und vernichten.«

Während ich das Kind betrachtete, erblickte ich einen

glänzenden Gegenstand auf seiner Brust. Ich nahm ihn an mich; es war das Bildnis eines überaus schönen Weibes, das meine Haßgefühle besänftigte und mich anzog. Ich starrte ein paar Augenblicke lang in die von langen Wimpern gesäumten, dunklen Augen des Weibes und auf ihre wunderschönen Lippen; aber dann kehrte mein Zorn zurück; ich erinnerte mich daran, daß ich von den Wonnen, die diese schönen Geschöpfe bereiten konnten, für alle Zeiten ausgeschlossen war; daß eben das Weib, dessen Konterfei ich betrachtete, bei meinem Anblick jenen Ausdruck himmlischer Sanftheit sofort mit einer Miene des Abscheus und Erschreckens vertauscht haben würde.

Erstaunt es dich, daß dieser Gedanke mich zum Zorn reizte? Ich wundere mich nur, daß ich in diesem Augenblick meinen Gefühlen nur durch qualvolle Schreie Ausdruck verlieh, statt mich unter die Menschen zu stürzen und sie zu verderben, in dem Versuch, ihre ganze Rasse zu vernichten.

Während mich diese Gefühle überschwemmten, verließ ich den Ort, an dem ich den Mord begangen hatte, und betrat auf der Suche nah einem besseren Versteck eine Scheune, die ich für leer gehalten hatte. Ein Weib schlief dort auf dem Stroh; sie war jung und zwar nicht annähernd so schön wie jene, deren Bildnis ich mit mir trug, aber von leidlich hübschem Aussehen und in der Blüte ihrer Jugend und Gesundheit. Hier, so dachte ich, ist eines jener Geschöpfe, deren Lust verheißendes Lächeln allen gilt außer mir. Und dann beugte ich mich über sie und flüsterte: »Wach auf, du Liebliche, dein Liebhaber ist hier – er, der sein Leben für einen Blick voller Zuneigung aus deinen Augen dahingeben würde; erwache, meine Geliebte!«

Die Schläferin regte sich; ein eisiger Schrecken durchzuckte mich. Wenn sie nun in der Tat erwachte, mich erblickte und verfluchte und den Mörder anzeigte? Gewiß würde sie so handeln, wenn sie ihre dunklen Augen öffnete und mich gewahrte. Dieser Gedanke schreckte mich auf; er erweckte das Böse in mir – nicht ich, *sie* sollte leiden; den Mord, den ich begangen hatte, weil ich für immer dessen beraubt war, was sie mir hätte schenken können – sie sollte ihn büßen. Sie war die Urheberin meines Verbrechens gewesen; und ihrer sollte die Strafe sein! Dank der Lektionen, die Felix mir erteilt hatte, und der blutdürstigen Gesetze der Menschen war ich nun in der Lage, Unheil zu bewirken. Ich beugte mich über sie und steckte ihr behutsam das Bildnis in eine Tasche ihres Gewandes. Sie bewegte sich erneut, und ich floh.

Ich trieb mich noch einige Tage lang in der Gegend umher, wo diese Dinge stattgefunden hatten; manches Mal wünschte ich, dich zu treffen, dann wiederum war ich entschlossen, die Welt und ihr Elend endgültig zu verlassen. Endlich wanderte ich zu den Bergen, und seitdem durchstreife ich ihre endlosen Täler, von einem brennenden Verlangen verzehrt, das nur du erfüllen kannst. Wir werden nicht eher voneinander scheiden, als bis du versprochen hast, meine Forderung zu erfüllen. Ich bin allein und unglücklich; niemals wird ein Weib meine Gesellschaft wünschen; aber eines, das ebenso mißgebildet und entsetzlich wie ich aussähe, würde sich mir nicht verweigern. Meine Gefährtin muß von derselben Art wie ich sein und dieselben Mängel aufweisen. Du mußt dieses Wesen erschaffen.

Kapitel Siebzehn

Das Geschöpf verstummte und schaute mich in Erwartung einer Antwort an. Aber ich war verwirrt, bestürzt und unfähig, meine Gedanken genügend zu ordnen, um seinen Vorschlag in seiner vollen Tragweite zu überdenken.

Er fuhr fort: »Du mußt ein Weib für mich erschaffen, mit dem ich den Austausch jener Zärtlichkeiten genießen kann, die für mein Leben erforderlich sind. Nur du allein kannst dies tun, und ich verlange es von dir als ein Recht, das du mir nicht verweigern kannst.«

Der Schlußteil seines Berichtes hatte meinen Zorn, der durch die Schilderung des friedvollen Lebens bei seinen Hausgenossen besänftigt worden war, neu entfacht, und bei seinen letzten Worten konnte ich die Wut, die in mir kochte, nicht länger zügeln.

»Ich lehne dies ab«, erwiderte ich, »und keine Pein wird jemals geeignet sein, mich umzustimmen. Du kannst mich zum unglücklichsten aller Menschen machen, aber du wirst niemals erleben, daß ich mich in meinen eigenen Augen erniedrige. Ich soll ein weiteres Geschöpf wie dich zum Leben erwecken, auf daß eure gemeinsame Verruchtheit die Welt verheert? Fort mit dir! Ich habe dir geantwortet; du kannst mich quälen, aber ich werde niemals einwilligen.«

»Du bist im Unrecht«, erwiderte der Dämon, »und ich drohe dir auch nicht, sondern bin damit zufrieden, vernünftig mit dir zu reden. Ich bin bösartig, weil ich unglücklich bin. Meiden und hassen mich denn nicht alle Menschen? Du, mein Schöpfer, würdest mich in Stücke reißen und triumphieren; denke daran, und sag mir, weshalb ich mehr Mitgefühl mit den Menschen aufbringen sollte, als sie für mich empfinden? Gelänge es dir, mich in diese eisige Schlucht zu stürzen, würdest du es nicht als Mord betrachten; du würdest meinen Leib, das Werk deiner eigenen Hände, zerstören. Soll ich Achtung vor den Menschen haben, die mich verdammen? Wenn sie sich mir gegenüber als freundlich erwiesen, würde ich ihnen jede erdenkliche Wohltat erweisen und mit Tränen der Rührung ihre Dankbarkeit sehen. Aber so kann es nicht sein; das Empfinden der Menschen bildet eine unüberwindbare Barriere vor unserer Gemeinsamkeit. Aber ich werde mich nicht wie der gemeinste Sklave behandeln lassen. Ich will jede Verletzung meiner Gefühle und meines Leibes rächen – wenn ich keine Liebe einflößen kann, will ich Furcht säen; und vor allem dir als meinem Erzfeind, der mein Schöpfer ist, schwöre ich unauslöschlichen Haß. Hab acht; ich will deine Vernichtung bewirken und nicht eher ruhen, als bis dein Herz verzweifelt und du die Stunde deiner Geburt verfluchst.«

Höllische Wut beseelte ihn bei diesen Worten; sein Antlitz verzerrte sich zu einer Grimasse, die ein zu schrecklicher Anblick für menschliche Augen war; aber er beruhigte sich rasch wieder und fuhr fort: »Ich wollte vernünftig reden. Diese Leidenschaftlichkeit schadet mir nur, da du nicht einsehen willst, daß *du* die Ursache dieser Erregung bist. Wenn auch nur ein Mensch freundliche Gefühle mir gegenüber hegte, würde ich sie hundert- und tausendfach erwidern; um dieses einen Geschöpfes willen würde ich Frieden mit allen Menschen schließen! Aber ich schwelge in seligen Träumen, die sich nicht erfüllen können. Was ich von dir erbitte, ist vernünftig und nicht anmaßend; ich verlange ein weibliches Pendant zu mir, das ebenso abschreckend wie ich ist; dieses bescheidene Ansinnen ist alles, was ich erwarten kann, und seine Erfüllung soll mir genügen. Zwar werden wir Ungeheuer sein, die von aller Welt abgeschieden leben; doch wird dies uns nur stärker aneinander binden. Unser Leben wird nicht glücklich sein, aber wir werden niemandem Harm zufügen – und ich werde frei sein von dem Unglück, das ich jetzt empfinde. O mein Schöpfer, mach mich glücklich; laß mich Dankbarkeit für diese eine Wohltat von dir empfinden! Laß zu, daß ich das Mitgefühl *eines* Menschen errege; schlag mir meine Bitte nicht ab!«

Ich war bewegt. Ich erschauerte, wenn ich an die Folgen meines Eingeständnisses dachte; aber ich fühlte, daß seine Bitte berechtigt war. Seine Erzählung über die Gefühle, die er jetzt ausdrückte, bewiesen, daß er über ein großes Empfindungsvermögen verfügte; und schuldete ich als sein Schöpfer ihm nicht alles Glück, zu dem ich ihm verhelfen konnte?

Er bemerkte meinen Gesinnungswandel und fuhr fort: »Falls du einverstanden bist, werden weder du selbst noch irgendein anderes menschliches Wesen uns jemals wieder erblicken; ich werde mich in die unermeßlichen Wälder Südamerikas begeben. Meine Nahrung ist nicht die der Menschen; ich töte weder das Lamm noch das Zicklein, um meinen Hunger zu stillen; Eicheln und Beeren genügen mir. Meine Gefährtin wird von derselben Art wie ich und mit derselben Kost zufrieden sein. Wir werden uns ein Lager aus trockenem Laub bereiten; die Sonne wird auf uns wie auf die Menschen herniederscheinen und unsere Nahrung reifen lassen. Das Bild, das ich entwerfe, ist friedvoll und menschlich, und du wirst einsehen, daß du es nur aus der Willkür der Macht und Grausamkeit heraus von dir weisen könntest. Du warst mir gegenüber mitleidlos; aber nun sehe ich Mitleid in deinen Augen; so laß mich denn die Gunst des Augenblicks nutzen und dir das Versprechen abnehmen, daß du erfüllen wirst, was ich mir so sehnlich wünsche.«

»Du beabsichtigst also«, erwiderte ich, »die Wohnungen der Menschen zu fliehen und in jener Wildnis zu hausen, darinnen die wilden Tiere deine einzige Gesellschaft sein werden. Wie könntest du, der du dich nach der Liebe und dem Mitgefühl der Menschen sehnst, in dieser Verbannung existieren? Du wirst zurückkehren und erneut um ihre Freundschaft anhalten, und du wirst auf ihre Ablehnung stoßen; deine dämonische Leidenschaft wird aufs neue in dir emporlodern, und dann wirst du eine Begleiterin haben, die dir bei deinem Werk der Zerstörung hilft. Dies darf nicht geschehen; ich will nicht mehr darüber sprechen, denn ich kann nicht zustimmen.«

»Wie unbeständig dein Gefühl doch ist! Noch vor einem Augenblick haben dich meine Vorhaltungen bewegt – weshalb bist du jetzt wieder taub für meine Klagen? Ich schwöre dir, bei der Erde, auf der ich wandele, und bei dir, der du mich erschaffen hast, daß ich – wenn du mir eine Gefährtin verschaffst – die Nachbarschaft der Menschen meiden und an dem wüstesten Ort meine Zuflucht suchen werde. Meine dämonische Leidenschaftlichkeit wird mich verlassen, denn ich werde Mitgefühl finden! Mein Leben wird friedvoll verlaufen, und ich werde in meiner Sterbestunde meinen Schöpfer nicht verfluchen.«

Seine Worte hatten eine seltsame Wirkung auf mich. Ich bemitleidete ihn und verspürte manches Mal den Wunsch, ihn zu trösten; aber sobald ich ihn anschaute und die abscheuliche Gestalt sich bewegen und reden sah, verwandelten sich meine Gefühle in Entsetzen und Haß. Ich bemühte mich, diese Empfindungen zu unterdrücken; ich dachte, wenn ich schon kein Mitgefühl für ihn aufbringen konnte, hätte ich nicht das Recht, ihm das bißchen Glück vorzuenthalten, das ihm zu verschaffen in meiner Macht stand.

»Du schwörst«, sagte ich, »keinen Harm zu tun; aber hast du nicht bereits einen Grad an Bosheit an den Tag gelegt, der vernünftigerweise mein Mißtrauen erregen muß? Könnte dein Vorschlag nicht sogar eine Finte sein, die deinen Triumph vergrößern soll, indem sie deine Möglichkeiten vergrößert, Rache zu nehmen?«

»Wie? Du solltest nicht mit mir spielen; und ich verlange eine Antwort. Wenn ich keine Bindungen habe und keine Zuneigung erfahre, können Haß und Untugend nicht ausbleiben; die Liebe eines anderen Geschöpfes wird die Ursache meiner Untaten beseitigen, und ich werde zu jemandem werden, der sein Leben unbemerkt von jedermann führt. Meine Untugenden sind die Kinder einer erzwungenen Einsamkeit, die ich verabscheue; meine Tugenden werden unweigerlich erwachen, wenn ich mit einem Geschöpf meiner eigenen Art zusammenlebe. Ich werde die Zuneigung eines empfindenden Wesens spüren und ein Glied der Kette von Werden und Vergehen sein, von der ich jetzt ausgeschlossen bin.«

Ich schwieg eine Weile, um über seinen Bericht und all seine Argumente nachzudenken. Ich dachte an das Versprechen der Tugendhaftigkeit, die er zu Beginn seiner Existenz bewiesen hatte, und an die Zerstörung aller freundlichen Gefühle durch den Abscheu und die Verachtung, die seine Beschützer ihm entgegengebracht hatten. Ich unterließ es auch nicht, seine Kraft und seine Drohungen in Betracht zu ziehen; ein Geschöpf, das in den Eisspalten der Gletscher existieren und sich in unzugänglichen Felsspalten jeglicher Verfolgung entziehen konnte, verfügte über Fähigkeiten, mit denen es ein Mensch niemals aufzunehmen vermochte. Nach langem Nachdenken kam ich zu der Schlußfolgerung, daß die Gerechtigkeit sowohl ihm als auch meinen Mitmenschen gegenüber die Erfüllung seiner Bitte verlangte.

Deshalb wandte ich mich ihm zu und sagte: »Ich bin mit deiner Forderung einverstanden, auf deinen feierlichen Schwur hin, daß du Europa sowie jeden anderen Ort in der Nachbarschaft menschlicher Wesen für immer verläßt, sobald ich dir ein Weib zugeführt habe, das dich in dein Exil begleiten wird.«

»Ich schwöre es«, rief er, »bei der Sonne und beim blauen Himmel und bei dem Feuer der Liebe, das in meinem Herzen brennt, daß du mich niemals wiedersehen wirst, wenn du meine Bitte erhörst, so lange diese Dinge bestehen. Gehe nach Hause und tue deine Arbeit; ich werde ihren Fortgang mit unaussprechlicher Ungeduld erwarten; doch fürchte nicht, daß ich mich zeigen werde, bevor du fertig bist.«

Nach diesen Worten verließ er mich unvermittelt; vielleicht befürchtete er, ich würde anderen Sinnes. Ich sah ihn den Berg mit größerer Geschwindigkeit als der des Adlerfluges hinabklimmen und rasch zwischen den Wogen des Sees aus Eis verschwinden.

Sein Bericht hatte den ganzen Tag beansprucht, und die Sonne stand knapp über dem Horizont, als er ging. Ich wußte, daß ich hätte in größter Eile ins Tal hinabsteigen müssen, da mich bald Dunkelheit umfangen würde; aber mein Herz war schwer und mein Schritt langsam. Die Mühe, dem gewundenen Pfad zu folgen und jeden Schritt sorgsam zu setzen, war beinahe zu viel für mich, da mich die Gefühle beschäftigten, die von den Ereignissen des Tages ausgelöst worden waren. Die Nacht war bereits weit fortgeschritten, als ich den Rastplatz auf halbem Wege erreichte und mich dort neben der Quelle niederließ. Die Sterne blinkten zwischen den dahinziehenden Wolken hervor; vor mir ragten die dunklen Kiefern empor, und hier und dort lag ein gestürzter Baum auf dem Boden; es war eine Szenerie von großartiger Erhabenheit, die seltsame Gedanken in mir hervorrief. Ich brach in bitterliches Weinen aus; ich schlug die Hände zusammen und rief in größter Seelenpein aus: »O ihr Sterne und Wolken und Winde, ihr spottet über mich; wenn ihr wirklich Mitleid mit mir habt, löscht alle Empfindungen und Erinnerungen in mir aus; macht mich zu einem Nichts; und wenn nicht, geht; geht und laßt mich in Finsternis zurück!«

Es waren wilde und erbärmliche Gedanken; aber ich vermag es nicht, Euch zu schildern, wie das ewige Blinken der Sterne auf mir lastete und wie ich auf jeden Windstoß lauschte, als wäre der fühllose, widerwärtige Schirokko unterwegs, um mich zu verschlingen.

Der Morgen graute, noch ehe ich das Dörfchen Chamonix erreichte; ich gönnte mir keine Rast, sondern kehrte sofort nach Genf zurück. Selbst in meinem eigenen Herzen vermochte ich es nicht, meinen Gefühlen Ausdruck zu verleihen – sie lasteten auf mir mit dem Gewicht eines Berges, und ihr Übermaß begrub sogar meine Qual unter sich. In diesem Zustand kehrte ich nach Hause zurück und zeigte mich meiner Familie. Mein abgezehrtes und verstörtes Aussehen bestürzte sie, aber ich beantwortete keine Fragen und sprach kaum. Ich kam mir vor, als stünde ich unter einem Bann – als hätte ich kein Anrecht auf ihr Mitgefühl –; als sollte ich mich niemals mehr ihrer Gemeinschaft erfreuen. Aber selbst jetzt noch liebte ich sie beinahe abgöttisch, und um ihrer Sicherheit willen beschloß ich, mich meiner im höchsten Maße verabscheuten Arbeit zu widmen. Die Aussicht auf eine solche Tätigkeit ließ alle übrigen Lebensumstände wie einen Traum an mir vorüberziehen; und allein dieser Gedanke besaß vor meinen Augen lebendige Realität.

Kapitel Achtzehn

Tag um Tag, Woche um Woche verging, seit ich nach Genf zurückgekehrt war, ohne daß ich den Mut aufgebracht hätte, meine Arbeit aufzunehmen. Ich fürchtete die Rache des enttäuschten Dämons, und doch gelang es mir nicht, meine Abscheu vor der Aufgabe zu überwinden, die mir aufgebürdet war. Ich erkannte, daß ich, um ein Weib zu formen, mehrere Monate mit grundlegenden Studien und aufwendigen Versuchen zubringen mußte. Ich hörte von einigen Entdeckungen eines englischen Gelehrten, deren Kenntnis mir für meine Arbeit unerläßlich dünkte, und bisweilen erwog ich, die Erlaubnis meines Vaters einzuholen, zu diesem Zweck nach England reisen zu dürfen; aber ich klammerte mich an jeden Grund für einen Aufschub und schrak davor zurück, den ersten Schritt in einem Unterfangen zu tun, das sofort zu beginnen mir weniger dringlich erschien. Tatsächlich hatte in mir ein Wandel stattgefunden; meine Gesundheit, mit der es bisher nicht zum besten bestellt gewesen war, hatte sich weitgehend gebessert, und auch meine Lebensgeister kehrten zurück, wenn die Erinnerung an mein unseliges Versprechen sie nicht wieder unterdrückte. Mein Vater sah diese Veränderungen mit Vergnügen, und er sann stets über die beste Methode nach, die letzten Überreste meiner Schwermut zu zerstreuen, die dann und wann zurückkehrte und den wiedererwachenden Sonnenschein mit verzehrender Schwärze auslöschte. In solchen Augenblicken nahm ich in vollkommener Einsamkeit meine Zuflucht. Ich verbrachte ganze Tage allein in einem kleinen Boot auf dem See, schaute den Wolken zu und lauschte stumm und träge dem Plätschern der Wellen. Aber die frische Luft und die helle Sonne verfehlten es nur selten, meine Fassung bis zu einem gewissen Grad wiederherzustellen; und bei meiner Rückkehr erwiderte ich die Begrüßung meiner Lieben mit einem freieren Lächeln und zuversichtlicheren Herzens.

Es war nach meiner Rückkehr von einer dieser einsamen Fahrten, als mein Vater mich beiseite nahm und mit folgenden Worten ansprach: »Ich bin glücklich, zu bemerken, mein lieber Sohn, daß deine frühere Fröhlichkeit zurückgekehrt ist und du zu dir selbst zurückzukehren scheinst. Aber du bist immer noch unglücklich und meidest unsere Gesellschaft. Ich habe eine Weile Mutmaßungen über die Ursache deines Zustandes angestellt; aber gestern ist mir ein Einfall gekommen, und falls er dir begründet scheint, bitte ich dich, ihn zu bestätigen. Zurückhaltung in einer derart wichtigen Angelegenheit wäre nicht nur vergebens, sondern würde darüber hinaus dreifaches Unheil auf uns alle herabbeschwören.«

Diese Einleitung ließ mich heftig erbeben. Mein Vater fuhr fort: »Ich gestehe, mein Sohn, daß ich stets deiner Heirat mit Elisabeth als dem Anker unserer häuslichen Zufriedenheit und dem Hafen meines Lebensabends entgegengesehen habe. Ihr wart von frühester Kindheit einander zugetan, ihr habt gemeinsam gelernt und schienet in Neigungen und Geschmack wie füreinander geschaffen. Aber das menschliche Schicksal ist so seltsam, daß dasjenige, was mir die größte Hilfe bei meinen Plänen erschien, sie möglicherweise gänzlich zunichte gemacht hat. Du siehst in Elisabeth möglicherweise deine Schwester, ohne dir zu wünschen, daß sie dein Eheweib werden möge. Es könnte ja sein, daß du eine andere getroffen hast, die du vielleicht liebst; und der Kampf zwischen dieser Liebe und deinem Gefühl der Verpflichtung Elisabeth gegenüber ist möglicherweise der Anlaß für den heftigen Seelenschmerz, den du zu empfinden scheinst.«

»Mein lieber Vater, beruhige dich nur. Ich liebe meine Cousine zärtlich und aufrichtig. Ich habe kein anderes Weib getroffen, das meine innigste Bewunderung und Liebe in demselben Maße wie Elisabeth erregte. Meine Hoffnungen und Gedanken für die Zukunft gelten ausschließlich der Erwartung unserer Vereinigung.«

»Dieses Bekenntnis deiner Gefühle in dieser Sache, mein lieber Viktor, erfüllt mich mit mehr Freude, als ich seit langem empfunden habe. Wenn du so denkst, werden wir gewiß wieder glücklich, und wenn auch gegenwärtige Ereignisse noch so große Düsternis über uns breiten mögen. Eben diese Düsternis, die sich so hartnäckig in deinem Kopf eingenistet zu haben scheint, ist es, die ich erhellen möchte; also sag mir, ob du Einwände gegen eine sofortige Feier der Hochzeit hast. Wir waren unglücklich, und kürzliche Ereignisse haben uns aus der Alltagsruhe gerissen, die meinen Jahren und Gebrechlichkeiten so förderlich war. Du bist jünger; dennoch glaube ich angesichts des beträchtlichen Vermögens, das dir zusteht, nicht, daß eine frühe Heirat irgendwelche ehrenhafte und nutzbringende Zukunftspläne durchkreuzt, die du hegen magst. Glaube aber nicht, daß ich die Absicht habe, dich zu deinem Glück zu drängen, oder daß ein Aufschub, den du eventuell wünscht, mir ernsthafte Unruhe bereiten würde.

Nimm meine Worte offen auf, und antworte mir, ich bitte dich, vertrauensvoll und aufrichtig.«

Ich hatte meinem Vater schweigend zugehört und fühlte mich für eine Weile außerstande, ihm zu antworten. Eine Menge Gedanken schoß mir durch den Kopf, und ich bemühte mich, zu einer Schlußfolgerung zu gelangen. Ach, die Vorstellung, mich sofort mit Elisabeth zu vereinen, erfüllte mich mit Angst und Schrecken. Ich war durch ein feierliches Gelöbnis gebunden, das ich noch nicht erfüllt hatte und nicht zu brechen wagte, denn dies würde vielfaches Unglück über mich und meine teure Familie bringen! Konnte ich denn mit diesem tödlichen Gewicht an meinem Hals ein Fest feiern? Ich mußte meiner Verpflichtung nachkommen und das Ungeheuer mit seiner Gefährtin fortgehen sehen, bevor ich mich den Freuden und Entzückungen einer Vereinigung hingab, von der ich mir Frieden erhoffte.

Ich erinnerte mich auch an die Notwendigkeit, entweder nach England zu reisen oder eine lange Korrespondenz mit den Gelehrten jenes Landes anzufangen, deren Kenntnisse und Entdeckungen bei meinem gegenwärtigen Vorhaben von unbedingtem Nutzen sein würden. Die letztere Methode, die gewünschten Einsichten zu erlangen, war langwierig und unbefriedigend; außerdem empfand ich eine unüberwindliche Abneigung gegen die Vorstellung, mich in meines Vaters Haus meiner abscheulichen Aufgabe zu widmen, während ich mit jenen Umgang pflog, die ich liebte. Ich wußte, daß sich tausend schreckliche Zufälle ereignen konnten, von denen der geringste mich zu Enthüllungen zwänge, die all jene, denen ich zugetan war, mit Entsetzen erfüllen würde. Ich war mir auch dessen bewußt, daß ich oft meine Selbstbeherrschung und meine Fähigkeit verlieren würde, die quälenden Empfindungen zu verbergen, die mich im Verlauf meiner höllischen Arbeit heimsuchen mußten. Nein, es war unerläßlich, daß ich während dieser Tätigkeit all jenen fernblieb, die ich liebte. Einmal begonnen, mußte das Werk rasch getan sein, und ich konnte zu dem Frieden und dem Glück im Schoße meiner Familie zurückkehren. Sobald ich mein Versprechen erfüllt hatte, würde sich das Ungeheuer für immer fortbegeben – oder (wie ich es mir gern ausmalte) es mochte sich etwas ereignen, das mein Geschöpf vernichtete und meine Sklaverei für alle Zeiten beendete.

Diese Erwägungen diktierten mir die Antwort an meinen Vater. Ich drückte den Wunsch aus, nach England zu reisen, verbarg jedoch die wahren Gründe für meine Bitte unter einem Vorwand, der keinen Verdacht erregen konnte, während ich mein Anliegen zugleich so dringlich machte, daß mein Vater ohne weiteres seine Zustimmung gab. Nach einer so langen Zeit, die ich unter einer unüberwindbaren Schwermut gelitten hatte, die in ihrer Heftigkeit und in ihren Auswirkungen an eine krankhafte Melancholie erinnerte, bemerkte er zu seiner Freude, daß mir die Vorstellung einer solchen Reise gefiel, und er hoffte, eine Landschaftsveränderung und vielfältige Lustbarkeiten würden mich noch vor meiner Rückreise völlig wiederhergestellt haben.

Die Dauer meiner Abwesenheit überließ er mir selbst; er rechnete mit ein paar Monaten, im äußersten Falle einem Jahr. In seiner liebenden, väterlichen Fürsorge hatte er sichergestellt, daß ich einen Reisebegleiter haben würde. Ohne vorher mit mir darüber zu sprechen, hatte er es – in geheimem Einverständnis mit Elisabeth – so einzurichten gewußt, daß Clerval in Straßburg zu mir stoßen würde. Dieses Treffen vertrug sich nicht mit der Einsamkeit, die ich zur Ausführung meiner Aufgabe benötigte; aber zu Beginn meiner Reise konnte der Freund mir in keiner Weise hinderlich sein, und offengestanden freute ich mich darüber, daß mir viele Stunden einsamer, verwirrender Grübeleien erspart bleiben würden. Mehr noch, Henry konnte sich zwischen mich und die Einmischung meines Widersachers stellen. Wäre ich allein gewesen, würde er mir nicht gelegentlich seine verhaßte Aufwartung gemacht haben, um mich an meine Pflicht zu gemahnen oder sich vom Fortgang der Arbeit zu überzeugen?

Also würde ich nach England fahren, und es galt als abgemacht, daß ich sogleich nach meiner Rückkehr Elisabeth heiraten würde. Das fortgeschrittene Alter meines Vaters machte ihm jeden Aufschub zutiefst verhaßt. Für mich selbst gab es eine Belohnung, die ich mir von meiner abscheulichen Plackerei versprach; einen Trost in meinen unvergleichlichen Leiden; nämlich die Aussicht auf den Tag, an dem ich – von meiner elenden Sklaverei befreit – Elisabeth heimführen und in meiner Vereinigung mit ihr die Vergangenheit vergessen würde.

Im Augenblick traf ich Vorbereitungen für meine Reise; aber ein Gedanke verfolgte mich, der mich mit Furcht und Erregung erfüllte. Während meiner Abwesenheit ließ ich meine Lieben in Unkenntnis der Existenz und ohne Schutz vor den Nachstellungen ihres Feindes zurück, der möglicherweise durch meine Abreise aufgebracht war. Aber er hatte ja versprochen, mir überall dorthin zu folgen, wohin ich auch gehen mochte; folglich würde er mich auch nach England begleiten. Diese Vorstellung war einerseits entsetzlich, andererseits aber beruhigend, da sie Sicherheit für meine Lieben bedeutete. Wenn ich daran dachte, daß ihnen etwas zustoßen könnte, litt ich große Qualen. Aber während der ganzen Zeit, in der ich der Sklave meines Geschöpfes war, ließ ich mich von den Eingebungen des Augenblicks leiten; und meine derzeitigen Empfindungen sagten mir, daß mein Widersacher mir folgen würde und meiner Familie deshalb keine Gefahr von seiner Seite drohte.

In den letzten Septembertagen verließ ich erneut mein Heimatland. Ich selbst hatte diese Reise gewünscht, deshalb schickte Elisabeth sich darin; aber die Vorstellung, daß ich fern von ihr den Angriffen von Unglück und Kummer ausgesetzt war, bereitete ihr Unruhe. Ihrer Sorge war es zu verdanken, daß Clerval mich begleiten würde; immerhin sind wir Männer blind für tausend kleine Zufälligkeiten des Lebens, die nach der unermüdlichen Aufmerksamkeit einer Frau rufen. Ich ahnte ihren geheimen Wunsch, mich um baldige Rückkehr bitten zu dürfen; die tausend widersprüchlichen Gefühle, die sie stumm bleiben ließen, während sie mir unter Tränen ihr Lebewohl entbot.

Ich stieg in den Reisewagen, der mich fortbringen würde; kaum wissend, wohin ich unterwegs war, und ohne Augen für alles, was um mich herum vor sich ging. Mir war nur noch bewußt, angeordnet zu haben, daß meine chemischen Geräte eingepackt werden sollten, um mich zu begleiten – eine Erinnerung, die mit bitterem Schmerz verbunden war. Von düsteren Betrachtungen erfüllt, durchquerte ich manche wunderschöne und großartige Landschaft; doch mein Blick war nach innen gekehrt, und meine Augen sahen nichts. Ich konnte nur an das Ziel meiner Reise und die Arbeit denken, die mich erwartete.

Nach einigen Tagen, in denen ich in stumpfer Teilnahmslosigkeit viele Meilen zurücklegte, erreichte ich Straßburg, wo ich zwei Tage lang auf Clerval wartete. Als er schließlich ankam, sah ich, wie groß der Kontrast zwischen uns war! Er war für jede neue Szenerie aufgeschlossen; er freute sich über die Schönheiten eines Sonnenuntergangs und noch mehr über den Aufgang der Sonne und den Anbruch eines neuen Tages. Er machte mich auf die wechselnden Farben der Landschaft und der Vorgänge am Himmel aufmerksam. »Dies nenne ich leben«, rief er aus, »nun genieße ich mein Dasein! Aber du, mein lieber Frankenstein, weshalb bist du so verzagt und besorgt?« Tatsächlich war ich von düsteren Gedanken erfüllt und hatte weder Augen für den Untergang des Abendsterns noch für den goldenen Sonnenuntergang, der sich im Rhein widerspiegelte. – Und Ihr, mein Freund, hättet weitaus mehr Vergnügen an der Lektüre des Reisetagebuchs von Clerval, der die Landschaft mit gefühlsmäßiger Anteilnahme und Entzücken betrachtete, als an meinen Gedanken. Auf mir Unglücklichem lastete ein Fluch, der mir jeden Weg zum Glück verschloß.

Wir kamen überein, von Straßburg bis Rotterdam – wo wir uns nach London einschiffen konnten – auf einem Boot den Rhein hinabzufahren. Auf dieser Rheinfahrt glitten wir an vielen weidenbestandenen Inseln und vielen schönen Städten vorbei. In Mannheim legten wir einen Tag Aufenthalt ein, und am fünften Tag nach unserer Abfahrt von Straßburg legten wir in Mainz an. Hinter Mainz wird der Rhein viel malerischer. Die Strömung des Flusses wird rascher, während er sich zwischen Bergen dahinschlängelt, die zwar nicht hoch, aber recht steil und von anmutigem Aussehen sind. Wir erblickten viele Burgruinen, die auf den Berggipfeln thronten, von dunklen Wäldern umgeben, hoch gelegen und unzugänglich. Dieser Abschnitt des Rheins bietet in der Tat Ausblicke auf eine einzigartige vielgestaltige Landschaft. An einem Punkt sieht man zerklüftete Berge, zerfallene Burgen, die über gewaltige Tiefen wachen, in denen sich der Rhein windet; und schon hinter dem nächsten Vorgebirge bieten sich dem Blick üppige Weingärten, grüne Uferhänge, die Mäander des Flusses und volkreiche Städte dar.

Wir reisten zur Zeit der Weinernte und hörten den Gesang der Weinleser, während wir den Strom hinabglitten. Selbst ich – der ich niedergeschlagen und ständig durch düstere Gedanken aufgewühlt war – empfand Euphorie. Ich lag rücklings im Boot, trank den wolkenlosen, blauen Himmel in mich hinein, und es war mir, als ströme eine Gelassenheit in mich, wie ich sie bisher nicht gekannt. Wenn dies schon meine Empfindungen waren, wer vermöchte die Gefühle Clervals zu beschreiben? Er kam sich vor, als sei er ins Feenland entführt worden und genösse eine Glückseligkeit, wie sie den Menschen nur selten vergönnt ist. »Ich habe«, sagte er, »die schönsten Gegenden meines Heimatlandes gesehen; ich habe den Vierwaldstätter See gesehen, aus dem die schneebedeckten Berge beinahe lotrecht aufsteigen, deren undurchdringlich schwarze Schatten traurig und düster wirken würden, wären da nicht als Gegengewicht die grünen Inseln, die das Auge durch ihre schwellende Üppigkeit erfreuen; ich habe diesen See in einem Sturm aufgewühlt gesehen, der die Wasser in mächtigen Wirbeln aufpeitschte und mit einen Eindruck von den Zyklonen auf den Weltmeeren verschaffte; ich sah die Wellen wütend gegen die Fundamente der Berge branden, dort, wo jener unselige Priester und seine Geliebte – deren ersterbende Stimmen man immer noch hören soll, wenn der Nachtwind eine Pause einlegt – von einer Lawine überrascht wurden; ich habe die Berge von Las Valais und dem Pays de Vaud gesehen; aber dieses Land, Viktor, gefällt mir mehr als all diese Wunder. Die Berge der Schweiz sind mächtiger und fremdartiger; aber die Ufer dieses herrlichen Flusses besitzen einen Zauber, desgleichen ich nie zuvor erblickte. Schau dir nur jene Burg hoch oben auf dem Fels an; und dann die andere auf der Insel, beinahe verborgen unter dem Laub dieser lieblichen Bäume; und die Gruppe von Weinlesern, die von den Rebenhängen kommen; und schließlich das halb hinter jenem Berg versteckte Dorf. Oh, gewiß befindet sich der Geist, der diesen Ort beherrscht und bewacht, in größerem Frieden mit den Menschen als jener, der in unserer Heimat die Gletscher auftürmt oder sich auf unzugängliche Bergeshöhen zurückzieht.«

Ach, Clerval! Geliebter Freund! Noch heute erfüllt es mich mit Entzücken, deine Worte wiederzugeben und mich in dem Lob zu ergehen, das dir in so besonderem Maße gebührt. Er war ein Mensch, den ›die Poesie der Natur selbst‹ geformt hatte. Sein empfindsames Herz läuterte seine ungezügelte und leidenschaftliche Phantasie. Seine Seele floß über vor glühender Liebe, und seine Freundschaft war von jener selbstlosen und wunderbaren Art, wie sie der Weltverstand ins Reich der Phantasie verbannt. Aber sogar menschliches Mitgefühl konnte seinem immerwachen Geist nicht genügen. Die Szenerie der äußeren Natur, die andere nur mit Bewunderung betrachten, liebte er glühend:

Der tosende Wasserfall,
brannte ihn wie eine Leidenschaft; der hohe Fels,
Die Berge, der tiefe und dunkle Wald,
Ihre Farben und Formen, sie waren ihm
Gegenstand der Lust, der Empfindung und einer Liebe,
Die keines weiteren Zaubers mehr bedurft,
Nach Denken nicht, oder Wünschen fragt',
Allein dem Aug' vertraut'.*

Wo mag er jetzt sein? Ist dieses sanftmütige und liebevolle Geschöpf für immer verloren? Ist sein Geist, der so von Ideen, von phantasievollen und großartigen Bildern erfüllt war, die eine vom Leben ihres Schöpfers abhängige Welt bildeten – ist dieser Geist vergangen? Lebt er nun allein in meiner Erinnerung fort? Nein, gewiß nicht; dein früher so herrlich geformter, in Schönheit erstrahlender Leib ist zwar verfallen, aber dein Geist besucht und tröstet deinen unglücklichen Freund immer noch.

Vergebt mir diese Anwandlung von Trauer; diese armseligen Worte sind nur ein geringer Tribut an den unvergleichlichen Wert Henrys, aber sie besänftigen mein Herz, das in der Erinnerung an ihn vor Kummer überfließen will. Ich will mit meinem Bericht fortfahren.

Hinter Köln näherten wir uns dem holländischen Flachland, und wir beschlossen, den restlichen Weg übers Land mit

* Wordsworth, *Tintern Abbey*

der Postkutsche zurückzulegen, denn der Wind war widrig und der Strom floß zu gemächlich dahin, um uns von großem Nutzen zu sein.

Hier wurde unsere weitere Fahrt uninteressant, da sie keine landschaftlichen Schönheiten zu bieten hatte; aber wenige Tage darauf erreichten wir Rotterdam; dort schifften wir uns nach England ein. Es war an einem klaren Morgen in den letzten Septembertagen, als wir zum ersten Male die weißen Klippen Britanniens erblickten. Die Ufer der Themse boten ein neues Landschaftsbild; sie waren flach, aber fruchtbar, und beinahe jede Stadt war von der Erinnerung an dieselbe Geschichte geprägt. Wir erblickten Tilbury Fort und dachten an die spanische Armada; Gravesend, Woolwich und Greenwich waren Orte, von denen ich sogar in meiner Heimat gehört hatte.

Endlich kamen die zahllosen Türme Londons in Sicht, beherrscht von der St.-Pauls-Kathedrale, und der Tower, der in der englischen Geschichte eine so große Rolle gespielt hatte.

Kapitel Neunzehn

London stellte das vorläufige Ziel unserer Reise dar. Wir beschlossen, mehrere Monate lang in dieser wundervollen und gefeierten Stadt zu bleiben. Clerval sehnte sich nach dem Umgang mit genialen Männern, von denen es damals viele gab; aber dies war für mich von zweitrangigem Interesse; mir ging es vor allem um Möglichkeiten, mir die zur Erfüllung meines Versprechens nötigen Kenntnisse zu verschaffen, und ich machte alsbald von den mitgeführten Empfehlungsschreiben Gebrauch, die an die namhaftesten Naturphilosophen gerichtet waren.

Hätte ich diese Reise in meinen Tagen des Studiums und der Lebensfreude unternommen, würde sie mir unaussprechliches Vergnügen bereitet haben. Aber ein unheilvoller Schatten war über mein Leben gefallen; und ich besuchte diese Männer nur um der Kenntnisse willen, die sie mir über den Gegenstand verschaffen konnten, an dem ich ein lebenswichtiges Interesse hatte. Im übrigen war mir Gesellschaft lästig; wenn ich allein war, konnte ich meinen Geist mit der Betrachtung des Himmels und der Erde beschäftigen; Henrys Stimme besänftigte mich und erlaubte mir, daß ich mich vorübergehend in einem trügerischen Seelenfrieden wiegte; aber beflissen muntere, langweilige Mienen ließen die Verzweiflung in mein Herz zurückkehren. Ich sah eine unüberwindliche Barriere zwischen mir und meinen Mitmenschen; diese Barriere war mit dem Blute Wilhelms und Justines versiegelt; und über jene Ereignisse nachzudenken, die mit diesen Namen verbunden waren, erfüllte meine Seele mit Kummer.

Aber in Clerval erblickte ich ein Abbild meines früheren Ichs; er war neugierig und ängstlich auf Erfahrung und Anleitung bedacht. Die unterschiedlichen Sitten und Gebräuche, die er beobachtete, stellten eine unversiegbare Quelle der Belehrung und Belustigung für ihn dar. Außerdem verfolgte er ein Ziel, das er schon seit langem ins Auge gefaßt hatte. Er hatte die Absicht, nach Indien zu reisen; in der Meinung, seine Kenntnis der verschiedenen Sprachen und der gesellschaftlichen Gegebenheiten jenes Erdteiles befähige ihn dazu, kräftig zur Förderung der europäischen Kolonialisierung und Handelsbeziehungen beizutragen. Nur in Britannien konnte er seinen Plan wirksam vorantreiben. Er war stets geschäftig, und einzig und allein meine Sorge und Mutlosigkeit dämpften seine Zuversicht. Ich bemühte mich nach Kräften, meinen Zustand vor ihm zu verbergen, um ihn nicht von den Vergnügungen abzuhalten, die für jemanden, der eine neue Schaubühne des Lebens betrat und nicht von Kummer oder bitteren

Erinnerungen niedergedrückt wurde, nur zu natürlich waren. Ich lehnte es häufig ab, ihn zu begleiten und gab anderweitige Verpflichtungen vor, um allein zu sein. Mittlerweile begann auch ich, die Materialien zu sammeln, die ich für meine neue Schöpfung benötigte, und dieser Notwendigkeit zu obliegen war für mich eine ebensolche Qual wie die stetigen Tropfen der chinesischen Wasserfolter. Jeder Gedanke, der sich mit ihr befaßte, war mir überaus peinvoll, und jedes Wort, das ich im Bezug darauf äußerte, ließ meine Lippen beben und mein Herz rascher schlagen.

Nachdem wir einige Monate lang in London geweilt hatten, erhielten wir einen Brief von einem gewissen Schotten, der uns zuvor in Genf besucht hatte. Er erwähnte die Schönheiten seiner Heimat und fragte an, ob sie keinen ausreichenden Grund dafür darstellten, unsere Reise bis in den Norden nach Perth fortzuführen, wo er lebte. Clerval war ganz begierig darauf, dieser Einladung zu folgen, und auch ich wünschte mir – obwohl ich menschliche Gesellschaft verabscheute –, wieder einmal Berge und Flüsse sowie all die Wunder zu schauen, mit denen die Natur gewisse bevorzugte Plätze ausstattet.

Wir waren mit Beginn des Oktobers in England angekommen, und jetzt war es Februar. Folglich beschlossen wir, unsere Reise in den Norden gegen Ende des folgenden Monats zu unternehmen. Wir wollten auf dem Weg dorthin aber nicht der Hauptstraße nach Edinburgh folgen, sondern Windsor, Oxford, Matlock und die Seen von Cumberland besuchen, so daß unsere Reise gegen Ende Juli beendet sein würde. Ich packte meine chemischen Gerätschaften sowie die Materialien, die ich mir inzwischen beschafft hatte, zusammen; entschlossen, mein Werk in einem weltvergessenen Nest im nördlichen Hochland Schottlands zu vollenden.

Wir verließen London am 27. März und blieben noch ein paar Tage in Windsor, dessen herrlichen Wald wir durchstreiften. Dies war eine unerwartete Szenerie für uns Gebirgler; die majestätischen Eichen, die vielen Tiere und die Rudel kapitalen Rotwilds waren neu für uns.

Von hier aus fuhren wir weiter nach Oxford. Als wir in dieser Stadt ankamen, waren unsere Köpfe vom Gedenken an Ereignisse erfüllt, die sich dort vor mehr als anderthalb Jahrhunderten zugetragen hatten, zur Zeit des englischen Bürgerkriegs. Hier hatte Karl der Erste seine Streitmacht zusammengestellt. Seine Stadt war ihm treu geblieben, nachdem das ganze Land sich von ihm losgesagt hatte, um sich dem Parlament und der Freiheit zu verschreiben. Die Erinnerung an diesen unglücklichen König und seine Genossen, den liebenswerten Falkland und den hochmütigen Goring, an seine Königin und ihren Sohn, verlieh jedem Teil der Stadt, wo sie geweilt haben mochten, ein besonderes Gepräge. Hier war der Geist der früheren Tage noch spürbar, und wir folgten mit Entzücken ihren Spuren. Aber selbst wenn die Phantasie nicht die Nahrung vorgefunden hätte – das Erscheinungsbild dieser Stadt selbst war ansprechend genug, um unsere Bewunderung zu erregen. Die Lehranstalten sind altehrwürdig und malerisch; die Straßen sind prächtig; und die liebliche Isis, die vor der Stadt durch saftig grüne Wiesen fließt, verbreitert sich hier zu einem stillen Gewässer, das die erhabene Ansammlung von Türmen, Türmchen und Kuppeln der Stadt umgeben von uralten Bäumen widerspiegelt.

Ich genoß diese Szenerie; aber meine Freude war mir zum einen durch Erinnerungen an die Vergangenheit und zum anderen durch die Vorahnung des Zukünftigen vergällt. Dabei war ich für ein friedvolles Glück geschaffen. In meinen Jugendtagen war ich niemals unglücklich gewesen, und empfand ich doch einmal Langeweile, hatte der Anblick des Schönen in der Natur oder die Beschäftigung mit den ausgezeichneten und erhabenen Schöpfungen des Menschen es niemals verfehlt, mein Herz zu rühren und meine Lebensgeister zu wecken. Aber nun bin ich ein vom Blitz gezeichneter Baum; der Donnerkeil ist in meine Seele gefahren; und schon damals hatte ich gefühlt, was ich bald darstellen würde – ein unglückliches Beispiel für zerstörtes Menschentum; Gegenstand des Mitleids für andere, doch mir selbst unerträglich.

Wir blieben längere Zeit in Oxford; unternahmen Streifzüge in der Umgebung und bemühten uns, jede Örtlichkeit ausfindig zu machen, die einen Bezug zur ereignisreichsten Epoche in der englischen Geschichte besitzen mochte. Unsere kleinen Entdeckungsreisen wurden häufig durch eine Folge von Sehenswürdigkeiten verlängert. Wir besuchten die Gruft des erlauchten Hampden und das Schlachtfeld, auf dem dieser Patriot fiel. Für einen Augenblick erhob sich meine Seele aus ihren entwürdigenden und kleinmütigen Befürchtungen zu einer Betrachtung der herrlichen Ideen von Freiheit und Selbstaufopferung, von denen diese Gedenkstätten sprachen. Für einen Augenblick wagte ich es, meine Ketten abzustreifen und mich mit freiem und stolzem Geist umzuschauen; aber das Schließeisen hatte sich mir tief ins Fleisch gefressen, und ich sank wieder zu Boden; zitternd und zagend; eine elende Kreatur.

Wir schieden mit Bedauern von Oxford und reisten weiter nach Matlock, unserer nächsten Station. Die Umgebung dieses Dorfes erinnerte an die Landschaft der Schweiz, obwohl hier alles von kleinerem Maßstab ist und den grünen Bergen der Hintergrund der schneebedeckten Alpengipfel fehlt, der bei den bewaldeten Bergen meiner Heimat stets gegenwärtig war. Wir statteten der phantastischen Höhle und dem kleinen naturkundlichen Kabinett einen Besuch ab, wo die skurrilen Schöpfungen der Natur auf dieselbe Weise dargeboten werden wie die Sammlungen von Servox und Chamonix. Der letztere Name ließ mich erzittern, als Henry ihn aussprach, und ich hatte es eilig, Matlock – mit dem jene schreckliche Szene verbunden war – zu verlassen.

Hinter Derby reisten wir weiter nordwärts und verbrachten zwei Monate in Cumberland und Westmoreland. Ich konnte mir fast vorstellen, mich in den Schweizer Bergen zu befinden. Die kleinen Schneeflecken, die noch auf den Nordseiten der Berge lagen, die Seen und die in ihren felsigen Betten dahinschießenden Bäche waren mir ein vertrauter und lieber Anblick. Hier machten wir auch einige Bekanntschaften, die mich beinahe zu einer trügerischen Glückseligkeit verführt hätten. Clervals Entzücken war naturgemäß größer als das meine; sein Geist weitete sich in der Gesellschaft fähiger Männer, und er fand in sich selbst größere Fähigkeiten und Talente, als ihm im Umgang mit ihm geistig Unterlegenen bewußt wurde. »Ich könnte mein Leben hier verbringen«, sagte er zu mir, »und inmitten dieser Berge wäre ich kaum jemals versucht, die Schweiz und den Rhein zu vermissen.«

Aber er mußte die Erfahrung machen, daß das Leben eines Reisenden neben seinen Freuden auch Schmerz zu bieten hat. Die Gefühle des Wanderers kommen niemals zur Ruhe; wenn er gerade beginnt, sich irgendwo wohl zu fühlen, stellt er fest, daß er diesen Ort neuen Eindrücken zuliebe verlassen muß, die sein Interesse erregen und die er wiederum zugunsten anderer Sehenswürdigkeiten hinter sich lassen wird.

Wir hatte kaum alle Seen Cumberlands und Westmorelands zu besichtigen begonnen und angefangen, Zuneigung für einige Bewohner dieser Ortschaften zu entwickeln, als der Zeitpunkt unserer Verabredung mit unserem schottischen Freund näherrückte und wir weiterreisten. Ich persönlich bedauerte dies nicht. Ich hatte mein Versprechen nun für einige Zeit vernachlässigt und fürchtete die Auswirkungen, die eine Enttäuschung des Dämons haben würde. Er konnte ja in der Schweiz geblieben sein und sich an meinen Verwandten rächen. Diese Vorstellung verfolgte und peinigte mich in jedem der kostbaren Augenblicke, in denen ich andernfalls Ruhe und Frieden hätte finden können. Ich wartete in fieberhafter Ungeduld auf Briefe; verspäteten sie sich, fühlte ich mich elend und litt unter tausend Befürchtungen; wenn sie ankamen und ich die Adresse von der Hand Elisabeths oder meines Vaters erblickte, wagte ich kaum, den Brief zu öffnen und zu lesen, aus Angst, mein Schicksal besiegelt zu sehen. Manches Mal glaubte ich auch, mein Widersacher würde mir folgen und meiner Saumseligkeit auf die Sprünge helfen, indem er meinen Freund umbrachte. Wenn mir dieser Einfall kam, wollte ich Henry keinen Augenblick lang allein lassen und folgte ihm wie ein Schatten, um ihn vor der imaginären Raserei seines Mörders zu schützen. Ich kam mir so vor, als hätte ich selbst ein Verbrechen begangen und als plage mich mein Gewissen. Ich war unschuldig; aber ich hatte in der Tat einen furchtbaren Fluch auf mein Haupt herabbeschworen, der ebenso tödlich wie eine Bluttat war.

Ich besuchte Edinburgh mit matten Augen und erschöpftem Geist; und doch hätte diese Stadt auch dem unglücklichsten Menschen Interesse abgerungen. Clerval mochte es nicht so sehr wie Oxford, dessen Altertümlichkeit ihm mehr zugesagt hatte. Aber die Schönheit und Geometrie der Neustadt von Edinburgh, ihre romantische Burg und ihre leidenschaftliche Umgebung, die in der Welt ihresgleichen sucht, der Sitz des Königs Artus, der St.-Bernhards-Brunnen und die Berge von Pentland, entschädigten ihn für die Ortsveränderung und erfüllten ihn mit Freude und Bewunderung. Ich hingegen sah voller Ungeduld unserem Reiseziel entgegen.

Wir verließen Edinburgh nach einer Woche, reisten durch Coupar, St. Andrews und die Ufer des Tay entlang nach Perth, wo unser Freund uns erwartete. Aber ich war nicht in der Stimmung, in Gesellschaft Fremder zu lachen und zu erzählen oder mich mit der Bereitwilligkeit, die man von einem Gast erwartet, in ihre Gefühle und Vorhaben einweihen zu lassen; also sagte ich zu Clerval, daß ich die Reise nach Schottland allein anzutreten wünschte. »Vergnüge du dich nur allein«, sagte ich, »danach wollen wir uns wieder hier treffen. Ich bin vielleicht einen Monat oder zwei fort, aber laß mich ungestört meiner Wege gehen; ich bitte dich. Laß mich für eine kurze Weile in Frieden und Einsamkeit, und wenn ich wiederkomme, so hoffe ich, daß ich leichteren Herzens und in einer Stimmung sein werde, die eher zu der deinen paßt.«

Henry versuchte, mich von meinem Vorsatz abzubringen, aber als er sah, daß ich darauf bestand, sah er von weiteren Einwänden ab. Er drang in mich, ihm oft zu schreiben. »Ich wäre lieber bei dir«, sagte er, »um dich auf deinen einsamen Streifzügen zu begleiten, als bei diesen Schotten zu sein, die ich nicht kenne; beeile dich also, mein lieber Freund, mit deiner Rückkehr, damit ich mich wieder ein wenig zu Hause fühlen kann, was mir nicht möglich ist, wenn du fort bist.«

Nachdem ich mich von meinem Freund verabschiedet hatte, beschloß ich, irgendeinen abgelegenen Ort in Schottland aufzusuchen und mein Werk in der Einsamkeit zu vollenden. Ich zweifelte nicht daran, daß das Ungeheuer mir folgen und sich mir nach Abschluß meiner Arbeit zeigen würde, um seine Gefährtin in Empfang zu nehmen.

Mit diesem Vorsatz durchquerte ich das nördliche Hochland und entschied mich für eine der abgelegenen Orkneyinseln als Arbeitsort. Sie war wie für mein Werk geschaffen; kaum mehr als ein Fels im Meer, gegen dessen Steilufer stetig die Wogen anbrandeten. Der Boden war karg und gab kaum den Weidegrund für ein paar armselige Kühe und den Hafer her, den die fünf Inselbewohner – deren hagere und dürre Glieder von ihrer darbenden Lebensweise zeugten – zu ihrer Ernährung brauchten. Gemüse und Brot oder auch nur Frischwasser mußten vom etwa fünf Meilen entfernten Festland herbeigeschafft werden und waren daher Luxusartikel.

Auf der ganzen Insel standen nur drei erbärmliche Hütten, von denen eine leerstand, als ich ankam. Ich mietete sie. Sie enthielt nur zwei äußerst dürftig ausgestattete Räume. Das

Strohdach war eingesunken, die Holzwände waren nicht verputzt, und die Türangeln zerbrochen. Ich ließ die ärgsten Schäden beheben, kaufte ein paar Möbelstücke und zog ein; ein Ereignis, das zweifellos für einige Überraschung gesorgt hätte, wären die Insulaner nicht voll und ganz von ihrer Bedürftigkeit und bitteren Armut in Beschlag genommen gewesen. So aber ließ es sich niemand einfallen, zu gaffen oder mich zu belästigen; man dankte mir kaum für die milden Gaben an Nahrung und Kleidung, die ich austeilte; so sehr vermag Entbehrung selbst die einfachsten Empfindungen des Menschen abzustumpfen.

In dieser Klause widmete ich den Vormittag der Arbeit; an den Nachmittagen aber wanderte ich, wenn das Wetter es zuließ, die steinige Meeresküste entlang und lauschte den zu meinen Füßen tosenden und gischtenden Wellen. Es war ein eintöniges und doch jedesmal andersartiges Geräusch. Ich dachte an die Schweiz; sie unterschied sich sehr von dieser wüsten und abstoßenden Landschaft. Die Hänge ihrer Berge sind mit Weinreben bedeckt, und ihre Täler sind dicht mit Häuschen bestanden. Ihre anmutigen Seen spiegeln einen blauen und milden Himmel wider, und wenn sie vom Wind aufgewühlt werden, ist ihr Aufruhr verglichen mit dem Brüllen des unermeßlichen Ozeans wie das Spiel eines lebhaften Kindes.

Auf diese Weise teilte ich meinen Tag zu Beginn meines Aufenthaltes auf der Insel ein; aber während meine Arbeit Fortschritte machte, wurde sie mir immer unerträglicher und verdrießlicher. Manches Mal konnte ich es mehrere Tage lang nicht über mich bringen, mein Laboratorium zu betreten; und zu anderen Zeiten arbeitete ich Tag und Nacht, um mein Werk voranzubringen. Es war in der Tat eine widerwärtige Arbeit, mit der ich befaßt war. Bei meinem ersten Versuch hatte mich die Besessenheit für die Entsetzlichkeit meiner Tätigkeit blind gemacht; mein Denken war auf meine Arbeit konzentriert gewesen, und ich hatte meine Augen vor den abscheulichen Einzelheiten verschlossen. Aber jetzt ging ich kalten Blutes an mein Werk, und oft empfand mein Herz Ekel vor meiner Hände Arbeit.

Während ich so mit der widerwärtigsten aller Tätigkeiten befaßt war; in einer Einsamkeit, in der es nichts gab, was mich auch nur einen Augenblick lang von dem gegenwärtigen Schauplatz meiner Arbeit abzulenken vermocht hätte, geriet ich aus dem seelischen Gleichgewicht; ich wurde ruhelos und nervös. Manches Mal saß ich mit auf den Boden geheftetem Blick dort und wagte nicht, aufzuschauen; aus Angst, mein verhaßtes Geschöpf zu erblicken. Ich vermied es, mich aus der Sichtweite der Inselbewohner zu begeben, aus Furcht, das Ungeheuer könne kommen und seine Gefährtin anfordern, wenn ich allein war.

Inzwischen arbeitete ich weiter, und mein Werk war bereits weit gediehen. Ich sah seiner Vollendung mit ängstlicher und gieriger Erwartung entgegen, doch wagte ich nicht, meine Hoffnung zu ergründen, da sie mit den düsteren Vorahnungen des Bösen vermischt war, die mir das Herz in der Brust erbeben ließen.

Kapitel Zwanzig

Eines Abends saß ich in meinem Laboratorium. Die Sonne war bereits untergegangen, und der Mond erhob sich soeben aus dem Meer. Ich hatte nicht genügend Licht für meine Tätigkeit, deshalb tat ich nichts und dachte darüber nach, ob ich meine Arbeit für die Nacht verlassen oder ihre Fertigstellung beschleunigen sollte, indem ich mich ihr ständig widmete. Während ich so dort saß, kam mir eine Reihe von

Gedanken über die Folgen meiner derzeitigen Tätigkeit. Drei Jahre zuvor war ich auf die gleiche Weise beschäftigt gewesen und hatte einen Dämon erschaffen, dessen unvergleichliche Grausamkeit mein Herz verwüstet und für immer mit der bittersten Reue erfüllt hatte. Nun war ich im Begriff, ein weiteres Wesen zu erschaffen, von dessen Neigungen ich ebensowenig ahnen konnte; sie mochte zehntausendmal boshafter als ihr Gefährte sein und Mord und Bosheit um ihrer selbst willen schätzen. Er hatte geschworen, die Nähe der Menschen zu meiden und sich in der Wildnis zu verbergen; aber sie, die aller Wahrscheinlichkeit nach ebenfalls ein denkendes und vernunftbegabtes Geschöpf werden würde, hatte dieses Gelöbnis nicht getan und lehnte es vielleicht ab, sich an eine Übereinkunft zu halten, die vor ihrer Erschaffung getroffen worden war. Die beiden mochten einander sogar hassen; das Geschöpf, das bereits lebte, verabscheute seine Mißgestalt – konnte dieser Abscheu nicht größer werden, wenn ihm diese Deformation in weiblicher Form vor Augen kam? Sie hingegen mochte sich voller Ekel von ihm abwenden und die überlegende Schönheit des Menschen suchen; sie mochte ihn verlassen, und er wäre vielleicht durch die neuerliche Provokation, von einer Angehörigen seiner eigenen Art verraten worden zu sein, aufs höchste verärgert.

Selbst wenn sie beide Europa verließen und in die Wildnis der Neuen Welt gingen, müßte eine der ersten Folgen der Zuneigung, nach der sich jener Dämon sehnte, in Nachkommen bestehen; und eine Rasse von Dämonen würde sich über die Erde ausbreiten, die das Dasein des Menschengeschlechts gefährden und mit Schrecken erfüllen könnten. Hatte ich das Recht, eigenmächtig einen derartigen Fluch über kommende Generationen zu bringen? Ich war von den Argumenten eines Wesens bewegt worden, das ich erschaffen hatte; seine teuflischen Drohungen hatten mich der Vernunft beraubt; aber nun ging mir zum ersten Mal die Verwerflichkeit meines Versprechens auf; ich erschauerte bei dem Gedanken, daß zukünftige Generationen mir als ihrer Geißel fluchen mochten; als jenem Manne, der in seiner Selbstsüchtigkeit nicht gezögert hatte, seinen eigenen Frieden möglicherweise um den Preis der Existenz der gesamten menschlichen Rasse zu erkaufen.

Ich zitterte, und mein Herz drohte, mir zu versagen, als ich aufschaute und im mondlichterhellten Fenstergeviert den Dämon erblickte. Ein schauerliches Grinsen verzog seine Lippen, während er mich anstarrte; mich, der ich mit der Erfüllung der Aufgabe befaßt war, die er mir zugeteilt hatte. Ja, er war mir auf meiner Reiseroute gefolgt; er hatte sich in den Wäldern herumgetrieben, sich in Höhlen verborgen oder in der weiten, verlassenen Heide Zuflucht gefunden; und nun war er gekommen, um sich vom Fortschreiten meines Werkes zu vergewissern und auf Erfüllung meiner Zusage zu drängen.

Ich schaute ihn an und sah, daß sich in seinen Zügen äußerste Boshaftigkeit und Niedertracht abmalten. Mein Versprechen, ein weiteres Wesen seiner Art zu erschaffen, kam mir plötzlich wie Wahnsinn vor; und zitternd vor Wut packte ich das Ding, mit dessen Fertigstellung ich befaßt war, und riß es in Stücke. Der Elende sah mich das Geschöpf, von dem sein ganzes Lebensglück abhing, zerstören und zog sich mit einem Geheul teuflischer Verzweiflung und Rachsucht zurück.

Ich verließ den Raum, verschloß die Tür, gelobte mir selbst stumm und feierlich, meine Arbeit niemals wieder aufzunehmen, und begab mich unsicheren Schrittes in meine Unterkunft. Ich war allein; niemand war in der Nähe, meine düstere Verzweiflung zu zerstreuen und das entsetzliche Gewicht der gräßlichsten Phantasievorstellungen von meiner Brust zu nehmen.

Ich verbrachte mehrere Stunden am Fenster und starrte

aufs Meer hinaus; es war fast unbewegt, weil kein Wind wehte, und die gesamte Natur schlief unter dem Auge des stillen Mondes. Nur ein paar Fischerboote waren auf dem Wasser, und dann und wann trug eine sanfte Brise den Klang von Stimmen herüber, wenn die Fischer einander etwas zuriefen. Ich fühlte die Stille, wenn mir auch kaum ihre Tiefe bewußt war; bis plötzlich das Geräusch von Ruderschlägen nahe dem Ufer an mein Ohr drang und jemand vor meiner Hütte an Land ging.

Kurz darauf hörte ich meine Tür knarren, als bemühe sich jemand, sie leise zu öffnen. Ich bebte von Kopf bis zu den Füßen; ich ahnte, wer es sein mochte und verspürte den Wunsch, einen der Inselbewohner zu wecken, der in einer Hütte nicht weit von der meinen hauste; aber ein Gefühl der Hilflosigkeit lähmte mich, wie man es häufig in Alpträumen hat, wenn man sich bemüht, vor einer drohenden Gefahr zu fliehen, und dennoch nicht vom Fleck kommt.

Schon vernahm ich das Geräusch von Schritten auf dem Weg zu meiner Hütte; die Tür öffnete sich, und der gefürchtete Unhold trat ein.

Er schloß die Tür hinter sich, trat auf mich zu und sagte mit mühsam beherrschter Stimme: »Du hast das angefangene Werk zerstört; was beabsichtigst du? Wagst du es, dein Versprechen zu brechen? Ich habe Mühsal und Elend erlitten; ich verließ die Schweiz zugleich mit dir; ich bin dir die Ufer des Rheins entlang nachgeschlichen, habe mich auf seinen weidenbestandenen Inseln verborgen und seine Bergeshöhen überstiegen. Ich habe mich viele Monate lang in den Heiden Englands und in den Einöden Schottlands verborgen. Ich habe unsägliche Erschöpfung, Kälte und Hunger ausgestanden; wagst du es, meine Hoffnungen zu vernichten?«

»Hinfort! Ich breche mein Versprechen; niemals werde ich ein zweites Wesen gleich dir erschaffen; gleich dir in Mißgestalt und Verderbtheit.«

»Sklave, bisher habe ich vernünftig mit dir gesprochen, aber du hast dich meiner Nachsicht als unwert erwiesen. Vergiß nicht, daß ich Macht besitze; du hältst dich bereits für unglücklich; aber ich kann dich so elend machen, daß dir das Licht des Tages verhaßt sein wird. Du bist mein Schöpfer, aber ich bin dein Herr – gehorche!«

»Die Zeit meiner Unentschlossenheit ist vorbei, und die Zeit deiner Macht ist gekommen. Deine Drohungen können mich nicht zu einer niederträchtigen Handlungsweise bewegen; sie bestätigen mich vielmehr in meiner Entschlossenheit, dir keine Gefährtin in der Verderbtheit zuzugesellen. Soll ich kalten Blutes einen zweiten Dämon erschaffen, dessen Freude im Morden und in der Verruchtheit besteht? Hinfort! Mein Entschluß steht fest, und deine Worte werden meinen Zorn nur schüren.«

Das Ungeheuer las mir meine Unbeugsamkeit vom Gesicht ab und knirschte in ohnmächtiger Wut mit den Zähnen. »Soll denn jeder Mann« schrie er, »ein Weib an seine Brust drücken dürfen und jedes wilde Tier seine Gefährtin finden, während ich allein bleibe? Ich empfand einst zärtliche Gefühle, und sie wurden mit Abscheu und Verachtung zurückgewiesen. Mensch! Du magst mich hassen, aber sieh dich vor! Du wirst deine Stunden in Kummer und Elend verbringen, und bald wird der Pfeil dich treffen, der dich für immer deines Glücks beraubt. Sollst du glücklich sein, während ich in Elend schmachte? Du kannst mir meine übrigen Leidenschaften versagen, aber die Rache bleibt mir – Rache, die mir von nun an lieber als Licht oder Nahrung sein wird! Ich mag verderben, aber als erster wirst du, mein Tyrann und Foltermeister, die Sonne verfluchen, die über deinem Elend scheint. Hüte dich, denn ich bin furchtlos und deshalb mächtig. Ich werde mit der List einer Schlange auf eine Gelegenheit lauern, mit meinem Giftzahn zuzubeißen. Mensch, du sollst dein Unrecht bedauern.«

»Weiche, Teufel, und vergifte nicht die Luft mit diesen Worten deiner Bosheit. Ich habe dir meine Entschlossenheit erklärt, und ich bin kein Feigling, der sich Worten beugt. Verlaß mich; du kannst mich nicht umstimmen.«

»Sei's drum, ich gehe. Aber denk daran, in deiner Hochzeitsnacht werde ich bei dir sein.«

Ich sprang auf ihn zu und rief: »Schurke! Bevor du mein Todesurteil unterzeichnest, versichere dich deines eigenen Lebens!«

Ich hätte mich auf ihn gestürzt, aber er wich mir aus und verließ ohne Eile meine Hütte. Wenige Augenblicke später sah ich ihn in seinem Boot, das gleich darauf mit der Geschwindigkeit eines Pfeils übers Wasser schoß, und bald war er meinen Blicken entzogen.

Alles war wieder still, aber seine Worte klangen mir noch im Ohr. Ich brannte vor Begier, den Mörder meines Friedens zu verfolgen und ihn in den Ozean zu stürzen. Verstört und mit raschen Schritten schritt ich in meiner Kammer auf und ab, während tausend quälende und aufreizende Bilder aus meiner Phantasie emporstiegen. Weshalb hatte ich ihn nicht verfolgt und in einen Kampf auf Leben und Tod verwickelt? Ich hatte ihn einfach gehen lassen; nun war er zum Festland unterwegs, und ich überlegte mit Schaudern, wer das nächste Opfer seines unersättlichen Rachegelüstes sein würde. Und dann mußte ich wieder an seine Worte denken: »... in deiner Hochzeitsnacht werde ich bei dir sein.« Dies also war die Frist, die zur Erfüllung meines Schicksals festgesetzt war. In jener Stunde würde ich sterben müssen, und sein böser Sinn wäre ein für alle Male befriedigt und zum Schweigen gebracht. Diese Aussicht rief keine Furcht bei mir hervor, aber wenn ich an meine geliebte Elisabeth dachte – an ihre Tränen und ihren endlosen Kummer, wenn sie ihren Geliebten so grausam von ihrer Seite gerissen sehen würde –, strömten mir Tränen aus den Augen; die ersten Tränen, die ich seit vielen

Monaten vergossen, und ich nahm mir fest vor, nicht ohne einen erbitternden Kampf vor meinem Feind zu fallen.

Die Nacht verging, und die Sonne erhob sich aus dem Ozean; meine Gefühle wurden ruhiger – falls man es als Ruhe bezeichnen kann, wenn rasender Zorn der tiefsten Verzweiflung weicht. Ich verließ die Hütte, den gräßlichen Schauplatz der nächtlichen Auseinandersetzung, und wandelte an der felsigen Küste des Meeres entlang, das ich beinahe als unüberwindliche Barriere zwischen mir selbst und meinen Mitmenschen betrachtete – da kam mich sogar der verstohlene Wunsch an, es tatsächlich wahrzumachen; ich wollte mein restliches Leben auf diesem kahlen Eiland verbringen; ein Leben, das zwar erbärmlich, aber ohne den Schrecken eines plötzlichen Unglückes verlaufen würde. Kehrte ich zurück, war ich verloren oder mußte mitansehen, wie jene, die ich am meisten liebte, unter dem Griff eines Dämons verdarben, den ich selbst erschaffen hatte.

Ich streifte über die Insel gleich einem Gespenst, das keine Ruhe im Grab finden konnte; getrennt von allen, die es liebte und unglücklich ob dieser Trennung. Als es Mittag wurde und die Sonne am Himmel höherstieg, streckte mich ein tiefer Schlaf zu Boden. Ich war die ganze Nacht über wach gewesen, meine Nerven waren überreizt und meine Augen von Schlaflosigkeit und Trauer entzündet. Der Schlaf erfrischte mich, und als ich erwachte, fühlte ich mich wieder der menschlichen Rasse zugehörig, und ich fing an, mit größerer Gefaßtheit über das Geschehene nachzudenken. Doch klangen mir immer noch die Worte meines Widersachers wie Totengeläute in den Ohren; sie schienen mir wie ein Traum, und doch waren sie klare und bedrückende Wirklichkeit.

Die Sonne stand bereits tief am Horizont, ich saß immer noch an der Küste und stillte meinen Hunger mit einem Haferkuchen, als ich ganz in meiner Nähe ein Fischerboot anlegen sah; ein Mann stieg aus und brachte mir ein Päckchen, das Briefe aus Genf sowie eine Nachricht von Clerval enthielt, darinnen er mich bat, zu ihm zu kommen. Er schrieb, daß er dort, wo er sich zur Zeit aufhalte, nur seine Zeit vertrödele; seine neuen Londoner Freunde hätte ihn in Briefen gebeten, er möge zurückkehren, damit sie die aufgenommenen Verhandlungen über seine Indienfahrt zum Abschluß bringen könnten. Er konnte seine Abreise nicht länger hinauszögern; aber da seiner Fahrt nach London früher als veranschlagt die längere Reise folgen würde, bat er mich, ihn bis dahin mit meiner Gesellschaft zu erfreuen. Er ersuchte mich deshalb, meine einsame Insel zu verlassen und zu ihm nach Perth zu kommen, auf daß wir gemeinsam südwärts reisen könnten. Dieser Brief rief mich gleichsam ins Leben zurück, und ich beschloß, meine Insel in zwei Tagen zu verlassen.

Aber ich hatte vor meiner Abreise noch eine Aufgabe zu erledigen, an die ich nur mit Schaudern denken konnte; ich mußte meine chemischen Gerätschaften zusammenpacken; und zu diesem Zweck war es erforderlich, daß ich den Raum betrat, der Schauplatz meines abscheulichen Werkes gewesen war, und ich mußte die Instrumente, deren bloßer Anblick mir verhaßt war, anfassen. Am folgenden Morgen, bei Tagesanbruch, raffte ich den nötigen Mut zusammen und schloß die Tür zu meinem Laboratorium auf. Die Überreste des halb fertiggestellten Geschöpfes, das ich zerstört hatte, lagen verstreut auf dem Boden, und ich kam mir beinahe so vor, als hätte ich einen lebendigen Menschen zerfleischt. Ich mußte innehalten, um mich zu sammeln, dann trat ich in die Kammer. Mit bebender Hand sammelte ich die Instrumente ein und trug sie hinaus, und dann fiel mir ein, daß ich auch die Hinterlassenschaft meines Werkes nicht hier liegen lassen konnte, wenn ich nicht das Entsetzen und den Verdacht der Inselbewohner erwecken wollte; also sammelte ich sie in einen Korb und legte eine Menge Steine obenauf, in der Absicht, den Korb noch in dieser Nacht im Meer zu versenken. Danach setzte ich mich ans Ufer und beschäftigte mich mit der Säuberung und Ordnung meiner chemischen Geräte.

Nichts hätte vollständiger sein können als die Veränderung in meinen Gefühlen seit jener Nacht, in der mir der Dämon erschienen war. Zuvor hatte ich mit düsterer Verzweiflung an mein Gelöbnis als an etwas gedacht, das erfüllt werden mußte, welche Folgen es auch immer haben mochte; aber jetzt kam ich mir vor, als wäre ein Schleier von meinen Augen entfernt worden und ich sähe zum ersten Male klar. Die Idee, meine Arbeit wiederaufzunehmen, kam mir nicht ein einziges Mal; natürlich lastete die Drohung, die ich vernommen hatte, auf mir, aber es fiel mir nicht ein, sie durch meine freiwillige Unterwerfung abzuwenden. Ich hatte bei mir selbst entschieden, daß die Erschaffung eines weiteren Widersachers ein Akt der niedrigsten und abscheulichsten Selbstsucht wäre, und ich verbannte jeden Gedanken aus meinem Verstand, der zu einer anderen Schlußfolgerung führen mochte.

Zwischen zwei und drei Uhr am Morgen ging der Mond auf; ich trug den Korb an Bord eines kleinen Einmasters und segelte etwa vier Meilen weit vom Ufer fort. Der Meer lag völlig verlassen vor mir; einige wenige Boote kehrten an Land zurück, ich hingegen von ihm fort. Ich kam mir vor, als wäre ich mit der Ausführung eines furchtbaren Verbrechens befaßt und vermeide es mit großer Furchtsamkeit, einem meiner Mitmenschen zu begegnen. Einmal wurde der Mond, der bis dahin klar gewesen war, von einer mächtigen Wolke verdeckt, und ich nutzte diesen Augenblick der Finsternis, um meinen Korb ins Wasser zu werfen. Ich lauschte auf das Gurgeln, das sein Versinken verursachte, und beeilte mich dann, den Ort des Geschehens zu verlassen. Der Himmel bewölkte sich, aber die Luft war rein, wenn auch in der nordöstlichen Brise, die sich inzwischen erhoben hatte, ein wenig kühl. Aber die Kühle erfrischte mich und gab mir ein so angenehmes

Gefühl, daß ich beschloß, meinen Aufenthalt auf dem Wasser zu verlängern; also zurrte ich das Steuer in Windrichtung fest und streckte mich auf den Planken des Bootes aus. Wolken verdeckten den Mond, alles war dunkel, und ich hörte kein Laut außer dem Geräusch, das der Kiel des Bootes verursachte, indem er das Wasser zerteilte; der eintönige Laut beruhigte mich, und bald war ich tief eingeschlafen.

Ich weiß nicht, wie lange ich so gelegen hatte, aber als ich wach wurde, bemerkte ich, daß die Sonne schon recht hoch am Himmel stand. Der Wind war stärker geworden, und die Wogen bedrohten ständig die Sicherheit meines kleinen Bootes. Ich stellte fest, daß der Wind noch immer aus nordöstlicher Richtung blies; ich mußte weit von der Küste entfernt sein. Ich versuchte, meinen Kurs zu ändern, mußte aber rasch feststellen, daß sich das Boot sofort mit Wasser füllen würde, wenn ich den Versuch wiederholte. In dieser Situation blieb mir nichts anderes übrig, als vor dem Wind zu treiben. Ich gestehe ein, daß mich Schrecken befiel. Ich hatte keinen Kompaß dabei und war mit den Ortsverhältnissen so wenig vertraut, daß mir der Stand der Sonne nur wenig Aufschluß geben konnte. Ich lief Gefahr, ins offene Meer hinauszutreiben und alle Pein des Verschmachtens durchleiden zu müssen oder von der unendlichen Wasserwüste, die rings um mich brauste und rollte, verschluckt zu werden. Ich war schon seit vielen Stunden draußen und spürte bereits die Qualen eines brennenden Durstes als Vorspiel zu größeren Leiden. Ich blickte zum Himmel empor, der von Wolken bedeckt war, die vor dem Wind dahinflohen, um sogleich von anderen ersetzt zu werden; ich schaute auf die See, die mein Grab werden sollte. »Dämon«, rief ich, »deine Aufgabe ist bereits erfüllt!« Ich dachte an Elisabeth, an meinen Vater, und an Clerval; an alle diejenigen, die ich hinter mir ließ und an denen das Ungeheuer seine blutdürstigen und grausamen Leidenschaften austoben konnte. Dieser Gedanke stürzte mich in eine derart verzweifelte Stimmung, daß mich noch jetzt, da sich der Vorhang vor der Bühne meines Lebens jeden Augenblick senken kann, ein Schauer überläuft.

So vergingen Stunden. Als die Sonne sich dem Horizont näherte, flaute der Wind allmählich ab, und die Brecher wurden seltener; aber dies führte zu einer heftigen Dünung, die mich seekrank machte, so daß ich kaum das Ruder halten konnte. Plötzlich erblickte ich die Konturen eines Hochlandes im Süden.

Obwohl ich todmüde und erschöpft war, und trotz der furchtbaren Ungewißheit, in der ich mich mehrere Stunden lang befunden hatte, durchrann mich die plötzliche Gewißheit, daß ich leben würde, wie ein warmer Strom der Freude, und Tränen stürzten mir in die Augen.

Wie wandelbar sind doch unsere Gefühle, und wie seltsam ist unsere anhängliche Liebe zum Leben selbst noch im größten Unglück! Aus meinen Kleidern verfertigte ich ein weiteres Segel und steuerte hastig auf das Land zu. Es wirkte wild und felsig, aber als ich ihm näherkam, erblickte ich mühelos die Spuren menschlicher Tätigkeit. Ich machte Boote in Ufernähe aus und sah mich unversehens in der Nähe zivilisierter Menschen zurückversetzt. Ich achtete sorgsam auf den Strandverlauf und begrüßte den Kirchturm, den ich endlich hinter einer schmalen Landzunge auftauchen sah, mit lauten Zuruf. Ich beschloß, direkt auf die Stadt zuzusegeln, weil ich mir dort am ehesten Nahrung erhoffte. Zum Glück trug ich Geld bei mir. Als ich um die Landzunge bog, erblickte ich ein kleines, malerisches Städtchen und einen gut befestigten Hafen, in den ich einlief. Mein Herz pochte ob meiner unerwarteten Rettung heftig.

Während ich damit beschäftigt war, das Boot zu vertäuen und die Segel festzuzurren, liefen mehrere Menschen an meinem Anlegeplatz zusammen. Mein Auftauchen schien sie sehr zu verwundern, aber statt mir Hilfe anzubieten, tuschelten sie untereinander und vollführten Gesten, die mich unter normalen Umständen gewarnt haben würden. So aber bemerkte ich nur, daß sie Englisch sprachen; deshalb redete ich sie in dieser Sprache an: »Gute Leute«, sagte ich, »wollt Ihr so freundlich sein, mir den Namen dieser Stadt zu nennen und mir zu sagen, wo ich bin?«

»Ihr werdet es bald genug erfahren«, erwiderte ein Mann mit rauher Stimme. »Vielleicht kamt Ihr an einen Ort, der Euch nicht sonderlich gefallen wird, aber man wird Euch nicht nach Euren Quartierwünschen fragen, das verspreche ich Euch.«

Diese grobe Erwiderung von einem Fremden überraschte mich ganz außerordentlich, und die finsteren und feindseligen Mienen seiner Genossen beunruhigten mich endlich. »Weshalb antwortet Ihr mir so unwillig?« erkundigte ich mich. »Gewiß entspricht es nicht der Gewohnheit eines Engländers, Fremde derart wenig gastfreundlich zu empfangen.«

»Ich weiß nicht«, entgegnete der Mann, »was die Gewohnheit eines Engländers ist, aber es ist die Gewohnheit eines Iren, Schurken zu verachten.«

Ich bemerkte, daß die Menschenmenge am Ufer während dieses seltsamen Zwiegesprächs rasch anwuchs. Die Gesichter der Umstehenden drückten eine Mischung aus Neugier und Unwillen aus, die mich aufbrachte und ein wenig furchtsam machte. Ich erkundigte mich nach dem Weg zu einem Gasthaus, aber niemand antwortete mir. Ich setzte mich in Bewegung, und in der Menschenmenge erhob sich ein Gemurmel, während sie mir folgte und mich umschloß; da nahte sich mir ein Mann mit häßlichem Antlitz, tippte mir auf die Schulter und sagte: »Kommt mit, Sir, Ihr müßt mir zu Mr. Kirwin folgen, um Euch auszuweisen.«

»Wer ist Mr. Kirwin? Weshalb sollte ich mich ausweisen? Ist dies nicht ein freies Land?«

»Das will ich meinen, Sir, frei genug für ehrliche Leute. Mr.

Kirwin ist Amtsrichter, und Ihr werdet Euch wegen des Todes eines Herrn verantworten müssen, der hier gestern nacht ermordet aufgefunden wurde.«

Diese Antwort ließ mich zusammenfahren, aber ich erholte mich rasch wieder. Ich war unschuldig; dies würde sich leicht beweisen lassen; also folgte ich meinem Anführer schweigend und wurde zu einem der stattlichsten Gebäude am Ort geführt. Ich hätte vor Erschöpfung und Hunger umsinken können, aber da ich von einer Menschenmenge umgeben war, hielt ich es für klüger, meine ganze Selbstbeherrschung aufzubieten, damit man mir meine körperliche Hinfälligkeit nicht als Schuldbewußtsein auslegte. Zu diesem Zeitpunkt hatte ich ja noch keine Ahnung von der Bedrängnis, in der ich mich wenige Augenblicke später befinden würde; von dem Schrecken und der Verzweiflung, die alle Furcht vor Schande oder sogar Tod auslöschen würden.

Hier muß ich innehalten, denn es erfordert meine ganze Seelenstärke, mir in allen Einzelheiten die furchtbaren Ereignisse in Erinnerung zu rufen, über die zu berichten ich im Begriff bin.

Kapitel Einundzwanzig

Bald wurde ich dem Amtsrichter vorgeführt; einem alten, wohlwollend wirkenden Mann von ruhigem und sanftem Wesen. Immerhin musterte er mich mit einer gewissen Strenge, dann wandte er sich an meinen Begleiter und erkundigte sich, wer in diesem Falle eine Zeugenaussage machen könne.

Etwa ein halbes Dutzend Männer trat vor, der Richter wies auf einen von ihnen. Der Mann gab zu Protokoll, er sei in der vorangegangenen Nacht mit seinem Sohn und seinem Schwager Daniel Nugent zum Fischen ausgefahren. Gegen zehn Uhr sei ein heftiger Nordwind aufgekommen und habe sie gezwungen, den Hafen anzulaufen. Die Nacht sei sehr dunkel gewesen, da der Mond noch nicht aufgegangen war; sie seien nicht in den Hafen eingelaufen, sondern, wie es ihre Gewohnheit war, in eine etwa zwei Meilen entfernte Bucht. Der Zeuge sei vorausgegangen und habe einen Teil der Fischereiausrüstung getragen; seine Gefährten seien mit einigem Abstand gefolgt. Während er so über den Strand schritt, sei er mit dem Fuß gegen etwas gestoßen und der Länge zu Boden gestürzt. Seine Gefährten seien ihm zu Hilfe gekommen, und beim Licht ihrer Laterne hätten sie gesehen, daß er über den Körper eines Mannes gefallen war, der allem Anschein nach tot war. Ihr erster Eindruck sei gewesen, daß es sich um die Leiche eines Ertrunkenen gehandelt habe, die von den Wogen ans Ufer gespült worden war; aber bei näherer Überprüfung hätten sie festgestellt, daß die Kleidung des Mannes nicht naß und sein Körper sogar noch warm war. Sie hätten ihn sogleich in die nahe Hütte einer alten Frau getragen und sich ohne Erfolg bemüht, ihn wiederzubeleben. Es habe sich um einen hübschen jungen Mann von etwa fünfundzwanzig Jahren gehandelt. Er sei offenbar erdrosselt worden, denn sie hätten mit Ausnahme der schwärzlichen Würgemale an seinem Hals keine Anzeichen für Gewaltanwendung gefunden.

Der erste Teil dieser Aussage interessierte mich nicht im geringsten; aber als die Würgemale erwähnt wurden, erinnerte ich mich an den Mord an meinem Bruder und empfand sogleich die heftigste Erregung; ich zitterte an allen Gliedern, und ein Nebel legte sich mir über die Augen, so daß ich mich an einer Stuhllehne abstützen mußte. Der Amtsrichter, der mich scharf beobachtete, mußte aus meinem Benehmen die nachteiligsten Schlüsse ziehen.

Der Sohn bestätigte den Bericht seines Vaters; aber als Daniel Nugent aufgerufen wurde, schwor er entschieden, kurz vor dem Sturz seines Gefährten nahe am Ufer ein Boot mit einem einzelnen Manne darin gesehen zu haben; und soweit er es beim Licht der wenigen Sterne habe beurteilen können, sei es dasselbe Boot gewesen, mit dem ich gelandet war.

Eine Frau gab zu Protokoll, sie wohne in Ufernähe und habe etwa eine Stunde, bevor sie von der Entdeckung der Leiche gehört hatte, in der Türe ihrer Hütte gestanden, um auf die Rückkehr der Fischer zu warten, als sie ein Boot mit einem Mann darin gesehen habe, das soeben von jenem Teil des Ufers in See gestochen sei, auf dem später der Leichnam gefunden wurde.

Eine weitere Frau bestätigte die Aussage der Fischer, daß sie den Leichnam in ihre Hütte gebracht hätten; er sei noch nicht kalt gewesen. Sie hätten ihn auf ein Bett gelegt und abgerieben; und Daniel sei in die Stadt gegangen, um einen Apotheker zu holen; aber in dem Gefundenen sei kein Leben mehr gewesen.

Weitere Männer wurden über meine Landung befragt und sagten übereinstimmend aus, in Anbetracht des starken Nordwindes, der in der Nacht aufgekommen war, sei es sehr wahrscheinlich, daß ich mehrere Stunden lang vor der Küste laviert und schließlich gezwungen gewesen sei, nahe der Stelle, von der ich abgesegelt sei, wieder zu landen. Zudem sagten sie, vieles spreche dafür, daß ich den Leichnam von anderswo mitgebracht hätte und daß ich in Unkenntnis des Uferverlaufs in diesen Hafen eingelaufen sei, ohne zu ahnen, wie nahe die Stadt ... der Stelle war, an der ich mich der Leiche entledigt hätte.

Als Mr. Kirwin diese Aussagen gehört hatte, ordnete er an, daß ich in den Raum geführt wurde, in dem die Leiche auf ihre Beerdigung wartete, damit man meine Reaktion auf ihren

Anblick beobachten könne. Diese Idee war offenbar durch die außerordentliche Gemütsbewegung angeregt worden, die ich an den Tag gelegt hatte, als die Art der Ausführung des Mordes beschrieben worden war. Folglich wurde ich vom Richter sowie mehreren weiteren Personen zum Gasthofe geführt. Ich konnte zwar nicht umhin, mich über die seltsamen Zufälle in dieser ereignisreichen Nacht zu wundern, aber da ich wußte, daß ich etwa zu der Zeit, da der Leichnam gefunden worden war, mit mehreren Personen auf meiner Insel gesprochen hatte, war ich bezüglich der weiteren Entwicklung dieser Affäre gänzlich unbesorgt.

Ich betrat den Raum, in dem der Tote lag, und wurde an den Sarg geführt. Wie soll ich die Gefühle beschreiben, die mich überkamen, als ich die Leiche erblickte? Noch heute sitzt mir der Schrecken in den Gliedern, und ich kann nicht ohne Erschauern und Seelenqual an jenen furchtbaren Augenblick zurückdenken. Die Befragung, die Gegenwart des Richters und der Zeugen, dies alles verschwand wie ein Traum aus meinem Gedächtnis, als ich die leblose Gestalt Henry Clervals vor mir ausgestreckt liegen sah. Ich rang um Atem, warf mich über den Leichnam und schrie: »Haben meine mörderischen Machenschaften auch dich, mein liebster Henry, dem Tode überantwortet? Zwei Leben habe ich bereits zerstört; weitere Opfer erwartet ihr Geschick; aber du, Clerval, mein Freund, mein Wohltäter ....«

Mein schwacher Leib vermochte die Qualen, die meine Seele ausstand, nicht länger zu ertragen, und man mußte mich, von heftigen Krämpfen geschüttelt, aus dem Raum tragen.

Ein Fieber folgte. Zwei Monate lang rang ich mit dem Tode; wie ich hinterher vernahm, suchten mich furchtbare Anfälle von Fieberwahn heim; ich bezeichnete mich als den Mörder Williams, Justines und Clervals. Zuweilen beschwor ich meine Krankenpfleger, mir bei der Vernichtung des Widersachers beizustehen, der mich plagte; und in anderen Fieberträumen spürte ich die Finger des Ungeheuers bereits nach meinem Hals greifen und schrie vor Furcht und Schrecken laut auf. Da ich in meiner Heimatsprache redete, verstand mich glücklicherweise nur Mr. Kirwin; aber meine Gesten und furchtsamen Schreie reichten aus, um die übrigen Zeugen mit Entsetzen zu erfüllen.

Weshalb war es mir nicht vergönnt zu sterben? Weshalb konnte ich, der elendste aller Menschen, nicht Vergessen und Ruhe finden? Der Tod rafft viele blühende Kinder dahin und mit ihnen die einzige Hoffnung ihrer liebenden Eltern; wie viele Bräute und junge Liebhaber haben nicht schon an dem einen Tag auf dem Gipfel ihrer Gesundheit und ihrer Hoffnungen gestanden, um am Tag darauf den Würmern und dem Zerfall in der Gruft zum Opfer zu fallen! Aus welchem Stoff war ich gemacht, daß ich so vielen Schrecknissen widerstand, die – wie die Drehung eines Rades – ständig meine Qual erneuerten?

Aber ich war zum Leben verdammt; und zwei Monate darauf erwachte ich wie aus einem Traum, um mich in einem Kerker wiederzufinden, auf einem notdürftigen Lager hingestreckt, von Wärtern, Schließern, verriegelten Türen sowie dem ganzen jämmerlichen Zubehör eines Gefängnisses umgeben. Ich erinnere mich, daß es Morgen war, als ich wieder zur Vernunft erwachte; die Einzelheiten der Geschehnisse hatte ich vergessen, und nur der Eindruck war in mir noch lebendig, daß mich plötzlich ein großes Unglück heimgesucht hatte; aber als ich mich umschaute und die vergitterten Fenster sowie die Erbärmlichkeit des Raumes erblickte, in dem ich mich befand, kehrte meine Erinnerung blitzartig zurück, und ich stöhnte verzweifelt auf.

Dieser Laut ließ eine alte Frau, die in einem Stuhl neben mir geschlummert hatte, aufschrecken. Sie war eine gedungene Pflegerin; das Weib eines der Gefängnisschließer; und ihre Miene spiegelte all jene schlechten Eigenschaften wider, die Menschen dieses Standes so häufig auszeichnen. Die Linien in ihrem Gesicht waren hart und grob wie die einer Person, die daran gewöhnt ist, das größte Elend ohne jedes Mitgefühl zu betrachten. Der Tonfall ihrer Stimme drückte ihre äußerste Gleichgültigkeit aus; sie sprach mich auf englisch an, und ich erkannte ihre Stimme als diejenige wieder, die ich während meiner Krankheit ständig gehört hatte.

»Geht es Ihnen jetzt besser, Sir?« erkundigte sie sich.

Ich antwortete in derselben Sprache mit schwacher Stimme: »Ich glaube schon; aber wenn dies alles wahr ist; wenn ich tatsächlich nicht träume, bedaure ich, daß ich noch am Leben bin und dieses ganze Elend und Entsetzen empfinde.«

»Was das betrifft«, erwiderte die alte Frau, »wenn Ihr von dem Gentleman sprecht, den Ihr ermordet habt, glaube ich ebenfalls, daß Ihr besser tot wäret, denn ich stelle mir vor, daß es hart für Euch wird! Aber das geht mich nichts an; ich habe den Auftrag, Euch zu pflegen und gesund zu machen. Ich tue meine Pflicht mit ruhigem Gewissen; es wäre gut, wenn das jeder von sich sagen könnte.«

Ich wandte mich von dieser Frau, die zu einem Menschen, der soeben den Klauen des Todes entronnen war, derart gefühllos sprechen konnte, voller Ekel ab; aber ich fühlte mich schwach und unfähig, über das Geschehene nachzudenken. Mein gesamtes Leben schien mir wie ein Traum; manches Mal zweifelte ich daran, daß alles, was um mich herum vorging, tatsächlich wahr sein sollte, denn es erschien mit immer ein wenig unwirklich.

Als die Bilder, die mir vorschwebten, allmählich klarer wurden, überkam mich aufs neue ein Fieber; Dunkelheit dräute um mich; niemand war bei mir, um mich mit sanfter, liebender Stimme zu trösten; keine liebe Hand pflegte mich. Der Arzt kam und verschrieb Arzneien, und die alte Frau bereitete sie mir zu; aber den ersteren zeichnete äußerste Nachlässigkeit aus, und im Gesicht der zweiten malte sich der Ausdruck der größten Roheit ab. Wer sonst könnte Interesse am Schicksal eines Mörders haben als der Henker, dem es um seinen Lohn geht?

Dies waren meine ersten Überlegungen; aber bald erfuhr ich, daß Mr. Kirwin mir außerordentliches Entgegenkommen gezeigt hatte. Er hatte veranlaßt, daß die beste Zelle im Gefängnis für mich bereitgestellt wurde (und sie war schon elend genug!), und er hatte auch für die Pflegerin und den Arzt gesorgt. Es ist wahr, daß er nur selten kam, um nach mir zu schauen, denn wenn er auch ernsthaft darauf bedacht war, die Leiden eines jeden Menschen zu lindern, hegte er dennoch keinerlei Verlangen danach, bei der Pein und den qualvollen Fieberphantasien eines Mörders zugegen zu sein. Deshalb kam er mehrmals, um sich davon zu überzeugen, daß ich nicht vernachlässigt wurde; doch waren seine Besuche kurz und selten.

Eines Tages während meiner allmählichen Erholung saß ich auf einem Stuhl, die Augen halb geschlossen, die Wangen bleich wie die eines Toten. Mein Herz war von Schwermut und Trübsal erfüllt, und ich sann oft darüber nach, daß ich besser den Tod suchen als wünschen würde, in einer Welt zu verweilen, die mir nichts als Elend zu bieten hatte. Einmal dachte ich daran, mich schuldig zu bekennen und die Strafe des Gesetzes auf mich zu nehmen, da ich weniger unschuldig war, als die arme Justine es gewesen. Solcher Art waren meine Gedanken, als die Tür meiner Zelle geöffnet wurde und Mr. Kirwin eintrat.

Seine Miene drückte Mitleid und Teilnahme aus; er nahm sich einen Stuhl, setzte sich vor mich und redete mich auf französisch an: »Ich fürchte, daß Euch dieser Ort schrecklich vorkommt. Kann ich etwas tun, um ihn Euch angenehmer zu machen?«

»Ich danke Euch, aber dies alles bedeutet für mich nichts. Die ganze Welt vermöchte es nicht, mir Erleichterung zu verschaffen.«

»Ich weiß, daß das Mitgefühl eines Fremden einem Menschen, den ein so seltsames Geschick wie das Eure gebeugt hat, nur wenig Trost zu spenden vermag. Aber ich hoffe, Ihr werdet dieses traurige Obdach bald verlassen können, denn ohne Zweifel lassen sich leicht Beweise herbeischaffen, die Euch von der Anklage eines Verbrechens freisprechen.«

»Dies ist die geringste meiner Sorgen; ich bin aufgrund einer Kette seltsamer Ereignisse der Unglücklichste aller Sterblichen geworden. Welche Schrecken hat mir der Tod zu bieten; verfolgt und gemartert, wie ich bin?«

»In der Tat könnte nichts unglücklicher und quälender sein als die merkwürdigen Dinge, die sich kürzlich ereigneten. Ihr wurdet aufgrund eines erstaunlichen Zufalls an das Ufer dieses ansonsten für seine Gastfreundlichkeit bekannten Landes gespült, sofort aufgegriffen und des Mordes angeklagt. Und der erste Anblick, der sich Euren Augen bot, war der Leichnam Eures Freundes, der auf so eigenartige Weise ermordet und offenbar von einem Eurer Feinde Euch in den Weg gelegt wurde.«

Bei diesen Worten des Richters empfand ich – ungeachtet der Erregung, die mich anläßlich dieser Zusammenfassung meiner Leiden ergriff – beträchtliche Verwunderung über die Kenntnisse, die er über mich zu besitzen schien.

Ich vermute, daß meine Gesichtszüge ein gewisses Erstaunen ausdrückten, denn Mr. Kirwin beeilte sich, fortzufahren: »Gleich, nachdem Ihr krank wurdet, hat man mir sämtliche Papiere gebracht, die Ihr bei Euch führtet, und ich schaute sie durch, in der Hoffnung, eine Adresse zu finden, die mir ermöglichen würde, Eure Verwandten von Eurem Mißgeschick und Eurer Erkrankung zu berichten. Ich fand mehrere Briefe; darunter einen, dessen Anrede darauf schließen ließ, daß er von Eurem Vater stammte. Ich schrieb sofort nach Genf; seit ich den Brief absandte, sind nahezu zwei Monate vergangen. – Aber Ihr seid krank; Ihr zittert ja; nein, Ihr müßt vor jeder Art von Aufregung geschützt werden.«

»Diese Ungewißheit ist tausendmal schlimmer als die entsetzlichste Wahrheit; sagt mir, wen der Tod diesmal getroffen hat, und wen ich nun zu beklagen habe.«

»Eure Familie ist wohlauf«, sagte Mr. Kirwin begütigend, »und jemand, ein Freund von Euch, ist gekommen, um Euch zu besuchen.«

Ich wußte nicht, wie ich darauf kam, aber mir schoß augenblicklich der Einfall durch den Kopf, daß der Mörder gekommen sei, um sich an meinem Elend zu weiden und mich mit dem Tode Clervals – der ja einen neuen Ansporn für mich darstellte, mich seinem teuflischen Begehr gefügig zu machen – zu verhöhnen.

Ich schlug die Hände vor die Augen und schrie gequält: »O! Führt ihn fort! Ich kann ihn nicht sehen. Um des Himmels willen, laß ihn nicht hereinkommen!«

Mr. Kirwin warf mir einen besorgten Blick zu. Er mußte meinen Ausruf als Schuldgeständnis deuten.

Er erwiderte in strengem Ton: »Ich hätte geglaubt, junger Mann, daß das Erscheinen Eures Vaters Euch willkommen sei, statt eine derart heftige Abwehr bei Euch hervorzurufen.«

»Mein Vater!« rief ich, während mein Schmerz in Freude umschlug und sich jeder Muskel meines Gesichts und jede Faser meines Körpers entspannte. »Ist tatsächlich mein Vater gekommen? Wie freundlich von ihm, wie überaus zuvorkommend! Aber wo ist er; weshalb eilt er nicht zu mir?«

Mein Gefühlsumschwung verblüffte und erfreute den Richter; vielleicht führte er meinen früheren Ausruf auf eine vorübergehende Wiederkehr meines Fieberwahns zurück; jedenfalls war sein Wohlwollen sogleich wiederhergestellt. Er erhob sich und verließ die Zelle zugleich mit der Pflegerin, und einen Augenblick später trat mein Vater ein.

Nichts hätte mich in diesem Augenblick mehr freuen können als die Ankunft meines Vaters.

Ich streckte ihm die Hand entgegen und rief: »Es fehlt dir also nichts – und Elisabeth –, und Ernest?«

Mein Vater beruhigte mich, indem er mich ihres Wohlergehens versicherte, und er bemühte sich, meinen verzweifelten Sinn wiederaufzurichten, indem er bei diesem Gegenstand, der mir so am Herzen lag, verweilte; aber bald bemerkte er, daß ein Kerker nicht der rechte Platz für Heiterkeit war.

»An welchem Ort muß ich dich sehen, mein Sohn!« sagte er und warf einen bekümmerten Blick auf die vergitterten Fenster und das Elend der Zelle. »Du hast diese Reise unternommen, um das Glück zu suchen, aber das Verhängnis scheint dich zu verfolgen. Und der arme Clerval ...«

Der Name meines unglücklichen, ermordeten Freundes regte mich zu sehr auf, als daß ich ihn in meinem geschwächten Zustand hätte ertragen können; ich brach in Tränen aus.

»Ach, ja, mein Vater«, erwiderte ich, »ein Schicksal der schlimmsten Art wurde über mich verhängt, und ich muß leben, um es zu erfüllen; denn sonst wäre ich gewiß am Sarg Henrys gestorben.«

Es wurde uns nicht gestattet, unsere Unterhaltung länger fortzusetzen, denn mein heikler Gesundheitszustand verlangte jede Rücksichtnahme, die erforderlich war, um meine Ruhe zu sichern. Mr. Kirwin betrat die Zelle und bestand darauf, daß meine Kräfte nicht über Gebühr beansprucht würden. Aber der Besuch meines Vaters wirkte auf mich wie das Erscheinen eines gütigen Engels, und danach erholte ich mich allmählich.

Als meine Krankheit von mir wich, ergriff mich eine düstere Melancholie, die durch nichts vertrieben werden konnte. Das grausige Bildnis des ermordeten Clerval schwebte mir beständig vor den Augen. Mehr als einmal befürchteten meine Freunde, daß mich der Erregungszustand, in den mich diese Erinnerungen versetzten, einen gefährlichen Rückfall erleiden lassen würde. Ach, weshalb sorgten sie sich um ein derart elendes Leben, das ich verabscheute? Gewiß geschah es nur deshalb, damit sich meine Bestimmung, die sich nun ihrem Ende nähert, erfüllen konnte. Oh, bald, sehr bald wird der Tod diese Erregungen auslöschen und mich von dem gewaltigen Gewicht des Schmerzes befreien, das mich zu Boden drückt; und so wird auch mir der Lohn der Gerechtigkeit zuteil werden, und ich werde Ruhe finden. Denn der Tod blieb mir fern, obwohl der Wunsch nach ihm stets in meinem Denken war; und oft saß ich stundenlang reglos und stumm und wünschte mir, daß eine gewaltige Katastrophe mich und meinen Widersacher vernichten möge.

Es kam die Zeit der Gerichtsverhandlungen. Ich war bereits seit drei Monaten im Gefängnis, und obwohl ich immer noch geschwächt war und mich in ständiger Gefahr eines Rückfalls befand, war ich gezwungen, nahezu hundert Meilen weit in die Grafschaftstadt zu reisen, wo die Verhandlung stattfinden sollte. Mr. Kirwin gab sich jede erdenkliche Mühe, Zeugen aufzutreiben und meine Verteidigung ins Werk zu setzen. Die Schande, in der Öffentlichkeit als Verbrecher auftreten zu müssen, blieb mir erspart, da der Fall nicht vor ein Schwurgericht gebracht wurde, das über Leben und Tod entscheidet. Die Geschworenen verwarfen die diesbezügliche Anklageschrift, da bewiesen war, daß ich mich zu dem Zeitpunkt, da die Leiche meines Freundes gefunden wurde, auf der Orkney-Insel aufgehalten hatte; und vierzehn Tage nach meiner Überführung verließ ich die Grafschaftstadt als freier Mann.

Mein Vater war entzückt zu hören, daß ich von der

Schande einer Mordanklage befreit und es mir erlaubt war, wieder die Luft der Freiheit zu atmen und in mein Geburtsland zurückzukehren. Ich teilte seine Freude nicht; mir waren die Wände eines Kerkers und eines Palastes gleichermaßen verhaßt. Die Quelle meines Lebens war für alle Zeiten vergiftet; und obwohl die Sonne auf mich ebenso wie auf den Glücklichen und Fröhlichen herniederschien, erblickte ich rings um mich nichts als dichte und schreckliche Finsternis; von keinem Licht außer dem Schimmer eines Augenpaares durchdrungen, das mich anstarrte. Manches Mal war es der ausdrucksvolle Blick Henrys, der im Tode schmachtete, die dunklen Augen von den Lidern und den langen, schwarzen Wimpern nahezu verdeckt; und manches Mal waren es die wäßrigen, verhangenen Augen des Ungeheuers, wie ich sie zum ersten Male in meiner Kammer in Ingolstadt erblickt hatte.

Mein Vater bemühte sich, Gefühle der Zuneigung in mir zu erwecken. Er sprach von Genf, das ich bald wiedersehen würde – von Elisabeth und Ernest; aber diese Namen entlockten mir nur tiefes Stöhnen. Zuweilen verspürte ich in der Tat den Wunsch, glücklich zu sein, und ich dachte in melancholischem Entzücken an meine geliebte Cousine oder sehnte mich mit verzehrendem Heimweh danach, den blauen See und die rasch dahineilende Rhône wiederzusehen, die mir in meiner Kindheit so teuer gewesen waren; aber mein üblicher Gemütszustand war eine Betäubung, in der mir ein Gefängnis als Aufenthaltsort ebenso willkommen war wie die herrlichste Naturszenerie; und diese Trübsal wurde gelegentlich durch Paroxysmen der Qual und der Verzweiflung unterbrochen. In solchen Augenblicken war ich häufig versucht, meinem verhaßten Leben ein Ende zu bereiten; und unablässige Aufmerksamkeit und Wachsamkeit waren erforderlich, um mich von einem derart furchtbaren Akt der Selbstzerstörung abzuhalten.

Doch eine Pflicht mußte ich noch erfüllen; und der Gedanke an sie triumphierte schließlich über meine selbstsüchtige Verzweiflung. Es war notwendig, daß ich unverzüglich nach Genf zurückkehrte, um über das Leben derjenigen zu wachen, die ich so innig liebte, und den Mörder zu erwarten, damit ich – und dieser Entschluß stand unverrückbar fest –, falls ein günstiger Zufall mich zu seinem Versteck führen oder er es wagen sollte, mich durch sein Auftauchen zu verhöhnen, der Existenz des monströsen Ebenbildes, das ich mit der Nachäffung einer noch monströseren Seele begabt hatte, ein Ende bereiten konnte. Mein Vater wünschte immer noch, unsere Abreise aufzuschieben, da er befürchtete, daß ich den Strapazen der Reise nicht gewachsen sein würde, denn ich war nur noch ein Schatten meiner selbst. Meine Kraft hatte mich verlassen. Ich war beinahe zum Skelett abgemagert, und Tag und Nacht suchten mich Fieberanfälle heim.

Aber da ich mit solcher Unruhe und Ungeduld darauf drängte, daß wir Irland verließen, hielt mein Vater es für das beste, nachzugeben. Wir buchten eine Passage auf einem Schiff, das nach Havre-de-Grace unterwegs war, und segelten mit günstigem Wind von der Küste Irlands fort. Es war Mitternacht. Ich lag auf Deck, blickte zu den Sternen empor und lauschte dem Plätschern der Wogen. Ich pries die Dunkelheit, die Irland vor meinen Blicken verbarg, und mein Herz schlug in fiebriger Vorfreude, als ich daran dachte, daß ich bald Genf wiedersehen würde. Die Vergangenheit kam mir wie ein entsetzlicher Traum vor; und doch führten mir das Schiff, auf dem ich mich befand, der Wind, der mich von den verhaßten Gestaden Irlands fortführte, und das Meer, das mich umgab, nur allzudeutlich vor Augen, daß mich kein Traum umfing und daß Clerval, mein Freund und mein liebster Gefährte, mir und dem Ungeheuer, das ich erschaffen, zum Opfer gefallen war. Ich ließ mein ganzes Leben vor meinem inneren Auge vorbeiströmen; mein stilles Glück, als ich mit meiner Familie in Genf lebte; der Tod meiner Mutter; und meine Reise nach Ingolstadt. Ich dachte erschauernd an die wahnwitzige Besessenheit, die mich zu der Erschaffung meines gräßlichen Widersachers angetrieben hatte, und ich gedachte jener Nacht, in der er zum Leben erwacht war. Ich war nicht fähig, die Erinnerung fortzuspinnen; tausend Gefühle stürmten auf mich ein, und ich weinte bitterlich.

Seit meiner Genesung von dem Fieber hatte ich mir angewöhnt, jeden Abend ein wenig Opium zu mir zu nehmen, denn nur mittels dieser Droge war ich überhaupt fähig, die Ruhe zu finden, derer ich zur Erhaltung meines Lebens bedurfte. Heute jedoch nahm ich – von der Erinnerung an mein vielfältiges Ungemach niedergedrückt – die doppelte der gewohnten Dosis und schlief bald tief. Aber der Schlaf gewährte mir keine Pause im Gedenken an mein Elend, und in meinen Träumen erblickte ich tausend erschreckende Dinge. Gegen Morgen hielt mich eine Art Nachtmahr gefangen; ich verspürte den Griff meines Widersachers an meinem Hals und konnte mich nicht aus ihm befreien; Stöhnen und Schreie klangen mir in den Ohren. Mein Vater, der über meinen Schlaf wachte, bemerkte meine Bedrängnis und weckte mich auf. Um uns waren die plätschernden Wogen, über uns der bewölkte Himmel – der Widersacher war nicht hier; ein Gefühl von Sicherheit und das Wissen, daß mir eine Atempause zwischen der gegenwärtigen Stunde und einer unausweichlichen unheilvollen Zukunft vergönnt war, verlieh mir eine Art ruhigen Vergessens, zu dem der Menschengeist von seiner Anlage her besonders leicht fähig ist.

Kapitel Zweiundzwanzig

Unsere Reise näherte sich ihrem Ende. Wir gingen an Land und brachen nach Paris auf. Ich mußte bald feststellen, daß ich meine Kräfte überschätzt hatte und eine Ruhepause einlegen mußte, bevor ich die Reise fortsetzen konnte. Mein Vater pflegte und umhegte mich unermüdlich, aber da er die Ursache meiner Leiden nicht kannte, verfiel er auf ungeeignete Mittel, mein unheilbares Übel zu kurieren. Er wünschte, daß ich Zerstreuung in Gesellschaft suchte; aber mir war das Antlitz der Menschen verhaßt. O nein, nicht verhaßt! Sie waren meine Brüder, meine Mitmenschen, und ich fühlte mich selbst zu den Widerwärtigsten unter ihnen wie zu engelgleichen Geschöpfen mit himmlischen Eigenschaften hingezogen; aber zugleich fühlte ich, daß ich nicht das Recht hatte, mich des Umgangs mit ihnen zu erfreuen. Ich hatte einen Widersacher auf sie losgelassen, dessen Freude darin bestand, ihr Blut zu vergießen und sich an ihrem Stöhnen zu weiden. Wie würden sie alle mich verabscheuen und auf der ganzen Welt jagen, wüßten sie von meiner unheiligen Tat und von den Verbrechen, die in mir ihren Urheber hatten!

Mein Vater ergab sich endlich in meinen Wunsch, die Gesellschaft zu meiden, und versuchte, meine Verzweiflung durch gutes Zureden zu bannen. Manches Mal glaubte er, die tiefe Erniedrigung der Mordanklage mache mir zu schaffen, und bemühte sich, mir die Eitelkeit des Stolzes vor Augen zu führen.

»Ach, mein Vater«, sagte ich, »wie wenig Ihr mich doch kennt. Die Menschen mit ihren Gefühlen und Leidenschaften wären in der Tat entwürdigt, empfände ein Elender gleich mir Stolz. Justine, die arme, unglückliche Justine, war ebenso unschuldig wie ich und mußte doch die nämliche Anklage auf sich nehmen; sie starb ihretwegen; und ich bin der Urheber des Ganzen – ich habe sie ermordet. Wilhelm, Justine und Henry – sie alle starben durch meine Hände.«

Mein Vater hatte während meiner Gefängnishaft die nämliche Versicherung von mir vernommen; manches Mal schien er eine Erklärung für meine Selbstanklage zu wünschen; bei anderen Gelegenheiten schien er sie als Ausgeburt des Fiebertraumes zu betrachten und zu glauben, ich sei von einer fixen Idee besessen, die sich hartnäckig auch noch während meiner Genesung gehalten habe. Ich hütete mich vor einer Erklärung und schwieg beharrlich über mein fürchterliches Geschöpf. Ich war davon überzeugt, daß man mich als einen Wahnsinnigen erklären würde, und dies allein hätte ausgereicht, meine Lippen für alle Zeiten zu versiegeln. Und darüber hinaus konnte ich es nicht über mich bringen, ein Geheimnis zu enthüllen, das meinen Zuhörer mit Bestürzung erfüllen und seinem Herzen Furcht und übernatürlichen Schrecken einflößen würde. Also bezähmte ich mein ungeduldiges Verlangen nach Mitgefühl und hüllte mich in Schweigen, obwohl ich die Welt darum gegeben hätte, ihm das furchtbare Geheimnis offenbaren zu können. Dennoch entrangen sich mir Worte wie die obengenannten, ohne daß ich etwas dagegen hätte unternehmen können. Ich vermochte sie ihm nicht zu erklären; aber ihre Wahrheit erleichterte mir die Bürde meines verborgenen Kummers.

Bei dieser Gelegenheit sagte mein Vater mit einer Miene, in der sich maßloses Staunen abmalte: »Mein liebster Viktor, in was für einer Verblendung bist du befangen? Mein lieber Sohn, ich bitte dich inständig, niemals wieder etwas Derartiges zu behaupten.«

»Ich bin nicht wahnsinnig«, rief ich energisch aus. »Die Sonne und der Himmel selbst, die Zeugen meiner Taten waren, können die Wahrheit meiner Worte bestätigen. Ich bin der Meuchelmörder der unschuldigsten Opfer; sie starben dank meiner Machenschaften. Tausendmal würde ich mein eigenes Blut vergossen haben, Tropfen für Tropfen, hätte ich so ihr Leben retten können; aber dies war nicht möglich, mein Vater; ich konnte ja nicht die gesamte Menschheit der Vernichtung überantworten.«

Dieses Ende meiner Rede überzeugte meinen Vater vollends davon, daß ich in der Tat verwirrt war; sogleich wechselte er den Gesprächsgegenstand und versuchte, mich auf andere Gedanken zu bringen. Er bemühte sich nach Kräften, meine Erinnerung an jene Szenen auszulöschen, die sich in Irland abgespielt hatten, und erwähnte sie niemals wieder; auch ermutigte er mich niemals mehr, von meinen Mißgeschicken zu sprechen.

Im Laufe der Zeit wurde ich ruhiger; zwar hatte das Elend seinen ständigen Wohnsitz in meinem Herzen aufgeschlagen, aber ich sprach nicht mehr wie früher auf zusammenhanglose Weise über meine Verbrechen; es genügte mir, daß ich ihrer bewußt war. Ich bändigte die gebieterische Stimme meines Unglücks, die zuweilen verlangte, sich der ganzen Welt gegenüber Gehör zu verschaffen, mit härtester Selbstzucht, und mein Benehmen wurde ruhiger und gefaßter, als es seit meiner Wanderung zu dem Gletscher gewesen war.

Ein paar Tage, bevor wir Paris verließen, um in die Schweiz weiterzureisen, erhielt ich folgenden Brief von Elisabeth:

Mein lieber Freund,

mit größter Freude habe ich einen Brief von meinem Oheim erhalten, der in Paris aufgegeben wurde; uns trennt keine unüberwindliche Entfernung, und ich darf hoffen, Dich in weniger als vierzehn Tagen wiederzusehen. Mein armer Cousin, wie sehr Du gelitten haben mußt! Ich erwarte, Dich noch kränker wiederzusehen, als Du ausgesehen hast, als Du von Genf angereist bist. Dieser Winter ist auf höchst traurige

Weise vergangen, da ich von ängstlichen Erwartungen gequält wurde; dennoch hoffe ich, in Deinen Zügen Frieden zu sehen und die Bestätigung, daß Dein Herz nicht völlig ohne Trost und Ruhe ist.

Allein, ich fürchte, daß jene Gefühle, die Dich vor einem Jahr heimsuchten, immer noch in Dir wohnen; sich vielleicht sogar inzwischen verstärkt haben. Ich würde Dich in dieser Zeit, in der so viele mißliche Begebenheiten Dich bedrücken, nicht quälen, aber ein Gespräch, das ich vor seiner Abreise mit meinem Oheim führte, macht einige Erklärungen von meiner Seite aus erforderlich, bevor wir uns treffen. »Erklärungen«, wirst du vielleicht nun sagen, »was könnte Elisabeth zu erklären haben?« Wenn Du tatsächlich so denkst, sind meine Fragen bereits beantwortet und meine Zweifel beseitigt. Aber Du weilst fern von mir, und vielleicht wird diese Erklärung Dich ängstigen und zugleich erfreuen; und da diese Möglichkeit besteht, daß es sich so verhält, wage ich es nicht, Dir in diesem Brief vorzuenthalten, was ich Dir während Deiner Abwesenheit schon so oft habe sagen wollen, ohne jedoch den dazu erforderlichen Mut aufzubringen.

Du weißt gut, Viktor, daß unsere Vereinigung schon seit unser beider Kindheit der Herzenswunsch unserer Eltern ist. Man hat uns von dieser geplanten Vereinigung in Kenntnis gesetzt, als wir noch jung waren, und uns gelehrt, ihr als einem Ereignis entgegenzusehen, das gewiß einmal eintreten würde. Wir waren als Kinder Spielgefährten, die einander herzlich zugetan waren, und wie ich glaube, Freunde, die einander liebten und schätzten, als wir älter wurden. Aber da Bruder und Schwester häufig eine lebhafte Zuneigung füreinander entwickeln, ohne sich eine intimere Vereinigung zu wünschen – könnte dies nicht auch bei uns der Fall sein? Sag mir, liebster Viktor; antworte mir, ich flehe Dich bei unserer beider Lebensglück an – liebst Du eine andere?

Du bist gereist; Du hast mehrere Jahre deines Lebens in Ingolstadt verbracht; und ich muß Dir gestehen, mein Freund; als ich Dich im vergangenen Herbst so unglücklich erlebte, wie Du die Einsamkeit suchtest und die Gesellschaft aller flohest, konnte ich nicht umhin, zu argwöhnen, daß Du unsere Verbindung bereuen und Dich dennoch bei Deiner Ehre verpflichtet fühlen mochtest, die Wünsche unserer Eltern zu erfüllen, obwohl sie Deinen Neigungen zuwiderliefen. Aber das ist falsches Denken. Ich gestehe, mein Freund, daß ich Dich liebe und daß Du in meinen unbeschwerten Zukunftsträumen immer mein Freund und Gefährte warst. Aber da mir Dein Glück ebensosehr wie das meine am Herzen liegt, erkläre ich, daß unsere Heirat mich für alle Zeiten unglücklich machen würde, wenn wir uns nicht beide freiwillig dafür entschieden. Selbst jetzt muß ich weinen, wenn ich daran denke, daß Du – der Du von den grausamsten Schicksalsschlägen niedergebeugt wurdest – bei dem Wort *Ehre* alle Hoffnungen auf Liebe und Glück, die allein Dich wieder aufzurichten vermöchten, aus Deinem Herzen verbannen könntest. Und ich, die ich eine so selbstlose Zuneigung für Dich empfinde, sollte Dein Unglück verzehnfachen, indem ich mich Deinen Wünschen in den Weg stellte? Ach, Viktor, sei versichert, daß Deine Cousine und frühere Spielgefährtin eine zu ernsthafte Liebe für Dich empfindet, um durch eine solche Annahme nicht unglücklich zu sein. Sei denn glücklich, mein Freund; und wenn Du mir in diesem Punkte gehorchst, magst Du sicher sein, daß nichts auf Erden die Macht haben wird, meine Ruhe zu stören.

Aber laß dich von diesem Brief nicht beunruhigen; antworte nicht morgen, nicht am Tage darauf und nicht einmal, bevor Du ankommst, wenn es Dich schmerzen würde. Mein Oheim wird mich über den Fortschritt Deiner Gesundung auf dem laufenden halten, und wenn ich bei unserem Treffen nur ein Lächeln auf Deinen Lippen erblicke, das durch diesen

Brief oder eine andere Äußerung von mir verursacht wurde, will ich kein weiteres Glück begehren.

ELISABETH LAVENZA

Genf, *18. Mai 17 …*

Dieser Brief rief mir in Erinnerung, was ich bereits wieder vergessen hatte; die Drohung des Widersachers: *»In deiner Hochzeitsnacht werde ich bei dir sein!«* Dies also sollte meine Strafe sein; in jener Nacht würde der Dämon all seine Künste aufwenden, um mich zu vernichten und mich der Ahnung des Glücks zu entreißen, das mir Trost in meinen Qualen verhieß. Er hatte beschlossen, in jener Nacht seine Verbrechen durch meinen Tod zu krönen. Nun, mir sollte es recht sein. Gewiß würde ein tödlicher Kampf entbrennen, in dem ich, sollte er gewinnen, meinen Frieden finden und seine Macht über mich beendet sein würde. Unterwarf ich ihn, würde ich ein freier Mann sein. Ach! zu welcher Freiheit? Der Freiheit, derer sich ein Landmann erfreut, wenn seine Familie vor seinen Augen dahingemordet, sein Haus niedergebrannt, sein Acker verwüstet und er vertrieben wurde –; heimatlos, mittellos und einsam, aber frei. Solcherart würde meine Freiheit sein; nur, daß ich in Elisabeth einen Schatz besaß; doch wurde ein solcher Schatz nicht aufgewogen durch die Schrecken der Reue und des Schuldbewußtseins, die mich bis zu meinem Tode verfolgen würden?

Süße und geliebte Elisabeth! Ich las ihren Brief immer wieder, und gewisse sanfte Empfindungen stahlen sich in mein Herz und wagten es, mir paradiesische Träume von Liebe und Freude einzugeben; aber der Apfel war bereits verzehrt und das Schwert des Engels entblößt, um mir alle Hoffnung zu verwehren. Und doch war ich bereit, zu sterben, um sie glücklich zu machen. Wenn das Ungeheuer seine Drohung wahr machte, war mein Tod unvermeidlich; dennoch zweifelte ich daran, daß meine Heirat mein Schicksal beschleunigen würde. Meine Vernichtung mochte tatsächlich ein paar Monate früher stattfinden; aber falls mein Peiniger argwöhnte, daß ich die Heirat unter dem Eindruck seiner Drohung hinauszögerte, würde er sicherlich andere und möglicherweise entsetzlichere Mittel und Wege finden, seine Rachegelüste zu befriedigen. Er hatte geschworen, *in meiner Hochzeitsnacht bei mir zu sein,* aber er betrachtete diese Drohung nicht als Verpflichtung, bis dahin Frieden zu halten, denn wie um mir zu demonstrieren, daß sein Blutdurst noch nicht gestillt war, hatte er Clerval sogleich nach Ausstoßung seiner Drohung ermordet. Ich beschloß daher, die Todesdrohungen des Widersachers nicht eine Stunde länger als Hindernis bei der Eheschließung anzusehen, wenn diese Verbindung mit meiner Cousine zu ihrem oder meines Vaters Glück beitragen sollte.

Mit diesem Entschluß im Herzen schrieb ich an Elisabeth. Mein Brief war in einem gefaßten und liebevollen Ton abgefaßt. »Ich fürchte, geliebtes Mädchen«, schrieb ich, »auf dieser Welt ist uns nur noch wenig Glück beschieden; aber alles Glück, das ich eines Tages genießen werde, kreist um Dich. Verscheuche Deine gegenstandslosen Befürchtungen; Dir allein weihe ich mein Leben und meine Hoffnungen auf Glück. Ich trage ein Geheimnis mit mir herum, Elisabeth; ein furchtbares Geheimnis; wenn ich es Dir enthülle, wird es Dich entsetzen, und dann wirst Du Dich nicht länger über mein Unglücklichsein wundern; Du wirst nur darüber staunen, daß ich meine Qualen überlebt habe. Ich will Dir von diesem Elend und Schrecken am Tage nach unserer Hochzeit berichten, denn es muß unbedingtes Vertrauen zwischen uns herrschen, meine geliebte Cousine. Aber ich bitte Dich, bis zu jenem Tage von allen Erwähnungen und Anspielungen abzusehen. Darum flehe ich Dich inständig an, und ich weiß, daß Du Dich daran halten wirst.«

Etwa eine Woche nach Erhalt des Briefes von Elisabeth

kamen wir in Genf an. Das liebliche Mädchen hieß mich mit warmer Zuneigung willkommen; aber als sie meine abgezehrte Gestalt und meine fieberglühenden Wangen erblickte, traten Tränen in ihre Augen. Ich nahm auch an ihr eine Veränderung wahr. Sie war schmaler geworden und hatte vieles von der herrlichen Munterkeit, die mich zuvor so an ihr entzückt hatte, verloren; aber ihre Sanftheit und ihre mitleidsvollen Blicke machten sie zu einer geeigneten Gefährtin für einen so vernichteten und unglücklichen Menschen wie mich.

Die Gelassenheit, derer ich mich erfreute, sollte nicht anhalten. Die Erinnerung brachte Verstörtheit mit sich, und wenn ich dessen gedachte, was geschehen war, überkam mich wirklicher Wahnsinn; manches Mal war ich wütend und raste vor Zorn, dann wieder war ich niedergedrückt und verzagt. In solchen Zeiten sprach ich mit niemandem und blickte keinem Menschen ins Gesicht, sondern saß reglos auf einem Stuhl; irre gemacht von der Größe des Unglücks, das mich befallen hatte.

Allein Elisabeth hatte die Macht, mich aus diesen Anfällen herauszureißen; ihre sanfte Stimme besänftigte mich, wenn ich von Raserei ergriffen, und flößte mir menschliches Fühlen ein, wenn ich wie betäubt war. Sie weinte mit mir und an meiner Stelle. Kehrte meine Vernunft zurück, machte sie mir Vorhaltungen und bemühte sich, mich Ergebenheit in mein Schicksal zu lehren. Ach! Der Unglückliche mag Trost aus der Ergebenheit zu schöpfen; für den Schuldbeladenen jedoch gibt es keinen Seelenfrieden. Die Qualen der Reue vergiften den Genuß, der manches Mal mit dem Schwelgen in übermäßigem Kummer verbunden ist.

Bald nach meiner Rückkehr sprach mein Vater von meiner unmittelbar bevorstehenden Heirat mit Elisabeth. Ich blieb stumm.

»Bindet dich denn eine andere Liebe?«

»Keineswegs. Ich liebe Elisabeth und sehe unserer Verbindung mit Freuden entgegen. Laßt deshalb einen Tag festsetzen, und an ihm will ich mich im Leben wie im Tode dem Glück meiner Cousine weihen.«

»Mein lieber Viktor, sprich nicht so. Ein schweres Unglück hat uns heimgesucht, aber wir wollen uns desto fester an das halten, was uns verblieben ist, und unsere Liebe, die bisher denjenigen galt, die wir verloren, jenen zuwenden, die noch am Leben sind. Unser Kreis wird klein, aber durch die Bande der Zuneigung und der gemeinsamen Trauer fest verbunden sein. Und wenn die Zeit deine Verzweiflung erst gelindert hat, werden neue und geliebte Wesen das Licht der Welt erblickt haben, um jene zu ersetzen, die so grausam von uns genommen wurden.«

Dieser Art waren die Lektionen meines Vaters. Aber mir kam erneut die Drohung in den Sinn; und so mag es Euch nicht wundern, daß mein Widersacher, der seine Allgewalt bereits anläßlich seiner bisherigen Bluttaten nachgewiesen hatte, mir nahezu unbesiegbar erschien, und daß ich – als er die Worte gesprochen hatte, *»In deiner Hochzeitsnacht werde ich bei dir sein«* – das Schicksal, das er mir androhte, als unvermeidlich ansah. Aber der Tod barg keinen Schrecken für mich, wenn ich Elisabeths Leben mit ihm erkaufen könne; deshalb kam ich mit zufriedener und sogar zuversichtlicher Miene mit meinem Vater überein, daß die Feierlichkeiten in zehn Tagen stattfinden sollten, falls meine Cousine keine Einwände hatte, und somit, wie ich glaubte, mein Schicksal besiegelt sein würde.

Großer Gott! Hätte ich auch nur einen Augenblick lang geahnt, welche teuflischen Absichten mein dämonischer Widersacher hegte, würde ich lieber mich selbst aus meinem Vaterland verbannt haben und als Ausgestoßener ohne Freunde über die Erde gewandert sein, als mich mit dieser unseligen Heirat einverstanden zu erklären. Aber das Ungeheuer hatte mich für seine wahren Pläne blind gemacht, als hätte es über magische Kräfte verfügt; und als ich glaubte, meinen eigenen Tod vorbereitet zu haben, beschleunigte ich in Wahrheit den Untergang eines weitaus teureren Menschen.

Als der festgesetzte Termin unserer Hochzeit näherrückte, fühlte ich – aus Feigheit oder aus einer prophetischen Vorahnung heraus –, wie mein Herz verzagte. Aber ich verbarg meine Gefühle, indem ich mir den Anschein einer Heiterkeit gab, die ein Lächeln der Freude auf das Antlitz meines Vaters zauberte, aber die stets aufmerksamen und schärferen Augen Elisabeths kaum zu täuschen vermochte. Sie sah unserer Vereinigung mit einer stillen Zufriedenheit entgegen, jedoch nicht ohne eine gewisse, von früheren Unglücken herrührende Ängstlichkeit, daß das, was jetzt wie ein gesichertes und greifbares Glück erschien, sich bald als Luftschloß erweisen und keine weiteren Spuren als tiefe und unaufhörliche Trauer hinterlassen mochte.

Vorbereitungen für das Ereignis wurden getroffen; Gratulationsbesuche entgegengenommen; und alle trugen ein Lächeln zu Schau. Ich verbarg meine nagende Angst, so gut ich es vermochte, in meiner Brust und ging mit scheinbarem Interesse auf meines Vaters Pläne ein, obwohl sie vielleicht nur als Dekorationen zu meiner Tragödie dienen würden. Dank der Bemühungen meines Vaters hatte die österreichische Regierung Elisabeth einen Teil ihres Erbes zurückerstattet. Ein kleineres Grundstück am Ufer des Comer Sees gehörte ihr. Wir beschlossen, gleich nach unserer Vereinigung zur Villa Lavenza aufzubrechen und die ersten Tage unseres jungen Glücks am Seeufer zu verbringen.

Inzwischen ergriff ich jede erdenkliche Vorsichtsmaßnahme, die zu meiner Verteidigung beitragen würde, falls der Widersacher mich in der Öffentlichkeit anfallen sollte. Ich trug ständig Pistolen und einen Dolch mit mir herum und war stets vor einem hinterlistigen Angriff auf der Hut; dadurch erlangte ich eine größere innere Ruhe. Tatsächlich erschien mir die Drohung mit jedem Tag, den wir uns dem festgesetzten Hochzeitstag näherten, imaginärer und weniger wert, meinen Frieden zu stören, während das Glück, das ich mir durch die Eheschließung erhoffte, immer greifbarer erschien, da ich ja beständig von ihr reden hörte, als könne sich ihr so gut wie nichts mehr in den Weg stellen.

Elisabeth schien glücklich zu sein; meine Gelassenheit trug wesentlich zu ihrer Beruhigung bei. Aber an dem Tag, der meine Wünsche und mein Schicksal erfüllen sollte, war sie melancholisch und wurde von einer Vorahnung nahenden Unheils befallen; möglicherweise dachte sie auch an das entsetzliche Geheimnis, das ihr zu offenbaren ich ihr für den folgenden Tag versprochen hatte. Mein Vater war während der ganzen Zeit der hektischen Vorbereitungen überglücklich und sah in der Niedergeschlagenheit seiner Nichte nur den Ausdruck der Schüchternheit einer werdenden Braut.

Nachdem die Zeremonie vorüber war, fand sich im Hause meines Vaters eine große Hochzeitsgesellschaft ein; aber wir machten aus, daß Elisabeth und ich sogleich unsere Fahrt antreten, in Evian übernachten und unsere Reise am nächsten Morgen fortsetzen würden. Der Tag war schön, der Wind stand günstig, und als wir unsere Hochzeitsreise antraten, sahen wir nur lächelnde Gesichter.

Dies waren die letzten Augenblicke des Glücks in meinem Leben. Wir kamen rasch voran; die Sonne schien heiß vom Himmel herab, aber uns schützte ein Sonnensegel vor ihren Strahlen, während wir die Schönheiten der Landschaft genossen; manches Mal an einer Seite des Sees, wo wir den Mont Salêve, das reizvolle Ufer von Montalègre und in der Ferne den alles überragenden, herrlichen Montblanc sowie die ganze Versammlung schneebedeckter Berge sahen, die sich vergeblich bemühten, mit ihm zu wetteifern; ein anderes Mal segelten wir zum gegenüberliegenden Ufer und erfreuten uns am Anblick des mächtigen Jura, dessen dunkle Hänge den vermessenen Wanderer daran hindern zu wollen schienen, seine Heimat zu verlassen, und eine fast unübersteigbare Barriere für den Eindringling darstellten, der sie unterwerfen wollte.

Ich ergriff die Hand Elisabeths und sagte: »Du bist besorgt, meine Liebe. Ach, wenn du wüßtest, was ich gelitten habe und was mir noch bevorstehen mag, würdest du alles daransetzen, mich den Frieden und die Sorglosigkeit genießen zu lassen, die mir wenigstens dieser eine Tag beschert.«

»Genieße dein Glück nur, mein lieber Viktor«, erwiderte sie, »es gibt, wie ich hoffe, nichts, was dich beunruhigen könnte, und ich versichere dir, daß mein Herz zufrieden ist; auch, wenn sich auf meinen Zügen keine lebhafte Freude widerspiegelt. Eine innere Stimme will mir einreden, ich solle mich nicht zu sehr auf die rosigen Zukunftsaussichten verlassen, die sich vor uns zu eröffnen scheinen; aber ich will nicht auf diese düstere Vorahnung hören. Sieh nur, wie rasch unsere Fahrt ist und wie jene Wolken, die den Gipfel des Montblanc zuweilen verhüllen und dann wieder freigeben, diesen wunderschönen Anblick noch interessanter gestalten. Schau dir die unzähligen Fische an, die im klaren Wasser schwimmen, das jeden Kiesel auf seinem Grund erkennen läßt. Was für ein herrlicher Tag! Wie glücklich und heiter die ganze Natur erscheint!«

Auf diese Weise versuchte Elisabeth, sich selbst und mich von allen traurigen Gedanken abzulenken. Aber ihre Stimmung war nicht gleichbleibend; die Freude schimmerte immer nur für wenige Augenblicke in ihren Augen, um gleich darauf wieder dem Ausdruck träumerischer Abwesenheit zu weichen.

Die Sonne sank tiefer am Himmel; wir segelten am Drance-Fluß vorbei und folgten mit den Blicken seinem Lauf durch die Schluchten der höheren Berge bis in die flacheren Täler der Vorgebirge. Hier reichten die Alpen bis ans Ufer heran, und wir näherten uns dem Amphitheater der Berge, das sich auf der Ostseite des Sees eröffnet. Schon leuchtete der Kirchturm von Evian durch die Bäume und hob sich von den Bergketten ab, die den Hintergrund des Ortes bildeten.

Der Wind, der uns bisher mit erfreulicher Geschwindigkeit vorangetragen hatte, flaute bei Sonnenuntergang zu einer sanften Brise ab, die kaum die Wasseroberfläche kräuselte und lindes Rauschen in den Bäumen verursachte, als wir uns dem Ufer näherten, von dem her sie uns den herrlichsten Duft von Blumen und Heu entgegenwehte. Als wir landeten, sank die Sonne unter den Horizont; und als ich das Ufer betrat, fühlte ich mit erneuerter Macht in mir all die Sorgen und Befürchtungen, die nur zu bald nach mir greifen und mich für immer verfolgen sollten.

Kapitel Dreiundzwanzig

Es war acht Uhr abends, als wir landeten. Wir ergingen uns eine kurze Weile am Ufer und genossen das scheidende Licht, dann zogen wir uns in den Gasthof zurück und betrachteten durchs Fenster die liebliche Landschaft aus Wasser, Wäldern und Bergen, alles in Dunkelheit gehüllt, aber immer noch in Umrissen erkennbar.

Der Wind, der im Süden abgeflaut war, erhob sich nun mit großer Heftigkeit im Westen. Der Mond hatte seinen Zenit am Himmel überschritten und begann seinen Abstieg; die Wolken rasten rascher als der Flug des Geiers vor ihm dahin und verdeckten sein Leuchten, während der See die bewegte Szenerie des Himmels widerspiegelte und zugleich selbst dank der rastlosen Wellen, die sich zu erheben begannen, noch unruhiger war. Unvermittelt ging ein schwerer Regenschauer hernieder.

Den ganzen Tag über war ich ruhig gewesen; aber sobald die Nacht die Formen der Dinge ins Dunkel hüllte, stiegen tausend Befürchtungen in mir empor. Ich war ängstlich und wachsam; meine rechte Hand tastete nach einer Pistole, die ich an der Brust barg: jeder Laut ließ mich zusammenfahren; aber ich war entschlossen, mein Leben so teuer wie möglich zu verkaufen und mich vor keinem Kampf zu scheuen, bis mein eigenes Leben oder das des Widersachers ausgelöscht sein würde.

Elisabeth beobachtete meine wachsende Erregung eine Weile in zaghaftem und furchtsamem Schweigen; aber in meinen Blicken lag etwas, das ihr von meinem Entsetzen kündete, und so fragte sie mit bebender Stimme: »Was ist es, das dich so beunruhigt, mein lieber Viktor? Wovor fürchtest du dich?«

»Oh, Frieden, Frieden, meine Liebe«, erwiderte ich, »nur noch diese Nacht, und alles wird gut sein; aber diese Nacht ist fürchterlich; so fürchterlich.«

Ich verblieb eine Stunde lang in diesem Gemütszustand, als ich plötzlich daran denken mußte, wie schrecklich der Kampf, den ich jeden Augenblick erwartete, für meine Frau sein würde, und ich bat sie eindringlich, sich zurückzuziehen; entschlossen, selbst nicht eher zu ihr zu gehen, als bis ich über den Aufenthalt meines Feindes informiert war.

Sie ließ mich allein, und ich wandelte eine Weile über die Flure des Hauses und warf einen Blick in jede Ecke, die meinem Widersacher als Versteck dienen mochte. Aber ich konnte keine Spur von ihm entdecken und begann bereits zu erwägen, daß ein glücklicher Umstand eingetreten war, der ihn an der Ausführung seiner Drohungen hindern mochte, als ich plötzlich einen schrillen und entsetzlichen Aufschrei hörte. Er drang aus dem Raum, in den Elisabeth sich zurückgezogen hatte. Sobald ich diesen Schrei vernahm, wurde mir mit einem Male die ganze Wahrheit klar; meine Arme sanken kraftlos herab, ich war am ganzen Körper wie gelähmt; ich konnte das Blut in meinen Adern rauschen und in meinen Gliedern prickeln fühlen. Dieser Zustand währte nur einen Augenblick lang, dann wiederholte sich der Schrei, und ich stürzte in das Zimmer.

Großer Gott! Weshalb ist mein Leben damals nicht erloschen! Weshalb bin ich hier, um über die Vernichtung meiner schönsten Hoffnungen und des reinsten Geschöpfes auf Erden zu berichten? Dort lag sie, leblos und entseelt, aufs Bett geworfen, ihr Kopf hing herab, ihre totenbleichen und verzerrten Gesichtszüge waren halb von den Haaren verdeckt. Wohin ich mich auch wenden mag; immer habe ich dieses Bild vor Augen – ihre bleichen Arme und die ganze, erschlaffte Gestalt, von ihrem Mörder auf dem Brautbett aufgebahrt. Wie konnte ich nach diesem Anblick nur weiterleben? Ach! Das Leben ist zäh und klammert sich am hartnäckigsten an uns, wenn wir es am meisten verabscheuen. Für den Augenblick verlor ich einfach nur die Besinnung und stürzte ohnmächtig zu Boden.

Als ich wieder zu mir kam, sah ich mich von den Wirtsleuten und dem Gesinde umringt; ihre Mienen drückten atemberaubendes Entsetzen aus, aber der Schrecken der anderen erschien mir wie Hohn; eine bloße Parodie auf die Gefühle, die auf mich eindrangen. Ich entzog mich ihnen und eilte in den Raum, in dem der Leichnam Elisabeths lag, meiner Liebe, meines Eheweibes; noch vor kurzem so lebendig mir, so teuer und wert. Man hatte die Lage, in der ich sie zuerst erblickt, verändert; nunmehr machte sie – den Kopf auf den Arm gelegt und ein Taschentuch über Hals und Gesicht gebreitet – den Eindruck einer Schlafenden. Ich stürzte zu ihr hin und umarmte sie mit Leidenschaft; aber die tödliche Mattheit und Kälte ihrer Gliedmaßen sagte mir, daß der Leib, den ich umfangen hielt, nicht länger die Elisabeth war, die ich geliebt und geschätzt hatte. Sie trug die mörderischen Würgemale vom Griff des Widersachers am Hals, und der Atem hatte aufgehört, aus ihrem Mund zu strömen.

Während ich noch in Qual und Verzweiflung über ihr lag, hob ich unwillkürlich den Blick. Zuvor waren die Läden vor den Fenstern des Zimmers gewesen, aber nun sah ich mit eisigem Schrecken das fahle Mondlicht in den Raum scheinen. Jemand hatte die Fensterläden aufgestoßen, und ich erblickte mit unbeschreiblichem Entsetzen die grauenhafteste und abscheulichste Gestalt. Auf dem Antlitz des Ungeheuers lag ein Grinsen, während es mit höhnischer Geste auf die Leiche meines Weibes deutete. Ich eilte ans Fenster, riß im Laufen die Pistole aus meine Weste und schoß; aber es duckte sich, sprang von seinem erhöhten Beobachtungsposten und rannte mit der Geschwindigkeit eines Blitzes in den See.

Auf den Pistolenknall hin füllte sich das Zimmer mit Menschen. Ich deutete auf die Stelle, wo der Dämon in den See getaucht war, und wir folgten seinen Spuren in Booten; Netze wurden ausgeworfen, aber vergeblich. Nach einigen Stunden kehrten wir entmutigt um; die meisten meiner Helfer glaubten, die Gestalt, die ich erblickt hatte, sei meiner Phantasie entsprungen. Nach der Landung setzten sie ihre Suche an Land fort und durchstreiften truppweise in verschiedenen Richtungen die Wälder und Weinberge. Ich gab mir Mühe, sie zu begleiten, und folgte ihnen ein Stück vom Haus fort; aber in meinem Kopf drehte sich alles, meine Schritte waren wie die eines Trunkenen, und endlich verfiel ich in einen Zustand äußerster Erschöpfung; mein Blick umflorte sich, und meine Haut trocknete in der Hitze des Fiebers aus. In diesem Zustand wurde ich ins Haus zurückgetragen und auf ein Bett gelegt; kaum, daß mir bewußt geworden wäre, was um mich herum vorging; mein Blick wanderte im Zimmer umher, als sei ich auf der Suche nach etwas, das ich verloren hatte.

Nach einer Weile erhob ich mich von meinem Lager und schleppte mich, wie durch den Instinkt geleitet, in den Raum, in dem der Leichnam meiner Geliebten lag. Im Zimmer standen weinende Frauen; ich warf mich über die Tote und weinte ebenfalls, ohne in dieser ganzen Zeit einen klaren Gedanken fassen zu können; mein Denken schweifte ziellos umher und befaßte sich verwirrt mit den Unglücksfällen und ihrem Urheber. Verwunderung und Entsetzen hüllten mich wie eine Wolke ein. Der Tod Wilhelms, die Hinrichtung Justines, die Ermordung Clervals, und nun mein Weib – und selbst jetzt wußte ich nicht, ob meine verbliebenen Freunde vor dem Wüten des Widersachers sicher waren; mein Vater mochte sich in diesem Augenblick unter seinem Zugriff winden, und Ernest konnte tot zu seinen Füßen liegen. Diese Vorstellung ließ mich erschauern und mahnte mich zu Taten. Ich sprang auf, entschlossen, so rasch wie möglich nach Genf zurückzueilen.

Es waren keine Pferde aufzutreiben, und so blieb mir nur das Boot; aber der Wind stand ungünstig, und der Regen fiel in wahren Sturzbächen hernieder. Immerhin war es noch nicht Morgen, und ich konnte hoffen, am Abend in Genf anzukommen. Ich mietete einige Ruderer und griff auch selbst zum Ruder; körperliche Betätigung hatte schon immer meine Seelenqualen gelindert. Aber das Übermaß an Trauer, das ich nun empfand, und die heftige Gemütsbewegung machten mir jede körperliche Anstrengung unmöglich. Ich ließ das Ruder fahren, stützte den Kopf in die Hände und gab mich ganz meinen düsteren Gedanken hin. Wenn ich aufschaute, sah ich Landschaften, die mir aus glücklicheren Zeiten vertraut waren und die ich noch gestern gemeinsam mit Elisabeth betrachtet hatte; mit ihr, die nun nur noch ein Schatten und eine Erinnerung war. Tränen strömten mir aus den Augen. Der Regen hatte vorübergehend nachgelassen, und ich sah die Fische sich im Wasser tummeln, wie sie es auch wenige Stunden zuvor getan hatten, als Elisabeth ihnen zuschaute. Nichts wirkt so schmerzlich auf das menschliche Gemüt wie eine große und plötzliche Veränderung. Ob die Sonne schien oder die Wolken sich noch tiefer senkten; nichts konnte für mich mehr so sein, wie es am Tag zuvor gewesen war. Mein Widersacher hatte mir jede Hoffnung auf zukünftiges Glück geraubt; kein Geschöpf konnte unglücklicher als ich, kein Ereignis in der gesamten Menschheitsgeschichte entsetzlicher sein.

Weshalb sollte ich noch lange bei dem Geschehen verweilen, das auf dieses letzte, vernichtende Ereignis folgte? Ich habe von den Schrecknissen meines Lebens berichtet; ich habe die Akme erreicht, und was nun folgte, kann Euch nur noch langweilen. Wisset, daß mir meine Freunde einer nach dem anderen fortgenommen wurden; ich blieb in äußerster Einsamkeit zurück. Meine Kraft ist erschöpft, und ich muß meinen gräßlichen Bericht mit wenigen Worten zu Ende führen.

Ich langte in Genf an. Noch lebten mein Vater und Ernest, aber mein Vater brach unter dem, was ich ihm berichtete, zusammen. Ich sehe diesen ausgezeichneten und ehrwürdigen alten Mann gerade jetzt vor mir! Sein leerer Blick irrte umher; seiner letzten Freude, seines letzten Entzückens beraubt – seiner Elisabeth, die ihm mehr als eine Tochter gewesen war; an der er mit der ganzen Zuneigung gehangen hatte, die ein Mann nur empfinden kann, dessen Leben sich dem Ende zuneigt und der so viele Freunde und Verwandte hat sterben sehen und sich mit desto größerer Inbrunst an die wenigen Menschen klammert, die ihm noch geblieben sind; verflucht, verflucht sei der Widersacher, der Unglück über sein graues Haar brachte und ihn dazu verdammte, sein Leben in verzweifelter Trauer zu beschließen! Er konnte mit dem ganzen Elend, das über ihn hereinbrach, nicht leben; seine Kraft versagte; er konnte sich nicht mehr von seinem

Lager erheben, und wenige Tage später starb er in meinen Armen.

Und was geschah mit mir? Ich weiß es nicht; ich verlor jegliches Empfindungsvermögen, und Ketten und Dunkelheit waren die einzigen Dinge, die mir bewußt wurden. Manches Mal träumte ich freilich, daß ich in Gesellschaft der Freunde aus meiner Jugend über blumige Auen in anmutigen Tälern wandelte; aber als ich erwachte, fand ich mich in einem Kerker wieder. Dann ergriff mich Melancholie, aber mit der Zeit erlangte ich ein klares Bild vom Elend meiner Lage und wurde aus dem Gefängnis entlassen. Denn man hatte mich für wahnsinnig erklärt und – wie ich im nachhinein begriff – für viele Monate in eine Tobzelle geworfen.

Aber die Freiheit hätte ein nutzloses Geschenk für mich dargestellt, wäre nicht zugleich mit meiner Vernunft auch mein Rachedurst aufs neue erwacht. Da die Erinnerung an mein vergangenes Ungemach mich bedrückte, begann ich, über seinen Urheber nachzudenken – das Ungeheuer, das ich erschaffen hatte; den erbärmlichen Dämon, den ich zu meinem eigenen Verderben in die Welt entlassen hatte. Der Gedanke an ihn erfüllte mich mit einer wahnwitzigen Wut, und ich hoffte und betete verzweifelt darum, daß er in meine Hände gegeben würde, damit ich eine einzigartige Rache an dem Verfluchten verüben konnte.

Mein Haß gab sich nicht länger mit nutzlosen Wunschträumen zufrieden; ich begann über die besten Methoden nachzusinnen, des Ungeheuers habhaft zu werden; zu diesem Zweck begab ich mich etwa einen Monat nach meiner Entlassung zu einem Strafrichter der Stadt und teilte ihm mit, daß ich eine Anklage zu erheben hätte; ich würde den Mörder meiner Familie kennen und verlangte von ihm, daß er seine ganze Autorität aufbot, um den Mörder zu ergreifen.

Der Richter hörte mir aufmerksam und wohlwollend zu und sagte schließlich: »Seid versichert, mein Herr, daß ich keine Mühe und Anstrengungen scheuen werde, um den Schurken ausfindig zu machen.«

»Ich danke Euch«, erwiderte ich, »aber hört Euch nun die Aussage an, die ich zu machen habe. Sie ist in der Tat so seltsam, daß ich befürchten müßte, auf Unglauben zu stoßen, wäre mein Bericht nicht wahrheitsgemäß, so verwunderlich er sich auch anhören mag. Er ist zu folgerichtig, um als Wahnvorstellung abgetan werden zu können, und ich habe keinen Anlaß, Euch irrezuführen.«

Während ich derart zu ihm sprach, war mein Verhalten eindrucksvoll, aber bedächtig; ich hatte in meinem Herzen den Entschluß gefaßt, meinen Widersacher zu verfolgen, bis er tot war, und dieser Vorsatz besänftigte meine Qual und versöhnte mich vorübergehend sogar mit dem Leben. So habe ich ihm denn in kurzer Form, aber mit Festigkeit und den Tatsachen entsprechend meine Geschichte erzählt, sämtliche Daten genau genannt und mir keinerlei Ausfälligkeiten oder Gefühlsausbrüche gestattet.

Der Richter wirkte zunächst völlig ungläubig, aber im weiteren Verlaufe meines Berichts wurde er aufmerksamer und interessierter; gelegentlich sah ich, wie er vor Entsetzen erschauerte, bei anderen Gelegenheiten malte sich auf seinem Antlitz lebhafte Überraschung ab, die jedoch nicht mit Ungläubigkeit einherging.

Als ich mit meinem Bericht zu Ende war, sagte ich: »Dies ist das Geschöpf, das ich anklage und zu dessen Ergreifung und Bestrafung Ihr Eure ganze Macht aufbieten sollt. Es ist Eure Pflicht als Richter, und ich glaube und hoffe, daß Eure Empfindungen als Mann Euch in diesem Falle nicht vor der Ausübung Eures Amts abhalten werden.«

Dieser Appell rief eine beträchtliche Veränderung in der Miene meines Zuhörers hervor. Er hatte meinem Bericht mit jenem halben Glauben gelauscht, mit dem man eine Geister- oder Spukgeschichte anhört; aber als er aufgerufen wurde, offiziell einzuschreiten, kehrte sein Unglauben mit Macht zurück. Trotzdem fiel seine Antwort milde aus: »Ich würde Euch gern bei Euren Anliegen helfen; jedoch scheint mir das Geschöpf, von dem Ihr sprecht, über Kräfte zu verfügen, die alle meine Bemühungen vereiteln würden. Wer vermöchte ein Wesen zu verfolgen, das einen Gletscher überqueren und in Höhlen und Gletscherspalten hausen kann, die zu betreten kein Mensch wagen würde? Außerdem sind seit der Verübung seines Verbrechens mehrere Monate verstrichen, und wir verfügen über keinerlei Anhaltspunkte dafür, an welchen Ort es sich begeben hat oder in welcher Weltgegend es sich nun aufhalten mag.«

»Ich zweifle nicht daran, daß er in der Nähe meiner Wohnung aufzufinden wäre; und falls er tatsächlich Zuflucht in den Alpen gesucht hat, könnte man ihn jagen wie die Gemse und wie ein wildes Tier erlegen. Ich ahne, was Ihr denkt; Ihr glaubt meinem Bericht nicht und habt nicht die Absicht, meinen Feind seiner wohlverdienten Strafe zuzuführen.«

Während dieser Worte sprühten meine Augen vor Wut; der Richter war eingeschüchtert.

»Ihr irrt Euch«, erwiderte er, »ich werde mich bemühen, und wenn es in meiner Macht steht, das Ungeheuer zu ergreifen, seid versichert, daß es eine Strafe erleiden wird, die seinen Untaten angemessen ist. Aber ich fürchte, in Anbetracht seiner Fähigkeiten, die Ihr selbst beschrieben habt, wird sich dieses Unterfangen als undurchführbar erweisen; und deshalb solltet Ihr Euch auf eine Enttäuschung gefaßt machen, obwohl wir alle vernünftigen Maßnahmen ergreifen.«

»Nimmermehr; aber alles, was ich sagen könnte, wäre von geringem Nutzen. Meine Rache ist für Euch ohne Bedeutung, aber wenn sie auch lasterhaft sein mag, so bekenne ich doch, daß sie die verzehrende und einzige Leidenschaft meiner Seele darstellt. Wenn ich daran denke, daß dieser Mörder, den ich auf die menschliche Gesellschaft losgelassen habe, immer noch lebt, bemächtigt sich meiner unsäglicher Zorn. Ihr lehnt mein gerechtes Ansinnen ab; also bleibt mir nur noch eine Möglichkeit – ich widme mich selbst seiner Vernichtung; auf Leben oder Tod.«

Ich zitterte bei diesen Worten vor unerträglicher Erregung; in meinem Verhalten war eine Besessenheit und außerdem etwas – daran zweifle ich nicht – von jener stolzen Wildheit, die man den alten Märtyrern nachsagt. Aber für einen Genfer Richter, dessen Denken mit ganz anderen Ideen als der Aufopferung und Heroismus befaßt war, mußte ein solcher hochgemuter Sinn verdächtig nach Wahnsinn aussehen. Er bemühte sich, mich zu beschwichtigen, wie es eine Amme bei einem Säugling tun mag, und wies meinen Bericht als Ausgeburt eines Fieberwahns zurück.

»Mann«, schrie ich, »wie unwissend seid Ihr in Eurem Stolz, alles zu wissen! Schweigt; Ihr wißt ja nicht, wovon Ihr redet.«

Ich verließ den Richter zornig und aufgewühlt und kehrte nach Hause zurück, um über eine andere Vorgehensweise nachzudenken.

Kapitel Vierundzwanzig

In meiner gegenwärtigen Verfassung ging jeder bewußte Gedanke sogleich wieder unter. Der Zorn riß mich mit sich; nur der Gedanke an Rache verlieh mir noch Kraft und Gefaßtheit; er bestimmte meine Gefühle und ermöglichte mir, in Zeiten berechnend und kühl zu sein, wenn ich im anderen Falle eine Beute des Fieberwahns oder des Todes geworden wäre.

Mein erster Entschluß war, Genf für immer zu verlassen; mein Heimatland, das mir teuer gewesen, als ich noch glücklich war und geliebt wurde, mir aber nun in meinem Unglück verhaßt geworden war. Ich versah mich mit einer Summe Geldes sowie mit einigen Schmuckstücken, die meiner Mutter gehört hatten, und reiste ab.

Nun begannen meine Wanderungen, die erst mit meinem Tode ein Ende finden werden. Ich habe einen großen Teil des Erdenrunds durchquert und all die Entbehrungen erduldet, denen Reisende in wüsten Einöden und barbarischen Ländern ausgesetzt zu sein pflegen. Ich weiß kaum, wie ich überlebt habe; so manches Mal streckte ich meine versagenden Glieder im Sande aus und betete darum, sterben zu dürfen. Aber das Verlangen nach Rache hielt mich am Leben; ich wagte nicht, zu sterben, während mein Widersacher noch lebte.

Nachdem ich Genf verlassen hatte, war es meine erste Sorge gewesen, einen Hinweis zu finden, der mir ermöglichen würde, die Spur meines Widersachers aufzunehmen. Aber ich hatte keinen festen Plan, und ich wanderte viele Stunden lang in der Umgebung der Stadt umher; unentschlossen, welchen Weg ich einschlagen sollte. Bei Anbruch der Nacht fand ich mich am Eingang des Friedhofs wieder, auf dem William, Elisabeth und mein Vater ruhten. Ich betrat ihn und näherte mich dem Grabmal, das ihre Gräber kennzeichnete. Alles war still, nur die Blätter der Bäume raschelten leise im Wind; die Nacht war fast völlig dunkel; und die Szenerie würde auch einen unbeteiligten Beobachter feierlich und bewegt gestimmt haben. Die Geister der Verstorbenen schienen umherzuschweben und einen Schatten über das Haupt des Trauernden zu werfen, der zwar nicht sichtbar, aber fühlbar war.

Der tiefe Kummer, den die Szenerie in mir ausgelöst hatte, wurde rasch durch Wut und Verzweiflung ersetzt. Sie waren tot, und ich lebte; und ihr Mörder lebte ebenfalls noch; um ihn auszulöschen, mußte ich mein elendes Leben fortsetzen.

Ich kniete im Gras nieder, küßte den Erdboden und rief mit bebenden Lippen aus. »Bei dem geweihten Boden, auf dem ich knie; bei den Schatten der Verstorbenen, die in meiner Nähe wandeln; bei dem tiefen und untröstlichen Kummer, den ich fühle; schwöre ich – und bei dir, o Nacht, und bei den Geistern, die über dich wachen –, den Dämon zu verfolgen, der dieses Ungemach verschuldet hat, bis einer von uns beiden im tödlichen Kampf auf der Strecke bleibt. Diesem Ziel will ich mein Leben weihen; um diese so teure Rache auszuführen, will ich wieder die Sonne sehen und über den grünen Teppich der Erde wandeln, der im anderen Fall für immer aus meinen Augen schwinden würde. Und ich rufe euch an, ihr Totengeister, und euch, ihr ruhelosen Racheengel, mich in meinem Werk zu unterstützen und anzuleiten. Laßt das verfluchte Ungeheuer tief vom Trank der Qual trinken; laßt es die Verzweiflung fühlen, die jetzt mich peinigt.«

Ich hatte meinen Schwur mit einer Feierlichkeit und einer Ehrfurcht begonnen, die mir beinahe sicher scheinen ließen, daß die Schatten meiner ermordeten Freunde mein Gelöbnis hören und gutheißen würden; aber im weiteren Verlauf wurde ich von Furien besessen, und die Wut erstickte jede meiner Äußerungen.

Durch die Stille der Nacht antwortete mir ein lautes, widerwärtiges Lachen, das mir lange und dröhnend in den Ohren klang und von den Bergen widerhallte, und ich kam mir vor, als umgebe mich die Hölle mit Spott und Gelächter. Gewiß hätte mich in diesem Augenblick der Wahnsinn befallen und ich meinem elenden Leben ein Ende bereiten sollen, wäre nicht mein Schwur vernommen und ich für die Aufgabe erhalten geblieben. Das Lachen erstarb, und eine wohl vertraute und verhaßte Stimme raunte mir, wie es schien, aus nächster Nähe zu: »Ich bin es zufrieden, elender Schurke! Du hast also beschlossen, zu leben, und ich bin es zufrieden!«

Ich eilte auf die Stelle zu, von der aus ich die Stimme vernommen hatte; aber der Dämon entkam meinen Händen. Mit einemmal stieg die mächtige Mondscheibe empor und beschien seine abscheuliche Mißgestalt, die mit unmenschlicher Geschwindigkeit entfloh.

Ich begann mit ihrer Verfolgung; und diese Aufgabe sollte viele Monate in Anspruch nehmen. Von geringfügigen Zeichen geleitet, folgte ich ihm den gewundenen Lauf der Rhône entlang. Aber vergebens! Ich erreichte das blaue Mittelmeer, und dank eines seltsamen Zufalls sah ich den Widersacher bei Nacht an Bord eines Schiffes gehen, das zum Schwarzen Meer fahren sollte. Ich buchte eine Überfahrt auf demselben Schiff; aber das Wesen entkam; ich weiß nicht, wie.

Ich blieb ihm in den Weiten der Tatarei und Rußlands auf den Fersen, wenn es mir auch stets entkam. Zuweilen wiesen mir von seiner fürchterlichen Erscheinung entsetzte Bauern den Weg, den es genommen hatte; dann wiederum hinterließ es selbst mir ein Zeichen, da es wohl befürchtete, ich könne es aus den Augen verlieren, mich der Verzweiflung hingeben und sterben.

Schnee fiel mir auf den Kopf, und ich machte seine riesenhaften Fußabdrücke in der weißen Ebene aus. Da Ihr erst an der Schwelle des Lebens steht und Euch die Sorge neu und Qual unbekannt ist, könnt Ihr nicht nachvollziehen, was ich empfand und noch empfinde. Kälte, Durst, Hunger und Erschöpfung waren die geringsten Qualen, die ich erdulden mußte; ich war mit einem satanischen Fluch beladen und trug meine eigene, unentrinnbare Hölle mit mir herum; aber dennoch folgte mir ein guter Geist und lenkte meine Schritte, und wenn ich gegen mein Schicksal aufbegehrte, half er mir unversehens über scheinbar unüberwindliche Schwierigkeiten hinweg. Manches Mal, wenn mein Körper vom Hunger erschöpft war und aufgeben wollte, fand ich in der Wildnis eine Mahlzeit vor, die mich kräftigte und wieder guten Mutes sein ließ. Freilich war die Kost grob, wie die Bauern dieses Landes sie aßen; aber ich zweifle nicht daran, daß die Geister, die ich um Beistand angefleht hatte, sie mir verschafften. Oft, wenn alles ringsum am Verdorren und der Himmel unbewölkt war und mich der Durst plagte, zog eine zarte Wolke auf und labte mich mit einigen Wassertropfen, um gleich darauf wieder zu verschwinden.

Wann immer dies möglich war, folgte ich dem Verlauf von Flüssen, aber der Dämon vermied sie im allgemeinen, da sich dort größtenteils die Bevölkerung des jeweiligen Landes angesiedelt hatte. Ansonsten bekamen wir nur selten Menschen zu sehen; und ich fristete mein Leben meistens mit Tieren, die meinen Weg kreuzten. Ich trug Geld bei mir und erwarb die Freundschaft der Dörfler, indem ich es verteilte, oder ich brachte ein Stück erlegtes Wild mit, das ich – nachdem ich ein kleines Stück davon entnommen hatte – stets denjenigen anbot, die mir ein Feuer und Kochgerät zur Verfügung stellten.

Ich verabscheute es wirklich, ein solches Leben zu führen, und nur der Schlaf brachte mir Freude. O gesegneter Schlaf! Oft ruhte ich, wenn ich mich am elendsten fühlte, und meine Träume waren mein Entzücken. Die Geister, die mich schützten, spendeten mir diese Augenblicke, oder vielmehr Stunden, des Glücks, damit mir die Kraft erhalten bliebe, meine Pilgerfahrt zu vollenden. Ohne diese Gnadenfristen wäre ich meiner Mühsal erlegen. Am Tage hielt mich die Hoffnung auf die Nacht aufrecht und ermunterte mich, denn im Schlaf sah ich meine Lieben, mein Weib und mein geschätztes Heimatland wieder; ich sah die gütigen Züge meines Vaters wieder, hörte den silberhellen Klang der Stimme Elisabeths und freute mich über die Gesundheit und Jugend Clervals. Oft, wenn ich durch einen beschwerlichen Marsch ermattet war, redete ich mir ein, daß dies alles nur ein Traum sei und daß ich mich in der Nacht einer Wirklichkeit in den Armen meiner liebsten Freunde erfreuen werde. Welch quälende Liebe ich für sie empfand! Wie ich mich an ihren teuren Gestalten ergötzte, die mich manches Mal sogar in den wachen Stunden verfolgten und mir einzureden versuchten, daß sie noch lebten! In solchen Augenblicken erstarb die Rachsucht, die in mir brannte, in meinem Herzen, und ich folgte meinem Ziel der Vernichtung des Dämons mehr als einer Aufgabe, mit der mich der Himmel betraut hatte, als dem unwillkürlichen Antrieb durch eine unbewußte Macht oder als dem glühenden Verlangen meiner Seele.

Die Gefühle desjenigen, den ich verfolgte, blieben mir verborgen. Zuweilen schnitt er tatsächlich Zeichen in die Rinde der Bäume oder in Steine, die mir Hinweise auf die eingeschlagene Richtung gaben und meine Wut neu anfachten. »Meine Herrschaft ist noch nicht vorüber«, lautete eine dieser Botschaften, »du lebst, und meine Macht ist unumschränkt. Folge mir; ich bin auf dem Weg in den ewigen Frost des Nordens, wo du die Kälte erdulden wirst, die mir nichts anzuhaben vermag. Du wirst, wenn du nicht zögerst, mir zu folgen, nahe dieser Stelle einen toten Hasen finden; verzehre ihn, auf daß er dir neue Kraft spende. Nur weiter, mein Feind; wir müssen noch um Leben oder Tod ringen; aber du mußt dich noch viele beschwerliche und entbehrungsreiche Stunden lang gedulden, bis dieser Zeitpunkt naht.«

Spöttischer Teufel! Ich erneuere meinen Racheschwur; aufs neue verspreche ich dir, elender Dämon, Qual und Tod. Niemals will ich aufgeben, bis einer von uns beiden verdirbt; und mit welcher Verzückung werde ich mich dann meiner Elisabeth und meinen dahingegangenen Freunden zugesellen, die schon jetzt meinen Lohn für all meine Mühen und Plagen auf dieser entsetzlichen Pilgerschaft vorbereiten!

Während ich meine Verfolgung in den Norden fortsetzte, wurde der Schnee dichter und nahm die Kälte in einem Ausmaß zu, das beinahe unerträglich war. Die Bauern hatten sich in ihre Hütten verkrochen, und nur wenige Hartgesottene waren unterwegs, um der Tiere habhaft zu werden, die der Hunger aus ihren Schlupfwinkeln auf die Nahrungssuche getrieben hatte. Die Flüsse waren mit Eis bedeckt, und ich konnte mir keinen Fisch beschaffen; somit war ich meiner wichtigsten Nahrungsquelle beraubt.

Der Triumph meines Feindes wuchs mit der Zunahme meiner Entbehrungen. Eine der Nachrichten, die er mir hinterließ, hatte folgenden Wortlaut: »Sei bereit! Deine Mühsal fängt gerade er an; hülle dich in Pelze und versorge dich mit Nahrungsvorräten, denn wir treten bald in einen Abschnitt der Reise, in dem deine Qualen meinen unvergänglichen Haß befriedigen werden.«

Diese höhnischen Worte stachelten meinen Mut und meine Hartnäckigkeit nur an; ich beschloß, nicht von meinem Ziel abzulassen; und indem ich den Himmel um Unterstützung anflehte, setzte ich meine Verfolgungsjagd mit unermüdlichem Eifer durch ungeheure Einöden fort, bis an der äußersten Grenze des Horizonts der unendliche Ozean sichtbar wurde. Oh, wie wenig Ähnlichkeit er mit den blauen Meeren des Südens aufwies! Mit Eis bedeckt, unterschied er sich nur durch seine größere Wildheit und Zerklüftetheit vom Festland. Die Griechen hatten vor Freude geweint, als sie von den Bergen Asiens aus das Mittelmeer erblickten, und mit Jubel das Ende ihrer Mühsal gefeiert. Ich weinte nicht, aber ich kniete nieder und dankte aus übervollem Herzen meinem Schutzgeist dafür, daß er mich sicher zu einem Ort geleitet hatte, an dem ich hoffte, meinen Widersacher all seinem Hohn zum Trotz einholen und mit ihm kämpfen zu können.

Einige Wochen zuvor hatte ich mir einen Schlitten sowie ein Hundegespann besorgt und auf diese Art die Schneefelder mit unbegreiflicher Geschwindigkeit überquert. Ich weiß nicht, ob der Dämon über die gleichen Annehmlichkeiten verfügte, aber ich bemerkte, daß ich nicht länger an Boden verlor, und ich holte beträchtlich auf, so daß er mir nur noch um eine Tagesreise voraus war, als ich zum ersten Male den Ozean erblickte und ich hoffen konnte, ihn noch vor der Küste abzufangen. Ich stürmte deshalb mit neuem Mut voran und erreichte schon zwei Tage später ein erbärmliches Dörfchen am Meeresufer. Ich befragte die Menschen dort nach dem Dämon und erhielt genauestens Bescheid. Sie sagten, am Abend zuvor sei ein mit einer Flinte und vielen Pistolen bewaffneter, riesenhafter Unhold angekommen, habe die Bewohner einer abgelegenen Hütte allein durch seine entsetzliche Erscheinung in die Flucht geschlagen und sich ihrer Nahrungsmittelvorräte für den Winter bemächtigt, die er in einem Schlitten verstaute; dann habe er eine zahlreiche Meute geschulter Hunde eingefangen, die Tiere vor seinen Schlitten gespannt, und war zur großen Freude der vor Furcht zur Gegenwehr unfähigen Dorfbewohner noch am selben Abend übers Meer aufgebrochen; in eine Richtung, die zu keinem Land führte; und sie vermuteten, daß er alsbald im Eise einbrechen oder im ewigen Frost erfrieren müsse.

Als ich diese Nachricht vernahm, erlitt ich einen vorübergehenden Anfall von Verzweiflung. Er war mir entkommen, und ich mußte mich den Gefahren einer nahezu endlosen Reise über die Eisgebirge des Ozeans unterziehen – umgeben von einer Kälte, die selbst unter den Eingeborenen dieser Weltgegend nur wenige für längere Zeit auszuhalten vermochten und die ich als in einem warmen und sonnigen Klima Geborener nicht zu überleben hoffen durfte. Aber die Vorstellung, daß der Widersacher leben und triumphieren sollte, ließ meine Wut und Rachegelüste mit erneuerter Macht zurückkehren, bis sie alle übrigen Gefühle überschwemmten. Nach einer kurzen Ruhepause, während derer die Geister der Toten um mich waren und mich anstachelten, zum Zweck der

Rache neuerliche Mühen auf mich zu nehmen, bereitete ich mich auf die Fortsetzung der Reise vor.

Ich tauschte meinen Landschlitten gegen ein Gefährt aus, das besser für die Unebenheiten des Eismeeres gerüstet war, und brach, nachdem ich einen reichlichen Vorrat an Proviant erworben hatte, auf das eisbedeckte Meer auf.

Ich vermag nicht abzuschätzen, wieviel Tage seitdem vergangen sind; aber ich habe Entbehrungen erduldet, die auszuhalten mir nur die unzerstörbare Gewißheit einer gerechten Vergeltung ermöglichte, die in meinem Herzen brannte. Ungeheure und zerklüftete Eisberge machten mir die Weiterfahrt oft unmöglich, und häufig vernahm ich das Donnern der Grundsee, die mich zu verschlingen drohte. Aber dann erneuerte sich der Frost und machte die Pfade der See wieder sicher.

Anhand der Menge an Nahrungsmitteln, die ich verzehrte, läßt sich abschätzen, daß dieser Teil der Reise drei Wochen lang währte; und die ständige Hinauszögerung des Zieles der Hoffnung, die immer wieder in meinem Herzen aufkeimte, trieb mir oftmals bittere Tränen der Mutlosigkeit und Verzagtheit in die Augen. Die Verzweiflung hatte mich in der Tat beinahe schon in ihrem sicheren Griff, und fast wäre ich meinem Elend erlegen. Einmal hatten die armen Geschöpfe, die mich zogen, unter unglaublichen Mühen den Gipfel eines Eisbergs bezwungen – einer der Hunde war an Erschöpfung gestorben –, und ich betrachtete voller Bekümmernis die Weite, die sich vor mir erstreckte, als ich plötzlich einen dunklen Fleck in der trostlosen Ebene gewahrte. Ich strengte meine Augen an, um herauszufinden, um was es sich handeln könnte, und stieß ein wildes Triumphgeheul aus, als ich einen Schlitten und auf ihm die wohlvertraute, ungeschlachte Gestalt entdeckte. Oh! Mit welch glühendem Schwalle ergoß sich neue Hoffnung in mein Herz! Warme Tränen füllten meine Augen, und ich wischte sie hastig fort, damit sie mir nicht den Blick auf den Dämon verschleierten; aber meine Sicht trübte sich immer wieder durch das brennende Naß, bis ich meinen Gefühlen freien Lauf ließ und in lautes Weinen ausbrach.

Aber es war dies nicht die Zeit für Verzögerungen; ich befreite die Hunde des Gespanns von ihrem toten Gefährten, legte ihnen eine reichliche Portion Fressen vor, und nach einer Pause von einer Stunde, die ganz und gar unerläßlich, mir aber höchst unwillkommen war, setzte ich meine Fahrt fort. Das andere Schlittengespann war immer noch sichtbar, und ich verlor es auch nicht aus den Augen, außer in den kurzen Augenblicken, in denen ein zerklüfteter Eisberg es meiner Sicht entzog. Tatsächlich holte ich merklich auf, und als ich nach einer fast zweitägigen Fahrt meinen Feind nicht mehr weiter als eine Meile entfernt gewahrte, schlug mir das Herz bis zum Hals.

Aber dann, als ich meinem Widersacher schon fast zum Greifen nahe gekommen war, wurden meine Hoffnungen plötzlich zerschlagen, und ich verlor seine Spuren gründlicher, als es jemals zuvor der Fall gewesen war. Die Grundsee machte sich bemerkbar; das Donnern der rollenden und schwellenden Wasser unter mir wurde mit jedem Moment drohender und furchtbarer. Ich trieb die Hunde an, aber vergebens. Ein Sturm kam auf; die See brüllte; ich spürte unter den Füßen eine gewaltige Erschütterung wie bei einem Erdbeben, dann krachte und barst das Eis mit entsetzlichem und ohrenbetäubendem Getöse. Bald war alles vorüber; wenige Minuten später rollte die aufgewühlte See zwischen mir und meinem Feind; ich trieb auf einer losgebrochenen Eisscholle, die ständig kleiner wurde, und bereitete mich auf einen gräßlichen Tod vor.

Ich verbrachte viele, furchtbare Stunden in dieser Lage; mehrere meiner Hunde starben, und auch ich selbst stand kurz davor, mich der äußersten Mutlosigkeit zu ergeben, als ich Euer vor Anker liegendes Schiff erblickte, das mir Hoffnung auf Hilfe und Leben eingab. Ich hatte nicht geahnt, daß sich jemals Schiffe so weit in den Norden vorwagten, und war über den Anblick einigermaßen erstaunt. Ich nahm meinen Schlitten rasch teilweise auseinander, um Ruder anzufertigen, und war mit ihrer Hilfe in der Lage, mein Eisfloß unter unsäglichen Mühen in Richtung auf Euer Schiff zu lenken. Ich war jedoch entschlossen, falls Ihr Euch auf Südkurs befinden solltet, mich lieber auf Gedeih oder Verderb dem Meer zu überlassen, als von meinem Vorhaben abzusehen. Ich hoffte, Euch zu überreden, daß Ihr mir ein Boot überlassen würdet, in dem ich meinem Feind nachsetzen konnte. Aber Euer Kurs war nordwärts gerichtet. Ihr nahmt mich in dem Augenblick an Bord, als meine Kräfte erschöpft waren und ich kurz davor stand, aufgrund meiner vielfältigen Strapazen dem Tode – den ich immer noch fürchte, da meine Aufgabe noch nicht erfüllt ist – in die Arme zu sinken.

Oh! Wann wird mein Schutzgeist mich endlich zu dem Dämon führen und mir die Ruhe gestatten, die ich so sehnlich mir wünsche – oder muß ich sterben, während er am Leben bleibt? Falls ich sterben sollte, so schwört mir, Walton, daß er nicht entkommen wird: daß Ihr ihn suchen und meine Rache an ihm erfüllen werdet, indem Ihr ihn tötet. Ist es anmaßend von mir, Euch zu bitten, daß Ihr meine Pilgerschaft übernehmt; daß auch Ihr jene Entbehrungen auf Euch nehmt, die ich erdulden mußte? Nein; nicht Eigennutz spricht aus mir. Dennoch; wenn ich tot bin und er erscheinen sollte; wenn die Racheengel ihn Euch zutreiben sollten; so schwört, daß er nicht leben wird – schwört, daß er nicht über das Übermaß meiner Trauer triumphieren und überleben wird, um die Liste seiner finsteren Untaten zu verlängern. Er ist beredt und versteht es, zu überzeugen; einmal hatten seine Worte sogar Gewalt über mein Herz; aber traut ihm nicht. Seine Seele ist ebenso dämonisch wie seine Erscheinung; voller Ränke und satanischer Bosheit. Hört nicht auf ihn; ruft Euch die Namen

Wilhelm, Justine, Clerval, Elisabeth; meinen Vater und den unglücklichen Viktor ins Gedächtnis, und stoßt ihm Euer Schwert ins Herz. Mein Geist wir in Eurer Nähe sein und den Stahl führen.

WALTON, *in Fortsetzung seines Briefes*

26. August 17 ...

Nun hast Du diese seltsame und entsetzliche Geschichte gelesen, Margaret; fühlst Du nicht ebenfalls Dein Blut vor dem Entsetzen erstarren, das auch das meine selbst jetzt noch gerinnen läßt. Manches Mal konnte er, von plötzlicher Qual ergriffen, in seinem Bericht nicht fortfahren; zu anderen Malen konnte er seine Worte nur mühsam mit vor Wut erstickter und dennoch herzanrührender Stimme hervorstoßen. Seine klaren, wunderschönen Augen waren zuweilen in Empörung entflammt, dann wiederum vor Kummer niedergeschlagen oder in unendlicher Trauer erloschen. Manches Mal war er Herr seiner Miene und seiner Stimme und berichtete in ruhigem Ton über die entsetzlichsten Ereignisse, ohne auch nur die geringste Erregung zu zeigen, dann wieder brach die Wut wie die Lava aus einem Vulkan hervor; sein Gesicht nahm unversehens einen erschreckenden Ausdruck an, und er stieß die wildesten Flüche gegen seinen Peiniger aus.

Sein Bericht ist ohne Unstimmigkeiten und mit dem Anschein einer grundlegenden Wahrheit erzählt; dennoch bin ich Dir die Versicherung schuldig, daß die Briefe von Felix und Safie, die er mir gezeigt hat, und das Auftauchen des Ungeheuers bei unserem Schiff mich mehr von der Wahrheit seiner Erzählung überzeugt haben als seine Beteuerungen, so ernst und stimmig sie auch sein mochten. Demnach existiert dieses Ungeheuer wirklich! Ich kann nicht daran zweifeln;

und dennoch überwältigen mich Staunen und Verwunderung. Manches Mal habe ich mich bemüht, von Frankenstein die Einzelheiten seiner Erschaffung dieses Wesens zu erfahren, aber über diesen Punkt schwieg er beharrlich.

»Seid Ihr von Sinnen, mein Freund?« sagte er. »Seht Ihr denn nicht, wohin Eure unbedachte Neugier Euch führen würde? Würdet auch Ihr Euch selbst und der Welt einen dämonischen Widersacher erschaffen? Frieden, Frieden; lernt aus meinem Unglück und sucht nicht, Euer Leid zu vermehren!«

Frankenstein entdeckte, daß ich mir Notizen machte, während ich seinem Bericht lauschte; er bat mich, sie sehen zu dürfen, und berichtigte und erweiterte sie eigenhändig an mehreren Stellen, vor allem aber, um seinen Gesprächen mit seinem Feind größere Lebendigkeit zu verleihen. »Da Ihr meine Erzählung schon festhaltet«, sagte er, »möchte ich nicht, daß sie der Nachwelt verstümmelt überliefert wird.«

Während ich dieser seltsamsten Geschichte gelauscht hatte, die je ersonnen wurde, war eine Woche verstrichen. All meine Gedanken und Regungen meiner Seele hatten der Anteilnahme an meinem Gast gegolten, die durch seinen Bericht sowie durch sein sanftes und edles Wesen erweckt worden war. Ich möchte ihn besänftigen; aber kann ich einen Menschen, der so maßlos unglücklich ist – so bar jeglicher Hoffnung und Tröstung –, zum Leben raten? O nein! Die einzige Freude, die seinem zerrütteten Geist jetzt noch zuteil werden kann, ist der Friede des Todes. Und doch genießt er einen Trost, den er aus seiner Einsamkeit und seinem Fieberwahn schöpft: Er glaubt, daß die Freunde, mit denen er in seinen Träumen Zwiesprache hält, die ihn in seinem Elend ermutigen oder zur Rache anspornen, keine Schöpfungen seiner Phantasie sind, sondern wirkliche Wesen, die ihn aus den Regionen einer jenseitigen Welt besuchen. Diese Überzeugung verleiht seinen Traumgebilden eine Eindringlichkeit, die sie mir fast ebenso eindrucksvoll und fesselnd macht, als seien sie Wirklichkeit.

Unsere Unterhaltungen beschränken sich durchaus nicht immer auf seine eigenen Erlebnisse und Unglücksfälle. Er weist umfassende Kenntnisse in der allgemeinen Literatur sowie eine rasche und durchdringende Auffassungsgabe auf. Seine Beredsamkeit ist bezwingend und beeindruckend, und ich kann ihm nicht ohne Tränen lauschen, wenn er über ein ergreifendes Erlebnis berichtet oder in mir Gefühle des Mitleids oder der Zuneigung zu erwecken versucht. Welch wunderbarer Mensch muß er in den Tagen seines Wohlergehens gewesen sein, da er noch in seinem Elend so übermenschlich nobel ist! Er scheint seinen eigenen Wert und die Tiefe seines Falles zu ahnen.

»Als ich jünger war«, sagte er einmal, »glaubte ich, für Großes ausersehen zu sein. Meine Gefühle sind tief; ich verfügte über ein sachliches Urteilsvermögen, das mich für hervorragende Leistungen prädestiniert scheinen ließ. Diese Ahnung meines eigenen Wertes stärkte mich dort, wo andere unterlegen wären; denn ich empfand es als verbrecherisch, in nutzlosem Kummer jene Talente zu verschleudern, die meinen Mitmenschen nützlich werden mochten. Wenn ich über das Werk nachdachte, das ich vollbracht hatte – es handelte sich ja um nichts Geringeres als die Erschaffung eines empfindsamen und vernünftigen Wesens –, konnte ich mich nicht auf eine Stufe mit jener Schar gewöhnlicher Erfinder setzen. Aber eben diese Einstellung, die mir zu Beginn meiner Laufbahn so hilfreich war, trägt jetzt dazu bei, mich noch tiefer in den Staub zu stoßen. All meine Spekulationen und Hoffnungen sind zunichte geworden; und ebenso wie jener Erzengel, der nach der Allmacht strebte, bin ich in eine ewige Hölle verbannt. Ich verfügte über eine lebhafte Vorstellungskraft sowie über einen analytischen und praktischen Verstand; die Verbindung von beidem gab mir die Idee zur Schaffung eines

Menschen ein und ermöglichte mir ihre Ausführung. Die Erinnerung an die Träume, denen ich nachgehangen habe, als mein Werk noch im Entstehen begriffen war, erfüllt mich selbst jetzt noch mit Leidenschaft. Mein Geist schwebte in höheren Regionen; bald frohlockte ich über meine Macht, bald glühte ich bei der Vorstellung ihrer Auswirkungen. Ich war von Kindheit an mit hochfliegenden Hoffnungen und himmelstürmendem Ehrgeiz begabt; und wie tief bin ich gestürzt! Oh! Mein Freund, wenn Ihr mich gekannt hättet, wie ich einmal war; Ihr würdet mich in diesem Zustand der Erniedrigung nicht wiedererkennen. Damals ließ ich mich kaum entmutigen; eine große Bestimmung schien mich voranzutragen, bis ich fiel, um mich niemals, niemals mehr zu erheben.«

Muß ich diesen bewundernswerten Menschen tatsächlich wieder verlieren? Ich habe mich nach einem Freund gesehnt; ich habe nach einem Menschen gesucht, der mir Mitgefühl und Zuneigung entgegenbrächte; und siehe; auf diesem wüsten Meer habe ich ihn gefunden; aber ich fürchte, ich habe ihn nur getroffen, um seinen Wert kennenzulernen und ihn wieder zu verlieren. Ich möchte ihn dem Leben zurückgewinnen, aber er verabscheut diese Vorstellung.

»Ich danke Euch, Walton«, sagte er, »für Eure freundlichen Absichten einem so Elenden gegenüber; aber denkt Ihr denn, wenn Ihr von neuen Bindungen und Zuneigungen sprecht, die alten ersetzen zu können, die verlorengegangen sind? Kann denn jemals wieder ein Mann für mich sein, was Clerval mir gewesen ist; oder eine Frau, was Elisabeth mir war? Selbst wenn unsere Zuneigungen nicht weitgehend von besonderen Vorzügen bestimmt werden, besitzen die Gefährten unserer Kindheit stets eine gewisse Macht über unser Gemüt, die Freunde im späteren Alter kaum jemals erlangen. Unsere Kindheitsgefährten wissen um unsere kindlichen Neigungen, die niemals völlig ausgelöscht werden, so sehr sie sich auch später verändern mögen; und sie können die Lauterkeit unserer Motive mit größerer Sicherheit als spätere Freunde an unseren Taten erkennen. Geschwister können einander niemals des Betruges oder der Falschheit verdächtigen, wenn sich nicht schon früh Anzeichen für solche Neigungen gezeigt haben; wohingegen ein Freund in späteren Lebensjahren sich nicht gegen Verdächtigungen zu wehren vermag, so nahe er uns auch stehen mag. Ich hingegen hatte Freunde, die mir nicht nur aufgrund langjähriger Gewohnheit und Kameradschaft teuer waren, sondern auch wegen ihrer Verdienste; und wo immer ich mich auch aufhalten mag, flüstert mir die begütigende Stimme meiner Elisabeth ins Ohr und lausche ich meinen Gesprächen mit Clerval hinterher. Sie sind tot; und es gäbe nur eines, was mich dazu veranlassen könnte, mein Leben zu erhalten: Wenn ich mit einer hohen Aufgabe oder Ausführung befaßt wäre, die von großer Nützlichkeit für meine Mitmenschen wäre –; dann könnte ich am Leben bleiben, um sie zu erfüllen. Aber dies ist mir nicht bestimmt; ich muß das Wesen verfolgen und vernichten, das ich erschaffen habe; dann wird mein Los auf Erden erfüllt sein, und ich kann sterben.«

2. September

Meine geliebte Schwester,

ich schreibe Dir umgeben von Gefahr und ohne zu wissen, ob es mir jemals vergönnt sein wird, mein teures England und meine lieben Freunde wiederzusehen. Ich bin von Eisbergen umringt, die kein Entkommen gestatten und jeden Augenblick drohen, mein Schiff zu zerschmettern. Die braven Burschen, die ich überredet habe, mich zu begleiten, erwarten Hilfe von mir; aber ich habe keine anzubieten. Unsere Situation ist furchtbar; dennoch verlassen Mut und Hoffnung mich nicht. Aber es ist entsetzlich, darüber nachzudenken, daß das Leben all dieser Männer durch mich in Gefahr gebracht wurde. Sollten wir verloren sein, sind meine aberwitzigen Pläne schuld daran.

Und wie, Margaret, wird es dann erst in Dir aussehen? Du wirst ja nichts von meinem Untergang hören und ängstlich auf meine Rückkehr warten. Jahre werden vergehen, und Du wirst von Verzweiflung und zugleich von Hoffnung gequält werden. Oh! Geliebte Schwester; das trostlose Ausbleiben Deiner sehnlichsten Erwartungen will mir schrecklicher als mein eigener Tod erscheinen. Aber Du hast immerhin einen Gemahl und allerliebste Kinder, und so magst Du Dich glücklich schätzen; der Himmel segne Dich und schenke Dir Glück!

Mein unglücklicher Gast empfindet das innigste Mitleid mit mir. Er bemüht sich, mir Hoffnung zu machen, und redet, als sei das Leben ihm ein wertvolles Gut. Er erinnert mich daran, wie häufig sich andere Seefahrer, die dieses Meer befuhren, in ähnlicher Lage befunden haben, und erfüllt mich mit neuem Lebensmut, indem er sich selbst verleugnet. Selbst die Seeleute spüren die Kraft seiner Beredsamkeit; wenn er mit ihnen spricht, verzweifeln sie nicht länger; er erweckt ihre Energie, und wenn sie seine Stimme vernehmen, glauben sie, daß diese ungeheuren Eisberge nichts weiter als Maulwurfshügel sind, die vor der Entschlossenheit des Menschen weichen werden. Aber diese Gefühle sind vorübergehender Natur; jeder Tag, an dem unsere Erwartungen enttäuscht werden, erfüllt sie mit Furcht – und ich fürchte fast, daß diese Verzweiflung zur Meuterei führen könnte.

5. September

Soeben hat sich eine Szene abgespielt, die so bedeutsam ist, daß ich nicht umhin kann, Dir von ihr zu berichten, obwohl es höchst unwahrscheinlich ist, daß diese Blätter Dich jemals erreichen.

Wir sind immer noch von Eisbergen umgeben; immer noch in äußerster Gefahr, zwischen ihnen zermalmt zu werden. Die Kälte übersteigt jedes Maß, und viele meiner unglücklichen Kameraden haben bereits inmitten dieser Einöden ihr Grab gefunden. Frankensteins Gesundheit verschlechtert sich mit jedem Tag; in seinen Augen brennt ein fiebriges Feuer, aber er ist erschöpft und sinkt bei der geringsten Anstrengung sogleich in einen todesähnlichen Zustand.

In meinem letzten Brief habe ich meine Befürchtung im Hinblick auf eine Meuterei erwähnt. Als ich heute morgen am Lager meines Freundes saß und seine bleichen Züge betrachtete – seine Augen waren halb geschlossen, seine Glieder kraftlos –, wurde ich von einem halben Dutzend Seeleute aufgestört, die Einlaß in die Kabine begehrten. Sie traten ein, und ihr Anführer redete mich an. Er sagte, er und seine Begleiter seien von der übrigen Mannschaft als Delegation an mich ausgewählt worden, um eine Forderung vorzutragen, die ich billigerweise nicht abschlagen könne. Wir seien vom Eise umschlossen, dem wir vermutlich niemals wieder entkommen könnten; aber sie fürchteten, ich könne – falls das Eis sich doch noch teilen und eine Fahrrinne freigeben sollte, was ja durchaus möglich sei – unbesonnen genug sein, auf einer Fortsetzung der Reise zu bestehen und die Mannschaft neuerlichen Gefahren auszusetzen, nachdem sie dieser Bedrohung glücklich entronnen seien. Sie bestünden deshalb auf meinem feierlichen Versprechen, daß ich – falls das Schiff jemals freikäme – sofort einen Südkurs anzuordnen gewillt sei. Diese Ansprache kam überraschend. Ich war nicht über unsere Lage verzweifelt und hatte deshalb noch nicht daran gedacht, umzukehren, falls wir freikämen. Aber hatte ich das Recht oder auch nur die Möglichkeit, dieses Begehren abzuschlagen? Ich zögerte noch mit der Erwiderung, als Frankenstein, der bis jetzt geschwiegen hatte und in der Tat kaum die Kraft zu besitzen schien, sich aufrichtete. Seine Augen blitzten, und seine Wangen röteten sich in einem flüchtigen Wiedererwachen seiner Lebenskraft.

Er wandte sich an die Männer und sagte: »Was muß ich hören? Was verlangt Ihr von Eurem Kapitän? Seid Ihr so leicht von Eurer Pflicht abzulenken? Habt Ihr nicht von einer ruhmreichen Entdeckerfahrt gesprochen? Und aus welchem Grunde ist sie ruhmreich? Nicht, weil die Fahrt so glatt und bequem wie in der Südsee vonstatten gegangen wäre, sondern weil sie voller Gefahren und Schrecknissen war; weil jeder neuerliche Vorfall Euren Mut und Eure Tapferkeit erforderte; weil sie mit Gefahr und Tod verbunden war, die Ihr standhaft überwunden habt. Deshalb war sie ruhmreich; deshalb war sie ein ehrenwertes Unterfangen. Ihr alle solltet nach dieser Expedition als Förderer Eurer Rasse gefeiert werden; Eure Namen sollten als die Namen braver Männer verehrt werden, die zum Wohle der Menschheit dem Tode trotzten. Und nun – was muß ich sehen? Bei der ersten sich zeigenden Gefahr oder, wenn Ihr das lieber hört, bei der ersten großen und schrecklichen Mutprobe, schreckt Ihr zurück und wollt Euch damit zufriedengeben, als Männer zu gelten, die nicht die Stärke hatten, der Kälte und den Gefahren standzuhalten, und so – arme Seelen –, froren und zu ihren warmen Feuerstellen zurückkehrten. Nun, dazu braucht man keine Vorbereitungen zu treffen; Ihr hättet nicht so weit kommen und Euren Kapitän einer beschämenden Niederlage aussetzen müssen, nur, um Euch als Feiglinge auszuweisen. Oh! Seid Männer, oder nein, seid mehr als Männer. Bleibt Eurem Vorsatz treu und seid unerschütterlich wie ein Fels. Dieses Eis ist nicht so fest, wie Eure Herzen es sein können; es ist unbeständig und kann Euch nicht widerstehen, wenn Ihr entschlossen seid. Kehrt nicht mit dem Brandmal der Schande auf der Stirn zu Euren Familien zurück. Kehrt als Helden zurück, die gekämpft und gesiegt haben und die nicht wissen, was es heißt, dem Feind den Rücken zuzukehren.«

Während er sprach, spiegelte seine wandlungsfähige Stimme die Empfindungen wider, die er jeweils ausdrücken wollte, und in seinem Blick erstrahlte das Erhabene und Heldenhafte seiner Vision; wundert es Dich da, daß diese Männer bewegt waren? Sie warfen einander Blicke zu und waren unfähig, ihm zu antworten. Ich ergriff das Wort; ich wies sie an, sich zurückzuziehen und das Gehörte zu überdenken; ich sagte, ich werde sie nicht weiter in den Norden führen, falls sie unbedingt das Gegenteil wünschten; ich hoffe aber, daß ihr Mut wiederkehren würde, wenn sie erst einmal nachgedacht hätten.

Sie gingen in ihre Kabinen, und ich wandte mich meinem Freund zu; aber er war zu Tode ermattet zurückgesunken.

Ich weiß nicht, wie die ganze Sache ausgehen wird, aber ich würde lieber sterben, als mit Schande bedeckt umzukehren, ohne mein Vorhaben ausgeführt zu haben. Und dennoch fürchte ich, daß dies mein Schicksal sein wird; die Männer, denen Begriffe wie Ruhm und Ehre fremd sind, werden die Mühsal, der sie jetzt ausgesetzt sind, niemals aus freien Stücken weiterhin auf sich nehmen.

7. September

Die Würfel sind gefallen; ich habe eingewilligt, umzukehren, wenn wir nicht vorher vernichtet werden. Somit sind meine Hoffnungen an Feigheit und Wankelmut zerschellt; ich kehre unwissend und enttäuscht zurück. Es bedürfte größerer Weisheit, als ich sie besitze, um diese Ungerechtigkeit mit Gleichmut zu ertragen.

12. September

Es ist vorbei; ich komme nach England zurück. Ich habe meine Hoffnung auf Verdienst und Ruhm verloren; ich habe meinen Freund verloren. Aber ich will versuchen, Dir, meine liebe Schwester, all die bitteren Einzelheiten mitzuteilen, und solange ich auf meiner Rückreise nach England und zu Dir bin, will ich nicht verzagen.

Am 9. September begann das Eis, sich zu bewegen; in der Ferne war ein donnerndes Getöse zu hören, als die Eisdecke brach und in allen Richtungen zersplitterte. Wir schwebten in höchst akuter Gefahr, aber da wir nur untätig zuschauen konnten, galt meine hauptsächliche Aufmerksamkeit meinem unglücklichen Gast, dessen Zustand sich derart verschlimmert hatte, daß er ständig ans Bett gefesselt war. Hinter uns krachte das Eis und wurde nach Norden abgetrieben; vom Westen her kam ein frischer Wind auf, und am 11. des Monats war die Durchfahrt in Richtung Süden gänzlich frei. Sobald die Seeleute sahen, daß ihrer Rückfahrt in ihre Heimat anscheinend nichts mehr im Wege stand, brachen sie in ein lautes, lang anhaltendes Freudengeheul aus. Frankenstein, der in leichtem Schlummer gelegen hatte, erwachte und erkundigte sich nach der Ursache des Lärms.

»Sie schreien, weil sie bald nach England zurückkehren werden«, erwiderte ich.

»Demnach habt Ihr nachgegeben?«

»Nun ja; ich muß umkehren. Ich kann mich ihren Forderungen nicht widersetzen und sie nicht gegen ihren Willen in Gefahr bringen.«

»So tut, was Ihr wollt; ich werde es nicht tun. Ihr mögt Euer Vorhaben aufgeben, aber mein Ziel ist mir vom Himmel vorgezeichnet und ich wage nicht, mich ihm zu widersetzen. Ich bin schwach; aber die Geister, die mir in meiner Rache beistehen, werden mir die nötige Kraft verleihen.« Mit diesen Worten versuchte er, aufzustehen, aber die Anstrengung war zu groß für ihn; er fiel auf sein Lager zurück und verlor das Bewußtsein.

Es dauerte lange, bis er wiederhergestellt war, und oft glaubte ich, sein Leben sei bereits erloschen. Endlich öffnete er die Augen; sein Atem ging mühsam, und er konnte nicht sprechen. Der Schiffsarzt verabreichte ihm einen Stärkungstrank und ordnete an, daß wir ihn nicht stören sollten. Er nahm mich beiseite und teilte mir mit, daß mein Freund gewiß nur noch wenige Stunden zu leben habe.

Somit war Frankensteins Todesurteil ausgesprochen, und ich konnte nur trauern und mich in Geduld fassen. Ich saß an seinem Lager und beobachtete ihn; seine Augen waren geschlossen, und ich dachte, er schliefe; aber unvermittelt rief er mit schwacher Stimme meinen Namen, bat mich, näherzukommen, und sagte: »Nun denn; die Kraft, auf die ich mich verlassen habe, ist geschwunden; ich fühle, daß ich bald sterben werde und er, mein Feind und Verfolger, vielleicht immer noch am Leben ist. Denkt nicht, Walton, daß ich in den letzten Augenblicken meines Daseins den brennenden Haß und den glühenden Rachedurst verspüre, von dem ich Euch einst sprach; aber ich fühle mich im Recht, wenn ich den Tod meines Widersachers ersehne. Ich habe in den letzten Tagen innere Rückschau gehalten und finde an dem, was ich getan habe, nichts Tadelnswertes. In einem Anfall verblendeter Begeisterung habe ich ein vernunftbegabtes Wesen erschaffen und wäre wohl verpflichtet gewesen, alles in meiner Macht Stehende zu tun, um sein Glück und Wohlbefinden zu sichern. Dies war meine Pflicht; aber es bestand außerdem noch eine übergeordnete Verpflichtung, nämlich diejenige gegenüber meinen Mitmenschen. Sie hatten größeren Anspruch auf meine Aufmerksamkeit, weil es in diesem Fall um größere Beträge an Glück und Wohlbefinden ging. Unter dem Zwang dieses Aspekts weigerte ich mich, und zwar zu Recht, meinem ersten Geschöpf eine Gefährtin beizugesellen. Es legte eine unvergleichliche Boshaftigkeit und Selbstsucht an den Tag; es mordete meine Freunde; es wagte die Vernichtung von Menschen, die mit den feinsten Empfindungen, mit Glück und Weisheit ausgestattet waren; und ich weiß nicht, wann sein Rachedurst befriedigt sein wird. So unglücklich es auch sein mag; es muß sterben, auf daß es nicht andere unglücklich macht. Es wäre meine Pflicht gewesen, es zu vernichten, aber ich habe versagt. Ich habe Euch in selbstsüchtigem und irregeleitetem Eifer gebeten, mein unvollendetes Werk zu Ende zu führen; und nun, da nur noch Vernunft und Tugend meine Ratgeber sind, erneuere ich meine Bitte.

Jedoch kann ich nicht von Euch verlangen, daß Ihr Euer Vaterland und Eure Freunde im Stich laßt, um diese Aufgabe zu erfüllen; zudem werdet Ihr jetzt, da Ihr nach England zurückkehrt, nur wenig Gelegenheit haben, auf den Dämon zu stoßen. Aber ich muß es Euch überlassen, diese Dinge zu bedenken und sorgsam abzuwägen, was Euch als Eure Pflicht erscheint; meine Urteilskraft und mein Denkvermögen sind durch die Nähe des Todes getrübt. Ich wage nicht, Euch um das zu bitten, was ich für das richtige halte; denn möglicherweise ist immer noch die Besessenheit mein Ratgeber.

Daß er als ein Werkzeug des Unheils weiterleben soll, beunruhigt mich; andererseits ist diese Stunde, in der ich jeden Augenblick erwarten kann, erlöst zu werden, die glücklichste Zeit, die ich seit vielen Jahren erlebe. Die Gestalten der geliebten Toten schweben vor mir, und ich eile in ihre Arme. Lebt wohl, Walton! Sucht Euer Glück in der Seelenruhe und entsagt dem Ehrgeiz, und sei es auch nur der scheinbar unschuldige Wunsch, sich in wissenschaftlichen Entdeckungen hervorzutun. Aber weshalb sage ich dies? Bin ich auch selbst in diesen Hoffnungen gescheitert, mag ein anderer Erfolg haben.«

Seine Stimme wurde schwächer, und nach den letzten Worten verstummte er, von der Anstrengung des Sprechens erschöpft. Etwa eine halbe Stunde später unternahm er einen neuerlichen Versuch, etwas zu sagen, brachte aber kein Wort mehr hervor; er drückte schwach meine Hand, dann schlossen sich seine Augen für immer, und das leichte Lächeln, das zuvor seine Lippen umspielt hatte, verschwand.

Margaret, was könnte ich über die vorzeitige Auslöschung dieses herrlichen Geistes sagen? Was könnte ich sagen, um Dir die Tiefe meines Kummers vor Augen zu führen? Jede Bemerkung wäre unzulänglich. Meine Tränen fließen; mein Denken ist von einer Wolke der Enttäuschung überschattet. Aber ich reise auf England zu, und dort finde ich vielleicht Tröstung.

Ich werde unterbrochen. Was hat das Geräusch zu bedeuten? Es ist Mitternacht; eine sanfte Brise weht, die Deckwache regt sich kaum. Wieder der Laut einer menschlichen Stimme, aber rauher; er kommt aus der Kabine, in der die sterblichen Überreste Frankensteins immer noch liegen. Ich muß aufstehen und nachschauen. Gute Nacht, meine Schwester.

Großer Gott! Welche Szene hat sich soeben abgespielt! Ich bin noch benommen von der Erinnerung daran. Ich weiß nicht, ob ich die Kraft habe, Dir die Einzelheiten mitzuteilen, aber mein Bericht wäre unvollständig ohne die Schilderung dieses einzigartigen Ausgangs.

Ich betrat die Kabine, in der die Leiche meines unseligen und bewundernswerten Freundes lag. Über ihn beugte sich eine Gestalt, die zu beschreiben mir die Worte fehlen; riesig von Wuchs, aber ungeschlacht und von unrichtigen Proportionen. Als der Dämon sich über den Sarg neigte, war sein Gesicht von langen Locken zottigen Haares verborgen; eine seiner mächtigen Hände war ausgestreckt; sie glich in Farbe und Beschaffenheit der einer Mumie. Als er mich hereinkommen hörte, ließ er von seinen Aufschreien des Kummers und der Trauer ab und sprang aufs Fenster zu. Niemals habe ich etwas so Entsetzliches wie dieses Antlitz erblickt; etwas derart Abscheuliches und zugleich Furchteinflößendes. Ich schloß unwillkürlich die Augen und bemühte mich, mir über meine Pflichten angesichts dieses Zerstörers klarzuwerden. Ich rief ihm zu, er solle bleiben.

Er hielt inne und schaute mich erstaunt an, dann wandte er sich erneut der leblosen Gestalt seines Schöpfers zu. Meine Gegenwart schien er vergessen zu haben; ich bemerkte, daß sich in all seinen Zügen und Gesten die wildeste Wut einer unkontrollierten Leidenschaft ausdrückte.

»Dieser ist ebenfalls mein Opfer!« rief er aus, »mit seiner Ermordung sind meine Verbrechen vollendet; das Elend meines Seins ist beendet. O Frankenstein, du großherziger und selbstaufopfernder Mensch! Was hilft es, daß ich dich jetzt um Verzeihung bitte? Ich, der ich dich unwiderruflich vernichtet habe, indem ich all diejenigen vernichtete, die du liebtest. Ach, nun ist er erkaltet und kann mir nicht länger antworten.«

Die Stimme schien ihm zu versagen, und mein erster Impuls, meine Pflicht zu tun und den letzten Wunsch meines sterbenden Freundes zu erfüllen, indem ich seinen Feind vernichte, wurde durch eine Mischung aus Neugier und Mitleid unterdrückt. Ich näherte mich diesem ungeheuerlichen

Geschöpf, wagte es jedoch nicht, meinen Blick noch einmal zu seinem Antlitz zu erheben, so beängstigend und schauerlich war es in seiner Häßlichkeit. Ich versuchte zu sprechen, aber die Wörter erstarben mir auf den Lippen. Das Ungeheuer fuhr fort, die wildesten und unglaublichsten Selbstvorwürfe auszustoßen. Endlich brachte ich die Fassung auf, es in einer Atempause seines Sturms der Leidenschaft anzusprechen: »Eure Reue ist jetzt nutzlos. Hättet Ihr der Stimme Eures Gewissens gehorcht und auf die Einflüsterungen der Reue gehört, bevor Ihr Eure satanische Rache zum äußersten getrieben habt, würde Frankenstein noch leben.«

»Ihr träumt wohl?« erwiderte der Dämon, »glaubt Ihr denn, damals wäre ich taub für Qual und Reue gewesen? Der dort«, so fuhr er fort, indem er auf den Leichnam deutete, »hat, als er seine Taten ausführte, nicht den zehntausendsten Teil des Schmerzes verspürt, den ich bei den quälenden Schritten meines Vorgehens empfand. Mich trieb eine entsetzliche Selbstsucht an, während mein Herz von Gewissensbissen zernagt wurde. Glaubt Ihr, das Stöhnen Clervals sei Musik in meinen Ohren gewesen? Mein Herz ist derart beschaffen, daß es zu Liebe und Mitgefühl fähig ist; und als es durch mein Elend zu Boshaftigkeit und Haß verderbt wurde, bereitete ihm die Gewaltsamkeit eines solchen Wandels Qualen, die Ihr Euch nicht einmal vorzustellen vermögt.

Nach dem Mord an Clerval kehrte ich mit gebrochenem Herzen und vom Mitgefühl überwältigt in die Schweiz zurück. Ich bemitleidete Frankenstein; mein Mitleid schlug in Entsetzen vor mir selbst um; ich verabscheute mich. Aber als ich entdeckte, daß er – der Urheber meines Daseins und damit meiner unaussprechlichen Qualen – es wagte, auf sein Glück zu hoffen; daß er Vorbereitungen traf, in Gefühlen und Leidenschaften zu schwelgen, die zu genießen mir für immer verwehrt war, während er Unglück und Verzweiflung auf mich häufte; da erfüllten mich ohnmächtiger Neid und unstillbarer Rachedurst. Ich entsann mich meiner Drohung und beschloß, sie wahrzumachen. Ich wußte, daß ich mir selbst tödliche Qualen zufügen würde; aber ich war der Sklave, nicht der Meister eines inneren Dranges, den ich verabscheute und doch nicht unterdrücken konnte. Aber als sie starb! – Nein, ich war nicht unglücklich. Ich hatte mich von allen Gefühlen losgesagt, allen Schmerz bezwungen, um mich meiner aus Verzweiflung geborenen Wut hinzugeben. Seit jener Zeit wurde das Böse zu meinem Lebensinhalt. Da ich so weit hatte gehen müssen, blieb mir keine andere Wahl als mein Wesen auf ein Element einzustellen, das ich bewußt erwählt hatte. Die Erfüllung meiner dämonischen Bestimmung wurde zu meiner unstillbaren Leidenschaft. Und nun ist es vollbracht; dort liegt mein letztes Opfer!«

Zuerst war ich von der Schilderung seiner Leiden gerührt; aber als ich mir in Erinnerung rief, was Frankenstein über die Macht seiner Beredsamkeit und Überzeugungskraft gesagt hatte, und nachdem ich noch einen Blick auf die leblose Gestalt meines Freundes geworfen hatte, flammte in mir die Entrüstung auf. »Elender!« sagte ich, »wie freundlich von Euch, herzukommen und über die Verheerung zu jammern, die Ihr selbst angerichtet habt. Ihr werft eine Brandfackel in die Behausung der Menschen, und wenn sie vom Feuer vernichtet sind, sitzt Ihr in den Ruinen und klagt über die Zerstörung. Heuchlerischer Satan! Wäre derjenige, den Ihr betrauert, noch am Leben, würde er immer noch Gegenstand Eurer verfluchten Rachsucht sein; fiele er ihr erneut zur Beute. Es ist kein Mitleid, das Ihr fühlt; Ihr jammert nur, weil das Opfer Eurer Boshaftigkeit nun Eurer Macht entzogen ist.«

»O nein, so ist es nicht –; so nicht«, unterbrach mich das Geschöpf, »natürlich müßt Ihr diesen Eindruck von der Ursache meines Verhaltens gewinnen. Aber ich suche keine Anteilnahme an meinem Leiden. Ich werde wohl niemals Anteilnahme finden. Als ich es zum ersten Mal suchte, wollte ich meine Liebe zur Tugend, meine Gefühle der Glückseligkeit und der Zuneigung, die mein ganzes Wesen überfluteten, mit anderen teilen. Aber jetzt ist die Tugend mir ein Schemen geworden, und jene Glückseligkeit und Zuneigung haben sich in bittere und abscheuliche Verzweiflung verwandelt; wie sollte ich da noch Anteilnahme suchen? Ich gebe mich damit zufrieden, weiterhin in Einsamkeit zu dulden und zu wissen, daß, wenn ich sterbe, mein Andenken mit Abscheu und Schande verbunden sein wird. Einst habe ich mich selbst mit Träumen von Tugend, von Ruhm und Lustbarkeiten eingelullt. Einst habe ich zu Unrecht gehofft, auf ein Wesen zu treffen, das über meine äußere Erscheinung hinwegsehen und mich wegen der ausgezeichneten Eigenschaften lieben könnte, die ich aufzuweisen hatte. Ich mästete mich mit stolzen Gedanken an Ehre und Hingabe. Aber nun hat das Verbrechen mich unter das niedrigste Tier sinken lassen. Keine Schuld, kein Unglück, keine Boshaftigkeit, kein Elend käme dem meinen gleich. Wenn ich den furchtbaren Katalog meiner Untaten betrachte, vermag ich nicht zu glauben, daß ich dasselbe Geschöpf bin wie jenes, dessen Denken einst mit erhabenen und wunderbaren Visionen von der Schönheit und Majestät der Güte erfüllt war. Aber es ist stets so; der gefallene Engel wird zum boshaften Teufel. Aber selbst jener Feind Gottes und der Menschen hat Gefährten in seiner Trostlosigkeit; ich hingegen bin allein.

Ihr, der Ihr Frankenstein Euren Freund nanntet, scheint von meinen Verbrechen und seinem Unglück zu wissen. Aber aus seinem Bericht konntet Ihr nichts über die Stunden und Monate des Elends entnehmen, die ich auf mich nehmen und in ohnmächtigen, leidenschaftlichen Gefühlen verbringen mußte. Denn während ich seine Hoffnungen zunichte machte, konnte ich mir meine eigenen Wünsche nicht erfüllen. Sie waren stets brennend und sehnsüchtig; ich dürstete immer noch nach Liebe und Freundschaft; und ich wurde stets zurückgewiesen. Lag darin keine Ungerechtigkeit? Soll ich denn der einzige Verbrecher sein, da sich die gesamte menschliche Rasse gegen mich versündigte? Weshalb haßt Ihr Felix nicht, der seinen Freund mit Schande von seiner Tür vertrieben hat? Weshalb flucht Ihr nicht dem Landmann, der den Erretter seines Kindes zu vernichten versuchte? Nein; *sie* sind tugendhafte und untadelige Menschen! Ich, der Elende und Verlassene, bin eine Mißgeburt, die man verstößt, mit Tritten davonjagt und auf der man herumtrampelt. Selbst jetzt bringt der Gedanke an diese Ungerechtigkeit mein Blut zum Kochen.

Aber ich bin in der Tat ein Scheusal. Ich habe den Geliebten und die Hilflose gemordet; ich habe die Unschuldige im Schlafe erwürgt und ihm, der weder mir noch irgend jemandem sonst etwas angetan, Hand an die Kehle gelegt. Ich habe meinem Schöpfer, den unter allen Menschen ich am meisten zu lieben und zu bewundern Grund gehabt hätte, zum Unglück verdammt; ja, ich habe ihn in den endgültigen Untergang getrieben. Hier liegt er, bleich und kalt im Tode. Ihr haßt mich; aber Euer Abscheu ist nicht mit demjenigen zu vergleichen, den ich selbst vor mir empfinde. Ich schaue auf die Hände, die jene Taten ausführten; ich denke an das Herz, das sie erdachte, und sehne mich nach dem Augenblick, in dem diese Hände mein Lebenslicht auslöschen; in dem diese Erinnerungen mich nicht länger plagen.

Fürchtet nicht, daß ich weiteres Unheil anrichten werde. Mein Werk ist nahezu vollbracht. Weder Euer Tod noch der eines anderen Menschen ist erforderlich, um die Serie meiner Verbrechen zu vervollständigen und um zu vollenden, was getan werden muß – aber mein eigener Tod ist dazu nötig. Und glaubt nicht, daß ich zögern werde, dieses Opfer zu bringen. Ich werde Euer Schiff auf der Eisscholle verlassen, die mich hergebracht hat, und die nördlichste Region der Erde aufsuchen; dort will ich einen Scheiterhaufen errichten und diesen elenden Leib zu Asche verbrennen, auf daß keine Überreste bleiben, die einem neugierigen und gottlosen Narren, der gern einen anderen wie mich erschaffen möchte, Hinweise geben könnten. Ich werde sterben. Ich werde nicht länger die Qualen fühlen, die mich jetzt verzehren, oder das Opfer von Gefühlen sein, die niemals erwidert werden und dennoch nicht nachlassen. Der mich ins Leben rief, ist tot; und wenn ich erst nicht mehr bin, wird das Gedenken an uns beide rasch schwinden. Ich werde nicht länger die Sonne und die Sterne schauen oder den Wind auf meinen Wangen fühlen. Licht, Empfinden und Denken werden nicht mehr sein; und dann erst kann ich glücklich sein. Vor einigen Jahren, als sich die Bilder, die diese Welt zu bieten hat, mir zum ersten Male zeigten; als ich die wohltuende Wärme des Sommers spürte und das Rauschen des Waldes und den Vogelsang hörte und mir diese Dinge alles bedeuteten; da hätte mich der Tod weinen machen – aber nun ist er mein einziger Trost. Von Untaten befleckt und von bitterster Reue zerrissen, wie ich bin, wo sonst sollte ich Ruhe finden als im Tode?

Lebt wohl! Ich verlasse Euch und mit Euch den letzten Menschen, den diese Augen jemals erblicken werden. Lebt wohl, Frankenstein! Wenn Ihr noch am Leben und immer noch von dem Verlangen nach Rache an mir erfüllt wärt, nun würde Euch mein Leben eher als mein Tod befriedigen. Aber Euch ging es nicht um Rache; ihr suchtet, mich zu vernichten, auf daß ich keine weitere Untat ausführen konnte; doch solltet Ihr – auf eine mir unbekannte Art und Weise – weiterhin denken und empfinden können, werdet Ihr keinen größeren Rachedurst mir gegenüber verspüren als ich selbst. So übel ich Euch auch mitspielte; stets war meine Qual größer als die Eure; denn der bittere Stachel der Reue wird in meiner schwärenden Wunde stecken, bis der Tod sie für immer verschließt.

Aber bald« – rief er mit schwermütigem und feierlichem Ernst aus – »werde ich sterben und nicht länger empfinden, was ich nun fühle. Bald wird dieses brennende Leid ausgelöscht sein. Triumphierend will ich meinen Scheiterhaufen besteigen und jubeln inmitten der Agonie der flammenden Qual. Endlich wird das Licht dieser lodernden Fackel verlöschen; der Wind wird meine Asche ins Meer tragen. Mein Geist wird in Frieden schlummern; doch sollte er weiterhin bestehen, wird er gewiß mit anderen Dingen befaßt sein. Lebt wohl.«

Nach diesen Worten schwang er sich aus dem Kabinenfenster auf die Eisscholle, die dicht neben dem Schiff trieb. Bald schon hatten die Wogen ihn entführt, und Dunkelheit und Ferne verschluckten ihn.

ENDE

BRAM STOKER

DRACULA

Aus dem Englischen
von Bernhard Willms

Kapitel Eins

Das Journal des Jonathan Harker

(in Kurzschrift)

3. *Mai, Bistritz.* – Verließ München den 1. Mai um 20 Uhr 35 und langte früh des nächsten Morgens in Wien an; hätte um 6 Uhr 46 ankommen sollen, aber der Zug hatte eine Stunde Verspätung. Budapest scheint eine wunderschöne Stadt zu sein, zu urteilen nach dem kurzen Blick, den ich vom Zug aus darauf werfen, und dem kurzen Spaziergang, den ich in seinen Mauern tun konnte. Ich fürchtete, mich zu weit vom Bahnhof zu entfernen, da wir mit Verspätung eingelaufen waren und so getreu dem Fahrplan wie nur möglich wieder abfahren wollten. Mein Eindruck war, daß wir den Westen verließen und in den Osten vordrangen; die zumeist westlich anmutenden großzügigen Brücken über die Donau, die hier von vornehmer Breite und Tiefe ist, führten uns direkt hinein in die Traditionen der einstigen türkischen Herrschaft.

Wir fuhren recht pünktlich ab und erreichten nach Einbruch der Dunkelheit Klausenburg. Hier verbrachte ich die Nacht im Hôtel Royal. Zum Dinner, oder besser gesagt zum Abendessen, nahm ich ein mit einer Art rotem Pfeffer zubereitetes Huhn, das hervorragend mundete, aber Durst weckte. *(Nicht vergessen: Rezept für Mina erfragen.)* Ich fragte denn auch den Kellner, und der sagte mir, es heiße ›Paprika-Hendl‹, und da es sich um ein Nationalgericht handele, könne ich es überall entlang der Karpaten erhalten. Meine wenigen Brocken Deutsch kamen mir hier sehr zustatten; ja, ich weiß in der Tat nicht, wie ich ohne sie hätte vorwärtskommen sollen.

Als ich in London einmal ein wenig freie Zeit gehabt hatte, hatte ich das Britische Museum besucht und mich dort mit Büchern und Landkarten von Transsylvanien befaßt; mir war der Gedanke gekommen, daß es gewiß nicht schaden konnte, ein wenig über das Land zu wissen, wenn ich Eindruck auf einen seiner Adligen machen wollte. Ich entdeckte, daß der von ihm benannte Distrikt im äußersten Osten des Landes liegt, unmittelbar an der Grenze dreier Staaten – Transsylvanien, Moldavien und der Bukowina – inmitten der Karpaten; eine der wildesten und am wenigsten bekannten Gegenden Europas. Es gelang mir nicht, auch nur ein einziges Buch oder eine Karte zu entdecken, die Auskunft über die genaue Lage des Schlosses Dracula hätte geben können. Aber ich fand heraus, daß Bistritz, die von Graf Dracula genannte Posthalterstelle, ein wohlbekannter Ort ist.

An dieser Stelle will ich auf einige meiner Notizen zurückgreifen, könnten sie doch mein Gedächtnis auffrischen, wenn ich bei meiner Heimkehr Mina über meine Reisen berichten werde:

In der Bevölkerung Transsylvaniens finden sich drei verschiedene Nationalitäten: Sachsen im Süden und mit ihnen vermischt die Wallachen, die direkte Nachfahren der Dakier sind; Magyaren (Ungarn) im Westen und Szekler (Anmerkung des Übersetzers: im östlichen Siebenbürgen lebender ungarischer Volksstamm) im Osten und Norden. Ich werde mich zu den Letztgenannten begeben, die für sich in Anspruch nehmen, von Attila und seinen Hunnen abzustammen. Dies könnte durchaus der Wahrheit entsprechen, denn als die Ungarn im elften Jahrhundert das Land eroberten, fanden sie dort noch die Hunnen vor. Ich las, daß jeglicher Aberglaube, den die Welt kennt, sich in den hufeisenförmigen Karpaten wiederfindet, als handele es sich hier um einen Schmelztiegel von Phantasiegebilden aller Art; wenn dem so sein sollte, könnte mein Aufenthalt dort recht interessant werden. (Nicht vergessen: Ich muß den Grafen unbedingt darüber befragen.)

Ich schlief nicht besonders gut, obwohl mein Bett durchaus komfortabel war, doch plagten mich allerlei Alpträume. Die ganze Nacht hindurch heulte direkt unter meinem Fenster ein Hund, was daran durchaus seinen Anteil gehabt haben mag; vielleicht aber auch war es der reichlich genossene Paprika, denn ich mußte meine Wasserkaraffe bis auf den letzten Tropfen austrinken und verspürte noch immer Durst. Gegen Morgen schlief ich endlich ein und wurde von einem beständigen Pochen an meine Tür geweckt.

Zum Frühstück genoß ich noch mehr Paprika und eine Art Porridge aus Maismehl, den sie hier ›Mamaliga‹ nannten, und dazu Auberginen mit einer Hackfleischfüllung, ein wirklich exzellentes Gericht, das sie ›Impletata‹ nannten. *(Nicht vergessen: ebenfalls das Rezept erfragen.)* Ich mußte schnell frühstücken, weil mein Zug kurz vor acht ging, oder sollte ich besser sagen, er sollte eigentlich kurz vor acht gehen, denn nachdem ich um 7 Uhr 30 zur Station geeilt war, mußte ich über eine Stunde im Abteil sitzen, bis wir uns endlich in Bewegung setzten. Mir scheint, je weiter man nach Osten vorankommt, desto unpünktlicher verkehrten die Züge. Wie mag das wohl in China zugehen?

Den ganzen Tag über schienen wir durch ein Land zu bummeln, das voller Schönheiten jeglicher Art war. Von Zeit zu Zeit entdeckten wir kleinere Ortschaften oder Burgen auf den höchsten Erhebungen steiler Berge, wie man sie oft auf alten Stichen sieht; dann wieder fuhren wir an Flüssen und Strömen entlang, die, zieht man ihre breiten, steinigen Ufer in Betracht, oft Hochwasser führen müssen. Es bedarf großer Mengen rasch fließenden Wassers, um Flußbette in solch steinigen Untergrund zu waschen. An jeder Station standen Gruppen von Leuten herum, mitunter ganze Scharen, und in jeder Art Kleidung. Einige von ihnen unterschieden sich kaum von den Landleuten daheim oder jenen in Frankreich oder Deutschland, angetan mit kurzen Jacken und runden Hüten und selbstgeschneiderten Hosen; andere wieder wirkten ausgesprochen pittoresk. Die Frauen sahen hübsch aus, solange man ihnen nicht zu nahe kam, denn um die Taille herum waren sie alle ein wenig plump. Alle trugen sie große weiße Ärmel, und die meisten von ihnen dazu breite Gürtel, von denen schmale Stoffstreifen herunterflatterten wie Kostüme beim Ballett, aber natürlich mit Unterröcken darunter. Die seltsamsten Gestalten, die wir zu Gesicht bekamen, waren die Slowaken, die barbarischer sind als der Rest mit ihren großen Cowboy-Hüten, den großen, viel zu weiten schmutzig-weißen Hosen, weißen Hemden aus Linnen und enormen ledernen Gürteln von fast einem Fuß Breite, die über und über mit Messingnägeln beschlagen sind. Sie trugen hohe Stiefel, in die die Hosen hineingeschoben waren, und hatten lange schwarze Haare und dichte schwarze Schnurrbärte. Sie sahen malerisch aus, wirkten aber alles andere als freundlich. Auf der Bühne würde man so eine orientalische Verbrecherbande ausstatten. Sie sind jedoch, wie ich mir habe sagen lassen, harmlos und im Grunde nur von einem natürlichen Drang zur Selbstdarstellung beseelt.

Die Dämmerung neigte sich bereits der Dunkelheit, als wir Bistritz erreichten, eine sehr interessante alte Ortschaft. Es liegt an der Grenze – von hier führt der Borgo-Paß direkt in die Bukowina – und hat eine stürmische Vergangenheit, die überall ihre Spuren hinterlassen hat. Vor fünfzig Jahren wurde es von einer Serie von Feuersbrünsten heimgesucht, die schreckliche Verwüstungen anrichteten. Anfang des siebzehnten Jahrhunderts mußte es eine dreiwöchige Belagerung erdulden und beklagte den Verlust von 13 000 seiner Einwohner – Kriegsgefallene, Hungertote und Seuchenopfer.

Graf Dracula hatte mich angewiesen, im Hotel ›Goldene Krone‹ Logis zu nehmen, das sich zu meiner großen Freude als traditionsgebunden erwies, denn natürlich wollte ich möglichst viel von der Lebensart des Landes kennenlernen. Ich wurde offensichtlich bereits erwartet, denn kaum näherte ich mich der Tür, stand mir eine freundlich blickende ältere Frau in der üblichen ländlichen Tracht gegenüber – weiße Unterwäsche mit langer doppelter Schürze, je eine vorn und eine hinten, aus farbigem Stoff, der fast schon zu eng geschnitten war, um noch wohlanständig genannt werden zu können. Als ich mich ihr näherte, verbeugte sie sich. »Der englische Herr?«

»Ja«, sagte ich, »Jonathan Harker.«

Sie lächelte und erteilte einem älteren Mann mit weißen Hemdsärmeln, der ihr an die Tür gefolgt war, einen Auftrag. Er ging, um gleich darauf wieder zurückzukehren. In der Hand hielt er einen Brief:

MEIN FREUND – willkommen in den Karpaten. Ich erwarte Sie bereits voll Ungeduld. Schlafen Sie wohl heute nacht. Um drei Uhr wird morgen die Postkutsche in die Bukowina abfahren; es wird ein Platz für Sie reserviert sein. Am Borgo-Paß wird meine Equipage Sie erwarten, um Sie zu mir zu bringen. Ich vertraue darauf, daß Ihre Reise von London glücklich verlaufen ist und daß Sie den Aufenthalt in meinem schönen Land genießen werden. – Ihr Freund

DRACULA

4. Mai: Ich fand heraus, daß mein Wirt auch einen Brief des Grafen erhalten hatte, in dem dieser ihn anwies, mir den besten Platz in der Kutsche reservieren zu lassen; doch als ich ihn nach Einzelheiten fragen wollte, zeigte er sich zugeknöpft und gab vor, mein Deutsch nicht zu verstehen. Dies konnte indes nicht der Wahrheit entsprechen, hatte er es doch bis zur Stunde bestens verstanden; zumindest hatte er alle meine Fragen stets so beantwortet, als verstände er mich genau. Er und sein Weib, die alte Frau, die mich empfangen hatte, sahen einander an, als seien sie in irgendeiner Weise entsetzt. Er murmelte, das Geld sei in einem Brief gewesen, und das sei alles, was er wisse. Als ich ihn fragte, ob er Graf Dracula kenne und mir etwas über seine Burg erzählen könne, bekreuzigten er und sein Weib sich auf der Stelle, sagten, sie wüßten überhaupt nichts, und weigerten sich, weiter mit mir zu reden. Die Zeit der Abfahrt war so nahe, daß mir keine Zeit blieb, jemand anderen zu befragen, denn das alles war doch sehr mysteriös und in jedem Falle beunruhigend.

Kurz vor meiner Abreise kam die alte Frau in meine Kammer und sagte geradezu hysterisch:

»Müssen Sie wirklich gehen? Oh! Junger Herr, müssen Sie wirklich gehen?« Sie befand sich in einem derart erregten Zustand, daß sie das bißchen Deutsch, das sie beherrschte, vergessen zu haben schien und es mit irgendeiner anderen Sprache vermischte, die ich nicht kannte. Ich konnte sie nur verstehen, indem ich immer wieder Fragen stellte. Als ich ihr sagte, ich müsse auf der Stelle gehen und sei in bedeutenden Geschäften unterwegs, fragte sie abermals:

»Wissen Sie, welcher Tag heute ist?« Ich erwiderte, daß wir den vierten Mai schrieben. Sie schüttelte den Kopf, als sie wieder sprach.

»O ja, ich weiß es, ich weiß es! Aber wissen Sie, was für ein Tag dies ist?« Und als ich ihr sagte, daß ich nicht verstünde, was sie meine, fuhr sie fort:

»Es ist der Abend des Sankt-Georgs-Tages. Wissen Sie denn nicht, daß heute nacht, wenn die Glocke zur Mitternacht schlägt, alles Böse dieser Welt zur Macht gelangt? Wissen Sie, wohin Sie sich begeben und was zu tun Sie sich anschicken?«

Sie befand sich in einem derartigen Zustand der Verzweiflung, daß ich versuchte, ihr Trost zuzusprechen, doch ohne Erfolg. Schließlich fiel sie vor mir auf die Knie nieder und flehte mich an, nicht zu fahren; zumindest aber sollte ich noch einen oder zwei Tage mit meiner Abreise warten. Es war alles sehr seltsam, und ich fühlte mich gar nicht wohl. Doch wie auch immer, hier waren Geschäfte abzuwickeln, die keinerlei Einwirkungen von außen duldeten. Daher versuchte ich, sie wieder aufzuheben, und sagte mit allem mir zu Gebote stehenden Nachdruck, daß ich ihr danke, daß aber meine Pflichten Vorrang haben müßten, weshalb ich nun auch fahren müsse.

Da erhob sie sich wieder, trocknete sich die Augen und nahm ein Kruzifix vom Nacken, um es mir darzubieten. Ich wußte nicht recht, was ich tun sollte, denn als Mann der Anglikanischen Kirche hat man mich gelehrt, so etwas in gewisser Weise ketzerisch anzusehen, doch schien es mir andererseits auch höchst undankbar, eine alte Frau, die es so gut meinte, einfach abzuweisen. Ich bin überzeugt, sie sah den Zweifel auf meinem Gesicht, denn sie legte mir ihren Rosenkranz um den Nacken und sagte: »Um Ihrer Mutter willen.« Damit verließ sie das Zimmer. Diesen Teil meines Tagebuches schreibe ich, während ich auf die Kutsche warte, die sich, wie könnte es anders sein, verspätete; und das Kruzifix liegt noch immer um meinen Nacken. Ob es der alten Frau gelungen ist, mir Angst zu machen, kann ich nicht sagen, doch ich fühle mich nicht besonders wohl in meiner Haut. Sollte dieses Buch Mina je vor mir erreichen, möge es ihr mein Adieu bringen. Hier kommt die Kutsche!

5. Mai. – Die Burg. – Das Grau des frühen Morgens ist verflogen, und die Sonne steht hoch über dem fernen Horizont, der mir gezackt erscheint, sei es von Bäumen oder von Hügeln, ich weiß es nicht, denn er ist so weit entfernt, daß Kleines und Großes sich mischt. Ich bin nicht schläfrig und, da man nicht nach mir rufen wird, bis ich von selbst erwache, schreibe ich natürlich, bis mich der Schlaf übermannt. Es gibt viele seltsame Dinge, die es festzuhalten gilt, und aus Sorge, wer immer dies lese, er könne mutmaßen, ich hätte allzu opulent gespeist, bevor ich Bistritz verließ, lasse man mich hier niederschreiben, worin genau mein Diner bestand. Ich habe ein ›Räuber-Steak‹ gegessen – Schinkenhäppchen, Zwiebeln und Rindfleisch, bestreut mit rotem Pfeffer, auf kleine Spießchen gezogen und über dem offenen Feuer geröstet, in der ganz simplen Art des Londoner Fleischspießes! Der Wein nannte sich Golden Mediasch. Er verursachte ein eigenartiges Brennen auf der Zunge, das indes keineswegs unangenehm war. Davon hatte ich lediglich einige wenige Gläser getrunken, sonst nichts.

Als ich die Kutsche bestieg, hatte der Kutscher seinen Platz noch nicht eingenommen, und ich konnte sehen, wie er mit der Wirtin sprach. Sie unterhielten sich ganz offensichtlich über mich, denn hin und wieder sahen sie zu mir herüber, und einige der Leute, die draußen auf der Bank saßen – die sie übrigens mit einem Wort benennen, das man etwa ›Wort-Träger‹ übersetzen könnte –, kamen näher, um zu lauschen, und dann sahen sie mich an, die meisten von ihnen mit einem ausgesprochen mitleidigen Ausdruck auf dem Gesicht. Ich hörte, wie sie immer wieder dieselben Worte wiederholten, seltsame Worte, Worte, die ich nicht kannte, denn hier waren viele Nationalitäten versammelt, also holte ich mein Polyglott-Wörterbuch hervor und suchte sie mir heraus. Ich muß sagen, diese Bemerkungen waren nicht dazu angetan, mich zu erheitern, denn unter ihnen fanden sich solche wie ›Ordog‹ – Satan, ›Pokol‹ – Hölle, ›Stregoica‹ – Hexe, ›Vrolok‹ und ›Vlkoslak‹ –, die beide dasselbe meinen, das eine ist die slowakische, das andere die serbische Bezeichnung für etwas, das entweder für unseren Begriff ›Werwolf‹ oder aber ›Vampir‹ steht. (Nicht vergessen: Ich muß den Grafen nach diesen verschiedenen Formen von Aberglaube fragen.)

Als wir losfuhren, war die Menschenansammlung an der

Tür des Wirtshauses beträchtlich angewachsen, und alle machten das Kreuzzeichen und deuteten mit zwei Fingern auf mich. Mit einiger Mühe konnte ich einen der Mitreisenden bewegen, mir zu sagen, was das zu bedeuten hatte; zunächst wollte er gar nicht auf meine diesbezüglichen Fragen antworten, doch als er dann hörte, ich sei Engländer, erläuterte er mir, dabei handele es sich um einen Schutz vor oder eine Abwehr gegen das böse Gesicht. Für mich war das nicht sehr erfreulich in dem Augenblick, da ich mich anschickte, an einen mir unbekannten Ort zu einem mir unbekannten Mann zu reisen; doch schien ein jeder mir so freundlich gesonnen, so voller Mitleid und Sympathie, daß ich nicht anders konnte, als gerührt zu sein. Nie werde ich den letzten Blick vergessen, den ich auf den Hof der Herberge und die Ansammlung pittoresker Gestalten darinnen werfen konnte, wie sie sich allesamt bekreuzigten, als sie da unter dem Torbogen mit seinen Oleanderbüschen und den Orangenbäumen standen. Dann ließ unser Kutscher, dessen weite Leinenhosen die ganze Breite des Kutschbocks zudeckten – ›Gotza‹ heißt man ihn hier –, seine große Peitsche über den Rücken der vier kleinen Pferde knallen, und endlich begannen wir unsere Reise.

Die Schönheit der Landschaft ließ mich sehr bald die Angst vor Geistern und ihren Schrecken vergessen, doch hätte ich die Sprachen verstanden, in denen sich meine Mitreisenden unterhielten, wäre mir dies wohl nicht so leicht geworden. Vor uns lag ein grünes, hügeliges Land voller Forsten und Wälder, hier und da unterbrochen von steil ansteigenden Hügeln, die von kleinen Wäldchen oder Gehöften gekrönt wurden und zu denen jeweils schmale Seitenstraßen hinaufführten. Überall gab es eine verschwenderische Fülle von Blüten und Früchten – Äpfel, Pflaumen, Pfirsiche und Beeren aller Art; und als wir weiter vorankamen, konnte ich sehen, daß das grüne Gras unter den Bäumen von herabgefallenen reifen Früchten gesprenkelt war. Mitten durch diese Landschaft, die man hier das ›Mittelland‹ nannte, verlief die Straße und verlor sich immer mal wieder hinter grasbewachsenen Hügeln und Kurven oder schien wie abgeschnitten hinter den gezackten Grenzen kleiner Wäldchen, die sich hier und da von den Hängen der Hügel hinunterschoben. Die Fahrbahn war rauh und uneben, doch noch schienen wir wie in fieberhafter Hast darüber hinwegzufliegen. Damals verstand ich nicht, was diese unziemliche Hast zu bedeuten hatte, doch schien der Kutscher wild entschlossen, auf seinem Weg nach Borgo Prund so wenig Zeit wie nur möglich zu verlieren. Man erzählte mir, während der Sommerzeit sei diese Straße in hervorragendem Zustand, doch sei sie nach den Schneefällen des letzten Winters noch nicht ganz wiederhergestellt. In dieser Hinsicht stellt sie eine Ausnahme unter den normalen Straßen in den Karpaten dar, denn dort entspricht es alter Tradition, die Landstraßen in keinem sonderlich guten Zustand zu halten. Seit alter Zeit wollen die Hospadaren sie nicht reparieren aus Sorge, die Türken könnten denken, sie wollten fremde Truppen ins Land holen, was diese wiederum veranlassen könnte, den Krieg zu erklären.

Jenseits der sanft geschwungenen, grünen Hügel des Mittellandes erhoben sich mächtige bewaldete Berghänge bis hinauf zu den Steilhängen der eigentlichen Karpaten. Links und rechts von uns türmten sie sich auf in der Nachmittagssonne, die die grandiosen Farben dieser ganzen Region so trefflich zur Geltung brachte. Ein tiefdunkles Blau und Purpur auf der Schattenseite der höchsten Erhebungen und Grün und Braun, wo Fels und Gras sich mischen, dazu die endlos scheinende Linie gezackter Felsen und hervorstechender Grate, so weit man schauen konnte, bis sie sich in der Ferne verloren, wo sich majestätisch die schneebedeckten Gipfel aufschwingen. Hier und da schien der Fels tief eingeschnitten, und durch diese Einschnitte konnten wir im Widerschein der sinkenden Sonne ab und zu den hellen Schimmer herabstürzender Wasser sehen. Einer meiner Reisegefährten berührte meinen Arm, als wir wieder einmal einen Hügel an seinem Fuß umrundeten und dann den Blick frei fanden auf den luftigen, schneebedeckten Gipfel eines Berges, auf den wir offenbar direkt zufuhren, und sagte:

»Sehen Sie! *Isten szek!* – Gottes Thron!« Und dazu bekreuzigte er sich andächtig. Als wir unseren endlos scheinenden, gewundenen Weg hinauf fortsetzten und die Sonne hinter uns tiefer und tiefer sank, krochen die Schatten der Nacht rings um uns herum immer weiter auf uns zu. Dazu kam noch, daß der schneebedeckte Gipfel des Berges den Sonnenuntergang zu verlängern und in einem kalten Purpur zu verglühen schien. Hin und wieder begegneten uns Tschechen und Slowaken, alle in farbenprächtigen Kleidern.

Am Wegesrand standen viele Kreuze, und jedesmal, wenn wir an einem von ihnen vorüberkamen, bekreuzigten sich alle meine Reisegefährten. Hier und da kniete auch ein Landmann oder eine Frau vor einem kleinen Altar. Sie drehten sich nicht einmal nach uns um, so sehr schienen sie in ihre Gebete versunken.

Dann und wann begegnete uns auch ein Leiterwagen, das typische Gefährt der Landleute, mit seiner langen, flexiblen Deichsel, die die Unebenheiten der Fahrbahn ein wenig ausgleichen soll. Darauf saßen allenthalben heimkehrende Landarbeiter, Tschechen in ihren weißen und Slowaken in ihren farbigen Schafsfellen, und die letztgenannten trugen ihre Heugabeln mit den scharfen Spitzen wie Lanzen.

Als der Abend hereinbrach, wurde es sehr kalt, und das Zwielicht schien mit dem Widerschein von den Bäumen zu einem dunklen Nebel zu verschmelzen, in dem Eichen, Buchen und Kiefern sich zu einer dunklen Masse vereinten. Nur in den tief eingeschnittenen Tälern zwischen den Hügeln hoben sich einige Tannen gegen vereinzelte, noch nicht abgetaute Schneeinseln ab. Gelegentlich, wenn die Straße einen Kiefernwald durchschnitt, schienen die Bäume uns unter sich zudecken zu wollen. Die grauen Massen hatten einen ganz eigenartigen Effekt: Sie beflügelten Gedanken und Phantasie, die früh am Abend erzeugt worden waren, als die untergehende Sonne in einem fremdartigen Relief aus geisterhaft wirkenden Wolken versunken war.

Manchmal waren die Hänge so steil, daß die Pferde bei aller Hast des Kutschers nur langsam vorwärtskamen. Ich wäre gern abgestiegen und neben ihnen hergegangen, wie wir es bei uns zu Hause tun, aber davon wollte der Kutscher nichts wissen.

»Nein, nein«, sagte er, »Sie dürfen hier nicht absteigen. Die Hunde sind viel zu wild.« Und dann setzte er mit einer Miene hinzu, die wohl Galgenhumor ausdrücken sollte, denn er wandte sich um, um sich des beifälligen Lächelns der anderen Reisenden zu versichern: »Und von solchen Sachen werden Sie noch genug bekommen, bevor Sie in dieser Nacht einschlafen.« Die einzige Fahrtunterbrechung war ein kurzer Halt, um die Lampen anzuzünden.

Als es immer dunkler wurde, schien sich bei den anderen Reisenden zunehmend Erregung breitzumachen, und sie forderten den Kutscher zu noch mehr Eile auf. Er trieb die Pferde ohne Erbarmen mit seiner langen Peitsche an, und dazu schrie er unentwegt auf sie ein, um sie solchermaßen zu noch größeren Kraftanstrengungen zu treiben. Dann konnte ich durch die Dunkelheit vor uns einen leichten grauen Lichtschimmer erkennen, so als gebe es dort einen Einschnitt in die Hügel. Die Erregung der Passagiere nahm zu; die Kutsche sprang wie verrückt in ihrer breiten, ledernen Federung und torkelte hin und her wie ein Schiffchen auf stürmischer See. Ich mußte mich festhalten. Die Fahrbahn wurde ebener, und wir schienen zu fliegen. Die Berge schienen beiderseits auf uns zuzukommen. Wir fuhren in den Borgo-Paß ein. Nacheinander boten mir mehrere Reisende kleine Gaben an, die sie mir mit einer Ernsthaftigkeit aufdrängten, die keine Zurückweisung duldete; sie waren sicher von merkwürdiger Art, doch eine jede ward mir in gutem Glauben überreicht, mit einem freundlichen Wort, einem Segen und einer sonderbaren Mischung aus Gesten, die Furcht ausdrückten und die ich schon vor der Herberge in Bistritz gesehen hatte – dem Zeichen des Kreuzes und der Abwehr gegen den bösen Blick. Als wir dann weiter vorwärtsflogen, beugte sich der Kutscher vor, und auf beiden Seiten lehnten sich die Passagiere weit aus den Fenstern, um in die Dunkelheit hinauszustarren. Es war offenkundig, daß etwas Aufregendes im Gange war oder zumindest erwartet wurde, doch obwohl ich jeden einzelnen der Passagiere fragte, keiner gab mir eine Erklärung. Dieser Zustand äußerster Anspannung und Erregung dauerte geraume Zeit an; und schließlich sahen wir, wie sich vor uns der Paß nach Osten öffnete. Über uns hingen dunkle, drohende Wolken, und die Luft war drückend und schwer wie von einem nahenden Gewitter – als habe die Bergregion zwei Atmosphären voneinander geschieden und als seien wir nunmehr in die des Donners eingetreten. Von nun an blickte ich selbst hinaus, um Ausschau zu halten nach der Kutsche, die mich zu dem Grafen bringen würde. Jeden Augenblick erwartete ich, den Widerschein der Lampen durch die Dunkelheit zu sehen; doch ringsum herrschte nur tiefste Schwärze. Das einzige Licht war das Flackern unserer eigenen Lampen, in dessen Widerschein der Schweiß vom Rücken unserer Kutschpferde wie Nebelschwaden in die Nachtluft stieg. Jetzt konnten wir die staubige Straße wie ein weißes Band vor uns liegen sehen, aber nirgends gab es ein Anzeichen für ein anderes Fahrzeug. Die Passagiere lehnten sich mit Seufzern der Erleichterung wieder zurück, was mein eigenes Mißvergnügen absurd erscheinen lassen mußte. Ich überlegte, was ich nun wohl tun sollte, als der Kutscher mit einem Blick auf seine

Uhr etwas zu den anderen sagte, das ich kaum verstehen konnte, so leise und gedämpft sprach er die Worte: Mir schien es zu heißen: »Eine ganze Stunde vor der Zeit.« Dann wandte er sich nach mir um und sagte in einem Deutsch, das noch schlechter war als das meine:

»Hier ist kein Wagen. Der Herr wird offenkundig nicht erwartet. Er wird jetzt mit in die Bukowina fahren und morgen oder am Tag darauf zurückkehren müssen; besser am Tag darauf.« Während er sprach, begannen die Pferde zu tänzeln und zu schnauben und sich auf die Hinterhufe zu erheben, so daß der Kutscher sie beruhigen mußte. Und dann fuhr eine mit vier Pferden bespannte Kalesche hinter uns auf, überholte uns und hielt neben unserer Kutsche. Die Mitreisenden schrien und bekreuzigten sich. Im Widerschein unserer Lampen konnte ich sehen, daß die vier Pferde alle kohlschwarz und von prächtiger Art waren. Gelenkt wurden sie von einem großen Mann mit einem langen braunen Bart und einem großen schwarzen Hut, der sein Gesicht wohl verbergen sollte. Ich konnte nur den rötlichen Glanz zweier heller Augen erkennen, als er sich uns zuwandte.

»Sie sind recht früh heute nacht, mein Freund«, sagte er zu dem Kutscher, und dieser stammelte als Erwiderung:

»Der englische Herr war in Eile.«

»Das war wohl der Grund, denke ich mir, warum Sie wollten, daß er mit in die Bukowina führe. Mich können Sie nicht betrügen, mein Freund; ich weiß zuviel, und meine Pferde sind sehr schnell.« Während er sprach, lächelte er, und das Licht der Lampe fiel auf einen hart wirkenden Mund mit sehr roten Lippen und scharf aussehenden Zähnen, so weiß wie Elfenbein. Neben mir murmelte einer meiner Reisegefährten einem anderen eine Zeile aus Bürgers ›Lenore‹ zu: *Denn die Toten reiten schnell.*

Der fremde Kutscher hatte die Worte ganz offensichtlich verstanden, denn er blickte mit einem breiten Lächeln auf.

Der Passagier aber wandte das Gesicht ab, während er gleichzeitig beide Zeigefinger ausstreckte und mit ihnen das Zeichen des Kreuzes machte. »Gebt mir das Gepäck des Herrn«, sagte der Kutscher; und mit erstaunlicher Schnelligkeit wurden meine Koffer hinausgereicht und in der Kalesche verstaut. Dann stieg ich seitlich aus der Kutsche aus, als die Kalesche ganz nahe bei uns war. Der fremde Kutscher half mir, indem er meinen Arm mit stahlhartem Griff packte; er mußte über enorme Kräfte verfügen. Ohne ein Wort schlug er mit den Zügeln, die Pferde machten kehrt, und wir fuhren wieder hinein in die Dunkelheit des Passes. Als ich zurückblickte, sah ich im Schein der Kutschenlampen Dampf vom Rücken der Pferde aufsteigen und als bloße Silhouette davor die Gestalten meiner Reisegefährten, wie sie sich allesamt bekreuzigten. Dann ließ der Kutscher die Peitsche knallen, rief seinen Pferden etwas zu, und schon setzten sie ihren Weg in die Bukowina hinein fort.

Wie sie so in der Dunkelheit versanken, verspürte ich einen seltsamen kalten Hauch, und ein Gefühl von Verlassensein überkam mich; doch dann wurde ein Mantel über meine Schultern geworfen und ein wollener Teppich über meine Knie, und der Kutscher sagte in fehlerfreiem Deutsch zu mir:

»Die Nacht ist kalt, der Herr, und mein Gebieter, der Graf Dracula, trug mir auf, mich Ihrer anzunehmen. Unter Ihrem Sitz finden Sie eine Flasche Slibovitz (der Pflaumenschnaps des Landes), falls Sie seiner bedürfen sollten.« Ich nahm nichts davon, doch wirkte es auf jeden Fall beruhigend, ihn in Reichweite zu wissen. Ich fühlte mich ein wenig seltsam und nicht im mindesten verängstigt. Ich glaube, wenn es anders gewesen wäre, hätte ich doch davon getrunken, statt mich auf die nächtliche Fahrt zu konzentrieren. Der Wagen rollte mit beachtlicher Geschwindigkeit immer geradeaus, dann vollführten wir einen Schwenk und fuhren von nun an auf einer anderen schnurgeraden Straße. Mir kam es bald so vor, als folgten wir stets derselben Straße – einmal hin, einmal zurück –; und daher merkte ich mir einmal einen markanten Punkt und war dann sicher, mich nicht zu irren. Gern hätte ich den Fahrer gefragt, was das zu bedeuten habe, doch fürchtete ich mich in Wirklichkeit vor der Antwort, denn ich dachte mir, daß jeder Protest vergeblich sein mußte, wenn hier versucht werden sollte, Zeit zu schinden. Nach und nach jedoch erwachte in mir die Neugier, wieviel Zeit wohl schon verstrichen sein mochte, und ich entzündete ein Streichholz und blickte in seinem Schein auf meine Uhr; es war wenige Minuten vor Mitternacht. Dies versetzte mir einen echten Schock, und dies wohl deshalb, weil meine Scheu vor der Mitternachtsstunde durch die jüngsten Ereignisse nur größer geworden war. Gespannt und mit einem unguten Gefühl im Magen wartete ich ab.

Da begann irgendwo in einem Bauernhaus, weit entfernt, ein Hund zu heulen – es war ein langgezogenes, schreckliches Jaulen wie von Furcht. Sein Rufen wurde aufgenommen von einem anderen Hund, dann von noch einem und wieder von einem anderen und so fort. Der Wind, der leicht durch den Paß strich, trug die schrecklichen Laute wie mit Flügeln, bis sich ein wildes Jaulen erhob, das von überallher aus dem ganzen Land zu kommen schien, soweit es sich die Phantasie im Dunkel der Nacht vorstellen mochte. Beim ersten Jaulen begannen die Pferde zu bocken und zu steigen, doch der Kutscher redete besänftigend auf sie ein, und sie beruhigten sich wieder. Die Tiere zitterten und schwitzten noch immer, als seien sie gerade einem großen Schrecken entronnen. Dann erhob sich weit in der Ferne in den Bergen rechts und links erneut ein Heulen – lauter und schärfer diesmal –, das Heulen von Wölfen, das auf die Pferde wie auf mich die gleiche Wirkung hatte – denn mir war danach, aus der Kalesche zu springen und einfach davonzulaufen, während der Kutscher alle Kraft aufwenden mußte, die Pferde am Ausbrechen zu hindern. Doch gewöhnten sich meine Ohren binnen weniger Minuten an das Geräusch, und langsam wurden auch die Pferde wieder so ruhig, daß der Kutscher sie anhalten und absteigen konnte, um zu ihnen zu gehen. Er tätschelte und streichelte sie und flüsterte ihnen was ins Ohr. Die Wirkung seiner Worte war außergewöhnlich, denn unter seinem Streicheln wurden sie wieder voll und ganz gefügig, auch wenn sie noch immer zitterten. Der Kutscher setzte sich erneut auf seinen Bock, nahm die Zügel auf und fuhr mit hoher Geschwindigkeit davon. Als er das Ende des Passes erreicht hatte, nahm er diesmal einen schmalen Pfad, der scharf nach rechts führte.

Schon bald waren wir umgeben von Bäumen, deren Kronen sich immer wieder über die schmale Straße breiteten, so daß wir fast wie durch einen Tunnel fuhren; und wiederum bewachten uns große Felsen auf beiden Seiten. Selbst unter diesem schützenden Dach konnten wir den Wind hören; er stöhnte und flüsterte in den Felsen, und die Zweige und Äste der Bäume schlugen gegeneinander, als wir an ihnen vorbei und unter ihnen hindurchfuhren. Es wurde kälter und immer kälter, und feiner pulvriger Schnee rieselte hernieder, so daß wir und alles um uns herum schon bald wie mit einem großen weißen Laken bedeckt wurden. Der steife Wind trug uns nach wie vor das Jaulen der Hunde zu, wiewohl es immer leiser wurde, je weiter wir unseren Weg fortsetzten. Das Heulen der Wölfe jedoch klang näher und näher, als schlössen sie uns von allen Seiten her ein. Mir wurde immer banger, und die Pferde teilten meine Furcht; der Kutscher indes war nicht im geringsten verunsichert. Immer wieder schaute er nach rechts und nach links, doch ich konnte in der Dunkelheit nichts erkennen. Plötzlich gewahrte ich zu unserer Linken das feine Flackern eines blauen Flämmchens. Der Kutscher sah es im selben Augenblick; auf der Stelle zügelte er die Pferde, sprang zu Boden und verschwand in der Dunkelheit. Ich wußte nicht, was ich tun sollte, um so weniger, als das Heulen der Wölfe näher kam; doch noch während ich zauderte, erschien der Kutscher wieder, nahm ohne ein einziges Wort seinen Platz ein, und wir setzten die Reise fort. Ich glaube, ich muß eingeschlafen sein und den Vorfall nur geträumt haben, denn er schien sich endlos zu wiederholen, und heute ist er in der Rückschau wie ein Alptraum. Einmal erschien die Flamme so nahe der Straße, daß ich selbst in der ringsum herrschenden totalen Finsternis die Bewegungen des Kutschers sehen konnte. Er ging raschen Schrittes zu der Stelle, wo sich die Flamme erhob. Sie mußte überaus schwach sein, denn sie schaffte es nicht einmal, die Stelle auszuleuchten, an der sie aus dem Boden wuchs. Der Kutscher sammelte in ihrer Nähe ein paar Steine vom Boden auf und drapierte sie in einem bestimmten Muster darum herum. Dabei ergab sich ein merkwürdiger optischer Effekt: Als er zwischen der Kerze und mir stand, verdeckte er sie keineswegs, denn ich konnte ihr geisterhaftes Flackern weiterhin ungehindert sehen. Das erschreckte mich, doch da es sich nur um einen Augenblickseffekt handelte, nahm ich an, meine Augen hätten mir einen Streich gespielt, weil sie in der Dunkelheit überfordert waren. Eine Zeitlang gab es dann keine blauen Flämmchen mehr, und wir eilten fort durch die Dunkelheit, umgeben vom Heulen der Wölfe, die uns wie in einem Kreis zu folgen schienen.

Schließlich entfernte sich der Kutscher einmal weiter von der Kutsche als zuvor, und während seiner Abwesenheit begannen die Pferde aus Furcht schlimmer denn je zu zittern, zu schnauben und zu wiehern. Ich konnte keinerlei Grund dafür erkennen, denn das Heulen der Wölfe hatte ganz aufgehört; doch just in diesem Augenblick erschien der hinter dichten, schwarzen Wolken segelnde Mond jenseits des zerklüfteten Grates eines hoch aufragenden, waldbestandenen Felsens, und in seinem Schein erkannte ich um uns herum einen Ring von Wölfen mit weißen Zähnen und hängenden roten Zungen, mit langen, sehnigen Läufen und zottigen Haaren. In ihrem grimmigen Schweigen waren sie hundertmal schrecklicher als ihr Heulen. Ich meinerseits war jedenfalls vor Entsetzen wie gelähmt. Nur wenn ein Mensch solchem Horror direkt ins Angesicht gesehen hat, kann er dessen wahre Bedeutung ermessen.

Wie auf ein geheimes Kommando begannen die Wölfe gleichzeitig zu heulen, als habe das Mondlicht einen ganz bestimmten Einfluß auf sie. Die Pferde tänzelten und scharrten mit den Hufen, und dabei schauten sie hilflos um sich, wobei ihre Augen rollten, daß es weh tat, ihnen zuzusehen; doch die Wölfe hatten sie umzingelt, so daß sie an ihren Platz gebannt waren. Ich rief nach dem Kutscher, und mir schien, unsere einzige Chance läge darin, den Ring zu durchbrechen, um ihm die Rückkehr zu erleichtern. Ich schrie und schlug gegen die Seite der Kalesche in der Hoffnung, diese Geräusche würden die Wölfe auf dieser Seite zurückweichen lassen, damit der Kutscher eine Chance bekam, wieder zu uns zu kommen. Wie er das schaffte, weiß ich nicht, ich hörte nur auf einmal, wie sich seine Stimme zu einem Kommando erhob, und als ich nach vorn blickte, sah ich ihn auf dem Fahrweg stehen. Er schwenkte die Arme, als dränge er ein unsichtbares Hindernis beiseite, und die Wölfe wichen mehr und mehr zurück. Ausgerechnet da erhob sich eine schwere dunkle Wolke vor das bleiche Antlitz des Mondes, und wieder umfing uns tiefste Finsternis.

Als ich wieder etwas erkennen konnte, kletterte der Kutscher gerade in die Kalesche, und die Wölfe waren verschwunden. Das alles war so fremdartig und unheimlich, daß mich eine schreckliche Furcht überkam und ich mich nicht traute, etwas zu sagen oder mich auch nur zu bewegen. Die Zeit schien endlos, als wir unseren Weg nun in fast vollkommener Dunkelheit fortsetzten, denn die über das Firmament ziehenden Wolken verdunkelten den Mond. Es ging immer weiter bergan und nur gelegentlich einmal ein kurzes Stück bergab. Da wurde ich mir plötzlich bewußt, daß der Kutscher die Pferde im Hof einer weitgehend zerfallenen Burg zügelte, aus deren hohen schwarzen Fenstern nicht ein einziger Lichtstrahl fiel und deren zerfallende Mauern eine gezackte Linie gegen den vom Mondlicht erhellten Himmel zeichneten.

Kapitel Zwei

Das Journal des Jonathan Harker

(Fortsetzung)

5. Mai. Ich muß eingeschlafen sein, denn wäre ich wach gewesen, hätte ich die Annäherung an einen derart denkwürdigen Ort bemerken müssen. In dem ungewissen Licht erwies sich der Innenhof der Burg von bedeutsamer Größe, und da etliche dunkle Wege durch große runde Bögen aus ihm hinausführten, schien er vielleicht größer, als er in Wirklichkeit ist. Ich hatte noch keine Gelegenheit gehabt, ihn bei Tageslicht zu sehen.

Als die Kalesche anhielt, sprang der Kutscher hinunter und streckte mir die Hand entgegen, um mir beim Aussteigen behilflich zu sein. Wieder konnte ich nicht anders, als seine bemerkenswerte Körperkraft zu bewundern. Seine Hand schien wie eine Stahlklammer zu sein, die die meine ohne weiteres hätte zerquetschen können, wenn er es nur gewollt hätte. Dann holte er meine Koffer und Taschen und stellte sie neben mich auf den Boden, als ich in der Nähe einer großen Tür war, uralt und übersät mit großen eisernen Nägeln, eingepaßt in einen Eingang aus massivem Stein. Selbst in diesem ungewissen Licht konnte ich sehen, daß der Stein mit Verzierungen bestückt, aber stark verwittert war. Während ich noch dort stand, sprang der Kutscher wieder auf seinen Bock und nahm die Zügel auf; die Pferde setzten sich in Bewegung, und der Wagen verschwand durch eine der dunklen Öffnungen.

Schweigend blieb ich stehen, wo ich war, denn ich wußte nicht, was ich tun sollte. Von einer Glocke oder einem Klopfer war nichts zu sehen; es schien mir auch nicht vorstellbar, daß meine Stimme diese zerklüfteten Wände oder die dunklen Fenster durchdringen könnte. Die Zeit des Wartens kam mir endlos vor, und ich spürte, wie Angst und Zweifel mehr und mehr Besitz von mir ergriffen. An welchen Ort war ich hier nur gekommen und zu was für Leuten? Auf welch bedrohliches Abenteuer hatte ich mich da nur eingelassen? War das hier etwa ein ganz normales Erlebnis im Leben eines durchschnittlichen Notarsgehilfen, der ausgeschickt wurde, mit einem Fremden über den Ankauf eines Anwesens in London zu verhandeln? Notarsgehilfe! Mina würde das nicht gern hören. Notar! – denn kurz bevor ich London verlassen hatte, hatte ich noch erfahren, daß ich das Examen bestanden hatte; und nun bin ich ein vollgültiger Notar! Ich begann, mir die Augen zu reiben und mich selbst in den Arm zu kneifen, um mich zu vergewissern, daß ich nicht etwa träumte. Das alles kam mir wie ein schrecklicher Alptraum vor, und ich erwartete jeden Augenblick, ich müsse plötzlich aufwachen und mich daheim wiederfinden, während von draußen die Dämmerung ins Zimmer fällt, wie es mir nach einem sehr arbeitsreichen Tag schon des öfteren ergangen war. Aber mein Fleisch antwortete auf den Kneif-Test, und meine Augen trogen mich keineswegs. Ich war in der Tat wach und befand mich inmitten der Karpaten. Alles, was ich im Moment tun konnte, war, geduldig zu sein und auf das Herannahen des nächsten Morgens zu warten. Ich war gerade zu diesem Schluß gelangt, als ich jenseits der großen Tür schwere Schritte vernahm und durch die Ritzen ein Licht gewahrte, das sich langsam näherte. Dann hörte ich ein Klirren wie von schweren Ketten und bemerkte, daß ein massiver eiserner Riegel zurückgeschoben wurde. Ein Schlüssel wurde im Schloß gedreht und erzeugte das Kreischen eines selten benutzten Schlosses. Dann schwang die große Tür auf.

Dahinter stand ein großer alter Mann, sauber rasiert bis auf einen langen weißen Schnurrbart und von Kopf bis Fuß in Schwarz gekleidet, ohne auch nur das allergeringste Anzeichen irgendwelcher Farbe irgendwo an ihm. In der Hand hielt er eine schon antike silberne Lampe, in der ohne Docht und Abzug eine Flamme brannte, die lange, zitternde Schatten warf, als sie im Zug der offenstehenden Tür zu flackern begann. Der alte Mann winkte mich mit einer freundlichen Geste seiner Rechten hinein, wobei er in exzellentem Englisch, aber mit einem fremdartigen Akzent sagte:

»Willkommen in meinem Haus! Treten Sie aus eigenem freien Willen ein!« Er tat keinen Schritt auf mich zu, sondern stand nur da wie eine Statue, als sei er über seiner einladenden Geste zu Stein geworden. In dem Augenblick aber, da ich die Schwelle überschritten hatte, kam er rasch vor, streckte mir die Hand entgegen und ergriff die meine mit einer Kraft, die mich aufstöhnen ließ, ein Umstand, der nicht dadurch abgemildert wurde, daß seine Hand kalt wie Eis schien – mehr die Hand eines Toten als die eines Lebenden. Wieder sagte er:

»Willkommen in meinem Haus. Kommen Sie aus freien Stücken. Fühlen Sie sich in Sicherheit. Und lassen Sie einiges von der Glückseligkeit hier, die Sie bringen!« Die Kraft, mit der er mir die Hand drückte, war so ähnlich jener des Kutschers, dessen Gesicht ich nie wirklich gesehen hatte, daß ich mich einen Moment lang fragte, ob es sich nicht um dieselbe Person handeln könnte; um mich zu vergewissern, sagte ich fragend:

»Graf Dracula?« Er verbeugte sich höflich und erwiderte:

»Ich bin Dracula. Und ich entbiete Ihnen mein Willkommen in meinem Haus, Mr. Harker. Treten Sie ein; die Nachtluft ist kalt, und Sie müssen sich ausruhen und ein wenig essen.« Während wir miteinander sprachen, stellte er die Lampe in eine Wandnische, trat hinaus und nahm mein Gepäck; er hatte es hineingetragen, bevor ich ihm noch zuvorkommen konnte. Ich protestierte, doch er ließ sich nicht beirren.

»Nicht doch, Sir, Sie sind mein Gast. Es ist spät, und mein Gesinde ist nicht mehr zur Hand. Lassen Sie mich also selbst für Ihre Bequemlichkeit sorgen.« Er bestand darauf, mein Gepäck einen langen Flur entlang zu tragen bis zu einer breiten, gewundenen Treppe, diese hinauf und weiter über einen anderen langen Korridor, auf dessen steinernem Boden unsere Schritte wie Glockenschläge hallten. An seinem Ende angelangt, stieß er eine schwere Tür auf, und ich war froh, mich in einem gut erleuchteten Zimmer wiederzufinden, in dem ein für das Abendessen gedeckter Tisch stand und in dessen riesigem Kamin ein Feuer munter vor sich hin prasselte. Der Graf blieb stehen, setzte mein Gepäck ab, schloß die Tür und durchquerte den Raum, um an seinem anderen Ende eine Tür zu öffnen, die in einen kleinen achteckigen Raum führte, der von einer einzelnen Lampe erhellt wurde und offensichtlich kein Fenster besaß. Er durchschritt auch dieses Zimmer, öffnete eine weitere Tür und forderte mich auf einzutreten. Es war ein willkommener Anblick, denn nunmehr befand ich mich in einem großen Schlafzimmer, hell erleuchtet und von einem weiteren Kaminfeuer erwärmt, das seinen Rauch hörbar durch einen weiten Kamin nach oben entsandte. Der Graf trug mein Gepäck persönlich hinein und zog sich dann zurück. Doch bevor er die Tür hinter sich ins Schloß zog, sagte er noch:

»Nach Ihrer Reise werden Sie sich erfrischen und Toilette machen wollen. Ich vertraue darauf, daß Sie alles nach Ihren Wünschen finden werden. Sobald Sie fertig sind, kommen Sie doch bitte in den anderen Raum, wo Sie alles für Ihr Abendessen vorbereitet finden werden.«

Das Licht, die Wärme und das freundliche Willkommen des Grafen schienen alle meine Zweifel und Ängste zerstreut zu haben. Als ich daher wieder ganz der alte war, stellte ich fest, daß ich halb verhungert war; also machte ich hastig Toilette und ging in den anderen Raum.

Ich fand das Abendessen bereits fertig zubereitet vor. Mein Gastgeber, der neben dem großen Kamin stand und sich an eine Wand lehnte, machte eine einladende Handbewegung in Richtung des Tischs und sagte:

»Ich bitte Sie, nehmen Sie Platz und speisen Sie, wie es Ihnen beliebt. Ich hoffe auf Ihre Nachsicht, wenn ich Ihnen dabei keine Gesellschaft leisten werde, aber ich habe bereits diniert.«

Ich überreichte ihm den versiegelten Brief, den mir Mr. Hawkins anvertraut hatte. Er öffnete den Umschlag und las den Brief aufmerksam durch; danach reichte er ihn mir mit einem charmanten Lächeln, auf daß ich ihn auch lesen solle. Eine Passage darin ließ mir dann einen wahren Wonneschauer den Rücken hinunterlaufen. Sie lautete:

»Ich bedaure außerordentlich, daß mir ein Anfall von Gicht, ein Leiden, das mir beständig zu schaffen macht, auf absehbare Zeit jede Reise unmöglich macht; doch bin ich glücklich, sagen zu dürfen, daß ich Ihnen einen fähigen Gehilfen zu schicken in der Lage bin, jemanden, in den ich mein vollstes Vertrauen setzen kann. Es handelt sich um einen jungen Mann voller Energie und Tatkraft, sehr talentiert dazu und äußerst vertrauenswürdig. Er ist diskret und verschwiegen und ist in meinen Diensten zum Mann gereift. Er ist angewiesen, Ihnen in jeder Weise während seines Aufenthaltes bei Ihnen behilflich zu sein, und er wird allen Ihren Instruktionen nachkommen.«

Der Graf kam persönlich, um von einer der Schüsseln den Deckel abzunehmen, und ich machte mich über ein exzellent gebackenes Hühnchen her. Mit ein wenig Käse genossen, Salat und einer Flasche alten Tokajers, von dem ich zwei Gläser voll trank, mundete es vorzüglich. Während ich speiste, stellte der Graf mir eine Fülle von Fragen betreffend meine Reise, und ich berichtete ihm in allen Einzelheiten von meinen Erlebnissen.

Am Schluß meines Reiseberichtes hatte ich auch mein Abendessen beendet, und auf Drängen meines Gastgebers holte ich mir einen Stuhl zum Kamin und rauchte eine Zigarre, die er mir angeboten hatte, während er sich gleichzeitig entschuldigte, er rauche nicht. Jetzt fand ich Gelegenheit, ihn eingehender zu betrachten, und ich fand, er verfüge über eine markante Physiognomie.

Sein Gesicht erinnerte stark – sehr stark – an einen Adler mit dem scharfen Bogen seiner dünnen Nase und den markant gebogenen Nasenflügeln, der hohen, gewölbten Stirn, dem um die Schläfen herum schütteren, ansonsten aber üppig sprießenden Haar. Die Augenbrauen waren sehr dicht und buschig und vereinten sich fast über der Nasenwurzel. Sein Mund war, soweit ich das unter dem üppigen Schnurrbart feststellen konnte, fest geschlossen, was ihm ein ausgesprochen grausames Aussehen verlieh, wozu die extrem scharfen, weißen Zähne noch besonders beitrugen; diese ragten sogar über die Lippen hinaus, deren bemerkenswert frische, rote Farbe auf eine für einen Mann seines Alters erstaunliche Vitalität hindeutete. Im übrigen waren seine Ohren sehr groß und liefen oben extrem spitz aus; das Kinn war breit und kräftig, die Wangen fest, obwohl erkennbar dünn. Der allgemeine Eindruck war der einer außerordentlichen Blässe.

Bis jetzt hatte ich nur die Oberseite seiner Hände gesehen, wie sie im Licht des flackernden Feuers auf seinen Knien lagen, und sie waren mir fein und sehr weiß erschienen; doch als ich sie jetzt ganz nah vor mir sah, konnte ich nicht umhin festzustellen, daß sie ziemlich rauh waren – breit und mit plumpen Fingern. Ich weiß, es klingt seltsam, wenn ich das sage, aber inmitten seiner Handflächen wuchsen Haare. Die Fingernägel waren lang und fein und zu einer scharfen Spitze geschnitten. Als der Graf sich einmal über mich lehnte und mich mit seiner Hand berührte, lief mir ein Schauder über den Rücken. Vielleicht war sein Atem ja rein, aber mich überfiel ein schreckliches Gefühl von Übelkeit, über das ich nicht Herr zu werden vermochte, was immer ich auch versuchte. Der Graf merkte es offenbar und zog sich wieder zurück; mit einem grimmigen Lächeln, das seine vorstehenden Zähne noch stärker entblößte, setzte er sich wieder auf seine Seite des Kamins. Eine Weile verharrten wir nun beide schweigend, und als ich zum Fenster sah, bemerkte ich den ersten leichten Schimmer der heraufziehenden Morgendämmerung. Über allem schien eine seltsame Stille zu lasten; doch als ich intensiver lauschte, hörte ich aus den Tiefen des Tals unter uns das Heulen einer großen Anzahl von Wölfen. Die Augen des Grafen glänzten, als er sagte:

»Hören Sie? – Das sind die Kinder der Nacht. Welch eine Musik sie machen!« Als er den befremdeten Ausdruck auf meinem Gesicht gewahrte, setzte er noch hinzu:

»O Sir – ihr Städter könnt die Gefühle der Jäger niemals verstehen.« Dann erhob er sich und sagte:

»Doch Sie müssen müde sein. Ihr Schlafgemach ist bereitet, und morgen können Sie so lange schlafen, wie es Ihnen beliebt. Ich werde bis zum Nachmittag nicht hier sein; schlafen Sie also wohl und träumen Sie etwas Schönes!« Und damit öffnete er mir mit einer höflichen Verbeugung selbst die Tür zu dem achteckigen Raum, und ich ging hinüber in mein Schlafzimmer ...

Ich befinde mich in einem ganzen See aus lauter Wundern. Ich zweifle, ich denke seltsame Dinge, die ich nicht einmal der eigenen Seele zu beichten traue. Gott bewahre mich vor allem Bösen, und sei es auch nur um derer willen, die mir teuer sind.

7. Mai. – Wieder ist es früher Morgen, doch ich bin ausgeruht und habe die letzten vierundzwanzig Stunden genossen. Ich habe bis weit in den Tag hinein geschlafen und bin von selbst aufgewacht. Nachdem ich mich angekleidet hatte, ging ich in den Raum, in dem wir zu Abend gegessen hatten. Dort fand ich ein kaltes Frühstücksbuffet vor; der Kaffee war auf einer Herdplatte im Kamin in einer großen Kanne warmgehalten worden. Auf dem Tisch lag ein Kärtchen, auf dem geschrieben stand:

»Ich muß für einige Zeit abwesend sein. Warten Sie nicht auf mich. – D.« So setzte ich mich also nieder und genoß ein herzhaftes Mahl. Als ich es beendet hatte, suchte ich nach einem Glockenstrang, um die Dienerschaft wissen zu lassen, daß ich fertig war, doch konnte ich keinen entdecken – ein seltsamer Mangel in diesem Haus mit den unzähligen Reichtümern. Das Tafelbesteck besteht aus reinem Gold und ist so wunderschön gearbeitet, daß es von außerordentlichem Wert sein muß. Die Vorhänge und die Polsterung der Stühle und Sofas sowie die Vorhänge um mein Bett herum sind vom kostbarsten und teuersten Stoff. Sie sind Jahrhunderte alt und noch immer in bestem Zustand. Ich habe einmal etwas Vergleichbares in Hampton Court gesehen, aber diese Stoffe waren zerschlissen, ausgefranst und von Motten zerfressen gewesen. In keinem der Räume jedoch findet sich ein Spiegel.

Es gibt nicht einmal einen Handspiegel auf der Toiletten-Kommode, und ich mußte den kleinen Spiegel aus meiner Reisetasche benutzen, um mich wenigstens rasieren und kämmen zu können. Bis zur Stunde habe ich nirgends einen Diener entdecken können, noch habe ich in der Nähe der Burg das allergeringste Geräusch vernommen, außer das Heulen der Wölfe. Nachdem ich mein Mahl beendet hatte – ich weiß nicht, ob ich es nun Frühstück oder Mittagessen nennen soll, denn ich nahm es zwischen fünf und halb sechs Uhr am Nachmittag ein –, sah ich mich nach etwas zu lesen um, denn ich wollte nicht durch die Burg gehen, bevor ich nicht die Erlaubnis des Grafen dafür eingeholt hatte. In diesem Raum gab es absolut gar nichts, kein Buch, keine Zeitungen, nicht einmal Schreibgerät; daher öffnete ich eine andere Tür des Zimmers und fand mich in einer Art Bibliothek wieder. Ich probierte auch die gegenüberliegende Tür, fand sie jedoch verschlossen.

Die Bibliothek enthielt zu meiner nicht geringen Freude eine große Anzahl englischsprachiger Bücher, ganze Regale voll, und komplette Jahrgänge von Magazinen und Zeitungen, alle in Folianten gebunden. Ein Tisch in der Mitte des Raumes war übersät mit englischen Magazinen und Zeitungen, von denen allerdings keine neueren Datums war. Bei den Büchern handelte es sich um Lehrbücher der verschiedensten Art – Geschichte, Geographie, Politik, Wirtschaftspolitik, Botanik, Geologie, Recht – und alle bezogen sich auf England und das englische Leben, seine Sitten und Gebräuche. Ich entdeckte sogar so spezialisierte Schriften wie das Londoner Adreßbuch, die ›Roten‹ und die ›Blauen‹ Bücher, Whitaker's Almanach, die Ehrenliste von Heer und Marine und – es ließ mein Herz einen kleinen Freudensprung tun, als ich es sah – die Liste der Juristen.

Während ich noch die Bücher begutachtete, öffnete sich die Tür, und der Graf trat ein. Er begrüßte mich betont herzlich und gab seiner Hoffnung Ausdruck, ich habe eine gute Nacht verbracht. Dann fuhr er fort:

»Ich freue mich, daß Sie hier hineingefunden haben, denn ich bin sicher, hier gibt es vieles, das sie interessieren wird. Diese Freunde« – und dabei legte er seine Hand auf einige der Bücher – »diese Freunde sind mir stets gute Freunde gewesen und haben mir während der letzten Jahre, seit ich den Gedanken hatte, nach London zu gehen, viele Stunden des Vergnügens bereitet. Durch sie habe ich Ihr großartiges England kennengelernt, und England zu kennen heißt England zu lieben. Ich sehne mich danach, durch die überfüllten Straßen Ihres mächtigen London zu gehen, inmitten des Wirbels und Hastens der Menschenmenge zu sein, ihr Leben zu teilen, ihren Wandel, ihren Tod und alles, was es zu dem macht, was es ist. Doch ach! Kenne ich doch Ihre Sprache nur aus Büchern! Auf Sie, mein Freund, setze ich alle Hoffnung, daß ich auch lernen werde, sie zu sprechen.«

»Aber Graf Dracula«, sagte ich, »Sie kennen und sprechen die englische Sprache vorzüglich!«

Er verbeugte sich gravitätisch. »Ich danke Ihnen, mein Freund, für all Ihre voreilige Bewunderung, doch fürchte ich, daß ich erst ein kleines Stück auf der Straße vorangekommen bin, die zu reisen ich mich entschlossen habe. Es ist wohl wahr, daß ich die Grammatik und die Worte kenne, doch noch weiß ich nicht, wie sie auszusprechen sind.«

»Ihre Aussprache ist exzellent, wirklich«, erwiderte ich.

»Noch nicht hinreichend«, widersprach er. »Ich weiß genau, zöge ich jetzt in Ihr London und würde ich dort reden, es gäbe niemanden, der mich nicht auf der Stelle als Fremden erkennen würde. Und das ist mir nicht genug. Hier bin ich ein Adliger; ich bin ein Bojar; das gemeine Volk kennt mich, und ich bin Gebieter. Doch als Fremder in einem fremden Land ist man ein Nichts: Man kennt ihn nicht, und nicht gekannt zu werden heißt, nicht beachtet zu werden. Ich bin schon zufrieden, wenn ich wie der Rest bin, so daß niemand stehenbleibt, sobald er meiner ansichtig wird, oder in seiner Rede innehält, sobald er meine Stimme vernimmt, um etwa zu sagen: ›Ha, ha, ein Fremder!‹ Ich war so lange Gebieter, daß ich auch fürderhin Gebieter wäre – oder es aber zumindest niemand gestatten würde, über mich gebieten zu wollen. Sie kommen hierher nicht nur als Agent meines Freundes Peter Hawkins aus Exeter, um mir alles über mein neues Anwesen in London zu berichten. Sie werden, wie ich zuversichtlich hoffe, einige Zeit bei mir verweilen, auf daß ich durch unsere Unterhaltungen den korrekten englischen Akzent erlerne; und ich möchte Sie bitten, mich darauf aufmerksam zu machen, wenn mir in meiner Aussprache irgendein Fehler unterläuft, und sei es auch der allergeringste. Es tut mir leid, daß ich heute solange abwesend sein mußte; doch werden Sie, ich weiß es, einem Manne vergeben, der so viele bedeutsame Geschäfte zu betreiben hat.«

Natürlich versicherte ich ihm, daß ich alles tun werde, und fragte ihn, ob ich in diesen Raum kommen dürfe, so oft mich danach gelüsten sollte.

»Ja, natürlich. Sie können auf der Burg hingehen, wo immer Sie hingehen möchten, es sei denn, Sie träfen auf eine verschlossene Tür, wohin Sie dann auch gewiß nicht zu gehen wünschen würden. Es gibt immer einen Grund dafür, daß die Dinge sind, wie sie sind, und könnten Sie mit meinen Augen sehen und mit meinen Kenntnissen wissen, Sie würden es vielleicht besser verstehen.« Ich sagte, dessen sei ich gewiß, und er fuhr daraufhin fort:

»Wir sind hier in Transsylvanien, und Transsylvanien ist nicht England. Unsere Wege sind nicht die Ihren, und es wird vieles geben, das Ihnen unbekannt ist. Doch nein, nach allem, was Sie mir bereits von Ihren Erfahrungen berichtet haben, haben Sie ja schon eine Ahnung von den fremdartigen Dingen, die Ihnen hier begegnen könnten.«

Dies führte uns in eine eingehendere Unterhaltung hinein. Und da es offenkundig war, daß er zu sprechen wünschte, und sei es auch nur um des Redens willen, stellte ich ihm eine Menge Fragen betreffend Dinge, mit denen ich bereits konfrontiert worden war oder von denen ich zumindest gehört hatte. Manchmal ging er gar nicht auf meine Worte ein, und gelegentlich wechselte er das Gesprächsthema, indem er vorgab, mich nicht zu verstehen; doch im allgemeinen beantwortete er meine Fragen sehr offen und frei. Als daher die Zeit fortschritt und ich ein wenig kühner wurde, fragte ich ihn auch nach den seltsamen Ereignissen der vergangenen Nacht. Warum, zum Beispiel, war der Kutscher immer zu den Stellen gegangen, an denen er die kleinen, blauen Flämmchen gesehen hatte? Stimmte es denn wirklich, daß diese Orte anzeigten, wo Gold vergraben war?

Daraufhin erklärte er mir, es sei allgemeiner Glaube, daß in einer bestimmten Nacht des Jahres – und zwar tatsächlich in der vergangenen Nacht, als es allen bösen Geistern gestattet war, sich frei in der Welt zu bewegen – über einem jeden Platz eine kleine blaue Flamme zu sehen sei, an dem Schätze vergraben lägen. »Diese Schätze wurden«, fuhr er fort, »in jener Region vergraben, durch die Sie letzte Nacht gekommen sind. Daran kann es kaum einen Zweifel geben; denn dies war das Land, das durch die Jahrhunderte hindurch von Wallachen, Sachsen und Türken umkämpft war. Nun, in dieser Region gibt es kaum einen Zoll Boden, der nicht von Blut getränkt wäre, dem Blut der Patrioten wie der Eindringlinge. In jenen alten Tagen gab es schreckliche Zeiten, wenn die Österreicher und die Ungarn in ganzen Horden kamen und die Patrioten auszogen, sich ihnen zum Kampf zu stellen – Männlein und Weiblein, Alte und Kinder dazu – und sie auf den Felsen oberhalb des Passes erwarteten, um von dort mit ihren künstlichen Lawinen Tod und Verderben auf sie niederprasseln zu lassen. Obsiegte dann doch der Eindringling, fand er gleichwohl nicht viel vor, weil alles, das von Wert war, zuvor dem Schoß der Mutter Erde anvertraut worden war.«

»Doch wie«, fragte ich, »konnte das alles so lange unentdeckt bleiben, wenn es auf seinen Verbleib so deutliche Hinweise gibt und die Männer sich lediglich der Mühe des Nachschauens zu unterziehen brauchten?«

Der Graf lächelte, und seine Lippen schoben sich dabei so weit in die Höhe, daß die langen, scharfen spitzen Zähne ganz seltsam vorstanden.

»Weil die Landbevölkerung eine Horde elender Feiglinge und Narren ist«, erwiderte er. »Jene Flammen erscheinen nur während einer einzigen Nacht im Jahr. Und in dieser Nacht wird kein Mann in diesem Land auch nur einen Fuß vor die Tür setzen, wenn er nicht unbedingt muß. Und, liebwerter Sir, auch wenn er es täte, er wüßte nicht, was zu tun wäre. Denn selbst der Mann, von dem Sie mir berichtet haben, er habe die Stellen mit den Flämmchen markiert, würde nicht einmal wissen, wo er bei Tageslicht nach ihnen suchen sollte. Ich könnte schwören, auch Sie wüßten nicht, wo Sie nach diesen Stellen suchen sollten, nicht wahr?«

»Da haben Sie allerdings recht«, sagte ich. »Ich wüßte es bei meinem Leben nicht.« Dann wandten wir uns anderen Themen zu.

»Kommen Sie«, sagte er schließlich, »erzählen Sie mir von London und dem Haus, das Sie für mich ausfindig gemacht haben.«

Mit einer Entschuldigung für mein bisheriges Versäumnis ging ich in mein Zimmer, um die Papiere aus meiner Tasche zu holen. Während ich sie noch ordnete, vernahm ich das Klirren und Klappern von Geschirr und Silber aus dem angrenzenden Raum, und als ich diesen wieder durchschritt, bemerkte ich, daß der Tisch abgeräumt und die Lampen entzündet worden waren, denn mittlerweile war es stockdunkel geworden. Auch in der Bibliothek waren die Lampen angezündet, und ich fand den Grafen auf dem Sofa liegend, wie er in einem englischen Bradshaw's Guide las. Als ich eintrat, räumte er die Bücher, Zeitungen und Zeitschriften vom Tisch; und dann ging ich mit ihm gemeinsam die Pläne, Fakten und Auflistungen aller Art durch, die ich mitgebracht hatte. Er interessierte sich für alles und jedes und stellte mir unzählige Fragen über das Anwesen und seine Umgebung. Er hatte offenkundig bereits zuvor alles studiert, was er über die Nachbarschaft in Erfahrung bringen konnte, denn am Ende wußte er mehr als ich. Als ich darauf zu sprechen kam, meinte er:

»Nun, mein Freund, ist das etwa nicht nötig? Wenn ich dorthin komme, werde ich allein sein, und mein Freund Harker Jonathan – o nein, Pardon, ich verfalle schon wieder in die Gewohnheit meines Landes, den Familiennamen zuerst zu nennen – mein Freund Jonathan Harker wird nicht an meiner Seite sein, um mich zu korrigieren und mir zur Seite zu stehen. Er wird in Exeter sein, meilenweit entfernt, und vielleicht mit meinem anderen Freund, Peter Hawkins – so! –, zusammen an irgendwelchen Papieren arbeiten.«

Wir gingen nun zum Geschäft über und verhandelten den Ankauf des Anwesens in Purfleet. Nachdem ich ihm die Fakten auseinandergelegt und seine Unterschrift unter die entsprechenden Papiere erhalten hatte, schrieb ich noch einen Brief, mit dem zusammen ich die Unterlagen an Mr. Hawkins schicken wollte. Anschließend fragte er mich, wie ich es geschafft hatte, ein Haus zu finden, das so genau seinen Wünschen entsprach. Ich las ihm meine Notizen dazu vor, die ich mir seinerzeit gemacht hatte und die ich hier wiedergebe.

»In Purfleet entdeckte ich rein zufällig in einer Seitenstraße eine Liegenschaft, die der nachgefragten weitgehend zu entsprechen scheint und an deren Hauptportal die lapidare Mitteilung hing, das

gesamte Anwesen stehe zum Verkauf. Es wird von einer hohen Mauer aus massivem Stein umschlossen, an der seit Jahren keinerlei Instandsetzungsarbeiten mehr vorgenommen wurden. Die geschlossenen Tore bestehen aus massiver Eiche mit eisernen Beschlägen, die über und über von Rost zerfressen sind.

Die Liegenschaft nennt sich Carfax, ohne Zweifel eine Verballhornung von Quatre face, *denn das Haus ist quadratisch und stimmt in seinen Eckpunkten mit den Kardinalpunkten des Kompasses überein. Es umfaßt alles in allem an die zwanzig Acres und wird ringsum von der schon erwähnten Mauer umschlossen. Viele Bäume stehen auf dem Grundstück, deren Kronen es stellenweise ausgesprochen düster erscheinen lassen, und es gibt einen tiefen Teich oder kleinen See, der ganz offensichtlich von etlichen Quellen gespeist wird, denn sein Wasser ist klar und fließt in einem beachtlichen Strom ab. Das Haus selbst ist sehr groß und vereint in sich die Baustile aller zurückliegenden Epochen bis zum Mittelalter. Es ist teilweise aus extrem dicken unbehauenen Steinen errichtet und hat nur einige wenige hohe Fenster mit eisernen Gittern davor. Es sieht aus, als gehörte es früher zu einer Trutzburg und grenzt unmittelbar an eine Kapelle oder kleinere Kirche. Ich konnte es nicht betreten, weil ich keinen Schlüssel hatte. Welche Grundfläche es einnimmt, vermag ich nur zu schätzen, sie muß indes beträchtlich sein. In der Nähe gibt es nur wenige Häuser, darunter ein sehr großes, das erst kürzlich in eine private Irrenanstalt umgewandelt wurde. Vom Grundstück aus ist es allerdings nicht einzusehen.«*

Als ich geendet hatte, sagte er:

»Ich bin glücklich, daß es so groß und alt ist. Ich selbst stamme aus einer alten Familie, und das Erfordernis, in einem neuen Haus wohnen zu müssen, würde mich umbringen. Ein Haus kann nicht an einem einzigen Tag bewohnbar gemacht werden; und schließlich – wie weniger Tage bedarf es doch, ein Jahrhundert zu vollenden! Ich begrüße es gleichfalls, dort eine Kapelle aus alter Zeit vorzufinden. Wir Adligen aus Transsylvanien lieben den Gedanken nicht, unsere Gebeine könnten neben den Knochen von Angehörigen des gemeinen Volkes liegen. Ich suche weder Frohsinn noch Ausgelassenheit. Ich bin nicht länger jung. Und mein Herz ist nach so vielen Jahren der Trauer um die Toten nicht mehr dem Frohsinn zugewandt. Mehr noch – die Mauern meiner Burg sind geborsten; Schatten gibt es viele, und der Wind sendet seinen kalten Atem durch die zerbrochenen Zinnen und Fenster. Ich liebe das Dämmerlicht und die Schatten und kann mit meinen Gedanken allein sein, wenn ich es möchte.«

Irgendwie schienen mir seine Worte nicht zu seinem Blick zu passen. Vielleicht war auch seine Gesichtsform daran schuld, daß sein Lächeln maliziös und satanisch wirkte.

Schließlich verließ er mich mit einer Entschuldigung und bat mich, meine Papiere wieder zusammenzulegen. Er war dann kurze Zeit weg, und ich fing an, mir einige Bücher in meiner Reichweite ein wenig näher anzusehen. Eines davon war ein Atlas, der – wie könnte es anders sein – auf der Seite aufgeschlagen war, die England zeigte. Die Seite sah aus, als werde sie oft aufgeschlagen. Beim genauen Hinsehen entdeckte ich, daß bestimmte Orte mit einem kleinen Kreis kenntlich gemacht worden waren. Ich sah mir diese genauer an und entdeckte, daß einer davon einen Ort ganz in der Nähe Londons markierte, und zwar genau jenen, an dem sein neu erworbenes Anwesen zu finden war, ein anderer Exeter und der dritte Whitby an der Küste von Yorkshire.

Es dauerte fast eine Stunde, bis der Graf zurückkehrte. »Aha«, sagte er, »noch immer mit den Büchern beschäftigt? Gut! Aber Sie müssen doch nicht immer arbeiten. Kommen Sie, ich habe gehört, Ihr Abendessen sei bereitet.« Er nahm meinen Arm, und wir gingen in den angrenzenden Raum, wo ich ein exzellentes Abendessen auf dem Tisch vorfand. Der Graf entschuldigte sich wieder, er habe bereits außer Haus zu Abend gegessen. Doch wie schon in der vergangenen Nacht setzte er sich zu mir, und wir unterhielten uns angeregt, während ich aß. Danach rauchte ich wie schon am Abend zuvor, und der Graf leistete mir Gesellschaft und stellte mir eine Unmenge Fragen zu allen möglichen Themen. So verging Stunde um Stunde. Ich merkte, wie es immer später wurde, doch sagte ich nichts, da ich mich verpflichtet fühlte, den Wünschen meines Gastgebers in jeder Hinsicht nachzukommen. Ich war nicht müde, denn der lange Schlaf von gestern hatte mich neu gestärkt; dennoch konnte ich mich jenes leichten Schauderns nicht erwehren, das einen überfällt, wenn die Dämmerung hereinbricht, denn das ist auf seine Art fast wie der Wechsel der Gezeiten. Man sagt ja, Kranke sterben am ehesten bei Einbruch der Dämmerung oder wenn die Flut am höchsten ist; wer auch immer, wenn er müde wird und an seinen Posten gebunden ist wie ich, einmal diesen Wechsel in der Atmosphäre gespürt hat, wird daran gewiß glauben. Ganz plötzlich hörten wir dann den ersten übernatürlich schrillen Schrei eines Hahns durch die klare Morgenluft; Graf Dracula sprang auf und sagte:

»Wie – ist es schon wieder Morgen?! Wie rücksichtslos von mir, Sie so lange dem Bett fernzuhalten. Sie müssen die Unterhaltungen über mein neues teures Vaterland England weniger interessant gestalten, damit ich nicht wieder vergesse, wie die Zeit verfliegt!« Und mit einer höflichen Verbeugung verließ er mich.

Ich ging in mein Zimmer und zog die Vorhänge zurück. Doch da gab es nichts Wesentliches zu sehen; mein Fenster öffnete sich zum Hof; alles, was ich sehen konnte, war das warme Grau des erwachenden Himmels. So zog ich die Vorhänge wieder zu und schrieb meinen Bericht über diesen Tag.

8. Mai. – Ich fürchtete schon, ich könnte allzusehr ins Detail gehen, während ich dies Buch weiterführe. Doch nunmehr bin ich froh, von Anfang an alles so eingehend geschildert zu haben, denn um diesen Platz und alles darin ist etwas so Geheimnisvolles, daß ich nicht umhin kann, mich unsicher zu fühlen. Ich wünschte mir, ich wäre wieder fort oder erst gar nicht hergekommen. Es kann sein, daß diese ausschließlich nächtliche Existenz an meinen Nerven zerrt; doch wäre es nur das! Gäbe es nur jemanden, mit dem ich reden könnte, es wäre leichter zu ertragen, aber da ist niemand. Ich habe nur den Grafen, mit dem ich reden kann, und er! – ich fürchte, ich bin die einzig lebende Seele hier. Doch ich will so prosaisch bleiben, wie es die Tatsachen gestatten; das wird mir helfen, es zu ertragen, und die Phantasiegebilde werden hoffentlich nicht mit mir durchgehen. Wenn aber doch, bin ich verloren. Lassen Sie mich schildern, wie es um mich steht – oder wie ich mir vorkomme.

Ich schlief nur wenige Stunden, als ich mich zur Ruhe begab, und als ich bemerkte, daß ich wohl doch nicht mehr würde schlafen können, stand ich auf. Ich hatte meinen Rasierspiegel ins Fenster gehängt und fing gerade an, mich zu rasieren. Da spürte ich plötzlich eine Hand auf meiner Schulter und hörte die Stimme des Grafen sagen: »Guten Morgen.« Das überraschte mich, denn ich hatte ihn nicht gesehen, obwohl ich im Spiegel den ganzen Raum hinter mir überblicken konnte.

Ich war so erschrocken, daß ich mich schnitt. Ich erwiderte den Gruß des Grafen und drehte und wendete den Spiegel, um mich zu vergewissern, daß ich mich nicht geirrt hatte. Doch es konnte kein Irrtum sein, denn der Mann war mir ganz nahe, und ich konnte ihn über die Schulter hinweg sehen! Aber es gab kein Bild von ihm in meinem Spiegel! Dies war beunruhigend, und da es nur ein Punkt einer ganzen Reihe weiterer merkwürdiger Dinge war, verstärkte es meine Gefühle von Unsicherheit, die ich immer dann besonders verspürte, wenn der Graf in meiner Nähe war. In diesem Moment sah ich, daß der Schnitt ein wenig blutete, und das

Blut tropfte über mein Kinn hinunter. Ich legte den Rasierapparat nieder, wobei ich mich halb herumdrehte, um nach einem Stückchen Pflaster zu sehen. Als der Graf mein Gesicht sah, glühten seine Augen in geradezu dämonischer Wut, und ganz plötzlich faßte er nach meiner Kehle. Ich drehte mich weg, und seine Hände berührten das Kettchen, das mein Kruzifix trug. Dies bewirkte einen totalen Umschwung bei ihm, denn die Wut verschwand schlagartig.

»Nehmen Sie sich in acht«, sagte er, »passen Sie auf, wie Sie sich schneiden. In diesem Land ist das gefährlicher als Sie denken.« Dann nahm er den Rasierspiegel und fuhr fort: »Und das hier ist das vermaledeite Ding, das an dem ganzen Unglück schuld ist. Es ist ein fauler Zauber für eitle Männer. Fort damit!« Und mit einem einzigen Griff riß er das hohe Fenster auf und warf den Spiegel hinaus, der draußen auf dem gepflasterten Hof in tausend Stücke zersprang. Dann ging er ohne ein weiteres Wort hinaus.

Das alles ist sehr ärgerlich, denn ich weiß nicht, wie ich mich jetzt rasieren soll. Mir bleibt eigentlich nur der Deckel meiner Uhr oder der Boden meiner Rasierschüssel, die glücklicherweise aus poliertem Metall ist.

Als ich ins Eßzimmer ging, war das Frühstück aufgetragen; den Grafen aber konnte ich nirgends entdecken. So frühstückte ich allein. Es ist schon merkwürdig, daß ich den Grafen bisher weder essen noch trinken gesehen habe. Er muß ein ganz besonderer Mann sein! Nach dem Frühstück sah ich mich ein wenig auf der Burg um. Ich ging hinaus zum Treppenhaus und fand einen Raum, der nach Süden ging. Der Ausblick war großartig, und von meinem Standort aus konnte ich ihn voll genießen. Die Burg steht direkt am Rande eines schwindelerregenden Abgrunds. Ein Stein, den man aus einem Fenster werfen würde, würde tausend Fuß tief fallen, ohne irgendwo aufzutreffen! So weit man schauen kann, erstreckt sich ein grünes Meer aus Baumkronen, nur gelegentlich von einer Kluft oder Schlucht unterbrochen. Hier und da sieht man einen Fluß wie ein silbernes Band zwischen Klüften und Wäldern.

Aber mir ist nicht danach, Schönheiten zu beschreiben, und nachdem ich den Ausblick genossen hatte, untersuchte ich weiter: Türen, Türen, Türen allüberall, und alle verschlossen und verriegelt. An keiner Stelle gibt es einen Ausgang, der von den Fenstern in der Außenmauer der Burg nicht eingesehen werden könnte.

Die Burg ist ein perfektes Gefängnis – und ich bin ein Gefangener!

Kapitel Drei

Das Journal des Jonathan Harker

(Fortsetzung)

Als mir bewußt wurde, daß ich ein Gefangener war, überfiel mich ein seltsames Gefühl von Wildheit. Ich rannte die Treppe hinauf und wieder herunter, probierte jede Tür und sah durch jedes Fenster, das ich finden konnte; aber schon nach kurzer Zeit erschlug das Gefühl der Hilflosigkeit jede andere Regung in mir. Wenn ich jetzt nach ein paar Stunden zurückblicke, ist mir, als sei ich kurze Zeit wahnsinnig gewesen, denn ich habe mich ähnlich aufgeführt wie eine Ratte in der Falle. Doch als mir dann klar wurde, daß ich nichts ausrichten konnte, setzte ich mich hin – so still, wie ich das in meinem Leben immer getan habe, wenn ich nicht weiter wußte – und dachte darüber nach, was ich unternehmen sollte. Ich denke noch immer darüber nach und bin noch immer nicht zu einem endgültigen Schluß gekommen. Mir ist nur eines absolut klar: Es hat überhaupt keinen Sinn, dem Grafen meine Gedanken mitzuteilen. Er weiß selbst nur zu gut, daß ich gefangen bin; und da er selbst es war, der mich festgesetzt hat, und da er zweifellos seine Gründe dafür hat, würde er mich ohnehin nur betrügen und belügen, wenn ich mich ihm rückhaltlos anvertraute. Soweit ich die Situation übersehe, kann mein Plan nur sein, mein Wissen und meine Angst für mich zu behalten und die Augen offenzuhalten. Ich weiß, entweder habe ich mich wie ein Baby von den eigenen Ängsten narren lassen, oder ich bin tatsächlich in einer ernsten Notlage; und wenn dies der Fall sein sollte, werde ich meinen ganzen Verstand zusammennehmen müssen, um sie zu überstehen. Kaum war ich zu diesem Schluß gelangt, als ich hörte, wie unten die große Tür geschlossen wurde. Da wußte ich, daß der Graf zurückgekehrt war. Er kam nicht sofort in die Bibliothek, und so schlich ich vorsichtig in mein eigenes Zimmer und überraschte ihn dabei, wie er mein Bett machte. Das war merkwürdig, aber es bestätigte nur, was ich mir schon längst gedacht hatte, daß es nämlich in diesem Haus überhaupt keine Dienerschaft gab. Als ich ihn dann später auch noch durch die Türritzen den Tisch im Speisezimmer decken sah, war ich meiner Sache endgültig sicher; denn wenn er selbst alle diese niederen Arbeiten verrichtete, dann ist es wohl sicher, daß es niemanden sonst gibt, der sie tun könnte. Dieses Wissen versetzte mich in Schrecken, denn wenn sich niemand sonst in der Burg aufhielt, dann mußte es auch der Graf selbst gewesen sein, der die Kutsche gelenkt hatte, die mich hierhin gebracht hatte. Das ist ein schrecklicher Gedanke, denn wenn dem so ist, was hatte es dann zu bedeuten, daß er die Wölfe allein dadurch unter Kontrolle gehalten hatte, daß er nur schweigend die Arme gehoben hatte? Wie kam es, daß alle Menschen in Bistritz und in der Überlandkutsche solche

Angst um mich gehabt hatten? Was hatte es zu bedeuten, daß man mir das Kruzifix gegeben hatte, den Knoblauch, die wilde Rose, die Eberesche? Gesegnet sei die gute Frau, die mir das Kruzifix um den Hals gehängt hat! Es gibt mir Trost und Kraft, wann immer ich es berühre. Es ist merkwürdig, daß ein Gegenstand, den ich mit Mißfallen und als ketzerisch zu betrachten gelernt habe, sich in einer Zeit der Einsamkeit und Not als hilfreich erweist. Liegt es im Wesen dieses Gegenstandes selbst, oder ist er ein Medium, um Erinnerungen an Trost wachzurufen? Irgendwann, wenn ich die Gelegenheit dazu bekommen sollte, muß ich diese Frage untersuchen und mir eine eigene Meinung bilden. In der Zwischenzeit aber muß ich versuchen, alles über Graf Dracula herauszufinden, was ich nur in Erfahrung bringen kann, um das alles besser verstehen zu können. Heute nacht muß er mir von sich erzählen, wenn es mir gelingt, die Unterhaltung in diese Richtung zu lenken. Auf jeden Fall sollte ich sehr vorsichtig sein, um seinen Argwohn nicht zu wecken.

Mitternacht: – Ich hatte eine lange Unterhaltung mit dem Grafen. Ich habe ihm einige Fragen zur Geschichte Transsylvaniens gestellt, und erfreulicherweise taute er bei diesem Thema sichtlich auf. In seiner Schilderung der Ereignisse, der Leute und vor allem der Schlachten sprach er, als sei er jedesmal selbst dabeigewesen. Dies erklärte er im nachhinein damit, daß für einen *Bojar* der Stolz seines Geschlechtes und seines Hauses immer auch sein eigener sei. Wann immer er von seinem Geschlecht erzählte, sagte er »wir« und sprach fast nur im Plural, genau wie ein Kind. Ich wünschte, ich könnte alles exakt so niederschreiben, wie er es gesagt hat, denn für mich war das in höchstem Maße faszinierend. Es schien die gesamte Geschichte zu beinhalten. Während er sprach, wurde er immer erregter und ging im Zimmer auf und ab, wobei er an seinem weißen Schnauzbart zupfte und sich an allem festhielt, worauf er seine Hand legte, als wolle er es mit seiner gewaltigen Kraft zermalmen. Er sagte auch etwas, das ich so originalgetreu wiedergeben möchte, wie ich es nur irgend vermag:

»Wir Szekler haben jedes Recht, stolz zu sein, denn in unseren Adern fließt das Blut vieler edler Rassen, die für ihre Herren wie die Löwen gekämpft haben. Hier, in dem Schmelztiegel der Rassen Europas, trug der Stamm der Ugric von Island her den Kampfgeist hinein, den Thor und Wodin ihm verliehen hatten und den ihre Berserker mit so fürchterlicher Deutlichkeit an den Küsten Europas, ach, was sage ich, auch an denen Afrikas und Asiens unter Beweis stellten, daß die Leute gedacht haben, die Werwölfe selbst seien über sie hergefallen. Auch hier fanden sie, als sie kamen, die Hunnen vor, die in ihrer Kriegslüsternheit die ganze Erde wie eine lebende Flamme heimgesucht hatten, bis die Sterbenden davon überzeugt waren, in ihren Adern müsse das Blut jener alten Hexenmeister fließen, die sich, aus Skythien vertrieben, in den Einöden mit den Teufeln vermählten. Narren, Narren sie alle! Welcher Teufel oder welcher Hexenmeister wäre wohl je so groß gewesen wie Attila, dessen Blut in diesen Adern kreist?!« Er hielt die Arme in die Höhe. »Ist es ein Wunder, daß wir eine Rasse von Eroberern waren, daß wir stolz waren; daß wir sie alle zurückgeschlagen haben, als sie zu Tausenden unsere Grenzen überschwemmten, die Magyaren, die Lombarden, die Avarer, die Bulgaren oder die Türken? Ist es verwunderlich, daß Arpad, als er mit seinen Legionen durch das ungarische Vaterland gezogen war, uns hier vorfand, als er die Grenze erreichte; daß die Honfoglalas sich hier erfüllte? Und als die ungarische Flut sich nach Osten ergoß, wurden die Szekler von den siegreichen Magyaren als ihre Verwandten bezeichnet, und uns wurde durch die Jahrhunderte hindurch die Bewachung der Grenzen zum Türkenland anvertraut; o ja – mehr noch – auf ewig Wache an der Grenze, denn wie die Türken sagen: ›Das Wasser schläft – der Feind nie‹. Wer außer uns war wohl glücklicher unter den vier Nationen, als wir das ›blutige Schwert‹ empfingen, oder wessen Ruf als Krieger hätte wohl früher das Ohr des Königs erreicht? Wann war die große Scham meiner Nation getilgt, die Scham von Cassova, als die Flaggen der Wallachen und der Magyaren untergingen unter dem Halbmond; wer war es denn, wenn nicht einer meiner eigenen Rasse, der als Woiwode die Donau überquerte und die Türken auf ihrem eigenen Grund und Boden niederrang? Ja, das war ein Dracula. Wer anders wohl als sein eigener unwürdiger Bruder war es gewesen, der, als der Triumphator gefallen war, seine Männer an die Türken verkaufte und die Schande der Sklaverei über sie brachte! War es nicht in der Tat derselbe Dracula, der in späteren Zeiten andere seiner Rasse wieder und immer wieder aufrief, seine Heere über den großen Fluß ins Türkenland zu führen; der, wenn er zurückgeschlagen worden war, zurückkam, wieder und wieder und wieder, auch wenn er allein von den Feldern zurückkehren mußte, auf denen seine Truppen hingeschlachtet worden waren, da er ja wußte, daß am Ende nur er allein würde triumphieren können? Man sagte, er habe nur an sich selbst gedacht! Pah! Was sind denn die Bauern schon wert ohne Führer? Wo endet wohl ein Krieg ohne ein Hirn und ein Herz, die ihn führen? Und wieder waren wir Draculas unter ihren Führern, als wir in der Schlacht von Mohacs das ungarische Joch abwarfen, denn unser Geist konnte es nicht ertragen, in Unfreiheit zu leben. Ah, junger Sir, die Szekler – und die Draculas als deren Herzblut, deren Hirne und deren Schwerter – können sich solcher Verdienste rühmen. Die Tage der Kriege sind gezählt. Blut ist in diesen Tagen eines unehrenhaften Friedens dem Bauern zu kostbar; und der Ruhm der alten Geschlechter ist nur noch wie ein Märchen aus alter Zeit.«

Inzwischen war es früher Morgen geworden, und wir gingen zu Bett. (Nicht vergessen: Dieses Tagebuch erinnert auf schreckliche Weise an den Anfang der ›Arabischen Nächte‹, denn alles muß mit dem ersten Hahnenschrei beendet sein – oder an den Geist von Hamlets Vater.)

12. Mai. – Lassen Sie mich mit Fakten beginnen – einfachen, nackten Tatsachen, recherchiert nach Büchern und Zahlen. Ich darf sie nur nicht verquicken mit Erfahrungen, die meiner eigenen Beobachtung vorbehalten sind oder meiner Erinnerung an sie. Als der Graf gestern abend aus seinem eigenen Zimmer kam, fing er an, mir juristische Fragen zu stellen und solche betreffend die Abwicklung bestimmter Geschäfte. Den ganzen Tag hatte ich lustlos, über irgendwelche Bücher gebeugt, verbracht, und nur um meinen Geist zu beschäftigen, war ich noch einmal einige der Fragen durchgegangen, über die ich examiniert worden war. In der Befragung durch den Grafen lag eine ganz bestimmte Methode, und daher will ich versuchen, sie in der richtigen Reihenfolge niederzuschreiben; die Kenntnis seiner Art zu fragen könnte mir irgendwann und irgendwie einmal von Nutzen sein.

Zunächst fragte er mich, ob man in England zwei Agenten oder Notare oder auch mehr engagieren könne. Ich sagte ihm, er könne sich auch ein Dutzend nehmen, wenn er dies wolle, doch daß es nicht eben weise sei, in ein und derselben Transaktion mehr als einen Agenten zu beschäftigen, da ohnehin nur jeweils einer in einer Angelegenheit tätig sein könne, und daß ein Wechsel sich fast immer gegen die eigenen Interessen richte. Er schien mich genau verstanden zu haben und fragte mich dann weiter, ob es womöglich auf praktische Schwierigkeiten stoßen könnte, wenn man einen Makler etwa dafür beschäftigte, bestimmte Bankgeschäfte zu erledigen, und einen anderen, der sich um Probleme einer Verschiffung bemühte, falls lokale Hilfe an einem Ort benötigt würde, der fern dem Wohnsitz des Bankbevollmächtigten läge. Ich bat ihn, mir das genauer zu erklären, auf daß ich ihn nicht etwa versehentlich falsch beriete, und so sagte er mir:

»Ich will es erläutern. Ihr Freund, der auch der meine ist, Mr. Peter Hawkins, wohnhaft im Schatten der schönen Kathedrale von Exeter, das sehr weit von London entfernt ist, kauft für mich unter Eurer liebenswerten Mithilfe ein Haus. Gut! Nun lassen Sie mich hier frank und frei sagen: Auch wenn Sie es befremdlich fänden, daß ich die Dienste eines Agenten in Anspruch genommen habe, der so weit weg von London wohnt, statt mich eines zu bedienen, der direkt in London residiert, so tat ich dies in der Überlegung, daß meine Interessen von einem ortsansässigen Agenten kaum richtig wahrgenommen worden wären; denn jemand, der in London ansässig ist, wird vielleicht ein eigenes Anwesen oder das eines Freundes im Auge haben. Deswegen machte ich mich weiter draußen im Lande auf die Suche nach einem, der wirklich nur meine Interessen im Auge hat. Nun stellen Sie sich einmal vor, jemand wie ich, der so vielerlei Geschäfte zu besorgen hat, hätte etwas zu verschiffen – sagen wir, nach Newcastle oder Durham oder Harwich oder Dover –, könnte es denn dann nicht sein, daß sich dies leichter von jemandem bewerkstelligen ließe, der in einem dieser Häfen wohnt?«

Ich erwiderte, daß dies sicherlich einfacher wäre, doch daß wir Agenten und Makler ein System aufgebaut hätten, nach dem einer für den anderen tätig werden könne, so daß bestimmte Arbeiten direkt am Ort auf Anweisung eines anderen Agenten erledigt werden könnten. So brauche sich der Klient nur den Händen eines einzigen anzuvertrauen, der alle seine Wünsche ohne jede weitere Unannehmlichkeit für ihn selbst erledigen könne.

»Aber«, sagte er, »ich hätte doch auch die Freiheit, mich

selbst an einen solchen örtlichen Agenten zu wenden, oder etwa nicht?«

»Natürlich«, erwiderte ich, »und das tun viele Geschäftsleute, die nicht wollen, daß eine Person allein alle ihre Geschäfte überblicken kann.«

»Gut!« sagte er, und dann fuhr er fort, mich nach den Bedingungen und den Formen der Abwicklung derartiger Inanspruchnahme zu fragen sowie nach den denkbaren Schwierigkeiten und Problemen, die entstehen könnten, denen man aber durch entsprechende Voraussicht auch entgehen könne. Ich erklärte ihm all dieses nach bestem Wissen, und zu guter Letzt war ich zutiefst davon überzeugt, daß er ein wundervoller Agent wäre, denn es gab nichts, woran er nicht dachte oder was er nicht vorausplante. Für einen Mann, der niemals in diesem Land war und der erkennbar nicht viel mit dem Geschäftsleben zu tun hatte, waren seine Kenntnisse und sein Scharfsinn bemerkenswert.

Nachdem er sich über alle Punkte, die ihn interessierten, die erwünschte Klarheit verschafft hatte, und nachdem ich alle seine Fragen, so gut ich konnte, auch unter Zuhilfenahme der hier verfügbaren Bücher, beantwortet hatte, erhob er sich plötzlich und sagte:

»Haben Sie schon Ihren ersten Brief an unseren Freund, Mr. Peter Hawkins, oder an jemand anderen geschrieben?« Nicht ohne Bitterkeit im Herzen erwiderte ich, das habe ich noch nicht getan, da ich bisher noch keine Gelegenheit gesehen hätte, an irgend jemanden irgendwelche Briefe zu verschicken.

»Dann schreiben Sie jetzt, mein junger Freund«, sagte er, wobei er mir schwer die Hand auf die Schulter legte, »schreiben Sie an unseren Freund und an jeden anderen; und sagen Sie ihnen, vorausgesetzt es gefällt Ihnen bei mir, daß Sie noch einen Monat, von jetzt an gerechnet, bei mir bleiben werden.«

»Sie möchten, daß ich noch so lange bleibe?« fragte ich und spürte, wie mein Herz bei diesem Gedanken kalt wurde.

»Ich wünschte es mir sehr; ach was, ich lasse keine Entschuldigungen gelten. Wenn Ihr Gebieter, Ihr Arbeitgeber oder wie Sie auch immer meinen, zugestimmt hat, daß jemand an seiner Statt hierher komme, dann war damit gemeint, daß nur meine Wünsche zählen sollen. Ich war schließlich nicht knauserig, nicht wahr?«

Was blieb mir anderes übrig, als Einverständnis zu heucheln? Es ging um Mr. Hawkins Interessen und nicht um meine, und ich hatte an ihn zu denken und nicht an mich selbst; und ganz davon abgesehen, während Graf Dracula sprach, lag in seinen Augen, in seinem ganzen Verhalten etwas, das mich daran erinnerte, daß ich sein Gefangener war und gar keine andere Wahl hatte, selbst wenn ich hätte gehen wollen. Der Graf sah seinen Sieg in meiner Verbeugung und die Demut auf meinem Gesicht, denn ohne Umschweife begann er, sich ihrer zu bedienen, wenn auch auf seine eigene, sanfte Weise, die keinen Widerspruch duldete:

»Ich bitte Sie, mein guter junger Freund, in Ihren Briefen von nichts anderem zu berichten denn vom Geschäft. Es wird Ihre Freunde zweifelsohne freuen zu hören, daß es Ihnen gut geht und Sie sich darauf freuen, zu ihnen nach Hause zurückzukehren. So ist es doch, oder?« Während er sprach, reichte er mir drei Bögen liniertes Papier und drei Briefumschläge. Sie alle waren vom dünnsten Luftpostpapier, und während ich zuerst das Papier und dann ihn ansah und sein ruhiges Lächeln mit den scharfen dolchartigen Zähnen über der roten Unterlippe, da verstand ich so gut, als hätte er es ausgesprochen, daß ich vorsichtig sein mußte mit dem, was ich schrieb, weil er es würde lesen können. So beschloß ich, jetzt nur nichtssagende Berichte zu schreiben, aber insgeheim ausführlich an Mr. Hawkins und an Mina, denn ihr konnte ich auch in Kurzschrift schreiben, was dem Grafen sicherlich rätselhaft erscheinen mußte, wenn er es sah. Als ich meine beiden Briefe geschrieben hatte, setzte ich mich ruhig zurück und las in einem Buch, während der Graf verschiedene Billetts schrieb und sich beim Schreiben diverser Bücher auf dem Tisch bediente. Dann nahm er meine beiden Briefe, legte sie zu den eigenen und fügte sein Schreibgerät hinzu. In dem Moment, wo sich die Tür hinter ihm geschlossen hatte, lehnte ich mich über den Tisch und schaute auf die Briefe, die mit der Anschrift nach unten auf dem Tisch lagen. Ich hatte keinerlei schlechtes Gewissen, denn unter den obwaltenden Umständen war mir, als müsse ich mich in jeder mir nur möglichen Weise schützen.

Einer seiner Briefe war an Samuel F. Billington, No. 7, The Crescent, Whitby, adressiert; ein anderer an Herrn Leutner in Varna; der dritte ging an Coutts & Co., London, und der vierte an die Herren Klopstock & Billreuth, Bankiers in Budapest. Der zweite und vierte Brief waren nicht versiegelt. Ich war kurz davor, sie mir näher anzusehen, als ich bemerkte, wie sich der Türknauf drehte. Sofort ließ ich mich in meinen Stuhl zurücksinken und hatte gerade noch Zeit, die Briefe wieder so hinzulegen wie zuvor und mein Buch zur Hand zu nehmen, bevor der Graf hereinkam. In der Hand hielt er noch immer einen anderen Brief. Er nahm die Briefe vom Tisch, frankierte sie sorgfältig und wandte sich dann an mich.

»Ich hoffe, Sie verzeihen mir«, sagte er, »aber ich habe heute abend vieles privat zu erledigen. Ich hoffe nur, Sie finden alles zu Ihrer Zufriedenheit.« An der Tür wandte er sich noch einmal um und setzte dann nach kurzer Pause hinzu:

»Lassen Sie mich Ihnen einen Rat geben, mein teurer junger Freund. Wenn Sie diese Räume hier verlassen, sollten Sie sich unter gar keinen Umständen in einem anderen Teil der Burg zur Ruhe begeben. Das Schloß ist alt und birgt viele Erinnerungen, die über jene kommen könnten, die unklugerweise in seinen Mauern übernachten. Lassen Sie sich warnen! Sollte

Sie jetzt oder irgendwann sonst der Schlaf übermannen oder Sie Müdigkeit verspüren, dann hasten Sie so schnell Sie können in Ihr eigenes Zimmer oder in einen dieser Räume hier, denn dann wird Ihr Schlaf sicher sein. Doch wenn Sie in dieser Hinsicht nicht die gebotene Vorsicht walten lassen, dann …« Er sprach nicht aus, was dann wäre, doch machte er mit den Händen Bewegungen, als wüsche er sie. Ich verstand ohne weitere Erläuterungen; nur zweifelte ich, ob es wohl einen schrecklicheren Traum geben könnte als das unnatürliche, schreckeneinflößende Netz aus Dunkelheit, Undurchsichtigkeit und Geheimnissen, das sich um mich herum zusammenzuziehen schien.

Später: – Ich halte auch seine letzten Worte schriftlich fest, doch gibt es diesmal wohl keinen Zweifel hinsichtlich ihrer Bedeutung. Ich brauche also keine Angst zu haben, an Orten zu schlafen, an denen er nicht ist. Ich habe das Kruzifix über das Kopfende meines Bettes gehängt, weil ich mir einbilde, auf diese Weise seien meine Träume weniger schrecklich, und da bleibt es auch.

Als er mich verlassen hatte, ging ich in mein Zimmer. Nachdem ich eine Weile gelauscht und nichts gehört hatte, kam ich wieder heraus und schlich die Treppe empor bis zu der Stelle, von wo aus ich das Land nach Süden hin überblicken konnte. Die Weite vermittelte ein Gefühl von grenzenloser Freiheit, die so unerreichbar schien, wenn ich an die Düsternis und Enge des Innenhofes dachte. Als ich so hinausblickte, spürte ich in der Tat, daß ich in einem Gefängnis saß, und in mir regte sich ein starker Drang nach frischer Luft, und sei es auch die Nachtluft. Ich spüre langsam, wie diese nächtliche Existenzweise an mir zehrt. Sie frißt an meinen Nerven. Ich erschrecke vor meinem eigenen Schatten, und meine Gedanken sind voller Phantasiegebilde. Gott weiß, daß es reichlich Grund für jede Art von Schrecken und Furcht an diesem verfluchten Ort gibt! Ich blickte hinaus in die wundervolle Weite, die sich im Mondlicht gebadet meinen Augen bot, bis es fast schon wieder heller Tag war. In dem sanften Licht verschmolzen die weit entfernten Hügel mit den Schatten in den Tälern zu samtener Schwärze. Die überwältigende Schönheit schien mir neuen Mut zu machen; mit jedem Atemzug sog ich Friede und Zufriedenheit in mich hinein. Als ich mich ein wenig aus dem Fenster lehnte, wurde mein Blick von etwas festgehalten, das sich eine Etage tiefer und ein wenig nach links versetzt bewegte, da wo ich die Gemächer des Grafen vermutete. Das Fenster, an dem ich stand, war groß und tief und mit einer steinernen Brustwehr versehen, die, wiewohl vom Wetter angenagt, noch immer vollständig war; doch war nicht zu übersehen, daß es Jahre her sein mußte, seit sich zum letzten Mal jemand von ihrer Festigkeit überzeugt hatte. Ich zog mich bis hinter die Zimmerwand zurück und blickte vorsichtig hinaus.

Ich sah, wie der Kopf des Grafen ins Freie kam. Sein Gesicht konnte ich nicht sehen, doch ich erkannte diesen Mann auch an seinem Nacken und der Art, wie er Rücken und Arme bewegte. Auf jeden Fall aber wußte ich, daß ich mich nicht irrte, als ich seine Hände sah, diese Hände, die zu studieren ich so oft die Gelegenheit gehabt hatte. Zunächst war ich nur interessiert und auch irgendwie amüsiert, denn es ist schon seltsam, wie wenig dazu gehört, einen Mann zu amüsieren, der sich im Gefängnis weiß. Doch dann setzte mein Herz einen Schlag aus, als ich sah, wie der Mann aus dem Fenster kroch und sich anschickte, *kopfüber* die ganze Wand der Burg über dem gähnenden Abgrund hinunterzuklettern, wobei sich sein weiter Mantel wie Schwingen um ihn breitete. Zuerst mochte ich meinen Augen gar nicht glauben. Ich dachte, es müsse sich um eine optische Täuschung, hervorgerufen durch das ungewisse Mondlicht, handeln, irgendeinen seltsamen Schattenwurf oder so etwas. Aber ich schaute weiter angestrengt hin, und es konnte einfach keine Täuschung sein. Ich sah, wie die Finger und die Zehen sich um die Kanten der Steine klammerten, zwischen denen der Mörtel im Laufe der Jahre ausgewaschen worden war, und indem er solchermaßen jede kleinste Unebenheit ausnutzte, bewegte er sich mit bemerkenswerter Geschwindigkeit wie eine Eidechse an der Wand abwärts.

Was für ein Mann ist das nur – oder besser gefragt, was für eine Kreatur verbirgt sich hier nur in der Gestalt eines Menschen? Ich spüre, wie mich die Bedrohung, die von diesem Schreckensort ausgeht, zu überwältigen beginnt; ich habe Furcht – schreckliche Furcht –, und es gibt kein Entrinnen für mich; ich bin umschlossen von Schrecken, die es eigentlich gar nicht geben dürfte ...

15. Mai. – Ich habe den Grafen ein weiteres Mal in seiner Eidechsen-Art ausgehen sehen. Er bewegte sich einige hundert Fuß senkrecht nach unten und dann ein gutes Stück nach links, bis er in einer Art Loch oder Fenster verschwand. Als auch sein Kopf verschwunden war, habe ich mich hinausgelehnt, weil ich mehr sehen wollte, doch ohne Ergebnis – die Entfernung war zu groß, um noch Einzelheiten erkennen zu können. Ich wußte, daß er jetzt die Burg verlassen hatte, und gedachte, die Gelegenheit zu nutzen, um mehr zu erkunden, als ich mich bisher getraut hatte. Ich ging also in mein Zimmer, nahm eine Lampe zur Hand und probierte sämtliche Türen. Wie ich es nicht anders erwartet hatte, waren alle verschlossen, und die Schlösser waren vergleichsweise neueren Datums; doch ich ließ mich nicht entmutigen und ging hinunter in die Halle, durch die ich ursprünglich hereingekommen war. Dort entdeckte ich, daß ich die Riegel mit Leichtigkeit zurückschieben und die schweren Ketten entfernen konnte;

doch die Tür war verschlossen und der Schlüssel nicht da! Der Schlüssel mußte sich im Gemach des Grafen befinden; ich mußte nachsehen, ob seine Tür vielleicht nicht verschlossen war, so daß ich den Schlüssel an mich nehmen und verschwinden konnte. Also machte ich mich auf zu einer eingehenden Untersuchung der verschiedenen Treppenhäuser und Korridore und Türen, die darauf hinausführten.

Ein oder zwei kleinere Räume in der Nähe der Halle standen offen, doch war in ihnen weiter nichts zu sehen als altes Mobiliar, auf dem der Staub von Jahren lag, und von Motten zerfressene Stoffe. Doch dann fand ich endlich eine Tür am Ende einer Treppenflucht, die – obwohl sie verschlossen schien wie alle anderen – unter Druck ein wenig nachgab. Ich preßte stärker und stellte fest, daß die Tür nicht wirklich abgeschlossen war. Vielmehr rührte der Widerstand, den sie dem Geöffnetwerden entgegensetzte, daher, daß die Angeln im Laufe der Zeit ein wenig nachgegeben hatten, wodurch sich die schwere Tür auf den Boden gesetzt hatte. Hier bot sich mir eine Gelegenheit, wie ich sie so schnell sicher nicht wieder finden würde, und so strengte ich mich mächtig an, bis es mir endlich gelang, sie so weit zu öffnen, daß ich hindurchschlüpfen konnte. Jetzt befand ich mich in einem Teil der Burg, der weiter rechts und eine Etage tiefer lag als die Räume, die ich kannte. Ein Blick durch die Fenster belehrte mich, daß die Zimmerflucht an der Südseite der Burg lag und die Fenster des letzten Zimmers nach Süden und nach Westen wiesen. In beiden Richtungen befanden sich tiefe Abgründe. Die Burg war auf der Ecke eines riesigen Felsens errichtet worden, so daß sie von drei Seiten her absolut uneinnehmbar war, und hier, wo weder Schleuder noch Bogen noch Feldhaubitze hinreichten, hatte sie große Fenster und dadurch natürlich Licht und Wohnlichkeit, die an einer Stelle, die verteidigt und gesichert werden muß, unmöglich wären. Nach Westen zu lag ein weites Tal, an das sich in der Ferne das Bergmassiv anschloß, wo sich Gipfel an Gipfel reiht, Felsen, die mit Eberesche und Dorngestrüpp überwuchert sind, deren Wurzeln sich in Risse und Spalten im Gestein krallten. Dies war offensichtlich jener Teil der Burg, der in früheren Tagen bewohnt gewesen war, denn die Inneneinrichtung war sehr komfortabel. Vor den Fenstern hingen keine Vorhänge, und das gelbe Licht des Mondes flutete ungehindert durch die gläsernen Scheiben ins Innere und ermöglichte es, sogar Farben zu unterscheiden, wobei es gleichzeitig den Staub weniger dick erscheinen ließ, der über allem lag, und teilweise sogar die Beschädigungen unsichtbar machte, die die Zeit und die Motten angerichtet hatten.

In dem brillanten Mondlicht war meine Lampe nur von geringem Wert, doch war ich froh, sie bei mir zu haben, denn die ganze Örtlichkeit strahlte so viel bedrohliche Einsamkeit aus, daß sich mir die Brust zusammenzog und meine Nerven zu zittern anfingen. Und doch war es besser, als allein in den Räumen zu leben, die ich wegen der häufigen Anwesenheit des Grafen zu hassen gelernt hatte, und nachdem es mir gelungen war, meine Nerven einigermaßen wieder unter Kontrolle zu bekommen, spürte ich, wie mich so etwas wie sanfte Ruhe durchdrang. Hier bin ich nun, ich sitze an einem kleinen eichenen Tischchen, an dem in längst vergangenen Tagen vielleicht eine schöne junge Dame gesessen hatte, um mit viel Bedacht und unter manchem Erröten dem Liebsten ein Billett zu schreiben, und ich vertraue meinem Tagebuch in Kurzschrift alles das an, was sich ereignet hat, seit ich es zuletzt schloß. Das neunzehnte Jahrhundert ist nicht das der Rache. Und doch, wenn meine Sinne mich nicht trügen, hatten und haben die früheren Jahrhunderte ihre eigene Macht über uns, eine Macht, die bloße ›Modernität‹ nicht auslöschen kann.

Später: der Morgen des 16. Mai: – Gott erhalte mir die geistige Gesundheit, denn nur sie ist mir geblieben. Sicherheit oder die Aussicht auf Sicherheit sind Begriffe aus der Vergangenheit. Solange ich hier leben muß, kann ich nur auf eines hoffen: daß ich nicht wahnsinnig werde, wenn ich es nicht schon längst geworden bin. Sollte ich aber noch bei Verstand sein, dann ist es einfach zum Verrücktwerden, denken zu müssen, daß von all den bösen Dingen, die an diesem verhaßten Ort auf mich lauern, der Graf noch am wenigsten schrecklich für mich ist; daß ich allein bei ihm Sicherheit suchen kann, auch wenn dies nur so lange gilt, wie ich ihm noch von Nutzen sein kann. Großer Gott! Gnädiger Gott! Laß mich ruhig bleiben, denn ansonsten gerate ich auf den Weg des Irrsinns. Ich fange an, vieles in einem neuen Licht zu sehen, das mir bisher verwirrend erschien. Bis zum heutigen Tag habe ich nie richtig verstanden, was Shakespeare meinte, als er seinem Hamlet die Worte in den Mund legte:

Meine Tabletten! Schnell, meine Tabletten!
's ist das Fleisch, das ich zum Schweigen bringe.

Doch jetzt, da ich mir vorkomme, als hätte ich den Verstand verloren oder als hätte ich einen Schock erlitten, der im Irrsinn enden muß, wende ich mich meinem Tagebuch zu, um meine innere Ruhe wiederzufinden. Die Angewohnheit, exakt aufzuschreiben, was geschah, muß helfen, mich zu beruhigen.

Als er sie aussprach, beunruhigte mich die Warnung des Grafen; und sie beunruhigt mich jetzt um so mehr, sobald ich nur daran denke, denn für die Zukunft hat er mich auf schreckliche Weise im Griff.

Als ich in mein Tagebuch geschrieben und dieses samt der Feder wieder glücklich in meiner Tasche verstaut hatte, fühlte ich mich schläfrig. Die Warnung des Grafen kam mir in den Sinn, doch machte es mir Vergnügen, sie zu mißachten. Das

Verlangen nach Schlaf hatte mich überkommen und in seinem Gefolge die Neigung zur Auflehnung. Das sanfte Mondenlicht wirkte beruhigend, und der Blick hinaus in die unendliche Weite vermittelte mir ein Gefühl von Freiheit, neuer Kraft und Frische. Ich beschloß, in dieser Nacht nicht in die Düsternis meiner verwunschenen Räume zurückzukehren, sondern hier zu schlafen, wo in alter Zeit die Frauen gesessen und gesungen und ihr Leben in süßem Nichtstun gelebt hatten, die sanften Busen voller Trauer um ihre Männer, die draußen in einem erbarmungslosen Krieg standen. Ich zog eine große Couch aus ihrer Ecke und stellte sie so, daß ich den wunderschönen Ausblick nach Osten und Süden genießen konnte. Dann legte ich mich zum Schlafen zurecht, ohne mich weiter um den Staub zu kümmern, der rings um mich war.

Ich muß wohl eingeschlafen sein; jedenfalls hoffe ich es, doch fürchte ich, es kann nicht alles im Schlaf gewesen sein, was dann folgte, denn alles das war so unglaublich real. Nein, jetzt, da ich hier im hellen, vollen Schein der Morgensonne sitze und schreibe, kann ich einfach nicht glauben, daß ich das alles nur geträumt haben soll.

Ich war nicht allein. Der Raum war derselbe, unverändert und so, wie ich ihn betreten hatte; auf dem Fußboden sah ich im Mondschein meine eigenen Fußspuren da, wo ich den Staub der Jahre aufgewirbelt hatte. Mir gegenüber erblickte ich drei junge Frauen – Damen nach Gewand und Haltung. Ich dachte in diesem Moment, ich müsse wohl träumen, als ich sie sah, denn obwohl sie das Mondlicht im Rücken hatten, warfen sie keinerlei Schatten auf den Boden. Sie kamen mir ganz nahe, sahen mich eine Zeitlang an und flüsterten miteinander. Zwei von ihnen waren dunkel und hatten hohe, gewölbte Nasen, genau wie der Graf, und große, durchdringende Augen, die vor dem gelben, bleichen Licht des Mondes beinahe rot erschienen. Die andere war blond, so blond, wie man es sich nur vorstellen kann, mit großen, wehenden Massen goldenen Haars und Augen wie helle Saphire. Irgendwoher kam mir ihr Gesicht bekannt vor, und zwar im Zusammenhang mit großer Furcht, doch kam ich im Moment nicht darauf, wo und wann ich sie gesehen hatte. Alle drei hatten sie blitzende, weiße Zähne, die wie Perlen vor dem Hintergrund ihrer üppigen, roten Lippen wirkten. Sie hatten etwas an sich, das mich unsicher werden ließ, etwas Verlangendes, und gleichzeitig empfand ich Todesängste. Tief im Herzen spürte ich einen heftigen Drang, sie möchten mich mit diesen vollen, roten Lippen küssen. Es ist vielleicht nicht gut, das hier so ungeschminkt niederzuschreiben, denn eines Tages könnten meine Aufzeichnungen von Mina gelesen werden, und sie könnten ihr weh tun; gleichwohl – es ist die Wahrheit. Sie flüsterten miteinander, und dann lachten sie alle drei – solch ein silberhelles, musikalisches Lachen und doch gleichzeitig so hart, als könne sein Klang niemals über menschliche Lippen gekommen sein. Es hatte Ähnlichkeit mit der unerträglichen, nervenzerrenden Süße des Klangs von Wassergläsern, die ein geschickter Mensch nur durch Berührungen mit seinen Händen zum Klingen bringt. Das blonde Mädchen schüttelte kokett den Kopf, doch die anderen redeten weiter auf sie ein. Eine von ihnen sagte:

»Nun mach schon! Du bist die erste, und wir werden dir folgen. Du hast das Recht des Beginnens.« Und die andere setzte hinzu: »Er ist jung und stark; er hat Küsse für uns alle.« Ich lag ganz still da und blickte unter herunterhängenden Lidern, in einer Agonie lustvoller Erwartung, zu ihnen hinüber. Das blonde Mädchen kam näher und beugte sich über mich, bis ich ihren Atem auf meiner Haut spüren konnte. In einer Hinsicht war es süß, honigsüß sogar, und es sandte denselben Kitzel durch alle meine Sinne wie ihre Stimme, doch mit einem bitteren Beigeschmack in all der Süße, einer Bitterkeit, wie man sie mitunter in Blut riechen kann.

Ich hatte Angst, die Lider zu heben, und stellte dennoch

fest, daß ich durch sie hindurch hervorragend sehen konnte. Das blonde Mädchen hatte sich auf die Knie hinuntergelassen und beugte sich in einer irgendwie besitzergreifenden Art über mich. Von ihr ging deutliche Wollust aus, gleichermaßen anziehend und abschreckend, und als sie den Nacken beugte, leckte sie sich wirklich und tatsächlich die Lippen wie ein Tier, und ich konnte im Mondlicht ihre prallen, roten Lippen feucht schimmern sehen, genau wie ihre rote Zunge, als sie sich die weißen, scharfen Zähne leckte. Tiefer und tiefer senkte sich ihr Haupt, während ihre Lippen an der Gegend meines Mundes vorbei tiefer hinunter strichen bis zu meinem Kinn und von da zu meiner Kehle, als wollten sie sich dort festsaugen. Dann unterbrach sie sich, und ich konnte das schabende Geräusch vernehmen, mit dem sie sich wieder über Zähne und Lippen leckte. In meinem Nacken spürte ich ihren heißen Atem. Dann begann die Haut über meiner Kehle zu prickeln, wie man es kennt, wenn die Hand, die einen streicheln wird, näher kommt, immer näher. Ich konnte die sanfte, bebende Berührung der Lippen auf der übersensibilisierten Haut meiner Kehle spüren und dann den harten Druck zweier scharfer Zähne, die mich nur drückten und dann verharrten. Ich schloß die Augen in verlangender Ekstase und wartete – wartete mit bebendem Herzen.

Doch noch im selben Augenblick durchzuckte mich wie ein Blitz ein anderes Gefühl. Ich war mir der Gegenwart des Grafen genauso bewußt wie seines Zustandes, als sei er ein einziger Sturm der Wut. Als meine Augen sich ganz unwillkürlich öffneten, sah ich, wie seine starke Hand den schlanken Nacken der blonden Frau gepackt hatte, und mit der Kraft eines Giganten wurde ihr Kopf zurückgerissen, die blauen Augen waren vor Wut verdreht, die weißen Zähne blitzten, und die blassen Wangen waren rot vor Leidenschaft. Und erst der Graf! Nie hätte ich mir solche Wut und Raserei vorstellen können, nicht einmal bei den Dämonen der Hölle. Seine

Augen sprühten wirklich Feuer! Das rote Licht in ihnen war lebendig, als loderten die Flammen der Hölle selbst hinter ihnen. Sein Gesicht war totenblaß und die Linien darin so hart wie straff gespannte Drähte; die dichten Augenbrauen, die sich über der Nasenwurzel vereinigten, glichen jetzt einer Brechstange aus weißglühendem Metall. Mit einem gewaltigen Schwung seiner Arme schleuderte er die Frau von sich; dann ging er auf die anderen zu, als wolle er sie zurückdrängen; es war dieselbe gebieterische Geste, die ich auf dem Weg hierhin im Umgang mit den Wölfen gesehen hatte. Mit einer Stimme, die – wiewohl leise, fast geflüstert – die Luft zu durchschneiden und im ganzen Zimmer zu hängen schien, rief er:

»Wie könnt ihr es wagen, eine jede von euch, ihn auch nur anzurühren? Wie könnt ihr es wagen, eure Blicke auf ihn zu werfen, da ich es euch verboten habe? Zurück, sage ich! Dieser Mann gehört mir! Nehmt euch in acht, wie ihr mit ihm umgeht, oder ihr werdet es mit mir zu tun bekommen!« Das blonde Mädchen wandte sich mit einem geradezu obszön zu nennenden koketten Lachen nach ihm um und erwiderte:

»Du hast doch nie geliebt, du liebst niemals!« Die anderen Frauen stimmten mit ein, und dann rollte ein so gefühlloses, hartes, seelenloses Gelächter durch den Raum, daß es mich fast betäubte; es klang wie das Freudengeheul von Teufeln und Dämonen. Der Graf wandte sich ab, blickte mir lange und aufmerksam ins Gesicht und sagte dann in sanftem Flüsterton:

»O doch, auch ich kann lieben; ihr selbst könnt davon aus vergangenen Tagen berichten. Ist es etwa nicht wahr? Nun, und jetzt verspreche ich euch eines: Wenn ich mit ihm fertig bin, mögt ihr ihn nach eurem Willen küssen. Jetzt geht! Geht! Ich muß ihn aufwecken, denn es gibt Arbeit für ihn.«

»Bekommen wir denn heute nacht nichts?« fragte eine von ihnen mit leisem Lachen und deutete auf die große Tasche, die er auf den Boden geworfen hatte und die sich bewegte, als befinde sich etwas Lebendiges darin. Als Antwort nickte er nur. Eine der Frauen sprang darauf zu und öffnete die Tasche. Wenn meine Ohren mich nicht trogen, vernahm ich ein Stöhnen und ein unterdrücktes Wimmern wie von einem halb erstickten Kind. Die Frauen scharten sich um die Tasche, während ich vor Entsetzen gelähmt war; doch als ich wieder aufsah, verschwanden sie und mit ihnen die schreckliche Tasche. Es war keine Tür in ihrer Nähe, und sie hätten auch nicht unbemerkt an mir vorbeigehen können. Sie schienen nur einfach in den Strahlen des Mondes und durch das Fenster zu verschwinden, denn draußen konnte ich kurz sehen, wie ihre Gestalten sich neu formierten, um sich dann endgültig aufzulösen.

Da endlich übermannte mich der Horror, und ich sank bewußtlos zusammen.

Kapitel Vier

Das Journal des Jonathan Harker

(Fortsetzung)

Ich erwachte in meinem eigenen Bett. Wenn ich nicht geträumt hatte, dann mußte der Graf mich hierher getragen haben. Ich versuchte, mir darüber klarzuwerden, konnte aber zu keinem endgültigen Ergebnis gelangen. Es gab indes etliche Anhaltspunkte wie zum Beispiel die Tatsache, daß meine Kleider in einer Art und Weise zusammengelegt waren, die nicht die meine war. Meine Uhr war noch nicht wieder aufgezogen worden, denn das letzte, was ich grundsätzlich tue, bevor ich mich zur Ruhe begebe, ist, daß ich meine Uhr aufziehe. Und es gab noch mehr Hinweise dieser Art. Doch das alles war kein Beweis, denn sie konnten auch ein bloßer Hinweis darauf sein, daß mein Verstand nicht wie gewohnt arbeitete, und zudem war ich, aus welchem Grund auch immer, in letzter Zeit sehr aufgeregt gewesen. Ich muß klare Beweise finden. Eines nur stimmte mich glücklich: Wenn es der Graf gewesen war, der mich hierhin getragen und mich ausgezogen hatte, muß er es in großer Eile getan haben, denn meine Taschen sind unberührt. Ich bin sicher, dieses Tagebuch wäre ihm ein großes Geheimnis geblieben, das er nicht zu entschlüsseln gewußt hätte. Er hätte es einfach nur an sich genommen und es vernichtet. Während ich mich nun so in diesem Raum umsehe, kommt er mir jetzt wie eine Fluchtburg vor, obwohl er mir immer Furcht eingeflößt hat, denn nichts kann schrecklicher sein als diese furchtbaren Frauen, die darauf warteten – ach was, warten! –, mein Blut zu saugen.

18. Mai: – Ich bin bei Tageslicht noch einmal unten gewesen, um einen Blick in diesen Raum zu werfen, denn ich *muß* einfach die Wahrheit wissen. Als ich zu der Korridortür am Ende der Treppenflucht kam, fand ich sie verschlossen. Sie war mit solcher Gewalt gegen den Türpfosten gerammt worden, daß das Holz gesplittert war. Ich konnte sehen, daß der Riegel zwar nicht vorgelegt, doch die Tür irgendwie von innen gesichert worden war. Ich fürchte, es war kein Traum gewesen, und ich werde mich entsprechend zu verhalten wissen.

19. Mai: – Ich bin ganz sicher in höchster Gefahr. Vergangene Nacht bat mich der Graf im liebenswürdigsten Ton, drei Briefe zu schreiben, einen mit dem Inhalt, daß meine Arbeit hier so gut wie beendet sei und ich mich binnen weniger Tage auf den Heimweg machen werde, einen anderen, daß ich am nächsten Tag abreisen werde, und den dritten, daß ich die Burg verlassen habe und in Bistritz eingetroffen sei. Ich hätte gern aufbegehrt, doch war mir, als sei es beim gegenwärtigen Stand der Dinge reiner Wahnsinn, offen mit dem Grafen zu streiten, solange ich so vollkommen in seiner Hand war; mich zu weigern, hätte bedeutet, sein Mißtrauen zu wecken und seinen Ärger herauszufordern. Er weiß, daß ich zuviel weiß und daß ich nicht am Leben bleiben darf, da ich ihm gefährlich werden könnte; meine einzige Chance besteht darin, Zeit zu gewinnen. Vielleicht ereignet sich ja irgend etwas, das mir die Gelegenheit zur Flucht verschafft.

Ich sah, wie sich in seinen Augen wieder etwas von der Raserei zusammenbraute, die er an den Tag gelegt hatte, als er die blonde Frau davongeschleudert hatte. Er erläuterte mir, die Post gehe selten und unregelmäßig, und wenn ich jetzt schon schriebe, würde dies zur Beruhigung meiner Freunde in der Heimat beitragen. Er versicherte mir derart eindringlich, er werde die späteren Briefe so lange zurückhalten, daß sie in Bistritz erst zur angegebenen Zeit abgingen, falls sich nicht doch noch eine Möglichkeit ergäbe, meinen Aufenthalt hier zu verlängern, daß jeder Widerspruch neuen Verdacht in ihm geweckt hätte. Daher tat ich so, als teilte ich seine Sicht der Dinge, und fragte ihn, welche Daten ich denn auf die Briefe setzen solle. Er dachte eine Minute lang nach und sagte dann:

»Der erste sollte das Datum des 12. Juni, der zweite das des 19. Juni und der letzte das des 29. Juni tragen.«

Nun kenne ich die Spanne meines Lebens, die mir noch bleibt. Gott steh mir bei!

28. Mai: Es gibt eine Chance zur Flucht oder doch wenigstens die Hoffnung, eine Nachricht nach Hause zu schicken. Eine Gruppe von Szganys ist auf die Burg gekommen und hat im Burghof ihr Lager aufgeschlagen. Diese Szganys sind Zigeuner; in meinen Büchern habe ich über sie gelesen. Es gibt sie nur in diesem Teil der Welt, obwohl sie mit den normalen Zigeunern überall auf der Welt verwandt sind. Tausende von ihnen in Ungarn und in Transsylvanien sollen es sein, die praktisch außerhalb jeglichen Gesetzes leben. In der Regel bekennen sie sich zu irgendeinem hohen Adligen oder *Bojar* und benennen sich selbst mit seinem Namen. Sie sind ohne Furcht und ohne Religion und sprechen nur ihren eigenen Dialekt der rumänischen Sprache.

Ich werde einige Briefe nach Hause schreiben und versuchen, sie zu bewegen, diese zur Post zu geben. Ich habe schon mit ihnen durch mein Fenster gesprochen und angefangen, ein Übereinkommen mit ihnen auszuhandeln. Sie nahmen die Hüte ab und entboten mir ihre Ehrerbietung und gaben mir vielerlei Zeichen, die ich indes ebensowenig zu deuten vermochte, wie ich ihre Sprache verstand ...

Ich habe die Briefe geschrieben. Der an Mina ist in Kurzschrift, und Mr. Hawkins habe ich nur kurz und bündig gebeten, sich mit ihr in Verbindung zu setzen. Ihr habe ich die ganze Situation erklärt, doch ohne all die Schrecken, die ich mir vielleicht nur einbilde. Es würde sie schockieren und sie zu Tode erschrecken, würde ich ihr mein Herz ausschütten. Sollten die Briefe nicht ankommen, dann soll der Graf jedenfalls weder mein Geheimnis erfahren noch über das Ausmaß meiner Erkenntnisse Bescheid wissen ...

Ich habe die Briefe übergeben; ich habe sie zusammen mit einem Goldstück durch die Gitterstäbe meines Fensters geworfen und dabei alle möglichen Zeichen gemacht, um den Leuten zu signalisieren, sie sollten sie zur Post geben. Der Mann, der sie aufnahm, drückte sie an sein Herz, verbeugte sich und verstaute sie dann in seinem Hut. Mehr konnte ich nicht tun. Ich stahl mich in das Studio zurück und begann zu lesen. Da der Graf nicht gekommen war, habe ich hier geschrieben …

Der Graf ist gekommen. Er setzte sich neben mich, und während er zwei Briefe öffnete, sagte er mit seiner sanftesten Stimme zu mir:

»Das hier haben mir die Szgany gegeben, und wenn ich auch nicht weiß, woher diese Briefe kommen, werde ich mich um sie kümmern. Sehen Sie her!« Er mußte sie sich schon angeschaut haben. »Einer ist von Ihnen, und zwar an meinen Freund Peter Hawkins, der andere« – und als er jetzt das Kuvert öffnete, nahm er die fremdartigen Zeichen wahr, und der dunkle Ausdruck kehrte in sein Gesicht zurück, seine Augen blitzten böse – »der andere ist ein teuflisches Ding, ein Schlag ins Gesicht jeder Freundschaft und Gastlichkeit! Er ist nicht signiert. Gut so! Dann kann er uns nichts bedeuten.« Und völlig regungslos hielt er Brief und Umschlag in die Flamme der Lampe, bis sie verkohlt waren. Dann fuhr er fort:

»Dieser Brief an Hawkins – den werde ich selbstverständlich abschicken, denn er ist ja der Ihre. Ihre Briefe sind mir heilig. Ich erbitte Ihre Verzeihung, daß ich versehentlich das Siegel gebrochen habe. Wollen Sie es nicht wieder schließen?« Er hielt mir den Brief entgegen, und mit einer formvollendeten Verbeugung reichte er mir ein neues Kuvert. Mir blieb keine andere Wahl, als es neu zu adressieren und es ihm schweigend wieder zu überreichen. Als er aus dem Zimmer gegangen war, hörte ich, wie sich der Schlüssel leise im Schloß drehte. Eine Minute später ging ich hinüber und fand die Tür verschlossen.

Als der Graf etwa eine oder zwei Stunden später still ins Zimmer zurückkam, weckte sein Kommen mich auf, denn ich war auf dem Sofa eingeschlafen. Er war betont höflich und gab sich ausgesprochen heiter. Als er sah, daß ich geschlafen hatte, sagte er:

»So, mein Freund, Sie sind müde? Gehen Sie ins Bett. Dort finden Sie die sicherste Ruhe. Heute nacht kann ich mir nicht das Vergnügen machen, mit Ihnen zu plaudern, da auf mich viel Arbeit wartet; aber Sie werden schlafen, wie ich hoffe.« Ich ging hinüber in mein Zimmer, legte mich ins Bett und – es mag seltsam klingen – schlief tief und traumlos. Die Verzweiflung hat ihre eigenen Beruhigungsmechanismen.

31. Mai: Als ich an diesem Morgen erwachte, nahm ich mir vor, mich mit ein wenig Papier und einigen Kuverts aus meiner Tasche zu versehen, so daß ich schreiben konnte, wenn sich eine Gelegenheit dazu bot; doch eine neuerliche Überraschung, ein neuer Schock!

Jeder noch so kleine Fetzen Papier war verschwunden und mit ihnen alle meine Notizen, meine Fahrpläne für die Bahnen und sonstigen Verkehrsmittel, mein Kreditbrief, ja, alles, das mir von Nutzen sein konnte, wenn ich erst außerhalb der Burg war. Ich setzte mich auf und dachte zuerst einmal eine Weile nach. Dabei kam mir ein Gedanke, und ich machte mich daran, mein Handgepäck und den Kleiderschrank zu durchsuchen. Der Anzug, in dem ich gereist war, war verschwunden, desgleichen Mantel und Umhang; nirgends konnte ich auch nur die geringste Spur davon entdecken. Dies schien mir nur eine neue Form von Niedertracht zu sein …

17. Juni: Als ich diesen Morgen auf meiner Bettkante saß und mir den Kopf zermarterte, hörte ich draußen das Schlagen von Peitschen und das Trappeln und Scharren von Pferdehufen auf dem steinigen Pfad jenseits des Hofes. Voller Freude eilte ich zum Fenster und sah, wie zwei große Leiterwagen in den Hof einfuhren, ein jeder gezogen von acht kräftigen Pferden und auf jedem ersten Paar eines Zuges ein Slowake mit breitkrempigem Hut, dem breiten, mit Nägeln beschlagenen Gürtel, schmutzigem Schafsfell und hohen Stiefeln. Auch die langen Heugabeln hielten sie in ihren Händen. Ich lief zur Tür in der Absicht, nach unten zu eilen und zu versuchen, ihnen unten in der Haupthalle zu begegnen, da ich davon ausging, für sie werde dieser Zugang nunmehr geöffnet. Und wieder ein Schock: Meine Tür war von außen verschlossen.

Da rannte ich zum Fenster und schrie zu ihnen hinunter. Sie blickten verständnislos zu mir herauf und deuteten auf mich. Doch just in diesem Moment kam der Anführer der Szgany auf den Hof, und als er sah, wie sie zu mir emporzeigten, sagte er etwas, woraufhin die anderen lachten. Fortan konnte keinerlei Bemühung meinerseits, kein noch so flehentlicher Ruf, kein noch so lautes Heulen sie bewegen, auch nur zu mir heraufzusehen. Resolut wandten sie sich ab. Auf den Leiterwagen sah ich große, viereckige Kästen mit Tragschlaufen aus starken Stricken; sie waren offensichtlich leer, wie sich aus der Leichtigkeit ablesen ließ, mit der die Slowaken damit hantierten, und aus dem hohlen Klang, als sie unsanft auf dem Boden abgesetzt wurden. Als sie alle entladen und zu einem großen Stapel in einer Ecke des Hofes aufgeschichtet waren, bekamen die Slowaken von den Szgany ein wenig Geld, das diese, nachdem sie darauf gespuckt hatten, in ihre Taschen schoben. Dann kehrten sie wieder zu den Spitzen ihrer Gespanne zurück. Kurz danach vernahm ich das Knallen ihrer Peitschen, das sich nach und nach in der Ferne verlor.

24. Juni, noch vor dem Morgengrauen: Letzte Nacht verließ der Graf mich recht früh und schloß sich in sein eigenes Zimmer ein. Sobald ich mich traute, lief ich die gewundene Treppe hinauf und blickte aus dem Fenster hinaus, das nach Süden wies. Ich hielt es für angebracht, den Grafen ein wenig unter Beobachtung zu halten, denn irgend etwas geht vor. Die Szgany sind irgendwo im Schloß einquartiert und verrichten irgendwelche Arbeiten. Ich weiß es deshalb, weil ich dann und wann, weit entfernt, dumpfe Geräusche wie von Hacke und Spaten hören kann, und was immer es auch sein mag, es kann sich am Ende wieder nur um eine neue Niedertracht handeln.

Ich hatte vielleicht etwas weniger als eine halbe Stunde am Fenster gestanden, als ich etwas aus dem Fenster des Grafen kommen sah. Ich zog mich vorsichtig ein wenig zurück und beobachtete aufmerksam. Schließlich sah ich den Mann in ganzer Größe erscheinen. Für mich war es ein neuerlicher Schrecken, sehen zu müssen, daß er die Kleider trug, die ich auf meiner Reise hierher angehabt hatte, während er sich jene schreckliche Tasche um die Schulter geschlungen hatte, die ich die Frauen hatte an sich nehmen sehen. Über seine Absichten konnte es keinen Zweifel geben, und das in meinen Kleidern! Dies also ist seine neueste Gemeinheit: Er will anderen vorgaukeln, man habe mich in den Städten oder Dörfern gesehen, wie ich meine eigenen Briefe zur Post gegeben hatte, und daß alles Übel, das er anrichtete, mir angelastet werde.

Es läßt mich vor Wut rasen, daran denken zu müssen, daß dies immer so weitergehen wird, während ich hier sitze, ein Gefangener, aber ohne den Schutz des Gesetzes, der selbst des Kriminellen Recht und Trost ist.

Ich nahm mir vor, die Rückkehr des Grafen abzuwarten, und harrte eine lange Zeit am Fenster aus. Dann fiel mir auf, daß einige winzige Flöckchen in den Strahlen des Mondlichts tanzten. Sie sahen aus wie allerfeinste Staubkörnchen, die umherwirbelten und sich zu kleinen Wölkchen verdichteten. Ich sah ihnen zu und spürte, wie so etwas wie Ruhe und Frieden bei mir Einzug hielt. Ich lehnte mich im Fensterrahmen in eine etwas bequemere Position zurück, um so die luftigen Spiele besser beobachten zu können.

Irgend etwas ließ mich aufschrecken, ein leises, Mitleid erregendes Jaulen irgendwelcher Hunde tief unten im Tal. Lauter und lauter schien es in meinen Ohren zu klingen, und die schwebenden Staubteilchen schienen mit dem Heulen neue Gestalt anzunehmen, wie sie da im Mondlicht tanzten. Ich spürte, wie ich darum kämpfte, irgendeinen Ruf meiner Instinkte zu beantworten und wieder wach zu werden; nein, meine Seele selbst kämpfte um ihr Überleben, und meine halb erwachten Empfindungen bemühten sich, den Ruf zu beantworten. Ich war nahe dran, hypnotisiert zu werden!

Schneller und immer schneller tanzten die Staubteilchen, und die Strahlen des Mondes schienen zu zittern, als sie sich an mir vorbei in die Düsternis bohrten. Dichter und dichter versammelten die Staubwölkchen sich, bis sie Phantom-Gestalten anzunehmen schienen. Und dann schrak ich auf, voll erwacht und im Besitz aller meiner geistigen Kräfte, rannte ich schreiend davon. Die Phantom-Schatten, die im Mondlicht bis zu einem gewissen Grad reale Gestalt angenommen hatten, waren die der drei geisterhaften Frauen, denen ich fast erlegen gewesen war. Ich floh und fühlte mich erst ein wenig sicherer, als ich in meinem eigenen Zimmer war, wo es kein Mondlicht gab und wo hell die Lampe brannte.

Als ein paar Stunden vergangen waren, hörte ich aufwühlende Geräusche aus dem Zimmer des Grafen, etwas wie ein scharfes, kurzes Wimmern, das sofort unterdrückt wurde; dann herrschte wieder Schweigen, tiefes, furchteinflößendes Schweigen, das mir durch Mark und Bein ging. Das Herz schlug mir bis zum Hals, als ich zur Tür ging; aber ich war in meinem Gefängnis eingeschlossen und zur Untätigkeit verdammt. So setzte ich mich einfach nur hin und weinte.

Als ich so da saß, hörte ich auf einmal draußen im Hof –

den Schrei einer Frau, ausgestoßen in tiefster Verzweiflung. Ich eilte zum Fenster, riß die Vorhänge zur Seite und sah durch die Gitterstäbe hinaus. Dort unten war tatsächlich eine Frau mit aufgelösten Haaren und hielt die Hände auf die Brust gepreßt wie jemand, der zu schnell gelaufen ist. Sie lehnte an einer Ecke des Tores zur Zufahrt. Als sie mein Gesicht am Fenster sah, stürzte sie vorwärts und schrie mit einer Stimme, aus der die pure Verzweiflung sprach: »Du Monstrum – gib mir mein Kind zurück!«

Sie warf sich auf die Knie, und mit hoch erhobenen Händen schrie sie dieselben Worte immer wieder in einem Tonfall, der mir das Herz brechen wollte. Dann warf sie das Haar zurück und schlug sich gegen die Brust und tat sich selbst alle nur denkbaren Torturen an. Schließlich stürzte sie nach vorn, und obwohl ich sie nicht mehr sehen konnte, hörte ich deutlich, wie sie mit den nackten Händen gegen das Tor hämmerte.

Irgendwo hoch über mir, vielleicht auf dem Turm, vernahm ich die Stimme des Grafen, der etwas mit seiner harschen, metallisch flüsternden Stimme rief. Sein Ruf schien von nah und fern von den Wölfen beantwortet zu werden. Es dauerte nur wenige Minuten, dann stürmte ein ganzes Rudel von ihnen wie eine Ausgeburt der Hölle in den Hof.

Von der Frau kam kein Schrei, und das Heulen der Wölfe währte nur kurz. Wenig später trollten sie sich einzeln, und ein jeder leckte sich die Lefzen.

Ich konnte sie nicht einmal bemitleiden, denn jetzt wußte ich, was ihrem Kind widerfahren war, und ihr war es wirklich besser, sie war tot.

Was soll ich tun? Was kann ich tun? Wie kann ich diesem Gefängnis aus Finsternis und Grauen nur entkommen?

25. Juni, morgens: Niemand, der noch nie eine ganze Nacht durchlitten hat, weiß, wie herrlich und wie teuer seinem Herzen und seinem Auge der Morgen sein kann. Als die Sonne an diesem Morgen so hoch gestiegen war, daß sie die oberste Spitze des Torbogens gegenüber meinem Fenster erreicht hatte, kam mir dieser höchste Punkt vor, als habe sich dort die Taube aus der Arche niedergelassen. Die Furcht fiel von mir ab wie ein loses Gewand, das sich in der Wärme selbst aufgelöst hatte. Solange ich den Mut des Tages in mir spüre, muß ich etwas unternehmen. In der letzten Nacht ist einer meiner vordatierten Briefe zur Post gegangen, der erste jener fatalen Serie, die dazu bestimmt ist, jede Spur meiner Existenz auf dieser Welt für immer auszulöschen.

Nicht daran denken. Handeln!

Immer war es zur Nachtzeit gewesen, wenn ich mich belästigt, bedroht oder sonstwie in Gefahr gefühlt hatte. Bei Tageslicht habe ich den Grafen noch nie gesehen. Kann es sein, daß er schläft, wenn andere wachen, und daß er wacht, wenn die anderen schlafen?! Wenn ich doch nur in sein Zimmer hinein könnte! Aber es gibt keinen gangbaren Weg. Die Tür ist stets verschlossen, keine Möglichkeit für mich.

Doch, es gibt einen Weg, wenn man nicht zu feige ist, ihn zu probieren. Warum soll nicht ein anderer Körper gehen können, wo der seine gegangen ist? Ich habe ihn selbst aus seinem Fenster kriechen sehen; warum also sollte ich es ihm nicht nachmachen? Die Chancen sind verzweifelt gering, aber mein Wille ist noch viel verzweifelter. Ich werde es riskieren. Schlimmstenfalls kann es nur meinen Tod bedeuten. Der Tod eines Mannes ist nicht der Tod eines Kalbes, und das schreckliche Nachher mag mir danach noch immer offen sein. Gott helfe mir bei meinem Vorhaben! Adieu, Mina, falls ich versage: Auf Wiedersehen, mein treuer Freund und zweiter Vater; auf Wiedersehen ihr alle, und vor allem du, Mina!

Später, am selben Tag: Ich habe es versucht und bin mit Gottes Hilfe heil wieder in dieses Zimmer zurückgekehrt. Jetzt muß ich jede Einzelheit in der richtigen Reihenfolge festhalten. Solange mein Mut noch ungebrochen war, ging ich also zum Südfenster und von dort ohne Zaudern auf den schmalen Sims aus Stein, der die ganze Burg auf dieser Seite umläuft. Die Steine waren groß und roh behauen, und der Mörtel zwischen ihnen war im Lauf der Zeit von Wind und Wetter weitgehend fortgespült. Ich zog mir die Stiefel aus und wagte mich auf meinen Weg. Einmal schaute ich nach unten, so als wollte ich mich selbst vergewissern, daß mich ein Blick in die bodenlose Tiefe nicht sofort hinabziehen werde. Die Entfernung und die Richtung zum Zimmer des Grafen kannte ich recht genau und bewegte mich darauf zu, so gut und so schnell es gehen wollte, wobei ich jeden kleinen Mauervorsprung dankbar ausnutzte. Mir war nicht schwindlig – ich glaube, dazu war ich viel zu aufgeregt – , und die Zeit kam mir erstaunlich kurz vor, bis ich auf dem Fenstersims stand und versuchte, den Rahmen in die Höhe zu schieben. Ich war jedenfalls voller Tatendrang, als ich mit den Füßen voran ins Zimmer des Grafen eindrang. Drinnen schaute ich mich nach dem Grafen um und machte voll Staunen und Erleichterung eine Entdeckung. Der Raum war leer! Er war nur spärlich mit seltsamen Dingen ausgestattet, die nie benutzt zu werden schienen; die Möbel glichen im Stil jenen der Zimmer im Südteil und waren über und über mit Staub bedeckt. Ich schaute nach dem Schlüssel, aber der steckte nicht im Schloß, und ich konnte ihn nirgendwo finden. Alles, was ich entdeckte, war ein großer Haufen Goldmünzen in einer Ecke, Goldmünzen aus allen Teilen der Erde, rumänisches, britisches, österreichisches, ungarisches, griechisches und türkisches Geld, ganz überzogen mit einer Staubschicht, als liege es schon sehr lange auf dem Boden. Nichts von dem, was ich sehen konnte, war weniger als dreihundert Jahre alt. Es lagen auch noch

Ketten und Schmuckstücke herum, einige mit Juwelen besetzt, doch alle ausnahmslos alt und schmutzig.

In einer Ecke des Raumes war eine schwere Tür. Sie war offen und führte durch eine Passage aus Stein zu einer Wendeltreppe, die steil nach unten führte. Ich stieg hinunter, wobei ich große Vorsicht walten ließ, denn die Stufen waren dunkel und wurden nur ein wenig von Löchern im Mauerwerk erhellt. An ihrem unteren Ende fand sich eine finstere Passage wie ein Tunnel, aus der mich ein tödlicher, stinkender Odem anwehte, der Odem uralter Erde, die erst kürzlich gewendet wurde. Während ich die Passage entlang ging, wurde der Gestank immer schwerer und dichter.

Schließlich zog ich eine schwere Tür auf, die mir im Weg war, und fand mich in einer alten, zerfallenen Kapelle wieder, die offenbar einst als Beerdigungsstätte gedient hatte. Das Dach war geborsten, und an mehreren Stellen führten Stufen zu Grüften hinunter, die jedoch erst kürzlich ausgehoben worden waren, und die Erde war in großen hölzernen Kisten gelagert worden, in genau jenen, die die Slowaken gebracht hatten. Es befand sich niemand hier, und ich suchte nach einem weiteren Ausgang, doch es gab keinen. Danach untersuchte ich jeden Fußbreit Boden, um mir nur ja nichts entgehen zu lassen. Ich stieg sogar in die Grüfte hinunter, wohin das schwache Licht kaum noch reichte, obwohl es meiner Seele zum Grauen geriet. In zwei von ihnen konnte ich nichts anderes sehen als die Überreste alter Särge und große Haufen Staubes; in der dritten allerdings machte ich eine Entdeckung.

Dort, in einer der großen Kästen, von denen es insgesamt fünfzig gab, auf einem Haufen frisch ausgehobener Erde, lag der Graf! Er war entweder tot, oder er schlief, so genau konnte ich das gar nicht sagen – denn seine Augen waren geöffnet und wie aus Stein, doch ohne die Gläsernheit des Todes –, und seine Wangen hatten die Wärme des Lebens trotz aller Blässe, und die Lippen waren so rot wie je. Aber es gab nicht das geringste Zeichen von Bewegung, kein Puls, kein Atem und auch kein Herzschlag. Ich beugte mich über ihn und versuchte, irgendein Lebenszeichen zu entdecken, vergebens. Er konnte noch nicht lange hier liegen, denn der Geruch nach frisch umgegrabener Erde würde innerhalb weniger Stunden verweht sein. Neben dem Kasten lag der Deckel, der hie und da Löcher aufwies. Ich dachte mir, daß er vielleicht die Schlüssel bei sich hatte, doch als ich beginnen wollte, ihn zu durchsuchen, sah ich seine toten Augen und in ihnen, so tot sie auch waren, einen derartigen Ausdruck von Haß, obwohl er sich doch meiner Anwesenheit gar nicht bewußt sein konnte, daß ich von diesem Ort floh, das Zimmer des Grafen durch das Fenster verließ und erneut an der Wand entlangkletterte. Als ich mein eigenes Zimmer wieder erreicht hatte, warf ich mich keuchend aufs Bett und versuchte, einen klaren Gedanken zu fassen …

29. Juni: Heute schreiben wir das Datum meines letzten Briefes, und der Graf hat zwei Schritte unternommen, die beweisen, daß er es ernst meint, denn wieder sah ich ihn die Burg durch dasselbe Fenster und in meinen Kleidern verlassen. Als er wie eine Eidechse an der Wand hinunterkroch, wünschte ich mir, ich hätte eine Flinte oder sonst eine tödliche Waffe, mit der ich ihn vernichten könnte; doch fürchte ich, daß keine von Menschenhand geführte Waffe ihm etwas würde anhaben können. Ich wagte es nicht, seine Rückkehr abzuwarten, denn ich fürchtete, ich würde wieder diesen drei seltsamen Schwestern begegnen. Daher ging ich in die Bibliothek zurück und las dort, bis ich eingeschlafen war.

Ich wurde von dem Grafen aufgeweckt, der mich so grimmig ansah, wie ein Mensch einen anderen nur anschauen kann, als er sagte:

»Morgen, mein Freund, müssen wir voneinander scheiden.

Sie kehren in Ihr wunderschönes England zurück, und ich erledige einige Arbeiten, die sich so lange hinziehen könnten, daß wir uns nicht mehr sehen werden. Ihr Brief nach Hause ist abgegangen; morgen früh werde ich nicht hier sein, aber alles wird für Ihre Abreise vorbereitet sein. In der Frühe kommen die Szgany, die selbst noch einige Arbeiten hier zu erledigen haben, und auch einige Slowaken. Wenn sie wieder fort sind, wird meine Kalesche für Sie kommen und Sie zum Borgo-Paß bringen, damit Sie dort die Kutsche aus der Bukowina nach Bistritz erreichen. Doch bin ich guter Hoffnung, ich werde Sie wieder einmal hier auf Burg Dracula begrüßen dürfen.« Ich mißtraute ihm und war entschlossen, seine Aufrichtigkeit auf die Probe zu stellen. Aufrichtigkeit!

»Warum kann ich nicht schon heute abend fahren?«

»Weil, mein Bester, weil mein Kutscher und die Pferde sich in meinem Auftrag woanders befinden.«

»Aber ich würde mit Vergnügen zu Fuß gehen. Ich möchte nämlich gern so schnell wie möglich wieder weg.« Er lächelte ein so sanftes, freundliches diabolisches Lächeln, daß ich wußte, es steckte wieder ein Trick hinter seiner Liebenswürdigkeit.

»Und Ihr Gepäck?« fragte er.

»Darum mache ich mir keine Sorgen. Ich werde bei anderer Gelegenheit danach schicken.«

Der Graf erhob sich und sagte mit einer süßlichen Höflichkeit, die mich die Augen reiben ließ, so real wirkte sie:

»Ihr Engländer habt da ein geflügeltes Wort, das mir sehr zusagt, denn es ist von jenem Geist, der auch uns *Bojaren* beherrscht: ›Heiße die Kommenden willkommen und beschleunige die Abreise derer, die dich wieder verlassen.‹ Kommen Sie mit mir, mein lieber junger Freund. Nicht eine Stunde sollen Sie länger gegen Ihren Willen in meinem Haus festgehalten werden, so traurig ich auch ob Ihrer Abreise sein mag und daß Sie sie so abrupt begehren. Kommen Sie!« Mit steifer Förmlichkeit führte er mich mit der Lampe in der Hand die Treppe hinunter und durch die Halle hindurch. Plötzlich blieb er stehen.

»Hören Sie!«

Ganz in der Nähe klang das Heulen vieler Wölfe. Es war fast, als erhebe sich das Geheul beim Heben seiner Hand, genauso wie die Musik eines großen Orchesters unter dem Heben des Dirigentenstabes aufklingt. Nach einer kurzen Pause setzte er seinen Weg in Richtung des Portals fort, zog die mächtigen Riegel zurück, nahm die schweren Ketten ab und fing an, die Tür aufzuziehen.

Zu meinem größten Erstaunen sah ich, daß sie nicht verschlossen war. Mißtrauisch sah ich mich nach allen Seiten um, konnte aber nirgends einen Schlüssel entdecken.

Als die Tür sich zu öffnen begann, wurde draußen das Heulen der Wölfe lauter und wütender; ihre roten Lefzen mit den blitzenden Zähnen dahinter und die krallenbewehrten Läufe waren deutlich zu sehen, als sie durch die sich öffnende Tür hereinzudrängen suchten. Ich wußte, es war in diesem Augenblick sinnlos, mit dem Grafen streiten zu wollen. Mit solchen Kreaturen im Bunde war ich gegen ihn machtlos. Und noch immer öffnete sich die Tür Stückchen um Stückchen immer weiter, und nur die Gestalt des Grafen versperrte noch den Durchgang. Da plötzlich drang es mir wie ein Blitz ins Bewußtsein, daß dies vielleicht der Moment war, in dem sich mein Schicksal nach seinem Plan vollendete: Ich sollte den Wölfen übergeben werden, und das auch noch auf mein eigenes Verlangen hin. In dieser Idee lag eine geradezu diabolische Verderbtheit, die dem Grafen wohl anstand, und als meine letzte Chance schrie ich laut:

»Schließen Sie die Tür; ich werde bis morgen warten!« Dabei bedeckte ich mein Gesicht mit den Händen, um die Tränen bitterster Enttäuschung zu verbergen. Mit einer einzigen Bewegung seines starken Arms warf der Graf die Tür wieder zu, und die schweren Riegel klangen hohl durch die ganze Halle, als sie wieder in ihren Positionen einrasteten.

Schweigend kehrten wir in die Bibliothek zurück, und eine oder zwei Minuten später ging ich hinüber in mein Zimmer. Das letzte, was ich von Graf Dracula sah, war, wie er mir eine Kußhand zuwarf, in den Augen ein rotes Leuchten des Triumphes und auf dem Gesicht ein Lächeln, auf das Judas in der Hölle vielleicht sogar stolz gewesen wäre.

Als ich in meinem Zimmer war und mich gerade hinlegen wollte, meinte ich, ein Flüstern vor meiner Tür zu hören. Leise schlich ich hinüber und legte mein Ohr an die Füllung. Wenn mich meine Sinne nicht trogen, hörte ich dahinter die Stimme des Grafen:

»Zurück, zurück, auf eure Plätze! Eure Zeit ist noch nicht gekommen. Wartet. Habt Geduld. Morgen nacht, morgen nacht, das ist eure Nacht!« Es folgte ein leises, süßes perlendes Lachen, und voll Wut riß ich die Tür auf und sah draußen die drei schrecklichen Frauen, wie sie sich die Lippen leckten. Als ich so plötzlich vor ihnen erschien, lachten sie alle drei gleichzeitig los und rannten davon.

Ich kehrte zurück in mein Zimmer und warf mich auf die Knie. Ist denn das Ende wirklich so nahe? Morgen! Morgen! Großer Gott, hilf mir und jenen, denen ich teuer bin!

30. Juni, morgens: – Dies könnten die letzten Worte sein, die ich in mein Tagebuch schreibe. Ich schlief bis kurz vor Morgengrauen, und als ich erwachte, warf ich mich auf die Knie, denn ich war entschlossen, bereit zu sein, wenn der Tod kommen sollte, um mich zu holen.

Schließlich verspürte ich wieder diesen subtilen Wechsel in der ganzen Atmosphäre und ahnte, daß der Morgen gekommen war. Dann kam auch der wohlbekannte Hahnenschrei, und ich wußte, daß ich sicher war. Freudigen Herzens lief ich hinunter in die Halle. Ich hatte gesehen, daß die Tür nicht verschlossen und damit der Fluchtweg für mich frei war. Mit vor Aufregung zitternden Fingern löste ich die Ketten und schob die massiven Riegel zurück.

Doch die Tür bewegte sich nicht. Verzweiflung überkam mich. Ich zog, zerrte und rüttelte an ihr, bis sie, so massiv sie auch war, in ihren Befestigungen rappelte.

Ich konnte den Schließbolzen des Schlosses erkennen. Es mußte abgeschlossen worden sein, nachdem ich den Grafen verlassen hatte.

Da überfiel mich ein wildes Verlangen, den Schlüssel auf jeden Fall und um jeden Risikos willen in die Hand zu bekommen, und ich entschloß mich, wieder an der Wand entlangzukriechen, um in das Zimmer des Grafen zu gelangen. Vielleicht würde er mich umbringen, aber der Tod schien mir inzwischen das kleinste aller zur Auswahl stehenden Übel. Ohne Zaudern eilte ich hinauf zum Ostfenster und kletterte wie schon einmal die Wand hinunter bis ins Zimmer des Grafen. Es war leer, aber das hatte ich auch nicht anders erwartet. Einen Schlüssel konnte ich nirgends entdecken, doch der Haufen Gold war noch da. Ich ging durch die Tür in der Ecke und die Wendeltreppe hinunter und von dort in den dunklen Gang zur alten Kapelle. Ich wußte inzwischen sehr gut, wo ich das Monstrum finden würde, nach dem ich suchte.

Die große Kiste stand am selben Platz nahe der Wand, doch der Deckel lag diesmal darüber, nicht fest verschlossen, aber die Nägel waren bereits ein kleines Stückchen eingeschlagen und brauchten nur noch richtig hineingehämmert zu werden. Ich wußte, ich mußte wegen des Schlüssels seinen Körper finden, und so hob ich den Deckel ab und lehnte ihn gegen die Wand; und dann sah ich etwas, das meine ganze Seele mit Horror überflutete.

Da lag der Graf, aber er sah aus, als sei seine Jugend zur Hälfte zurückgekehrt, denn das weiße Haar und der weiße

Schnurrbart hatten jetzt eine dunkelgraue Farbe, fast wie von Eisen angenommen; die Wangen waren voller, und die weiße Haut schien in der Tiefe rubinrot; der Mund war röter denn je, denn auf seinen Lippen hingen Tropfen frischen Blutes, das ihm noch aus den Mundwinkeln tropfte und ihm von da über Kinn und Hals lief. Sogar die tiefen, brennenden Augen schienen wie zwischen geschwollenem Fleisch plaziert, denn die Lider und die Tränensäcke an der Unterseite waren stark aufgedunsen. Er sah aus, als sei die ganze gräßliche Kreatur schlicht mit Blut vollgesogen; er lag da wie ein schmutziger Blutegel, völlig erschöpft, nachdem er sich vollgesaugt hatte. Ich schüttelte mich, als ich mich über ihn beugte, und jeder Nerv in mir wehrte sich dagegen, ihn zu berühren; aber ich mußte ihn durchsuchen, oder ich war verloren. Die nächste Nacht schon mochte meinen eigenen Körper als Festbankett für die schrecklichen Drei sehen. Ich tastete den ganzen Körper ab, doch einen Schlüssel fand ich nicht. Schließlich hielt ich inne und betrachtete den Grafen. Auf dem aufgequollenen Gesicht lag ein höhnisches Grinsen, das mich schier um den Verstand bringen wollte. Das war also das Wesen, dem ich geholfen hatte, nach London umzuziehen, wo es seinen Blutdurst stillen und einen neuen, ständig größer werdenden Zirkel von Halbdämonen erschaffen würde, die an den Hilflosen schmarotzen würden. Allein schon dieser Gedanke trieb mich fast in den Wahnsinn. Mich überfiel ein schreckliches Verlangen, die Welt von diesem Monstrum zu befreien. Ich hatte keinerlei metallenes Werkzeug zur Hand, doch ich fand eine der Schaufeln, die die Arbeiter benutzt hatten, um die Kästen zu füllen. Ich hob sie empor und schlug sie mit der Spitze voran hinunter, mitten hinein in das verhaßte Gesicht. Doch kaum hatte ich das getan, drehte sich der Kopf, und die Augen waren jetzt genau auf mich gerichtet. Der Anblick wollte mich paralysieren, und die Schaufel entwand sich meiner Hand, glitt aus seinem Gesicht und hinterließ weiter nichts als eine tiefe Rinne in der Stirn. Die Schaufel entglitt meinen Händen endgültig und fiel quer über den Kasten, und als ich sie wegziehen wollte, verfing sich das Blatt in dem Deckel, der sofort in seine korrekte Position fiel und so die Schreckensgestalt meinen Blicken entzog. Das letzte, was ich noch zu sehen bekam, war das blauunterlaufene Gesicht, blutbesudelt und mit einem Grinsen, dessen Boshaftigkeit allein bei den Dämonen der Hölle seine Entsprechung finden kann.

Ich überlegte und überlegte, was ich als nächstes tun solle, aber mein Gehirn schien zu brennen, und ich wartete einfach nur ab, während sich meiner mehr und mehr die Verzweiflung bemächtigte. Während ich dort wartete, hörte ich in der Ferne ein grölendes Singen aus mehreren Kehlen, das sich langsam näherte, und durch das Singen hindurch das Geräusch von schweren Karrenrädern und das Knallen von Peitschen; die Szganys und Slowaken, von denen der Graf gesprochen hatte, kamen. Mit einem letzten Blick in die Runde und auf den Kasten, der den grauenhaften Körper enthielt, floh ich und gelangte wieder in das Zimmer des Grafen, entschlossen, in dem Augenblick hinauszueilen, da sich die Tür öffnete. Angestrengt lauschte ich nach unten, vernahm das Kreischen eines Schlüssels in dem großen Schloß und wie eine schwere Tür zurückschwang. Es mußte noch einen anderen Zugang geben, oder da hatte jemand einen Schlüssel zu einer der verschlossenen Türen.

Dann vernahm ich das Trappeln vieler Füße, das sich wieder in einem Durchgang verlor, aus dem ein hallendes Echo heraufdrang. Ich wandte mich ab und lief hinunter in Richtung der Gruft, wo ich einen neuen Ausgang zu finden hoffte; doch in diesem Augenblick schien von irgendwoher ein heftiger Windstoß zu kommen, und die Tür zu der Wendeltreppe flog mit einem Stoß zu, der den Staub nur so aufwirbeln ließ. Als ich darauf zulief, um sie wieder aufzustoßen, entdeckte ich, daß die Tür hoffnungslos festsaß. Wieder war ich ein Gefangener.

Während ich hier schreibe, dringt aus dem Durchgang dort unten der Klang vieler Füße und Geräusche, wie wenn schwere Lasten bewegt werden, ganz ohne Zweifel die Kästen mit der Erde. Dazwischen höre ich den Klang von Hammerschlägen; da wird jene eine bewußte Kiste zugenagelt. Jetzt kann ich die schweren Schritte wieder durch die Halle gehen hören, gefolgt von leichteren.

Die Tür ist geschlossen, und die Ketten rasseln; im Schloß kreischt der Schlüssel; ich höre, wie er abgezogen wird; dann öffnet und schließt sich eine weitere Tür; ich vernehme das Kreischen von Schloß und Riegel.

Hört nur! Im Hof und den steinigen Weg hinunter das Rollen schwerer Wagenräder, das Knallen von Peitschen und der Chor der Szgany, der sich langsam in der Ferne verliert.

Ich bin allein in der Burg mit diesen schrecklichen Weibern. Auch Mina ist ein Frau. Aber da gibt es keinerlei Ähnlichkeit. Diese hier sind Ausgeburten der Hölle!

Ich werde nicht mit ihnen allein bleiben; ich werde versuchen, weiter an der Burgmauer hinunterzuklettern, als ich es je gewagt habe. Ich werde ein wenig von dem Gold mitnehmen. Später könnte ich es möglicherweise brauchen. Wer weiß, vielleicht finde ich ja einen Weg fort von diesem Schreckensort.

Und dann nach Hause! Fort mit dem ersten und dem schnellsten Zug – fort von diesem verfluchten Ort, aus diesem verfluchten Land, über das der Teufel, samt seiner Kinder, noch immer auf menschlichen Füßen geht!

Kapitel Fünf

Brief von Miss Mina Murray
an Miss Lucy Westenra

9. Mai

Liebste Lucy,
bitte vergib mir, daß ich Dir so lange nicht geschrieben habe, aber ich bin einfach fast in der Arbeit erstickt. Das Leben einer Hilfslehrerin ist mitunter recht anstrengend. Ich sehne mich danach, bei Dir und an der See zu sein, wo wir frei miteinander reden und unsere Luftschlösser bauen können. Ich habe in jüngster Zeit hart arbeiten müssen, weil ich mit Jonathans Studien Schritt halten wollte, und ich habe mich sehr gewissenhaft mit der Kurzschrift beschäftigt. Wenn wir erst verheiratet sind, werde ich Jonathan nützlich zur Hand gehen können, und wenn ich die Stenographie gut genug beherrsche, kann ich sofort festhalten, was er auf seine besondere Weise ausdrücken will, und es später auf der Schreibmaschine niederschreiben, an deren Beherrschung ich gleichfalls intensiv arbeite. Wir schreiben beide gelegentlich Briefe in Kurzschrift, und er führt darin über seine Auslandsreisen ein Tagebuch. Wenn ich bei Dir sein werde, werde ich ein Tagebuch in ähnlicher Weise führen. Ich denke dabei nicht an einige wenige Bemerkungen für einen ganzen Tag, sondern an eine Art Journal, an dem ich ständig weiterschreiben kann, wenn mir danach zumute ist. Ich glaube kaum, daß dabei viel von Interesse für andere herausspringt; aber für diese ist es auch nicht bestimmt. Eines Tages könnte ich es vielleicht Jonathan zeigen, wenn sich darin etwas findet, das mit ihm zu teilen sich

lohnen könnte, aber vor allem soll es eine Art Übungsbuch werden. Ich werde versuchen zu tun, was ich weibliche Journalisten tun sehe: Gespräche aufzeichnen und Ereignisse beschreiben – so genau, wie ich es vermag. Ich habe mir sagen lassen, mit ein wenig Übung gelingt es, sich an alles zu erinnern, was während eines Tages so passiert und was man in vierundzwanzig Stunden alles hört. Nun, wir werden sehen. Sobald wir uns treffen, werde ich Dir von allen meinen kleinen Vorhaben erzählen. Gerade habe ich einige hastig hingeworfene Zeilen von Jonathan aus Transsylvanien erhalten. Es geht ihm gut, und er wird in etwa einer Woche zurückkommen. Ich bin begierig, alle Neuigkeiten zu vernehmen, die er zu erzählen haben wird. Es muß schön sein, fremde Länder kennenzulernen. Ich frage mich, ob wir – also Jonathan und ich – sie je gemeinsam werden besuchen können. Gerade schlägt es zehn Uhr. Mach's gut

Deine Dich liebende MINA.

P. S.: Du mußt mir alle Neuigkeiten mitteilen, wenn Du mir schreibst, hörst Du? Es ist schon lange her, daß Du mir etwas von Dir erzählt hast. Ich habe da so seltsame Gerüchte über einen großen, gutaussehenden Mann mit lockigen Haaren vernommen. Na? ? ?

Brief von Lucy Westenra an Mina Murray

Chatham Street 17
Mittwoch

Meine liebste Mina,
ich muß sagen, Du behandelst mich doch *sehr* unfair, wenn Du mich als säumige Briefschreiberin apostrophierst. Ich habe Dir schon *zweimal* geschrieben, seit wir uns getrennt haben, und Dein letzter Brief war erst Dein *zweiter*. Außer-

dem – ich habe nichts zu berichten. Es gibt wirklich nichts von Interesse für Dich. In der Stadt ist es gerade jetzt sehr schön, und wir besuchen oft Bilder-Ausstellungen oder machen Ausflüge in den Park. Um auf den großen Mann mit dem lockigen Haar zu kommen, nehme ich an, daß Du von dem Herrn sprichst, mit dem ich neulich in einem Lokal war. Da muß jemand Geschichten erzählt haben. Das war Mr. Holmwood. Er besucht uns oft, und er und Mama verstehen sich recht gut; sie haben so vieles gemeinsam, über das sie sich miteinander unterhalten können. Vor gar nicht so langer Zeit haben wir einen Mann kennengelernt, der vielleicht etwas für *Dich* wäre, wenn Du nicht schon so fest an Jonathan gebunden wärest. Er ist eine exzellente Partie, sieht gut aus und ist von bester Herkunft. Er ist Arzt und wirklich klug. Stell dir vor! Er ist erst neunundzwanzig und leitet bereits eine große Irrenanstalt, ganz allein. Mr. Holmwood hat ihn mir vorgestellt, und jetzt kommt er uns öfters besuchen. Er wirkte sehr resolut und dazu sehr ausgeglichen. Ihn scheint nichts aus der Ruhe bringen zu können. Ich kann mir gut vorstellen, welch wundervolle Macht er über seine Patienten haben muß. Er hat eine komische Art, den Leuten ins Gesicht zu sehen, als wollte er die Gedanken des anderen lesen. Mit mir versucht er das auch sehr oft, aber ich schmeichle mir, daß er mit mir eine harte Nuß zu knacken hat. Das weiß ich aus meinem Spiegelbild. Hast Du je versucht, in Deinem Gesicht zu lesen? *Ich* ja, und ich kann Dir nur sagen, das ist interessanter und gibt Dir mehr Rätsel auf, als Du Dir vielleicht vorstellen kannst, wenn Du es noch nie versucht hast. Er sagt, ich sei für ihn eine interessante psychologische Studie, und das glaube ich ihm auch in aller Bescheidenheit. Du weißt ja, daß ich mich nicht genug für Kleider interessiere, um neue Moden zu beschreiben. Kleidung langweilt mich. Aber das ist nur so dahergesagt, ich weiß; Arthur sagt das jeden Tag. Da – jetzt ist es heraus. Mina, wir haben uns gegenseitig alle unsere Geheimnisse anvertraut, seit wir *Kinder* waren; wir haben in einem Bett geschlafen, wir haben zusammen gegessen, und wir haben miteinander gelacht und geweint; und jetzt würde ich gern noch mehr sagen, obwohl ich schon so vieles gesagt habe. O Mina, errätst Du es nicht? Ich liebe Arthur. Ich werde rot, während ich das schreibe, denn wenn ich auch *glaube,* daß er mich ebenfalls liebt – gesagt hat er es mir noch nie. Aber, o Mina, ich liebe ihn; ich liebe ihn; ich liebe ihn! So, das hat mir gut getan. Ich wollte, ich wäre jetzt bei Dir und wir säßen am Feuer und zögen uns aus, wie wie es immer getan haben; und ich würde versuchen, Dir zu erklären, was ich fühle. Ich weiß nicht, wie ich es fertigbringe, das alles zu Papier zu bringen, obwohl es nur für Dich bestimmt ist. Ich habe Angst, aufzuhören, weil ich sonst den Brief zerreißen würde, und ich will nicht aufhören, weil ich Dir das alles erzählen *will.* Schreib mir bitte *sofort* zurück und sag mir, was Du davon hältst. Ich muß jetzt aufhören, Mina. Gute Nacht. Schließ mich in Deine Gebete ein, Mina, bete für mein Glück.

LUCY

P. S.: Ich brauche Dir nicht erst zu sagen, daß dies hier ein Geheimnis ist. Noch einmal: gute Nacht.

L.

Brief von Lucy Westenra an Mina Murray

24. Mai

Meine liebste Mina,
danke, danke und nochmals danke für Deinen lieben Brief! Es ist so schön, Dir davon schreiben zu können und Deiner Sympathie gewiß sein zu können.

›Meine Liebe, es regnet nie – es gießt.‹ Wie wahr doch die alten Sprichwörter sind. Da sitze ich nun mit meinen noch nicht einmal zwanzig Jahren – ich habe ja erst im September Geburtstag –, und bis zum heutigen Tag hatte ich noch nie einen Heiratsantrag, jedenfalls keinen ernstgemeinten, und heute hatte ich deren gleich drei Stück auf einmal. Stell Dir nur vor! DREI Heiratsanträge an einem einzigen Tag! Ist das nicht furchtbar? Es tut mir ja so leid, wirklich leid, um zwei der armen Burschen. O Mina, ich bin so glücklich, daß ich nicht weiß, wo ich mich lassen soll. Und drei Heiratsanträge! Aber erzähle um Gottes willen den Mädchen nichts davon, denn sonst könnten sie auf allerhand seltsame Ideen kommen und vielleicht auch noch beleidigt und gekränkt sein, daß ihnen nicht gleich am ersten Tag daheim mindestens sechs ins Haus flattern. Manche Mädchen sind ja so eingebildet. Du und ich, Mina, meine Teuerste, die wir beide verlobt sind und uns schon bald als brave Ehefrauen etablieren werden, können auf Eitelkeiten verzichten. Nun, ich muß Dir unbedingt von allen drei erzählen, aber Du mußt es als ein Geheimnis wahren, meine Liebe, gegenüber *jedermann*, ausgenommen natürlich Jonathan. Du wirst es ihm erzählen, denn ich würde es an Deiner Stelle ja auch Arthur erzählen. Eine Frau sollte ihrem Mann alles erzählen – findest Du nicht auch, meine Liebe? –, und ich muß fair bleiben. Männer haben es gern, wenn Frauen und ganz besonders ihre Ehefrauen genauso fair sind wie sie selbst; und Frauen sind, wie ich fürchte, nicht immer so fair, wie sie sein sollten. Nun, meine Liebe, Nummer eins kam kurz vor dem Lunch. Ich habe Dir schon von ihm erzählt, Dr. John Seward, der Leiter der Irrenanstalt, der mit dem kräftigen Kinn und der hohen Stirn. Er war äußerlich ausgesprochen gelassen, aber trotzdem ganz schön aufgeregt. Er hatte sich offensichtlich bis in Einzelheiten genau vorbereitet und erinnerte sich auch noch sehr gut an alles; aber trotzdem hätte er sich beinahe auf seinen seidenen Hut gesetzt, was die Männer im allgemeinen wohl nicht tun, wenn sie innerlich ausgeglichen sind, und als er sich dann ganz leger geben wollte, spielte er auf eine Weise mit einer Lanzette, daß ich fast losgebrüllt hätte. Er sprach sehr direkt mit mir, Mina. Er erzählte mir, wie teuer ich ihm sei, obwohl er mich erst so kurz kenne, und wie sein Leben sein könnte, wenn ich ihm helfen und ihn aufheitern würde. Er wollte mir erzählen, wie unglücklich er wäre, wenn er mir nichts bedeuten würde, doch als er mich dann weinen sah, sagte er, er sei gefühllos und wolle nicht noch zu meinem momentanen Unglück beitragen. Dann brach er ab und fragte mich, ob ich ihn denn vielleicht in absehbarer Zeit lieben könnte; und als ich meinen Kopf schüttelte, zitterten seine Hände, und nach ein paar Minuten fragte er mich dann, ob ich bereits einen anderen liebte. Er machte das sehr nett und sagte, er wolle nicht in meine Geheimnisse dringen, er wolle es nur einfach wissen, denn solange eine Frau noch frei sei, könne ein Mann sich noch Hoffnungen machen. Und da, Mina, hielt ich es irgendwie doch für meine Pflicht, ihm zu sagen, daß es da jemand anderen gebe. Mehr habe ich ihm gar nicht gesagt. Er stand dann auf und wirkte sehr ernst und sehr feierlich, als er meine Hände in seine nahm und sagte, er hoffe, daß ich glücklich werde, und wenn ich je einen Freund suchte, sollte ich auf ihn als einen meiner besten zählen. O Mina, ich kann nicht anders, ich muß einfach weinen, und Du mußt bitte die vielen Kleckse in diesem Brief entschuldigen. Umworben zu werden ist gut und schön, aber es ist alles andere als schön, wenn man da einen armen Teufel vor sich hat, von dem man weiß, daß er einen aufrichtig liebt, und der geht dann weg mit sichtlich gebrochenem Herzen, und Du weißt ganz genau, er geht auf immer aus deinem Leben, egal, was er in diesem Augenblick sagen mag. Meine Liebe, ich muß hier einfach abbrechen, ich fühle mich so miserabel, und dabei bin ich doch eigentlich so glücklich.

Am Abend

Arthur ist gerade gegangen, und ich fühle mich schon wieder viel besser. Ich kann Dir also weiter von diesem Tag erzählen. Nun, meine Teuerste, der zweite kam nach dem Lunch. Er ist so ein netter Bursche, ein Amerikaner aus Texas, und er sieht so jung und so frisch aus, daß es fast ausgeschlossen scheint, daß er schon an so vielen Orten dieser Welt war und so viele Abenteuer erlebt hat. Ich verstehe Desdemona nur zu gut, als sie solch gefährliche Reden zu hören bekam, selbst von einem schwarzen Mann. Ich glaube, wir Frauen sind derartige Feiglinge, daß wir denken, ein Mann könne uns vor allen Ängsten bewahren, und daß wir ihn deshalb heiraten. Ich weiß jetzt, was ich täte, wenn ich ein Mann wäre und ein Mädchen in mich verliebt machen wollte. Nein, ich weiß es nicht, denn da war dieser Mr. Morris, der mir seine Geschichten erzählt hat, während Arthur nie welche erzählt, und trotzdem ... Meine Liebe, ich eile ein wenig voraus. Ich war allein, als Mr. Quincey P. Morris kam. Ich muß vorweg noch sagen, daß Mr. Morris nicht immer Slang spricht – will heißen, er tut es nie vor Fremden, denn er ist hervorragend erzogen und verfügt über beste Manieren –, aber er hat herausgefunden, daß es mich amüsiert, ihn amerikanischen Slang sprechen zu hören, und wann immer ich von da an zugegen und sonst niemand anwesend war, der vielleicht hätte schockiert sein können, sagte er lauter putzige Sachen. Ich fürchte, meine Liebe, er erfindet das alles, denn es paßt immer haargenau zu dem, was er gerade zu sagen hat. Aber das ist vielleicht eine Grundeigenschaft des Slang. Ich weiß nicht, ob ich selbst jemals Slang reden werde; ich weiß nicht, ob Arthur das gefällt, weil ich ihn bisher nie etwas in der Richtung habe sagen hören. Schön und gut, Mr. Morris setzte sich also neben mich und sah so glücklich und fröhlich drein, wie er nur konnte, aber ich bemerkte trotzdem, daß er sehr nervös war. Er nahm meine Hand in seine und sagte ausgesprochen süß:

›Miss Lucy, ich weiß ja, daß ich nicht gut genug bin, Ihnen auch nur die Spangen Ihrer kleinen Schühchen zuzumachen, aber ich schätze mal, wenn Sie warten, bis ein Mann auftaucht, der das wert wäre, dann können Sie sich mit mindestens sieben anderen jungen Frauen zusammentun, die einen solchen Mann schon mit der Laterne suchen. Wollen Sie da nicht vielleicht doch lieber bei mir längsseits festmachen, damit wir die lange Straße im gemeinsamen Geschirr gehen?‹

Nun, er wirkte so gutgelaunt und fröhlich, daß es nur halb so hart erschien, ihn zurückzuweisen, als das bei dem armen Dr. Seward der Fall gewesen war, und deshalb sagte ich so leichthin, wie ich nur konnte, daß ich nichts vom Festmachen wisse und noch nicht ins Geschirr genommen worden sei. Darauf sagte er, daß er wohl in einer leichtfüßigen Weise gesprochen habe, und er hoffe nur, daß, wenn er einen Fehler in einer für ihn so wichtigen Situation gemacht hätte, ich ihm vergeben würde. Er wirkte jetzt wirklich sehr ernsthaft, als er diese Worte sprach, aber ich schaffte es einfach nicht, auch wieder ernst zu werden. Ich weiß, Mina, Du wirst mich jetzt für unheilbar flatterhaft halten – obwohl ich mir einfach ein

Gefühl des Jubels nicht verkneifen konnte, daß er schon der zweite an ein und demselben Tag war. Und dann, meine Liebste, bevor ich noch ein Wort sagen konnte, schüttete er einen wahren Redeschwall von Liebeserklärungen aus und legte mir Herz und Seele zu Füßen. Dabei schaute er mich so ernst an, daß ich nie wieder denken werde, ein Mann müsse immer zum Scherzen und nie für ernste Gespräche aufgelegt sein. Ich glaube, er sah etwas in meinem Gesicht, das ihn hemmte, denn plötzlich hörte er auf und sagte mit einer Art männlicher Inbrunst, für die ich ihn allein hätte lieben können, wäre ich nur frei gewesen:

›Lucy, Sie sind ein ehrenhaftes Mädchen, wie ich sehr wohl weiß. Ich würde jetzt hier nicht so mit Ihnen sprechen, wenn Sie nicht bis in die tiefsten Tiefen Ihrer Seele hinein so ein anständiger Kerl wären. Erzählen Sie mir, wie ein Freund dem anderen, gibt es da jemand anderen, dem Ihr Herz gehört? Wenn ja, werde ich nie wieder auch nur das Spielen des Windes in Ihren Haaren stören, würde Ihnen aber gern, wenn Sie es mir erlauben, ein treuer, aufrichtiger Freund sein.‹

Meine liebe Mina, warum sind nur die Männer so nobel, wenn wir Frauen ihrer doch so wenig wert sind? Da habe ich mich beinahe über diesen großherzigen, aufrichtigen Gentleman lustig gemacht. Ich brach in Tränen aus – ich fürchte, meine Liebe, Du wirst denken, dies sei in mehr als einer Hinsicht ein schludriger Brief –, und ich fühlte mich richtig schlecht. Warum kann ein Mädchen nicht drei Männer heiraten oder so viele, wie sie mag, und sich damit solche Pein ersparen. Doch das ist reine Häresie, und ich sollte so etwas nicht sagen. Ich bin froh, Dir berichten zu können, daß ich, obwohl ich weinen mußte, dem braven Mr. Morris in die Augen sehen und ihm sagen konnte:

›Ja, da gibt es jemanden, den ich liebe, obwohl er noch nicht gesagt hat, daß er mich ebenfalls liebt.‹ Es war absolut richtig, so offen mit ihm zu reden, denn auf seinem Gesicht zeigte sich sofort ein kleines Leuchten, und er streckte beide Hände aus und nahm die meinen – ich glaube, ich habe sie sogar in seine gelegt – und sagte ausgesprochen herzlich:

›Das ist mein mutiges Mädchen. Es ist besser, bei Ihnen zu spät zu kommen, als bei jedem anderen Mädchen auf der Welt rechtzeitig zu sein. Weinen Sie nicht, meine Liebe. Wenn es wegen mir ist, machen Sie sich keine Sorgen. Ich bin hart im Nehmen und werde es aufrecht ertragen. Wenn dieser andere junge Mann sein Glück nicht zu schätzen weiß, dann sollte er das schnellstens ändern, sonst bekommt er es mit mir zu tun. Kleines Mädchen, Ihre Anständigkeit und Ihr Mut haben mich zu Ihrem Freund gemacht, und ein Freund ist seltener als ein Liebhaber; in jedem Fall ist er uneigennütziger. Meine Teure, mir steht jetzt ein sehr einsamer Spaziergang von hier nach Hause bevor. Würden Sie mir nicht einen einzigen Kuß geben? Er würde mir helfen, hier und da die Dunkelheit ein wenig zu erhellen. Das können Sie ohne weiteres tun, wenn Sie es nur wollen, denn dieser andere junge Mann – er muß übrigens ein guter Bursche sein und ein vornehmer dazu, sonst könnten Sie ihn nicht lieben – hat sich ja noch nicht erklärt.‹ Das überzeugte mich voll und ganz, Mina, denn es war kühn und lieb von ihm und nobel noch dazu einem Rivalen gegenüber – oder vielleicht nicht? –, und er war ja so traurig. Da beugte ich mich vor und küßte ihn. Er stand auf mit meinen beiden Händen in den seinen, und als er zu mir hinunter und mir ins Gesicht sah – ich fürchte, ich bin über und über rot geworden –, sagte er:

›Kleines Mädchen, ich halte Ihre Hand, und Sie haben mich geküßt, und wenn uns das nicht zu Freunden macht, wird nichts es tun. Danke für Ihre süße Aufrichtigkeit mir gegenüber, und nun gute Nacht.‹ Er drückte meine Hand, als wolle er sie auswringen, dann nahm er seinen Hut und ging geradewegs aus dem Zimmer, ohne sich noch einmal umzusehen, ohne eine Träne oder ein Zittern oder ohne den Schritt zu verhalten; und ich heulte wie ein Baby. Oh, warum muß ein Mann wie er unglücklich gemacht werden, wo es doch ringsum haufenweise Mädchen gibt, die den Boden anbeten würden, über den er gegangen ist? Ich weiß, ich würde es tun, wenn ich nur frei wäre – nur eben, daß ich gar nicht frei sein will. Meine Liebe, das alles hat mich sehr aufgeregt, und ich spüre, daß ich nicht so übergangslos von Glück schreiben kann, nachdem ich dir dies berichtet habe; und ich will Dir nicht von der Nummer drei erzählen, solange ich es nicht glücklich tun kann. – Immer Deine Dich liebende

LUCY

P. S. – Oh, was die Nummer drei betrifft – ich brauche Dir doch von Nummer drei gar nicht zu berichten, oder etwa doch? Außerdem war alles so konfus; es schien nur ein kurzer Augenblick seit seinem Eintreten vergangen, als auch schon seine beiden Arme um meine Taille lagen und er mich küßte. Ich bin sehr, sehr glücklich, und ich weiß gar nicht, was ich getan habe, daß ich das verdiene. Ich muß nur einfach in Zukunft zeigen, daß ich nicht undankbar für Gottes Güte bin, daß er mir einen solchen Liebhaber geschickt hat, solch einen Ehemann und solch einen Freund.

Bis bald.

DAS TAGEBUCH DES DR. SEWARD

(auf Tonband gesprochen)

25. *April:* – Mit dem Appetit ist es heute Ebbe. Kann nichts essen, setze also Tagebuch fort. Seit meiner Zurückweisung gestern habe ich ein leeres Gefühl im Magen; nichts auf der Welt scheint es noch wert, getan zu werden ... Nun wußte ich

ja, daß die beste Kur bei solchen – hm – Unpäßlichkeiten Arbeit heißt, und so bin ich zu meinen Patienten gegangen. Ich pickte mir einen heraus, den zu studieren es sich wirklich lohnt. Er hat derart kauzige Ideen und ist vom normalen Geisteskranken so verschieden, daß ich mich entschlossen habe, ihn so gut verstehen zu lernen, wie das nur möglich ist. Heute schien ich dem Kern seines Mysteriums nähergekommen zu sein als jemals zuvor.

Ich befragte ihn eingehender, als ich es je getan hatte, in der festen Absicht, den Hintergrund seiner Halluzinationen zu ergründen. In meiner Art, dieses Ziel zu verfolgen, lag eine gewisse Grausamkeit, wie mir jetzt bewußt ist. Es muß so ausgesehen haben, als wollte ich ihn endgültig in seinen Irrsinn hineintreiben – eine Vorgehensweise, die ich im Umgang mit meinen Patienten ansonsten vermeide wie die Hölle selbst (unter welchen Umständen würde ich die wohl nicht zu vermeiden suchen?) *Omnia Romae vernalia sunt.* Die Hölle hat ihren Preis! sagt das Sprichwort. Wenn irgend etwas hinter diesem Instinkt steckt, wird es sich lohnen, dem genauer nachzugehen, und deshalb sollte ich jetzt vielleicht endlich beginnen. Also:

R. M. Renfield, 59 Jahre alt. Sanguinisches Temperament; große Körperkraft; krankhaft übererregbar; depressive Perioden, die in einer fixen Idee enden, welche ich nicht zu erfassen vermag. Ich nehme an, daß sein sanguinisches Temperament im Verein mit dem störenden Einfluß zu einem seelisch in sich stimmigen Ergebnis führt; ein potentiell gefährlicher Mensch, dann nämlich, wenn er uneigennützig ist. Wenn nämlich dagegen das Selbst der Fixpunkt eines Menschen ist, dann sind die zentripetalen Kräfte mit den zentrifugalen im Gleichgewicht; aber wenn das Pflichtbewußtsein der Fixpunkt ist, werden die letztgenannten Kräfte übermächtig.

Brief von Quincey P. Morris an den ehrenwerten Arthur Holmwood

25. Mai.

Mein lieber Art,
wir haben unser Seemannsgarn an den Lagerfeuern auf den Prärien gesponnen; wir haben uns gegenseitig unsere Wunden nach unserem mißglückten Landungsversuch auf den Marquesas verbunden und uns am Strand des Titicaca zugeprostet. Es gäbe noch mehr Seemansgarn zu spinnen und andere Wunden zu verbinden und etliche weitere Anlässe, auf unsere Gesundheit zu trinken. Hättest Du nicht Lust, das alles morgen abend an meinem Lagerfeuer stattfinden zu lassen? Ich habe keine Hemmungen, Dich das zu fragen, da ich doch weiß, daß eine ganz bestimmte Dame morgen abend zu einem Dinner eingeladen ist und Du somit frei bist. Außer uns beiden ist nur noch einer dabei, unser alter Spezi aus Korea, Jack Seward. Wir beide wollen uns nämlich bei einem Glas Wein die Augen ausweinen und dann aus ganzem Herzen dem glücklichsten Mann unter der Sonne zuprosten, der das edelste Herz gewonnen hat, das Gott je erschuf, und das beste, das zu gewinnen war. Wir versprechen Dir ein herzliches Willkommen und senden Dir die herzlichsten Grüße und wünschen Dir Gesundheit und Glück. Wir schwören Dir beide, wir werden Dich sicher nach Hause geleiten, falls Du mehr trinkst, als einem einzigen Augenpaar guttun mag. Komm also!

Wie eh und je der Deine
QUINCEY P. MORRIS

Telegramm von Arthur Holmwood an Quincey P. Morris

26. Mai

Zählt jederzeit auf mich. Ich bringe Neuigkeiten, die Euch die Ohren klingen lassen werden.

ART

Kapitel Sechs

Das Journal der Mina Murray

24. Juli, Whitby. – Lucy hat mich am Bahnhof abgeholt. Sie sah süßer und niedlicher aus denn je, und wir fuhren gemeinsam zu dem Haus am Crescent (Halbmond), wo sie Zimmer genommen haben. Das ist ein schöner Ort. Der kleine Fluß, Esk heißt er, fließt durch ein tiefes Tal, das sich zum Hafen zu immer mehr erweitert. Darüber spannt sich ein großer Viadukt mit hohen Pfeilern, wodurch es scheint, als habe man einen weiteren Ausblick, als es wirklich der Fall ist. Das Tal ist wunderschön grün, und es fällt so steil ab, daß man es gar nicht wahrnimmt, wenn man vom Hochland aus darüber hinweg von der einen Seite zur anderen sieht, bis man nahe genug heran ist. Die Häuser der alten Stadt – auf der uns gegenüberliegenden Seite – haben alle rote Ziegeldächer und scheinen irgendwie eines über dem anderen errichtet worden zu sein, etwa so, wie man es auf Bildern von Nürnberg sieht. Direkt über der Stadt liegt die Ruine der Abtei von Whitby, die von den Dänen verwüstet wurde und die das Szenarium für einen Teil von ›Marmion‹ ausgemacht hat, wo ein Mädchen in eine Wand eingemauert wurde. Es ist eine höchst noble Ruine von immensen Ausmaßen und voller schöner, romantischer Erinnerungen; es gibt da beispielsweise auch eine Legende, wonach in einem der Zimmer eine weiße Dame umgeht. Zwischen der Abtei und der Stadt gibt es eine andere Kirche, die Pfarrkirche, inmitten eines Friedhofes voller Grabsteine. Meiner Meinung nach ist dies der reizvollste Ort von ganz Whitby, denn er liegt direkt oberhalb der Stadt und bietet einen Ausblick bis hinüber zum Hafen und zur Bucht, in die sich eine Landzunge mit Namen Kettleness erstreckt. Sie fällt so steil zum Hafen zu ab, daß Teile davon schon fortgespült worden sind, und auch einige Gräber sind im Meer versunken. An einer Stelle erstreckt sich das Gräberfeld mit seinen Gedenksteinen bis über den sandigen Weg tief unten. Dort gibt es Spazierwege mit Bänken zu beiden Seiten durch den ganzen Kirchhof hindurch; die Menschen spazieren dort, und manche sitzen auch den ganzen Tag auf den Bänken, genießen die Aussicht und die frische Brise vom Meer. Ich werde selbst auch oft dort hinuntergehen und arbeiten. Ja, wirklich, ich schreibe jetzt, mein Buch auf den Knien, und lausche auf die Gespräche der drei alten Männer, die neben mir sitzen. Sie scheinen den ganzen Tag nichts anderes zu tun, als hier zu sitzen und zu plaudern.

Der Hafen liegt unter mir mit einer langen Mole aus Granit auf der entgegengesetzten Seite, die in die See hineinragt und an ihrem Ende gebogen ist. Mitten in diesem Bogen liegt ein Leuchtturm. Jenseits verläuft ein hoher Damm. Auf der uns zugewandten Seite beschreibt dieser Damm einen deutlichen Knick landeinwärts, und an seinem Ende steht wieder ein Leuchtturm. Zwischen den beiden Piers liegt eine enge Durchfahrt in den Hafen, die sich dann plötzlich erweitert.

Bei Flut ist es sehr schön hier; wenn sie aber abgelaufen

ist, geht der ganze Reiz dahin, und man sieht nur noch den Fluß Esk, der zwischen sandigen Ufern dahinfließt, auf denen hier und da ein Felsbrocken liegt. Außerhalb des Hafens erhebt sich auf dieser Seite, auf ungefähr eine halbe Meile Länge, ein großes Riff, dessen scharfe Kante gleich hinter dem südlichen Leuchtturm sichtbar wird. An seinem Ende findet sich eine Boje mit einer Glocke, die bei schlechtem Wetter zu klingen beginnt und deren klagenden Laut der Wind davonträgt. Es gibt hier eine Legende. Danach sind auf dem Meer Glocken zu hören, wenn ein Schiff verlorengeht. Ich muß den alten Mann danach fragen; er kommt gerade hier vorbei …

Es ist ein lustiger alter Mann. Er muß entsetzlich alt sein, denn sein Gesicht ist voller Runzeln und Kerben wie die Rinde eines Baumes. Er erzählt mir, daß er an die hundert Jahre alt ist und bei der Schlacht von Waterloo Dienst in der grönländischen Fischfangflotte getan hat. Er ist, fürchte ich, ein sehr unromantischer Mensch, denn als ich ihn wegen der Glocken auf See und wegen der weißen Frau in der Abtei befragte, sagte er sehr brüsk:

»Ich würd' mir nich'n Kopp drüber zerbrechen, Miss. Dat sin' Sachen, die sin' vorbei. Will ja nich' saren, et hätt' se nie jejeben, aber wat ich weiß, is', dat'se zu meine Zeit nich' stattgefun'n ham. Dat is' allens janz jut für de Touristen un' so, aber nix für 'ne junge Dame wie Ihnen. Dat janze Volk von York und Leeds, wat sich hier de Bäuche voll mit Hering in Aspik haut und dazu Tee trinkt und ewig auf'e Suche nach een billiget Andenken is', hat sich dat ausjedacht. Ich frare mir sowieso schon de janze Zeit, wer sich da immer so 'ne Mühe gibt, denen 'n paar anständije Lüje aufzutischen – sogar de Zeitungen, aber die sind ja meistens voll mit Quatsch.« Ich dachte, er sei eine interessante Persönlichkeit, von der man noch einiges erfahren könnte, und so bat ich ihn, mir etwas über den Walfang in früheren Zeiten zu erzählen. Er wollte gerade anfangen, als es sechs Uhr schlug, woraufhin er sich mühsam erhob und sagte:

»Ich muß jetz' direktemang nach Hause, Miss. Meine Enkelin kann es auf den Tod nich' leiden, wenn man se mit'n Tee warten läßt, und brauch' nu mal meine Zeit für'n Heimweg.«

Er humpelte davon, und ich konnte sehen, wie er hastig die Stufen hinabstieg. Diese Stufen sind eine echte Sehenswürdigkeit der Gegend. Sie führen von der Stadt bis hinauf zur Kirche; es müssen einige hundert sein – ihre genaue Zahl kenne ich gar nicht –, und sie winden sich in einer schön geschwungenen Kurve; der Anstieg ist so sanft, daß ein Pferd sie bestimmt ohne Schwierigkeiten hinauf und wieder hinunter gehen könnte. Ich glaube, sie hatte ursprünglich einmal etwas mit der Abtei zu tun. Ich sollte jetzt auch wieder nach Hause gehen. Lucy ist mit ihrer Mutter ausgegangen, um Besuche zu machen, und da es sich dabei nur um rein gesellschaftliche Verpflichtungen handelte, habe ich darauf verzichtet. Sie müßten mittlerweile wieder daheim sein.

1. August: – Vor einer Stunde bin ich zusammen mit Lucy hier heraufgekommen, und wir hatten eine höchst interessante Unterhaltung mit meinem alten Freund und den beiden anderen, die ihm immer Gesellschaft leisten. Er ist ganz offensichtlich so etwas wie ihr Sprachrohr, und mir scheint, er ist zu seiner Zeit einmal eine recht herrische Person gewesen. Er gibt nie etwas zu und kanzelt jeden ab. Wenn er die anderen nicht mit Worten überzeugen kann, fängt er an, sie zu drangsalieren, und wertet ihr Schweigen anschließend als Zustimmung zu seinen Überzeugungen. Lucy sah sehr hübsch aus in ihrem weißen Leinenrock; seit sie hier weilt, hat ihr Gesicht wieder richtig Farbe bekommen. Mir fiel auf, daß die alten Männer keine Minute verstreichen ließen, hier heraufzukommen und sich zu ihr zu setzen. Sie ist so süß im Umgang mit alten Leuten; ich glaube, sie haben sich auf der Stelle alle in sie verliebt. Sogar mein Alter gab sich geschlagen und widersprach ihr nicht. Dafür beschäftigte er sich um so mehr mit mir. Ich brachte ihn wieder auf das Thema der alten Legende, und sofort setzte er zu einem ellenlangen Sermon an. Ich muß versuchen, mich wieder daran zu erinnern, um ihn so getreu wie möglich wiederzugeben:

»Is' doch alles dummes Geschwätz, Spintisiererei und so weiter; wenn ich et Sie doch sare. Die angeblichen Flüche un' Geister un' Erscheinungen un wat sonst noch, sind doch man weiter nix als wie Erfindungen, um kleine Kinder und hysterische Weiber 'n bißchen aufzuregen. Das is' doch alles weiter nix als wie Luftblasen. Der ganze Mist und die dusseligen Warnungen und angeblichen Zeichen sind doch man bloß Erfindungen von Leuten mit kranken Hirnen und von Halsabschneidern, um die Leute dazu zu bringen, daß se Sachen machen, die se eigentlich gar nich' woll'n. Ich könnt' die Krätze kriegen, wenn ich dran denke. Da reicht es denn nich' mal, 'n Haufen Lügen auf Papier zu drucken und irgendwelche Lobhudeleien von der Kanzel loszulassen – nee, se müssen auch noch Namen auf irgendwelche Grabsteine meißeln. Gucken Se sich doch mal um, wohin Se wollen; alle diese Steine, die da ihre Köpfe so voller Stolz hoch tragen, sind doch hohl – umgefallen sind se wohl nur vom Gewicht der Lügen, die auf ihnen eingemeißelt sind. – ›Hier liegt der Leichnam von –‹ oder ›geweiht dem Andenken an –‹ steht überall drauf, und wat is'? Nich' in der Hälfte der Gräber is' auch wirklich einer begraben; und das Gedächtnis von denen interessiert kein Aas, und schon gar nich' wurde ihm was geweiht. Lügen das alles, nichts als Lügen, wohin man guckt. Heiliger Bimbam, das wird 'n Fest beim Jüngsten Gericht, wenn die hier alle mit ihre Särge aufkreuzen und dann versuchen, ihre Grabsteine mitzuschleppen, damit se beweisen könn'n, wie gut se war'n; die meisten zitternd und humpelnd, die Finger verfault vom langen Liegen im Meer, daß se nich' mal mehr die Griffe packen können.«

An der Art, wie der alte Mann seine Freunde selbstzufrieden und beifallheischend ansah, erkannte ich, daß er enden wollte, und deshalb machte ich eine knappe Bemerkung, um seinen Redefluß neu zu beleben.

»Oh, Mr. Swales, das meinen Sie doch nicht ernst. Diese Grabsteine sind doch bestimmt nicht alle falsch.«

»Papperlapapp! Da könnten ein paar ganz wenige Steine dabeisein, die nicht gefälscht sind, obwohl se die Leute viel zu gut machen wollen. Das Ganze ist doch 'n einziger Betrug. Nehmen Se sich doch mal selbst; Sie komm'n als Fremde hierhin, und dann sehense diesen Kirchhof.« Ich nickte, denn ich hielt es für besser, ihm beizupflichten, weil ich seinen Dialekt nicht so genau verstanden hatte. Ich hatte nur so viel begriffen, daß es etwas mit der Kirche zu tun haben mußte. Er fuhr fort: »Und nu' denken Sie doch, diese ganzen Steine stünden über den Köpfen von Leuten, die se hier auch begraben haben, nich'?« Ich pflichtete ihm wieder bei. »Sehense, und genau da fängt die Lügerei an. Weil nämlich – da sind haufenweise Gräber dabei, die sind so leer wie die Teedose vom alten Dun am Freitagabend.« Er stupste einen seiner Kumpel an, und dann lachten sie alle drei. »Heiliger Bimbam! Was auch sonst? Gucken Se sich nur mal den einen da an, den da gleich hinter der nächsten Bank; lesense den ruhig mal.« Ich ging hinüber und las:

»Edward Spencelagh, Vollmatrose, ermordet im Alter von dreißig Jahren von Piraten vor der Küste von Andres im April 1845.« Als ich zurückkehrte, fuhr Mr. Swales fort:

»Wer soll den wohl heimgebracht haben, frage ich mir, damit se'n hier begraben? Ermordet vor der Küste von Andres! Und Sie glauben, dat sein Körper hier begraben wurde?! Nun, ich könnte Sie Dutzende nenne, deren Gebeine unten in der See von Grönland liegen« – er deutete nach Norden –

»oder wohin die Gezeitenströme sie auch abgetrieben haben. Und da sehense die Gedenksteine rundum. Da könn'n se doch mit Ihre jungen Augen die kleinen gedruckten Lügen schon von hier aus lesen! Dieser Braithwaite Lowrey – kannte seinen Vater –, über Bord gegangen von der *Lively* vor Grönland in den Zwanzigern; oder Andrew Woodhouse, ertrunken im selben Seegebiet 1777; oder John Paxton, ein Jahr später vor Cape Farewell ertrunken; oder der alte John Rawlings, mit dessen Großvater ich noch gesegelt bin, in den Fünfzigern im Golf von Finnland ertrunken. Glaubense wirklich, alle diese Leute machen sich auf den Weg nach Whitby, wenn die Posaunen vom Jüngsten Gericht ertönen? Da habe ich aber ganz andere Ideen! Ich will Sie mal wat saren: Wenn die hier ankommen, werden se sich um die Steine kloppen wie wir uns damals in den alten Tagen darum gekloppt haben, wer als erster an Deck war, wenn der Tag anbrach.« Der alte Mann kicherte leise vor sich hin, und seine Freunde stimmten grinsend mit ein.

»Aber«, sagte ich, »da sind Sie wohl nicht so ganz korrekt, denn Sie gehen doch davon aus, daß alle diese armen Leute, oder ihr Geist, ihre Grabsteine mitbringen müssen, wenn der Tag des Jüngsten Gerichts gekommen sein wird?«

»Na und? Wozu sonst soll wohl so'n Grabstein taugen? Könnense mir das vielleicht mal sagen, Miss?«

»Um ihren Anverwandten Trost zu spenden, denke ich mal.«

»Um ihren Anverwandten Trost zu spenden, denkense mal!« Diese letzten Worte sagte er ausgesprochen höhnisch. »Wie sollen wohl die Verwandten Spaß daran haben, wenn sie wissen, daß sie lauter Lügen über die Toten geschrieben haben und daß jeder im Ort weiß, daß es sich nur um Lügen handelt?« Er deutete auf einen Grabstein zu unseren Füßen, der flach hingelegt worden war, um der Bank, auf der wir hier am Rand der Klippe saßen, als Unterlage zu dienen. »Lesense doch mal die Zeilen auf diesem Grabstein«, sagte er. Die Buchstaben standen auf dem Kopf, aber Lucy, die mir gegenüber saß, hatte keine Schwierigkeiten, sie zu lesen, und so beugte sie sich vor und las: »›Geweiht dem Andenken an George Canon, der im Glauben an seine glorreiche Auferstehung durch einen Sturz von den Felsen bei Kettleness am 29. Juli 1873 starb. Dieses Grab wurde von der trauernden Mutter für ihren inniggeliebten Sohn errichtet. Er war der einzige Sohn seiner Mutter, und sie war Witwe.‹ Also wirklich, Mr. Swales, ich weiß beim besten Willen nicht, was daran komisch sein soll!« Sie sagte es sehr gravitätisch und auch ein wenig ärgerlich.

»Sie finden daran nichts Komisches? Ha, ha! Aber das kommt ja man bloß davon, dat se nich' wissen, dat die Alte der reinste Höllenhund war und ihm gehaßt hat, weil er doch'n Krüppel war, so'n richtiger Lahmer; und deshalb hat er sich ja auch selbst um die Ecke gebracht, weil er nämlich nicht wollte, dat seine Mutter am Ende noch 'ne Lebensversicherung kassierte, die sie auf ihn abgeschlossen hatte. Er hatte sich mit 'ner alten Muskete den halben Schädel weggeballert. Dat Ding hattense, um damit die Krähen zu erschrecken. Und wat dann die Hoffnung auf 'ne glorreiche Auferstehung angeht, also da kann ich Sie nur saren, dat ich'n mit meinen eigenen Ohren mehr als einmal hab' sagen hör'n, er wünschte sich, in die Hölle zu kommen, weil seine Mutter so fromm war, datse bestimmt in'n Himmel kommen würde, und er hätt' nicht für einen Penny Lust, irgendwo zu landen, wo die auch hin kommt. Is' also nu' dieser Grabstein« – und damit hämmerte er mit seinem Spazierstock darauf herum – »ein dicker Haufen Lügen oder nich'? Und kommt dann etwa der gute Erzengel Gabriel noch mal aus'm Lachen raus, wenn der gute Gordie mit sei'm Grabstein auf'm krummen Buckel die Himmelleiter hochgekeucht kommt und dann verlangt, dat man ihm ernst nimmt!«

Ich wußte nicht, was ich sagen sollte, aber Lucy gab der Unterhaltung eine neue Wendung, indem sie sich erhob und sagte:

»Oh, warum haben Sie uns das alles erzählt?! Das hier ist mein Lieblingsplatz, und den mag ich nicht mehr missen; und jetzt muß ich feststellen, daß ich auf dem Grab eines Selbstmörders sitze.«

»Aber det braucht Ihnen doch gahnich' weiter zu stören, und den armen Gordie kann's doch nur freuen, wenn da so 'ne schöne Lady direktemang auf sein'n Schoß hockt. Und Sie wird det nix schaden. Ich sitz' ja nu' auch schon seit zwanzig Jahren Abend für Abend hier rum, und mich hat's nix getan. Nu' machense sich ma' keine Gedanken über die Lügen unter ihre Füße. Et könnt' ja jenausojut auch wahr sein! Se ham immer noch Zeit, et mit de Angst zu kriejen, wennse sehen, wie die Grabsteine davonrennen und der ganze Kirchhof danach so kahl wie'n Stoppelfeld aussieht. Aber da läutet's schon wieder. Ich muß geh'n. Stets zu Diensten, meine Damen!« Und damit humpelte er davon.

Lucy und ich saßen eine Weile schweigend da, und unsere Zukunft erschien uns beiden so schön, daß wir uns bei den Händen faßten; und wieder und immer wieder erzählte sie mir von Arthur und der bevorstehenden Hochzeit. Das machte mich fast ein wenig traurig, denn ich habe einen ganzen Monat lang nichts mehr von Jonathan gehört.

Am selben Tag: – Ich bin allein hier heraufgekommen, denn ich bin sehr traurig. Es ist wieder kein Brief für mich eingetroffen. Ich hoffe nur, Jonathan ist nichts zugestoßen. Die Glocke hat gerade neun geschlagen. Unter mir sehe ich die Lichter der Stadt, teilweise in langen Reihen, da, wo die Straßen verlaufen, und teilweise einzeln; sie ziehen sich entlang des Esk und verlieren sich dann hinter der Biegung des Tales. Zu meiner

Linken wird die Aussicht von den dunklen Konturen des Daches eines alten Hauses in der Nachbarschaft der Abtei unterbrochen. Hinter mir auf den Feldern und Wiesen blöken die Schafe und Lämmer, und auf dem Pflaster der Straße unter mir klingt das Trappeln von Eselshufen. Auf der Pier spielt die Kapelle in flottem Tempo einen Walzer, und weiter unten am Kai versammelt sich die Heilarmee in einer Seitenstraße. Keine der Musikgruppen hört die andere, doch hier oben höre und sehe ich sie beide. Ich frage mich, wo Jonathan jetzt wohl sein mag und ob er in diesem Augenblick vielleicht an mich denkt! Oh, wie sehr wünschte ich mir, er wäre jetzt hier!

DAS TAGEBUCH DES DR. SEWARD

5. Juni: – Der Fall Renfield wird um so interessanter, je mehr ich diesen Mann zu verstehen beginne. Es gibt bestimmte Charaktereigenschaften, die bei ihm sehr weit entwickelt sind: Egoismus, Schweigsamkeit und Entschlossenheit. Ich wünschte mir, ich könnte dahinterkommen, worauf er die letztgenannte richtet. Er scheint ganz bestimmte, fest umrissene Pläne hinsichtlich der eigenen Person zu haben, aber noch weiß ich nicht, worum es sich dabei handeln könnte. Versöhnlich kann einen an seinem Charakter eigentlich nur seine große Tierliebe stimmen, obwohl auch sie einige höchst seltsame Komponenten enthält, daß es mir manchmal sogar so vorkommt, als sei er lediglich abnorm grausam. Seine Haustiere sind von seltsamer Art. Im Augenblick ist sein Hobby, Fliegen zu fangen. Er besitzt inzwischen schon eine solche Anzahl davon, daß ich mich veranlaßt gesehen habe, dagegen Einspruch zu erheben. Zu meinem Erstaunen bekam er keinen Wutanfall, wie ich es erwartet hatte, sondern nahm mich ganz ernst. Er kämpfte einen Augenblick lang mit sich selbst und sagte dann: »Kann ich noch drei Tage haben? Bis dahin habe ich sie fortgeschafft.« Natürlich habe ich ihm diesen Aufschub gewährt. Ich muß ihn allerdings weiter beobachten.

18. Juni: – Er hat sich inzwischen Spinnen zugewandt und schon einige große Exemplare in seinem Karton. Die füttert er jetzt mit seinen Fliegen, wodurch sich deren Anzahl drastisch verminderte, obwohl er weiterhin einen guten Teil seines eigenen Essens dazu verwendet, Fliegen von draußen in sein Zimmer zu locken.

1. Juli: – Jetzt werden seine Spinnen langsam zu einer ähnlichen Plage wie zuvor seine Fliegen, und heute habe ich ihm eröffnet, daß er sie abschaffen muß. Er sah mich ganz traurig an, so daß ich ihm sagte, er müsse sich wenigsten von einem Teil von ihnen trennen. Dem stimmte er dann freudig zu, und ich räumte ihm dieselbe Zeitspanne für die Verkleinerung seines Spinnenzoos ein wie zuvor für die Fliegen. Während ich noch bei ihm war, erregte er meinen ausgesprochenen Ekel, denn als eine besonders widerliche Schmeißfliege, vollgestopft mit Mist, ins Zimmer brummte, fing er sie, hielt sie einen Augenblick triumphierend zwischen Daumen und Zeigefinger in die Höhe, und bevor ich noch wußte, was vorging, schob er sie sich in den Mund und aß sie. Ich schalt ihn dafür, doch er argumentierte ruhig und gelassen, sie habe sehr gut geschmeckt und sei überaus gesund; sie sei Leben, und sie gebe ihm Leben. Das brachte mich auf eine Idee oder doch wenigstens auf einen Verdacht. Ich muß aufpassen, auf welche Weise er sich seiner Spinnen entledigt. Er beschäftigt sich offenbar mit einem Problem, denn er führt ein kleines Notizbuch, in das er immer wieder etwas hineinkritzelt. Ganze Seiten sind voller Zahlen, in der Regel einstellige Ziffern, die zu Zwischensummen aufaddiert sind, und diese sind wiederum zu weiteren Zwischenergebnissen zusammengefaßt, so als arbeite er wie ein Buchhalter auf ein ganz bestimmtes Endergebnis hin.

8. Juli: – Sein Irrsinn hat Methode, und der anfängliche leichte Verdacht nimmt mehr und mehr Gestalt an. Bald wird er zu einer ausgereiften Theorie werden, und dann – o geheimnisvolles Unterbewußtsein! Du wirst die Mauer zu deinem bewußten Bruder einreißen müssen. Ich blieb meinem Freund ein paar Tage fern, damit ich besser beurteilen konnte, ob es irgendeine Veränderung bei ihm gab. Die Dinge sind, wie sie immer waren, ausgenommen nur der Umstand, daß er sich von einigen seiner Haustiere getrennt und ein neues erworben hat. Irgendwie ist es ihm gelungen, einen Spatz einzufangen und ihn auch schon teilweise zu zähmen. Seine Methode dabei ist sehr simpel, denn die Zahl seiner Spinnen ist schon beträchtlich gesunken. Die übriggebliebenen sind gut genährt, denn er fängt noch immer Fliegen, die er mit seinem Essen anlockt.

19. Juli: – Wir machen Fortschritte. Mein Freund hat jetzt schon eine ganze Kolonie Spatzen, und seine Fliegen und Spinnen sind fast alle verfüttert. Als ich hereinkam, lief er auf mich zu und sagte, er bäte mich um einen Gefallen – einen sehr, sehr großen Gefallen; und während er sprach, scharwenzelte er um mich herum wie ein Hund. Ich fragte ihn, um was es ihm denn gehe, und er sagte mit einem Unterton von Verzückung in der Stimme und in seiner ganzen Haltung:

»Ein Kätzchen, ein niedliches, kleines, schlankes verspieltes Kätzchen, mit dem ich spielen könnte, dem ich etwas beibringen und das ich füttern könnte – füttern – und füttern!« Seine Bitte traf mich nicht ganz unvorbereitet, denn mir war schon aufgefallen, wie seine Tierchen an Größe und Lebhaftigkeit zugenommen hatten, doch ich wollte nicht, daß seine niedliche kleine Familie zahmer Spatzen auf dieselbe Art ausgelöscht werden sollte wie seine Fliegen und Spinnen; daher sagte ich, ich wolle mich darum kümmern, und fragte ihn, ob er denn nicht vielleicht lieber eine ausgewachsenen Katze als ein kleines Kätzchen haben wolle. Sein Eifer entlarvte ihn, als er erwiderte:

»O ja, ich hätte gerne eine große Katze! Ich hab' ja nur deshalb nach einem kleinen Kätzchen gefragt, weil Sie mir eine richtige Katze sicher verweigert hätten. Niemand aber würde mir den Wunsch nach einem kleinen Kätzchen abschlagen, nicht wahr?« Ich schüttelte den Kopf und sagte, daß dies im Moment wohl kaum möglich sein werde. Sein Gesicht verdüsterte sich, und ich konnte etwas wie eine Warnung vor Gefahr in seinen Augen sehen, ein Blick, der Tod verhieß. Dieser Mann ist ein potentieller Massenmörder. Ich werde ihn mit seinem neuesten Ansuchen testen und sehen, wie es ausgeht; dann werde ich mehr wissen.

Zehn Uhr abends: – Ich habe ihn wieder besucht und fand ihn in einer Ecke sitzend und still vor sich hin brüten. Als ich eintrat, warf er sich vor mir auf die Knie und flehte mich an, ihm eine Katze zu geben, daß seine ganze Glückseligkeit davon abhinge, eine zu haben. Ich blieb jedoch hart und sagte ihm, er könne keine bekommen, worauf er sich ohne ein weiteres Wort umdrehte, in die Ecke setzte, in der ich ihn vorgefunden hatte, und auf den Fingernägeln zu kauen begann. Ich werde ihn am frühen Morgen wieder besuchen.

20. Juli: – Habe Renfield sehr früh besucht, noch bevor der Wärter seine Runde gemacht hatte. Fand ihn wach, wie er ein Liedchen summte. Er war gerade dabei, den Zucker, den er sich zusammengespart hatte, auf dem Fensterbrett auszustreuen. Ganz offensichtlich will er wieder Fliegen fangen. Ich sah mich nach seinen Vögeln um, und als ich sie nirgends entdecken konnte, fragte ich ihn, wo sie geblieben seien. Ohne sich umzusehen, erwiderte er, sie seien allesamt davongeflogen. Im Raum entdeckte ich etliche Federn und auf seinem Kopfkissen einen Blutstropfen. Ich sagte nichts, sondern ging und trug dem Wärter auf, mich sofort zu informieren, wenn ihm im Verlauf des Tages irgend etwas seltsam vorkommen sollte.

Elf Uhr vormittags: – Gerade war der Wärter bei mir und hat mir erzählt, Renfield gehe es sehr schlecht, und er habe gerade eine Menge Federn erbrochen. »Ich glaube, Herr Doktor«, sagte er zu mir, »daß er seine Vögel verspeist hat, und zwar ungerupft und ungekocht!«

Elf Uhr abends: – Ich habe Renfield für die Nacht ein starkes Opium-Präparat verabreicht, genug, um ihn schlafen zu lassen, und nahm sein Notizbuch an mich, um einen Blick hineinzuwerfen. Die Idee, die mir schon die ganze Zeit durch den Kopf gegangen war, hat jetzt Gestalt angenommen, und meine Theorie ist erwiesen. Mein Amokläufer ist von sehr sonderbarer Art. Für ihn werde ich wohl eine neue Klassifikation erfinden müssen. Ich werde ihn ›manisch zoophag‹ nennen, was soviel heißt wie ›Leben speisend‹; was er will, ist, sich so viele Leben einzuverleiben, wie er nur kann, und er hat sich ein System zurechtgelegt, wie er das mit geringstmöglichem Aufwand kumulativ bewerkstelligen kann. Er verfüttert viele Fliegen an eine Spinne und viele Spinnen an einen Vogel, und jetzt wollte er eine Katze, damit diese möglichst viele Vögel verzehrte. Wie hätten wohl seine weiteren Schritte ausgesehen? Um des Experimentes willen würde es sich fast lohnen, es auszuprobieren. Man könnte es wirklich versuchen, gäbe es nur einen vernünftigen Grund dafür. Früher haben die Menschen über die Vivisektion die Nase gerümpft, und heute sehe man sich deren Resultate nur einmal an! Warum nicht der Wissenschaft auf ihrem schwierigsten und wichtigsten Feld vorwärts helfen – dem der Kenntnis des menschlichen Gehirns? Könnte ich nur das Geheimnis eines einzigen solchen verwirrten Geistes ergründen oder bekäme ich den Schlüssel zum Verständnis auch nur eines einzigen Geisteskranken in die Hand, ich könnte meinen Zweig der Wissenschaft zu Höhen führen, mit denen verglichen Burdon-Sandersons Physiologie oder Ferriers Kenntnis des menschlichen Gehirns ein Nichts wäre. Wenn es doch nur einen einzigen hinreichenden Grund gäbe! Ich darf nicht zuviel darüber nachdenken, oder ich könnte doch noch in Versuchung geraten; ein guter Grund könnte meine Wertevorstellungen total verändern; denn könnte nicht auch ich über ein exzeptionelles Gehirn verfügen, über echte Genialität?

Wie schön der Mensch zu argumentieren versteht; Verrückte denken immer nur in ihren eigenen Kategorien. Ich wüßte zu gern, auf wie viele Leben er die Menschen schätzt – oder auch nur einen einzelnen. Er hat seine Rechnung sehr akkurat abgeschlossen, und heute begann ein neuer Zyklus. Wie viele von uns beginnen wohl Tag für Tag einen neuen Zyklus in ihrem Leben?

Mir kommt es vor, als sei es erst gestern gewesen, daß mein ganzes Leben mit seiner neuen Hoffnung zu Ende schien und ich einen neuen Abschnitt begann. O Lucy, Lucy, ich kann dir nicht böse sein, noch kann ich meinem Freund böse sein, dessen Glück das deine ist; aber ich muß ohne Hoffnung weiter warten und arbeiten. Arbeiten! Arbeiten!

Hätte ich doch dafür nur einen ähnlich starken Grund wie mein armer geistesverwirrter Freund hier, einen guten, uneigennützigen Grund, meine Arbeit weiterzuführen, ja, das könnte mich glücklich machen.

Das Journal der Mina Murray

26. Juli: – Ich habe Angst, und es erleichtert mich, mich an dieser Stelle selbst erklären zu können; es ist, als flüsterte man mit sich selbst und hörte gleichzeitig zu. Der Umgang mit den Kurzschrift-Symbolen ist anders als normales Schreiben. Ich bin unglücklich, denke ich nur an Lucy oder Jonathan. Seit einiger Zeit hatte ich nichts mehr von Jonathan gehört und war sehr besorgt darüber; doch gestern hat mir der gute Mr. Hawkins, der immer so freundlich ist, einen Brief von ihm geschickt. Ich hatte ihm geschrieben und ihn gefragt, ob er etwas wisse, und er hatte geantwortet, er habe den beigefügten Brief soeben erhalten. Es handelt sich nur um eine Zeile, datiert aus dem Schloß Dracula, und sie besagt, daß er gerade dabei ist, nach Hause aufzubrechen. Das ist gar nicht Jonathans Art; ich verstehe das nicht, und das macht mich unsicher. Zudem ist Lucy, obwohl sie doch eigentlich sehr glücklich sein müßte, zu ihrer alten Gewohnheit des Schlafwandelns zurückgekehrt. Ihre Mutter hat mich schon darauf angesprochen, und wir sind übereingekommen, daß ich nachts unsere Tür abschließe. Mrs. Westenra ist davon überzeugt, Schlafwandler würden grundsätzlich nachts auf die Dächer der Häuser hinaufsteigen oder entlang irgendwelcher Klippen wandeln, plötzlich aufwachen und dann mit einem Schrei abstürzen, dessen Echo man meilenweit hören kann. Die Arme, sie macht sich natürlich Sorgen um Lucy, und sie hat mir erzählt, ihr Ehemann, Lucys Vater, habe dieselbe Angewohnheit; er stehe mitten in der Nacht auf, kleide sich an und gehe aus dem Haus, wenn man ihn nicht daran hindere. Lucy soll im Herbst heiraten, und sie plant schon ihre Garderobe und die Einrichtung des Hauses. Ich fühle mit ihr, denn ich mache es ja nicht anders, nur daß Jonathan und ich sehr bescheiden ins Leben starten werden und darauf werden warten müssen, daß sich alles zusammenfügt. Mr. Holmwood – er heißt, genau gesagt, der Ehrenwerte Arthur Holmwood, einziger Sohn von Lord Godalming – wird bald hierhin kommen, das heißt, sobald er die Stadt verlassen kann, denn seinem Vater geht es nicht besonders gut, und ich glaube, die gute Lucy zählt schon die Minuten, bis er endlich da ist. Sie will ihn mit zu ihrem Aussichtspunkt auf dem Friedhof in den Klippen nehmen, um ihm die Schönheiten Whitbys zu zeigen. Ich wage die Behauptung, das Warten setzt ihr sehr zu; bestimmt geht es ihr wieder gut, sobald er da ist.

27. Juli: – Keine Neuigkeiten von Jonathan. Ich machte mir langsam große Sorgen um ihn, obwohl ich eigentlich gar nicht recht weiß, warum; aber ich wünschte mir so sehr, er würde schreiben, und wäre es auch nur eine einzige Zeile. Lucy wandelt mehr im Schlaf denn je, und jede Nacht werde ich wach, wenn sie im Zimmer auf und ab geht. Zum Glück ist es so warm geworden, daß sie sich keine Erkältung holen kann; trotzdem machen mir die ständige Sorge und der Umstand, so oft geweckt zu werden, langsam zu schaffen, und ich werde jetzt auch nervös und leide zunehmend an Schlafstörungen. Gott sei Dank – Lucys Gesundheit hat es noch nicht geschadet. Mr. Holmwood wurde ganz kurzfristig wieder zu seinem Vater gerufen, der ernsthaft erkrankt ist. Lucy macht sich jetzt Gedanken, daß sie ihn vorerst gar nicht sehen wird, aber das schadet ihrem Aussehen in keiner Weise. Sie ist eine Spur fülliger geworden, und ihre Wangen sind wie von einem rosigen Schimmer überhaucht. Das anämische Aussehen, das mir so viele Sorgen gemacht hatte, hat sie völlig verloren. Ich bete, daß es so bleibt.

3. August: – Wieder eine Woche vorüber und keine Nachrichten von Jonathan, nicht einmal an Mr. Hawkins, von dem ich sein letztes Lebenszeichen bekam. Oh, ich hoffe ja so sehr, daß er nicht etwa krank geworden ist. Sonst hätte er doch bestimmt geschrieben. Ich schaue mir wieder seinen letzten Brief an, aber irgendwie befriedigt er mich nicht. Er liest sich gar nicht, als habe er ihn geschrieben, und doch ist es seine Handschrift. Daran kann es gar keinen Zweifel geben. Lucy ist in der letzten Woche weniger oft im Schlaf umhergewandert, doch dafür ist sie jetzt ständig in einer Weise hoch konzentriert, die ich nicht verstehe. Sie beobachtet mich sogar im Schlaf, scheint mir. Sie probiert die Tür, und wenn sie sie verschlossen findet, macht sie sich auf die Suche nach dem Schlüssel.

6. August: – Wieder drei Tage vorbei und keine Neuigkeiten. Die Ungewißheit zerrt an meinen Nerven. Wüßte ich nur, wohin ich schreiben, wohin ich mich wenden könnte, mir wäre wohler; aber niemand hat seit seinem letzten Brief etwas von Jonathan gehört. Ich muß Gott einfach um Geduld bitte. Lucy ist nachts aktiver denn je, aber ansonsten geht es ihr gut. Die letzte Nacht war schlimm, und die Fischer sagen, es kommt Sturm auf. Ich muß die Vorgänge draußen beobachten und lernen, die Zeichen richtig zu deuten. Heute ist ein grauer Tag, und während ich hier schreibe, versteckt sich die Sonne hinter dichten Wolken, die hoch über Kettleness hängen. Alles ist grau in grau – ausgenommen das Gras, das wie Smaragde schimmert; grauer felsiger Boden; graue Wolken, die an ihren Rändern in allen Regenbogenfarben schimmern, über der grauen See, in die sich die grauen Sandbänke wie graue Finger schieben. Die See wälzt sich tosend durch die Untiefen und über die Sandbänke hin, eingehüllt in graue Nebelbänke, die langsam landeinwärts ziehen. Der Horizont verliert sich im grauen Nebel. Alles ist verlassen; die Wolken türmen sich wie gigantische Felsen, und über der See liegt ein Grollen wie von tiefster Depression. Hier und da sieht man noch dunkle Gestalten am Strand, teilweise eingehüllt in die Nebelschwaden. Die Fischerboote streben in größter Eile dem Hafen zu, wobei sie auf den Wellenkämmen auf und ab geworfen werden, bevor sie den schützenden Hafen erreicht haben und endlich an ihren Liegeplätzen festmachen können. Da kommt übrigens der alte Mr. Swales. Er geht direkt auf mich zu, und aus der Art, wie er den Hut zieht, sehe ich, daß er mit mir reden möchte.

Die Veränderung im ganzen Verhalten des alten Mannes rührt mich irgendwie. Als er sich neben mich gesetzt hatte, sagte er betont liebenswürdig:

»Ich will Sie noch wat sagen, Miss.« Ich konnte deutlich sehen, daß es ihm nicht sonderlich gut ging. Daher nahm ich seine alte, verschrumpelte Hand in meine und forderte ihn auf, frei zu sprechen. Er ließ seine Hand in meiner und fuhr fort:

»Ich fürchte, meine Gute, ich muß Ihnen wohl schwer geschockt haben mit all die verrückten Sachen, die ich da über de Toten jesacht habe, wissense doch noch – vor'n paar Wochen; aber dat habe ich doch gahnich' so gemeint, und ich will, daß Sie Ihnen daran erinnern, wenn ich weg bin. Sehense, wir ollen Leute, die wir ja doch alle schon mit ei'm Bein inne Grube stehen, wir denken nu' mal nich' gern drüber nach, und wir woll'n vor allem keine Angst nich' davor ha'm; daderwegen ha'ch mir ja auch drüber lustig jemacht, bloß um ma selbst ein bisken Mut zu machen. Aba – der liebe Jott soll Ihnen segnen, Frollein – ich hab' keen bisken Angst vors Sterben; es is' ja man bloß, dat ich so lange nich' sterben will, wie et sich noch vermeiden läßt. Meine Zeit is' bestimmt schon ganz nah, weil – ich bin alt, und hundert Jahre, dat is' mehr wie wat een Mann erwarten kann; und ich bin so nah' dran, daß der Alte Mann schon die Sense dengelt. Sie seh'n, ich kann gahnich' anders, als mir wegen den Tod und so lustig zu machen. Der Tag ist gahnich' mehr weit, an dem der Todesengel seine Trompete für mich bläst. Aber nu' brauchense doch nich' jleich zu flenn'n, meine Beste!« – Er hatte bemerkt, daß ich Tränen in den Augen hatte. – »Wenn er schon diese Nacht kommt und nach mir ruft, denn werd' ich ihn schon antworten. Weil – also, det Leben, det is' ja man auch bloß'n Warten auf irjendwat, wat anders ist als dat, wat wir jetzt machen; und der Tod is' dat einzige, worauf man sich immer und wirklich verlassen kann. Aber ich bin sicher, er kommt, meine Teuerste, und er kommt schnell. Er kommt vielleicht schon, während wir noch nach ihn gucken und uns wundern, wo er bleibt. Kann sein, er is' in den Wind da draußen auf See, in diesen Wind, der Zerstörung mit sich bringt, Verluste und traurige Herzen. Sehen Sie! Sehense doch!« schrie er auf einmal. »Da is' wat in den Wind und det Wetter danach, dat riecht und schmeckt und klingt und fühlt sich an wie der Tod. Es is' in'e Luft; ich spür's kommen. Gott, laß mich freudig antworten, wenn mich der Ruf erreicht!« Er hielt die Arme in einer Geste der Ergebenheit empor und zog den Hut. Sein Mund bewegte sich, als ob er betete. So vergingen einige Minuten in Schweigen.

Schließlich erhob er sich, schüttelte mir die Hand, segnete mich und sagte mir auf Wiedersehen. Dann humpelte er davon. Das alles berührte mich tief und wühlte mich innerlich auf. Ich war froh, als jemand von der Küstenwache mit seinem Sehrohr unter dem Arm vorbeikam. Er blieb stehen, um ein paar Worte mit mir zu wechseln, wie er es immer tut. Während er sprach, beobachtete er die ganze Zeit ein fremdes Schiff.

»Ich kann es nicht genau erkennen«, sagte er, »aber es scheint ein russisches Schiff zu sein. Es kreuzt da draußen so verrückt, der Kapitän scheint nicht bei Verstand zu sein. Man sieht doch ganz klar den Sturm kommen, aber der Kapitän kann sich nicht entscheiden, ob er nach Norden auf die offene See zu halten oder hier in den Hafen einlaufen soll. Sehen Sie nur! Das Schiff ändert die Richtung mit jedem Windstoß! Na, bis morgen um diese Zeit werden wir von diesem Schiff noch einiges hören.«

Kapitel Sieben

Ausschnitt aus The Dailygraph, 8. August

(eingeklebt in Mina Murrays Journal)
Von einem Korrespondenten

Whitby
Die Stadt erlebte einen der schwersten und überraschendsten Stürme seit Menschengedenken mit einigen sehr merk- und denkwürdigen Ergebnissen. Vorangegangen war recht schwüles Wetter, wie es im August indes nicht ungewöhnlich ist. Der Samstagabend war so angenehm, wie man sich das nur wünschen kann, und die vielen Gruppen von Urlaubern hatten gestern Ausflüge in die Mulgrave Woods, zur Robin Hood's Bay, nach Rig Mill, Runswick, Staithes und zu den anderen Sehenswürdigkeiten rund um Whitby unternom-

men. Die Dampfer *Emma* und *Scarborough* absolvierten die üblichen Ausflugsfahrten entlang der Küste, und es herrschte ein ungewöhnlich starker Besucherverkehr von und nach Whitby. Der Tag war besonders schön bis zum Nachmittag, als sich einige der Gerüchte zu bewahrheiten schienen, die sich um den Kirchhof auf den östlichen Klippen ranken, von wo aus man die See nach Osten und Norden sehen kann, so weit das Auge reicht. Es entstanden einige seltsame Wolkenformationen. Zu dieser Zeit blies der Wind aus Südwest mit einer Stärke von nicht mehr als *zwei,* was nach der Skala einer *leichten Brise* entspricht. Die diensthabende Küstenwache machte sofort Meldung, und ein alter Fischer, der seit mehr als einem halben Jahrhundert von den östlichen Klippen aus die Anzeichen für Wetterumschwünge beobachtet hat, sagte mit großem Nachdruck einen schweren Sturm voraus. Der beginnende Sonnenuntergang war so reizvoll, so grandios mit seinen herrlich gefärbten Wolkenbergen, daß es auf dem Weg oben auf den Klippen einen wahren Menschenauflauf gab, weil sich niemand dieses Naturschauspiel entgehen lassen wollte. Bevor sich dann die Sonne hinter der schwarzen Masse von Kettleness zur Ruhe begab, zeichnete sie sich in ganzer Pracht gegen den Himmel im Westen ab, und ihr Weg hinunter war wie gepflastert mit Myriaden kleiner Wölkchen in allen Farben des Regenbogens – flammendes Rot, Purpur, Rosa, Grün, Violett und alle nur denkbaren Goldtöne; nur hier und da unterbrochen von kleinen dunklen Flecken in allen Schattierungen, die wie scharf umrissene Silhouetten am Firmament standen. Die Maler ließen sich dieses einmalige Schauspiel nicht entgehen, und im nächsten Jahr werden wir sicher eine Fülle neuer Bilder zum Thema »Vor dem großen Sturm« kaufen können. Mehr als ein Kapitän entschloß sich, sein Schiff vor Anker zu lassen, bis der Sturm vorbei war. Abends schlief der Wind dann fast völlig ein, und um Mitternacht herrschte Totenstille, dazu Schwüle von einer

Intensität, wie sie empfindlichen Menschen schon immer sehr zugesetzt hat. Auf See waren nur wenige Lichter zu sehen, denn selbst die Küsten-Schoner mieden die See, und nur einige wenige Fischerboote waren noch sichtbar. Der einzig bemerkenswerte Segler war ein fremder Schoner, der alle Segel gesetzt hatte und offensichtlich auf Westkurs war. Der Unverstand oder die Ignoranz der Besatzung war ein bevorzugtes Thema der Schaulustigen, solange das Schiff noch zu sehen war, und allenthalben wurde versucht, der Besatzung Zeichen zu geben, man solle doch angesichts der heraufziehenden Gefahr einen Teil der Segel streichen. Als endgültig die Nacht hereinbrach, wurde das Schiff noch immer mit schlaff herunterhängenden Segeln gesichtet, wie es in der langen Dünung rollte.

So reglos wie ein gemaltes Schiff
auf einem gemalten Ozean.

Kurz vor zehn wurde die Stille geradezu drückend, und das Schweigen der Natur war so markant, daß das Blöken eines Schafes landeinwärts oder das Bellen eines Hundes in der Stadt deutlich zu hören war, und die Kapelle auf der Pier mit ihren flotten französischen Klängen wirkte wie ein Schandfleck auf der erhabenen Stille und Harmonie der Natur. Kurz nach Mitternacht dann erhob sich über der See ein seltsames Geräusch, und hoch oben in der Luft war ein feines, hohl klingendes Singen und Pfeifen zu hören.

Und dann brach ohne die geringste Vorwarnung das Unwetter los. Mit einer Geschwindigkeit, die zu diesem Zeitpunkt einfach unglaublich schien und die man sich auch im nachhinein kaum noch wirklich vorzustellen vermag, verkehrte sich der Zustand der Natur in sein genaues Gegenteil. Die Wogen erhoben sich mit Urgewalten, jede nachfolgende höher als ihre Vorgängerin, bis innerhalb von Minuten die bis dahin so ruhige See röhrte wie ein blutrünstiges Monstrum. Weißgekrönte Brecher schlugen schwer auf den sandigen

Strand und leckten an den Felshängen empor; andere schlugen über die Piers und bedeckten mit ihren Schaumkronen die Grundmauern der Leuchttürme, die sich beiderseits der Hafeneinfahrt von Whitby erheben. Der Wind heulte wie Donner und blies mit solcher Gewalt, daß es selbst einem kräftigen Mann schwerfallen mußte, auf den Beinen zu bleiben, wenn er sich nicht irgendwo an einem eisernen Geländer festhalten konnte. Es war erforderlich, die Piers vollständig für die Massen von Schaulustigen zu sperren, andernfalls wären die fatalen Folgen dieser Nacht gänzlich unabsehbar geworden. Zu den so plötzlich aufgekommenen Gefahren kam noch, daß dichte Nebelbänke vom Meer her aufs Land getrieben wurden – weiße, feuchte Wolken, die in geisterhaften Formationen dahintrieben, so naß und kalt, daß nicht mehr viel Phantasie dazu gehörte, sich vorzustellen, die Geister derer, die auf See geblieben waren, berührten ihre lebenden Brüder mit der eiskalten Hand des Todes, und mehr als einer schauderte, als die Nebelbänke auch über ihn herfielen. Mitunter riß der Nebel auf, und auf eine gewisse Entfernung hin war dann die See im Widerschein der Blitze einzusehen, die jetzt schwer und in immer rascherer Folge am Himmel aufleuchteten, jedesmal gefolgt von solchen Donnerschlägen, daß der ganze Himmel unter der Last der Fußstapfen des Donners zu beben schien. Manche der hier beschriebenen Szenen waren von unbeschreiblicher Großartigkeit und Faszination – die See, wie sie den ganzen Berg hinaufwollte und dabei ganze Berge von Schaum gen Himmel schickte, der dann irgendwo im Nichts zu verschwinden schien; hier und da ein Fischerboot mit zerfetzten Segeln auf der Flucht vor den Urgewalten und auf der Suche nach sicherem Schutz; dann und wann die weißen Flügel vom Sturm zerzauster Seevögel. Auf der höchsten Erhebung der östlichen Klippen war der neue Suchscheinwerfer einsatzbereit, aber noch nicht erprobt worden. Die diensthabenden Beamten nahmen ihn in

Betrieb, und sobald sich auch nur die geringste Lücke in den treibenden Nebelschwaden auftat, tasteten sie mit dem starken Strahl die Oberfläche des Meeres ab. Ein- oder zweimal war die Suche erfolgreich, wie zum Beispiel, wenn wieder einmal ein Fischerboot, das Dollbord schon unter der Wasserlinie, in den Hafen einlief und es mit Hilfe des starken Lichts gerade noch schaffte, nicht auf die Pier geworfen zu werden, wo es mit Sicherheit zerschellt wäre. Jedesmal, wenn es wieder einem Boot gelungen war, den schützenden Hafen zu erreichen, erhob sich an Land ein Triumphgeschrei bei den Schaulustigen, ein Geschrei, das für einen Moment den Sturm zu besiegen schien und dann gleich wieder verwehte. Es dauerte auch nicht mehr lange, bis der Suchscheinwerfer in einiger Entfernung einen Schoner erfaßte, der alle Segel gesetzt hatte, offenbar dasselbe Fahrzeug, das bereits früher am Abend gesichtet worden war. Inzwischen hatte der Wind auf Ost gedreht, und die Zuschauer auf den Klippen erfaßte ein Schauder angesichts der großen Gefahr, in der sich Schiff und Mannschaft befanden. Zwischen ihm und dem Hafen lag das große flache Riff, auf das schon so manches gute Schiff im Laufe der Zeit geworfen worden war, und so, wie der Wind jetzt stand, schien es ausgeschlossen, daß das Schiff die Hafeneinfahrt würde erreichen können.

Es war inzwischen die Stunde der höchsten Flut, aber die Wogen gingen so gigantisch, daß in den Tälern zwischen ihnen schon fast die Untiefen der Küste sichtbar wurden; und der Schoner mit seinem vollen Segelzeug fuhr so schnell, daß er, um mit den Worten eines Seebären zu sprechen ›irgendwo ankommen mußte, und wenn es in die Hölle wäre‹. Dann zog eine neue dichte Nebelbank heran, größer als alle vorangegangenen – ein gewaltiges Gebirge aus kaltem Meeresnebel, der sich wie ein graues Tuch über alles zu legen schien und den Menschen zur Orientierung nur noch die Ohren ließ, denn das Brausen des Gewitters und das Krachen der Donnerschläge im Verein mit dem Klatschen der mächtigen Brecher drang jetzt nur noch um so lauter durch das naßkalte Inferno. Die Strahlen des Suchscheinwerfers waren starr auf die Hafeneinfahrt jenseits der östlichen Pier gerichtet, wo man allgemein den Aufprall erwartete, und die Männer warteten in atemloser Spannung ab. Der Wind drehte plötzlich auf Nordost, und die Reste des Meeresnebels lösten sich im Sturm auf; und dann – Wunder über Wunder – tanzte der fremde Schoner von Woge zu Woge zwischen den beiden Piers mit allen Segeln vor dem Wind und erreichte tatsächlich die Sicherheit des Hafens. Der Suchscheinwerfer folgte ihm, und allen, die ihn sahen, lief ein Schauder den Rücken hinunter, denn am Ruder war ein Leichnam mit baumelndem Kopf festgebunden, der bei jeder Bewegung des Schiffs schauerlich hin und her schwang. Darüber hinaus war keine andere Gestalt an Deck zu sehen. Alle überfiel das nackte Grauen, als sie begriffen, daß dieses Schiff, das wie durch ein Wunder in den sicheren Hafen eingelaufen war, von einem Toten geführt worden war! Der Schoner legte keine Pause ein, sondern schoß quer durch den Hafen und bohrte sich in eine größere Ansammlung von Treibsand und Geröll, das von vielen Fluten und Stürmen in der südöstlichen Ecke der Pier unter der Klippe zusammengetrieben worden war und hier nur die *Tate Hill Pier* genannt wird.

Natürlich gab es beträchtlichen Schaden, als das Schiff auf die Sandbank auflief. Alle Spiere, Taue und Aufbauten gingen zu Bruch. Was aber am erstaunlichsten war, war folgendes: Der Schiffsrumpf hatte kaum den Boden berührt, als ein riesenhafter Hund aus dem Bauch des Schiffes an Deck geflogen kam, als sei er von dem Aufprall hinausgeschleudert worden, und dann sofort von Bord sprang. Ohne Zögern jagte er auf die steilen Klippen zu, wo der Kirchhof so steil zum Sandstrand abfällt, daß einige der flachen Grabsteine noch die Stelle markieren, an der einst die Klippe abgebrochen ist, und verschwand in der Dunkelheit.

Als dies geschah, befand sich niemand am *Tate Hill Pier,* denn die, die ihre Häuser in der Nähe hatten, lagen entweder schon in ihren Betten oder waren oben auf den Höhen. So kam es, daß der Beamte der Küstenwache, der auf der Ostseite des Hafens Dienst hatte und sofort auf die kleine natürliche Pier hinauslief, als erster an Bord kletterte. Die Männer, die den Suchscheinwerfer bedienten, suchten mit dem scharfen Strahl wieder den Hafeneingang ab, und als sie dort nichts erkennen konnten, schwenkten sie auf das Wrack zurück. Der Mann von der Küstenwache lief hinüber. Als er am Steuerruder angekommen war, beugte er sich vor, um sofort wieder zurückzuprallen. Das trieb die allgemeine Neugier endgültig auf den Gipfel, und eine große Anzahl der Zuschauer rannte los. Von den westlichen Klippen bei Dawbridge bis zum Tate Hill Pier ist es ein gutes Stück Wegs, doch ich bin ein guter Langstreckenläufer und kam als erster der Gruppe an. Trotzdem fand ich auf der Pier schon eine beträchtliche Anzahl Leute vor, als ich ankam. Polizei und Küstenwache verwehrten den Leuten das Betreten des Schiffes. Doch der Leitende Bootsmaat der Küstenwache ließ mich dann freundlicherweise als ihren Korrespondenten doch an Bord kommen, und so gehörte ich zu einer kleinen Gruppe von Leuten, die den toten Seemann zu Gesicht bekamen, solange er noch an das Steuerruder gebunden war.

Es verwunderte nicht, daß der Küstenwächter überrascht, gar entsetzt gewesen war, weil sich ein solcher Anblick wohl nicht alle Tage bietet. Der Mann war nur mit den Händen an eine Speiche des Ruders gefesselt, eine über der anderen. Zwischen der inneren Hand und dem Holz befand sich ein Kruzifix. Die Perlenschnüre, an denen es befestigt war, waren um Handgelenke und Steuerrad geschlungen, und das alles wurde von der Kordel der Perlenschnur gehalten. Der arme Bursche könnte anfangs auf einem Schemel gesessen haben, doch das Schlagen und Rütteln der Segel hatte sich auf das

Ruder übertragen und ihn hin und her gerissen, so daß die Schnüre, mit denen er sich an das Ruder gefesselt hatte, sich bis auf die Knochen in seine Handgelenke eingeschnitten hatten. Alles wurde akkurat notiert, und ein Arzt – der Chirurg J. M. Caffyn vom East Elliot Platz –, der gleich nach mir an Bord kam, erklärte nach einer kurzen Untersuchung, der Mann müsse schon mindestens zwei Tage tot sein. In seiner Tasche fand sich eine sorgfältig verkorkte Flasche. Sie war bis auf einen zusammengerollten Zettel leer. Das Blatt Papier erwies sich als der Nachtrag zum Logbuch.

Der Beamte der Küstenwache sagte aus, der Mann müsse sich selbst die Hände zusammengebunden und die Knoten mit den Zähnen festgezogen haben. Der Umstand, daß der Beamte der Küstenwache als erster an Bord kam, könnte später vor dem Seefahrtsgericht noch einige Komplikationen nach sich ziehen; Beamte der Küstenwache können nämlich keinen Anspruch auf das Bergungsgut stellen. Das ist das Recht des ersten Zivilisten, der seinen Fuß auf ein gestrandetes Wrack setzt. Aber die rechtskundigen Zungen stehen bereits nicht mehr still, und ein junger Jura-Student versichert inzwischen lautstark, daß die Rechte des Eigners bereits vollständig erloschen seien, da sein Eigentum im Verstoß gegen das Recht der Toten Hand (unveräußerliches Gut) von einer *toten Hand* gehalten wurde, weil sich die Ruderpinne als Wahrzeichen, wenn nicht gar als Beweis, für einen delegierten Besitz in dieser befand. Überflüssig zu sagen, daß der tote Steuermann unverzüglich von dem Ort entfernt worden war, wo er ehrenvolle Wacht bis in den Tod gehalten hatte, und ins Leichenschauhaus gebracht wurde, wo die sterblichen Überreste näher untersucht werden.

Der so plötzlich hereingebrochene Sturm ebbt schon wieder ab, und seine Gewalt und Wildheit lassen nach. Die Menschenmengen sind auf dem Heimweg, und über den Mooren von Yorkshire beginnt sich der Himmel zu röten. Rechtzeitig für die nächste Ausgabe werde ich weitere Details über das Wrack, das auf so wundersame Weise seinen Weg in den Hafen gefunden hat, übermitteln.

Whitby

9. August: – Was auf die sonderbare Ankunft des Wracks im Sturm der letzten Nacht folgte, ist fast noch aufregender als die Sache selbst. Es stellte sich heraus, daß es sich um einen russischen Schoner aus Varna handelt. Der Name ist *Demeter.* Er hat fast ausschließlich feinen Sand als reinen Ballast an Bord neben einer geringen Fracht – einer Anzahl großer Kisten voller Humuserde. Diese Fracht war bestimmt für einen Agenten aus Whitby, Mr. S. F. Billington, Crescent Nr. 7. Dieser kam morgens an Bord und nahm formell die an ihn adressierten Güter in Besitz. Der russische Konsul erschien ebenfalls und nahm das Schiff im Namen der Charter-Gesellschaft in Besitz, nachdem er alle Hafengebühren bezahlt hatte. Dieser höchst merkwürdige Zwischenfall ist das einzige Gesprächsthema hier; die Beamten des *Board of Trade* achteten peinlich genau darauf, daß alles in Übereinstimmung mit den bestehenden Gesetzen und Verordnungen geregelt wurde. Da der ganze Vorfall wie ein »Wunder des neunten Tages« erscheint, sind sie offensichtlich entschlossen, jegliche Möglichkeit späterer Komplikationen von vornherein auszuschließen. Großes Interesse fand auch der Hund, der an Land sprang, als das Schiff auflief, und eine nicht geringe Anzahl von Mitgliedern der S. P. C. A. ›Society for the Prevention of Cruelty to Animals (Gesellschaft zur Verhinderung von Grausamkeiten gegen Tiere) – heute: R. S. P. C. A. – Royal Society ..., d. Übers.‹, die großen Einfluß in Whitby hat, hat versucht, sich des Tieres anzunehmen. Doch zur allgemeinen Enttäuschung konnte es nicht aufgefunden werden; es scheint ganz aus der Stadt verschwunden zu sein. Es könnte sein, daß es verschreckt gewesen ist und ins Moor flüchtete,

wo es sich noch immer angsterfüllt verbirgt. Es gibt einige, die eine solche Möglichkeit voller Sorge in Betracht ziehen, da es später einmal selbst zu einer Gefahr werden könnte, denn es handelte sich in jedem Fall um ein halb wildes Tier. Heute morgen sehr früh wurde ein großer Hund, ein Mastiff-Halbblut, der einem Kohlenhändler nahe dem Tate Hill Pier gehörte, in einer Seitenstraße direkt gegenüber der Toreinfahrt seines Besitzers tot aufgefunden. Er wies Kampfspuren auf und mußte einen gefährlichen Gegner gehabt haben, denn seine Kehle war zerfetzt und sein Leib aufgeschlitzt wie von der Klaue eines Raubtieres.

Später: – Freundlicherweise gestattete mir ein Inspektor des *Board of Trade,* Einblick in das Logbuch der *Demeter* zu nehmen, das bis auf die letzten drei Tage ordentlich geführt worden war und nichts von besonderem Interesse enthielt bis auf die Umstände des Verschwindens der Besatzungsmitglieder. Größeres Interesse verdient in jedem Fall das Papier, das in der Flasche gefunden worden war und das heute im Zusammenhang mit der gerichtsmedizinischen Untersuchung vorgelegt wurde. Da es keinerlei Gründe für eine Geheimhaltung gibt, habe ich Erlaubnis, davon Gebrauch zu machen, und übersende Ihnen beiliegend eine Abschrift, in der lediglich einige technische Einzelheiten hinsichtlich bestimmter seemännischer und versandtechnischer Umstände fehlen. Danach sieht es beinahe so aus, als sei der Kapitän von einer Art Manie besessen gewesen, bevor er zur See gefahren ist, und daß diese Manie sich während seiner letzten Fahrt kontinuierlich weiterentwickelt hat. Natürlich muß mein Bericht mit wohlwollendem Verständnis aufgenommen werden, denn ich schreibe nach dem Diktat eines russischen Konsularbeamten, der mir angesichts der Kürze der Zeit freundlicherweise die Texte übersetzte.

Zusatz zum Logbuch der ›Demeter‹

Von Varna nach Whitby

Geschrieben am 18. Juli, da Dinge von solcher Absonderlichkeit sich zugetragen, daß ich hinfort akkurat ein jedes Ereignis gesondert aufzeichnen muß, bis wir landen.

Am 6. Juli nahmen wir Ladung an Bord, welche aus weißem Sand und Kisten voller Erde bestand. Setzten Segel des Nachmittags. Frischer Wind aus Ost. Mannschaft besteht aus fünf Matrosen, dazu zwei Maate, ein Koch und ich selbst (Kapitän).

Liefen am 11. Juli bei Einbruch der Dämmerung in den Bosporus ein. Türkische Zollbeamte an Bord. Durchsuchung. Alles in Ordnung. Wieder Fahrt aufgenommen um sechzehn Uhr.

Am 12. Juli Dardanellen passiert. Wieder Zoll und Grenzpolizei an Bord. Erneute Durchsuchung. Beamte arbeiteten schnell, aber gründlich. Forderten uns zu baldigem Verlassen der Hoheitsgewässer auf. Bei Dunkelheit in Ägäis eingelaufen.

Passierten am 13. Juli Kap Matapan. Crew wegen irgend etwas unzufrieden. Männer schienen beunruhigt, sagten aber nicht weswegen.

Am 14. Juli war die Mannschaft merkwürdig verängstigt. Alles erfahrene Männer, die schon bei früherer Gelegenheit mit mir gesegelt sind. Maat konnte nicht feststellen, was nicht in Ordnung gewesen sein könnte; sie sagten ihm nur, da sei ein *Etwas,* und bekreuzigten sich. Maat verlor Beherrschung und schlug einen von ihnen nieder. Erwartete daraufhin wildes Aufbegehren, aber alles blieb still.

Maat berichtete am Morgen des 16. Juli, einer aus der Mannschaft, Petrofsky, sei abgängig. Konnte mir das aber nicht erklären. Nahm letzte Nacht selbst acht Stunden lang die Backbordwache, wurde von Abramoff abgelöst, ging aber noch nicht ins Logis. Männer niedergeschlagener denn je. Alle sagten, sie erwarteten etwas, wollten aber nicht mehr sagen, als daß *ein Etwas* an Bord sei. Maat wurde sehr ungeduldig mit ihnen; fürchtete heraufziehendes Ungemach.

Am 17. Juli, gestern, kam einer von ihnen, Olgarem, in meine Kabine und gestand mir mit allen Anzeichen des Schreckens, er sei davon überzeugt, daß ein seltsamer Mann an Bord sei. Er berichtete, während seiner Wache habe er Schutz hinter den Decksaufbauten gesucht, da Sturm geherrscht habe, als er einen großen, dünnen Mann gesehen habe, der niemandem aus der Mannschaft ähnlich gesehen habe. Er sei über den Niedergang nach oben gekommen, auf das Vordeck gegangen und dann verschwunden. Er war ihm vorsichtig gefolgt, doch als er am Bug anlangte, konnte er niemanden entdecken, und die Luken waren alle verschlossen. Er befand sich in einem Zustand echter Panik, und ich fürchtete, diese Panik könnte sich ausbreiten. Um dem vorzubeugen, werde ich heute das ganze Schiff vom Bug bis zum Heck sorgfältig durchsuchen.

Später am Tag rief ich die gesamte Mannschaft zusammen und sagte den Leuten, da sie ja offensichtlich davon überzeugt seien, es befinde sich noch jemand an Bord, würden wir jetzt alle gemeinsam das Schiff vom Bug bis zum Achtersteven durchsuchen. Zuerst der Maat wütend; sagte, das sei unsinnig und es könne nur demoralisierend auf die Leute wirken, wenn man auf derart närrische Ideen auch noch ernsthaft einginge; sagte, er werde sie notfalls mit dem Ladebaum von ihren Problemen erlösen. Ich ließ ihn das Ruder nehmen, während der Rest sich an die Durchsuchung machte. Dabei blieben sie immer nahe beieinander und benutzten Laternen, um auch noch im letzten Winkel nachzusehen. Da wir nur die großen, viereckigen Kisten geladen hatten, gab es nirgends versteckte Winkel, in denen sich ein Mensch hätte verbergen können. Männer sehr erleichtert, als Suche vorüber, und gingen wieder freudig an ihre Arbeit. Erster Maat machte finsteres Gesicht, sagte aber nichts.

22. *Juli:* – Rauhes Wetter in den letzten drei Tagen und alle Mann an den Segeln beschäftigt – keine Zeit, besorgt zu sein. Männer scheinen ihre Ängste vergessen zu haben. Maat wieder gut gelaunt und alle gesund. Lobte die Männer für gute Arbeit bei schwerem Wetter. Passierten Gibraltar und sind durch die Meerenge hinaus ins freie Wasser gefahren. Alle wohlauf.

24. *Juli:* – Über dem Schiff scheint ein Fluch zu liegen. Mannschaft ohnehin schon um eine Hand dezimiert bei schlechtem Wetter auf dem Weg in die Biscaya, und vergangene Nacht schon wieder ein Mann abgängig – einfach verschwunden. Wie der erste ging auch er auf Wache und wurde nie wieder gesehen. Männer in totaler Panik; habe mit Engelszungen geredet und gefragt, ob doppelte Wachen gewünscht werden, weil alle Angst haben, allein auf Wache zu gehen. Maat rasend vor Wut. Fürchte, es gibt Ärger, und entweder er oder die Männer werden gewalttätig.

28. *Juli:* – Vier Tage in der Hölle, umhergetanzt wie im Orkan der Unterwelt, der Wind ununterbrochen in Sturmstärke. Für keinen von uns eine Mütze voll Schlaf. Die Männer völlig ausgelaugt. Weiß kaum noch, wie ich eine Wache organisieren soll, weil niemand mehr auf eigenen Füßen stehen kann. Zweiter Maat übernahm Ruder und Wache und ließ den Männern ein paar Stunden Schlaf. Wind abnehmend; immer noch schwere Seen, aber ich spüre sie nicht mehr ganz so schlimm, weil Schiff ruhiger läuft.

29. Juli: – Neue Tragödie. Hatte Einzelwachen heute nacht eingeteilt, weil Männer zu müde, um Doppelwachen aufzustellen. Als die Morgenwache an Deck kam, konnte sie niemand entdecken außer dem Steuermann. Schrie Alarm, und alle kamen an Deck. Sorgfältige Suche, aber niemand gefunden. Sind nun ohne Zweiten Maat, und Mannschaft ist in Panik. Maat und ich einig, hinfort bewaffnet auf Wache zu gehen und auf Hinweise für den Grund zu achten.

30. Juli: – Letzte Nacht. Hocherfreut, daß wir uns England nähern. Wetter gut, alle Segel gesetzt. Mannschaft ausgelaugt; Freiwachen schlafen lautstark; wurde von Maat geweckt, der mir erzählte, beide Wachen und der Steuermann seien verschwunden. Nur noch ich, der Maat und zwei Matrosen übrig, um das Schiff zu führen.

1. August: – Zwei Tage Nebel und kein einziges Segel gesichtet. Hatte gehofft, Notsignale geben oder irgendwo anlanden zu können, wenn im Englischen Kanal angekommen. Aber da keine Kraft mehr, Segel zu arbeiten, müssen wir vor dem Wind laufen. Wage nicht, sie zu streichen, weil keine Kraft mehr, sie wieder zu setzen. Wir scheinen in irgendein Unheil hineinzutreiben. Maat jetzt demoralisierter als auch nur einer der anderen. Seine stärkere Natur scheint sich innerlich inzwischen gegen ihn selbst gewandt zu haben. Die Matrosen scheinen jenseits aller Angst, arbeiten stur und geduldig und sind aufs Schlimmste gefaßt. Sie sind Russen, jener Rumäne.

2. August, Mitternacht: – Bin nach wenigen Minuten Schlaf aufgewacht, nachdem ich vor meiner Kajüte einen Schrei gehört hatte. Konnte nichts sehen im Nebel. Eilte an Deck und stieß gegen Maat. Erzählt mir, hat Schrei gehört und ist losgerannt, konnte aber Wache nirgends finden. Wieder einer abgängig! Großer Gott, hilf uns! Maat sagt, wir müßten Straße von Dover hinter uns haben, denn einen kurzen nebelfreien Augenblick lang hat er North Foreland gesehen, kurz bevor er Mann schreien hörte. Wenn das stimmt, sind wir jetzt in der Nordsee, und nur Gott kann uns im Nebel noch leiten, der sich mit uns zu bewegen scheint; und Gott scheint uns verlassen zu haben.

3. *August:* – Um Mitternacht ging ich, den Mann am Ruder abzulösen, doch als ich anlangte, konnte ich dort niemanden finden. Der Wind war stetig, und wie wir so vor ihm her liefen, gab es keine Abweichungen vom Kurs. Ich wagte nicht, das Ruder zu verlassen, und so rief ich nach dem Maat. Ein paar Sekunden später kam er in Unterhosen an Deck. Er sah mit aufgerissenen Augen wild und mitgenommen um sich, und ich fürchte sehr, die klare Überlegung hat ihn gänzlich verlassen. Er kam ganz nahe zu mir heran und flüsterte heiser, den Mund direkt an meinem Ohr, als fürchte er sogar, die Luft könne noch mithören: »Es ist hier; ich weiß es, jetzt. Auf Wache letzte Nacht habe ich das Etwas gesehen, es war wie ein Mann, groß und dünn und geisterhaft bleich. Es war am Bug und hielt Ausschau. Ich kroch hinter Es und gab Ihm mein Messer; doch das Messer ging durch Es hindurch wie durch die leere Luft.« Während er sprach, nahm er sein Messer und stieß es voll ungezügelter Wildheit ins Leere. Dann fuhr er fort: »Aber Es ist hier, und ich werde Es finden. Es ist im Laderaum, vielleicht in einer der Kisten. Ich werde eine nach der anderen aufschrauben und nachsehen. Bleiben Sie so lange am Steuer.« Und mit einem warnenden Blick und dem Finger auf den Lippen stieg er hinunter. Ein böiger Wind hatte sich aufgemacht, und ich konnte das Steuer nicht verlassen,

Ich sah ihn wieder an Bord kommen und dann mit einem Werkzeugkasten und einer Laterne den vorderen Niedergang hinuntersteigen. Er ist wahnsinnig, voll und ganz wahnsinnig, und es ist sinnlos, ihn aufhalten zu wollen.

Er kann diesen schweren Kisten nichts anhaben: sie sind deklariert als ›Lehm‹, und sich mit ihnen zu beschäftigen ist vertane Zeit. So bleibe ich also hier, halte das Ruder und schreibe diese Zeilen. Ich kann nur auf Gott vertrauen und warten, daß sich der Nebel hebt. Wenn ich dann mit den herrschenden Windverhältnissen keinen Hafen anlaufen kann, werde ich die Segel kappen und liegenbleiben, um Hilfesignale zu setzen …

Jetzt ist nahezu alles aus. Gerade war ich bereit zu hoffen, der Maat werde etwas weniger erregt zurückkehren – denn ich hörte, wie er auf etwas im Laderaum einschlug, und körperliche Betätigung tut ihm immer gut –, da drang über den Niedergang ein abgehackter, schriller Schrei, der mir das Blut gefrieren ließ, und dann erschien er an Deck wie von einer Kanone abgeschossen – ein rasender Irrer mit rollenden Augen und das Gesicht vor Furcht verzerrt. »Rettet mich! Rettet mich!« schrie er und blickte sich in den dichten Nebeln um. Sein Entsetzen wandelte sich zu schierer Verzweiflung, und mit ruhiger Stimme setzte er hinzu: »Sie sollten besser mit mir kommen, Kapitän, bevor es zu spät ist. *Er* ist hier. Ich kenne jetzt das Geheimnis. Die See wird mich vor Ihm retten, etwas anderes bleibt mir nicht mehr!« Bevor ich noch ein Wort sagen oder ihn an der Schulter packen konnte, sprang er auf die Reling und stürzte sich hinunter in die See. Ich glaube, ich kenne das Geheimnis jetzt ebenfalls. Es war dieser Wahnsinnige, der einen nach dem anderen aus der Mannschaft loswerden wollte und der ihnen jetzt gefolgt ist. Gott steh mir bei! Wie soll ich all diese Schrecken nur verantworten, wenn ich in irgendeinen Hafen einlaufe? *Wenn* ich je in einen Hafen einlaufen sollte! Wird das überhaupt je passieren?

4. August: – Immer noch Nebel, den auch der Sonnenaufgang nicht zu durchdringen vermag. Ich weiß, daß jetzt die Sonne aufgeht, denn ich bin Seemann. Ich wagte nicht, hinunterzugehen, wagte nicht, das Ruder alleinzulassen, und so blieb ich den ganzen Tag über bis in die Nacht an Deck, und in der Dunkelheit der Nacht sah ich Es – Ihn! Gott vergib mir, doch der Maat hatte recht, einfach über Bord zu springen. Es ist besser, wie ein Mann zu sterben; niemand kann etwas dagegen einwenden, daß ein Seemann im blauen Wasser der See zu Tode kommt. Aber ich bin Kapitän, und ich darf mein Schiff nicht im Stich lassen. Doch ich werde diesen Dämon, dieses Monster vor ein Rätsel stellen, denn ich werde meine Hände an das Steuerrad binden, wenn meine Kräfte nachzulassen beginnen, und mit ihnen werde ich das an das Ruder binden, das Er – Es! – nicht anzurühren wagen wird; und dann – gute Winde oder schlechte – werde ich meine Seele retten *und* meine Ehre als Kapitän. Ich werde schwächer, und wieder bricht die Nacht herein. Wenn Er mir wieder ins Gesicht sehen kann, könnte mir die Zeit fehlen, noch etwas zu unternehmen ... Sollten wir untergehen, so möge dereinst diese Flasche gefunden werden und die, die sie finden, mögen verstehen; wenn nicht ... nun, dann sollen alle Menschen wissen, daß ich meinem Glauben treu geblieben bin. Gott und die Heilige Jungfrau und alle Heiligen mögen einer armen, unwissenden Seele helfen, die weiter nichts will als versuchen, ihre Pflicht zu tun ...

Natürlich war das Urteil offen. Es gibt keinen Beweis, der sich anführen ließe; und ob sich der Mann nun der Morde an den anderen bezichtigte oder nicht, es war niemand mehr da, der etwas hätte aussagen können. Die Leute hier halten fast einmütig dafür, daß der Kapitän schlicht ein Held sei, und man wird ihm ein öffentliches Begräbnis ausrichten. Es sind bereits

Vorbereitungen im Gange, seinen Leichnam in einer Bootsprozession ein Stück den Esk hinauf zu geleiten und ihn dann zurück zum *Tate Hill Pier* bringen und von dort die Stufen zur Abtei hinauftragen zu lassen, weil er auf dem Friedhof auf den Klippen beerdigt werden soll. Es sollen schon mehr als hundert Bootseigner ihre schriftliche Zusage gegeben haben, ihm an sein Grab zu folgen.

Von dem großen Hund, um den hier sehr viel getrauert wird, wurde noch immer keine Spur gefunden; so, wie sich die öffentliche Meinung im Moment darstellt, würde er wohl, wie ich annehme, von der Stadt adoptiert werden. Morgen wird nun die Beerdigung stattfinden und damit ein anderes ›Mysterium der See‹ sein Ende finden.

Das Journal der Mina Murray

8. August: – Lucy war die ganze Nacht sehr unruhig, und ich konnte gleichfalls nicht schlafen. Der Sturm war angsteinflößend, und das Heulen im Kamin ließ mich schaudern. Einmal gab es einen lauten Knall wie von einer in der Ferne abgefeuerten Kanone. Merkwürdig genug, daß Lucy davon nicht erwachte; aber zweimal stand sie auf und zog sich an. Glücklicherweise erwachte ich jedesmal rechtzeitig und schaffte es, sie wieder auszuziehen und ins Bett zurückzubringen, ohne daß sie erwachte. Es ist eine höchst merkwürdige Sache, dieses Schlafwandeln, denn sobald ihr Wille in irgendeiner physischen Art und Weise ausgeschaltet ist, sind ihre normalen Verhaltensweisen wie abgeschaltet, verschwunden, und sie gibt die Routine ihres täglichen Lebens fast vollständig auf.

Morgens sind wir beide früh aufgestanden und zum Hafen hinuntergegangen, um zu sehen, ob während der Nacht etwas passiert ist. Es waren nur sehr wenige Leute unterwegs, und obwohl die Sonne hell vom Himmel schien und die Luft klar und frisch war, drängten sich mächtige Wogen, die wegen des schneeweißen Schaums, der sie bekränzte, sehr dunkel aussahen, durch die enge Hafeneinfahrt – fast wie ein bulliger Mann, der sich durch eine Menschenmenge drängt. Irgendwie war ich ganz froh, daß Jonathan letzte Nacht nicht auf See, sondern noch an Land war. Aber o weh! Ist er nicht vielleicht doch schon auf See, oder ist er wirklich noch an Land? Wo ist er – und wie geht es ihm?! Mich beschleicht langsam echte Angst, wenn ich an ihn denke. Wüßte ich doch nur, was ich tun könnte und ob ich überhaupt etwas tun kann!

10. August: – Die Beerdigung des armen Kapitäns heute morgen war wirklich bewegend. Jedes Boot im Hafen schien anwesend zu sein, und der Sarg wurde den ganzen Weg vom *Tate Hill Pier* bis hinauf zum Friedhof von Kapitänen auf den Schultern getragen. Lucy kam mit mir, und wir gingen schon früh zu unserem Aussichtsplatz, während der Geleitzug der Boote den Fluß bis zum Viadukt hinaufzog und dann wieder umkehrte. Wir hatten einen wunderschönen Blick und konnten die Prozession fast auf ihrem ganzen Weg verfolgen. Der arme Bursche wurde ganz in der Nähe unseres Stammplatzes beerdigt, und so konnten wir alles bestens beobachten. Die arme Lucy schien sehr aufgeregt. Die ganze Zeit über war sie unruhig und fahrig, und ich kann nicht anders als zu glauben, daß dies noch Nachwirkungen ihrer nächtlichen Träume sein müssen.

Eines an ihr ist ganz seltsam: Sie will mir gegenüber unter keinen Umständen zugeben, daß es für ihre Unruhe einen Grund geben muß; oder wenn es einen gäbe, meint sie, sei sie sich seines jedenfalls nicht bewußt. Nun gibt es einen zusätzlichen Grund für ihre Unrast, denn heute morgen wurde der arme alte Mr. Swales auf unserer Bank tot aufgefunden. Er hatte sich das Genick gebrochen. Der Doktor meinte, er sei ganz offensichtlich zu Tode erschrocken in seinen Sitz zurückgefallen, denn auf seinem Gesicht hatte ein Ausdruck solch namenlosen Horrors gestanden, daß die Männer, die ihn gefunden hatten, sagten, ihnen seien Schauder den Rücken hinuntergelaufen. Armer alter Mann! Vielleicht hat er mit seinen sterbenden Augen noch Gevatter Tod selbst gesehen! Lucy ist so zart und sensibel, daß sie auf alle äußeren Einflüsse viel stärker reagiert als andere Menschen. Gerade jetzt regte sie sich sehr über eine eigentlich unbedeutende Kleinigkeit auf, die mich persönlich nicht sonderlich berührt hätte, obwohl auch ich ausgesprochen tierlieb bin. Einer der Männer, die des öfteren hier heraufkommen, um den Schiffen und Booten zuzuschauen, brachte seinen Hund mit. Der Hund begleitet ihn überall hin. Beide sind friedvolle Zeitgenossen, und ich habe den Mann nie wütend erlebt, noch habe ich seinen Hund je bellen hören. Während der Zeremonie wollte der Hund nicht zu seinem Herrn kommen, der bei uns auf der Bank saß, sondern er hielt sich stets einige Yards abseits und bellte und heulte in einem fort. Sein Herrchen redete freundlich mit ihm, dann energischer und schließlich ärgerlich. Aber der Hund kam einfach nicht zu ihm und hörte auch nicht auf, Lärm zu machen. Er war wie in Rage, die Augen voller Wildheit und die Haare gesträubt wie der Schwanz einer Katze, wenn Pussy auf Kriegspfad ist. Schließlich wurde auch der Mann wütend, sprang auf und schlug den Hund, und dann packte er ihn im Nackenfell und zog ihn halb, halb warf er ihn auf den Grabstein, auf dem die Bank befestigt ist. In dem Augenblick, wo es den Stein berührte, wurde das arme Tier ruhig und verfiel ins Zittern. Es versuchte nicht wegzukommen, sondern kauerte sich nieder und zitterte und bebte an allen Gliedern und befand sich überhaupt in einem derart bejammernswerten Zustand, daß ich ganz unwillkürlich, aber ohne jeden Erfolg, versuchte, es ein wenig zu streicheln. Auch Lucy war voll Mitleid, aber sie versuchte nicht, den Hund zu berühren, sondern sah ihn nur mit beinahe starren Augen an. Ich fürchte, sie ist einfach viel zu sensibel, um ohne größere Schwierigkeiten durch diese Welt zu kommen. Ich bin sicher, sie wird heute nacht von diesem Erlebnis träumen. Das alles hier – das Schiff, das von einem Toten in den Hafen gesteuert worden war; der Kapitän, dessen Hände mit einem Kruzifix und einer Perlenschnur ans Steuerrad gefesselt waren; das bewegende Begräbnis; der Hund, der sich erst wie eine Furie gebärdete und dann vor Angst fast verging – das alles wird ihr hinreichend Stoff für neue Träume liefern.

Ich glaube, für sie wird es am besten sein, wenn sie erst zu Bett geht, wenn sie körperlich völlig erschöpft ist, also werde ich sie zu einem langen Spaziergang über die Steilküste bis zur Robin-Hood-Bay und zurück überreden. Danach wird sie kaum noch etwas dagegen einzuwenden haben, sofort ins Bett zu gehen.

Kapitel Acht

Das Journal der Mina Murray

Irgendwann, abends elf Uhr: – Oh, wie bin ich müde! Hätte ich mir dieses Journal nicht zur Pflicht gemacht, ich würde es heute nacht nicht öffnen. Es war ein wunderschöner Spaziergang. Lucy war in prächtiger Stimmung dank einiger Bullen, denke ich, die nahe dem Leuchtturm plötzlich auftauchten und uns zu Tode erschreckten. Ich glaube, in dem Augenblick haben wir alles vergessen bis auf unsere Furcht natürlich, und das wiederum machte den Geist klar und vertrieb ein wenig die dummen Gedanken. An der Robin-Hood-Bay bestellten wir uns einen großen Tee mit Rum in einem netten, altehrwürdigen Gasthof, von dem aus man durch ein hohes Bogenfenster einen ungehinderten Ausblick auf die von Wind und Wetter zerfressenen Felsen hatte. Ich glaube, wir hätten die Anhängerinnen der ›neuen Weiblichkeit‹ bestimmt mit unserem Appetit geschockt. Männer sind da toleranter, Gott segne sie! Danach gingen wir wieder heim und legten unterwegs etliche Pausen ein, um uns auszuruhen, doch immer trieb uns die Angst, wieder irgendwelchen wilden Bullen zu begegnen, schon bald wieder weiter. Lucy war rechtschaffen müde, und wir hatten fest vor, so schnell wie nur irgend möglich in die Betten zu kriechen. Der junge Vikar kam jedoch zu Besuch, und Mrs. Westenra bat ihn, zum Abendessen zu bleiben. Lucy und ich hatten eine herbe Auseinandersetzung mit dem Sandmännchen; jedenfalls war es von meiner Seite ein harter Kampf, und ich bin schon sehr heroisch. Ich meine, eines Tages sollten sich die Bischöfe einmal zusammensetzen und eine neue Rasse von Vikaren ausbrüten, die nicht zum Abendessen bleiben, ganz gleich, wie sehr man sie auch drängen mag, und die wissen, wann Mädchen müde sind. Lucy schläft und atmet schwach. Sie hat jetzt mehr Farbe in den Wangen als gewöhnlich und sieht ja so hübsch aus! Was würde Mr. Holmwood wohl gesagt haben, hätte er sie jetzt sehen können! Ich bin heute abend so glücklich, denn der armen Lucy geht es sichtbar besser. Ich glaube, wir haben den Ärger mit ihren Alpträumen überwunden. So könnte ich also rundum glücklich und zufrieden sein, wüßte ich nur, ob Jonathan … Gott segne und beschütze ihn.

11. August, drei Uhr morgens: Wieder Tagebuch. An Schlaf nicht zu denken, kann also ebensogut schreiben. Ich bin viel zu aufgeregt, um zu schlafen. Wir hatten ein solches Abenteuer, ein derart erschütterndes Erlebnis. Sobald ich mein Tagebuch geschlossen hatte, war ich eingeschlafen ... Ganz plötzlich war ich wieder hellwach und setzte mich mit einem schrecklichen Gefühl von Angst und Leere auf. Im Zimmer war es dunkel, und so konnte ich Lucys Bett nicht sehen; ich schlich hinüber und tastete nach ihr. Das Bett war leer. Ich riß ein Zündholz an und entdeckte, daß sie noch nicht einmal im Zimmer war. Die Tür war geschlossen, aber nicht verriegelt, obwohl ich sie abgeschlossen hatte. Ich fürchtete, ihre Mutter zu wecken, die in letzter Zeit ungewöhnlich oft krank war, und so zog ich mir was über und machte mich bereit, nach ihr zu suchen. Als ich das Zimmer schon verlassen wollte, kam mir der Gedanke, die Kleider, die sie angezogen hatte, könnten mir vielleicht einen Hinweis auf die Absichten geben, die ihr im Traum gekommen sein könnten. Ein Morgenrock würde dann auf das Haus deuten, ein Kleid auf einen Ort außerhalb des Hauses. Doch sowohl Morgenrock wie Kleid waren an ihrem Platz. »Gott sei Dank«, sagte ich zu mir selbst, »sie kann nicht weit sein, da sie ja nur ihr Nachthemd trägt.« Ich rannte die Treppen hinunter und sah ins Wohnzimmer. Nicht da! Dann schaute ich in alle anderen offenen Zimmer im Haus, und das prickelnde Gefühl unmittelbarer Gefahr wurde immer stärker. Schließlich kam ich an die Haustür und fand sie offen. Sie war nicht weit geöffnet, aber die Klinke hatte nicht eingerastet. Die Leute hier im Haus achten alle sorgsam darauf, die Haustür nachts abzuschließen, und deshalb fürchtete ich, Lucy könne in ihrem Nachthemd hinausgelaufen sein. Eine unbestimmte Furcht beherrschte mich. Ich nahm mir einen großen, warmen Schal und rannte hinaus. Die Uhr schlug eins, als ich in der *Crescent* war, aber nirgends wa auch nur eine Menschenseele zu sehen. Ich lief die *North*

Terrace entlang, konnte aber auch dort keine Spur von der weißen Gestalt sehen. Auf der Ecke der westlichen Klippen oberhalb der Pier blickte ich über den Hafen hinweg zur östlichen Pier in der Hoffnung, Lucy vielleicht auf unserer Lieblingsbank zu entdecken. Der Mond war voll und schien hell vom Himmel herab, über den dunkle schwere Wolken trieben, die die ganze Szenerie in einen ständigen Wechsel von hell und dunkel tauchten. Im ersten Augenblick konnte ich nichts entdecken, da der Schatten einer Wolke die ganze Gegend um St. Mary herum verdunkelte. Doch als dann der Schatten vorüberzog, sah ich die Ruinen der Abtei aus dem Dunkel auftauchen, und wie ein scharf umrissenes Band strich eine Lichtbahn über die Landschaft hin und ließ Kirche und Kirchhof deutlich hervortreten. Und dort auf unserer Lieblingsbank erhellte das silberne Licht des Mondes tatsächlich eine schneeweiße Gestalt. Doch die nächste verdunkelnde Wolke kam zu schnell heran, als daß ich mehr hätte erkennen können. Und dennoch schien mir, als habe etwas Dunkles hinter der Bank gestanden, auf der die weiße Gestalt gesessen hatte, und als habe sich dieses Etwas über die Gestalt gebeugt. Was es gewesen sein mochte, ob Mensch oder Bestie, konnte ich nicht sagen; ich wartete nicht, bis ich wieder einen Blick darauf erhaschen konnte, sondern flog die Stufen zur Pier hinunter und am Fischmarkt entlang zur Brücke, dem einzigen Weg, auf dem die östlichen Klippen zu erreichen waren. Die Stadt war wie ausgestorben. Meine Knie zitterten, und mein Atem kam nur noch stoßweise, als ich die endlosen Stufen zur Abtei hinauf eilte. Ich muß sehr schnell gelaufen sein, und doch schien mir, als hätte ich Blei in den Füßen und als seien alle meine Gelenke verrostet. Als ich schon fast ganz oben angekommen war, konnte ich die Bank und die weiße Gestalt darauf trotz der Dunkelheit deutlicher erkennen. Und da beugte sich ganz unzweifelhaft etwas langes, Dunkles über die zurückgelehnte weiße Gestalt. »Lucy! Lucy!« rief ich voll Angst und Schrecken, und das Etwas hob seinen Kopf. Von meinem Standort aus konnte ich ein weißes Gesicht mit roten, glühenden Augen darin sehen. Lucy antwortete nicht, und ich rannte weiter zum Eingang des Kirchhofes. Als ich ihn betrat, lag die Kirche genau zwischen mir und der Bank, und so verlor ich sie eine Minute lang aus den Augen. Als ich sie wieder sehen konnte, war die Wolke vorübergezogen, die den Mond verdunkelt hatte, und dieser schien jetzt so hell, daß ich Lucy deutlich erkennen konnte, wie sie da mit zurückgeneigtem Kopf halb auf der Rücklehne lag. Sie war völlig allein, und ringsum gab es auch nicht ein einziges Anzeichen für ein lebendes Wesen.

Als ich mich über sie beugte, konnte ich sehen, daß sie noch immer schlief. Ihre Lippen waren leicht geöffnet, und sie atmete – nicht flach wie sonst immer, sondern in tiefen, vollen Zügen, als wolle sie ihre Lungen mit jedem einzelnen Atemzug bis zum Bersten mit Luft füllen. Als ich mich ihr näherte, griff sie im Schlaf an den Kragen ihres Nachthemdes und zog ihn sich enger um den Hals zusammen. Dabei erzitterte ihr Körper leicht, als spüre sie die Kühle der Nacht. Ich warf meinen warmen Schal um sie und legte die Enden um ihren Hals zusammen, damit sie sich keine Erkältung holte. Ich hatte Angst, sie abrupt aufzuwecken, und daher befestigte ich den Schal mit einer großen Sicherheitsnadel an ihrem Hals, damit ich die Hände frei hatte, wenn sie Hilfe brauchte; doch muß ich in meiner Besorgnis wohl ein wenig ungeschickt gewesen sein und sie gepiekst haben, denn als sie langsam wach wurde und ihr Atem sich mehr und mehr beruhigte, führte sie die Hand erneut an die Kehle und stöhnte. Nachdem ich sie sorgfältig ein wenig abgerieben hatte, zog ich ihr meine Schuhe an die Füße und versuchte, sie vorsichtig aufzuwecken. Zuerst reagierte sie gar nicht auf meine Bemühungen; doch nach und nach wurde ihr Schlaf ruhiger, und sie stöhnte und seufzte immer öfter. Ich schüttelte sie nachdrücklicher, bis sie endlich die Augen öffnete und erwachte. Sie schien nicht überrascht, mich zu sehen, zumal sie verständlicherweise im ersten Moment gar nicht begriff, wo sie sich befand. Lucy war schon immer sehr hübsch gewesen, und selbst jetzt, da ihr Körper doch vor Kälte zittern und sie bestimmt irgendwie unangenehm berührt sein mußte, zu nächtlicher Stunde halbnackt auf einem Kirchhof aufzuwachen, verlor sie nichts von ihrer Grazie. Sie zitterte ein wenig und klammerte sich an mich; als ich sie aufforderte, auf der Stelle mit mir nach Hause zurückzukehren, erhob sie sich gehorsam wie ein kleines Kind und ohne jedes Widerwort. Als wir dann den Weg entlanggingen, taten die Kieselsteine meinen bloßen Füßen weh, und Lucy hörte mich klagen. Sie blieb stehen und bat mich inständig, doch wieder meine Schuhe anzuziehen, aber das wollte ich nicht. Als wir dann auf den Weg außerhalb des Kirchhofes kamen, wo noch kleine Wasserlachen vom letzten Unwetter übriggeblieben waren, schmierte ich mir die Füße mit Lehm ein, so daß niemand, der uns unterwegs vielleicht begegnen mochte, auf den Gedanken kommen konnte, ich ginge hier ohne Schuhe durch die Nacht.

Das Glück war uns hold, und wir kamen nach Hause, ohne jemandem zu begegnen. Einmal sahen wir allerdings einen Mann, der nicht mehr ganz nüchtern schien und der vor uns eine Seitenstraße überquerte; doch wir versteckten uns in einer Toreinfahrt, bis er in einem schmalen Durchgang verschwunden war, wie es sie hier viele gibt, eng und steil und verwinkelt. Die ganze Zeit über klopfte mein Herz so laut, daß ich Angst hatte, ich könnte ohnmächtig werden. Ich war voller Sorge um Lucy, nicht nur um ihre Gesundheit, die bei ihrem nächtlichen Ausflug Schaden genommen haben könnte, sondern mehr noch um ihre Reputation für den Fall, daß die ganze Sache publik werden sollte. Als wir wieder zu Hause waren, uns die Füße gewaschen und ein Dankgebet gesprochen hatten, brachte ich sie ins Bett. Bevor sie wieder einschlief, bat sie mich, ja sie flehte mich an, zu niemandem ein Wort über ihr schlafwandlerisches Abenteuer verlauten zu lassen, nicht einmal ihrer Mutter gegenüber. Zuerst zögerte ich, ihr dieses Versprechen zu geben, doch dann dachte ich an den gesundheitlichen Zustand ihrer Mutter und daran, wie sie das alles aufregen mußte, wenn sie davon erführe, und ich hielt mir weiter vor Augen, wie eine solche Geschichte verfälscht werden könnte – nein, unvermeidlich verfälscht werden würde –, wenn sie erst bekannt wäre. Deshalb hielt ich es dann doch für klüger, ihr dieses Versprechen zu geben. Ich hoffe nur, ich habe das Richtige getan. Ich habe jetzt die Tür abgeschlossen und den Schlüssel an meinem Handgelenk festgebunden, und so werde ich vielleicht nicht wieder gestört. Lucy schläft tief und fest. Über der See sind weit draußen schon die ersten Anzeichen der heraufziehenden Morgendämmerung zu sehen …

Am selben Tag, zur Mittagszeit: – Alles geht seinen geordneten Gang. Lucy schlief, bis ich sie weckte, und sie schien sich nicht einmal im Schlaf auf die andere Seite gedreht zu haben. Das nächtliche Abenteuer scheint ihr nicht geschadet zu haben; ganz im Gegenteil, es hat ihr sichtlich gut getan, denn heute morgen sah sie besser aus als je zuvor in den letzten Wochen. Mir tat nur leid, daß ich sie durch meine Ungeschicklichkeit mit der Sicherheitsnadel am Hals verletzt hatte. Es muß wirklich unangenehm gewesen sein, denn die Haut an ihrer Kehle ist durchstochen. Ich muß an einer Stelle mit der Nadel eingedrungen und an einer anderen wieder herausgekommen sein, denn da sind zwei kleine rote Pünktchen wie von Nadelstichen zu sehen, und auf dem Band ihres Nachthemds war ein Blutstropfen. Als ich mich entschuldigte und mich sehr besorgt zeigte, lachte sie, tätschelte mir die Hand und sagte, sie spüre es nicht einmal. Glücklicherweise werden wohl keine Narben zurückbleiben, dafür sind die Einstiche zu klein.

Derselbe Tag, nachts: – Wir haben einen glücklichen Tag hinter uns. Die Luft war so klar, die Sonne schien voll vom Himmel, und es ging eine leichte kühle Brise. Zum Lunch waren wir in *Mulgrave Woods.* Mrs. Westenra fuhr über die Landstraße, während Lucy und ich den Fußweg über die Klippen nahmen, um später am Tor wieder mit ihr zusammenzutreffen. Ich war ein wenig traurig, denn ich konnte nicht umhin, mir vorzustellen, wie vollkommen mein Glück jetzt sein könnte, wenn Jonathan bei uns wäre. Aber er ist nun mal nicht hier. Ich muß Geduld aufbringen. Am Abend kehrten wir in der *Casino Terrace* ein, hörten ein wenig gute Musik von Spohr und Mackenzie und gingen früh schlafen. Lucy scheint erschöpfter zu sein als in letzter Zeit, denn sie schlief sofort ein. Ich werde die Tür abschließen und den Schlüssel in derselben Weise in Sicherheit bringen wie vorher, obwohl ich eigentlich heute nacht mit keinerlei Problemen rechne.

12. August: – Meine Erwartungen haben getrogen, denn in der Nacht wurde ich zweimal von Lucy geweckt, als sie versuchte hinauszugelangen. Sie schien selbst im Schlaf ein wenig ungehalten, daß sie den Schlüssel nicht finden konnte, und ging nur unter Protest wieder ins Bett. Ich erwachte bei Anbruch der Dämmerung und hörte draußen vor dem Fenster die Vögel zwitschern. Lucy erwachte ebenfalls, und ich war glücklich, daß sie besser aussah als sogar noch am vorangegangenen Morgen. Die ganze frühere Fröhlichkeit schien zurückgekehrt, und sie kam zu mir ins Bett, kuschelte sich an mich und berichtete mir alles über Arthur; ich erzählte ihr, wie sehr ich mich um Jonathan sorgte, und sie versuchte auch sofort, mich zu trösten. Nun, in gewisser Weise hatte sie damit auch Erfolg, denn wenn auch Mitgefühl schon nicht die Tatsachen ändern kann, so vermag es doch, sich leichter mit ihnen abzufinden.

13. August: – Ein weiterer ruhiger Tag, und wieder ins Bett mit dem Schlüssel um mein Handgelenk geschlungen. Wieder erwachte ich während der Nacht und fand Lucy schlafend im Bett sitzen, wie sie zum Fenster deutete. Ich stand ganz leise auf, zog die Vorhänge beiseite und spähte hinaus. Es war eine helle Mondnacht, und der sanfte Widerschein des Lichtes über Meer und Himmel – vereint in einem einzigen, großen Mysterium – war grandioser, als Worte es beschreiben könnten. Zwischen mir und dem Mondlicht flatterte eine große Fledermaus, die sich in großen Kreisen abwechselnd näherte und wieder entfernte. Ein- oder zweimal kam sie sehr nahe, doch wie es schien, war sie sehr erschrocken, mich am Fenster zu sehen, und flatterte wieder über den Hafen hinweg in Richtung der Abtei davon. Als ich vom Fenster zurücktrat, hatte Lucy sich wieder hingelegt und schlief friedlich. Den ganzen Rest dieser Nacht regte sie sich nicht mehr.

14. August: – Auf den östlichen Klippen – den ganzen Tag mit Lesen und Schreiben beschäftigt. Lucy scheint sich in diesen Ort genauso verliebt zu haben wie ich, und oft fällt es schwer, sie loszureißen, wenn es Zeit ist, zum Dinner, zur Teestunde oder zum Lunch nach Hause zu gehen. Heute nachmittag hat sie eine komische Bemerkung gemacht. Wir waren auf dem Weg nach Hause zum Dinner und gerade oben an den Stufen zur westlichen Pier angekommen, wo wir stehenblieben, um die Aussicht zu genießen, wie wir das immer tun. Die tief am Himmel hängende untergehende Sonne zog sich gerade hinter Kettleness zurück; ihr rotes Licht ergoß sich über die östlichen Klippen und die alte Abtei und schien alles in ihrem rosigen Glühen zu baden. Eine Weile verharrten wir schweigend, und plötzlich murmelte Lucy wie zu sich selbst:

»Wieder seine roten Augen! Sie sind genauso.« Es war eine derart sonderbare Bemerkung, so spontan aus dem Nichts heraus, daß ich ganz überrascht war. Ich wandte mich ein wenig um, damit ich Lucy ansehen konnte, und merkte, daß sie sich in einem traumähnlichen Zustand befand. Auf ihrem Gesicht lag ein merkwürdiger Ausdruck, den ich nicht zu deuten wußte. Ich sagte lieber nichts und folgte statt dessen ihrem Blick. Sie schien hinüber zu ›unserer‹ Bank zu schauen, auf der jetzt ganz allein eine dunkle Gestalt saß. Ich war selbst ein wenig überrascht, denn einen Augenblick lang war es mir so vorgekommen, als habe der Fremde große Augen wie lodernde Flammen; doch ein zweiter genauerer Blick bestätigte diese Illusion nicht. Das rote Sonnenlicht brach sich in den Fensterscheiben von St. Mary's hinter der Bank, und da die Sonne sich herniedersenkte, veränderte sich ihr Widerschein in den Glasscheiben gerade genug, um es so aussehen zu lassen, als wandere das Licht. Eine andere Erklärung hatte ich nicht für dieses Phänomen. Ich lenkte Lucys Aufmerksamkeit auf diesen sonderbaren Effekt, und sie kam wieder zu sich selbst, doch gleichzeitig blickte sie ausgesprochen traurig drein; mag sein, daß sie an die schreckliche Nacht dort oben denken mußte. Wir reden nie mehr davon; deshalb sagte ich auch jetzt nichts, und wir setzten unseren Weg nach Hause fort. Lucy klagte über Kopfschmerzen und ging zeitig ins Bett. Ich wartete, bis ich sicher sein konnte, daß sie fest eingeschlafen war, und ging leise wieder hinaus, um ein wenig allein spazieren zu gehen; ich wanderte langsam auf den Klippen oben nach Westen und fühlte eine süße Traurigkeit im Herzen, denn Jonathan ging mir nicht aus dem Sinn. Als ich nach Hause zurückkehrte, schien der Mond bereits so hell, daß selbst auf unserer Seite der Straße, die ganz im Schatten lag, alles deutlich zu erkennen war. Ich warf einen kurzen Blick hinauf zu unserem Fenster und sah, daß Lucy hinausblickte. Ich dachte, sie halte vielleicht Ausschau nach mir, und holte mein Taschentuch hervor, um ihr damit zu winken. Sie bemerkte es überhaupt nicht und bewegte sich nicht einmal. Just in diesem Augenblick stahl sich das Mondlicht um die Hausecke und fiel voll auf das Fenster. Lucy hatte den Kopf gegen den Fensterrahmen gelehnt. Die Augen hielt sie geschlossen. Sie schlief fest, und neben ihr auf dem Fenstersims hockte etwas, das wie ein etwas groß geratener Vogel aussah. Ich hatte Angst, sie könnte sich eine Erkältung holen, und so rannte ich die Treppe hinauf; doch als ich ins Zimmer kam, ging sie bereits zurück zu ihrem Bett. Sie schlief fest und atmete schwer; dabei hielt sie sich den Hals, als wolle sie ihn vor der Kälte der Nacht schützen. Ich weckte sie nicht, sondern packte sie nur warm ein. Zuvor hatte ich dafür Sorge getragen, daß die Tür fest verriegelt und das Fenster geschlossen war.

Sie sieht so süß aus, wenn sie schläft; aber sie ist jetzt blasser als gewöhnlich, und unter den Augen hat sie tiefe, dunkle Ringe, was mir überhaupt nicht gefällt. Ich fürchte, sie brütet irgendeine Krankheit aus, und ich wünschte nur, ich wüßte, was ihr fehlt.

15. August: – Bin später aufgestanden als üblich. Lucy war träge und müde und schlief weiter, nachdem man bereits nach uns gerufen hatte. Zum Frühstück erwartete uns dann eine freudige Nachricht. Arthurs Vater geht es besser, und er möchte, daß die Hochzeit möglichst bald stattfindet. Lucy ist voll stiller Freude, und ihre Mutter ist gleichzeitig glücklich und traurig. Sie trauert, daß sie Lucy nun bald verlieren wird, und freut sich zur selben Zeit, daß ihre Tochter einen Menschen gefunden hat, der sie fortan beschützen wird. Arme, liebenswerte Lady! Sie hat mir anvertraut, daß ihre Tage bereits gezählt sind. Lucy hat sie es nicht erzählt, und mir hat sie strengstes Stillschweigen aufgetragen. Ihr Arzt hat ihr gesagt, daß sie allenfalls noch einige wenige Monate zu leben hat, weil ihr Herz so schwach ist. Jederzeit, auch jetzt, könnte ein plötzlicher Schreck ihren fast sicheren Tod bedeuten. Oh – es war ja so vernünftig, ihr nichts von Lucys nächtlichem Ausflug zu erzählen!

17. August: – Zwei volle Tage keine Tagebucheintragungen. Ich hatte einfach nicht die Courage, etwas hineinzuschreiben. Eine dunkle Wolke scheint unser Glück zu überschatten. Keine Neuigkeiten von Jonathan, und Lucy scheint immer schwächlicher zu werden, während für ihre Mutter die Stunden gezählt sind. Ich habe keine Erklärung dafür, daß Lucy so dahinsiecht, wie es der Fall ist. Sie ißt und schläft gut, und gleichzeitig schwindet das Rot ihrer Wangen zusehends, und sie wird von einem Tag auf den anderen schwächer und immer schwächer; nachts höre ich sie keuchen, als habe sie Schwierigkeiten beim Atmen. Immer habe ich den Schlüssel zu unserer Tür am Handgelenk befestigt; aber sie steht auf und geht im Zimmer umher oder setzt sich ans offene Fenster. Letzte Nacht sah ich, wie sie sich hinauslehnte, als ich erwachte, und als ich versuchte, sie aufzuwecken, wollte es mir nicht gelingen; sie war wie ohnmächtig. Als es mir endlich gelungen war, sie wieder auf die Beine zu stellen, war sie ganz ermattet und schrie leise unter langem, schmerzhaftem Ringen nach Luft. Als ich sie fragte, wie sie ans Fenster gelangt sei, schüttelte sie nur den Kopf und wandte sich ab. Ich will nur hoffen, ihre seltsame Schwäche rührt nicht daher, daß ich sie so unglücklich mit der Sicherheitsnadel gestochen habe. Ich habe mir ihre Kehle angesehen, als sie wieder eingeschlafen war, und mir kam es vor, als seien die beiden kleinen

Wunden kein bißchen verheilt. Sie sind noch immer offen und eher größer als zu Beginn, während die Ränder jetzt von einem zarten Weiß sind. Sie sehen aus wie kleine weiße Flecken mit einem roten Kern. Wenn sie nicht innerhalb der nächsten ein oder zwei Tage ausheilen, werde ich darauf bestehen, daß der Arzt sie sich einmal ansieht.

Brief der Agenten Samuel F. Billington & Son, Whitby, an die Herren Carter, Paterson & Co., London

Sehr geehrte Herren,
beigefügt erhalten Sie Lieferpapiere über von der Great Northern übersandte Güter. Dieselben sind umgehend nach Eintreffen auf King's Cross Station nach Carfax in der Nähe von Purfleet weiterzuleiten. Das Haus ist derzeit unbewohnt, daher beiliegend einzeln beschriftete Schlüssel, die den Zugang ermöglichen.

Bitte stellen Sie die Kisten, fünfzig an der Zahl, welche die o. a. Fracht darstellen, in das teilweise zerfallene Gebäude, das Teil des Herrenhauses und auf der beiliegenden Skizze mit dem Großbuchstaben ›A‹ gekennzeichnet ist. Ihr Beauftragter wird keine Schwierigkeiten haben, die entsprechende Lokalität zu finden, handelt es sich doch um die einstige Kapelle des früheren Herrensitzes. Die Güter werden um 21 Uhr 30 per Bahn abgehen und morgen nachmittag um 16 Uhr 30 auf King's Cross eintreffen. Da unser Auftraggeber gebeten hat, die Güter umgehend an ihren Bestimmungsort zu verbringen, wären wir Ihnen sehr verbunden, wenn Sie für Hilfskräfte in ausreichender Anzahl zur vorgegebenen Zeit am King's Cross Sorge tragen könnten. Zur Deckung aller etwaig anfallenden routinemäßigen oder zusätzlichen Kosten fügen wir einen Scheck über zehn Pfund bei, dessen Empfang zu bestätigen wir höflichst ersuchen. Einen etwa verbleibenden Restbetrag zu unseren Gunsten erbitten wir zurück; sollte die Summe nicht ausreichen, werden wir den Restbetrag überweisen, sobald Sie ihn uns in Rechnung stellen. Die Schlüssel wollen Sie bitte nach Erledigung in der Halle deponieren, wo sie der Eigentümer, der über Duplikate verfügt, nach Einzug an sich nehmen wird.

Bitte verübeln Sie uns nicht, daß wir Sie zu so unziemlicher Eile drängen müssen. Wir hoffen, unsere angenehmen Geschäftsverbindungen werden darunter nicht leiden. Wir zeichnen mit dem Ausdruck unserer vorzüglichsten

Hochachtung

SAMUEL F. BILLINGTON & SON

Brief der Herren Carter, Paterson & Co., London an die Herren Billington & Son, Whitby,

21. August

Sehr geehrte Herren,

wir bestätigen den Eingang Ihres Schecks über zehn Pfund und übersenden beiliegend Scheck über ein Pfund, 17 Shilling und neun Dimes zum Kontoausgleich gemäß beigefügter Kostenrechnung. Die Güter wurden genau nach Ihren Anweisungen ausgeliefert, die Schlüssel in einem Bündel in der Halle deponiert, wie von Ihnen erbeten.

Wir zeichnen mit dem Ausdruck unserer vorzüglichen

Hochachtung

i. A. CARTER, PATERSON & Co

Das Journal der Mina Murray

18. August: – Heute bin ich glücklich, und während ich hier auf der Bank im Kirchhof sitze, schreibe ich weiter an meinem Tagebuch. Lucy geht es schon wieder sehr viel besser. Letzte Nacht hat sie die ganze Nacht ruhig durchgeschlafen, ohne mich auch nur ein einziges Mal zu stören. Schon scheinen die Rosen in ihr Gesicht zurückzukehren, obwohl sie noch immer beklagenswert bleich und krank aussieht. Das könnte ich verstehen, wenn sie in irgendeiner Weise anämisch wäre, aber das ist sie nicht. Sie ist bester Stimmung und voller Leben und Fröhlichkeit. Die ganze krankhafte Scheu ist von ihr abgefallen, und gerade hat sie mich an *jene* Nacht erinnert, als ob es da noch einer Erwähnung bedürfte, und daß ich sie hier auf dieser Bank schlafend gefunden habe. Während sie davon erzählte, klapperte sie spielerisch mit dem Absatz ihres Stiefels auf dem Grabstein, auf dem die Bank steht, und sagte:

»Da haben meine armen kleinen Füße aber kein besonderes Geräusch gemacht. Ich wage die Behauptung, der alte Mr. Swales hätte gesagt, auf diese Weise hätte ich verhindern wollen, den Schlaf des alten Gordie zu stören.« Da sie in solch gesprächiger Laune war, fragte ich sie, ob sie in dieser Nacht vielleicht geträumt habe. Bevor sie mir antwortete, kam dieser spitzbübische Ausdruck auf ihr Gesicht, von dem Arthur – ich folge mal Lucys Gepflogenheit und nenne ihn einfach Arthur – behauptet, er liebe ihn besonders; und das wundert mich ehrlich gesagt auch nicht. Dann fuhr sie in einer halb träumerischen Weise fort, als müsse sie sich an etwas erinnern: »Ich habe nicht eigentlich geträumt; es schien alles so real.

Ich wollte nur einfach an diesem Ort sein – ich weiß auch nicht, warum, denn ich hatte vor irgend etwas Angst – ich weiß auch nicht, wovor. Obwohl ich mal unterstelle, daß ich geschlafen habe, erinnere ich mich doch genau, wie ich durch die Straßen und über die Brücke gegangen bin. Ein Fisch sprang hoch aus dem Wasser, als ich vorüberkam, und ich lehnte mich vor, um ihm zuzusehen, und ich hörte viele Hunde jaulen – es schien fast, als sei die ganze Stadt voller Hunde, die alle zur selben Zeit zu heulen angefangen hatten –, als ich die Stufen hinaufging. Dann habe ich eine vage Erinnerung an etwas Langes und Dunkles mit roten Augen, genau wie wir es im Sonnenuntergang gesehen haben, und auf einmal war etwas sehr Süßes und gleichzeitig sehr Bitteres überall um mich herum; und dann war mir, als versinke ich in grünem Wasser, und in meinen Ohren war ein Singen, wie es angeblich auch Ertrinkende hören; und dann schien sich alles von mir zu entfernen; meine Seele schien meinen Körper zu verlassen und durch die Lüfte zu schweben. Mir ist, als erinnerte ich mich, daß einmal der westliche Leuchtturm unter mir war. Danach hatte ich das gräßliche Gefühl, als befände ich mich mitten in einem Erdbeben, und dann kam ich zurück und bemerkte, daß du meinen Körper schütteltest. Ich habe es dich tun sehen, bevor ich dich spüren konnte.«

Plötzlich begann sie zu lachen. Mir kam das alles ein wenig unheimlich vor, und ich hörte atemlos zu. Es gefiel mir gar nicht, und ich hielt es für besser, dieses Thema wieder zu verlassen. Daher suchte ich nach neuem Gesprächsstoff und fand ihn auch, und Lucy war wieder die alte. Als wir wieder nach Hause zurückkehrten, hatte die Brise sie erfrischt, und ihre bleichen Wangen zeigten wirklich schon wieder etwas mehr Farbe. Ihre Mutter war sichtlich erleichtert, als sie sie sah, und wir haben alle gemeinsam einen sehr schönen Abend verbracht.

19. August: – Freude, Freude, Freude! Wenn auch keine ungetrübte Freude. Endlich Neuigkeiten von Jonathan. Der liebe Kerl ist krank gewesen, und deswegen hat er auch nicht geschrieben. Ich habe keine Bedenken, dies zu denken oder auszusprechen, jetzt, wo ich Bescheid weiß. Mr. Hawkins hat mir den Brief zugestellt und selbst einige freundliche Zeilen beigefügt. Ich muß morgen fort und zu Jonathan, um ihm zu helfen und ihn zu pflegen, falls es notwendig werden sollte, und ihn nach Hause bringen. Mr. Hawkins schreibt, es sei sicher sehr gut, wenn wir dort draußen schon heiraten würden. Ich habe wegen dem Brief der guten Schwestern geweint, und noch immer kann ich ihn feucht von meinen Tränen an meinem Busen spüren, wo er jetzt liegt. Er ist von Jonathan und muß deshalb meinem Herzen nahe sein, denn dieser ist *in* meinem Herzen. Meine Reiseroute liegt schon fest, die Koffer sind gepackt. Ich werde nur einmal die Kleider wechseln; Lucy wird den großen Schließkorb nach London bringen und ihn bereit halten, bis ich nach ihm schicke, denn es könnte ja sein, daß ... Ich darf nicht mehr schreiben, ich muß es bewahren, um es Jonathan direkt zu sagen, Jonathan, meinem Ehemann. Der Brief, den er gesehen und berührt hat, muß mich trösten, bis wir uns wiedersehen.

Brief von Schwester Agatha, Hospital von St. Josef und der Heiligsten Jungfrau in Buda-Pesth, an Fräulein Wilhelmina Murray

12. August

Sehr verehrte gnädige Frau,
ich schreibe Ihnen auf Wunsch von Herrn Jonathan Harker, der selbst nicht stark genug ist, um zu schreiben, obwohl er dank dem lieben Gott, dem heiligen Josef und der heiligsten Jungfrau gute Fortschritte macht. Er ist jetzt seit mehr als

sechs Wochen unserer Fürsorge anvertraut, da er unter einem heftigen Fieber des Gehirns leidet. Er bittet mich, Sie seiner Liebe zu versichern und Ihnen wie mit gleicher Post, die ich für ihn besorge, auch Herrn Peter Hawkins in Exeter zu sagen, daß er mit allem gebührlichen Respekt seine Verspätung zu entschuldigen bittet und daß er sich sämtlicher Aufträge entledigt hat. Er ersucht um die Erlaubnis, einige wenige Wochen der Erholung in unserem Sanatorium hier in den Hügeln verbringen zu dürfen, und wird danach unverzüglich heimkehren. Er bittet mich auszurichten, daß er nicht genug Geld bei sich hat und daß er für seinen Aufenthalt hier gern zahlen würde, auf daß andere nicht leiden mögen, die gleich ihm hier Hilfe suchen.

Mit allen guten Wünschen und Gottes Segen
SCHWESTER AGATHA

P. S.: Da mein Patient gerade schläft, öffne ich dieses Schreiben noch einmal, um Sie einiges mehr wissen zu lassen. Er hat mir alles über Sie erzählt und daß Sie recht bald seine Frau werden sollen. Gottes Segen mit Ihnen beiden! Er hat einen furchtbaren Schock erlitten – so sagt der Arzt –, und seine Phantasiebilder während der Zeit der Delirien waren schrecklich; er phantasierte von Wölfen und Gift und Blut; von Dämonen und Geistern, und ich scheue mich auszusprechen, wovon sonst noch. Gehen Sie behutsam mit ihm um, damit ihn für eine lange Zeit nichts mehr in dieser Hinsicht aufregen mag; die Spuren einer solchen Erkrankung verwischen sich nicht so leicht. Wir hätten schon vor längerem geschrieben, doch wußten wir nichts von seinen Freunden, und an ihm gab es nichts, das auch nur einer von uns hätte verstehen können. Er kam mit dem Zug aus Klausenburg, und der Stationsvorsteher erzählte unserem Bruder Pförtner, er sei in das dortige Bahnhofsgebäude gestürmt und habe laut nach einer Fahrkarte bis nach Hause gerufen, und aus seinem ganzen Auftreten habe man geschlossen, daß er Engländer sei. Sie gaben ihm also eine Fahrkarte bis zur Endstation des Zuges.

Seien Sie versichert, daß er gut versorgt wird. Er hat alle Herzen mit seiner Freundlichkeit und Liebenswürdigkeit erobert. Er macht wirklich gute Fortschritte, und ich habe keine Zweifel, daß er innerhalb weniger Wochen wieder ganz gesund sein wird. Aber passen Sie um seiner Sicherheit willen gut auf ihn auf. Ich bete zu Gott, dem heiligen Josef und der heiligen Jungfrau Maria, daß Ihnen beiden noch viele, viele, viele glückliche Jahre beschieden sein mögen.

Das Tagebuch des Dr. Seward

19. August: – Seltsamer und plötzlicher Wandel bei Renfield letzte Nacht. Er wurde gegen acht Uhr sehr aufgeregt und schnüffelte überall herum wie ein Hund, der eine Fährte wittert. Der Wärter war beunruhigt wegen seines Verhaltens, und da er mein besonderes Interesse an ihm kannte, ermunterte er ihn zu reden. In der Regel benimmt er sich dem Wärter gegenüber sehr respektvoll und zuweilen sogar ausgesprochen servil; heute nacht aber, berichtete der Mann mir, war er ausgesprochen hochnäsig. Er wollte sich noch nicht einmal herablassen, mit dem Wärter überhaupt zu reden. Alles, was er sich zu sagen herabließ, war:

»Ich will nicht mit Ihnen reden; Sie zählen nicht mehr; der Meister ist nicht weit.«

Der Wärter meint, hier handele es sich wohl um einen Anfall von religiösem Wahn, dem er erlegen sei. Wenn dem wirklich so sein sollte, müssen wir auf Anfälle achten, denn ein starker Mann mit gleichermaßen mörderischen wie religiösen Wahnvorstellungen könnte gefährlich werden. Diese Kombination ist überaus bedrohlich. Um neun Uhr besuchte ich ihn dann selbst. Sein Verhalten mir gegenüber ist genauso wie gegenüber dem Wärter; in seinem Selbstverständnis ist der Unterschied zwischen dem Wärter und mir praktisch nicht mehr existent. Er scheint jetzt in der Tat einem religiösen Wahn nachzuhängen, und sicher wird er bald denken, er sei Gott selbst. Solche unendlich kleinen Unterschiede zwischen einzelnen Menschen sind wohl zu unbedeutend für den Allmächtigen, als der er sich sieht. Wie wenig diese Verrückten doch den eigenen Wert sehen! Der wahre Gott sorgt sogar dafür, daß nicht einmal ein Spatz vom Himmel falle; doch der Gott, der vom Wahnsinn des Menschen geschaffen ist, sieht keinen Unterschied zwischen einem Adler und einem Spatz. Oh, wenn die Menschen es doch nur begreifen könnten!

Eine halbe Stunde oder noch länger verharrte Renfield in einem Zustand sich ständig steigernder Erregung. Ich tat, als beobachtete ich ihn nicht, doch hielt ich ihn beständig im Auge. Ganz plötzlich sah ich dann jenen Ausdruck in seine Augen treten, den wir immer dann beobachten können, wenn einem Wahnsinnigen ein Gedanke kommt, und gleichzeitig ging sein Kopf immer vor und wieder zurück, ein Verhalten, das den Wärtern in allen Irrenanstalten dieser Welt nur zu gut bekannt ist. Er wurde ganz ruhig und ging dann, um sich resignierend auf eine Ecke seines Bettes zu setzen, wo er ausdruckslos ins Nichts starrte. Ich dachte, ich müßte herausfinden, ob seine Apathie real oder nur vorgespielt sei, und versuchte, das Gespräch auf seine Tierchen zu lenken, ein Thema, das immer seine Aufmerksamkeit erregt hatte. Zunächst erwiderte er gar nichts, doch nach etlichen weiteren Versuchen bequemte er sich dann doch zu einer Meinungsäußerung.

»Meinetwegen kümmern Sie sich drum. Mich interessieren sie nicht mehr.«

»Wie?« sagte ich. »Sie wollen mir doch sicher nicht sagen,

daß Sie sich nichts aus Spinnen machen?« (Spinnen sind im Moment sein Hobby, und sein Notizbuch füllt sich schon wieder mit Zahlenkolonnen.) Hierauf erwiderte er orakelhaft:

»Die Brautjungfern erfreuen die Augen dessen, der auf das Kommen der Braut wartet; doch wenn die Braut naht, erreicht der Schein der Jungfrau die Augen dessen nicht, die von ihr erfüllt sind.«

Er war nicht bereit, dies näher zu erklären, und blieb die ganze Zeit widerborstig auf der Ecke seines Bettes sitzen.

Ich bin müde heute nacht und schlechter Laune. Ich muß unentwegt an Lucy denken und daran, wie anders alles hätte sein können. Wenn ich nicht auf der Stelle schlafe, brauche ich wieder Chloral, den modernen Morpheus – ! Ich muß aufpassen, daß es nicht zur Gewohnheit wird. Nein, heute nacht werde ich nichts nehmen! Ich habe an sie gedacht, und ich werde sie nicht entehren, indem ich beides vermische. Wenn es sich nicht vermeiden läßt, wird eben diese Nacht ohne Schlaf sein.

Ein Glück, daß ich diese Entscheidung traf; ein größeres noch, daß ich mich an sie gehalten habe. Ich habe mich auf meinem Lager hin und her geworfen und die Glocke erst zweimal schlagen hören, als der Nachtwächter kam, geschickt vom Wärter der Station, um mir zu sagen, Renfield sei entflohen. In Windeseile kleidete ich mich wieder an und rannte sofort hinunter; mein Patient ist viel zu gefährlich, als daß man ihn frei herumlaufen lassen könnte. Seine Ideen könnten im Umgang mit Fremden gefährliche Auswirkungen haben. Der Wärter wartete bereits auf mich. Er erzählte mir, es sei noch keine zehn Minuten her, daß er ihn scheinbar friedlich schlafend in seinem Bett gesehen habe, als er seinen Rundgang über die Station gemacht und auch durch die Beobachtungsklappe in Renfields Zimmer geschaut hatte. Aufmerksam geworden sei er danach durch das Geräusch, das entstand, als das Fenster herausgebrochen wurde. Er rannte zurück und kam gerade noch rechtzeitig, um Renfields Füße durch das Fenster verschwinden zu sehen. Daraufhin habe er sofort nach mir geschickt. Er trug weiter nichts als sein Nachtgewand und konnte also nicht weit sein. Der Wärter meinte, es könnte sinnvoller sein, ihn zu beobachten, um zu sehen, wohin er wollte, als ihm zu folgen, weil man ihn zu schnell aus den Augen verlieren müßte, während man das Gebäude durch die Tür verläßt. Er ist ein kräftig gebauter Mann und paßte nicht durch das Fenster. Aber ich war dünn genug, um mit seiner Hilfe, die Füße voran, hinauszugelangen und mich, als ich erst einmal nur wenige Fuß über dem Boden war, gefahrlos fallenzulassen und unverletzt zu landen. Der Wärter sagte mir, der Patient sei nach links gelaufen und habe die Richtung nicht geändert. So rannte ich denn los, so schnell ich nur konnte. Als ich den Gürtel von Bäumen um unser Grundstück hinter mir hatte, sah ich eine weiße Gestalt die Begrenzungsmauer emporklettern, die unser Grundstück von dem mit der Ruine trennt.

Sofort rannte ich zurück und trug dem Wachmann auf, auf der Stelle drei oder vier Männer zu alarmieren und mir auf das Grundstück von Carfax zu folgen, da unser Freund sehr gefährlich sei. Ich selbst nahm eine Leiter, erstieg die Mauer und ließ mich auf der anderen Seite hinab. Ich konnte Renfields Gestalt gerade noch im Haus verschwinden sehen und lief ihm auf der Stelle nach. Auf der entgegengesetzten Seite des Hauses fand ich ihn an die eisenbeschlagene Eichentür der alten Kapelle gekauert. Er schien mit jemandem zu sprechen, doch ich traute mich nicht, nahe genug heranzugehen, um zu verstehen, was er sagte, zumal ich ihn hätte erschrecken können, und dann wäre er vielleicht wieder davongerannt. Einem umherschwirrenden Bienenschwarm zu folgen ist nichts im Vergleich dazu, hinter einem Wahnsinnigen her zu rennen, wenn er erst einmal entkommen ist! Doch nach wenigen Minuten schon merkte ich, daß er nichts um ihn herum wahrnahm, und so wagte ich es, näher heranzuschleichen, und zwar um so näher, als meine Männer inzwischen ebenfalls die Mauer überstiegen hatten und dabei waren, ihn einzukesseln. Ich hörte, wie er sagte:

»Ich bin hier, um Deinen Willen zu erfüllen, Meister. Ich bin Dein Sklave, und Du wirst mich belohnen, denn ich will Dir treu dienen. Ich bete Dich schon seit langer Zeit an. Jetzt, da Du Dich genaht hast, erwarte ich Deine Befehle, und Du wirst mich nicht übergehen, teurer Meister, nicht wahr, wenn Du Deine Wohltaten verteilst?«

Er ist und bleibt nun mal ein selbstsüchtiger Bettler. Er denkt auch dann zuerst ans tägliche Brot, wenn er sich in seiner realen Welt wähnt. Seine Manien addieren sich zu einer verwirrenden Kombination. Als wir schließlich von allen Seiten auf ihn eindrangen, kämpfte er wie ein Tiger. Er ist überaus stark und gebärdete sich eher wie ein wildes Tier denn wie ein gesitteter Mensch. Nie zuvor habe ich einen Wahnsinnigen in einem solchen Zustand von Rage erlebt, und ich kann nur hoffen, eine Wiederholung bleibt mir erspart. Es ist nur gut, daß wir über seine immensen Körperkräfte und seine Gefährlichkeit schon lange Bescheid wußten. Mit seinen Kräften und der Entschlossenheit hätte er ansonsten viel Unheil anrichten können, bis wir ihn wieder gebändigt hätten. Aber jetzt ist er in jeder Hinsicht sicher verwahrt. Jack Sheppard selbst hätte keine Chance gehabt, sich aus der Zwangsjacke zu befreien, in der er jetzt steckt, und zusätzlich ist er auch noch an die Wand der Gummizelle angekettet. Von Zeit zu Zeit schreit er schrecklich, doch das Schweigen, das dem jedesmal folgt, ist noch furchteinflößender, denn es bedeutet Mordgedanken bei jeder noch so kleinen Regung.

Gerade hat er wieder die ersten zusammenhängenden Worte gesprochen, und die lauteten:

»Ich werde Geduld haben, Meister. Es kommt – kommt – kommt!«

Ich war zu aufgeregt, um an Schlaf zu denken, aber dieses Tagebuch hat mich beruhigt, und ich habe das Gefühl, als werde ich in dieser Nacht doch noch ein wenig Schlaf finden.

Kapitel Neun

Brief von Mina Harker an Lucy Westenra

Buda-Pesth, 24. August

Teuerste Lucy,
ich weiß, Du bist begierig zu erfahren, was sich alles ereignet hat, seit wir uns am Bahnhof von Whitby getrennt haben. Nun, meine Liebe, ich bin direkt nach Hull gefahren, wo ich den Dampfer nach Hamburg erreichte, und dann weiter mit dem Zug bis hierhin. Ich fürchte, ich kann mich kaum an alle Einzelheiten meiner Reise erinnern, außer daß ich ständig daran denken mußte, daß ich nun bald Jonathan wiedersehen sollte und daß ich, da ich bald einen Teil seiner Pflege übernehmen würde, gut daran täte, so viel zu schlafen wie nur irgend möglich ... Ich fand meinen Liebsten dann, ach, so dünn, so bleich und – oh – so schwach. Alle Entschlossenheit ist aus seinen mir so teuren Augen geschwunden, und jene stille Würde in seinem Antlitz, von der ich Dir ja berichtet hatte, ist dahin. Er ist nur noch ein Wrack, ein Schatten seiner selbst, und er erinnert sich an nichts mehr, das ihm in der

zurückliegenden Zeit widerfahren ist. Zumindest will er, daß ich es glaube, und ich werde ihn auch niemals danach fragen. Er hat irgendeinen schrecklichen Schock erlitten, und ich fürchte, es würde sein Gehirn überbeanspruchen, wenn er gedrängt würde, sich daran zu erinnern. Schwester Agatha, eine gute Seele und geborene Krankenschwester, berichtet mir, daß er schreckliche Sachen phantasiert hat, als er noch geistig verwirrt war. Ich fragte sie, was er denn da im einzelnen erzählt habe, aber sie hat sich nur bekreuzigt und gesagt, darüber würde sie niemals sprechen; die Phantasien der Verrückten seien das Geheimnis Gottes, und wenn eine Krankenschwester in der Erfüllung ihrer Berufung diese zu Ohren bekommt, muß sie sie für sich behalten. Sie ist eine liebenswerte, gute Seele, und als sie am nächsten Tag sah, wie besorgt ich war, kam sie wieder auf dieses Thema zurück, und nachdem sie abermals gesagt hatte, sie könne nicht wiederholen, was mein Liebster phantasiert hatte, setzte sie hinzu: ›Ich kann Ihnen so viel erzählen, meine Liebe: Es handelte sich nicht darum, daß er etwas Verbotenes getan hätte; und Sie, als seine zukünftige Frau, haben keinerlei Grund zur Besorgnis. Er hat Sie nicht vergessen, auch nicht, was er Ihnen schuldig ist. Seine Furcht richtete sich auf große und schreckliche Dinge, mit denen kein Sterblicher fertig zu werden vermöchte.‹ Ich glaube, die gute Seele hat gedacht, ich könnte vielleicht eifersüchtig sein und denken, mein Liebster habe sich in ein anderes Mädchen verliebt. Zu denken, *ich* könnte wegen Jonathan eifersüchtig sein! Und doch, meine Liebe, laß es mich Dir ganz leise sagen, ich spürte, wie mich ein kleiner Wonneschauer durchrann, als ich *wußte*, daß wirklich keine andere Frau der Grund allen Übels war. Jetzt sitze ich an seinem Bett, wo ich sein Gesicht beobachten kann, während er schläft. Er erwacht!

... Als er wach war, fragte er mich nach seiner Jacke, weil er etwas aus der Tasche holen wollte. Ich fragte Schwester

Agatha, und sie brachte alle seine Sachen. Ich sah, daß sich auch ein Notizbuch darunter befand, und wollte ihn schon bitten, mich einen Blick hineinwerfen zu lassen – denn mir war sehr bewußt, daß ich darin einen Hinweis auf seine Probleme finden würde –, aber ich glaube, er muß meinen Wunsch in meinen Augen gelesen haben, denn er schickte mich zum Fenster mit der Bemerkung, er würde jetzt gern einen Augenblick lang ganz allein sein. Dann rief er mich wieder zurück, und als ich an sein Bett trat, hielt er die Hand über sein Notizbuch und sagte ausgesprochen feierlich:

›Wilhelmina‹ – da wußte ich, daß es sich um etwas Ernstes handeln mußte, denn so hat er mich seit dem Tag nicht mehr genannt, an dem er mich gefragt hat, ob ich seine Frau werden wolle – ›du weißt, meine Liebe, um meine Vorstellungen vom Vertrauen zwischen Ehemann und Ehefrau: Es darf keine Geheimnisse zwischen ihnen geben, kein Versteckspiel. Ich habe einen schweren Schock erlitten, und wenn ich darüber nachdenke, worin er bestanden hat, ist mir, als laufe in meinem Kopf alles rund, und ich weiß nicht mehr, ob das alles nun wirklich war oder nur der Alptraum eines Geisteskranken. Du weißt, daß ich Hirnfieber hatte, und das führt schon mal zum Wahnsinn. Das Geheimnis ist da, und ich möchte es nicht kennenlernen. Ich möchte mein Leben neu beginnen, hier, mit unserer Heirat.‹ Du mußt nämlich wissen, meine Liebe, daß wir beschlossen hatten zu heiraten, sobald alle Formalitäten geklärt waren. ›Bist du also willens, Wilhelmina, meine Unwissenheit zu teilen? Hier ist das Buch. Nimm es und bewahre es, und wenn du willst, lies es, aber laß mich nie wissen, was darin steht, es sei denn, irgendeine heilige Pflicht würde es gebieten, daß ich zu jenen bitteren Stunden zurückkehrte, die hier aufgezeichnet sind, sei es im wachen Zustand, sei es schlafend, geistig gesund oder wahnsinnig.‹ Er fiel völlig erschöpft zurück, und ich legte das Buch unter sein Kissen zurück und küßte ihn. Inzwischen habe ich Schwester Agatha gebeten, dem Prior unseren Wunsch vorzutragen, die Trauung noch diesen Nachmittag zu vollziehen, und nun warte ich auf ihre Antwort …

Sie ist gerade gekommen, um mir zu sagen, daß nach dem Kaplan der Anglikanischen Missionskirche geschickt worden ist. Wir werden binnen einer Stunde getraut werden oder spätestens dann, wenn Jonathan erwacht …

Lucy, die Zeit ist gekommen und wieder vergangen. Mir ist ganz feierlich zumute, aber ich bin sehr, sehr glücklich. Nach etwas mehr als einer Stunde wachte Jonathan auf, und da war schon alles vorbereitet. Er wurde aufrecht im Bett hingesetzt und mit Kissen gestützt. Aber sein ›ja, das will ich‹ kam klar und deutlich. Ich konnte kaum noch etwas sagen; mein Herz war so voll, daß mich selbst diese Worte noch erschütterten. Die teuren Schwestern waren ja so liebenswürdig. Gott sei mein Zeuge, aber das werde ich ihnen nie, nie vergessen, genauso wenig wie die ebenso schwerwiegenden wie süßen Verpflichtungen, die ich eingegangen bin. Ich muß Dir von meinem Hochzeitsgeschenk berichten. Als der Kaplan und die Schwestern mich mit meinem Mann allein gelassen hatten – o Lucy, zum erstenmal habe ich die Worte ›mein Mann‹ geschrieben –, nachdem sie mich also mit ihm allein gelassen hatten, nahm ich das Buch unter seinem Kopfkissen, wickelte es in weißes Papier ein, band es mit ein wenig blaßblauem Band zusammen, das ich um den Hals trug, und versiegelte es über dem Knoten mit Siegelwachs, und als Siegel benutzte ich meinen Ehering. Dann küßte ich das Päckchen, zeigte es meinem Mann und sagte ihm, ich würde es so verwahren, damit es auf diese Weise zu einem äußerlichen und für jeden sichtbaren Zeichen werde, wie sehr wir einander vertrauten; daß ich es niemals öffnen würde, es sei denn, es geschähe zu seinem eigenen Wohl oder um der Erfüllung einer heiligen Pflicht willen. Dann nahm er meine Hand in seine, und – o Lucy – es war das erste Mal, daß er die Hand seiner *Ehefrau* nahm, und sagte, sie sei ihm das Teuerste auf der ganzen weiten Welt, und er würde alle Schrecken der Vergangenheit noch einmal auf sich nehmen, wenn es erforderlich wäre, um diese meine Hand zu gewinnen. Der Gute meinte sicher nur einen Teil der Vergangenheit; aber er hat noch kein Zeitgefühl, und mich würde es nicht wundern, wenn er anfangs nicht nur die Monate, sondern auch noch die Jahre durcheinanderbrächte.

Nun, meine Liebe, was sollte ich wohl sagen? Ich hätte ihm nur sagen können, daß ich die glücklichste Frau auf Erden bin und daß ich nichts besitze außer mir selbst, das ich ihm schenken könnte, und natürlich meine Liebe und mein Vertrauen und daß mich diese meine Liebe durch jeden Tag unseres Lebens leiten wird. Und, meine Liebe, als er mich küßte und mich mit seinen schwachen Händen an sich zog, da war es wie ein sehr feierliches Versprechen, das wir uns gegenseitig gaben …

Lucy, meine Liebe, weißt Du, warum ich Dir das alles erzähle? Das tue ich nicht nur, weil das alles für mich so wunderschön ist, sondern auch, weil gerade Du mir immer sehr, sehr lieb und teuer gewesen bist. Ich habe den Vorzug gehabt, Deine Freundin und Ratgeberin sein zu dürfen, als Du die Schule verlassen hattest, um Dich auf das Leben vorzubereiten. Ich möchte Dich jetzt so gern sehen, um mit den Augen einer sehr glücklichen Frau, wozu mich treue Pflichterfüllung gemacht hat, darauf sehen zu können, daß Du in Deinem Leben als verheiratete Frau genauso glücklich sein mögest wie ich. Meine Liebe, dank Gott, dem Allmächtigen, möge auch Dein Leben sein, was zu sein es schon jetzt verspricht: ein einziger Tag voller Sonnenschein, ohne rauhe Winde, voller Pflichterfüllung und Vertrauen. Ich brauche Dir nicht zu wünschen, daß der Schmerz Dich fliehen möge, denn nie wird Dir Böses widerfahren; doch wünsche ich Dir, du mögest *allezeit* so glücklich sein, wie *ich* es *jetzt* bin. Auf Wiedersehen, meine Teure. Ich werde diesen Brief sogleich zur Post geben, und vielleicht antwortest Du mir auch so bald wie möglich. Ich muß jetzt schließen. Jonathan erwacht – ich muß mich meinem Mann widmen!

Deine Dich immer liebende
MINA HARKER

Brief von Lucy Westenra an Mina Harker

Whitby, 30. August

Meine liebste Mina,
Ozeane voller Liebe und Millionen von Küssen und daß Du recht bald mit Deinem Ehemann wieder im eigenen Heim sein mögest. Ich wünschte sehr, Du könntest früh genug zurückkommen, um noch ein wenig hier bei uns zu sein. Die gesunde Luft hier würde Jonathan sehr bald wieder auf die Beine bringen; mich hat sie ja auch völlig wiederhergestellt. Ich habe einen Appetit wie ein Kormoran, bin voller Leben und schlafe gut. Du wirst sicher erfreut sein zu hören, daß ich gänzlich aufgehört habe, nachts im Schlaf zu wandeln. Ich glaube, ich habe mein Bett seit einer Woche nicht mehr verlassen – das heißt, wenn ich mich erst zur Nachtruhe begeben habe. Arthur findet, ich werde langsam fett. Dabei fällt mir ein, ich habe Dir ja noch gar nicht gesagt, daß Arthur hier ist. Wir unternehmen gemeinsame Spaziergänge und -fahrten, wir gehen rudern, spielen Tennis und fischen zusammen; und ich liebe ihn mehr denn je. Er behauptet, *er* liebe *mich* noch mehr, aber das bezweifle ich, denn damals erzählte er mir, er liebe mich so sehr, daß es inniger nicht möglich sei. Aber das

ist natürlich alles Unsinn. Aber da kommt er gerade und ruft schon nach mir. Deswegen im Moment nicht mehr von Deiner

Dich liebenden
LUCY

P. S. – Mutter sendet Dir liebe Grüße. Ihr scheint es wieder besser zu gehen, der Ärmsten

P. P. S. – Wir werden am 28. September heiraten.

Das Tagebuch des Dr. Seward

20. August: – Der Fall Renfield wird immer interessanter. Er ist jetzt so weit ruhiggestellt, daß Anzeichen eines Endes seiner Besessenheit zu erkennen sind. Während der ersten Woche nach seinem Ausbruchsversuch war er permanent gewalttätig. Doch dann wurde er eines Nachts, gerade als der Mond aufging, ganz ruhig und murmelte nur immer wieder vor sich hin: »Jetzt kann ich warten, jetzt kann ich warten.« Der Wärter kam, um es mir zu erzählen. Ich lief sogleich hinunter, um ihn mir anzusehen. Er war noch immer in der Gummizelle und steckte auch noch in seiner Zwangsjacke, aber der verklärte Ausdruck auf seinem Gesicht war verschwunden, und in seinen Augen lag wieder einiges von der alten flehentlichen – fast möchte ich sagen »katzbuckelnden« – Sanftheit. Ich war mit seinem gegenwärtigen Zustand sehr zufrieden und ordnete an, ihn von seinen Fesseln zu befreien. Die Wärter zögerten zuerst, führten aber dann meine Anweisungen doch ohne weitere Proteste aus. Es mutete ein wenig seltsam an, daß der Patient klar genug denken konnte, um ihr Mißtrauen genau zu begreifen, denn er kam ganz nahe zu mir heran und flüsterte mir ins Ohr, wobei er sich verstohlen nach ihnen umblickte:

»Sie glauben, ich könnte Ihnen etwas tun! Man stelle sich das einmal vor: *Ich* sollte *Ihnen* ein Leid antun! Diese Narren!«

Es war irgendwie beruhigend zu sehen, daß ich selbst in der Vorstellungswelt dieses armen Irren gegenüber anderen eine Vorzugsstellung einnehme; doch gleichzeitig vermag ich seinen Gedankengängen nicht ganz zu folgen. Soll ich das so verstehen, als wenn ich etwas mit ihm gemein hätte, so daß wir nach Lage der Dinge zusammenhalten müßten; oder erwartet er von mir auf Grund von ihm bei mir vermuteter Dummheit irgendwelche Vergünstigungen, die er für seine Ziele nützen könnte? Das muß ich später herauszufinden versuchen, ihm ein Kätzchen oder gar eine ausgewachsene Katze zu geben, bringt ihn nicht zum Reden. Er sagte darauf lediglich: »Ich frage nicht nach Katzen. Ich muß jetzt über so vieles nachdenken, und ich kann warten; ich kann warten.«

Kurz darauf verließ ich ihn wieder. Der Wärter erzählt mir, daß er bis kurz vor Anbruch der Dämmerung still war und dann anfing, immer unruhiger zu werden und am Ende wieder gewalttätig, bis er schließlich einen Wutanfall bekam, der ihn dermaßen auslaugte, daß er schließlich einschlief und jetzt wie im Koma da liegt.

... Drei Nächte lang ist jetzt immer wieder dasselbe passiert – gewalttätig den ganzen Tag über, dann ruhig vom Mondaufgang bis zum Monduntergang. Ich wollte, ich könnte einen Sinn in diesem Verhalten entdecken. Es scheint fast, als unterliege er einem bestimmten Einfluß, der kommt und wieder geht. Welch glücklicher Gedanke! Heute nacht werden wir intelligente Geistesblitze gegen krankhafte setzen. Er ist einmal ohne unsere Hilfe entflohen; heute nacht soll er mit unserer Hilfe fliehen. Wir werden ihm eine Chance geben und Männer in Bereitschaft halten, um ihm zu folgen, wenn es erforderlich werden sollte ...

23. August: – »Das Unerwartete passiert auf jeden Fall.« Wie gut Disraeli doch das Leben kannte! Als unser Vögelchen den Käfig offen fand, wollte es nicht davonfliegen, so daß alle unsere fein ausgedachten Vorbereitungen vergebens waren. Zumindest aber haben wir eines bewiesen: daß die Zeiten großer Ruhe länger andauern. In der Zukunft wird es uns möglich sein, ihm die Fesseln wenigstens stundenweise abzunehmen. Ich habe dem Nachtdienst tuenden Wärter bereits Anweisung gegeben, ihn nur noch bis eine Stunde vor Tagesanbruch in die Gummizelle einzuschließen, sobald er ruhig ist. Der Körper der armen Kreatur wird die Entspannung genießen, selbst wenn er sich ihrer gar nicht bewußt werden sollte. Hört! Wieder das völlig Unerwartete! Man ruft nach mir; der Patient ist abermals entflohen.

Später: – Ein neuerliches nächtliches Abenteuer. Renfield hat in aller Ruhe abgewartet, bis der Wärter seine Zelle zum Zweck der Inspektion betreten hatte. Dann stürzte er an ihm vorbei und jagte den Flur entlang und nach draußen. Ich habe sofort die Wärter alarmiert, damit sie ihm folgen. Wieder kamen wir auf das Grundstück mit dem verlassenen Haus, wo wir ihn an derselben Stelle fanden, nämlich an die Tür der alten Kapelle gekauert. Als er mich sah, geriet er in echte Raserei, und hätten ihn die Wärter nicht rechtzeitig überwältigt, er hätte bestimmt versucht, mich umzubringen. Als wir ihn endlich gepackt hatten, geschah etwas Seltsames. Er verdoppelte ganz plötzlich seine Anstrengungen freizukommen, und war dann von einem Augenblick auf den anderen ganz ruhig. Ich sah mich instinktiv um, konnte aber nichts feststellen. Dann blickte ich dem Patienten ins Gesicht und folgte seinem Blick, aber dabei entdeckte ich weiter nichts als den vom Mondlicht erhellten Himmel, wenn man mal von einer großen Fledermaus absehen will, die ihren schweigenden, geisterhaften Flug gen Westen antrat. Normalerweise flattern und torkeln Fledermäuse umher, aber diese flog geradeaus, als wisse sie bereits, wohin sie wollte, oder als habe sie ganz bestimmte Pläne. Der Patient wurde von Sekunde zu Sekunde ruhiger, und schließlich sagte er:

»Sie brauchen mich nicht zu fesseln; ich werde freiwillig mitkommen.« Ohne weiteren Ärger kamen wir dann ins Haus zurück. Ich fühle es ganz deutlich – da ist etwas Sonderbares an seiner Ruhe, und ich sollte diese Nacht besser nicht vergessen.

Das Tagebuch der Lucy Westenra

Hillingham, 24. August: – Ich muß es Mina nachmachen und alles aufschreiben, was sich so ereignet. Dann haben wir Stoff für viele lange Gespräche, sobald wir uns wiedersehen. Ich frage mich, wann das sein wird. Ich wollte, sie wäre wieder hier bei mir, denn ich fühle mich so unglücklich. Letzte Nacht habe ich wieder dieselben Träume gehabt wie in Whitby. Vielleicht liegt es an der Luftveränderung oder daran, wieder daheim zu sein. Alles um mich herum ist dunkel und beängstigend, denn ich kann mich an nichts erinnern; und doch bin ich voller unbestimmbarer Ängste, und ich fühle mich schwach und ausgelaugt. Als Arthur zum Lunch kam und mich sah, blickte er ausgesprochen betrübt drein, und ich schaffte es einfach nicht, Fröhlichkeit zu heucheln. Heute nacht würde ich zu gern bei Mutter im Zimmer übernachten.

25. *August:* – Eine weitere schlimme Nacht. Mutter schien meinen Vorschlag nicht zu mögen. Ihr scheint es selbst nicht besonders gut zu gehen, und zweifellos fürchtet sie, ich könnte mir ihretwegen Sorgen machen. Ich versuchte, wach

zu bleiben, und schaffte es auch eine Weile; doch als die Glocke zwölf schlug, riß sie mich aus einem leichten Schlummer; also muß ich wohl doch eingeschlafen sein. Am Fenster hörte ich etwas wie ein Kratzen oder Klatschen, aber ich achtete nicht weiter darauf, und da ich mich an weiter nichts erinnere, nehme ich an, daß ich gleich wieder eingeschlafen bin. Weitere schlechte Träume. Ich wollte, ich könnte mich an sie erinnern. Heute morgen bin ich schrecklich müde. Mein Gesicht ist geradezu geisterhaft bleich, und meine Kehle tut weh. Irgend etwas muß mit meinen Lungen nicht stimmen, denn ich habe ständig das Gefühl, als bekäme ich nicht genug Luft. Ich werde versuchen, wieder etwas fröhlicher zu sein, wenn Arthur kommt, weil er sonst bestimmt wieder sehr niedergeschlagen sein wird, wenn er mich so sieht.

Brief von Arthur Holmwood an Dr. Seward

Hotel Albemarle, 31. August

Mein lieber Jack,
ich möchte Dich um eine Gefälligkeit bitten. Lucy ist krank; das heißt, sie hat keine bestimmte Krankheit, aber sie sieht schrecklich aus und verfällt von Tag zu Tag mehr. Ich habe sie gefragt, ob es dafür irgendeinen Grund gibt; ihre Mutter zu fragen wage ich nicht, weil ich die bedauernswerte Dame in ihrem augenblicklichen Zustand nicht mit Sorgen um ihre Tochter belasten möchte. Das könnte, wie ich fürchte, fatale Folgen haben. Mrs. Westenra hat mir anvertraut, daß ihr Schicksal besiegelt ist – eine Herzkrankheit –, obwohl die arme Lucy es noch gar nicht weiß. Ich bin aber sicher, daß irgend etwas mein liebes Mädchen arg bedrückt. Ich könnte

verzweifeln, wenn ich sie nur ansehe; ihr Anblick versetzt mir jedesmal wieder einen Stich. Ich sagte ihr, ich würde Dich bitten, einmal nach ihr zu sehen, und obwohl sie zunächst gar nichts davon wissen wollte – ich weiß ja auch warum, alter Junge –, war sie schließlich doch damit einverstanden. Für Dich wird es sicher sehr schmerzlich sein, ich weiß, alter Freund, aber es ist ja um ihretwillen, und ich kann nicht länger zögern, Dich zu bitten. Komm doch morgen um zwei zum Dinner nach Hillingham, damit es Mrs. Westenra nicht so auffällt, und nach dem Lunch wird Lucy dann eine unverfängliche Gelegenheit herbeiführen, bei der Du sie untersuchen kannst. Zum Tee werde ich dann auch da sein, und wir können uns kurz von den anderen absondern. Ich bin voller Sorge und möchte gern so bald wie nur möglich allein mit dir sprechen, nachdem Du sie Dir angesehen hast. Hoffentlich klappt es!

ARTHUR

Telegramm von Arthur Holmwood an Dr. Seward

1. September

Wurde zu meinem Vater gerufen, dem es schlechter geht. Werde schreiben. Schreib mir ausführlich, wenn nötig, telegrafiere.

Brief von Dr. Seward an Arthur Holmwood

2. September

Mein lieber alter Freund,
was die Gesundheit von Miss Westenra angeht, will ich nicht zögern, Dir mitzuteilen, daß meiner Meinung nach keinerlei Funktionsstörung oder Krankheit vorliegt, die mir bekannt wäre. Doch bin ich gleichzeitig alles andere als zufrieden mit ihrem Allgemeinzustand; er ist bedauerlicherweise ganz anders als damals, als ich sie zum letztenmal gesehen habe. Natürlich mußt Du immer bedenken, daß ich keine Gelegenheit hatte, sie so eingehend zu untersuchen, wie das nötig gewesen wäre und wie ich es selbst gern getan hätte; unsere enge Freundschaft bereitet da gewisse Schwierigkeiten, die auch die medizinische Wissenschaft nicht so einfach überbrücken kann. Vielleicht sollte ich Dir berichten, was sich genau zugetragen hat, um es dann Deinem eigenen Urteil zu überlassen, daraus Schlüsse zu ziehen.

Ich fand Miss Westenra in scheinbar guter Stimmung vor. Ihre Mutter war auch anwesend, und schon nach wenigen Sekunden wurde mir klar, daß sie alles Mögliche versuchte, ihrer Mutter etwas vorzuspielen, um diese nicht zu beunruhigen. Ich zweifle nicht, daß sie vermutet, wenn sie es nicht gar weiß, wieviel Anlaß zur Rücksichtnahme es gibt. Wir aßen allein zu Abend, und während wir uns alle die größte Mühe gaben, Fröhlichkeit vorzutäuschen, breitete sich langsam, wie zur Belohnung, tatsächlich so etwas wie echte Ausgelassenheit unter uns aus. Schließlich ging Mrs. Westenra in ihr Zimmer, um zu Bett zu gehen, und ich blieb mit Lucy allein. Wir gingen in ihr Boudoir, und während wir noch dorthin gingen, blieb sie unverändert fröhlich und ausgelassen, denn die

Dienstboten kamen und gingen. Sobald jedoch die Tür geschlossen war, fiel die Maske von ihr ab, und sie sank mit einem tiefen Seufzer auf einen Stuhl und bedeckte die Augen mit der Hand. Als ich sah, daß ihre gute Laune verflogen war, wollte ich ihre Reaktion sogleich zum Anlaß nehmen, eine erste Diagnose zu wagen. Sie sagte sehr niedergeschlagen zu mir:

›Ich kann Ihnen gar nicht sagen, wie sehr es mir zuwider ist, über mich selbst zu sprechen.‹ Ich erinnerte sie daran, daß der Arzt eine unbedingte Schweigepflicht habe, daß aber auf der anderen Seite Du sehr traurig seist und Dich sehr um sie ängstigst. Sie verstand auf der Stelle, was ich meinte, und klärte diesen Punkt mit einem Satz. ›Sagen Sie Arthur, was immer Sie für richtig halten. Ich mache mir keine Sorgen um mich selbst, sondern nur um ihn!‹ So bin ich also frei, Dir in allen Einzelheiten zu berichten.

Ich konnte ohne Schwierigkeiten sehen, daß sie irgendwie an Blutarmut litt, aber die üblichen Anzeichen einer Anämie konnte ich nicht entdecken. Dafür hatte ich durch einen Zufall die Gelegenheit, die Beschaffenheit ihres Blutes in Augenschein zu nehmen, denn bei dem Versuch, ein etwas fest sitzendes Fenster zu öffnen, ging eine Fensterscheibe zu Bruch, und sie schnitt sich an der Hand mit einem kleinen Glassplitter. Das war an sich keine schwerwiegende Verletzung, aber sie gab mir die willkommene Gelegenheit, einige Blutstropfen aufzufangen und sie zu analysieren. Die qualitative Analyse deutet auf absolut normale Werte und zeigt, wie ich hinzufügen sollte, eigentlich einen guten Gesundheitszustand an. Alle anderen physischen Untersuchungen verliefen gleichfalls sehr zufriedenstellend und gaben keinerlei Anlaß zu irgendwelcher Besorgnis. Da es aber nun irgendeinen Grund für ihr Befinden geben muß, bin ich zu dem Schluß gekommen, daß es sich um etwas Seelisch-Geistiges handeln muß. Sie klagt über zeitweise Atembeschwerden und über schweren, totenähnlichen Schlaf mit erschreckenden Träumen, an die sie sich hinterher jedoch nie erinnern kann. Sie sagte mir, daß sie als Kind oft im Schlaf umhergegangen sei und daß sie diese Gewohnheit in Whitby wieder angenommen habe. Einmal sei sie sogar während der Nacht aus dem Haus und bis auf die östlichen Klippen hinausgegangen, wo Miss Muray sie dann gefunden habe. Sie versicherte mir aber, daß diese Gewohnheit zuletzt nicht mehr aufgetreten sei. Ich habe da meine Zweifel und habe das meiner Meinung nach beste in einem solchen Fall getan: Ich habe meinem alten Freund und Doktorvater, Professor Van Helsing in Amsterdam, geschrieben, der über geheimnisvolle Krankheiten mehr weiß als irgend jemand sonst auf der Welt. Ich habe ihn gebeten, hierhin zu kommen, und weil Du mir ja gesagt hattest, daß Du alle Kosten übernehmen wolltest, habe ich auch erwähnt, wer Du bist und in welcher Beziehung Du zu Miss Westenra stehst. Dies, mein Bester, habe ich nicht nur in Erfüllung Deiner dringenden Bitten getan, denn ich bin einfach zu stolz und glücklich, alles für sie zu tun, was in meiner Macht steht. Van Helsing würde andererseits aus persönlichen Gründen für mich alles tun. Aber aus welchem Grund auch immer er kommt, wir werden uns seinen Wünschen beugen müssen. Er scheint ein absolut sprunghafter Mann zu sein, aber das kommt nur daher, daß er besser als jeder andere weiß, wovon er spricht. Er ist Philosoph und Metaphysiker und einer der fähigsten Wissenschaftler unserer Zeit; und er ist, glaube ich, für jede Meinung offen. Diese Eigenschaften, gepaart mit eisernen Nerven, dem Temperament eines Eisblocks, einem unbeugsamen Willen, Selbstbeherrschung und Toleranz sowie dem treuesten und freundlichsten Herzen – dies alles also ist ihm Rüstzeug für die noble Arbeit, der er sich für die Mannschaft unterzieht. Und sein Geist ist so groß wie seine Liebenswürdigkeit. Ich erzähle Dir das alles, damit Du verstehst, warum ich solches Vertrauen in ihn setze. Ich habe ihn gebeten, umgehend zu kommen. Morgen werde ich Miss Westenra wieder sehen. Wir werden uns bei den Lagerhäusern treffen.

Immer der Deine
JOHN SEWARD

Brief von Abraham Van Helsing, Dr. med., Dr. ph., Dr. rer. lit etc. an Dr. Seward

2. September

Lieber Freund,
gerade habe ich Ihren Brief erhalten, und schon bin ich auf dem Weg zu Ihnen. Ich bin in der glücklichen Lage, unverzüglich aufbrechen zu können, ohne jemanden enttäuschen zu müssen, der auf mich vertraut hätte. Aber auch, wenn es anders gewesen wäre, so hätten sich eben jene anderen gedulden müssen, denn ich komme zuerst zu meinem Freund, wenn dieser mich ruft, damit ich denen helfe, die ihm teuer sind. Sagen Sie Ihrem Freund, daß Sie zu jener Zeit, als Sie aus meiner Wunde so beherzt das Gift des Wundbrandes saugten, verursacht von der Klinge eines anderen, der sein Messer so sorglos fallen ließ, daß Sie also damals mehr für ihn getan haben, als es selbst der größte Glücksfall vermocht hätte.

Reservieren Sie mir doch bitte Zimmer im *Great Eastern Hotel,* so daß ich in der Nähe bin, und arrangieren Sie doch bitte alles so, daß wir die junge Dame morgen nicht allzu spät sehen können, weil es gut sein kann, daß ich noch in der Nacht nach hier zurückkehren muß. Wenn es jedoch die Lage erfordert, kann ich drei Tage später noch einmal kommen und dann auch länger bleiben. Bis dahin dann alles Gute, mein Freund John.

VAN HELSING

Brief von Dr. Seward an den Ehrenwerten Herrn Arthur Holmwood

3. September

Mein lieber Art,
Van Helsing war hier und ist schon wieder fort. Er war mit mir in Hillingham. Lucy hatte in weiser Voraussicht dafür gesorgt, daß ihre Mutter zum Lunch außer Haus war, so daß wir allein mit ihr sein konnten. Van Helsing hat die Patientin sehr eingehend untersucht. Er wird mir noch berichten, und ich werde Dir dann Bescheid geben, denn ich war natürlich nicht die ganze Zeit anwesend. Er ist, fürchte ich, sehr besorgt, aber er sagte, er müsse noch einmal in Ruhe über alles nachdenken. Als ich ihm von unserer Freundschaft erzählte und wie sehr Du mir vertraust, sagte er: ›Sie müssen ihm alles erzählen, was Sie meinen. Erzählen Sie ihm, was ich denke, falls Sie es ahnen und wenn Sie es wollen. Nein, ich spaße nicht. Dies ist kein Spaß, sondern eine Sache auf Leben und Tod, vielleicht sogar mehr.‹ Ich fragte ihn, wie er denn das meine, denn er schien sehr ernst. Aber da waren wir schon wieder in der Stadt, und er trank nur noch eine Tasse Tee, bevor er sich auf den Rückweg nach Amsterdam machte. Einen weiteren Hinweis wollte er mir nicht geben. Bitte sei nicht böse mit ihm, Art, denn seine Zurückhaltung heißt

nichts anderes, als daß er alle seine Geisteskräfte für ihr Wohl einsetzt. Er wird noch reichlich genug reden, wenn die Zeit gekommen ist, glaub mir. Also sagte ich ihm, ich würde zunächst nur einen Bericht über unseren Besuch schreiben, so als schriebe ich einen Artikel für den *Daily Telegraph*. Er schien gar nicht zuzuhören, sondern merkte nur an, der Schmutz in der Luft sei in London längst nicht mehr so schlimm wie zu der Zeit, da er hier studiert hatte. Morgen soll ich seinen Bericht in Händen halten, wenn er es bis dahin schafft, ihn zu schreiben. Auf jeden Fall werde ich Post von ihm bekommen.

So, und nun zu dem Besuch. Lucy war munterer als an dem Tag, als ich sie mir zum erstenmal angesehen hatte, und sah sehr viel besser aus. Sie hatte einiges von dem geisterhaften Aussehen verloren, das Dir so viele Sorgen gemacht hat, und ihr Atem war normal. Zu dem Professor war sie sehr liebenswürdig (aber das ist sie ja immer) und versuchte, ihm etwas vorzumachen, wenn ich auch nicht übersehen konnte, wie schwer es dem armen Mädel fiel. Ich glaube, Van Helsing ist es auch aufgefallen, denn ich bemerkte den schnellen Blick unter seinen buschigen Brauen, den ich noch von früher her kenne. Dann fing er an, über alles Mögliche zu plaudern außer über uns oder über Krankheiten, und das mit solch grenzenloser Genialität, daß ich sehen konnte, wie aus Lucys bloßem Versuch, Lebhaftigkeit vorzutäuschen, nach und nach echte Lebendigkeit wurde. Dann brachte er das Gespräch wie selbstverständlich auf den Grund seines Besuches und sagte betont sanft:

›Meine liebe, junge Dame, ich höre mit dem größten Vergnügen, daß Sie ehrlich und aufrichtig geliebt werden. Das ist sehr viel, meine Liebe, und wäre selbst dann noch viel, wenn da wirklich das wäre, was ich nicht sehen kann. Man sagte mir, Sie seien schlechter Stimmung und seien extrem blaß. Denen sage ich: Quatsch!‹ Und dazu schnippte er mit den Fingern in meine Richtung und fuhr fort: ›Sie und ich – wir werden ihnen beweisen, wie unrecht sie haben. Wie kann er – und dabei deutete er mit demselben Blick und derselben Geste auf mich wie damals, als er mich aus dem Klassenzimmer gewiesen hatte, eine Situation, an die er mich gern immer wieder erinnert, ›– schon etwas über junge Damen wissen? Er hat weder Frau noch Tochter, und die jungen Leute erklären sich nicht gern den jungen, sondern lieber den älteren wie mir zum Beispiel, die schon so viel Leid und deren Ursachen gesehen haben. Also werden wir ihn fortschicken, meine Liebe, damit er im Garten eine Zigarette rauchen kann, während wir beide uns ganz ungestört miteinander unterhalten können.‹ Ich nahm den Wink auf und ging hinaus, bis der Professor irgendwann ans Fenster trat und mich wieder hereinrief. Er blickte ernst drein, als er sagte: ›Ich habe sie sorgfältig untersucht, aber es gibt keine greifbare Ursache für ihren Zustand. Mit Ihnen bin ich der Meinung, daß ein beträchtlicher Blutverlust vorgelegen hat; aber das ist jetzt nicht mehr der Fall. Weiter deutet bei ihr nichts auf anämische Zustände hin. Ich habe sie gebeten, mir ihre Zofe zu schicken, weil ich ihr ein oder zwei Fragen stellen wollte, um sicher zu sein, daß ich nichts übersehen habe. Ich weiß genau, was sie sagen wird. Und trotzdem ist da irgend etwas; es gibt immer einen Grund für das Ungewöhnliche. Ich muß jetzt zuerst einmal nach Hause zurück und nachdenken. Sie unterrichten mich bitte täglich per Telegramm über ihr weiteres Befinden, und wenn sich ein Grund für einen neuerlichen Besuch ergeben sollte, komme ich auf der Stelle wieder. Die Krankheit – denn eine Krankheit liegt immer dann vor, wenn jemand sich nicht wohl fühlt – interessiert mich, und das nette junge Ding interessiert mich nicht weniger. Sie hat mich bezaubert, und wenn schon nicht wegen Ihnen oder irgendeiner Krankheit, wegen ihr würde ich kommen.‹

Wie ich Dir ja schon sagte, war er zu keinem weiteren Wort zu bewegen, auch dann nicht, als wir allein waren. Und damit weißt Du jetzt alles, was auch ich weiß, Art. Ich werde strenge Wache halten. Hoffentlich erholt sich Dein Vater bald wieder. Es muß ja schrecklich für Dich sein, alter Junge, sich in einer Position genau zwischen zwei Personen zu befinden, die einem beide so nahe stehen. Ich kenne Deine Einstellung hinsichtlich Deiner Pflicht Deinem Vater gegenüber, und Du tust recht daran, Dich ihr zu stellen; wenn sich aber die Notwendigkeit ergäbe, würde ich Dir sofort Bescheid geben, daß Deine Anwesenheit bei Lucy erforderlich wäre; mach Dir also keine unnötigen Sorgen, solange Du nichts mehr von mir hörst.«

Das Tagebuch des Dr. Seward

4. *September:* – Unser Leben verspeisender Patient nimmt weiterhin unser ganzes Interesse in Anspruch. Er hatte nur einen Anfall, und das war gestern zu einer an sich recht ungewöhnlichen Tageszeit. Kurz bevor es Mittag schlug, fing er an, unruhig zu werden. Der Wärter kannte bereits die Symptome und holte umgehend Hilfe. Glücklicherweise kamen die Männer sofort gerannt und langten gerade noch rechtzeitig an, denn Schlag Mittag wurde er gewalttätig, und es erforderte alle verfügbaren Kräfte, ihn zu bändigen. Fünf Minuten später dann wurde er langsam wieder ruhiger und versank schließlich in einer Art Melancholie, in der er bis zur Stunde verharrt. Der Wärter berichtet mir, seine Schreie während des Anfalls seien ohne Einschränkung grauenvoll gewesen; als ich hinunterkam, hatte ich alle Hände voll zu tun, die anderen Patienten wieder zu beruhigen, die eine panische Angst vor ihm hatten. Ich kann es, ehrlich gesagt, auch nicht verstehen, aber die Geräusche waren selbst mir an die Nieren gegangen, obwohl ich doch ein gutes Stück entfernt gewesen war. Inzwischen ist die Mittagszeit in der Heilanstalt vorbei,

und noch immer sitzt mein Patient in der Ecke und brütet still vor sich hin, auf dem Gesicht einen dumpfen, jammervollen Ausdruck, der mir auf irgend etwas hinzudeuten scheint. Aber ich verstehe leider nicht, um was es sich handeln könnte.

Später: Wieder ein Umschwung bei meinem Patienten. Um fünf Uhr schaute ich zu ihm herein und fand ihn scheinbar fröhlich und zufrieden wie immer. Er fing Fliegen, aß sie auf und notierte sich deren Anzahl, indem er mit dem Fingernagel Markierungen in den Türrahmen ritzte. Als er mich sah, kam er herüber, entschuldigte sich für sein schlechtes Benehmen und bat mich inständig, fast schon unterwürfig, wieder in sein altes Zimmer zu dürfen, und sein Notizbuch wollte er auch zurückhaben. Ich erklärte mich einverstanden, um ihn bei Laune zu halten, und so ist er jetzt wieder in seinem alten Zimmer, wo er den ganzen Tag die Fenster geöffnet hat. Den Zucker, den er zum Tee erhält, hat er wieder auf der Fensterbank ausgestreut und fährt eine bemerkenswerte Ernte an Fliegen ein. Er ißt sie jetzt allerdings nicht mehr auf, sondern sammelt sie in einer Schachtel, wie er es früher einmal getan hat, und sucht mittlerweile alle Winkel seines Zimmers nach einer Spinne ab. Ich versuchte, ihn dazu zu bewegen, über die vergangenen Tage mit mir zu sprechen, denn für mich könnte auch der allergeringste Zugang zu seiner Gedankenwelt von größtem Nutzen sein; aber er blieb absolut unzugänglich. Einen Augenblick oder zwei blickte er ein wenig traurig drein und sagte mit einer Stimme, die aus weiten Fernen zu kommen schien, als spreche er mehr zu sich selbst als zu mir:

»Alles vorbei! Alles vorbei! Er hat mich verlassen. Keine Hoffnung mehr für mich, es sei denn, ich tue es selbst!« Dann wandte er sich ganz plötzlich sehr resolut nach mir um und fuhr fort: »Doktor, könnten Sie nicht vielleicht ganz besonders gut zu mir sein und mir ein wenig mehr Zucker zukommen lassen? Ich glaube, er würde mit guttun.«

»Und den Fliegen?« erwiderte ich.

»Ja! Die Fliegen lieben ihn ebenfalls, und ich liebe die Fliegen; deshalb möchte ich ihn haben.« Und da gibt es immer noch Leute, die behaupten, ein Verrückter verstünde nicht, logisch zu denken und zu argumentieren. Ich versprach ihm eine doppelte Ration und verließ ihn als den glücklichsten Menschen auf der Welt, wie ich glaube. Ich wollte, ich könnte hinter seine Stirn sehen.

Mitternacht: – Wieder ein Umschwung bei ihm. Ich war zu Besuch bei Miss Westenra gewesen, die ich deutlich erholt vorgefunden hatte. Gerade war ich zurückgekehrt und stand am Tor der Heilanstalt, wo ich den Sonnenuntergang bewunderte, als ich ihn einmal mehr schreien hörte. Da sein Zimmer auf dieser Seite des Gebäudes liegt, konnte ich ihn noch besser hören als am Morgen. Für mich war es ein nicht gelinder Schock, so übergangslos von einem wunderschönen Sonnenuntergang über London mit seinen grellen Farben, den tiefdunklen Schatten und den Wolken, die sich in den herrlichsten Farbschattierungen fast wie gefärbtes Wasser präsentieren, in die grimmige Wirklichkeit meines eigenen steinernen Hauses mit all seinem lebendigen Elend zurückgeworfen zu werden. Ich kam just in dem Augenblick bei ihm an, als die Sonne unterging und ich ihre rote Scheibe durch sein Fenster versinken sehen konnte. Während sie endgültig verschwand, nahm seine Raserei immer mehr ab; und genau in dem Augenblick, da sie verschwunden, sank er, nur noch eine formlose Masse, aus den Händen jener, die ihn hielten, zu Boden. Es ist geradezu wunderbar, welch erstaunliche intellektuelle Selbstheilungskräfte in einem Wahnsinnigen stecken, denn innerhalb weniger Minuten stand er ganz ruhig wieder auf und blickte sich um. Ich bedeutete den Wärtern, ihn nicht länger festzuhalten, denn ich war begierig zu sehen, was er nun tun würde. Er ging direkt zum Fenster und wischte die Zuckerkrümel hinaus; dann nahm er seinen Karton mit den Fliegen, entleerte ihn nach draußen und warf die Schachtel weg; dann schloß er das Fenster, kam wieder herüber und setzte sich auf sein Bett. Das alles überraschte mich, und so fragte ich ihn: »Wollen Sie keine Fliegen mehr halten?«

»Nein«, sagte er; »ich habe die Nase voll von all diesem Müll!« Er ist bestimmt eine herrlich interessante Studie. Ich wollte nur, ich könnte ein klein wenig von seinen Gedanken erraten oder wenigstens den Grund seiner plötzlichen Ausbrüche von Leidenschaft. Stopp – es scheint zumindest einen Hinweis zu geben, wenn es nur gelingt herauszufinden, warum seine Anfälle heute genau zur Mittagszeit und bei Sonnenuntergang kamen. Kann es nicht sein, daß von der Sonne zu bestimmten Zeiten ein schlechter Einfluß auf solche Naturen ausgeht, die dafür empfänglich sind –, so, wie man es ja auch vom Mond kennt?

Telegramm, Seward, London, an Van Helsing, Amsterdam

4. *September:* – Patientin heute schon besser disponiert.

Telegramm, Seward, London, an Van Helsing, Amsterdam

5. *September:* – Patientin in ausgezeichneter Verfassung. Guter Appetit; Schlaf normal; gute Laune; Farbe kehrt wieder zurück.

Telegramm, Seward, London, an Van Helsing, Amsterdam

6. September: – Schrecklicher Wandel zum Schlechteren. – Kommen Sie sofort; verlieren Sie keine Minute. Warte mit Telegramm an Holmwood, bis ich Sie gesprochen habe.

Kapitel Zehn

Brief von Dr. Seward an den Ehrenwerten Herrn Arthur Holmwood

6. September

Mein lieber Art,
meine heutigen Neuigkeiten sind nicht sehr gut. Lucy hat heute morgen einen gewissen Rückschlag erlitten. Das hat allerdings insofern auch seine gute Seite, als Mrs. Westenra verständlicherweise besorgt um Lucy war und mich nun offiziell gebeten hat, sie einmal zu untersuchen. Ich ergriff die Gelegenheit beim Schopf und erzählte ihr, mein alter Lehrer, der große Spezialist Van Helsing, werde mich besuchen kommen und ich würde sie auch seiner Fürsorge gemeinsam mit der meinen anvertrauen; so können wir jetzt kommen und gehen, ohne sie unnötig aufzuregen, denn ein Schock könnte für sie den sofortigen Tod zur Folge haben, und das müßte auf Lucy in ihrem augenblicklichen Zustand verheerende Auswirkungen haben. Wir sind umgeben von Schwierigkeiten, ein jeder von uns, mein armer, alter Freund; aber mit Gottes

Hilfe werden wir es schon irgendwie schaffen. Falls erforderlich, werde ich wieder schreiben. Wenn Du also nichts mehr hörst, nimm es als Zeichen dafür, daß ich selbst auf Neuigkeiten warte. In Eile

Immer der Deine
JOHN SEWARD

Das Tagebuch des Dr. Seward

7. September: – Das erste, was Van Helsing zu mir sagte, als wir uns an der Liverpool Street trafen, war:

»Haben Sie irgend etwas zu Ihrem jungen Freund gesagt, ihrem Geliebten?«

»Nein«, erwiderte ich. »Ich habe gewartet, bis ich mit Ihnen gesprochen habe, wie ich es ja in meinem Telegramm angekündigt hatte. Ich habe ihm einen Brief geschrieben, in dem lediglich steht, daß Sie kommen werden, da es Miss Westenra nicht besonders gut gehe, und daß ich ihm weitere Nachricht zukommen lasse, wenn es erforderlich wird.«

»Gut, mein Freund«, sagte er, »sehr gut! Besser, er weiß es noch nicht in allen Einzelheiten; vielleicht sollte er es nie erfahren. Ich bete darum; wenn es sich aber als erforderlich erweisen sollte, wird er alles erfahren. Und, mein guter Freund John, lassen Sie sich warnen. Sie gehen mit Verrückten um. In der einen oder anderen Weise sind alle Menschen verrückt; und genauso, wie Sie mit Ihren Verrückten diskret umgehen, so sollten Sie auch mit Gottes Wahnsinnigen umgehen – also dem Rest der Welt. Sie erzählen Ihren Verrückten nicht, was Sie tun und warum Sie es tun; Sie erzählen ihnen auch nicht, was Sie denken. So sollen Sie Ihr Wissen für sich bewahren, wo es bleiben mag – wo es seinesgleichen sammelt und weiter ausbrütet. Sie und ich – wir sollten das, was wir schon wissen, hier und hier bewahren.« Er berührte die Gegend meines Herzens und meine Stirn und berührte sich danach in derselben Weise. »Ich habe bereits so meine Vorstellungen. Später werde ich Sie mit ihnen bekannt machen.«

»Und warum nicht schon jetzt?« fragte ich. »Es könnte von Nutzen sein; wir könnten zu einer Entscheidung kommen.« Er blieb stehen, sah mich an und sagte:

»Mein Freund John, wenn das Korn gewachsen ist, noch bevor es reif wurde – während die Milch der Mutter Erde in ihm ist und der Sonnenschein noch nicht begonnen hat, es golden anzustreichen, rupft der gute Landmann eine Ähre ab, reibt sie zwischen seinen rauhen Fingern, bläst die grünen Grannen fort und sagt: ›Sieh hier! Das gute Korn; es wird eine gute Ernte werden, wenn die Zeit erst reif ist.‹« Ich sah nicht, worauf er hinauswollte, und sagte es ihm auch. Statt einer Antwort langte er herüber, nahm mein Ohr zwischen die Finger und zog spielerisch daran, wie er es einst bei den Vorlesungen auch getan hatte, und sagte: »Der gute Landmann sagt dies zu Ihnen, wenn er es weiß, aber nicht vorher. Aber Sie werden den guten Landmann nicht dabei ertappen, wie er das ausgesäte Korn untersucht, um zu sehen, ob es auch wächst; das machen nur Kinder, die den Landmann spielen, nicht aber Menschen, für die die Landwirtschaft ihr Lebensinhalt ist. Verstehen Sie jetzt, Freund John? Ich habe mein Korn ausgesät, und nun muß Mutter Natur ihr Werk verrichten und es aufgehen lassen; wenn es keimt, ist es wie ein Versprechen, und ich warte nur noch ab, bis die Ähre zu schwellen beginnt.« Er brach ab, weil er sah, daß ich verstanden hatte. Dann fuhr er sehr gravitätisch fort:

»Sie waren stets ein sehr sorgfältiger Student, und Ihr Kollegheft war immer voller als das der anderen. Damals waren Sie nur Student, heute sind Sie approbierter Arzt, und ich vertraue darauf, daß Sie diese gute Gewohnheit nicht abgelegt haben. Erinnern Sie sich, mein Freund, daß Wissen stärker ist als Erinnerung, und wir sollten nicht auf das schwächere der beiden bauen. Selbst wenn Sie diese gute Praxis nicht fortgeführt haben sollten, lassen Sie mich Ihnen sagen, daß dieser Fall unserer lieben Miss von solch großem Interesse für uns und alle anderen sein könnte – beachten Sie, ich sagte *könnte* –, daß daneben alles andere zur Bedeutungslosigkeit verblaßt, wie man in Ihrem Land sagt. Also notieren Sie alles genau. Nichts ist zu unbedeutend. Ich rate Ihnen, schreiben Sie selbst Ihre Zweifel und bloßen Vermutungen nieder. Später mag es von Interesse für Sie sein zu sehen, ob Sie richtig vermutet haben. Wir lernen aus unseren Fehlern, nicht aus unseren Erfolgen.«

Als ich Lucys Symptome beschrieb – dieselben wie zuvor, nur ungleich stärker ausgeprägt –, blickte er sehr ernst drein, sagte aber nichts. Er hatte eine Tasche bei sich, in der sich viele Instrumente und Drogen befanden, »das schauderhafte Brimborium unserer segensreichen Tätigkeit«, wie er einmal in einer seiner Vorlesungen die Ausstattung eines Professors der Heilkunde genannt hatte. Nachdem man uns eingelassen hatte, kam Mrs. Westenra zu uns. Sie wirkte alarmiert, aber nicht so sehr, wie ich befürchtet hatte. Die Natur hat es in ihrer Güte so eingerichtet, daß der Tod selbst das Gegengift gegen seinen eigenen Terror bereit hält. Hier, in einem Fall, bei dem der geringste Schock fatale Auswirkungen haben müßte, ist alles so bestellt, daß aus dem einen oder anderen Grund Dinge, die sie nicht unmittelbar selbst betreffen, sie auch nicht zu erreichen scheinen, nicht einmal der dramatische Wandel im Befinden ihrer Tochter, zu der sie doch eine so innige Beziehung hat. Es ist fast so, als spinne Mutter Natur eine Art Kokon aus Empfindungslosigkeit um einen fremden Körper, der vor Unheil schützt, das andernfalls bei einem unmittelbaren Kontakt unvermeidlich wäre. Wenn dies so etwas wie angeborene Selbstsucht ist, dann sollten wir es uns doch sehr überlegen, bevor wir jemanden wegen seines Egoismus verdammen, denn er könnte tiefere Wurzeln haben, als uns bekannt ist.

Ich nahm alle meine Kenntnisse der geistigen Pathologie zusammen und legte als Regel fest, daß sie nicht gleichzeitig mit uns bei Lucy anwesend sein sollte und auch nicht mehr als unbedingt nötig an die Krankheit ihrer Tochter denken sollte. Damit erklärte sie sich bereitwillig einverstanden, so bereitwillig, daß ich darin bereits wieder die Hand von Mutter Natur zu erkennen bereit war, die um den Erhalt des eigenen Lebens kämpft. Man führte Van Helsing und mich hinauf in Lucys Zimmer. War ich schon geschockt gewesen, als ich sie gestern gesehen hatte, so war ich entsetzt, als ich sie jetzt wiedersah. Sie war grauenhaft bleich und weiß wie Kalk; sogar Lippen und Gaumen schienen jegliches Rot verloren zu haben, ihre Gesichtsknochen standen deutlich hervor, und es tat beinahe körperlich weh, sie atmen zu hören. Van Helsings Gesicht wurde auf der Stelle starr wie Marmor, und seine Brauen zogen sich zusammen, bis sie sich fast über der Nasenwurzel trafen. Lucy lag reglos da und schien nicht einmal mehr die Kraft zum Sprechen zu haben, und so verharrten wir alle eine Zeitlang schweigend. Dann gab mir Van Helsing einen Wink, und wir gingen leise aus dem Zimmer. Sobald wir hinter uns die Tür ins Schloß gezogen hatten, ging er mit schnellen Schritten den Korridor entlang bis zur nächsten Tür, die zufällig offenstand. Er zog mich schnell ins Innere des Zimmers und machte hinter sich die Tür zu.

»Mein Gott!« sagte er. »Das ist ja furchtbar. Es ist keine Zeit zu verlieren. Sie wird innerhalb der nächsten Minuten aus Blutmangel sterben. Sie hat ja nicht einmal mehr genug Blut in den Venen, um das Herz in Gang zu halten. Hier ist eine umgehende Bluttransfusion unvermeidlich. Soll ich – oder wollen Sie?«

»Ich bin jünger und stärker, Professor. Das muß ich übernehmen.«

»Gut – dann machen Sie sich bitte auf der Stelle bereit. Ich hole nur noch meine Tasche herauf, dann bin ich soweit.«

Ich ging mit ihm gemeinsam nach unten, und als wir in der Halle standen, klopfte es an die Haustür. Das Mädchen kam und öffnete die Tür. Draußen stand Arthur. Als er mich sah, stürzte er auf mich zu und flüsterte heiser: »Jack, ich hatte solche Angst. Ich habe versucht, zwischen den Zeilen deines Briefes zu lesen, und da wurde mir himmelangst. Vater ging es etwas besser, und deswegen bin ich hergeeilt, um mich selbst zu überzeugen. Ist dieser Gentleman dort nicht Professor Van Helsing? Sir, ich bin Ihnen ja so dankbar, daß Sie sich herbemüht haben.« Als der Professor einen ersten Blick auf ihn geworfen hatte, stand Ärger in seinen Augenwinkeln, gerade jetzt gestört zu werden; doch als er dann die kräftige Konstitution des Besuchers wahrnahm und den energiegeladenen jungen Mann erkannte, begannen seine Augen zu leuchten. Ohne sich mit irgendeiner Vorrede aufzuhalten, hielt er ihm die Hand entgegen und sagte ernst:

»Sir, Sie sind genau zur rechten Zeit gekommen. Sie sind der Verlobte der liebenswerten Miss. Sie ist sehr, sehr krank. – Nein, mein Junge, nur das nicht!« Denn plötzlich wurde er blaß und ließ sich auf den nächsten Stuhl sinken, als sei er ohnmächtig geworden. »Sie müssen ihr helfen, Sie können ihr mehr helfen als jedes andere lebende Wesen, und Ihr Mut ist für sie die beste Hilfe.«

»Was kann ich tun?« fragte Arthur mit heiserer Stimme. »Sagen Sie es mir, und ich werde es tun. Mein Leben gehört ihr, und ich würde den letzten Tropfen Blut in meinem Körper für sie hingeben.« Im Wesen des Professors gibt es auch eine ausgeprägt humorvolle Seite, und aus alter Kenntnis konnte ich eine Spur davon in seiner Antwort wiederfinden. Er sagte nämlich:

»Mein junger Herr, nach soviel frage ich ja gar nicht, nicht nach dem allerletzten!«

»Was soll ich tun?« In seinen Augen loderte es wie Feuer, und seine Nasenflügel vibrierten vor Erregung.

Van Helsing klopfte ihm auf die Schulter. »Kommen Sie!« sagte er. »Sie sind ein Mann, und wir brauchen einen Mann. Sie eignen sich besser als ich und auch besser als mein Freund John.« Arthur blickte verwirrt drein, und der Professor fuhr in ruhigem Ton in seiner Belehrung fort: »Die junge Dame ist krank, sehr krank. Sie braucht Blut, und wenn sie jetzt keines bekommt, wird sie sterben. Mein Freund John und ich haben uns schon abgesprochen und sind übereingekommen, etwas vorzunehmen, das man eine Transfusion von Blut nennt – Blut aus einer vollen Vene in eine leere, die nach Blut lechzt. John war schon bereit, sein Blut herzugeben, da er der jüngere, der kräftigere von uns beiden ist« – hier faßte Arthur nach meiner Hand und drückte sie fest, aber schweigend –, »aber jetzt sind ja Sie hier, und Sie sind noch besser geeignet als wir beide, die wir uns, alt oder jung, zu viel in der Welt der Gedanken bewegen. Unsere Nerven sind nicht so ruhig und unser Blut ist nicht so stark wie Ihres!«

Arthur wandte sich nach ihm um und sagte: »Ach, wenn Sie nur wüßten, wie gern ich für sie sterben würde, wenn es nötig wäre, dann würden Sie verstehen …« Er unterbrach sich, weil ihm die Stimme versagen wollte.

»Guter Junge!« sagte Van Helsing. »In nicht allzu ferner Zukunft werden Sie glücklich sein, alles für die getan zu haben, die Sie lieben. Kommen Sie jetzt und sagen Sie nichts mehr. Sie können sie einmal küssen, bevor es passiert ist, doch dann müssen Sie gehen, und zwar müssen Sie auf mein Zeichen hin verschwinden. Zu Madame bitte kein Wort, Sie wissen ja um ihren Zustand! Es darf keinen Schock für sie geben, und jede Kenntnis dessen, was jetzt geschieht, wäre einer für sie. Kommen Sie!«

Gemeinsam gingen wir hinauf in Lucys Zimmer. Arthur blieb zunächst auf Anweisung des Professors draußen. Lucy wandte den Kopf nach uns um, sagte aber nichts. Sie schlief nicht, sie war nur einfach zu schwach, um zu reden. Nur ihre Augen sprachen zu uns, das war alles. Van Helsing nahm verschiedene Dinge aus seiner Tasche und legte sie auf einen kleinen Tisch, wo Lucy sie nicht sehen konnte. Dann mischte er ein Narkotikum, trat ans Bett und sagte freundlich:

»So, kleine Miss, hier ist Ihre Medizin. Trinken Sie sie aus wie ein braves Kind. Kommen Sie, ich richte Sie ein wenig auf, damit es leichter geht. Ja, so.« Sie versuchte zu trinken und hatte auch Erfolg.

Mich überraschte, wie lange es dauerte, bis das Medikament wirkte. Das war nun in der Tat ein deutlicher Hinweis darauf, wie schwach sie wirklich war. Die Sekunden schienen sich zu Ewigkeiten zu dehnen, bis sie endlich der Schlaf übermannte. Doch schließlich stellte das Narkotikum seine Wirkung unter Beweis, und sie fiel in einen tiefen Schlaf. Als der Professor mit ihrem Zustand zufrieden war, rief er Arthur ins Zimmer und bat ihn, sich die Jacke auszuziehen, und fügte noch hinzu: »Sie können sich Ihren kleinen Kuß nehmen, während ich den Tisch herüber hole. Freund John, helfen Sie mir, bitte!« So war sichergestellt, daß keiner von uns hinsah, als er sich über sie beugte.

Van Helsing wandte sich mir zu und sagte:

»Er ist so jung und stark und verfügt über so reines Blut, daß wir es nicht zu reinigen brauchen.«

Und dann nahm Van Helsing schnell, aber mit eingeübter Routine, den Eingriff vor. Noch während die Blutübertragung vonstatten ging, schien so etwas wie Leben in die Wangen der armen Lucy zurückzukehren, und durch Arthurs wachsende Blässe hindurch schien noch seine Freude zu leuchten. Schon wenig später machte ich mir zunehmend Sorgen, denn der Blutverlust ging nicht spurlos an Art vorüber, so kräftig er auch sein mochte. Ich bekam eine kleine Vorstellung davon, welcher Belastung Lucys ganzer Organismus ausgesetzt gewesen sein mußte, wenn das wenige Blut, das Art bereits so veränderte, ihr derart gut tat. Doch das Gesicht des Professors blieb starr, und er stand da mit der Uhr in der Hand und die Augen mal auf die Patientin, mal auf Arthur gerichtet. Ich konnte mein eigenes Herz schlagen hören. Da sagte er auf einmal mit sanfter Stimme: »Jetzt einmal nicht mehr bewegen. Es reicht. Sie kümmern sich um ihn, ich mich um sie.« Als alles vorüber war, konnte ich sehen, wie geschwächt Art war. Ich verband die Wunde und nahm seinen Arm, um ihn fortzubringen, als Van Helsing – der Mann scheint Augen selbst im Hinterkopf zu haben –, ohne sich umzudrehen, sagte:

»Der tapfere Liebende verdient wohl einen weiteren Kuß, wie ich meine, und den soll er auch unverzüglich erhalten.« Und weil er seine Operation nun beendet hatte, schüttelte er das Kopfkissen der Patientin wieder ein wenig auf. Noch während er das tat, schob sich das schmale schwarze Samtband mit dem großen Diamanten, das ihr Verlobter ihr einst geschenkt hatte, ein wenig in die Höhe und ließ ein rotes Mal an ihrer Kehle sehen. Arthur bemerkte es nicht, aber ich hörte das zischende Geräusch, als Van Helsing scharf die Luft einzog, bei ihm immer ein sicheres Anzeichen für enttäuschte Hoffnungen. Im Moment sagte er allerdings nichts, sondern wandte sich an mich und meinte: »So, nun bringen Sie unseren tapferen Liebhaber wieder nach unten, geben Sie ihm ein Glas Portwein und sorgen Sie dafür, daß er sich ein wenig hinlegt. Danach muß er dann nach Hause gehen und sich ausruhen, viel schlafen und gut essen, damit er das wieder aufholt, was er aus Liebe gegeben hat. Er darf hier nicht bleiben. Halt! Einen Moment noch. Ich könnte es verstehen, wenn Sie wissen wollen, wie das Ergebnis ist. Da kann ich Ihnen nur versichern, daß die Operation in jeder Hinsicht geglückt ist. Diesmal haben Sie ihr Leben gerettet, und Sie können jetzt nach Hause gehen und sich in der Gewißheit ausruhen, daß getan wird, was möglich ist. Sobald es ihr wieder besser geht, werde ich ihr alles berichten; sie wird Sie für das, was Sie getan haben, nur noch mehr lieben. Auf Wiedersehen.«

Als Arthur gegangen war, kehrte ich ins Zimmer zurück. Lucy schlief friedlich, und ihr Atem war kräftiger geworden; ich konnte sehen, wie sich die Tagesdecke bewegte, wenn sich ihre Brust hob. Van Helsing saß auf der Bettkante und beobachtete sie aufmerksam. Das samtene Band bedeckte wieder die rote Stelle. Ich fragte den Professor im Flüsterton:

»Was halten Sie von dem Mal an ihrer Kehle?«

»Was halten Sie denn davon?«

»Ich habe es mir noch nicht angesehen«, erwiderte ich und machte mich auf der Stelle daran, das Band zu lösen. Gleich über der äußeren Drosselvene waren zwei Punkte zu sehen, nicht sonderlich groß, aber gutartig sahen sie keineswegs aus. Anzeichen einer Entzündung waren wohl nicht zu erkennen, aber die Ränder waren weiß und sahen ausgefranst aus, fast wie zerrieben. Im praktisch selben Augenblick kam mir der Gedanke, daß diese Wunde, oder was immer es auch sein mochte, der Grund für ihren manifesten Blutverlust sein könnte; doch ich verwarf diesen Gedanken so schnell wieder, wie er mir gekommen war, denn das konnte schlechterdings nicht sein. Das ganze Bett hätte sonst bis auf die Matratze von dem Blut getränkt sein müssen, das das Mädchen verloren haben mußte, um einen solchen Zusammenbruch zu erleben.

»Nun?« fragte Van Helsing.

»Tja«, sagte ich, »ich weiß damit nichts Rechtes anzufangen.«

Der Professor erhob sich. »Ich muß noch heute nacht nach Amsterdam zurück«, sagte er. »Dort habe ich verschiedene Bücher und andere Dinge, die ich gern hätte. Sie müssen bitte die ganze Nacht hier bleiben, und Sie dürfen sie nicht eine Sekunde aus den Augen verlieren.«

»Bekomme ich eine Krankenschwester zur Unterstützung?« fragte ich.

»Wir beide sind die besten Krankenschwestern, Sie und ich. Sie halten bitte die ganze Nacht Wache; sorgen Sie dafür, daß sie gut und viel ißt und nicht gestört wird. Sie dürfen die ganze Nacht nicht schlafen. Später können wir dann schlafen, Sie und ich. Ich werde sobald wie nur irgend möglich zurück sein. Und dann können wir anfangen.«

»Anfangen?« fragte ich. »Was, um alles in der Welt, meinen Sie damit?«

»Wir werden sehen!« erwiderte er schon im Hinausgehen. Kurz darauf kehrte er noch einmal zurück, steckte den Kopf zur Tür herein und sagte mit warnend erhobenem Zeigefinger:

»Bedenken Sie, sie ist Ihre Patientin. Wenn Sie sie im Stich lassen und es widerfährt ihr Ungemach, werden Sie danach nie wieder ruhig schlafen können!«

Das Tagebuch des Dr. Seward

(Fortsetzung)

8. September: – Ich habe die ganze Nacht an Lucys Bett gesessen. Bei Anbruch der Dämmerung ließ die Wirkung des Opiats nach, und sie wachte ganz von selbst auf; nach der Transfusion sah sie ganz verändert aus. Sogar ihre Stimmung war gut, und sie war voller Lebendigkeit, aber noch konnte ich die Anzeichen des totalen Verfalls an ihr bemerken, den sie hinter sich hatte. Als ich Mrs. Westenra sagte, Professor Van Helsing habe verfügt, daß ich bei ihr wachen sollte, wollte sie sich fast lustig machen über diese Idee und verwies auf die neugewonnenen Kräfte und die prächtige Laune ihrer Tochter. Aber ich blieb unnachgiebig und traf Vorbereitungen für meine lange Wache. Als ihre Zofe sie für die Nacht vorbereitet hatte, kam ich herein, nachdem ich die Zeit genutzt hatte, um zu

Abend zu essen, und nahm meinen Platz neben ihrem Bett ein. Sie erhob keinerlei Einwendungen, sondern sah mich dankbar an, wann immer sich unsere Augen begegneten. Nach einem langen Gespräch schien sie langsam einzuschlafen, doch nicht ohne Anstrengung riß sie sich zusammen und schüttelte die Müdigkeit immer wieder ab. Das wiederholte sich mehrere Male, und jedesmal kostete es sie größere Anstrengungen als beim letzten Mal, nicht einzuschlafen, und die Abstände zwischen den einzelnen Anfällen von Müdigkeit wurden jedesmal kürzer. Es war deutlich zu sehen, daß sie nicht einschlafen wollte, und das interessierte mich natürlich.

»Sie wollen nicht einschlafen?«

»Nein, ich habe Angst.«

»Angst vor dem Schlafengehen! Wieso denn das? Schlaf ist ein Segen, den wir uns doch alle herbeisehnen.«

»Oh – aber nicht, wenn es Ihnen geht wie mir – wenn der Schlaf zur Vorahnung reinen Horrors wird.«

»Eine Vorahnung reinen Horrors? Was, um alles in der Welt, meinen Sie?«

»Ich weiß es nicht – oh – ich weiß es wirklich nicht. Und das ist es doch, was so schrecklich ist. Diese Schwäche kommt im Schlaf über mich, weshalb ich schon allein den Gedanken an Schlaf zu fürchten gelernt habe.«

»Aber mein teures Mädchen, Sie können heute nacht unbesorgt schlafen. Ich bleibe hier, um Ihren Schlaf zu bewachen, und ich kann Ihnen versprechen, Ihnen wird nichts geschehen.«

»Ah – Ihnen kann ich trauen!«

Ich ergriff die Gelegenheit und sagte: »Ich verspreche Ihnen, daß ich Sie auf der Stelle wecken werde, wenn ich Anzeichen irgendwelcher Alpträume entdecken sollte.«

»Das werden Sie wirklich? Oh, Sie sind ja so gut zu mir! Dann will ich gern schlafen!« Und fast noch im selben Augenblick sank sie mit einem Seufzer in die Kissen zurück und war Sekunden später eingeschlafen.

Ich wachte die ganze Nacht lang bei ihr. Sie rührte sich nicht ein einziges Mal, sondern schlief einen tiefen und festen Leben und Gesundheit spendenden Schlaf. Ihre Lippen waren leicht geöffnet, und ihre Brust hob und senkte sich mit der Gleichförmigkeit eines Uhrenpendels. Auf ihrem Gesicht lag ein Lächeln, und es war deutlich zu sehen, daß sie von keinerlei unangenehmen Träumen geplagt wurde.

Am frühen Morgen kam ihre Zofe, und ich überließ Lucy ihrer Fürsorge, um nach Hause zu gehen, wo ich mich um verschiedene Dinge kümmern mußte. Ich sandte je ein kurzes Telegramm an Van Helsing und an Arthur, um ihnen beiden vom herausragenden Erfolg der Transfusion zu berichten. Dann nahm mich meine eigene Arbeit mit ihren vielerlei Pflichten den ganzen Tag lang in Anspruch; es ging schon auf den Abend zu, als ich endlich dazu kam, mich nach meinem ›manisch zoophagen‹, meinem ›Leben verspeisenden‹ Patienten zu erkundigen. Die Berichte klangen gut. Er war den ganzen letzten Tag und die ganze Nacht über ruhig gewesen. Als ich beim Dinner saß, kam dann ein Telegramm von Van Helsing aus Amsterdam, in dem er anregte, ich solle doch die Nacht wieder in Hillingham verbringen, weil es von Nutzen sein könnte, wenn ich schnell erreichbar wäre. Er kündigte an, er werde sich noch im Laufe der Nacht auf den Weg hierhin machen und am frühen Morgen eintreffen, um sich mit mir zu treffen.

9. September: – Ich war rechtschaffen müde und ziemlich erschöpft, als ich mich auf den Weg nach Hillingham machte. Seit zwei Nächten hatte ich kaum Schlaf gefunden, und mein Gehirn spürte bereits die Taubheit, die immer auf cerebrale Erschöpfung hinweist. Lucy war bester Dinge. Als wir uns die

Hände schüttelten, blickte sie mir scharf ins Gesicht und sagte:

»Heute nacht werden Sie auf keinen Fall wieder wach bleiben. Sie sind erschöpft. Mir geht es wieder sehr gut; ja, wirklich, ich fühle mich ausgezeichnet, und wenn hier jemand am Bett des anderen Wache hält, dann höchstens ich an Ihrem.«

Mir war nicht nach einer Auseinandersetzung. Ich zog es vor, zu Abend zu essen. Lucy kam mit mir, und ihre charmante Gesellschaft weckte meine Lebensgeister, und ich genoß ein gutes Abendessen, zu dem ich auch ein paar Gläser des exzellenten Portweins trank. Dann nahm Lucy mich mit nach oben und zeigte mir ein Zimmer gleich neben ihrem eigenen, wo im Kamin anheimelnd ein Feuer vor sich hin prasselte. »Nun«, sagte sie, »bleiben Sie hier. Ich werde Ihre und meine Tür offen lassen. Sie können sich auf das Sofa legen, denn ich weiß ja, daß ihr Ärzte grundsätzlich nicht zu bewegen seid, in ein richtiges Bett zu gehen, solange noch ein Patient in der Nähe ist. Wenn ich etwas brauche, werde ich rufen, und dann können Sie ja sofort herüberkommen.« Ich konnte nicht anders als einverstanden sein, denn ich war todmüde und wäre bestimmt nicht wach geblieben, wenn ich es versucht hätte. Ich ließ sie ihr Versprechen, mich erforderlichenfalls sofort zu rufen, erneuern und legte mich dann auf das Sofa, wo ich sofort alle meine Sorgen vergaß.

Das Tagebuch der Lucy Westenra

9. September: – Ich bin ja so glücklich heute nacht. Ich war so schrecklich schwach gewesen, daß es mir jetzt, da ich wieder denken und umhergehen kann, vorkommt, als spürte ich nach einer langen Periode steifer Ostwinde aus stahlgrauem Himmel wieder Sonnenschein. Irgendwie fühle ich mich Arthur sehr, sehr nahe. Mir ist, als könnte ich seine warme

Gegenwart überall um mich herum spüren. Ich glaube, das liegt daran, daß Krankheit und Schwäche unsere ganze Aufmerksamkeit nur auf uns selbst lenken, während Gesundheit und Stärke die Liebe regieren lassen, und in den Gedanken und den Gefühlen kann man sich frei bewegen. Ich weiß, wo meine Gedanken jetzt sind. Wenn Arthur es doch nur ebenfalls wüßte! O Liebster, deine Ohren müßten dir eigentlich im Schlaf klingen, so wie es die meinen im wachen Zustand tun. Oh, diese segensreiche Ruhe der letzten Nacht! Wie gut ich geschlafen habe, während der liebe, gute Dr. Seward Wache an meinem Bett hielt. Und heute nacht werde ich ohne Furcht einschlafen, denn er ist in der Nähe und in Rufweite. Dank an alle, die so gut zu mir sind! Dank an Gott! Gute Nacht, Arthur.

Das Tagebuch des Dr. Seward

10. September: – Ich spürte die Hand des Professors an meinem Kopf und war noch in der nächsten Sekunde hellwach. Das gehört zu den Dingen, die man lernt, wenn man ein Irrenhaus leitet.

»Und wie geht es unserer Patientin?«

»Gut, als ich sie verließ, oder besser gesagt, als sie mich verließ«, erwiderte ich.

»Kommen Sie, wir sehen mal nach«, sagte er. Gemeinsam gingen wir in Lucys Zimmer.

Das Rollo war heruntergelassen, und ich ging hinüber, um es vorsichtig hochzuziehen, während Van Helsing mit leisen Schritten an ihr Bett trat.

Als ich dann das Rollo hochzog und die Morgensonne hell ins Zimmer flutete, hörte ich ein leises Zischen, den typischen Ausruf der Überraschung von Professor Van Helsing, und da ich um seine Seltenheit wußte, fuhr mir ein tödlicher Schreck bis ins Herz. Als ich zum Bett ging, trat er gerade zurück, und sein »Gott im Himmel!« war ein einziger Schrei des Entsetzens. Es bedurfte keines Blickes mehr in sein Gesicht, um zu wissen, daß ihn der pure Horror überkommen hatte. Er hob die Hand und deutete auf das Bett, und sein Gesicht war wie versteinert und so grau-weiß wie die Asche im Kamin. Ich spürte, wie mir die Knie zu zittern begannen.

Dort auf dem Bett lag die arme offenbar ohnmächtige Lucy, weißer und ausgemergelter denn je. Sogar ihre Lippen waren weiß, und das Zahnfleisch schien sich über ihren Zähnen zurückgezogen zu haben, wie wir es manchmal an einem Körper sehen, der eine lange Krankheit hinter sich hat. Van Helsing hob schon den Fuß, um wütend aufzustampfen, doch seine ganze vornehme Natur und die vielen Jahre, in denen er gelernt hatte, sein Verhalten jederzeit zu kontrollieren, verhinderten dies, und er setzte ihn wieder ruhig neben den anderen. »Schnell!« sagte er. »Bringen Sie den Brandy!« Ich flog hinunter ins Speisezimmer und kehrte mit der Karaffe zurück. Er befeuchtete die welken Lippen damit, und gemeinsam rieben wir ihr Handgelenk, Handflächen und Herzregion. Er fühlte ihren Herzschlag, und nach wenigen Augenblicken lähmenden Schweigens sagte er:

»Noch ist es nicht zu spät. Es schlägt, wenn auch nur sehr schwach. All unser Mühen war vergeblich; wir müssen wieder ganz von vorn beginnen. Aber jetzt ist kein junger Arthur hier; diesmal muß ich an Sie persönlich appellieren, Freund John.« Noch während er sprach, kramte er bereits in seiner Tasche und förderte die Gerätschaften für eine neuerliche Transfusion zutage, und als er sie bereit hatte, hatte ich auch schon die Jacke ausgezogen und den Hemdsärmel aufgekrempelt. Ein Schmerzmittel war nicht zur Hand, aber das war auch nicht erforderlich, und so konnten wir ohne jedes Zaudern umgehend mit der Transfusion beginnen. Nach einer gewissen Zeit – mir schien sie nicht gerade kurz zu sein, denn das Abfließen des eigenen Blutes ist, ganz gleich, wie gern man es hergibt, ein schreckliches Gefühl – hob Van Helsing warnend den Finger. »Jetzt nicht bewegen!« sagte er. »Doch ich fürchte, sie wird bei langsam wiederkehrenden Kräften aufwachen, und das könnte Gefahren heraufbeschwören, oh, so ernste Gefahren! Aber ich werde Vorsorge treffen. Ich werde ihr eine Morphium-Injektion durch die Haut verabreichen.« Vorsichtig führte er seinen Plan aus. Auf Lucy hatte es keine negativen Auswirkungen, denn die Ohnmacht schien direkt in einen tiefen narkotischen Schlaf überzugehen.

Nicht ohne ein Gefühl persönlichen Stolzes sah ich, wie erste Anzeichen frischer Farbe in ihre eingefallenen Wangen und Lippen zurückkehrte. Kein Mann, der es nicht selbst erlebt hat, kann das Gefühl nachvollziehen, das man erlebt, wenn der eigene Lebenssaft in die Venen der Frau geleitet wird, die er liebt.

Der Professor beobachtete mich kritisch. »Das muß jetzt reichen«, sagte er schließlich.

»Jetzt schon?« widersprach ich. »Art haben Sie sehr viel mehr abgenommen.«

Er quittierte meine letzte Bemerkung mit einem traurigen Lächeln und erwiderte:

»Er ist ihr Geliebter, ihr *Verlobter.* Sie müssen arbeiten, viel arbeiten, für sie und andere; und für den Anfang reicht das hier.«

Als er die Transfusion abgebrochen hatte, kümmerte er sich zuerst um Lucy, während ich mir einen Tupfer auf die Einstichstelle preßte. Ich legte mich nieder, während ich darauf wartete, daß er sich auch um mich kümmerte, denn ich fühle mich leicht benommen. Endlich verband er ohne große Hast meine Wunde und schickte mich schließlich nach unten, damit ich mir ein Glas Wein holen sollte. Als ich den Raum verließ, kam er hinter mir her und flüsterte mir zu:

»Bitte – davon braucht niemand etwas zu erfahren. Sollte

ihr junger Freund wieder unerwartet auftauchen – kein Wort zu ihm. Es würde ihn gleichermaßen erschrecken wie eifersüchtig machen, und das ist ja nicht unbedingt nötig. So, und nun gehen Sie!«

Als ich zurückkehrte, sah er mir aufmerksam ins Gesicht und sagte dann:

»Ihnen geht es nicht viel schlechter als zuvor. Gehen Sie in Ihr Zimmer und legen Sie sich auf das Sofa. Danach frühstücken Sie dann erst mal ordentlich, und anschließend kommen Sie her zu mir.«

Ich befolgte seine Anweisungen, denn ich wußte, wie richtig und weise sie waren. Ich hatte meinen Teil getan, und jetzt war meine vornehmliche Pflicht, die eigene Stärke zurückzugewinnen. Ich fühlte mich sehr schwach, und in dieser Schwäche hatte ich einiges von dem Erstaunen über das, was geschehen war, verloren. Einmal auf dem Sofa, wollte mich sofort der Schlaf übermannen, doch ich fragte mich die ganze Zeit, wie es nur möglich gewesen war, daß Lucy einen so schrecklichen Rückfall erleiden konnte und wie sie derart viel Blut hatte verlieren können, ohne daß sich irgendwo auch nur die geringste Spur davon fand. Ich glaube, ich muß mich bis in meine Träume hinein immer wieder dasselbe gefragt haben, denn – Traum oder Wachsein – meine Gedanken kehrten immer wieder zu den kleinen punktförmigen Wunden in ihrer Kehle und dem zerfledderten Eindruck zurück, den deren Ränder auf mich gemacht hatten – so klein sie auch immer sein mochten.

Lucy schlief gut bis in den hellen Tag hinein; und als sie erwachte, fühlte sie sich einigermaßen wohl, wenn es ihr auch nicht annähernd so gut ging wie am Tag zuvor. Nachdem Van Helsing sie sich noch einmal angesehen hatte, ging er zu einem Spaziergang hinaus an die frische Luft. Mir übertrug er die Sorge um die Patientin mit der strikten Anweisung, sie auch nicht einen Moment lang aus den Augen zu lassen. Von der Halle her hörte ich seine Stimme, als er sich nach der nächstgelegenen Telegraphenstation erkundigte.

Lucy plauderte unbefangen und schien sich überhaupt nicht bewußt zu sein, daß etwas Ungewöhnliches geschehen war. Ich gab mir alle Mühe, sie bei Laune und interessiert zu halten. Als ihre Mutter heraufkam, um sich nach ihrem Befinden zu erkundigen, schien auch sie keinerlei Veränderung zu bemerken, denn sie sagte voller Dankbarkeit zu mir:

»Wir stehen ja so tief in Ihrer Schuld, Dr. Seward, für alles, das Sie für uns getan haben, aber jetzt müssen Sie langsam mal darauf achten, daß Sie sich nicht überarbeiten. Sie sehen selbst schon ganz blaß aus. Sie brauchen eine Frau, die sich ein wenig um Sie kümmert und Sie umsorgt – das brauchen Sie!« Während sie redete, wurde Lucy puterrot im Gesicht, wenn auch nur ganz kurz, denn ihre armen Venen hielten diesen ungewohnten Andrang des wenigen Blutes zum Kopf nicht lange aus. Die Reaktion zeigte sich denn auch sogleich in vertiefter Blässe, als sie ihre Augen fragend auf mich richtete. Ich lächelte und nickte und legte den Finger auf die Lippen; mit einem Seufzen sank sie in ihre Kissen zurück.

Einige Stunden später kehrte Van Helsing zurück und sagte ohne große Vorrede zu mir: »Gehen Sie jetzt nach Hause, essen Sie gut und trinken Sie viel. Sorgen Sie dafür, daß Sie wieder zu Kräften kommen. Ich bleibe heute nacht hier und werde selbst bei der jungen Dame wachen. Sie und ich, wir müssen den Fall allein beobachten und dürfen niemanden sonst einweihen. Dafür habe ich schwerwiegende Gründe. Nein, bitte fragen Sie jetzt nicht nach ihnen; denken Sie, was immer Sie mögen, und fürchten Sie auch nicht, das absolut Unmögliche zu denken. Gute Nacht.«

In der Halle kamen zwei der Hausmädchen auf mich zu und fragten mich, ob nicht eine von ihnen Nachtwache bei Miss Lucy halten sollte. Sie flehten mich geradezu an, ihnen diese Aufgabe zu übertragen, und als ich ihnen sagte, es sei

Dr. Van Helsings Entscheidung, daß entweder er oder ich Wache halten sollten, baten sie mich inständig, bei dem ›ausländischen Herrn‹ darauf hinzuwirken, daß er seine Entscheidung noch einmal überdenke. Ich war sehr gerührt von ihrer Fürsorglichkeit. Vielleicht liegt es daran, daß ich im Moment so schwach bin, vielleicht aber auch lag es an Lucy, daß diese Opferbereitschaft so offenkundig war, denn ich habe bei ähnlichen Gelegenheiten wieder und immer wieder die Liebenswürdigkeit der Frauen im Umgang miteinander bewundern können. Ich kehrte zu einem verspäteten Abendessen nach Hause zurück, machte meine Runden und fand alles in Ordnung. So konnte ich dies alles niederschreiben, während ich auf den Schlaf wartete. Aber jetzt meldet er sich auch schon.

11. September: – Heute nachmittag bin ich hinüber nach Hillingham gefahren. Fand Van Helsing in bester Laune vor und Lucy auf dem Weg der Besserung. Kurz nachdem ich eingetroffen war, wurde ein Paket aus Übersee für den Professor abgegeben. Er öffnete es sichtlich bewegt und zeigte mir ein großes Bündel weißer Blumen.

»Die sind für Miss Lucy«, sagte er.

»Für mich? Oh, Dr. Van Helsing!«

»Ja, meine Liebe, aber nicht, damit Sie damit spielen. Diese Pflanzen sind Medizin.« Lucy verzog das Gesicht. »Nein, keine Sorge, sie werden nicht als Absud oder in irgendeiner ekelerregenden Form genommen. Sie brauchen also Ihr hübsches Näschen gar nicht kraus zu ziehen, oder ich werde meinem Freund Arthur erzählen, welchen Jammer er wird erdulden müssen, so viel Schönheit, die er so sehr liebt, derart verzerrt erleben zu müssen. Aha, meine schöne Miss, das glättet das hübsche Näschen ja wieder auf der Stelle. Dies ist Medizin, aber Sie wissen nicht, wie sie wirkt. Ich hänge sie in

Ihr Fenster, mache einen Kranz daraus und hänge sie Ihnen um den Hals, und dann werden Sie gut schlafen. O ja! Genauso wie die Lotus-Blüte läßt sie alle Ihre Sorgen vergessen. Sie riechen wie die Wasser von Lethe und wie der Jungbrunnen, nach dem die Conquistadores in Florida gesucht, ihn aber zu spät gefunden haben.«

Während er noch redete, hatte Lucy die Blumen untersucht und an die Nase geführt. Jetzt warf sie sie fort und sagte halb lachend, halb verärgert:

»O Professor, ich glaube, Sie wollen sich nur lustig über mich machen. Diese Blumen riechen ja wie ganz ordinärer Knoblauch!«

Zu meiner Überraschung erhob Van Helsing sich und sagte mit allem ihm zu Gebote stehenden Ernst, die buschigen Augenbrauen zusammengezogen:

»Verspotten Sie mich nicht! Ich scherze nie! In allem, was ich tue, liegt tiefster Ernst, und ich kann Sie nur warnen, mich etwa nicht ernstnehmen zu wollen. Sehen Sie sich vor, wenn schon nicht um Ihrer selbst willen, dann doch wenigstens wegen aller anderen.« Als er sah, wie die gute Lucy erschrocken zurückwich, setzte er etwas freundlicher hinzu: »Oh, kleine, teure Miss, haben Sie keine Angst vor mir. Ich will doch nur Ihr Bestes; aber in dieser so alltäglichen Pflanze liegt eine große Kraft. Sehen Sie, ich verteile sie selbst in Ihrem Zimmer; ich mache aus ihnen mit eigenen Händen einen Kranz, den Sie tragen sollen. Doch jetzt – pst! Kein Wort zu jemand anderem. Das gibt nur dumme Fragen. Wir müssen gehorchen, und Schweigen ist ein Teil des Gehorsams; und Gehorsam wird Sie sicher und schnell in die liebenden Arme dessen führen, der auf Sie wartet. Nun sitzen Sie einmal einen Augenblick still. Sie kommen bitte mit mir, Freund John, und helfen mir, den ganzen Raum mit meinem Knoblauch auszulegen, den ich eigens aus Haarlem habe kommen lassen, wo mein Freund Vanderpool das ganze Jahr über in seinem Glashaus Gemüse zieht. Ich mußte deswegen gestern telegraphieren, sonst wäre er jetzt noch nicht hier.«

Wir gingen ins Zimmer und nahmen die Blumen mit. Was der Professor da tat, war wirklich etwas sonderbar und stand in keinem Lehrbuch der Pharmazie, das ich bisher kennengelernt hatte. Zuerst schloß er die Fenster und verriegelte sie dann sorgfältig; als nächstes nahm er eine Handvoll von den Blumen und rieb damit über die Rahmen, als wollte er sicherstellen, daß jeder Lufthauch, der ins Zimmer gelangte, von vornherein mit dem Knoblauchgeruch geschwängert war. Dann wischte er mit dem Büschel überall den Türrahmen ab, oben, unten und auf beiden Seiten, und dann die Einfassung des Kaminfeuers in derselben Weise. Mir kam das alles grotesk vor, und deswegen fragte ich ihn geradeheraus:

»Nun, Professor, ich weiß ja, daß Sie immer für alles, was Sie tun, einen Grund haben, aber das hier verwirrt mich denn doch ein wenig. Es ist nur gut, daß wir hier keinen Skeptiker haben, denn der würde bestimmt sagen, Sie zelebrierten irgendeinen Zauber, um einen bösen Geist abzuwehren.«

»Vielleicht tue ich das wirklich!« erwiderte er gelassen und fing an, die Kette zu flechten, die Lucy um den Hals tragen sollte.

Danach warteten wir geduldig, bis Lucy mit ihrer Toilette für die Nacht fertig war, und als sie im Bett lag, kam er und befestigte selbst den Kranz aus Knoblauch um ihren Nacken. Seine letzten Worte zu ihr waren:

»Achten Sie darauf, daß er nicht verrutscht; und selbst wenn Ihnen das Zimmer heute nacht zu eng werden sollte, öffnen Sie auf keinen Fall Tür oder Fenster.«

»Ich verspreche es«, erwiderte Lucy, »und Ihnen beiden tausendmal Dank für alle Ihre Freundlichkeit, die Sie mir entgegenbringen! Oh, womit habe ich nur so gute Freunde verdient?«

Als wir das Haus in meinem Einspänner verließen, der draußen wartete, sagte Van Helsing:

»Heute nacht kann ich ruhig schlafen, und ich brauche meinen Schlaf – zwei Nächte lang unterwegs und am Tag immer nur lesen, am nächsten Tag voller Sorgen und darauf die ganze Nacht Wache gehalten ohne Schlaf! Morgen lassen Sie mich bitte ganz früh rufen, und dann gehen wir uns gemeinsam unsere schöne Miss ansehen, die nach meinem ›Zauber‹, wie Sie das genannt haben, sicher noch besser dran sein wird als jetzt.«

Er schien dessen so sicher, daß ich in der Erinnerung an meine eigene Selbstsicherheit zwei Nächte zuvor, die so grausam widerlegt worden war, nicht umhin konnte, einen leichten Horror zu verspüren. Es muß wohl die eigene Schwäche gewesen sein, die mich zögern ließ, meinem Freund davon zu berichten, aber ich empfand es um so stärker, fast wie ungeweinte Tränen.

Kapitel Elf

Das Tagebuch der Lucy Westenra

12. September: Wie gut sie doch alle zu mir sind! Ich liebe diesen guten Dr. Van Helsing geradezu, aber ich frage mich, warum er wegen dieser Blumen so besorgt war. Er hat mir einen echten Schreck eingejagt, er war ja richtig wild. Und doch muß er recht haben, denn seither fühle ich mich besser. Irgendwie habe ich keine Angst mehr, die Nacht allein im Zimmer zu verbringen, und ich kann mich ohne Furcht ins Bett legen. Ich werde mich um kein Klatschen außerhalb des Fensters kümmern. Oh, diese Kämpfe gegen das Einschlafen, die ich in letzter Zeit so oft durchstehen mußte; die Qualen der Schlaflosigkeit oder die Angst vor dem Einschlafen, das mit solchen Horrorträumen für mich verbunden war! Wie gesegnet sind doch die Menschen, die ohne Ängste leben, ohne Bedrohungen, für die der Schlaf ein Segen ist, dessen sie allnächtlich teilhaftig werden und der ihnen nichts als süße Träume beschert. Nun, hier sitze ich heute nacht und hoffe auf Schlaf. Früher habe ich Knoblauch nie gemocht, aber heute nacht ist er wie ein Leckerbissen! In seinem Geruch liegt Frieden; ich spüre, wie der Schlaf kommt. Gute Nacht, ihr alle.

Das Tagebuch des Dr. Seward

13. September: – Rief im Berkeley-Hotel an und fand Van Helsing wie gewöhnlich schon früh auf den Beinen. Die vom Hotel angeforderte Kutsche wartete bereits. Der Professor nahm seine Tasche, die er jetzt jedesmal mitbringt.

Doch nun lassen Sie mich alles genau niederschreiben. Van Helsing und ich kamen gegen acht Uhr in Hillingham an. Es war ein schöner Morgen, der helle Sonnenschein und die ganze Frische des Frühherbstes schienen wie die Vollendung des alljährlichen Werks der Natur. Die Blätter hatten schon alle denkbaren Farben angenommen, fielen aber noch nicht von den Bäumen. Als wir ins Haus kamen, begegnete uns Mrs. Westenra, die gerade aus dem Frühstückszimmer kam. Sie war schon immer eine Frühaufsteherin gewesen. Als sie uns sah, begrüßte sie uns voller Wärme und sagte:

»Sie werden sich freuen zu hören, daß es Lucy besser geht. Das arme Kind schläft noch immer. Ich habe schon in ihr Zimmer geschaut und sie gesehen, bin aber nicht hineingegangen, weil ich sie nicht stören wollte.« Der Professor lächelte und blickte ausgesprochen erfreut drein. Er rieb sich die Hände und sagte:

»Aha! Wußte ich's doch, daß ich den Fall richtig diagnostiziert hatte. Meine Behandlung wirkt also schon.« Worauf sie antwortete:

»Sie dürfen sich die Verdienste aber nicht allein zurechnen, Doktor. Lucy verdankt ihren Zustand von heute morgen ganz allein mir.«

»Wie meinen Sie denn das, Madam?« fragte der Professor.

»Nun, ich habe mir heute nacht Sorge um das arme Kind gemacht und bin in ihr Zimmer gegangen, um nach ihr zu schauen. Sie schlief tief und fest – so tief, daß nicht einmal mein Kommen sie aufgeweckt hat. Aber im Zimmer war es unglaublich stickig. Überall lagen diese schrecklichen übel riechenden Blumen herum, und um den Hals trug sie sogar ein ganzes Bündel davon. Ich befürchtete, der schwere Geruch könnte für das gute Kind in ihrem Zustand zuviel sein, und deshalb habe ich alles weggeräumt und das Fenster ein wenig aufgemacht, damit frische Luft ins Zimmer konnte. Sie werden sehr zufrieden mit ihr sein, da bin ich ganz sicher.«

Sie ging wieder in ihr Boudoir, wo sie für gewöhnlich ein erstes Frühstück zu sich nimmt. Während sie gesprochen hatte, hatte ich das Gesicht des Professors aufmerksam studiert und konnte sehen, wie es aschfahl wurde. Solange die gute Lady noch anwesend war, hatte er es geschafft, die Selbstbeherrschung zu bewahren, denn er kannte ihren Zustand und wußte, welches Unglück ein Schock hervorrufen konnte; ja, er schaffte es sogar zu lächeln, als er ihr die Tür aufhielt. Doch noch im selben Moment, als sie in ihren Gemächern verschwunden war, zog er mich energisch mit sich ins Eßzimmer und schloß die Tür hinter uns.

Dann sah ich zum erstenmal in meinem Leben Professor Van Helsing zusammenbrechen. Er hob in einer Geste der Verzweiflung die Hände und schlug hilflos die Handflächen gegeneinander; schließlich setzte er sich auf einen Stuhl, schlug die Hände vors Gesicht und begann laut zu schluchzen. Es war ein Schluchzen, das tief aus seinem Herzen kam. Dann hob er erneut die Arme, als wolle er das ganze Universum anrufen. »Gott! Gott! Gott!« sagte er. »Was haben wir getan, was hat dieses arme Ding getan, daß wir in solch grausame Bedrängnis geraten sind? Stehen wir noch immer unter der Herrschaft eines Schicksals aus alter heidnischer Zeit, wenn uns Derartiges in dieser Weise widerfahren muß? Diese arme Mutter tut in all ihrer Unwissenheit, beseelt von den besten Absichten, etwas, das die eigene Tochter Leib und Seele kostet; und wir dürfen es ihr nicht erzählen, dürfen sie nicht einmal warnen, oder sie wird sterben, und dann sterben sie beide. Oh, in welcher Bedrängnis wir doch stehen! Wie sich die Mächte des Teufels gegen uns verschworen haben!« Plötzlich sprang er auf die Füße. »Kommen Sie«, sagte er, »kommen Sie, wir müssen nachschauen und dann handeln. Teufel hin, Teufel her, oder auch alle Teufel auf einmal, das macht nichts; wir nehmen den Kampf mit ihnen allen gleichzeitig auf.« Er ging zur Tür, um seine Tasche zu holen, und dann gingen wir gemeinsam hinauf in Lucys Zimmer.

Wieder zog ich den Rolladen hoch, während Van Helsing ans Bett trat. Diesmal zuckte er nicht zusammen, als er in das bedauernswerte wächsern bleiche Gesicht blickte. Auf seinem Gesicht lag ein Ausdruck tiefer Traurigkeit und unendlichen Bedauerns.

»Wie ich es nicht anders erwartet hatte«, murmelte er mit jenem vielsagenden zischenden Unterton in der Stimme. Ohne ein weiteres Wort ging er, um die Tür abzuschließen, und fing sofort an, auf einem kleinen Tisch seine Instrumente für eine Bluttransfusion auszubreiten. Ich hatte deren Notwendigkeit längst vorausgesehen und wollte mir schon die Jacke ausziehen, doch er stoppte mich mit hoch erhobener Hand. »Nein!« sagte er. »Heute werde ich spenden. Sie sind schon zu sehr geschwächt.« Noch während er sprach, entledigte er sich bereits seiner Jacke und rollte sich den Hemdsärmel auf.

Wieder die Transfusion; wieder die Betäubung; wieder Rückkehr von ein wenig Farbe in die aschgrauen Wangen und die regelmäßigen Atemzüge eines gesunden Schlafes. Diesmal sah ich zu, wie Van Helsing sich selbst opferte und dann ausruhte.

Sobald wie möglich nahm er Gelegenheit, Mrs. Westenra zu sagen, sie dürfe unter keinen Umständen irgend etwas aus Lucys Zimmer entfernen, ohne zuvor mit ihm darüber gesprochen zu haben, und daß die Blumen medizinischen Wert hätten und das Einatmen ihrer Gerüche Teil der Lucy verordneten Kur sei. Dann übernahm er die Pflege seiner Patientin selbst und sagte, er werde diese und die nächste Nacht an ihrem Bett wachen und es mich wissen lassen, wenn meine Anwesenheit erforderlich werde.

Eine weitere Stunde später erwachte Lucy aus ihrem Schlaf, frisch und ausgeruht und scheinbar nicht annähernd so krank, wie man nach allem erwarten mußte, was sie überstanden hatte.

Was hat das alles zu bedeuten? Ich fange an, mich zu fragen, ob der jahrelange Umgang mit Geisteskranken sich etwa langsam auch auf mein eigenes Gehirn auswirkt.

Das Tagebuch der Lucy Westenra

17. September: – Vier Tage und Nächte voller Frieden. Ich werde langsam wieder so kräftig, daß ich mich selbst nicht mehr wiedererkenne. Es ist, als hätte ich eine Art langen Alptraum hinter mich gebracht und als sei ich gerade aus ihm erwacht, um den wundervollen Sonnenschein zu sehen und die herrlich frische Morgenluft um mich herum zu spüren. Ich habe eine dumpfe, vage Erinnerung an lange, angsterfüllte

Zeiten des Wartens und des Fürchtens; Dunkelheit, in der es nicht einen Funken Hoffnung gab, um die allgegenwärtige Verzweiflung weniger schmerzlich zu machen; und dann lange Zeiträume des Vergessenseins und die Rückkehr ins Leben, wie ein Taucher aus großen Tiefen durch den Druck des Wassers wieder nach oben getrieben wird. Seit jedoch Dr. Van Helsing bei mir ist, scheinen alle diese bösen Träume gebannt; die Geräusche, die mich zu Tode erschreckt haben – das Klatschen gegen die Fensterscheiben, die weit entfernten Stimmen, die mir doch so nahe scheinen, die harschen Töne, die von überall und nirgends kamen und mir befahlen, zu tun, woran ich mich nicht mehr erinnere – das alles ist verschwunden. Ich gehe wieder zu Bett, ohne mich vor dem Schlaf zu fürchten. Ich versuche nicht einmal mehr, wach zu bleiben. Inzwischen habe ich den Knoblauch liebengelernt, und jeden Tag erhalte ich ein neues Päckchen davon aus Haarlem. Heute nacht wird Dr. Van Helsing fortgehen, weil er wieder einmal einen Tag in Amsterdam anwesend sein muß. Aber ich brauche keine Wache an meinem Bett mehr; es geht mir gut genug, um allein zu bleiben. Ich danke Gott für Mutters Fürsorge, für Arthurs liebevolle Sorge und allen unseren Freunden, die so liebenswürdig waren! Ich werde noch nicht einmal merken, daß etwas anders ist, denn letzte Nacht ist Van Helsing schon für längere Zeit in seinem Stuhl eingeschlafen. Zweimal habe ich ihn schlafend vorgefunden, als ich aufwachte; aber ich habe mich nicht gefürchtet, wieder einzuschlafen, obwohl die Möwen oder Fledermäuse – oder was es sonst auch immer gewesen sein mag – wie wild gegen die Fensterscheiben klatschten.

Die »Pall Mall Gazette« vom 18. September

Der entflohene Wolf

GEFÄHRLICHES ABENTEUER UNSERES INTERVIEWERS

Interview mit dem Wärter des zoologischen Gartens

Nach vielen Anträgen und fast ebenso vielen Absagen und unter ständiger Benutzung der Worte *Pall Mall Gazette* als eine Art Talisman gelang es mir endlich, den Wärter jener Sektion des Zoologischen Gartens ausfindig zu machen, in dem auch die Wolfsgehege untergebracht sind. Thomas Bilder wohnt in einem der Häuschen in der Einfriedung gleich hinter dem Elefantengehege und setzte gerade die Teetasse ab, als ich ihn endlich gefunden hatte. Thomas und seine Frau sind gastfreundliche Leute, beide schon älter und ohne Kinder, und wie ich aus ihrer Wohnungseinrichtung ersehen konnte, die ich durch ihre Gastfreundschaft kennenlernte, muß ihr Leben eigentlich recht sorgenfrei sein.

Der Wärter wollte nicht ›zum Geschäft kommen‹, wie er es nannte, bevor er nicht zu Abend gegessen hatte und wir alle satt waren. Als dann der Tisch abgeräumt war und er sich sein Pfeifchen angezündet hatte, begann er:

»Nun, der Herr, jetzt könnse mir fraren, wat Se woll'n. Aber nu' müssense schon entschuld'gen, wenn mir die Mütze nich' nach'n Beruf steht, solange ich nix in'n Magen hab'. Die Wölfe und Schakale und Hyänen inne ganze Sektion geb' ich ja auch erst ma' Frühstück, bevor dat ich mit sie dat Reden anfang' und sie Fragen stell', vastehnse?«

»Wie meinen Sie denn das, daß Sie ihnen Fragen stellen?« wollte ich in dem Versuch wissen, ihn möglichst gesprächig zu machen.

»Denen ein' mit'm Knüppel übern Schädel hau'n kommt zuerst, sie det Fell kraulen erst danach, wenn die jungen Stutzer sich unbedingt bei ihre Damen wichtig machen woll'n. Mich ist das ja allens egal – die Schläge mit'n Stock verpass' ich sie besser vors Mittagessen; aber mit den Köpfchen-Kraulen warte ich doch lieber, bis se ihren Kaffee und ihren Sherry intus ham, wennse wissen, was ich meine. Wissense«, setzte er philosophierend hinzu, »die sin' mit so manchet in ihre Natur och nich' anders wie wir Menschen. Da komm' Sie und fraren mir nach Sachen von mein' Beruf, aber mir wär' lieber jewesen, dat Sie der Deibel holt, als dat ich mit Sie über den janzen Mist geredt hätte – noch nich ma' dann, wennse mir sarkastisch jefracht hätten, ob et mir etwa lieber wär', wennse 'n Direktor fragen, ob Se mir befrajen dürfen. Is' doch so. Ohne Ihnen beleidigen zu woll'n, ha'ck Sie schon jesacht, sie soll'n zum Deibel geh'n?«

»Haben Sie.«

»Un' wie Se dann jesacht ham, Sie täten mir von wejen obszöne Reden und so inne Zeitung bring'n, dann war' dat wie eins mit'n Knüppel übern Schädel; da kann auch der halbe Sovereign nix an ändern. Ich bin nich' auf Krach aus, und deswejen ha'ck ja auch erst mal auf't Essen jewartet und hab's mit die Wölfe und die Löwen und Tiger gehalten. Aber – Gott sei mit Sie – jetzt, wo mir meine Alte 'n Stück von ihren Teekuchen in'n Hals gestopft und mir'n Magen mit ihren alten duftenden Teepott ausgeschwenkt hat un' ich mir eine angemacht hab', könn'se mir hinter die Ohren kraulen, wie Se woll'n, un' werden mir nich' mal knurren hör'n. Machen Se also man los mit Ihre Fragen. Weiß doch, weswejen Se hier sind – et geht um den geflohenen Wolf, wa?«

»Genau. Ich wollte Sie bitten, mir Ihre Version der ganzen Angelegenheit zu erzählen. Erzählen Sie mir am besten zuerst mal, wie es passiert ist; und wenn ich dann die Fakten kenne, dann sollten Sie mir vielleicht auch sagen, wie das Ihrer Meinung nach passieren konnte und wie Ihrer Ansicht nach die ganze Geschichte enden wird.«

»Na gut, Herr Baron. Ich erzähl' Sie die ganze Geschichte von Anfang an. Dat geht sich um den einen Wolf mit den schönen Namen Berserker. Dat war einer von die grauen, die von Norwejen zu Jamrach jekomm'n sin, wo wir'n dann vor vier Jahre jekauft ham. Er war'n netter Wolf mit jute Manier'n, und mit den ham wa nie irjenswelchen Ärger jehabt. Wenn hier einen von die Viecher ausbrechen würde, ha'ck immer jedacht, dann doch nie ausjerechnet der Berserker. Aber da könn' Se mal wieder sehen, man kann die Wölfe nich' mehr vertrauen als die Weiber.«

»Hör'n Sie nich' auf ihm«, fiel Mrs. Tom ihm ins Wort und lachte herzlich. »Aber der is' so lange mit seine Viecher zusamm', dasser schon selbst 'n bisken wie'n Wolf geworden is'. Aber der meint et nich' so.«

»Also, der Herr, das war gestern so ungefähr zwei Stunden nach's Füttern, als ich den ersten Krach jehört hab'. War jrade dabei, ein' jungen Puma ins Affenhaus ein Lager zu machen, weil der war krank jeworden, dat arme Viech; aber wie ich denn die Bellerei und dat Gejaule höre, bin ich natürlich sofort hin. Und da sah ick denn Berserkern, wie er hinter die Gitterstäbe rumgetobt ist und geheult hat, wie wenn er unbedingt raus wollte. An den Tag war'n nich' besonders viele Leute da, und ganz in de Nähe war sowieso bloß ein Mann, so'n großer, dünner Kerl mit 'ne Hakennase und ein' Spitzbart mit'n paar weiße Haare drin. Der hatte so'n harten, kalten Blick und janz rote Aujen; also ich konnt'n jleich nich' ab, weil dat sah nämich so aus, wie wenn der Berserker wejen den so aus'm Häuschen jewesen wär'. Er hatte weiße Handschuhe aus Leder an de Finger, und denn zeigte er zu die Viecher raus un' sacht doch tatsächlich zu mir: ›Wärter, die Wölfe scheinen wegen irgend etwas aufgeregt zu sein.‹

›Wahrscheinlich wegen Sie‹, sach ich, weil mir dat jar nich' paßte, wie der sich da aufführte. Nu' wurd' er aber nich' wütend, wie ich dat jehofft hatte, sondern der grinste ganz unverschämt, so richtich höhnisch, vastehnse, und dabei konnt' ich seh'n, dat er den ganzen Mund voll weiße, scharfe Zähne hatte. ›O nein, die wollen mich nicht‹, sacht er.

›Und ob‹, sach ich und mach' ihm mal so'n bisken nach. ›Die ham nach'n Essen immer noch Appetit aufn Knochen oder och zwei, um sich die Zähne zu putzen, und Sie ham ja 'n ganzen Sack voll davon bei sich.‹

Also, wat soll ich Sie saren, dat war jedenfalls janz komisch, denn wie die Tierchen sehen, dat wir mit'nander reden, legen se sich nieder, und wie ich zu Berserkern hinjehe, läßt er sich von mich hinters Ohr kraulen wie sonst auch immer. Da kommt doch dieser Mensch und ich will verdammt sein, wenn der nich' die Hand ausstreckt und den ollen Wolf och hinter die Ohren krault!

›Passense Obacht‹, sach ich, ›Berserker is' flink.‹

›Keine Angst‹, sacht er, ›ich kenn' mich mit die Viecher aus.‹

›Ach so‹, sach ick, ›Sie sind och vons Fach?‹ und nehm'n Hut ab, weil 'n Mensch, der was mit Wölfe und so weiter handelt, is' immer 'n juter Freund für jeden Tierpfleger.

›Ne‹, sacht er, ›nicht direkt vons Fach, aber ich halte mir selbst welche als Haustiere.‹ Und damit hebt er 'n Hut hoch wie'n richtijer Lord und jeht seiner Weje. Der alte Berserker sieht ihn nach, bisser um die Ecke verschwunden is'; dann jeht er in 'ne Ecke, legt sich hin und kommt 'n ganzen Nachmittag nich' mehr raus. Na ja, und letzte Nacht, als der Mond gerade aufgegangen war, fingen die janzen Wölfe mit einem Mal an zu heulen. Da war niemand inne Nähe, bloß einer, der anscheinend in die Gärten hinter die Park Road nach sein' Hund jerufen hat. Ein- oder zweimal bin ich raus nachgucken, ob allens in Ordnung is', und konnte nix finden, und denn hörte dat Jejaule ja auch auf. Kurz vor Mitternacht bin ich dann noch mal raus für'n letzten Rundgang, und denn – hol mich dieser, hol mich jener – wie ich bei Berserkers Käfig ankomm', seh' ich, dat die Stangen von sein'n Käfig zerbrochen sind, und der Käfig ist leer. Und dat is' allens, wat ich sicher weiß.«

»Hat sonst noch jemand etwas bemerkt?«

»Um die Zeit kam einer von unsere Gärtner von ein' Konzert nach Hause, und der hat 'n großen Hund durch de Hecke hecheln seh'n. Wenigstens behauptet er das; aber ich selbst geb' nich' viel drum, denn wenn dat wirklich stimmt, warum hat er denn dann seine Frau nischt davon jesacht, sondern erst, nachdem dat mit die Flucht von den Wolf bekannt war und wir de janze Nacht in'n Park nach Berserker jesucht ham, da erst isses ihn wieder einjefallen. Ich mein' ja, dem ist de Musike in'n Kopp jestiegen.«

»Aber Herr Bilder, haben Sie denn überhaupt keine Erklärung dafür, daß der Wolf entkommen konnte?«

»Nun, Sir«, erwiderte er verdächtig bescheiden, »ich glaub' schon, dat ich eine hab'; bloß weiß ich man immer nich', ob Sie meine Theorie glauben täten.«

»Aber sicher. Wenn ein Mann wie Sie, der so viel Erfahrung im Umgang mit Tieren hat, für den Ausbruch des Wolfes keine Erklärung weiß, wer dann?«

»Ja wissense, ick denk' mir dat so: Mir kommt et so vor, wie wenn der Wolf abjehaun is', bloß weil er abhaun *wollte.*«

Aus der herzlichen Art, wie Thomas und seine Frau über diesen Witz lachten, konnte ich ersehen, daß er schon früher herhalten mußte und der ganze Erklärungsversuch ein längst beschlossener Scherz war. Als Witzbold war mir der gute Thomas sicher überlegen, aber ich war sicher, einen erfolgversprechenderen Weg zu seinem Herzen zu kennen, und so sagte ich:

»Nun, Mr. Bilder, wir wollen mal sagen, der erste halbe Sovereign sei damit verdient, aber da wartet noch ein Bruder von ihm darauf, ebenfalls in Ihre Tasche hinüberzuwechseln, sobald Sie mir erzählt haben, was Ihrer Meinung nach jetzt passieren wird.«

»Recht hamse«, sagte er munter. »Se müssen schon entschuld'gen, dat ich mir'n bisken über Ihnen lustig jemacht hab'; aber die alte Dame hier hat mir de janze Zeit zugewinkt, und dat war wie 'ne Aufforderung, immer weiterzumachen.«

»Aber ich doch nicht!« protestierte seine Frau.

»Also, ich denk' mal so: Dieser Wolf, also, der versteckt sich irgenswo. Der Gärtner weiß zwar nich' mehr so jenau, wie un' wat, aber der meint ja, er wär' Richtung Norden jerannt in'n Affenzahn; da wär' kein Pferd mehr mitjekomm'n. Aber dat glaube ich ihn nich'. Guckense mal, so schnell wie'n Pferd ist kein Wolf nich' und auch kein Hund, so wie die jebaut sin'. In so'n Märchenbuch, da is' so'n Wolf ja ganz wat Nettes, un' ich kann ma gut denken, dat Wölfe, wenn se in Rudeln über wen herfall'n, der noch mehr Angst hat wie se selber, 'n Riesenkrach machen un' alles zerreißen, wat sie inne Quere kommt. Aber – Gott is' mein Zeuge – in Wirklichkeit is'n Wolf bloß 'ne niedere Kreatur, nich' halb so schlau oder mutig wie'n guter Hund mit nich'n ein halbes Viertel von den sein Kampftrieb. Und der hier war doch jar nich' jewohnt zu kämpfen und schon jar nich', für sich selbst zu sorgen; und deswejen isses sehr jut möglich, dat er sich irgenswo in'n Park versteckt hat und jetz' vor Angst zittert; und wenn er sowat wie denken kann, denn fragt er sich bestimmt schon längst, wo er det nächste Futter her kriegt; kann aber auch sein, er is'n Stück weit gelaufen und hockt jetz' in irjendein' Keller voll Kohlen. Heilijer Bimbam, ick stell ma vor, wie der dann 'ne Köchin erschreckt, wenn die seine jrünen Augen aus'm Dunkeln leuchten sieht! Wenn er kein Futter kriegt, musser seh'n, wo er welches herkriegt, und da könnt' et schon sein, dasser auf einmal bei'n Metzger in'n Laden aufkreuzt. Wenn nich' und wenn irjend'n Kindermädchen den Kinderwagen in'n Park stehen läßt, weil se mit ihren Soldaten 'n Stückchen spazier'njeht – also mich tät's nich' wundern, wenn dann inne Bevölkerungsstatistik auf einmal 'n Baby fehlt. Das is' allens.«

Ich gab ihm den halben Sovereign und wollte schon aufstehen, als plötzlich etwas vor dem Fenster auf und ab hüpfte und Mr. Bilders Gesicht vor Überraschung immer länger wurde.

»Gott soll mich segnen«, sagte er, »wenn da nich' gerade der alte Berserker von ganz alleine nach Hause kommt!«

Er ging zur Tür und öffnete sie – eine, wie mir schien, völlig überflüssige Vorgehensweise. Ich war ja schon immer der Meinung, ein wildes Tier wirke nie besser, als wenn es von uns durch ein massives, widerstandsfähiges Hindernis getrennt ist; meine jetzige persönliche Erfahrung hat diese Auffassung eher vertieft denn erschüttert.

Wie auch immer – nichts ist so prägend wie Gewohnheit, denn weder Bilder noch seine Frau sahen in dem Wolf etwas anderes, als was ich in einem Hund sehen würde. Das Tier war friedfertig und wohlerzogen.

Die ganze Szene war eine unsägliche Mischung aus Komik und Pathos. Der ach so grimmige Wolf, der einen halben Tag lang ganz London in Atem gehalten hatte und sämtliche Kinder in der Stadt hatte zittern lassen, war gerade reuig zurückgekehrt und nach Art des verlorenen Wolfssohnes in Gnaden wieder aufgenommen und gestreichelt worden. Der alte Bilder untersuchte den Wolf vom Kopf bis zur Schwanzspitze mit geradezu zärtlicher Gründlichkeit, und als er mit seiner Untersuchung des reuigen Sünders fertig war, sagte er:

»Da – hab' ich's nich' gewußt, daß der arme Teufel in die größten Schwierigkeiten kommt?! Hab' ich es etwa nich' gleich jesacht? Da – der Kopf! Überall Schnittwunden und alles voll Glassplitter! Der muß über so 'ne verdammte Mauer geklettert sein oder so was. Das is' 'ne Schande, dat die Leute sich die Mauerkronen immer voll mit kaputte Flaschen machen dürfen. Dat kommt dann davon! Na komm schon, Berserker.«

Er nahm den Wolf, schloß ihn mit einem Stück Fleisch so

groß wie ein Mastkalb in einen Käfig ein und ging dann weg, um Bericht zu erstatten.

Ich ging gleichfalls, um diesen einzigen Exklusivbericht vom heutigen Tag über den Ausbruch aus dem Zoo zu verfassen.

Das Tagebuch des Dr. Seward

17. September: – Nach dem Mittagessen war ich mit dem Studium meiner Bücher beschäftigt, was wegen anderer Verpflichtungen und wegen der vielen Besuche bei Lucy ein wenig zu kurz gekommen war. Plötzlich wurde die Tür mit Gewalt aufgestoßen, und herein stürzte mein Patient, das Gesicht vor Leidenschaft verzerrt. Ich war wie vom Blitz getroffen, denn daß ein Patient so ohne weiteres ins Ordinationszimmer des Anstaltsleiters eindringt, das ist einfach unglaublich. Ohne Umschweife drang er auf mich ein. In der Hand hielt er ein Taschenmesser, und da ich wußte, wie gefährlich er war, versuchte ich, den Tisch zwischen ihn und mich zu bringen. Aber er war einfach zu schnell und zu stark für mich; bevor ich noch festen Stand hatte, schlug er bereits nach mir und brachte mir eine erhebliche Schnittwunde am linken Handgelenk bei. Bevor er dann allerdings noch einmal zustoßen konnte, erwischte ich ihn mit meiner Rechten, und er fiel rücklings auf den Fußboden und regte sich zunächst nicht mehr. Mein Handgelenk blutete heftig, und auf dem Teppich bildete sich schon eine kleine Lache. Ich sah, daß meinem Freund der Sinn nicht nach einer neuerlichen Attacke stand, und nutzte die Gelegenheit, mir das Handgelenk zu verbinden, wobei ich allerdings die auf dem Boden liegende Gestalt auch nicht einen Augenblick lang aus den Augen ließ. Als die Wärter hereinstürmten und wir uns gemeinsam um ihn kümmern wollten, erregte das, was er nun tat, meinen uneingeschränkten Ekel. Er kroch wie ein Hund auf dem Bauch über den Boden und leckte das Blut auf, das von meiner verletzten Hand heruntergetropft war. Anschließend war es leicht, ihn zu überwältigen, und er ließ sich zu meiner größten Überraschung willig von den Wärtern fortführen, wobei er nur immer wieder murmelte: »Das Blut ist Leben! Das Blut ist das Leben!«

Ich kann es mir im Augenblick wirklich nicht leisten, auch nur einen Tropfen Blut zu verlieren: Ich habe letzthin entschieden mehr davon gegeben, als meiner ganzen Konstitution zuträglich sein kann. Dazu dann auch noch die ständige Belastung durch Lucys Krankheit und ihr ständiges Auf und Ab haben ihre Spuren hinterlassen. Ich bin übernervös und ausgelaugt und brauche Ruhe, Ruhe, Ruhe. Glücklicherweise brauchte Van Helsing mich nicht zu bemühen, und so war es nicht erforderlich, daß ich weiter auf meinen Schlaf verzichte. Dazu wäre ich wohl auch heute nacht nicht mehr in der Lage gewesen.

Telgramm Van Helsing, Antwerpen, an Seward, Carfax

(abgesandt nach Carfax in Sussex, da keine Grafschaft angegeben; dadurch vierundzwanzig Stunden zu spät ausgeliefert)

17. September: – Bitte nicht versäumen, die ganze Nacht in Hillingham anwesend zu sein. Wenn schon nicht vollständige Nachtwache, so doch häufige Kontrolle, vor allem, ob Blumen noch an ihrem Platz; sehr wichtig; nicht absagen. Werde nach Ankunft so bald wie möglich bei Ihnen sein.

Das Tagebuch des Dr. Seward

18. September: – Sofort zum Zug nach London. Die Ankunft des Telegramms von Van Helsing hat mich sehr besorgt gemacht. Eine ganze Nacht verloren, und ich weiß aus bitterer Erfahrung nur zu gut, was in einer einzigen Nacht alles passieren kann. Natürlich kann es sein, daß alles in Ordnung ist, aber was *könnte* nicht alles passiert sein. Sicher ist nur, daß ein grausiges Verhängnis über uns schwebt und daß ein jeder nur denkbare Zufall alles zuschanden machen kann, was immer wir auch versuchen mögen. Ich werde diese (Ton)walze mitnehmen, und so werde ich meinen Bericht mit Hilfe von Lucys Phonographen fortsetzen können.

Memorandum, nachgelassen von Lucy Westenra

17. September. Nacht: – Ich schreibe dies nieder und hinterlasse es, auf daß niemand durch Zufall meinetwegen in Schwierigkeiten geraten möge. Dies hier ist der getreuliche Bericht über das, was sich heute nacht zugetragen hat. Ich spüre, daß ich an der eigenen Schwäche sterben werde, habe ich doch kaum noch die Kraft zu schreiben, und doch muß es sein.

Ich ging zu Bett wie gewöhnlich und trug Sorge, daß die Blumen so ausgelegt waren, wie Dr. Van Helsing es angeordnet hatte, und fiel alsbald in Schlaf.

Ich wurde geweckt von einem Klatschen jener Art an das Fenster, wie es begann, als ich seinerzeit auf den Klippen in Whitby schlafwandelte und Mina mich errettete, und das mir jetzt so vertraut wurde. Ich war nicht besorgt, wünschte mir indes doch, daß Dr. Seward im angrenzenden Zimmer wäre – wie Dr. Van Helsing gesagt hatte, daß es sein werde –, auf daß ich ihn jederzeit hätte holen können. Ich versuchte, Schlaf zu finden, doch wollte es mir nicht gelingen. Und dann überfiel mich die alte Angst vor dem Schlafen, und ich beschloß, wach zu bleiben. Es ist schier pervers, doch als ich ihn am wenigsten brauchen konnte, wollte mich der Schlaf nun doch übermannen; und da ich mich nun fürchtete, allein zu bleiben, öffnete ich die Tür und rief laut: »Ist jemand da?« Ich vernahm keine Antwort. Da ich nunmehr fürchtete, die Mutter zu wecken, schloß ich die Tür wieder. Da vernahm ich draußen in den Büschen vor dem Fenster ein Heulen wie von einem Hund, nur tiefer und wilder. Ich trat ans Fenster und schaute hinaus, konnte jedoch nichts erkennen, ausgenommen nur eine große Fledermaus, die ganz offensichtlich mit ihren Flügeln gegen meine Fenster geschlagen hatte. So ging ich also zurück ins Bett, blieb aber fest entschlossen, auf keinen Fall einzuschlafen. Irgendwann öffnete sich die Tür, und Mutter schaute herein; als sie sah, wie ich mich bewegte und daß ich also nicht schlief, kam sie herein und setzte sich zu mir auf das Bett. Freundlicher und zärtlicher denn je sagte sie zu mir:

»Ich habe mir Sorgen deinetwegen gemacht, mein Liebling, und kam, weil ich sehen wollte, ob mit dir alles in Ordnung ist.« Ich fürchtete, sie werde sich erkälten, wenn sie hier in ihrem leichten Nachthemd saß, und bat sie daher, zu mir ins Bett zu kommen und bei mir zu schlafen; sie war einverstanden und legte sich neben mich; ihren Morgenrock wollte sie indes nicht ablegen, denn sie wollte, wie sie sagte, nur einen Augenblick lang bleiben und dann in ihr eigenes Bett zurückkehren. Als ich dann so in ihrem Arm lag und sie in meinem, erklang erneut das Klatschen und Flattern am Fenster. Sie war überrascht und wohl auch ein wenig erschrocken und rief laut: »Was ist das denn?« Ich versuchte, sie wieder zu beruhigen, und schaffte es schließlich auch. Dann lag sie wieder still da, doch noch immer konnte ich das so teure arme Herz wie rasend schlagen hören. Wenig später erklang draußen in den Büschen erneut das tiefe Heulen, und kurz darauf war ein Klirren vom Fenster her zu hören, und eine Menge zersplittertes Glas flog ins Innere des Zimmers und auf den Boden. Der Wind wehte die Gardine vor dem Fenster zur Seite, und in der zerbrochenen Fensterscheibe erschien der Kopf eines riesigen mageren grauen Wolfes. Mutter schrie vor Entsetzen auf, und in dem verzweifelten Versuch, sich zu setzen, griff sie wie wild um sich auf der Suche nach einem Halt. Dabei hielt sie sich neben vielem anderem auch an dem Kranz aus Blüten fest, den um den Hals zu tragen Dr. Van Helsing mir geradezu beschwörend aufgetragen hatte, und riß ihn mir fort. Eine Sekunde oder zwei saß sie dann aufrecht da und deutete auf den Wolf, während sich ihrer Kehle ein Gurgeln entrang; dann fiel sie wie vom Blitz getroffen vornüber, wobei ihr Kopf gegen meine Stirn stieß. Einen Augenblick lang oder auch ein wenig länger war ich danach benommen. Das Zimmer und alles, das sich darin befand, schien sich um mich herum zu drehen. Ich hielt die Augen fest auf das Fenster gerichtet, wo der Wolf sich zurückzog, und dann wurden Myriaden von kleinen Fünkchen fast wie kleine Fliegen durch die zerbrochene Scheibe hereingewirbelt und drehten sich im Kreis gleich einer Sandsäule, wie sie von Reisenden beschrieben wird, die in der Wüste in einen Samum geraten sind. Ich versuchte, mich zu bewegen, doch da lag etwas wie ein Bannfluch auf mir, und der mir so teure Körper meiner armen Mutter, der bereits kalt zu werden schien – denn ihr teures Herz hatte aufgehört zu schlagen –, lastete auf mir und zog mich herunter; und dann weiß ich für eine ganze Weile nichts mehr.

Doch schien es nicht lange gedauert zu haben, war jedoch sehr, sehr schrecklich, bis ich endlich das Bewußtsein wiedererlangte. Irgendwo ganz in der Nähe läutete ein Totenglöcklein; alle Hunde der Nachbarschaft heulten; und in dem Gebüsch gleich unter unserem Fenster sang eine Nachtigall. Ich war noch immer benommen und starr vor Schmerz und Entsetzen und Schwäche, doch der Gesang der Nachtigall war wie die Stimme meiner Mutter, die zurückgekommen schien, um mich zu trösten. Die Geräusche hatten offenbar auch die Hausmädchen geweckt, denn ich konnte das Geräusch ihrer bloßen Füße vor meiner Tür hören. Ich rief nach ihnen, und sie kamen herein, und als sie sahen, was geschehen war und wer da quer über meinem Bett lag, schrien sie allesamt laut auf. Der Wind wehte durch die zerbrochene Scheibe herein und schlug die Tür zu. Nachdem ich aufgestanden war, hoben sie den Körper meiner lieben Mutter hoch und legten ihn auf das Bett, wo sie ihn mit einem Laken bedeckten. Sie waren ohne Ausnahme alle so erschrocken und nervös, daß ich sie anwies, hinunter ins Eßzimmer zu gehen, damit sich dort eine jede ein Glas Wein nehme. Die Tür flog einen Augenblick lang auf und schloß sich sofort wieder. Die Mädchen kreischten und rannten dann alle gleichzeitig hinunter ins Eßzimmer, während ich alle Blüten, die ich noch zusammentragen konnte, meiner geliebten Mutter auf die Brust legte. Als ich damit fertig war, fiel mir wieder ein, was Dr. Van Helsing mir gesagt hatte, doch mochte ich sie jetzt nicht mehr entfernen, und zudem hatte ich ja jetzt einige Bedienstete, die mit mir gemeinsam wachen konnten. Ich wunderte mich, warum die Mädchen nicht zurückkehrten. Ich rief nach ihnen, erhielt aber keine Antwort, und so ging ich ins Eßzimmer, um nach ihnen zu sehen.

Das Herz wollte mir sinken, als ich sah, was geschehen war. Alle vier lagen hilflos auf dem Boden und atmeten schwer. Die Karaffe mit dem Sherry auf dem Tisch war zur Hälfte geleert, und in der Luft hing ein eigenartiger, strenger Geruch. Mißtrauen keimte in mir auf, und ich unterzog die Karaffe einer näheren Untersuchung. Sie roch nach Laudanum, und ein Blick zur Anrichte belehrte mich, daß die Flasche, die Mutters Arzt für sie benützt – oh! ich muß ja sagen, benützte! – leer war. Was soll ich nur tun? Was soll ich nur tun? Ich bin wieder im Zimmer bei Mutter. Ich kann sie nicht alleinlassen, und ich bin allein bis auf die schlafenden Zofen, die jemand betäubt hat. Allein mit der Toten! Ich wage nicht hinauszugehen, denn durch das zerbrochene Fenster kann ich das Heulen des Wolfes vernehmen.

Die Luft scheint voller Fünkchen und Pünktchen, die im Luftzug vom Fenster her tanzen und wirbeln, und die Lichter brennen blau und düster. Was soll ich nur tun? Gott möge mich in dieser Nacht vor allem Übel bewahren! Dieses Papier werde ich an meinem Busen bergen, wo man es finden mag, wenn man kommt, um mich aufzubahren. Meine geliebte Mutter ist von mir gegangen! Es ist Zeit, daß auch ich gehe. Leb wohl, geliebter Arthur, falls ich diese Nacht nicht überleben sollte. Gott bewahre Dich, Geliebter, und Gott helfe mir!

Kapitel Zwölf

Das Tagebuch des Dr. Seward

18. September: – Ich fuhr unverzüglich nach Hillingham und kam dort früh an. Meinen Wagen ließ ich draußen am Tor halten und ging allein die Auffahrt hinauf. Ich klopfte nur leicht an die Tür und läutete so rücksichtsvoll wie möglich, denn ich fürchtete, ich könnte andernfalls Lucy oder ihre Mutter stören. Deshalb kam es mir darauf an, nur von einem der Dienstboten gehört zu werden. Als ich nach einiger Zeit noch keinerlei Reaktion feststellen konnte, klopfte und läutete ich noch einmal. Wieder keine Antwort. Ich verwünschte die Pflichtvergessenheit des Gesindes, das scheinbar um diese Zeit noch in den Betten lag – immerhin war es bereits zehn Uhr –, und so klopfte und läutete ich wieder, diesmal ungeduldiger. Auch jetzt erfolgte keine Antwort. Mich überfiel eine gräßliche Furcht. War diese Totenstille etwa nur ein weiteres Glied in der Kette von Verhängnissen, die sich um uns herum zusammenzuziehen schien? War dies hier etwa in der Tat ein Haus des Todes, in das ich einfach zu spät gekommen war? Ich wußte, daß Minuten, ja Sekunden des Versäumnisses ganze Stunden der Gefahr für Lucy bedeuten mußten, falls sie wieder einen dieser schrecklichen Zusammenbrüche erlebt hatte. So ging ich um das Haus herum auf der Suche nach einer Möglichkeit, ins Innere zu gelangen.

Ich fand jedoch keine Gelegenheit, das Haus zu betreten. Jedes Fenster, jede Tür war geschlossen und verriegelt, und so kehrte ich schließlich in tiefe Gedanken versunken zum Portal zurück. Ich war noch kaum angekommen, als ich das rasche Trappeln eines Pferdes vernahm, das zu großer Eile angespornt wurde. Vor dem geschlossenen Eingangstor verstummten die Geräusche der Hufe, und Sekunden später sah ich Professor Van Helsing, wie er die Auffahrt entlang auf das Haus zu rannte. Als er mich sah, keuchte er laut:

»Dann waren Sie das, der da gerade erst angekommen ist? Wie geht es ihr? Sind wir zu spät? Haben Sie denn mein Telegramm nicht erhalten?«

Ich antwortete so schnell und zusammenhängend, wie ich nur konnte, daß mich sein Telegramm erst heute am frühen Morgen erreicht hatte und daß ich keine Sekunde gezögert hatte, sofort nach hier aufzubrechen, und daß es mir nicht gelungen war, irgend jemanden im Haus auf mich aufmerksam zu machen. Er schwieg einen Moment, bevor er feierlich den Hut abnahm und sagte:

»Dann sind wir, fürchte ich, zu spät gekommen. Gottes Wille geschehe!« Mit der ihm eigenen mitreißenden Energie setzte er dann sogleich hinzu: »Kommen Sie! Wenn es keinen Weg ins Haus gibt, der für uns frei ist, dann verschaffen wir uns eben einen mit Gewalt. Für uns ist Zeit jetzt alles.«

Wir gingen wieder um das Haus herum auf die Rückseite,

wo das Küchenfenster lag. Der Professor nahm eine kleine chirurgische Säge aus seinem Arsenal, reichte sie mir und deutete auf die eisernen Gitterstäbe, die die Fensteröffnung sicherten. Ich machte mich sofort an die Arbeit und hatte schon sehr bald drei von ihnen durchgesägt. Dann schoben wir mit einem langen Messer die Beschläge der Fensterflügel zurück und stießen schließlich das Fenster auf. Ich half dem Professor, ins Innere zu gelangen, und folgte ihm auf dem Fuße nach. Weder in der Küche noch in den angrenzenden Zimmern der Dienerschaft fanden wir auch nur eine Menschenseele. Wir schauten in sämtliche Zimmer, während wir den Korridor entlang gingen, und zuletzt auch in das Eßzimmer, das nur sehr spärlich durch die Ritzen der Jalousie erhellt war. Dort entdeckten wir vier Dienstmädchen auf dem Boden liegen. Es gab keinen Grund für die Befürchtung, sie könnten etwa tot sein, denn ihr schweres Atmen und der scharfe Geruch von Laudanum im Zimmer ließ keinen Zweifel an ihrem Zustand. Van Helsing und ich sahen uns an, und während wir weitergingen, sagte er: »Wir können uns später um sie kümmern.« Dann gingen wir in Lucys Zimmer hinauf. Einen Augenblick oder auch zwei warteten wir vor ihrer Tür, um zu lauschen, aber wir konnten keinen Laut vernehmen. Mit bleichen Gesichtern und zitternden Händen öffneten wir schließlich vorsichtig die Tür und traten ins Zimmer.

Wie soll ich den Anblick beschreiben, der sich unseren Augen bot? Auf dem Bett lagen zwei Frauen, Lucy und ihre Mutter. Die letztgenannte lag an der Wand und war mit einem weißen Laken zugedeckt, das an einer Ecke von einem Windstoß, der durch das Fenster gekommen sein mußte, zurückgeweht worden war und nun ein kalkweißes, eingefallenes Gesicht zeigte, auf dem sich namenloses Entsetzen wie eingefroren abzeichnete. Ihr zur Seite lag Lucy, das Gesicht eher noch eingefallener. Die Blumen, die sie um den Nacken getragen hatte, fanden wir auf der Brust ihrer Mutter, und ihr Hals war blaß und zeigte die beiden kleinen Wunden, die wir schon zuvor bemerkt hatten, doch wirkten sie jetzt erschreckend weiß und zerfetzt. Ohne ein Wort beugte sich der Professor über das Bett, daß sein Kopf fast die Brust der armen Lucy berührte; dann drehte er kurz den Kopf wie jemand, der einem Geräusch zu lauschen versucht, und sprang dann auf, wobei er rief: »Es ist noch immer nicht zu spät! Schnell! Schnell! Bringen Sie den Brandy!«

Ich flog förmlich die Stufen hinunter und kehrte mit der Karaffe zurück, nicht ohne zuvor an ihr zu riechen und ihren Inhalt zu kosten, denn es hätte ja sein können, daß auch er mit Drogen versetzt war wie der Inhalt jener anderen Karaffe, in der ich den Sherry vermutet hatte. Die Mädchen atmeten noch, doch ging ihr Atem schon unruhiger, und ich vermutete, daß die Wirkung des Betäubungsmitels langsam nachließ. Ich nahm mir nicht die Zeit, mir endgültig Gewißheit zu verschaffen, sondern kehrte zu Van Helsing zurück. Wie schon bei anderer Gelegenheit rieb er ihr Handgelenk, Handflächen und Lippen mit dem Brandy ein. Zu mir sagte er:

»Ich komme allein zurecht, es ist ja alles, was ich im Moment tun kann. Sie können wieder hinuntergehen und die Mädchen wecken. Reiben Sie ihnen die Gesichter mit einem nassen Tuch ab, aber nicht zu sanft. Dann sollen sie Feuer anmachen und ein warmes Bad zubereiten. Diese arme Seele hier ist beinahe schon so kalt wie die andere neben ihr. Sie muß zunächst einmal ein wenig aufgewärmt werden, bevor wir daran denken können, irgend etwas anderes für sie zu tun.«

Ich ging sofort wieder hinunter. Drei der Frauen waren sehr leicht aufzuwecken. Die vierte war ein junges Mädchen, dem die Droge erkennbar stärker zugesetzt hatte als den anderen. Daher hob ich sie auf, trug sie zum Sofa und ließ sie weiter schlafen. Die anderen waren zunächst noch benommen, doch als die Erinnerung zurückkehrte, begannen sie geradezu hysterisch zu jammern und zu schluchzen. Ich war trotzdem unerbittlich mit ihnen und ließ sie zunächst nicht miteinander reden. Ich sagte ihnen, es sei schon schlimm genug, ein Leben einzubüßen, und wenn sie sich nicht beeilten, würden sie auch noch das von Miss Lucy aufs Spiel setzen. So machten sie sich, wenn auch schluchzend und weinend, an die Arbeit, obwohl sie alle nur notdürftig bekleidet waren, und machten Feuer und warmes Wasser. Glücklicherweise brannten das Küchenfeuer und das Feuer im Badeofen noch ganz schwach, und so stand sehr schnell heißes Wasser bereit. Wir machten die Wanne voll warmes Wasser und legten Lucy so, wie sie war, hinein. Während wir ihr eifrig die Glieder rieben, klopfte es an die Tür des Hauseingangs. Eines der Mädchen warf sich noch schnell ein paar Kleidungsstücke über und lief hin, um zu öffnen. Als sie zurückkehrte, berichtete sie uns im Flüsterton, ein Gentleman sei mit einer Nachricht von Mr. Holmwood gekommen. Ich trug ihr auf, ihm einfach nur zu sagen, er solle sich bitte ein wenig gedulden, weil wir uns jetzt um niemanden kümmern könnten. Sie ging, um es zu bestellen, und ich vergaß ihn über meiner Arbeit vollkommen.

Noch nie hatte ich den Professor mit solch großem Ernst bei der Arbeit gesehen. Ich wußte – genau wie er auch –, daß es ein Kampf auf Leben und Tod war, den wir jetzt durchzustehen hatten, und daß er auf des Messers Schneide stand. Als sich die Gelegenheit dazu bot, sagte ich ihm das auch. Er antwortete mir in einer Art und Weise, die ich nicht verstand, doch mit dem ernstesten Ausdruck auf dem Gesicht, an den ich mich erinnern kann:

»Wenn es nur das wäre, würde ich an dieser Stelle schon aufhören und sie in Frieden entschlafen lassen, denn für ihr Leben sehe ich keinen Hoffnungsschimmer mehr am Horizont.« Er setzte seine Arbeit mit noch verstärktem, fast schon verzweifeltem Eifer fort.

Schon bald konnten wir feststellen, daß die Wärme nicht ohne positive Wirkung auf sie blieb. Im Stethoskop war der Schlag von Lucys Herz eine Winzigkeit lauter zu vernehmen, und ihre Lungen fingen langsam wieder an zu arbeiten. Van Helsings Gesicht strahlte beinahe, und als wir sie aus dem Bad hoben und sie in ein heißes Badetuch wickelten, um sie abzutrocknen, sagte er zu mir:

»Die erste Runde geht an uns! Schach dem König!«

Wir brachten Lucy in ein anderes Zimmer, das inzwischen vorbereitet worden war, und legten sie ins Bett, nachdem wir ihr nicht ohne Mühe einige Tropfen Brandy eingeflößt hatten. Mir fiel auf, daß Van Helsing ihr einen leichten seidenen Schal um den Hals gelegt hatte. Sie war noch immer ohne Bewußtsein, und es ging ihr noch immer so schlecht, wenn nicht sogar noch schlechter, als wir es je an ihr beobachtet hatten.

Van Helsing rief eine der Frauen herein und trug ihr auf, bei Lucy zu bleiben und sie keine Sekunde lang aus den Augen zu lassen, bis wir wieder zurückkommen würden. Dann komplimentierte er mich hinaus.

»Wir müssen jetzt gemeinsam überlegen, was weiter zu tun ist«, sagte er, als wir die Treppe hinuntergingen. In der Halle angekommen, öffnete er die Tür des Eßzimmers, und wir traten ein. Er sah sich kurz um und zog dann die Tür hinter uns zu. Die Läden waren zwar schon geöffnet worden, aber noch waren die Vorhänge zugezogen, ein Zugeständnis an die Etikette in Todesfällen, die von allen britischen Frauen, vornehmlich denen der unteren sozialen Klassen, stets strikt eingehalten wird. Daher war es im Zimmer recht dämmrig. Für unser Vorhaben jedoch reichte das Licht allemal. Van Helsings Gesicht wirkte nicht mehr ernst und gefaßt, es wirkte verstört. Ganz offensichtlich zermarterte er sich das Gehirn wegen irgend etwas, und so wartete ich geduldig, bis er sich von sich aus an mich wandte und sagte:

»Was sollen wir jetzt tun? Wen können wir jetzt um Hilfe angehen? Wir müssen noch einmal eine Bluttransfusion vornehmen, und das möglichst bald, oder das arme Mädchen wird innerhalb der nächsten Stunde sterben. Sie sind bereits erschöpft, und mir ergeht es nicht anders. Und diesen Frauen traue ich eigentlich nicht so recht, selbst wenn eine von ihnen den Mut aufbrächte, sich zur Verfügung zu stellen. Was würden wir jetzt wohl darum geben, hätten wir jemanden, der für sie seine Venen öffnen würde.«

»Wie wär's denn mit mir?«

Die Stimme kam vom Sofa auf der entgegengesetzten Seite des Zimmers, und ihr Klang erfüllte mich mit Erleichterung und Freude, denn diese Stimme gehörte eindeutig Quincey Morris. Bei seinen ersten Worten schien Van Helsing wütend werden zu wollen, doch sein Gesicht glättete sich wieder, und dann trat sogar ein freudiger Ausdruck auf seine Züge, als ich ausrief: »Quincey Morris!« Ich eilte mit ausgestreckten Händen zu ihm hinüber.

»Was hat dich denn hierher verschlagen?« rief ich, als wir uns die Hände schüttelten.

»Ich glaube, der Grund ist Art.«

Er reichte mir ein Telegramm, in dem ich las:

»Habe seit drei Tagen nichts von Seward gehört und bin in größter Sorge. Kann hier nicht weg. Vaters Befinden unverändert. Gib mir Bescheid, wie es Lucy geht. Bitte recht bald. – HOLMWOOD.«

»Ich glaube, ich bin genau zur richtigen Zeit gekommen. Du brauchst mir nur zu sagen, was ich tun soll.«

Van Helsing kam ebenfalls heran und nahm seine Hand, blickte ihm direkt in die Augen und sagte:

»Das Blut eines braven Mannes ist das beste auf Erden für eine Frau, wenn sie in Schwierigkeiten steckt. Und Sie sind ein Mann, einer ohne Fehler. Na schön, der Teufel bekämpft uns mit allem, was ihm zu Gebote steht, aber der liebe Gott schickt uns immer wieder Kämpfer, wenn wir sie brauchen.« Wieder einmal unternahmen wir die unheimliche Transfusion. Mir fehlt der Mut, sie in Einzelheiten zu schildern. Lucy hatte einen schrecklichen Zusammenbruch erlitten, und dieser hatte sie noch schlimmer heimgesucht als die vorangegangenen, denn obwohl wahre Unmengen von Blut in ihre Venen geleitet wurden, reagierte ihr Körper auf die Behandlung nicht so gut wie zu den anderen Gelegenheiten. Es war erschreckend zu sehen und zu hören, wie sie sich ins Leben zurückkämpfte. Aber jedenfalls wurde die Tätigkeit sowohl des Herzens wie der Lungen kräftiger, und Van Helsing machte ihr noch eine subkutane Injektion mit einem Morphium-Präparat wie auch anläßlich der anderen Transfusionen. Das Ergebnis war ermutigend. Ihre Ohnmacht wurde mehr und mehr zu einem tiefen Schlummer. Der Professor wachte an ihrem Bett, während ich mit Quincey hinunterging, um eines der Mädchen hinauszuschicken, damit es den Kutscher entlohnte, der noch immer draußen vor der Toreinfahrt wartete. Nachdem wir ein Glas Wein zu uns genommen hatten, überzeugte ich Quincey von der Notwendigkeit, sich hinzulegen und auszuruhen, und beauftragte die Köchin, für ein gutes Frühstück Sorge zu tragen. Dann kam mir ein Gedanke, und ich ging in das Zimmer zurück, in dem jetzt Lucy lag. Als ich leise eintrat, fand ich Van Helsing mit ein paar Blättern aus einem Notizbuch in der Hand dort sitzen. Er hatte sie offenbar gelesen und dachte jetzt darüber nach, denn er hielt den Kopf in die Hände gestützt. Auf seinem Gesicht lag ein Ausdruck grimmiger Genugtuung wie bei einem, der gerade einen Zweifel hat ausräumen können. Er reichte mir die Papiere und sagte weiter nichts als: »Das hier ist Lucy von der Brust gefallen, als wir sie ins Bad getragen haben.«

Als ich sie gelesen hatte, blickte ich ratlos auf den Professor und fragte ihn nach einigem Nachdenken: »Was, in Gottes Namen, hat das alles nur zu bedeuten? War sie oder ist sie etwa wahnsinnig? Oder welche schreckliche Gefahr beschreibt sie da?«

Ich war derart verunsichert, daß mir weiter nichts einfiel. Van Helsing streckte die Hand aus, nahm die Papiere wieder an sich und sagte:

»Machen Sie sich darüber mal im Augenblick keine Sorgen. Vergessen Sie es vorerst am besten ganz. Zu gegebener Zeit werden Sie alles wissen und verstehen; doch das wird noch ein wenig dauern. Sagen Sie mir lieber, warum Sie gekommen sind. Wollten Sie mir etwas berichten?« Das brachte mich zu den Fakten zurück, und ich war wieder ganz ich selbst.

»Ich bin gekommen, um mit Ihnen über den Totenschein zu sprechen. Wenn wir nicht korrekt und weise zugleich handeln, könnte es eine Untersuchung geben, und dabei müßte dieses Papier sicher auch beigebracht werden. Ich hoffe, es wird keine Untersuchung geben, denn die müßte die arme Lucy unweigerlich umbringen, wenn alles andere sie nicht vorher schon tötet. Ich weiß und Sie wissen und auch der andere Arzt, der sie behandelt hat, weiß, daß Mrs. Westenra herzleidend war, und wir könnten dies als Todesursache angeben. Lassen Sie uns das Dokument am besten umgehend ausfertigen, und ich werde es dann eigenhändig zum Standesamt bringen und ein Beerdigungsunternehmen benachrichtigen.«

»Gut! O ja, Freund John! Gut, daß Sie daran gedacht haben. Ach, wenn auch Miss Lucy mächtige Feinde hat, die sie bedrängen, so hat sie doch auf jeden Fall auch Freunde, die sie lieben. Einer, zwei, drei – alle öffnen ihre Venen für sie, und ganz nebenbei auch noch ein alter Mann. O ja, ich weiß, Freund John, ich bin doch nicht blind! Ich liebe Sie dafür nur um so mehr! Gehen Sie also.«

In der Halle begegnete mir Quincey Morris mit einem Telegramm an Arthur, in dem er ihm mitteilte, daß Mrs. Westenra gestorben und daß Lucy krank gewesen sei, daß es ihr aber schon wieder besser gehe und Van Helsing und ich bei ihr seien. Ich sagte ihm, wohin ich wollte, und er begleitete mich hinaus, wo er mir noch leise zuflüsterte:

»Wenn du wieder zurückkommst, Jack, können wir beide dann vielleicht ein paar Worte unter vier Augen wechseln?« Ich nickte nur und ging davon. Auf dem Standesamt regelte ich alles ohne Schwierigkeiten, und mit dem örtlichen Leichenbestatter arrangierte ich für den Abend einen Termin, damit er kommen und für den Sarg Maß nehmen konnte.

Als ich zurückkehrte, wartete Quincey bereits auf mich. Ich sagte ihm, ich würde mich sofort um ihn kümmern, sobald ich Genaueres über Lucy wisse, und ging hinauf in ihr Zimmer. Sie schlief noch immer, und Van Helsing hatte sich offenbar keinen Schritt weit von ihrem Bett entfernt. Aus der Art, wie er den Finger auf die Lippen legte, schloß ich, daß er davon ausging, sie werde innerhalb kürzester Zeit aufwachen, und als wolle er verhindern, daß ich der Natur vorgreife. Also ging ich wieder zu Quincey hinunter und nahm ihn mit ins Frühstückszimmer, wo die Vorhänge nicht zugezogen waren. Hier war die ganze Atmosphäre nicht so trist wie im übrigen Haus. Als wir allein waren, sagte er zu mir:

»Jack Seward, es ist normalerweise überhaupt nicht meine Art, mich irgendwo in was einzumischen, was mich nichts angeht; aber das hier ist kein normaler Fall. Du weißt, daß ich das Mädchen geliebt habe und sie heiraten wollte; aber obwohl das längst passé ist, mache ich mir immer noch Sorgen um sie. Ich kann nichts dafür. Was stimmt eigentlich nicht mit ihr? Der Holländer – übrigens ein feiner Mann, das habe ich sofort gesehen – sagte, als ihr ins Eßzimmer kamt, sie brauche *noch einmal* eine Transfusion von Blut, und daß ihr beide – sowohl er als auch du – erschöpft seid. Nun weiß ich ja aus Erfahrung, daß ihr Ärzte immer Geheimniskrämer seid und daß man nicht erwarten kann, ihr würdet einem normalen Sterblichen erzählen, was ihr so im stillen Kämmerlein ausheckt. Aber das hier ist kein normaler Vorgang, und was es auch sein mag, ich habe mein Teil dazu beigetragen. Stimmt das etwa nicht?«

»Ja, das stimmt«, sagte ich, und er fuhr fort:

»Ich nehme mal an, ihr habt beide schon einmal das getan, was ich heute gemacht habe. Stimmt das?«

»Ja, das stimmt.«

»Und ich nehme weiter an, Art hat auch schon gespendet. Als ich ihn nämlich vor vier Tagen bei ihm zu Hause traf, sah er reichlich mitgenommen aus. Ich habe noch nie einen derart schnellen Verfall gesehen, seit ich mal in der Pampa eine Stute, an der ich sehr hing, sterben sah. Eine von diesen riesigen Fledermäusen, die sie dort Vampire nennen, hatte sie nachts überfallen. Anschließend hatte sie Kehle und Venen zerbissen, und was noch an Blut übriggeblieben war, reichte nicht, um das Tier noch einmal aufstehen zu lassen. Mir blieb gar nichts anderes übrig, als ihr eine Kugel zu geben, als sie da so hilflos lag. Jack, wenn du mir sagen könntest, ohne einen Vertrauensbruch zu begehen, daß Arthur der erste war, dann sag es mir doch bitte. So war es doch, oder?« Während er redete, blickte der arme Bursche ausgesprochen verängstigt drein. Er befand sich in einer nahezu unerträglichen Anspannung wegen der Frau, die er liebte, und seine totale Unkenntnis des schrecklichen Mysteriums, das sie zu umgeben schien, machte seine Pein nur noch schlimmer. Sein Herz blutete, und es erforderte seinen ganzen Mannesmut – und davon besaß er wahrlich eine Menge –, nicht einfach zusammenzubrechen. Ich legte eine kleine Pause ein, bevor ich ihm antwortete, denn mir war, als dürfe ich nichts von dem verraten, was der Professor gern geheimhalten wollte. Andererseits aber wußte er schon so viel und er erriet so vieles andere, daß es eigentlich keinen Grund gab, ihm nicht wahrheitsgemäß zu antworten, und so antwortete ich wieder mit genau denselben Worten:

»Ja, das stimmt.«

»Und wie lange geht das schon so?«

»Etwa zehn Tage.«

»Zehn Tage! Dann, Jack Seward, vermute ich, daß in den Venen der armen hübschen Kreatur, die wir alle so sehr lieben, inzwischen das Blut von vier verschiedenen kräftigen Männern kreist. Die Männer leben, aber ihr Körper konnte deren Blut nicht bewahren.« Er kam ganz nahe zu mir heran und sagte in heiserem Flüsterton: »Was war das, das ihr dieses Blut wieder genommen hat?«

Ich schüttelte den Kopf. »Das«, sagte ich, »ist die Krux. Van Helsing ist schier außer sich, und ich bin mit meinem Latein am Ende. Ich kann nicht einmal zu raten wagen. Es gab eine ganze Reihe kleinerer Zwischenfälle, die alle unsere Vorkehrungen, Lucy rund um die Uhr zu bewachen, über den Haufen geworfen haben. Doch das soll sich nicht wiederholen. Wir bleiben jetzt hier, bis alles wieder in Ordnung ist – oder bis die Katastrophe vollendet ist.« Quincey streckte mir die Hand entgegen.

»Rechne mit mir«, sagte er, »du und der Holländer könnt mir sagen, was ich tun soll, und ich werde es tun.«

Als Lucy spät am Nachmittag erwachte, griff sie zuerst einmal an ihre Brust und holte zu meiner größten Überraschung das Papier hervor, das Van Helsing mir zu lesen gegeben hatte. Der Professor hatte es, sorgfältig, wie er nun mal ist, wieder dorthin zurückgelegt, wo er es her hatte, damit sie sich nicht aufregen sollte, wenn sie erwachte. Ihr Blick wanderte von Van Helsing zu mir, und ihre Augen gewannen langsam an Glanz. Dann blickte sie sich im Zimmer um, und als ihr bewußt wurde, wo sie sich befand, schauderte sie; schließlich schrie sie laut auf und schlug die ausgemergelten Hände vor das bleiche Gesicht. Wir verstanden beide, was das zu bedeuten hatte: Sie hatte sich wieder an den Tod ihrer Mutter erinnert. Wir versuchten natürlich sofort alles, um sie zu trösten. Unsere ungeteilte Anteilnahme beruhigte sie wieder ein wenig, doch sie war ausgesprochen deprimiert und weinte lange still vor sich hin. Wir sagten ihr, daß von nun an wenigstens einer oder aber auch alle beide ständig bei ihr blieben, und das schien sie doch sehr zu trösten. Als die Dämmerung hereinbrach, verfiel sie in einen leichten Schlummer. Dabei geschah etwas höchst Merkwürdiges. Noch während sie schlief, nahm sie das Papier von ihrer Brust und riß es in der Mitte durch. Van Helsing trat auf sie zu und nahm die beiden Hälften an sich. Doch sie setzte die Bewegung des Zerreißens unbeirrt fort, als befände sich das Papier noch immer in ihren Händen; schließlich hob sie die Hände und schüttelte sie, als verstreue sie die Schnipsel in alle Winde. Van Helsing schien überrascht und zog die Brauen zusammen, als müsse er scharf nachdenken, sagte aber nichts.

19. September: – Sie hat die ganze Nacht sehr unruhig geschlafen, nachdem sie schon Angst hatte, überhaupt einzuschlafen, und jedesmal, wenn sie erwachte, war sie schwächer als zuvor. Der Professor und ich wechselten uns in der Wache ab und ließen sie auch nicht einen Augenblick lang unbeobachtet. Quincey Morris erwähnte seine Absichten mit keinem Wort, aber ich wußte, daß er die ganze Nacht lang seine Runden ums Haus machte.

Bei Tagesanbruch konnten wir im fahlen Licht des frühen Morgens sehen, wie sehr die Kräfte der armen Lucy verfallen waren. Sie war kaum noch in der Lage, den Kopf zu wenden, und das bißchen Nahrung, das sie zu sich nehmen konnte, schien ihr gar nicht zu bekommen. Gelegentlich schlief sie ein wenig, und sowohl Van Helsing wie auch ich bemerkten die Veränderungen in ihrem Aussehen je nachdem, ob sie wach war oder schlief. Während sie schlief, wirkte sie kräftiger, wenn auch recht mager, und ihr Atem ging ruhiger; der leicht geöffnete Mund zeigte das blutleere Zahnfleisch, das sich über den Zähnen zurückzog, so daß diese sehr viel länger und schärfer erschienen als sonst; war sie dagegen wach, milderte der Ausdruck ihrer samtenen Augen diesen Eindruck ein wenig, und dann sah sie sich selbst wieder sehr viel ähnlicher, obwohl von nun an kein Zweifel mehr daran bestehen konnte, daß wir es hier mit einer Sterbenden zu tun hatten. Am Nachmittag fragte sie nach Arthur, und wir schickten ihm ein entsprechendes Telegramm. Quincey ging, um ihn am Bahnhof abzuholen.

Als er ankam, ging es gegen sechs Uhr; die Sonne schien voll und warm vom Himmel, und ihr rotes Licht fiel durch das Fenster und zeichnete ein wenig Farbe auf ihre bleichen Wangen. Als er sie sah, war Arthur entsetzt. Keiner von uns sprach auch nur ein Wort. Nach den Stunden, die hinter uns lagen, waren die kurzen Schlafperioden – oder vielleicht waren es auch nur bloße Ohnmachtsanfälle – in immer kürzeren Abständen aufeinander gefolgt, wodurch die Augenblicke, in denen so etwas wie eine Unterhaltung möglich gewesen wäre, immer kürzer wurden. Immerhin schien Arthurs Anwesenheit doch so etwas wie ein Stimulans für sie zu sein; sie raffte sich ein wenig auf und redete fröhlicher mit ihm, als sie es seit unserem Eintreffen mit uns getan hatte. Er selbst riß sich zusammen und redete so unbefangen, wie ihm das nur möglich war. Und so machten alle das Beste aus der Situation.

Es ist jetzt ein Uhr in der Nacht, und er und Van Helsing sitzen bei ihr. In einer Viertelstunde soll ich sie ablösen. Inzwischen spreche ich diesen Bericht auf Lucys Phonographen. Bis sechs Uhr wollen sie dann auszuruhen versuchen.

Ich fürchte, morgen wird unsere Wache enden, denn der Anfall war einfach zu schlimm; das gute Kind kann sich wohl nicht noch einmal regenerieren. Gott möge uns allen helfen.

Brief von Mina Harker an Lucy Westenra

(von ihr nicht mehr geöffnet)

17. September

Meine teuerste Lucy,
mir ist, als sei ein ganzes Zeitalter vergangen, seit ich zum letztenmal etwas von Dir gehört habe – oder auch, seit ich Dir geschrieben habe. Ich weiß, Du wirst mir verzeihen, wenn Du erst alles erfahren hast, was ich zu berichten weiß. Nun denn, ich habe meinen Mann inzwischen wohlbehalten nach Hause zurückgebracht; als wir in Exeter ankamen, wartete bereits eine Kutsche auf uns, und in ihr saß trotz eines Gichtanfalls Mr. Hawkins. Er brachte uns zu sich nach Hause, wo für uns bereits einige Räumlichkeiten sehr nett hergerichtet worden waren, und wir dinierten gemeinsam. Nach dem Essen sagte Mr. Hawkins:

›Meine Lieben, ich möchte einen Toast ausbringen auf euer Glück und Wohlergehen und daß jederzeit reicher Segen auf euch liegen möge. Ich kenne euch beide nun schon, seit ihr Kinder wart, und habe voller Liebe und Stolz gesehen, wie ihr aufgewachsen seid. Nun bitte ich euch, hier bei mir Quartier zu nehmen. Ich habe keine Kinder und Verwandten; sie sind alle gegangen, und in meinem Testament habe ich euch meinen gesamten Besitz vermacht.‹ Ich habe geweint, Lucy, meine Liebe, als Jonathan und der alte Mann einander die Hände reichten. Wir verbrachten einen sehr, sehr glücklichen Abend.

So haben wir uns denn nun in diesem wunderschönen alten Haus eingerichtet, und sowohl von meinem Schlaf- als auch von meinem Wohnzimmer aus kann ich ganz nahe die hohen Ulmen vor der Kathedrale sehen, deren dunkle Stämme sich deutlich vom schmutzigen Gelb des Steins abheben; ich kann die Raben hoch über mir tagaus, tagein krächzen und schreien hören, wie es die Raben eben so tun – und insoweit sind sie wohl auch nicht anders als die Menschen auch. Ich brauche Dir sicher nicht zu erklären, daß ich jetzt sehr viel mit dem Einrichten des Hauses und dem Haushalt selbst beschäftigt bin. Jonathan und Mr. Harker arbeiten den ganzen Tag über miteinander, denn jetzt, da Jonathan sein Partner geworden ist, will Mr. Hawkins ihm natürlich auch alles über die einzelnen Klienten erzählen.

Wie geht es Deiner lieben Mutter? Ich wollte, ich könnte einmal zwischendurch ein paar Tage in die Stadt kommen, um Dich zu besuchen, aber noch wage ich nicht, einfach fortzufahren, dafür habe ich viel zuviel zu tun; und Jonathan ist auch noch nicht ganz wiederhergestellt und bedarf weiter meiner besonderen Pflege. Nach und nach nimmt er wenigstens wieder ein bißchen zu, aber seine lange Krankheit hatte ihn doch sehr geschwächt, und er fährt immer noch manchmal aus dem Schlaf hoch, und dann zittert er an allen Gliedern, bis es mir endlich gelingt, ihn zu beruhigen. Doch passieren diese Anfälle Gott sei Dank immer seltener, und ich vertraue darauf, daß sie mit der Zeit ganz verschwinden werden. Und jetzt, da ich Dir meine Neuigkeiten berichtet habe, laß mich nach den Deinen fragen. Wann und wo wirst Du heiraten? Wer wird die Zeremonie vornehmen, und was wirst Du tragen, und soll es eine öffentliche oder eine private Trauung werden? Erzähle mit alles darüber, meine Liebe; erzähl mir überhaupt alles, was Dich betrifft, denn alles, was mit Dir zusammenhängt, ist von größtem Interesse für mich. Jonathan hat mir aufgetragen, Dir seine ›respektvollsten Empfehlungen‹ zu übermitteln, doch mir will scheinen, das ist nicht gut genug vom Juniorpartner der bedeutenden Maklerfirma Hawkins & Harker; und da Du mich magst und er mich und ich Dich im vollsten Sinne des Wortes gern habe, sende ich Dir statt dessen lieber einfach nur den Ausdruck seiner herzlichsten Freundschaft. Auf Wiedersehen, meine liebste Lucy, und Gottes Segen allzeit mit Dir.

Auf immer Deine
MINA HARKER

Bericht von Dr. med. Patrik Hennessy, Mitglied der Königl. Chirurgen-Vereinigung Vereidigter Hofrat etc., etc. an Dr. med. John Seward

20. September

Werter Herr,

wunschgemäß übersende ich beiliegend meinen Bericht über alle Angelegenheiten, mit denen Sie mich beauftragt haben ... Zum Patienten Renfield ist noch einiges zu sagen. Er hat einen weiteren Ausbruchsversuch unternommen, der tragisch hätte enden können, doch ist die Sache glücklich ausgegangen. Heute nachmittag fuhr ein Lastwagen mit zwei Kutschern an dem verlassenen Haus vor, dessen Areal an das unsere grenzt – jenes Haus, in das, wie Sie sich erinnern werden, der Patient sich schon zweimal zu flüchten versuchte. Die Fahrer hielten vor unserem Tor, um den Portier nach dem

Weg zu fragen, da sie hier fremd waren. Ich schaute gerade aus dem Fenster des Ordinationszimmers, wo ich nach dem Dinner meine Zigarre rauchte, und sah, wie einer der Männer auf das Haus zukam. Als er unter dem Fenster von Renfields Zelle vorbeikam, begann der Patient drinnen, ihn zu beleidigen und ihn mit sämtlichen Schimpfwörtern zu belegen, die ihm gerade in den Sinn kamen. Der Mann schien mir sehr zurückhaltend zu sein; jedenfalls begnügte er sich damit, ihm nur zuzurufen, er sei ja weiter nichts als ein ›großmäuliger Bettler‹, woraufhin unser Mann ihn beschuldigte, ihn berauben und ermorden zu wollen, daß er sich aber zu wehren wissen werde.

Ich öffnete das Fenster und bedeutete dem Fremden, Renfield einfach nicht zu beachten. Dieser blickte sich kurz um und schien zu begreifen, wo er sich hier in Wirklichkeit befand. Er verzog das Gesicht und sagte: ›Gott segne Sie, Sir, mich is'et ja ejal, watse in so 'ne Klapsmühle zu mich sagen. Sie und der Direktor tun ma man bloß leid, dat Se mit so'n Biest unter ein' Dach leben müssen.‹ Dann fragte er sehr höflich nach dem Weg, und ich gab ihm bereitwillig Auskunft, wo er das Tor des verlassenen Hauses finden konnte; er ging wieder davon, begleitet von Drohungen, Flüchen und Beschimpfungen unseres Mannes. Ich ging hinunter, um irgendeinen Grund für seine Wut zu entdecken, da er sich ja im allgemeinen recht ordentlich aufführt und sich derartige Vorfälle, sieht man einmal von seinen gelegentlichen Tobsuchtsanfällen ab, sonst nie ereignen. Zu meinem Erstaunen fand ich ihn völlig ruhig und für seine Verhältnisse ausgesprochen gutgelaunt vor. Ich versuchte, ihn in ein Gespräch über das Vorgefallene zu ziehen, doch er fragte mich, wovon ich denn spräche, und versuchte überhaupt, den Eindruck zu erwecken, als habe er den ganzen Vorfall längst vergessen.

Es tut mir leid, sagen zu müssen, daß auch dies wieder nur

ein Beispiel für die Hinterlist dieses Mannes ist, denn kaum eine halbe Stunde später hörte ich erneut von ihm. Diesmal war er durch das Fenster seiner Zelle ausgebrochen und rannte den Weg hinunter.

Ich rief nach den Wärtern und lief hinter ihm her, denn ich fürchtete, er führe Böses im Schilde. Meine Sorge war nur zu berechtigt, als ich den Wagen vorbeifahren sah, der eben noch vor unserem Tor gehalten hatte und auf dem ein paar hölzerne Kisten lagen.

Die Männer wischten sich den Schweiß von der Stirn und sahen aus, als müßten sie sich sehr anstrengen. Noch ehe ich bei ihnen war, hatte unser Patient sie schon erreicht, zerrte einen vom Kutschbock und fing an, ihn mit dem Kopf immer wieder auf den Boden zu stoßen. Wenn ich nicht noch gerade rechtzeitig gekommen wäre, wer weiß, ob er den Mann nicht umgebracht hätte. Der andere Mann sprang vom Bock und schlug ihm mit dem Stiel seiner langen Peitsche über den Kopf. Der Schlag war schrecklich, aber Renfield zeigte sich davon nicht im geringsten beeindruckt, sondern packte nun auch noch den neuen Gegner, kämpfte mit uns allen dreien und warf uns durcheinander wie junge Katzen. Sie wissen ja, daß ich alles andere als ein Leichtgewicht bin, und die beiden anderen waren recht handfeste Burschen. Zu Beginn kämpfte er noch schweigend, doch als wir seiner mehr und mehr Herr wurden und die Wärter ihm schließlich die Zwangsjacke anlegten, begann er zu schreien: ›Ich werd's euch allen zeigen! Mich könnt ihr nicht berauben! Niemand wird mich Stückchen für Stückchen umbringen! Ich werde für meinen Herrn und Meister kämpfen!‹

Er stieß noch eine ganze Menge anderer ähnlich sinnloser und unzusammenhängender Verwünschungen aus, und es kostete uns einige Mühe, ihn wieder ins Haus zurückzubringen, wo wir ihn in die Gummizelle sperrten. Hardy, einer unserer Wärter, hatte sich den Finger gebrochen. Nun, ich konnte es wieder einigermaßen richten, und jetzt geht es ihm schon wieder besser.

Die beiden Fuhrleute drohten zuerst lauthals mit Schadensersatzansprüchen und stellten uns sämtliche Strafen des Gesetzbuches in Aussicht. Und doch klang durch ihre Drohungen auch so ein wenig eine Entschuldigung dafür durch, daß sie zu zweit nicht mit einem zu allem entschlossenen Verrückten hatten fertig werden können. Unter anderem behaupteten sie auch, sie hätten wegen ihres staubigen Auftrags derart ausgedörrte Kehlen, und nirgendwo auf ihrem langen Weg seien sie an einem Wirtshaus vorbeigekommen. Ich verstand den Wink mit dem Zaunpfahl, und nach einem steifen Grog oder auch einigen mehr und einem Sovereign in der Hand wurden ihre Drohungen schon weniger konkret. Am Ende schworen sie gar, sie würden es zu gern jeden Tag mit einem noch viel schlimmeren Verrückten aufnehmen für das Vergnügen, einen ›so tollen Kumpel‹ wie den Unterzeichnenden kennenzulernen. Ich habe mir ihre Namen und Anschriften notiert für den Fall, daß sie einmal benötigt werden sollten. Sie lauten: Jack Smollet von Dudding's Rents, King George's Road, Great Walworth, und Thomas Snelling von Peter Parley's Row, Guide Court, Bethnal Green. Beide stehen bei Harris & Sons, Movement and Shipment Company, Orange Master's Yard, Soho, in Diensten.

Sollten sich weitere Dinge von Interesse zutragen, werde ich unverzüglich wieder berichten, notfalls per Telegramm.

Bitte erlauben Sie mir den Ausdruck meiner vorzüglichsten Hochachtung

Patrick Hennessey

Brief von Mina Harker an Lucy Westenra

(von dieser nicht mehr geöffnet)

18. September

Meine liebste Lucy,
ein trauriger Schicksalsschlag hat uns getroffen. Mr. Hawkins ist ganz plötzlich verstorben. Man könnte versucht sein zu sagen, für uns sei dies kein so trauriges Ereignis, aber wir haben ihn wirklich liebengelernt, und uns kommt es vor, als hätten wir einen wahrhaftigen Vater verloren. Ich habe nie Vater oder Mutter kennengelernt, und so ist der Tod des alten Mannes ein echter Schlag für mich. Jonathan ist geradezu verstört. Es ist ja nicht nur, daß er trauert, denn der gute alte Mann war ihm sein ganzes Leben lang ein guter Freund gewesen, und gegen Ende seines Lebens hatte er ihn gar wie einen Sohn behandelt, ihn zu seinem Erben eingesetzt und ihm ein Vermögen hinterlassen, das für Leute aus bescheidenen Verhältnissen, wie wir es nun mal sind, jenseits aller Träume liegt; aber Jonathan spürt den Verlust auch in anderer Hinsicht. Er sagt, die Fülle von Verantwortung, die jetzt auf seinen Schultern lastet, mache ihn nervös. Er fängt an, an sich selbst zu zweifeln. Ich versuche, ihn aufzuheitern, und mein Glaube an ihn hilft ihm, sein Selbstvertrauen zurückzugewinnen. Aber selbst jetzt gilt noch, daß ihm der schwere Schock, den er erlitten hat, am meisten zu schaffen macht. Oh, es ist einfach zu arg, daß eine so liebenswerte, noble und starke Persönlichkeit wie er – eine Natur, die ihn befähigte, sich mit Hilfe unserer guten, treuen Freunde in wenigen Jahren vom Angestellten zum Firmeninhaber emporzuarbeiten – so angegriffen sein soll, daß die eigent-

liche innere Substanz all seiner Stärke dahin sein soll. Vergib mir, meine Teure, daß ich Dich in all Deiner Glückseligkeit mit meinen Problemen belaste; aber, Lucy, meine Liebe, irgend jemandem muß ich es doch erzählen, denn die ständige Anstrengung, Jonathan gegenüber tapfer und fröhlich aufzutreten, macht mir zu schaffen, und ich habe hier niemanden, dem ich mich anvertrauen könnte. Ich fürchte mich schon jetzt davor, übermorgen nach London zu fahren, doch läßt es sich nicht umgehen, da der arme Mr. Hawkins in seinem Testament bestimmt hat, er wolle im Grab seines Vaters beigesetzt werden. Da es ja keine Anverwandten mehr gibt, wird Jonathan der Part des Haupttrauernden zufallen. Ich werde in jedem Fall versuchen, kurz zu Euch zu kommen, um Dich zu besuchen, meine Liebe, und wäre es auch nur für wenige Minuten. Vergib mir, wenn ich Dich beunruhigt hätte. Mit allen Segenswünschen

Deine Dich liebende
MINA HARKER

Das Tagebuch des Dr. Seward

20. September: – Nur Selbstdisziplin und Gewohnheit können mich heute bewegen, einen Eintrag zu machen. Ich fühle mich viel zu schlecht, zu wenig motiviert, zu verzweifelt an der Welt und allem, was in ihr ist einschließlich dem Leben selbst, daß es mir fast schon gleich wäre, wenn ich in diesem Moment das Schlagen der Flügel des Todesengels hörte. Und es hatte doch erst kürzlich noch einen Grund gegeben für dieses Geräusch – Lucys Mutter und Arthurs Vater, und jetzt … doch laßt mich in meiner Arbeit fortfahren.

Ich löste Van Helsing getreu unserer Abmachung in seiner Wacht an Lucys Krankenlager ab. Wir baten Arthur, sich ebenfalls zur Ruhe zu begeben, doch zunächst weigerte er sich. Erst als ich ihm sagte, wir würden seiner Hilfe am folgenden Tag bedürfen, und es sei doch nicht nötig, daß wir alle gleichzeitig aus Erschöpfung zusammenbrechen, worunter nur Lucy zu leiden haben würde, war er einverstanden, sich niederzulegen. Van Helsing war betont freundlich zu ihm. »Kommen Sie, mein Sohn«, sagte er, »kommen Sie mit mir. Sie sind krank und schwach, und Sie haben viel Trauer und seelische Pein ertragen müssen, gar nicht zu reden von den körperlichen Strapazen. Sie sollten jetzt nicht allein sein, denn allein zu sein bedeutet, Furcht und Schrecken ertragen zu müssen. Kommen Sie ins Wohnzimmer, wo ein großes Feuer brennt und wo zwei Sofas stehen. Sie sollen sich auf das eine legen, und ich werde das andere nehmen, und die wechselseitige Sympathie wird uns beiden Trost sein, auch wenn wir nicht miteinander reden, sondern gemeinsam schlafen.«

Arthur ging mit ihm davon, nicht ohne sich mit einem langen, verlangenden Blick in Lucys Gesicht von dieser zu verabschieden. Ihr Gesicht schien weißer als die Laken. Sie lag ganz still da, und ich blickte mich im Zimmer um, um mich zu vergewissern, daß alles so war, wie es sein sollte. Ich konnte sehen, daß der Professor in diesem und im angrenzenden Zimmer ausgiebig seiner Neigung gefrönt hatte, überall Knoblauch auszulegen; die Fensterrahmen waren vollständig damit bedeckt, und um Lucys Hals lag über dem seidenen Schal, den ihr der Professor umgelegt hatte, ein ganzer Kranz dieser stark riechenden Blüten. Lucys Atem ging irgendwie keuchend, und ihr Gesicht hatte nie kranker ausgesehen, denn jetzt zeigte der offene Mund auch noch ihren ausgebleichten Gaumen. Ihre Zähne schienen in dem ungewissen Licht länger und schärfer als noch am Morgen. Besonders die Eckzähne kamen mir – vielleicht auch nur wegen des Lichteinfalls – länger und schärfer als die übrigen vor. Ich setzte mich zu ihr, und auf einmal bewegte sie sich leicht im Schlaf.

Gleichzeitig vernahm ich vom Fenster her ein dumpfes Klatschen oder Klopfen. Ich ging leise hinüber und spähte durch eine Ritze im Vorhang hinaus. Der Mond stand voll am Himmel, und in seinem Schein konnte ich sehen, daß das Geräusch von einer riesigen Fledermaus verursacht wurde, die draußen kreiste – zweifellos von dem wenn auch schwachen Lichtschein angezogen – und hin und wieder mit einem ihrer Flügel gegen eine der Fensterscheiben stieß. Als ich auf meinen Platz zurückkehrte, stellte ich fest, daß Lucy sich ein wenig bewegt und die Knoblauch-Blüten von ihrem Hals entfernt hatte. Ich drapierte sie wieder neu, so gut ich konnte, und setzte mich, um sie zu betrachten.

Plötzlich erwachte sie, und ich gab ihr zu essen, wie Van Helsing es verordnet hatte. Sie nahm aber nur wenig, und auch das nur widerwillig. Das unbewußte Ringen um ihr Leben und ihre Gesundheit, das bisher das Kennzeichen ihrer Krankheit gewesen war, schien vorüber. Mir kam es merkwürdig vor, daß sie in dem Augenblick, wo sie wach wurde, die Knoblauchblüten fest an sich drückte. Es war in der Tat sonderbar, daß sie immer dann, wenn sie sich in ihrem Zustand totaler Lethargie befand und so schwer atmete, die Blüten von sich stieß; war sie dagegen wach, preßte sie diese ganz fest an sich. In diesem Punkt war kein Irrtum möglich, denn in den langen Stunden, die folgten, lösten sich kurze Phasen von Wachsein und Schlafen in rascher Folge ab, und so war dieser Wechsel mehrmals zu beobachten.

Um sechs Uhr kam Van Helsing, um mich abzulösen. Arthur war inzwischen in einen leichten Schlummer verfallen, und der Professor ließ ihn dankenswerterweise weiter schlafen. Als er Lucy sah, konnte ich wieder hören, wie er zischend die Luft einsog, und dann sagte er in scharfem Flüsterton zu mir: »Ziehen Sie die Vorhänge auf, ich brauche Licht!« Dann beugte er sich vor, bis seine Stirn fast Lucys

Brust berührte, und untersuchte sie eingehend. Er entfernte die Blüten und nahm ihr den Schal vom Hals. Doch da schien er zurückzuschrecken und ich hörte ihn ausrufen: »Mein Gott!« Es klang, als wollten die Worte in seiner Kehle ersticken. Ich beugte mich ebenfalls vor und schaute – und dann überfiel mich ein nicht gelinder Schauder.

Die Wunden an der Kehle waren vollkommen verschwunden!

Geschlagene fünf Minuten stand Van Helsing da und blickte sie nur einfach an, und sein Gesicht war so ernst, wie ich es noch nie gesehen hatte. Dann wandte er sich nach mir um und sagte ganz ruhig:

»Sie stirbt. Es dauert nicht mehr lange. Es kommt jetzt nur darauf an, ob sie bei vollem Bewußtsein oder im Schlaf stirbt. Wecken Sie den armen Jungen und lassen Sie ihn kommen, damit er sie noch ein letztes Mal sehen kann; er vertraut uns, und wir haben es ihm versprochen.«

Ich ging ins Eßzimmer und weckte ihn. Einen Moment lang war er benommen, doch als er das helle Tageslicht durch die Ritzen der Vorhänge sah, fürchtete er, es könne vielleicht schon zu spät sein. Ich versicherte ihm, daß Lucy noch lebte, aber gleichzeitig brachte ich ihm so schonend wie nur möglich bei, daß sowohl Van Helsing als auch ich die Befürchtung hatten, ihr Ende sei nahe. Er bedeckte das Gesicht mit den Händen und ließ sich neben dem Sofa auf die Knie nieder, wo er vielleicht eine Minute schweigend verharrte und betete. Den Kopf hielt er dabei in den Händen vergraben, und seine Schultern zuckten und bebten. Ich nahm ihn bei der Hand und hob ihn hoch. »Komm«, sagte ich, »komm, alter Junge, nimm all deine Selbstbeherrschung zusammen; das wird es zumindest leichter machen.«

Als wir in Lucys Zimmer kamen, sah ich, daß Van Helsing in seiner bekannten weisen Voraussicht alles bereits ein wenig gerichtet hatte, damit es so erfreulich wie nur möglich aussah.

Er hatte sogar Lucy das Haar gebürstet, so daß es in Wellen über die Kissen gebreitet lag. Als wir ins Zimmer traten, öffnete sie die Augen, und als sie ihn erkannte, flüsterte sie leise: »Arthur! Oh, mein Geliebter, ich bin ja so glücklich, daß du gekommen bist!« Er wollte sich schon über sie beugen, um sie zu küssen, als Van Helsing ihn festhielt. »Nicht«, flüsterte er, »noch nicht! Halten Sie ihre Hand, das wird für sie angenehmer sein.«

So nahm Arthur also ihre Hand und kniete neben ihrem Bett nieder. Sie sah so schön aus wie schon lange nicht mehr mit ihren engelgleichen Augen und ihren nicht minder schönen Gesichtszügen. Dann schlossen sich ihre Augen allmählich, und sie schlief ein. Wenige Augenblicke lang hob und senkte sich ihre Brust sehr sanft, und ihr Atem kam und ging wie der eines Kindes.

Und dann kam fast unmerklich diese seltsame Veränderung über sie, die mir schon während der Nacht aufgefallen war. Ihr Atem wurde zu einem Keuchen, der Mund öffnete sich, und das zurückgebildete bleiche Zahnfleisch ließ ihre Zähne länger und schärfer aussehen denn je. Wie im Halbschlaf, eher unbewußt, fast wie eine Schlafwandlerin öffnete sie die Augen, die jetzt gleichzeitig trübe und hart waren, und sagte mit sanfter, wollüstiger Stimme, wie ich sie noch nie über ihre Lippen hatte kommen hören:

»Arthur! Oh, mein Geliebter! Ich bin ja so glücklich, daß du gekommen bist! Küß mich!« Arthur beugte sich voller Eifer über sie, um sie zu küssen; doch noch im selben Augenblick packte ihn Van Helsing, der beim Klang ihrer Stimme nicht weniger überrascht gewesen war als ich, im Nacken und riß ihn mit einer Urgewalt und unter Aufbietung von Kräften, die ich nie bei ihm vermutet hätte, zurück und schleuderte ihn quer durchs Zimmer.

»Nicht, und wenn es Ihr Leben gelte!« schrie er dazu. »Nicht um Ihrer eigenen und nicht um der lebenden Seele dieser Unglücklichen willen!« Und dann stellte er sich zwischen sie wie ein zum Kampf bereiter Löwe.

Arthur war derart verblüfft, daß er sekundenlang nicht wußte, was er sagen oder tun solle; doch bevor er an Gewalt auch nur denken konnte, erinnerte er sich wieder des Ortes und der Umstände und blieb schweigend und abwartend stehen.

Ich hielt die Blicke genau wie Van Helsing auch unverwandt auf Lucy gerichtet, und so sahen wir, wie sekundenlang schiere Rage ihr Gesicht verzerrte und die langen Zähne aufeinander schlugen. Dann schlossen sich ihre Augen wieder, und sie atmete schwer.

Kurz darauf öffneten sich ihre Augen erneut, in denen jetzt wieder die ganze alte Liebenswürdigkeit leuchtete. Sie streckte die blasse, knochig gewordene Hand aus und nahm Van Helsings kräftige braune Hand, um sie an den Mund zu führen und zu küssen. »Mein wahrer Freund«, sagte sie dazu mit kaum vernehmbarer Stimme, aber unbeschreiblicher Bewegung, »mein treuer Freund – und seiner dazu! Oh, beschützen Sie ihn und geben Sie ihm seinen Frieden!«

»Das schwöre ich!« sagte er feierlich, kniete sich neben sie und hob zum Eid beide Hände. Dann wandte er sich Arthur zu und sagte: »Kommen Sie, mein Sohn, nehmen Sie ihre Hand und küssen Sie sie auf die Stirn – doch nur ein einziges Mal.«

Statt ihrer Lippen trafen sich ihre Augen; und so schieden sie voneinander.

Lucy schloß die Augen, und Van Helsing, der aufmerksam zugeschaut hatte, nahm Arthurs Arm und zog ihn fort.

Dann wurde Lucys Atem wieder zu einem schweren Keuchen, um kurz darauf ganz plötzlich gänzlich zu versiegen.

»Es ist alles vorbei«, sagte Van Helsing. »Sie ist tot.«

Ich nahm Arthur am Arm und führte ihn ins Wohnzimmer, wo er sich niedersetzte, das Gesicht in den Händen verbarg und zu schluchzen begann, daß es mir schier das Herz brechen wollte.

Schließlich ging ich ins Sterbezimmer zurück und sah, wie Van Helsing auf die arme Lucy hinunterschaute. Sein Gesicht war noch ernster als sonst. Ihr Körper hatte sich leicht verändert. Der Tod hatte ihr ihre Schönheit zum Teil zurückgegeben, denn die Linien ihrer Brauen und Wangen hatten sich wieder ein wenig geglättet; sogar die Lippen hatten viel von der schrecklichen Blässe verloren. Es schien fast, als habe das Blut, das nicht mehr länger benötigt wurde, um das Herz in Gang zu halten, die Aufgabe übernommen, die Spuren des Todeskampfes so weit zu glätten, wie es möglich war.

> Wir glaubten sie sterbend, als sie schlief,
> und schlafend, als sie starb.

Ich trat neben Van Helsing und sagte:

»Ach ja, das arme Mädchen – nun hat sie endlich ihren Frieden gefunden. Das ist das Ende.«

Er wandte sich nach mir um und erwiderte voll gravitätischem Ernst und tiefer Feierlichkeit:

»Keineswegs! O nein! Das ist erst der Anfang!«

Als ich ihn fragte, was er damit meinte, schüttelte er nur den Kopf und antwortete:

»Im Moment können wir weiter nichts tun. Aber warten Sie's ab. Sie werden schon sehen.«

Kapitel Dreizehn

Das Tagebuch des Dr. Seward

(Fortsetzung)

Die Beerdigung wurde auf den übernächsten Tag festgesetzt, so daß Lucy zusammen mit ihrer Mutter beigesetzt werden konnte. Ich übernahm alle unerfreulichen Formalitäten, und der städtische Totengräber versicherte mir, er und sein gesamter Mitarbeiterstab seien betroffen – ja tief ergriffen – von dem schweren Verlust, der mich getroffen habe, und dabei legte er die seinem Gewerbe wohl angemessene süßliche Unterwürfigkeit an den Tag, die ich indes eher als störend empfand. Und auch die Frau, die der Toten ihre letzten Dienste erwies, bemerkte, als sie das Sterbezimmer verlassen hatte, in ihrer vertraulichen, kollegialen Art zu mir:

»Sie ist eine wirklich schöne Leiche, Sir. Es ist eine Auszeichnung, sie herrichten zu dürfen. Ich glaube, ich behaupte nicht zuviel, wenn ich sage, sie macht unserem Institut alle Ehre.«

Mir fiel auf, daß Van Helsing nie weit war. Dies war möglich, weil der ganze Haushalt völlig in Unordnung geraten war. Es gab keine Verwandten; und da Arthur schon am nächsten Tag wieder zurück sein mußte, um am Begräbnis seines Vaters teilzunehmen, wußten wir auch nicht, wen wir hätten benachrichtigen sollen. Unter diesen Umständen nahmen Van Helsing und ich es auf uns, alle Papiere zu prüfen etc. Er bestand darauf, Lucys persönliche Papiere selbst zu begutachten. Ich fragte ihn nach dem Grund, denn ich hatte die Befürchtung, als Ausländer sei er womöglich nicht so genau mit den britischen Gesetzen vertraut und werde aus reiner

Unkenntnis noch irgendwelche Probleme heraufbeschwören. Er erwiderte:

»Ich weiß, ich weiß. Aber Sie vergessen, daß ich nicht nur Mediziner bin, sondern auch Jurist. Unser Anliegen hier ist indes kein Fall für die Jurisprudenz. Das ist Ihnen ja auch selbst klargewesen, als Sie den Besuch des Leichenbeschauers verhindert haben. Aber ich muß noch ganz anderes verhindern. Es könnte mehr Papiere geben wie dieses hier.«

Noch während er sprach, zog er das Memorandum aus der Brusttasche, das er auf Lucys Brust gefunden und das diese im Schlaf zerrissen hatte.

»Sollten Sie noch etwas finden, das für den Notar der verschiedenen Mrs. Westenra von Interesse sein könnte, dann versiegeln Sie es und teilen Sie es ihm noch heute mit. Was mich betrifft, ich werde die ganze Nacht hier in diesem Zimmer und in Miss Lucys altem Zimmer wachen und mir selbst zusammensuchen, was ich benötige. Es wäre nicht gut, wenn Fremde Zugang zu ihren geheimsten Gedanken fänden.«

Ich setzte meinen Teil der Arbeit fort, und eine halbe Stunde später hatte ich Name und Adresse von Mrs. Westenras Anwalt gefunden und ihm kurz geschrieben. Die Papiere der beiden unglücklichen Frauen waren in Ordnung; sie enthielten sogar präzise Anweisungen hinsichtlich des Ortes, an dem sie beerdigt werden wollten. Ich hatte den Brief kaum versiegelt, als zu meiner Überraschung Van Helsing ins Zimmer kam und sagte:

»Kann ich Ihnen helfen, Freund John? Ich bin frei, und wenn ich darf, helfe ich Ihnen gern.«

»Haben Sie gefunden, wonach Sie gesucht haben?« fragte ich, worauf er erwiderte:

»Ich habe nicht nach etwas Speziellem gesucht. Ich hatte nur gehofft, irgend etwas zu entdecken, und tatsächlich habe ich einiges gefunden: ein paar Briefe, einige Aufzeichnungen und ein kürzlich begonnenes Tagebuch. Ich habe alles hier, und fürs erste sollten wir darüber mit niemandem sprechen. Morgen abend werde ich den armen Burschen ohnehin sehen, und ich hoffe auf seine Zustimmung, von einem dieser Schriftstücke Gebrauch machen zu dürfen.«

Als wir mit der Arbeit soweit fertig waren, sagte er:

»Und nun, Freund John, sollten wir zu Bett gehen, denke ich. Wir brauchen unseren Schlaf, Sie so gut wie ich, damit wir wieder zu Kräften kommen. Morgen wartet viel Arbeit auf uns, aber heute nacht werden wir nicht mehr gebraucht. Bedauerlicherweise.«

Bevor wir gingen, schauten wir noch einmal nach der toten Lucy. Das Bestattungsunternehmen hatte wirklich gute Arbeit geleistet und das Zimmer in eine echte kleine Trauerkapelle verwandelt. Alles war zu einem wahren Blumenmeer aus weißen Blüten geworden, und der Tod schien fast alle seine Schrecken verloren zu haben. Das Ende des Leichentuchs war über ihr Gesicht gezogen worden; als der Professor hinzutrat und es sanft zurückzog, waren wir beide erstaunt über die Schönheit, die vor uns lag. Die großen Wachskerzen spendeten genügend Licht, um sie noch voll bewundern zu können. Lucys ganze Schönheit war im Tod zurückgekehrt, und die zurückliegenden Stunden hatten nicht etwa mit grausamer Hand Spuren des Verfalls in ihre Züge gegraben, die sie im Leben gezeichnet hatten. Ja, ich mochte es zuerst einfach nicht glauben, daß ich hier einen Leichnam vor mir hatte.

Der Professor blickte äußerst ernst drein. Er hatte sie nicht geliebt wie ich, und es gab für ihn keinen Grund für Tränen. Er sagte zu mir: »Bleiben Sie hier, bis ich zurück bin.« Damit verließ er den Raum. Als er wiederkam, hielt er ein Bündel wilden Knoblauchs aus der Schachtel unten in der Halle, die noch nicht geöffnet worden war, in der Hand und verteilte die Blüten unter den anderen rund um das Bett. Dann nahm er ein Kruzifix vom Hals, das er unter seinem Kragen getragen hatte, und legte es ihr auf den Mund. Danach breitete er das Laken wieder über ihr Gesicht, und wir verließen den Raum.

Ich zog mich schon in meinem eigenen Zimmer aus, als er nach einem Klopfen eintrat. »Ich möchte Sie bitten, mir morgen noch vor dem Abend einen Satz Seziermesser zu bringen.«

»Müssen wir eine Autopsie vornehmen?« fragte ich.

»Ja und nein. Ich will operieren, aber anders, als Sie denken. Ich will es Ihnen sagen, aber Sie müssen mir versprechen, mit niemandem sonst darüber zu reden. Ich will ihr den Kopf abtrennen und ihr das Herz herausnehmen. Ach! Sie sind doch Chirurg – und dann so schockiert? Sie, ein Mann, den ich Operationen auf Leben und Tod habe ausführen sehen, bei denen jedem anderen schlecht geworden wäre! Oh, Freund John, ich darf dabei ja niemals vergessen, daß Sie sie geliebt haben; und ich habe auch vergessen, Ihnen zu sagen, daß ich selbst diese Operation vornehmen werde. Sie brauchen mir nur zu assistieren. Mir wäre es lieber, es schon heute nacht zu tun, aber mit Rücksicht auf Arthur will ich es lieber noch einen Tag aufschieben; nach seines Vaters Begräbnis morgen wird er frei sein, und er wird sie sehen wollen – und er soll sie *so* sehen. Wenn der Sarg dann schon für den nächsten Tag verschlossen sein wird, dann kommen wir beide. Wir werden den Sargdeckel aufschrauben und unsere Operation vornehmen; danach richten wir alles wieder so her, daß niemand etwas bemerken wird. Nur wir allein werden wissen, was geschehen ist.«

»Aber warum tun wir das alles? Das Mädchen ist doch tot. Warum ohne Not ihren Körper verstümmeln? Und wenn es keine Notwendigkeit für eine Autopsie gibt und nichts dabei zu gewinnen wäre – kein Gewinn für sie, keiner für uns, keiner für die Wissenschaft und auch keiner für die Kenntnis vom Menschen –, warum tun wir es dann? Ohne all das ist das, was Sie vorhaben, einfach nur monströs zu nennen.«

Als Antwort legte er mir die Hand auf die Schulter und sagte mit unendlicher Liebenswürdigkeit in der Stimme:

»Freund John, mich dauert Ihr blutendes Herz; und ich liebe Sie dafür, daß es so blutet, nur um so mehr. Wenn ich es könnte, ich nähme die Bürde, die Sie zu tragen haben, zu gern auf die eigenen Schultern. Doch es gibt Dinge, die Sie nicht kennen und wissen, die Sie aber kennenlernen werden. Eines Tages werden Sie mir danken, sie durch mich kennengelernt zu haben, auch wenn es alles andere als erfreuliche Dinge sind. John, mein Sohn, Sie sind seit vielen Jahren mein bester Freund. Haben Sie je erlebt, daß ich irgend etwas ohne Grund getan hätte? Ich kann mich irren – ich bin auch nur ein Mensch; aber ich glaube immer an das, was ich tue. Waren es nicht genau diese Eigenschaften an mir, die Sie veranlaßt haben, nach mir zu schicken, als Sie in große, große Schwierigkeiten gerieten? Sehen Sie! Waren Sie nicht erstaunt – nein, sogar entsetzt –, als ich nicht zulassen wollte, daß Arthur seine Geliebte küßte, obwohl sie im Sterben lag, und ihn statt dessen mit aller Gewalt zurückgerissen habe? Ja! Und doch haben Sie gesehen, wie sie mir mit ihren schönen sterbenden Augen und ihrer ach schon so schwachen Stimme gedankt hat, wie sie meine alte, rauhe Hand geküßt und mich gesegnet hat. Ja! Und haben Sie denn nicht gehört, wie ich ihr etwas unter dem heiligen Eid versprochen habe, woraufhin sie voller Dankbarkeit die Augen schloß? Ja!

Ich habe gute Gründe für das, was ich jetzt tun will. Sie haben mir seit vielen Jahren vertraut; in den zurückliegenden Wochen haben Sie mir immer geglaubt, wenn hier Dinge geschehen sind, die so seltsam waren, daß Sie sehr wohl an mir hätten zweifeln können. Glauben Sie mir noch ein klein wenig, Freund John. Wenn Sie mir nicht vertrauen, dann muß ich Ihnen sagen, was ich denke; und das würde Ihnen vielleicht überhaupt nicht gefallen. Und wenn ich handele – und ich werde handeln, ganz gleich, ob Sie mir vertrauen oder nicht –, ohne daß mein Freund mir vertraut, dann müßte ich mit schwerem Herzen arbeiten und würde mich – ach – so allein fühlen, wenngleich ich doch alle erdenkliche Hilfe und Ermunterung so sehr nötig hätte!« Er unterbrach sich einen Augenblick und fuhr dann feierlich fort: »Freund John, es liegen schwere, schreckliche Tage vor uns. Lassen Sie nicht zu, daß man uns entzweit, lassen Sie uns Hand in Hand wie ein Mann handeln, um alles zu einem guten Ende zu bringen. Wollen Sie mir nicht Ihr Vertrauen schenken?«

Ich nahm seine Hand und versprach es ihm. Als er ging, hielt ich ihm die Tür auf und sah ihm nach, bis er in sein Zimmer gegangen war und die Tür hinter sich ins Schloß gezogen hatte. Als ich so reglos da stand, sah ich, wie eine der Zofen still den Gang entlang kam – sie hatte mir den Rücken zugewandt und konnte mich also nicht sehen – und in das Zimmer trat, in dem Lucy aufgebahrt war. Der Anblick rührte mich. Anhänglichkeit ist so selten und daher sind wir denen immer dankbar, die sie ungefragt unseren Lieben erweisen. Hier war ein junges Mädchen, das alle ihre natürlichen Ängste vor dem Tod beiseite schob, um allein an der Bahre der geliebten Herrin zu wachen, damit die sterbliche Hülle nicht allein dort liegen mußte, bis man sie zur ewigen Ruhe bettete ...

Ich muß lange und tief geschlafen haben, denn es war bereits heller Tag, als Van Helsing mich weckte. Er kam an mein Bett und sagte:

»Sie brauchen sich nicht wegen der Skalpelle zu bemühen. Wir werden es nicht tun.«

»Und warum nicht?« fragte ich, denn die Feierlichkeit, mit der er noch in der letzten Nacht von seinem Vorhaben gesprochen hatte, hatte mich doch beeindruckt.

»Weil«, sagte er traurig, »weil es schon zu spät ist – oder noch zu früh. Sehen Sie!« Er hob das kleine goldene Kruzifix hoch. »Dies wurde in der Nacht gestohlen.«

»Wieso gestohlen?« fragte ich verwundert. »Sie haben es doch in der Hand.«

»Weil ich es von der wertlosen Kreatur zurückerhielt, die es gestohlen hatte, von der Frau, die die Toten wie die Lebenden bestohlen hat. Ihre Strafe wird gewiß kommen, doch nicht durch mich; sie wußte ja gar nicht, was sie tat, und nur in diesem Unwissen hat sie gestohlen. Jetzt heißt es abwarten.«

Er ging ohne ein weiteres Wort davon und ließ mich mit einem weiteren Mysterium zurück, über das ich nachdenken, einem Rätsel, das ich zu lösen versuchen mußte. Der Vormittag war unendlich trostlos, doch gegen Mittag kam dann der Anwalt, ein gewisser Mr. Marquand von der Kanzlei *Wholeman, Sons, Marquand and Lidderdale*. Er war bester Dinge und sehr von dem angetan, was wir bisher unternommen hatten. Doch nun nahm er die Regelung der restlichen Angelegenheiten in die eigenen Hände. Während des Mittagessens erzählte er uns, daß Mrs. Westenra wegen ihres schwachen Herzens schon seit einiger Zeit mit ihrem kurzfristigen Ableben gerechnet und daher alles bestens geregelt habe; er informierte uns dahingehend, daß der gesamte Besitz bis auf ein kleineres Grundstück, das Lucys Vater gehört hatte und das jetzt wegen des Fehlens eines direkten Nachfahren an einen Seitenzweig seiner Familie zurückfalle, an Mr. Arthur Holmwood gehe, Grund und Boden und alles, was dazugehörte. Nachdem er uns diese Eröffnung gemacht hatte, fuhr er fort:

»Um ganz ehrlich zu sein, wir haben seinerzeit alles Erdenkliche getan, um eine solche testamentarische Verfügung zu verhindern, und haben etliche Situationen beschrieben, die dazu hätten führen können, daß ihre Tochter ohne einen Pfennig dastehen würde. Ja, wir haben es tatsächlich so weit getrieben, daß wir beinahe in Konfrontation mit ihr geraten wären, denn sie fragte uns schließlich rundheraus, ob wir nun gekommen seien, ihren Letzten Willen zu dokumentieren und später auch auszuführen oder nicht. Wir hatten natürlich keine andere Wahl, als uns ihren Wünschen zu fügen. Aber im Prinzip hatten wir doch recht, denn in neunundneunzig von hundert Fällen hätten uns die Ereignisse später recht gegeben. Doch muß ich in diesem speziellen Fall offen zugeben, daß es uns jede anderslautende Verfügung unmöglich gemacht hätte, ihre Absichten in die Tat umzusetzen. Denn da sie kurz vor ihrer Tochter verschied, wäre diese in den Besitz der ganzen Hinterlassenschaft gekommen, und das Vermögen wäre dann, selbst wenn sie ihre Mutter auch nur um fünf Minuten überlebt hätte, nach dem Erbschaftsgesetz verteilt worden, da ja keine letztwillige Verfügung der Tochter vorgelegen hätte, die in der Kürze der zur Verfügung stehenden Zeit wohl auch undenkbar gewesen wäre. In diesem Fall aber hätte Lord Godalming, obwohl ein so guter Freund der Familie, nicht den allergeringsten Anspruch auf das Erbe erheben können; und die Erben, wenn auch nur entfernte Verwandte, hätten wohl kaum aus sentimentalen Rücksichten zugunsten eines ihnen völlig Fremden auf das Erbe verzichtet. Ich versichere Ihnen, meine Herren, daß ich über den Ausgang dieser Angelegenheit hocherfreut bin.«

Er war an sich ein ganz netter Mensch, aber seine Begeisterung über diesen Nebenaspekt der doppelten Tragödie – wenn auch jenen Aspekt, an dem er offiziell interessiert war –, ließ unsere Begeisterung für ihn doch in Grenzen bleiben.

Er blieb nicht lange, sagte aber, er werde später am Tag noch einmal vorbeischauen, um mit Lord Godalming zu sprechen. Sein Kommen hatte allerdings für uns auch eine gute Seite, denn nun konnten wir sicher sein, daß alles, was wir bisher unternommen hatten, keinerlei Kritik von wem auch immer ausgesetzt sein würde. Arthur wurde gegen fünf Uhr zurückerwartet, und deshalb besuchten wir kurz vorher noch einmal das Totenzimmer. Es verdiente diesen Namen wahrlich, denn nun lagen Mutter und Tochter darin aufgebahrt.

Das Bestattungsunternehmen hatte wie angekündigt einen wahren Trauerprunk im Totenzimmer angerichtet, und über allem lag eine so feierliche Stimmung, daß sie sich uns ganz unwillkürlich aufs Gemüt legte. Van Helsing ordnete an, daß das frühere Arrangement wiederhergestellt werde, was er damit begründete, daß bald Lord Godalming eintreffen und es für ihn weniger deprimierend sein werde, wenn er die sterbliche Hülle seiner Verlobten ohne alle diese Attribute der Trauer sehen könne. Der Bestattungsunternehmer unternahm es eigenhändig, alles wieder so herzurichten, wie es am Abend vorher gewesen war, so daß wir hoffen durften, Arthurs Schock bei ihrem Anblick werde nicht größer sein als unbedingt notwendig.

Armer Bursche! Er wirkte verzweifelt, gebrochen. Ich wußte ja, daß er seinem Vater in aufrichtiger Liebe und tiefer Verehrung zugetan gewesen war; ihn ausgerechnet zu diesem Zeitpunkt zu verlieren, mußte doppelt schrecklich für ihn sein. Zu mir war er voller Wärme wie immer, und Van Helsing begegnete er ausgesucht höflich, doch entging mir keineswegs, daß alles, was er sagte, ein wenig gezwungen und gequält klang. Dies bemerkte offenbar auch der Professor, und er drängte mich, ihn nach oben zu bringen. Das tat ich denn auch und blieb an der Tür des Sterbezimmers stehen, weil ich mir dachte, er wollte mit ihr allein sein; doch er nahm meinen Arm und sagte mit heiserer Stimme:

»Du hast sie doch auch geliebt; sie hat mir alles erzählt, und sie hat mir gesagt, daß sie keinen Freund gehabt habe, der ihrem Herzen näher gewesen wäre als du. Ich weiß nicht, wie ich dir danken soll für alles, was du für sie getan hast. Ich kann noch immer nicht glauben ...«

Hier verließ ihn die mühsam aufrecht erhaltene Fassung, er schlang mir die Arme um die Schultern, legte den Kopf an meine Brust und schluchzte:

»O Jack, Jack! Was soll ich nur tun? Alles Leben scheint

mich auf einmal verlassen zu haben, und auf der ganzen weiten Welt gibt es nichts mehr, wofür zu leben sich für mich noch lohnen könnte.«

Ich tröstete ihn, so gut ich konnte. In Fällen wie diesen bedarf es dazu unter Männern keiner großen Worte. Ein Händedruck, der Druck eines Armes um die Schultern, ein gemeinsamer Seufzer, das alles ist genug Ausdruck des Mitgefühls. Ich blieb regungslos und schweigend stehen, bis er sich wieder beruhigt hatte, und sagte dann betont sanft zu ihm:

»Nun komm und wirf einen letzten Blick auf sie.«

Gemeinsam traten wir an ihr Bett, und ich hob das Leichentuch von ihrem Gesicht. Großer Gott! Wie schön sie war! Jede Stunde schien sie ein Stückchen weiter zur Schönheit ihrer Jugend zurückzuführen. Das erschreckte und verwunderte mich gleichermaßen, und Arthur begann zu zittern, bis ihn ernste Zweifel bis ins Innerste erschütterten. Es dauerte lange, bis er sich mit Flüsterstimme wieder an mich wendete und fragte:

»Jack, ist sie wirklich tot?«

Ich versicherte ihm traurig, daß daran keinerlei Zweifel bestehen könne, und setzte gleich hinzu – da ich nicht wollte, daß solch ein schrecklicher Zweifel auch nur einen Augenblick länger im Raum stehenblieb, als unbedingt nötig war –, es geschehe nicht selten, daß sich das Gesicht eines Verstorbenen nach dem Tod wieder glättete und manchmal sogar wieder zu jugendlicher Schönheit zurückfände, was vor allem dann gelte, wenn der Tote zuvor eine schwere Krankheit habe durchstehen müssen. Meine Worte schienen seine Zweifel völlig auszuräumen, und nachdem er sich neben die Tote gekniet und sie lange voller Liebe und Schmerz angeschaut hatte, erhob er sich wieder und wandte sich ab. Ich sagte ihm, dies müsse nun der endgültige Abschied sein, da der Sarg für die Beerdigung vorbereitet werden müsse. Er trat noch einmal an die Bahre, nahm Lucys tote Hand in seine und küßte sie, dann beugte er sich über sie und küßte sie auf die Stirn. Danach ging er davon und warf nur noch einen letzten Blick über die Schulter hinweg zu ihr zurück.

Ich ließ ihn im Wohnzimmer allein und erzählte Van Helsing, daß er Abschied von der Toten genommen hatte, worauf er in die Küche ging, um den Leuten vom Bestattungsunternehmen zu sagen, sie könnten mit den Vorbereitungen fortfahren und den Sarg zuschrauben. Als er zurückkam, berichtete ich ihm von Arts Frage, ob sie denn wirklich tot sei, und er erwiderte:

»Das wundert mich überhaupt nicht. Ich habe gerade eben noch selbst gezweifelt.«

Wir aßen alle gemeinsam, und ich konnte sehen, wie Art sich um Fassung bemühte. Van Helsing war die ganze Zeit über sehr schweigsam, doch als dann unsere Zigarren brannten, sagte er:

»Lord ...« Doch Arthur fiel ihm sofort ins Wort:

»Nein, nein, nur das nicht, um Gottes willen. Verzeihen Sie mir, Sir, ich will Sie wirklich nicht beleidigen, aber der schwere Verlust liegt doch erst so kurz zurück.«

Der Professor erwiderte ausgesprochen liebenswürdig:

»Ich habe Sie mit diesem Titel ja auch nur angeredet, weil ich nicht recht wußte, wie ich Sie ansprechen sollte. Ich kann Sie ja nicht einfach mehr mit ›Herr Holmwood‹ anreden, und auf der anderen Seite habe ich Sie wirklich zu schätzen gelernt – ja wirklich, ich mag Sie sehr – als Arthur.«

Arthur streckte ihm die Hand entgegen und drückte die Hand des alten Mannes.

»Nennen Sie mich, wie immer Sie mich nennen wollen«, sagte er. »Ich hoffe nur, ich werde weiter den Titel ›Freund‹ tragen dürfen. Und lassen Sie mich Ihnen sagen, daß mir einfach die Worte fehlen, um Ihnen für Ihre Mühen um meine Liebste zu danken.« Er unterbrach sich einen Augenblick und fuhr dann fort: »Ich weiß, daß sie Ihre Güte noch mehr zu schätzen wußte als ich; und wenn ich in jener Zeit je rüde oder ungeduldig war, als Sie sich um sie bemühten – Sie erinnern sich« – der Professor nickte –, »dann verzeihen Sie mir bitte.«

Er erwiderte mit würdevoller Freundlichkeit:

»Ich weiß, daß es damals schwer für Sie war, mir voll zu vertrauen, denn solcher Gewalttätigkeit vertrauen zu können, bedarf es der Kenntnis ihrer Gründe; und ich gehe einfach einmal davon aus, daß Sie mir heute nicht vertrauen – mir gar nicht vertrauen können! –, denn Sie verstehen noch immer nicht, was wirklich vorgeht. Und es könnte sehr wohl weitere Gelegenheiten geben, zu denen ich Sie bitten müßte, mir zu vertrauen, wenn Sie noch nicht wissend sind. Doch die Zeit wird kommen, da Ihr Vertrauen in mich ganz und gar ungeteilt sein wird, weil Sie alles durchschauen werden, als liege es im vollen Sonnenlicht direkt vor Ihnen. Dann werden Sie mich für alles segnen – um Ihrer selbst willen, um der anderen willen und um der Teuren Frieden willen, den zu schützen ich geschworen habe.«

»Ja, ja und dreimal ja, Sir«, sagte Arthur aus vollem Herzen, »ich werde Ihnen in jeder Hinsicht vertrauen. Ich weiß heute und habe immer daran geglaubt, daß Sie ein nobles Herz haben, und Sie sind Jacks Freund und waren der Ihre. Sie sollen allzeit tun, was Sie mögen.«

Der Professor räusperte sich mehrmals, bevor er schließlich sagte: »Darf ich Sie nun etwas fragen?«

»Sicher.«

»Sie wissen, daß Mrs. Westenra Ihnen ihren gesamten Besitz hinterlassen hat?«

»Nein – die Arme! Daran habe ich nie gedacht.«

»Und da nun alles Ihnen gehört, haben Sie auch das Recht, damit umzugehen, wie es Ihnen gefällt. Ich möchte Sie nun um die Erlaubnis bitten, alle Papiere und Briefe von Miss Lucy lesen zu dürfen. Glauben Sie mir, das ist keine voyeuristische Neugier. Ich habe einen Grund für meine Bitte, den sie verstehen würde, seien Sie sicher. Noch bevor ich wußte, daß alles einmal Ihnen gehören würde, habe ich bereits alle Unterlagen zusammengetragen, damit keines Fremden Hand sie berühre und keines Fremden Auge durch sie in ihre Seele blicke. Ich behalte sie, wenn ich darf; selbst Sie sollten sie jetzt noch nicht sehen, aber ich werde sie sicher verwahren. Nicht eines ihrer Worte soll verlorengehen; und wenn die Zeiten wieder besser sind, werde ich sie Ihnen aushändigen. Ich weiß, es ist hart, um was ich Sie bitte, doch Sie werden es tun, nicht wahr, Sie werden um Lucys willen Ihre Einwilligung geben?«

Arthur antwortete ganz spontan, so wie es immer seine Art gewesen war:

»Dr. Van Helsing, Sie können tun, was Sie mögen. Ich spüre, daß ich, wenn ich dies sage, nur den Willen meiner Liebsten erfülle, und ich werde Sie auch nicht mit Fragen behelligen, bis die rechte Zeit dafür gekommen sein wird.«

Der alte Professor erhob sich und sagte feierlich:

»Und Sie haben recht. Auf uns alle wartet großes Leid; doch nicht alles wird nur Leid sein, und vor allem wird am Ende kein Leid mehr stehen. Sie und ich – vor allem aber Sie – müssen noch durch viele bittere Wasser, bis wir die süßen erreichen. Doch müssen wir diesen Weg tapferen Herzens und völlig uneigennützig gehen und unsere Pflicht tun, nur dann wird am Ende alles gut werden!«

In dieser Nacht schlief ich auf dem Sofa in Arthurs Zimmer. Van Helsing begab sich nicht zur Ruhe. Er ging auf und ab, als bewache er das ganze Haus, und nie ließ er das Zimmer aus den Augen, wo Lucy in ihrem Sarg lag, und dieser Sarg war über und über mit Knoblauch bedeckt, der trotz des Duftes der Lilien und der Rosen einen schweren, alles überlagernden Geruch in die Nacht hinaus sandte.

Das Journal der Mina Harker

22\. *September:* – Im Zug nach Exeter. Jonathan schläft.

Mir kommt es vor, als habe ich erst gestern meinen letzten Eintrag in dieses Buch gemacht – und doch! Was ist seither nicht alles geschehen! In Whitby lag die ganze Welt noch vor mir, Jonathan war nicht da, und ich hatte keinerlei Nachricht von ihm. Und jetzt bin ich mit Jonathan verheiratet, mit Jonathan, dem Makler und Notar, reich und Herr seiner Geschäfte und seines Geschäftes; der arme Mr. Hawkins tot und beerdigt – und Jonathan hat einen erneuten Rückfall erlitten, der ihm zu schaffen macht. Eines Tages wird er mich sicher um Rat fragen. Alles wendet sich zum Schlechteren. Sogar meine Kurzschrift habe ich fast verlernt – was doch unerwarteter Reichtum aus einem Menschen machen kann –, und so ist es vielleicht nur von Vorteil, wenn ich wieder einmal ein wenig übe.

Die Beerdigung war sehr einfach, aber feierlich gewesen. Nur wir selbst und die Dienerschaft waren anwesend, dazu ein oder zwei alte Freunde von ihm aus Exeter, sein Londoner Agent und ein Gentleman in Vertretung von Sir John Paxton, dem Präsidenten der Anwaltskammer. Jonathan und ich hielten uns an den Händen, und wir spürten, daß unser bester Freund von uns gegangen war.

In aller Stille kehrten wir in die Stadt zurück und fuhren mit dem Bus bis Hyde Park Corner. Jonathan meinte, ich sei vielleicht daran interessiert, den Hyde Park kennenzulernen, und so setzten wir uns auf eine Bank. Doch es waren nicht viele Leute dort, und die vielen leeren Stühle und Bänke boten einen traurigen und verlassenen Anblick. Sie erinnerten uns zu sehr an den leeren Stuhl daheim, und so standen wir schon bald wieder auf und gingen nach Piccadilly hinunter. Jonathan nahm meinen Arm, wie er es ganz früher oft getan hatte. Ich schaute gerade zu einem sehr hübschen Mädchen mit einem riesigen Hut so groß wie ein Wagenrad hinüber, das in einer viktorianischen Kutsche gleich vor Giuliano's wartete, als ich auf einmal spürte, wie Jonathan meinen Arm so fest drückte, daß ich echten Schmerz empfand und ihn keuchen hörte: »Mein Gott!« Ich bin stets in Sorge um Jonathan; deshalb wandte ich mich ganz schnell zu ihm um und fragte ihn, was ihn denn so beunruhige.

Er war sehr blaß, und die Augen schienen ihm halb vor Entsetzen und halb vor Erstaunen aus dem Kopf treten zu wollen, während er auf einen großen, dünnen Mann mit einer scharf gebogenen Nase, schwarzem Schnurrbart und einem Spitzbart schaute, der das hübsche Mädchen ebenfalls beobachtete. Er musterte die junge Dame so intensiv, daß er unser gar nicht gewahr wurde, und so konnte ich ihn recht gut beobachten. Sein Gesicht verhieß nichts Gutes; es war hart und grausam und sinnlich, und seine großen weißen Zähne, die um so weißer wirkten, als seine Lippen extrem rot waren, waren so ausgeprägt wie die eines wilden Tieres. Jonathan starrte ihn unverwandt weiter an, so daß ich schließlich Sorge hatte, der Fremde könnte aufmerksam werden. Ich hatte Angst, er könnte es übelnehmen, so wild und bösartig, wie er dreinschaute. Ich fragte Jonathan, warum er so verstört sei, und er antwortete, als glaube er, ich wisse genausoviel wie er: »Siehst du nicht, wer das ist?«

»Nein, Liebster«, erwiderte ich, »ich kenne ihn nicht. Wer ist das denn?« Seine Antwort wollte mich im ersten Moment erschrecken, denn es war fast, als spräche er nicht zu mir, seiner Frau Mina.

»Er ist es selbst!«

Der Ärmste war ganz offensichtlich über irgend etwas entsetzt – in höchstem Maße entsetzt sogar. Ich glaube, wenn er sich nicht an mich hätte anlehnen können, wäre er zusammengesunken. Er starrte unverwandt hinüber; ein Mann kam mit einem Päckchen aus dem Laden und reichte es der jungen

Dame, die daraufhin davonfuhr. Der dunkle Mann starrte ihr weiter nach, und als die Kutsche Piccadilly hinauffuhr, winkte er eine Droschke heran und folgte ihr. Jonathan blickte ihm unverwandt nach und murmelte mehr zu sich selbst:

»Ich glaube, das ist der Graf, aber er ist jünger geworden. Mein Gott, wenn das wahr wäre! Oh, mein Gott! Mein Gott! Wenn ich es doch nur wüßte, wenn ich es doch wüßte!« Er zermarterte sich derart das Gehirn, daß ich fürchtete, ich könnte seinen Geist auf ewig an dieses eine Problem fesseln, wenn ich ihm irgendwelche Fragen stellte, und also ließ ich es lieber und schwieg. Ich zog ihn sanft mit mir fort, und er folgte mir auch willig, wobei er aber meinen Arm auch nicht eine Sekunde lang losließ. Wir gingen noch ein Stückchen weiter und suchten uns dann eine Bank im Green Park, wo wir uns niedersetzten. Für einen Tag im Herbst war es sehr warm, und wir hatten einen bequemen Platz in einem schattigen Eckchen gefunden. Nachdem Jonathan einige Minuten still da gesessen und ins Leere gestarrt hatte, schloß er schließlich die Augen und verfiel in einen leichten Schlummer, wobei er den Kopf an meine Schulter lehnte. Ich hielt es so für das Beste und unternahm nichts, um ihn zu wecken. Es dauerte vielleicht zwanzig Minuten, bis er wieder wach wurde, und kaum hatte er in die Wirklichkeit zurückgefunden, als er auch schon betont heiter zu mir sagte:

»Ach, Mina, bin ich etwa eingeschlafen? Oh, verzeih mir, daß ich so rücksichtslos war. Komm, laß uns irgendwo eine Tasse Tee zusammen trinken.« Er hatte offenbar alles im Zusammenhang mit dem dunklen Fremden vergessen, so wie er während seiner Krankheit alles das vergessen hatte, an das ihn diese Episode erinnert hatte. Ich mag dieses Versinken in der Vergessenheit eigentlich nicht; es könnte einen Schaden des Gehirns verursachen oder fortsetzen. Aber ich darf ihn nicht fragen – aus Angst, ihm mehr zu schaden als zu nützen; doch muß ich auf der anderen Seite endlich herausfinden, was passiert ist. Ich fürchte, die Zeit ist gekommen, da ich das Päckchen öffnen muß, um zu lesen, was dort geschrieben steht. O Jonathan, ich weiß, du wirst mir vergeben, wenn ich etwas Falsches tue, doch es ist ja zu deinem eigenen Besten.

Später: – Eine in jeder Hinsicht traurige Heimkehr – das Haus war leer ohne die teure Seele, die so gut zu uns war; Jonathan noch immer blaß und benommen unter dem Eindruck eines leichten Rückfalls in seine Krankheit, und nun auch noch das Telegramm eines gewissen Van Helsing, wer das auch immer sein mag:

»Sie werden traurig sein zu erfahren, daß Mrs. Westenra vor fünf Tagen gestorben ist, und Lucy verschied vorgestern. Beide wurden heute beigesetzt.«

Oh, welch geballtes Leid in so wenigen Worten! Arme Mrs. Westenra! Arme Lucy! Fort – von uns gegangen, um nie zu uns zurückzukehren! Und armer, armer Arthur, solche Süße aus seinem Leben verbannt zu sehen! Gott helfe uns, die ganze Fülle des Leides zu ertragen!

Das Tagebuch des Dr. Seward

22. September: – Es ist alles vorbei. Arthur ist wieder nach Ring zurück und hat Quincey Morris mitgenommen. Welch feiner Mensch ist doch dieser Quincey! Ich bin aus tiefstem Herzen davon überzeugt, daß er über den Tod Lucys so traurig ist wie nur einer von uns; doch hat er alles mit bewundernswerter Fassung getragen. Wenn Amerika weiterhin solche Männer hervorbringt, wird es eines Tages wirklich eine große Macht in dieser Welt werden. Van Helsing liegt unten, um sich vor seiner Reise noch ein wenig auszuruhen. Noch heute abend wird er nach Amsterdam übersetzen, doch übermorgen wird er am Abend wieder hier sein; er will, sagt er, nur einige Besorgungen machen, die er nur selbst erledigen kann. Dann will er bei mir bleiben, wenn es möglich ist. Er sagt, er habe einiges in London zu erledigen. Armer alter Mann! Ich glaube, die Anstrengungen der letzten Woche sind selbst an seiner eisenharten Gesundheit nicht spurlos vorübergegangen. Während der ganzen Zeit der Beerdigung zwang er sich, wie ich deutlich sehen konnte, zur äußersten Zurückhaltung. Als alles vorüber war, standen wir alle bei Arthur, der über seinen Anteil an der Transfusion sprach, als sein Blut in Lucys Venen umgeleitet worden war; ich konnte sehen, wie Van Helsings Gesicht abwechselnd pupurrot und blaß wurde. Arthur sagte, seit diesem Zeitpunkt habe er sich gefühlt, als sei er wirklich mit Lucy verheiratet, und daß sie vor Gott seine Frau sei. Keiner von uns sprach ein Wort über die anderen Transfusionen, und das wird auch nie einer tun. Arthur und Quincey gingen schließlich gemeinsam zum Bahnhof, und Van Helsing und ich kamen hierhin. In dem Augenblick, als wir endlich in der Droschke allein waren, ließ er einem leichteren Anfall von Hysterie freien Lauf. Seither leugnet er mir gegenüber, es habe sich um so etwas wie Hysterie gehandelt, und besteht darauf, dies sei nur seine Art von Humor gewesen, der ihn selbst unter so furchtbaren äußeren Umständen eben nie verlasse. Er lachte, bis sein Lachen in Schluchzen überging und ich die Vorhänge zuziehen mußte, damit jemand, der zufällig ins Wageninnere schaute, keinen falschen Eindruck bekam; und dann schluchzte er, bis sein Weinen wieder zu einem Lachen wurde; und schließlich lachte und weinte er gleichzeitig – fast wie eine Frau. Ich versuchte energisch, ihn zur Vernunft zu rufen, wie man es unter vergleichbaren Umständen mit einer Frau tun würde, aber es war alles vergebens. Männer und Frauen sind ja so verschieden im Ausdruck nervlicher

Stärke oder Schwäche! Doch dann, als sein Gesicht wieder ernst und gefaßt wurde, fragte ich ihn, woher denn diese Heiterkeit komme und wieso ausgerechnet zu diesem Zeitpunkt. Seine Antwort war in gewisser Weise charakteristisch für ihn, denn sie war gleichermaßen logisch, treffend und mysteriös. Er sagte nämlich:

»Ah, Sie verstehen nicht, Freund John. Glauben Sie nur nicht, ich sei nicht traurig, weil ich lache. Sehen Sie, ich habe ja noch geweint, als mich das Lachen schon geschüttelt hatte. Aber denken Sie nicht mehr länger, daß ich nur traurig sei, wenn ich weine, denn das Lachen kommt ja zur selben Zeit über mich. Merken Sie sich für Ihr Leben, daß ein Lachen, das zuerst an Ihre Tür klopft und fragt: ›Darf ich hereinkommen?‹ kein echtes Lachen ist. Nein! Das Lachen ist wie ein König, und es kommt, wie es ihm gerade paßt. Es fragt niemanden, ob es willkommen ist, und es fragt auch nicht danach, ob der Zeitpunkt angebracht ist. Es sagt einfach: ›Hier bin ich.‹ Nehmen Sie mich als Beispiel: Ich gräme mich zutiefst um dieses so süße junge Mädchen; ich gebe mein Blut für sie hin, obwohl ich alt und hinfällig bin; opfere ihr meine Zeit, mein Können, meinen Schlaf; ich lasse die anderen, die nach mir rufen, im Stich, um mich nur ihr zu widmen. Und doch kann ich an ihrem Grab noch lachen – lachen, wenn die Lehmbrocken vom Spaten des Totengräbers bereits auf ihren Sarg poltern, und meinem Herzen sagen: ›Schlag weiter, schlag immer weiter‹, bis es das Blut wieder in meine Wangen zurückschickt. Mein Herz blutet für diesen armen Burschen – diesen prachtvollen Jungen, der im selben Alter ist, wie es der meine wäre, wenn er nur noch lebte, der dieselben Haare, dieselben Augen hätte. So, und nun wissen Sie auch, warum ich so sehr an ihm hänge. Und wenn er dann noch Dinge sagt, die mein Herz als Ehemann zutiefst anrühren und die mein Vaterherz höher schlagen und meine Zuneigung zu ihm stärker werden lassen, stärker als zu jedem anderen Mann – Sie eingeschlossen,

Freund John, denn wir sind eher Wissenschaftler verschiedenen Grades denn Vater und Sohn –, selbst in einem solchen Augenblick noch kommt König Lachen und ruft mir ins Ohr: ›Hier bin ich! Hier bin ich!‹ Und das ruft er so lange, bis das Blut tanzend zurückkehrt und ein wenig von dem Sonnenschein in meine Wangen zurückbringt, den es zuvor fortgespült hatte. Oh, Freund John, dies ist eine merkwürdige Welt, eine traurige Welt, eine Welt voller Traurigkeit, Trübsinn und Probleme; doch wenn König Lachen daherkommt, dann tanzen sie alle nach seiner Melodie. Blutende Herzen und die ausgebleichten Gebeine auf den Friedhöfen und die Tränen, die so brennen, wenn sie fallen – sie alle tanzen gemeinsam nach der Melodie, die er mit seinem lächelnden Mund formt. Und glauben Sie mir, Freund John, es ist gut, daß er gelegentlich kommt, und tröstlich ist es auch. Ach, wir Männer und Frauen sind wie Stricke, gestrafft vom Leid, das uns einmal in diese, ein anderes Mal in eine andere Richtung zieht. Dann kommen die Tränen, und wie der Regen die Seile, so spannen sie uns an, bis die Anspannung vielleicht sogar zu groß wird und wir zusammenbrechen. Aber König Lachen kommt daher wie der Sonnenschein, und er löst die Spannung wieder; und wir ertragen es wieder, unserer Arbeit nachzugehen oder was uns sonst am Herzen liegt.«

Ich wollte ihn nicht verletzen, indem ich etwa so tat, als sähe ich nicht, was er meinte; aber da ich den Grund für sein Lachen noch immer nicht verstand, fragte ich ihn einfach danach. Als er mir antwortete, wurden seine Züge wieder ernst, ja streng, und in gänzlich verändertem Tonfall sagte er:

»Oh, das war die grausame Ironie, die hinter dem allen steckt – diese so liebliche Frau, die – geschmückt mit Blumen – aussah wie das blühende Leben selbst, daß wir uns ernsthaft einer nach dem anderen fragten, ob sie wirklich tot sei, sie lag dort in einer vornehmen Halle aus Marmor auf dem verlassenen Friedhof, wo schon so viele andere ihrer Art ruhen. Dort also liegt sie zusammen mit ihrer Mutter, die sie geliebt hat und von der sie geliebt wurde, und das heilige Glöcklein machte immer ›bim-bam, bim-bam‹, so langsam und so traurig; und die heiligen Männer in ihren weißen Engelsgewändern taten immer so, als würden sie in irgendwelchen Büchern lesen, und dabei hielten sie ihre Augen nie auf die aufgeschlagenen Seiten gerichtet; und wir alle hielten die Köpfe gesenkt. Und wozu das Ganze? Sie ist tot. Oder etwa nicht?«

»Nun, Herr Professor«, sagte ich, »aber – bei meinem Leben – ich kann darin wirklich keinerlei Anlaß zum Lachen sehen, und Ihr Erklärungsversuch macht mir das Rätsel nur um so undurchsichtiger. Doch selbst wenn die Zeremonie komisch gewesen wäre, was ist mit Arthur und seinem Kummer? Ihm ist doch fast das Herz gebrochen.«

»Genau das. Sagte er nicht, die Transfusion seines Blutes in ihre Vene habe sie erst zu seiner wirklichen Braut gemacht?«

»Ja, und dieser Gedanke war für ihn sehr süß und tröstlich.«

»Ganz recht. Aber da gibt es eine Schwierigkeit, Freund John. Wenn dem so wäre, was ist denn dann mit den anderen? Ha, ha! Dann wäre diese so süße Maid eine Polygamistin, und ich, dessen Frau zwar schon lange tot, nach dem Gesetz meiner Kirche aber als diese noch immer lebendig ist und der ich nach wie vor die Treue halte – selbst ich, der ich immer ein treuer Ehemann gewesen bin, selbst ich wäre dann zum Bigamisten geworden.«

»Ich weiß wirklich nicht, wo da der Scherz sein soll!« sagte ich, und ich war alles andere als glücklich über das, was er da erzählte. Als er es merkte, legte er mir die Hand auf den Arm und sagte:

»Freund John, vergeben Sie mir, wenn ich Ihnen weh getan hätte. Ich hätte meine Gefühle außer Ihnen, mein Freund, dem ich so voll vertrauen kann, nie anderen offenbart, wenn ich sie damit hätte verletzen können. Wenn Sie mir aber ganz tief ins Herz hätten sehen können, als mir vorhin so sehr nach Lachen war, wenn Sie es gekonnt hätten, als das Lachen mich schüttelte, wenn Sie es jetzt könnten, wo König Lachen seine Krone und alles andere, das sein ist, eingepackt hat – denn er ist weit, weit von mir fortgegangen und das für eine sehr lange Zeit –, vielleicht würden Sie dann gerade mich noch am meisten bedauern.«

Ich war sehr gerührt von der Sanftheit seiner Stimme und fragte ihn nach dem Warum.

»Weil ich es weiß!«

Und jetzt sind wir in alle Winde zerstreut; und für so manchen endlos langen Tag wird nun die Einsamkeit mit weit gebreiteten Schwingen über unseren Dächern brüten. Lucy ruht in der Familiengruft, einer fürstlichen Grabstätte auf einem einsamen Friedhof, weit weg vom brausenden London, wo die Luft noch frisch ist und die Sonne über Hamstead Hill aufgeht und wo wilde Blumen ihrem eigenen Gesetz folgend wachsen.

So kann ich dieses Tagebuch schließen, und Gott allein weiß, ob ich je ein neues beginnen werde. Falls doch oder für den Fall, daß ich dieses je wieder eröffne, wird es geschehen, um sich mit anderen Personen und Themen zu beschäftigen; doch hier zum Schluß, wo die Romanze meines Lebens erzählt ist, kehre ich zurück an meine Lebensaufgabe und sage traurig und ohne alle Hoffnung:

›Finis‹

Die ›Westminster Gazette‹ vom 25. September

Mysterium um Hampstead

Die Umgebung von Hampstead ist gegenwärtig Schauplatz einer Reihe von Ereignissen, die jenen nicht unähnlich sind, über die unter Überschriften wie ›Der Schrecken von Kensington‹ oder ›Die Frau mit dem Dolch‹ oder ›Die Frau in Schwarz‹ schon früher berichtet worden ist. Während der letzten zwei oder drei Tage kam es mehrfach vor, daß Kinder von zu Hause fortliefen oder von ihren Spielplätzen in der Heide von Hampstead nicht nach Hause zurückgekommen sind. In all diesen Fällen waren die Kinder noch zu klein, um wirklich verläßliche und nachvollziehbare Angaben über ihr Ausbleiben machen zu können, doch stimmten ihre Ausreden immer in einem Punkt überein: sie seien angeblich der ›blutigen Dame‹ begegnet. Es war jeweils spät am Abend gewesen, wenn sie vermißt wurden, und in zwei Fällen sind die Kinder bis zum frühen Morgen des nächstfolgenden Tages nicht gefunden worden. In der Nachbarschaft nimmt man allgemein an, nachdem das erste Kind, das vermißt wurde, als Grund seines Ausbleibens angegeben hatte, es sei von einer ›blutigen Dame‹ zu einem Spaziergang eingeladen worden, hätten die anderen Kinder sich dieselbe Ausrede zu eigen gemacht. Das ist nicht ganz von der Hand zu weisen, da doch das bevorzugte Spiel der Kleinen im Moment ist, sich gegenseitig mit allerlei Listen eine Weile beiseite zu locken. Einer unserer Korrespondenten schreibt uns, es sei außerordentlich lustig zu sehen, wie die Kleinen sich vor anderen als die ›blutige Dame‹ ausgeben. Er schreibt, einige Karikaturisten können hier noch etwas lernen von der Kunst, die Wirklichkeit ironisch zu überhöhen. Es liegt wohl ganz einfach in der menschlichen Natur, daß in diesen Tagen in den kindlichen

Spielen die ›blutige Dame‹ eine zentrale Rolle spielt. Unser Korrespondent merkt recht treffend an, nicht einmal Ellen Terry verstehe sich darauf, so gewinnend attraktiv zu sein, wie sich einige dieser schmutzigen kleinen Kinder aufführten.

Nun hat die Angelegenheit vielleicht aber doch auch eine ernsthafte Seite, denn alle Kinder, die eine ganze Nacht lang vermißt worden sind, wiesen am nächsten Morgen leichtere Verletzungen an der Kehle auf. Diese Wunden sahen aus, als seien sie von einer Ratte oder einem kleinen Hund verursacht worden, und wenn auch keine dieser Verletzungen wirklich schwerwiegend ist, so zeigen sie doch, daß das Tier – ganz gleich, um welches es sich nun wirklich handelt – seine ganz spezielle Methode hat. Die Polizei ist angewiesen worden, besonders auf unbeaufsichtigt umherlaufende Kinder in und um Hampstead-Heide zu achten, vor allem auf besonders kleine, und auf jeden streunenden Hund in der Nähe.

Die ›Westminster Gazette‹, 25. September
Extra-Ausgabe

Horror in Hampstead wieder ein Kind verletzt

Die ›blutige Dame‹

Uns sind gerade verbürgte Berichte zugegangen, nach denen ein weiteres Kind, das letzte Nacht als vermißt gemeldet worden ist, erst spät am nächsten Morgen unter einem Ginstergebüsch am Schützenhügel, dem weniger besuchten Teil der Heide von Hampstead, gefunden wurde. An der Kehle wies es dieselben Verletzungen auf, über die schon anläßlich früherer Fälle berichtet worden ist. Das Kind war erschreckend geschwächt und sah sehr mitgenommen aus. Als es einigermaßen wiederhergestellt war, hatte es wieder nur die Geschichte anzubieten, es sei von der ›blutigen Dame‹ fortgelockt worden.

Kapitel Vierzehn

Das Journal der Mina Harker

23. *September:* – Nachdem Jonathan eine schlimme Nacht hinter sich gebracht hat, geht es ihm jetzt wieder besser. Ich bin so froh, daß er viel Arbeit hat, denn das lenkt seinen Geist von vielen schrecklichen Dingen ab; und – oh – ich bin vor allem darüber glücklich, daß er jetzt nicht mehr so sehr unter dem Gewicht der Verantwortung in seiner neuen Stellung leidet. Ich wußte ja immer, daß er sich selbst treu bleiben würde, und wie stolz bin ich jetzt, daß er zur alten Leistungsfähigkeit zurückgefunden hat und sich allen Anforderungen gewachsen zeigt, die auf ihn zukommen. Er wird den ganzen Tag bis spät abends fort sein, denn er sagte mir, er könne zum Mittagessen nicht nach Hause kommen. Meine Hausarbeit ist getan, und so nehme ich mir jetzt das Tagebuch seiner Reise ins Ausland vor, schließe mich in mein Zimmer ein und lese es …

24. *September:* – Letzte Nacht fehlte mir einfach der Mut, weiter zu schreiben; der erschreckende Bericht Jonathans hat mich so aufgeregt. Mein armer Liebling! Wie muß er gelitten haben – ganz gleich, ob sich alles so zugetragen hat oder ob es

wirklich nur ein Alptraum war. Ich frage mich ernsthaft, ob in dem allen überhaupt ein Körnchen Wahrheit stecken kann. Bekam er etwa zuerst sein Hirnfieber und hat dann all diese schrecklichen Dinge geschrieben; oder sind es Tatsachen? Ich glaube, ich werde es wohl nie erfahren, denn ich wage es einfach nicht, ihn darauf anzusprechen ... Aber dieser Mann, den wir gestern sahen! Jonathan schien sich seiner Sache sehr sicher zu sein ... Armer Kerl! Ich glaube, die Beerdigung hat ihn zu sehr aufgeregt und seinen Geist wieder auf ein altes Denkmodell zurückgeführt ... Er glaubt ja selbst fest daran. Ich erinnere mich noch, wie er an unserem Hochzeitstag sagte: »... es sei denn, irgendeine heilige Pflicht würde es gebieten, daß ich zu jenen bitteren Stunden zurückkehrte, die hier aufgezeichnet sind, sei es im wachen Zustand oder schlafend, geistig gesund oder wahnsinnig ...« Mir scheint, da gibt es eine stetige Bedrohung ... der schreckliche Graf wollte nach London kommen ... Wenn dem so wäre und er wäre wirklich samt seiner Millionenschar nach London gekommen ... Es könnte wirklich eine heilige Pflicht geben; und wenn diese wirklich auf uns zurückkäme, dürften wir nicht vor ihr zurückweichen ... Ich jedenfalls werde vorbereitet sein. Ich werde meine Schreibmaschine hervorholen und noch in diesem Augenblick mit der Abschrift beginnen. Dann werden wir bereit sein, es bei Bedarf den Augen der anderen vorzulegen. Und wenn dies verlangt wird, dann braucht sich der arme Jonathan vielleicht nicht wieder aufzuregen, falls ich bis dahin fertig bin, denn ich könnte statt seiner sprechen und brauchte nicht zuzulassen, daß er erneut damit belastet wird. Wenn Jonathan später einmal seine Nervosität überwunden haben wird, könnte er mir vielleicht alles erzählen wollen, und ich kann Zwischenfragen stellen, um die ganze Wahrheit zu erfahren und ihn besser trösten zu können.

Brief von Van Helsing an Mrs. Harker

24. September

(vertraulich)

Sehr verehrte gnädige Frau,
ich bitte um Nachsicht, wenn ich Ihnen wieder schreibe, war doch ich es gewesen, der Ihnen seinerzeit die traurige Mitteilung vom Hinscheiden Ihrer Freundin Lucy Westenra machen mußte. Mit dem freundlicherweise erteilten Einverständnis von Lord Godalming habe ich die Briefe und Papiere der teuren Verblichenen gelesen, da ich zutiefst beunruhigt und besorgt hinsichtlich bestimmter Vorgänge von außerordentlicher Bedeutung bin. Unter diesen Papieren nun fand ich einige Briefe von Ihnen, die zeigen, wie sehr Sie beide freundschaftlich verbunden waren und wie sehr Sie sie geliebt haben. Oh, Madam Mina, ich flehe Sie um dieser Liebe willen an, helfen Sie mir. Ich frage um des Wohls anderer willen – um eine große Ungerechtigkeit wiedergutzumachen und schreckliches Leid zu verhüten, das größer sein dürfte, als Sie sich vorzustellen vermögen. Dürfte ich Sie vielleicht einmal aufsuchen? Sie können mir vertrauen. Ich bin mit Herrn Dr. John Seward und Lord Godalming (Miss Lucys Arthur) gut befreundet. Dieser mein Besuch bei Ihnen müßte vorerst jedoch unser Geheimnis bleiben. Ich käme auf der Stelle nach Exeter, um Sie noch am selben Tag aufzusuchen, an dem Sie mir sagen könnten, daß Ihnen mein Besuch recht wäre. Sagen Sie mir nur, wo und wann. Ich erflehe Ihre Nachsicht, gnädige Frau. Ich habe Ihre Briefe an die bedauernswerte Lucy gele-

sen und weiß, wie gut Sie sind und wie sehr Ihr Ehemann leidet; daher flehe ich Sie an, sagen Sie ihm nichts, wenn es sich vermeiden läßt, denn es könnte ihn schmerzen. Mit der nochmaligen Bitte um Ihre Nachsicht und Vergebung zeichne ich

hochachtungsvoll

VAN HELSING

Telegramm von Mrs. Harker an Van Helsing

25. September: – Kommen Sie heute mit dem Zug zehn Uhr fünfzehn, falls Sie Ihn noch erreichen. Bin jederzeit bereit, Sie zu empfangen.

WILHELMINA HARKER

Das Journal der Mina Harker

25. September: – Ich weiß kaum mit der ungeheuren Nervenanspannung fertig zu werden, da die Zeit immer näher rückt, zu der mich Dr. Van Helsing besuchen kommen wird, denn irgendwie ist mir, als werde dieser Besuch ein wenig Licht in das Dunkel um Jonathans Erlebnisse anläßlich seiner Reise bringen; zudem kann er mir von Lucys letzten Stunden berichten, da er sie ja behandelt hat. Dies ist ja auch der Grund seines Kommens; es handelt sich bestimmt um Lucys Schlafwandeln, nicht um Jonathan. Dann werde ich jetzt wohl nie die ganze Wahrheit erfahren! Wie dumm ich doch bin. Dieses schreckliche Tagebuch beherrscht mein ganzes Denken und zeichnet ein jedes Ding ein wenig in seinen düsteren Farben. Natürlich geht es um Lucy. Diese Gewohnheit muß wieder über sie gekommen sein, und die Nacht auf den Klippen hat sie bestimmt ernsthaft krank werden lassen. Über all meinen eigenen Sorgen hatte ich ja fast wieder vergessen, wie schlecht es ihr danach ging. Sie wird ihm von ihrem Abenteuer auf den Klippen berichtet haben und daß ich alles darüber wisse; und jetzt möchte er bestimmt, daß ich ihm alle Einzelheiten darüber berichte, damit er sich ein besseres Bild machen kann. Ich hoffe nur, es war kein Fehler, Mrs. Westenra nichts davon erzählt zu haben; ich würde es mir ja selbst nie verzeihen, wenn etwas von dem, was ich getan oder unterlassen habe, der armen Lucy geschadet hätte. Ich hoffe zudem, Dr. Helsing wird mir keine Vorwürfe machen; ich habe in der letzten Zeit so viele Probleme und Ängste durchstehen müssen, daß ich im Moment kaum in der Lage sein dürfte, noch mehr davon zu ertragen.

Ich denke, von Zeit zu Zeit tut es uns allen gut, wenn wir einfach mal laut schreien – das reinigt die Luft wie ein anständiger Regenguß. Vielleicht war es ja nur die Lektüre des Tagebuchs, die mich gestern so aufgeregt hat, und dann ist Jonathan heute morgen auch noch mit der Mitteilung fortgegangen, daß er einen ganzen Tag und eine ganze Nacht fortbleiben werde. Das passiert zum erstenmal, seit wir verheiratet sind. Ich will hoffen, Jonathan gibt auf sich acht und es passiert nichts, das ihn wieder aufregt. Jetzt ist es zwei Uhr, und der Doktor wird gleich hier sein. Ich werde Jonathans Tagebuch am besten gar nicht erst erwähnen, es sei denn, er fragt mich danach. Ich bin so froh, daß ich mein eigenes Tagebuch mit der Maschine abgetippt habe, denn wenn er Näheres über Lucy wissen will, kann ich es ihm einfach nur aushändigen. Das könnte uns eine Menge Fragerei ersparen.

Später: – Er ist gekommen und schon wieder fort. Oh, welch merkwürdige Begegnung. Mir schwirrt noch immer der Kopf, und ich komme mir vor, als sei ich aus einem Traum erwacht. Kann das alles wirklich wahr sein? Oder auch nur ein Teil davon? Hätte ich nicht zuvor Jonathans Tagebuch gelesen, ich hätte das alles nicht einmal für möglich gehalten. Armer, armer, lieber Jonathan! Wie muß er gelitten haben. Ich werde alles dransetzen, um ihn jetzt zu verschonen. Aber es könnte ihm vielleicht auch Trost und Hilfe sein – schrecklich wie es ist und furchtbar in seinen Auswirkungen –, sicher zu wissen, daß ihn Augen, Ohren und Hirn nicht getrogen haben und daß alles wahr ist, was er erlebt hat. Dr. Van Helsing muß nicht nur ein guter, sondern auch ein tüchtiger Mann sein, wenn er sowohl Arthurs als auch Dr. Sewards Freund ist und sie ihn beide von Holland hierhin geholt haben, um Lucy zu behandeln. Nachdem ich ihn jetzt kennengelernt habe, meine ich ja auch, daß er ein guter Mensch und von noblem Charakter ist. Wenn er morgen wiederkommt, werde ich ihn wegen Jonathan fragen; und dann werden sich mit Gottes Hilfe all diese Trauer, dieses Elend und alle Ängste zu einem guten Ende neigen. Ich hatte schon immer daran gedacht, das richtige Interviewen zu erlernen und zu praktizieren; einer von Jonathans Freunden von den *Exeter News* hat ihm einmal erzählt, das Wichtigste an dieser Tätigkeit sei ein gutes Gedächtnis – daß man in der Lage sein müsse, praktisch jedes gesprochene Wort später aus dem Gedächtnis aufzuschreiben, sogar dann, wenn man daran im nachhinein noch etwas zu verbessern fände. Hier hatte ich nun ein solches Interview; ich werde versuchen, es wortgetreu niederzuschreiben.

Es war halb drei nachmittags, als es klopfte. Ich nahm allen Mut zusammen und wartete ab. Minuten später öffnete Mary die Tür und meldete: »Dr. Van Helsing.«

Ich erhob mich und verbeugte mich kurz, und er kam auf mich zu; ein Mann von mittlerer Größe, kräftig gebaut, mit straffen Schultern über einer tiefen, vollen Brust und einem eindrucksvollen Kopf mit kräftigem Nacken. Die Haltung des Kopfes vermittelt einem sofort den Eindruck von Gedankenfülle und -stärke; der Kopf selbst ist edel geformt, recht groß, ja breit in der Gegend des Hinterhauptes. Das Gesicht, glattrasiert, weist ein energisches, quadratisches Kinn auf und zeigt einen breiten, resolut wirkenden Mund und eine große, sehr gerade Nase mit sensiblen Nasenflügeln, die sich immer dann zu weiten scheinen, wenn er die dichten, buschigen Augenbrauen zusammenzieht und sein Mund sich strafft. Die Stirn ist breit und glatt und steigt zunächst steil an, um sich dann zwischen zwei weit auseinanderliegenden Beulen oder Graten nach rückwärts zu neigen; eine Stirn, über die das rötliche Haar gar nicht fallen kann; es fällt ganz natürlich nach hinten und zu den Seiten. Die großen, dunkelblauen Augen liegen weit auseinander und wechseln ihren Ausdruck je nach der Stimmung des Mannes sehr rasch von großer Freundlichkeit hin zu ausgesprochener Sorge. Er sagte zu mir:

»Sie sind Mrs. Harker?« Ich nickte zustimmend.

»Die vormalige Miss Mina Murray?« Wieder stimmte ich zu.

»Ich bin gekommen, weil ich mit Miss Mina Murray sprechen wollte, die einst die Freundin des bedauernswerten Kindes Lucy Westenra gewesen ist. Madam Mina, mein Besuch gilt dem Wohl der Verstorbenen.«

»Mein Herr«, sagte ich, »Sie hätten keine bessere Referenz für Ihren Besuch vorweisen können als die Tatsache, daß Sie der Freund und Helfer von Lucy Westenra waren.« Damit streckte ich ihm die Hand entgegen. Er nahm sie und sagte freundlich:

»Oh, Madam Mina, ich wußte, daß die Freundin dieses unglücklichen Mädchens ein guter Mensch sein mußte, aber ich wollte es doch erst bestätigt finden …« Er brach mit einer höflichen Verbeugung ab. Ich fragte ihn, warum er mich denn nun im einzelnen sprechen wollte, und er begann auch ohne Umschweife:

»Ich habe Ihre Briefe an Miss Lucy gelesen, wofür ich Sie um Ihre Nachsicht bitte. Doch irgendwo mußte ich ja mit meinen Nachforschungen beginnen, und ich hatte niemanden,

den ich hätte fragen können. Ich weiß, daß Sie mit ihr zusammen in Whitby waren. Sie hat gelegentlich ein Tagebuch geführt – Sie brauchen gar nicht so überrascht dreinzublicken, Madam Mina; es wurde begonnen, nachdem Sie schon fort waren, und wurde geführt, um es Ihnen gleichzutun –, und in diesem Tagebuch nun führt sie bestimmte Dinge darauf zurück, daß sie einmal im Schlaf gewandelt sei, wobei Sie sie gerettet haben sollen. Völlig verblüfft komme ich nun zu Ihnen und bitte Sie, mir in Ihrer großen Liebenswürdigkeit darüber alles zu berichten, an das Sie sich noch erinnern können.«

»Ich glaube, ich kann Ihnen alles über die damaligen Vorgänge erzählen, Dr. Van Helsing.«

»Ah, dann haben Sie sicher ein gutes Gedächtnis für Tatsachen, für Details? Das ist durchaus nicht die Regel bei einer jungen Frau.«

»Nein, Doktor, aber ich habe seinerzeit alles aufgeschrieben. Wenn Sie wollen, kann ich Ihnen meine Aufzeichnungen zeigen.«

»Oh, Madam Mina, da wäre ich Ihnen sehr dankbar; damit täten Sie mir einen großen Gefallen.« Ich konnte der Versuchung nicht widerstehen, ihn noch ein wenig im Ungewissen zu lassen, und so händigte ich ihm das in Kurzschrift verfaßte Journal aus. Er nahm es mit einer dankbaren Verbeugung entgegen und sagte:

»Darf ich es lesen?«

»Wenn Sie wollen, gern«, erwiderte ich möglichst unbefangen. Er öffnete es, und einen Augenblick lang machte er ein langes Gesicht. Dann erhob er sich und verbeugte sich.

»Oh, Sie sind eine gewitzte Frau!« sagte er. »Ich wußte schon lange, daß Mr. Jonathan ein Mann voll Dankbarkeit gegen das Schicksal ist; doch sieh an, seine Frau verfügt ja auch über eine Menge bemerkenswerter Eigenschaften und Fertigkeiten. Und würden Sie mir jetzt vielleicht auch die große Ehre erweisen, mir bei der Lektüre zu helfen und mir alles vorzulesen? Verflixt – ich kann leider keine Stenographie lesen.« Mein kleiner Scherz war auf der Stelle entlarvt, und fast schämte ich mich sogar; also holte ich die Abschrift aus meinem Handarbeitskörbchen und reichte sie ihm.

»Vergeben Sie mir«, sagte ich, »aber es überkam mich einfach so; ich hatte mir schon gedacht, daß Sie kommen würden, um mich wegen der armen Lucy zu befragen, und damit Sie nicht zu lange aufgehalten werden – weniger meinetwegen, aber ich weiß, daß Ihre Zeit kostbar sein muß –, habe ich schon alles mit der Maschine für Sie abgeschrieben.«

Er nahm es an sich, und seine Augen leuchteten. »Sie sind so gut«, sagte er. »Und darf ich es vielleicht jetzt gleich lesen? Es könnte sein, daß ich noch Fragen an Sie hätte, wenn ich mit dem Lesen fertig bin.«

»Aber selbstverständlich«, erwiderte ich, »lesen Sie nur, während ich mich um das Abendessen kümmere; und während wir dann gemeinsam essen, können Sie mir ja Ihre Fragen stellen.« Er verbeugte sich, machte es sich mit dem Rücken zum Licht in einem Sessel bequem und vertiefte sich in die Papiere, während ich ging, um mich um das Mittagessen zu kümmern, aber mehr noch, um ihn nicht zu stören. Als ich zurückkam, fand ich ihn aufgeregt auf und ab gehen, und auf seinem Gesicht zeichnete sich höchste Erregung ab. Kaum sah er mich, als er auch schon auf mich zu eilte und meine beiden Hände ergriff.

»Oh, Madam Mina«, sagte er, »wie könnte ich ausdrücken, was ich Ihnen verdanke! Dieses Papier ist wie der helle Sonnenschein. Es öffnet mir das Tor. Ich bin betäubt, ich bin geblendet von so viel Licht; und doch verdunkeln noch immer Wolken das Licht. Doch das verstehen Sie nicht, können Sie auch gar nicht verstehen. Aber ich bin Ihnen ja so dankbar, Sie kluge Frau! Madam«, – und das sagte er sehr feierlich – »wenn Abraham Van Helsing je etwas für Sie oder die

Ihren tun kann, dann vertraue ich darauf, daß Sie es mich wissen lassen. Es wäre mir gleichermaßen Freude wie Vergnügen, könnte ich Ihnen je als Freund dienlich sein; als ein Freund, aber alles, was ich je gelernt habe, was ich je tun könnte, soll Ihnen und denen, die Sie lieben, zur Verfügung stehen. Im Leben gibt es Schatten, aber auch Licht; Sie sind eines dieser Lichter. Sie werden ein glückliches und ein gutes Leben haben, und Ihr Ehemann wird mit Ihnen gesegnet sein.«

»Aber Doktor, Sie lobpreisen mich allzusehr, und – und Sie kennen mich doch gar nicht.«

»Sie nicht kennen – ich, der ich alt geworden bin, ich, der ich mein ganzes Leben lang Männer und Frauen studiert habe; ich, der ich das menschliche Gehirn und alles, was dazu gehört und was aus ihm folgt, zu meinem Spezialgebiet gemacht habe – ich sollte Sie nicht kennen! Und ich habe Ihr Tagebuch gelesen, das Sie so liebenswürdigerweise für mich mit der Maschine abgeschrieben haben und das in jeder Zeile Aufrichtigkeit und Wahrheit atmet. Ich, der ich Ihre so warmherzigen Briefe über Ihre Hochzeit und Ihr Vertrauen in Ihren Ehemann an die arme Lucy gelesen habe – ich sollte Sie nicht kennen! Oh, Madam Mina, gute Frauen erzählen ihr ganzes Leben lang, jeden Tag, jede Stunde, ja jede Minute Dinge, die auch die Engel lesen können; und wir Männer, die wir es zu gern wissen würden, haben etwas wie Engelsaugen in uns. Ihr Mann ist eine noble Natur und Sie nicht weniger, denn Sie vertrauen, und Vertrauen gedeiht dort nicht, wo ein gemeiner Charakter am Werk ist. Und Ihr Mann – erzählen Sie mir von ihm. Geht es ihm gut? Hat er das Fieber voll und ganz überstanden, und ist er wieder gesund und bei Kräften?« Hier sah ich nun die richtige Eröffnung für mein eigentliches Anliegen, ihn wegen Jonathan zu befragen, und so sagte ich:

»Er war schon fast ganz wiederhergestellt, aber Mr. Hawkins' Tod hat ihn wieder schrecklich aufgeregt.« Er unterbrach mich:

»O ja, ich weiß, ich weiß. Ich habe Ihre beiden letzten Briefe gelesen.« Ich fuhr fort:

»Zumindest vermute ich, daß dies ihn so sehr aufgeregt hat, denn als wir letzten Donnerstag in der Stadt waren, hat er eine Art Schock erlebt.«

»Ein Schock – und das so kurz nach einem Hirnfieber! Das war nicht gut. Welcher Art war dieser Schock denn?«

»Er meinte, jemanden erkannt zu haben, der ihn an etwas Schreckliches erinnerte, etwas, das schließlich zu seinem Hirnfieber führte.« Und an dieser Stelle schien mich alles auf einmal überkommen zu wollen: das Mitgefühl für Jonathan, der Horror, der ihn heimgesucht hatte, das ganze schreckliche Geheimnis seines Tagebuches und die Angst, die seit jener Zeit brütend auf mir lastete, alles stürzte gleichzeitig auf mich ein. Ich glaube, ich wurde sogar hysterisch, denn ich warf mich auf die Knie und hielt die Hände gen Himmel gereckt, um ihn anzuflehen, er möge doch meinen Mann wieder gesund machen. Er nahm meine Hände, zog mich hoch und drängte mich, mich auf das Sofa zu setzen, wo er sogleich neben mir Platz nahm; er hielt meine Hände weiter in den seinen und sagte mit einer geradezu unendlichen Güte:

»Mein Leben ist leer und einsam und so voller Arbeit, daß ich kaum Zeit für Freundschaften finde; doch seit ich hierher zu meinem Freund John Seward gerufen wurde, habe ich so viele gute Menschen und so viel Edelmut kennengelernt, daß ich heute mehr denn je die Einsamkeit meines Lebens durchleide, und diese ist mit den Jahren immer drückender geworden. Sie dürfen mir glauben, daß ich voll Verehrung für Sie hierhergekommen bin, und Sie haben mir Hoffnung gegeben – Hoffnung nicht in jenen Angelegenheiten, derentwegen ich hier bin, sondern Hoffnung darauf, daß es noch Frauen gibt, die das Leben lebenswert machen können – gute Frauen, deren Leben und deren Wahrheiten den Kindern, die einst sein werden, ein gutes Beispiel sind. Ich bin glücklich, glücklich, daß ich hier vielleicht für Sie von einigem Nutzen sein kann; denn falls Ihr Mann leidet, dann liegt sein Leiden jedenfalls im Rahmen meiner Studien und Erfahrungen. Ich verspreche Ihnen, ich werde mich glücklich schätzen, alles in meiner Macht Stehende für ihn zu tun – alles, um seinem Leben wieder Kraft zu geben und Ihnen Glück und Erfüllung. Doch jetzt müssen Sie essen. Sie sind übermüdet und vielleicht auch übermäßig besorgt. Ihrem Ehemann Jonathan würde es sicher gar nicht gefallen, Sie so blaß zu sehen, und wenn ihm an der geliebten Frau etwas nicht gefällt, dann wäre das gar nicht gut für ihn. Deshalb müssen Sie um seines Seelenheils willen essen und wieder lächeln. Sie haben mir alles über Lucy erzählt, und deswegen werden wir jetzt auch nicht mehr davon sprechen, da es uns sonst allzu traurig stimmen würde. Ich werde über Nacht in Exeter bleiben, denn ich möchte sehr intensiv über das nachdenken, was Sie mir alles erzählt haben, und wenn ich alles sehr sorgsam durchdacht habe, würde ich Ihnen gern noch einige ergänzende Fragen stellen, wenn ich darf. Und bei dieser Gelegenheit werden Sie mir dann auch von den Problemen Ihres Ehemannes Jonathan erzählen, soweit Sie das können, aber jetzt noch nicht. Sie müssen jetzt wirklich zuerst etwas essen; danach können Sie mir alles weitere erzählen.«

Nach dem Essen, als wir wieder ins Wohnzimmer gegangen waren, sagte er zu mir:

»Und nun erzählen Sie mir alles über ihn.« Als ich nun zu diesem großen, gelehrten Mann sprechen sollte, überkam mich die Sorge, er könne mich für eine schwächliche Närrin und Jonathan für einen Verrückten halten – und deshalb zögerte ich zunächst. Doch er war so zuvorkommend und freundlich, und zudem hatte er ja versprochen, mir helfen zu wollen, daß ich ihm schließlich voll vertraute und zu ihm sagte:

»Dr. Van Helsing, was ich ihnen zu berichten habe, ist so aberwitzig, daß Sie mir versprechen müssen, nicht über mich oder meinen Mann zu lachen. Seit gestern plagen mich Zweifel, und ich fühle mich wie im Fieber; Sie müssen bitte nachsichtig mit mir sein und mich nicht für verrückt halten, weil ich einige mehr als seltsame Dinge sogar beinahe zur Hälfte geglaubt habe.« Er versicherte mir mehr noch mit seiner ganzen Art als mit seinen Worten, er werde nicht an meinem Verstand zweifeln, als er sagte:

»Oh, meine Liebe, wenn Sie wüßten, wie sonderbar die Angelegenheit ist, deretwegen ich hier bin, wären sicher Sie diejenige, die lacht. Ich habe gelernt, nichts gering zu achten, was andere Menschen denken, ganz gleich, wie seltsam es auch im Einzelfall scheinen mag. Ich habe mich immer bemüht, offen für andere Ansichten und Meinungen zu bleiben; und es sind nicht die normalen Dinge des Lebens, die einen verwirren, sondern die seltsamen Dinge, die außerordentlichen Ereignisse und unerklärlichen Vorkommnisse, die einen oft am eigenen Verstand zweifeln lassen.«

»Danke, tausend Dank! Sie haben mir eine Zentnerlast von der Seele genommen. Wenn Sie einverstanden sind, gebe ich Ihnen ein paar Papiere zu lesen. Es ist sehr lang, aber ich habe es mit der Maschine abgeschrieben. Es wird Ihnen Aufschluß über meine und Jonathans Probleme geben. Es ist die Kopie seines Tagebuches, das er anläßlich seiner Auslandsreise geführt hat, und darin ist alles aufgezeichnet, was sich während dieser Reise ereignet hat. Ich wage gar nicht, dazu etwas zu sagen; Sie sollten es lesen und sich selbst ein Urteil bilden. Und wenn wir uns dann hoffentlich bald wiedersehen, sind Sie doch bitte so lieb und sagen mir, was Sie davon halten.«

»Das verspreche ich Ihnen«, erwiderte er, als ich ihm die

Papiere reichte. »Ich werde dann, wenn ich darf, am Morgen so früh wie möglich wieder hier sein, um mich mit Ihnen und vielleicht auch Ihrem Mann zu unterhalten.«

»Jonathan wird gegen halb zwölf hier sein. Kommen Sie doch zum Essen zu uns, dann können Sie mit ihm sprechen. Sie könnten dann vielleicht noch den Schnellzug drei Uhr vierunddreißig erreichen, der Sie noch vor acht nach Paddington bringen würde.« Er war überrascht, wie gut ich die Fahrpläne im Kopf hatte, aber er konnte ja nicht wissen, daß ich die Fahrzeiten aller Züge von und nach Exeter auswendig gelernt habe, damit ich Jonathan helfen kann, wenn er einmal in Eile ist.

So nahm er also die Papiere mit und ging davon, und ich sitze jetzt hier und denke – ich denke und weiß nicht was.

Brief (von Hand geschrieben) von Van Helsing an Mrs. Harker

25. September, sechs Uhr

Liebe Frau Mina,
ich habe das wundervolle Tagebuch Ihres Gatten gelesen. Schlafen Sie ohne Zweifel. So seltsam und schrecklich alles auch ist, es entspricht der *Wahrheit*! Darauf würde ich mein Leben verwetten. Für andere mag es schlimmer aussehen; aber für Sie und ihn geht davon keine Bedrohung aus. Er ist ein nobler Charakter, und lassen Sie mich aus meiner Menschenkenntnis heraus sagen, daß jemand, der wie er an der Wand entlang abwärts bis in jenen Raum vorgedrungen ist – ach, und dasselbe sogar noch ein zweites Mal auf sich genom-

men hat –, nicht in der Gefahr ist, auf Dauer den Nachwirkungen eines Schocks ausgeliefert zu sein. Sein Hirn und Herz sind in Ordnung; das schwöre ich Ihnen, noch bevor ich ihn gesehen habe. Seien Sie also unbesorgt. Ich werde ihn eine Menge wegen anderer Dinge zu fragen haben, und ich schätze mich glücklich, daß ich Sie heute kennengelernt habe, denn ich habe in so kurzer Zeit so viel Neues erfahren, daß ich noch ganz verwirrt bin, verwirrter, als ich je war, und ich muß nachdenken.

Ihr sehr ergebener
ABRAHAM VAN HELSING

Brief von Mrs. Harker an Van Helsing

25. September, sechs Uhr dreißig

Mein lieber Dr. Van Helsing,
Dank, tausendmal Dank für Ihr freundliches Schreiben, das mir eine große Last von der Seele genommen hat. Und doch – wenn es wahr ist –, was gibt es nicht für schreckliche Dinge auf dieser Welt, und was soll nur werden, wenn dieser Mann, dieses Monstrum, wirklich in London ist! Ich habe Angst, es mir auszudenken. Während ich dies schreibe, habe ich ein Telegramm von Jonathan erhalten, in dem er mitteilt, daß er mit dem Zug sechs Uhr fünfundzwanzig Launcetown verläßt und um zehn Uhr achtzehn hier eintreffen wird, so daß ich mich heute nacht nicht zu sorgen brauche. Würden Sie, statt mit uns zu lunchen, schon zum Frühstück um acht Uhr kommen, wenn Ihnen dies nicht zu früh ist? Wenn Sie es eilig haben sollten, können Sie mit dem Zug um zehn Uhr dreißig wieder fahren. Er läuft um zwei Uhr fünfunddreißig in Pad-

dington ein. Antworten Sie nicht mehr. Wenn ich nichts von Ihnen höre, gehe ich davon aus, daß Sie zum Frühstück hier sind.

Ich verbleibe als
Ihre treue und dankbare Freundin
MINA HARKER

Das Tagebuch des Jonathan Harker

26. September: – Ich habe nicht geglaubt, daß ich je wieder etwas in dieses Tagebuch schreiben würde, aber jetzt ist die Zeit gekommen. Als ich gestern abend nach Hause gekommen bin, war Mina bereits mit dem Essen fertig, und nachdem wir zu Abend gegessen hatten, erzählte sie mir von Van Helsings Besuch und daß sie ihm Kopien der beiden Tagebücher übergeben hat und wie besorgt sie um mich gewesen ist. Dann ließ sie mich den Brief des Doktors sehen, in dem dieser bestätigt, daß alles wahr gewesen ist, was ich niedergeschrieben habe. Seither komme ich mir vor, als sei ich ein ganz neuer Mensch geworden. Es waren wohl die Zweifel, ob das alles überhaupt wahr gewesen war, die mich so niedergedrückt haben. Ich fühlte mich schwach und ohne Selbstvertrauen. Jetzt aber, da ich *weiß*, habe ich keine Angst mehr, auch nicht vor dem Grafen. Er hat ja dann wohl doch Erfolg mit seinen Plänen gehabt, nach London überzusiedeln, und es war wirklich er, den ich da gesehen habe. Er ist nur jünger geworden – aber wie? Van Helsing wäre der richtige Mann, ihn zu entlarven und zur Strecke zu bringen, wenn er wirklich etwas in der Art ist, wie Mina gesagt hat. Wir saßen lange beieinander und sprachen über alles. Jetzt zieht Mina sich an, und ich werde in ein paar Minuten im Hotel anrufen und ihn abholen ... Ich glaube, er war überrascht, mich zu sehen. Als ich in das Zimmer kam, in dem er logierte, und mich vorgestellt hatte, faßte er mich an den Schultern, drehte mein Gesicht ans Licht, musterte mich eingehend und sagte dann:

»Aber Madam Mina sagte mir, Sie seien krank, Sie hätten angeblich einen Schock erlitten.« Es war ein wenig lustig, diesen freundlichen Mann mit dem strengen Gesichtsausdruck meine Frau ›Madam Mina‹ nennen zu hören. Ich lächelte und sagte:

»Ich *war* krank, und ich *hatte* einen Schock erlitten, aber Sie haben mich schon geheilt.«

»Und wie?«

»Durch Ihren Brief an Mina von gestern abend. Ich war voller Zweifel, alles trug den Schleier des Unwirklichen, und ich wußte ja nicht einmal mehr, ob ich überhaupt noch meinen eigenen Sinnen glauben durfte. Und da ich nicht wußte, wem oder was ich trauen konnte, wußte ich auch nicht, was ich tun sollte; so blieb mir weiter nichts, als mich in die Arbeit zu stürzen, wie ich es mein Leben lang nicht anders gekannt habe. Aber die alten Gewohnheiten waren mir nicht mehr genug, und ich begann, mir selbst zu mißtrauen. Doktor, Sie wissen ja nicht, wie das ist, wenn man allem und jedem mißtraut und am Ende gar sich selbst. Nein, das wissen Sie nicht, Sie, ein Mann mit solchen Augenbrauen.« Das schien ihm zu schmeicheln, und er lachte, als er fortfuhr:

»So! Sie sind also Physiognom. Ich lerne hier von Stunde zu Stunde mehr. Ich freue mich so sehr darauf, mit Ihnen gemeinsam zu frühstücken, und – oh – Sie werden einem alten Mann seine Begeisterung verzeihen, aber Ihre Frau ist ein Geschenk des Himmels an Sie.«

Ich hätte ihm einen ganzen Tag lang zuhören können, wie er Mina lobpreiste, und deshalb nickte ich einfach nur und sagte gar nichts.

»Sie ist eine von jenen Frauen, die der liebe Gott mit eigener Hand geschaffen hat, um uns anderen Männern und

Frauen zu zeigen, daß es noch einen Himmel gibt, in den wir schon auf Erden einen Blick werfen können und dessen Licht auch hier für uns scheint. So aufrichtig, so liebenswert, so edel, so wenig egoistisch – und das ist, lassen Sie es mich frank und frei sagen, sehr viel in dieser unserer Zeit, die so von Skeptizismus und Egoismus geprägt ist. Und was Sie angeht, Sir, ich habe alle Briefe Ihrer Gattin an die arme Miss Lucy gelesen, und in einigen davon ist auch von Ihnen die Rede, und so kenne ich Sie bereits seit einigen Tagen aus den Berichten anderer; doch Ihr eigentliches Selbst habe ich letzte Nacht kennengelernt. Wollen Sie mir die Hand reichen? Lassen Sie uns von nun an Freunde für den Rest unseres Lebens sein.«

Wir schüttelten uns gegenseitig die Hände, und er war gleichzeitig ernst und freundlich, daß ich ganz gerührt war.

»Und nun«, sagte er, »darf ich Sie vielleicht um noch weitere Hilfe bitten. Ich habe eine große Aufgabe vor mir und wüßte gern, ob ich auf Sie rechnen darf. Sie können mir sehr viel helfen. Können Sie mir zum Beispiel sagen, was Ihrer Reise nach Transsylvanien vorausgegangen ist? Es könnte sein, daß ich Sie später um weitere Hilfe ganz anderer Art bitten werde; aber zunächst wäre mir damit schon sehr gedient.«

»Sehen Sie, Sir«, sagte ich, »hat diese Aufgabe, die Sie da vor sich sehen, etwas mit dem Grafen zu tun?«

»Das hat sie«, erwiderte er feierlich.

»Dann bin ich der Ihre mit Haut und Haaren. Da Sie schon um zehn Uhr dreißig fahren, werden Sie nicht mehr die Zeit finden, das Bündel Papiere zu lesen, das ich Ihnen übergeben werde. Ich werde es Ihnen einpacken. Sie können die Papiere ja dann im Zug lesen.«

Nach dem Frühstück brachte ich ihn zum Bahnhof. Als wir uns verabschiedeten, sagte er: »Würden Sie vielleicht in die

Stadt kommen und gegebenenfalls auch Madam Mina mitbringen, wenn ich Sie darum bitten würde?«

»Wir werden beide kommen, wann immer Sie uns rufen«, sagte ich. Ich hatte ihm die Morgenzeitungen und die Londoner Zeitungen vom letzten Abend besorgt, und während wir uns durch das Abteilfenster unterhielten und auf die Abfahrt des Zuges warteten, blätterte er sie flüchtig durch. Plötzlich schien ihm in einem der Blätter – der *Westminster Gazette* – etwas aufzufallen, und ich konnte sehen, wie er weiß im Gesicht wurde. Er las irgend etwas sehr sorgfältig und stöhnte in einem fort: »Mein Gott! Mein Gott! So schnell – so schnell!« Ich glaube, in diesem Augenblick hatte er mich vollkommen vergessen. Genau in diesem Augenblick erklang die Pfeife des Bahnhofsvorstehers, und der Zug setzte sich in Bewegung. Das rief ihn wohl in die Wirklichkeit zurück, denn er lehnte sich aus dem Fenster, winkte und rief mir zu: »Liebe Grüße an Madam Mina; ich schreibe, sobald ich kann.«

Das Tagebuch des Dr. Seward

26. September: – Nichts gleicht der Endgültigkeit. Es ist noch keine Woche her, seit ich ›finis‹ gesagt habe, und schon fange ich aufs neue an, oder man könnte auch sagen, ich setze den nur unterbrochenen Bericht fort. Bis heute nachmittag hatte ich auch keinen Grund, über das nachzudenken, was sich ereignet hat. Renfield war, soweit man das bei ihm sagen kann, wieder vernünftig geworden. Er hatte die Phase des Fliegenfangens mal wieder hinter sich gebracht und war zum Spinnenfang übergegangen, und mithin war er für mich kein Grund zur Besorgnis. Ich hatte einen Brief von Arthur erhalten, den dieser am Sonntag geschrieben hatte und dem ich entnehmen konnte, daß es ihm zunehmend besser geht. Quincey Morris ist bei ihm, und der ist ihm bestimmt eine große Hilfe, denn er ist wie ein stetig sprudelnder Quell guter Laune. Quincey hat auch ein paar Zeilen hinzugeschrieben, denen ich entnehme, daß Arthur einiges von der alten Spannkraft zurückgewinnt. Daher mache ich mir um sie alle eigentlich keine großen Sorgen. Was mich selbst betrifft, bin ich wieder mit Elan an meine Arbeit zurückgekehrt, so daß ich mit Fug und Recht sagen könnte, daß die Wunde, die der Tod von Lucy mir beigebracht hat, langsam vernarbte. Doch nun sind alle Wunden wieder offen, und wie das alles enden soll, das weiß der liebe Gott allein. Manchmal habe ich das Gefühl, als sei der alte Van Helsing davon überzeugt, daß er es ebenfalls weiß, aber er läßt ja immer nur gerade genug verlauten, um einen neugierig zu machen. Gestern war er in Exeter und ist über Nacht geblieben. Heute kam er zurück, und so gegen halb sechs Uhr platzte er bei mir herein und drückte mir die *Westminster Gazette* in die Hand.

»Was sagen Sie denn dazu?« fragte er, indem er einen Schritt zurücktrat und die Arme kreuzte.

Ich überflog das Blatt, denn ich wußte wirklich nicht, was er meinte; aber er nahm es mir wieder ab und deutete auf einen Artikel, der von Kindern handelte, die in der Gegend von Hampstead von zu Hause fortgelockt worden waren. Ich wußte nichts Rechtes damit anzufangen, bis ich auf eine Passage stieß, wo kleine punktförmige Wunden an den Kehlen dieser Kinder erwähnt wurden. Ich hatte auf der Stelle eine Idee und blickte auf. »Nun?« sagte er.

»Das ist ja wie bei der armen Lucy.«

»Und was schließen Sie daraus?«

»Nur, daß es da einen Zusammenhang geben muß. Was immer Lucy verletzt haben mag, es muß auch die Kinder verletzt haben.« Seine Antwort verstand ich dann aber nicht recht.

»Das trifft nur indirekt zu, aber nicht direkt.«

»Wie meinen Sie denn das, Professor?« fragte ich. Ich war

ein wenig geneigt, den Ernst in seinen Worten zu überhören – immerhin helfen einem vier Tage der Ruhe und ohne die brennende, alles verzehrende Angst um andere durchaus, die eigene Stimmung wieder ein wenig zu heben –, doch als ich in sein Gesicht blickte, tat es mir schon wieder leid. Niemals, auch nicht in unserer tiefsten Verzweiflung wegen der armen Lucy, hatte er ernster dreingeblickt.

»Erzählen Sie!« forderte ich ihn auf. »Ich weiß nicht, was ich von der ganzen Geschichte denken soll, und mir fehlen alle Daten, um mir ein klares Bild zu machen.«

»Freund John, wollen Sie mir damit etwa sagen, Sie hätten keinen Verdacht hinsichtlich der Ursache für Lucys Tod, auch nicht nach all den Hinweisen, die nicht nur ich, sondern auch die Ereignisse selbst Ihnen gegeben haben?«

»An nervöser Erschöpfung als Folge übermäßigen Blutverlustes oder -zersetzung.«

»Und wie ging das Blut verloren, oder auf welche Weise wurde es zersetzt?«

Ich schüttelte den Kopf.

Er kam herüber und setzte sich neben mich, bevor er fortfuhr:

»Sie sind ein kluger Mann, Freund John; Sie denken klar und verfügen über einen scharfen Verstand; aber Sie stecken voller Vorurteile. Sie lassen Ihre Augen nicht sehen und Ihre Ohren nicht hören, und was sich jenseits Ihrer eigenen Welt abspielt, ist für Sie nicht von Belang. Denken Sie nicht manchmal daran, daß es Dinge gibt, die Sie nicht verstehen und die trotzdem real sind; daß es Menschen gibt, die Dinge sehen, welche anderen verborgen bleiben? Aber da gibt es Dinge, alte wie neue, die sich der Betrachtung durch die Augen der Menschen entziehen, weil diese Menschen Dinge wissen – oder zu wissen glauben –, die andere ihnen erzählt haben. Ah – das ist der Grundfehler der Wissenschaft, daß sie alles zu erklären versucht; und wenn sie das nicht kann, behauptet sie einfach, es gebe nichts zu erklären. Und doch sehen wir, wie Tag für Tag rund um uns herum Denkrichtungen entstehen, die als neu gelten und die doch weiter nichts sind als die alten. Ich nehme mal an, Sie glauben nicht an körperliche Transformation. Nicht? Und auch nicht an Materialisation? Nein? Nicht an Astralleiber? Nein? Noch an Gedankenlesen? Nein? Noch an Hypnotismus ...«

»Doch«, sagte ich. »Das hat Charcot sehr eindrucksvoll bewiesen.«

Er lächelte, als er fortfuhr: »Und damit geben Sie sich also zufrieden. Ja? Und natürlich verstehen Sie dann auch, wie es funktioniert, und können dem Geist des großen Charcot – leider lebt er nicht mehr – hinein in die Seelen jener folgen, die er beeinflußt hat. Nein? Dann, Freund John, muß ich wohl davon ausgehen, daß Sie nur bereit sind, Fakten zu akzeptieren und sich damit zufriedenzugeben, daß zwischen Prämisse und Schlußfolgerung eine Lücke existiert. Sagen Sie mir doch – ich studiere nämlich das menschliche Gehirn –, wie Sie einerseits den Hypnotismus anerkennen, das Gedankenlesen aber ablehnen können. Mein Freund, lassen Sie mich Ihnen sagen, daß heute in der Wissenschaft von der Elektrizität Dinge praktiziert werden, die von den Entdeckern der Elektrizität als Teufelswerk bezeichnet würden – und diese selbst, als sie die Elektrizität erfanden, beinahe noch wegen Hexerei verbrannt worden wären. Das Leben ist stets voll Mysterien. Wie kam es, daß Methusalem neunhundert Jahre gelebt hat, daß aber die arme Lucy mit dem Blut von vier Männern in ihren Adern nicht einen Tag überleben konnte? Kennen Sie etwa alle Geheimnisse von Leben und Tod? Kennen Sie die Zusammenhänge der vergleichenden Anatomie, und können Sie mir sagen, warum in dem einen Menschen Anlagen zum wilden Tier ruhen, im anderen aber nicht? Können Sie mir sagen, warum eine Spinne im Turm der alten spanischen Kirche jahrhundertelang nicht starb, sondern wuchs und immer weiter wuchs, bis sie schließlich in der Lage war, das Öl sämtlicher Lampen in der Kirche zu trinken, während alle anderen Spinnen klein sterben? Können Sie mir vielleicht erklären, warum in der Pampa, und wahrlich nicht nur dort, Fledermäuse leben, die nachts kommen und Pferden und Kühen die Adern öffnen und ihnen alles Blut aussaugen; warum es auf einigen Inseln auf den westlichen Weltmeeren Fledermäuse gibt, die den ganzen Tag in den Bäumen hängen, wo sie Reisenden oft genug einen Anblick wie übergroße Nüsse oder Früchte bieten, und die sich dann nachts auf Matrosen stürzen, die wegen der großen Hitze im Freien schlafen, und dann – dann morgens tote Männer gefunden werden, so weiß wie auch Miss Lucy war?«

»Großer Gott, Professor!« sagte ich und fuhr erschreckt hoch. »Wollen Sie damit etwa sagen, daß Lucy von einer solchen Fledermaus gebissen wurde und daß sich ein solches Wesen hier in London befindet – im neunzehnten Jahrhundert?« Mit einer Geste gebot er mir Schweigen und fuhr fort:

»Können Sie mir vielleicht sagen, warum Schildkröten länger leben als ganze Generationen von Menschen; warum der Elefant immer weiter lebt, bis er ganze Dynastien hat sterben sehen; und warum ein Papagei nie anders stirbt als durch den Biß einer Katze oder eines Hundes oder durch einen sonstigen Zufall. Können Sie mir erklären, warum Menschen zu allen Zeiten und überall auf der Welt daran geglaubt haben, daß es einige gibt, denen es gegeben ist, ewig zu leben; daß es Männer und Frauen gibt, die nicht sterben können? Wir alle wissen – denn die Wissenschaft verbürgt sich dafür –, daß es Kröten gegeben hat, die Tausende von Jahren in Felsen eingeschlossen waren, seit den Jugendtagen der Erde eingeschlossen in Höhlen, die nicht größer waren als sie selbst. Können Sie mir vielleicht erklären, wie es die indischen Fakire bewerkstelligen zu sterben und sich begraben zu lassen, daß ihre Gräber anschließend versiegelt wurden und man darauf Korn aussäte, das Korn reifte und geschnitten wurde, neues Korn gesät wurde, reifte und geerntet wurde und dann Männer kamen, das unverletzte Siegel entfernten und der Fakir dort noch immer lag, aber nicht tot war, sondern sich erhob und unter den anderen lebte wie vordem?«

An dieser Stelle unterbrach ich ihn, denn ich war total verwirrt. Er hatte meinen Geist derart mit seiner Liste von exzentrischen Naturerscheinungen und denkbaren Unmöglichkeiten überhäuft, daß meine Phantasie Feuer gefangen hatte. Ich hatte die vage Vorstellung, er erteilte mir hier eine Lektion, wie er es vor langer Zeit in seinem Studio in Amsterdam gern getan hatte; doch damals pflegte er die Dinge beim Namen zu nennen, so daß man seine Gedankengänge jeweils nachvollziehen und im Gedächtnis behalten konnte. Jetzt jedoch gab er mir keinerlei Hilfestellung, und ich wäre seinen Gedankengängen doch so gern gefolgt, und deshalb fragte ich ihn:

»Herr Professor, lassen Sie mich wieder Ihr liebster Student sein. Formulieren Sie doch die These, damit ich mir Ihr Wissen aneignen kann, wenn Sie fortfahren. Im Augenblick springt mein Geist von einem Punkt zum anderen, und ich folge Ihren Ideen allenfalls wie ein Geisteskranker, aber nicht wie ein geistig Gesunder. Ich komme mir vor wie ein Anfänger, der sich durch einen Nebel vorantastet und von einem Grasbüschel auf das nächste springt, ohne recht die Richtung zu kennen, in die er wirklich will.«

»Ein gutes Bild«, lobte er. »Nun, ich werde es Ihnen erzählen. Meine These lautet: Ich möchte, daß Sie mir glauben.«

»Glauben? Was denn?«

»Dinge, die Sie nicht glauben können. Lassen Sie es mich Ihnen erläutern. Ich habe einmal von einem Amerikaner gehört, der das Phänomen des Glaubens so definierte: ›Der Glaube ermöglicht es uns, Dinge für wahr zu halten, von denen wir wissen, daß sie unwahr sind.‹ Ich folge diesem

Mann. Was er meinte, war, wir sollen einen nach allen Seiten offenen Geist haben und einem kleinen Stück der Wahrheit nicht gestatten, den Sturm der ganzen Wahrheit aufzuhalten, wie etwa ein kleiner Felsbrocken eine ganze Lokomotive aufhalten kann. Zuerst erfahren wir immer nur ein Stück der Wahrheit. Gut! Wir bewahren und wir schätzen sie, gleichzeitig aber dürfen wir nicht annehmen, in diesem Teilstück gleich die Wahrheit des ganzen Universums zu sehen.«

»Dann wollen Sie also, daß einige meiner bisherigen Überzeugungen sich nicht als hinderlich für die Aufnahmefähigkeit meines Geistes für einige ungewöhnliche Dinge erweisen. Verstehe ich Sie so richtig?«

»Ah, Sie sind doch noch immer mein bester Schüler. Es lohnt sich, Sie etwas lehren zu wollen. Jetzt, da Sie bereit sind zu verstehen, haben Sie auch schon den ersten Schritt hin zum Verstehen gemacht. Dann sind Sie also auch der Überzeugung, daß die kleinen Löcher in den Kehlen der Kinder von demselben verursacht wurden, der auch Miss Lucy die Wunde beigebracht hat?«

»Ich denke doch.«

Er erhob sich und sagte feierlich:

»Dann irren Sie sich. Oh, ich wünschte mir, es wäre so! Aber nein! Es ist schlimmer, viel schlimmer!«

»In Gottes Namen, Professor Van Helsing, was meinen Sie damit?« rief ich.

Er warf sich mit einer Geste schierer Verzweiflung in einen Sessel und stützte die Ellbogen auf der Tischplatte ab, bedeckte das Gesicht mit den Händen und sagte: »Die Wunden wurden von Miss Lucy verursacht!«

Kapitel Fünfzehn

Das Tagebuch des Dr. Seward

(Fortsetzung)

Eine ganze Weile beherrschte mich die reine Wut; das war ja, wie wenn er Lucy ins Gesicht geschlagen hätte, als sie noch lebte. Ich schlug mit der flachen Hand auf die Tischplatte, erhob mich und sagte:

»Dr. Van Helsing, sind Sie verrückt geworden?« Er hob den Kopf und blickte mich an, und irgendwie besänftigte mich die Güte und Nachsicht in seinen Zügen wieder ein wenig.

»Wäre ich es doch nur«, sagte er. »Der Wahnsinn wäre, verglichen mit dieser Wahrheit hier, leicht zu ertragen. Oh, mein Freund, was glauben Sie wohl, warum ich so lange drumherum geredet habe? Warum hätte ich wohl so viele Bilder benutzen sollen, um Ihnen einen derart einfachen Sachverhalt zu vermitteln? Etwa weil ich Sie hasse, Sie gar mein ganzes Leben lang gehaßt hätte? Wollte ich Ihnen etwa Pein bereiten? Sollte ich es getan haben, um jetzt späte Rache dafür zu nehmen, daß Sie mir einst das Leben gerettet und mich vor einem qualvollen Tod bewahrt haben? Aber nicht doch!«

»Verzeihen Sie«, sagte ich. Er fuhr fort: »Mein Freund, ich habe es getan, weil ich schonend mit Ihnen verfahren wollte, denn ich wußte doch, daß Sie dieses reizende Geschöpf geliebt haben. Doch selbst jetzt erwarte ich noch nicht von Ihnen, daß Sie mir glauben. Es ist so schwer, von einem Augenblick zum anderen eine so abstrakte Wahrheit zu glauben; wieviel schwerer muß es dann sein, eine so traurige, konkrete Wahrheit zu akzeptieren, auch noch eine über Miss

Lucy! Heute nacht werde ich den Beweis dafür antreten. Haben Sie den Mut, mich dabei zu begleiten?«

Ich wurde schwankend. Kein Mann erbringt gern den Beweis für eine derartige Wahrheit; Byron ließ als Ausnahme nur eines gelten: die Eifersucht.

»Und man beweise, wovor man sich am meisten ängstigt.«

Er bemerkte mein Zögern und sagte: »Kommen Sie, ich werde Ihnen sagen, was ich vorhabe: Zuerst gehen wir in das Hospital und sehen uns das Kind an. Die Zeitungen schreiben, das Kind läge im *North Hospital*. Ich kenne den dortigen Chefarzt, Dr. Vincent. Er ist ein alter Freund, und Sie müßten ihn eigentlich noch aus Ihrer Zeit in Amsterdam kennen. Er wird einverstanden sein, wenn zwei Wissenschaftler seinen Fall begutachten möchten, und wenn es sich auch noch um alte Freunde handelt, bestimmt. Wir werden ihm nichts erzählen, nur, daß wir lernen wollen. Und dann ...«

»Und dann?« Er nahm einen Schlüssel aus seiner Tasche und hielt ihn hoch.

»Und dann verbringen wir beide, Sie und ich, die Nacht auf dem Friedhof, auf dem Lucy liegt. Dies ist der Schlüssel, mit dem wir ihre Gruft öffnen können. Ich habe ihn von dem Bestattungsunternehmer bekommen, um ihn Arthur zu geben.«

Mir wollte das Herz sinken, denn ich spürte, daß uns etwas Entsetzliches erwartete. Aber ich konnte ohnehin nichts tun, und so nahm ich allen Mut zusammen, der mir geblieben war, und sagte, daß wir uns am besten beeilen sollten, denn der Nachmittag ging schon zur Neige ...

Das Kind war wach, als wir eintrafen. Es hatte geschlafen und etwas gegessen und befand sich bereits auf dem Weg der Besserung. Dr. Vincent nahm ihm die Bandage von der Kehle und zeigte uns die punktförmigen Wunden. Die Ähnlichkeit mit den Wunden an Lucys Kehle war nicht wegzuleugnen. Sie waren zwar kleiner, und die Ränder wirkten frischer, aber das war auch schon alles. Wir fragten Dr. Vincent nach seiner Meinung über deren Entstehen, und er erwiderte, es müsse sich wohl um den Biß eines Tieres handeln, vielleicht einer Ratte; aber er neige doch eher der Ansicht zu, es müsse sich um eine der zahlreichen Fledermäuse gehandelt haben, die auf den Höhen des nördlichen London so zahlreich seien. »Unter vielen harmlosen Exemplaren«, sagte er, »könnten sich auch einige gefährliche aus südlicheren Gegenden befinden. Segelschiffe könnten sie eingeschleppt haben, und irgendwie ist es ihnen dann gelungen zu entkommen; es könnte sich aber auch ein junges Tier einer solchen Art aus dem Zoo geflüchtet haben, vielleicht ein Abkömmling eines Vampirs. So was passiert schon mal, wissen Sie. Erst vor zehn Tagen ist ein Wolf ausgebrochen, und der soll auch in diese Richtung gelaufen sein. Eine ganze Woche lang haben die Kinder dann auf der Heide und in sämtlichen Straßen und Gassen nur noch ›Rotkäppchen‹ gespielt, bis dann diese ›blutige Dame‹ ins Spiel kam und hier richtig Karriere gemacht hat. Sogar dieser arme kleine Strolch hier fragte die Schwester, kaum daß er wieder richtig wach war, ob er fortgehen dürfe. Und als sie ihn fragte, warum er wieder weg wollte, sagte er, er wolle mit der ›blutigen Dame‹ spielen.«

»Ich hoffe«, sagte Van Helsing, »daß Sie den Eltern des kleinen Bengels auftragen, daß sie gut auf ihn aufpassen, wenn Sie ihn wieder nach Hause entlassen. Diese Neigung zum Herumstreunen ist äußerst gefährlich, und wenn das Kind noch einmal eine ganze Nacht außer Haus verbringt, könnte das fatale Folgen haben. In jedem Fall aber hoffe ich doch, daß Sie ihn die nächsten Tage noch nicht werden gehen lassen.«

»Natürlich nicht, jedenfalls nicht vor Ablauf einer Woche; gegebenenfalls behalten wir ihn noch länger hier, wenn die Wunde bis dahin nicht abgeheilt sein sollte.«

Unser Besuch im Hospital hatte länger gedauert, als wir veranschlagt hatten, und die Sonne war schon untergegangen, als wir endlich wieder ins Freie traten. Als Van Helsing sah, wie dunkel es bereits geworden war, sagte er: »Wir haben keine Eile. Es ist später, als ich dachte. Kommen Sie, wir suchen uns einen Ort, wo wir etwas zu essen bekommen, und dann werden wir an die Arbeit gehen.«

Wir aßen in einem Lokal mit dem Namen *Jack Straw's Castle* zusammen mit einer Gruppe Radfahrern und etlichen anderen, die ziemlichen Lärm veranstalteten. Gegen zehn verließen wir das Wirtshaus dann. Zu diesem Zeitpunkt war es sehr dunkel, und die wenigen Laternen ließen die Dunkelheit nur noch tiefer scheinen, sobald wir uns außerhalb ihres Scheins befanden. Der Professor hatte sich offenbar die Straßen notiert, durch die wir gehen mußten, denn er ging stetig weiter, ohne auch nur einmal zu zögern; ich aber hatte erhebliche Schwierigkeiten, mich zurechtzufinden. Je weiter wir vorwärtskamen, desto weniger Menschen begegneten uns, bis wir schließlich sogar überrascht waren, einer reitenden Polizeipatrouille bei ihrer Runde durch die Vorstadt zu begegnen. Schließlich erreichten wir die Umfassungsmauer des Friedhofes, die wir kletternd überwanden. Mit einigen Schwierigkeiten – immerhin war es sehr dunkel, und die ganze Umgebung kam uns so fremd vor – fanden wir die Gruft der Familie Westenra. Der Professor nahm den Schlüssel, öffnete die quietschende Tür, trat einen Schritt zurück und forderte mich höflich, aber sicher unbewußt auf, voranzugehen. In seiner Aufforderung lag eine geradezu delikate Ironie, in der Höflichkeit, mir den Vortritt selbst bei einer so unheimlichen Gelegenheit zu lassen. Mein Begleiter folgte mir schnell und zog vorsichtig die Tür hinter uns zu, nachdem er sich zuvor vergewissert hatte, daß die Tür nicht etwa einen Schnappverschluß hatte, der sich von innen vielleicht nicht mehr öffnen ließ. Wir hätten in diesem Fall in große Schwierigkeiten kommen können. Dann kramte er in seiner Tasche und förderte neben einem Döschen Streichhölzer noch eine Kerze zutage und machte Licht. Die Grabstätte hatte schon bei Tageslicht und im vollen Blumenschmuck bedrohlich genug gewirkt; aber jetzt, einige Tage später, wo die Blumen schon die Köpfe hatten hängen lassen und das Weiß der Blüten zu einem Rosarot und das Grün der Blätter zu welkem Grau geworden war, wo die Spinnen und Kakerlaken ihr Reich wieder in Besitz genommen hatten, wo von der Zeit ausgebleichtes Gestein und Mörtel neben rostigem Eisen, fleckigem Messing und angelaufenem Silber den Schein der Kerze reflektierte, war der Eindruck niederdrückender und unheimlicher, als man sich vorstellen kann. Der Gedanke war geradezu unabweisbar, daß das Leben – das rein physische Leben, das auch jedem Tier eigen ist – nicht das einzige ist, das Opfer der Vergänglichkeit wird.

Van Helsing fuhr systematisch mit seiner Arbeit fort. Er hielt die Kerze hoch, daß ihr Wachs in dicken Klecksen auf die Namensschilder der Särge hinuntertropfte, wo es sogleich erhärtete, bis er Lucys Sarg gefunden hatte. Dann kramte er wieder in seiner Tasche und holte einen Schraubenzieher hervor.

»Was haben Sie vor?« fragte ich.

»Ich will den Sarg öffnen. Dann sollen Sie sich selbst überzeugen.« Ohne weitere Umschweife machte er sich daran, die Schrauben herauszudrehen, und schließlich hob er den Sargdeckel an, so daß der Bleieinsatz darunter sichtbar wurde. Der Anblick war fast zuviel für mich. Mir schien das alles wie ein Affront gegen den Tod, fast so, als zöge er der Lebenden im Schlaf die Kleider aus; ich hielt schließlich seine Hand fest, um ihn zu stoppen. Aber er sagte nur: »Sie werden schon sehen.« Wieder hantierte er in seiner Tasche, und diesmal holte er eine kleine Laubsäge hervor. Mit einem kräftigen Schlag trieb er den Schraubenzieher durch das Blei, daß ich ein Stöhnen einfach nicht unterdrücken konnte. Er bohrte ein Loch, das gerade so groß war, um die Laubsäge ansetzen zu können. Ich hatte erwartet, daß uns durch das Loch ein Strom von Gasen aus der eine Woche alten Leiche entgegenströmen würde. Wir Ärzte, die wir gelernt haben, mit den Gefahren unseres Berufes umzugehen, sind mit solchen Dingen an sich vertraut, und trotzdem hatte ich mich bis an die Tür der Grabkammer zurückgezogen. Der Professor jedoch unterbrach seine Arbeit nicht einen Augenblick; er sägte das Blei an einer Seite des Sarges mehrere Fuß weit auf, brachte dann einen Schnitt quer zum ersten an und führte die Säge auf der anderen Seite des Sarges wieder zurück. Dann packte er den Rand des so entstandenen Ausschnitts und bog ihn gegen das Fußende des Sarges zurück, um dann die Kerze in die Höhe zu halten und mich aufzufordern, näherzutreten und selbst zu schauen.

Ich trat an den Sarg heran und warf einen Blick hinein. Er war leer.

Das war natürlich eine Überraschung für mich und versetzte mir einen nicht geringen Schock, doch Van Helsing blieb unbewegt. Er war sich seiner Sache jetzt sicherer denn je und fühlte sich darin bestärkt, sein Vorhaben zu Ende zu bringen. »Sind Sie jetzt überzeugt, Freund John?« fragte er.

Ich spürte den ganzen bockbeinigen Hang zum Argumentieren in mir erwachen, als ich erwiderte:

»Ich bin davon überzeugt, daß Lucys Leiche nicht in diesem Sarg liegt; aber das beweist nur eines.«

»Und was sollte das sein, Freund John?«

»Daß sie nicht da ist.«

»Eine zwingende Logik«, erwiderte er. »Aber wie erklären Sie – wie können Sie erklären –, daß sie nicht da ist?«

»Vielleicht war ein Leichenschänder oder ein Grabräuber am Werk«, mutmaßte ich. »Der eine oder andere vom Bestattungsunternehmen könnte die Leiche gestohlen haben.« Ich spürte, daß ich Unsinn redete, aber das war die einzige Erklärung, die ich hatte.

Der Professor seufzte. »Na schön!« sagte er. »Wir brauchen also weitere Beweise. Dann kommen Sie mal mit.«

Er legte den Sargdeckel wieder auf, sammelte seine Siebensachen zusammen, verstaute sie in seiner Tasche, blies das Licht aus und steckte die Kerze ebenfalls in die Tasche zurück. Wir öffneten die Tür und gingen wieder hinaus. Er schloß hinter uns ab. Dann übergab er mir den Schlüssel und sagte: »Wollen Sie ihn an sich nehmen? Es würde Ihnen ein Gefühl von Sicherheit vermitteln.« Ich lachte – aber es war kein freudiges Lachen, wie ich gern zugebe – und drängte ihn, den Schlüssel zu behalten. »Ein Schlüssel besagt gar nichts«, sagte ich. »Es könnte Duplikate davon geben, und außerdem ist es nicht schwer, Schlösser dieser Bauart aufzubrechen.« Er sagte nichts, sondern steckte den Schlüssel in die Tasche. Dann forderte er mich auf, auf der einen Seite des Friedhofes Wache zu halten, während er Posten auf der anderen beziehen werde. Ich richtete mich hinter einer Eibe ein und sah zu, wie seine dunkle Gestalt sich entfernte, bis sie hinter Grabsteinen und Bäumen meinen Blicken entzogen war.

Es war eine einsame Wache. Schon nach kurzer Zeit hörte ich in einiger Entfernung eine Uhr zwölfmal schlagen, und dann eins und später zwei. Mir war kalt, und ich wurde immer nervöser und wütend auf den Professor, weil er mich zu einem solchen Irrsinns-Unternehmen mitgenommen hatte, und auf mich selbst, daß ich mit ihm gegangen war. Ich fror viel zu sehr und war viel zu müde, um ein guter Beobachter zu sein, aber ich war nicht müde genug, um mir selbst etwas vorzumachen; und so verbrachte ich alles in allem hinter meinem Baum eine trostlose, schreckliche Nacht.

Plötzlich, als ich mich einmal ein wenig umwandte, sah ich etwas wie einen weißen Streifen, der sich zwischen zwei dunklen Eiben auf der dem Grab am entferntesten liegenden Ecke des Friedhofes bewegte; zur selben Zeit bewegte sich auf der Seite des Professors eine dunkle Gestalt sehr schnell auf die erste zu. Ich schlich mich ebenfalls näher, aber ich mußte um Grabsteine und eingezäunte Gräber herum und stolperte etliche Male über irgendwelche Gräber. Der Himmel war bewölkt, und irgendwo in der Ferne krähte ein Hahn. Ein Stück weiter entfernt, hinter einer aufgelockerten Reihe von Wacholderbäumen, die den Weg zur Friedhofskapelle markierten, huschte eine weiße, nur undeutlich zu erkennende Gestalt in Richtung der Grabstätte. Diese selbst war meinen Blicken hinter Bäumen entzogen, und so konnte ich nicht genau erkennen, wohin die Gestalt entschwand. Dann hörte ich das Rascheln einer realen Bewegung aus der Richtung, in der ich die weiße Gestalt zuerst gesehen hatte, und als ich dort anlangte, fand ich den Professor, der in seinen Armen ein kleines Kind hielt. Als er mich erblickte, hielt er es mir entgegen und fragte:

»Sind Sie jetzt zufrieden?«

»Nein«, erwiderte ich in einer Weise, die ich sogar selbst als aggressiv empfand.

»Sehen Sie denn das Kind nicht?«

»Ja, es ist ein Kind, aber wer hat es hergebracht? Und ist es verwundet?« fragte ich.

»Wir werden sehen«, sagte der Professor. Wie auf Verabredung nahmen wir gleichzeitig den Weg vom Friedhof weg, und der Professor trug das schlafende Kind auf seinen Armen.

Als wir ein Stück weit weg waren, suchten wir den Schutz einer Baumgruppe auf, rissen ein Streichholz an und untersuchten die Kehle des Kindes. Sie war ohne Kratzer oder Wunde irgendeiner Art.

»Na, hatte ich recht?« fragte ich triumphierend.

»Wir sind noch mal rechtzeitig gekommen«, erwiderte der Professor dankbar.

Wir mußten uns jetzt darüber klar werden, was wir mit dem Kind anfangen wollten, und berieten über diese Frage.

Wenn wir es zu einer Polizeistation brachten, würden wir auch eine Erklärung für unseren nächtlichen Ausflug geben müssen; zumindest würden wir erklären müssen, wie und wo wir das Kind gefunden hatten. So entschieden wir uns schließlich, es zur Heide zurückzubringen, und sobald wir einen Polizisten in der Nähe hörten, wollten wir es so liegenlassen, daß dieser es unmöglich übersehen konnte; danach wollten wir dann versuchen, so schnell wie möglich nach Hause zurückzukommen. Alles ging wie geplant vonstatten. Am Rand der Hampstead-Heide vernahmen wir den schweren Schritt eines Polizisten. Wir legten das Kind direkt auf den Weg und versteckten uns ganz in der Nähe, wo wir dann sehen konnten, wie er es mit dem Strahl seiner Taschenlampe anleuchtete, als er es gewahrte. Wir hörten noch seinen überraschten Ausruf, und dann gingen wir leise davon. Kurz darauf hatten wir das Glück, eine leere Droschke zu finden, die uns wieder in die Stadt brachte.

Ich kann nicht schlafen, daher mache ich diese Aufzeichnungen. Ich muß aber versuchen, wenigstens noch ein paar Stunden Schlaf zu finden, denn Van Helsing will mich zur Mittagszeit anrufen. Er besteht darauf, daß ich ihn auf einer weiteren Exkursion begleite.

27. September: – Es war schon zwei Uhr, als wir endlich eine Gelegenheit bekamen, unseren Plan in die Tat umzusetzen. Eine Beisetzung, die mittags stattfand, war vorüber, und die letzten Nachzügler unter den Trauergästen waren inzwischen auch gegangen, als wir, verborgen hinter einer Gruppe Erlen, zusahen, wie der Friedhofsgärtner das Tor hinter sich abschloß. Da wußten wir, daß wir nun bis zum nächsten Morgen freie Hand hatten und vor Entdeckung völlig sicher waren. Wieder spürte ich diese schreckliche Gewißheit, daß

Dinge wahr waren, die sich vorzustellen schier undenkbar schien; und mir war auch die Gefahr durch das Gesetz bewußt, der wir uns mit unserem frevelhaften Tun aussetzten. Zudem hielt ich das alles ohnehin für sinnlos. Verabscheuungswürdig, wie es war, einen bleiernen Sarg zu öffnen, um nachzusehen, ob eine vor gut einer Woche verstorbene Frau auch wirklich tot war, so war es der Gipfel aller Verrücktheit, das Grab noch einmal zu öffnen, wenn wir doch schon gesehen hatten, daß der Sarg leer war. Ich hob schicksalsergeben die Schultern und verharrte schweigend, denn Van Helsing hatte eine unwiderstehliche Art, auf dem einmal eingeschlagenen Weg voranzuschreiten. Er nahm den Schlüssel, öffnete die Gruft und forderte mich abermals höflich auf, voranzugehen. Der Ort war nicht ganz so gruselig wie noch in der vergangenen Nacht, dafür aber unbeschreiblich trostlos, als der Sonnenschein hineinflutete. Van Helsing ging zielstrebig auf Lucys Sarg zu, und ich folgte ihm wie sein Dackel. Er beugte sich vor und zog wieder den bleiernen Deckel zurück, und dann schossen mir Überraschung und Widerwillen durch alle Glieder.

Dort lag Lucy, scheinbar genauso, wie wir sie noch in der Nacht vor ihrer Beisetzung gesehen hatten. Sie war, wenn das überhaupt möglich war, noch schöner als damals, und ich konnte einfach nicht glauben, daß sie tot sein sollte. Die Lippen waren rot, nein, röter als vorher, und ihre Wangen schienen zu blühen.

»Ist das ein Taschenspielertrick?« fragte ich ihn.

»Sind Sie jetzt überzeugt?« fragte der Professor statt einer Antwort, und noch während er sprach, streckte er die Hand aus, mit einer Geste, die mich schaudern machte, zog er die toten Lippen zurück und zeigte mir die weißen Zähne.

»Sehen Sie«, fuhr er fort, »sehen Sie, sie sind eher noch schärfer als vorher. Hiermit und hiermit« – und dabei deutete er auf den oberen und den unteren Reißzahn auf einer Seite –

»wurden die kleinen Kinder gebissen. Glauben Sie es jetzt endlich, Freund John?«

In mir kroch einmal mehr der Drang zum Widerspruch empor. Ich *konnte* eine solch bestürzende Idee einfach nicht akzeptieren, wie er sie mir zu suggerieren versuchte, und deshalb sagte ich in dem verzweifelten Versuch, für den ich mich auch sogleich wieder schämte, das Unfaßbare zu erklären: »Sie könnte seit letzter Nacht wieder hierher zurückgebracht worden sein.«

»Wirklich? Und wer sollte das getan haben?«

»Ich weiß nicht. Irgend jemand muß es getan haben.«

»Sie ist doch schon seit einer Woche tot. Die meisten Leichen würden nach so langer Zeit anders aussehen.« Darauf wußte ich auch keine Antwort, und so schwieg ich lieber. Van Helsing schien mein Schweigen gar nicht zur Kenntnis zu nehmen; jedenfalls zeigte er weder Verdruß noch Triumph. Er schaute nur unverwandt in das Gesicht der toten Frau, hob ihr die Lider an, um ihre Augen zu sehen, und zog noch einmal die Lippen beiseite, um die Zähne zu untersuchen. Dann wandte er sich nach mir um und sagte:

»Das hier ist anders als alles, was bisher schon berichtet worden ist: Hier liegt eine Art zweites Leben vor, das vom normalen abweicht. Sie wurde von einem Vampir gebissen, als sie in einer Trance war und schlafwandelte – ah, Sie wundern sich; Sie wußten es bisher noch nicht, aber Sie werden es erfahren –, und in der Trance konnte er am leichtesten an sie heran und ihr das Blut aussaugen. Sie ist dann auch in einem Trancezustand gestorben, und in diesem Zustand ist sie auch eine Un-Tote. Das unterscheidet sie von allen anderen. Wenn normalerweise die Un-Toten zu Hause schlafen« – während er redete, gab er mit einer Geste in Richtung des Sarges zu verstehen, was seiner Meinung nach für eine Un-Tote ›zu Hause‹ sein mußte – »zeigt ihr Gesicht das an, was sie sind, aber dieses schöne Geschöpf kehrt dann, wenn sie gerade nicht un-tot ist, in die Gestalt einer normalen Toten zurück. Sehen Sie doch, auf ihrem Gesicht liegt keinerlei Ausdruck von Boshaftigkeit, und deshalb ist es besonders hart, daß ich sie im Schlaf töten muß.« Bei diesen Worten wollte mir das Blut in den Adern gefrieren, und mir dämmerte langsam, daß ich anfing, Van Helsings Theorien zu akzeptieren; doch wenn sie wirklich tot war, wo lag dann wohl das Grauen in der Vorstellung, sie zu töten? Er blickte zu mir auf und erkannte offenbar den Wandel in meinem Gesichtsausdruck, denn er sagte fast erfreut:

»Ah, Sie glauben mir also endlich?«

Ich erwiderte: »Setzen Sie mich nicht auf einmal allzusehr unter Druck. Ich bin ja bereit, alles zu akzeptieren. Und wie wollen Sie dieses blutige Werk vollbringen?«

»Ich werde ihr den Kopf abtrennen und ihr den Mund mit Knoblauch füllen, und dann werde ich einen Holzpflock durch ihren Körper treiben.« Mich schauderte bei der Vorstellung, den Körper der Frau, die ich einst geliebt hatte, derart zu verwüsten. Und doch war dieses Gefühl nicht so stark, wie ich es erwartet hatte. Nein, ich glaube, ich schauderte mehr wegen der Anwesenheit dieses Wesens, dieser Un-Toten, wie Van Helsing sie genannt hatte, und fing an, sie zu verabscheuen.

Ich wartete geraume Zeit darauf, daß Van Helsing endlich anfing, aber er stand wie in seinen Gedanken versunken da. Plötzlich schloß er seine Tasche wieder und sagte:

»Ich habe nachgedacht und mir überlegt, was jetzt am besten zu tun wäre. Könnte ich nur einfach meiner Eingebung folgen, würde ich noch in diesem Augenblick tun, was getan werden muß; aber da gibt es noch anderes zu bedenken, und das sind Dinge, die tausendmal mehr Schwierigkeiten mit sich bringen würden, als wir uns vorstellen können. Das ist ganz einfach. Bisher hat sie noch kein Leben genommen, obwohl das wohl nur eine Frage der Zeit ist; und jetzt handeln hieße, sie für immer ungefährlich zu machen. Doch dafür würden wir Arthur brauchen, und wie sollen wir ihm das alles begreiflich machen? Wenn Sie, der Sie die Wunden an Lucys Kehle und die an der Kehle des Kindes im Hospital gesehen haben, wenn also Sie, der Sie den Sarg in der letzten Nacht leer und jetzt mit der Frau darin gesehen haben, die acht Tage nach ihrem Tod keine weiteren Veränderungen aufwies, als daß sie noch schöner geworden war – wenn also Sie davon wissen und von der weißen Gestalt wissen, die letzte Nacht das Kind auf den Friedhof mitbrachte, und trotzdem den eigenen Sinnen nicht trauen, wie können wir dann erwarten, daß Arthur uns glaubt, der das alles ja gar nicht gesehen hat? Er zweifelte ja schon an mir, als ich ihn daran hinderte, sie zu küssen, als sie im Sterben lag. Ich weiß, er hat mir vergeben, weil er mich in einem Irrtum wähnte, als ich ihn daran hinderte, sich von ihr zu verabschieden; und er könnte vielleicht irrtümlicherweise denken, diese Frau sei lebendig begraben worden und daß unser schrecklichster Fehler war, sie am Ende auch noch ermordet zu haben. Dann wird er argumentieren, daß wir sie mit unseren Ideen umgebracht haben, weil wir uns geirrt hatten, und so würde er immer unglücklicher. Und doch könnte er nie ganz sicher sein, und das ist das Schlimmste bei der Sache. Und manchmal wird er vielleicht denken, die, die er geliebt hat, sei lebendig begraben worden, und das müßte seine Träume zu Alpträumen wandeln, in denen er sich vorstellen müßte, was sie gelitten haben muß; oder aber er wird denken, wir könnten vielleicht doch recht haben und daß seine geliebte Braut trotz allem eine Un-Tote war. Nein! Ich habe einmal mit ihm darüber gesprochen, und seither habe ich viel dazugelernt. Jetzt, wo ich weiß, daß alles wahr ist, weiß ich hunderttausendmal mehr, daß er zuerst durch die bitteren Wasser muß, bis er die süßen erreicht haben wird. Der arme Bursche wird eine Stunde erleben müssen, in der ihm selbst der Himmel schwarz erscheinen wird;

dann endlich können wir unser Werk fortsetzen und ihm Frieden schenken. Ich habe mich entschieden. Lassen Sie uns gehen. Sie kehren für die Nacht zurück in Ihre Anstalt und schauen dort nach dem Rechten. Was mich betrifft, so werde ich die Nacht hier auf diesem Friedhof auf meine Art verbringen. Morgen abend kommen Sie dann gegen zehn Uhr zu mir ins Berkeley-Hotel. Ich werde auch nach Arthur schicken und den fabelhaften jungen Mann aus Amerika, der ihr sein Blut gespendet hat, ebenfalls einladen. Später werden wir dann eine Aufgabe zu erledigen haben. Ich komme jetzt bis Piccadilly mit Ihnen, um zu Abend zu essen, aber bis zum Einbruch der Dunkelheit muß ich wieder hier sein.«

So schlossen wir das Grab wieder ab und gingen davon, überkletterten die Friedhofsmauer, was keine besonderen Schwierigkeiten machte, und fuhren zurück nach Piccadilly.

Notiz, hinterlegt von Van Helsing in seinem Handkoffer im Berkeley-Hotel, adressiert an John Seward, M. D.

(nicht übergeben worden)

27. September

Freund John,
ich schreibe Ihnen diese Zeilen für den Fall, daß mir irgend etwas zustoßen sollte. Ich gehe jetzt, um mich allein auf dem Friedhof auf die Lauer zu legen und dafür Sorge zu tragen, daß die Un-Tote, Miss Lucy, heute ihr Grab nicht verläßt, damit sie morgen um so gieriger sein möge. Zu diesem Zweck werde ich dort einige Dinge anbringen, die sie nicht mögen

wird – Knoblauch und ein Kruzifix zum Beispiel –, um so das Tor der Gruft zu versiegeln. Sie ist als Un-Tote noch sehr jung und wird sich abschrecken lassen. Außerdem soll das Arrangement auch nur verhindern, daß sie herauskommt; wenn sie den Wunsch nach Rückkehr verspürt, würde das überhaupt nichts nützen, die Un-Toten werden nämlich ausgesprochen verzweifelt, wenn man ihnen den Weg zu ihrer Ruhestatt verlegt, und nutzen dann selbst den geringsten Durchschlupf, um sie aufzusuchen, egal, wie eng er auch sein mag. Ich werde die ganze Nacht von Sonnenuntergang bis Sonnenaufgang in der Nähe bleiben, und wenn es irgend etwas in Erfahrung zu bringen gilt, werde ich es in Erfahrung bringen. Um Miss Lucy ängstige ich mich nicht, genausowenig, wie ich mich vor ihr fürchte; doch jener andere, dem sie es zu verdanken hat, daß sie zur Un-Toten geworden ist, hat jetzt die Macht, ihr Grab aufzusuchen und dort Schutz zu finden. Er ist gerissen, wie ich von Mr. Jonathan weiß, und das dokumentiert sich ja auch in der Art und Weise, wie er uns die ganze Zeit gefoppt hat, als wir um das Leben von Miss Lucy gekämpft und diesen Kampf schließlich verloren haben; die Un-Toten sind ohnehin in mancherlei Weise sehr mächtig. Er besitzt zudem die Kraft von zwanzig Männern; auch wir vier haben unsere Kraft Miss Lucy gegeben, und über diese gebietet jetzt er. Außerdem kann er auch einem Wolf gebieten und was weiß ich sonst noch alles. Heute nacht wird er, wenn er kommt, auf mich treffen; aber auf niemand anderen – bis es vielleicht zu spät ist. Es kann aber auch sein, daß er diesen Ort nicht besucht; sein Jagdrevier bietet mehr Abwechslung als der Kirchhof, auf dem die un-tote Frau schläft und ein alter Mann Wache hält.

Daher schreibe ich dies rein vorsorglich … Nehmen Sie die beigefügten Papiere, Harkers Tagebücher und alles andere, und lesen Sie sie, und dann suchen Sie diesen großen Un-Toten, trennen Sie seinen Kopf vom Rumpf und verbrennen

Sie sein Herz, oder treiben Sie einen hölzernen Pflock hindurch, auf daß die Welt Ruhe vor ihm habe.

Wenn sich alles so fügen solle, dann Lebewohl

VAN HELSING

Das Tagebuch des Dr. Seward

28. September: – Es ist herrlich, was eine gute Nachtruhe alles bewirken kann. Noch gestern war ich fast bereit, Van Helsings monströse Theorien zu akzeptieren, und jetzt scheinen sie sich überdeutlich als ein Schlag ins Gesicht des gesunden Menschenverstandes zu entpuppen. Ich habe aber nicht die geringsten Zweifel, daß er das alles selbst glaubt, und ich frage mich, ob sein Geist vielleicht irgendwie aus den Fugen geraten sein könnte. Natürlich muß es *irgendeine* rationale Erklärung für alle diese mysteriösen Dinge geben. Ist es vielleicht möglich, daß der Professor sie alle selbst in Szene gesetzt hat? Er ist so über alle Maßen klug, daß er, wenn er den Kopf verlöre, seine Absichten im Zusammenhang mit einer fixen Idee auf ausgesprochen wundersame Weise durchzusetzen imstande wäre. Ich bin ein Lump, so zu denken, denn das wäre wohl in der Tat ein ebenso großes Wunder, als wenn man auf einmal entdecken würde, daß Dr. Van Helsing verrückt wäre; und doch werde ich ihn auf jeden Fall sehr genau beobachten. Vielleicht bringe ich dann ein wenig Licht in das Mysterium.

29. September, morgens: – ...Gestern abend kamen kurz vor zehn Uhr Arthur und Quincey in Van Helsings Zimmer; er sagte uns allen bei dieser Gelegenheit, was er von uns erwartete, aber insbesondere wandte er sich an Arthur. Er begann damit, daß er sagte, er hoffe, wir kämen alle mit ihm, »denn«, so sagte er, »da gibt es eine heilige Pflicht zu erfüllen. Zweifellos waren Sie über meinen Brief erstaunt, oder?« Mit diesen letzten fragenden Worten wandte er sich unmittelbar an Lord Godalming.

»Das war ich in der Tat. Er hat mich sogar ziemlich aufgeregt. Es hat in der letzten Zeit so viel Verdruß rund um mein Haus gegeben, daß ich sehr gern auf weiteren verzichtet hätte. Aber ich war auch neugierig, was Sie denn meinten. Quincey und ich haben uns darüber unterhalten; aber je mehr wir darüber redeten, desto verwirrter wurden wir, bis ich nunmehr von mir sagen kann, daß ich mir zu bestimmten Dingen absolut keine Meinung mehr bilden kann.«

»Ich auch nicht«, sagte Quincey Morris lakonisch.

»Oh«, sagte der Professor, »dann sind Sie beide jedenfalls näher am Anfang als unser Freund John, der erst noch einen weiten Weg zurückgehen muß, bis er wenigstens so weit ist, daß er wieder beginnen könnte.«

Es war offenkundig, daß ihm meine neuerlichen Zweifel nicht verborgen geblieben waren, obwohl ich sie mit keinem einzigen Wort angesprochen hatte. Dann wandte er sich wieder den beiden anderen zu und sagte mit eindringlichem Ernst:

»Ich möchte Ihr Einverständnis haben, in dieser Nacht das tun zu dürfen, was ich für richtig und gut halte. Ich weiß, daß ich sehr viel erbitte; und wenn Sie erst wissen, was ich genau vorhabe, erst dann werden Sie wissen, um wie vieles ich Sie in Wirklichkeit ersuche. Darf ich Sie deshalb bitten, mir das erbetene Einverständnis blindlings auszusprechen, so daß Sie sich später, auch wenn Sie mir vielleicht eine Weile böse sein werden – und ich kann diese Möglichkeit leider nicht ausschließen – keinerlei Vorwürfe irgendwelcher Art machen müssen.«

»Das ist jedenfalls ehrlich«, fiel Quincey ein. »Ich antworte im Sinne des Professors. Ich sehe zwar noch nicht, worauf er hinaus will, aber ich verbürge mich dafür, daß er ein Ehrenmann ist; und das reicht mir.«

»Ich danke Ihnen, Sir«, sagte Van Helsing nicht ohne Stolz. »Ich habe mir einmal die Ehre gegeben, Sie einen meiner vertrauensvollen Freunde zu nennen, und eine solche Benennung ist mir heilig.« Er streckte die Hand aus, in die Quincey bereitwillig einschlug.

Dann ergriff Arthur das Wort und sagte:

»Dr. Van Helsing, an sich liebe ich es überhaupt nicht, die Katze im Sack zu kaufen, wie das Sprichwort sagt, und wenn es sich auch noch um etwas handelt, das meine Ehre als Gentleman oder meinen christlichen Glauben berühren könnte, dann sehe ich mich außerstande, ein solches Versprechen abzugeben. Wenn Sie mir aber versprechen können, daß das, was Sie vorhaben, keinen der genannten beiden Bereiche verletzen wird, dann will ich Ihnen mein Einverständnis gern und auf der Stelle geben, auch wenn ich beim besten Willen nicht verstehe, worauf Sie hinauswollen.«

»Ich akzeptiere Ihre Einschränkung«, erwiderte Van Helsing, »und alles, worum ich Sie ersuche, ist folgendes: Bitte verdammen Sie nichts von dem, was ich tun werde, ohne es zuvor sehr sorgsam zu überdenken, auch und gerade unter dem Gesichtspunkt Ihrer Vorbehalte.«

»Einverstanden!« sagte Arthur. »Das ist nicht mehr als fair. Und jetzt, da wir die Vorrede hinter uns haben, darf ich Sie sicher auch fragen, was wir denn tun sollen.«

»Ich möchte Sie bitten, heimlich mit mir zum Friedhof von Kingstead zu kommen.«

Arthurs Gesicht verdüsterte sich, als er verwundert fragte: »Wo die arme Lucy beerdigt ist?«

Der Professor nickte, und Arthur fuhr fort: »Und wozu?«

»Um in die Grabstätte einzudringen!«

Arthur sprang auf. »Professor, sprechen Sie im Ernst, oder ist das etwa irgendein monströser Scherz? Verzeihung, ich sehe schon, Sie sprechen im Ernst.« Er setzte sich wieder, aber ich konnte deutlich sehen, wie er sich um einen unbeugsamen, stolzen Gesichtsausdruck bemühte wie jemand, der sich seiner Würde durchaus bewußt ist. Es herrschte Schweigen, bis er wieder sprach und fragte:

»Und was sollen wir in der Grabstätte tun?«

»Den Sarg öffnen.«

»Das ist zuviel!« sagte er und erhob sich wieder wütend. »Ich bin bereit, bei allem, was vernünftig ist, geduldig mitzumachen; aber bei dieser – dieser Schändung des Grabes – einer Frau, die ich ...« Er schüttelte sich geradezu vor Widerwillen. Der Professor sah ihn voller Mitleid an.

»Mein Freund, wenn ich Ihnen Ihre Qualen nehmen könnte«, sagte er, »Gott weiß, daß ich es tun würde. Doch in dieser Nacht müssen unsere Füße einen dornigen Pfad entlanggehen; oder später, dann aber für immer, müssen die Füße, die Sie so sehr lieben, einen Weg voller Flammen gehen!«

Arthur sah gefaßt, aber mit bleichem Gesicht, zu ihm auf.

»Nehmen Sie sich in acht, Sir«, sagte er, »nehmen Sie sich in acht!«

»Wäre es nicht gut, wenn Sie sich zuvor anhörten, was ich zu sagen habe?« sagte Van Helsing. »Erst dann werden Sie das ganze Ausmaß dessen ermessen können, was ich vorhabe. Soll ich also fortfahren?«

»Das wäre nicht mehr als fair«, fiel Morris ein.

Nach einer kurzen Pause fuhr Van Helsing, sichtlich um Selbstüberwindung bemüht, fort:

»Miss Lucy ist tot – oder etwa nicht? Ja! Dann kann ihr also keinerlei Widrigkeit mehr widerfahren. Wenn Sie aber nicht tot ist –«

Arthur sprang auf die Füße.

»Großer Gott!« rief er. »Was meinen Sie damit? Hat es da etwa einen Kunstfehler gegeben – ist sie gar lebendig beerdigt worden?« Er stöhnte vor Verzweiflung, der selbst Hoffnung nicht beikommen zu können schien.

»Ich habe nicht gesagt, daß sie lebt, mein Junge; das habe ich nicht einmal gedacht. Ich gehe nicht weiter als zu behaupten, sie könnte un-tot sein.«

»Un-tot! Nicht lebendig! Was meinen Sie? Ist das alles hier ein Alptraum oder was?«

»Es gibt Geheimnisse, die wir Menschen allenfalls erahnen, die wir von Generation zu Generation immer nur zu einem Teil entschlüsseln können. Und glauben Sie mir, wir sind der Lösung eines dieser Geheimnisse jetzt sehr, sehr nahe gekommen. Doch noch bin ich nicht am Ziel. Darf ich den Kopf von Miss Lucy vom Rumpf trennen?«

»Himmel und Hölle – nein!« schrie Arthur wie in einem Sturm der Leidenschaften. »Nicht um alles in der Welt werde ich zustimmen, ihren toten Körper zu verstümmeln. Dr. Van Helsing, Sie verlangen zuviel von mir. Was habe ich Ihnen getan, daß Sie mich derart quälen? Was hat dieses arme, liebenswerte Mädchen Ihnen getan, daß Sie ihre Grabesruhe in dieser Weise schänden wollen? Spricht aus Ihnen etwa der Wahnsinn, oder bin ich vielleicht selbst wahnsinnig, daß ich mir das auch nur anhöre? Wagen Sie es nicht, weiter an eine solche Entweihung auch nur zu denken; ich werde meine Einwilligung zu gar nichts geben, das Sie vorhaben. Ich habe die Pflicht, ihr Grab vor Übergriffen zu schützen, und – bei Gott! – das werde ich auch tun!«

Van Helsing erhob sich aus seinem Sessel, in dem er die ganze Zeit gesessen hatte, und sagte ernst und voller Nachdruck:

»Werter Lord Godalming, auch ich habe einer Pflicht nachzukommen, einer Pflicht anderen gegenüber, einer Pflicht Ihnen gegenüber, einer Pflicht gegenüber der Toten; und – bei Gott – ich werde sie erfüllen! Alles, worum ich Sie bitte, ist, daß Sie mit mir kommen, daß Sie schauen und hören; und wenn ich dann dieselbe Bitte später noch einmal an Sie herantrage und Sie dann nicht noch begieriger darauf sind als ich, ihr zu entsprechen, dann – dann werde ich meine Pflicht tun – ganz gleich, worin ich sie auch erblicken mag. Danach halte ich mich dann, dem Wunsch Eurer Lordschaft folgend, zu Ihrer Verfügung, damit Sie mit mir abrechnen können, wo und wann immer Sie wollen.« Die Stimme versagte ihm ein wenig, und er mußte sich kurz unterbrechen, bevor er mit einem Unterton tiefen Bedauerns fortfahren konnte:

»Aber ich bitte Sie inständig, seien Sie nicht weiter zornig auf mich. In einem langen Leben voller Dinge, die zu tun oft genug nicht gerade angenehm für mich war und die mir mehr als einmal das Herz zerreißen wollten, hatte ich noch nie eine so schwerwiegende Entscheidung zu fällen wie jetzt. Glauben Sie mir, wenn einst für Sie die Zeit kommen sollte, Ihre Einstellung mir gegenüber zu revidieren, wird ein Blick von Ihnen genügen, diese ganze traurige Stunde wieder vergessen zu machen, denn ich würde tun, was menschenmöglich ist, Ihnen Kummer zu ersparen. Denken Sie doch einmal nach. Warum wohl sollte ich so viel Arbeit und so viel Leid auf mich nehmen? Ich bin aus meinem Land hierhin gekommen, um so viel Gutes zu tun, wie ich es nur vermag; als erstes wollte ich meinem Freund John zu Gefallen sein, und dann wollte ich der jungen Dame helfen, die ich gleichfalls liebengelernt hatte. Für sie – und ich schäme mich fast, so viel zu sagen, doch ich sage es voller Sympathie – für sie also habe ich hingegeben, was auch Sie gegeben haben: das Blut meiner Venen. Ich habe es hingegeben, ich, der ich nicht wie Sie ihr Geliebter war, sondern nur Freund und ihr Arzt. Ich habe ihr meine Tage und Nächte geopfert – vor ihrem Tod und nach ihrem Tod; und wenn mein Tod ihr heute noch nützen könnte, da sie eine tote Un-Tote ist, dann kann sie auch diesen bekommen.« Die letzten Worte sagte er voller ernsthaftem, liebevollem Stolz, der nicht ohne Eindruck auf Arthur blieb. Er nahm die Hand des alten Mannes und sagte mit gebrochener Stimme:

»Oh, es tut so weh, daran zu denken, und verstehen kann ich es noch immer nicht; aber zumindest will ich mit Ihnen gehen und abwarten.«

Kapitel Sechzehn

Das Tagebuch des Dr. Seward

(Fortsetzung)

Es war etwa ein Viertel vor zwölf, als wir über die niedrige Mauer kletterten und den Friedhof betraten. Die Nacht war dunkel, und nur gelegentlich stahl sich der Mond durch eine Lücke in den schweren Wolken, die der Wind über den Himmel trieb. Wir blieben alle dicht beieinander und folgten Dr. Van Helsing, der vor uns her ging und uns den Weg wies. Als wir uns der Grabstätte näherten, behielt ich Arthur unentwegt im Auge, denn ich fürchtete, er könne in der unmittelbaren Nähe dieses Ortes, der so viel Trauer und Leid für ihn bedeutete, vielleicht doch noch die Beherrschung verlieren; doch er hatte sich gut in der Gewalt. Ich nahm an, daß das Mysteriöse unseres Vorgehens irgendwie seinem Schmerz entgegenwirkte. Der Professor schloß die Tür auf, und als er dann sah, daß wir alle aus den unterschiedlichsten Gründen zögerten, auch nur einen Schritt näher heranzukommen, löste er die Anspannung ganz einfach dadurch, daß er uns voranging. Wir anderen folgten ihm dann auch nach, und er schloß die Tür hinter uns. Dann zündete er die mitgebrachte Laterne an und deutete auf den Sarg. Arthur trat zögernd näher, während Van Helsing zu mir sagte:

»Sie waren gestern mit mir zusammen hier. War der Leichnam von Miss Lucy in diesem Sarg?«

»Er war es.« Der Professor wandte sich den anderen zu und sagte:

»Sie hören es; und doch ist hier einer unter uns, der nicht glaubt, was ich glaube.« Er nahm den Schraubenzieher und schraubte den Deckel des Sarges ab. Arthur sah ihm mit bleichem Gesicht zu, aber ohne ein Wort zu sagen; als der Deckel entfernt war, trat er näher. Er wußte ganz offensichtlich nicht, daß es noch einen inneren Sarg aus Blei gab, oder er hatte jedenfalls nicht daran gedacht. Als er den Schnitt in der Bleihülle sah, schoß ihm einen Augenblick lang das Blut ins Gesicht, verschwand aber genauso schnell wieder, so daß die alte Blässe erneut zum Vorschein kam; er sagte kein Wort. Van Helsing bog jetzt die Bleiplatte zurück – wir alle blickten hinein ... und spürten eisige Kälte.

Der Sarg war leer!

Minutenlang sagte keiner ein Wort. Quincey Morris war es schließlich, der das Schweigen brach.

»Professor, ich habe vorhin für Sie und Ihr Vorhaben gestimmt. Ich will ja nur Ihr Wort. Unter normalen Umständen würde ich Sie so etwas auch gar nicht fragen – ich würde Ihre Ehre nicht dadurch in Frage stellen, daß ich Zweifel äußern würde; doch das hier ist ein Mysterium, das über die Frage von Ehre oder Unehre weit hinausgeht. Ist das etwa Ihr Werk?«

»Ich schwöre Ihnen bei allem, was mir heilig ist, daß ich sie nicht entfernt, ja sie nicht einmal angerührt habe. Was geschehen ist, ist folgendes: Vor zwei Nächten sind mein Freund Seward und ich hierhin gekommen – aus gutem Grund, glauben Sie mir. Ich öffnete den Sarg, der zu diesem Zeitpunkt noch versiegelt war, und wir entdeckten, daß er – genau wie jetzt auch – leer war. Wir warteten dann und sahen schließlich etwas Weißes durch die Bäume kommen. Am nächsten Tag kamen wir bei Tageslicht wieder, und sie lag hier drin. War es nicht so, Freund John?«

»Ja.«

»In jener Nacht sind wir noch gerade rechtzeitig gekommen. Es wurde wieder ein kleines Kind vermißt, und das fanden wir, Gott sei Dank, irgendwo unversehrt zwischen den Gräbern. Gestern kam ich vor Sonnenuntergang hierhin, weil die Un-Toten mit Beginn des Sonnenuntergangs aktiv werden können. Ich habe hier die ganze Nacht gewartet, bis die Sonne wieder aufgegangen ist, konnte aber nichts feststellen. Der Grund war aller Wahrscheinlichkeit nach, daß ich den ganzen Türrahmen voller Knoblauch gehängt hatte, eine Pflanze, die die Un-Toten nicht vertragen können, und noch verschiedenes andere, das sie vertreibt. Vergangene Nacht hat also kein Exodus stattgefunden, und deshalb habe ich noch vor Sonnenuntergang den Knoblauch und alles andere wieder entfernt. Ja, und nun haben wir den Sarg wieder verlassen vorgefunden. Aber harren Sie weiter mit mir aus. Bisher ist schon einiges vorgefallen, was seltsam ist. Warten Sie jetzt ungesehen und ungehört mit mir draußen, und Sie werden Zeugen noch seltsamerer Vorgänge werden. So« – und nun löschte er seine Lampe wieder – »und nun hinaus.« Er öffnete die Tür, und wir schlüpften ins Freie. Er kam als letzter heraus und schloß hinter sich die Tür.

Oh – wie frisch und wie rein erschien uns die Nachtluft nach dem Grauen in dieser Gruft. Wie süß war es, die Wolken über den Himmel jagen und das Aufleuchten des Mondes zu sehen, wann immer sich die kleinste Lücke in den Wolkenbergen auftat – ein Wechsel von Licht und Schatten, vergleichbar dem Glück und der Trauer im Leben eines Menschen; wie süß war es, die frische Luft zu atmen, der kein Hauch von Tod und Verderbnis anhaftete; wie erlösend, das rötliche Licht des Himmels jenseits des Hügels zu sehen und weit in der Ferne das dumpfe Brausen der Stadt zu vernehmen. Einem jeden von uns war auf seine Weise feierlich und überwältigend zumute. Arthur verharrte schweigend, und ich konnte sehen, wie er darum kämpfte, den Grund und das innerste Wesen dieses Mysteriums zu ergründen. Ich selbst war insoweit einigermaßen geduldig und schon wieder halbwegs bereit, alle Zweifel beiseite zu schieben und Van Helsings Ideen zu akzeptieren. Quincey Morris gab sich phlegmatisch nach Art eines Mannes, der alles akzeptiert. Er war noch nicht wieder in der Lage zu rauchen, und deshalb schnitt er sich ein gutes Stück Tabak ab und schob es sich in den Mund, um es zu kauen.

Doch um auf Van Helsing zurückzukommen: Dieser war mit etwas ganz anderem beschäftigt. Zunächst entnahm er seiner Tasche eine weiße Masse in der Form eines flachen weißen Kekses, fast wie eine Waffel, die sehr sorgsam in ein weißes Tuch eingeschlagen gewesen war; als nächstes holte er zwei Hände voll einer weißlichen Masse wie Teig oder Kitt hervor. Er zerkrümelte das weiße Plättchen, arbeitete die Krümel dann in die weiße Masse ein und knetete das Ganze anschließend mit beiden Händen kräftig durch. Danach rollte er diese Mischung zu feinen, langen Streifen aus und fing an, sie in die Ritzen zwischen der Tür und ihrem Rahmen zu drücken. Ich war einigermaßen überrascht über sein Tun und fragte ihn, was er damit bezwecke. Arthur und Quincey kamen ebenfalls näher, denn auch sie waren neugierig geworden. Er erwiderte auf meine Frage:

»Ich verschließe das Grab, so daß die Un-Tote nicht hinein kann.«

»Und das kann dieses Zeug, das Sie dort hineingedrückt haben, bewirken?« fragte Quincey. »Du meine Güte! Ist das ein Spiel?«

»Jawohl.«

»Was ist das denn, was Sie da benutzen?« Diesmal hatte

sich Arthur zu Wort gemeldet. Van Helsing zog ehrerbietig den Hut, bevor er erwiderte:

»Die Hostie. Ich habe sie aus Amsterdam mitgebracht. Ich habe kirchlichen Dispens dafür bekommen.« Dies war eine Antwort, die auch den Skeptischsten unter uns entsetzte, und ein jeder von uns spürte, daß im Angesicht eines derart ernsten Vorhabens wie dem des Professors, bei dem er sogar das einsetzte, was ihm das Heiligste sein mußte, jedes Mißtrauen unmöglich sein mußte. In respektvollem Schweigen nahmen wir die uns zugewiesenen Plätze rings um die Grabstätte ein, die so ausgewählt waren, daß wir von niemandem gesehen werden konnten, der sich der Gruft nähern würde. Mir taten die anderen leid, vor allem Arthur. Ich hatte mich anläßlich meiner früheren Besuche hier schon daran gewöhnt, puren Horror zu Gesicht zu bekommen; und doch sank selbst mir das Herz, obwohl ich noch eine Stunde zuvor die Beweise nicht hatte anerkennen wollen. Noch nie haben Gräber so geisterhaft weiß ausgesehen; nie waren Zypressen, Eiben und Wacholderbäume so sehr zur Inkarnation der Düsternis des Todes geworden; nie haben Gras und Blätter so geheimnisvoll geraschelt; nie hat Geäst so unheimlich geknackt; und nie hat das weit entfernte Heulen von Hunden solch schauerliche Vorahnungen durch die Nacht gesandt.

Lange, sehr lange herrschte Schweigen, eine große, lastende Stille, und dann ganz plötzlich das ›Ssssttt‹ des Professors. Er deutete mit dem Finger, wohin wir unsere Aufmerksamkeit richten sollten; und weit hinten auf dem von Eiben eingefaßten Hauptweg sahen wir eine weiße Gestalt sich nähern – eine undeutliche, weiße Figur, die etwas Dunkles an die Brust gedrückt hielt. Die Gestalt verharrte, und genau in diesem Moment stahl sich ein Strahl Mondlicht durch die treibenden Wolkenmassen und enthüllte in geradezu erschreckender Deutlichkeit eine dunkelhaarige Frauengestalt, die in ein Totenhemd gekleidet war. Das

Gesicht konnten wir nicht sehen, denn das beugte sich gerade über das, was wir als ein blondhaariges Kind erkannten. Einen Augenblick lang passierte überhaupt nichts, doch dann erklang ein kurzer, scharfer Schrei, wie ihn manchmal ein Kind im Schlaf ausstößt oder ein Hund, der vor dem Kaminfeuer liegt und träumt. Wir wollten sofort losrennen, doch dann sahen wir die warnend erhobene Hand des Professors, der hinter einer Eibe stand, und zogen uns wieder zurück; als wir dann hinüberblickten, konnten wir sehen, daß die weiße Gestalt sich uns wieder näherte. Sie war jetzt nahe genug, um sie deutlich erkennen zu können, und der Mond schien noch immer. Mein Herz wurde kalt wie Eis, und ich konnte Arthur stöhnen hören, als er Lucy Westenra erkannte – doch wie hatte sie sich verändert! Die zarte Lieblichkeit war zu diamantharter, herzloser Grausamkeit geworden und ihre Reinheit zu wollüstigem Begehren. Van Helsing trat aus seiner Deckung, und auf sein Zeichen hin folgten wir anderen ihm nach; zu viert stellten wir uns in einer Linie vor dem Tor zur Gruft auf. Van Helsing hob seine Lampe hoch und öffnete den Schieber; im gebündelten Licht, das jetzt auf Lucys Gesicht fiel, konnten wir sehen, daß ihre Lippen mit frischem Blut besudelt waren und daß bereits ein Rinnsal über ihr Kinn gelaufen war und auch schon einige Tropfen auf das Totenhemd aus Leinen getropft waren.

Wir schauderten vor Entsetzen. Am Zittern des Lichtes konnte ich ablesen, daß selbst Van Helsings eiserne Nerven versagen wollten. Arthur stand direkt neben mir, und hätte ich nicht seinen Arm gehalten, er wäre sicher zu Boden gesunken.

Als Lucy – ich nenne das Wesen vor uns einfach einmal Lucy, da es deren Aussehen hatte – uns erkannte, zog sie sich mit einem wütenden Knurren zurück, wie es eine Katze von sich gibt, wenn sie sich in die Ecke gedrängt fühlt; dann ließ sie ihre Blicke über uns hin wandern. Lucys Augen nach

Form und Farbe, aber Lucys Augen trübe und voller Höllenfeuer statt der strahlenden, freundlich dreinblickenden Augen, die wir kannten. In diesem Moment wurde das, was an Liebe für sie in mir noch wach war, zu purem Haß und bloßer Verachtung; hätte sie jetzt getötet werden müssen, ich hätte es mit geradezu animalischer Lust tun können. Während sie noch so schaute, leuchteten ihre Augen in einem unheiligen Feuer, und ihr Gesicht verzerrte sich zu einer wollüstigen Fratze. O Gott, wie machte es mich schaudern, das mit ansehen zu müssen! Mit einer achtlosen Geste warf sie, gefühllos wie ein Teufel, das Kind zu Boden, das sie bisher besitzergreifend an ihre Brust gedrückt und über das sie sich knurrend wie ein Hund gebeugt hatte, der einen Knochen verteidigt. Das Kind schrie schmerzerfüllt auf und blieb wimmernd liegen. Der ganze Akt war von einer Kaltblütigkeit, daß es Arthur ein Stöhnen entlockte; und als sie dann auch noch mit ausgestreckten Armen und einem verlangendem Lächeln auf ihn zukam, wich er zurück und verbarg das Gesicht in den Händen.

Sie aber ging unbeirrt weiter, und mit lockendem, wollüstigem Unterton in der Stimme sagte sie zu ihm:

»Komm zu mir, Arthur. Kümmere dich nicht um die anderen und komm zu mir. Meine Arme hungern nach dir. Komm und laß uns gemeinsam das Ruhelager aufsuchen. Komm, mein Gemahl, komm!«

In ihrer Stimme lag eine diabolische Süße, fast wie das Klingen der Gläser in fröhlicher Runde, das uns allen durch die Gehirnwindungen drang, wiewohl es doch einem anderen galt. Was Arthur angeht, so schien er wie unter einem dämonischen Einfluß zu stehen; er nahm die Hände vom Gesicht und breitete weit die Arme aus. Sie wollte sich schon auf ihn stürzen, als der Professor zwischen die beiden sprang und ihr sein goldenes Kruzifix entgegenhielt. Sie schreckte davor zurück, und mit verzerrtem Gesicht, aus dem pure

Rage sprach, jagte sie an ihm vorbei, als wolle sie in der Gruft verschwinden.

Doch einen oder zwei Fuß vor dem Tor blieb sie plötzlich stehen wie von einer unsichtbaren, unwiderstehlichen Macht an ihren Platz gebannt. Dann wandte sich sich um, und ihr Gesicht war im hellen Mondlicht und im Widerschein der Lampe in Van Helsings Hand, die jetzt dank seiner eisernen Nerven nicht mehr zitterte, deutlich zu erkennen. Noch nie habe ich ein solches Ausmaß an Boshaftigkeit auf einem Gesicht gesehen; und niemals, so hoffe ich, wird solches je wieder von eines Sterblichen Auge erblickt. Auf ihren Zügen spiegelte sich teuflische Wildheit, und ihre Augen schienen das Höllenfeuer selbst auszuspeien, die Brauen krümmten sich, bis die Falten, die sie bildeten, aussahen wie die Schlangen der Medusa, und der liebliche, blutbefleckte Mund wurde zu einem offenen Viereck wie bei den Drachenmasken der Griechen und der Japaner. Wenn je auf einem Gesicht der Tod gestanden hat – wenn Blicke töten könnten –, in diesen Augenblicken hätten wir es gesehen.

So blieb sie wohl eine halbe Minute, die sich uns zur Ewigkeit zu dehnen schien, zwischen dem hoch erhobenen Kruzifix und dem geheiligten Verschluß ihres ersehnten Refugiums stehen. Van Helsing brach das Schweigen, indem er Arthur fragte:

»Antworten Sie mir wie ein Freund! Darf ich mein Werk fortsetzen?«

Arthur warf sich auf die Knie und barg das Gesicht in den Händen, als er erwiderte:

»Tun Sie, was immer Sie wollen, mein Freund, tun Sie, was Sie wollen. Es kann keinen schlimmeren Schrecken mehr geben als diesen hier!« Und dazu stöhnte er in höchster Pein. Quincey und ich gingen gleichzeitig auf ihn zu und nahmen ihn bei den Armen. Wir konnten das Klicken hören, mit dem Van Helsing die Laterne wieder verschloß, um sie abzusetzen;

dann trat er ganz nahe an die Gruft heran und begann, einiges von dem heiligen Emblem wieder von den Angeln der Tür zu entfernen, das er zuvor dort angebracht hatte. Kaum war er danach einen Schritt zurückgetreten, konnten wir in namenlosem Schrecken zusehen, wie die Frau mit ihrem Körper, der so real war wie die unsrigen, durch eine Ritze nicht breiter als ein Messerrücken im Inneren der Gruft verschwand. Uns alle überkam ein glückliches Gefühl der Erleichterung, als wir sahen, wie der Professor den vorherigen Zustand wiederherstellte und die Ritze neu versiegelte.

Als er damit fertig war, hob er das Kind auf und sagte:

»Kommen Sie jetzt, meine Freunde, bis morgen können wir nichts mehr tun. Um die Mittagszeit findet eine Beerdigung statt. Gleich danach sollten wir uns alle wieder hier versammeln. Die Freunde des Verstorbenen werden gegen zwei Uhr alle wieder fort sein, und wenn dann der Friedhofswärter das Tor abschließt, werden wir bleiben. Dann wird wieder etwas zu tun sein, aber etwas anderes als heute nacht. Was diesen kleinen Wurm hier angeht, ihm ist nicht viel passiert, und bis morgen abend wird er wieder in Ordnung sein. Wir lassen das Kind irgendwo zurück, wo es die Polizei auf jeden Fall findet, genau wie wir es in jener anderen Nacht getan haben, und dann gehen wir heim.« Er trat ganz nahe an Arthur heran und fuhr fort:

»Mein Freund Arthur, Sie haben einen bitteren Kummer durchlitten; doch später einmal, wenn Sie zurückblicken werden, werden Sie einsehen, wie notwendig er war. Jetzt befinden Sie sich in den bitteren Wassern, mein Sohn. Zur selben Zeit werden Sie morgen, wenn es Gott gefällt, sie durchquert und bereits von den süßen Wassern getrunken haben; trauern Sie also nicht über Gebühr. Bis dahin aber werde ich Sie nicht um Verzeihung bitten.«

Arthur und Quincey kamen mit zu mir nach Hause, und unterwegs versuchten wir, uns gegenseitig ein wenig aufzuheitern. Das Kind hatten wir in Sicherheit gebracht, und wir waren rechtschaffen müde; so schliefen wir alle mehr oder weniger gut.

29. September, nachts. – Kurz vor zwölf Uhr mittags holten wir drei – Arthur, Quincey Morris und ich – den Professor ab. Es war recht merkwürdig, daß wir alle wie auf Verabredung schwarze Kleidung angelegt hatten. Bei Arthur war es selbstverständlich, daß er in Schwarz ging, denn er war ja in tiefer Trauer, doch wir anderen hatten rein instinktiv diese Farbe gewählt. Gegen halb eins kamen wir auf dem Friedhof an, wo wir umherstreiften und darauf achteten, von keinem Angestellten der Friedhofsverwaltung gesehen zu werden. Als dann die Totengräber ihr Werk vollendet und der Friedhofswärter in dem Glauben, daß alle gegangen seien, das Tor verschlossen hatte, gehörte uns das Gelände ganz allein. Van Helsing hatte statt der kleinen schwarzen Tasche heute eine größere aus Leder bei sich, die ein wenig einer Cricket-Tasche ähnelte und die offenbar schwer bepackt war.

Als wir allein waren und auch die letzten Schritte draußen auf der Straße hatten verklingen hören, folgten wir dem Professor schweigend und wie auf ein geheimes Kommando zur Grabkammer. Er öffnete, wir traten ein und schlossen hinter uns wieder ab. Danach nahm er noch zwei Wachskerzen, die er, nachdem er sie ebenfalls angezündet hatte, mit ihrem eigenen heruntertropfenden Wachs auf anderen Särgen befestigte, damit sie ihm das nötige Licht für seine Arbeit spendeten. Als er den Deckel von Lucys Sarg wieder abgehoben hatte, schauten wir alle – Arthur zitternd wie Espenlaub – hinein und sahen den Leichnam dort in all seiner Todes-Schönheit liegen. Doch in meinem eigenen Herzen war nichts mehr wie Liebe, ich fühlte im Gegenteil weiter nichts als Verachtung für das ekelerregende Ding, das Lucys Körper okkupiert hatte, ohne auch ihre Seele zu besitzen. Ich sah, daß selbst Arthurs Gesichtszüge wie versteinert waren, als er darauf hinunterblickte. Plötzlich wandte er sich an Van Helsing und sagte:

»Ist das wirklich Lucys Körper oder nur ein Dämon, der ihre Gestalt angenommen hat?«

»Es ist ihr Körper, und er ist es auch wieder nicht. Doch warten Sie noch eine Weile, dann werden Sie sie sehen, wie sie war und ist.«

Sie schien wie ein alptraumhaftes Zerrbild Lucys, wie sie da lag; die übergroßen Zähne, der blutverschmierte, wollüstige Mund – bei dessen Anblick einen unwillkürlich Schaudern überkam –, die ganze Erscheinung vermittelte das Bild einer teuflischen Verkehrung von Lucys Reinheit in ihr genaues Gegenteil, in ein satanisches Schreckensbild. Van Helsing begann in gewohnt methodischer Manier, den Inhalt seiner Tasche auszupacken, um die einzelnen Gegenstände für ihren Einsatz bereit zu halten. Zunächst entnahm er ihr einen Lötkolben und etwas Lötzinn, dann eine kleine Öllampe, die, einmal in einer Ecke der Grabkammer entzündet, Gas erzeugte, das unter großer Hitzeentwicklung mit einer blauen Flamme verbrannte; dann seine Skalpelle, die er sich griffbereit hinlegte; zuletzt noch einen runden Holzpflock, etwa zweieinhalb oder drei Inches dick und mehr oder weniger drei Fuß lang. Das eine Ende war im Feuer angekohlt und anschließend sauber angespitzt worden. Zusammen mit diesem Stecken förderte er einen schweren Hammer zutage, wie man ihn in vielen Haushalten zum Zerkleinern der Kohle verwendet. Für mich sind Vorbereitungen jeglicher Art eines Arztes auf seine Arbeit immer anregend und interessant, aber sowohl Arthur wie auch Quincey wirkten beim Anblick dieser Gegenstände eher konsterniert. Doch bewahrten sie beide Haltung und verhielten sich weiterhin ruhig.

Als alles vorbereitet war, sagte Van Helsing:

»Bevor wir jetzt irgend etwas unternehmen, lassen Sie

mich Ihnen folgendes erklären, das der Überlieferung und der Erfahrung der Altvorderen und all jener entspricht, die die Kräfte der Un-Toten studiert haben. Wenn sie zu solchen werden, tritt gleichzeitig mit diesem Wandel auch Unsterblichkeit ein; sie können nicht sterben, sondern müssen durch alle Zeiten hindurch neue Opfer suchen und die Leiden dieser Welt vervielfachen, denn ein jeder, der als Opfer eines Un-Toten stirbt, wird selbst zum Un-Toten und sucht sich wieder neue Opfer. Und so geht es immer weiter, der Kreis wird größer und größer wie die Kreise, die ein ins Wasser geworfener Stein auf der Oberfläche hervorruft. Freund Arthur, hätten Sie den Kuß damals empfangen – Sie wissen, jenen, kurz bevor Lucy starb – oder auch gestern, als Sie ihr die Arme geöffnet haben, wären Sie später, nach Ihrem Tod, zum *Nosferatu* geworden, wie das im östlichen Europa heißt, und würden ständig weitere Un-Tote verursachen wie die, die uns so viel Schrecken gebracht hat. Die Karriere dieser unglücklichen jungen Frau hat gerade erst begonnen. Die Kinder, deren Blut sie bisher schon gesaugt hat, sind noch nicht ganz so unglücklich dran; wenn sie aber als Un-Tote weiterlebte, verlören diese mehr und mehr von ihrem Blut, und wegen der Macht, die sie über sie hat, kämen sie immer wieder zu ihr und sie würde ihnen das Blut mit diesem verfluchten Mund aussaugen. Doch wenn sie wirklich stirbt, ist alles vorüber; die winzigen Wunden an den Kehlen der Kinder werden verschwinden, und sie können zu ihren Spielen zurückkehren und werden nichts mehr von dem wissen, was einst passierte. Wenn diese Un-Tote endlich wirklich in Frieden ruhen kann, dann wird das erfreulichste Ergebnis aber sicher sein, daß die Seele der bedauernswerten Frau, die wir alle so sehr lieben, wieder frei würde. Statt nachts Angst und Schrecken zu verbreiten und bei Tag durch die ständig fortschreitende Verwandlung immer mehr zu verderben, wird sie ihren Platz unter den anderen Engeln einnehmen können. Für Sie, mein

Freund, wird es eine gesegnete Hand sein, die den befreienden Streich ausführt, der sie frei macht. Ich bin willens, dies zu tun; aber ist hier niemand unter uns, der dazu ein größeres Recht hätte? Müßte es nicht reine Wonne für ihn sein, später einmal in der Stille der Nacht, wenn der Schlaf nicht kommen will, sagen zu können: ›Es war meine Hand, die sie zu den Sternen gesandt hat; es war die Hand dessen, der sie am meisten geliebt hat; die Hand, die sie selbst unter allen anderen dafür ausgewählt hätte.‹? Sagt mir, ob sich ein solcher unter uns befindet.«

Wir alle blickten Arthur an. Er trat vor und sagte tapfer, obwohl seine Hand zitterte und sein Gesicht weiß wie Schnee war:

»Mein treuer Freund, aus den tiefsten Tiefen meines gebrochenen Herzens danke ich Ihnen. Sagen Sie mir, was ich zu tun habe, und ich werde nicht zögern!«

Van Helsing legte ihm eine Hand auf die Schulter. »Tapferer Bursche! Nur einen Augenblick Mut, und es ist vollbracht. Dieser Pfahl muß durch sie hindurchgetrieben werden. Es wird eine furchtbare Tortur werden – täuschen Sie sich darüber lieber nicht –, aber es wird nur ein kurzer Augenblick sein, doch danach wird Ihre Erleichterung größer sein, als es ihr Schmerz war; aus diesem traurigen Grab werden Sie aufsteigen, als schwebten Sie durch die Lüfte. Doch dürfen Sie nicht versagen, wenn Sie erst angefangen haben. Denken Sie nur einfach daran, daß wir, Ihre treuen Freunde, bei Ihnen sind und daß wir die ganze Zeit für Sie beten werden.«

»Vorwärts«, sagte Arthur mit heiserer Stimme. »Sagen Sie mir, was ich tun soll.«

»Nehmen Sie diesen Stecken in die linke Hand, und zwar so, daß die Spitze auf das Herz deutet, und den Hammer in die rechte. Wenn wir dann begonnen haben, für die Tote zu beten – ich werde die Rolle des Vorbeters übernehmen, ich habe das richtige Buch dafür hier, und die anderen werden mitbeten –, dann schlagen Sie im Namen Gottes zu, auf daß mit der Toten, die wir alle so sehr lieben, endlich alles in die rechten Bahnen kommt und die Un-Tote der Vergangenheit angehören möge.«

Arthur ergriff Pflock und Hammer, und nachdem er sich nun einmal entschlossen hatte, zitterten auch seine Hände nicht mehr. Van Helsing schlug das Missale auf und begann zu lesen, und Quincey und ich beteten mit, so gut wir es vermochten. Arthur setzte die Spitze über dem Herzen an, und als ich aufsah, konnte ich sehen, wie sie sich in das weiße Fleisch drückte. Dann schlug er mit aller Kraft zu.

Das *Etwas* in dem Sarg krümmte sich zusammen, und ein grauenhaftes Kreischen, das einem das Blut in den Adern gefrieren lassen wollte, drang über die geöffneten roten Lippen. Der Körper schüttelte sich und zitterte und wand sich in wilden Konvulsionen; die scharfen Zähne schlugen aufeinander, bis sie die Lippen durchbohrt hatten und der ganze Mund mit einem purpurroten Schaum bedeckt war. Doch Arthur wankte nicht. Er sah aus wie ein Standbild Thors, während sein Arm ohne Zittern und Beben auf und nieder fuhr und den heilbringenden Pflock tiefer und immer tiefer hineintrieb, während das Blut aus dem durchbohrten Herzen aufwallte und beiderseits des Pflocks hervorsprudelte. Sein Gesicht war wie aus Stein gemeißelt, und die hehre Pflichterfüllung schien es zu erleuchten; dieser Anblick gab uns anderen Mut, so daß unsere Stimmen wie Glockenschläge durch die Gruft hallten.

Und dann ließen das Zittern und Beben des Körpers langsam nach, die Zähne schlugen nicht mehr aufeinander, und in dem Gesicht zuckte es nicht mehr. Schließlich lag er regungslos da. Die schreckliche Aufgabe war erfüllt.

Der Hammer entglitt Arthurs Händen. Er schwankte und wäre ganz sicher zu Boden gefallen, hätten wir anderen ihn nicht aufgefangen. Auf seiner Stirn standen große Tropfen

Schweiß, und sein Atem ging stoßweise. Es war in der Tat eine furchtbare Anstrengung für ihn gewesen; und wäre er nicht aus mehr als nur rein menschlichen Erwägungen bereit gewesen, diese Aufgabe zu erfüllen, hätte er es wohl nie und nimmer durchgestanden. Minutenlang waren wir so sehr damit beschäftigt, uns um ihn zu bemühen, daß wir nicht mehr zum Sarg hinüberblickten. Als wir es dann taten, lief ein überraschtes Murmeln von einem zum anderen. Wir schauten so voll angespannter Ungeduld, daß Arthur sich vom Boden erhob, wo er bisher gesessen hatte, und zu uns kam, um zu sehen, was uns denn so aufregte; und dann erhellte ein glückliches, seltsames Leuchten seine Züge und vertrieb die Düsternis und das Entsetzen, das bisher auf ihnen gelegen hatte.

Dort in dem Sarg lag nicht länger mehr das grausige *Etwas*, das wir so sehr gefürchtet und so abgrundtief hassen gelernt hatten, daß seine Zerstörung zu einem Privileg für den geworden war, der am würdigsten schien, sie zu vollziehen, sondern Lucy, wie wir sie zu Lebzeiten gekannt hatten mit ihrem Gesicht von unvergleichlicher Anmut und Reinheit. Natürlich waren dort auch die Spuren von Krankheit, Pein und Auszehrung zu sehen, wie wir sie schon hatten kennenlernen müssen; doch diese waren uns teuer, denn sie machten Lucy überdeutlich wieder zu der, als die wir sie gekannt hatten. Einer wie der andere fühlten wir, daß die heilige Ruhe, die wie der Sonnenschein über dem ausgezehrten Gesicht und ihrer ganzen Erscheinung lag, weiter nichts war als ein irdisches Zeichen und Symbol für den Frieden, der sie nun für immer beherrschen würde.

Van Helsing kam näher, legte Arthur die Hand auf die Schulter und sagte:

»Und nun, Arthur, mein Freund und lieber Gefährte, haben Sie mir verziehen?«

Als Reaktion auf die schreckliche Anspannung, die hinter

ihm lag, ergriff Arthur die Hand des Professors, drückte sie und führte sie an die Lippen, wobei er sagte:

»Vergeben! Gott segne Sie, daß Sie meiner Liebsten ihre Seele und mir meinen Frieden zurückgegeben haben.« Er legte den Kopf an seine Schulter und weinte einige Minuten still vor sich hin, während wir anderen schweigend daneben standen. Als er schließlich wieder den Kopf hob, sagte Van Helsing zu ihm:

»Und nun, mein Junge, können Sie sie küssen. Küssen Sie ihre toten Lippen, wenn Sie mögen und wie sie es selbst gewollt hätte, wenn sie noch eine Wahl gehabt hätte. Denn jetzt ist sie kein grinsender Teufel mehr – nicht länger mehr für alle Ewigkeit ein verdorbenes *Etwas*. Sie ist nicht länger mehr des Teufels Un-Tote. Sie ist Gottes wahre Tote, deren Seele bei *Ihm* ist!«

Arthur beugte sich vor und küßte sie, und dann schickten wir ihn und Quincey aus der Gruft hinaus; der Professor und ich sägten den noch vorstehenden Teil des Pflocks ab, ließen aber die Spitze im Leichnam. Dann trennten wir den Kopf vom Rumpf und füllten den Mund mit Knoblauch. Schließlich löteten wir den inneren Sarg wieder zu, schraubten den Deckel auf und sammelten unsere Siebensachen auf, bevor wir die Gruft ebenfalls verließen. Nachdem der Professor die Tür abgeschlossen hatte, reichte er Arthur den Schlüssel.

Draußen war die Luft mild, die Sonne schien, und die Vögel sangen, und es schien, als habe die Natur selbst sich verändert. Über allem lag Fröhlichkeit, Heiterkeit und Frieden, denn wir waren am Ziel unserer Wünsche und glücklich, auch wenn unsere Freude durchaus gedämpft war.

Bevor wir zurückgingen, sagte Van Helsing:

»Nun, meine Freunde, der erste Schritt ist getan, der, der für uns selbst der schmerzlichste war. Doch auf uns wartet eine noch größere Aufgabe: den Urheber dieses unseres ganzen Leides ausfindig zu machen und ihn zu vernichten. Ich habe Hinweise, denen wir folgen können; doch es ist ein langer Weg und ein schwerer dazu, und auf ihm lauern mancherlei Gefahren und vielerlei Schmerzen. Werden Sie mir alle helfen? Wir haben gelernt zu glauben – stimmt es nicht? Und wenn dies so ist, sehen wir dann nicht auch die Pflicht, die uns auferlegt ist? Ja! Und versprechen wir uns nicht gegenseitig, bis zum bitteren Ende gemeinsam zu gehen?«

Reihum nahmen wir einer nach dem anderen seine Hand und gaben ihm das erbetene Versprechen. Als wir dann gemeinsam davongingen, sagte der Professor:

»Übermorgen abend treffen wir uns alle bei mir und speisen gemeinsam um sieben Uhr bei Freund John. Ich werde Ihnen noch zwei andere vorstellen, die Sie noch nicht kennen; dann bin ich bereit, Ihnen unsere ganze Arbeit zu erläutern und meine Pläne offenzulegen. Freund John, Sie kommen bitte zu mir, denn ich muß noch vieles bedenken, und Sie können mir dabei behilflich sein. Heute abend reise ich noch nach Amsterdam, aber morgen abend werde ich zurück sein. Und dann beginnt die große Suche. Doch zuvor habe ich noch vieles zu sagen, damit Sie wissen, was zu tun ist und was wir zu fürchten haben werden. Dann werden wir das uns gegenseitig gegebene Versprechen erneuern; denn es liegt eine schreckliche Herausforderung vor uns, und wenn wir erst den ersten Schritt getan haben werden, können wir nicht mehr zurück.«

Kapitel Siebzehn

Das Tagebuch des Dr. Seward

(Fortsetzung)

Als wir am Berkeley-Hotel ankamen, lag dort bereits ein Telegramm für Van Helsing.

»Komme mit dem Zug. Jonathan in Whitby. Bedeutsame Neuigkeiten. – MINA HARKER.«

Der Professor zeigte sich erfreut. »Ah, die wundervolle Madam Harker«, sagte er, »die Perle unter den Frauen! Sie kommt her, und ich kann nicht bleiben. Sie muß bei Ihnen wohnen, Freund John. Sie müssen Sie vom Bahnhof abholen. Telegraphieren Sie ihr unverzüglich, damit sie vorbereitet ist.«

Nachdem ich das Telegramm aufgegeben hatte, tranken wir gemeinsam eine Tasse Tee; dabei erzählte er mir von dem Tagebuch, das Jonathan Harker anläßlich seiner Auslandsreise geführt hatte, und übergab mir bei dieser Gelegenheit eine maschinengeschriebene Abschrift davon wie auch von einem Tagebuch, das Mrs. Harker in Whitby geführt hatte. »Nehmen Sie die Papiere«, sagte er, »und studieren Sie sie gut. Wenn ich zurückkehre, werden Sie alle Fakten kennen, und dann können wir leichter mit unseren Nachforschungen beginnen. Verwahren Sie sie sicher auf, denn in ihnen stecken wahre Schätze. Sie werden all Ihren Glauben zusammennehmen müssen, ja, selbst Sie, der Sie schon eine Erfahrung gemacht haben wie die von heute nachmittag. Was da berichtet wird«, und dabei legte er seine Hand schwer und mit ernstem Gesicht auf den Stapel von Papieren vor ihm, »könnte der Anfang vom Ende für Sie und mich und viele andere bedeuten; oder aber es könnte die Totenglocke für alle Un-Toten bedeuten, die auf Erden wandeln. Lesen Sie alles mit aufnahmebereiten Sinnen, ich flehe Sie an; und wenn Sie der hier erzählten Geschichte noch etwas hinzuzufügen wüßten, dann tun Sie es bitte, denn alles ist wichtig. Sie haben doch selbst über alle diese seltsamen Dinge ein Tagebuch geführt, nicht wahr? Gut! Dann werden wir alles gemeinsam durchgehen, sobald wir uns wiedersehen.« Er machte sich dann reisefertig und fuhr wenig später Richtung Liverpool Street davon.

Ich selbst begab mich nach Paddington, wo ich eine Viertelstunde vor dem Einlaufen meines Zuges eintraf.

Die Menschenmenge verlief sich geschäftig schnell, wie es auf allen Bahnsteigen üblich ist; und ich fing schon an, mich ein wenig unwohl zu fühlen aus Sorge, ich könnte womöglich meinen Gast verpaßt haben, als ein hübsch anzusehendes, elegant gekleidetes junges Mädchen auf mich zukam und nach einem kurzen musternden Blick sagte: »Dr. Seward? Oder irre ich mich etwa?«

»Und Sie müssen Mrs. Harker sein!« erwiderte ich auf der Stelle, woraufhin sie mir die Hand entgegenstreckte.

»Ich habe Sie gleich nach der Beschreibung der lieben armen Lucy erkannt, aber –« Sie unterbrach abrupt, und ganz plötzlich errötete ihr Gesicht.

Da mir augenblicklich ebenfalls das Rot in die Wangen stieg, waren wir einen Augenblick befangen und unsicher, denn hier handelte es sich um eine völlig unwillkürliche Reaktion. Ich nahm ihr Gepäck, bei dem sich auch eine Schreibmaschine befand, und wir nahmen die Untergrundbahn bis Fenchurch Street, nachdem ich meine Haushälterin telegraphisch angewiesen hatte, umgehend ein Wohn- und ein Schlafzimmer für Mrs. Harker herzurichten.

Wir kamen pünktlich an. Natürlich wußte sie, daß das

Haus eine Irrenanstalt war, und doch konnte ich sehen, daß sie Mühe hatte, beim Betreten dieses Hauses einen Schauder zu unterdrücken.

Sie sagte mir, am liebsten käme sie unverzüglich in mein Arbeitszimmer, da sie viel zu berichten habe. Daher beende ich jetzt an dieser Stelle meinen Eintrag in das Phonographische Tagebuch für heute und warte auf sie. Bis zur Stunde habe ich noch keine Gelegenheit gehabt, einen Blick in die Papiere zu werfen, die Van Helsing mir hiergelassen hat, obwohl sie offen vor mir liegen. Ich muß versuchen, ihr Interesse mit etwas anderem zu fesseln, damit ich endlich die Gelegenheit bekomme, das Versäumte nachzuholen. Sie weiß ja nicht, wie kostbar die Zeit ist oder welches Vorhaben auf uns wartet. Ich muß aufpassen, sie nicht zu erschrecken.

Das Journal der Mina Harker

29. September: – Nachdem ich mich ein wenig erfrischt hatte, ging ich in Dr. Sewards Arbeitszimmer hinunter. An der Tür blieb ich einen Augenblick lang stehen, weil mir war, als hörte ich ihn mit jemandem reden. Doch da er mich gebeten hatte, ihn nicht zu lange warten zu lassen, klopfte ich an die Tür und trat auf sein »Herein!« ein.

Zu meiner nicht geringen Überraschung befand sich außer ihm niemand im Raum. Er war völlig allein, und auf dem Tisch ihm gegenüber stand ein Gerät, in dem ich einen Phonographen erkannte. Bisher hatte ich noch keinen gesehen, und so war ich sehr interessiert.

»Ich hoffe, ich habe Sie nicht warten lassen«, sagte ich; »aber ich bin einen Moment an der Tür stehengeblieben, als ich Sie sprechen hörte, und ich dachte, es sei jemand bei Ihnen.«

»Oh«, erwiderte er lächelnd, »ich habe nur gerade mein Tagebuch weitergeführt.«

»Ihr Tagebuch?« fragte ich erstaunt.

»Ja«, erwiderte er. »Ich führe es damit.« Dabei legte er die Hand auf den Phonographen. Ich war auf einmal sehr aufgeregt und sprudelte hervor:

»Oh – damit ist man sogar schneller als mit Kurzschrift! Darf ich vielleicht einmal etwas hören?«

»Aber selbstverständlich«, erwiderte er lebhaft und stand auf, um das Gerät in Gang zu setzen. Doch dann überzog ein besorgter Ausdruck sein Gesicht und er zögerte.

»Die Sache ist nur die«, sagte er etwas linkisch, »daß hier lediglich mein Tagebuch verzeichnet ist; und da es sich ausschließlich – fast ausschließlich – mit persönlichen Dingen befaßt ... also, ich meine ...« Er unterbrach sich, und ich versuchte sofort, ihm aus seiner Verlegenheit herauszuhelfen.

»Sie haben sich doch auch um die gute Miss Lucy gekümmert, als es mit ihr zu Ende ging. Lassen Sie mich hören, wie sie starb; ich werde dankbar sein für alles, was ich noch über sie erfahren kann. Sie stand mir sehr, sehr nahe.«

Zu meiner größten Überraschung erwiderte er mit ausgesprochen entsetztem Gesichtsausdruck:

»Ihnen von ihrem Todeskampf erzählen? Nicht um alles in der Welt!«

»Warum denn nicht?« fragte ich und spürte gleichzeitig, wie mich ein unheimliches, ein schreckliches Gefühl überkam. Wieder zögerte er, und ich sah deutlich, daß er krampfhaft nach einer Ausrede suchte. Schließlich stammelte er:

»Sehen Sie, ich weiß nicht, wie ich ein bestimmtes Stück aus dem Tagebuch heraussuchen könnte.« Doch noch während er sprach, beschäftigte ihn wohl schon eine ganz andere Idee, und er sagte voll unbewußter Einfachheit, mit völlig veränderter Stimme und der Naivität eines kleinen Kindes: »Nein, ehrlich nicht, auf Ehre! Ganz großes Indianerehrenwort!« Ich mußte unwillkürlich lächeln, worauf er das Gesicht verzog. »Ich habe mich einen Moment vergessen«, sagte er entschuldigend. »Aber es stimmt wirklich: Obwohl ich das Tagebuch schon seit Monaten führe, hat es mich eigentlich noch nie interessiert, wie ich es anstellen sollte, wenn ich einmal eine ganz bestimmte Stelle darin finden müßte, weil ich sie nachlesen oder nachhören wollte.«

Ich war inzwischen mehr denn je davon überzeugt, das Tagebuch eines Arztes, der Lucy behandelt hatte, könnte der Summe unseres Wissens über das schreckliche *Etwas* noch einiges hinzufügen, und so sagte ich kühn:

»In diesem Fall, Dr. Seward, lassen Sie mich doch Ihr Tagebuch mit der Schreibmaschine abschreiben.« Er wurde blaß wie der Tod, als er erwiderte:

»Nein! Nein, nein, nein! Um nichts in der Welt würde ich Sie in diese schreckliche Geschichte einweihen!«

Dann war es also schrecklich! Meine Vermutung war also richtig gewesen. Ich dachte einen Moment nach, und wie ich mich so im Zimmer umblickte und ganz unbewußt nach etwas suchte, das mir helfen könnte, blieb mein Blick an dem dicken Packen von maschinengeschriebenen Aufzeichnungen auf seinem Schreibtisch hängen. Er bemerkte den Ausdruck meiner Augen und folgte ganz unbewußt meinen Blicken. Als er das Paket gewahrte, begriff er, was ich meinte. »Sie kennen mich noch nicht«, sagte ich. »Wenn Sie diese Papiere gelesen haben werden – und darunter befinden sich ja auch mein Tagebuch und das meines Ehemannes, die ich selbst auf der Maschine abgeschrieben habe –, werden Sie mich besser kennen. Ich habe nicht gezögert, jeden einzelnen meiner Gedanken zu dieser ganzen traurigen Geschichte niederzuschreiben; aber natürlich kennen Sie mich nicht – noch nicht; und eigentlich kann ich auch gar nicht erwarten, daß Sie mir so weit vertrauen.«

Er ist sicher ein Mann von noblem Charakter; die gute Lucy

hatte bestimmt recht, als sie ihn so beschrieb. Er stand auf, öffnete eine große Schublade, in der er einige numerierte und mit Wachs überzogene Walzen aus Metall aufbewahrte, und sagte:

»Sie haben ganz recht. Ich habe Ihnen nicht vertraut, weil ich Sie nicht gekannt habe. Aber jetzt kenne ich Sie schon ein wenig, und lassen Sie mich Ihnen sagen, daß ich Sie schon längst hätte kennen sollen. Ich weiß, daß Lucy Ihnen von mir erzählt hat; sie hat mir ja auch von Ihnen erzählt. Darf ich Ihnen die einzige Genugtuung anbieten, die ich zu leisten imstande bin? Nehmen Sie diese Zylinder und hören Sie sie ab – das erste halbe Dutzend betrifft nur meine persönlichen Angelegenheiten, und die werden für Sie nichts Bedrückendes an sich haben; danach werden Sie mich besser kennen. Bis dahin dürfte dann auch das Essen fertig sein. In der Zwischenzeit werde ich einige dieser Dokumente hier überfliegen und werde dann sicher diverse Dinge besser verstehen.« Er trug den Phonographen selbst in mein Zimmer hinauf und setzte ihn für mich in Gang. Nun werde ich sicher das eine oder andere Amüsante zu hören bekommen, da bin ich sicher; denn dieser Apparat wird mir die andere Seite einer wahren Liebesaffäre berichten, von der ich die eine Seite bereits kenne …

Das Tagebuch des Dr. Seward

29. September: – Ich war dermaßen in das aufschlußreiche Tagebuch des Jonathan Harker und das andere, das seine Frau geführt hatte, vertieft, daß die Zeit verrann, ohne daß ich es recht merkte. Mrs. Harker war noch nicht wieder unten, als das Mädchen meldete, das Essen sei fertig. Daher sagte ich: »Sie ist sicher müde; warten wir also noch eine Stunde mit dem Essen.« Dann setzte ich meine Arbeit fort. Ich hatte gerade Mrs. Harkers Journal zu Ende gelesen, als sie zur Tür hereinkam. Sie sah ausgesprochen schön aus, wenn auch auf ihrem Gesicht tiefe Traurigkeit lag und ihre Augen vom Weinen gerötet waren. Auf mich blieb dies durchaus nicht ohne Eindruck. Ich hatte in letzter Zeit weiß Gott Grund für Tränen gehabt, aber sie waren mir verwehrt geblieben; und jetzt ging mir der Anblick dieser schönen Augen, die noch von frischen Tränen glänzten, direkt ans Herz. Daher sagte ich so freundlich, wie ich es gerade vermochte: »Ich fürchte sehr, daß ich Ihnen viel Leid bereitet habe.«

»O nein, das kann man wirklich nicht sagen«, widersprach sie, »aber Ihr Kummer hat mich doch mehr bewegt, als ich sagen kann. Dies ist zwar eine wundervolle Maschine, aber sie ist ehrlich bis zur Grausamkeit. Aus Ihrem ganzen Tonfall konnte ich die Herzensängste entnehmen, die Sie durchgestanden haben müssen. Es war, wie wenn eine verlorene Seele zum allmächtigsten Gott fleht. Niemand darf den Tonfall, in dem diese Worte gesprochen wurden, je wieder hören. Sehen Sie, ich habe versucht, mich nützlich zu machen. Ich habe die Worte mit meiner Schreibmaschine niedergeschrieben, und nun muß niemand mehr den Schlag Ihres Herzens vernehmen, so wie ich dies durfte.«

»Niemand soll es überhaupt wissen, in alle Zukunft nicht«, sagte ich leise.

Sie legte ihre Hand über meine und sagte sehr ernst: »Oh – das müssen sie aber!«

»Müssen! Und warum?« fragte ich.

»Weil Ihre Aufzeichnungen Teil der schrecklichen Geschichte sind; sie sind ein Teil der Geschichte von Lucys Tod und wie es dazu kommen konnte; in dem Kampf aber, der vor uns liegt und in dem es darum geht, die Welt von diesem Monstrum zu befreien, brauchen wir alle Kenntnisse und jede Hilfe, die nur zu bekommen sind. Ich glaube, diese Walzen enthielten mehr Informationen, als Sie mir zukommen lassen wollten; doch ich sehe ganz deutlich, daß in Ihren Aufzeichnungen vieles enthalten ist, das Licht in dieses dunkle Mysterium bringen könnte. Sie werden mich helfen lassen, ja? Ich weiß alles bis zu diesem bestimmten Punkt, und ich sehe, obwohl ich beim Anhören Ihres Tagebuchs nur bis zum 7. September gekommen bin, in welcher Bedrängnis die arme Lucy war und wie das schreckliche Verhängnis sie ereilt haben muß. Jonathan und ich haben Tag und Nacht gearbeitet, seit wir Professor Van Helsing begegnet sind. Er ist jetzt nach Whitby gefahren, um sich weitere Informationen zu verschaffen, und morgen wird er wieder hier sein, um uns zu helfen. Wir brauchen keine Geheimnisse voreinander zu haben; wenn wir im vollsten gegenseitigen Vertrauen zusammenarbeiten, sind wir mit Sicherheit stärker, als wenn einer von uns allein im dunkeln umhertappt.« Sie sah mich so bittend an und signalisierte mit ihrem ganzen Auftreten gleichzeitig ein solches Maß an Courage und Entschlossenheit, daß ich mich sogleich ihren Wünschen fügte.

»Sie können in dieser Angelegenheit verfahren, wie Sie es für gut halten«, sagte ich. »Gott möge mir verzeihen, wenn ich etwas Falsches tue! Noch gibt es schreckliche Dinge in Erfahrung zu bringen; doch wenn Sie schon so weit gekommen sind in Ihrem Versuch, den Weg hin zu Lucys Tod nachzuvollziehen, dann, könnte ich mir vorstellen, werden Sie sich nicht damit begnügen wollen, weiter im dunkeln zu tappen. Aber nein, das Ende – das endgültige Ende – wird Ihnen wieder einen Hoffnungsschimmer vermitteln. Kommen Sie, das Mittagessen ist fertig. Wir müssen beide bei Kräften bleiben für das, was vor uns liegt; auf uns wartet eine grausame und gefährliche Herausforderung. Wenn Sie gegessen haben, sollen Sie den Rest erfahren, und ich werde jede Frage beantworten, die Sie dann vielleicht noch haben könnten – falls es irgend etwas geben sollte, was Sie nicht verstehen, aber an sich war uns, die wir dabei waren, von allem Anfang an alles klar.«

Das Journal der Mina Harker

29. September: – Nach dem Essen kehrte ich mit Dr. Seward in sein Arbeitszimmer zurück. Er brachte den Phonographen aus meinem Zimmer zurück, und ich holte die Schreibmaschine. Er setzte mich in einen bequemen Stuhl und stellte den Phonographen so, daß ich ihn erreichen konnte, ohne aufzustehen; dann zeigte er mir noch, wie ich ihn abstellen konnte, falls ich einmal eine Pause einlegen wollte. Schließlich holte er sich selbst auch einen Stuhl und setzte sich rücksichtsvollerweise mit dem Rücken zu mir, damit ich mich völlig ungestört fühlen konnte, und fing an zu lesen. Ich legte den gabelförmigen Hörer aus Metall ans Ohr und lauschte.

Als die schreckliche Nachricht von Lucys Tod und – und allem anderen, das damit im Zusammenhang stand, zu Ende war, lehnte ich mich kraftlos in meinem Stuhl zurück. Zum Glück neige ich nicht dazu, Ohnmachtsanfällen zu erliegen. Als Dr. Seward mich sah, sprang er mit einem erschreckten Ausruf auf, holte eine Flasche vom Regal und flößte mir etwas Brandy ein, der mich in Minutenschnelle wieder auf die Beine brachte. In meinem Kopf schwirrte es wie in einem Bienenstock, und der einzige Lichtschimmer, der den ganzen Schrecken durchdrang, war der Gedanke, daß meine liebe, liebe Lucy endlich ihren Frieden gefunden hatte. Wäre dies nicht gewesen, ich glaube, ich hätte das alles nicht ertragen, ohne einen Nervenzusammenbruch zu erleiden. Das ist alles so gräßlich, so mysteriös und fremdartig, daß ich es wohl kaum geglaubt hätte, wüßte ich nicht um Jonathans Erfahrungen in Transsylvanien. Doch so, wie die Dinge nun mal lagen, wußte ich wirklich nicht mehr, was ich glauben sollte, und so lenkte ich mich von meinen Schwierigkeiten dadurch ab, daß ich mich einfach etwas anderem zuwandte. Ich nahm die Abdeckhaube von der Schreibmaschine und sagte zu Dr. Seward: »Lassen Sie mich das alles jetzt aufschreiben. Wir müssen vorbereitet sein, wenn Dr. Van Helsing zurückkommt. Jonathan habe ich bereits ein Telegramm geschickt, er möge umgehend hierherkommen, sobald er in London eintrifft. In dieser Angelegenheit sind Daten alles, und ich denke mir, wenn wir unser gesamtes Material beieinander und jedes Ereignis in wichtiger chronologischer Folge zusammengestellt haben, dann haben wir schon eine Menge getan. Sie sagten mir doch, Lord Godalming und Mr. Morris kämen gleichfalls hierher. Dann sollten wir in der Lage sein, ihnen detailliert zu berichten.« Er war einverstanden und stellte den Phonographen auf eine geringere Geschwindigkeit ein, und ich fing mit der Abschrift bei der siebten Walze an. Ich benutzte Durchschlagpapier und Kohlepapier und stellte so gleich drei Kopien des Tagebuchs her, wie ich es auch schon mit dem Rest zuvor getan hatte. Es war schon spät, als ich endlich mit allem fertig war, doch Dr. Seward ging wieder seiner Arbeit nach und machte die Runde bei seinen Patienten; als er damit fertig war, kehrte er zurück und setzte sich ganz in meine Nähe, um die fertigen Seiten zu lesen, so daß ich mich bei der Arbeit nicht so einsam fühlte. Wie gut und rücksichtsvoll er ist; die Welt scheint voll zu sein von guten Männern – auch wenn es daneben Monster gibt. Bevor ich ihn wieder verließ, erinnerte ich mich wieder, daß Jonathan in sein Tagebuch geschrieben hatte, Van Helsing sei wegen irgend etwas sehr erschreckt gewesen, das er am Bahnhof von Exeter in einer Abendzeitung gelesen hatte; und als ich nun sah, daß Dr. Seward seine Zeitungen archiviert hatte, holte ich mir die Bänder der *Westminster Gazette* und der *Pall Mall Gazette* und nahm sie mit auf mein Zimmer. Ich erinnerte mich nämlich wieder daran, wie sehr uns der *Dailygraph* und die *Whitby Gazette* (von denen ich mir jeweils Ausschnitte verwahrt hatte) geholfen hatten, die schrecklichen Ereignisse in Whitby zu begreifen, als Graf Dracula gelandet war, und deshalb werde ich mir die Abendzeitungen seit jenem Tag anschauen.

Vielleicht gewinne ich dabei neue Erkenntnisse. Ich bin nicht müde, und die Arbeit wird mir sicher helfen, gelassen zu bleiben.

Das Tagebuch des Dr. Seward

30. September: – Mr. Harker kam gegen neun hier an. Das Telegramm seiner Frau hatte ihn noch kurz vor seiner Abreise erreicht. Er ist ungewöhnlich klug, wenn man das nach einem Blick in sein Gesicht sagen darf, und steckt voller Energie. Wenn sein Reisebericht der Wahrheit entspricht – und wenn ich an meine eigenen höchst sonderbaren Erlebnisse denke, muß er einfach wahr sein –, ist er auch ein Mann mit starken Nerven.

Daß er damals ein zweites Mal in die Gruft hinabgestiegen ist, war zumindest eine bemerkenswert mutige Tat. Nachdem ich seinen Bericht darüber gelesen hatte, war ich darauf vorbereitet, eher einem Exemplar ausgemachter Männlichkeit zu begegnen als dem gesetzt wirkenden Geschäftsmann, der statt dessen zur Tür hereinkam.

Später: – Nach dem Abendessen gingen Harker und seine Frau wieder in ihr Zimmer, und als ich etwas später an der Tür vorbeikam, hörte ich drinnen das Klappern der Schreibmaschine. Sie sind intensiv bei der Arbeit. Mrs. Harker sagt, sie wolle jede noch so kleine Begebenheit in der ganzen Angelegenheit jetzt in den richtigen chronologischen Ablauf bringen. Harker hat sich die Briefe beschafft, die zwischen dem Adressaten der Kisten in Whitby und den Spediteuren in London, die sie ausgeliefert haben, hin und her gegangen sind. Im Augenblick liest er die Niederschrift meines Tagebuchs, die seine Frau auf der Schreibmaschine angefertigt hat. Ich bin gespannt, was sie daraus entnehmen werden. Da kommt er …

Merkwürdig, daß es mir nie in den Sinn gekommen ist, das Haus direkt neben dem meinen könnte das Versteck des Grafen gewesen sein! Wir hatten, weiß der Himmel, doch schon reichlich genug Hinweise allein im Benehmen unseres Patienten Renfield! Das Bündel Papiere über den Kauf des Nachbarhauses lag bei der Niederschrift. Oh, hätten wir sie nur früher gehabt, wer weiß, ob wir das Leben der armen Lucy nicht vielleicht hätten retten können! Doch halt! Auf diesem Weg lauert der Wahnsinn!

Harker ist wieder nach oben gegangen und geht noch einmal sein Material durch. Er sagt, bis zum Mittagessen wären sie beide in der Lage, eine zusammenhängende Schilderung der Ereignisse vorlegen zu können. Er meint, ich sollte mir zwischenzeitlich noch einmal Renfield vornehmen, da dieser sich bisher als guter Indikator für das Kommen und Gehen des Grafen erwiesen habe. Das sehe ich noch nicht so ganz, doch wenn ich mir die Daten noch einmal ins Gedächtnis rufe, kann ich zumindest die Möglichkeit nicht ganz ausschließen, daß es so war. Wie erfreulich, daß Mrs. Harker meine phonographischen Aufzeichnungen zu Papier gebracht hat! Andernfalls hätten wir die genauen Daten wohl nie mehr wiedergefunden …

Ich fand Renfield mit friedlich gefalteten Händen vor, wie er still in einer Ecke saß und gutmütig vor sich hin lächelte. In diesem Moment schien er geistig so gesund wie jeder andere. Ich setzte mich zu ihm und redete mit ihm über eine ganze Menge Sachen, und die ganze Zeit über benahm er sich absolut normal. Dann sprach er plötzlich aus eigenem Antrieb davon, daß er wieder nach Hause gehen möchte, ein Wunsch, den er meines Wissens noch nie geäußert hatte, seit er hier eingeliefert worden war. Ja, er sprach von seiner unmittelbar bevorstehenden Heimreise wie von einer bereits beschlossenen Sache. Ich glaube, wenn ich mich nicht mit Mr. Harker unterhalten und gerade erst meine eigenen Berichte über seine Ausbrüche noch einmal gelesen hätte, ich hätte einen entsprechenden Revers unterschrieben, daß er nach einer kurzen Zeit abschließender Beobachtung entlassen werden könnte. Nach Lage der Dinge aber plagen mich böse Vorahnungen. All diese Ausbrüche standen irgendwie im Zusammenhang mit der Anwesenheit des Grafen ganz in der Nähe. Was also hatte diese absolute Zufriedenheit zu bedeuten? Kann es sein, daß sein Instinkt ihm sagt, der Vampir werde am Ende triumphieren? Doch halt! Er ist doch selbst zoophag, und anläßlich seiner gewaltsamen Ausbrüche und der Raserei vor der Kapellentür des verlassenen Anwesens nebenan sprach er doch immer vom ›Meister‹. Dies alles scheint unsere Idee zu bestätigen. Nach einer Weile ging ich wieder; mein Freund ist im Augenblick geistig einfach eine Spur zu gesund, als daß man es wagen sollte, ihm zu viele Fragen zu stellen. Er könnte anfangen nachzudenken, und dann –! So ließ ich es lieber. Ich mißtraue diesen friedfertigen Phasen, die bei ihm immer mal wieder auftreten; ich habe deshalb auch dem Wärter aufgetragen, ein wachsames Auge auf ihn zu haben und stets eine Zwangsjacke in Bereitschaft zu halten.

Das Journal des Jonathan Harker

29. September, im Zug nach London: – Als ich Mr. Billingtons freundliche Mitteilung erhielt, er werde mir jede Information geben, über die er verfüge, hielt ich es für das Beste, nach Whitby zu fahren und vor Ort die erforderlichen Nachforschungen anzustellen. Ich hatte mir jetzt vorgenommen, den Weg zu rekonstruieren, den die Schreckensfracht des Grafen bis in sein Londoner Haus genommen hatte. Später können wir uns dann noch näher damit befassen.

Billington junior, ein netter Bursche, holte mich am Bahnhof ab und brachte mich ins Haus seines Vaters, wo man mich drängte, über Nacht zu bleiben. Die Leute sind von einer echten Yorkshire-Gastfreundlichkeit, die schon immer nach der Devise verfuhr: Gib dem Gast, was immer er begehrt, und laß ihm im übrigen seine Freiheit. Sie wußten alle, daß ich es eilig hatte und daß mein Aufenthalt nur von kurzer Dauer sein konnte, und deswegen hatte Mr. Billington in seinem Büro auch schon alle Papiere bereitgelegt, die den Transport der Kisten zum Gegenstand hatten. Es gab mir doch einen kleinen Stich, als ich die Briefe wiedersehen mußte, die ich schon auf dem Tisch des Grafen gesehen hatte, bevor ich von seinen diabolischen Plänen wußte. Alles war sorgsam durchdacht und mit System und äußerster Präzision verwirklicht worden. Es schien, als sei er auf jedes nur denkbare Hindernis vorbereitet gewesen, das sich der Durchführung seine Pläne noch hätte entgegenstellen können. Er hatte wirklich nichts dem Zufall überlassen, und die absolute Akkuratesse, mit der seine Anweisungen befolgt worden waren, war weiter nichts als das logische Ergebnis seiner Vorsorgemaßnahmen. Ich nahm den Frachtschein und las: ›Fünfzig Kisten mit normaler Erde zu Zwecken bestimmter Experimente‹.

Auch die Kopie des Briefes an die Paterson-Frachtlinie fand ich, genau wie die Antwort darauf; von beiden erhielt ich Abschriften. Mehr Informationen konnte Mr. Billington mir nicht geben, und deshalb ging ich hinunter zum Hafen, um mit den Leuten von der Küstenwache zu reden, den Wachoffizieren und dem Hafenmeister. Sie alle wußten das eine oder andere zu dem merkwürdigen Einlaufen des Schiffes zu berichten, das schon seinen Platz in der lokalen Chronik gefunden hatte; doch niemand wußte der einfachen Deklarierung ›fünfzig Kisten mit normaler Erde‹ etwas hinzuzufügen. Ich suchte nun den Bahnhofsvorsteher auf, der mir freundlicherweise eine Unterhaltung mit den Männern ermöglichte, die die Kisten damals in Empfang genommen hatten. Was sie mir zu sagen wußten, stimmte genau mit den Angaben auf den Frachtpapieren überein. Darüber hinaus wußten sie auch nicht mehr, als daß die Kisten ›riesig und höllisch schwer‹ gewesen seien und daß der Umgang mit ihnen eine höchst staubige Angelegenheit gewesen sei. Einer von ihnen fügte noch hinzu, es sei sehr bedauerlich gewesen, daß am Bestimmungsort kein Herr zugegen gewesen sei, ›einer wie Sie, Euer Gnaden‹, der eine kleine Anerkennung für die erbrachte Leistung in flüssiger Form gebracht hätte; worauf ein anderer einwarf, der Durst, den sie damals gelitten hätten, sei so groß gewesen, daß selbst die lange Zeit, die seither vergangen sei, nicht ausgereicht habe, ihn ganz zu stillen. Überflüssig zu erwähnen, daß ich mich dieses ›Nachdurstes‹ in gebührender Form annahm, um diese Quelle von Reklamationen ein für allemal zum Versiegen zu bringen.

30. September: – Der Bahnhofsvorsteher war so freundlich, mir noch ein paar Zeilen an seinen alten Freund, den Bahnhofsvorsteher im Bahnhof King's Cross, mitzugeben, so daß ich ihn am nächsten Morgen gleich nach meiner Ankunft dort nach dem Verbleib der Kisten fragen konnte. Auch er vermittelte mir sofort einen Kontakt zu den zuständigen Beamten, von denen ich dann erfuhr, daß exakt nach den beigelegten Anweisungen verfahren wurde. Die Gelegenheit, sich einen erheblichen Durst zu erwerben, war hier wesentlich geringer gewesen, doch hatten die Leute auch diese geringe Chance nicht verstreichen lassen, und so war ich auch hier genötigt, diesem Problem noch im nachhinein gebührend abzuhelfen. Von dort führte mich mein Weg dann zum Zentralbüro der Paterson-Frachtlinien, wo man mich mit ausgesuchter Höflichkeit empfing. Sie überprüften die entsprechenden Transaktionen der in Frage kommenden Zeit und telefonierten auch sofort mit ihrer Außenstelle am King's Cross, um nähere Informationen einzuholen. Ich hatte insoweit Glück, als die Leute, die damals den Auftrag ausführten, gerade anwesend waren, weil sie auf Arbeit warteten, und der zuständige Sachbearbeiter schickte gleich nach ihnen und gab einem den Lieferschein und alle anderen Papiere mit, die die Auslieferung der Kisten in Carfax betrafen. Auch hier konnte ich wieder feststellen, daß alle Anweisungen korrekt ausgeführt worden waren; die Fuhrleute waren in der Lage, die wenigen geschriebenen Worte durch ein paar Einzelheiten zu ergänzen. Diese standen, wie ich sehr schnell herausfand, auch im Zusammenhang mit dem staubigen Charakter der verrichteten Arbeit und dem daraus resultierenden fortdauernden Durst der Transportarbeiter. Als ich dann die Möglichkeit in Aussicht stellte, diesem einträglichen Übel selbst für die nächste Zukunft noch abzuhelfen, wurde einer von ihnen doch gesprächiger und meinte:

»Dat Haus da, ich kann Sie sagen, dat is' dat verrückteste, wo ich je drinn gewesen bin. Heilijer Bimbam! Da is' doch unter Garantie seit hunnert Jahr'n kein Aas mehr drin jewesen. Sie, ich kann Sie nur saren, da lag der Staub so dick, da hättense drauf pennen könn', ohne sich de Knochen weh zu tun; un' gestunken hat's da wie ins alte Jerusalem. Un' dann erst die olle Kapelle – Mann o Mann! – dat war doch der dickste Hund! Ich und mein Kumpel – wir ham jedacht, wir komm'n nich' mehr rechtzeitig anne frische Luft. Hilf Himmel, da kriegten mich inne Dunkelheit keine zehn Pferde nich' rein – nich' für eine Minute.«

Da ich selbst in dem Haus gewesen war, glaubte ich ihm auf der Stelle; aber wenn er gewußt hätte, was ich wußte, dann hätte er sich noch ganz anderer Ausdrücke befleißigt.

Eines allerdings stand jetzt für mich mit absoluter Gewißheit fest: Alle Kisten, die von Varna aus mit der *Demeter* hierher gekommen waren, waren sicher in der alten Kapelle von

Carfax abgeliefert worden. Fünfzig von ihnen sollten es gewesen sein, falls inzwischen nicht einige davon entfernt worden waren, wie ich inzwischen nach der Lektüre des Tagebuchs von Dr. Seward fürchte.

Ich werde jetzt versuchen, die Fuhrleute ausfindig zu machen, die die Kisten von Carfax abgeholt haben, als sie von Renfield attackiert worden waren. Wenn wir dieser Spur einmal nachgehen, könnten wir neue Erkenntnisse gewinnen.

Später: – Mina und ich haben den ganzen Tag gearbeitet, aber jetzt haben wir alle Papiere geordnet.

Das Journal der Mina Harker

30. September: – Ich weiß mich vor Freude kaum noch zu lassen. Ich glaube, das ist die Reaktion auf die Überwindung der Furcht vor dem Unheimlichen, die mir doch sehr zu schaffen gemacht hat, die Sorge, diese schreckliche Affäre und das erneute Aufreißen seiner seelischen Wunden könnten sich schädlich auf Jonathan auswirken. Als ich ihn zu seiner Reise nach Whitby verabschiedet hatte, hatte ich das tapferste Gesicht aufgesetzt, zu dem ich fähig bin, und dabei war ich in Wirklichkeit krank vor Sorge. Doch die Anstrengung hat ihm wohl getan. Noch nie habe ich ihn so resolut, so stark, so voller Energie wie ein Vulkan erlebt wie jetzt. Es ist genauso, wie der gute, liebe Professor Van Helsing gesagt hat: Er hat einen granitharten Kern, und er bewährt sich auch noch unter Umständen, die eine schwächere Natur glatt umbringen würden. Er kam voller Leben, Hoffnung und Entschlossenheit zurück; für heute abend haben wir alles gut vorbereitet. Ich selbst bin schon schrecklich aufgeregt. Manchmal denke ich, man müßte eigentlich Mitleid mit jemandem haben, der so gejagt wird wie der Graf. Aber das ist es ja eben: Dieses *Etwas* ist kein Mensch, noch nicht einmal ein wildes Tier. Um die Quellen des Mitleids radikal auszutrocknen, reicht es völlig, Dr. Sewards Bericht über Lucys Tod und alles, was dann folgte, zu lesen.

Später: – Lord Godalming und Mr. Morris sind früher eingetroffen, als wir gedacht haben. Dr. Seward war geschäftlich unterwegs und hatte Jonathan mitgenommen, und so mußte ich die beiden empfangen. Für mich war es ein schmerzliches Zusammentreffen, brachte es doch die Erinnerung an alle Hoffnungen zurück, die die arme, liebe Lucy doch erst noch vor wenig Monaten bewegt hatten. Die armen Burschen haben ja keine Ahnung, daß ich weiß, wie sie alle um Lucy geworben haben. Sie wußten nicht so recht, was sie sagen oder tun sollten, da sie ja nicht wissen konnten, wie weit ich schon eingeweiht war, und so beschränkte sich unser Gespräch zunächst auf unverfängliche Themen. Ich überlegte mir die Sache ein wenig und kam zu der Überzeugung, es wäre sicher das Beste, wenn ich sie über den aktuellen Stand der Dinge informierte. Aus Dr. Sewards Tagebuch wußte ich, daß sie alle bei Lucys Tod – ihrem wirklichen Tod – zugegen gewesen waren, und so brauchte ich nicht zu befürchten, vorzeitig ein Geheimnis zu verraten. Daher erzählte ich ihnen, so gut ich konnte, daß ich alle Papiere und Tagebücher gelesen hatte und daß mein Mann und ich, nachdem ich sie alle mit der Schreibmaschine kopiert hatte, die sich daraus ergebenden Fakten inzwischen chronologisch geordnet hatten. Ich gab jedem eine Abschrift und schlug vor, sie in der Bibliothek zu lesen. Nachdem Lord Godalming seine Ausfertigung entgegengenommen hatte – es war ein ansehnliches Bündel –, sagte er:

»Haben Sie das alles geschrieben, Mrs. Harker?«

Ich nickte, und er fuhr fort:

»Ich verstehe Ihre Absichten zwar nicht, aber hier ist jeder so gut und so hilfsbereit und alle haben mit so viel Ernst und Energie gearbeitet, daß mir weiter nichts bleibt, als Ihre Ideen blindlings zu akzeptieren und im übrigen zu versuchen, Ihnen zu helfen. Ich habe bereits eine Lehrstunde in Sachen Anerkennung von Fakten über mich ergehen lassen müssen, so daß ich Grund genug hätte, bis an mein Lebensende beschämt zu sein. Im übrigen weiß ich sehr wohl, daß Sie meine arme Lucy sehr gemocht haben –« dabei wandte er sich ab und bedeckte sein Gesicht mit den Händen. Ich konnte deutlich hören, daß ihm bereits die Tränen kamen. Mr. Morris legte ihm in einem Akt instinktiven Verständnisses kurz die Hand auf die Schulter und ging dann still hinaus.

Ich glaube, in der Natur der Frauen liegt etwas, das Männer innerlich frei genug macht, sie vor ihnen zusammenbrechen und ihre zärtlichen oder romantischen Gefühle offenkundig werden zu lassen, ohne daß sie das Gefühl bekommen, dies könne ihrer Männlichkeit schaden; denn als Lord Godalming sich plötzlich mit mir allein im Zimmer sah, setzte er sich auf das Sofa und weinte und schluchzte hemmungslos. Ich setzte mich neben ihn und nahm seine Hand. Ich hoffe, er hat es nicht als unschicklich oder gar aufdringlich von meiner Seite angesehen und wird auch nie auf einen solchen Gedanken kommen, wenn er sich später einmal an diese Minuten erinnert. Doch da tue ich ihm Unrecht; ich *weiß*, daß er das niemals denken wird – dafür ist er zu sehr Gentleman vom Scheitel bis zur Sohle. Da ich sah, daß ihm schier das Herz brechen wollte, sagte ich schließlich zu ihm:

»Ich habe die mir teure Lucy stets geliebt, und ich weiß, was sie Ihnen bedeutet hat. Lucy und ich, wir waren beinahe wie Schwestern; und jetzt, da sie von uns gegangen ist, darf ich Ihnen da nicht vielleicht in all Ihrem Leid eine Schwester sein? Ich weiß, wieviel Trauer Sie empfinden, auch wenn ich vielleicht deren Tiefe nie ganz werde ergründen können. Wenn Ihnen aber Sympathie und Anteilnahme in Ihrem Schmerz helfen können – darf ich Ihnen dann nicht vielleicht ein klein wenig von Nutzen sein – um Lucys willen?«

Von einem Augenblick auf den anderen übermannte den armen Burschen der Gram vollkommen. Es schien, als habe alles, was er in der letzten Zeit in sich hineingefressen hatte, nur auf einmal ein Ventil gefunden. Er wurde regelrecht hysterisch, hob die Hände mit den Handflächen nach oben und schlug sie dann zusammen wie in wahrer Agonie des Grams. Er stand auf und setzte sich wieder, und die Tränen liefen ihm nur so über die Wangen. Ich spürte grenzenloses Mitleid mit ihm und öffnete die Arme, ohne überhaupt weiter darüber nachzudenken, was ich tat. Mit einem Schluchzen legte er den Kopf an meine Schulter und weinte wie ein kleines, verängstigtes Kind, während er an allen Gliedern vor innerer Bewegung bebte.

Wir Frauen haben wohl doch alle etwas von einer Mutter in uns, das uns über gewisse Kleinigkeiten erhaben macht, wenn erst an den Mutterinstinkt in uns appelliert wird; ich spürte seinen großen Männerkopf, der so schwer vom Leid war, auf mir ruhen, als handele es sich um das Köpfchen eines Babys, das eines Tages vielleicht einmal an meinem Busen ruhen wird, und ich streichelte ihm über das Haar, als sei er mein eigenes Kind. In diesem Augenblick habe ich wirklich nicht weiter darüber nachgedacht, wie seltsam das alles doch war.

Es dauerte nicht lange, dann ließ sein Schluchzen nach, und er erhob sich mit einer Entschuldigung, ohne allerdings seine Gefühle fortan zu leugnen. Er erzählte mir, er habe während Tagen und Nächten – freudlosen Tagen und schlaflosen Nächten – niemanden gehabt, mit dem er hätte reden können, und daß aber auch ein Mann einen solchen Menschen einfach brauche, mit dem er in Zeiten der Trauer reden könne. Es gab keine Frau, die ihm Sympathie hätte entgegenbringen oder mit der er ohne Rücksicht auf die grausamen Umstände seines Leides hätte frei und offen reden können. »Ich weiß erst jetzt, was ich so sehr vermißt habe«, sagte er, als er sich die Augen auswischte, »und ich kann es selbst jetzt noch nicht ganz ermessen – und niemand wird es je wissen –, was mir Ihre aufrichtige Anteilnahme wirklich bedeutet. Die Zeit wird kommen, da ich es besser verstehen werde: und glauben Sie mir, daß meine Dankbarkeit mit meinem Verstehen immer größer werden wird, womit beileibe nicht gesagt sein soll, daß es sie jetzt etwa noch nicht gäbe. Ich darf Ihnen fortan ein Bruder sein, ja? O bitte – um der lieben Lucy willen?«

»Um der uns teuren Lucy willen«, sagte ich, als ich in seine Hand einschlug.

»Ach ja, und natürlich auch um Ihrer selbst willen«, setzte er hinzu, »denn wenn je eine Frau die Achtung und die Dankbarkeit eines Mannes erworben hat, dann heute Sie die meine. Wann immer die Zukunft Sie in eine Situation führt, in der Sie die Hilfe eines Mannes brauchen würden, dann, glauben Sie mir, würden Sie mich nicht vergebens rufen. Gebe Gott, daß eine solche Zeit Sie nie heimsuchen und nie den Sonnenschein aus Ihrem Leben vertreiben möge; doch wenn diese Zeit je kommen sollte, dann lassen Sie es mich wissen. Wollen Sie mir das versprechen?« Er war so ernst und sein Kummer so aufrichtig, daß ich das Gefühl hatte, es könne ihn trösten, wenn ich ihm das erbetene Versprechen gab, und so sagte ich:

»Ich verspreche es.«

Als ich auf den Korridor hinaustrat, sah ich, wie Mr. Morris aus dem Fenster schaute. Als er meine Schritte vernahm, wandte er sich um und fragte: »Wie geht es Art?« Doch als er meine rotgeweinten Augen sah, fuhr er fort: »Oh, ich sehe schon, Sie haben ihn getröstet. Der arme Bursche! Aber das braucht er. Niemand sonst als eine Frau kann einem Mann helfen, wenn er krank am Herzen ist; und er hatte niemanden, der ihm Trost hätte spenden können.«

Er ertrug seinen eigenen Kummer so tapfer, daß mir das Herz seinetwegen blutete. Ich sah das Manuskript in seiner Hand, und ich wußte, daß ihm, wenn er es erst zu Ende gelesen hatte, klar sein würde, was ich alles wußte. Daher sagte ich zu ihm:

»Ich wollte, ich könnte alle Menschen trösten, die Herzeleid erdulden müssen. Darf ich Ihnen eine Freundin sein, zu der auch Sie kommen, wenn Sie einmal Trost brauchen sollen? Früher oder später werden Sie wissen, warum ich so zu Ihnen spreche.« Er sah, daß es mir ernst war, trat näher, nahm meine Hand und führte sie an die Lippen, um sie zu küssen. Es schien mir ein zu geringer Trost für eine so tapfere und selbstlose Seele. In seinen Augen stiegen Tränen auf, und einen Augenblick lang hatte er einen Kloß im Hals, bevor er schließlich ganz ruhig sagte:

»Kleines Mädchen, Sie werden Ihre wirklich von Herzen kommende Liebenswürdigkeit nie zu bereuen haben, solange Sie leben!« Dann ging er zu seinem Freund in dessen Arbeitszimmer.

»Kleines Mädchen!« – dasselbe Wort, daß er Lucy gegenüber gebraucht hatte, und – o ja! – er hatte sich als ein wahrer Freund erwiesen!

Kapitel Achtzehn

Das Tagebuch des Dr. Seward

30. September: – Ich kehrte gegen fünf Uhr zurück und sah, daß Godalming und Morris nicht nur schon eingetroffen waren, sondern auch bereits die Abschrift der diversen Tagebücher und Briefe gelesen hatten, die Harker und seine wundervolle Frau erstellt und geordnet hatten. Harker war von seinem Besuch bei den verschiedenen Transportarbeitern, von denen Dr. Hennessey mir berichtet hatte, noch nicht zurückgekehrt. Mrs. Harker servierte uns eine Tasse Tee, und ich kann mit gutem Gewissen sagen, daß mir dieses alte Haus, in dem wir jetzt alle lebten, zum erstenmal als ein Zuhause erschien. Als wir ausgetrunken hatten, sagte Mrs. Harker:

»Dr. Seward, darf ich Sie um einen Gefallen bitten? Ich würde mir gern einmal Ihren Patienten Renfield ansehen. Bitte lassen Sie mich ihn sehen. Mich interessiert nämlich sehr, was Sie über ihn in Ihrem Tagebuch geschrieben haben.« Sie blickte mich so bittend an und sah so schön aus, daß ich es ihr einfach nicht abschlagen konnte, und es gab ja auch gar keinen Grund, ihr diesen Gefallen etwa nicht zu tun. Also nahm ich sie mit. Als ich in seine Zelle kam, sagte ich ihm, daß ich eine Dame mitgebracht habe, die ihn gern kennenlernen wolle, worauf er weiter nichts erwiderte als: »Warum?«

»Sie besichtigt das Haus und würde bei dieser Gelegenheit gern jeden seiner Bewohner kennenlernen«, erwiderte ich. »Oh, sehr gut«, sagte er daraufhin, »sie soll ruhig reinkommen; aber warten Sie noch einen Augenblick, bis ich ein wenig Ordnung gemacht habe.« Seine Art, Ordnung zu schaffen, war von besonderer Art: Er verschluckte kurzerhand sämtliche Fliegen und Spinnen, die er in seinen Schachteln gesammelt hatte, noch bevor ich ihn daran hindern konnte. Es war allzu offenkundig, daß er irgendeine Einmischung fürchtete oder argwöhnte. Als er mit seinem ekelhaften Vorhaben fertig war, sagte er geradezu fröhlich: »So, nun können Sie die Dame reinkommen lassen.« Dann setzte er sich auf die Bettkante und senkte den Kopf, aber von unten herauf beobachtete er weiter alles genau. Einen Augenblick lang fürchtete ich schon, er habe mal wieder Mordgedanken; ich mußte daran denken, wie still und friedlich er sich verhalten hatte, kurz bevor er mich dann in meinem Arbeitszimmer überfallen hatte. Daher achtete ich sehr darauf, mich so zu stellen, daß ich mich sofort auf ihn werfen konnte, wenn es ihm etwa einfallen sollte, sie anzugreifen. Sie kam mit einer ungezwungenen Anmut ins Zimmer, die sofort jedem Wahnsinnigen Respekt abgenötigt hätte – Ungezwungenheit ist nämlich eine der Eigenschaften, die Wahnsinnige am ehesten beeindruckt. Sie ging zu ihm, lächelte freundlich und streckte ihm die Hand entgegen.

»Guten Abend, Mr. Renfield«, sagte sie. »Wie Sie sehen, kenne ich Sie bereits. Dr. Seward hat mir von Ihnen erzählt.« Er antwortete nicht gleich, sondern betrachtete sie erst von oben bis unten eingehend und mit gerunzelter Stirn. Sein zuerst leerer Blick wandelte sich schon bald zu einem verwunderten und dann zu einem zweifelnden Blick, bis er schließlich zu meinem größten Erstaunen sagte:

»Sie sind nicht das Mädchen, das der Doktor mal heiraten wollte, nicht wahr? Na ja, das können Sie ja auch gar nicht sein, wissen Sie, die ist nämlich tot.«

Mrs. Harker lächelte ausgesprochen süß, als sie erwiderte: »O nein! Ich habe einen anderen Ehemann, mit dem ich schon getraut wurde, bevor ich Dr. Seward überhaupt kennengelernt hatte – respektive er mich. Ich bin Mrs. Harker.«

»Und was suchen Sie hier?«

»Mein Mann und ich weilen zu Besuch bei Dr. Seward.«

»Dann bleiben Sie tunlichst nicht lange.«

»Und warum nicht?«

Ich konnte mir vorstellen, daß diese Art von Unterhaltung für Mrs. Harker nicht gerade erfreulich sein mußte, genau wie für mich auch, und so schaltete ich mich ein und sagte: »Woher wußten Sie denn, daß ich irgend jemanden heiraten wollte?«

Seine Antwort war schlicht verächtlich, und er gab sie mit einem nur kurzen Seitenblick auf mich, um sein Interesse sofort wieder voll und ganz Mrs. Harker zuzuwenden.

»Na, das ist vielleicht eine dämliche Frage!«

»Das finde ich aber nun gar nicht, Mr. Renfield«, sagte Mrs. Harker in der Absicht, mir beizustehen.

Er antwortete ihr ebenso höflich, wie er mir verächtlich begegnet war: »Sie werden selbstverständlich verstehen, Mrs. Harker, daß, wenn ein Mann geliebt und geehrt wird wie unser Gastgeber, jede Kleinigkeit, die im Zusammenhang mit ihm steht, in unserer kleinen Gemeinschaft von außerordentlichem Interesse ist. Dr. Seward wird nicht nur von seiner Dienerschaft und seinen Freunden geliebt, sondern auch von seinen Patienten, von denen einige aus dem seelischen Gleichgewicht geraten sind und die deshalb Ursache und Wirkung nicht immer deutlich voneinander unterscheiden können. Seit ich selbst Insasse dieser Irrenanstalt bin, kann ich nicht umhin festzustellen, daß die sophistischen Tendenzen einiger seiner Insassen sich den Irrtümern der *non causae* und des *ignoratio elenchi* zuneigen.«

Ich riß angesichts dieser neuen Entwicklung erstaunt die Augen auf. Er war so eine Art Lieblingsirrer für mich – der ausgeprägteste seiner Art, der mir je untergekommen ist –, dieser Geisteskranke nun warf hier mit elementarsten philosophischen Grundbegriffen um sich, und das auch noch in der Manier eines Gentleman der besten alten Schule. Nun ja, vielleicht rührte Mrs. Harkers Gegenwart ja auch an irgendwelche längst verschütteten Erinnerungen an eine frühere, bessere Zeit. Wenn diese neue Phase auf ihren unbewußten Einfluß zurückzuführen war, dann muß sie über eine seltsame Begabung oder Macht verfügen. Wir unterhielten uns noch einige Zeit, und da sie sah, daß er offenbar einigermaßen vernünftig war, wagte sie es, ihn nach einem fragenden Blick in meine Richtung auf sein bevorzugtes Thema zu führen. Wieder war ich erstaunt, denn er setzte sich mit der Frage mit der Unvoreingenommenheit völlig geistiger Gesundheit auseinander; ja, er führte sich gar hin und wieder selbst als Beispiel an. So sagte er einmal:

»Nun, ich selbst kann als Beispiel für einen Mann mit ungewöhnlichen Ansichten gelten. Es war in der Tat kein Wunder, daß meine Freunde alarmiert waren und darauf bestanden, daß ich unter Kontrolle kam. Ich habe mir immer vorgestellt, das Leben müsse eine positive und ewig währende Entität sein und daß man durch den Konsum möglichst vieler lebender Organismen, ganz gleich, auf welcher Entwicklungsstufe sie stehen mögen, die eigene Lebensspanne bis ins Unendliche verlängern kann. Es hat Zeiten gegeben, da war diese Überzeugung so stark in mir, daß ich auch versucht habe, mir menschliches Leben einzuverleiben. Der Doktor hier wird bestätigen können, daß ich ihn einmal umzubringen versucht habe in der Absicht, meine Lebenskräfte dadurch zu stärken, daß ich seine Kräfte meinem Körper mit Hilfe seines Blutes als dem entscheidenden Medium einverleibe – getreu der Passage in der Heiligen Schrift ›denn das Blut ist Leben‹. Stimmt das, Doktor?«

Ich nickte zustimmend, denn ich war derart erstaunt, daß ich gar nicht wußte, was ich denken oder sagen sollte; es war gar nicht so einfach, sich vorzustellen, daß ich denselben Mann keine fünf Minuten zuvor noch lebende Fliegen und Spinnen hatte essen sehen. Ich sah auf die Uhr und stellte fest, daß es Zeit war, zum Bahnhof zu fahren und Van Helsing abzuholen. Daher sagte ich Mrs. Harker, es sei Zeit zu gehen.

Sie kam auch gleich mit mir, nachdem sie zuvor sehr freundlich zu Mr. Renfield gesagt hatte: »Auf Wiedersehen, und ich hoffe, wir sehen uns noch oft wieder, dann aber unter erfreulicheren Umständen als heute.«

Und er erwiderte zu meinem Erstaunen: »Auf Wiedersehen, meine Liebe. Ich bete zu Gott, daß ich Ihr schönes Gesicht nie wiederzusehen brauche. Möge Er Sie segnen und beschützen!«

Als ich zum Bahnhof ging, um Van Helsing abzuholen, ließ ich die anderen beiden Männer zurück. Der arme Art schien ausgeglichener denn je, und Quincey wirkt wieder unbekümmerter als seit Tagen.

Van Helsing stieg mit der Leichtfüßigkeit eines Jungen aus dem Waggon. Er sah mich sofort, lief auf mich zu und sagte:

»Ah – Freund John, wie geht es voran? Gut? So! Ich war beschäftigt, aber jetzt bleibe ich hier, wenn es erforderlich werden sollte, und ich habe viel zu erzählen. Madam Mina ist bei Ihnen? Ja. Und ihr fabelhafter Ehemann? Und Arthur und mein Freund Quincey, sind sie auch bei Ihnen? Gut!

Auf dem Weg nach Hause erzählte ich ihm, was inzwischen passiert war und daß mein eigenes Tagebuch auf Mrs. Harkers Vorschlag hin schon im Umlauf ist, worauf mich der Professor unterbrach und sagte: »Ah – diese großartige Madam Mina! Sie hat ein Gehirn wie ein Mann – ein Gehirn, wie es ein Mann haben sollte, der von der Natur gut bedacht wurde – und das Herz einer Frau. Der liebe Gott hat etwas Besonderes mit ihr vor, glauben Sie mir, wenn er in ihrer Person eine so vorzügliche Kombination geschaffen hat. Freund John, das Schicksal hat uns bis zur Stunde diese Frau als Hilfe gesandt; ab heute aber darf sie mit dieser ganzen schrecklichen Geschichte nichts mehr zu tun haben. Es wäre nicht gut, wenn sie ein so großes Risiko einginge. Wir Männer sind dazu bestimmt – ah, nein, wir sind berufen, nicht wahr? –, dieses Monstrum zu vernichten; aber das ist nichts für eine Frau.

Selbst wenn ihr kein Leid geschähe, ihr Herz könnte sie im Stich lassen im Angesicht so vielen Horrors; und danach könnte sie weiter leiden – wenn sie wach ist, an schwachen Nerven, und wenn sie schläft, an Alpträumen. Und ganz nebenbei ist sie noch eine junge Frau und noch nicht lange verheiratet; sie wird anderes zu denken haben, wenn nicht jetzt, dann später. Sie haben mir gesagt, sie habe alles abgeschrieben, und deshalb muß sie auch an unseren Beratungen teilnehmen; doch morgen wird sie dieser Arbeit Lebewohl sagen, und wir machen allein weiter.«

Ich stimmte ihm aus vollem Herzen zu, und dann erzählte ich ihm, was wir in seiner Abwesenheit herausgefunden hatten; daß das Haus, das Dracula gekauft hatte, jenes direkt neben dem meinen war. Er war zuerst sehr erstaunt, dann sehr bekümmert. »Oh, hätten wir das nur früher gewußt!« sagte er. »Dann hätten wir ihn vielleicht rechtzeitig erwischt, um die arme Lucy noch zu retten. Aber wie dem auch sei ... Wir werden einfach nicht mehr daran denken, sondern unseren Weg bis zu Ende gehen.«

Danach verfiel er in Schweigen, das er nicht mehr brach, bis wir durch das Tor zu meinem Haus kamen. Bevor wir uns zum Dinner fertig machten, sagte er zu Mrs. Harker:

»Madam Mina, ich habe von meinem Freund John erfahren, daß Sie und Ihr Gatte alles der Reihe nach aufgeschrieben haben, was bis zur Stunde passiert ist.«

»Nicht bis zu diesem Augenblick, sondern nur bis heute morgen, Herr Professor«, sagte sie impulsiv.

»Und warum nicht bis zu diesem Augenblick? Wir haben gesehen, wieviel Licht selbst Kleinigkeiten bisher in die Sache gebracht haben, und ein jeder hat seine kleinen Geheimnisse preisgegeben, ohne daß es einem geschadet hätte.«

Mrs. Harkers Gesicht überzog sich mit einer feinen Röte, als sie ein Blatt Papier aus ihrer Tasche holte und sagte:

»Dr. Van Helsing, wollen Sie das vielleicht einmal lesen

und mir dann sagen, ob das auch hinzugefügt werden soll. Es ist mein Bericht über den heutigen Tag. Ich habe auch die Notwendigkeit erkannt, im gegenwärtigen Zeitpunkt jede Kleinigkeit zu notieren, und sei sie noch so trivial. Aber hier steht doch nur weniges, und das ist auch noch recht persönlich. Soll das auch abgeheftet werden?« Der Professor las es sorgsam nach und reichte es ihr mit den Worten zurück:

»Es braucht nicht abgeheftet zu werden, wenn Sie es nicht wünschen; trotzdem bitte ich Sie, fügen Sie es bei. Es könnte nur dazu führen, daß Ihr Gatte Sie um so inniger liebt und daß wir alle, Ihre Freunde, Sie nur noch mehr verehren – mehr ehren und mehr lieben.« Sie nahm es unter neuerlichem Erröten und einem freudigen Lächeln wieder an sich.

Und so sind jetzt alle Berichte, die wir haben, bis auf diese Stunde vollständig und geordnet. Der Professor nahm eine Ausfertigung an sich, um sie nach dem Dinner und vor unserem Zusammentreffen zu studieren, das für neun Uhr anberaumt ist. Wir anderen haben schon alles gelesen; wenn wir uns also später im Arbeitszimmer treffen, werden wir sämtliche Fakten kennen und können dann unseren Plan für die Schlacht gegen diesen schrecklichen und mysteriösen Feind entwerfen.

Das Journal der Mina Harker

30. September: – Als wir uns zwei Stunden nach dem Dinner in Dr. Sewards Arbeitszimmer trafen, bildeten wir ganz unbewußt eine Art Komitee. Dr. Van Helsing nahm an der Stirnseite des Tisches Platz, nachdem Dr. Seward ihn nach seinem Eintreten dorthin gebeten hatte. Er ließ mich neben ihm zu seiner Rechten Platz nehmen und bat mich, als eine Art Sekretärin für ihn tätig zu werden; Jonathan saß direkt neben mir. Uns gegenüber saßen Lord Godalming, Dr. Seward und Mr.

Morris – Lord Godalming direkt neben dem Professor und Dr. Seward in der Mitte. Der Professor eröffnete unsere kleine Versammlung und sagte:

»Ich darf wohl davon ausgehen, daß wir alle mit den Fakten vertraut sind, die in diesen Papieren verzeichnet sind.« Wir alle drückten reihum unsere Zustimmung aus, und er fuhr fort:

»Dann, denke ich, wäre es sicher gut, wenn ich Ihnen etwas darüber mitteile, mit welcher Art Feind wir es zu tun haben werden. Deswegen werde ich Sie zuerst einiges über die Geschichte dieses Mannes wissen lassen, soweit ich mir inzwischen Klarheit darüber verschaffen konnte. Danach können wir dann darüber beraten, wie wir vorgehen wollen, und können entsprechende Vorkehrungen treffen.

Es gibt sie, die Vampire; einige von uns haben den Beweis ihrer Existenz in Händen. Selbst wenn wir nicht auf die eigenen traurigen Erfahrungen zurückgreifen können, so lieferten uns doch Berichte und Lehren aus der Vergangenheit für jeden denkenden Menschen hinreichend genug Beweise. Ich will vorab gern zugestehen, daß ich skeptisch war. Hätte ich mich nicht über Jahre hinweg immer wieder gezwungen, meinen Geist auch für das Ungewöhnliche offen zu halten, ich hätte nicht eher daran geglaubt, als bis diese Tatsache mir wie Donnerhall in den Ohren geklungen hätte: ›Sieh doch! Sieh! Ich beweise es! Ich beweise es!‹ Und doch! Hätte ich von Anfang an gewußt, was ich heute weiß – ach, was sage ich! Hätte ich es auch nur geahnt! –, ein wertvolles Leben hätte gerettet werden können, eines, das uns allen kostbar war. Doch sie ist von uns gegangen; und deshalb müssen wir nun daran arbeiten, daß nicht noch weitere harmlose Seelen verderben, wenn wir sie retten können. Der *Nosferatu* stirbt nicht, wenn er einmal zugestoßen hat, wie es die Biene tut. Er wird dadurch nur stärker; und in dem Maße, wie er stärker wird, steigt auch seine Macht, Böses zu tun. Dieser Vampir, der jetzt unter uns weilt, ist als Mensch stärker als zwanzig Männer; er ist gerissener als die Sterblichen, denn seine Geisteskräfte wachsen im Laufe der Zeit mit; zudem genießt er die Hilfe der Nekromanie, was bedeutet, wie sich aus seiner Etymologie ergibt, daß er die Gabe des Hellsehens von den Toten übernommen hat, die darüber verfügen, und er genießt absolute Macht über alle Toten, denen er nahe kommen kann; und diese gehorchen seinem Befehl; er ist brutal, ja mehr als brutal; er ist ein Teufel an Gefühllosigkeit, und ein Herz besitzt er nicht; er kann innerhalb gewisser Grenzen erscheinen, wann und wo er will und in jeder Form, die ihm adäquat ist; innerhalb seiner Reichweite kann er den Elementen gebieten: dem Sturm, dem Nebel, dem Donner; alle geringeren Dinge und Tiere sind ihm untertan: Ratten, Eulen und Fledermäuse – er gebietet über die Motte, den Fuchs und den Wolf; er kann groß werden und sich klein machen; und er kann manchmal verschwinden und unerkannt zurückkehren. Wie aber können wir dann unsere Jagd beginnen, um ihn zu vernichten? Wie sollen wir seinen Aufenthalt in Erfahrung bringen; und wie – haben wir ihn erst entdeckt – ihn vernichten? Meine Freunde, dies ist viel verlangt; es ist eine gewaltige Aufgabe, die wir in Angriff nehmen wollen, und ihre Durchführung könnte Folgen haben, die selbst den Tapfersten schaudern machen. Denn wenn wir in diesem Kampf unterliegen, muß er notwendigerweise obsiegen; und wo werden dann wir enden? Das Leben bedeutet mir nichts. Ich hänge nicht daran. Aber hier zu versagen bedeutet mehr, als die Frage nach Leben oder Tod zu stellen. Es hieße, so zu werden wie er; es würde bedeuten, daß wir des Nachts zu grauenvollen Ungeheuern werden wie er – ohne Herz oder Gewissen, nur daran interessiert, die Leiber und die Seelen derer zu verderben, die wir am meisten geliebt haben. Die Pforten des Himmels wären uns auf immer verschlossen, denn wer sollte sie uns wohl je wieder öffnen? Wir werden durch die Zeiten wandern als Wesen, die von allen verabscheut werden, als ein Schandfleck im Angesicht des göttlichen Sonnenscheins; ein Pfeil in der Seite Dessen, der für die Menschen gestorben ist. Wir stehen der Pflicht Auge in Auge gegenüber; und in einem solchen Fall sollten wir zurückweichen? Für mich sage ich – nein! Aber ich bin alt, und das Leben mit seinem Sonnenschein, seiner herrlichen Welt, seinem Vogelzwitschern, seiner Musik und seiner Liebeslust liegt weit hinter mir. Ihr anderen aber seid jung. Einige von Ihnen haben schon Leid gesehen; doch noch warten schöne Tage auf Sie. Was also sagen Sie?«

Während er sprach, hatte Jonathan meine Hand genommen. Oh, als ich ihn die Hand nach mir ausstrecken sah, fürchtete ich ja so sehr, der Gedanke an die Gefahren, denen wir entgegengingen, würde ihn überwältigen; aber sein Händedruck signalisierte mir Leben – so fest war er, so viel Selbstsicherheit ging von ihm aus und so viel Entschlossenheit. Eines braven Mannes Hand kann für sich selbst sprechen; sie braucht nicht einmal die Liebe einer Frau, um sich Gehör zu verschaffen.

Als der Professor mit seiner Ansprache fertig war, sah mir mein Gemahl in die Augen, und ich blickte in die seinen; es gab keine Notwendigkeit für uns, Worte auszutauschen.

»Ich antworte für Mina und mich selbst«, sagte er.

»Mich können Sie auch gleich einbeziehen, Professor«, sagte Quincey Morris lakonisch wie immer.

»Ich bin ebenfalls dabei«, sagte Lord Godalming, »um Lucys willen, wenn schon aus sonst keinem Grund.«

Dr. Seward nickte nur. Der Professor erhob sich, legte sein goldenes Kruzifix auf den Tisch und streckte die Hände nach beiden Seiten aus. Ich ergriff seine rechte, Lord Godalming seine linke Hand; Jonathan faßte meine Rechte mit seiner Linken und langte über den Tisch hinüber zu Mr. Morris. Als wir uns schließlich in dieser Weise alle bei den Händen gefaßt hatten, war unser Bund besiegelt. Ich spürte, wie mir eiskalt ums Herz wurde, aber es kam mir auch nicht eine Sekunde lang in den Sinn, mich etwa wieder zurückzuziehen. Wir nahmen jetzt unsere Plätze wieder ein, und Dr. Helsing fuhr mit einer Begeisterung fort, die mir klarmachte, daß jetzt die ernste Arbeit begonnen hatte. Sie mußte genauso ernst und mit derselben Geschäftsmäßigkeit angegangen werden wie jede andere Verrichtung im Leben auch.

»Nun, Sie wissen ja jetzt, gegen was wir uns stemmen müssen; doch auch wir sind nicht ohne Macht und Kraft. Wir haben auf unserer Seite die Gabe, kombinieren zu können, eine Fähigkeit, die dem Vampir abgeht; uns stehen wissenschaftliche Erkenntnisse zur Verfügung; wir haben Freiheit im Denken und Handeln; und uns stehen sowohl die Stunden des Tages wie die der Nacht zur Verfügung. Unsere Kräfte sind in der Tat, so weit sie reichen, frei von Fesseln, und es steht uns frei, jederzeit von ihnen Gebrauch zu machen. Wir können Selbsthingabe an unsere Aufgabe einsetzen und auf ein Ergebnis hinarbeiten, ohne dabei an unseren Vorteil denken zu müssen. Das ist schon viel.

Nun lassen Sie uns sehen, wieweit die Kräfte, die gegen uns gerichtet sind, Schranken unterliegen und wieweit das individuelle Nichtkönnen unseres Gegners reicht. Schlußendlich wollen wir dann noch über die generellen Beschränkungen sprechen, die dem Vampir ganz allgemein und diesem im besonderen auferlegt sind.

Alles, wovon wir ausgehen können, sind Tradition und Aberglaube. Dies scheint auf den ersten Blick nicht gerade viel zu sein, wenn man sich einmal klarmacht, daß es hier um Leben und Tod geht – nein, sogar um mehr als Leben und Tod. Und doch müssen wir zufrieden sein; einmal, weil uns gar nichts anderes übrig bleibt – wir verfügen über keine anderen Mittel –, und zum zweiten, weil diese Dinge – Tradition und Aberglaube – alles einschließen. Beruht denn nicht der

Glaube der anderen – aber nicht auch der unsere! – allein darauf? Wer hätte wohl noch vor einem Jahr, inmitten unseres wissenschaftlichen, skeptischen, nur an Tatsachen orientierten neunzehnten Jahrhunderts, eine solche Möglichkeit auch nur in Erwägung gezogen? Wir haben uns ja sogar geweigert, etwas zu glauben, wofür wir den Beweis bereits vor unseren Augen hatten. Nehmen Sie es also als gegeben hin, daß der Vampir und der Glaube an seine Grenzen und an seine Macht für den Augenblick noch auf derselben Basis beruhen. Denn lassen Sie mich Ihnen sagen, er war überall da bekannt, wo auch Menschen waren: im alten Griechenland, im antiken Rom; er spukt überall in Deutschland, in Frankreich, in Indien und sogar auf der Krim; und auch in China, das uns doch in jeder Hinsicht so fern liegt, kennt man ihn, und die Leute fürchten ihn bis auf den heutigen Tag. Er ist den Spuren der Berserker aus Island gefolgt, den vom Teufel gezeugten Hunnen, den Slawen, Sachsen und Magyaren. Wir haben also alles, worauf wir uns stützen können; und lassen Sie mich Ihnen sagen, daß vieles von dem, was die erwähnten Völker glaubten, durch das erwiesen ist, was wir unglücklicherweise aus eigenem Erleben erfahren mußten. Der Vampir lebt fort und kann nicht einfach dadurch sterben, daß die Zeit verrinnt; er kann blühen und gedeihen, solange ihm das Blut der Lebenden zugänglich ist. Mehr noch, wir haben uns durch eigenen Augenschein überzeugen können, daß er sogar jünger werden kann, daß seine Lebenskraft zunimmt und sich zu regenerieren scheint, wenn nur das Angebot an seiner speziellen Nahrung reichlich genug ist. Ohne diese Diät allerdings kann er nicht gedeihen; er ernährt sich nicht wie andere. Selbst Freund Jonathan, der wochenlang bei ihm gelebt hat, hat ihn nie essen sehen – niemals! Er wirft keinen Schatten; der Spiegel reflektiert sein Bild nicht, wie wiederum Freund Jonathan beobachten konnte. In seinen Händen hat er die Kraft vieler – Zeuge auch hier wieder Freund Jonathan, als er die Tür gegen die anstürmenden Wölfe schloß und auch da, wo er ihm von der Postkutsche half. Er kann sich in einen Wolf verwandeln, wie wir der Landung des Schiffes in Whitby entnehmen; er kann als Fledermaus in Erscheinung treten, wie ihn Madam Mina am Fenster in Whitby beobachtet hat und wie ihn Freund John aus dem in der Nähe gelegenen Haus hat fliegen sehen oder wie mein Freund Quincey ihn am Fenster von Miss Lucy beobachtet hat. Er kann aus dem Nebel auftauchen, den er selbst erzeugt – der edle Kapitän jenes Schiffes bezeugt es uns; aber soweit wir wissen, ist die Reichweite dieses selbst erzeugten Nebels sehr begrenzt und reicht gerade dazu, ihn selbst einzuhüllen. Er kommt auf den Strahlen des Mondlichts daher wie unendlicher feiner Staub – wie dies wiederum von Freund Jonathan am Beispiel der drei Schwestern in der Burg Draculas beobachtet worden ist. Er kann sich unendlich klein machen – wir haben mit eigenen Augen gesehen, daß Miss Lucy, bevor sie ihren ewigen Frieden gefunden hatte, durch eine haarfeine Ritze an der Tür zu ihrer Gruft geschlüpft ist. Hat er einmal einen Weg gefunden, kommt er überall hinein und auch wieder heraus, egal, wie dicht es auch verschlossen oder gar mit Feuer versiegelt – Sie nennen es ›verlötet‹ – sein mag. Er kann in der Dunkelheit sehen – keine gering zu achtende Fähigkeit in einer Welt, die nur zur Hälfte im Licht liegt. Ah– doch hören Sie mir nur weiter zu. Er kann dies alles zwar tun– aber frei ist er dennoch nicht. O nein, er ist noch mehr Gefangener als ein Galeerensklave oder ein Irrer in seiner Zelle. Er kann nicht überall hin, wohin es ihn gelüstet; auch er, der er nicht der Natur zugehört, unterliegt gewissen Naturgesetzen – warum, wissen wir nicht. Er darf nirgendwo zum erstenmal eintreten, wo ihn nicht jemand vom Haushalt ausdrücklich dazu auffordert; danach allerdings kann er kommen, wann und wie es ihm gefällt. Seine Macht schwindet – wie die Macht alles Bösen – bei Tagesanbruch. Seine begrenzte Freiheit kann er nur zu bestimmten Zeiten genießen. Wenn er sich nicht an dem Ort befindet, an den er gebunden ist, kann er sich nur genau um Mittag verwandeln oder exakt bei Sonnenaufgang oder Sonnenuntergang. Dies alles hat man uns gelehrt, und aus unseren Aufzeichnungen hier können wir den Beweis entsprechend schlußfolgern. Solchermaßen kann er also innerhalb der ihm gesetzten Grenzen handeln, wenn er sein Erd-Zuhause, sein Sarg-Zuhause, sein Höllen-Heim in der Nähe hat, oder einfach einen unheiligen Ort; doch zu anderen Zeiten muß er warten, bis seine Zeit gekommen ist. Es heißt auch, daß er fließendes Wasser nur zur Zeit der auflaufenden Flut oder der ablaufenden Ebbe überqueren kann. Dann gibt es noch bestimmte Dinge, die ihn derart schwächen, daß er seine ganze Macht allein durch deren Anblick verlieren kann, wie zum Beispiel den Knoblauch, von dem wir ja schon wissen, und geweihte Gegenstände wie etwa dieses mein Symbol, das Kruzifix, das auch jetzt hier unter uns liegt, während wir beraten; vor diesen Dingen ist er ein Nichts, und wo sie gegenwärtig sind, hält er schweigend respektvolle Distanz. Es gibt noch mehr solcher Dinge, von denen ich Ihnen noch erzählen werde, da wir sie bei unserer Suche vielleicht noch brauchen können. Der Zweig einer wilden Rose, auf seinen Sarg gelegt, hindert ihn daran, diesen zu verlassen; eine geweihte Kugel, die in seinen Sarg hinein abgefeuert wird, würde ihn töten, so daß er fortan wirklich tot wäre; und was den Pflock durch ihn hindurch angeht, so wissen wir bereits um dessen wohltuende Wirkung; oder die Trennung des Kopfes vom Rumpf, die das endgültige Aus bedeutet. Wir haben es mit unseren eigenen Augen gesehen.

Wenn wir also die Wohnstatt dieses einstigen Menschen finden, können wir ihn in seinem Sarg einschließen und vernichten; wir müssen nur dem folgen, was wir wissen. Doch er ist gerissen. Ich habe meinen Freund Arminius von der Universität in Buda-Pesth um eine Stellungnahme gebeten; und er hat mir nach Abwägung aller Daten mitgeteilt, wer dieses Ungeheuer einst gewesen sein könnte. Danach sieht es in der Tat so aus, als handele es sich um den Woiwoden Dracula, der sich einen Namen im Krieg gegen die Türken gemacht hat, als er den großen Grenzfluß überquerte und ins Türkenland eingefallen ist. Wenn dem so ist, dann war er kein gewöhnlicher Mensch; denn zu jener Zeit und auch noch Jahrhunderte später sprach man von ihm als dem klügsten, listenreichsten und tapfersten der Söhne aus dem ›Land jenseits des Waldes‹. Diese Macht des Geistes und die stählerne Entschlossenheit hat er mit ins Grab genommen und richtet sie noch heute gegen uns. Die Draculas waren, sagt Arminius, ein mächtiges, vornehmes Geschlecht, doch soll es immer wieder einzelne Abkömmlinge gegeben haben, von denen ihre Zeitgenossen sagten, sie hätten einen Pakt mit dem Bösen geschlossen. Sie erlernten seine geheimen Kräfte in der *Scholomance* inmitten der Berge hoch über dem Hermannstädter See, wo der Teufel zum Tribut jeden zehnten seiner Schüler als sein Eigentum reklamierte. In den Tagebüchern finden sich Worte wie ›Stregoica‹ – Hexe; ›Ordog‹ und ›Pokol‹ – Satan und Hölle; und in einem dieser Manuskripte wird von genau diesem Dracula als dem ›Wampyr‹ gesprochen, eine Bezeichnung, die wir nur zu gut kennen. Den Lenden dieses einen Dracula sind wahrhaft große Männer und vornehme Frauen entsprungen, deren Gräber die Erde heiligen, wo allein diese Verderbtheit gedeihen konnte. Denn das ist nicht der geringste Schrecken, der von ihm ausgeht, daß er seine Wurzeln tief im Guten hat; auf einem Boden, der nicht fruchtbar ist für heilige Erinnerungen, kann er nicht existieren.«

Während sie redeten, schaute Mr. Morris ständig zum Fenster hin, und jetzt erhob er sich leise und verließ den Raum. Es entstand eine kleine Pause, bevor der Professor fortfuhr:

»Und nun müssen wir uns darüber verständigen, was wir tun wollen. Wir haben hier viele Daten, und wir müssen mit der Festlegung unseres Schlachtplans vorankommen. Aus unserer Befragung Jonathans wissen wir, daß aus der Burg fünfzig Kisten voller Erde nach Whitby gekommen sind, die alle nach Carfax ausgeliefert wurden; wir wissen weiter, daß zumindest einige dieser Kisten wieder entfernt worden sind. Mir scheint, unser erster Schritt sollte darin bestehen, daß wir uns vergewissern, ob der ganze Rest sich noch in dem Haus jenseits jener Mauer befindet, oder ob noch mehr von diesen Kisten entfernt worden sind. Falls dies der Fall sein sollte, müssen wir ihre Spur verfolgen ...«

An dieser Stelle wurden wir auf höchst überraschende Weise unterbrochen. Von außerhalb des Hauses drang der Knall eines Pistolenschusses; das Glas des Fensters wurde von einer Kugel durchschlagen, die am oberen Rahmen abprallte und dann in die gegenüberliegende Wand eindrang. Ich fürchte, ich habe das Herz eines Hasenfußes, denn ich schrie laut auf. Alle Männer sprangen auf; Lord Godalming hetzte zum Fenster und riß es auf. Da hörten wir von draußen die Stimme von Mr. Morris:

»Tut mir leid! Ich fürchte, ich habe Sie erschreckt. Warten Sie einen Augenblick, dann komme ich herein und erzähle, was passiert ist.« Eine Minute später kam er herein und sagte:

»Es war idiotisch von mir, so zu reagieren, und ich kann Sie alle nur um Verzeihung bitten, ganz besonders Sie, Mrs. Harker; ich fürchte, ich habe Sie zu Tode erschreckt. Sie müssen aber wissen, daß eine große Fledermaus kam und sich auf das Fensterbrett setzte, als Professor Van Helsing sprach. Nach den jüngsten Ereignissen habe ich einen derartigen Widerwillen gegen diese Tiere, daß ich ihren Anblick einfach nicht mehr ertragen kann; und deshalb bin ich hinausgegangen, um es zu erschießen, wie ich das in letzter Zeit immer mache, wenn ich abends eine Fledermaus irgendwo sehe. Du hast mich ja schon deswegen ausgelacht, Art.«

»Haben Sie getroffen?« fragte Van Helsing.

»Ich weiß nicht; ich glaube nicht, denn sie ist gleich danach in den Wald davongeflogen.« Ohne weitere Worte setzte er sich wieder auf seinen Platz, und der Professor fuhr mit seinen Erläuterungen fort:

»Wir müssen die Spur einer jeder dieser Kisten verfolgen«, sagte er; »und wenn wir damit fertig sind, müssen wir dieses Monster in seinem Bau entweder fangen oder es vernichten; oder wir müssen sozusagen die Erde sterilisieren, auf daß es in ihr keine Zuflucht mehr finde. Auf diese Weise werden wir es irgendwann in seiner menschlichen Gestalt in den Stunden zwischen Mittag und Sonnenuntergang stellen und uns dann zu der Tageszeit mit ihm befassen können, da es am schwächsten ist.

Und nun zu Ihnen, Madam Mina; diese Nacht ist für Sie das Ende, bis alles wieder gut ist. Sie sind uns allen zu kostbar, als daß Sie sich solchen Risiken unterziehen dürften. Wenn wir heute abend auseinandergehen, dürfen Sie keine Fragen mehr stellen. Zu gegebener Zeit werden wir Ihnen alles erzählen. Wir sind Männer und in der Lage, eine Bürde zu tragen: Sie aber müssen unser guter Stern sein und unsere Hoffnung, und wir werden um so freier handeln können, wenn Sie nicht in derselben Gefahr stecken wie wir.«

Alle Männer, auch Jonathan, schienen erleichtert; aber es schien mir nicht richtig, daß sie sich Gefahren aussetzten und vielleicht ihre Sicherheit vernachlässigten – Stärke ist immer noch die größte Sicherheit –, weil sie sich um mich sorgten; doch sie hatten sich entschieden, und ich konnte nichts dagegen sagen, auch wenn es eine bittere Pille war, die ich da schlucken mußte, und so blieb mir nur, ihr ritterliches Angebot anzunehmen.

Mr. Morris beendete die Diskussion schließlich, indem er sagte:

»Da keine Zeit mehr zu verlieren bleibt, schlage ich vor, daß wir uns sein Haus sofort einmal ansehen. Die Zeit arbeitet für ihn; und schnelles Handeln unsererseits könnte vielleicht noch einen anderen Menschen, der zum Opfer werden würde, retten.« Ich gestehe, mir wurde schwer ums Herz, als ich sah, daß die Zeit des Handelns so schnell kommen sollte, doch sagte ich nichts. Ich hatte nämlich die größere Sorge, sie könnten mich am Ende gar noch von ihren Beratungen ausschließen, wenn ich mich als Last oder eine Behinderung für sie erweisen sollte. Sie sind jetzt hinüber nach Carfax gegangen, womit ich sagen will, in das alte Haus hinein.

Nach echter Männerart haben sie mir geraten, zu Bett zu gehen und zu schlafen; als wenn eine Frau schlafen könnte, während die, die sie liebt, sich in Gefahr begeben! Ich werde mich hinlegen und so tun, als schliefe ich, damit Jonathan sich neben allem anderen nicht auch noch um mich ängstigt, wenn er nach Hause kommt.

Das Tagebuch des Dr. Seward

1. Oktober, vier Uhr nachmittags: – Wir wollten gerade das Haus verlassen, als man mir eine dringende Botschaft Renfields überbrachte. Er bat mich, sofort zu ihm zu kommen, da er mir etwas von überragender Wichtigkeit mitzuteilen habe. Ich sagte dem Boten, er möge Renfield ausrichten, ich würde mich gleich am nächsten Morgen um ihn kümmern; im Moment sei ich beschäftigt. Doch der Wärter fügte hinzu:

»Er schien es wirklich sehr ernst zu meinen, Sir. Ich habe ihn noch nie so hektisch erlebt. Ich weiß zwar nicht, was er so Dringendes hat, aber wenn Sie ihn nicht gleich besuchen gehen, bekommt er mit Sicherheit wieder einen seiner Wutanfälle.«

Ich wußte, dieser Mann hätte so etwas nie ohne Grund gesagt, und so sagte ich: »Schon gut, ich gehe mal hin.« Die anderen bat ich, ein paar Minuten auf mich zu warten, weil ich mich um einen Patienten kümmern müsse.

»Nehmen Sie mich mit, Freund John«, sagte der Professor. »Sein Fall, wie Sie ihn in Ihren Tagebüchern geschildert haben, hat mich sehr interessiert, und es gibt da ja auch hin und wieder Verbindungen zu unserem Fall. Ich würde ihn zu gern sehen, besonders dann, wenn sein Geist wieder einmal verwirrt ist.«

»Darf ich auch mitkommen?« fragte Lord Godalming.

»Ich auch?« schloß sich Quincey Morris an. Ich nickte, und dann gingen wir alle gemeinsam den Korridor entlang.

Wir fanden ihn in einem Zustand bemerkenswerter Erregung vor, aber ungleich vernünftiger in seinem Reden und seinem ganzen Verhalten, als ich ihn je erlebt hatte. Er war von einer ganz ungewöhnlich verständigen Sicht der eigenen Persönlichkeit beseelt, wofür es in meiner ganzen Erfahrung im Umgang mit Geistesgestörten keine Parallele gibt; und er hielt es für normal, daß seine Gedanken und Ideen mit denen geistig Gesunder auf derselben Stufe stünden. Wir gingen alle vier in seine Zelle, aber zuerst sagte keiner der anderen ein Wort. Sein Ansinnen bestand darin, daß ich ihn unverzüglich aus der Anstalt entlasse und nach Hause schicken sollte. Dies begründete er damit, er sei wieder völlig genesen, und er führte auch vermeintliche Beweise für seine geistige Gesundheit an. »Ich appelliere an Ihre Freunde«, sagte er, »nicht ungehalten zu sein, daß sie plötzlich zu Richtern in meinem Fall geworden sind. Übrigens haben Sie mich noch gar nicht vorgestellt.«

Ich war so erstaunt, daß mir der Aberwitz, einen Irren in einer Irrenanstalt jemandem vorzustellen, im Moment gar nicht aufging; und außerdem lag im ganzen Gehabe dieses Mannes eine gewisse Würde, ein deutlich zur Schau gestelltes Bewußtsein völliger Gleichheit mit uns, daß ich ihn sogleich vorstellte: »Lord Godalming; Professor Van Helsing;

Mr.Quincey Morris aus Texas; Mr. Renfield.« Er schüttelte jedem die Hand und sagte:

»Lord Godalming, ich hatte die Ehre, Ihrem Herrn Vater in Windham zu sekundieren; da nun Sie den Titel tragen, muß ich wohl voller Trauer feststellen, daß er nicht mehr ist. Er war ein Mann, der von allen, die ihn kannten, geschätzt und verehrt wurde; in seiner Jugend war er, wie man hörte, der Erfinder eines Rumpunsches, dem auf Derby-Abenden sehr gern zugesprochen wurde. Mr. Morris, Sie haben allen Grund, auf Ihren großartigen Staat stolz zu sein; seine Aufnahme in die Union war ein Präzedenzfall, der noch weitreichende Folgen haben könnte, wenn der Pol und die Tropen Sternen und Streifen treu bleiben. Die Macht dieses Vertrages könnte sich als Motor einer weiteren Vergrößerung erweisen, wenn erst die Monroe-Doktrin (Anm.; ›Amerika den Amerikanern‹) den ihr gebührenden Rang als politische Maxime eingenommen haben wird. Wie soll ein Mensch das Vergnügen würdigen können, einen Van Helsing kennenlernen zu dürfen? Sir, ich entschuldige mich nicht dafür, daß ich alle Normen der Konvention negiere. Wenn ein Individuum alle Therapien durch seine Entdeckung der fortschreitenden Evolution des Gehirns revolutioniert hat, dann sind Konventionen unpassend, weil sie das Individuum einer bestimmten Klasse unter anderen Klassen zuteilen. Sie, meine Herren, die Sie von Nationalität, Herkunft oder auf Grund angeborener Talente in der Lage sind, den Ihnen zugewiesenen Platz in einer sich verändernden Welt zu behaupten, Sie rufe ich zu Zeugen dafür an, daß ich geistig zumindest so gesund bin wie die Mehrzahl der Menschen, die im Besitz ihrer uneingeschränkten Freiheit sind. Und ich bin zuversichtlich, daß Sie, Herr Dr. Seward, Humanist, Jurist, Mediziner und Wissenschaftler, es als moralische Pflicht ansehen werden, mit mir als mit jemandem zu verhandeln, der unter außerordentlichen Umständen lebt.« Diesen letzten Apell trug er mit ausgesprochen höflich vorgetragener Überzeugungskraft vor, die durchaus ihren eigenen Charme besaß.

Ich glaube, wir waren wohl alle verdutzt. Ich für mein Teil war trotz meiner Kenntnis der Krankengeschichte und des Charakters dieses Mannes fast überzeugt, sein Geist sei wieder gesund, und ich spürte einen starken Drang, ihm zu sagen, ich fände das Maß an geistiger Gesundheit, das an ihm zu erkennen sei, höchst zufriedenstellend und würde nunmehr die Papiere ausstellen, die seine Entlassung morgen früh verfügten. Doch dann hielt ich es doch für besser, mit einer so weitgehenden Äußerung lieber noch zu warten, denn schließlich kannte ich von früheren Gelegenheiten her noch zu gut die schnellen Wechsel, zu denen gerade dieser Patient fähig war. So beschränkte ich mich darauf, nur ganz allgemein festzustellen, ich sähe ihn auf dem Wege der raschen Gesundung und daß ich mich am nächsten Morgen eingehender mit ihm unterhalten werde, um dann zu sehen, inwieweit ich seinen Wünschen entgegenkommen könne.

Das stellte ihn nun keineswegs zufrieden, denn er sagte sofort:

»Aber ich fürchte, Dr. Seward, daß Sie meinen Wunsch nicht ganz begriffen haben. Ich möchte auf der Stelle gehen – jetzt – sofort – noch in dieser Stunde – in dieser Sekunde, wenn ich darf. Die Zeit drängt. Ich bin sicher, es genügt vollkommen, einem so bewundernswerten Praktiker wie Dr. Seward einen so einfachen, so umgehend erfüllbaren Wunsch vorzutragen, um sich seiner Erfüllung bereits sicher zu sein.« Er blickte mich beifallheischend an, und als er meine negative Reaktion sah, wandte er sich den anderen zu und sah sie prüfend an. Als ihm auch da keine positive Reaktion entgegenschlug, fuhr er fort:

»Sollte es denn möglich sein, daß ich mich in meiner Annahme getäuscht habe?«

»Das haben Sie allerdings«, erwiderte ich offen und, wie

ich deutlich fühlte, recht brutal. Es entstand eine nachdenkliche Pause, und dann sagte er langsam:

»Dann, so denke ich, werde ich wohl die Begründung für meine Bitte ändern müssen. Lassen Sie mich um dieses Zugeständnis flehen – diesen Segen, dieses Privileg –, wie immer Sie es nennen wollen. Ich finde mich damit ab, in einem solchen Fall zu betteln – nicht um meinetwillen, sondern um des Wohls anderer willen. Ich bin nicht frei, Ihnen alle meine Gründe zu nennen; doch Sie können es mir glauben, es handelt sich um gute Gründe, ehrliche und uneigennützige Gründe, die einem zutiefst empfundenen Pflichtgefühl entspringen. Könnten Sie in mein Herz sehen, Sir, Sie würden die Gefühle vollends verstehen können, die mich bewegen. Mehr noch, Sie würden mich zu Ihren besten und treuesten Freunden rechnen.« Wieder blickte er uns der Reihe nach aufmerksam an.

Ich kam zunehmend stärker zu der Überzeugung, daß der plötzliche Wandel in seinem ganzen intellektuellen Gehabe nur eine andere Form oder Phase seiner Geisteskrankheit sein müsse, und beschloß daher, ihn noch ein wenig länger so weitermachen zu lassen, da ich aus Erfahrung wußte, daß er, wie alle Geisteskranken, am Ende doch nachgeben würde. Van Helsing beobachtete ihn mit dem Ausdruck angespanntesten Interesses, und seine buschigen Augenbrauen trafen sich fast über der Nasenwurzel, so sehr konzentrierte er sich auf sein Gegenüber. Als er Renfield dann ansprach, geschah es in einem Ton, der mich zu dieser Zeit noch nicht überraschte, wohl aber später, als ich alles noch einmal in Ruhe überdachte, denn es war der Tonfall, in dem man mit seinesgleichen spricht:

»Können Sie uns nicht einfach Ihre Gründe nennen, warum Sie ausgerechnet in dieser Nacht frei sein wollen? Wenn es Ihnen gelingt, mich – einen Fremden ohne jedes Vorurteil, der sich immer viel darauf zugutegehalten hat, einen offenen Geist zu bewahren – zu überzeugen, dann verspreche ich Ihnen, mich bei Dr. Seward dafür zu verwenden, daß dieser Ihnen auf sein eigenes Risiko und in eigener Verantwortung die Vergünstigung gewährt, um die Sie ihn ersuchen.«

Er schüttelte traurig und mit einem Ausdruck schmerzlichen Bedauerns den Kopf.

Der Professor fuhr fort: »Kommen Sie, Sir, denken Sie doch einmal nach. Sie beanspruchen für sich das Privileg höchster geistiger Gesundheit und versuchen, uns mit Klarheit des Denkens zu imponieren. Dies tun Sie – ein Mann immerhin, an dessen geistiger Gesundheit Zweifel erlaubt sind, denn schließlich befinden Sie sich noch immer in medizinischer Behandlung wegen genau dieser Probleme. Wenn Sie uns nun nicht in unserem Bemühen behilflich sein wollen, die weiseste Entscheidung zu fällen, die denkbar wäre, wie könnten wir dann der Pflicht genügen, die Sie selbst uns auferlegt haben? Seien Sie also weise und helfen Sie uns; und wenn wir können, werden wir Ihnen gern helfen, daß Sie Ihren Wunsch erfüllt sehen.«

Er schüttelte noch immer den Kopf und sagte:

»Dr. Van Helsing, ich habe nichts zu sagen. Ihre Argumentation ist schlüssig, und wäre ich frei zu reden, ich würde nicht einen Augenblick zögern; aber in dieser Sache bin ich nicht mein eigener Herr. Ich kann Sie nur bitten, mir zu vertrauen. Wenn meiner Bitte nicht entsprochen wird, lehne ich jede Verantwortung für das, was dann folgt, ab.«

Ich dachte, es sei jetzt an der Zeit, das Theater zu beenden, das nachgerade tragikomische Züge anzunehmen begann, und deshalb ging ich zur Tür, wobei ich sagte:

»Kommen Sie, meine Freunde, wir haben noch einiges andere zu tun. Gute Nacht.«

Und wie nicht anders zu erwarten, stellte sich bei dem Patienten in dem Augenblick wieder ein Wandel ein, als ich zur Tür ging. Er sprang so rasch auf mich zu, daß ich fürchtete, er wolle einmal mehr versuchen, mich umzubringen. Meine Ängste waren indes unbegründet, denn er hielt beide Hände flehend erhoben und wiederholte seine Bitte auf geradezu bewegende Weise. Als ihm klar wurde, daß sein Gefühlsausbruch sich eher gegen ihn selbst richtete, weil er die alten Verhältnisse wiederherstellte, wurde er noch eindringlicher. Ich blickte zu Van Helsing hinüber und fand meine eigene Auffassung in seinen Augen wieder, und das bestätigte mich sehr in meiner Haltung und ließ mich dem Flehenden leichter sagen, daß seine Bemühungen erfolglos bleiben müßten. Ich hatte schon früher einmal etwas von dieser ständig größer werdenden Erregung bei ihm beobachten können, wenn er einen Wunsch äußerte, der ihm schon lange durch den Kopf gegangen sein mußte, wie zum Beispiel damals, als er unbedingt eine Katze haben wollte; und ich war darauf vorbereitet, daß jeden Augenblick ein Kollaps erfolgen müßte. Meine Erwartungen erfüllten sich nicht, denn als er merkte, daß alles Flehen nichts nützte, geriet er in eine echte Raserei. Er warf sich auf die Knie, reckte die Hände gen Himmel, rang sie in klagendem Flehen und überschüttete mich mit einer Flut von Bitten, während ihm die Tränen über die Wangen rollten, bis er das Bild vollkommenen Jammers vermittelte.

»Lassen Sie sich doch erweichen, Dr. Seward, erhören Sie doch mein Flehen, auf der Stelle aus diesem Haus entlassen zu werden. Schicken Sie mich davon, wie immer Sie wollen und wohin Sie mögen; stellen Sie Wärter mit Peitschen und Ketten zu meiner Begleitung ab; lassen Sie mich von ihnen in Zwangsjacken sperren, fesseln und in Fußeisen legen, meinetwegen lassen Sie mich in ein Gefängnis bringen; aber lassen Sie mich um Gottes willen hier heraus. Ich spreche aus der Tiefe meines Herzens, aus dem Grund meiner Seele. Sie wissen ja nicht, wem Sie damit ein Leid zufügen, und ich darf es Ihnen nicht sagen. Weh mir – ich *darf* nicht reden. Aber bei allem, was Ihnen heilig ist – bei allem, was Ihnen lieb und teuer ist – bei Ihrer Liebe, die Sie verloren haben – bei Ihren Hoffnungen, die noch lebendig sind – bei Gott, dem Allmächtigen, lassen Sie mich hier heraus und erretten Sie meine Seele aus der Schuld! Können Sie mich nicht hören, Mann? Verstehen Sie nicht? Werden Sie es nie lernen? Begreifen Sie nicht, daß ich geistig gesund und völlig normal bin; daß ich kein Irrer mitten in einem Anfall bin, sondern ein völlig normaler Mensch, der um sein Seelenheil kämpft? Oh, hören Sie mich doch! Erhören Sie mich! Lassen Sie mich gehen! Lassen Sie mich gehen! Lassen Sie mich gehen!«

Ich dachte mir, er werde um so wilder werden, je länger ich dies fortdauern ließe, bis es wieder in einem echten Anfall enden würde; deshalb nahm ich ihn bei der Hand und zog ihn in die Höhe.

»Kommen Sie«, sagte ich streng, »nichts mehr davon; wir haben jetzt genug davon. Gehen Sie jetzt zu Bett und versuchen Sie, sich ein wenig ruhiger aufzuführen.«

Er hielt plötzlich inne und sah mich einige Augenblicke intensiv an. Dann erhob er sich ohne ein weiteres Wort, ging hinüber und setzte sich auf die Bettkante. Der Kollaps war wie schon einige Male vorher eingetreten, genau wie ich es erwartet hatte.

Als ich den Raum als letzter unserer kleinen Gruppe verlassen wollte, sagte er mit ruhiger, gefaßter Stimme:

»Ich vertraue darauf, Dr. Seward, daß Sie auch später gerechterweise immer daran denken werden, daß ich heute abend getan habe, was ich konnte, um Sie zu überzeugen.«

Kapitel Neunzehn

Das Journal des Jonathan Harker

1. Oktober, fünf Uhr morgens: – Ich ging leichten Herzens mit den anderen auf die Suche, denn es kam mir vor, als hätte ich Mina noch nie so stark und gesund erlebt. Ich bin so glücklich, daß sie einverstanden war, uns Männer die Arbeit allein machen zu lassen. Irgendwie war es mir unangenehm, daß sie überhaupt in die ganze Sache hineingezogen worden ist; aber jetzt, da ihre Arbeit getan ist und da es ihrer Energie, ihrem Einfallsreichtum und ihrer Voraussicht zu verdanken ist, daß das ganze Puzzle in einer Weise zusammengesetzt werden konnte, daß jedes Detail seinen Platz gefunden hat, kann sie in dem Wissen leben, daß sie ihr Teil dazu beigetragen hat und daß sie den Rest getrost uns überlassen kann. Ich glaube, wir waren wohl alle ein wenig aufgeregt wegen der Szene bei Mr. Renfield. Als wir seine Zelle verlassen hatten, schwiegen wir alle, bis wir wieder im Arbeitszimmer waren. Dort sagte dann Mr. Morris zu Dr. Seward:

»Sag, Jack, mal angenommen, dieser Mann hätte keinen Bluff vorgehabt, dann ist er der vernünftigste Irre, der mir je untergekommen ist. Ich bin nicht ganz sicher, aber ich meine doch, er hätte eine ernstgemeinte Absicht gehabt, und wenn dem so war, dann muß es ganz schön hart für ihn gewesen sein, keine Chance bekommen zu haben.« Lord Godalming und ich schwiegen, doch Dr. Van Helsing setzte noch hinzu:

»Freund John, Sie wissen über Geisteskranke mehr als ich, und darüber bin ich ganz froh, denn wenn es an mir gewesen wäre, eine Entscheidung zu treffen, dann, so fürchte ich, hätte ich ihn sogar schon vor seinem letzten verzweifelten Ausbruch freigelassen. Aber wir leben und lernen dabei, und angesichts unseres augenblicklichen Vorhabens dürfen wir keine Fehler machen. Alles ist so, wie es ist, wohl am besten geregelt.«

Dr. Seward antwortete ihnen beiden beinahe verträumt:

»Ich weiß auch, aber irgendwie stimme ich Ihnen beiden innerlich zu. Wenn dieser Mann ein normaler Irrer wäre, dann hätte ich ihm womöglich geglaubt; aber er schien in einer so wegweisenden Art mit dem Grafen verbunden zu sein, daß ich einfach Angst habe, einen Fehler zu machen, wenn ich ihm helfe, seine Wünsche zu verwirklichen. Ich kann nun mal nicht vergessen, wie er mit ähnlicher Intensität gefleht hat, ich möge ihm eine Katze geben, und dann anschließend zu versuchen, mir die Kehle durchzubeißen. Nebenbei bemerkt, er hat den Grafen seinen ›Herrn und Meister‹ genannt, und er könnte ja vielleicht nur deshalb hinauswollen, um ihm auf irgendeine diabolische Art zu helfen. Dieses schreckeneinflößende Wesen hat die Wölfe und Ratten und die anderen seiner Art, die ihm helfen, und so unterstelle ich mal, er scheut auch nicht davor zurück, sich der Dienste eines Irren zu versichern. Es schien ihm ja wirklich ernst zu sein. Ich hoffe nur, wir haben das Richtige getan. Solche Sachen können einen Mann in Verbindung mit dem, was vor uns liegt, wirklich entnerven.«

Der Professor ging zu ihm, legte ihm die Hand auf die Schulter und sagte in seiner feierlichen, freundlichen Art: »Freund John, fürchten Sie sich nicht. Wir versuchen nur, unsere Pflicht in einem sehr traurigen und sehr schrecklichen Fall zu tun; wir können insoweit nur so handeln, wie wir es für das Beste halten. Worauf sonst könnten wir hoffen außer natürlich auf das Verzeihen des allgütigen Gottes?«

Lord Godalming hatte sich für einige Minuten davongeschlichen, doch jetzt kehrte er zurück. Er hielt eine kleine silberne Pfeife in die Höhe und sagte:

»Das alte Gemäuer könnte voller Ratten stecken, und für diesen Fall hätte ich ein gutes Abwehrmittel.«

Wir überkletterten dic Mauer und machten uns auf den Weg zu dem Haus, wobei wir peinlich darauf achteten, im Schatten der Bäume auf der Rasenfläche zu bleiben, sobald der Mond sich sehen ließ. Als wir am Söller anlangten, öffnete der Professor seine Tasche und holte eine Reihe Gegenstände hervor, die er auf den Stufen der Freitreppe ausbreitete und zu vier kleinen Häufchen ordnete, offensichtlich eines für jeden von uns. Dann sagte er:

»Meine Freunde, wir begeben uns in eine schreckliche Gefahr, und wir benötigen Waffen der verschiedensten Art. Unser Feind existiert nicht nur als Geist. Erinnern Sie sich, daß er über die Kraft von zwanzig Männern verfügt und daß er nicht durch normale Kraftanstrengung bezwungen werden kann, während unsere Nacken und Luftröhren völlig normal sind und also verletzt und auch zerstört werden können. Ein kräftigerer Mann oder eine Gruppe von Männern, die zusammen stärker sind als er allein, können ihn eine gewisse Zeitlang festhalten; aber sie können ihn nicht so verletzen wie unsereins durch ihn verletzt werden könnte. Daher müssen wir uns davor hüten, von ihm berührt zu werden. Dies hier müssen Sie immer an Ihr Herz gedrückt halten« – und damit hob er ein kleines silbernes Kruzifix auf und reichte es mir, da ich ihm am nächsten stand – »diese Blumen drapieren Sie um Ihren Nacken« – dabei reichte er mir einen Strauß vertrockneter Knoblauch-Blüten – »gegen andere mehr irdische Feinde nehmen Sie diesen Revolver und dieses Messer und als allgemeine Hilfe die kleinen elektrischen Lampen, die Sie an der Brust befestigen können; dazu noch zuletzt als stärksten und wirksamsten Schutz dies, das wir niemals ohne Not entweihen dürfen.« Damit nahm er einige geweihte Hostien in die Hand, die er in ein Kuvert wickelte und mir überreichte. Die anderen wurden alle in gleicher Weise ausgestattet. »Und jetzt, Freund John«, sagte er, »wo sind die Dietriche? Wenn wir mit ihrer Hilfe Türen öffnen können, brauchen wir nicht irgendwelche Fenster aufzubrechen, wie wir das bei Miss Lucy getan haben.«

Dr. Seward versuchte einen oder zwei der Dietriche, wobei ihm seine handwerkliche Geschicklichkeit, die er sich als Chirurg angeeignet hatte, sehr zustatten kam. Er fand sehr schnell einen, der paßte; nachdem er es ein wenig in beide Richtungen versucht hatte, gab das Schloß nach und sprang mit lautem Kreischen auf. Wir drückten gegen die Tür, die verrosteten Angeln kreischten und quietschten, und dann schwang sie langsam auf. Es war ähnlich aufregend, wie es die Öffnung der Gruft von Miss Westenra gewesen sein muß, die Dr. Seward in seinem Tagebuch geschildert hat; ich könnte mir vorstellen, daß die anderen denselben Gedanken hatten, denn wie auf ein geheimes Kommando schraken sie alle zurück. Der Professor ging als erster weiter und trat durch die offenstehende Tür.

»In manus tuas, Domine!« (In deine Hände, o Herr!) sagte er und bekreuzigte sich, als er über die Schwelle trat. Wir schlossen hinter uns die Tür, weil man uns bestimmt spätestens in dem Augenblick von der Straße aus sehen mußte, wo wir die Lampen anmachen würden. Der Professor überprüfte sorgfältig das Schloß, um sich zu vergewissern, daß wir es auch von innen her würden öffnen können, falls wir darauf angewiesen wären, möglichst schnell das Haus zu verlassen. Dann schalteten wir alle unsere Lampen ein und begannen mit der Suche.

Als sich die Lichtkegel zu überkreuzen begannen, erhellten sie alle möglichen seltsamen Formen und Gegenstände, oder vielleicht warfen auch nur unsere Körper ausgesprochen groteske Schatten. Ich konnte mich um alles in der Welt nicht des Gefühls erwehren, als befinde sich da noch jemand unter uns. Ich vermute, das waren wohl nur die schrecklichen Erinnerungen an die Erlebnisse in Transsylvanien, die angesichts der unwirtlichen Umgebung mit aller Macht zurückkehrten.

Ich glaube, dieses Gefühl hatten wir wohl alle, denn ich bemerkte, wie die anderen über die Schulter zurückblickten, um auf jedes Geräusch, jeden Schatten zu achten – genau wie ich auch.

Alles war dick mit Staub überzogen. Auf dem Fußboden schien er gar Inches hoch zu liegen mit Ausnahme der Stellen, an denen sich frische Fußspuren fanden und in denen ich im Schein meiner Lampe die Abdrücke von Schuhnägeln erkennen konnte, die den Staub zusammengepreßt hatten. Die Wände waren feucht und dick mit Schmutz überzogen, und in den Ecken hingen Massen von Spinnweben, auf denen sich der Staub niedergelassen hatte, so daß sie aussahen wie alte zerlumpte Teppiche. Auf einem Tisch in der Halle lag ein großer Schlüsselbund. Jeder Schlüssel trug einen vergilbten Zettel. Sie waren mehrfach benutzt worden, denn auf dem Tisch waren mehrere Eindrücke im Staub zu sehen, die genauso aussahen wie der, der zurückblieb, als Van Helsing den Bund in die Höhe hob. Er wandte sich nach mir um und sagte:

»Sie kennen dieses Haus, Freund Jonathan. Sie haben Grundriß-Zeichnungen davon angefertigt, und Sie wissen auf jeden Fall mehr als wir. Wo geht es zur Kapelle?«

Ich hatte eine vage Vorstellung vom Weg dorthin, auch wenn ich bei meinen früheren Besuchen nicht bis in die Kapelle hatte vordringen können; daher ging ich voran, und nachdem ich mich einige Male verirrt hatte, stand ich schließlich dann doch vor einer niedrigen Rundbogen-Tür aus massiver Eiche, die mit Beschlägen aus Schmiedeeisen versehen war.

»Hier sind wir richtig«, sagte der Professor, als er den Schein seiner Lampe auf einen kleinen Plan des Hauses richtete, eine Kopie eines der Pläne, die bei den Unterlagen über den Kauf des Hauses gelegen hatten. Mit ein wenig Mühe fanden wir den passenden Schlüssel in dem Bund und öffneten die Tür. Wir waren durchaus auf Unerfreuliches vorbereitet, denn als wir die Tür öffneten, schien ein schwacher Hauch von Moder durch die Ritzen zu kommen, doch keiner von uns hatte mit einem derartigen Gestank gerechnet, wie er uns jetzt entgegenschlug. Keiner der anderen war noch mit dem Grafen in einem geschlossenen Raum zusammengewesen, und als ich ihn gesehen hatte, war er entweder in der Hunger-Phase seiner Existenz in seinen Räumen gewesen, oder später, als er sich voll mit frischem Blut gesaugt hatte, hatte er in einer Ruine gelegen, durch die der Wind pfiff; dieser Raum aber war beengt und geschlossen, und die lange Zeit, während derer er nicht benutzt worden war, hatte die Luft stickig und modrig werden lassen. Ein Geruch nach Erde, überlagert von einem trockenen Gifthauch, hing in der Luft. Wie soll ich den Gestank beschreiben? Nicht allein, daß er zusammengesetzt war aus allen üblen Leichendünsten und dem stechenden, süßlichen Geruch des Blutes, nein, es schien fast, als sei der Verfall selbst verfallen. Bah! Mir wird übel, wenn ich nur daran denke! Jeder Atemzug, den dieses Monstrum hier getan hatte, schien sich im Raum festgesetzt und seine Widerwärtigkeit noch intensiviert zu haben.

Unter normalen Umständen hätte dieser Gestank unserer Unternehmung ein jähes Ende gesetzt; aber hier ging es nicht um ein normales Vorhaben, und der hehre, aber schreckliche Zweck unserer Hierseins verlieh uns Kräfte, die weit über das normale Maß hinausgingen. Nachdem wir ganz unwillkürlich zunächst einmal zurückgeprallt waren, machten wir uns an die Arbeit, als handele es sich bei diesem Schreckensort um einen Rosengarten.

Wir untersuchten den ganzen Raum sehr eingehend, nachdem der Professor uns gesagt hatte:

»Als erstes müssen wir feststellen, wie viele von den Kisten fehlen; dazu müssen wir jedes Loch, jede Ecke und jede Spalte durchsuchen und gleichzeitig nach Spuren Ausschau halten, die uns Hinweise darauf geben können, was aus den anderen geworden sein mag.« Ein Blick genügte, um festzustellen, wie viele noch übrig waren, denn die großen Kisten voller Erde waren sperrig und massig, und es war unmöglich, eine von ihnen zu übersehen.

Von den ursprünglich fünfzig Kisten waren nur noch neunundzwanzig übrig! Plötzlich überlief es mich eiskalt, denn als ich sah, daß Lord Goldaming sich plötzlich umwandte und aus der Tür auf den dunklen Korridor hinausblickte, schaute ich ebenfalls in diese Richtung, und einen Augenblick lang wollte mir schier das Herz stehenbleiben. Irgendwo dort draußen in den Schatten meinte ich die teuflische Fratze des Grafen zu erkennen, die Hakennase, die roten Augen, die roten Lippen, die entsetzliche Blässe. Es dauerte nur einen winzigen Augenblick lang, denn als Lord Goldaming sagte, »Mir war, als hätte ich ein Gesicht gesehen, aber es war wohl nur ein Schatten«, und nicht weiter hinsah, drehte ich meine Lampe in diese Richtung und trat in den Korridor hinaus. Draußen war keinerlei Anzeichen einer fremden Person zu erkennen; es gab auch keine Ecken und Nischen, keine Türen, keinerlei Öffnungen gleich welcher Art, nur die soliden Mauern des Durchgangs, die keinerlei Versteck boten, nicht einmal *ihm*. Ich nahm an, die Furcht müsse wohl die Mutter der Einbildung gewesen sein, und sagte nichts.

Ein paar Minuten später sah ich, wie Morris plötzlich aus einer Ecke zurückprallte, die er gerade untersuchte. Wir alle folgten seinen Bewegungen mit den Augen, denn ganz ohne Zweifel hatte sich unser aller eine gewisse Nervosität bemächtigt, und wir sahen auf einmal eine fluoreszierende Wolke, fast wie blinkende Sternchen. Instinktiv zogen wir uns alle zurück. Und dann war auf einmal der Raum voller Ratten.

Einen Augenblick oder auch zwei standen wir alle entsetzt da, alle bis auf Lord Godalming, der offenbar auf ein solches

Ereignis vorbereitet war. Er rannte zu der schweren eisenbeschlagenen Eichentür, drehte den Schlüssel im Schloß, zog die schweren Riegel zurück und stieß die Tür auf. Dann holte er die kleine silberne Pfeife aus der Tasche und ließ einen hohen, schrillen Pfiff erklingen. Hinter dem Haus von Dr. Seward antwortete Hundegebell, und kaum eine Minute später schossen drei Terrier um die Hausecke. Unwillkürlich hatten wir uns alle der Tür genähert, und bei der Gelegenheit fiel mir auf, wie zertreten der Staub hier war; die Kisten, die bisher entfernt wurden, waren auf diesem Weg hinausgebracht worden. Sogar in der einen Minute, die inzwischen vergangen war, hatte sich die Zahl der Ratten erheblich vergrößert. Sie schienen über den ganzen Raum auszuschwärmen, bis das Lampenlicht, das auf ihre dunklen Körper und die glitzernden, bösartigen Augen fiel, den ganzen Ort wie einen Erdhaufen aussehen ließ, der mit Glühwürmchen übersät ist. Die Hunde hetzten näher, doch auf der Schwelle bremsten sie plötzlich ab und knurrten; dann hoben sie alle gleichzeitig die Nasen und fingen kläglich zu heulen an. Die Ratten zählten inzwischen nach Tausenden und drängten bereits hinaus.

Lord Godalming hob einen der Hunde hoch, trug ihn ins Innere und setzte ihn auf den Boden. In dem Augenblick, als seine Füße den Boden berührten, schien er seinen Mut wiederzufinden und stürzte sich auf seine natürlichen Feinde. Noch bevor er einige von ihnen im Nacken packen und zu Tode schütteln konnte, flohen diese so schnell vor ihm, daß die anderen Hunde, die auf dieselbe Weise ins Innere getragen worden waren, kaum noch etwas zu tun bekamen, bevor der ganze Haufen verschwunden war.

Mit ihrem Verschwinden schien es, als sei auch irgendeine teuflische Präsenz vorüber, denn die Hunde tollten umher und bellten vergnügt, während sie sich auf ihre hingestreckten Feinde stürzten, sie hin und her rollten und in die Luft warfen, nachdem sie sie noch einmal tüchtig durchgeschüttelt hatten. Wir alle spürten, wie sich unsere Laune hob. Ob es daran lag, daß die todbringende Atmosphäre durch das Öffnen der Kapellentür gereinigt worden war, oder daran, daß wir wieder im Freien standen, weiß ich nicht; auf jeden Fall aber glitt der Schatten der Bedrohung von uns ab wie ein Gewand, und der Anlaß unseres Kommens verlor viel von seiner düsteren Bedeutung, wenn wir auch nicht einen Augenblick in unserer Entschlossenheit wankten.

Wir schlossen die Außentür und verriegelten und verschlossen sie wieder. Dann nahmen wir die Hunde und machten uns an die Durchsuchung des Hauses. Wir entdeckten aber außer Staub gar nichts, den allerdings in großen Mengen und unberührt, abgesehen von meinen Fußspuren, die ich anläßlich meines ersten Besuches hier zurückgelassen hatte. Die Hunde zeigten nicht noch einmal irgendwelche Anzeichen von Unsicherheit oder gar Angst, und selbst als wir in die Kapelle zurückkehrten, strolchten sie herum, als befänden sie sich auf Kaninchenjagd in einem sommerlichen Wald.

Der Morgen zeigte sich bereits mit Macht im Osten, als wir endlich wieder aus dem Haus herauskamen. Dr. Van Helsing hatte den Schlüssel zu der Tür, die zur Halle führte, vom Bund genommen, verschloß die Tür nach althergebrachter Art und steckte den Schlüssel dann in die Jackentasche.

»Bis jetzt«, sagte er, »war unsere Nacht außerordentlich erfolgreich. Uns ist kein Leid widerfahren, wie ich es insgeheim befürchtet hatte, und zudem haben wir feststellen können, wie viele Kisten schon fehlen. Am meisten aber freut mich die Tatsache, daß dieser unser erster – und vielleicht unser schwerster und gefährlichster – Schritt getan werden konnte, ohne unsere höchst liebenswerte Madam Mina mit hineinzuziehen und ohne daß wir ihre Gedanken im Wachen wie im Schlaf mit dem Anblick, den Tönen und dem Gestank des Grauens zu beunruhigen brauchten, die sie womöglich nie mehr hätte vergessen können. Und noch eine Lektion haben wir gelernt, falls es erlaubt ist, einen Schluß aus einem einzelnen Aspekt zu ziehen: daß nämlich die Schaudern erregenden Kreaturen, die dem Befehl des Grafen gehorchen, selbst keinen Zugang zu dessen geistigen Kräften haben; denn sehen Sie: Obwohl diese Ratten auf sein Wort hin erschienen sind, so wie er damals von den Zinnen seiner Burg die Wölfe gerufen hat, um Sie am Verlassen der Burg zu hindern und die schreiende Frau zu vertreiben, obwohl sie also auf sein Wort hin zu ihm gekommen sind, so sind sie doch Hals über Kopf vor den kleinen Hunden meines Freundes Arthur davongerannt. Wir haben andere Aufgaben vor uns, uns erwarten andere Gefahren; und dieses Monstrum – es hat seine Macht über die Welt des Bösen heute nicht das einzige und bestimmt nicht das letzte Mal eingesetzt. Nun gut, er ist woanders hingegangen. Meinetwegen! Wir hatten jedenfalls die Gelegenheit, ihm ein erstes Mal in diesem Spiel, das wir für das Seelenheil der Menschheit mit ihm spielen, ›Schach!‹ zuzurufen. Und jetzt lassen Sie uns nach Hause gehen. Die Morgendämmerung steht kurz bevor, und wir haben allen Grund, mit dem Ergebnis der Arbeit in unserer ersten Nacht zufrieden zu sein. Es könnte uns beschieden sein, noch viele Nächte und Tage voller Gefahren vor uns zu haben; doch wir müssen vorwärtsschreiten und dürfen vor keiner Gefahr zurückweichen.«

Als wir zurückkehrten, lag das Haus friedlich da, abgesehen von einer armen Kreatur, die in einer der weiter zurückliegenden Krankenstationen schrie, und einem dumpfen, stöhnenden Laut aus Renfields Zelle. Der arme Wicht peinigte sich wohl nach Art der Geisteskranken selbst mit sinnlosen Gedankenspielereien.

Auf Zehenspitzen kam ich in unser eigenes Zimmer und fand Mina schlafend. Sie atmete so leicht, daß ich mich vorbeugen mußte, um es überhaupt zu hören. Sie sieht blasser aus als gewöhnlich. Ich will nur hoffen, die Zusammenkunft am Vorabend hat sie nicht zu sehr aufgeregt. Ich bin ehrlich dankbar, daß sie mit unserer zukünftigen Arbeit nichts zu tun haben und auch an unseren Besprechungen nicht mehr teilnehmen wird. Die damit verbundenen Anstrengungen sind einfach zuviel für eine Frau. Im Anfang habe ich nicht so gedacht, aber jetzt weiß ich es besser. Deshalb bin ich froh, daß dieser Punkt geklärt ist. Es könnten da doch Dinge besprochen werden, die sie erschrecken müßten, wenn sie davon hören würde; sie aber vor ihr geheim zu halten könnte schlimmer sein, als sie ihr zu berichten, falls sie einmal argwöhnen würde, wir hielten irgend etwas vor ihr zurück. Von nun an wird unsere Arbeit für sie ein Buch mit sieben Siegeln sein, bis endlich die Zeit gekommen sein wird, da wir ihr sagen können, daß alles vorbei und die Welt von einem Ungeheuer aus der Unterwelt befreit ist. Ich wage die Behauptung, daß es angesichts der großen Vertrautheit zwischen uns nicht ganz leicht sein wird, Stillschweigen zu bewahren; aber ich muß hart bleiben, und morgen werde ich eisern über unser Tun heute nacht schweigen und mich weigern, über irgend etwas zu reden, das sich ereignet hat. Im übrigen werde ich auf dem Sofa schlafen, um sie nicht zu stören.

1. Oktober, später: – Ich denke, es ist verständlich, daß wir uns allesamt verschlafen hatten, denn wir hatten einen arbeitsreichen Tag hinter uns gehabt, und während der Nacht hatten wir ja keine Ruhe gefunden. Selbst Mina muß diese Erschöpfung verspürt haben, denn obwohl ich bis in den hellen Tag hinein schlief, wurde ich noch vor ihr wach und mußte sie zwei- oder dreimal rufen, bis sie endlich aufwachte. Sie hatte derart tief geschlafen, daß sie danach etliche Sekunden brauchte, um mich überhaupt zu erkennen. Statt dessen sah sie mich voller Entsetzen an wie jemand, der aus einem Alptraum geweckt wird. Dann klagte sie über weiter anhaltende

Müdigkeit, und ich ließ sie noch schlafen. Wir wissen jetzt, daß einundzwanzig Kisten entfernt worden sind, und wenn wir davon ausgehen, daß jeweils mehrere auf einmal weggebracht wurden, müßten wir in der Lage sein, sie alle wieder aufzustöbern. Dies würde uns die Arbeit natürlich erheblich erleichtern, und je eher wir die Sache in Angriff nehmen, um so besser wird es sein. Ich werde noch heute Thomas Snelling aufsuchen.

Das Tagebuch des Dr. Seward

1. Oktober: – Es war schon fast Mittag, als der Professor zu mir ins Zimmer kam und mich weckte. Er wirkte fröhlicher als gewöhnlich; offenbar hat die Arbeit der letzten Nacht geholfen, einiges von der drückenden Bürde von ihm zu nehmen, die er getragen hat. Nachdem wir über das Abenteuer der letzten Nacht noch einmal kurz gesprochen hatten, sagte er auf einmal:

»Ihr Patient interessiert mich sehr. Wäre es vielleicht möglich, daß ich ihn heute mit Ihnen zusammen besuchen gehe? Oder, wenn Sie zu beschäftigt sein sollten, könnte ich ihn doch auch allein besuchen, nicht? Für mich ist das eine ganz neue Erfahrung, einen Geisteskranken vor mir zu haben, der philosophiert und dabei auch noch so profund argumentiert.«

Ich hatte einige dringende Arbeiten zu erledigen, und so sagte ich ihm, wenn er allein gehen wolle, sei ich sogar ganz froh, denn so brauchte ich ihn nicht warten zu lassen; daher rief ich einen Wärter und gab ihm die erforderlichen Instruktionen. Bevor der Professor das Zimmer verließ, warnte ich ihn noch davor, einen falschen Eindruck von meinem Patienten zu gewinnen.

»Aber«, erwiderte er, »ich will doch nur mit ihm über ihn

selbst und seine fixe Idee reden, lebende Wesen zu verspeisen. Wie ich Ihrem Tagebuchauszug von gestern entnehme, hat er doch einmal zu Madam Mina gesagt, daß er früher so etwas getan habe. Warum lächeln Sie, Freund John?«

»Entschuldigen Sie«, sagte ich, »aber die Antwort ist hier.« Ich legte meine Hand auf die maschinegeschriebenen Seiten. »Als unser so gesunder und studierter Irrer erklärte, daß er früher die Angewohnheit *hatte,* Leben zu verspeisen, war sein Mund noch kurz zuvor voll von Fliegen und Spinnen gewesen.«

Van Helsing lächelte zurück. »Gut!« sagte er. »Ihr Gedächtnis funktioniert gut, Freund John. Ich hätte mich selbst daran erinnern sollen. Und doch ist es gerade diese Abnormität des Denkens und des Erinnerns, die die Geisteskrankheiten zu einem so faszinierenden Studienobjekt macht. Vielleicht kann ich aus Torheiten dieses Irren mehr Erkenntnisse gewinnen, als ich es durch die Lehren des weisesten Mannes vermöchte. Wer kann das wissen?«

Ich setzte meine Arbeit fort und war auch recht schnell damit fertig. Es kam mir wirklich so vor, als sei nur sehr wenig Zeit verstrichen, als Van Helsing wieder in meinem Arbeitszimmer erschien. »Störe ich?« fragte er höflich, als er die Tür öffnete.

»Nicht im geringsten«, erwiderte ich. »Kommen Sie herein. Ich bin mit meiner Arbeit fertig, und jetzt habe ich Zeit. Wenn Sie möchten, kann ich jetzt mit Ihnen gehen.«

»Nicht nötig, ich habe schon mit ihm gesprochen.«

»Und?«

»Ich fürchte, er schätzt mich nicht besonders. Unsere Unterhaltung war recht kurz. Als ich hereinkam, saß er mitten im Zimmer auf einem Stuhl, die Ellbogen auf den Knien und das Gesicht ein Bild des Jammers. Ich habe so ungezwungen wie nur möglich mit ihm geredet und mit so viel Respekt, wie ich gerade noch aufbringen konnte. Er antwortete überhaupt nicht. ›Wissen Sie nicht mehr, wer ich bin?‹ habe ich ihn gefragt. Seine Antwort war nicht gerade schmeichelhaft. ›Ich kenne Sie nur zu gut. Sie sind der alte Trottel Van Helsing. Ich wollte, Sie würden sich samt Ihrer idiotischen Theorien über das Gehirn woanders hin verziehen. Der Teufel soll den ganzen verdammten holländischen Dickschädel holen!‹ Und dann war ihm kein weiteres Wort mehr zu entlocken. Statt dessen setzte er sich voll unversöhnlicher Verdrießlichkeit wieder hin und tat, als sei ich überhaupt nicht im Zimmer. So verging für dieses Mal die Chance, vieles von diesem wirklich schlauen Geisteskranken zu lernen; ich werde mich deshalb davonmachen, wenn ich darf, um mich ein wenig aufzuheitern, indem ich ein paar freundliche Worte mit Madam Mina, dieser treuen Seele, wechsele. Freund John, ich bin unsagbar erleichtert, daß sie nicht mehr mit all diesen schrecklichen Dingen gequält und beunruhigt wird. Auch wenn wir ihre Hilfe sicher sehr vermissen werden – es ist besser so.«

»Ich stimme Ihnen aus vollem Herzen zu«, erwiderte ich voller Ernst, denn ich wollte nicht, daß er in seinem Standpunkt schwankend würde. »Mrs. Harker halten wir besser da heraus. Die Dinge sind schon schlimm genug für uns, die wir alle Männer von Welt und schon viel herumgekommen sind; das hier ist nichts für eine Frau.«

So ist also Van Helsing jetzt fortgegangen, um sich mit Mr. und Mrs. Harker zu unterhalten; Quincey und Art sind beide unterwegs, um die verschwundenen Kisten mit Erde wiederzufinden, und ich werde mit meiner Arbeit fortfahren. Heute abend treffen wir uns dann alle wieder.

Das Journal der Mina Harker

1. *Oktober:* – Es ist ein seltsames Gefühl, so wie heute über alles im unklaren gelassen zu werden; zu sehen, wie Jonathan, dessen uneingeschränktes Vertrauen ich über Jahre hinweg besessen habe, nun geflissentlich bestimmte Themen vermeidet. Heute morgen habe ich nach den Anstrengungen des gestrigen Tages lange geschlafen, und obwohl auch Jonathan spät aufgestanden ist, war er doch früher wach als ich. Bevor er aus dem Haus ging, sprach er noch mit mir, so lieb und nett wie noch nie, aber er erwähnte mit keinem einzigen Wort, was sich bei dem Besuch im Haus des Grafen zugetragen hat. Und dabei muß er doch gewußt haben, wie schrecklich neugierig ich gewesen bin. Armer Jonathan! Ich könnte mir denken, daß es ihn noch mehr als mich selbst betrübt hat. Sie waren alle übereinstimmend der Ansicht gewesen, es sei am besten, wenn ich nicht weiter in diese gräßliche Arbeit einbezogen würde, und ich habe auch noch zugestimmt! Aber sich vorzustellen, daß Jonathan etwas vor mir geheim hält! Und jetzt weine ich hier wie eine Närrin, wobei ich doch *weiß*, daß dies nur der Ausdruck der großen Liebe meines Mannes und der vielen guten Wünsche dieser anderen starken Männer ist ...

So, das hat mir jetzt gutgetan. Nun ja, eines Tages wird Jonathan mir gewiß alles berichten; und falls es je passieren sollte, daß er etwa auch nur eine Minute lang denkt, ich könnte etwas vor ihm verbergen, werde ich ihm dieses Tagebuch zeigen, wo jeder Gedanke meines Herzens getreulich festgehalten ist, auf daß es einst von seinen lieben Augen gelesen werde. Ich fühle eine seltsame Traurigkeit und bin heute gar nicht recht in Stimmung. Das muß die Reaktion auf die schreckliche Aufregung sein.

Letzte Nacht bin ich zu Bett gegangen, als die Männer fort waren – einfach nur, weil sie es so wollten. Ich war überhaupt nicht müde gewesen, dafür aber war ich voller verzehrender

Sorgen. Ich habe die ganze Zeit immer wieder an alles gedacht, was passiert ist, seit Jonathan hierher zu mir nach London gekommen ist, und das alles kommt mir wie eine ganz schreckliche Tragödie vor, in der das Schicksal unaufhaltsam auf ein vorbestimmtes Ende hin arbeitet. Was immer man tut, es scheint– egal, wie gut und richtig es auch immer sein mag – genau das zu begünstigen, was man am meisten befürchtet hatte. Wäre ich nicht nach Whitby gefahren, dann wäre die arme Lucy vielleicht noch immer unter uns. Bis ich gekommen war, war es ihr nie in den Sinn gekommen, den alten Friedhof zu besuchen, und wenn sie nicht bei Tageslicht mit mir dorthin gegangen wäre, dann wäre sie dort wohl auch nicht im Schlaf hin gewandelt und das Monster hätte sie nicht vernichten können. Oh, warum nur bin ich nach Whitby gefahren? Und da – schon wieder Tränen! Ich frage mich langsam, was heute nur über mich gekommen ist. Ich muß es vor Jonathan verbergen, denn wenn er wüßte, daß ich zweimal an einem Morgen geweint habe – ich, die ich nie über mich selbst weine und der er nie Anlaß gegeben hat, auch nur eine einzige Träne zu vergießen –, dem armen Kerl würde es ja das Herz zerreißen. Ich werde ein tapferes Gesicht aufsetzen, und wenn mir nach Weinen zumute ist, wird er es nie mitbekommen. Ich glaube, das ist eine der Lektionen, die wir bedauernswerten Frauen zu lernen haben ...

Ich kann mich kaum daran erinnern, wie ich gestern eingeschlafen bin. Ich erinnere mich nur, daß ich plötzlich irgendwo Hundegebell und eine Menge merkwürdiger Geräusche wie aufgeregtes Beten hörte, das aus Renfields Zelle direkt unter meinem Fenster zu kommen schien. Und dann lag über allem Stille, eine so profunde Stille, daß sie mich schon wieder beunruhigte, und ich stand auf und schaute aus dem Fenster. Alles war dunkel und still, und die schwarzen Schatten, die das Mondlicht verursachte, schienen ein stilles Mysterium in sich zu verbergen. Kein Ding weit und breit schien sich zu regen, alles war starr und unbeweglich wie dem unausweichlichen Schicksal oder gar dem Tod ergeben, so daß ein kleiner weißer Nebelstreifen, der mit kaum wahrnehmbarer Langsamkeit über das Gras auf das Haus zu kroch, ein eigenes Leben und eigenes Fühlen zu besitzen schien. Ich glaube, es hat mir gutgetan, meine Gedanken auf diese Weise ein wenig abzulenken, denn als ich wieder zu Bett ging, fühlte ich, wie mich echte Lethargie überkam. Eine Weile lag ich so da, ohne wirklich schlafen zu können, und so verließ ich das Bett wieder und kehrte ans Fenster zurück, um wieder hinauszublicken. Der Nebel war dabei, sich auszubreiten, und mittlerweise war er dem Haus so nahe gekommen, daß ich sehen konnte, wie er sich dick wie Watte an die Wand schmiegte, als wollte er sich zu den Fenstern hinaufstehlen. Der arme Mann unter mir war lauter denn je, und wenn ich auch die Worte nicht verstand, die er sagte, so konnte ich doch seiner Stimme entnehmen, daß er flehentlich um irgend etwas bat. Dann hörte ich Kampfgeräusche, und ich wußte, daß sich die Wärter mit ihm befaßten. Ich war so erschrocken, daß ich ins Bett zurückkroch, mir die Decken bis über die Ohren hochzog und die Finger in die Ohren steckte. Ich war in diesem Moment kein bißchen müde – wenigstens glaubte ich das; aber ich muß trotzdem eingeschlafen sein, denn außer an Träume erinnere ich mich an nichts mehr bis zum nächsten Morgen, als Jonathan mich aufweckte. Ich glaube, es kostete mich einige Anstrengung und etwas Zeit, bis mir überhaupt klar wurde, wo ich mich befand und daß es Jonathan war, der sich da über mich beugte. Mein Traum war sehr seltsam und typisch für die Art, wie sich oft die Gedanken der Wachphase mit den Träumen mischen und sich in ihnen fortsetzen.

Ich dachte, ich schliefe schon und wartete auf Jonathans Rückkehr. Ich machte mir große Sorgen um ihn und hatte keine Möglichkeit, ihm irgendwie zu helfen; meine Füße, meine Hände und mein Hirn waren so schwer, daß nichts in der gewohnten Weise funktionieren wollte. Und so schlief ich sehr unruhig und dachte nach. Dann spürte ich auf einmal, daß die Luft ringsum schwer, feucht und kalt wurde. Ich schob die Decken von meinem Gesicht fort und entdeckte zu meiner Überraschung, daß es rings um mich herum ganz schummrig war. Das Gaslicht, das ich für Jonathan hatte brennen lassen, aber weitgehend heruntergedreht hatte, drang nur noch wie ein rotes Pünktchen durch den Nebel, der deutlich dichter geworden und bis ins Zimmer gezogen war. Dann fiel mir auf einmal ein, daß ich doch das Fenster zugemacht hatte, bevor ich mich hingelegt hatte. Ich wäre sicher aufgestanden, um nachzusehen, aber eine bleierne Lethargie schien nicht nur meine Glieder, sondern auch meinen Willen wie mit Ketten zu fesseln. Ich lag still da und wartete einfach nur ab. Das war alles. Ich schloß die Augen, aber ich konnte noch durch die Lider hindurch sehen. (Es ist wundervoll, welche Streiche uns unsre Träume spielen können und wie bereitwillig wir diesen Illusionen folgen.) Der Nebel wurde dichter, und jetzt konnte ich auch sehen, daß er wie Rauch hereindrang, aber nicht durch das Fenster, sondern durch die Ritzen der Tür. Er wurde immer dichter, bis es schien, als kondensiere er zu einer Art wolkiger Säule mitten im Raum, an deren Spitze ich das Gaslicht wie ein rotes Auge glimmen sah. In meinem Gehirn wirbelte alles durcheinander, genau wie die Wolkensäule vor mir auch durcheinanderzuwirbeln begann, und durch das alles hindurch kamen mir plötzlich die Worte der Heiligen Schrift in den Sinn ›eine Säule aus Wolken bei Tag und eine aus Feuer in der Nacht‹. Sollte da etwa wirklich so etwas wie ein geistiger Führer im Schlaf zu mir kommen? Aber diese Säule bestand aus den Elementen des Tages *und* denen der Nacht, denn das Feuer lag in dem roten Auge, von dem bei diesem Gedanken für mich eine neue Faszination ausging; denn als ich noch schaute, teilte sich das Feuer und schien durch den Nebel hindurch auf mich zu blicken wie zwei rote Augen. Von solchen Augen hat Lucy mir damals erzählt, als wir auf den Klippen spazierengegangen waren und sie in einem Moment der Geistesabwesenheit gesehen hatte, wie sich das Licht der untergehenden Sonne in den Fensterscheiben der St.-Mary's-Kirche gespiegelt hatte. Plötzlich überfiel mich reines Entsetzen, denn ich mußte daran denken, daß es ganz ähnlich gewesen sein mußte, als Jonathan gesehen hatte, wie jene schrecklichen Frauen im Mondlicht aus dem wirbelnden Nebel heraus konkrete Gestalt angenommen hatten. In meinem Traum muß ich dann ohnmächtig geworden sein, denn alles war auf einmal schwarze Finsternis. Das letzte, das mir die Einbildung vorzugaukeln vermochte, war, daß sie mir ein wutverzerrtes, weißes Gesicht zeigte, das sich aus dem Nebel heraus über mich beugte. Ich muß mich vor derartigen Träumen in acht nehmen, denn sie könnten einen durchaus um den Verstand bringen, wenn sie zu oft auftreten. Vielleicht sollte ich Dr. Van Helsing oder Dr. Seward bitten, mir etwas zu verschreiben, das mich besser schlafen läßt, nur fürchte ich, ich könnte sie mit einem solchen Ansinnen beunruhigen. Zu diesem Zeitpunkt würde sich ein Traum wie dieser nur in ihre Sorgen um mich hinein verweben. Heute nacht werde ich alles daransetzen, auf natürliche Weise einzuschlafen. Falls mir das nicht gelingt, werde ich mich morgen abend mit der Bitte um eine Dosis Chloral an sie wenden; nur einmal genommen kann mir das nicht schaden, und es würde mir eine gute Nachtruhe verschaffen. Die letzte Nacht war für mich ermüdender, als wenn ich überhaupt nicht geschlafen hätte.

2. *Oktober, zehn Uhr abends:* – Letzte Nacht habe ich geschlafen, aber nicht geträumt. Ich wurde nicht wach, als Jonathan ins Bett kam; doch der Schlaf hat mich nicht erfrischt, denn ich

fühle mich heute schlapp und lustlos. Den ganzen Tag habe ich versucht, zu lesen oder einfach nur auf der Couch zu liegen und vor mich hin zu dösen. Am Nachmittag fragte Mr. Renfield, ob er mich sprechen könne. Der arme Mann war sehr höflich, und als ich wieder ging, küßte er mir die Hand und wünschte mir Gottes Segen. Irgendwie hat mich das Ganze doch sehr berührt; wenn ich an ihn denke, muß ich weinen. Das ist eine neue Schwäche, vor der ich mich in acht nehmen muß. Jonathan wäre bestimmt sehr bestürzt, wüßte er, daß ich geweint habe. Er und die anderen waren bis zum Mittagessen fort und kamen ausgesprochen müde heim. Ich tat, was ich konnte, um sie wieder aufzuheitern, und ich glaube, das tat mir selbst auch ganz gut, denn ich vergaß vollkommen, wie müde ich war. Nach dem Essen schickten sie mich zu Bett, und dann setzten sie sich zusammen, um gemeinsam eine Zigarre zu rauchen, wie sie behaupteten, aber ich wußte, daß sie sich gegenseitig erzählen wollten, was während des Tages passiert war; aus Jonathans Miene konnte ich entnehmen, daß er etwas Bedeutsames mitzuteilen hatte. Ich war nicht so müde, wie ich eigentlich hätte sein sollen; deshalb bat ich Dr. Seward, bevor sie sich zurückzogen, ob er mir nicht vielleicht ein Opiat oder etwas Vergleichbares geben könne, da ich in der vergangenen Nacht nicht besonders gut geschlafen habe. Freundlicherweise machte er mir einen Schlaftrunk zurecht und reichte ihn mir mit der Bemerkung, er sei ganz harmlos und mild ... Ich habe ihn genommen und warte jetzt auf den Schlaf. Ich hoffe, ich habe keinen Fehler gemacht, denn jetzt, wo sich der Schlaf endlich meldet, überfällt mich eine neue Sorge: Es könnte doch sein, daß es sehr unklug von mir war, mich der Möglichkeit zu berauben, wach zu bleiben. Ich könnte es ja nötig haben. Doch nun übermannt mich gleich der Schlaf. Gute Nacht.

Kapitel Zwanzig

Das Journal des Jonathan Harker

1. Oktober, abends: – Ich fand Thomas Snelling in seinem Haus in Ethnal Green, doch unglücklicherweise war er nicht in der Verfassung, sich an irgend etwas zu erinnern. Allein die Aussicht auf Bier, die er mit der Ankündigung meines Besuches verknüpft hatte, war ihm so gewiß erschienen, daß er viel zu früh mit der erhofften Orgie begonnen hatte. Von seiner Frau aber, einer bedauernswerten, ordentlichen Person, erfuhr ich immerhin, daß er nur der Helfer Smollets, des eigentlich verantwortlichen Vorarbeiters, war. Also fuhr ich nach Walworth, wo ich Mr. Joseph Smollet in seinem Haus antraf, als er gerade in Hemdsärmeln eine späte Tasse Tee zu sich nahm. Er ist ein ordentlicher, intelligenter Bursche, genau der Typ des guten, verantwortungsbewußten Arbeiters, aber einer mit einem eigenen Kopf. Er erinnerte sich an alle Einzelheiten im Zusammenhang mit den Kisten und förderte zusätzlich noch aus einem Geheimfach in der Nähe seines Hosenbodens ein altes Notizbuch zutage, das voller Eintragungen in dicken, halb verwischten Bleistifthieroglyphen war, denen er den Bestimmungsort der Kisten entnahm. Sie seien, sagte er, in Partien zu jeweils sechs Stück abtransportiert worden, und zwar seien sechs Stück nach 197 Chicksan Street, Mile End New Town gegangen und eine andere Ladung mit sechs Stück zur Jamaica Lane, Barmondsey. Wenn der Graf etwa vorhatte, seine überaus garstigen Zufluchtsstätten über ganz London zu verteilen, dann waren diese Orte wohl nur als erste Zwischenstationen gedacht, von denen aus er dann später die weitere Verteilung vornehmen konnte. Die für ihn so typische systematische Vorgehensweise ließ mich vermuten, daß er wohl kaum vorhatte, sich auf nur zwei Seiten Londons zu beschränken. Im Moment war er noch auf den äußersten östlichen Zipfel des nördlichen Bereichs, auf den Osten der südlichen Viertel und den Süden fixiert. Mit Sicherheit hatte er den Norden und den Westen bei seiner diabolischen Planung nicht ausgelassen, und auch das Zentrum Londons und die vornehmen Viertel im Westen und Nordwesten würde er wohl kaum ausklammern wollen. Ich wandte mich wieder Smollet zu und bat ihn, mir zu sagen, ob noch mehr Kisten von Carfax aus fortgebracht worden seien.

Er erwiderte:

»Seh'nse ma', Chef. Sie ham mir ja wirklich anständig behandelt« – ich hatte ihm einen halben Sovereign in die Hand gedrückt – »und daderwejen werd' ich Sie allens saren, wat ich weiß. Da hat einer mit Namen Bloxam vor vier Abende ins ›Hase und Hund‹ inne Pincher's Alley jesacht, er und sein Kumpel hätten da in so'n alten Kasten in Purfleet 'n ganz schön staubigen Job jehabt. Und da jibt et ja wohl nich' viele annere Jobs als wie den hier, nich' – und da denk' ich mir, der olle Sam Bloxam könnte Sie da vielleicht mehr erzähl'n.« Ich fragte ihn, ob er mir sagen könne, wo ich diesen Informanten finden könnte. Wenn er mir die Adresse geben könnte, dann wäre mir das noch einen halben Sovereign wert. Er schluckte den letzten Tee hinunter, stand auf und versprach, er werde gleich mit der Suche beginnen. An der Tür blieb er stehen und sagte:

»Seh'nse, Chef, dat macht doch jar kein'n Sinn nich', Sie hier festzuhalten. Vielleicht find' ich den Sam schnell, vielleicht auch nich'; aber auf jeden Fall isser garantiert nich' inne Lage, Sie heute noch viel zu erzähl'n. Sam is' 'ne besondere Marke, wenn er sein'n Zug durch de Jemeinde macht. Wennse mir 'n Kuvert mit 'ne Marke und Ihre Adresse druff jeben, denn find' ich heut' abend mal raus, wo Se Sam finden könn', und schick Sie den Brief mit de Abendpost. Aber denn müssen Se morjen schon janz früh aufe Beine sein, oder Se finden ihm schon nich' mehr; Sam steht immer früh auf, auch wenn er am Abend vorher 'n Zug durch de Gemeinde gemacht hat.«

Das war an sich praktisch, und eines der Kinder ging mit einem Penny fort, um ein Kuvert und ein Blatt Papier zu kaufen. Den Rest sollte es behalten. Als es zurückkam, adressierte und frankierte ich den Umschlag, und nachdem Smollet noch einmal treuherzig versichert hatte, mir die Adresse zu schicken, wenn er sie herausfinden könne, machte ich mich wieder auf den Weg nach Hause. Auf jeden Fall sind wir jetzt auf der Fährte. Ich bin müde heute abend und würde gern schlafen. Mina schläft schon fest und sieht für meinen Geschmack ein wenig zu blaß aus; ihre Augen sehen aus, als habe sie geweint. Armes Frauchen! Ich zweifle nicht, es macht ihr zu schaffen, daß wir sie so im ungewissen lassen, und das verdoppelt womöglich ihre Sorgen um mich und die anderen. Aber so, wie es ist, ist es am besten. Es ist besser, in dieser Weise enttäuscht und ängstlich zu sein, als daß wir ihre Nerven zerrütten. Die Ärzte hatten ganz recht, darauf zu bestehen, daß sie aus diesem ganzen entsetzlichen Vorhaben herausgehalten wird. Ich muß stark sein, denn auf mir muß die Hauptbürde dieses Verschweigens lasten. Ich werde unter keinen wie auch immer gearteten Umständen dieses Thema mit ihr ansprechen. Nun muß das nicht unbedingt ein schwieriges Unterfangen sein, denn sie selbst schweigt standhaft und hat weder den Grafen noch seine Taten wieder erwähnt, seit wir ihr unsere Entscheidung mitgeteilt haben.

2. Oktober, abends: – Ein langer, ein ermüdender und aufregender Tag. Mit der ersten Post erhielt ich das an mich adressierte Kuvert mit einem schmutzigen Fetzen Papier darin, auf dem von ungelenker Hand mit einem Zimmermannsbleistift geschrieben stand: »Sam Bloxam, Korkrans, 4 Poters Cort, Bantel Street, Walworth. Fragen Sie nach dem Suffkopp.«

Ich erhielt den Brief noch im Bett und stand unverzüglich auf, ohne Mina zu wecken. Sie sah krank und müde und bleich aus und gar nicht so, als ob sie sich wohl fühlte. Ich entschloß mich, sie nicht zu wecken, aber sie nach Exeter zurückzuschicken, wenn ich von dieser Exkursion zurück war. Ich glaubte, sie würde sich in unserem eigenen Haus wohler fühlen, wo sie ihren normalen Tagesablauf mit seinen vielen Routine-Verpflichtungen hätte, als wenn sie hier unter uns weilte, ohne genau zu wissen, was wir so trieben. Ich ging nur kurz zu Dr. Seward hinein, um ihm zu sagen, wohin ich unterwegs war, und ihm zu versprechen, daß ich sofort zurückkommen und Bericht erstatten werde, sobald ich etwas in Erfahrung gebracht habe. Ich fuhr nach Walworth und fand mit einigen Schwierigkeiten auch Potter's Court. Die Schwierigkeiten rührten daher, daß Mr. Smollets Orthographie nicht gerade die beste war und er ›Potter's‹ nur mit einem ›t‹ geschrieben hatte. Aber als ich dann endlich am richtigen ›Court‹, also Gasthof, war, hatte ich dann schon weniger Schwierigkeiten, ›Korkrans‹ als ›Corcorans Logierhaus‹ zu identifizieren. Als ich dann den Mann, der auf mein Klopfen an die Tür kam, nach dem ›alten Suffkopp‹ fragte, schüttelte der den Kopf und sagte: »So'n Quark, wer is'n das hier nich'? Dat könn' Se aber auch anners ham: So einer wohnt hier nich'. Sonst noch wat?« Ich holte Smollets Brief aus der Tasche und hielt ihn dem Mann unter die Nase. Jetzt klappte es besser: Die halbe Krone zwischen Daumen und Papier tat ein übriges, und schon stand mir das gesamte Wissen des Mannes uneingeschränkt zur Verfügung. Ich erfuhr, daß ›Mr. Bloxam‹ den Rest der vergangenen Nacht tatsächlich in Corcorans Logierhaus geschlafen hatte, aber schon um fünf Uhr zur Arbeit nach Poplar gegangen war. Wo das sei, wußte er allerdings auch nicht, aber er hatte so eine vage Idee, als könne es sich dabei um ›so'n neumodisches Lagerhaus‹ handeln; und mit diesem zarten Hinweis machte ich mich nun auf die Suche nach ›Poplar‹.

Es war schon fast zwölf Uhr, als ich den ersten brauchbaren Hinweis auf ein Gebäude dieses Namens in Händen hielt, und den bekam ich in einem Kaffeehaus, in dem gerade ein paar Männer ihre Mittagspause machten. Einer von ihnen wies darauf hin, daß an der Cross Angel Street ein neues Kühlhaus gebaut worden sei; da das nun den Begriff ›neumodisches Lagerhaus‹ einigermaßen ausfüllte, fuhr ich auf der Stelle dorthin. Ein Gespräch mit einem verdrießlichen Türsteher und einem noch verdrießlicheren Vorarbeiter – beide versöhnlicher gestimmt durch beruhigende Münze – setzten mich dann auf Bloxams Fährte; man schickte nach ihm, nachdem ich zugesagt hatte, dem Vorarbeiter einen ganzen Tageslohn zu zahlen, wenn er mir erlaubte, ihm ein paar persönliche Fragen zu stellen. Er erwies sich als hinreichend gescheiter Bursche, obwohl ein bißchen rauh in Sprache und Gehabe. Nachdem ich ihm versprochen hatte, ihn für seine Informationen zu bezahlen, und ihm einen ordentlichen Vorschuß gegeben hatte, erzählte er mir, er habe insgesamt zwei Fahrten von Carfax zu einem Haus in Piccadilly gemacht und bei dieser Gelegenheit neun große Kisten – »ganz schön schwere Dinger« – mit einem eigens für diesen Zweck von ihm gemieteten Pferdefuhrwerk von einem Haus ins andere gebracht. Ich fragte ihn, ob er mir die Nummer des Hauses in Piccadilly nennen könne, worauf er erwiderte:

»Wissense, Chef, die Nummer ha'ck vajessen, aber dat war man bloß 'n paar Türen von sone neu jebaute weiße, große Kirche oder sowat in die Art weg. Dat war'n ollet Haus voller Staub, aber dat war noch gar nix jejen den Staub in dat Haus, wo wir die Kisten von wech jeholt ham.«

»Wie sind Sie denn in die Häuser hineingekommen, wenn sie beide unbewohnt waren?«

»Der olle Opa, der mir anjeheuert hat, hat schon in det Haus in Purfleet auf mir jewartet. Er hat mich jeholfen, die Kisten hochzuheben und auf dem Karren zu legen. Ich will verdammt sein, wenn dat nich' der stärkste Opa war, den ich je jeseh'n hab' – und dann, ich sach Sie wat: der war steinalt, hatte 'n weißen Schnäuzer und war so dünn, dat man meinen konnt', der tät' noch nich' mal 'n Schatten werfen.«

Oh, wie mir diese Bemerkung durch und durch ging!

»Na ja, der hat also sein Ende von die Kisten hochjehoben, wie wenn et Teebüchsen wär'n, und ich am Keuchen und am Schwitzen wie'n Bär und kriegte mein Ende immer noch kaum richtig hoch – und ich bin ja nu' nich' jrade von Pappe, wa?«

»Und wie kamen Sie in das Haus in Piccadilly?« wollte ich wissen.

»Er war auch da. Der muß vor mir weg jewesen sein und dann auch vor mir da, is' ja klar, wa? Na, jedenfalls, wie ich an die Klingelschnur ziehe, da kam er un' machte selbst uff, und denn hat er mich jeholfen, dat wir de Kisten in die Halle jebracht ham.«

»Alle neun?« fragte ich.

»Logisch! Da war'n fünf bei die erste Fuhre und vier bei die zweite. Dat war vielleicht 'ne staubige Anjelejenheit, kann ich Sie saren. Ich weiß gahnich mehr, wie ich nach Hause gekomm' bin.« Ich unterbrach ihn:

»Sind die Kisten in der Halle geblieben?«

»Klar; war doch 'ne große Halle, und da war sonst nischt drin.« Ich machte noch einen Versuch, mehr zu erfahren.

»Sie haben wohl nicht zufällig einen Schlüssel von dem Haus?«

»Hab nie'n Schlüssel nich' jebraucht oder sowat. Der olle Mann hat immer selbst aufjemacht und auch wieder abjeschlossen, wenn ich wech jefahrn war. An dat letzte Mal kann ich mir gahnich mehr erinnern – muß dat Bier jewesen sein.«

»Und an die Nummer des Hauses können Sie sich auch nicht mehr erinnern?«

»Nee. Aber da jibt et keine Schwierigkeiten nich'. Es is' janz hoch und mit 'ne Front aus Steine mit'n großen Bogen drin und hohe Stufen bis anne Tür. Die Stufen kenn ich, Mannomann, hab ja die Kisten mit drei Pennern raufjetragen, die grad vorbeikamen und sich 'n bisken wat vadien'n wollten. Der Alte hat' se jeden 'n Schilling jejeben, und wie die jeseh'n hab'n, dat se so viel kriegten, da wollt'n se noch mehr; aber da hat er einen bei de Schulter jepackt und jetan, wie wenn er'n de Treppen runterschmeiß'n wollte, na ja, und da sind die andern ganz von alleine abjehaun.« Ich glaubte, mit Hilfe seiner Beschreibung das Haus finden zu können, und so zahlte ich meinen neuen Freund aus und machte mich unverzüglich auf den Weg nach Piccadilly. Ich hatte etwas Neues erfahren müssen: Der Graf konnte die Kisten, daran war kein Zweifel mehr möglich, notfalls allein tragen. Wenn dem so war, dann war Zeit kostbar; nachdem er nun nämlich die Aufteilung seiner Kisten schon bis zu einem gewissen Grad vorgenommen hatte, konnte er sich jetzt den Zeitpunkt aussuchen, zu dem er sein Werk völlig unbeobachtet zu Ende führen konnte. Am Piccadilly Circus entlohnte ich meine Droschke und ging Richtung Westen; jenseits der *Junior Constitutional* fand ich das Haus, das der Mann mir beschrieben hatte, und war überzeugt, hier den nächsten von Graf Draculas eingerichteten Schlupfwinkeln entdeckt zu haben. Das Haus sah aus, als sei es schon lange nicht mehr bewohnt. Die Fenster starrten vor Dreck, und die Läden standen offen. Das gesamte Holzwerk war vom Alter geschwärzt, und von den Beschlägen aus Eisen war die Farbe großenteils abgeblättert. Es war offenkundig, daß bis vor gar nicht allzu langer Zeit an einem der Balkongitter eine große Tafel gehangen haben mußte; sie war auf jeden Fall ziemlich unsanft entfernt worden, während man die Stützen, an denen sie gehangen haben mußte, hatte stehenlassen. Hinter den Gitterstäben des Balkons entdeckte ich einige lose Bretter, deren Kanten weiß waren. Ich hätte viel darum gegeben, hätte ich noch das intakte Schild sehen können, denn das hätte mir womöglich einen Hinweis auf den Besitzer oder Vorbesitzer des Hauses gegeben. Ich erinnerte mich wieder an meine Erfahrungen bei der Erkundung und dem Erwerb des Hauses von Carfax und war fast sicher, Zugang zu dem Haus zu bekommen, wenn es mir nur gelang, den vorherigen Besitzer ausfindig zu machen.

Im Moment gab es aber hier an der Vorderseite nichts Neues in Erfahrung zu bringen, und zu tun war wohl auch nichts; so ging ich auf die Rückseite, um zu sehen, ob sich von dort her Neues in Erfahrung bringen ließ. In den Seitenstraßen herrschte reges Kommen und Gehen, da die Häuser in Piccadilly fast alle bewohnt sind. Ich fragte ein paar Herumlungerer und Tagelöhner, ob sie mir etwas über das leerstehende Haus sagen könnten. Einer sagte mir, er habe gehört, es sei erst kürzlich verkauft worden, aber er konnte mir auch nicht sagen, wer der Verkäufer gewesen war. Immerhin erzählte er mir, bis vor kurzem habe an der Vorderseite ein Schild gehangen mit der Aufschrift ›zu verkaufen‹, und vielleicht könnte mir die Maklerfirma Mitchell, Sons & Candy mehr sagen, jedenfalls sei das der Name, an den er sich zu erinnern meine und der auf dem Schild gestanden habe. Ich wollte nicht übermäßig interessiert erscheinen oder meinen Informanten zuviel wissen oder ahnen zu lassen, und so verschwand ich mit einem gängigen Dankeswort. Die Dämmerung senkte sich schon langsam herab, und die Herbstnacht war nicht mehr fern; deshalb verlor ich keine weitere Zeit mehr. Aus einem Adreßbuch suchte ich mir die Anschrift der Maklerfirma Mitchell, Sons & Candy heraus und erschien wenig später bereits in deren Büroräumen in der Sackville Street.

Der Herr, der mich empfing, war von außerordentlicher Höflichkeit, aber nicht weniger zugeknöpft. Nachdem er mir einmal erklärt hatte, das Haus in Piccadilly – das er im übrigen die ganze Zeit ein ›herrschaftliches Anwesen‹ nannte – sei verkauft, sah er mein Anliegen als erledigt an. Als ich ihn fragte, wer es denn erworben habe, öffnete er seine Augen ein klein wenig weiter und legte zuerst einmal eine kurze Pause ein, bevor er antwortete:

»Es ist verkauft, Sir.«

»Verzeihen Sie«, sagte ich nicht weniger höflich, »aber ich habe einen bestimmten Grund, warum ich gern wüßte, wer es denn gekauft hat.«

Wieder legte er eine längere Pause ein und hob die Brauen diesmal noch ein wenig mehr. »Es ist verkauft, Sir«, war dann seine lakonische Antwort.

»Sicher«, sagte ich, »macht es Ihnen nichts aus, mich noch einiges mehr wissen zu lassen.«

»Doch, das würde mir etwas ausmachen«, erwiderte er. »Die Angelegenheiten unserer Klienten unterliegen strengstem Stillschweigen und liegen bei Mitchell, Sons & Candy in den allerbesten Händen.« Er war unverkennbar ein Schnösel reinsten Wassers, und es war sicher aussichtslos, mit ihm diskutieren zu wollen. Ich dachte, es wäre vielleicht am besten, wenn ich versuchte, ihm mit den eigenen Waffen beizukommen, und so sagte ich: »Sir, Ihre Klienten dürfen sich glücklich schätzen, in Ihnen einen so entschiedenen Bewahrer ihrer vertraulichen Informationen zu haben. Ich selbst bin auch aus der Branche.« Dabei überreichte ich ihm meine Karte. »Mich treibt nicht billige Neugier oder etwas ähnliches; ich arbeite im Auftrag von Lord Godalming und versuche auf seinen Wunsch hin, etwas über die früheren Besitzverhältnisse dieses Anwesens herauszufinden, von dem er erst vor kurzem gehört hat, daß es zum Verkauf steht.« Diese Worte ließen die Angelegenheit für den Mann in einem neuen Licht erscheinen. Er sagte:

»Ich wünschte, ich könnte Ihnen helfen, Mr. Harker, und ganz besonders würde ich gern Seiner Lordschaft behilflich sein. Wir haben einmal für ihn tätig werden dürfen, als er noch Sir Arthur Holmwood war und als solcher ein paar Zimmer gesucht hat. Wenn Sie mir vielleicht die Anschrift Seiner Lordschaft hierlassen wollen, will ich gern mit der Geschäftsleitung über die Angelegenheit sprechen und mich dann auf jeden Fall noch mit der Abendpost mit Seiner Lordschaft in Verbindung setzen. Es wird uns ein Vergnügen sein, wenn wir in diesem speziellen Fall von unseren Usancen Abstand nehmen, um Seiner Lordschaft gefällig sein und ihm die erbetenen Auskünfte erteilen zu können.«

Ich wollte ihn lieber als Freund gewinnen und ihn mir nicht zum Feind machen; deshalb dankte ich ihm und gab ihm die Adresse von Dr. Seward. Dann ging ich wieder. Inzwischen war es dunkel geworden, und ich war müde und hungrig. In der *Areated Bread Company* nahm ich eine Tasse Tee zu mir und fuhr mit dem nächsten Zug nach Purfleet.

Ich fand die anderen bereits alle zu Hause versammelt. Mina sah müde und blaß aus, aber sie gab sich alle Mühe, frisch und fröhlich zu wirken; es war ein schmerzlicher Gedanke, daß ich ihr vieles vorenthalten mußte und auf diese Weise zu ihrer inneren Unruhe beitrug. Gott sei Dank, heute passiert es zum letzten Mal, daß sie unseren Konferenzen nur zuschauen kann und den leisen Stich verspüren muß, daß wir sie nicht voll in unser Vertrauen einbeziehen. Ich mußte alle Courage zusammennehmen, um mich weiter an unseren weisen Beschluß zu halten, sie aus unserem schrecklichen Vorhaben herauszuhalten. Sie kommt mir ein bißchen so vor, als sei sie schon mit ihrem Schicksal versöhnt; oder anders gesagt, daß ihr der Gegenstand unserer Beratungen widerlich geworden war, denn kaum fällt einmal eine Bemerkung in dieser Richtung, schaudert sie zusammen.

Ich konnte den anderen nicht von den Entdeckungen dieses Tages berichten, solange wir nicht allein waren; deshalb brachte ich Mina zu Bett, nachdem wir zu Abend gegessen und ein wenig Musik gemacht hatten. Das liebe Mädchen war zärtlicher zu mir denn je und klammerte sich an mich, als wolle sie mich an sich fesseln; aber es gab so vieles zu besprechen, und deshalb ging ich bald wieder. Gott sei Dank, es hat sich nichts zwischen uns dadurch verändert, daß ich aufgehört habe, alles mit ihr zu besprechen.

Als ich nach unten kam, fand ich die anderen bereits um das Feuer im Arbeitszimmer versammelt. Ich hatte mein Tagebuch bereits im Zug geschrieben und las es der Einfachheit halber den anderen vor, so daß sie alle gleichzeitig sämtliche Informationen erhielten. Als ich geendet hatte, sagte Van Helsing:

»Das war ein schönes Stück Arbeit für einen einzigen Tag, Freund Jonathan. Wir sind jetzt ohne Zweifel auf der Spur der fehlenden Kisten. Wenn wir sie alle in diesem Haus finden, dann ist unsere Arbeit fast schon beendet. Aber wenn einige fehlen sollten, müssen wir sie suchen, bis wir sie gefunden haben. Dann werden wir zum entscheidenden letzten Schlag ausholen und das Ungeheuer in seinen Tod hetzen.« Eine Weile saßen wir alle schweigend da, bis ganz unvermittelt Mr. Morris das Wort ergriff und sagte:

»Nun sagen Sie schon! Wie kommen wir in dieses Haus hinein?«

»Wir sind in das andere schließlich auch hineingekommen«, erwiderte Lord Godalming schnell.

»Das aber ist anders, Art. Das Haus in Carfax haben wir aufgebrochen, doch haben wir im Schutz der Nacht und eines von einer Mauer umgebenen Parks gearbeitet. In Piccadilly einen Einbruch zu inszenieren ist eine ganz andere Sache, egal ob am Tag oder bei Nacht. Ich gestehe, daß ich noch nicht so ganz sehe, wie wir hineingelangen sollen, solange es diesem Fatzke aus der Agentur nicht gelingt, uns irgendwie Zugang zu verschaffen; vielleicht wissen wir ja mehr, wenn Sie seinen Brief am nächsten Morgen erhalten.« Lord Godalming zog die Brauen zusammen, als er aufstand und anfing, im Zimmer auf und ab zu gehen. Irgendwann blieb er stehen und sah uns der Reihe nach an.

»Quincey hat völlig recht: Immer wieder einzubrechen wäre gefährlich; einmal ist alles gutgegangen; aber jetzt haben wir eine nicht alltägliche Aufgabe vor uns – es sei denn, wir fänden den Korb mit allen Schlüsseln des Grafen.«

Da wir ohnehin bis zum nächsten Morgen nichts mehr unternehmen konnten und da es zumindest ratsam erschien abzuwarten, bis Lord Godalming wieder von der Maklerfirma hörte, entschlossen wir uns, bis zum Frühstück nichts weiter zu unternehmen. Wir saßen dann noch lange zusammen, rauchten und diskutierten die ganze Angelegenheit unter den verschiedensten Gesichtspunkten; ich ergriff die Gelegenheit, dieses Tagebuch bis zum augenblicklichen Zeitpunkt fortzuführen. Doch jetzt bin ich rechtschaffen müde und werde zu Bett gehen ...

Nur eine Zeile noch. Mina schläft tief und fest, und ihr Atem geht regelmäßig. Ihre Stirn ist zerfurcht, als denke sie selbst noch im Schlaf intensiv nach. Sie ist immer noch sehr blaß, aber sie sieht nicht mehr so krank aus wie heute morgen. Morgen, hoffe ich, wird alles besser werden, wenn sie erst wieder im eigenen Haus in Exeter ist. Oh – bin ich müde!

Das Tagebuch des Dr. Seward

1. Oktober: – Renfield verwirrt mich. Seine Launen wechseln so plötzlich, daß es mir zunehmend schwerer fällt, überhaupt noch mitzukommen, und da man aus ihnen im allgemeinen mehr ablesen kann als aus seinem ›Normalzustand‹, sind sie ein mehr als interessantes Studienobjekt. Heute morgen habe ich ihn besucht, nachdem er Van Helsing zurückgewiesen hatte, und er gebärdete sich wie einer, der dem Schicksal gebieten kann. Und in der Tat gebot er auch – rein subjektiv betrachtet – dem Schicksal. Ihn interessierten die Dinge unserer profanen Erde nicht im geringsten; er lebte in einem Wolkenkuckucksheim und blickte von seinem Olymp auf all die Unvollkommenheit und die Wünsche von uns armen Sterblichen herab. Ich dachte, ich sollte vielleicht die Gelegenheit beim Schopf ergreifen, um etwas Neues zu erfahren, und fragte ihn deshalb:«

»Wie steht's denn jetzt mit den Fliegen?« Er lächelte mich sehr von oben herab an – ein Lächeln, wie man es sich auf dem Gesicht Malvolinos vorstellen könnte – und erwiderte:

»Die Fliege, verehrter Herr, hat ein hervorstechendes Merkmal: Ihre Flügel sind typisch für die Macht der Seele. Die Altvorderen wußten schon, warum sie sich die Seele gern als Schmetterling vorstellten!«

Ich verspürte das Bedürfnis, seine Analogie auf die Spitze zu treiben, und sagte schnell:

»Oh, dann ist es eine Seele, hinter der Sie jetzt her sind?« Der Wahnsinn besiegte die Vernunft, und über sein Gesicht breitete sich ein erstaunter Ausdruck, während er den Kopf mit einer Entschiedenheit schüttelte, die ich selten an ihm beobachtet hatte, und sagte:

»O nein, o nein! Ich will keine Seelen. Ich will weiter nichts als Leben.« Sein Gesicht hellte sich auf. »Im Augenblick ist mir alles ziemlich egal. Das Leben ist schön; ich habe doch alles, was ich will. Sie müssen sich einen neuen Patienten suchen, Doktor, wenn Sie weiter zoophage Phänomene studieren wollen.«

Ich war ein wenig überrascht und hakte gleich nach:

»Dann gebieten Sie über das Leben? Sie sind ein Gott? Ist das richtig?« Er lächelte mit geradezu unübertrefflicher himmlischer Güte und Überlegenheit.

»O nein! Es sei fern von mir, die Attribute der Göttlichkeit für mich in Anspruch nehmen zu wollen. Ich bin ja nicht einmal Seiner geistigen Taten teilhaftig. Wenn ich meinen intellektuellen Status definieren sollte, dann bin ich, soweit es rein irdische Dinge betrifft, etwa auf der Stufe, auf der Henoch (Hinweis d. Übers.: ›der Eingeweihte‹, 7. bibl. Urvater der Menschheit, nach spätjüdischer Mythologie Mitwisser göttlicher Geheimnisse) hinsichtlich geistlichen Wissens stand.« Für mich war er ein Wichtigtuer. Im Moment war mir nicht ganz klar, wie Henoch hier hineinpassen sollte; deshalb stellte ich ihm eine einfache Frage, obwohl ich das Gefühl hatte, mich schon allein dadurch in den Augen des Wahnsinnigen zu erniedrigen.

»Und warum Henoch?«

»Weil er mit Gott wandelte.« Ich konnte die Analogie nicht erkennen, mochte es aber nicht zugeben; deshalb kam ich noch einmal auf das zurück, was er verneint hatte.

»Ihnen ist also das Leben egal, und Sie wollen auch keine Seelen. Warum denn nicht?« Ich sprach schnell und auch ein wenig streng in der Hoffnung, ihn dadurch zu verwirren. Der Versuch hatte Erfolg; einen Augenblick lang verfiel er wieder in seine Demutshaltung, verbeugte sich katzbuckelnd ganz tief vor mir und erwiderte:

»Ich will keine Seelen, wirklich nicht, wirklich! Ich will keine. Ich hätte gar keine Verwendung für sie, wenn ich sie besäße; sie wären mir von keinerlei Nutzen. Ich könnte sie nicht essen oder –« Er unterbrach sich plötzlich, und auf seinem Gesicht erschien wieder der alte hinterlistige Ausdruck, wie ein Windstoß die Wasseroberfläche kräuselt. »Und, Doktor, was ist das Leben letztendlich schon? Wenn man alles hat, was man begehrt, und weiß, daß man weiter nichts will. Ich habe Freunde – gute Freunde – wie Sie, Dr. Seward« – und das sagte er mit einem anzüglichen Grinsen geradezu unaussprechlicher Hinterlist – »und ich weiß, daß ich nie Mangel an Leben leiden werde.«

Ich glaube, daß er durch die Nebel seines Irrsinns so etwas wie Widerwillen bei mir erkannte, denn er verfiel auf der

Stelle in die letzte Zuflucht, die er hatte – ein beharrliches Schweigen. Ich sah schon bald ein, daß es im Moment aussichtslos war, weiter mit ihm reden zu wollen. Er war eingeschnappt, und so ging ich wieder.

Später schickte er nach mir. Normalerweise wäre ich ohne einen triftigen Grund nicht zu ihm gegangen, doch bin ich im Moment so sehr an ihm interessiert, daß ich es freudig noch einmal versuchte. Und so ganz nebenbei bin ich ganz froh, etwas zu haben, das mir hilft, die Zeit zu vertreiben. Harker ist auf Spurensuche, und dasselbe gilt für Lord Godalming und Quincey. Van Helsing sitzt in meinem Arbeitszimmer und brütet über dem Bericht, den die Harkers ausgearbeitet haben. Er wird nicht gern ohne Grund bei der Arbeit gestört. Ich hätte ihn ja mitgenommen, damit er sich meinen Patienten noch einmal ansehen konnte, allerdings dachte ich mir, daß er vielleicht nach der letzten Zurückweisung kein großes Interesse an einem neuerlichen Besuch bei ihm hat.

Ich fand Renfield inmitten seiner Zelle auf einem Stuhl sitzen, eine Position, die bei ihm im allgemeinen auf einige geistige Energie hindeutet. Ich war kaum im Zimmer, als er auch schon mit einem Tempo sagte, als hätten ihm die Worte auf der Zunge gebrannt: »Was ist mit den Seelen?«

Nun konnte eigentlich überhaupt kein Zweifel mehr daran möglich sein, daß meine Vermutung richtig gewesen war. Das Unterbewußtsein arbeitete ständig weiter, auch bei einem Geisteskranken. Ich beschloß, der Sache jetzt auf den Grund zu gehen. »Wie steht es denn bei Ihnen selbst damit?« fragte ich. Einen Moment lang sagte er gar nichts, sondern blickte nur um sich, mal nach unten, mal nach oben, als erwartete er, daß ihm von irgendwoher eine Inspiration für eine Antwort komme.

»Ich will keine Seelen!« sagte er leise und wie um Entschuldigung bittend. Diese Frage schien ihn zu bedrücken, und das wollte ich mir zunutze machen – »grausam sein, um gut sein zu können.« Deshalb sagte ich:

»Sie lieben Leben, und Sie wollen sich viele Leben einverleiben?«

»Aber ja! Doch das ist schon in Ordnung; darüber brauchen Sie sich keine Gedanken zu machen!«

»Aber«, fragte ich, »wie können wir das Leben eines anderen bekommen, ohne gleichzeitig auch seine Seele zu haben?« Die Frage schien ihn zu verunsichern, und deshalb verfolgte ich diese Spur weiter.

»Das wird einmal lustig werden, wenn Sie diese Erde verlassen und die Seelen Tausender von Fliegen, Spinnen, Vögeln und Katzen summen, zwitschern und miauen um Sie herum. Sie haben sich ihre Leben genommen, und nun müssen Sie sich mit ihren Seelen auseinandersetzen!«

Irgend etwas schien seine Einbildungskraft unangenehm zu berühren, denn er steckte sich die Finger in die Ohren, schloß die Augen und preßte sie so fest zusammen, wie es schon mal ein kleiner Junge tut, dem man das Gesicht mit Seife wäscht. In der ganzen Geste lag etwas Pathetisches, das mich durchaus nicht unberührt ließ; sie erteilte mir indes auch wiederum eine Lehre, denn vor mir schien ich ein kleines Kind zu haben – wirklich nur ein Kind, auch wenn seine Züge verbraucht aussahen und die Stoppeln an seinem Kinn weiß waren. Es war deutlich zu sehen, daß er einen Prozeß mentaler Beunruhigung durchmachte, und da ich aus der Vergangenheit wußte, wie seine Launen oft Dinge erklärt hatten, die selbst ihm fremd waren, dachte ich mir, jetzt müsse es mir gelingen können, in seine Gedankenwelt vorzudringen und sie nachzuvollziehen. Der erste Schritt dorthin mußte sein, sein Vertrauen zurückzugewinnen, und so fragte ich ihn mit lauter Stimme, damit er mich auch hören konnte, obwohl er sich noch immer die Ohren zuhielt:

»Möchten Sie vielleicht ein wenig Zucker haben, um wieder Fliegen fangen zu können?«

Er schien urplötzlich wieder wach zu werden und schüttelte den Kopf. Mit einem Lachen erwiderte er:

»Nicht übermäßig! Fliegen sind doch alles in allem armselige Geschöpfe!« Nach einer kurzen Pause setzte er noch hinzu: »Aber ich möchte trotzdem nicht, daß ihre Seelen um mich herumschwirren.«

»Oder Spinnen?« fuhr ich fort.

»Zum Teufel mit den Spinnen! Was nützen schon Spinnen? An ihnen gibt es doch nichts zu essen oder zu –« Er unterbrach sich plötzlich, als habe er sich an ein Verbot erinnert.

So, so! dachte ich bei mir, das war jetzt das zweite Mal, daß er bei dem Wort ›trinken‹ innehielt. Was konnte das nur zu bedeuten haben? Renfield schien sich selbst bewußt zu sein, daß er einen Fehler gemacht hatte, denn er wollte mich wohl ablenken; jedenfalls beeilte er sich sehr hinzuzusetzen:

»Ich habe an allen diesen Dingen keinerlei Interesse. ›Ratten und Mäuse und anderes niederes Getier‹, wie Shakespeare gesagt hat, ist ›Hühnerfutter für die Speisekammer‹. Ich bin über all diesen Unsinn hinaus. Sie können genausogut von einem Mann verlangen, er solle Moleküle mit chinesischen Eßstäbchen verzehren, wie daß Sie von mir erwarten, ich sollte mich für die niederen Fleischfresser interessieren, da ich doch weiß, was vor mir liegt.«

»Ich verstehe«, sagte ich, »Sie suchen also nach großen Tieren, in die Sie Ihre Zähne schlagen können. Wie würde es Ihnen denn gefallen, einmal einen Elefanten zu frühstücken?«

»Was reden Sie denn da für einen unqualifizierten Blödsinn!« Er war dabei, allzu wach zu werden, und so beschloß ich, ihn nicht mehr loszulassen. »Ich frage mich«, sagte ich nachdenklich, »wie wohl die Seele eines Elefanten beschaffen sein mag.« Der erhoffte Effekt trat auch sogleich ein, denn er stieg wieder von seinem hohen Roß herab und wurde erneut zum kleinen Kind.

»Ich will keine Elefanten-Seele noch sonst irgendeine Seele!« sagte er. Einige Minuten saß er danach ziemlich bedrückt da. Dann sprang er urplötzlich auf, seine Augen blitzten, und er zeigte überhaupt alle Anzeichen höchster Erregung. »Hol Sie doch der Teufel mitsamt Ihrer Seelen!« rief er. »Warum quälen Sie mich mit Seelen? Habe ich noch nicht genug Sorgen und Schmerzen und Gewissensbisse, ohne auch noch an irgendwelche Seelen denken zu müssen?« Er sah mich so feindselig an, daß ich schon befürchtete, er werde gleich einen neuen Mordversuch gegen mich unternehmen; deshalb zog ich meine Trillerpfeife und blies kräftig hinein. Noch im selben Augenblick wurde er wieder ruhig und sagte entschuldigend:

»Verzeihen Sie mir, Doktor; ich habe mich vergessen. Sie benötigen keine Hilfe. Ich mache mir so viele Gedanken, daß ich allzu leicht zu reizen bin. Wüßten Sie um das Problem, dem ich mich gegenübersehe und mit dem ich fertig werden muß, Sie würden mich bedauern und verstehen, und Sie würden mir verzeihen. Ich bitte Sie, stecken Sie mich nicht wieder in eine Zwangsjacke. Ich möchte nachdenken, und das kann ich nicht, wenn mein Körper eingezwängt ist. Ich bin zuversichtlich, Sie werden das verstehen!« Er hatte sich sichtlich in der Gewalt; als daher die Wärter erschienen, sagte ich ihnen, sie brauchten sich keine Gedanken zu machen, worauf sie sich wieder zurückzogen. Renfield beobachtete sie, bis sie gegangen waren; als die Tür hinter ihnen wieder geschlossen war, sagte er mit bemerkenswerter Würde und Freundlichkeit:

»Dr. Seward, Sie waren sehr rücksichtsvoll zu mir. Glauben Sie mir, dafür bin ich Ihnen sehr, sehr dankbar.« Ich hielt es für sinnvoll, ihn in dieser Laune zu verlassen, und so ging ich. Da gibt es einiges im Wesen dieses Mannes, das man überdenken sollte. Manches ergibt, im Zusammenhang gesehen, das, was amerikanische Journalisten gern eine ›Story‹ nennen. Hier sei es einmal der Reihe nach genannt:

Er vermeidet das Wort ›trinken‹.

Er fürchtet, mit den ›Seelen‹ anderer Lebewesen belastet zu werden.

Er hat keine Angst davor, zukünftig Mangel an ›Leben‹ zu leiden.

Er verachtet die niederen Lebensformen, obgleich er fürchtet, von deren Seelen verfolgt zu werden.

Alle diese Punkte deuten logischerweise alle in dieselbe Richtung! Er hat von irgendwoher irgendeine feste Zusage, er werde irgendeine höhere Form des Lebens erreichen. Er fürchtet aber die sich daraus ergebende Konsequenz – die Last einer Seele. Dann muß es ein menschliches Leben sein, auf das er es abgesehen hat!

Und die Zusicherung – ?

Gnädiger Herr im Himmel! Der Graf war bei ihm, und nun kommt ein neuer, entsetzlicher Schrecken auf uns zu!

Später: – Nachdem ich meine Runde beendet hatte, ging ich zu Van Helsing und berichtete ihm von meinem Verdacht. Er wurde sehr ernst; und nachdem er sich die Sache eine Weile überlegt hatte, bat er mich, ihn zu Renfield zu führen. Das tat ich denn auch. Als wir an seine Tür kamen, hörten wir den Wahnsinnigen drinnen fröhliche Lieder singen, wie er es früher gern getan hatte. Als wir eintraten, sahen wir, daß er seinen Zucker wie früher ausgebreitet hatte; die Fliegen, schon müde vom Herbst, flogen nur zögernd ins Zimmer. Wir versuchten, mit ihm ein Gespräch über unser vorheriges Thema zu beginnen, aber er ging überhaupt nicht darauf ein. Er sang nur einfach weiter, als seien wir gar nicht da. Vor sich hatte er ein Blatt Papier, das er zu einer Art Notizbuch faltete. Es blieb uns schließlich nichts anderes übrig, als so schlau oder auch unwissend wieder zu gehen, wie wir gekommen waren.

Sein Fall ist seltsam, weiß Gott! Wir müssen ihn heute nacht unbedingt beobachten.

Brief der Firma Mitchell, Sons & Candy an Lord Godalming

1. Oktober

Mylord,
wir schätzen uns jederzeit glücklich, Ihnen einen Wunsch erfüllen zu dürfen. Erlauben Sie uns daher, dem Wunsch Eurer Lordschaft entsprechend, wie er uns von Mr. Harker in Ihrem Auftrag übermittelt wurde, folgende Auskunft über Verkauf und Kauf des Hauses No 347 Piccadilly erteilen zu dürfen: Als Verkäufer traten die Handlungsbevollmächtigten des jüngst verstorbenen Mr. Archibald Winter-Suffield auf. Der Käufer ist ein ausländischer Adliger, ein gewisser Graf de Ville, der den Kauf eigenhändig tätigte und auch selbst den Kaufpreis in Banknoten ›über den Tresen schob‹, wenn Sie uns diese etwas vulgäre Ausdrucksweise nachsehen wollen. Darüber hinaus wissen wir nichts weiter über ihn. Wir zeichnen als

Euer Lordschaft ergebenste Diener
MITCHELL, SONS & CANDY

Das Tagebuch des Dr. Seward

2. *Oktober:* – Letzte Nacht habe ich einen Mann auf dem Korridor postiert und ihm aufgetragen, jedes Geräusch genauestens zu notieren, das er womöglich aus Renfields Zelle hören würde; weiter habe ich ihn dahingehend instruiert, daß er mich umgehend rufen solle, wenn etwas Ungewöhnliches vorfallen sollte. Nach dem Abendessen, als wir uns alle um den Kamin im Arbeitszimmer versammelt hatten – Mrs. Harker war schon zu Bett gegangen –, diskutierten wir alle Unternehmungen und alle neu gewonnenen Erkenntnisse des vergangenen Tages. Harker hatte als einziger konkrete Ergebnisse vorzuweisen, und wir machen uns alle Hoffnungen, daß seine Spur von einiger Bedeutung sein möge.

Bevor ich mich dann zur Nacht zurückzog, ging ich noch einmal bei meinem Patienten vorbei und blickte durch den Sehschlitz in seine Zelle hinein. Er schlief tief und fest, und seine Brust hob und senkte sich unter regelmäßigen Atemzügen.

Heute morgen hatte mir der diensthabende Wärter berichtet, Renfield sei kurz nach Mitternacht unruhig geworden und habe ständig laut irgendwelche Gebete gesprochen. Ich fragte ihn, ob das alles sei, und er erwiderte, das sei alles, was er gehört habe. In der ganzen Art, wie er das sagte, lag etwas, das mich mißtrauisch machte, und deshalb fragte ich ihn rundheraus, ob er etwa geschlafen habe. Er leugnete, geschlafen zu haben, gab aber zu, ein wenig ›gedöst‹ zu haben.

Es ist einfach zu traurig, daß man keinem Menschen trauen kann, außer man hält ihn ständig unter Kontrolle.

Heute ist Harker fort, um seine Spur weiter zu verfolgen, und Art und Quincey wollen Pferde besorgen. Godalming meint, es sei sicher gut, Reitpferde zur Verfügung zu haben, denn wenn wir die Informationen bekommen, die wir uns erhoffen, wird keine Zeit zu verlieren sein. Wir müssen die gesamte importierte Erde zwischen Sonnenaufgang und Sonnenuntergang sterilisieren; so werden wir den Grafen dann erwischen, wenn er am schwächsten ist und wenn ihm keine Rückzugsmöglichkeit mehr verbleibt. Van Helsing ist ins Britische Museum gegangen, um sich dort mit einigen Koryphäen der Medizingeschichte zu treffen. Die alten Heilkundigen haben Dinge berücksichtigt, die deren Nachfolger nicht akzeptieren, und der Professor ist jetzt auf der Suche nach Mitteln gegen Hexen und Dämonen, die uns vielleicht später von Nutzen sein könnten.

Manchmal denke ich, wir müssen alle miteinander verrückt sein und werden über kurz oder lang in Zwangsjacken wieder zur Vernunft zurückfinden.

Später: – Wir hatten eine neue Zusammenkunft. Es scheint, als seien wir endlich auf der richtigen Spur, und vielleicht ist unser morgiges Tagewerk schon der Anfang vom Ende. Ich frage mich, ob Renfields Ruhe etwas damit zu tun hat. Seine Launen sind den Taten des Grafen bisher immer so auffällig gefolgt, daß ihm vielleicht auf irgendeine geheimnisvolle Weise bereits die Kunde vom bevorstehenden Untergang des Monstrums hinterbracht wurde. Wenn wir doch nur den geringsten Hinweis darauf hätten, was während der Zeit in seinem Kopf vorgegangen ist, seit ich gestern mit ihm diskutierte, bis heute, als er wieder angefangen hat, Fliegen zu fangen. Das könnte für uns womöglich einen interessanten Hinweis ergeben. Jetzt ist er wohl für ein Weilchen still ... wirklich? Und was ist mit dem wilden Schrei aus der Richtung seiner Zelle ...?

Der Wächter stürzt zu mir ins Zimmer und erzählt mir, Renfield habe irgendwie einen Unfall erlitten. Er hatte ihn ebenfalls schreien hören, und als er nachsehen gegangen war, hatte er Renfield blutüberströmt und mit dem Gesicht nach unten auf dem Fußboden liegen sehen. Ich muß sofort zu ihm ...

Kapitel Einundzwanzig

Das Tagebuch des Dr. Seward

3. *Oktober:* – Lassen Sie mich alles, was seit meiner letzten Eintragung in dieses Tagebuch geschehen ist, möglichst genau niederschreiben, soweit ich mich erinnern kann. Es darf auch nicht die kleinste Kleinigkeit, an die ich mich noch erinnern kann, vergessen werden; ich muß in aller Ruhe vorgehen.

Als ich in Renfields Zelle ankam, fand ich ihn in einer schillernden Blutlache auf der linken Seite liegend vor. Als ich mich zu ihm hinunter beugte, war mir auf der Stelle klar, daß er einige sehr schwere Verletzungen erlitten haben mußte: seine Körperteile waren auf merkwürdige Weise verrenkt. Da sein Gesicht entblößt war, konnte ich sehen, daß es schreckliche Verletzungen aufwies, fast als sei er auf den Fußboden geschleudert worden – und diese Gesichtsverletzungen waren auch der Grund für die große Blutlache, in der er lag. Der Wärter, der sich neben ihn gekniet hatte, meinte, nachdem wir ihn herumgedreht hatten:

»Sir, ich glaube, das Rückgrat ist gebrochen. Sehen Sie doch nur, der rechte Arm und das rechte Bein sowie die rechte Seite seines Gesichts sind gelähmt.« Der Wärter war über alle Maßen verwundert, wie so etwas hatte passieren können. Er schien ziemlich verunsichert und runzelte die Stirn, als er sagte:

»Zwei Dinge verstehe ich nicht. Er hätte sich das Gesicht zerschmettern können, indem er selbst den Kopf auf den Fußboden schlug. Das habe ich einmal in der Anstalt von Eversfield eine junge Frau tun sehen, bevor jemand sie packen konnte. Weiter stelle ich mir vor, daß er sich das Kreuz bei einem Sturz aus dem Bett brechen konnte, aber das wäre dann schon ein merkwürdiger Zufall gewesen. Doch kann ich mir um alles in der Welt nicht vorstellen, wie beides gleichzeitig passieren konnte. Wenn sein Rückgrat gebrochen war, konnte er den Kopf nicht mehr auf den Boden schmettern; und wenn sein Gesicht bereits vor dem Fall aus dem Bett so ausgesehen haben sollte, müßte man Spuren eines Kampfes finden können.«

Ich sagte zu ihm: »Gehen Sie bitte zu Dr. Van Helsing und bitten Sie ihn, er möge sich doch freundlicherweise umgehend hierher bemühen. Ich würde ihn gern auf der Stelle sprechen.« Der Mann rannte davon, und schon nach wenigen Minuten erschien der Professor in Schlafrock und Pantoffeln. Als er Renfield auf der Erde liegen sah, betrachtete er ihn zunächst eingehend und wandte sich dann mit ernstem Gesicht an mich. Ich glaube, er las meine Gedanken in meinen Augen, denn er sagte ruhig und erkennbar nur für die Ohren des Wärters bestimmt:

»Ah, ein bedauerlicher Unfall! Er wird sorgfältigste Pflege und ständige Beobachtung benötigen. Ich werde selbst mit Ihnen hier bleiben; aber zunächst muß ich mich ankleiden. Wenn Sie hierbleiben wollen – ich bin in ein paar Minuten wieder bei Ihnen.« Inzwischen atmete der Patient keuchend, und es war unschwer zu erkennen, daß er schwerste Verletzungen davongetragen hatte. Van Helsing kehrte bemerkenswert schnell zurück. In der Hand hatte er seinen Notfallkoffer. Er hatte offenbar nachgedacht und bereits eine Entscheidung gefällt; denn noch bevor er sich den Patienten richtig angeschaut hatte, flüsterte er mir zu:

»Schicken Sie den Wärter weg. Wir müssen mit ihm allein sein, wenn er nach der Operation wieder zu Bewußtsein kommt.« Daher sagte ich:

»Ich glaube, das reicht jetzt zuerst einmal, Simmons. Wir haben getan, was man im Moment tun kann. Sie machen jetzt am besten Ihre Runde, während Dr. Van Helsing operiert. Sollte irgendwo irgend etwas Ungewöhnliches sein, lassen Sie es mich auf der Stelle wissen.«

Der Mann ging davon, und wir unterzogen den Patienten einer eingehenden Untersuchung. Die Gesichtsverletzungen waren nur äußerlich; die wirklich schwere Verletzung war, daß der Schädel im gesamten Bereich der Motorik eingedrückt war. Der Professor bedachte sich eine Weile und sagte dann:

»Wir müssen den Druck reduzieren und wieder zu normalen Verhältnissen kommen, soweit das möglich ist; die Geschwindigkeit, mit der sich der Erguß ausbreitet, deutet auf eine außerordentlich schwere Verletzung hin. Es scheint, als sei die ganze Region der Motorik betroffen.« Noch während er sprach, erklang an der Tür ein leises Klopfen. Ich ging, um zu öffnen, und sah im Korridor Arthur und Quincey stehen, beide in Pyjama und Pantoffeln. Arthur sagte:

»Ich hörte, wie Ihr Mann nach Dr. Van Helsing rief und ihm etwas von einem Unfall erzählte. Deshalb habe ich Quincey geweckt, beziehungsweise habe ihn gerufen, denn er schlief noch nicht. Die Dinge entwickeln sich zu schnell und zu sonderbar, als daß einer von uns in diesen Tagen richtig tief und fest schlafen könnte. Ich dachte gerade daran, daß die Dinge morgen abend wohl nicht mehr sein werden, wie sie sich im Moment noch darstellen. Wir müssen Rückschau halten – und ein wenig mehr nach vorn sehen, als wir es bisher getan haben. Dürfen wir hereinkommen?« Ich nickte und hielt ihnen die Tür offen, bis sie eingetreten waren, dann schloß ich sie gleich wieder. Als Quincey den Zustand unseres Patienten sah und die große Blutlache auf dem Boden bemerkte, sagte er betont sanft:

»Mein Gott! Was ist dem denn zugestoßen! Armer, armer Teufel!« Ich berichtete mit knappen Worten, was ich wußte, und fügte noch hinzu, daß wir erwarteten, er werde nach der Operation das Bewußtsein wiedererlangen – wenigstens für eine kurze Zeit.

»Wir müssen warten«, sagte Van Helsing, »und den richtigen Zeitpunkt für die Schädelöffnung suchen, damit wir den Blutpfropfen möglichst rasch und effektiv entfernen können; denn es ist unübersehbar, daß das Gerinnsel ständig größer wird.«

Die Minuten des Wartens verstrichen quälend langsam. Ich war schrecklich niedergeschlagen, und Van Helsings Gesicht entnahm ich, daß auch er hinsichtlich der nächsten Minuten Schlimmes befürchtete. Ich hatte Angst vor den Worten, die Renfield sprechen würde.

Der Atem des bedauernswerten Mannes kam in unregelmäßigen Schüben. Jeden Augenblick schien es, als wolle er die Augen öffnen und etwas sagen; doch dann folgte jedesmal ein keuchender Atemzug, und er verfiel in noch tiefere Bewußtlosigkeit. Ich war doch einigermaßen abgehärtet gegen Krankenlager und Sterbezimmer, doch dieses Grauen hier legte sich mir schwerer und immer schwerer aufs Gemüt. Fast konnte ich schon das Schlagen des eigenen Herzens hören; und das Rauschen des Blutes in den Schläfen klang mir wie Hammerschläge in den Ohren. Schließlich wurde das Schweigen geradezu lähmend. Ich blickte die Kameraden an, einen nach dem anderen, und ersah aus ihren düsteren Gesichtszügen und den zusammengezogenen Augenbrauen, daß sie ganz ähnliche Torturen durchzustehen hatten. Über uns allen lag eine nervöse Spannung, als müsse urplötzlich in dem Augenblick über unseren Köpfen eine Katastrophen-

Glocke zu läuten beginnen, wenn wir es am wenigstens erwarteten.

Doch dann kam der Zeitpunkt, wo wir nicht mehr im Zweifel sein konnten, daß die Kräfte des Kranken rapide dahinschwanden; jeden Augenblick konnte der Tod eintreten. Ich blickte zum Professor auf und gewahrte seinen Blick fest auf mich gerichtet. Sein Gesicht war unbewegt, als er sagte:

»Es ist keine Zeit mehr zu verlieren. Seine Worte könnten so manches Leben wert sein; ich habe darüber nachgedacht, während ich hier stand. Es könnte sein, daß eine Seele auf dem Spiel steht! Wir werden direkt über dem Ohr öffnen.«

Ohne ein weiteres Wort nahm er die Operation vor. Noch einige Augenblicke danach ging Renfields Atem keuchend. Dann kam ein so langer Atemzug, daß es schien, als wolle es ihm die Brust zerreißen. Plötzlich öffneten sich seine Augen zu einem wilden, hilfesuchenden Blick. Dies dauerte einige Augenblicke an; dann wandelte sich der Ausdruck seiner Augen zu freudiger Überraschung, und über seine Lippen kam ein Seufzer der Erleichterung. Er bewegte sich krampfartig und sagte:

»Ich werde ruhig bleiben, Doktor. Sagen Sie ihnen, sie sollen die Zwangsjacke wieder wegnehmen. Ich hatte einen gräßlichen Traum, und aus ihm bin ich so geschwächt aufgewacht, daß ich mich nicht einmal mehr bewegen kann. Was ist mit meinem Gesicht? Es fühlt sich geschwollen an, und es schmerzt fürchterlich.« Er versuchte, den Kopf zu drehen; doch selbst unter dieser Anstrengung wollten seine Augen schon wieder trüb werden, und so legte ich ihn vorsichtig wieder in die alte Position. Dann sagte Van Helsing in ruhigem, ernstem Ton:

»Erzählen Sie uns Ihren Traum, Mr. Renfield.« Beim Klang dieser Stimme hellte sich seine Miene zusehends trotz der Verletzungen auf, und er sagte:

»Das ist Dr. Van Helsing. Wie gut Sie doch sind, hierherzukommen. Geben Sie mir ein wenig Wasser, meine Lippen sind so trocken; dann werde ich versuchen, Ihnen meinen Traum zu erzählen. Mir träumte« – er brach ab und schien ohnmächtig zu werden. Ich winkte Quincey heran. »Den Brandy – schnell! Er ist in meinem Arbeitszimmer – schnell!« Er flog förmlich hinaus und kehrte mit einem Glas, der Brandy-Flasche und einer Wasserkaraffe zurück. Wir befeuchteten die ausgetrockneten Lippen, und der Kranke erholte sich schnell. Immerhin schien es, als habe sein krankes, verletztes Gehirn in der Zwischenzeit weitergearbeitet, denn als er wieder ganz bei Bewußtsein war, schaute er mich mit einem durchdringenden Blick an, den ich mein Lebtag nicht mehr vergessen werde, einem Blick, in dem sich Todesfurcht und Verwirrung mischten, und sagte:

»Ich darf mich nicht selbst betrügen; es war kein Traum, sondern schreckliche Wirklichkeit.« Seine Blicke irrten durch den ganzen Raum, und als er Quincey und Art sah, die dort drüben auf der Bettkante saßen und geduldig abwarteten, fuhr er fort:

»Wenn ich bis jetzt noch nicht sicher gewesen wäre, dann wüßte ich es von diesem Moment an.« Einen Augenblick lang schlossen sich seine Augen – nicht vor Schmerz und nicht vor Müdigkeit, sondern ganz bewußt, als wolle er alle seine Kräfte noch einmal sammeln. Als er sie wieder öffnete, sagte er rasch und mit mehr Nachdruck, als er bisher an den Tag gelegt hatte:

»Schnell, Doktor, schnell! Ich sterbe! Ich spüre, daß mir nur noch wenige Minuten bleiben; und dann muß ich zurück in den Tod – oder Schlimmeres! Befeuchten Sie meine Lippen noch einmal mit Brandy. Ich habe etwas, das muß ich noch sagen, bevor ich sterbe; oder bevor mein verletztes Gehirn den Dienst versagt. Ich danke Ihnen! Es geschah in jener Nacht, nachdem Sie mich verlassen hatten, Sie wissen, die Nacht, als ich sie angefleht hatte, mich gehen zu lassen.

Damals konnte ich nicht reden, denn ich glaubte meine Zunge sei gebunden; aber ich war, davon abgesehen, genauso gesund wie jetzt. Noch lange nachdem Sie gegangen waren, litt ich Todesängste; die Verzweiflung schien sich zu Stunden zu dehnen. Doch dann überkam mich plötzlich Frieden. Mein Gehirn schien sich wieder abzukühlen, und mir wurde wieder klar, wo ich mich befand. Ich hörte Ihre Hunde hinter Ihrem Haus bellen, aber nicht da, wo *Er* sich befand!« Während er redete, zuckte Van Helsing mit keiner Wimper, nur seine Hand stahl sich herüber, ergriff die meine und drückte sie fest. Doch er verriet sich nicht; er nickte nur leicht und forderte Renfield auf, weiter zu berichten. Dieser fuhr fort:

»Er kam im Nebel zum Fenster herauf, wie ich *Ihn* schon zuvor oft gesehen habe; aber *Er* war nicht aus Fleisch und Blut – und auch kein Geist, und *Seine* Augen waren wild wie die eines Mannes, der sehr wütend ist. Mit *Seinem* roten Mund hat er gelacht, und die scharfen weißen Zähne glitzerten im Mondlicht, als *Er* sich umwandte und über die Bäume zurückblickte, wo die Hunde bellten. Zuerst mochte ich Ihn gar nicht bitten, näher zu kommen, da ich doch wußte, was *Er* wollte – was *Er* schon immer wollte. Da fing *Er* an, mir Dinge zu versprechen, nicht mit Worten, sondern indem er sie tat.« Der Professor unterbrach ihn mit nur einem einzigen Wort:

»Wie?«

»Indem er sie geschehen ließ; genauso, wie *Er* die Fliegen hereinfliegen ließ, wenn die Sonne schien: große, fette Fliegen mit Stahl und Saphiren auf den Flügeln; und in der Nacht große Schmetterlinge mit Totenschädeln und Skeletten auf den Rücken.« Van Helsing nickte ihm zu, während er mir unbewußt zuflüsterte:

»Die *Acherontias atropos Sphingorum* – ein Falter, den Sie als ›Totenkopfmotte‹ kennen müßten!« Der Patient fuhr ohne Unterbrechung fort:

»Dann begann er zu flüstern: ›Ratten, Ratten, Ratten! Hunderte, Tausende, Millionen von ihnen, und jede einzelne ein Leben; und Hunde, um sie zu verspeisen, und auch Katzen. Lauter Leben! Alle voll roten Blutes mit Jahren von Leben in ihnen; und nicht nur einfach herumsummende Fliegen!‹ Ich lachte *Ihn* aus, denn ich wollte sehen, was *Er* vermochte. Dann heulten die Hunde weit entfernt jenseits der dunklen Bäume auf *Seinem* Grundstück. Er winkte mich ans Fenster heran. Ich erhob mich und blickte hinaus, während *Er Seine* Hände erhob und etwas zu rufen schien, ohne auch nur ein einziges Wort zu benutzen. Eine dunkle Masse in der Form einer Flamme eines Feuers ergoß sich über das Gras, und ich konnte Tausende von Ratten erkennen, deren Augen rot blitzten – wie die *Seinen*, nur kleiner. *Er* hielt *Seine* Hand hoch, und alle blieben stehen – und mir war, als würde *Er* zu mir sagen: ›Alle diese Leben will ich dir geben und noch viele andere mehr und größere dazu, durch die ungezählten Jahrhunderte hindurch, wenn du niederfällst und mich anbetest.‹ Und dann schien mich eine rote Wolke wie von Blut zu umschließen; und bevor ich noch wußte, was ich tat, schob ich bereits das Fenster in die Höhe und sagte zu *Ihm*: ›Komm herein, mein Herr und Meister!‹ Die Ratten waren alle verschwunden, doch nun glitt *Er* selbst durch das Schiebefenster ins Innere des Zimmers, obwohl es nur einen Spaltbreit geöffnet war, wie sich das Licht des Mondes auch so oft schon durch die schmalsten Schlitze gestohlen hat, und dann stand *Er* vor mir in all *Seiner* Pracht und Herrlichkeit.«

Seine Stimme war schwächer geworden; deshalb feuchtete ich seine Lippen wieder mit Brandy an, und er fuhr fort; doch es schien, als sei seine Erinnerung in der Zwischenzeit weitergegangen, denn was er nun erzählte, spielte sich schon eine Weile später ab als das zuvor Erzählte. Ich wollte ihn schon an den Ausgangspunkt zurückrufen, doch Van Helsing flüsterte mir zu: »Lassen Sie ihn fortfahren. Unterbrechen Sie ihn nicht; er kann in der Schilderung der Ereignisse nicht mehr zu einem früheren Zeitpunkt zurückkehren, und vielleicht würde er überhaupt nicht mehr fortfahren können, wenn jetzt der Faden seiner Gedankengänge unterbrochen würde:« Renfield fuhr also fort:

»Den ganzen Tag erwartete ich, wieder von *Ihm* zu hören, doch *Er* schickte mir gar nichts, nicht einmal eine Schmeißfliege, und als der Mond aufging, war ich ausgesprochen wütend auf *Ihn.* Als *Er* dann, ohne auch nur anzuklopfen, durch das Fenster hereinglitt, obwohl es geschlossen war, bekam ich einen Wutanfall, der sich gegen *Ihn* richtete. *Er* knurrte mich an, und *Sein* weißes Gesicht schaute aus dem Nebel, *Seine* roten Augen glühten, und *Er* bewegte sich durch den Raum, als sei er *Sein* eigen, und mich behandelte *Er* wie ein Nichts. *Er* roch nicht einmal wie vorher, als *Er* an mir vorüberging. Ich konnte *Ihn* nicht aufhalten. Mir war, als sei Mrs. Harker irgendwie ins Zimmer gekommen.«

Die beiden Männer auf dem Bett erhoben sich und traten näher, blieben aber hinter ihm, so daß er sie nicht sehen konnte, sie ihn dafür um so besser hören konnten. Sie verharrten beide schweigend, doch der Professor erschrak und fing an zu zittern; sein Gesicht indes wurde immer ernster und unbewegter. Renfield fuhr fort:

»Ich wußte nicht, daß sie anwesend war, bis sie sprach; und sie sah verändert aus. Ich mache mir nichts aus blassen Menschen, ich mag sie, wenn sie voller Blut und Leben sind, doch ihres schien vollständig ausgelaufen zu sein. In diesem Augenblick habe ich darüber nicht weiter nachgedacht, doch als sie davonging, fing ich an zu überlegen, und es machte mich rasend zu wissen, daß *Er* das Leben aus ihr herausgesaugt hatte.« Ich spürte, daß die anderen genau wie ich zitterten; doch wir verhielten uns weiterhin still. »Als *Er* daher heute nacht wiederkam, war ich auf *Ihn* vorbereitet. Ich sah, wie sich der Nebel hereinstahl, und faßte mit aller Kraft zu. Ich hatte gehört, Verrückte verfügen über übernatürliche

Kräfte, und da ich ja wußte, daß ich verrückt bin – jedenfalls zu bestimmten Zeiten –, war ich entschlossen, meine Kräfte zu nutzen. Ah – und *Er* spürte es auch, denn *Er* mußte den Nebel verlassen, um mit mir zu kämpfen. Ich hielt *Ihn* fest umklammert, und ich glaubte schon, den Kampf siegreich bestehen zu können, denn ich wollte verhindern, daß *Er* noch mehr von ihrem Leben nahm – doch dann sah ich *Seine* Augen. Sie brannten sich in mich hinein, und meine Kräfte zerrannen wie Wasser. *Er* glitt aus meinen Armen, und als ich versuchte, mich an *Ihn* zu klammern, hob *Er* mich hoch und schmetterte mich auf den Boden. Vor meinen Augen zog eine rote Wolke auf, ich hörte ein Geräusch wie Donnerhall, und dann zog der Nebel unter der Tür nach draußen ab.« Seine Stimme wurde immer schwächer, und sein Atem ging immer abgehackter. Van Helsing erhob sich unwillkürlich.

»Das Schlimmste wissen wir jetzt«, sagte er. »Er ist hier, und wir kennen sein Vorhaben. Noch könnte es nicht zu spät sein. Wir wollen uns wappnen – genau wie in jener anderen Nacht –, aber wir dürfen keine Zeit verlieren; nicht einen einzigen Augenblick dürfen wir ungenutzt verstreichen lassen.« Es war nicht nötig, unsere Angst, unsere Überzeugung, in Worte zu fassen – wir teilten sie alle in gleicher Weise. Wir eilten in unsere Zimmer und holten dort dieselben Gegenstände, die wir schon benutzt hatten, als wir in das Haus des Grafen eingedrungen waren. Der Professor hatte die seinen schon bereit, und als wir uns im Korridor trafen, zeigte er bedeutungsvoll darauf und sagte:

»Diese Dinge lassen mich nie im Stich; und sie werden mich auch jetzt nicht im Stich lassen, bis dieses unglückselige Unterfangen vorüber ist. Seien Sie gleichfalls weise, meine Freunde. Wir haben es nicht mit einem normalen Gegner zu tun. Leider – Leider! Die uns allen so teure Madam Mina mußte bereits darunter leiden.« Er unterbrach sich; die

Stimme wollte ihm versagen, und ich wußte nicht, ob bei mir selbst Wut oder Trauer das vorherrschende Gefühl war.

Vor der Tür der Harkers blieben wir stehen. Art und Quincey traten einen Schritt zurück, und Quincey fragte:

»Sollen wir sie wirklich stören?«

»Wir müssen«, erwiderte Van Helsing grimmig. »Sollte die Tür zugesperrt sein, werde ich sie aufbrechen.«

»Müßte sie das denn nicht furchtbar erschrecken? Es ist nicht gerade üblich, in das Schlafzimmer einer Dame einzubrechen.« Van Helsing sagte feierlich:

»Sie haben im allgemeinen recht; doch hier geht es um Leben und Tod. Dem Arzt sind alle Zimmer gleich; und wären sie es auch nicht, in dieser Nacht wären sie es für mich. Freund John, wenn ich den Knauf drehe und die Tür öffnet sich nicht, dann stemmen Sie die Schulter dagegen und drücken Sie sich mit aller Kraft dagegen; und Sie ebenfalls, meine Freunde. Jetzt!«

Noch während er sprach, betätigte er den Knauf, aber die Tür gab nicht nach. Wir warfen uns entgegen, und mit einem Krachen flog sie auf, so daß wir beinahe kopfüber ins Zimmer fielen. Der Professor stürzte auch wirklich, und ich konnte über ihn hinwegsehen, während er wieder aufstand. Was ich sah, erfüllte mich mit Entsetzen. Ich spürte, wie mir die Haare zu Berge stiegen und mir das Herz stillstehen wollte.

Der Mond schien so hell, daß er das Zimmer selbst durch die zugezogenen Vorhänge hindurch noch ausreichend erhellte. Auf dem Bett neben dem Fenster lag Jonathan Harker mit stark gerötetem Gesicht und atmete schwer, als sei er benommen. Die weißgekleidete Gestalt seiner Frau saß auf der Kante des dem Fenster abgewandten Bettes. Neben ihr stand ein großer, dünner Mann, der ganz in Schwarz gekleidet war. Sein Gesicht war von uns abgewandt, doch in dem Augenblick, da er es uns zuwandte, erkannten wir den Grafen – in jeder Einzelheit; selbst die Narbe auf seiner Stirn war zu sehen. Mit der Linken hatte er Mrs. Harkers beide Hände gefaßt und hielt sie sich fern; mit der Rechten hatte er ihren Nacken gefaßt und drückte ihr Gesicht auf seine Brust hinunter. Ihr weißes Nachtgewand war blutverschmiert, und ein dünner Blutsfaden lief an der entblößten Brust des Mannes, die unter dem zerrissenen Hemd sichtbar wurde, hinunter. Die Haltung der beiden erinnerte fatal an ein Kind, das ein kleines Kätzchen zwingt, Milch zu trinken, indem es den Kopf des Tierchens in die Untertasse drückt. Als wir ins Zimmer stürmten, wandte uns der Graf das Gesicht zu. Der höllische Ausdruck, von dem ich schon hatte erzählen hören, trat auf seine Züge. Seine Augen schossen rote Flammen voll teuflischer Leidenschaft; die großen Nasenflügel der weißen Adlernase öffneten sich weit und fingen an zu beben; und die weißen scharfen Zähne knirschten hinter den vollen Lippen seines bluttriefenden Mundes wie die einer wilden Bestie. Mit einem Stoß warf er sein Opfer wie aus großer Höhe auf das Bett zurück, und dann wandte er sich endgültig uns zu und stürzte sich auf uns. Doch da war der Professor schon wieder auf den Beinen und hielt ihm das Kuvert mit den geweihten Hostien entgegen. Der Graf blieb wie angewurzelt stehen, genau wie es damals die bedauernswerte Lucy vor ihrem Grab getan hatte, und duckte sich. Dann wich er langsam weiter und weiter zurück, als wir, unsere Kruzifixe über die Köpfe erhoben, auf ihn zugingen. Plötzlich schwand das Mondlicht, als eine große schwarze Wolke über den Himmel zog; und als dann Quincey mit einem Streichholz die Gaslampe entzündete, war in ihrem Schein nichts mehr zu sehen als ein feiner Nebelschleier. Als wir genauer hinsahen, konnten wir erkennen, wie er unter der Tür hindurch nach draußen entschwand, obwohl diese längst wieder zugefallen war, nachdem wir sie vorhin aufgebrochen hatten. Van Helsing, Art und ich gingen sofort auf Mrs. Harker zu, die mittlerweile wieder zu Bewußtsein gekommen war und nun einen wilden, unkontrollierten Schrei ausstieß, der so ohrenbetäubend, so verzweifelt klang, daß ich selbst jetzt noch glaube, ich werde ihn bis in meine Todesstunde hinein hören. Einige wenige Sekunden lag sie noch völlig verwirrt und hilflos da. Ihr Gesicht war geisterhaft fahl, von einer schier unglaublichen Blässe, die noch von dem Blut betont wurde, daß ihre Lippen, ihre Wangen und ihr Kinn besudelte; aus ihrer Kehle rann ein dünner Blutfaden. In ihren Augen stand namenlose Angst zu lesen. Dann schlug sie die Hände vor das Gesicht, die noch die blutigen Spuren von des Grafen unerbittlichem Griff aufwiesen, und hinter ihnen drang nun ein verzweifeltes, leises Weinen hervor, das den entsetzlichen Schrei vorhin als einen nur kurzen Ausdruck nicht enden wollender Trauer auswies. Van Helsing trat näher und legte ihr vorsichtig das Bettlaken über die Schulter, während Art, der ihr einen Augenblick lang voller Verzweiflung ins Gesicht gesehen hatte, plötzlich hinauslief. Van Helsing flüsterte mir zu:

»Jonathan befindet sich in jener Form von Lethargie, die Vampire hervorrufen können. Im Moment können wir gar nichts für Madam Mina tun. Sie muß sich von allein erholen. Aber ihn müssen wir unbedingt aufwecken!« Er nahm ein Handtuch, tauchte es mit einem Zipfel in kaltes Wasser und betupfte damit Jonathans Gesicht, während Mina die ganze Zeit in einer nur herzzerreißend zu nennenden Weise schluchzte. Ich zog den Rolladen hoch und blickte aus dem Fenster. Draußen schien hell der Mond, und ich konnte Quincey Morris sehen, wie er über den Rasen lief und sich im Schatten einer hohen Eibe versteckte. Ich begriff nicht gleich, warum er das tat; doch in diesem Moment hörte ich Harker schreien. Er kam zu sich und wandte sich nun dem Bett seiner Frau zu. Auf seinem Gesicht lag, wer wollte es ihm verdenken, ein Ausdruck wilden Erstaunens. Einige Sekunden lang war er noch benommen, doch dann schien er mit einem Schlag das volle Bewußtsein wiederzuerlangen und sprang auf. Seine Frau schreckte bei dieser plötzlichen Bewegung zusammen und wandte sich ihm mit ausgebreiteten Armen zu, als wolle sie ihn umarmen; doch noch fast im selben Augenblick zog sie sie wieder zurück, preßte die Ellbogen fest aneinander, schlug die Hände vors Gesicht und fing an zu zittern, daß das Bett unter ihr bebte.

»Um Gottes willen, was hat das alles zu bedeuten?« rief Harker. »Dr. Seward, Dr. Van Helsing, was ist denn los? Was ist passiert? Was stimmt hier nicht? Mina, meine Liebe, was ist mit dir? Was hat das Blut zu bedeuten? Mein Gott, mein Gott! Ist es etwa dazu gekommen?« Er warf sich auf die Knie und schlug wild die Hände zusammen. »Großer Gott, hilf uns! Hilf ihr! Oh, hilf ihr doch!« Er fing an, sich anzuziehen, jeder Zoll ein Mann, dessen Tatkraft gefordert ist. »Was ist geschehen? Erzählen Sie mir alles!« schrie er, ohne auch nur die kleinste Pause einzulegen. »Dr. Van Helsing, Sie lieben Mina doch auch, ich weiß es. Oh, tun Sie doch etwas, um sie zu retten. Bewachen Sie sie, während ich *Ihn* suchen gehe!« Seine Frau sah ihn trotz all der Schrecken, Ängste und des ganzen Leides in akuter Gefahr; sie vergaß auf der Stelle den eigenen Jammer, packte ihren Mann an den Armen und schrie laut:

»Nein! Nein! Jonathan, du darfst mich nicht verlassen. Gott ist mein Zeuge – ich habe heute nacht genug durchlitten, auch ohne daß *Er* dir jetzt noch ein Leid antut. Du mußt bei mir bleiben. Bleib hier bei deinen Freunden, die über dich wachen werden!« Sie war wie von Sinnen, je länger sie redete; und als er ihrem Flehen nachgab, zog sie ihn neben sich auf das Bett und klammerte sich an ihn.

Van Helsing und ich versuchten, beide zu beruhigen. Der Professor hob sein kleines goldenes Kruzifix in die Höhe und sagte mit bewundernswerter Ruhe:

»Fürchten Sie sich nicht, meine Liebe. Wir sind ja da; und solange Ihnen dies hier nahe ist, kann sich Ihnen nichts Böses nähern. Für heute nacht sind Sie sicher; wir anderen aber müssen kühlen Kopf bewahren und uns beraten.« Sie zitterte noch immer, beruhigte sich aber nach und nach wieder ein wenig und lehnte den Kopf an die Brust ihres Gatten. Als sie ihn wieder hob, war das weiße Nachtgewand dort, wo ihre Lippen es berührt und die kleinen Wunden an ihrer Kehle noch ein wenig nachgeblutet hatten, rotbefleckt. Noch im selben Augenblick, als sie es gewahrte, zog sie sich aufstöhnend zurück und flüsterte unter ständigem Schluchzen:

»Unrein! Unrein! Ich darf ihn nicht mehr berühren oder küssen. Oh, warum mußte es dahin kommen, daß ausgerechnet ich seine schlimmste Feindin werde, daß er sich vor niemandem so sehr in acht nehmen muß wie vor mir!« Worauf er resolut entgegnete:

»Unsinn, Mina. Ich muß mich ja schämen, so etwas aus deinem Mund zu vernehmen. Ich will solche Worte nicht von dir hören – und ich werde sie einfach nicht zur Kenntnis nehmen. Möge Gott mich entsprechend meiner Verfehlungen verurteilen oder mich mit noch mehr bitteren Stunden wie dieser hier strafen, wenn durch meine Taten oder meinen Willen je etwas zwischen uns träte!« Er breitete die Arme aus und zog die Frau an seine Brust, und eine Weile lag sie schluchzend dort. Über ihr gebeugtes Haupt hinweg sah er uns an, und seine Augen schimmerten feucht über seinen bebenden Nasenflügeln; sein Mund war fest und unbeweglich wie aus Stahl. Später kamen ihre Seufzer weniger häufig und wurden immer leiser, und er sagte mit erzwungener Ruhe zu mir:

»Und nun, Dr. Seward, erzählen Sie mir alles. Die wichtigsten Fakten kenne ich ja nur zu genau; aber erzählen Sie mir alles, was gewesen ist.« Ich berichtete ihm in allen Einzelheiten, was sich zugetragen hatte, und er lauschte scheinbar gelassen; nur seine Nasenflügel zitterten, und seine Augen blitzten, als ich erzählte, wie die ruchlose Hand des Grafen seine Frau in dieser schrecklichen Position mit dem Mund über der offenen Wunde auf seiner Brust festgehalten hatte. Es berührte mich seltsam zu sehen, wie zärtlich und liebevoll seine Hände selbst in diesem Augenblick ihr zerzaustes Haar streichelten.

Ich hatte meinen Bericht gerade beendet, als Quincey und Godalming an die Tür klopften. Auf unsere Aufforderung hin traten sie ein. Van Helsing blickte mich fragend an. Ich verstand ihn sofort dahingehend, daß er wohl der Meinung war, die Ankunft der beiden sei eine willkommene Gelegenheit, die beiden Eheleute von den Gedanken an den jeweils anderen abzulenken; ich nickte ihm daher zu, und er fragte die beiden Neuankömmlinge, was sie gesehen oder getan hätten. Lord Godalming erwiderte:

»Ich konnte ihn nirgendwo im Haus entdecken. Ich habe auch im Arbeitszimmer nachgesehen, aber wenn er dort gewesen sein sollte, jetzt war er jedenfalls nicht mehr da. Auf jeden Fall war er –« Er brach ganz plötzlich ab und blickte auf die bedauernswerte Gestalt auf dem Bett. Van Helsing sagte würdevoll: »Fahren Sie nur fort, Freund Arthur. Unsere Hoffnung liegt darin, alles zu wissen. Erzählen Sie also in allem Freimut.« Da fuhr Arthur fort:

»Er war da gewesen, und obwohl es nur für Sekunden gewesen sein konnte, hat er ganze Arbeit geleistet. Sämtliche Manuskripte sind verbrannt, und die blauen Flämmchen zuckten noch über der weißen Asche; die Walzen unseres Phonographen waren auch in die Flammen geworfen worden, und das Wachs hatte den Flammen zusätzlich Nahrung gegeben.«

Hier unterbrach ich ihn. »Gott sei Dank, daß noch eine Kopie im Safe liegt!«

Sein Gesicht hellte sich kurz auf, verdüsterte sich aber gleich wieder, als er fortfuhr: »Ich bin sofort die Treppen hinuntergerannt, konnte aber nichts mehr von ihm entdecken.

Sogar in Renfields Zelle bin ich gelaufen, aber auch da war er nicht, aber –« wieder unterbrach er sich.

»Fahren Sie fort«, sagte Harker mit rauher Stimme. Er beugte sich kurz vor, befeuchtete sich die Lippen mit der Zunge und fuhr fort: »Aber der arme Teufel ist tot.«

Mrs. Harker hob den Kopf und sagte feierlich, während sie von einem zum anderen blickte:

»Gottes Wille geschehe!« Ich hatte das Empfinden, als wenn Art noch etwas zurückhielt. Da ich aber annahm, daß dies nicht ohne Absicht geschehe, sagte ich nichts. Van Helsing wandte sich an Mr. Morris und fragte: »Und Sie, Freund Quincey, haben Sie auch etwas zu berichten?«

»Ein wenig«, erwiderte er. »Vielleicht könnte es auch einmal mehr bedeuten, aber das kann ich im Moment noch nicht sagen. Ich hielt es für sinnvoll, dem Grafen nachzuspüren, sobald er das Haus verließ. Ich habe ihn nicht gesehen; aber von Renfields Fenster sah ich eine Fledermaus aufsteigen und nach Westen flattern. Ich hatte erwartet, er werde in einer seiner Erscheinungsformen nach Carfax zurückkehren; aber er hat ganz offensichtlich einen anderen Unterschlupf aufgesucht. Heute nacht wird er nicht zurückkehren, denn im Osten rötet sich schon der Himmel, und die Morgendämmerung ist nahe. Wir müssen etwas unternehmen.«

Die letzten Worte preßte er durch zusammengebissene Zähne hervor. Für etliche Minuten herrschte nun Schweigen, und ich konnte mir unschwer vorstellen, daß man den Schlag unserer Herzen hören konnte; dann sprach wieder Van Helsing, wobei er die Hand sehr zärtlich auf Mrs. Harkers Kopf legte:

»Und nun, Madam Mina – arme, liebe, liebe Madam Mina –, erzählen Sie uns bitte möglichst genau, was passiert ist. Gott ist mein Zeuge, daß ich nicht wissen möchte, wie sehr Sie gelitten haben; aber es ist erforderlich, daß wir alles wissen. Denn gerade jetzt muß alles mit tödlichem Ernst und noch schneller und präziser erledigt werden als bisher schon. Der Tag ist nahe, an dem das alles vorbei sein wird, wenn uns das Schicksal hold ist; und jetzt haben wir die Chance, weiter zu leben und zu lernen.«

Die arme, liebe Frau zitterte, und ich konnte sehen, wie angespannt ihre Nerven waren, als sie sich näher an ihren Gatten drängte und den Kopf tiefer und immer tiefer hinunterbeugte, bis er wieder an seiner Brust ruhte. Dann richtete sie sich stolz auf und streckte Van Helsing eine Hand entgegen, die dieser auch ergriff und sie, nachdem er sie ehrerbietig geküßt hatte, festhielt. Ihre andere Hand wurde fest von der ihres Gatten umschlossen, der seinen anderen Arm in einer beschützenden Geste um ihre Schultern gelegt hatte. Nach einer kurzen Pause, in der sie offenbar ihre Gedanken zu ordnen versuchte, begann sie schließlich:

»Ich habe den Schlaftrunk genommen, den Sie mir freundlicherweise gegeben hatten, doch lange Zeit hat er nicht gewirkt. Mir war im Gegenteil, als werde ich immer wacher, und Myriaden von Horror-Phantasien begannen durch meine Gedanken zu ziehen – und alle waren mit Tod und Vampiren verbunden, mit Blut und Leid und Kummer.« Ihr Mann stöhnte unwillkürlich auf, als sie sich ihm zuwandte und liebevoll sagte: »Sei nicht entsetzt, Liebster. Du mußt stark und tapfer sein und mir das Entsetzliche vergessen helfen. Wenn du wüßtest, welche Überwindung es mich kostet, von all diesen schrecklichen Dingen überhaupt zu sprechen, würdest du sicher verstehen, wie sehr ich deine Hilfe brauche. Nun denn, ich sah also, daß ich der Wirkung des Medikamentes mit meiner eigenen Willensanstrengung zum Durchbruch würde verhelfen müssen, wenn ich überhaupt etwas davon haben wollte, und also zwang ich mich selbst zur Ruhe. Es muß gewirkt haben, denn der Schlaf kam wenig später. Jedenfalls kann ich mich nicht mehr erinnern. Als Jonathan kam, hat er mich nicht mehr geweckt, denn das nächste, an was ich mich erinnere, war, daß er neben mir lag. Im Zimmer lag derselbe feine Nebel, den ich schon früher bemerkt hatte. Ich weiß jetzt nicht, inwieweit Sie darüber informiert sind; Sie können mehr darüber jedenfalls in meinem Tagebuch lesen, das ich Ihnen später noch aushändigen werde. Ich spürte dieselbe unbestimmte Furcht, die ich schon früher empfunden hatte, und hatte dasselbe Gefühl, nicht allein zu sein. Ich wandte mich um, um Jonathan zu wecken, doch der schlief so fest und tief, als habe er den Schlaftrunk genommen und nicht ich. Ich habe versucht, ihn aufzuwecken, aber ich schaffte es einfach nicht. Dies verursachte mir große Angst, und ich blickte gehetzt um mich. Und dann wollte mir wirklich das Herz sinken: Neben dem Bett stand, als sei er aus dem Nebel getreten – oder auch, als habe der Nebel seine Gestalt angenommen, denn dieser war vollständig verschwunden –, ein großer, hagerer, ganz in Schwarz gekleideter Mann. Ich erkannte ihn auf der Stelle nach den Beschreibungen der anderen. Das wächsern bleiche Gesicht; die kräftige Adlernase, auf die das Licht eine feine weiße Linie zeichnete; die leicht geöffneten roten Lippen, zwischen denen die scharfen weißen Zähne zu sehen waren, und die roten Augen, die ich in den Fenstern der St.-Mary's-Kirche in Whitby bei Sonnenuntergang erkannt zu haben meinte. Außerdem erkannte ich auch die tiefe rote Narbe an der Stirn, wo Jonathan ihn getroffen hatte. Einen Augenblick lang stand mein Herz still, und ich hätte sicher laut aufgeschrien, wäre ich nicht wie gelähmt gewesen. Er sprach in einer Art durchdringendem, abgehacktem Flüsterton, während er auf Jonathan deutete:

›Schweig! Wenn du auch nur das geringste Geräusch machst, nehme ich ihn und prügele ihm vor deinen Augen das Gehirn aus der Hirnschale.‹ Ich war entsetzt und viel zu verwirrt, um irgend etwas zu tun oder zu sagen. Mit einem höhnischen Grinsen legte er mir eine Hand auf die Schulter, hielt sie fest und entblößte mit der anderen meinen Hals, wobei er sagte: ›Zunächst einmal eine kleine Erfrischung, um mich für meine Mühen zu entschädigen. Du kannst getrost still sein; es geschieht ja nicht zum erstenmal und auch nicht zum zweitenmal, daß ich mich aus deinen Venen labe und meinen Durst stille.‹ Ich war verwirrt und – seltsam genug – spürte keinerlei Verlangen, ihn an seinem Vorhaben zu hindern. Ich glaube, das ist Teil des gräßlichen Fluches, der auf dem lastet, dem er die Hand auf die Schulter legt und den er so zu seinem Opfer macht. Und oh – mein Gott, mein Gott, erbarme Dich meiner! Er legte seine stinkenden Lippen auf meine Kehle!« Wieder stöhnte ihr Ehemann. Sie faßte seine Hand noch ein wenig fester und blickte ihn bedauernd an, als sei er das Opfer gewesen, und fuhr fort:

»Ich spürte, wie mich alle Kraft verließ und ich in eine leichte Ohnmacht entglitt. Ich weiß nicht, wie lange dieser grauenvolle Zustand anhielt; doch schien mir, daß eine lange Zeit vergangen sein mußte, bevor er seinen verkommenen, entsetzlich stinkenden Mund wieder fortnahm. Ich sah, wie er von frischem Blut troff!« Eine Weile schien es, als wolle die Erinnerung sie übermannen, sie sank in sich zusammen und wäre sicher zu Boden gefallen, hätten nicht die starken Arme ihres Mannes sie gehalten. Mit großer Mühe erholte sie sich schließlich wieder und fuhr fort:

»Dann sagte er höhnisch zu mir: ›Und du wolltest also den anderen gleich deinen Geist gegen mich einsetzen. Du wolltest diesen Männern helfen, mich zu jagen und meine Kreise zu stören! Jetzt aber weißt du, und die anderen wissen es ebenfalls bereits zum Teil und werden es bald voll und ganz wissen, was es bedeutet, meinen Pfad zu kreuzen. Sie hätten sich ihre Energien besser für Dinge aufgespart, die ihnen näher liegen. Während sie die Kräfte ihres Verstandes gegen mich erprobten – gegen mich, der ich ganze Nationen befehligt, für sie intrigiert und für sie gekämpft habe, Hunderte von

Jahren, bevor sie überhaupt geboren waren –, während dieser Zeit nun habe ich meinen Geist gegen sie eingesetzt. Und du, die von allen am meisten geliebte, bist jetzt Fleisch von meinem Fleisch, Blut von meinem Blut, du bist von meiner Art, für eine Weile meine reichlich fließende Weinkelter; und in späterer Zeit einmal wirst du meine Gefährtin und Helferin sein. Doch sollst du dafür auch gerächt werden; denn da wird auch nicht einer sein, der deine Bedürfnisse nicht wird befriedigen wollen. Zuvor jedoch mußt du bestraft werden für das, was du getan hast. Du hast deine Hand dem ruchlosen Vorhaben gereicht, mich zu betrügen; von nun an wirst du meinem Rufe folgen. Wenn mein Geist dich ruft, sollst du Länder und Meere überqueren, um mir willfährig zu sein; und diesem Ziele diene noch eines – hier!‹ Damit riß er sich vorn das Hemd auf und öffnete sich mit seinen scharfen Fingernägeln eine Ader auf der Brust. Als das Blut hervorzusprudeln begann, nahm er meine beiden Hände in eine der seinen und mit der anderen packte er mich im Nacken und preßte meinen Mund auf die Wunde, so daß ich nur die Wahl hatte, entweder zu ersticken oder etwas davon zu trinken – o Gott – mein Gott! Was habe ich denn nur getan? Was habe ich gesündigt, daß ich ein solches Schicksal verdient hätte, da ich mich doch stets bemüht habe, in Sanftmut und Rechtschaffenheit zu wandeln? Gott erbarme Dich meiner! Sieh her auf eine arme Seele in mehr als tödlicher Gefahr und neige Dich huldvoll denen zu, denen sie teuer ist!« Sie begann, sich die Lippen zu reiben, als wolle sie sie von irgendeiner Verunreinigung befreien.

Während sie ihre schreckliche Geschichte erzählt hatte, war der Himmel im Osten rasch heller geworden.

Harker verhielt sich völlig ruhig und in sich gekehrt; doch über sein Gesicht zog während des schrecklichen Berichts ein finsterer Ausdruck, der sich in dem Maße vertiefte, wie es draußen heller wurde, und als schließlich die ersten rötlichen

Strahlen der aufgehenden Sonne ins Zimmer fielen, wirkte seine Haut fast dunkel gegen das ergraute Haar auf seinem Kopf. Wir haben es so eingerichtet, daß immer einer von uns in Rufweite des unglücklichen Paares bleibt, bis wir uns erneut zusammensetzen, um unsere nächsten Schritte zu beraten.

Eines steht für mich fest: Heute geht die Sonne über keinem unglücklicheren Haus mehr auf, so weit sie auch kommen mag.

Kapitel Zweiundzwanzig

Das Journal des Jonathan Harker

3. Oktober: – Ich muß einfach dringend etwas tun, oder ich werde verrückt, und deshalb schreibe ich in dieses Tagebuch. Es ist jetzt sechs Uhr, und in einer halben Stunde werden wir uns alle im Arbeitszimmer treffen, um etwas zu essen; Dr. Seward und Van Helsing sind nämlich übereinstimmend der Ansicht, daß wir keine gute Arbeit leisten können, wenn wir nicht ordentlich essen. Und heute wird – Gott weiß es – das Beste von uns verlangt werden. Ich muß auf jeden Fall immer weiter schreiben, denn ich wage nicht nachzudenken. Alles muß festgehalten werden, Wichtiges und Unwichtiges, und vielleicht erfahren wir aus den unwichtig erscheinenden Dingen am Ende noch das meiste. Mina und ich konnten nicht übler belehrt werden als durch die Ereignisse der letzten Nacht. Aber wie auch immer, wir müssen Vertrauen haben und dürfen die Hoffnung nicht aufgeben. Gerade eben erst sagte mir die arme Mina noch mit Tränen in den Augen, daß sich unser gegenseitiges Vertrauen in Leid und Heimsuchung bewährt habe und daß wir deshalb weiterhin Vertrauen haben müßten und daß Gott uns am Ende beistehen werde. Am Ende! O mein Gott! An welchem Ende? … An die Arbeit! An die Arbeit!

Nachdem Dr. Van Helsing und Dr. Seward von einem kurzen Besuch bei dem bedauernswerten Mr. Renfield zurückgekehrt waren, wandten wir uns voller Ernst dem zu, was jetzt getan werden mußte. Zunächst berichtete Dr. Seward uns, daß sie beim Betreten der Zelle Renfield auf dem Boden liegend vorgefunden hatten. Sein Gesicht war überall zerkratzt und zerschlagen und sein Genick gebrochen gewesen.

Dr. Seward fragte den diensttuenden Wärter, ob er irgend etwas gehört habe. Er habe dort gesessen, sagte er – und gab auch zu, ein wenig gedöst zu haben –, als er laute Stimmen aus Renfields Raum gehört habe. Renfield soll mehrere Male laut »Gott! Gott! Gott!« gerufen haben. Danach gab es ein Geräusch, wie wenn etwas fällt, und als der Wärter ins Zimmer kam, fand er Renfield mit dem Gesicht nach unten auf dem Boden, genau so, wie ihn die Ärzte dann auch sahen. Van Helsing fragte ihn, ob er ›Stimmen‹ oder nur ›eine Stimme‹ gehört habe, und er sagte, das wisse er nicht; es sei ihm zuerst so vorgekommen, als seien es zwei gewesen, da aber nur einer im Raum gewesen sei, könne es wohl auch nur eine Stimme gewesen sein. Er versicherte, er könne schwören, daß der Patient mehrmals das Wort ›Gott‹ ausgesprochen habe. Als wir allein waren, sagte Dr. Seward zu uns, er wolle der Sache nicht allzu genau nachgehen; es müsse bedacht werden, daß es zu einer gerichtlichen Untersuchung kommen könnte, und dabei hätte es gar keinen Zweck, die Wahrheit zu offenbaren, weil die ohnehin niemand glauben würde. So wie die Dinge lagen, glaubte er es verantworten zu können, unter Berufung auf den Wärter einen Totenschein auszustellen, in dem als Todesursache ein Sturz aus dem Bett mit schweren Verletzungen attestiert werde. Für den Fall, daß der Leichenbeschauer das nicht akzeptieren werde, würde es eine offizielle Untersuchung geben, die dann aber auch kein anderes Ergebnis haben könnte.

Als wir anschließend die Frage diskutierten, worin unser nächster Schritt bestehen sollte, entschieden wir zuerst, Mina müsse in jeder Beziehung ins Vertrauen gezogen werden; nichts dürfe ihr vorenthalten werden, ganz gleich, wie schmerzlich es auch immer sein mochte. Sie selbst hielt diese Entscheidung ebenfalls für weise, und es war geradezu rührend zu sehen, wie tapfer sie trotz all ihrer Traurigkeit und der tiefen Verzweiflung war. »Es darf keine Geheimniskrämerei mehr geben«, sagte sie. »Davon hatten wir bisher genug. Und außerdem kann es auf der ganzen Welt wohl nichts mehr geben, das mir mehr Pein verursacht als die, die ich bisher schon durchmachen mußte – und noch immer erdulde! Was auch immer geschieht, es muß mir neue Hoffnung oder neuen Mut geben!«

Van Helsing, der sie die ganze Zeit unverwandt angeschaut hatte, als sie sprach, sagte spontan, aber in ruhigem Ton: »Aber, teure Madam Mina, haben Sie denn keine Angst? Vielleicht nicht nur um sich selbst, sondern um andere wegen Ihnen. Bedenken Sie, was bisher passiert ist.«

Ihre Gesichtszüge wirkten wie versteinert, doch ihre Augen leuchteten in der Demut einer echten Märtyrerin, als sie erwiderte: »O nein! Ich habe meine Entscheidung getroffen!«

»Und wie lautet sie?« fragte er freundlich, während wir anderen absolut still waren; denn wir hatten wohl ein jeder eine vage Vorstellung davon, was sie gemeint haben könnte. Ihre Antwort erfolgte mit einer Selbstverständlichkeit, als verkünde sie eine schlichte Tatsache.

»Weil ich«, sagte sie, »in dem Augenblick den Tod suchen würde, wo ich auch nur das geringste Anzeichen bei mir oder in mir fände – und ich werde mich selbst sehr scharf beobachten –, daß ich anderen, die ich liebe, gefährlich werden könnte!«

»Sie würden doch wohl keinen Selbstmord verüben?« sagte er mit krächzender Stimme.

»Doch, das würde ich; wenn es nicht einen Freund gäbe, der mich genug liebte, um mir diesen Schritt, diese Qual zu ersparen.« Während sie sprach, sah sie ihn bedeutungsvoll an. Er hatte die ganze Zeit gesessen, doch jetzt erhob er sich, trat ganz nahe an sie heran und legte ihr die Hand auf den Kopf, während er feierlich sagte:

»Mein Kind, da gibt es einen, wenn dies zu Ihrem Besten wäre. Ich könnte es für meine Person meinem Herrgott gegenüber verantworten, einen solchen notwendigen Tod für Sie herbeizuführen, selbst in diesem Augenblick, wenn dies das Beste wäre. Nein, wenn es Sicherheit bedeutet! Doch, mein Kind –!« Einen Moment lang schien er erschüttert, und ein tiefer Seufzer stieg aus den Tiefen seiner Seele auf; er schluckte ihn hinunter und fuhr fort:

»Hier sind einige, die zwischen Ihnen und dem Tod stünden. Sie brauchen nicht zu sterben. Sie müssen durch niemandes Hand sterben; am wenigsten durch die eigene. Bis jener andere, der Ihr süßes Leben vergiftet hat, wirklich tot ist, dürfen Sie nicht sterben; denn wenn er in der Stunde Ihres Todes noch unter den aktiven Un-Toten weilt, müßte Ihr Tod Sie ihm gleich machen. Nein, Sie müssen leben! Sie müssen darum kämpfen, weiterzuleben, selbst wenn Ihnen der Tod wie eine Erlösung vorkäme. Sie müssen gegen den Tod selbst kämpfen, ob er zu Ihnen in Schmerz komme oder in Lust; bei Tag oder in der Nacht; in Sicherheit oder in Gefahr! Bei Ihrer lebenden Seele fordere ich Sie auf, daß Sie nicht sterben – ja, nicht einmal an Tod denken –, bis dieses große Übel hinter uns liegt.«

Die arme Frau wurde weiß wie der Tod und schüttelte sich und bebte. Wir verharrten alle schweigend; wir konnten nichts tun. Schließlich wurde sie wieder ruhiger und sagte so liebenswert und ach so voller Trauer zu ihm gewandt, wobei sie ihm die Hand entgegenstreckte:

»Mein teurer Freund, ich verspreche Ihnen, daß ich am Leben hängen werde, wenn es in Gottes Ratschluß läge, mich am Leben zu lassen, bis das Grauen von mir genommen wird.« Sie war so gut und so tapfer, daß wir alle spürten, wie unseren Herzen neue Kraft zuwuchs, um für sie zu leiden und zu arbeiten, und wir begannen, darüber zu diskutieren, was zu tun sei. Ich sagte ihr, sie müsse alle Papiere im Safe aufbewahren, genau wie alle Tagebücher und phonographischen Aufzeichnungen, die noch entstehen würden; des weiteren solle sie wie bisher genauestens Buch über alle Vorkommnisse führen. Sie war sehr zufrieden, wieder eine Aufgabe übernehmen zu können – wenn das Wort ›zufrieden‹ in einem solch schrecklichen Zusammenhang überhaupt Verwendung finden darf.

Wie gewöhnlich hatte Van Helsing schon weiter gedacht als wir alle und bereits ganz präzise Anweisungen für einen jeden von uns zur Hand.

»Vielleicht war es ganz gut«, sagte er, »daß wir anläßlich unserer Besprechung nach dem Besuch in Carfax beschlossen hatten, nichts an den Kisten mit Erde zu verändern, die dort lagern. Hätten wir es nämlich getan, hätte der Graf unsere Absicht erraten und zweifellos Gegenmaßnahmen ergriffen, auch was die anderen Kisten betrifft; so aber kennt er unsere Absichten nicht. Nein, mehr noch, aller Wahrscheinlichkeit nach weiß er nicht einmal, daß wir über die Macht verfügen, seine Schlupfwinkel gegen ihn zu sterilisieren, so daß er sie nicht mehr wird benutzen können. Wir sind jetzt bei der Aufspürung ihrer diversen Positionen so weit vorangekommen, daß wir auch die letzten Kisten noch aufspüren werden, wenn wir erst das Haus in Piccadilly untersucht haben. Der heutige Tag ist unser; auf ihm ruht all unsere Hoffnung. Die

Sonne, die heute morgen über unserer Verzweiflung aufgegangen ist, wird uns durch ihren Lauf geleiten. Wenn sie heute abend ihren Lauf vollendet haben wird, muß das Monstrum die Form beibehalten, die es nun angenommen hat. Jetzt ist es an die Grenzen gebunden, die ihm seine irdische Existenz setzt. Es kann sich nicht in Luft auflösen oder durch irgendwelche Spalten, Löcher oder Ritzen verschwinden. Wenn es jetzt durch eine Tür will, muß es wie jeder Sterbliche die Klinke betätigen. So also bleibt uns der ganze Tag, alle seine Schlupflöcher aufzustöbern und sie zu sterilisieren. So werden wir es, wenn wir es schon nicht gefangen und vernichtet haben werden, zumindest zwingen, irgendwo Zuflucht zu suchen, wo wir es dann mit Leichtigkeit fangen und vernichten können.«

Ich stand auf, denn ich ertrug es kaum noch, daß die Minuten und Sekunden, die doch so kostbar für Minas Leben und ihr Glück sein konnten, mit Diskussionen vertan wurden, obwohl Taten gefragt waren.

Doch Van Helsing hielt warnend die Hand hoch. »Nein, nein, Freund Jonathan«, sagte er, »in dieser Angelegenheit ist der schnellste Weg nach Hause der längste, wie eines Ihrer Sprichwörter sagt. Wir werden alle handeln, und wir werden in verzweifelter Eile handeln, sobald die Zeit dafür gekommen ist. Der Graf könnte viele Häuser gekauft haben. Darüber wird er Kaufverträge besitzen, Schlüssel und vieles andere. Er muß Papiere besitzen, worauf er schreiben kann; er muß Scheckhefte besitzen. Es gibt noch viele solcher Besitztümer, die er irgendwo haben muß; warum dann nicht in jenem Haus in Piccadilly, in das er jederzeit kommen kann, wenn ihn im Verkehrsgewühl niemand weiter beachtet? Wir werden das ganze Haus durchsuchen; und wenn wir wissen, was es enthält, dann werden wir tun, was Ihr Freund Arthur in der Sprache der Jäger ›die Röhren verstopfen‹ nennt, und so bringen wir unseren Fuchs dann zur Strecke – nicht wahr?«

»Dann laßt uns auf der Stelle anfangen«, rief ich. »Wir vergeuden doch kostbare, kostbare Zeit!«

Der Professor regte sich nicht, sondern sagte nur:

»Und wie kommen wir in dieses Haus in Piccadilly hinein?«

»Irgendwie!« rief ich. »Notfalls brechen wir einfach ein!«

»Und Ihre Polizei? Wird sie nicht umgehend zur Stelle sein – und was wird sie sagen?«

Ich war verunsichert; aber ich wußte auch, daß er gute Gründe haben mußte, wenn er noch warten wollte. Deswegen sagte ich so ruhig, wie ich es nur irgend vermochte:

»Warten Sie nicht länger, als unbedingt erforderlich ist; ich bin sicher, Sie wissen, was ich durchmache.«

»Oh, mein Sohn, das weiß ich; und ich verspüre auch nicht den allergeringsten Wunsch, Ihre Qualen auch noch zu vergrößern. Doch denken Sie einmal nach. Was können wir schon tun; bevor alle Welt auf den Beinen ist? Dann erst wird unsere Zeit gekommen sein. Ich habe wieder und wieder nachgedacht und bin zu der Überzeugung gekommen, daß der einfachste Weg der beste sein wird. Jetzt zum Beispiel möchten wir gern in das Haus hinein, aber wir haben keinen Schlüssel – richtig?« Ich nickte.

»Nun stellen Sie sich doch einmal vor, Sie seien der rechtmäßige Besitzer dieses Hauses, wüßten aber nicht, wie Sie hineinkommen sollen; und stellen Sie sich weiterhin vor, Sie würden auch nicht daran denken, in Ihr eigenes Haus einzubrechen. Was würden Sie in einem solchen Fall tun?«

»Ich würde einen tüchtigen Schlosser holen, damit dieser das Schloß für mich öffnet.«

»Und Ihre Polizei – würde die denn nicht eingreifen?«

»O nein! Nicht, wenn sie wüßte, daß der Mann ordnungsgemäß engagiert worden ist.«

»Dann«, sagte er und sah mich scharf an, »bestehen Zweifel allenfalls am Gewissen des Auftraggebers, und es liegt ausschließlich im Ermessen des Polizeibeamten, ob er dem Auftraggeber bei der Auftragsvergabe ein gutes oder ein schlechtes Gewissen unterstellt. Ihre Polizei müßte schon arg beflissen und tüchtig – oh, so tüchtig! – im Lesen des menschlichen Herzens sein, um sich mit derlei Fragen zu belasten. Nein, nein, mein Freund Jonathan, Sie können getrost hier in diesem Ihrem London und in jeder anderen Stadt der Welt an Hunderten leerstehender Häuser die Schlösser abmontieren lassen; und wenn Sie das tun, als hätten Sie das Recht dazu, dann wird auch niemand dagegen einschreiten. Ich habe von einem Gentleman gelesen, der ein ausgesprochen vornehmes Haus in London besessen hat; dieser Mann nun fuhr im Sommer für zwei Monate in die Schweiz und schloß sein Haus rundum ab. Da kam ein Einbrecher und drang durch ein Fenster an der Rückseite ein. Danach ging er an der Vorderseite völlig ungeniert ein und aus, nachdem er die Rolläden hochgezogen und das Schloß der Haustür von innen aufgebrochen hatte – und das alles unter den Augen der Polizei. Schließlich veranstaltete er auch noch eine Auktion in dem Haus mit Zeitungsanzeigen und allem, was dazugehört; und am Tage der Auktion verkaufte er durch einen Auktionator einfach alles, was jenem anderen drüben in der Schweiz gehörte. Anschließend ging er dann zu einem Makler und verkaufte ihm auch noch das Haus, und zwar mit der Auflage, es abzureißen und den gesamten Schutt binnen einer bestimmten Frist wegzuräumen. Die ganze Zeit waren Polizei und Behörden nach besten Kräften behilflich. Als dann der Besitzer aus seinem Urlaub in der Schweiz zurückkehrte, fand er an der Stelle, wo einst sein Haus stand, nur noch ein großes Loch im Erdreich vor. Alles geschah absolut gesetzeskonform; und genauso gesetzeskonform werden wir auch vorgehen. Wir werden keinesfalls so früh gehen, daß ein an der Ecke stehender Polizist etwa wegen Mangels an Beschäftigung ins Denken verfallen könnte; wir werden vielmehr erst nach zehn Uhr gehen, wenn reichlich Leute unterwegs sind und wenn solche Dinge, wie wir sie vorhaben, durchaus auch von den rechtmäßigen Eigentümern getan werden könnten.«

Ich sah ein, daß er recht hatte, und die schreckliche Verzweiflung in Minas Gesicht wurde einen Augenblick lang von einem Hoffnungsstrahl erhellt. Van Helsing fuhr fort:

»Sind wir erst im Innern dieses Hauses, können wir durchaus weitere Spuren finden; in jedem Fall aber kann der eine oder andere von uns dort bleiben, während die anderen die übrigen Orte ausfindig zu machen versuchen, wo die anderen Kisten mit Erde stehen – in Bermondsey und Mile End beispielsweise.«

Lord Godalming erhob sich. »Dabei könnte ich vielleicht von Nutzen sein«, sagte er. »Ich werde meinen Leuten telegraphieren, sie sollen Pferde und Fuhrwerke bereithalten, wo sie am meisten gebraucht werden.«

»Schau, schau, alter Freund«, schaltete sich Morris ein, »es ist ja sicher eine fabelhafte Idee, alles für den Fall vorbereitet zu haben, daß wir beritten sein müßten. Aber meinst du nicht auch, daß es eine ganz andere Sache ist, wenn in einer Seitenstraße irgendwo in Walworth oder Mile End eine deiner schicken Equipagen, vielleicht auch noch mit Wappen und allem Pipapo, in Bereitschaft steht? Das wäre doch für unser Vorhaben viel zu auffällig. Mir scheint, es wäre gescheiter, wir benutzen Droschken, wenn wir nach Süden oder Osten wollen; und auch die sollten wir schon irgendwo in der Nähe unseres eigentlichen Zieles verlassen.«

»Freund Quincey hat recht!« sagte der Professor. »Er ist, wie man bei euch sagt, auf Zack. Was wir tun wollen, ist ein schwieriges Unterfangen, und wir können es uns gar nicht wünschen, daß uns irgendwelche Leute dabei zusehen, wenn es sich vermeiden läßt.«

Mina nahm zusehends mehr Anteil an allem, und ich war erleichtert zu sehen, daß der Fortgang der Dinge ihr half, eine

Zeitlang die schrecklichen Erfahrungen dieser Nacht zu vergessen. Sie war sehr, sehr blaß – fast schon geisterhaft bleich, und so ausgezehrt, daß sich ihre Lippen bereits zurückzuziehen begannen und ihre Zähne irgendwie vorstehend erscheinen ließen. Diesen letzten Umstand erwähnte ich nicht, denn dies hätte ihr nur zusätzliche Pein verursacht; doch ließ der Gedanke mein Blut kalt durch die Adern rinnen, was der armen Lucy widerfahren sein mochte, als der Graf ihr das Blut ausgesaugt hatte. Bis zur Stunde gab es noch keine Anzeichen dafür, daß ihre Zähne schärfer wurden; aber noch war es ja auch nicht so lange her und es blieb noch viel Zeit, sich zu ängstigen.

Als wir dazu übergingen, die Abfolge unserer Aktivitäten zu diskutieren und wie wir unsere Kräfte gruppieren wollten, taten sich neue Quellen der Unsicherheit auf. Schließlich einigten wir uns darauf, daß wir zunächst jenen Unterschlupf des Grafen sterilisieren wollten, der praktisch vor unserer Haustür lag, bevor wir nach Piccadilly aufbrachen. Für den Fall, daß er es zu früh merkte, hätten wir bei unserem Zerstörungswerk auf jeden Fall schon einen gewissen Vorsprung, und seine Anwesenheit in rein materieller Gestalt, noch dazu wenn er am schwächsten war, könnte uns einen neuen Hinweis geben.

Was nun die Gruppierung unserer Kräfte angeht, schlug der Professor vor, daß wir nach unserem Besuch in Carfax alle gemeinsam das Haus in Piccadilly aufsuchen sollten, daß die beiden Doktoren und ich dort bleiben, während Lord Godalming und Quincey die Verstecke in Walworth und Mile End ausfindig machen und zerstören sollten. Es war denkbar, ja sogar wahrscheinlich, wie der Professor argwöhnte, daß der Graf während des Tages in Piccadilly erscheinen würde und daß wir uns in diesem Fall bereits dort an Ort und Stelle mit ihm auseinandersetzen konnten. In jedem Fall aber würden wir ihn mit allem erdenklichen Nachdruck verfolgen können.

Diesem Plan widersprach ich energisch, jedenfalls soweit er meine Person betraf, denn ich erklärte, daß ich bleiben und Mina beschützen werde. Doch Mina wollte von meiner Idee nichts wissen. Sie meinte, es könnte vielleicht die eine oder andere Rechtsfrage auftauchen, in der mein Rat nützlich werden würde; unter den Papieren des Grafen könnten sich Schriftstücke finden, die ich aufgrund meiner Erfahrungen in Transsylvanien noch am ehesten verstehen würde, und daß schließlich und endlich alle Kräfte gefordert seien, die wir nur aufbieten könnten, um mit dem mächtigen Grafen fertig zu werden. Ich mußte nachgeben, denn Minas Entschluß stand fest; sie sagte, *ihre* letzte Hoffnung liege darin, daß wir alle zusammenarbeiteten.

»Was mich betrifft«, sagte sie, »so habe ich keine Angst. Die Dinge waren so schlimm, wie sie nur hatten sein können; und was immer jetzt passieren mag, es muß einen Schimmer von Hoffnung oder doch wenigstens Trost in sich tragen. Geh, mein Gatte! Gott kann mich, wenn es Ihm gefällt, genausogut allein beschützen, wie wenn jemand anderer in der Nähe wäre.« Da sprang ich auf und rief: »Dann laßt uns in Gottes Namen unverzüglich aufbrechen, denn wir verlieren nur Zeit. Der Graf könnte früher nach Piccadilly kommen, als wir alle glauben.«

»Nicht so!« sagte Van Halsing und hob die Hand.

»Und warum nicht?« fragte ich.

»Haben Sie vergessen«, sagte er mit deutlichem Lächeln, »daß er letzte Nacht ausgiebig geschwelgt hat und bestimmt lange schlafen wird?«

Ob ich das vergessen habe! Kann ich das – werde ich es je vergessen können? Kann auch nur einer von uns diese schreckliche Szene vergessen! Mina kämpfte hart darum, die mühsam wiedergewonnene Haltung zu bewahren; doch der Schmerz übermannte sie, sie schlug die Hände vor das Gesicht und zitterte und stöhnte. Van Helsing hatte nicht beabsichtigt, ihre schrecklichen Erinnerungen aufs neue zu beleben. Er hatte sie und die Rolle, die sie in dieser Affäre gespielt hatte, nur über seinen Gedankenspielereien schlicht aus den Augen verloren. Als ihm bewußt wurde, was er gesagt hatte, war er ob seiner Gedankenlosigkeit entsetzt und versuchte, sie zu trösten.

»Oh, Madam Mina«, sagte er, »teure, liebe Madam Mina – o weh! Ausgerechnet ich, der Sie von allen am tiefsten verehrt, muß etwas derart Gedankenloses sagen! Diese stupiden alten Lippen und dieser stupide alte Kopf hier auf meinen Schultern verdienen es nicht; aber Sie werden diese Dummheit dennoch vergessen, nicht wahr?« Er beugte sich tief zu ihr hinunter, während er sprach; sie nahm seine Hände, blickte ihn aus tränenerfüllten Augen an und sagte heiser:

»Nein, ich werde es nicht vergessen, denn es ist gut, sich daran zu erinnern; denn gleichzeitig damit erinnere ich mich an so vieles im Zusammenhang mit Ihnen, das gut und schön ist, und das gleicht es dann wieder aus. Aber jetzt müssen Sie alle möglichst bald gehen. Das Frühstück ist schon bereitet, und wir müssen alle ordentlich essen, um bei Kräften zu bleiben.«

Dieses Frühstück geriet zu einem eigenartigen Mahl. Wir versuchten, fröhlich zu sein und einander Mut zuzusprechen, und dabei tat Mina sich noch besonders hervor. Als wir fertig waren, erhob Van Helsing sich und sagte:

»Nun, meine teuren Freunde, gehen wir an unser schreckliches Werk. Sind wir auch alle gewappnet, wie wir es in jener Nacht waren, als wir das Schlupfloch unseres Feindes zum erstenmal aufsuchten – gewappnet gegen geistige wie gegen körperliche Attacken?« Wir nickten reihum. »Dann ist es gut. Jetzt, Madam Mina, sind Sie auf jeden Fall hier bis zum Einbruch der Dämmerung *völlig* sicher; wir aber werden noch vorher zurück sein – *wenn* wir heimkehren werden! Doch bevor wir gehen, will ich noch dafür sorgen, daß Sie gegen jeden Angriff auf Ihre Person gefeit sind. Ich selbst habe Ihr Zimmer inzwischen mit den Dingen ausgestattet, von denen wir wissen, daß er an ihnen vorbei nicht eintreten wird. Doch nun will ich Sie selbst auch noch schützen. Ich werde dieses Stück der Heiligen Hostie auf Ihre Stirn drücken im Namen des Vaters, des Sohnes und –«

Ein angsterfüllter Schrei zerriß die relative Stille, ein Schrei, der unser Blut in den Adern gefrieren lassen wollte. Als er Mina die Hostie auf die Stirn drückte, hatte diese sie auf der Stelle stigmatisiert – sie hatte sich in das Fleisch gebrannt, als handele es sich um ein Stück weißglühenden Metalls. Das Gehirn meines armen Lieblings hatte die Bedeutung des Vorgangs so schnell erfaßt, wie ihre Nerven den Schmerz weitergeleitet hatten: Beides zusammen überwältigte sie so vollkommen, daß sich ihre überstrapazierte Natur in einem schier unmenschlichen Schrei Luft verschaffte. Doch ihre Gedanken formten sehr bald schon die Worte, um auszudrücken, was sie fühlte; das Echo des Schreis ließ noch die Luft erzittern, als auch schon die Reaktion erfolgte, und sie sank auf die Knie nieder unter dem Eindruck der Qual ihrer Erniedrigung. Sie strich sich das wunderschöne Haar vor das Gesicht und rief weinend:

»Unrein! Unrein! Selbst der Allmächtige meidet mein verdorbenes Fleisch! Ich werde dieses Mal der Scham bis zum Tag des Jüngsten Gerichtes auf meiner Stirn tragen.« Niemand rührte sich. Ich hatte mich neben sie in qualvollem, hilflosem Gram zu Boden geworfen, die Arme um ihre Schultern gelegt und sie fest an mich gezogen. Etliche Minuten schlugen unser beider von Gram erfüllte Herzen gemeinsam, während rings um uns die Freunde die tränenerfüllten Augen schweigend abwandten. Dann wandte Van Helsing sich uns wieder zu und sprach mit großem Ernst; er sprach in einer Art und Weise, daß ich mich des Gefühls nicht erwehren konnte, als spreche er unter dem Eindruck einer höheren Eingebung und verkünde Dinge, die außerhalb seines Selbst lagen.

»Es könnte sein, daß Sie dieses Mal in der Tat so lange tragen müssen, wie Gott selbst es für richtig hält, und das wird gewiß der Tag des Jüngsten Gerichts sein. Und – oh – Madam Mina, meine liebe, meine teure Madam Mina, mögen wir, die wir Sie lieben, dann da sein, um zu sehen, wie diese rote Narbe, das Zeichen, das Gott Kenntnis genommen hat von dem, was gewesen ist, verschwinden und Ihre Stirn so rein zurücklassen wird wie das Herz, das wir kennen. Denn so sicher, wie wir leben, wird diese Narbe dann verschwinden, wenn es Gott gefällt, die Last von uns zu nehmen, die uns jetzt so schwer drückt. Bis dahin aber werden wir unser Kreuz tragen, wie es Sein Sohn in Erfüllung Seines Willens getan hat. Es ist denkbar, daß wir auserwählte Werkzeuge Seiner Gnade sind und daß wir auf Sein Geheiß hin aufsteigen wie jener andere durch Scham, Tränen und Blut, durch Zweifel und Ängste und alles andere, das den Unterschied zwischen Gott und den Menschen ausmacht.«

In seinen Worten lagen Hoffnung und Trost, und sie wirkten sehr erleichtert. Mina und ich fühlten es gleichermaßen, und fast gleichzeitig nahmen wir jeder eine Hand des alten Mannes, beugten uns über sie und küßten sie. Dann knieten wir alle gemeinsam nieder, und während wir uns bei den Händen hielten, schworen wir einander Treue. Wir Männer gelobten, den Schleier des Grams vom Haupt derer zu heben, die wir alle – jeder auf seine Weise – liebten; und wir beteten um Hilfe und Führung in dem schrecklichen Tun, das wir uns vorgenommen hatten.

Dann war es Zeit loszugehen. Ich sagte Mina also Lebewohl, und es war ein Abschied, den wohl keiner von uns bis zu seinem Todestag vergessen wird; danach gingen wir hinaus.

Problemlos drangen wir in Carfax ein und fanden alles

genauso wie bei unserem ersten Besuch hier. Es war nur schwer zu glauben, daß in einer so prosaischen Umgebung von Verwahrlosung, Staub und Verfall die Ursache all der Ängste liegen sollte, die wir hatten kennenlernen müssen. Wären wir nicht längst fest entschlossen gewesen und wären da nicht die schrecklichen Erinnerungen gewesen, die uns vorwärts trieben, wir hätten sicher von unserem Vorhaben abgelassen. Wir fanden keinerlei Papiere und keine Anzeichen, daß dieses Haus irgendwie genutzt wurde; und die großen Kisten in der Kapelle sahen genauso aus wie beim erstenmal. Als wir vor ihnen standen, sagte Dr. Van Helsing feierlich zu uns: »Und nun, meine Freunde, haben wir hier eine Pflicht zu erfüllen; wir müssen diese Erde, geweiht und voller heiliger Erinnerungen, die er aus einem so fernen Land in solch ruchloser Absicht hierhergebracht hat, sterilisieren. Er hat diese Erde gewählt, denn sie war einst heilig. Wir werden ihn daher mit seinen eigenen Waffen schlagen, denn wir werden sie noch zusätzlich heiligen. Sie war dem Gebrauch durch die Menschen geweiht, und jetzt weihen wir sie Gott.« Während er sprach, holte er aus seiner Tasche Schraubenzieher und -schlüssel, und schon bald sprang der Deckel der ersten Kiste auf. Die Erde roch modrig und stickig; doch uns machte es nichts weiter aus, denn wir hatten uns ganz auf den Professor konzentriert. Aus seiner Tasche nahm er ein Stück einer geweihten Hostie und legte es voller Ehrerbietung auf die Erde. Dann schloß er den Deckel und fing an, die Schrauben wieder hineinzudrehen, wobei wir ihm nach Kräften halfen.

Eine nach der anderen behandelten wir die Kisten dann alle in gleicher Weise und ließen sie äußerlich unverändert zurück, doch in einer jeden befand sich nun ein Stück der Heiligen Hostie.

Als wir die Tür hinter uns schlossen, sagte der Professor feierlich:

»Soweit ist alles getan, was zu tun war. Wenn es denn sein

sollte, daß wir mit den anderen ebenso erfolgreich sein werden, dann wird die untergehende Sonne dieses Tages auf Madam Minas weiße unversehrte Stirn leuchten!«

Als wir über den Rasen in Richtung des Bahnhofs gingen, wo wir noch den Zug zu erreichen hofften, konnten wir die Vorderfront der Irrenanstalt sehen. Ich sah aufmerksam hinüber und entdeckte Mina am Fenster unseres Zimmers. Ich winkte ihr zu und nickte mehrmals, um ihr zu bedeuten, daß wir unsere Arbeit hier erfolgreich abgeschlossen hatten. Sie nickte ebenfalls zum Zeichen, daß sie verstanden hatte. Das Letzte, was ich sah, war, daß sie uns mit der Hand ihr Lebewohl zuwinkte. Die Herzen waren uns schwer, als wir dem Bahnhof zustrebten und gerade rechtzeitig ankamen, um den Zug noch zu erreichen, der gerade fauchend und dampfend einlief.

Dies hier habe ich im Zug geschrieben.

Piccadilly, 12 Uhr 30: – Kurz bevor wir die Fenchurch Street erreichten, sagte Lord Godalming zu mir:

»Quincey und ich werden uns nach einem Schlosser umsehen. Sie kommen besser nicht mit uns für den Fall, daß es Probleme geben sollte; unter den obwaltenden Umständen wäre es wohl nicht so schlimm, wenn wir in ein leerstehendes Haus einbrechen würden. Sie aber sind Jurist, und die Anwaltskammer könnte Ihnen vorhalten, Sie hätten es besser wissen müssen.« Ich widersprach und gab zu verstehen, mir sei es gleich, ob ich mich Gefahren, auch solchen der Rufschädigung, aussetzte oder nicht, doch er fuhr fort: »Außerdem erregt es weniger Aufmerksamkeit, wenn nicht so viele von uns da sind. Bestimmt wird mein Titel den Schlosser und jeden zufällig daherkommenden Polizisten überzeugen. Sie würden besser mit dem Professor und Jack im Green Park in Sichtweite des Hauses warten. Wenn Sie dann sehen, daß die

Tür offen und der Schlosser wieder weg ist, können Sie alle herüberkommen. Wir werden nach Ihnen Ausschau halten und Sie hereinlassen.«

»Ein guter Rat!« sagte Van Helsing, und deshalb widersprachen wir auch nicht weiter. Godalming und Morris fuhren dann in einer Droschke davon, wir anderen folgten in einer zweiten. An der Ecke Arlington Street stieg meine Gruppe aus, und wir schlenderten gemeinsam in den Green Park. Mein Herz klopfte, als ich das Haus sah, auf das sich so viele unserer Hoffnungen konzentrierten. Dunkel und drohend erhob sich das verwahrloste Gebäude inmitten seiner lebendiger und freundlicher wirkenden Nachbarn. Wir setzten uns auf eine Bank, von wo aus wir es gut im Auge behalten konnten, und zündeten uns eine Zigarre an, um auf diese Weise so wenig Aufmerksamkeit wie möglich zu erregen. Die Minuten schienen dahinzuschleichen, während wir auf das Erscheinen der anderen warteten.

Endlich sahen wir eine Droschke sich nähern. Heraus stiegen unbefangen und nonchalant Lord Godalming und Quincey Morris, während vom Kutschbock ein vierschrötiger Mann mit einem Werkzeugkoffer kletterte. Morris entlohnte den Kutscher, dieser tippte kurz an die Hutkrempe und fuhr davon. Die beiden gingen zusammen die Stufen hinauf, und Lord Godalming zeigte dem Mann, was er von ihm wollte. Der Arbeiter zog sich ohne Hast die Jacke aus, hängte sie über einen der Gitterstäbe und sagte etwas zu einem Polizisten, der gerade des Wegs kam. Der Polizist nickte zustimmend, und der Mann kniete nieder und stellte seinen Werkzeugkoffer neben sich. Nachdem er ihn kurz durchgesehen hatte, nahm er einige Stücke heraus und legte sie fein säuberlich neben sich. Dann erhob er sich, blickte in das Schlüsselloch, blies kurz hinein und wandte sich mit einer Bemerkung an seine Auftraggeber. Lord Godalming lächelte, und der Mann hob einen großen Schlüsselbund in die Höhe; er wählte einen

Schlüssel aus und probierte ihn im Schloß. Nachdem er ihn einige Male hin und her gewendet hatte, versuchte er es mit einem anderen und dann mit einem dritten. Auf einmal schwang die Tür nach einem leichten Stoß auf, und er und die beiden anderen betraten die Halle. Wir saßen ganz still da, nur meine Zigarre brannte hellauf, während Van Helsings Zigarre langsam zu verlöschen begann. Wir warteten ungeduldig, bis der Arbeiter wieder herauskam und seinen Werkzeugkoffer aufhob. Dann hielt er die Tür ein wenig auf, indem er ein Knie dazwischen zwängte, während er einen Schlüssel für das Schloß zurechtfeilte. Diesen händigte er schließlich Lord Godalming aus, der seine Börse hervorholte und ihm etwas gab. Der Mann tippte sich an die Hutkrempe, nahm seinen Werkzeugkoffer, zog die Jacke an und ging davon; nicht eine Menschenseele nahm von der ganzen Aktion auch nur Notiz.

Als der Mann ein gutes Stück weg war, überquerten wir drei die Straße und klopften an die Tür. Sie wurde auf der Stelle von innen geöffnet. Drinnen erwarteten uns Quincey Morris und Lord Godalming, der sich gerade eine Zigarre anzündete.

»Das Haus stinkt so erbärmlich«, sagte er entschuldigend, als wir näher traten. Er hatte nur zu recht. Hier drinnen roch es wie in der alten Kapelle von Carfax, und nach unseren bisherigen Erfahrungen war uns sofort klar, daß der Graf dieses Haus schon oft besucht haben mußte. Wir machten uns sogleich an die Durchsuchung, wobei wir darauf achteten, für den Fall eines unverhofften Angriffs möglichst nahe beieinander zu bleiben; wir wußten schließlich, daß wir es mit einem starken und hinterhältigen Feind zu tun hatten, wenn wir auch nicht sicher waren, ob der Graf jetzt überhaupt anwesend war.

Im Eßsaal, der sich am Ende der Halle befand, entdeckten wir acht Kisten voll Erde. Nur acht Kisten von neun, die wir suchten! Unser Werk war noch nicht getan und würde es niemals sein, solange wir die fehlende Kiste nicht entdeckten. Zunächst aber öffneten wir die Läden vor dem Fenster, das den Blick auf einen kleinen gepflasterten Hof freigab, an dessen Ende die Wand eines Stalls zu sehen war, die so hergerichtet war, daß sie im ersten Moment aussah wie zu einem kleinen Häuschen gehörig. Es gab keine Fenster in ihr, und so brauchten wir nicht zu befürchten, daß man uns von dort aus beobachten konnte. Ohne weitere Umstände machten wir uns an die Untersuchung der Kisten. Mit Hilfe der mitgebrachten Werkzeuge öffneten wir eine nach der anderen und verfuhren mit ihnen wie mit jenen anderen in der Kapelle. Es konnte kein Zweifel daran bestehen, daß der Graf im Moment nicht hier im Haus war, und so machten wir uns auf die Suche nach seinen Besitztümern.

Nach einem prüfenden Blick in alle sonstigen Räumlichkeiten vom Keller bis zum Dachboden kamen wir zu dem Schluß, die dem Grafen gehörenden Papiere müßten sich irgendwo im Eßsaal befinden; daher suchten wir so lange, bis wir sie endlich fanden. Sie lagen in einer Art geordnetem Durcheinander auf dem großen Eßtisch. Unter ihnen waren Unterlagen über das Haus in Piccadilly, zusammengefaßt in einem großen Bündel, dazu Kaufverträge für die Häuser in Mile End und Bermondsey; Briefpapier, Kuverts und nicht zuletzt Feder und Tinte. Alles war in dünnes Papier zum Schutz gegen den Staub eingewickelt. Wir fanden auch noch eine Kleiderbürste, Kamm und Haarbürste und eine Waschschüssel, diese gefüllt mit schmutzigem Wasser, das einen rötlichen Schimmer wie von Blut zeigte. Ganz zum Schluß entdeckten wir dann noch einen Bund mit Schlüsseln aller Arten und Größen, möglicherweise die Schlüssel zu den anderen Häusern. Nachdem wir auch diesen letzten Fund eingehend begutachtet hatten, notierten sich Lord Godalming und Quincey Morris die genauen Adressen der Häuser im Süden und

Osten, nahmen dann die Schlüssel an sich und machten sich auf den Weg, um die dort abgestellten Kisten zu zerstören. Wir anderen müssen so geduldig, wie wir es nur können, ihre Rückkehr abwarten – oder die Ankunft des Grafen.

Kapitel Dreiundzwanzig

Das Tagebuch des Dr. Seward

3. *Oktober:* – Die Zeit kam uns unerträglich lang vor, während wir darauf warteten, daß Lord Godalming und Quincey Morris endlich zurückkehrten. Der Professor gab sich alle Mühe, unser Bewußtsein und unsere Gedanken abzulenken, indem er sie unaufhörlich irgendwie beschäftigte. Ich verstand seine gute Absicht, wenn ich sah, wie er immer mal wieder einen Seitenblick auf Harker warf. Der arme Kerl leidet in einem Maße, daß es einem schier das Herz zerreißen könnte. Letzte Nacht war er noch ein frischer, glücklich dreinblickender Mann mit jugendlich-straffen Gesichtszügen, voller Energie und mit dunklen Haaren. Heute ist er ein gebrochener, alter Mann, dessen graues Haar bestens zu den tiefliegenden, brennenden Augen und den tiefen Furchen in seinem Gesicht paßt. Aber noch ist seine Energie nicht dahin; ja, er ist ein wenig wie eine lodernde Flamme. Dies könnte seine Rettung bedeuten, denn wenn alles gut ausgeht, wird ihm dies über die Periode der Verzweiflung hinweghelfen, und dann wird er auch nach und nach wieder ins normale Leben zurückfinden. Armer Bursche, ich hatte schon geglaubt, mein eigener Kummer sei sehr groß, doch verglichen mit dem seinen –! Das weiß auch der Professor nur zu gut, und darum tut er sein Bestes, um seinen Geist zu beschäftigen. Was er alles sagte,

war unter den obwaltenden Umständen von allergrößtem Interesse. Soweit ich mich daran erinnere, schreibe ich es hier nieder, wie er es erzählt hat.

»Ich habe wieder und immer wieder alle Unterlagen über dieses Monstrum studiert, derer ich nur habhaft werden konnte; und je eingehender ich mich mit ihm befaßt habe, desto zwingender erscheint mir die Notwendigkeit, ihm ein für allemal den Garaus zu machen. Allüberall finden sich die Anzeichen für seine Fortschritte – nicht nur hinsichtlich seiner Fähigkeiten, sondern auch, daß es sich ihrer immer bewußter wird. Wie ich aus den Recherchen meines Freundes Arminius aus Buda-Pesth erfahren habe, war der Graf im Leben ein bedeutender Mann. Soldat, Staatsmann und Alchimist – was zu seiner Zeit der Gipfel aller Wissenschaftlichkeit war. Er hatte ein mächtiges Gehirn, verfügte über einen Erfahrungsschatz wie sonst keiner und besaß ein Herz, das weder Furcht noch Erbarmen kannte. Er scheute sich nicht einmal, die Scholomance zu besuchen, und es gab keinen Wissenszweig seiner Zeit, den er nicht studiert hätte. Nun, in ihm haben die Kräfte des Geistes den physischen Tod überdauert; wiewohl es auch zunächst scheinen mochte, daß seine Erinnerungen nicht vollständig waren. In mancherlei geistiger Hinsicht war er und ist er bis auf den heutigen Tag auf dem Stand eines Kindes; doch er nimmt zu an Vernunft, und manches, das vor noch gar nicht allzu langer Zeit kindisch anmutete, gewinnt langsam an Statur. Er experimentiert, und das tut er gut; und wenn nicht ausgerechnet wir seinen Weg gekreuzt hätten, dann wäre er womöglich jetzt – und könnte es noch immer werden, wenn wir versagen – der Vater oder wenigstens der Förderer einer neuen Art von Wesen, die ihren Weg durch den Tod gehen müssen, nicht durch das Leben.«

Harker stöhnte laut und sagte: »Und das alles wurde gegen meinen Liebling aufgeboten! Doch wie experimentiert er? Das zu wissen könnte helfen, ihn zu besiegen!«

»Er hat die ganze Zeit, seit er hierher gekommen ist, seine Kräfte erprobt, langsam zwar, aber beharrlich; sein großes Kindergehirn arbeitet. Gut für uns, daß es sich – noch – um ein kindliches Gehirn handelt; denn hätte er zu Anfang nur gewagt, bestimmte Dinge auszuprobieren, er wäre längst unseren Machtmitteln entwachsen. Doch wie auch immer, er glaubt, am Ende erfolgreich zu sein, und ein Mann, der Jahrhunderte vor sich sieht, kann es sich leisten, abzuwarten und langsam voranzuschreiten. Seine Devise könnte durchaus ›immer langsam voran‹ lauten.«

»Das verstehe ich nicht«, sagte Harker müde. »O bitte, seien Sie ein wenig deutlicher. Vielleicht verstellen mir ja auch nur Gram und Sorge den klaren Blick.«

Der Professor legte ihm mitfühlend die Hand auf die Schulter und fuhr fort: »Ah, mein Sohn, ich will deutlicher werden. Sehen Sie denn nicht, wie dieses Monstrum erst kürzlich aus Erfahrung gelernt hat? Wie er sich die zoophagen Neigungen eines Patienten zunutze gemacht hat, um Zugang zum Haus unseres Freundes John zu finden? Denn Ihr Vampir kann, auch wenn er danach kommen kann, wann und wie er will, einen ersten Zutritt nur auf Grund der ausdrücklichen Einladung eines Hausbewohners erlangen. Doch dies sind nicht seine bedeutsamsten Erfahrungen. Haben wir nicht deutlich sehen können, daß diese schweren Kisten anfangs nur von anderen bewegt wurden? Damals wußte er es wohl nicht anders. Doch die ganze Zeit ist dieses sein großes Kinderhirn weiter gewachsen, und er fing an, sich Gedanken zu machen, ob er diese Kisten nicht vielleicht auch selbst bewegen könne. So fing er an, dabei zu helfen; und als er dann herausfand, daß dies ohne weiteres möglich war, versuchte er, sie allein zu bewegen. So macht er Fortschritte, und jetzt verteilt er diese seine Gräber eigenhändig, und niemand außer ihm selbst weiß, wo sie versteckt sind. Er könnte vorhaben, sie tief in die Erde einzugraben. So würde er sie nur während der

Nachtstunden benutzen oder zu einer Zeit, da er seine Erscheinungsform verändern kann, und dann wären sie ihm genauso nützlich, und niemand würde wissen, daß hier sein Unterschlupf ist! Doch verzweifeln Sie nicht, mein Sohn; diese Einsichten kommen ihm zu spät. Inzwischen sind bereits alle seine Schlupflöcher bis auf eines gegen ihn versiegelt oder werden es doch bis Sonnenuntergang sein. Dann bleibt ihm kein Platz mehr, an dem er sich verbergen, an den er sich zurückziehen könnte. Heute morgen habe ich unsere Aktion verzögert, um sicher zu sein. Steht etwa für uns nicht mehr auf dem Spiel als für ihn? Warum also sollen wir dann nicht noch vorsichtiger sein als er? Auf meiner Uhr ist es jetzt ein Uhr, und wenn alles gutgegangen ist, sind die Freunde Arthur und Quincey schon wieder auf dem Weg hierher zu uns. Heute ist unser Tag; wir müssen nur ganz sicher vorgehen, wenn auch langsam, und keine Chance ungenutzt lassen. Sehen Sie! Wenn die Abwesenden wieder bei uns sind, sind wir zu fünft.«

Noch während er sprach, wurden wir durch ein Klopfen an der Tür zur Halle aufgeschreckt, dem doppelten Klopfzeichen des Telegrammboten. Sofort liefen wir alle gleichzeitig in die Halle hinaus, und Van Helsing ging an die Tür, nachdem er uns mit erhobener Hand Schweigen geboten hatte. Der Bote händigte ihm ein Telegramm aus. Der Professor schloß die Tür wieder ab, riß nach einem Blick auf den Adressaten den Umschlag auf und las laut vor:

»Haltet Ausschau nach D. Er ist just in diesem Moment, 12 Uhr 45, eilends aus Carfax herausgekommen und Richtung Süden davongeeilt. Scheint, er macht die Runde und sucht euch – MINA.«

Es entstand eine kurze Pause, die Jonathan Harker beendete, indem er rief:

»Nun werden wir ihm – Gott sei es gedankt – bald gegenüberstehen!«

Van Helsing wandte sich ihm rasch zu und sagte: »Gott wird zu Seiner eigenen Zeit und auf Seine eigene Weise handeln. Fürchten Sie sich nicht, aber freuen Sie sich auch noch nicht zu früh; denn was wir uns im Augenblick wünschen, könnte sich auch als unser Verderben erweisen.«

»Mich interessiert gar nichts mehr«, erwiderte er voller Leidenschaft, »außer wie ich dieses Ungeheuer aus dem Antlitz der Schöpfung tilgen kann. Dafür würde ich meine Seele verkaufen!«

»Oh – pst, pst, mein Sohn!« sagte Van Helsing. »Gott sucht die Seelen nicht auf diese Weise; und der Teufel ist, auch wenn er sehr wohl jagt, niemandem treu. Gott dagegen ist gnädig und gerecht, und er kennt Ihre Schmerzen und Ihre Hingabe an Madam Mina. Denken Sie lieber daran, wie Sie ihr Leid verdoppeln würden, wüßte sie, welch wilde Worte Sie hier gebrauchen. Niemand von uns muß sich fürchten; wir haben uns alle dieser Sache verschrieben, und der heutige Tag wird ihr Ende sehen. Die Zeit des Handelns rückt näher; heute ist die Macht dieses Vampirs auf rein menschliche Kräfte beschränkt, und bis Sonnenuntergang kann er seine Gestalt nicht verändern. Er wird seine Zeit brauchen, bis er hier eintrifft – sehen Sie, es ist schon zwanzig nach eins –, und es wird sogar noch einige Zeit länger dauern, bis er hier sein kann, und möge er auch noch so eilen. Worauf wir hoffen müssen, das ist, daß Lord Arthur und Quincey vor ihm hier sind.«

Etwa eine halbe Stunde, nachdem wir Mrs. Harkers Telegramm erhalten hatten, erklang an der Tür der Halle ein leises, nachdrückliches Klopfen. Es war eigentlich ein ganz normales Klopfen, so wie jede Stunde Tausende von Gentlemen an irgendwelche Türen klopfen, und doch ließ es das Herz des Professors wie das meine lauter schlagen. Wir sahen uns an und gingen gemeinsam in die Halle hinaus, und dabei hielten wir unsere verschiedenen Waffen einsatzbereit – die geistigen in der linken Hand, die eher erdbezogenen in der rechten. Van Helsing zog den Riegel zurück und trat einen Schritt zur Seite, während er die Tür halb geöffnet hielt, um beide Hände für eine etwa notwendig werdende Verteidigung frei zu haben. Das Glück unserer Herzen muß auf unseren Gesichtern gestanden haben, als wir draußen auf den Stufen, ganz nahe an der Tür, Lord Godalming und Quincey Morris stehen sahen. Sie kamen schnell herein und zogen die Tür hinter sich zu, und während sie die Halle durchquerten, sagte Godalming:

»Alles in Ordnung. Wir haben beide Orte ausfindig gemacht; an beiden waren sechs Kisten, und die haben wir alle unbrauchbar gemacht.«

»Unbrauchbar gemacht?« fragte der Professor.

»Unbrauchbar für ihn!« Eine gute Minute sagte keiner von uns ein Wort, dann meinte Quincey:

»Es bleibt jetzt weiter nichts, als hier zu warten. Wenn er aber bis fünf Uhr noch immer nicht hier ist, müssen wir wieder weg, denn ich habe keine Lust, Mrs. Harker noch nach Sonnenuntergang alleinzulassen.«

»Er wird sehr bald hier eintreffen«, erwiderte Van Helsing nach einem Blick in sein Notizbuch. »Notabene – nach Madams Telegramm ist er von Carfax aus Richtung Süden aufgebrochen, und das bedeutet, er muß über den Fluß, was er aber nur zur Zeit der ablaufenden Flut konnte, und das dürfte so kurz vor eins der Fall gewesen sein. Daß er nach Süden gegangen ist, ist nicht ohne Bedeutung für uns. Bisher ist er lediglich mißtrauisch; und er wandte sich von Carfax aus zunächst einmal dorthin, wo er ein Eingreifen unsererseits am wenigsten erwartete. Sie müßten nur ganz kurz vor ihm in Bermondsey gewesen sein. Daß er bisher noch nicht hier eingetroffen ist, zeigt, daß er sich von dort aus zunächst nach Mile End gewandt hat. Das hat ihn auch wieder Zeit gekostet, denn nun mußte er versuchen, irgendwie über den Fluß zu gelangen. Glauben Sie mir, meine Freunde, wir werden jetzt nicht mehr lange zu warten brauchen. Wir sollten so etwas wie einen Angriffsplan bereithalten, damit wir nicht etwa noch eine Chance vertun. Vorwärts also, die Zeit drängt. Nehmt die Waffen! Haltet euch bereit!« Während er sprach, hob er bereits warnend eine Hand, denn wir konnten alle hören, wie draußen vorsichtig ein Schlüssel ins Schloß der Tür zur Halle gesteckt wurde.

Ich konnte einfach nur bewundern, wie sich ein dominanter Geist doch immer zu behaupten weiß. Bei all unseren vielen Jagdpartien und Abenteuern überall auf der Welt war stets Quincey Morris derjenige gewesen, der die Pläne ausarbeitete, während Arthur und ich ihm für gewöhnlich ohne Widerrede gehorchten. Diese alten Verhaltensmuster schienen jetzt ganz unbewußt wieder in Kraft zu treten. Mit einem schnellen Blick schätzte er das ganze Zimmer ab und hatte schon seinen Angriffsplan parat. Nur mit Blicken und Gesten, ohne auch nur ein einziges Wort zu sagen, wies er jedem seine Position zu. Van Helsing, Harker und ich standen direkt hinter der Tür, so daß der Professor sie bewachen konnte, sobald sie aufging, während wir anderen uns zwischen die Tür und den Eintretenden stellen konnten. Godalming weiter hinten und Quincey hier vorn standen außer Sicht, bereit, sofort vor das Fenster zu treten. Wir warteten in einer Spannung ab, die die Sekunden in geradezu alptraumhafter Langsamkeit verrinnen ließ. Die langsamen, vorsichtigen Schritte kamen durch die Halle immer näher; der Graf war offensichtlich auf Überraschungen gefaßt – zumindest befürchtete er sie.

Plötzlich sprang er mit einem Satz an uns vorbei ins Zimmer, bevor überhaupt jemand die Hand erheben und ihn aufhalten konnte. In seiner Bewegung lag etwas Katzenhaftes. Harker handelte als erster. Blitzschnell warf er sich vor die Tür, die in den vorderen Teil des Hauses führte. Als der Graf uns entdeckte, lief ein bösartiges Grinsen über sein Gesicht, das seine langen, weißen Eckzähne entblößte; doch das teuflische Grinsen wandelte sich sehr schnell zu einem Ausdruck tiefster Verachtung. Sein Gesichtsausdruck änderte sich abermals, als wir alle gleichzeitig auf ihn zugingen. Es war nur schade, daß wir keinen besser erarbeiteten Angriffsplan zur Hand hatten, denn noch in diesem Augenblick fragte ich mich, was wir denn nun genau vorhatten. Ich wußte nicht einmal, ob uns unsere an sich tödlichen Waffen überhaupt etwas nutzen würden. Harker schien entschlossen, es jedenfalls einmal auszuprobieren, denn er hielt bereits das große Kukri-Messer in der Hand und stach ganz unvermittelt voller Wildheit auf ihn ein. Es war ein schrecklicher Hieb, und nur des Grafen diabolische Schnelligkeit, mit der er zurückwich, rettete ihn. Nur eine Sekunde später, und die scharfe Schneide hätte sich in sein Herz gebohrt. Aber so schnitt sich nur die Spitze durch den Stoff seines Mantels und riß ein großes Loch hinein, aus dem sogleich Banknoten und eine Menge reinen Goldes fielen. Der Ausdruck auf des Grafen Gesicht war derart infernalisch, daß mir einen Augenblick lang himmelangst um Harker war, obwohl ich sah, wie er das furchterregende Messer bereits zu einem weiteren Stoß erhoben hatte. Instinktiv sprang ich vor, um ihm beizustehen, wobei ich Kruzifix und Hostie hoch über den Kopf erhob. Ich spürte, wie eine große, unbekannte Kraft meinen Arm durchströmte, und ich wunderte mich gar nicht, daß der Graf bei jedem Schritt ein Stückchen weiter zurückwich, den einer von uns in dieser Weise auf ihn zu tat. Es wäre unmöglich, wollte ich versuchen, den haßerfüllten und bösartigen Blick zu beschreiben – diese Mischung aus Angst und höllischer Raserei –, der des Grafen Gesicht verzerrte. Seine wächserne Farbe wurde zu einem grünlichen Gelb, von dem die flammenden Augen ebenso abstachen wie die rote Narbe auf seiner Stirn, die auf der blassen Haut wie eine frisch pulsierende Wunde aussah. Noch im nächsten Augenblick tauchte er unter Harkers Arm hindurch, bevor dessen Hand niedersausen konnte, und schoß quer durchs Zimmer auf das Fenster zu, nachdem er eine Handvoll des Geldes vom Boden aufgerafft hatte. Inmitten splitternden Glases fiel er auf den gepflasterten Hof draußen. Durch das Geräusch des splitternden Glases hindurch konnte ich noch das Klingeln hören, mit dem etliche seiner Goldmünzen auf das Pflaster fielen.

Wir rannten hinüber und sahen, daß er unversehrt wieder auf die Füße sprang. Dann hetzte er über den gepflasterten Hof und stieß die Stalltür auf der anderen Seite auf. Dort wandte er sich um und sagte zu uns:

»Ihr glaubt, ihr könnt mich überlisten – ihr mit euren bleichen Gesichtern, aufgereiht wie die Schafe beim Schlachter. Es wird euch noch leid tun, euch allen! Ihr glaubt, ihr hättet mir alle meine Ruhestätten genommen, doch ich verfüge über noch mehr. Meine Rache hat gerade erst begonnen! Ich habe sie auf ganze Jahrhunderte verteilt, und die Zeit ist auf meiner Seite. Eure Frauen, die ihr so liebt, sind bereits mein; und durch sie sollt auch ihr selbst bald mein sein – meine Kreaturen, um mir willfährig zu sein, meine Schakale, wenn es mir gefällt, meine Geschöpfe zu füttern. Pah!« Mit einem verächtlichen Schnauben verschwand er blitzartig durch die Tür, und wir hörten das Quietschen des verrosteten Riegels, als er ihn hinter sich zuzog. Eine Tür auf der anderen Seite öffnete und schloß sich wieder. Als erster fand der Professor die Sprache wieder, als wir zur Halle zurückgingen, nachdem wir eingesehen hatten, daß eine Verfolgung sinnlos sein würde.

»Wir haben einiges gelernt, sogar sehr viel! Trotz all seiner großspurigen Worte – er fürchtet uns! Er fürchtet die Zeit, und er fürchtet die Not. Denn wäre dem nicht so, warum beeilt er sich dann so? Sein eigener Tonfall straft ihn Lügen, oder mich trügen meine Ohren. Warum nahm er das Geld? Folgt ihm schnell. Ihr seid Großwildjäger und versteht euch auf dieses Geschäft. Ich für meine Person werde dafür sorgen, daß hier nichts zurückbleibt, das ihm noch irgendwie von Nutzen sein könnte, falls er nach hier zurückkehrt.« Noch während er redete, fing er schon an, das zurückgelassene Geld einzusammeln und in die Tasche zu stecken; dann nahm er das Bündel mit Besitztiteln an sich und warf alles übrige in den offenen Kamin, wo er alles mit einem Zündholz in Brand setzte.

Godalming und Morris waren in den Hof geeilt, und Harker hatte sich der Einfachheit halber gleich vom Fenster aus hinuntergehangelt, um den Grafen zu verfolgen. Aber dieser hatte die Stalltür schließlich von innen verriegelt, und es brauchte seine Zeit, die Tür aufzubrechen. Als sie es endlich geschafft hatten, war von Dracula weit und breit nichts mehr zu sehen. Van Helsing und ich suchten die Rückseite des Hauses ab, aber die engen Seitengäßchen waren menschenleer, und niemand hatte ihn entfliehen sehen.

Es war jetzt später Nachmittag, und bis zum Sonnenuntergang war es nicht mehr weit. Wir mußten einsehen, daß unser Spiel für heute verloren war; schweren Herzens gaben wir dem Professor recht, als er sagte:

»Lassen Sie uns zu Madam Mina zurückkehren – arme, arme, liebe Madam Mina. Alles, was wir im Moment tun können, ist getan; dort aber können wir sie zumindest beschützen. Wir brauchen nicht zu verzweifeln. Es gibt nur noch eine einzige Kiste voll Erde. Sie müssen wir finden; wenn das geschehen ist, könnte alles wieder gut werden.« Ich sah, daß er so zuversichtlich sprach, wie er nur konnte, um Harker zu trösten. Der arme Kerl war völlig geknickt; ab und an ließ er ein Stöhnen hören, das er einfach nicht unterdrücken konnte – er mußte an seine Frau denken.

Mit Trauer im Herzen kehrten wir in mein Haus zurück, wo Mrs. Harker uns bereits mit einem Anflug von Fröhlichkeit erwartete, die ihrer Tapferkeit und Selbstlosigkeit alle Ehre machte. Als sie unsere Gesichter sah, wurde ihr eigenes bleich wie der Tod; eine Sekunde oder zwei hielt sie die Augen geschlossen, als spräche sie ein stilles Gebet; dann sagte sie so munter wie nur möglich:

»Ich kann euch allen niemals genug danken. Oh, mein armer Liebling!« Sie nahm das graue Haupt ihres Gatten in beide Hände und küßte es. »Leg dich hierhin und ruh dich aus. Es wird schon alles gut werden, Liebster! Gott wird uns behüten, wenn es Ihm in Seinem unerforschlichen Ratschluß so gefällt.« Der arme Bursche konnte nur stöhnen. In seinem tiefen Leid war einfach kein Platz mehr für Worte.

Wir nahmen ein eher leichtes Abendessen ein, und ich glaube, es weckte doch allenthalben die Lebensgeister wieder ein wenig. Vielleicht war es der eher animalische Drang hungriger Leute, irgend etwas in den Mund zu schieben – keiner von uns hatte seit dem Frühstück das geringste gegessen –, oder das Gefühl der Zusammengehörigkeit hat uns geholfen; doch wie auch immer, wir alle fühlten uns danach weniger elend und sahen dem kommenden Morgen nicht ganz ohne Hoffnung entgegen.

Getreu unseren Versprechen berichteten wir Mrs. Harker alles, was sich ereignet hatte; und obwohl sie gelegentlich weiß wie Schnee wurde, wenn die Gefahr für ihren Mann übergroß zu werden schien, und bei anderer Gelegenheit über und über rot, wenn seine Liebe zu ihr allzu offenkundig wurde, so hörte sie doch tapfer und in völliger Ruhe bis zum Ende zu. Als wir zu dem Augenblick kamen, da ihr Mann sich so furchtlos auf den Grafen gestürzt hatte, umklammerte sie seinen Arm, als könne sie ihn auf diese Weise vor aller denkbaren Gefahr schützen. Jedenfalls sagte sie kein Wort, bis der Bericht zu Ende war und alle Ereignisse bis zum augenblicklichen Stand abgehandelt waren. Dann erhob sie sich, ohne die Hand ihres Gatten loszulassen, und redete. Oh – könnte ich doch einen wirklichkeitsgetreuen Eindruck dieser Szene vermitteln, von dieser lieben, lieben, guten, guten Frau in all der strahlenden Schönheit ihrer Jugend und ihrer Lebensart, mit dem roten Mal auf der Stirn, dessen sie sich wohl bewußt war und das wir nur zähneknirschend anschauen mochten, wenn wir uns erinnerten, wann und wie sie es empfangen hatte; von ihrer liebenden Freundlichkeit, die gegen unseren grimmigen Haß stand; von ihrem zarten Vertrauen gegen all unsere Ängste und Zweifel; und wir wußten alle, daß sie, soweit Symbole reichen, in all ihrer Güte, ihrer Reinheit und Treue von Gott verstoßen war.

»Jonathan«, sagte sie, und dieses Wort allein klang von ihren Lippen wie Musik, so voller Liebe und Zärtlichkeit war es, »Jonathan, mein Geliebter, und ihr alle, meine wahren, echten Freunde, ich möchte euch bitten, daß ihr euch stets eines in diesen schrecklichen Tagen immer vor Augen halten möget: Ich weiß, daß ihr kämpfen müßt – daß ihr zerstören müßt, genau wie ihr die falsche Lucy vernichtet habt, auf daß die wahre Lucy hernach lebe; aber das ist kein Werk des Hasses. Die arme Seele, die all dieses Leid verursacht, ist der traurigste Fall von allen. Denkt nur einmal daran, welche Freude es für ihn sein muß, wenn auch er in seinem schlechten Teil vernichtet sein wird, weil dann sein besserer Teil geistige Unsterblichkeit erlangen kann. Ihr müßt auch ihm voll Mitleid begegnen, wenn euch das auch nicht von seiner Vernichtung abhalten darf.«

Während sie sprach, konnte ich sehen, daß sich das Gesicht ihres Mannes verdüsterte und verzerrte, als wenn die Leidenschaft sein Innerstes verzehren wollte. Instinktiv wurde der Griff um die Hand seiner Frau fester, bis die Knöchel weiß hervortraten. Sie verzog unter dem Schmerz, den sie gewiß empfand, nicht eine Sekunde lang das Gesicht, sondern sah ihn aus Augen an, die liebevoller dreinblickten denn je. Als sie zu reden aufgehört hatte, sprang er auf die Füße, riß sich förmlich von ihr los und sagte:

»Möge Gott ihn mir gerade lange genug in die Hand geben,

um sein irdisches Leben zu beenden, auf das es uns ankommt. Und wenn ich darüber hinaus seine Seele ins ewige Feuer der Hölle schicken könnte, ich würde es mit Freuden tun!«

»Oh – pst! pst! psst! Im Namen des allgütigen Gottes. Sag so etwas nicht, Jonathan, mein Gemahl. Denk nur einmal nach, Liebster – ich habe diesen ganzen langen Tag lang daran denken müssen, daß ich ... vielleicht – eines Tages ... desselben Mitleids bedürfen könnte und daß dann andere so wie du – und mit demselben Grund, erbost zu sein – es mir verweigern würden! Oh, mein Gemahl! Mein Gemahl, wie gern hätte ich es dir erspart, in diesen Kategorien denken zu müssen, aber ich wußte nicht, wie ich es hätte anstellen sollen; doch ich bete zu Gott, er möge deine häßlichen Worte nicht zu schwer gewichten, sondern sie als Aufschrei eines liebenden Mannes nehmen, dem man das Herz gebrochen hat und der in tiefstem Leid lebt. O Gott, laß Dir diese weißen Haare zum Beweis dessen sein, was er gelitten hat, er, der in seinem Leben nie unrecht gehandelt hat und über den so viel Leid gekommen ist.«

Wir Männer hatten alle Tränen in den Augen. Es gab nichts, das sie hätte aufhalten können, und so weinten wir ganz offen. Auch sie weinte, als sie sah, daß ihr Eintreten für etwas mehr Sanftheit auf fruchtbaren Boden gefallen war. Ihr Mann warf sich neben ihr auf die Knie, legte die Arme um sie und barg sein Gesicht in den Falten ihres Kleides. Van Helsing gab uns einen verstohlenen Wink, und wir stahlen uns aus dem Zimmer und ließen die beiden liebenden Seelen mit Gott allein.

Bevor sie sich zurückzogen, präparierte der Professor ihr Zimmer gegen das Eindringen des Vampirs und versicherte Mrs. Harker, sie könne ruhig und in Frieden schlafen. Sie versuchte, sich zu zwingen, daran auch zu glauben, und gab sich – offenbar mit Rücksicht auf ihren Mann, alle Mühe, beruhigt auszusehen. Es war ein tapferer Kampf, den sie da gegen sich selbst ausfocht, und er blieb, wie ich glaube und überzeugt bin, nicht ohne seinen Lohn. Van Helsing hatte eine kleine Glocke griffbereit hingestellt, die einer von ihnen läuten sollte, wenn sie in Schwierigkeiten geraten sollten. Als sie sich zurückgezogen hatten, verabredeten Quincey, Godalming und ich, daß wir reihum die ganze Nacht hindurch über die Sicherheit der armen, schwer geprüften Frau wachen wollten. Die erste Wache ist auf Quincey gefallen, und deswegen haben wir anderen es eilig, so schnell wie möglich ins Bett zu kommen. Godalming ist schon fort, denn er ist als zweiter dran. Und jetzt, da diese meine Arbeit erledigt ist, werde ich ebenfalls zu Bett gehen.

Das Journal des Jonathan Harker

3.–4. Oktober, kurz vor Mitternacht: – Ich hatte schon geglaubt, der gestrige Tag werde niemals enden. Ich verspürte ein großes Bedürfnis nach Schlaf – wohl in dem Glauben, ich könne danach wach werden und alles werde verändert sein und jede Veränderung könne nur eine solche zum Besseren sein. Bevor wir auseinandergegangen waren, hatten wir noch darüber diskutiert, wie unsere nächsten Schritte aussehen sollten, hatten aber zu keinem Ergebnis gelangen können. Alles, was wir wußten, war, daß eine Kiste voll Erde übrig war und daß nur der Graf ganz allein wußte, wo sie zu finden war. Wenn er sich entschließt, im Verborgenen zu bleiben, könnte er uns über Jahre an der Nase herumführen; und in der Zwischenzeit! – der Gedanke ist einfach zu schrecklich, ich mag ihn selbst jetzt noch nicht zu Ende denken. Dieses aber weiß ich: Wenn es je eine Frau gegeben hat, die die Perfektion selbst ist, diese eine Frau wäre mein armer, mißhandelter Liebling. Ich liebe sie noch tausendmal mehr wegen ihres von Herzen kommenden Mitleids letzte Nacht, ein Mitleid, das meinen eigenen Haß auf das Monster verabscheuenswert erscheinen lassen muß. Ganz sicher wird Gott nicht zulassen, daß die Welt ärmer wird durch den Verlust eines solchen Geschöpfes. Dies ist mir Hoffnung. Wir treiben alle auf das Riff zu, und Vertrauen ist unser einziger Anker. Dank Gott! Mina schläft – und sie schläft traumlos. Ich habe Angst davor, von welcher Art ihre Träume wohl wären, die aus solchen Erinnerungen erwüchsen. Seit dem Sonnenuntergang war sie nicht so ruhig, soweit ich sie beobachtet habe. Da trat für eine Weile eine Ruhe in ihr Antlitz, die an den Frühling nach den Märzstürmen erinnerte. Ich dachte zuerst, es sei der sanfte, rötliche Schein des Sonnenuntergangs auf ihrem Gesicht, doch irgendwie denke ich jetzt, es müsse eine tiefere Bedeutung gehabt haben. Ich selbst bin nicht schläfrig, wenn ich auch müde bin – todmüde. Aber wie auch immer, ich muß versuchen zu schlafen; denn ich muß daran denken, was morgen sein wird, und für mich wird es keine Ruhe mehr geben, bis …

Später: – Ich muß eingeschlafen sein, denn ich wurde von Mina aufgeweckt, die mit einem erschreckten Ausdruck auf dem Gesicht im Bett saß. Ich konnte ohne Schwierigkeiten sehen, denn wir hatten das Zimmer nicht ganz abgedunkelt; sie hatte mir warnend die Hand über den Mund gelegt, und nun flüsterte sie mir ins Ohr:

»Pst! Da ist jemand auf dem Korridor!« Ich stand leise auf, schlich quer durchs Zimmer und öffnete vorsichtig die Tür.

Draußen lag direkt vor unserer Tür Mr. Morris – hingestreckt auf eine Matratze. Er war hellwach. Als er mich sah, hob er schnell Schweigen gebietend die Hand und flüsterte mir zu:

›Pst! Gehen Sie wieder ins Bett. Kein Grund zur Beunruhigung. Einer von uns wird die ganze Nacht über immer hier sein. Wir wollen nicht das geringste Risiko eingehen!«

Sein Blick und seine Geste verboten jede Diskussion, und

so ging ich wieder zurück und berichtete Mina. Sie seufzte, und der Schimmer eines Lächelns lief über ihr gequältes, blasses Gesicht, während sie die Arme um mich legte und leise sagte:

»Oh, danken wir Gott, daß er uns diese braven Männer gesandt hat!« Mit einem Seufzen sank sie zurück und war gleich darauf wieder eingeschlafen. Ich schreibe dies nieder, weil ich selbst nicht schlafen kann, obwohl ich es eigentlich wieder versuchen müßte.

4. Oktober, morgens: – Während der Nacht wurde ich ein zweites Mal von Mina geweckt. Dieses Mal hatten wir beide sehr gut geschlafen, denn das Grau der heraufziehenden Morgendämmerung verwandelte die Fenster bereits in scharfe Vierecke, und das Gaslicht war nur noch ein heller Fleck und verbreitete kein wirkliches Licht mehr. Mina wirkte ausgesprochen hektisch, als sie zu mir sagte:

»Geh und ruf den Professor. Ich will ihn auf der Stelle sprechen.«

»Warum?« fragte ich.

»Ich habe eine Idee. Ich glaube, sie kam mir in der Nacht und reifte in mir, ohne daß es mir bewußt wurde. Er muß mich noch vor Morgengrauen hypnotisieren, und dann werde ich in der Lage sein zu sprechen. Geh schnell, Liebster; die Zeit drängt.« Ich ging zur Tür. Diesmal saß Dr. Seward auf der Matratze. Als er mich sah, sprang er auf.

»Stimmt irgend etwas nicht?« fragte er besorgt.

»Nein«, erwiderte ich, »aber Mina möchte umgehend Dr. Van Helsing sprechen.«

»Ich werde hingehen«, sagte er und eilte zum Zimmer des Professors.

Zwei oder drei Minuten später erschien Van Helsing im Morgenmantel im Zimmer, und Mr. Morris und Lord Godalming standen an der Tür und stellten Dr. Seward ihre Fragen. Als der Professor Mina lächeln sah – freudig lächeln! –, schwand der besorgte Ausdruck sogleich von seinen Zügen; er rieb sich die Hände und sagte:

»Oh, meine liebe Madam Mina, dies ist wirklich ein Wandel. Sehen Sie nur, Freund Jonathan, heute ist uns unsere Madam Mina, wie wir sie aus früheren Tagen kennen, zurückgegeben!« Dann wandte er sich ihr zu und fragte sichtlich erleichtert: »Und was darf ich jetzt für Sie tun? Um diese Zeit werden Sie mich kaum wegen nichts gerufen haben.«

»Ich möchte, daß Sie mich hypnotisieren«, sagte sie. »Tun Sie es noch vor dem Morgengrauen, denn ich spüre, daß ich dann reden kann, ganz frei und offen reden. Machen Sie schnell, denn die Zeit wird knapp!« Ohne ein weiteres Wort bedeutete er ihr, sich aufrecht im Bett hinzusetzen.

Er sah ihr unverwandt in die Augen und begann mit allerlei Bewegungen vor ihrem Gesicht, beginnend über ihrem Scheitel und dann abwärts, wobei er immer wieder die Hand wechselte. Mina sah ihn einige Minuten lang fest an, während derer mein eigenes Herz wie ein Hammer schlug, denn ich spürte, daß irgendeine Krise bevorstand. Ihre Augen schlossen sich mitunter, und sie saß stocksteif da; nur am sanften Wogen ihres Busens konnte man sehen, daß sie noch lebte. Der Professor vollführte noch einige Bewegungen mehr und hörte dann auf, und ich konnte sehen, daß sich auf seiner Stirn vor Anstrengung und Konzentration Schweißperlen gebildet hatten.

Mina öffnete die Augen; doch sie schien nicht mehr dieselbe Frau. In ihren Augen stand ein weltentrückter Blick, und in ihrer Stimme lag eine traurige Verträumtheit, die mir völlig unbekannt bei ihr war. Der Professor hob die Hand, um Schweigen zu gebieten, und bedeutete mir dann, ich solle die anderen hereinholen. Sie kamen auf Zehenspitzen, schlossen die Tür hinter sich und stellten sich am Fußende des Bettes auf, um alles besser verfolgen zu können. Mina schien sie nicht zu sehen. Die Stille wurde schließlich von Van Helsing unterbrochen, der mit leiser Stimme, um den Lauf ihrer Gedanken nicht zu stören, sagte:

»Wo sind Sie?« Die Antwort erfolgte eher neutral.

»Das weiß ich nicht. Der Schlaf hat keinen Ort, den er sein eigen nennt.« Minutenlang kehrte nun Schweigen ein. Mina saß starr und unbeweglich da, und der Professor fuhr fort, sie unverwandt anzusehen; wir anderen wagten kaum noch zu atmen. Im Zimmer wurde es langsam heller; ohne die Augen von Minas Gesicht zu nehmen, bedeutete Van Helsing mir, ich solle die Rolläden hochziehen. Das tat ich denn auch, und der junge Tag flutete zu uns ins Zimmer. Ein rötlicher Strahl schoß herein, und ein rosiger Schimmer schien sich im ganzen Zimmer auszubreiten. Augenblicklich fragte der Professor abermals:

»Wo sind Sie jetzt?« Die Antwort kam wie aus einem Traum, aber verständlich. Es war, als interpretiere sie etwas. Ich habe sie diesen Ton anwenden hören, wenn sie aus ihren Notizen vorlas.

»Ich weiß es nicht. Es ist alles so eigenartig!«

»Was sehen Sie?«

»Ich sehe nichts. Alles ist dunkel.«

»Was hören Sie?« Ich konnte aus der geduldig klingenden Stimme des Professors die große Anstrengung heraushören, unter der er stand.

»Das Geräusch von fließendem Wasser. Es gurgelt vorüber, und ich höre das Klatschen von Wellen. Ich kann sie von draußen her hören.«

»Dann befinden Sie sich auf einem Schiff?« Wir sahen uns an, als wollten wir die Gedanken des jeweils anderen erraten. Wir hatten Angst nachzudenken. Die Antwort erfolgte schnell:

»O ja!«

»Was hören Sie sonst noch?«

»Das Geräusch von Männern, die über mir hin und her rennen und dabei mit den Füßen stampfen. Und da ist das Rasseln einer Kette und das klingelnde Geräusch, wenn die Spitze eines Pollers in die Ratsche fällt.«

»Was tun Sie?«

»Ich bin still – oh, so still. Es ist wie der Tod!« Ihre Stimme verlor sich in einem tiefen Atemzug, als wenn sie schlafe, und die bisher offenen Augen schlossen sich wieder. Inzwischen hatte sich die Sonne erhoben, und das Zimmer lag im vollen Tageslicht. Dr. Van Helsing legte seine Hände auf Minas Schultern und bettete ihren Kopf sanft auf das Kissen zurück. Einige wenige Augenblicke lag sie da wie ein schlafendes Kind, um dann mit einem langen Seufzer aufzuwachen. Verwundert sah sie uns der Reihe nach an. »Habe ich etwa im Schlaf geredet?« war alles, was sie sagte. Sie schien allerdings die Situation zu übersehen, ohne etwas zu sagen, wenn sie auch begierig schien zu erfahren, was sie erzählt hatte. Der Professor wiederholte die ganze Unterhaltung und sagte dann:

»Da ist auch nicht der kleinste Moment mehr zu verlieren: noch könnte es nicht zu spät sein!« Mr. Morris und Lord Godalming wollten schon zur Tür, doch der Professor hielt sie zurück.

»Bleiben Sie, meine Freunde. Das Schiff hat gerade, egal, wo es sich zur Zeit befindet, Anker gelichtet, als sie sprach. In diesem Augenblick lichten mit Sicherheit sehr viele Schiffe in ihrem großen Londoner Hafen die Anker. Welches davon suchen Sie denn nun? Danken wir Gott, daß wir wieder einmal einen Anhaltspunkt haben, wenn wir auch noch nicht wissen, wohin er uns führen wird. Wir sind irgendwie blind gewesen; blind nach Art der Sterblichen, denn wenn wir zurückblicken, sehen wir, was wir eigentlich im voraus hätten sehen müssen. Zu dumm! Wir können jetzt erkennen, was der Graf im Sinn hatte, als er das Geld zusammenraffte, obwohl das Messer von Freund Jonathan für ihn eine schwere Bedrohung darstellte, die selbst er fürchtete. Er dachte an Flucht. Hört ihr – FLIEHEN! Er sah, daß London mit nur einer verbliebenen Kiste voll Heimaterde und einem Trupp von Männern auf seiner Fährte für ihn kein Ort mehr war. Er hat seine letzte Kiste mit Erde an Bord eines Schiffes gebracht und verläßt jetzt das Land. Er denkt daran zu fliehen – aber nein! Wir folgen ihm. Tally ho! wie Freund Arthur sagen würde, wenn er sich den roten Rock überzieht. Unser alter Fuchs ist listig – oh, so listig –, und wir müssen ihm mit List folgen. Ich bin auch listenreich, und ich werde bald denken können wie er. In der Zwischenzeit können wir uns in vollem Frieden ausruhen, denn zwischen uns liegen Wasser, die er nicht wird überqueren wollen und auch gar nicht überqueren könnte, selbst wenn er es wollte – es sei denn, das Schiff würde irgendwo anlegen, und auch dann nur entweder bei Ebbe oder bei voller Flut. Sehen Sie, die Sonne ist gerade aufgegangen, und der ganze Tag bis zum Sonnenuntergang gehört uns. Lassen Sie uns ein Bad nehmen, uns ankleiden und frühstücken. Wir haben es alle nötig, und wir können unser Mahl in Frieden genießen, weil wir nicht mit ihm im selben Land sind.«

Mina sah ihn flehend an und fragte ihn: »Doch warum müssen wir ihn noch suchen, wenn er fortgegangen ist?«

Er nahm ihre Hand und streichelte sie, während er erwiderte: »Fragen Sie mich im Augenblick lieber gar nichts. Wenn wir gefrühstückt haben, werde ich gern alle Fragen beantworten.« Er war nicht zu bewegen, mehr zu sagen, und so trennten wir uns wieder, um Toilette zu machen und uns anzuziehen.

Nach dem Frühstück wiederholte Mina ihre Frage. Er sah sie eine Minute lang ernst an und sagte dann bekümmert:

»Weil wir, meine liebe, liebe Madam Mina, ihn jetzt noch

dringender finden müssen denn je, und wenn wir ihm bis in den Rachen der Hölle selbst folgen müßten!«

Sie wurde noch eine Spur fahler, als sie leise fragte: »Warum?«

»Weil er«, erwiderte er feierlich, »Jahrhunderte weiterleben kann, während Sie nur eine sterbliche Frau sind, und seit er Ihnen dieses Mal auf Ihrer Kehle beigebracht hat, muß die Zeit selbst gefürchtet werden.«

Ich kam gerade noch rechtzeitig, um sie aufzufangen, bevor sie ohnmächtig zu Boden fiel.

Kapitel Vierundzwanzig

Das Phonographische Tagebuch des Dr. Seward besprochen von Van Helsing

An Jonathan Harker,
Sie müssen bitte bei Ihrer lieben Madam Mina bleiben. Wir werden zu unserer Suche aufbrechen – wenn ich es so nennen darf, denn es ist nicht eigentlich Suche, sondern Wissen, und wir sind nur auf der Suche nach Bestätigung. Doch bleiben Sie nur und kümmern Sie sich heute ausschließlich um sie. Dies ist Ihre vornehmste und heiligste Pflicht. An diesem Tag kann er nicht hier sein. Lassen Sie mich Ihnen sagen, wenn Sie es denn wissen wollen, was wir vier bereits wissen, denn ich habe es ihnen gesagt. Er, unser Feind, ist fortgegangen; er ist zurück auf seine Burg in Transsylvanien gegangen. Ich weiß es so genau, als hätte es eine große Hand mit feurigen Buchstaben auf eine Wand geschrieben. Er hat sich darauf auf irgendeine Weise vorbereitet, und diese letzte Kiste mit Erde stand immer bereit, irgendwohin verschifft zu werden. Zu

diesem Zweck hat er das Geld aufgerafft; daher zuletzt diese Eile, weil er nicht wollte, daß wir seiner noch vor Sonnenuntergang habhaft werden. Dies war seine letzte Hoffnung, abgesehen davon, daß er ein sicheres Versteck in dem Grab zu finden erwartete, von dem er dachte, Miss Lucy werde es für ihn freihalten, weil er der Ansicht war, sie sei wie er. Als sich dies als Irrtum herausstellte, griff er ohne Zaudern auf seine allerletzte Möglichkeit zurück – sein letztes Werk auf Erden, möchte ich fast sagen. Er ist clever, unglaublich clever! Er weiß, daß er sein Spiel hier verloren hat; und so entschloß er sich, nach Hause zurückzukehren. Er suchte sich ein Schiff, das die Route befährt, auf der er hierher kam, und ging an Bord. Wir gehen nun, um herauszufinden, um welches Schiff es sich dabei handeln könnte und wohin es fährt; haben wir das in Erfahrung gebracht, kommen wir zurück und erzählen Ihnen alles. Dann werden wir Sie und die bedauernswerte Madam Mina mit neuer Hoffnung trösten können. Denn wenn Sie darüber nachdenken, werden Sie sehen, daß darin neue Hoffnung liegt; daß nicht alles verloren ist. Die Kreatur, die wir verfolgen, hat Hunderte von Jahren gebraucht, um bis nach London zu kommen; wir aber vertreiben sie innerhalb eines einzigen Tages wieder, nachdem wir erst ihre Pläne durchschaut hatten. Das Ungeheuer ist am Ende, wiewohl es noch immer die Macht besitzt, sehr viel Unheil anzurichten, und nicht in dem Maße leidet wie wir. Doch wir sind stark, ein jeder auf seine Weise; und gemeinsam sind wir noch stärker. Fassen Sie sich ein Herz, teurer Gatte von Madam Mina. Dieser Kampf hat erst begonnen, und am Ende werden wir siegreich sein – das ist so sicher, wie ein Gott im Himmel thront und über Seine Kinder wacht. Seien Sie daher voller Trost, bis wir wieder zurück sind.

VAN HELSING

Das Journal des Jonathan Harker

4. Oktober: – Als ich Mina Van Helsings Mitteilung auf dem Phonographen vorspielte, blühte das arme Mädchen sichtlich auf. Allein die Gewißheit, daß der Graf außer Landes ist, ist ihr schon ein großer Trost; und Trost bedeutet für sie immer auch Stärke. Was mich selbst betrifft, so kommt es mir jetzt, da wir ihm nicht mehr von Angesicht zu Angesicht gegenüberstehen, fast unmöglich vor, daß es dieses Ungeheuer je gegeben hat. Sogar meine eigenen schrecklichen Erfahrungen auf der Burg Dracula erscheinen mir inzwischen wie ein lange vergessener Alptraum. Hier in der frischen Herbstluft, im hellen Sonnenschein ...

Ach was! Wie kann ich nur ungläubig sein. Mitten in meinen Gedanken fiel mein Blick auf die rote Narbe, die mein armer Liebling auf seiner weißen Stirn trägt. Solange dieses Mal noch da ist, kann es keinen Unglauben geben.

Mina und ich fürchten den Müßiggang, und deshalb sind wir alle Tagebücher noch einige Male durchgegangen. Wiewohl auch die Realität jedesmal erdrückender scheint, Schmerz und Angst scheinen im selben Maße abzunehmen. Etwas scheint sich wie ein roter Faden, wie ein Leitgedanke, durch das Ganze zu ziehen, und das ist sehr tröstlich. Mina meint, wir seien vielleicht die Werkzeuge des ultimativ Guten. Es wäre durchaus möglich. Ich will versuchen, wie sie zu denken. Wir haben noch nie miteinander über die Zukunft gesprochen. Es ist besser, auf die Rückkehr des Professors und der anderen von ihren Erkundigungen zu warten.

Der Tag vergeht schneller, als ich mir je habe vorstellen können, daß ein Tag vergehen könnte. Es ist jetzt drei Uhr.

Das Journal der Mina Harker

5. Oktober, fünf Uhr nachmittags: – Unsere Zusammenkunft zum Zweck der Berichterstattung. Anwesend: Professor Van Helsing, Lord Godalming, Dr. Seward, Mr. Quincey Morris, Jonathan Harker, Mina Harker.

Dr. Van Helsing berichtete, welche Schritte im Lauf des Tages unternommen worden waren, um herauszufinden, mit welchem Schiff und in welche Richtung Graf Dracula seine Flucht bewerkstelligt hatte.

»Da ich wußte, daß er nach Transsylvanien würde zurückkehren wollen, war mir klar, daß er zur Donaumündung mußte oder an einen anderen Punkt des Schwarzen Meeres, da er von dort gekommen war. Wir standen wie vor einer gähnenden Leere. *Omne ignotum pro magnifico*; und so begannen wir schweren Herzens, herauszufinden, welche Schiffe letzte Nacht in Richtung des Schwarzen Meeres abgelegt hatten. Nach allem, was Madam Mina erzählt hatte, mußte er auf einem Segelschiff sein. Diese sind nicht so bedeutend, daß sie in Ihrer Schiffahrtsliste in der *Times* aufgeführt werden, und so gingen wir auf Vorschlag von Lord Godalming zu Lloyds, wo alle Schiffe aufgeführt sind, die unter Segel stehen, ganz gleich, wie klein sie auch sein mögen. Dort erfuhren wir, daß nur ein einziges Schiff mit Ziel Schwarzes Meer mit der Flut ausgelaufen war. Es handelt sich um die *Zarin Katharina,* die vom *Doolittle-Kai* aus nach Varna segelt. Von dort aus wird sie noch andere Städte anlaufen und dann die Donau hinauffahren. ›Aha!‹ sagte ich, ›das ist das Schiff, auf dem sich der Graf befindet.‹ Also machten wir uns auf zum Doolittle-Kai, und dort fanden wir einen Mann in einem Büro aus Brettern, das fast kleiner schien als der Mann darin. Bei ihm erkundigten wir uns nach der Abfahrt der *Zarin Katharina.* Er fluchte unentwegt, hatte ein rotes Gesicht und eine laute Stimme, war aber durchaus kein übler Bursche, und als Quincey ihm etwas aus seiner Tasche gab, das beim Zusammenrollen vernehmlich knisterte, und er es in einer kleinen Tasche verstaut hatte, war er ein noch liebenswürdigerer Bursche und uns ein ergebener Diener. Er ging mit uns und fragte eine Menge rauher und unfreundlicher Burschen; diese wurden auch um einiges liebenswürdiger, als sie ein Ende ihrer ganz persönlichen ›Durststrecke‹ absehen konnten. Sie erzählten viel von Blut und Schweiß und großem Mist und noch einigem anderen, das ich nicht verstand, wohl aber erriet; jedenfalls erzählten sie uns alles, was wir wissen wollten.

Wir erfuhren von ihnen, daß gestern nachmittag gegen fünf Uhr ein Mann in höchster Eile angerannt gekommen war. Es handelte sich um einen großen Mann, dünn und blaß mit einer riesigen Nase und schneeweißen Zähnen und Augen, die in Flammen zu stehen schienen. Wir erfuhren weiter, er sei ganz in Schwarz gekleidet gewesen bis auf einen Strohhut, der weder zu ihm noch zur Jahreszeit gepaßt hatte. Er muß mit Geld nur so um sich geworfen haben, um möglichst rasch herauszufinden, welches Schiff und von wo aus Richtung Schwarzmeer abging. Ein paar brachten ihn erst ins Büro und von da zu dem Schiff, wo er aber nicht an Bord gehen wollte, sondern auf dem Kai an der Laufbrücke stehenblieb und den Kapitän bat, zu ihm herauszukommen. Der Kapitän kam dann auch heraus, als er hörte, der Fremde bezahle gut; und obwohl er anfangs entsetzlich fluchte, war er schließlich doch mit allem einverstanden. Dann ging der dünne Mann wieder weg, und irgend jemand sagte ihm, wo er Pferd und Wagen mieten konnte. Da ist er dann hingegangen, und wenig später kam er selbst auf dem Kutschbock, und auf der Ladefläche stand eine große Kiste; die hat er allein heruntergehoben, obwohl dann später mehrere Männer erforderlich waren, um sie an Bord zu bringen. Dann hat er sich lang und breit mit dem Kapitän darüber unterhalten, wie und wo die Kiste unterzubringen sei; aber damit war der Kapitän dann nicht einverstanden und fluchte und schimpfte in allen möglichen Sprachen und sagte ihm schließlich, er solle heraufkommen und es selbst machen. Aber der Schwarze sagte nein, er könne jetzt noch nicht kommen, weil er noch viel zu erledigen habe. Worauf ihm dann der Kapitän sagte, daß er sich beeilen solle – verdammter Mist! –, weil das Schiff – verdammter Mist! – noch vor dem Gezeitenwechsel ablegen werde – verdammter Mist! Darauf hat der dünne Mann gegrinst und gesagt, er müsse natürlich abfahren, wenn er soweit sei; aber ihn würde es sehr überraschen, wenn er schon so bald auslaufen könne. Der Kapitän fluchte nochmals – mehrsprachig – und der dünne Mann machte ein Dienerchen, bedankte sich und versprach, noch vor dem Ablegen an Bord zu kommen. Am Ende war der Kapitän so rot im Gesicht wie noch nie und erklärte in noch mehr Sprachen als gewöhnlich, er wolle keinen Franzmann (Franzosen) – die stinken alle, verdammter Mist – auf seinem Schiff – verdammter Mist. Er erkundigte sich dann noch, wo er hier in der Nähe Schiffsmodelle kaufen könne, und verabschiedete sich.

Niemand wußte, wohin er wirklich ging, und es hat auch ›kein Aas interessiert‹, weil sie – schon wieder verdammter Mist – an anderes zu denken hatten; es stellte sich nämlich sehr bald heraus, daß die *Zarin Katharina* nicht wie erwartet würde ablegen können. Nebel machte sich nämlich auf – zuerst ganz fein und dann immer dicker und dicker, bis er sich zu einer richtigen ›Suppe‹ verdichtet hatte. Er muß aus dem Nichts heraus entstanden sein, denn keiner hatte ihn aufziehen sehen. Der Kapitän bemühte mehrsprachig bis vielsprachig ganze Gebirge voller verdammtem Mist, aber was half's? Das Wasser stieg und stieg, und er fürchtete schon, er werde die ablaufende Flut versäumen. Er war nicht gerade in Sonntagslaune, als der Dünne dann auf dem höchsten Punkt der Flut urplötzlich auf der Gangway auftauchte und zu sehen wünschte, wo seine Kiste verstaut worden war. Der Kapitän erwiderte, er wünschte sich, er und seine verdammte Kiste wären samt Unmengen von verdammtem Mist in der Hölle. Aber der Dünne war nicht beleidigt, sondern ließ sich vom Maat zeigen, wo sie stand; dann kam er wieder an Deck und stand eine Weile im Nebel. Er muß sich dann praktisch in Luft aufgelöst haben, denn niemand sah ihn weggehen. Sie haben aber auch nicht weiter darüber nachgedacht; denn jetzt begann sich der Nebel aufzulösen, und alles war wieder klar. Meine durstigen Freunde mit dem vielen verdammten Mist lachten, als sie berichteten, daß die Flüche des Kapitäns noch vielsprachiger waren als sonst schon, und besonders farbig sollen sie gewesen sein, als der Kapitän dann von anderen Schiffern auf dem Fluß hörte, sie hätten keinen Nebel gesehen, außer am Kai ›so'n bißchen‹. Aber wie auch immer, das Schiff lief jedenfalls mit der Ebbe aus und war zweifellos noch am Morgen schon weit draußen in der Flußmündung. Zu der Zeit, als wir unsere Erkundigungen eingeholt haben, dürfte die *Zarin Katharina* längst auf hoher See gewesen sein.

Und so kommt es, meine liebe Madam Mina, daß wir erst einmal ein wenig ausruhen können; denn unser Feind ist auf See, wo er dem Nebel gebietet, und unterwegs in Richtung Donaumündung. Ein Schiff zu segeln erfordert seine Zeit, das geht nicht so schnell; wenn wir uns aufmachen, wählen wir den Landweg, und der ist schneller, und dann treffen wir ihn an Ort und Stelle. Unsere größte Hoffnung ist, daß wir ihn zu fassen kriegen, wenn er zwischen Sonnenaufgang und Sonnenuntergang in seiner Kiste liegt; denn dann kann er nicht kämpfen, und wir können mit ihm nach Lust und Laune verfahren, wie es sein muß. Wir haben noch ganze Tage vor uns, in denen wir unseren Schlachtplan entwerfen können. Wir wissen genau, wohin er will, denn wir haben mit dem Schiffseigner gesprochen, der uns alle Frachtpapiere bereitwillig gezeigt hat. Die Kiste, nach der wir suchen, soll in Varna an

Land gebracht werden, wo sie von einem Agenten namens Ristics übernommen wird, der sich beim Einlaufen des Schiffes samt seiner Vollmacht einfinden wird; damit hätte dann unser Geschäftsfreund seinen Teil des Auftrags erledigt. Als er mich fragte, ob etwas nicht in Ordnung sei, weil er in diesem Falle nach Varna telegraphieren und entsprechend anfragen könne, sagten wir nein; denn was zu tun ist, ist nicht Sache der Polizei oder des Zolls. Es muß von uns allein und nur auf unsere Weise geschehen.«

Als Dr. Van Helsing geendet hatte, fragte ich ihn, ob es denn überhaupt sicher sei, daß der Graf an Bord des Schiffes geblieben ist. Er erwiderte: »Dafür haben wir den denkbar besten Beweis: Ihr eigenes Empfinden, als Sie heute morgen in der Trance waren.« Ich fragte ihn wieder, ob es denn wirklich erforderlich sei, den Grafen zu verfolgen, denn – oh! – ich habe ja solche Angst, daß Jonathan mich verläßt, und ich weiß doch nur zu gut, daß er auf jeden Fall mit den anderen gehen wird. Er antwortete zunächst sehr ruhig, doch mit ständig sich steigernder Leidenschaft. Je länger er sprach, desto erregter, ärgerlicher und nachdrücklicher wurde er, bis wir am Ende anerkennen mußten, daß er eine ausgesprochen dominante Persönlichkeit war, die ihn wie zum Führer geschaffen erscheinen ließ. Er sagte also:

»Ja, es ist nötig – nötig – nötig! Zuvörderst um Ihres Heils willen und dann um des Heils der ganzen Menschheit willen. Dieses Monstrum hat schon viel Unheil angerichtet, und das innerhalb des begrenzten Spielraums, der ihm zur Verfügung steht, und in sehr kurzer Zeit, während derer er noch in relativer Unwissenheit hinsichtlich der eigenen Möglichkeiten existierte. Das alles habe ich den anderen schon erklärt; Sie, meine liebe Madam Mina, werden es vom Phonographen meines Freundes John erfahren oder von jenem Ihres Gatten. Ich habe ihnen anvertraut, daß der Entschluß, sein eigenes – was die Bevölkerungszahl angeht – unergiebiges Land zu verlassen und in ein Land zu gehen, wo es von lebendigen Menschen nur so wimmelt, daß es nur noch dem wogenden Kornfeld vergleichbar ist, dieser Entschluß also und die Vorbereitungen für seine Durchführung waren das Werk von Jahrhunderten. Hätte ein anderer Un-Toter wie er versucht zu tun, was er getan hat, hätten ihm womöglich alle Jahrhunderte, die schon vergangen sind, und zusätzlich auch noch jene, die da noch kommen werden, nichts genutzt. Bei diesem einen haben alle Kräfte der Natur, die uns verborgen sind und tief im Schoß der Mutter Erde ruhen, auf irgendeine wundersame Weise zusammengefunden. Der Ort, an dem er überdauerte, un-tot durch die Jahrhunderte hindurch, ist voller geologischer wie chemischer Absonderlichkeiten. Dort gibt es tiefe Kavernen und Felsspalten, von denen niemand weiß, wie weit sie bis ins Innere der Erde reichen. Dort hat es Vulkane gegeben, von denen einige noch immer Wasser von besonderer Art ausspeien, und Gase, die einmal töten und einmal lebensverlängernd wirken. Ohne Zweifel gibt es dort magnetische oder elektrische Verbindungen und Kombinationen mit den zuvor erwähnten Phänomenen, die ein physisches Leben ganz eigener Art ermöglichen; und in ihm selbst waren von Anfang an bemerkenswerte Fähigkeiten angelegt. In einer harten, kriegerischen Zeit war er ein gefeierter Held, ein Mann mit Nerven wie aus Eisen, einem so fähigen Gehirn und einem Herz so tapfer, wie es sonst niemand vorzuweisen hatte. In ihm sind etliche Prinzipien des Lebens zu höchster Vollendung gelangt; und so, wie sein Körper stark blieb und wuchs und reifte, so wuchs auch sein Gehirn. Dies alles geht einher mit den diabolischen Kräften, die zweifellos auf seiner Seite sind; doch sie müssen sich den Kräften unterwerfen, die das Gute symbolisieren. So wissen wir also, wen wir vor uns haben. Er hat Sie vergiftet – oh, verzeihen Sie mir, meine Liebe, daß ich das sagen muß; aber es geschieht nur zu Ihrem Vorteil, daß ich so rede. Er hat Sie in solcher Weise vergiftet, daß selbst dann, wenn er nichts weiter mehr gegen Sie unternimmt, Sie nur weiterzuleben brauchen auf die Ihnen eigene, liebenswerte Weise, bis Sie der Tod zur vorbestimmten Zeit ereilt, um danach dann ihm gleich zu werden. Das darf nicht sein! Wir haben uns geschworen, daß das nicht sein darf! So sind wir zu Vollstreckern von Gottes eigenem höchstem Willen geworden: daß nämlich die Welt und die Menschen, für die Sein Sohn gestorben ist, nicht Monstren wie diesem anheimfalle, deren bloße Existenz Ihn diffamieren muß. Er hat uns bereits erlaubt, eine Seele zu retten, und nun ziehen wir aus wie die Kreuzritter von einst, um noch mehr Seelen zu retten. Gleich ihnen ziehen wir der aufgehenden Sonne entgegen, und wie sie fallen wir, wenn wir fallen, um einer gerechten Sache willen.« Er unterbrach sich, und ich sagte:

»Aber wird der Graf nicht aus seinem Fehlschlag seine Lehren ziehen? Da er einmal aus England vertrieben wurde, wird er es nicht fortan meiden wie auch der Tiger das Dorf meidet, aus dem heraus man ihm nachstellt?«

»Aha!« sagte er. »Ihr Beispiel mit dem Tiger ist gut, und ich will es gern aufnehmen. Ihr Menschen-Fresser, wie man in Indien einen Tiger nennt, der schon einmal Menschenblut gekostet hat, will nichts anderes mehr, und er streicht umher auf der Suche nach mehr. Das, was wir von unserem Dorf aus jagen, ist auch ein Tiger, ein Menschen-Fresser, und er wird nie aufhören, umherzustreichen. Nein, es liegt gar nicht in seiner Natur, sich zurückzuziehen und uns fernzubleiben. In seinem Leben – seinem echten, wirklich gelebten Leben –, hat er die Grenze zur Türkei überschritten und den Feind auf dessen eigenem Grund und Boden bekämpft; er wurde zurückgeschlagen, doch blieb er etwa jenseits der eigenen Grenzen? Nein! Er kam wieder und wieder und immer wieder. Beachten Sie seine Ausdauer und seinen Durchhaltewillen. Mit dem Kinderhirn hat er lange an der Idee gearbeitet, in eine große Stadt zu kommen. Was hat er gemacht? Er hat den Ort ausfindig gemacht, der ihm nach seiner Einschätzung von allen großen Städten dieser Welt die besten Aussichten bot. Dann setzte er sich entschlossen hin und bereitete sich auf die Durchführung seines Plans vor. Geduldig fand er heraus, wo seine Stärken liegen, über welche Machtmittel er verfügt. Er erlernte fremde Sprachen. Er erlernte die Grundlagen neuer Sozialstrukturen, der Politik, des Rechts- und des Finanzwesens, Wissenschaften, die Bräuche eines neuen Landes und eines neuen Volkes, das erst entstand, als es ihn schon gab. Der Einblick, den er gewann, genügte, seinen Appetit zu wecken und seine Gier anzustacheln. Nicht doch – er half ihm, seine geistigen Kräfte zu mehren; denn das alles bewies ihm doch, wie recht er mit seinen ursprünglichen Vermutungen hatte. Dies hat er allein geschafft, er ganz allein! Aus einem Ruinengrab in einem gottverlassenen Landstrich. Was mag er wohl noch alles zuwege bringen, wenn ihm eine größere Gedankenwelt erschlossen ist? Er, der dem Tod ins Auge lächeln kann, wie wir wissen; der inmitten von Seuchen gedeihen kann, die ganze Völker ausgelöscht haben. Oh! Wenn ein solches Wesen von Gott käme und nicht vom Teufel, wieviel Gutes könnte es nicht in dieser unserer Welt bewirken! Doch wir haben gelobt, die Welt von diesem Ungeheuer zu befreien. Unser Mühen muß leise sein, und unsere Anstrengungen müssen geheim bleiben; denn dieses aufgeklärte Zeitalter, wo die Menschen nicht einmal mehr glauben, was sie mit ihren eignen Augen sehen, die Zweifel der weisesten Leute – all das wären sonst seine stärksten Waffen. Es wäre auf der Stelle auch sein Schutzschild und seine Waffe, um uns, seine Feinde, zu vernichten, die wir bereit sind, sogar die eigenen Seelen für die Sicherheit der einen aufs Spiel zu setzen, die wir lieben – und für das Heil der Menschheit wie zur höheren Ehre und Glorie Gottes.«

Nach einer allgemeinen Diskussion beschlossen wir, heute abend noch keine endgültigen Entscheidungen zu treffen;

statt dessen wollten wir alle die Fakten noch einmal überschlafen und über die richtigen Rückschlüsse nachdenken. Morgen werden wir uns zum Frühstück wieder treffen, und wenn wir dann unsere Meinungen ausgetauscht haben, werden wir entscheiden, wie wir weiter vorgehen wollen.

Ich fühle einen wundervollen Frieden und große Erholung in dieser Nacht. Es ist, als sei ein Spuk von mir genommen. Vielleicht …

Meine Vermutung war nicht zu Ende durchdacht, konnte es auch gar nicht sein; ich sah nämlich im Spiegel die rote Narbe auf meiner Stirn; und ich wußte, daß ich noch immer unrein war.

Das Tagebuch des Dr. Seward

5. Oktober: Wir standen alle sehr früh auf, und ich glaube, der Schlaf hat uns allen gutgetan. Als wir uns zum Frühstück versammelten, herrschte mehr allgemeine Fröhlichkeit, als auch nur einer von uns je wieder zu erleben erwartet hatte.

Es ist wirklich wundervoll, wieviel Unverwüstlichkeit doch in der menschlichen Natur steckt. Wenn irgendeine Schwierigkeit ausgeräumt ist, egal welche, und sei es auch durch den Tod, kehren wir sofort mit fliegenden Fahnen zurück zu den Grundprinzipien von Hoffnung und Freude. Als wir uns alle um den Tisch versammelt hatten, riß ich mehr als einmal erstaunt die Augen auf und fragte mich, ob die vergangenen Tage nicht allesamt nur ein Traum gewesen sein könnten. Doch als ich dann das feuerrote Mal auf Mrs. Harkers Stirn sah, fand ich sehr schnell in die Realität zurück. Selbst jetzt, da ich die ganze Angelegenheit noch einmal mit dem gebotenen Ernst überdenke, ist es fast nicht möglich, sich vorzustellen, daß der Grund all unserer Sorgen noch immer existent sein soll. Selbst Mrs. Harker scheint für Augenblicke ihren Kummer aus den Augen zu verlieren; nur hin und wieder, wenn ihr aus irgendeinem Grund ihre ganze Situation wieder durch den Kopf geht, passiert es, daß sie noch an die gräßliche Narbe denkt.

In einer halben Stunde wollen wir uns wieder alle hier in meinem Arbeitszimmer treffen und unser weiteres Vorgehen beschließen. Ich sehe eigentlich nur eine unmittelbare Schwierigkeit auf uns zukommen, und das ist mehr instinktive Ahnung als das Ergebnis klarer Überlegung: Wir werden alle ganz offen reden müssen, und doch fürchte ich, daß die Zunge der bedauernswerten Mrs. Harker in irgendeiner mysteriösen Weise gebunden sein wird. Ich *weiß*, daß sie eigene Rückschlüsse zieht, und nach allem, was gewesen ist, kann ich erahnen, wie treffend diese sein müssen; aber sie wird ihnen keinen Ausdruck verleihen, vielleicht weil sie es gar nicht kann. Ich habe dies bereits Professor Van Helsing gegenüber erwähnt, und wir beide wollen das noch bei Gelegenheit bereden, wenn wir einmal allein sind. Ich glaube, daß da bereits etwas von dem schrecklichen Gift zu wirken beginnt, das in ihre Adern gelangen konnte. Der Graf hatte gewiß seine ganz bestimmten eigenen Absichten, als er ihr gab, was Van Helsing ›die Bluttaufe des Vampirs‹ nannte. Eines aber weiß ich genau: Wenn mein Instinkt mich hinsichtlich des Schweigens der armen Mrs. Harker nicht trügt, dann liegt eine schreckliche Schwierigkeit – eine unbekannte Gefahr – in der auf uns zukommenden Arbeit. Dieselbe Macht, die ihr Schweigen auferlegt, könnte sie zum Reden zwingen. Ich mag nicht weiter denken; denn dann würde ich in Gedanken eine noble Frau entehren!

Van Helsing kommt gerade zu mir ins Arbeitszimmer. Ich werde versuchen, diesen Punkt mit ihm zu erörtern, bevor die anderen eintreffen.

Später: – Als der Professor eintrat, unterhielten wir uns zunächst über den Stand der Dinge. Ich konnte sehen, daß ihm etwas durch den Kopf ging, worüber er gern reden würde; und doch fühlte ich gleichzeitig ein unbewußtes Zögern, das Thema anzuschneiden. Nachdem ich ein wenig auf den Busch geklopft hatte, sagte er plötzlich:

»Freund John, da gibt es etwas, das wir beide allein bereden sollten, zumindest aber vorerst einmal allein unter vier Augen. Später können wir die anderen immer noch ins Vertrauen ziehen.« Er unterbrach sich, und ich wartete schweigend ab, bis er weiter redete und sagte:

»Madam Mina, unsere arme, liebe Madam Mina, macht eine Veränderung durch.« Mich durchrann ein eisiger Schauer, als ich auf diese Weise die eigenen Befürchtungen bestätigt fand. Van Helsing fuhr fort:

»Nach den traurigen Erfahrungen, die wir mit Miss Lucy schon machen mußten, müssen wir diesmal gewarnt sein, bevor die Dinge zu weit treiben. Unser Vorhaben ist jetzt in Wirklichkeit viel schwieriger geworden als vorher, und dieses neue Problem verleiht jeder Stunde eine geradezu schreckliche Bedeutung. Ich sehe, wie sich die charakteristischen Merkmale des Vampirs in ihrem Gesicht bemerkbar machen. Noch sind sie sehr, sehr schwach ausgeprägt, und doch sind sie feststellbar, wenn wir Augen haben, um ohne Vorurteil zu sehen. Ihre Zähne sind ein wenig schärfer geworden, und zuweilen blicken auch ihre Augen um einiges schärfer. Aber das ist noch nicht alles, in letzter Zeit wird sie immer schweigsamer, genau wie wir das bei Miss Lucy beobachten konnten. Sie sprach auch nicht, selbst dann nicht, wenn sie niederschrieb, wovon sie wollte, daß man es später wissen sollte. Nun fürchte ich folgendes: Wenn es möglich war, daß sie uns in der von uns hervorgerufenen hypnotischen Trance mitteilte, was der Graf sah und hörte, muß man dann nicht davon ausgehen, daß er sich umgekehrt auch sie, die er als erster hypnotisiert, deren Blut er getrunken und die er gezwungen hat, von seinem Blut zu trinken, sich dahingehend gefügig machen kann, daß sie ihm auf geistigem Wege enthüllt, was sie weiß?« Ich nickte zustimmend, und er fuhr fort:

»Dann gilt es, dieses zu verhüten; wir müssen verhindern, daß sie unsere Absichten kennt, denn was sie nicht weiß, kann sie auch nicht erzählen. Dies ist ein schmerzliches Vorhaben, so schmerzlich, daß es mir das Herz bricht, daran auch nur zu denken. Wenn wir uns deshalb nachher treffen, muß ich ihr sagen, daß sie aus Gründen, über die ich nicht reden möchte, nicht mehr an unseren Besprechungen teilnehmen kann, sondern nur noch unseren Schutz genießt.« Er wischte sich über die Stirn, auf der bei dem Gedanken, welche Pein er der ohnehin schon so gequälten Seele zufügen mußte, dicke Schweißperlen standen. Ich wußte, es würde ihm ein gewisser Trost sein, wenn ich ihm sagte, daß ich auch schon zu ganz ähnlichen Schlüssen gelangt war; zumindest aber würde es ihm die Pein des Zweifels nehmen. Ich sagte es ihm also, und das Ergebnis war, wie ich es vorausgesehen hatte.

Unsere Generalversammlung steht jetzt kurz bevor. Van Helsing ist gegangen, um sich auf das Treffen und vor allem seinen schmerzlichen Part dabei vorzubereiten. Ich glaube ernstlich, er will im Grunde nur allein sein, um zu beten.

Später: – Gleich zu Beginn unseres Treffens wurde Van Helsing und mir eine große Erleichterung zuteil. Mrs. Harker ließ durch ihren Mann ausrichten, daß sie jetzt nicht an unserer Zusammenkunft teilnehmen werde, da sie es für besser hielt, wenn wir frei und ungezwungen unsere nächsten Schritte festlegen konnten, ohne uns durch ihre Anwesenheit vielleicht gestört fühlen zu müssen. Der Professor und ich blickten uns einen Augenblick lang im stillen Einverständnis an. Ich für mein Teil dachte mir, daß uns für den Fall, daß Mrs. Harker diese Gefahr selbst erkannt hatte, viel Schmerz und große Gefahr erspart blieben. Unter den gegebenen Umständen stimmten wir nach einem fragenden und einem antwortenden Blick und dem Finger auf den Lippen darin überein, über unseren Verdacht Stillschweigen zu bewahren, bis wir eine Gelegenheit finden würden, noch einmal allein miteinander zu reden. Dann traten wir ohne Vorrede in die Erörterungen unseres Schlachtplans ein. Van Helsing breitete zunächst einmal die Tatsachen vor uns aus und sagte:

»Die *Zarin Katharina* hat die Themse gestern morgen verlassen. Auch wenn sie volle Geschwindigkeit läuft, benötigt sie mindestens drei Wochen, um nach Varna zu gelangen; wir aber können dieselbe Stadt auf dem Landweg in drei Tagen erreichen. Wenn wir jetzt noch wegen der Witterungseinflüsse, die der Graf, wie wir wissen, bewirken kann, zwei Tage bei der Schiffsreise abziehen und wenn wir weiter einen ganzen Tag und eine Nacht für Verzögerungen in Rechnung stellen, die auf uns zukommen könnten, dann bleibt uns noch immer eine Marge von zwei Wochen. Demnach müssen wir spätestens am 17. Oktober abreisen, um ganz sicher sein zu können. Dann werden wir auf jeden Fall mindestens einen Tag vor dem Schiff in Varna eintreffen und können dort weitere Vorbereitungen treffen, falls dies erforderlich würde. Natürlich werden wir alle unsere Waffen tragen.« An dieser Stelle schaltete sich Quincey Morris ein:

»Ich habe gehört, der Graf komme aus einem Land, in dem es noch Wölfe gibt, und es könnte immerhin sein, daß er vor uns dort eintrifft. Ich schlage deshalb vor, daß wir Winchesterbüchsen mitnehmen. Ich habe großes Vertrauen in eine Winchester, wenn ich mit Problemen dieser Art fertig werden muß. Erinnerst du dich noch, Art, als wir eine ganze Meute auf unserer Fährte hatten, damals bei Tobolsk? Was hätten wir damals nicht alles für ein Repetiergewehr gegeben!«

»Gut!« sagte Van Helsing. »Wir nehmen Winchester-Gewehre mit. Quinceys heller Kopf denkt immer gut mit, am besten dann, wenn es ans Jagen geht. In der Zwischenzeit können wir hier nichts mehr tun; und da ich mir vorstellen könnte, daß keiner von uns Varna kennt, könnten wir doch eigentlich schon früher dorthin fahren. Das Warten dauert hier nicht weniger lange als dort. Heute abend und morgen früh könnten wir unsere Vorbereitungen treffen, und dann können wir, wenn alles gut geht, alle vier zu unserer Reise aufbrechen.«

»Alle vier?« fragte Harker erstaunt und blickte von einem zum anderen.

»Natürlich!« erwiderte Van Helsing schnell. »Denn Sie müssen hierbleiben, um sich um Ihre liebe Frau zu kümmern!« Harker schwieg einen Moment und sagte dann mit hohl klingender Stimme:

»Lassen Sie uns über diesen Teil der Angelegenheit morgen noch einmal sprechen. Ich möchte das mit Mina abklären.« Ich dachte, nun sei für Van Helsing der Zeitpunkt gekommen, Harker zu warnen, er solle seiner Frau nichts von unseren Plänen erzählen, aber der reagierte gar nicht. Ich blickte ihn bedeutungsvoll an und seufzte. Statt einer Antwort legte er den Finger auf die Lippen und wandte sich ab.

Das Journal des Jonathan Harker

5. Oktober, nachmittags: – Noch einige Zeit nach unserem Treffen vom Vormittag war ich außerstande, einen klaren Gedanken zu fassen. Die jüngste Entwicklung der Dinge hat mich in einen Zustand fortdauernder Verwunderung gestürzt, die keinen Raum mehr für konstruktives Denken läßt. Minas Weigerung, sich an unseren Diskussionen auch weiterhin zu beteiligen, hat mich nachdenklich werden lassen; und da ich mit ihr noch nicht über die Sache diskutieren konnte, kann ich nur raten. Ich bin von der Lösung des Rätsels so weit entfernt wie immer. Auch die Art, wie die anderen es aufgenommen haben, hat mich verwirrt; als wir uns das letzte Mal darüber unterhalten hatten, waren wir uns doch einig gewesen, es dürfe untereinander keinerlei Geheimnisse mehr geben. Im Moment schläft Mina, ruhig und friedlich wie ein kleines Kind. Ihre Lippen sind schön geschwungen, und ihr Gesicht strahlt vor Glück. Ich danke Gott, daß es für sie auch noch Augenblicke wie diesen gibt.

Später: – Wie seltsam das alles doch ist! Ich saß da und beobachtete Minas glücklichen Schlaf, und dabei war ich dem Glück so nahe, wie ich ihm wohl nie näher sein werde. Als der Abend voranschritt und die Erde in den Schatten der tiefer sinkenden Sonne verschwand, schien mir die Stille im Zimmer mehr und mehr feierlich zu werden. Ganz plötzlich öffnete Mina dann auf einmal die Augen und sagte zärtlich zu mir:

»Jonathan, ich möchte, daß du mir etwas auf dein Ehrenwort hin versprichst. Ich bitte dich um ein heiliges Versprechen, bei dem Gott selbst Zeuge sein soll und das du niemals brechen darfst, selbst dann nicht, wenn ich auf die Knie niederfallen und dich unter bittersten Tränen darum bitten würde. Schnell, du mußt mir dieses Versprechen auf der Stelle geben.«

»Mina«, sagte ich, »ich kann doch ein solches Versprechen nicht so ohne weiteres abgeben. Es könnte doch sein, daß ich dazu gar kein Recht hätte.«

»Aber, Geliebter«, sagte sie mit solch geistiger Intensität, daß ihre Augen wie zwei Polarsterne leuchteten, »ich bin es doch, die dies von dir erbittet; und ich erbitte es nicht um meinetwillen. Du kannst Dr. Van Helsing fragen, ob ich nicht recht habe; wenn er nicht einverstanden ist, magst du nach Gutdünken verfahren, nein, mehr noch, wenn ihr alle einverstanden seid, später einmal, dann bist du von deinem Versprechen entbunden.«

»Ich verspreche es!« sagte ich, und einen Augenblick lang sah sie überaus glücklich aus; doch für mich stand das rote Mal auf ihrer Stirn noch immer all ihrem Glück entgegen. Sie sagte:

»Versprich mir, daß du mir nicht die geringste Kleinigkeit über die Pläne erzählst, die ihr für eure Schlacht gegen den Grafen ausarbeitet. Nicht mit Worten noch mit Zeichen oder durch Andeutungen; zu keinem Zeitpunkt, zu dem ich dies hier noch trage!« Und damit deutete sie feierlich auf die Narbe auf ihrer Stirn. Ich sah, daß es ihr sehr ernst war, und erwiderte feierlich:

»Ich verspreche es!« Ich spürte, daß sich in diesem Augenblick eine Tür zwischen uns schloß.

Später, Mitternacht: – Mina war den ganzen Abend fröhlich und heiter gewesen, und zwar so sehr, daß wir alle wieder Mut faßten, als seien wir in der einen oder anderen Weise von ihrer guten Laune angesteckt worden; das ging so weit, daß selbst ich mich fühlte, als habe sich der Schatten des Verhängnisses, der die ganze Zeit über uns geschwebt hatte, ein wenig gehoben. Wir haben uns alle früh zurückgezogen. Mina schläft jetzt wie ein kleines Kind. Es ist wunderbar, daß ihr die Fähigkeit zu schlafen selbst inmitten all ihren schrecklichen Kummers nicht verlorengegangen ist. Ich danke Gott dafür, denn so kann sie wenigstens während der Nacht ihre Sorgen vergessen. Vielleicht kann ihr Beispiel auf mich abfärben, wie es ihre Fröhlichkeit heute abend ja auch getan hat. Ich werde es versuchen. Oh, daß ich doch traumlos schlafen könnte!

6. Oktober, morgens: – Eine neuerliche Überraschung. Mina weckte mich früh, etwa zur gleichen Zeit wie gestern, und bat mich, Dr. Van Helsing herzuholen. Ich dachte zuerst, sie wolle wieder hypnotisiert werden, und ging zum Professor, ohne weitere Fragen zu stellen. Er hatte offenbar damit gerechnet, gerufen zu werden, denn ich fand ihn vollständig angezogen in seinem Zimmer vor. Seine Tür stand offen, so daß er gehört hatte, wie sich die Tür zu unserem Zimmer geöffnet hatte. Er kam sofort; und als er an mir vorbei ins Zimmer trat, fragte er Mina als erstes, ob die anderen ebenfalls kommen dürften.

»Nein«, sagte sie einfach, »das wird nicht erforderlich sein. Sie können es ihnen genausogut einfach nur erzählen. Ich muß mit Ihnen auf die Reise gehen.«

Van Helsing war nicht weniger überrascht als ich. Nach einer kurzen Pause fragte er:

»Aber warum?«

»Sie müssen mich mitnehmen. Bei Ihnen bin ich sicherer, und Sie sind ebenfalls sicherer, wenn ich bei Ihnen bin.«

»Aber warum nur, liebe Madam Mina? Sie wissen doch, daß Ihre Sicherheit unsere heiligste Pflicht ist. Wir begeben uns in eine Gefahr, die eher Ihnen droht als einem von uns – nach den Umständen – nach allem, was passiert ist.« Er schwieg verlegen.

Als sie antwortete, hob sie den Finger und deutete auf ihre Stirn.

»Ich weiß. Das hier ist der Grund, warum ich gehen muß. Jetzt kann ich es Ihnen erzählen, da nun die Sonne aufgeht; ein zweites Mal könnte ich es vielleicht nicht mehr. Ich weiß, wenn der Graf mich haben will, muß ich zu ihm gehen. Ich weiß, wenn er mir sagt, ich solle heimlich zu ihm kommen, muß ich auf Schleichwegen zu ihm gehen; jeden Kunstgriff, jede Hinterlist muß ich anwenden – selbst gegenüber Jonathan.« Gott sah den Ausdruck auf ihrem Gesicht, als sie mich anblickte, und wenn es da wirklich einen Engelsboten gibt, dann wird ihr dieser Blick zur ewig währenden Ehre angerechnet werden. Ich konnte ihr nur die Hand drücken, sprechen konnte ich nicht, meine innere Bewegung war selbst für die Entspannung, die Tränen hätten vermitteln können, zu groß. Sie fuhr fort:

»Sie sind alle tapfere und starke Männer. Sie sind stark nach Zahl, und Sie können dem trotzen, dem das Durchhaltevermögen eines Menschen, der auf sich allein gestellt ist, nicht standzuhalten vermöchte. Ganz nebenbei könnte ich von Nutzen sein, denn Sie könnten mich hypnotisieren und auf diese Weise erfahren, was nicht einmal ich weiß.«

Dr. Van Helsing erwiderte mit großem Ernst: »Madam Mina, Sie sind wie gewöhnlich außerordentlich weise. Sie werden mit uns kommen, und gemeinsam werden wir vollenden, wozu wir ausziehen werden.« Als er gesprochen hatte und Mina lange nichts erwiderte, blickte ich zu ihr hinüber. Sie war auf das Kissen zurückgesunken und schlief; sie erwachte nicht einmal, als ich die Rolläden in die Höhe zog und das Licht des jungen Tages ins Zimmer fluten ließ. Van Helsing bedeutete mir, ich solle mit ihm kommen, ohne viel Geräusch zu machen. Wir gingen in sein Zimmer, und in der nächsten Minute gesellten sich Lord Godalming, Dr. Seward und Mr. Morris ebenfalls zu uns. Er berichtete ihnen, was Mina gesagt hatte, und fuhr dann fort: »Wir werden am Morgen nach Varna abreisen. Von nun an müssen wir einen weiteren Faktor berücksichtigen: Madam Mina. Oh – sie hat eine so aufrichtige Seele! Für sie bedeutet es eine unaussprechliche Qual, uns so viel zu erzählen, wie sie uns bereits berichtet hat; aber es stimmte alles, und wir sind rechtzeitig gewarnt worden. Wir dürfen keine Gelegenheit verpassen, und in Varna müssen wir in dem Augenblick zum Handeln bereit sein, in dem das Schiff einläuft.«

»Was sollen wir genau tun?« fragte Mr. Morris lakonisch. Der Professor dachte kurz nach, bevor er erwiderte:

»Zuerst werden wir an Bord gehen; wenn wir dann die Kiste gefunden haben, werden wir einen Zweig von einer Wildrose darauf legen und ihn irgendwie befestigen, denn dann kann er nicht heraus; so wenigstens sagt es der Aberglaube, und wir müssen uns zunächst einmal auf ihn verlassen; er war in früheren Tagen der Glaube der Menschheit und wurzelt auch heute noch tief im Glauben. Wenn wir dann die Gelegenheit bekommen, auf die wir warten, wenn niemand in der Nähe ist, der uns beobachten könnte, werden wir die Kiste öffnen, und dann – ja, dann wird alles gut sein.«

»Ich werde auf keine Gelegenheiten warten«, sagte Morris. »Wenn ich die Kiste sehe, werde ich sie aufreißen, und dann vernichte ich das Monster, und wenn mir tausend Leute dabei zusehen und ich gleich darauf dafür ausgepeitscht würde!«

Ich faßte instinktiv nach seiner Hand. Sie war hart wie Stahl. Ich glaube, er hat meinen Blick verstanden; jedenfalls hoffe ich es.

»Guter Junge«, sagte Van Helsing, »tapferer Junge. Quincey ist ein ganzer Mann, Gott segne ihn dafür. Mein Sohn, glauben Sie mir, niemand wird hinter Ihnen zurückstehen oder aus Furcht zögern wollen. Ich sage nicht, was wir tun können – sondern was wir tun müssen. Doch leider, leider können wir noch nicht wissen, was wir tun werden. So viele Dinge könnten noch passieren, und deren Verlauf und deren Ende können so unterschiedlich sein, daß wir sie im Moment nicht voraussagen können. Wir müssen alle in jeder Hinsicht gewappnet sein; und wenn die Zeit für das Ende gekommen sein wird, soll unsere Mühe nicht umsonst gewesen sein. Lassen Sie uns heute alle unsere Angelegenheiten in Ordnung bringen. Lassen Sie uns alles, das andere betreffen könnte, die uns lieb und teuer und die von uns abhängig sind, vollenden; denn keiner von uns kann sagen, was, wann oder wie das Ende sein wird. Was mich betrifft, meine eigenen Angelegenheiten sind geregelt, und da ich weiter nichts zu tun habe, werde ich jetzt mit meinen Reisevorbereitungen beginnen. Ich werde vor allem einmal alle Tickets für unsere Reise besorgen und so weiter.«

Es gab weiter nichts zu bereden, und so gingen wir auseinander. Ich werde jetzt alle meine irdischen Angelegenheiten regeln, und dann bin ich für alles bereit, das da kommen mag …

Später: – Es ist alles getan; ich habe mein Testament gemacht und was sonst zu tun ist. Wenn Mina mich überlebt, wird sie meine Alleinerbin sein. Andernfalls sollen die anderen, die so gut zu uns waren, alles bekommen.

Es geht jetzt auf Sonnenuntergang zu; Mina wird unruhig, und das erfordert meine Aufmerksamkeit. Ich bin sicher, irgend etwas geht ihr durch den Kopf, das bei Sonnenuntergang offenkundig werden wird. Diese Zeitabschnitte werden immer mehr zu erschütternden Momenten für uns alle, denn jeder neue Sonnenaufgang und jeder Sonnenuntergang eröffnen eine neue Gefahr – irgendeine neue Pein, die, so Gott will, dann doch zu einem guten Ende führt. Ich schreibe all dies in mein Tagebuch, weil mein Liebling davon nichts erfahren soll; aber wenn es denn sein soll, daß sie diese Zeilen einmal liest, sollen sie jedenfalls vollständig erzählen.

Sie ruft gerade nach mir.

Kapitel Fünfundzwanzig

Das Tagebuch des Dr. Seward

11. Oktober, abends: – Jonathan Harker hat mich gebeten, dies hier aufzuzeichnen, weil er sich, wie er sagt, dieser Aufgabe kaum gewachsen fühlt und er aber möchte, daß darüber ein genauer Bericht existiert.

Ich glaube, keiner von uns war überrascht, als wir kurz vor der Stunde des Sonnenuntergangs gebeten wurden, uns alle bei Mrs. Harker einzufinden. Wir haben in letzter Zeit erfahren, daß Sonnenaufgang und Sonnenuntergang für sie Zeitpunkte sind, zu denen sie sich relativer Freiheit erfreut und sich ihre alte Persönlichkeit ohne kontrollierende Mächte zu artikulieren vermag. Dieser Zustand beginnt etwa eine halbe Stunde oder etwas mehr vor dem eigentlichen Auf- oder Untergang der Sonne und dauert, bis die Sonne entweder ganz über dem Horizont steht oder solange noch die Wolken unter ihren Strahlen über dem Horizont leuchten. Eingeleitet wird dieser Zustand dann mit einer Phase der Niedergeschlagenheit, als werde eine Fessel gelöst, und dann folgt sehr schnell die absolute Freiheit; wenn dann die Freiheit schwindet, kommt der Rückfall schnell, der sich nur durch eine kurze Zeit des Schweigens warnend ankündigt.

Als wir sie heute abend besuchten, wirkte sie irgendwie bedrückt und ließ alle Anzeichen eines inneren Kampfes erkennen. Ich führte das darauf zurück, daß sie um innere Befreiung kämpfte; jedenfalls fand sie nach nur wenigen Minuten zu völliger Selbstbeherrschung; dann bedeutete sie ihrem Mann, sich neben sie auf das Sofa zu setzen, auf dem sie es sich gemütlich gemacht hatte, und trug uns anderen auf, wir sollten unsere Stühle etwas heranrücken und uns ganz nahe an sie heransetzen. Dann nahm sie die Hand ihres Mannes in die eigene und begann:

»Wir sind hier alle vielleicht zum letztenmal in Freiheit zusammengekommen! Ich weiß, Liebster; ich weiß, daß du bis ans Ende immer bei mir sein wirst.« Dies war an ihren Mann gerichtet, der ihre Hand, wie wir deutlich sehen konnten, um einiges stärker drückte. »Am Morgen ziehen wir zu unserem Kampf aus, und Gott allein weiß, was uns erwarten mag. Sie wollen alle so gut zu mir sein, mich ebenfalls mitzunehmen. Ich weiß, daß Sie alles tun werden, was tapfere, verantwortungsbewußte Männer für eine arme schwache Frau nur tun können, deren Seele vielleicht verloren ist – nein, nein, noch nicht endgültig verloren, aber zumindest in Gefahr ist sie. Doch müssen Sie immer daran denken, daß ich nicht bin wie Sie. In meinem Blut, in meiner Seele ist ein Gift, das mich vernichten könnte. Oh, meine Freunde, Sie wissen so gut wie ich, daß meine Seele in Gefahr ist; und wenn ich auch weiß, daß es für mich einen Ausweg gibt, dürfen weder Sie noch ich ihn wählen.« Sie blickte uns betrübt der Reihe nach an und begann und endete bei ihrem Mann.

»Wie ist dieser Weg?« fragte Van Helsing mit rauher Stimme. »Welches ist der Weg, den wir nicht einschlagen können – nicht einschlagen dürfen?«

»Daß ich jetzt stürbe, entweder von eigener Hand oder durch die Hand eines anderen, bevor jenes andere, größere Übel sich vollendet. Ich weiß, und Sie wissen es ebenfalls, daß Sie, bin ich erst tot, meine Seele wieder befreien können, wie Sie auch die Seele der unglücklichen Lucy befreit haben. Stünde dem nur der Tod oder die Furcht vor dem Tod entgegen, ich würde nicht zögern, hier und sofort inmitten meiner Freunde, die mich lieben, zu sterben. Aber der Tod ist nicht die einzige Möglichkeit. Ich kann nicht glauben, daß es Gottes Wille ist, in einem Fall wie diesem zu sterben, wo doch noch Hoffnung besteht und es Besseres zu tun gibt, als Mord oder Selbstmord zu begehen. Daher gebe ich für mich die Gewißheit auf, hier einst die ewige Ruhe zu finden, und gehe hinaus in die Ungewißheit, wo die düstersten Dinge zu finden sein könnten, die die Welt und die Unterwelt bereithalten.« Wir verharrten alle schweigend, denn wir wußten instinktiv, daß dies nur die Vorrede war. Die Gesichter der anderen wirkten gefaßt, nur Harkers Züge wurden grau wie Asche; vielleicht erriet er besser als wir alle, was auf uns zukommen würde. Sie fuhr fort:

»Das ist es, was ich beisteuern kann.« Ich konnte nicht umhin, die Trivialität dieser putzigen Phrase zur Kenntnis zu nehmen, die sie in aller Ernsthaftigkeit ausgerechnet an dieser Stelle benutzte. »Was kann jeder von Ihnen geben? Sein Leben, ich weiß«, fuhr sie schnell fort, »doch das muß einem braven Mann leicht fallen. Ihre Leben stehen in Gottes Hand, und Sie können sie Ihm zurückgeben. Doch was können Sie mir geben?« Wieder blickte sie fragend in die Runde, aber diesmal vermied sie einen Blick in das Antlitz ihres Gatten. Quincey schien zu verstehen, denn er nickte, und ihr Gesicht hellte sich auf. »Dann werde ich Ihnen jetzt frei und offen sagen, was ich von Ihnen möchte, denn es darf in unserer gegenseitigen Beziehung von nun an keine Unklarheiten mehr geben. Sie müssen mir versprechen, Sie alle, einer wie der andere – auch du, mein geliebter Gatte –, daß Sie mich, sollte der Zeitpunkt je eintreten, töten werden.«

»Und wann wäre dieser Zeitpunkt gekommen?« Es war Quinceys Stimme, doch sie klang schwach und gepreßt.

»Wenn Sie davon überzeugt sind, daß ich bereits so verändert bin, daß es besser für mich wäre zu sterben, als zu leben. Wenn ich solchermaßen tot im Fleische bin, dann sollen Sie alsbald, ohne auch nur einen Augenblick zu säumen, einen Pflock nehmen, ihn mir durchs Herz treiben und mir den Kopf vom Rumpf trennen, oder was immer sonst noch denkbar wäre, um mir die ewige Ruhe zu gewähren!«

Quincey erhob sich als erster nach einer Pause des Nachdenkens. Er kniete vor ihr nieder, nahm ihre Hand in seine und sagte feierlich:

»Ich bin weiter nichts als ein rauher Bursche, der vielleicht nicht gerade wie einer gelebt hat, dem solche Auszeichnung widerfahren dürfte, aber ich schwöre Ihnen bei allem, was mir heilig ist, daß ich mich, sollte dieser Tag wirklich je kommen, niemals der heiligen Pflicht entziehen werde, in die Sie mich genommen haben. Und ich verspreche Ihnen ebenfalls, daß ich sichergehen werde, denn wenn ich auch nur im Zweifel wäre, würde ich sofort so handeln, als sei die Zeit schon gekommen.«

»Mein treuer Freund!« war alles, was sie unter den schnell rinnenden Tränen sagen konnte, als sie sich vorbeugte, um seine Hand zu küssen.

»Ich schwöre Ihnen dasselbe, meine liebe Madam Mina!« sagte Van Helsing.

»Und ich ebenfalls!« sagte Lord Godalming, und dann knieten alle der Reihe nach vor ihr nieder, um ihren Schwur abzulegen. Auch ich schloß mich an.

Schließlich wandte sich ihr Ehemann ihr zu, aus dessen Augen aller Glanz gewichen war und dessen grünlich wirkende Blässe das Weiß seines Haupthaares noch deutlicher hervortreten ließ. »Und muß auch ich ein solches Versprechen abgeben, mein geliebtes Weib?«

»Du auch, Inniggeliebter«, erwiderte sie mit grenzenlosem Mitleid in der Stimme wie in ihren Augen. »Du darfst nicht zurückweichen. Du bist mir der Nächste und der Teuerste, ja, du bist meine ganze Welt; unsere Seelen sind zu einer verbunden, im Leben wie im Tod und für alle Zeit. Denk daran, Geliebter, daß zu allen Zeiten brave Männer ihre eigenen Frauen und die ihres Stammes getötet haben, um sie davor zu bewahren, in die Hände der Feinde zu fallen. Ihre Hände haben nicht deshalb mehr gezittert, weil die, die sie geliebt haben, sie angefleht haben, von ihnen hingeschlachtet zu werden. In Zeiten solcher Not ist dies die Pflicht der Männer denen gegenüber, die sie lieben! Und oh, mein Liebster, wenn es einst erforderlich werden sollte, daß ich den Tod durch irgendeine Hand erleiden muß, so laß es die Hand dessen sein, der mich am meisten liebt. Dr. Van Helsing, ich habe Ihr Verdienst nicht vergessen, das sie sich in Lucys Fall um den erworben haben, der sie am meisten liebte« – sie unterbrach sich, und eine feine Röte überzog ihr ganzes Gesicht, als sie sich korrigierte – »der am ehesten das Recht hatte, ihr den ewigen Frieden zu schenken. Wenn dies wieder einmal einträte, dann erwarte ich, daß Sie meinem Mann das hehre Bewußtsein lassen, daß es seine liebende Hand war, die mich von dem furchtbaren Fluch erlöst hat, der auf mir lastete.«

»Auch dies schwöre ich!« klang die sonore Stimme des Professors durch den Raum.

Mrs. Harker lächelte befreit, lehnte sich mit einem Seufzer der Erleichterung zurück und sagte:

»Und nun ein Wort der Warnung, eine Warnung, die Sie alle niemals vergessen dürfen: Dieser Augenblick, so er denn je käme, könnte schnell und unerwartet kommen, und in diesem Fall dürfen Sie keine Zeit verlieren und müssen die Gelegenheit sofort beim Schopf ergreifen. In einem solchen Augenblick nämlich könnte ich mit dem Feind im Bunde sein – ach, was sage ich: Ich wäre mit ihm im Bunde!

Und noch eine Bitte.« Sie wurde sehr feierlich bei diesen Worten. »Sie ist nicht so bedeutsam und ihre Erfüllung nicht so unbedingt nötig wie die andere, doch bitte ich Sie, noch etwas anderes für mich zu tun, wenn es Ihnen nichts ausmacht.« Wir signalisierten alle Zustimmung.

»Ich bitte Sie, die Totengebete zu lesen.« Ein tiefes Stöhnen ihres Mannes unterbrach sie, und sie nahm seine Hand, legte sie sich auf ihr Herz und fuhr fort: »Eines Tages wirst du es für mich lesen müssen. Was auch immer der Grund für diesen Stand der Dinge sein mag, dies muß ein tröstlicher Gedanke für alle oder doch für einige von uns sein. Du, mein Liebster, wirst es hoffentlich für mich lesen, denn dann wird es mir mit deiner Stimme für alle Ewigkeiten im Gedächtnis bleiben, komme, was da mag!«

»Aber, Liebste«, flehte er, »der Tod ist noch unendlich fern von dir!«

»Nein«, sagte sie und erhob warnend die Hand. »Ich bin in diesen Augenblicken tiefer im Tode verstrickt, als wenn die ganze Last eines irdischen Grabes auf mir ruhen würde!«

»Oh, meine Gemahlin! Muß ich es wirklich lesen?« sagte er, bevor er begann.

»Es wäre mir ein Trost, mein Gemahl!« war alles, was sie erwiderte; und er begann zu lesen, nachdem sie ihm das Buch aufgeschlagen hatte.

Wie könnte ich – wie könnte irgend jemand sonst – von dieser seltsamen Szene reden, ihrer Feierlichkeit, ihrer Bedrohlichkeit, ihrer Traurigkeit, ihres Schreckens – und ihrer alles überstrahlenden Süße? Selbst ein Skeptiker, der in allem Heiligen oder Emotionalen nur eine Verhöhnung der bitteren Wahrheit zu sehen vermag, wäre bis ins Herz gerührt gewesen, hätte er die kleine Gruppe liebender Menschen gesehen, die sich rings um die leidgeprüfte, zu Tode betrübte Frau auf die Knie niedergelassen hatte; oder hätte er die zarte Leidenschaftlichkeit in der Stimme ihres Mannes gehört, als er sich so oft unterbrechen mußte, weil ihm die Stimme vor innerer Bewegung brach, als er die einfachen, zu Herzen gehenden Gebete für eine liebe Verstorbene las. »I-ich kann nicht mehr – die Worte u-und die S-stimme v-versagen m-mir.«

Sie hatte recht gehabt mit ihrer instinktiven Vermutung. So sonderbar auch die ganze Szenerie war, so bizarr sie uns auch vielleicht später einmal vorkommen mag, die wir ihre starke Wirkung verspürten, so war sie uns doch auch ein Trost; und das Schweigen, das Mrs. Harkers bevorstehende Einengung ihrer seelischen Freiheit anzeigte, erschien uns jetzt weniger Anlaß zur Verzweiflung, als wir zuvor vielleicht befürchtet hatten.

Das Journal des Jonathan Harker

15. Oktober, Varna: – Wir verließen Charing Cross am Morgen des 12. Oktobers und erreichten noch am selben Abend Paris, wo wir dann die für uns reservierten Plätze im Orient-Express einnahmen. Wir fuhren Tag und Nacht und kamen hier etwa gegen fünf Uhr an. Lord Godalming ging gleich zum Konsulat, um zu sehen, ob vielleicht ein Telegramm für ihn eingegangen sei, während wir anderen in sein Hotel gingen, das *Odysseus*. Die Reise mag durchaus ihre erwähnenswerten Vorkommnisse gehabt haben; ich jedenfalls war viel zu begierig, ans Ziel zu gelangen, um mich dafür zu interessieren. Bis die *Zarin Katharina* in den Hafen einläuft, wird es auf der ganzen weiten Welt nichts von Interesse für mich geben. Dank sei Gott! Mina geht es gut, und es scheint, als kräftige sie sich wieder ein wenig; auch die Farbe kehrt langsam wieder zurück. Sie schläft viel; während der ganzen Fahrt hat sie fast ununterbrochen geschlafen. Vor Sonnenaufgang und Sonnenuntergang jedoch ist sie immer hellwach und sehr aktiv; und es ist langsam zur Gewohnheit geworden, daß Van Helsing sie dann hypnotisiert. Beim erstenmal mußte er sehr viel Mühe und Geduld aufwenden; doch jetzt scheint sie sich wie aus Gewohnheit auf der Stelle zu ergeben, und es ist keine große Anstrengung von seiten des Professors mehr erforderlich. Es scheint, als habe er nur durch seinen überlegenen Willen Macht über sie und als gehorchten ihm sogar ihre Gedanken. Jedesmal fragt er sie dann, was sie sieht und hört. Auf die erste Frage antwortet sie jedesmal:

»Nichts; es ist alles dunkel.« Und auf die zweite:

»Ich kann das Schlagen der Wellen gegen den Schiffsrumpf hören und wie das Wasser vorüberrauscht. Segel und Tauwerk sind angespannt, und Masten und Rahen knarren. Der Wind geht frisch – ich kann ihn in den Wanten hören, und ich höre, wie der Bug die Gischt zurückwirft.« Es ist offenkundig, daß die *Zarin Katharina* noch auf hoher See ist und ihrem Ziel in Varna entgegeneilt. Lord Godalming ist gerade zurückgekehrt. Er hat vier Telegramme bekommen, eines für jeden Tag, seit wir abgefahren sind, und alle mit demselben Inhalt, daß nämlich bei Lloyds keinerlei Berichte über die *Zarin Katharina* von irgendwoher vorliegen. Er hatte seinen Agenten vor unserer Abreise beauftragt, er solle ihm jeden Tag telegraphisch mitteilen, ob über die *Zarin Katharina* irgendwelche Berichte von irgendwoher vorlägen. Er sollte sich auch dann melden, wenn keine Nachrichten von der *Zarin Katharina* vorlägen, damit er auf diese Weise eine Kontrolle hatte, daß am anderen Ende des Drahtes die Wache nicht etwa schlief.

Wir aßen zu Abend und gingen früh zu Bett. Morgen werden wir beim Vizekonsul vorstellig werden, um nach Möglichkeit eine Genehmigung zum Betreten des Schiffes zu bekommen, sobald es hier im Hafen einläuft. Van Helsing sagt, unsere Chance liege darin, zwischen Sonnenaufgang und Sonnenuntergang an Bord zu gelangen. Selbst wenn der Graf die Gestalt einer Fledermaus annähme, könnte er das fließende Wasser nicht nach Gutdünken überqueren und also das Schiff auch nicht verlassen. Da er es auch nicht wagen kann, menschliche Gestalt anzunehmen, weil er dadurch Verdacht erregen würde – und genau das möchte er offenkundig vermeiden –, muß er in seiner Kiste bleiben. Wenn wir dann nach Sonnenaufgang an Bord können, ist er uns auf Gnade und Ungnade ausgeliefert; denn dann könnten wir die Kiste öffnen, bevor er erwacht, und ihm den Rest geben, so wie wir es mit der armen Lucy gemacht haben. Was er von uns zu erwarten hat, wird nicht viel Staub aufwirbeln. Wir sind davon überzeugt, daß wir mit Behörden und Seeleuten keinen allzu großen Ärger bekommen. Gott sei's gedankt – wir sind hier in einem Land, in dem man mit einem Trinkgeld so ziemlich alles bewirken kann, und wir haben uns ausreichend mit Geldmitteln versehen. Wir müssen nur dafür sorgen, daß das Schiff nicht zwischen Sonnenuntergang und Sonnenaufgang in den Hafen einlaufen kann, ohne daß wir vorgewarnt werden, und dann werden wir sicher sein. Richter Geldbörse wird diesen Fall bestimmt in unserem Sinne entscheiden, denke ich!

16. Oktober: – Minas Berichte sind unverändert: der Schlag der Wellen und das Rauschen des vorbeiströmenden Wassers, dazu Dunkelheit und günstige Winde. Wir sind offenbar gut in der Zeit, und wenn wir von der *Zarin Katharina* hören, werden wir bereit sein. Da sie ja die Dardanellen passieren muß, sind wir sicher, noch von ihr zu hören.

17. Oktober: – Ich glaube, jetzt ist alles aufs beste vorbereitet, um den Grafen bei seiner Rückkehr von seinem Ausflug gebührend in Empfang zu nehmen. Lord Godalming hat dem Schiffseigner erzählt, er vermute, daß die an Bord befindliche Kiste verschiedene Gegenstände enthielte, die einem seiner Freunde gestohlen wurden, und erwirkte so ein halbherziges Zugeständnis, die Kiste noch an Bord auf eigenes Risiko öffnen zu dürfen. Man gab ihm einen Brief an den Kapitän mit, in dem zu lesen stand, er könne sich an Bord des Schiffes völlig frei bewegen. Seinen Agenten in Varna unterrichtete der Reeder ebenfalls entsprechend. Diesen Agenten haben wir inzwischen auch schon aufgesucht, der von Lord Godalmings liebenswürdigem Ton ihm gegenüber sehr angetan war und uns versicherte, er werde alles in seiner Macht Stehende tun, um unseren Wünschen nachzukommen. Wir haben auch schon festgelegt, was zu tun ist, sobald wir die Kiste geöffnet haben. Wenn sich der Graf darin befindet, werden ihm Dr. Van Helsing und Dr. Seward unverzüglich den Kopf abschneiden und ihm einen Pflock durchs Herz treiben. Morris, Godalming und ich werden dafür sorgen, daß die beiden nicht von außen gestört werden, notfalls sogar unter Einsatz unserer Waffen, die wir mit uns führen werden. Der Professor sagt, wenn es uns gelingt, den Körper des Grafen in dieser Weise zu behandeln, werde er gleich darauf zu Staub zerfallen. In diesem Falle gäbe es dann hinterher auch keinerlei Beweise mehr gegen uns, falls man uns des Mordes bezichtigen werde. Aber auch wenn dieser Fall nicht eintritt, stehen und fallen wir mit dem, was wir tun, und vielleicht stehen eines Tages diese Aufzeichnungen als Beweismittel zwischen einigen von uns und dem Galgen. Ich würde für meine Person eine sich bietende Gelegenheit, diesem Ungeheuer den Garaus zu machen, ja zu gern selbst wahrnehmen, wenn es sich machen ließe. Wir sind entschlossen, notfalls jeden Stein umzudrehen, um unser Vorhaben durchzuführen. Mit diversen Behörden haben wir auch schon eine Absprache dahingehend getroffen, daß wir sofort durch Sonderboten davon unterrichtet werden, wenn die *Zarin Katharina* in den Hafen einläuft.

24. *Oktober:* – Eine ganze Woche des Wartens. Täglich neue Telegramme an Godalming, und immer wieder dieselbe Geschichte: »Noch keine Nachrichten.« Minas Antwort aus ihrer Hypnose ist unverändert: »Schlagende Wellen, rauschende Wasser und knarrende Masten.«

Telegramm vom 24. Oktober Rufus Smith, Lloyds, London, an Lord Godalming zu Händen H. M.* Vizekonsul, Varna

›Zarin Katharina heute morgen von den Dardanellen gemeldet.‹

Das Tagebuch des Dr. Seward

24. Oktober: – Wie ich meinen Phonographen vermisse! Für mich ist das Schreiben eines Tagebuches mit Feder und Tinte eine arg beschwerliche Sache; aber Van Helsing hat gesagt, es müsse sein. Wir waren heute alle äußerst erregt, als Godalming sein Telegramm von Lloyds erhielt. Ich weiß jetzt, was Männer im Feld empfinden, wenn der Schlachtruf ertönt. Mrs. Harker zeigte als einzige aus unserer Truppe keinerlei Emotionen. Doch das ist an sich nicht erstaunlich; denn wir haben uns besondere Mühe gegeben, sie gerade das nicht in Erfahrung bringen zu lassen, und wir geben uns alle erdenkliche Mühe, keinerlei Anzeichen von Erregung spüren zu lassen, wenn wir in ihrer Nähe sind. Früher, da bin ich sicher, wäre ihr das aufgefallen, ganz gleich wie sehr wir auch versucht hätten, es vor ihr zu verbergen; doch insoweit hat sie sich in den letzten drei Wochen deutlich verändert. Ihre Lethargie wird ständig größer, und wenn sie auch stark und gesund aussieht und wieder einiges an Farbe bekommen hat, sind Van Helsing und ich alles andere als zufrieden. Wir unterhalten uns oft über sie, haben aber den anderen gegenüber noch kein Wort gesagt. Es würde dem armen Harker das Herz brechen – in jedem Fall seine Nerven zerrütten –, wüßte er, daß wir

* *His* (oder Her) Britannic Majesty = Ihre britische Majestät

auch nur irgendeinen Verdacht hätten. Van Helsing sagte mir, daß er ihre Zähne genau beobachtet, wenn sie in ihrem Hypnose-Zustand ist, denn solange sie nicht deutlich schärfer werden, besteht keine Gefahr einer grundlegenden Veränderung bei ihr. Wenn diese Veränderung eintritt, würde es Zeit werden, Schritte zu unternehmen! ... Wir beide wissen, welcher Art diese Schritte sein müßten, auch wenn wir uns unsere Gedanken nicht gegenseitig offenbaren. Keiner vor uns würde vor der Herausforderung zurückweichen – ein furchtbarer Gedanke, wenn man ihn einmal zu Ende denkt. ›Euthanasie‹ ist dafür ein wohlfeiles und ach so bequemes Wort! Wer immer es erfunden hat, ich bin ihm dankbar.

Von den Dardanellen braucht ein Segelschiff etwa vierundzwanzig Stunden, um bis hierhin zu gelangen, wenn man einmal die Geschwindigkeit zugrundelegt, mit der die *Zarin Katharina* bisher seit ihrem Auslaufen aus dem Londoner Hafen gesegelt ist. Sie müßte demnach also irgendwann am Morgen einlaufen; doch da sie auf keinen Fall früher einlaufen kann, wollen wir uns alle sehr früh zurückziehen. Um ein Uhr in der Nacht wollen wir dann aufstehen, um bereit zu sein.

25. *Oktober:* – Noch keine Nachrichten über das Einlaufen des Schiffs. Mrs. Harkers Hypnose-Bericht war heute derselbe wie sonst auch immer, deshalb ist es möglich, daß wir jeden Augenblick Neuigkeiten erfahren. Wir Männer sind bis auf Harker alle von fieberhafter Aufregung erfaßt; er allein ist ruhig; seine Hände sind kalt wie Eis, und vor einer Stunde fand ich ihn, wie er ein großes Gurkha-Messer schärfte, das er ständig bei sich trägt. Für den Grafen ergeben sich schlechte Aussichten, sollte die Spitze dieses ›Kukri‹ jemals seine Kehle berühren, getrieben von dieser festen, eiskalten Hand!

Van Helsing und ich waren heute ein wenig in Sorge wegen Mrs. Harker. Zur Mittagszeit verfiel sie in eine Art Lethargie, was uns gar nicht gefiel; und wenngleich wir auch den anderen gegenüber schwiegen, so waren wir doch beide alles andere als glücklich. Den ganzen Morgen über war sie unruhig gewesen, so daß wir zuerst ganz froh waren zu hören, sie schlafe jetzt. Als dann aber ihr Ehemann eher beiläufig erwähnte, sie schlafe so fest, daß er es gar nicht schaffe, sie aufzuwecken, gingen wir zu ihr ins Zimmer, um uns selbst zu überzeugen. Ihr Atem ging normal, und sie sah so gut und friedvoll aus, daß wir beide zu der Überzeugung gelangten, es sei besser, wenn wir sie schlafen ließen. Armes Mädchen, sie hat so vieles zu vergessen, daß es kein Wunder ist, wenn Schlaf ihr gut tut.

Später: – Unsere Ansicht war gerechtfertigt, denn als sie nach einigen Stunden erfrischenden Schlafes wieder erwachte, war sie heiterer und fühlte sich kräftiger, als wir sie seit Tagen erlebt hatten. Bei Sonnenuntergang erstattete sie denselben hypnotischen Bericht wie immer. Wo immer er sich auch im Augenblick im Schwarzen Meer befinden mag, er fährt direkt seinem Schicksal entgegen. In sein Verderben, wie ich hoffe.

26. Oktober: – Wieder ein Tag und immer noch keine Neuigkeiten von der *Zarin Katharina*. Sie müßte inzwischen hier sein. Daß sie noch immer *irgendwo* unterwegs ist, ist offenkundig, denn Mrs. Harkers Hypnose-Bericht bei Sonnenaufgang war der übliche. Es ist möglich, daß das Schiff zeitweise beigedreht hat, wegen Nebels zum Beispiel; einige Dampfer, die letzte Nacht ankamen, berichteten von Nebelbänken sowohl im Norden wie im Süden des Hafens. Wir müssen unsere Beobachtung des Hafens fortsetzen, da das Schiff jetzt jeden Augenblick gemeldet werden kann.

27. Oktober, Mittagszeit: – Höchst eigenartig; keine Neuigkeiten von dem Schiff, auf das wir warten. Mrs. Harkers Bericht vergangene Nacht und heute morgen unverändert: »Klatschende Wellen und rauschende Wasser.« Aber diesmal setzte sie hinzu: »Die Wellen sind sehr schwach.« Die Telegramme aus London blieben gleich: »Keine weiteren Berichte.« Van Helsing ist schrecklich besorgt und hat mir gerade erst gesagt, er fürchte, der Graf könnte uns noch entwischen. Er setzte bedeutungsvoll hinzu:

»Diese Lethargie von Madam Mina hat mir überhaupt nicht gefallen. Seelen und Erinnerungen können in einer Trance erstaunliche Dinge tun.« Ich wollte ihn gerade noch etwas fragen, aber da kam Harker herein und hielt warnend die Hand erhoben. Wir müssen versuchen, sie heute nacht, wenn sie wieder in Hypnose ist, etwas mehr erzählen zu lassen.

Telegramm vom 28. Oktober Rufus Smith, London, an Lord Godalming zu Händen H. B. M. Vizekonsul, Varna

›Zarin Katharina heute dreizehn Uhr eingelaufen in Galatz.‹

Das Tagebuch des Dr. Seward

28. Oktober: – Als das Telegramm ankam, das die Ankunft des Schiffes in Galatz ankündigte, da war dies, wie ich glaube, für uns alle kein solcher Schock, wie man eigentlich hätte erwarten sollen. Sicher, wir wußten nicht woher oder wie oder wann der Blitz aus heiterem Himmel zuschlagen würde; aber ich denke, wir alle hatten erwartet, daß etwas Unvorhergesehenes passieren werde. Die Verzögerung der Ankunft hier in

Varna hat uns wohl alle sicher gemacht, daß sich die Dinge nicht wie erwartet entwickeln würden; wir hatten eigentlich nur noch abgewartet, welcher Art denn nun die Veränderung sein werde. In jedem Fall aber war es eine Überraschung. Ich glaube, die Natur arbeitet auf solch hoffnungsvoller Basis, daß wir oft wider besseres Wissen glauben, die Dinge würden sein, wie sie sein sollten, und nicht so, wie wir wissen, daß sie sein werden. Die Transzendenz ist den Engeln ein Leitstern, auch wenn sie für den Menschen oft ein Irrlicht ist. Es war eine eigenartige Erfahrung, und jeder von uns erlebte sie anders. Van Helsing hob einen Moment lang die Hände über den Kopf, als spräche er mit dem Allmächtigen; aber er sagte kein Wort, und Sekunden später erhob er sich mit unbeweglichem Gesicht. Lord Godalming wurde sehr blaß und setzte sich schwer atmend hin. Ich war eher bestürzt und schaute fragend von einem zum anderen. Quincey Morris zog sich den Gürtel mit jener energischen Bewegung fester, die ich so gut an ihm kannte; in unseren alten Abenteuer-Tagen hieß das etwa ›jetzt erst recht‹, Mrs. Harker wurde geisterhaft bleich, so daß die Narbe auf ihrer Stirn zu brennen schien, doch sie faltete demütig die Hände und blickte betend zum Himmel hinauf. Harker lächelte – ja, wirklich, er lächelte –, aber es war das finstere, bittere Lächeln eines Mannes, der keine Hoffnung mehr hat; doch gleichzeitig strafte sein Tun seinen Gesichtsausdruck Lügen, denn seine Hand suchte ganz unbewußt nach dem Knauf seines Messers und blieb dort liegen. »Wann geht der nächste Zug in Richtung Galatz ab?« fragte Van Helsing und meinte damit uns alle.

»Um sechs Uhr dreißig morgen früh!« Wir blickten alle verwundert auf, denn die Antwort kam von Mrs. Harker.

»Wie um alles in der Welt wissen Sie …?« fragte Art.

»Sie vergessen – oder vielleicht wissen Sie es auch nicht, obwohl Jonathan es weiß und Dr. Van Helsing es auch weiß –, daß ich eine echte Eisenbahn-Fanatikerin bin. Zu Hause in

Exeter habe ich in der Regel die Zeitpläne für meinen Mann ausgearbeitet, um ihm auf diese Weise ein wenig zu helfen. Ich habe es mitunter als so nützlich erlebt, daß ich auch hier und jetzt die Fahrpläne studiert habe. Ich wußte, wenn sich für uns die Notwendigkeit ergäbe, daß wir zur Burg Dracula reisen müßten, dann würden wir in jedem Fall über Galatz reisen müssen oder auch über Bukarest, und deshalb habe ich die Fahrpläne sehr sorgsam auswendig gelernt. Unglücklicherweise gab es da nicht viel auswendig zu lernen, denn der einzige Zug morgen ist der, den ich Ihnen gerade genannt habe.«

»Wundervolle Frau«, sagte Van Helsing.

»Können wir keinen Sonderzug chartern?« fragte Lord Godalming.

Van Helsing schüttelte den Kopf. »Ich fürchte, nein. Dieses Land ist von dem Ihren wie dem meinen sehr verschieden; selbst wenn wir einen Sonderzug bekommen könnten, träfe dieser womöglich auch nicht früher ein als der reguläre. Zudem müssen wir bestimmte Vorbereitungen treffen. Wir müssen nachdenken. Lassen Sie uns alles organisieren. Sie, Freund Arthur, gehen bitte zum Bahnhof und besorgen die Fahrkarten und bereiten alles vor, daß wir morgen früh abreisen können. Sie, Freund Jonathan, gehen bitte zu dem Schiffs-Agenten und besorgen sich ein Empfehlungsschreiben an den Agenten in Galatz, das uns bevollmächtigt, das Schiff genauso zu durchsuchen, wie wir es hier gekonnt hätten. Quincey Morris, Sie machen dem Vizekonsul Ihre Aufwartung und versichern uns der Unterstützung durch seinen Galatzer Kollegen, damit dieser uns alle Wege ebnet, soweit es in seiner Macht steht, damit wir keine Zeit verlieren, sobald wir die Donau hinter uns haben. John bleibt hier bei mir und Madam Mina; wir werden die weiteren Schritte beraten. Wenn es also länger dauert, können Sie sich ruhig Zeit lassen; es würde nichts ausmachen, wenn darüber die Sonne unterginge, denn ich bin ja bei Madam Mina, um mir von ihr Bericht erstatten zu lassen.«

»Und ich«, sagte Mrs. Harker fröhlich und sehr viel mehr ihrer altgewohnten Art entsprechend, als wir sie den ganzen Tag über erlebt hatten, »ich werde versuchen, mich auf jede Weise nützlich zu machen und für Sie denken und schreiben, wie Sie es von mir gewohnt waren. Irgend etwas fällt auf eine merkwürdige Art von mir ab, und ich fühle mich befreiter als in der letzten Zeit!« Als die drei jüngeren Männer die Bedeutung ihrer Worte zu begreifen schienen, schauten sie noch im selben Augenblick schon wieder sehr viel glücklicher drein; doch Van Helsing und ich bedachten jeden von ihnen mit einem ernsten, sorgenvollen Blick. Doch sagten wir jetzt noch nichts.

Als die drei Männer gegangen waren, um sich ihrer Aufgaben zu entledigen, bat Dr. Van Helsing Mrs. Harker, sich noch einmal die Aufzeichnungen vorzunehmen und ihm jene Teile herauszusuchen, die sich mit Jonathans Reise zu der Burg befaßten. Sie ging auch gleich, um das entsprechende Buch zu suchen. Kaum hatte sich die Tür hinter ihr geschlossen, als er zu mir sagte:

»Wir meinen das gleiche! Sprechen Sie es aus!«

»Es liegt ein Wandel vor. Das ist eine Hoffnung, die mich krank macht, denn sie könnte ja auch trügen.«

»Genau das. Wissen Sie eigentlich, warum ich sie gebeten habe, ausgerechnet dieses Manuskript zu suchen?«

»Nein«, sagte ich, »außer Sie suchten eine Gelegenheit, mit mir allein reden zu können.«

»Sie haben zum Teil recht, Freund John, aber nur zum Teil. Ich möchte Ihnen etwas sagen. Und – oh, mein Freund – ich gehe dabei ein großes – ein schreckliches – Risiko ein; aber ich glaube, das ist berechtigt. In dem Augenblick, da Madam Mina diese Worte gesagt hat, die wir zuerst gar nicht glauben wollten, hatte ich plötzlich eine Idee. In der Trance vor drei

Tagen hat der Graf seinen Geist gesandt, um den ihren zu lesen; oder – was noch wahrscheinlicher ist – er holte sie genau auf dem Höhepunkt der Flut, als er frei war, zu sich in seine Kiste voller Erde auf dem Schiff, wo das Wasser rauschte. Da hat er dann erfahren, daß wir hier sind; denn sie weiß aus ihrem realen Leben, in dem sie schließlich Augen hat, zu sehen, und Ohren, um zu hören, mehr als er, der ja in seiner Kiste gefangen ist. Jetzt unternimmt er jede nur denkbare Anstrengung, uns zu entkommen. Im Moment spürt er kein Bedürfnis nach ihrer Gegenwart. Mit seinem großen Wissen ist er jetzt sicher, daß sie auf seinen Ruf zu ihm kommen wird; aber er hat sie entlassen – hat sie, wie er es ja vermag, aus seinem Bann entlassen, damit sie nicht zu ihm kommen kann. Ah! Und da hege ich die große Hoffnung, daß sich unsere Menschengehirne, die uns Menschen schon seit so langer Zeit eigen sind und die die Gnade Gottes nicht verloren haben, als stärker erweisen denn sein Kindergehirn, das seit Jahrhunderten in seinem Grab geruht und das noch nicht unseren Reifegrad erreicht hat und nur eigensüchtig und damit unvollständig arbeitet. Aber da kommt Madam Mina. Kein Wort zu ihr über ihre Trance! Sie weiß es nicht; und es müßte niederschmetternd auf sie wirken und sie schier verzweifeln lassen, und das in einem Augenblick, wenn wir all ihre Hoffnung, all ihren Mut brauchen; wenn wir ihr großes Gehirn am nötigsten brauchen, das dem eines Mannes an Wissen in nichts nachsteht und dazu auch noch mit ganz bestimmten Kräften ausgestattet ist, die der Graf ihr vermittelt hat und die er ihr womöglich so einfach nicht wird entreißen können. Langsam! Lassen Sie mich ausreden, und Sie werden schon sehen. O John, mein Freund, wir stecken bös' in der Klemme. Ich habe Angst wie noch nie. Wir können nur auf den allgütigen Gott vertrauen. Still! Sie kommt.«

Ich dachte schon, der Professor werde jeden Augenblick zusammenbrechen und einen hysterischen Anfall bekommen so wie damals, als Lucy starb, doch er beherrschte sich unter großen Mühen und war wieder in bester nervlicher Verfassung, als Mrs. Harker das Zimmer betrat, freundlich, glücklich und froh, eine Aufgabe zu haben, die ihr das Vergessen der eigenen Misere leichter machte. Lächelnd reichte sie Van Helsing einen Stoß maschinegeschriebener Seiten Papier. Er sah sie mit ernstem Gesicht durch, doch dann hellte sich seine Miene langsam auf. Schließlich ließ er die Papiere wieder sinken und sagte:

»Freund John, Sie, der Sie schon so viel Erfahrung haben, und Sie, liebe Mina, die Sie noch so jung sind, hier können Sie beide noch etwas lernen: Haben Sie niemals Angst vor dem Denken. Mir ist immer ein nicht ganz ausgebrüteter Gedanke durch den Kopf gegangen, und ich hatte dann immer Angst, ihn seine Schwingen ausbreiten zu lassen. Jetzt, unter dem Eindruck ergänzenden Wissens, bin ich an den Ursprung dieses nicht ganz ausgebrüteten Gedankens zurückgegangen, und siehe da, so unausgebrütet war er gar nicht; es handelte sich in Wirklichkeit um einen voll entwickelten Gedanken, nur war er noch zu jung, als daß man ihm hätte erlauben können, direkt seine Schwingen zu breiten. Sehen Sie nur, was Jonathan geschrieben hat: ›War es nicht in der Tat derselbe Dracula, der in späterer Zeit andere seiner Rasse wieder und immer wieder aufrief, seine Heere über den großen Fluß ins Türkenland zu führen; der, wenn er zurückgeschlagen worden war, zurückkam, wieder und wieder und wieder, auch wenn er allein von den Feldern zurückkehren mußte, auf denen seine Truppen hingeschlachtet worden waren, da er ja wußte, daß am Ende nur er allein würde triumphieren können?‹

Was sagt uns das? Nicht viel? Nein! Der Kinderverstand des Grafen sieht nichts, deshalb spricht er so frei; Ihr Erwachsenenverstand sieht auch nichts, und mein Erwachsenenverstand hat ebenfalls nichts gesehen – bis gerade jetzt. Nein!

Aber dann kommt ein Wort von jemandem, der redet, ohne darüber nachzudenken, aber auch dieser Jemand weiß nicht, was es bedeutet – was es bedeuten *könnte*. Und doch sind da einzelne Elemente, die bleiben – und wenn sie sich dann im Lauf der Zeit berühren – dann peng! – dann leuchtet auf einmal ein Licht auf, das den ganzen Himmel erleuchtet, das einzelne dort unten blendet und tötet und vernichtet – das aber auch die Erde auf Meilen hin hell erleuchtet. Stimmt das etwa nicht? Nun, ich will es erklären. Doch vorweg eine Frage: Haben Sie je die Philosophie der Kriminalität studiert? ›Ja‹ und ›nein‹. Sie, John, ja; denn das gehört zum Studium der Geisteskrankheiten. Sie – nein, Madam Mina; denn Kriminalität berührt Sie nicht – bis auf einen einzigen Fall. Ihr Verstand arbeitet normal und schließt nicht vom Einzelnen auf das Ganze. Es gibt etwas Besonderes in den Kriminellen, etwas, das konstant ist durch die Länder und durch die Zeiten hindurch, so konstant, daß selbst die Polizei, die ja im allgemeinen nicht viel von Philosophie versteht, auf empirischem Weg darauf gekommen ist, daß dem so ist. Es ist ein Gemeinplatz: Der Kriminelle arbeitet immer nur an einem Verbrechen – jedenfalls der typische Verbrecher, der, der von Natur aus zum Verbrecher prädestiniert ist – und will sich mit keinem anderen befassen. Ein solcher Krimineller verfügt über kein voll entwickeltes Gehirn. Es ist clever, verschlagen und erfindungsreich; aber sein Gehirn und damit sein Denken ist über den Status des Kindlichen nicht hinausgekommen. Nun ist auch unser Krimineller für das Verbrechen prädestiniert; auch er verfügt über ein Kindergehirn, und es ist einfach kindisch, was er getan hat. Der junge Vogel, der junge Fisch, das junge Tier – sie alle lernen nicht aus dem Prinzipiellen, sondern aus der Einzel-Erfahrung; wenn er etwas lernt, ist ihm dies Ausgangspunkt für weitere Erfahrungen. ›*Dos pou sto*‹, sagt Archimedes, ›gebt mir ein Brecheisen, und ich hebe die Welt aus den Angeln!‹ Das einmalige oder erstmalige

Tun ist die Brechstange, mit deren Hilfe aus dem Kindergehirn das Erwachsenengehirn wird; und bis er die Notwendigkeit sieht, etwas anderes zu tun, wird er immer wieder dasselbe tun, genau wie er es bisher immer getan hat! Oh, meine Liebe, ich sehe, daß Ihre Augen geöffnet sind und daß Ihnen der Lichtblitz alle die Meilen erleuchtet hat!« Ihm war nicht entgangen, daß Mrs. Harker in die Hände zu klatschen begonnen hatte und daß ihre Augen strahlten. Er fuhr fort:

»Nun sollten Sie reden. Erzählen Sie uns Männern der trockenen Wissenschaft, was Sie mit Ihren leuchtenden Augen sehen.« Er nahm ihre Hand und hielt sie fest, während sie sprach. Wie zufällig umfaßte er dabei ihr Handgelenk mit Daumen und Zeigefinger.

»Der Graf ist ein Krimineller, und zwar ein typischer Krimineller«, sagte sie. »Nordau und Lambroso würden ihn in dieser Weise klassifizieren, und als Krimineller ist er auch von nachrangiger Intelligenz. Wenn er daher in Schwierigkeiten gerät, muß er sein Heil in alten Gewohnheiten suchen. Seine Vergangenheit ist ein Hinweis für uns, und die Seite, die wir kennen – und das auch noch aus seinem eigenen Mund –, berichtet davon, daß er schon früher aus einem Land, das Mr. Morris vielleicht als ›heißes Pflaster für ihn‹ bezeichnen würde, weil er es nicht erobern konnte, wieder in sein eigenes zurückkehrte, um sich dort, ohne sein ursprüngliches Vorhaben auch nur einen Augenblick lang aufzugeben, auf einen neuen Versuch vorzubereiten. Er kam wieder, diesmal besser gerüstet, und gewann. So kam er nach London, um ein neues Land zu erobern. Er wurde geschlagen, und als alle seine Hoffnungen auf einen Erfolg dahin waren und sogar seine Existenz auf dem Spiel stand, floh er über das Meer zurück in seine Heimat; genau wie er früher einmal über die Donau aus dem Türkenland geflohen ist.«

»Gut, gut! Oh, Sie sind ja eine so kluge Frau!« sagte Van Helsing voller Enthusiasmus, beugte sich nieder und küßte ihre Hand. Gleich darauf sagte er zu mir so gelassen, als seien wir in einer Besprechung in einem Krankenzimmer:

»Pulsfrequenz nur zweiundsiebzig, und das bei dieser Erregung. Ich habe Hoffnung.« Er wandte sich ihr wieder zu und sagte voll gespannter Erwartung:

»Aber fahren Sie doch fort, erzählen Sie weiter! Es gibt noch mehr zu sagen, wenn Sie nur wollen. Seien Sie unbesorgt; John und ich wissen Bescheid. Ich weiß es in jedem Fall, und ich werde Ihnen sagen, ob Sie recht haben. Reden Sie also ohne Furcht.«

»Ich will es versuchen; aber Sie müssen mir verzeihen, wenn ich dabei egozentrisch erscheine.«

»Unsinn! Seien Sie ohne Sorge, Sie müssen egozentrisch sein, denn Sie sind es doch, die uns interessiert.«

»Nun denn – als Krimineller ist er selbstsüchtig; und da seine intellektuelle Leistungsfähigkeit nicht sehr ausgeprägt ist und seine Aktionen nur auf Eigennutz gründen, beschränkt er sich auf ein einziges Vorhaben. Dieses Vorhaben verfolgt er ohne Erbarmen. So wie er einst über die Donau floh und seine Truppen zurückließ, um sie von den Feinden in Stücke hauen zu lassen, genauso ist sein einziges Ziel jetzt, sich in Sicherheit zu bringen, ohne sich um irgend etwas anderes zu kümmern. So hat sein eigener Egoismus meine Seele ein wenig von der entsetzlichen Macht befreit, die er in jener entsetzlichen Nacht über mich gewonnen hat. Ich habe sie gespürt – oh, wie habe ich sie gespürt! Ich danke Gott für seine große Güte! Meine Seele ist befreiter, als sie es jemals war seit jener grauenhaften Stunde; und alles, was mich jetzt noch verfolgt, ist die Sorge, daß er mein Wissen in einer Trance oder einem Traum für seine Zwecke mißbraucht hat.«

Der Professor erhob sich und erwiderte: »Ja, er hat sich Ihres Geistes bedient; und dadurch hat er uns hier in Varna festgehalten, während das Schiff, eingehüllt in seinen Nebel, nach Galatz segelte, wo er zweifelsohne seine Vorkehrungen getroffen hat, um uns abzuschütteln. Aber sein Kinderhirn hat nur bis zu diesem Punkt gedacht; und es könnte gut sein, daß nach Gottes Vorsehung das, was sich der Schurke in seiner selbstsüchtigen Verblendung am meisten wünscht, sich am Ende gegen ihn selbst wendet. Der Jäger fängt sich oft in der eigenen Schlinge, wie der Psalmist sagt. Denn jetzt, da er denkt, er habe uns völlig von seiner Spur abgebracht, und wo er einen Vorsprung von vielen Stunden vor uns hat, wird ihm sein kindliches Gehirn einflüstern, ein wenig zu schlafen. Weiter wird er denken, nachdem er die Verbindung zu Ihren Gedanken von sich aus abgebrochen hat, können Sie sich auch nicht in die seinen einschalten; und genau da ist er im Irrtum! Diese entsetzliche Bluttaufe, die er Ihnen verabreicht hat, stellt es Ihnen frei, im Geist bei Sonnenaufgang und bei Sonnenuntergang zu ihm zu gehen, wie Sie es schon in den Zeiten Ihrer seelischen Befreiung getan haben. Zu diesen Zeiten unterstehen Sie meiner geistigen Kontrolle, nicht der seinen; diese Kraft, die Ihrem Wohl und dem anderer zugute kommt, haben Sie sich aus dem Leid erworben, das er Ihnen zugefügt hat. Alles ist dadurch so besonders wertvoll für uns, weil er davon nichts ahnt und sich aus Gründen des Selbstschutzes selbst von der Kenntnis unserer Gedanken abgeschnitten hat. Wir dagegen sind nicht nur blind auf den eigenen kurzfristigen Vorteil bedacht, und wir glauben daran, daß Gott durch all diese Finsternis und in den dunklen Stunden immer bei uns ist. Wir werden Dracula verfolgen und nicht zurückweichen, selbst dann nicht, wenn wir uns der Gefahr aussetzen müßten zu werden wie er. Freund John, dies war eine große Stunde, und sie hat viel dazu beigetragen, uns auf unserem Weg voranzubringen. Sie müssen jetzt unser Protokollführer sein und alles niederschreiben, damit Sie den Bericht den anderen übergeben können, sobald sie zurück sind, weil diese ebenfalls Bescheid wissen sollten.«

Und so habe ich dies geschrieben, während wir auf ihre Rückkehr warten, und Mrs. Harker hat anschließend auf ihrer Schreibmaschine geschrieben, bis das Manuskript fertig war und sie es uns bringen konnte.

Kapitel Sechsundzwanzig

Das Tagebuch des Dr. Seward

29. Oktober: – Dies wird im Zug von Varna nach Galatz geschrieben. Gestern abend haben wir uns alle kurz vor Sonnenuntergang versammelt. Jeder hatte die ihm übertragene Aufgabe gelöst, so gut er konnte; soweit also Voraussicht, Wagemut und Fleiß reichen, sind wir aufs beste für unsere Reise und die Arbeit gerüstet, die in Galatz auf uns wartet. Als die dafür übliche Zeit heranrückte, bereitete sich Mrs. Harker auf ihre Hypnose-Sitzung vor, und nachdem Dr. Van Helsing sich sehr viel mehr bemühen mußte als bei den letzten Sitzungen, fiel sie endlich dann doch in Trance. In der Regel spricht sie dann auf einen kleinen Wink des Professors hin bereits; doch diesmal mußte der Professor ihr Fragen stellen, und dies sogar recht resolut, bevor wir etwas erfuhren. Doch dann kam ihre Antwort:

»Ich kann nichts sehen; wir sind in Ruhe; es gibt keine Wellen mehr, deren Klatschen ich hören könnte, nur noch ein leises Gurgeln aus der Richtung des Kiels. Ich kann Männerstimmen in der Nähe und weiter entfernt hören, die sich etwas zurufen, und das Rollen von Riemen in ihren Dollborden. Irgendwo wird ein Geschütz abgefeuert; das Echo scheint weit entfernt zu sein. Über mir ist das Trampeln von Füßen zu hören, Stricke und Ketten werden gezogen. Was ist das? Da ist ein Lichtschimmer; ich kann fühlen, wie mir frische Luft ins Gesicht bläst.«

Hier hörte sie plötzlich auf. Sie hatte sich ganz impulsiv vom Sofa aufgerichtet, auf dem sie bisher gelegen hatte, und hob beide Hände mit den Handflächen nach oben in die Höhe, als hebe sie ein Gewicht an. Van Helsing und ich tauschten verstehende Blicke aus. Quincey hob leicht die Brauen und sah sie aufmerksam an, während Harkers Hand sich unwillkürlich um den Knauf des Kukri-Messers in seinem Gürtel krampfte. Es entstand eine lange Pause. Wir wußten alle, daß die Zeit, während derer sie sprechen konnte, verrann; doch wir wußten ebensogut, daß es sinnlos war, irgend etwas sagen zu wollen. Plötzlich setzte sie sich auf, und als sie die Augen öffnete, sagte sie liebenswürdig:

»Möchte nicht einer von Ihnen eine Tasse Tee? Sie müssen doch alle sehr müde sein.« Wir konnten sie eigentlich nur glücklich machen, und deshalb stimmten wir zu. Sie machte sich auf die Suche nach Tee. Als sie gegangen war, sagte Van Helsing:

»Da sehen Sie es, meine Freunde. Er ist nahe am Land und hat seine Erd-Kiste verlassen. Aber noch ist er nicht an der Küste. In der Nacht wird er sich wohl irgendwo verbergen; wenn er dann nicht an Land getragen wird oder das Schiff nicht irgendwie Kontakt zum Land findet, kann er es auch nicht betreten. Falls aber das Schiff doch Landberührung hat, kann er, wenn es während der Nacht passiert, die Chance ergreifen und an Land fliehen oder springen, wie er es in Whitby getan hat. Sollte jedoch der Tag anbrechen, bevor er die Küste erreicht hat, kann er nur noch dann fliehen, wenn er an Land getragen wird. Wenn er aber getragen wird, könnten die Schauerleute entdecken, was die Kiste enthält. So wäre also letztendlich der ganze Tag für ihn verloren, wenn er nicht noch während der Nacht oder kurz vor Sonnenaufgang an Land fliehen kann. Vielleicht kommen wir noch rechtzeitig:

Wenn er nicht während der Nacht entkommt, bekommen wir ihn im Verlauf des Tages in die Finger, sauber verpackt und ganz zu unserer gefälligen Bedienung; denn er riskiert es auf keinen Fall, er selbst zu werden, wach und sichtbar, es sei denn, er wäre entdeckt.«

Es gab nichts mehr zu sagen, und so warteten wir geduldig bis zur Dämmerung. Wir hofften, dann mit Mrs. Harkers Hilfe mehr zu erfahren.

Früh am Morgen lauschten wir später in atemloser Spannung auf ihre Antworten in der Trance. Es dauerte noch länger als beim letztenmal, bis sich der hypnotische Zustand endlich einstellte, und als er dann erreicht war, war die verbleibende Zeit bis zum vollen Sonnenaufgang so kurz, daß wir schon verzweifeln wollten. Van Helsing schien seine Seele voll und ganz in die Wagschale zu werfen, und dann antwortete sie endlich, gehorsam seinen Fragen und Anweisungen:

»Alles ist dunkel. Ich höre, wie Wasser auf gleicher Höhe mit mir schwappt, und ich höre ein Geräusch, wie wenn Holz sich an Holz reibt.« Sie brach ab. Im Osten schoß ein roter Sonnenstrahl über den Horizont. Wir müssen bis heute abend warten.

Und so kommt es, daß wir jetzt in äußerster Anspannung weiter in Richtung Galatz reisen. Nach Fahrplan sollten wir zwischen zwei und drei Uhr morgens dort ankommen; doch schon in Bukarest haben wir drei Stunden Verspätung, und somit steht fest, daß wir keinesfalls vor dem Sonnenaufgang eintreffen werden. Auf diese Weise werden wir zwei weitere Hypnose-Botschaften von Mrs. Harker erhalten; eine der beiden wird hoffentlich ein wenig Licht auf das werfen, was vorgeht.

Später: – Der Sonnenuntergang war da und ist schon wieder vorbei. Glücklicherweise erfolgte er zu einer Zeit, da wir keine Störung zu befürchten brauchten; wäre er erfolgt, solange wir Aufenthalt in irgendeiner Station gehabt hätten, hätten wir die erforderliche Ruhe und Störungsfreiheit nicht garantieren können. Mrs. Harker unterwarf sich der Hypnose eher noch zögerlicher als heute morgen. Ich fürchte, ihre Fähigkeit, die Gefühle des Grafen zu lesen, könnte ausgerechnet dann, wenn wir am meisten darauf angewiesen wären, einfach dahinschwinden. Mir kommt es so vor, als beginne ihre Einbildung zu arbeiten. Während sie in Hypnose war, hat sie bisher immer nur die schlichten Tatsachen berichtet. Wenn es so weitergeht, könnte sie uns am Ende gar in die Irre führen, wie ich fürchte. Wenn ich denken könnte, daß die Macht des Grafen über sie in demselben Maß schwindet wie ihre Fähigkeit, ihn auszuspähen, dann wäre das sicher ein glücklicher Gedanke; aber ich befürchte, es verhält sich ganz anders. Als sie sprach, klangen ihre Worte jedenfalls ausgesprochen rätselhaft.

»Irgend etwas geht hinaus; ich spüre, wie es an mir vorbeistreicht wie ein kühler Wind. Weit in der Ferne kann ich Stimmen hören, wirres Zeug, als wenn Menschen sich in fremden Sprachen unterhalten, wild herabstürzende Wasser, Wolfsgeheul.« Sie unterbrach sich, und ein Schauder durchrann sie, dessen Intensität sich sekundenlang noch steigerte, bis sie sich am Ende streckte, als sei sie plötzlich gelähmt. Sie sagte nichts mehr und antwortete auch nicht auf des Professors eindringliche Fragen. Als sie aus der Trance erwachte, war ihr kalt, sie fühlte sich ausgelaugt und schlaff; nur ihr Geist war hellwach. Sie konnte sich an gar nichts mehr erinnern, sondern fragte uns im Gegenteil, was sie denn alles gesagt habe; als wir es ihr erzählten, dachte sie lange und intensiv darüber nach und verfiel in tiefes Schweigen.

30. Oktober, 7 Uhr morgens: – Wir sind jetzt ganz in der Nähe von Galatz; es könnte passieren, daß ich später keine Zeit mehr finde, an diesem Tagebuch weiter zu schreiben. Deswegen tue ich es jetzt. Wir alle hatten sehnsuchtsvoll auf den heutigen Sonnenaufgang gewartet. Wohl wissend, daß es immer schwerer wurde, Mrs. Harker in einen hypnotischen Zustand zu versetzen, hatte Van Helsing früher als sonst mit seinen Bemühungen begonnen. Sie bewirkten überhaupt nichts, solange nicht die übliche Zeit gekommen war, als sie sich unter noch größeren Schwierigkeiten endlich – es war nur noch eine Minute bis zum Sonnenaufgang – unterwarf. Der Professor verlor keine Zeit mit seinen Fragen, und ihre Antwort kam mit gleicher Schnelligkeit:

»Alles ist dunkel. Ich höre, wie das Wasser in Höhe meiner Ohren vorüberrauscht, und das Schaben von Holz an Holz. Vieh nicht weit entfernt. Und da ist noch ein Geräusch – ein ganz komisches – fast wie …« Sie hielt inne und wurde weiß und immer weißer.

»Weiter! Weiter! Sprich – ich befehle es!« sagte Van Helsing mit vor Angst verzerrter Stimme. Gleichzeitig zeigte sich auch in seinen Augen reine Verzweiflung, denn schon röteten die Strahlen der aufgehenden Sonne Mrs. Harkers bleiche Gesichtszüge. Da öffnete sie auch schon die Augen, und wir alle waren nicht wenig erstaunt, als sie lieb und nett und scheinbar aus voller Überzeugung sagte:

»Oh, Professor, warum bitten Sie mich, Dinge zu tun, von denen Sie doch genau wissen, daß ich sie nicht tun kann? Ich erinnere mich an gar nichts mehr.« Als sie dann den erstaunten Ausdruck auf unseren Gesichtern sah, blickte sie in die Runde und sagte:

»Was habe ich gesagt? Was habe ich getan? Ich weiß gar nichts, nur daß ich hier im Halbschlaf gelegen habe und Sie sagen hörte: ›Weiter! Weiter! Sprich – ich befehle es!‹ Es kam mir richtig komisch vor zu hören, wie Sie mich geduzt und herumkommandiert haben, als sei ich ein kleines Kind!«

»Oh, Madam Mina«, sagte er traurig, »wenn es überhaupt eines Beweises bedürfte, so wäre doch genau dies ein Beweis dafür, wie sehr ich Sie liebe und verehre, daß ein Wort, gesprochen zu Ihrem persönlichen Besten, vielleicht ernster und nachdrücklicher klang als gewöhnlich; und natürlich muß ein Befehl an diejenige seltsam klingen, der zu dienen mein ganzer Stolz ist!« Die Pfeife der Lokomotive ertönt; wir nähern uns Galatz. Wir glühen vor Eifer und Sorge.

Das Journal der Mina Harker

30. Oktober: – Mr. Morris brachte mich in das Hotel, in dem wir telegraphisch Zimmer bestellt hatten. Er war noch am ehesten abkömmlich, da er keinerlei fremde Sprachen spricht. Die anderen waren etwa so auf die diversen Aufgaben verteilt wie in Varna, außer daß diesmal Lord Godalming den Vizekonsul aufsuchte, weil sein Rang wohl noch am ehesten die Gewähr dafür bot, daß die Beamten für unsere Eile ein geneigtes Ohr haben würden. Jonathan und die beiden Doktoren gingen ins Büro des Schiffsagenten, um Einzelheiten über die Ankunft der *Zarin Katharina* in Erfahrung zu bringen.

Später: – Lord Godalming ist zurückgekehrt. Der Konsul ist nicht anwesend, der Vizekonsul erkrankt; daher muß die Routine-Arbeit von einem Angestellten erledigt werden. Er war sehr dienstbeflissen und hat versichert, alles in seiner Macht Stehende zu tun.

Das Journal des Jonathan Harker

30. Oktober: – Um neun Uhr sprachen Dr. Van Helsing, Dr. Seward und ich bei den Agenten der Londoner Firma Hapgood, den Messrs. Mackenzie & Steinkoff, vor. Sie hatten als Reaktion auf eine entsprechende telegraphische Bitte von Lord Godalming ein Telegramm aus London erhalten mit der Anweisung, uns in jeder erdenklichen Weise behilflich zu sein. Sie waren mehr als freundlich und zuvorkommend und brachten uns unverzüglich an Bord der *Zarin Katharina*, die draußen im Hafen vor Anker lag. Dort sprachen wir mit dem Kapitän, einem gewissen Mr. Donelsen, der uns von der Reise berichtete. Er sagte, er habe nie in seinem Leben eine so erfreulich schnelle Fahrt gemacht.

»Mann!« sagte er. »Da konnte man et ja richtig mit die Angst kriegen, und wir ham ja auch alle Augenblicks damit gerechnet, dasses irgend'n Unjlück gibt – so von wejen Mast- und Schotbruch und so –, womit dann der janze Zeitjewinn wieder im Eimer jewesen wär'. Is' ja nicht jrade unjefährlich, so von London nach'm Schwarzen Meer zu segeln mit'm Wind inne Sejel, als wenn der Leibhaft'je fürs eijene Vagnügen selbst reinblasen tät', nich'? Und die janze Zeit konntenwa so jut wie nischt seh'n. Imma, wenn'n Schiff inne Nähe war oder'n Hafen oder 'ne Landspitze, denn hattenwa Nebel, der mit uns zog, bis wa vorbei war'n, und wenner denn wech war, konnten wa ums Verrecken nix anderes mehr seh'n als wie Wasser. An Gibraltar sin' wa vorbeijerauscht, det wa nich' ma' Zeit kriegten, Signale zu setzen; und bis wa denn zu de Dardanellen kamen, wo wa ja nu' ma warten mußten, bis de Papiere klar war'n, war'n wa niemals nich' in Rufweite von irjendwen. Erst wollt' ich ja de Segel reffen und den ollen Pott treiben lassen, bis dat der Nebel wech war, aber denn ha'ck mir jedacht, wenn der Deibel uns mit alle Jewalt so schnell wie möchlich ins Schwarze Meer seh'n will, denn macht er det sowieso, ob mich det paßt oder nich'. 'ne schnelle Fahrt wär' bestimmt nich' mein Schaden bei die Eijentümer, ha'ck mir jedacht, und fürs Geschäft is' 'ne schnelle Fahrt allemal kein Schade nich', na ja, und der alte Opa war garantiert auch bejeistert, denn der hatte et ja so eilig, und da konnt' eijentlich auch nur'n schönes Trinkgeld rausspring'n, hamwa uns jedacht.« Diese Mischung aus Dummheit und Raffinesse, aus Aberglaube und Geschäftstüchtigkeit regte Van Helsing mächtig auf, und er sagte: ›Mein Freund, Ihr ›Deibel‹, wie Sie ihn zu nennen belieben, ist raffinierter, als so mancher von uns zu glauben bereit ist; und er weiß genau, wie und wann er seinen Meister findet.« Der Kapitän faßte das auch noch als Kompliment auf und fuhr fort:

»Wie wa denn an'nen Bosporus vorbeikamen, fingen die Männer dat Nörgeln an; 'n paar von ihnen, allens Rumänen, kam'n und fragten, ob se nich'ne Kiste über Bord kippen könnt'n, die von so'n komischen alten Opa an Bord gebracht worden war, kurz bevor wa in'n Londoner Hafen abjelecht ham. Ich hatt' se da ja schon so komisch auf den Burschen gucken seh'n, und dann hab'n se auch noch zwei Finger gegen ihm ausgestreckt, wie wennse sich gegen den bösen Blick schützen wollten. Junge, Junge! Der Aberglaube von diese Ausländer is' wirklich zum Piepen! Die hab' ich ja vielleicht wieder an de Arbeit gejacht, kann ich Sie saren. Aber wie wa denn mit einemmal schon wieder mitten in'n Nebel drin saßen, da hatt' ich auf eins auch so'n komischet Jefühl in'n Magen, so wat wie Ekel, aber nich' unbedingt jejen die Kiste. Na ja, wir sind denn weiter jesejelt, nich', und wie denn der Nebel fünf Tage lang nich' uffjehört hat, da ha'ck uns einfach von den Wind jagen lassen, wa'? Weil – wenn der Deibel irjenswohin will, wat will unsereins dajejen machen? Und wenn nich' – na ja, wir ham eben immer wen in'n Ausguck jehabt. Aber seh'nse mal, wir hatten immer freie Fahrt und immer jenuch Wasser untern Kiel; und vor zwei Tage, wie da die Morjensonne durch'n Nebel gekomm' is', da war'n wa mit ein'mal in die Flußmündung direkt aufe annere Seite von Galatz. Die Rumän'n war'n ganz wild, kann ick Sie sagen, und wollten, dat ick die Kiste direktemang über Bord schmeiße. Ich mußte mir mit'n Tauende inne Hand mit die Kerls aus'nandersetzen, und erst, wie der letzte von den'n mit'n Kopp inne Hand vons Deck wieder hochjekomm'n is', da erst hatt' ick se davon überzeucht, böser Blick hin oder her, dat det Eijentum von mein' Reeder in meine Hände besser aufjeho'm is' wie auf'n Grund vonne Donau. Dat muß man sich ma' vorstell'n! Da hatten die doch die Kiste schon an Deck un' wolltense runterschmeißen – na ja, un' da hab' ich mir jedacht, ick könnt'se doch direkt hier mit den ganzen Kram abladen, weil auf die Papiere stand nämich ›Galatz *via* Varna‹. An den Tach hatt'nwa sowieso nich' viel zu leichtern, und drumderwejen war'n wa ja auch die janze Zeit vor'n Hafen vor Anker; und denn kam janz früh am nächsten Morgen so'n Männeken an Bord – dat war ja noch mindestens 'ne janze Stunde bis Sonnenaufgang, Jemeinheit sowat! – und sacht, er hätt 'ne Order aus England, und er soll hier also 'ne Kiste abhol'n, die wär' für'njewissen Graf Dracula. Hab' mich natürlich die Papiere anjeseh'n, is' ja klar, wa', aber da war allens in Ordnung. Ick war ja froh, dat Scheißding endlich loszusein, könn'se sich ja bestimmt denken, wa'. Also, ick sach Sie janz ehrlich wat. Wenn der Deibel mit uns jefahr'n is' und der hatte och noch Gepäck dabei, dann war et garantiert die Kiste!«

»Wie hieß denn der Mann, der sie abgeholt hat?« fragte Dr. Van Helsing, der Mühe hatte, seine Ungeduld zu bezähmen.

»Da muß ick ma' nachseh'n«, erwiderte der Kapitän, »wartense mal'n Momentchen.« Er ging hinunter in seine Kabine und kehrte mit einer Empfangsquittung auf einen »Immanuel Hildesheim« zurück. Die Adresse war Burgenstraße 16. Mehr konnte uns der Kapitän nicht sagen. Wir verabschiedeten uns also dankend und gingen wieder von Bord.

Wir fanden Hildesheim in seinem Büro, ein Jude vom adelphischen Typus (adelphisch = aus Inzucht hervorgegangen, hier also ein ›Jude reinsten Wassers‹) mit einer Nase wie ein Schaf und einem Fes auf dem Kopf. Seine Auskünfte erteilte er entsprechend unserer Dotierung in harter Münze – mal mehr, mal weniger –, und nach entsprechendem Handeln erzählte er uns am Ende dann doch alles, was er wußte. Viel war's nicht, aber bedeutsam. Er hatte einen Brief von einem Grafen de Ville aus London erhalten, in dem er gebeten wurde, möglichst noch vor Sonnenaufgang – um den Zoll zu umgehen – eine Kiste an Land zu bringen, die mit der *Zarin Katharina* nach Galatz unterwegs sei. Diese sollte er dann einem gewissen Petrof Skinsky übergeben, der Kontakt zu Slowaken hatte, die entlang des Flusses bis hin zum Hafen Handel trieben. Als Bezahlung hatte eine englische Banknote beigelegen, die von der Internationalen Donau-Bank anstandslos in Gold getauscht worden war. Als Skinsky zu ihm gekommen war, hatte er ihn mit zu dem Schiff genommen und ihm die Kiste übergeben, um die Kosten der Verbringung an Land zu sparen. Das war alles, was er uns sagen konnte.

Wir machten uns sofort auf die Suche nach besagtem Skinsky, konnten ihn aber nicht ausfindig machen. Einer seiner Nachbarn, der ihn nicht sonderlich leiden zu können schien, erzählte uns, er sei vor zwei Tagen ausgezogen und kein Mensch wisse, wohin. Das bestätigte uns dann auch sein Vermieter, der den Schlüssel zum Haus einschließlich der restlichen Miete in englischer Münze per Boten erhalten hatte. Das war vergangene Nacht so zwischen zehn und elf Uhr gewesen. Wir waren also mal wieder an einem Punkt angelangt, wo es nicht mehr weiterging.

Während wir uns noch unterhielten, kam jemand laut

schreiend und keuchend dahergerannt, der immer wieder schrie, man habe die Leiche Skinskys an der Wand des Friedhofs von St. Peter gefunden; seine Kehle sei zerfetzt gewesen, als sei er einem wilden Tier zum Opfer gefallen. Unsere Gesprächspartner rannten auf der Stelle los, um sich das Entsetzliche aus der Nähe anzusehen, und die Frauen schrien: »Das waren bestimmt wieder die Slowaken!« Wir beeilten uns, von dannen zu kommen, bevor man uns noch wegen unserer Neugier in die Sache hinein verwickelte.

Auf unserem Weg nach Hause konnten wir zu keinem endgültigen Schluß gelangen. Wir waren alle der Überzeugung, daß die Kiste auf dem Wasserweg nach irgendwohin unterwegs war; nur wohin das sein konnte, das mußten wir erst noch herausfinden. Das Herz war uns allen schwer, als wir wieder zu Hause im Hotel und bei Mina ankamen.

Als wir uns zusammensetzten, berieten wir zuerst einmal über die Frage, ob wir Mina vielleicht wieder ins Vertrauen ziehen sollten. Die Dinge entwickeln sich alles andere als erfreulich, und es wäre zumindest eine Chance, wenn auch eine äußerst risikoreiche. Als erster Schritt wurde ich von meinem ihr gegebenen Versprechen entbunden.

Das Journal der Mina Harker

30. Oktober, abends: – Sie waren so müde und ausgelaugt und entmutigt, daß ich gar nichts tun konnte, bis sie sich ein wenig erholt hatten; deshalb forderte ich sie auf, sich eine halbe Stunde hinzulegen, während ich mein Tagebuch bis zu diesem Augenblick fortsetzte. Ich bin dem Mann ja so dankbar, der die ›Reise‹schreibmaschine erfunden hat, und Mr. Morris, daß er mir diese hier besorgt hat. Ich wäre mir doch arg verloren vorgekommen, wenn ich die ganze Arbeit mit Feder und Tinte hätte erledigen sollen …

Es ist alles getan; armer lieber, lieber Jonathan, was muß er gelitten haben – und was muß er noch immer durchleiden! Er liegt auf dem Sofa, sein Atem ist kaum zu vernehmen, und sein Körper ist so schlaff, als habe er einen Kollaps erlitten. Seine Brauen sind gerunzelt, das Gesicht vor Schmerz verzerrt. Armer Kerl, vielleicht denkt er gerade nach, und ich kann sehen, wie sich sein Gesicht unter der Anstrengung der totalen Konzentration verzieht. Oh! Wenn ich doch helfen könnte ... Ich werde auf jeden Fall tun, was in meiner Macht steht ...

Ich habe Dr. Van Helsing gefragt, und er hat mir alle Papiere gezeigt, die ich bisher noch nicht einsehen konnte ... Während die Männer sich ausruhen, werde ich sie sorgsam durchsehen, und vielleicht gelange ja ich zu irgendeinem Schluß. Ich werde versuchen, dem Beispiel des Professors zu folgen und über die vor mir liegenden Fakten völlig unvoreingenommen nachdenken.

Ich bin mehr denn je davon überzeugt, daß ich recht habe. Meine neue Folgerung ist fertig, und deswegen werde ich sie jetzt alle zusammenrufen, um sie ihnen vorzulesen. Dann können sie ja selbst urteilen; es lohnt sich, genau hinzusehen, und jetzt ist jede Minute kostbar.

Das Memorandum der Mina Harker

(Anlage zu ihrem Journal)

Gegenstand der Untersuchung: – Graf Draculas Problem ist, wieder an seinen angestammten Ort zurückzukehren.

a) Er muß von jemandem zurückgebracht *werden*. Daran kann kein Zweifel bestehen; denn hätte er die Macht, sich selbst zu bewegen, wie er möchte, dann könnte er entweder als Mensch, als Wolf, als Fledermaus oder sonst irgendwie dorthin gelangen, wohin er möchte. Er befürchtet ganz offensichtlich jede Entdeckung oder Störung im Zustand der Hilflosigkeit, in dem er sich – eingeschlossen in seine Kiste vom Sonnenaufgang bis zum Sonnenuntergang – befinden muß.

b) *Wie kann man ihn fangen?* Hier kann es hilfreich sein, die einzelnen Möglichkeiten zu untersuchen, die ihm für eine Flucht zur Verfügung stehen, und die untauglichen auszuschließen: Straße – Eisenbahn – Wasserwege?

1. *Straßentransport:* Es ergeben sich unendlich viele Schwierigkeiten, besonders beim Verlassen von Städten.

(a) Überall sind Menschen, und Menschen sind von Natur aus neugierig und wollen alles untersuchen und erforschen. Ein Hinweis, eine Vermutung, ein Zweifel hinsichtlich des Inhalts der Kiste könnte ihn vernichten.

(b) Es könnte Wächter oder städtische Zollbeamte geben, die für die Festlegung des Transitzolls den Inhalt der Kiste sehen wollen.

(c) Seine Verfolger könnten ihm folgen. Dies ist seine größte Sorge; und um zu verhindern, daß er verraten wird, hat er sogar, soweit er es vermochte, sein Opfer verstoßen – mich!

2. *Mit der Eisenbahn:* – Da kümmert sich niemand um die Kiste, und dies könnte zu Verspätungen führen; Verspätungen aber könnten ihm mit den Verfolgern auf seiner Spur zum Verhängnis werden. Sicher, er könnte bei Nacht immer noch entkommen; doch was sollte er wohl anfangen in einer ihm fremden Gegend ohne einen Unterschlupf, wo er sich verstecken könnte? Daran hat er kein Interesse; und er hat bestimmt nicht vor, ein solches Risiko einzugehen.

3. *Zu Wasser:* – In einer Hinsicht wohl für ihn der sicherste Weg, in einer anderen aber auch voller Gefahr. Auf dem Wasser ist er, abgesehen von den Nachtstunden, machtlos; und auch dann kann er lediglich Nebel und Sturm und Schnee

und natürlich auch seinen Wölfen gebieten. Wenn er aber kentert oder sonst Schiffbruch erleidet, würde ihn das lebende Wasser (gemeint ist das fließende Wasser, d. Übers.), hilflos, wie er ist, verschlingen, und er wäre verloren. Er könnte das Schiff an Land treiben, sicher; aber wäre dies ein ihm unfreundlich gesonnenes Land, in dem er sich nicht frei bewegen könnte, wäre seine Lage immer noch verzweifelt.

Wir wissen aus den bisherigen Berichten, daß er sich auf dem Wasser befindet; demnach müssen wir jetzt nur noch feststellen, *auf welcher Art* Wasser er sich befindet.

Dazu müssen wir uns als erstes vergegenwärtigen, was genau er bisher unternommen hat; dann könnten wir vielleicht eine Vorstellung von dem bekommen, was er als nächstes vorhat.

Erstens müssen wir bedenken, was er in London als Teil seines Gesamtplans unternommen hatte, obwohl er zeitweise in Bedrängnis war und sich deshalb nur auf das absolut Notwendige beschränken konnte.

Zweitens müssen wir sehen, so gut wir das aus den uns zugänglichen Fakten ableiten können, was er hier unternommen hat.

Was den ersten Punkt angeht, so hat er eindeutig von Anfang an vorgehabt, in Galatz an Land zu gehen, erstellte aber den Frachtbrief auf Bestimmungshafen Varna, um uns in die Irrre zu führen für den Fall, daß wir seine Pläne, London zu verlassen, errieten; damals war seine unmittelbare und einzige Absicht die Flucht. Zum Beweis kann hier der Brief dienen, den er an Immanuel Hildesheim schickte, damit die Kiste *vor Sonnenaufgang* von Bord geholt wurde. Dann ist da weiter die Anweisung an Petrof Skinsky, aber deren Inhalt können wir nur erraten. Und doch muß es da irgendeinen Brief oder eine sonstige Botschaft geben, denn Skinsky kam immerhin aus eigenem Antrieb zu Hildesheim.

Daß seine Pläne bis dahin erfolgreich durchgeführt wurden, wissen wir. Die *Zarin Katharina* hat eine phänomenal schnelle Fahrt gemacht – so schnell, daß sogar Kapitän Donelsen mißtrauisch geworden ist; doch kam dessen Aberglaube im Verein mit seiner Umsicht dem Grafen sehr gelegen, weil er sich einfach von dem starken Wind durch alle Nebelbänke hindurch vorwärts treiben ließ, bis er blindlings in Galatz landete. Nun erwies es sich, daß die Vorbereitungen des Grafen gut durchdacht waren. Hildesheim löste die Kiste aus, holte sie vom Schiff und übergab sie Skinsky. Skinsky übernahm sie – und an dieser Stelle verliert sich ihre Spur. Wir wissen weiter nichts, als daß die Kiste irgendwo auf dem Wasser ist und sich weiter bewegt. Grenztruppen und Zöllner wurden umgangen, falls es etwa welche gab.

Und nun kommen wir zu dem, was der Graf nach seiner Ankunft getan haben muß – *an Land*, in Galatz.

Die Kiste wurde Skinsky noch vor dem Sonnenaufgang übergeben. Bei Sonnenaufgang konnte der Graf also in seiner ursprünglichen eigenen Form auftreten. An dieser Stelle fragt man sich doch, warum Skinsky überhaupt ausgesucht wurde, in der ganzen Angelegenheit behilflich zu sein. Im Tagebuch meines Mannes wird ein Skinsky erwähnt als jemand, der mit den Slowaken Kontakt hatte, die entlang des Flusses bis hinauf zum Hafen Handel treiben; und die Bemerkung der Frauen, der Mord sei das Werk von Slowaken, zeigt die allgemeine Einstellung gegen Leute seiner Klasse. Der Graf wollte isoliert von allem sein.

Ich vermute nun folgendes: Der Graf hat in London entschieden, auf dem Wasserweg als dem sichersten und verschwiegensten Weg in seine Burg zurückzukehren. Gebracht worden war er von Szgany, und diese haben ihre Fracht womöglich Slowaken übergeben, die die Kisten nach Varna brachten, denn von dort aus wurden sie nach London verschifft. Also muß der Graf Leute gekannt haben, die einen solchen Auftrag durchführen konnten. Als die Kiste an Land war, ob nun vor Sonnenaufgang oder nach Sonnenuntergang, kam er aus seiner Kiste, besuchte Skinsky und instruierte diesen, was er zu tun habe, um den Transport irgendeinen Fluß hinauf zu arrangieren. Sobald dies erledigt war und er wußte, daß alles seinen Gang nehmen würde, verwischte er, wie er meinte, seine Spuren, indem er den Agenten umbrachte.

Ich habe mir die Karte einmal angesehen und meine, der Fluß, den die Slowaken noch am ehesten aufwärts bezwingen könnten, ist entweder der Pruth oder der Sereth. Ich lese in der maschinegeschriebenen Niederschrift, daß ich in meiner Trance Vieh und das Gurgeln von Wasser auf gleicher Höhe mit meinen Ohren und das Knirschen von Holz an Holz gehört habe. Dann war also der Graf zu dem Zeitpunkt auf einem Fluß in einem offenen Boot unterwegs, das vielleicht mit Rudern oder Stangen vorwärts bewegt worden war, denn die Ufer sind nah, und es geht gegen den Strom. Bei einer Fahrt stromabwärts hätte es solche Geräusche eigentlich nicht geben dürfen.

Natürlich muß es sich nicht unbedingt um Sereth oder Pruth handeln, aber wir können ja noch ein wenig genauer nachforschen. Von diesen beiden Flüssen ist der Pruth sicher der am leichtesten zu befahrende Fluß, aber in den Sereth mündet bei Frundu die Bistritza, die um den Borgo-Paß herumfließt. Der Bogen, den sie beschreibt, liegt so nahe an der Burg Draculas, daß man auf dem Wasserweg jedenfalls nicht näher an diese herankommen kann.

Das Journal der Mina Harker

(Fortsetzung)

Als ich mein Memorandum zu Ende gelesen hatte, nahm Jonathan mich in seine Arme und küßte mich. Die anderen schüttelten mir die Hände, und Van Helsing sagte:

»Unsere liebe Madam Mina erweist sich einmal mehr als unsere Lehrerin. Ihre Augen haben gesehen, wo wir anderen geblendet waren. Jetzt sind wir wieder auf der Fährte, und diesmal könnten wir Erfolg haben. Unser Feind ist in seiner hilflosesten Verfassung; und wenn wir ihn bei Tag zu fassen bekommen können, auf dem Wasser, dann wird unser Vorhaben erledigt sein. Er hat einen Vorsprung, aber er ist außerstande zu hasten, denn er kann seine Kiste nicht verlassen, ohne daß die, die ihn transportieren, Verdacht schöpfen; diesen verdächtig vorzukommen müßte für ihn bedeuten, von ihnen in den Fluß geworfen zu werden, wo er zugrundegehen würde. Das weiß er auch und wird es deshalb unterlassen. Auf, Männer, zum Kriegsrat! Hier und jetzt müssen wir planen, was jeder einzelne und wir alle gemeinsam tun werden.«

»Ich miete ein Dampfboot an und folge ihm«, sagte Lord Godalming.

»Und ich Pferde, um ihm am Ufer zu folgen für den Fall, daß es ihm plötzlich einfallen sollte, irgendwo zu landen«, sagte Mr. Morris. »Gut!« sagte der Professor, »beides gut. Aber keiner von Ihnen darf allein gehen. Es muß immer genug Macht verfügbar sein, um der Macht begegnen zu können, wenn es erforderlich werden sollte; der Slowake ist ein starker und rauher Geselle und geht stets wohl bewaffnet.« Die Männer lächelten alle, denn ein jeder trug ein kleines Arsenal mit sich. Mr. Morris sagte denn auch:

»Ich habe einige Winchester-Gewehre mitgebracht; sie sind

ausgesprochen praktisch, wenn man es mit mehreren Gegnern zu tun hat, und es könnte unterwegs Wölfe geben. Der Graf hatte, wenn Sie sich erinnern wollen, ja auch noch etliche weitere Vorsichtsmaßnahmen ergriffen; er konnte noch auf weitere Helfer zurückgreifen, die Mr. Harker wohl hören, aber nicht sehen und verstehen konnte. Wir müssen in jeder Hinsicht gewappnet sein.«

Dr. Seward sagte: »Ich glaube, ich gehe am besten mit Quincey. Wir haben schon gemeinsam gejagt, und wir beide sind ein gutes Team. Art, du solltest nicht allein bleiben. Es könnte nötig werden, mit den Slowaken zu kämpfen, und ein plötzlicher Überfall könnte all unsere Pläne hinfällig machen, obwohl ich ja nicht glaube, daß diese Burschen Gewehre haben. Wir dürfen trotzdem diesmal nichts dem Zufall überlassen; und wir werden nicht rasten, bis der Kopf des Grafen von seinem Rumpf getrennt ist und wir sicher sein können, daß eine neuerliche Reinkarnation ausgeschlossen ist.« Während er sprach, blickte er Jonathan an, und Jonathan sah mich an. Ich konnte sehen, daß der arme Kerl hin und her gerissen war. Natürlich wollte er bei mir bleiben; aber am Ende würde denen, die das Boot enterten, die Aufgabe zufallen, den – den – Vampir (wieso zögere ich eigentlich, dieses Wort niederzuschreiben?) zu vernichten. Einen Augenblick lang verharrte er schweigend, und diese Pause nutzte der Professor, um zu sagen:

»Freund Jonathan, die Vernichtung des Grafen kommt Ihnen aus zwei Gründen zu. Zum einen sind Sie jung und tapfer und verstehen zu kämpfen, und dort könnten am Ende alle Energien vonnöten werden; und dann wieder ist es Ihr Recht, ihn zu vernichten, dieses – Ding, das soviel Leid über Sie und die Ihren gebracht hat. Sorgen Sie sich nicht um Madam Mina; ich werde mich um sie kümmern, so gut ich es vermag. Ich bin alt. Meine Beine tragen mich nicht mehr so schnell wie einst; und ich bin es auch nicht gewohnt, so lange im Sattel zu sitzen oder zu kämpfen, wie es nötig werden könnte. Aber ich könnte auf andere Weise von Nutzen sein; ich kann mit anderen Mitteln kämpfen als mit Gewehren und Messern. Und wenn es die Situation erfordert, kann ich genausogut sterben wie ein jüngerer Mann. Nun lassen Sie mich mal sagen, was ich gern möchte; während Sie, verehrter Lord Godalming, und Freund Jonathan sich an Bord eines schnellen Dampfbootes begeben und den Fluß hinauffahren, und während John und Quincey die Ufer im Auge behalten, an denen er rein zufällig an Land gehen könnte, reise ich mit Madam Mina direkt ins Herz des Feindeslandes. Während der alte Fuchs in seiner Kiste gefangen auf dem Strom schwimmt und nicht an Land entfliehen kann – denn er wird nicht wagen, den Deckel anzuheben, weil ihn seine slowakischen Schiffer andernfalls vor lauter Angst seinem Verderben überantworten würden –, werden wir auf derselben Route reisen, die auch Jonathan einst genommen hat – von Bistritz über den Borgo-Paß – und uns unseren Weg zur Burg Draculas suchen. Dabei wird Madam Minas hypnotische Fähigkeit mit Sicherheit helfen. Dort muß vieles getan werden, und es müssen viele Plätze geheiligt werden, damit dieses Vipernnest auf immer ausgelöscht werde.«

Hier unterbrach Jonathan ihn hitzig:

»Wollen Sie damit etwa sagen, Professor Van Helsing, daß Sie Mina in ihrem bedauernswerten Zustand und geschlagen mit der Krankheit des Teufels, ohne Umweg direkt in den Rachen seiner Todesfalle bringen wollen? Nicht um alles in der Welt! Nicht für Himmel und Hölle!« Für annähernd eine Minute versagte ihm die Stimme, dann fuhr er fort:

»Wissen Sie, was das für ein Ort ist? Haben Sie diese grauenhafte Höhle höllischer Infamie gesehen – wo das Mondlicht selbst in grauen Schatten zum Leben erwacht und jedes Staubkörnchen, das im Wind einherwirbelt, die Saat für ein grauenerregendes Monstrum in sich birgt? Haben Sie je die

Lippen des Vampirs an Ihrem Hals verspürt?« Hier nun wandte er sich mir zu, und die Augen auf das Mal an meiner Stirn gerichtet, die Hände gen Himmel erhoben, rief er aus: »O mein Gott, was haben wir nur getan, solchen Terror erdulden zu müssen!« Damit brach er auf dem Sofa in einem Kollaps des Elends zusammen. Des Professors Stimme, die in klaren, wohltönenden Klängen in der Luft zu vibrieren schien, beruhigte uns alle, als er sprach:

»O mein Freund, aber es geschieht doch, um Madam Mina vor genau jenem Ort des Grauens zu bewahren, den ich betreten will. Gott verbietet es, daß ich sie dort mit hineinnehme! Dort muß eine Arbeit getan werden – eine grausige Arbeit –, die ihre Augen nicht sehen dürfen. Wir Männer hier – bis auf Jonathan – haben mit unseren eigenen Augen gesehen, was getan werden muß, bevor der Ort gereinigt werden kann. Denken Sie daran, in welch verzweifelter Lage wir sind. Wenn uns der Graf diesmal wieder entkommt – und er ist stark, gewandt und verschlagen –, könnte er sich entschließen, ein ganzes Jahrhundert lang zu schlafen; und dann wird irgendwann unsere Liebe« – und dabei nahm er meine Hand – »zu ihm gehen, um ihm Gesellschaft zu leisten, und würde dann so wie jene anderen werden, die Sie, Jonathan, gesehen haben. Sie haben uns von ihren glutvollen Lippen berichtet; Sie haben ihr obszönes Gelächter gehört, als sie den sich bewegenden Beutel von der Erde aufrafften, den der Graf ihnen hingeworfen hatte. Sie schaudern; und das ist gut so. Vergeben Sie mir, daß ich Ihnen so viel Pein bereite, aber es ist nötig. Mein Freund, ist es nicht ein gräßliches Erfordernis, für das ich, wenn es denn sein müßte, mein Leben opfern würde? Wenn es sich ergäbe, daß irgend jemand diesen Ort aufsuchte, um dort zu verweilen, dann wäre ich derjenige, der hineinginge, um dem Entsetzen Gesellschaft zu leisten.«

»Tun Sie, was Sie wollen«, sagte Jonathan mit einem

Schluchzen, das ihn bis ins Innerste erschütterte. »Wir alle sind in Gottes Hand.«

Später: – Oh, es tat ja so gut zu sehen, wie diese braven Männer sich mühten. Wie könnten Frauen liebenden Männern helfen, wenn sie mit solchem Ernst, solcher Aufrichtigkeit und Tapferkeit zu Werke gehen? Und das alles ließ mich auch an die wundervolle Macht des Geldes denken! Was vermag es nicht alles zu bewirken, wenn es nur angemessen eingesetzt wird, und was vermag es nicht alles, wenn es so dringend gebraucht wird! Ich war ja so dankbar, daß Lord Godalming reich ist und daß sowohl er als auch Mr. Morris, der ebenfalls sehr viel Geld besitzt, bereit waren, es so freizügig auszugeben. Denn hätten sie es nicht getan, hätte unsere kleine Expedition auch nicht starten können, weder so schnell noch so gut ausgerüstet, wie wir es innerhalb nur einer einzigen weiteren Stunde geschafft haben werden. Es sind noch nicht einmal drei Stunden vergangen, seit wir festgelegt haben, welchen Part ein jeder von uns spielen soll; und schon verfügen Lord Godalming und Jonathan über ein kleines Dampfschiff, das schon unter Dampf steht und jeden Moment zum Ablegen bereit ist. Dr. Seward und Mr. Morris besitzen ein halbes Dutzend schöner, guter Pferde samt aller erforderlichen Ausrüstung. Wir haben alle Karten und sonstigen Reiseutensilien, derer wir bedürfen könnten. Professor Van Helsing und ich werden um elf Uhr vierzig heute nacht den Zug nach Veresti besteigen, wo wir mit einer Kutsche zum Borgo-Paß fahren wollen. Wir haben sehr viel Geld bei uns, weil wir Pferde und einen Wagen kaufen wollen. Wir werden selbst fahren, denn wir haben niemanden, dem wir in dieser Angelegenheit trauen könnten. Der Professor kennt viele fremde Sprachen, und so werden wir schon durchkommen. Wir sind alle bewaffnet, selbst ich habe einen großkalibrigen Revolver;

Jonathan hätte ja keine Ruhe gehabt, wenn ich nicht wie der Rest bewaffnet gewesen wäre. Doch ach! Eine der Waffen, über die die andern verfügen, kann ich nicht tragen; das Mal auf meiner Stirn verbietet es. Der gute Dr. Van Helsing tröstet mich mit dem Hinweis, daß ich ausreichend bewaffnet sei, da wir vornehmlich nur Wölfe zu fürchten hätten; es wird jetzt von Stunde zu Stunde kälter, und wie zur Warnung schwirren immer mal wieder ein paar Schneeflocken durch die Luft.

Später: – Es erforderte allen meinen Mut, meinem Liebsten adieu zu sagen. Vielleicht sehen wir uns nie wieder. Mut, Mina! der Professor sieht dich so aufmerksam an; sein Blick ist eine einzige Warnung. Es darf jetzt keine Tränen geben – außer es gefiele Gott, dem Allmächtigen, daß sie aus Freude geweint würden.

Das Journal des Jonathan Harker

30. Oktober, zu nächtlicher Stunde: – Ich schreibe dies im Widerschein des Feuers unter dem Dampfkessel unseres Bootes; Lord Godalming legt gerade Brennholz nach. Er hat Erfahrung mit Dampfmaschinen, da er vor Jahren selbst ein solches Boot auf der Themse besessen hat und ein weiteres in Norfolk. Bezüglich der Planung darf ich anmerken, daß wir zu der Überzeugung gekommen waren, Minas Vermutung sei richtig, und daß – falls der Graf den Wasserweg für die Flucht zurück auf sein Schloß gewählt hatte – nur der Sereth und ab deren Einmündung die Bistritza in Frage kamen. Wir haben keine Angst, auch bei Nacht mit guter Geschwindigkeit den Fluß aufwärts zu befahren, denn er führt viel Wasser, und die Ufer sind weit genug entfernt, um reichlich Dampf machen zu können, selbst während der Dunkelheit der Nacht. Lord

Godalming hat mir vorgeschlagen, ein paar Stunden zu schlafen, weil es völlig ausreichend sei, wenn einer Wache hält. Aber ich kann nicht schlafen – wie könnte ich das wohl auch, wo doch ein solches Verhängnis über dem Haupt meines Lieblings schwebt und sie zu diesem Schreckensort unterwegs ist? ... Mein einziger Trost ist, daß wir in Gottes Hand stehen. Nur in diesem Glauben ist es einfacher zu leben als zu sterben und so allen Leids ledig zu werden. Mr. Morris und Dr. Seward hatten sich zu ihrem langen Ritt aufgemacht, lange bevor wir gestartet sind; sie wollen das rechte Ufer im Auge behalten, weit genug von ihm entfernt, um von den angrenzenden Höhen aus ein großes Stück des Flusses überblicken zu können und von den Windungen, die er beschreibt, unabhängig zu sein. Für die ersten Etappen haben sie zwei Männer angeheuert, um die Reservepferde zu reiten und zu führen – vier an der Zahl, um keine unnötige Aufmerksamkeit zu erregen. Wenn sie die Leute wieder entlassen, und das soll recht bald geschehen, werden sie sich selbst um die Pferde kümmern. Für uns könnte sich die Notwendigkeit ergeben, unsere Kräfte zu konzentrieren; falls dieser Fall einträte, könnte sich unser ganzer Trupp beritten machen. Einer der Sättel hat ein abnehmbares Horn und kann deshalb für Mina jederzeit in einen Damensattel verwandelt werden, wenn es erforderlich werden sollte.

Es ist ein wildes Abenteuer, in das wir uns stürzen. Hier, wo wir durch die Dunkelheit eilen, während die Kälte vom Fluß zu uns aufzusteigen und uns zu bedrängen versucht, und mit all den geheimnisvollen Lauten der Nacht rings um uns herum wird uns das so recht bewußt. Wir scheinen in unbekannte Dimensionen vorzustoßen, in eine ganze Welt voller Dunkelheit und Schrecken. Godalming schließt gerade wieder die Klappe zur Feuerung, und ich muß für den Augenblick aufhören ...

31. Oktober: – Wir eilen immer weiter. Der Tag ist angebrochen, und Godalming schläft jetzt. Ich habe Wache. Der Morgen ist bitterkalt; die Wärme aus dem Heizkessel tut gut, obwohl wir dicke Pelzjacken tragen. Bis jetzt sind uns erst wenige Boote begegnet, doch keines hatte eine Kiste oder sonst einen Behälter von der Größe an Bord, wie wir ihn suchen. Die Bootsleute waren jedesmal zu Tode erschrocken, wenn wir mit unseren elektrischen Lampen zu ihnen hinüberleuchteten, fielen auf die Knie und begannen laut zu beten.

1. November, abends: – Nichts Neues den ganzen Tag über; wir haben nichts gefunden, das dem ähneln könnte, wonach wir suchen. Inzwischen sind wir in die Bistritza eingelaufen, und wenn unsere Annahme falsch war, dann ist unsere Chance dahin. Wir haben jedes Boot unterwegs durchsucht, kleine wie große. Früh am Morgen hielt uns die Besatzung eines Bootes für ein Boot der Regierung, und man behandelte uns entsprechend. Wir begriffen sofort, wie sehr uns das die Sache erleichtern konnte, und so besorgten wir uns in Fundu, wo die Bistritza in den Sereth mündet, eine rumänische Flagge, die wir inzwischen deutlich sichtbar flattern lassen. Dieser Trick hat noch bei jedem Boot funktioniert, das wir seither überholt haben; man begegnete uns stets sehr kooperativ, und wir hörten nie auch nur das kleinste Widerwort, wenn wir etwas wissen wollten. Ein paar Slowaken berichteten uns, daß sie von einem großen Boot passiert worden seien, das schneller als üblich stromaufwärts fuhr, da es die doppelte Besatzung an Bord hatte. Das war gewesen, bevor sie Fundu erreicht hatten, so daß sie uns nicht sagen konnten, ob das Boot in die Bistritza gefahren war oder seine Fahrt auf dem Sereth fortgesetzt hatte. In Fundu konnten wir nichts über ein solches Boot in Erfahrung bringen; es mußte also wohl während der Nacht dort durchgekommen sein. Ich bin ausgesprochen müde; anscheinend wirkt sich inzwischen die Kälte bei mir aus, und die Natur verlangt einfach von Zeit zu Zeit nach ein wenig Erholung. Godalming besteht darauf, die erste Wache zu übernehmen. Gott segne ihn für all seine Fürsorge um mich und die arme Mina.

2. *November, morgens:* – Es ist heller Tag. Der gute Bursche hat mich nicht geweckt. Er sagte, das wäre eine Sünde gewesen, denn ich hätte so friedvoll geschlafen und endlich einmal alle meine Sorgen vergessen. Es kommt mir geradezu grausam selbstsüchtig von mir vor, so lange geschlafen zu haben, während er die ganze Nacht gewacht hat; aber er hatte ja recht. Heute morgen bin ich ein neuer Mensch; und wie ich hier sitze und ihn beobachte, wie er schläft, kann ich alles tun, was gemacht werden muß – die Maschine bedienen, steuern und Wache halten. Ich kann spüren, wie Kraft und Energie in meinen Körper zurückkehren. Wo mag Mina jetzt wohl sein, frage ich mich, Mina und Van Helsing. Sie sollten am Mittwoch zur Mittagszeit in Veresti ankommen. Um sich dann Pferd und Wagen zu besorgen, werden sie einige Zeit brauchen; wenn sie dann also sofort gestartet und ohne Aufenthalt durchgefahren sind, müßten sie jetzt etwa schon am Borgo-Paß sein. Gott leite und beschütze sie! Ich habe Angst, darüber nachzudenken, was alles passieren könnte. Wenn wir doch nur schneller voran kämen! Aber wir können nicht schneller fahren; die Maschine arbeitet bereits an der Grenze ihrer Leistungsfähigkeit. Ich wüßte gern, wie Dr. Seward und Mr. Morris vorankommen.

Von den Bergen scheinen Bäche in unendlicher Zahl herabzustürzen, um sich hier mit dem Fluß zu vereinen, aber keiner von ihnen ist sonderlich breit – jedenfalls im Augenblick nicht, im Winter und vor allem zur Zeit der Schneeschmelze könnten sie allerdings fürchterlich sein –, und deshalb sollten sie für die Reiter keine größeren Hindernisse bedeuten. Ich hoffe, wir sehen Seward und Morris noch, bevor wir nach Strasba kommen; denn wenn wir bis dahin den Grafen nicht überholt haben, könnte es nötig werden, daß wir uns noch einmal zusammensetzen, um zu beraten, wie wir weiter vorgehen wollen.

Das Tagebuch des Dr. Seward

2. *November:* – Drei Tage auf der Landstraße. Keine Neuigkeiten und keine Zeit, sie schriftlich festzuhalten, wenn es sie gegeben hätte. Wir haben nur so viel Rast gemacht, wie die Pferde unbedingt brauchten; aber wir werden beide hervorragend damit fertig. Die alten abenteuerlichen Zeiten zahlen sich jetzt aus. Wir müssen weiter; wir werden erst zufrieden sein, wenn wir das Boot wieder zu Gesicht bekommen.

3. *November:* – In Fundu hörten wir, daß das Boot in die Bistritza eingefahren sei. Ich wünschte mir, es wäre weniger kalt. Es gibt Anzeichen, daß bald Schnee kommt; und wenn er zu dicht fällt, wird er unseren Vormarsch stoppen. In diesem Fall müßten wir uns einen Schlitten beschaffen und à la Russe weiterreisen.

4. *November:* – Heute hörten wir von einem Unfall, den das Boot erlitten haben soll, als es sich einen Weg durch eine Stromschnelle zu bahnen versuchte. Die Boote der Slowaken kommen dort gut durch, denn sie werden vom Ufer aus mit Seilen gezogen, und die Besatzungen kennen die Strecke und sind geschickte Ruderer. Erst vor wenigen Stunden sind noch welche durchgekommen. Godalming ist selbst ein guter Hand-

werker, und wie es scheint, war er auch derjenige, der das Boot ganz allein wieder flottgemacht hat. Schließlich haben sie die Stromschnellen wohl doch mit lokaler Hilfe geschafft und sind aufs neue auf der Hatz. Ich befürchte aber, das Boot ist durch den Unfall auch nicht gerade zuverlässiger geworden; die Bauern erzählen uns jedenfalls, es habe, nachdem es wieder ruhigere Wasser erreicht hatte, immer mal wieder angehalten, solange es noch in Sicht war. Wir müssen noch schneller vorankommen; unsere Hilfe könnte schon bald erforderlich werden.

Das Journal der Mina Harker

31. Oktober: – Sind gegen Mittag in Veresti angekommen. Der Professor sagt mir, heute morgen habe er mich kaum richtig hypnotisieren können, und alles, was ich gesagt hätte, sei gewesen »dunkel und still«. Im Moment ist er unterwegs, um Pferde und Kutsche zu kaufen. Er sagt, später will er versuchen, unterwegs Ersatzpferde zu kaufen, damit wir gelegentlich die Zugtiere austauschen können. Vor uns liegen etwas mehr als siebzig Meilen. Das Land ist wunderschön und äußerst interessant; wenn wir unter anderen Voraussetzungen hierhin gekommen wären, wie schön könnte es sein, das alles zu besichtigen! Wenn Jonathan und ich es allein durchstreifen könnten, ach, wäre das schön! Anzuhalten und mit den Leuten zu reden, etwas über ihr Leben zu erfahren und Geist und Erinnerung zu füllen mit all den Farben und der pittoresken Schönheit dieses wilden, herrlichen Landes und seiner Menschen! Doch – ach …

Später: – Wir werden bald wieder unterwegs sein. Ich scheue mich, daran zu denken, was uns erwarten mag. Wir sind wahrlich in der Hand Gottes. Er allein weiß, was geschieht, und ich bete zu Ihm mit der ganzen Kraft meiner traurigen und verletzten Seele, er möge über mir und meinem geliebten Gatten wachen; auf daß, ganz gleich, was geschieht, Jonathan wissen möge, wie sehr ich ihn geliebt und verehrt habe, mehr, als ich mit Worten ausdrücken könnte, und daß meine letzten und ehrlichsten Gedanken immer nur ihm gehören werden.

Kapitel Siebenundzwanzig

Das Journal der Mina Harker

1. November: – Wir sind den ganzen Tag hindurch gereist, und das mit beachtlicher Geschwindigkeit. Die Pferde scheinen es zu wissen, daß sie gut behandelt werden, denn sie gehen willig und unter ganzem Einsatz mit der höchsten ihnen möglichen Schnelligkeit im Geschirr. Wir haben inzwischen so viele Pferdewechsel vorgenommen und dabei stets so gute Erfahrungen gemacht, daß wir uns ermutigt fühlen, an eine angenehme Reise zu glauben. Dr. Van Helsing gibt sich wortkarg; er erzählt den Bauern, er sei eiligst unterwegs nach Bistritz, und zahlt gut für die Vornahme der Pferdewechsel. Man reicht uns heiße Suppe oder Kaffee oder Tee; und schon geht's wieder weiter. Es ist ein prächtiges Land, voller Schönheiten aller erdenklichen Art, und die Menschen sind mutig, von einfachem Gemüt und voller guter Eigenschaften. Im ersten Haus, in dem wir anhielten, bekreuzigte sich die Frau beim Anblick des Mals auf meiner Stirn und streckte mir zwei Finger entgegen, um den bösen Blick abzuwehren. Ich glaube, sie machte sich alle die Mühe, uns eine Extra-Portion Knoblauch ins Essen zu mischen, und dabei kann ich Knoblauch nicht ausstehen. Seither habe ich strikt darauf geachtet, nie wieder Hut oder Schal abzulegen, und bin so weiterem Verdacht entgangen. Wir reisen sehr schnell, und da wir keinen

Kutscher haben, der Geschichten verbreiten könnte, kommen wir ohne Skandal voran; aber ich wage zu behaupten, daß uns die Angst vor dem bösen Blick dicht auf den Fersen bleibt. Dem Professor scheint Müdigkeit fremd zu sein; den ganzen Tag lang wollte er nicht die kleinste Rast einlegen, obwohl er darauf bestand, daß ich mich längere Zeit schlafen legte. Bei Sonnenuntergang hypnotisierte er mich, und er sagt, ich hätte wieder weiter nichts geantwortet als »Dunkelheit, schwappendes Wasser und knarrendes Holz«; also ist unser Feind noch immer auf dem Fluß. Ich habe Angst, an Jonathan zu denken, und doch habe ich jetzt irgendwie keine Sorge mehr um ihn oder um mich. Ich schreibe dies, während wir auf einem Bauernhof warten, daß die Pferde gewechselt werden. Dr. Van Helsing schläft. Der Gute sieht sehr müde aus und alt und grau, aber seine Lippen sind straff wie die eines Eroberers; selbst noch im Schlaf verlassen ihn weder Instinkt noch Entschlossenheit. Wenn wir gut gestartet sind, muß ich ihn irgendwie überreden, sich auszuruhen und mich kutschieren zu lassen. Ich werde ihm sagen, daß wir noch einige Tage vor uns haben und er nicht ausgerechnet dann zusammenbrechen darf, wenn seine Kraft am meisten gefordert ist ... Alles ist soweit fertig; wir fahren in Kürze weiter.

2. *November, morgens:* – Ich habe mich durchgesetzt, und wir sind die ganze Nacht abwechselnd gefahren; jetzt liegt der helle Tag über uns, sonnig, aber kalt. In der Luft liegt eine seltsame Schwere – ich sage ›Schwere‹, weil mir kein besseres Wort dafür einfällt; ich meine damit, daß die Luft auf uns beide niederdrückend wirkt. Es ist sehr kalt, und nur unsere dicken Pelzjacken geben uns ausreichend Schutz. Bei Sonnenuntergang hat Dr. Van Helsing mich wieder hypnotisiert; er sagt, ich hätte geantwortet »Dunkelheit, knirschendes Holz und rauschendes Wasser«; also scheint sich der Fluß zu ver-

ändern, je weiter sie ihn hinauffahren. Ich hoffe nur, mein Liebster wird nicht in Gefahr geraten – nicht mehr jedenfalls, als unvermeidlich ist; aber wir sind in Gottes Hand.

2. *November, nachts:* – Den ganzen Tag gefahren. Die mächtigen Grate der Karpaten, die uns in Veresti noch so unendlich weit entfernt und so niedrig über dem Horizont vorkamen, türmen sich nun vor uns auf. Wir scheinen beide bester Stimmung; ich glaube, wir bemühen uns gegenseitig, uns ein wenig aufzuheitern. Dr. Van Helsing sagt, gegen Morgen würden wir den Borgo-Paß erreichen. Immer seltener sieht man jetzt noch vereinzelte Häuser, und der Professor sagt, die Pferde, die jetzt unsere Kutsche ziehen, müßten uns bis ans Ziel bringen, weil wir von nun an womöglich keine Gelegenheit mehr zum Pferdewechsel bekämen. Er hat zusätzlich zu den beiden eingewechselten zwei weitere Pferde erstanden, so daß wir jetzt über ein allerdings nicht richtig eingefahrenes Vierergespann verfügen. Die braven Tiere sind geduldig und gutmütig und machen uns keinerlei Schwierigkeiten. Wir werden nicht von irgendwelchen anderen Reisenden gestört, und so kann auch ich ab und zu kutschieren. Wir werden den Paß bei Tageslicht erreichen; früher möchten wir eigentlich nicht ankommen. So haben wir es nicht sonderlich eilig und beide jeweils eine lange Ruhe genossen. Oh, was wird uns der morgige Tag bringen? Wir sind unterwegs auf der Suche nach dem Ort, an dem mein Liebster so viel leiden mußte. Möge Gott uns leiten, und möge es ihm gefallen, über meinen Gatten und die, die uns teuer sind, zu wachen und über alle, die sich in Gefahr befinden. Doch ich bin unrein in Seinen Augen und werde es bleiben, bis Er mich würdig erachtet, mich vor Ihm zu zeigen als eine, die Seinen Zorn nicht auf sich geladen hat.

Das Memorandum des Abraham Van Helsing

4. November: – Dies meinem alten, treuen Freund John Seward, M. D., in Purfleet, London, für den Fall, daß ich ihn nicht mehr sehen sollte. Es könnte dann einiges erklären. Es ist jetzt Morgen, und ich schreibe dies im Schein eines Feuers, das ich mit Madam Minas Hilfe die ganze Nacht habe brennen lassen. Es ist kalt, kalt, so kalt, daß der ganze graue, schwere Himmel voller Schnee ist, und wenn dieser herniederfällt, wird er den Winter einleiten, zumal die Erde bereits hart gefroren ist. Das Wetter scheint Madam Mina zu schaffen zu machen; sie hatte den ganzen Tag lang schon einen schweren Kopf und schien so gar nicht sie selbst zu sein. Sie schläft und schläft und schläft! Sie, die sonst immer so munter ist, hat den ganzen Tag praktisch nichts getan, ja, sie scheint sogar den Appetit verloren zu haben. Sie macht keine Eintragungen mehr in ihr kleines Tagebuch, in das sie bisher bei jeder kleinen Verschnaufpause geschrieben hat. Irgend etwas flüstert mir zu, hier sei etwas nicht in Ordnung. Aber heute abend ist sie schon wieder sehr viel munterer. Der lange Schlaf den ganzen Tag lang hat sie erfrischt und gestärkt, denn jetzt ist sie wieder liebenswürdig und heiter wie immer. Bei Sonnenuntergang habe ich versucht, sie zu hypnotisieren, aber o weh! Ich hatte keinen Erfolg; meine Macht über sie hat von Tag zu Tag immer mehr abgenommen, bis sie jetzt ganz geschwunden ist. Nun, Gottes Wille geschehe – wie immer er auch sein mag und wohin er uns auch immer führen mag!

Doch nun zum Geschichtlichen, denn da Madam Mina keine stenographischen Eintragungen mehr in ihr Tagebuch macht, muß ich nach Altväter Sitte von Hand meine Aufzeichnungen machen, auf daß uns später auch nicht ein einziger Tag in unseren Annalen fehlen möge.

Wir haben den Borgo-Paß gestern kurz nach Sonnenaufgang erreicht. Als ich die ersten Anzeichen der heraufziehenden Morgendämmerung am Himmel erblickte, machte ich mich für die übliche Hypnose-Sitzung bereit. Wir hielten die Kutsche an und stiegen herunter, damit wir nicht gestört werden konnten. Aus Fellen bereitete ich eine Art Couch, und Madam Mina ergab sich wie immer, wenn auch langsam und nur für sehr kurze Zeit, dem hypnotischen Schlaf. Wie auch früher schon kam die Antwort »Dunkelheit und rauschendes Wasser«. Dann erwachte sie gutgelaunt und munter, und wir setzten unsere Fahrt fort, um kurz darauf den Paß zu erreichen. Von diesem Moment und diesem Ort an begann sie vor Eifer zu glühen; in ihr wurde eine neue Art von Führungskraft lebendig, denn sie deutete auf eine Seitenstraße und sagte:

»Das ist die Straße.«

»Woher wissen Sie das?« fragte ich sie.

»Das ist doch nur natürlich, daß ich das weiß«, erwiderte sie und setzte nach einer kurzen Pause noch hinzu: »Ist nicht mein Jonathan diesen Weg auch schon einmal gereist, und hat er nicht von seiner Reise berichtet?«

Zuerst kamen mir ihre Worte etwas eigenartig vor, doch dann bemerkte ich, daß es nur diese eine Seitenstraße gab, die von der Paßstraße abging. Sie ist nur wenig befahren und unterscheidet sich auffallend von der Landstraße aus der Bukowina nach Bistritz, die deutlich breiter und besser befestigt ist und sehr viel mehr befahren zu werden scheint.

Also bogen wir in diesen Fahrweg ein; wenn andere Wege den unseren kreuzten – nicht immer waren wir sicher, daß es sich dabei jeweils um Landstraßen handelte, denn sie waren in einem ausgesprochen schlechten Pflegezustand und auch noch mit einer dünnen Schneedecke überzogen –, dann wußten die Pferde von sich aus Bescheid und fanden sich zurecht. Ich lasse ihnen deshalb die Zügel, und sie gehen geduldig voran. Nach und nach finden wir alles, was Jonathan in seinem großartigen Tagebuch beschrieben hat. So fahren wir für lange, lange Stunden immer weiter. Nach der ersten Stunde schlug ich Madam Mina vor, ein wenig zu schlafen; sie versuchte es und hatte Erfolg. Sie schlief dann die ganze Zeit; und ich wurde schon langsam mißtrauisch. Ich habe versucht, sie zu wecken, allerdings nicht mit letztem Nachdruck, weil ich ihr nicht weh tun möchte; ich weiß schließlich, daß sie viel durchmachen mußte, und zu bestimmten Zeiten könnte der Schlaf alles für sie bedeuten. Ich glaube, ich habe selbst ein wenig gedöst, denn ganz plötzlich hatte ich Schuldgefühle, als hätte ich etwas getan; ich saß auf einmal kerzengerade mit den Zügeln in der Hand da, während die Pferde – trab, trab, trab – wie bisher ruhig dahinschritten. Ich sah hinunter und fand Madam Mina nach wie vor schlafend. Es ist jetzt nicht mehr lange bis Sonnenuntergang, und das Licht der sinkenden Sonne ergießt sich gelb über die Schneefelder, so daß wir einen langen Schatten bis dahin werfen, wo sich die Berge steil aus dem flachen Land erheben; denn wir fahren bergan, immer höher hinauf, und alles ist so wild und felsig, als befänden wir uns am Ende der Welt.

Dann weckte ich Madam Mina. Diesmal erwachte sie ohne große Probleme, und sogleich versuchte ich, sie wieder in einen hypnotischen Schlaf zu versetzen. Aber sie reagierte nicht, gerade, als sei ich gar nicht vorhanden. Ich habe es wieder und immer wieder versucht, bis uns schließlich beide tiefste Dunkelheit umfing; und als ich mir dessen richtig bewußt wurde, mußte ich feststellen, daß die Sonne bereits untergegangen war. Madam Mina lachte, und ich wandte mich ihr zu. Jetzt war sie hellwach und sah so gut aus, wie ich sie seit jener Nacht nicht mehr gesehen habe, als wir aus dem Haus des Grafen in Carfax gekommen waren. Ich war überrascht, und das durchaus nicht im positiven Sinn; aber sie ist so freundlich, fürsorglich und umsichtig mit mir, daß ich alle Angst gleich wieder vergaß. Ich zündete ein Feuer an, denn wir haben auch einen gewissen Holzvorrat mitgenommen, und sie bereitete ein Essen, während ich die Pferde ausschirrte und sie an einem geschützten Platz festband, damit sie fressen konnten. Als ich zum Feuer zurückkehrte, hatte sie mein Essen fertig. Ich wollte ihr helfen, unser beider Teller zu füllen, doch sie sagte mir, sie habe schon gegessen; sie sei so hungrig gewesen, daß sie nicht habe warten können. Das gefällt mir nicht, und mir kommen schwere Zweifel; doch fürchte ich, sie zu kränken, und deshalb schweige ich lieber. Sie bediente mich, und ich aß allein; anschließend wickelten wir uns in die Pelze ein und legten uns neben das Feuer. Ich sagte ihr, sie solle schlafen und ich würde wachen. Aber ganz plötzlich vergaß ich, daß ich wachen wollte; und als mir bewußt wurde, daß ich ja Wache hatte, sah ich, daß sie zwar ruhig, aber völlig wach dalag und mich aus fröhlichen Augen ansah. Dasselbe passierte noch zwei- oder dreimal, und ich bekam noch einiges an Schlaf bis zum nächsten Morgen. Als ich wieder richtig wach war, versuchte ich, sie zu hypnotisieren, aber sie wollte einfach nicht in Trance verfallen, obwohl sie gehorsam die Augen schloß. Die Sonne stieg höher und höher und immer höher; und dann überkam sie der Schlaf, aber zu spät, dafür jedoch so intensiv, daß ich es nicht mehr schaffte, sie aufzuwecken. Ich mußte sie schließlich in die Kutsche heben, nachdem ich die Pferde wieder eingespannt und alles für die Weiterfahrt vorbereitet hatte. Madam schlief weiter, und sie schlief und schlief; und im Schlaf sieht sie gesünder aus und hat mehr Farbe als zuvor. Und mir gefällt das gar nicht. Ich habe Angst, Angst, Angst! – Ich habe Angst vor allem und jedem, sogar vor dem Denken; aber ich muß meinen Weg weitergehen. Für uns geht es um Leben und Tod und vielleicht sogar um noch mehr; und deshalb dürfen wir nicht verzagen.

5. November, morgens: – Ich will akkurat in allem sein, denn Sie und ich haben gemeinsam einige seltsame Dinge gesehen, und Sie mögen im ersten Moment denken, daß ich, Van Helsing, verrückt bin – daß die vielen Schrecken und die lange andauernde Anspannung aller Nerven mich schließlich doch um den Verstand gebracht haben.

Den ganzen gestrigen Tag sind wir gefahren und immer weiter in ein wildes, verlassenes Land vorgedrungen. Hier gibt es tiefe, drohende Abgründe und viele Wasserfälle, und die Natur muß hier einst Karneval gefeiert haben. Madam Mina schläft und schläft – immer weiter, ohne Unterlaß; und obwohl ich Hunger hatte und etwas zu essen gemacht habe, konnte ich sie nicht wecken, nicht einmal, um etwas zu essen. Ich bekam es mit der Angst, ein fauler Zauber dieses Ortes liege vielleicht auf ihr, gezeichnet mit dem Mal auf der Stirn, wie sie nun mal durch die Vampir-Taufe ist. »Na gut«, sagte ich zu mir selbst, »wenn es denn so sein soll, daß sie den ganzen Tag schläft, dann soll es demnächst auf der anderen Seite halt so sein, daß ich nachts nicht mehr schlafe.« Während wir die holprige Straße entlang fuhren, denn das war eine uralte, sehr unvollkommen gebaute Straße, ließ ich einfach den Kopf sinken und schlief selbst ein wenig. Wieder wurde ich mit einem Gefühl von Schuld wach, und wieder war mir, als hätte ich die Zeit verpaßt; Madam Mina schlief noch immer, und die Sonne stand schon tief. Aber alles war verändert; die dräuenden Berge schienen weiter entfernt; und wir waren der höchsten Erhebung eines steilen Hügels sehr nahe, auf dessen Spitze sich eine Burg befand, wie sie von Jonathan in seinem Tagebuch beschrieben worden ist. Ich empfand höchste Freude und tiefste Furcht zugleich; denn jetzt war das Ende im Guten oder im Bösen nahe. Ich weckte Madam Mina und versuchte sogleich, sie zu hypnotisieren – aber leider ohne Erfolg. Als sie endlich einschlief, war es schon wieder zu spät. Bevor dann die große Dunkelheit über uns hereinbrach –

denn selbst nach dem Untergang der Sonne reflektierten die Schneefelder noch deren letzte Strahlen, und eine Zeitlang lag alles in einem grandiosen Zwielicht –, nahm ich die Pferde aus dem Geschirr und fütterte sie im besten Unterstand, den ich ausfindig machen konnte. Dann entzündete ich ein Feuer; und ganz in der Nähe bereitete ich für Madam Mina, die jetzt wieder hellwach und charmant wie selten war, eine bequeme Sitzmöglichkeit aus Fellen. Dann bereitete ich das Essen; aber sie wollte nichts zu sich nehmen und sagte einfach, sie habe keinen Hunger. Ich drängte sie nicht, da ich wußte, wie vergeblich dies sein würde. Ich selbst aber aß, denn von nun an muß ich in jeder Beziehung stark bleiben. Dann zeichnete ich voller Angst vor dem, was auf uns zukommen mochte, einen Ring in den Schnee, der den Platz einschloß, auf dem sie saß, und anschließend streute ich etwas von der Heiligen Hostie auf den ganzen Ring. Zu diesem Zweck zerkleinerte ich sie vollkommen, damit der Schutz rundum ausreichte. Die ganze Zeit über saß sie ruhig da – still wie eine Tote; und dazu wurde sie weißer und immer weißer, bis selbst der Schnee nicht mehr bleicher war als ihre Haut; die ganze Zeit sagte sie kein Wort. Aber als ich mich ihr näherte, klammerte sie sich an mich, und ich konnte spüren, wie es die arme Seele vom Kopf bis zu den Zehen durchschüttelte, daß es mir selbst weh tat. Einer Eingebung folgend sagte ich zu ihr, als sie sich ein wenig beruhigt hatte:

»Möchten Sie nicht vielleicht ein wenig näher ans Feuer kommen?« Ich wollte auf diese Weise feststellen, was sie noch vermochte. Sie erhob sich auch gehorsam, doch schon nach dem ersten Schritt blieb sie stehen und stand da wie vom Schlag gerührt. »Warum gehen Sie nicht weiter?« fragte ich. Sie schüttelte den Kopf, kehrte an ihren Platz zurück und setzte sich wieder. Dann blickte sie mich aus weit geöffneten Augen an wie jemand, der gerade aus tiefstem Schlaf erwacht, und sagte schlicht:

»Ich kann nicht.« Danach verfiel sie in Schweigen. Ich war zufrieden, denn nun wußte ich, daß sie das nicht konnte, was keiner von denen kann, die wir fürchten. Wenn nun also auch ihr Körper in Gefahr war, ihre Seele war jedenfalls in Sicherheit!

Plötzlich begannen die Pferde laut zu wiehern und zerrten an den Zügeln, an denen ich sie festgebunden hatte, bis ich zu ihnen ging und sie ein wenig beruhigte. Als sie meine Hände spürten, wieherten sie leise wie aus Freude, leckten mir die Hände und waren vorübergehend wieder ruhig. Während der Nacht mußte ich noch mehrmals zu ihnen gehen; und jedesmal gelang es mir, sie wieder zu beruhigen. In der kältesten Stunde verlöschte das Feuer, und ich machte mich sofort daran, es aufs neue zu entfachen, denn nun fiel der Schnee in lichten Schauern, und mit ihm zog eiskalter Nebel auf. Selbst in der Finsternis schimmerte von irgendwoher ein schwacher Lichtschein, wie man das über Schnee immer beobachten kann; und es schien, als nähmen die Schneeschauer und die Nebelfetzen die Gestalten von Frauen in wehenden Gewändern an. Alles lag in tiefstem, tödlichem Schweigen, und nur die Pferde wieherten und klagten, als sei der Terror selbst über sie hergefallen. Ich bekam Angstzustände – schreckliche Angstzustände; doch dann stellte sich ein Gefühl von Sicherheit ein, das mir der Ring vermittelte, in dem ich stand. Ich fing nun auch an zu denken, daß meine Einbildungen Ausgeburten der Nacht seien, und des Verhängnisses und der Unrast, die ich hinter mir hatte, und all der schrecklichen Ängste und Sorgen. Es war, als würde mich die Erinnerung an Jonathans entsetzliche Erlebnisse foppen; denn die Schneeflocken und der Nebel begannen, sich zu drehen und durcheinanderzuwirbeln, bis ich ganz schemenhaft die Frauen zu sehen meinte, die ihn damals beinahe geküßt hatten. Die Pferde drängten sich näher aneinander und stöhnten vor Pein wie Menschen. Doch sie verfielen glücklicherweise nicht dem

Irrsinn des Schreckens, der sie vielleicht hätte ausbrechen lassen. Ich fürchtete um meine liebe Madam Mina, als diese gespenstischen Figuren näherkamen und um uns herum tanzten. Ich blickte Madam Mina an, doch sie saß ruhig da und lächelte mir zu; als ich versuchte, zum Feuer zu gehen, um es erneut anzufachen, faßte sie nach mir und hielt mich zurück, wobei sie mit einer Stimme so leise, wie man sie manchmal im Traum zu vernehmen meint, flüsterte:

»Nein, nein! Gehen Sie nicht hinaus. Hier drinnen sind Sie sicher!« Ich wandte mich ihr zu, sah ihr in die Augen und sagte:

»Und Sie? Sie sind es, um die ich mir Sorgen mache!« Sie lachte dazu ein leises, unwirkliches Lachen und sagte:

»Um *mich* Sorgen machen? Warum Angst um mich haben? Auf der ganzen Welt ist vor denen niemand sicherer als ich.« Und als ich mich noch über ihre Worte wundern wollte, blies ein Windstoß das Feuer zu hellen Flammen an, und in ihrem Widerschein sah ich das rote Mal auf ihrer Stirn. Da allerdings wußte ich Bescheid! Und hätte ich es nicht gewußt, ich hätte es sehr bald erfahren, denn die treibenden, wehenden Nebelgestalten rückten näher heran, hielten sich jedoch stets außerhalb des Heiligen Zirkels. Dann fingen sie an, sich zu materialisieren, bis – wenn Gott mir nicht den klaren Verstand genommen hat, denn ich sah es doch mit meinen eigenen Augen – bis vor mir dieselben drei Frauen aus Fleisch und Blut standen, die Jonathan in jenem Raum gesehen hatte, als sie versucht hatten, seine Kehle zu küssen. Ich kannte die schwellenden, runden Formen, die hellen, eiskalt blickenden Augen, die weißen Zähne, die frische Farbe, die wollüstigen Lippen. Sie lächelten der armen, lieben Madam Mina zu; und während ihr Lachen die Stille der Nacht durchdrang, hoben sie die Arme und deuteten auf sie. Dann riefen sie mit ihren süßen, gläsern klingenden Stimmen, die Jonathan schon so eindringlich beschrieben hat:

»Komm, Schwester! Komm zu uns! Komm! Komm!« Voller Angst wandte ich mich nach der armen Madam Mina um, und mein Herz schlug vor Freude hoch wie die Flammen im anheimelnden Kamin, denn – oh! – der Terror in ihren süßen Augen, der Abscheu, der Horror erzählten meinem Herzen eine Geschichte, die nichts als Hoffnung war. Dank sei Gott, dem Allmächtigen – noch war sie keine von denen. Ich nahm etwas von dem Feuerholz, das neben uns lag, und ging damit auf die drei Frauen zu in Richtung des Feuers, wobei ich ein Stück der Hostie emporhielt. Sie wichen vor mir zurück und lachten dabei ihr schreckliches Lachen. Ich legte das Holz ins Feuer und fürchtete sie nicht, denn ich wußte uns sicher im Bann unserer Schutzmittel. Sie konnten sich mir nicht nähern, solange ich so gewappnet war, und Madam Mina genausowenig, solange diese innerhalb des Ringes blieb, den sie allerdings so wenig verlassen konnte, wie jene ihn nicht betreten konnten. Die Pferde hatten aufgehört zu keuchen und zu stöhnen und lagen still auf dem Boden; der Schnee fiel sanft auf sie nieder, und sie wurden zunehmend weißer. Die armen Tiere spürten die Kälte nicht mehr … Und so harrten wir aus, bis das neue Morgenrot durch das Schneetreiben drang. Ich war verzweifelt, voller Angst, verwirrt und unsicher; doch als dann die wundervolle Sonne begann, über den Horizont emporzusteigen, verspürte ich neue Energie. Bei den ersten Anzeichen der heraufziehenden Dämmerung verschmolzen die Schreckensgestalten mit dem ziehenden Nebel; die letzten Fetzen durchsichtigen Schimmers zogen in Richtung der Burg davon.

Ganz unbewußt wandte ich mich beim Heraufziehen der Dämmerung Madam Mina zu in der Absicht, sie zu hypnotisieren; aber sie war plötzlich in einen tiefen Schlaf gefallen, aus dem ich sie nicht wecken konnte. Ich versuchte noch, sie im Schlaf in Trance zu versetzen, aber sie gab keine Antwort, nicht die allergeringste; und inzwischen war der Tag angebrochen. Ich wagte noch immer nicht, mich zu rühren. Ich habe das Feuer neu entzündet und nach den Pferden gesehen. Sie sind alle tot. Heute habe ich hier viel zu tun, aber ich will noch warten, bis die Sonne höher steht; es könnte nämlich sein, daß ich Orte aufsuchen muß, wo mir das Sonnenlicht, und sei es auch durch Schnee und Nebel verdunkelt, Sicherheit geben wird.

Ich werde mich zunächst mit einem guten Frühstück stärken, und dann mache ich mich an meine schreckliche Arbeit. Madam Mina schläft noch immer; und sie ist – Gott sei es gedankt – ruhig ...

Das Journal des Jonathan Harker

4. November, abends: – Der Unfall des Bootes war für uns ein schreckliches Ereignis. Ansonsten hätten wir nämlich das Boot längst überholt, und meine geliebte Mina wäre jetzt schon frei. Ich habe Angst, an sie zu denken, die dort jenseits der Wälder in der Nähe des Schreckensortes weilt. Wir haben jetzt Pferde, und wir folgen der Spur. Ich notiere dies hier, während Godalming Vorbereitungen trifft. Wir haben unsere Waffen. Die Szgany sollen sich in acht nehmen, wenn sie es auf einen Kampf mit uns ankommen lassen wollen. Oh, wären doch nur Morris und Dr. Seward bei uns! Wir können nur hoffen! Falls ich nichts mehr schreibe, dann lebe wohl, Mina! Gott segne dich und helfe dir.

Das Tagebuch des Dr. Seward

5. November: – Bei Einbruch der Dämmerung sahen wir den Trupp Szgany vor uns den Fluß eilends mit ihrem Leiterwagen verlassen. Sie umschwärmten ihn von allen Seiten und eilten davon, so schnell sie konnten. Leichter Schneefall hat eingesetzt, und in der Luft liegt eine seltsame Spannung. Dabei könnte es sich durchaus auch um die Anspannung handeln, unter der wir selbst stehen, aber das Gefühl bleibt dennoch eigenartig. Weit entfernt höre ich das Heulen von Wölfen; der Schnee treibt sie von den Höhen hinunter in die Täler, und sie bedeuten eine Gefahr für uns alle, eine, die uns von allen Seiten umgibt. Die Pferde sind gleich soweit, dann können wir abreiten. Wir reiten in irgend jemandes Tod. Gott allein weiß, in wessen oder wo er ihn ereilt, oder wie oder wann das sein wird …

Das Memorandum des Dr. Van Helsing

5. November, nachmittags: – Zumindest bin ich geistig gesund. Dank sei Gott auf jeden Fall für seine große Gnade, wenn auch der Beweis meiner geistigen Gesundheit schrecklich war. Als ich Madam Mina im Heiligen Zirkel schlafend zurückließ, schlug ich den Weg zum Schloß hinauf ein. Der Schmiedehammer, den ich von Veresti aus in der Kutsche mitgenommen hatte, erwies sich als sehr hilfreich; obwohl alle Türen offen waren, schlug ich doch die rostigen Angeln alle weg, damit sie nicht durch einen bösen Zufall oder in böser Absicht zufallen konnten, so daß ich, einmal im Innern, nicht mehr hinauskönnte. Hier waren mir Jonathans bittere Erfahrungen doch sehr nützlich. Ich rief mir Einzelheiten aus seinem Tagebuch ins Gedächtnis und fand den Weg zu der alten Kapelle, da ich wußte, daß hier meine Arbeit liegen würde. Die Luft war stickig; es schien, als hinge ein Hauch von Schwefel in der Luft, der mich von Zeit zu Zeit benommen machte. In meinen Ohren lag ständig ein Dröhnen, von dem ich nicht sicher war, ob es nicht das Heulen von Wölfen in der Ferne war. Dann dachte ich wieder an Madam Mina und war sogleich in großer Sorge um sie. Ich hatte es nicht gewagt, sie mit hierher zu nehmen, und sie statt dessen in dem Heiligen Zirkel zurückgelassen, wo sie zwar vor dem Vampir sicher war; doch konnte der Wolf durchaus dorthin gelangen! Ich entschied, meine Aufgabe liege hier, und was die Wölfe anging, mußten wir uns Gottes Willen fügen. In jedem Fall aber lag jenseits nur der Tod und mit ihm die Befreiung. So entschied ich für sie. Hätte ich für mich allein entscheiden müssen, die Wahl wäre mir leichtgefallen; im Magen des Wolfes zu ruhen wäre angenehmer gewesen denn in der Gruft des Vampirs! Und so entschloß ich mich, mein Werk fortzuführen.

Ich wußte, daß es zumindest drei Gräber zu entdecken galt – Gräber, die bewohnt waren; und so suche ich und suche und finde eines davon. Dort liegt sie in ihrem Vampir-Schlaf, so voller Leben und wollüstiger Schönheit, daß ich schaudere, als sei ich gekommen, um einen Mord zu begehen. Ah, ich zweifle nicht daran, daß es in früherer Zeit Fälle gegeben hat, wo jemand sich anschickte, ein Vorhaben wie das meine ins Werk zu setzen, und er am Ende feststellen mußte, daß er es einfach nicht übers Herz brachte, eine solche Schönheit zu zerstören. So verzögerte er es denn und verschob es und verschob es, bis die bloße Schönheit und die Anmut der arglistigen Un-Toten ihn in ihren Bann gezogen hatte; und er wartete und wartete und wartete, bis der Sonnenuntergang kam und der Vampir-Schlaf beendet war. Und dann öffneten sich die schönen Augen der prachtvollen Frau und verhießen ihm Liebe, und der wollüstige Mund bot sich ihm dar zum Kuß – und ein Mann ist nun mal schwach. Und schon gibt es ein Opfer mehr im Vampir-Reich; einer mehr, um die grimmigen, grauen Reihen der Un-Toten zu vergrößern …

Es ist sicher faszinierend, daß ich durch die bloße Gegenwart eines solchen Wesens erregt werde, selbst wenn dieses dort wie diese Frau in einem Grab liegt, das vom Alter zerfressen und schwer vom Staub der Jahrhunderte ist, und selbst wenn von dort ein ähnlicher Gestank aufsteigt wie von den Schlupfwinkeln des Grafen. Ja, ich fühlte mich gedrängt – ich, Van Helsing, mit all meiner Entschlossenheit und all meinem Grund zum Haß –, ich fühlte mich bedrängt von dem Verlangen nach Aufschub, das alle meine Kräfte zu lähmen und meine Seele einzuschnüren schien. Es könnte der ganz natürliche Wunsch nach Schlaf oder die drückende Luft hier drinnen gewesen sein, die mich zu überwältigen drohten. Sicher war, daß ich drauf und dran war, in den Schlaf hinüberzugleiten, in den Schlaf mit offenen Augen, den oft der erlebt, der sich einer süßen Verzauberung hingibt, als plötzlich durch die kalte Schneeluft ein langgezogener, dumpfer Ruf erscholl, so voller Weh und Mitleid, daß er mich aufweckte wie der Klang einer Fanfare – denn es war die Stimme meiner lieben Madam Mina, die ich vernahm.

Da rief ich mich selbst zur Ordnung, um mein Schreckenswerk zu vollenden, und ich fand, als ich weitere Sargdeckel anhob, eine weitere der Schwestern, die andere dunkelhaarige. Ich wagte es nicht, wie bei der ersten zu verweilen, um sie anzuschauen und etwa abermals ins Träumen zu verfallen; doch ich setzte die Suche fort, bis ich plötzlich in einer hohen, großen Gruft, die wie für einen besonders innig geliebten Menschen gemacht scheint, jene andere blonde Frau finde, die ich – wie Jonathan auch – sich aus den Nebeln heraus hatte materialisieren sehen. Sie war so schön anzuschauen, so über alle Maßen schön, so ausgesucht wollüstig, daß in mir der Urinstinkt des Mannes wach wurde, der die Angehörigen meines Geschlechts immer wieder veranlaßt, eine Angehörige des ihrigen zu lieben und zu beschützen, und mein Kopf schwirrte vor neuerlicher Erregung. Doch danke ich Gott, daß der Hilfeschrei meiner lieben Madam Mina noch nicht in meinen Ohren erstorben war; und bevor noch die Verzauberung weiter auf mich einwirken konnte, hatte ich mich zu meinem grausamen Werk durchgerungen. Inzwischen hatte ich sämtliche Grabstätten im Innern dieser Kapelle durchsucht, und da ich während der Nacht lediglich drei dieser un-toten Phantome in unserer Nähe bemerkt hatte, ging ich davon aus, daß es hier keine weiteren aktiven Un-Toten mehr gab. Noch ein großes Grabmal allerdings war da, herrschaftlicher als die anderen; groß war es und von noblem Ausmaßen. Darauf stand nur ein Wort:

DRACULA

Dies also war sie nun – die Un-Toten-Heimstatt des Königs-Vampirs, dem so viele untertan waren. Ihre Leere legte Zeugnis ab von dem, was ich ohnehin wußte. Bevor ich diese Frauen vermittels meines grausigen Tuns in ihr totes Selbst zurückverwandelte, legte ich etwas von der Hostie in Draculas Grab und verbannte den großen Un-Toten auf immer daraus.

Dann begann ich mein schreckliches Werk, und ich hatte Angst davor. Wäre es nur eine, es wäre vergleichsweise leicht gewesen. Aber gleich drei auf einmal! Zweimal aufs neue beginnen, nachdem ich das Entsetzliche vollbracht hatte; denn wenn es schon schrecklich gewesen war mit der süßen Miss Lucy, wie sollte es dann erst werden mit diesen Fremden, die Jahrhunderte überdauert hatten und die durch die seither vergangenen Jahre gestärkt waren und die, wenn sie konnten, für ihre gespenstische Existenz kämpfen würden?

Oh, mein Freund John, es war eine rechte Fleischarbeit;

hätte ich nicht an all die anderen Toten gedacht und an die Lebenden, über denen solches Verhängnis schwebte, ich hätte es wohl nicht zu Ende bringen können. Ich habe gezittert und zittere noch immer, obwohl meine Nerven Gott sei Dank durchgehalten haben. Hätte ich nicht die Gelassenheit im Gesicht der ersten gesehen und den Glücksschimmer, der über ihr Gesicht huschte, kurz bevor die endgültige Auflösung als Bestätigung dafür kam, daß ihre Seele gerettet worden war, ich hätte meine Schlächterei nicht fortsetzen können. Ich hätte den furchtbaren Schrei nicht noch einmal ertragen können, den sie ausstieß, als der Pflock sie durchstieß; wie sich die ganze Gestalt aufbäumte und die Lippen sich mit blutigem Schaum bedeckten. Ich wäre vor Entsetzen davongerannt und hätte meine Arbeit nur zur Hälfte verrichtet zurückgelassen. Doch es ist vorbei! Und die armen Seelen kann ich nur beweinen, weiß ich doch, daß sie jetzt ihren ewigen Schlaf gefunden haben. Ja, Freund John, kaum hatte mein Messer einer jeden von ihnen den Kopf abgetrennt, als sie sich auch schon aufzulösen begannen und zu dem Staub zerfielen, von dem sie genommen waren, so als habe sich der Tod, der Jahrhunderte lang hatte warten müssen, jetzt wieder zur Stelle gemeldet und laut und vernehmlich gesagt: »Ich bin hier!«

Bevor ich die Burg verließ, habe ich alle Eingänge so präpariert, daß der Graf sie nie mehr als Un-Toter betreten kann.

Als ich in den Kreis trat, in dem Madam Mina schlief, erwachte sie, und als sie meiner ansichtig wurde, weinte sie vor Schmerz darüber, daß ich so vieles hatte erdulden müssen.

»Kommen Sie«, sagte sie. »Gehen Sie von diesem schrecklichen Ort weg! Lassen Sie uns versuchen, meinen Mann zu finden, der, wie ich genau weiß, direkt auf uns zu kommt.« Sie sah abgemagert, bleich und schwach aus; doch ihre Augen waren klar und schienen wie im Fieber zu brennen. Ich war glücklich, ihre Blässe und ihre Krankheit zu sehen, denn vor meinem geistigen Auge stand noch immer das Bild der Frauen mit ihrem frischen Aussehen im rosigen Vampir-Schlaf.

Und so gehen wir jetzt voller Vertrauen und Hoffnung und doch auch noch voller Furcht gen Osten, um unsere Freunde zu treffen – und *ihn* –, von denen Madam Mina mir sagt, sie *wisse*, daß sie direkt auf uns zu kämen.

Das Journal der Mina Harker

6. November: – Es war schon spät am Nachmittag, als der Professor und ich uns auf den Weg nach Osten machten, von wo, wie ich wußte, Jonathan kommen würde. Wir gingen nicht allzu schnell, obwohl uns unser Weg steil bergab führte, denn wir mußten etliche Decken und Pelze tragen, wollten wir nicht riskieren, schutzlos Kälte und Schnee ausgesetzt zu sein. Außerdem mußten wir einiges von unserem Proviant mitnehmen, denn wir befanden uns in einer totalen Einöde, und soweit wir schauen konnten, war nirgends ein Anzeichen einer menschlichen Ansiedlung zu erkennen. Wir waren schon ungefähr eine Meile gegangen, als ich mich, ermüdet von dem beschwerlichen Marsch, niedersetzte, um mich ein wenig auszuruhen. Dann blickten wir zurück und sahen, wie die scharfe Kontur von Draculas Burg sich vor dem Himmel abzeichnete; denn wir waren jetzt schon so tief unter dem Hügel, auf dem sie lag, daß sie aus unserer Perspektive weit über die höchsten Erhebungen der Karpaten hinausragte. Wir sahen die Burg in all ihrer Erhabenheit, tausend Fuß über uns am Rande eines Abgrunds und durch tiefe Schluchten von den angrenzenden steil aufragenden Bergen getrennt. Der Ort hatte etwas Wildes, Unheimliches an sich. In einiger Entfernung konnten wir das Heulen von Wölfen hören. Sie waren noch weit entfernt, doch der Klang ihrer Stimmen vermittelte Angst und Schrecken, obwohl er durch den dichten Schneefall eher noch gedämpft klang. Aus der Art, wie Dr. Van Helsing sich überall umblickte, schloß ich, daß er nach einem strategischen Punkt Ausschau hielt, wo wir im Fall eines Angriffs ein wenig Schutz würden finden können. Die unebene Landstraße führte noch immer bergab; es war nicht schwer, ihr durch die treibenden Schneewolken zu folgen.

Wenig später gab mir der Professor ein Zeichen, und ich erhob mich, um mich zu ihm zu gesellen. Er hatte einen wundervollen Platz entdeckt, eine Art natürlicher Höhle in einem Felsen mit einem Eingang genau zwischen zwei Felsnasen. Er nahm mich bei der Hand und zog mich ins Innere. »Sehen Sie«, sagte er, »hier sind Sie in Sicherheit; und sollten sich die Wölfe bis hierhin verirren, kann ich sie einen nach dem anderen erledigen.« Er trug unsere Pelze herein und bereitete mir ein kuscheliges Nest. Dann holte er etwas von den Vorräten und drängte mich, ein wenig zu essen. Aber ich konnte nicht; selbst der Versuch bereitete mir schon Übelkeit, und so gern ich ihm auch den Gefallen getan hätte, ich konnte mich einfach nicht überwinden. Er wirkte sehr traurig, nötigte mich aber nicht. Er nahm sein Fernglas zur Hand, stieg auf den Felsen hinauf und fing an, den Horizont abzusuchen. Plötzlich rief er laut:

»Sehen Sie doch, Madam Mina, sehen Sie, sehen Sie!« Ich sprang auf und stellte mich zu ihm auf den Felsen; er reichte mir das Fernglas und deutete in die Richtung, in die ich sehen sollte. Der Schneefall war wieder heftiger geworden, und die Flocken verwirbelten in dem scharfen Wind. Immerhin gab es kurze Pausen in dem Schneesturm, und dann konnte ich gut sehen. Von der Höhe aus, auf der wir uns befanden, hatte man einen weiten Ausblick; und ganz in der Ferne, inmitten der Schneewüste, konnte ich den Fluß erkennen, der sich wie ein schwarzes Band in weiten Schleifen und Windungen dahinschlängelte. Direkt vor uns und nicht allzu weit entfernt – wirklich so nahe, daß ich mich wunderte, warum wir ihn nicht schon längst bemerkt hatten – kam ein Trupp Reiter in größter Eile daher. In ihrer Mitte war ein Leiterwagen zu erkennen, der auf der unebenen Landstraße wie ein Hundeschwanz hin und her schwankte. So deutlich, wie es sich gegen den Schnee abzeichnete, konnte ich an der Kleidung der Männer erkennen, daß es sich um Landarbeiter oder um irgendwelche Zigeuner handeln mußte.

Auf dem Wagen befand sich ein großer, viereckiger Kasten. Mein Herz schlug bei seinem Anblick höher, denn ich fühlte, daß das Ende jetzt unaufhörlich näherrückte. Die Abendstunde war nicht mehr fern, und gerade ich wußte nur zu gut, daß das *Ding*, das dort noch eingeschlossen war, neue Freiheit gewinnen würde und unseren Nachstellungen in vielerlei Gestalt entkommen konnte. Voller Angst wandte ich mich an den Professor; doch zu meinem nicht geringen Entsetzen war er nicht mehr da. Einen Augenblick später gewahrte ich ihn direkt unter mir. Er hatte einen Ring um den Felsbrocken gelegt ähnlich dem, in dem wir letzte Nacht Schutz gefunden hatten. Als er ihn vollendet hatte, kam er wieder zu mir und sagte:

»Hier sind Sie jedenfalls vor *ihm* sicher!« Er nahm mir das Fernglas ab und nutzte die nächste Lücke im Schneegestöber, um noch einmal die ganze Gegend abzusuchen. »Sehen Sie«, sagte er, »sie nähern sich sehr schnell; sie treiben die Pferde zu höchster Eile an und lassen sie so schnell galoppieren, wie es nur irgend geht.« Er unterbrach sich kurz und fuhr dann mit hohl klingender Stimme fort:

»Sie führen ein Rennen gegen den Sonnenuntergang. Wir könnten zu spät gekommen sein. Gottes Wille geschehe!« Wieder versperrte ein heftiger Schneeschauer die Sicht und schien die ganze Landschaft vor uns in sich aufzusaugen. Doch er war schon bald vorüber, und wieder richtete der Professor das Glas auf die Ebene vor uns. Und dann kam plötzlich sein Schrei:

»Sehen Sie! Sehen Sie! Sehen Sie! Zwei Reiter folgen dem Wagen aus südlicher Richtung. Das müssen Quincey und John sein. Nehmen Sie das Glas. Schauen Sie, bevor der Schnee wieder alles verschluckt!« Ich nahm es und schaute. Bei den Männern konnte es sich durchaus um Dr. Seward und Mr. Morris handeln. In jedem Fall aber war mir klar, daß keiner der beiden Jonathan sein konnte. Noch im selben Augenblick *wußte* ich, daß auch er nicht weit entfernt war; und als ich mich weiter umsah, entdeckte ich eine weitere Gruppe von zwei Reitern, die sich von Norden her in halsbrecherischem Tempo näherte. Der eine, das wußte ich genau, war Jonathan, und demnach mußte der andere logischerweise Lord Godalming sein. Auch sie verfolgten die Gruppe mit dem Frachtwagen. Als ich dem Professor meine Beobachtung mitteilte, schrie er vor Begeisterung wie ein kleiner Schuljunge, und nachdem er intensiv hingeschaut hatte, bis der Schneefall eine weitere Beobachtung unmöglich machte, lehnte er sein schußbereites Winchester-Gewehr griffbereit an den Fels direkt am Zugang zu unserer Höhle. »Sie kommen alle aufeinander zu«, sagte er. »Wenn es soweit ist, werden wir die Zigeuner von allen Seiten her in die Zange nehmen können.« Ich holte meinen Revolver hervor und machte ihn schußfertig, denn während unseres kurzen Wortwechsels war das Heulen der Wölfe lauter geworden und klang jetzt auch näher. Als der Schneesturm wieder kurz nachließ, schauten wir erneut hinaus. Es war seltsam zu sehen, daß in unserer unmittelbaren Umgebung der Schnee so dicht fiel und daß gleichzeitig in gar nicht weiter Ferne die untergehende Sonne immer heller leuchtete, während sie den fernen Berggipfeln entgegensank. Als ich das Glas noch einmal über das ganze Panorama schwenkte, konnte ich hie und da kleine Punkte sehen, die sich teils allein, teils in Gruppen zu zweien oder dreien und auch mehr über den Schnee hinweg bewegten – die Wölfe sammelten sich zum Beutezug.

Jeder Augenblick dehnte sich zu einer Ewigkeit, während wir warteten. Der Wind kam nun in wilden Böen und trieb den Schnee mit Gewalt vor sich her, bis er uns völlig einhüllte. Es gab Augenblicke, da konnten wir auf Armeslänge nichts mehr erkennen; und dann wieder gab es Momente, wo der Wind die Gegend um uns herum leerzufegen schien, bis sich alles aufklärte und wir wieder meilenweit sehen konnten. In letzter Zeit waren wir so sehr daran gewöhnt, auf den Sonnenuntergang zu achten, daß wir mit einem Höchstmaß von Genauigkeit sagen konnten, wann er stattfand; und wir wußten, daß es jetzt nicht mehr lange dauern konnte, bis die Sonne unterging.

Es war nur schwer zu glauben, daß nach unseren Uhren weniger als eine Stunde vergangen sein sollte, seit wir hier in unserem felsigen Unterstand darauf warteten, daß die verschiedenen Gruppen ganz in unserer Nähe zusammentrafen. Der Wind nahm an Heftigkeit zu, und die einzelnen Böen wurden immer stärker und kamen jetzt konstant aus Norden. Der Sturm hatte die Schneewolken offenbar von uns fortgetrieben, denn nur hin und wieder fielen neue weiße Massen herab. Wir konnten die einzelnen Mitglieder einer jeden Gruppe deutlich voneinander unterscheiden, die Verfolgten wie die Verfolger. Seltsam genug, aber fast schien es, als merkten die Verfolgten nicht oder kümmerten sich nicht darum, daß sie verfolgt wurden; und doch schienen sie mit doppelter Geschwindigkeit dahinzueilen, während die Sonne tiefer und tiefer auf die Bergesspitzen herniedersank.

Immer näher rückten sie heran. Der Professor und ich duckten uns hinter unseren Felsen und hielten die Waffen bereit; ich sah, daß er entschlossen war, sie auf gar keinen Fall passieren zu lassen. Einer wie der andere ahnten sie nichts von unserer Anwesenheit.

Plötzlich riefen zwei Stimmen gleichzeitig: »Halt!« Eine davon war die meines Jonathans, und sie klang heiser vor Erregung; die andere gehörte zu Mr. Morris, und sie hatte einen befehlsgewohnten Unterton. Vielleicht kannten die Zigeuner unsere Sprache nicht, aber der Tonfall war jedenfalls unmißverständlich. Instinktiv zügelten sie die Pferde, und noch im selben Augenblick schossen Lord Godalming von der einen und Dr. Seward und Mr. Morris von der anderen Seite heran. Der Anführer der Zigeuner, ein ansehnlicher Bursche, der wie der Zentaur mit seinem Pferd verwachsen schien, winkte seinen Leuten und gab ihnen mit scharfer Stimme den unmißverständlichen Befehl, weiterzufahren. Sie droschen auch sofort wieder auf die Pferde ein, die sich aufbäumten und vorwärts preschten, doch die vier Männer rissen ihre Winchester-Gewehre hoch und gaben den unmißverständlichen Befehl, auf der Stelle anzuhalten. Gleichzeitig erhoben Dr. Van Helsing und ich uns hinter unserem Felsblock und richteten die Waffen auf sie. Als sie sahen, daß sie umzingelt waren, zogen sie die Zügel straff und drehten bei. Der Anführer wandte sich ihnen zu und sagte etwas, woraufhin jeder der Zigeuner nach der Waffe griff, die er gerade bei sich führte – Messer oder Pistole –, und sich zum Angriff bereit machte. Und schon kamen die Befehle.

Der Anführer riß sein Pferd auf den Hinterhufen herum und rief seinen Leuten etwas zu, das ich nicht verstand, wobei er zuerst auf die Sonne, die schon bedenklich nahe über den Bergspitzen stand, deutete und dann in Richtung der Burg. Daraufhin sprangen alle vier Männer unserer Truppe von den Pferden und stürzten sich auf den Wagen. Eigentlich hätte ich doch schreckliche Angst haben müssen zu sehen, wie sich mein Jonathan in eine solche Gefahr stürzte, aber auch mich hatte inzwischen der Kampfeseifer gepackt; ich verspürte keine Furcht, nur noch ein wildes, ungezügeltes Verlangen, irgend etwas zu tun. Als der Anführer der Zigeuner sah, wie schnell sich unsere Männer bewegten und wohin, gab er seinen Leuten ein Kommando; sofort bildeten diese in hoffnungsloser Disziplinlosigkeit einen Ring um den Wagen, wobei jeder den anderen in seinem Eifer, den Befehl auszuführen, beiseite zu drängen versuchte.

Inmitten des Durcheinanders konnte ich sehen, wie Jonathan von der einen und Mr. Morris von der anderen Seite her versuchte, den Ring aus Menschenleibern zu durchbrechen; es war nicht zu übersehen, daß sie in höchstem Maße daran interessiert waren, ihr Vorhaben noch vor Sonnenuntergang hinter sich zu bringen. Nichts schien sie aufhalten oder auch nur hindern zu können – weder die gezückten Schußwaffen und die blitzenden Messerklingen der Zigeuner vor ihnen noch das Heulen der Wölfe hinter ihnen. Jonathans Ungestüm und die Verbissenheit, mit der er sein Vorhaben verfolgte, schienen die ihm zunächst Stehenden zu beeindrucken; instinktiv duckten sie sich seitlich weg und ließen ihn durch. Im Nu war er auf dem Wagen, und mit einer geradezu unglaublichen Kraftanstrengung hob er die schwere Kiste hoch und warf sie über das Rad hinweg auf den Boden. Inzwischen mußte Mr. Morris auf seiner Seite Gewalt anwenden, um den Ring der Szgany zu durchbrechen. Die ganze Zeit, als ich Jonathan atemlos zugesehen hatte, hatte ich aus den Augenwinkeln auch immer Mr. Morris beobachtet und gesehen, wie er sich mit dem Mut und der Kraft der Verzweiflung vorwärts kämpfte, und hatte so natürlich auch gesehen, wie ein Zigeunermesser aufblitzte und auf ihn niedersauste, gerade, als er sich seinen Weg durch den Absperring freigekämpft hatte. Er parierte den Stoß mit seinem Bowie-Messer, und zunächst glaubte ich, auch er habe es unverletzt geschafft; doch als er neben Jonathan sprang, konnte ich sehen, wie er sich mit der linken Hand die Seite hielt und daß Blut durch seine Finger sprudelte. Trotzdem ließ er nicht davon ab, genau wie Jonathan auf der einen Seite, den Deckel der Kiste an der anderen Seite voller Wildheit mit seinem Bowie-Messer zu bearbeiten. Unter der gemeinsamen Anstrengung der beiden Männer gab der Deckel schließlich nach; die Nägel verursachten dabei ein kreischendes Geräusch, und dann konnten sie den Deckel endlich aufklappen.

Mittlerweile hatten die Zigeuner angesichts der auf sie gerichteten Winchester-Gewehre und des Umstandes, auf Gnade und Ungnade Lord Godalming und Dr. Seward ausgeliefert zu sein, alle Gegenwehr eingestellt. Die Sonne berührte fast schon die Bergspitzen, und die langen Schatten der Männer fielen auf den Schnee. Ich sah den Grafen in der Kiste auf der Erde liegen, die sich bei dem rüden Sturz vom Wagen teilweise über ihn gebreitet hatte. Er war totenbleich, fast wie seine eigene Wachsmaske, und die roten Augen glühten in dem unheimlichen rachsüchtigen Feuer, das ich nur zu gut kannte.

Noch während ich schaute, sahen diese Augen die sinkende Sonne, und der Ausdruck des Hasses in ihnen wandelte sich zu schierem Triumph.

Doch da kam auch schon der Stoß mit Jonathans blitzendem großen Messer. Ich kreischte unwillkürlich in den höchsten Tönen, als ich sah, wie es die Kehle durchschnitt, während sich noch im selben Augenblick das Messer von Mr. Morris in sein Herz bohrte.

Es war wie ein Wunder; aber direkt vor unseren Augen und im Zeitmaß eines Atemzuges zerkrümelte der ganze Körper zu Staub und entschwand einfach unseren Blicken.

Ich werde glücklich sein, solange ich lebe, daß noch in diesem Augenblick der endgültigen Auflösung in sein Gesicht so etwas wie der Ausdruck von Friede einkehrte.

Die Burg Dracula hob sich nun deutlich gegen den roten Himmel ab, und jeder einzelne Stein der zerbrochenen Zinnen war deutlich im Licht der untergehenden Sonne zu erkennen.

Die Zigeuner erkannten in uns wohl in der einen oder anderen Weise den Grund für das eigenartige Verschwinden des toten Mannes, drehten sich um und ritten davon, als ginge es um das eigene Leben. Die, die nicht beritten gewesen waren, sprangen auf den Leiterwagen und schrien den Berittenen zu, sie nicht im Stich zu lassen. Die Wölfe, die sich vorsichtigerweise schon zurückgezogen hatten, folgten jenen und ließen uns in Frieden.

Mr. Morris war zu Boden gesunken und stützte sich auf dem Ellenbogen ab, wobei er sich mit der Hand die Seite hielt; noch immer rann das Blut zwischen seinen Fingern hervor. Ich flog förmlich zu ihm, denn jetzt hielt mich auch der Heilige Zirkel nicht mehr zurück; zwei Ärzte taten es mir gleich. Jonathan kniete hinter ihm, und der verwundete Mann lehnte den Kopf an seine Schulter zurück.

Seufzend nahm er mit sichtbarer Anstrengung meine Hand in seine unverletzt gebliebene Hand. Er muß die übergroße Angst auf meinem Gesicht gesehen haben, denn er lächelte mir zu und sagte:

»Ich bin einfach zu glücklich, ein wenig von Nutzen gewesen zu sein! O Gott!« rief er plötzlich und versuchte, in eine sitzende Position zu gelangen, wobei er aufgeregt auf meine Stirn wies. »Das allein war es wert, dafür zu sterben! Seht doch! Seht nur!«

Die Sonne lag jetzt auf dem Rücken des Berges, und ihre roten Strahlen fielen auf mein Gesicht, so daß es wie in rosigem Licht gebadet scheinen mußte. Wie auf ein Kommando sanken die Männer auf die Knie nieder, und ein ernstes »Amen« aus tiefster Seele kam allen gleichzeitig über die Lippen, als sie dem ausgestreckten Finger des Todgeweihten mit den Blicken folgten und dieser sprach:

»Nun laßt uns alle Gott danken, daß es nicht umsonst

gewesen ist! Seht! Der Schnee ist nicht mehr unberührter als ihre Stirn! Der Fluch ist von ihr genommen!«

Und zu unserer bittersten Trauer starb er schweigend und mit einem Lächeln auf den Zügen, Quincey Morris, ein wahrhaft ritterlicher Ehrenmann.

ENDE

NOTIZ

Sieben Jahre sind nun vergangen, seit wir alle durch die Hölle gegangen sind; und das Glück einiger von uns seit jenem Tag ist, wie wir meinen, die Pein wohl wert, die wir durchlitten haben. Mina und mir ist es noch eine besondere Freude, daß der Geburtstag unseres Sohnes mit dem Tag zusammenfällt, an dem Quincey Morris starb. Ich weiß, daß seine Mutter nach wie vor der stillen Überzeugung ist, ein wenig vom Geist unserer tapferen Freunde sei auch auf ihn übergegangen. Das Bündel von Vornamen, das wir ihm gegeben haben, vereint in ihm unsere ganze kleine Gruppe von Männern; aber wir nennen ihn nur Quincey.

Im Sommer dieses Jahres haben wir eine Reise nach Transsylvanien gemacht und sind über den Grund gewandelt, der für uns so voller lebendiger und schrecklicher Erinnerungen war und ist. Es war fast nicht zu glauben, daß alles, was wir mit unseren eigenen Augen gesehen, mit unseren eigenen Ohren gehört haben, lebendige Wirklichkeit gewesen ist. Alle Spuren dessen, was einst gewesen, sind verwischt. Die Burg aber stand da wie zuvor und überragte eine trostlose Wildnis.

Als wir wieder nach Hause zurückgekehrt waren, haben wir begonnen, über die alten Zeiten zu sprechen, an die wir uns jetzt alle erinnern können, ohne Verzweiflung zu verspüren, denn Godalming und Dr. Seward haben beide liebe Ehefrauen gefunden. Ich habe die Papiere aus dem Safe geholt, in dem sie seit unserer Heimkehr vor so langer Zeit sicher verwahrt waren. Wir waren erstaunt, daß unter all den Massen von Material, aus dem unser Bericht zusammengesetzt wurde, kaum ein einziges authentisches Dokument zu finden ist. Nur Mengen von Papier, das mit der Schreibmaschine beschrieben worden ist, bis auf die späteren Tagebücher von Mina, Dr. Seward und mir – und das Memorandum Van Helsings! Wir könnten wohl kaum von jemandem erwarten, und wenn wir es uns auch noch so sehr wünschten, diese Papiere als Beweisstücke einer so wilden Geschichte zu akzeptieren. Van Helsing hat es einmal sehr treffend so zusammengefaßt, als er mit meinem Jungen auf den Knien bei uns im Salon saß:

»Wir brauchen keine Beweise; wir bitten auch niemanden, uns zu glauben! Dieser Junge wird eines Tages wissen, welch tüchtige und edle Frau seine Mutter ist. Ihre Güte und liebende Fürsorge kennt er ja bereits; später einmal wird er begreifen, warum einige Männer sie so sehr liebten, daß sie wahrlich viel für ihr Glück riskiert haben.«

JONATHAN HARKER

ENDE

R.L. STEVENSON

DR. JEKYLL & MR. HYDE

Aus dem Englischen
von M. Thesing

Kapitel Eins
Die Geschichte von der Tür

Mister Utterson, der Anwalt, war ein Mann mit einem charaktervollen Gesicht, das nie von einem Lächeln erhellt wurde; er war leidenschaftslos, unzugänglich, im Gespräch verlegen und jeder Gefühlsäußerung abhold, mager, lang, verstaubt und düster, und doch war er irgendwie liebenswert. Bei freundschaftlichen Zusammenkünften und wenn der Wein seinem Geschmack entsprach, strahlte etwas wie tiefe Menschlichkeit aus seinen Augen; etwas, das nie in seinem Gespräch zum Ausdruck kam, das sich aber nicht nur in diesen schweigenden Symbolen seines After-Dinner-Gesichtes zeigte, nein öfter noch und lauter aus seiner Lebensführung sprach. Er war hart mit sich selbst. War er allein, so trank er nur Gin, um seine Neigung für erlesene Weine abzutöten; und obgleich er das Theater leidenschaftlich liebte, hatte sein Fuß seit zwanzig Jahren nicht mehr die Schwelle eines Theaters überschritten. Andern gegenüber hatte er jedoch wiederholt seine Toleranz bewiesen. Mit einer fast an Neid grenzenden Bewunderung sprach er bisweilen über die energievolle Klugheit, die sich in ihren Missetaten zu erkennen gab; und war Not am Mann, war er eher geneigt zu helfen als zu verurteilen. »Ich verstehe Kains Ketzerei«, pflegte er in seiner etwas altmodisch gezierten Art zu sagen: »Ich lasse meinen Bruder auch auf seine eigene Fasson zum Teufel gehen.« Bei dieser Charakterveranlagung war es häufig sein Schicksal, der letzte achtbare Bekannte und der letzte Halt von Menschen zu sein, die sich auf abschüssiger Bahn bewegten. Und solange sie sein Sprechzimmer aufsuchten, ließ er ihnen gegenüber auch nie den Schatten einer Veränderung in seinem Verhalten erkennen. Das kostete Mr. Utterson sicherlich keine große Überwindung; denn auch den Besten gegenüber war er stets zurückhaltend, und selbst seine Freundschaften schienen im allgemeinen auf einer ähnlichen Basis universellen Wohlwollens zu ruhen. Es ist das Kennzeichen eines bescheidenen Mannes, seinen Freundeskreis gewissermaßen fertig aus der Hand des Schicksals zu empfangen. So hielt es auch der Anwalt. Seine Freunde waren entweder Verwandte oder Leute, die er seit langem kannte. Gleich dem Efeu war auch seine Zuneigung ein zufälliges Gebilde der Zeit und war kein Beweis für die Würdigkeit des betreffenden Objekts, dem sie sich zuwandte. Auch das Band, das ihn an Mr. Richard Enfield, einen entfernten Verwandten und einen in der ganzen Stadt wohlbekannten Lebemann, fesselte, war nicht anders zu beurteilen. Gar manchem gab es eine Nuß zu knacken, was diese beiden aneinander finden mochten, oder welche gemeinsamen Interessen sie wohl haben konnten. Leute, die die Herren auf ihren sonntäglichen Spaziergängen beobachtet hatten, erzählten, daß sie, ohne ein Wort zu sprechen, nebeneinander herschritten, äußerst gelangweilt aussahen und mit augenscheinlicher Erleichterung das Erscheinen eines Freundes begrüßten. Trotzdem legten die beiden Herren auf diese Ausflüge das größte Gewicht, betrachteten sie als das schönste Geschenk der Woche und ließen sich weder durch lockende Vergnügungen noch durch die Anforderungen des Geschäftes von ihren Zusammenkünften abhalten.

Bei einer dieser Streifereien traf es sich, daß sie ihr Weg in eine Nebenstraße eines der Londoner Geschäftsviertel führte. Die Straße war eng und was man so ruhig nennt, aber wochentags blühte in ihr ein lebhafter Handel. Die Bewohner waren anscheinend alle gut gebettet und eifrig bemüht, noch bessere Geschäfte zu machen und den Überschuß ihres Gewinnes prahlerisch zur Schau zu stellen, so daß die Schaufenster längs der Straße einladend wie zwei Reihen lächelnder Verkäuferinnen dastanden. Selbst an Sonntagen, wenn die Gasse ihre etwas aufdringlichen Reize verschleierte und vergleichsweise von Passanten entblößt war, strahlte sie im Gegensatz zu der trübseligen Nachbarschaft wie ein Feuer im dunklen Walde, und mit ihren frisch gestrichenen Fensterläden, den blitzenden Messingstäben, der allgemeinen Properkeit und betonten Lustigkeit nahm sie sofort das Auge der Spaziergänger gefangen und erfreute Herz und Sinn.

Zwei Häuser von der Ecke entfernt zur Linken, wenn man nach Osten zu ging, wurde die Straßenlinie durch einen sich hier öffnenden Hof unterbrochen, und gerade an dieser Stelle schob ein gewisser düster ausschauender Häuserblock seinen Giebel in die Straße vor. Er war zwei Stock hoch, besaß keine Fenster, nichts außer einer Tür in der unteren Etage und oben eine blinde Fassade aus verwittertem Mauerwerk. Jeder Teil des Gebäudes trug die Merkmale langer und filziger Vernachlässigung. Die Tür, die weder Klingel noch Klopfer trug, war mit Blasen und Rissen bedeckt. In den Nischen rekelten sich Strolche und entzündeten ihre Streichhölzer an den Türfüllungen, auf den Treppenstufen spielten Kinder Kaufmann, an den Simsen hatten Schulbuben ihre Messer ausprobiert, und fast ein Menschenalter lang war niemand erschienen, um diese Stegreifbesucher fortzujagen oder ihre Verwüstungen wieder ausbessern zu lassen.

Die beiden Herren gingen auf der anderen Seite der Nebenstraße. Als sie sich dem Hofeingang gegenüber befanden, hob Mr. Enfield seinen Stock und deutete auf das Haus.

»Hast du diese Tür je bemerkt?« erkundigte er sich, und als sein Begleiter bejahte, fügte er hinzu: »In meiner Erinnerung ist mit ihr eine sehr seltsame Geschichte verknüpft.«

»Wirklich?« sagte Mr. Utterson mit einer kaum merklichen Veränderung in seiner Stimme, »und um was handelt es sich?«

»Nun, es war folgendermaßen«, erwiderte Mr. Enfield. »Ich befand mich auf halbem Wege von irgendeinem Ort am Ende der Welt. Ein düsterer Wintermorgen. Es mochte etwa drei Uhr sein, und mein Weg führte mich durch einen Teil der Stadt, wo tatsächlich nichts zu sehen war außer Laternen. Straße auf Straße und alle Menschen in tiefem Schlaf – Straße auf Straße, alle erleuchtet wie für eine Prozession und alle leer wie eine Kirche – bis ich endlich in jenen Gemütszustand geraten war, da man lauscht und lauscht und sich nach dem Anblick eines Schutzmannes zu sehnen beginnt. Auf einmal erblickte ich zwei Gestalten: die eine ein kleiner Mann, der in scharfem Schritt ostwärts stampfte, die andere ein Mädchen von acht oder zehn Jahren, das, so rasch es nur laufen konnte, eine Querstraße hinunterrannte. Schön, Verehrter. Ganz natürlicherweise stießen die beiden an der Ecke aufeinander; und dann kam der schreckliche Teil der Sache; der Mann trampelte gleichgültig des Kindes Körper unter seine Füße und ließ es schreiend am Boden liegen. Ich konnte zwar nichts hören, aber es war höllisch anzusehen. Der Kerl erschien nicht wie ein menschliches Wesen, er gemahnte an irgendeinen verdammten Klabautermann. Ich schrie hinter ihm drein, machte mich auf die Socken, ergriff meinen Gentleman beim Kragen und schleppte ihn dorthin zurück, wo sich bereits eine ganze Gruppe um das weinende Kind versammelt hatte. Er war vollkommen ruhig und leistete keinen Widerstand, warf mir aber einen Blick zu, so gräßlich, daß mir der helle Schweiß herunterlief. Die Leute, dic sich zusammengefunden hatten, waren die Angehörigen des Mädchens, und sehr bald erschien auch der Doktor, nach dem sie geschickt hatten. Nun, dem Kinde fehlte nicht sehr viel, nach Aussage des Knochensägers war's hauptsächlich die Angst, und damit hätte ja eigentlich die Angelegenheit zu Ende sein können. Aber es gab da noch einen merkwürdigen Umstand. Gleich beim ersten Blick hatte ich einen starken Widerwillen gegen meinen Gentleman gefaßt. Das gleiche war bei den Angehörigen des Kindes der Fall, und das war ja schließlich natürlich. Was mich aber überraschte, war des Doktors Verhalten. Er war der übliche Feld- und Wiesenarzt von undefinierbarem Alter und Aussehen, mit starkem Edinburgher Akzent, und etwa ebenso gefühlvoll wie ein Dudelsack. Schön, mein Lieber, es ging ihm genau wie uns; ununterbrochen starrte er auf meinen Gefangenen, und ich sah, wie der Knochensäger blaß und elend wurde vor brennendem Verlangen, diesen Menschen zu töten. Ich wußte, was in seinem Kopfe vorging, ebenso genau wie ich wußte, was mich selbst bewegte. Da es aber leider doch unmöglich war, ihn totzuschlagen, taten wir das Nächstbeste: wir erklärten dem Manne, wir könnten und würden aus dieser Sache einen solchen Skandal machen, daß sein Name von einem Ende Londons bis zum andern zum Himmel stinken würde. Falls er irgendwelche Freunde besäße oder sich eines Ansehens erfreute, würden wir dafür sorgen, daß er beides verlöre. Und während der ganzen Zeit, da wir in roter Wut auf ihn einsprachen, mußten wir ihm so gut es ging die Weiber vom Leibe halten, die wild wie Harpyen auf ihn eindrangen. Nie sah ich je einen Kreis so haßverzerrter Gesichter, und der Mensch stand mitten dazwischen mit einer Miene düsterer, höhnischer Gleichgültigkeit – zwar angsterfüllt, wie ich bemerken konnte, aber doch mit der Stirne eines Satans. ›Wenn Sie aus diesem Vorfall Kapital schlagen wollen‹, sagte er, ›bin ich natürlich hilflos, aber jeder Gentleman wünscht doch eine Szene zu vermeiden. Nennen Sie mir Ihren Preis.‹ Nun, wir preßten hundert Pfund für die Familie des Kindes aus ihm heraus. Natürlich versuchte er sich zuerst dagegen zu sträuben; aber irgend etwas in der Art unserer Anteilnahme ließ ihn Schlimmes ahnen, und endlich gab er nach. Nun galt es zunächst, das Geld zu holen; und wohin, glauben Sie, führte er uns: gerade zu jener Tür dort. – Er zog einen Schlüssel hervor, ging hinein und kam sofort mit einer Summe von zehn Pfund in Gold und einem Scheck auf Coutts für den Rest zurück, zahlbar an den Überbringer, und unterzeichnet mit einem Namen, den ich nicht nennen kann, obwohl dieser Name gerade einen der Höhepunkte meiner Geschichte bildet, aber soviel sei gesagt: es war ein sehr bekannter und oft gedruckter Name. Die Summe war bedeutend, aber die Unterschrift war gut auch noch für mehr, falls sie echt war. Ich nahm mir die Freiheit, meinen Gentleman darauf hinzuweisen, daß die ganze Geschichte recht zweifelhaft aussähe, daß im gewöhnlichen Leben ein Mann nicht um vier Uhr morgens durch eine Kellertür geht und mit eines anderen Mannes Scheck über annähernd hundert Pfund wieder herauskommt. Aber er blieb ganz ruhig und grinste nur höhnisch. ›Beruhigen Sie sich nur‹, meinte er, ›ich werde bei Ihnen bleiben, bis die Bank geöffnet wird, und den Scheck selbst einlösen.‹ So machten wir uns denn alle auf den Weg, der Doktor und der Vater des Kindes und unser Freund und ich selbst, und verbrachten den Rest der Nacht in meinem Büro. Nach dem Frühstück begaben wir uns dann am Vormittag gemeinsam zur Bank. Ich zeigte selbst den Scheck vor und bemerkte, ich hätte allen Grund, anzunehmen, daß es sich um eine Fälschung handle. Keine Spur! Der Scheck war echt!«

»Pfui, pfui!« sagte Mr. Utterson.

»Ich sehe, du hast das gleiche Empfinden wie ich«, sagte Mr. Enfield. »Ja, es war eine häßliche Geschichte; denn mein Mann war ein Bursche, mit dem niemand etwas zu tun haben mochte, ein hundsmiserabler Kerl; und die Persönlichkeit, auf die der Scheck lautete, bedeutet den Gipfel der Wohlanständigkeit, berühmt und (was die Sache besonders schlimm macht) ein Studiengenosse von dir, der als das, was man so wohltätig nennt, bekannt ist. 'ne dunkle Sache, vermute ich. Ein anständiger Kerl, der wahrscheinlich für irgendwelche Jugendtorheiten bluten muß. Daher nenne ich auch jenes Gebäude mit der Tür das ›Erpresserhaus‹. Aber auch das, weißt du, erklärt bei weitem nicht alles«, fügte er nachdenklich hinzu.

Aus seinem Nachgrübeln riß ihn Mr. Uttersons etwas

unvermutete Frage: »Und du weißt nicht, ob der Aussteller des Schecks dort wohnt?«

»Das wäre ein passender Platz, nicht wahr?« entgegnete Mr. Enfield. »Aber zufällig kenne ich seine Adresse. Er wohnt in einem anderen Viertel.«

»Und du hast dich nie nach – nach dem Platz mit der Tür erkundigt?« fragte Mr. Utterson.

»Nein, Verehrtester: ich hatte eine gewisse Scheu«, war die Antwort. »Ich stelle überhaupt sehr ungern Fragen; es schmeckt mir zu sehr nach einem Verhör. Du wirfst eine Frage auf, und es ist, als hättest du einen Stein ins Rollen gebracht. Du sitzt gemächlich auf der Spitze des Hügels, und der Stein rollt talwärts und reißt andere mit; bald wird irgendein sanfter, alter Vogel (an den du am wenigsten gedacht hättest) in seinem eigenen Garten am Kopfe getroffen, und der Familie bleibt nur übrig, ihren Namen zu ändern. Nein, Verehrtester, ich mach' es mir zur Regel: je mehr eine Sache nach dieser verdächtigen Straße schmeckt, desto weniger frage ich.«

»Eine sehr vernünftige Regel«, meinte der Anwalt.

»Aber ich habe mir selbst den Platz genau angesehen«, fuhr Mr. Enfield fort. »Man kann es kaum ein Haus nennen, es gibt keine weitere Tür dort, und durch diese eine geht niemand aus oder ein mit Ausnahme des Gentlemans meines Abenteuers, und auch der nur äußerst selten. Drei Fenster sind dann noch vorhanden, die von dem ersten Stock auf den Hof hinaus blicken; unten überhaupt keins. Die Fenster sind stets verschlossen, aber sie sind sauber. Dann ist ferner ein Schornstein vorhanden, der meistens raucht. Es muß also jemand dort wohnen, und doch ist das wieder nicht so ganz sicher; denn die Gebäude stehen in jenem Hofe so zusammengedrängt, daß man kaum sagen kann, wo das eine endet und das andere beginnt.«

Wieder schritt das Paar eine Weile still und versunken weiter, dann sagte Mr. Utterson: »Enfield, das ist eine gute Regel.«

»Ja, das meine ich auch«, erwiderte Enfield.

»Aber trotzdem«, fuhr der Anwalt fort, »gibt es einen Punkt, über den ich mich noch erkundigen möchte. Ich möchte den Namen des Mannes wissen, der das Kind niedertrampelte.«

»Schön«, entgegnete Mr. Enfield, »ich sehe nicht ein, was das schaden könnte. Es war ein Mann namens Hyde.«

»Hm«, sagte Mr. Utterson, »wie sieht der Mensch aus?«

»Er ist nicht leicht zu beschreiben. Es liegt etwas Schlimmes in seiner Erscheinung; etwas Unangenehmes, etwas geradezu Widerwärtiges. Noch nie sah ich einen Menschen, der mir so mißfiel, und dennoch weiß ich kaum weshalb. Er muß irgendwie mißgestaltet sein. Man hat das starke Gefühl der Mißgestaltung, obwohl ich nicht festzustellen vermochte, inwiefern. Er ist ein ganz ungewöhnlich aussehender Mann, und doch vermag ich tatsächlich nichts in dieser Hinsicht namhaft zu machen. Nein, Verehrtester, ich kann darüber beim besten Willen nichts sagen; ich kann ihn nicht beschreiben, aber es ist nicht etwa eine Lücke in meinem Gedächtnis, denn ich erkläre dir, ich sehe ihn in diesem Momente deutlich vor mir.«

Mr. Utterson ging wieder eine Weile schweigend und offenbar in tiefes Nachdenken versunken weiter.

»Bist du sicher, daß er einen Schlüssel benutzte?« erkundigte er sich endlich.

»Aber mein Lieber ...«, begann Enfield vor Erstaunen außer sich.

»Ja, ja, ich weiß«, sagte Utterson, »ich weiß, diese Frage muß dir seltsam vorkommen. Tatsache ist, wenn ich mich nicht nach dem Namen des anderen Partners erkundige, so hat das seinen Grund darin, daß ich ihn bereits kenne. Du siehst, Richard, deine Geschichte hat auf mich einen tiefen Eindruck gemacht. Falls du in irgendeinem Punkte unexakt gewesen bist, wäre es gut, das zu berichtigen.«

»Du hättet mich eigentlich warnen können«, erwiderte der andere mit einem Anflug von Verstimmtheit, »aber ich bin pedantisch genau gewesen, wie du zu sagen pflegst. Der Bursche hatte einen Schlüssel und, was wichtiger ist, er besitzt ihn noch. Noch keine Woche ist es her, als ich ihn den Schlüssel benutzen sah.«

Mr. Utterson seufzte tief, sprach aber kein Wort mehr, und der Jüngere fuhr nach einer Weile fort: »Das ist mir wieder eine Lehre, nicht zu schwatzen. Ich schäme mich meines losen Mauls. Wir wollen uns das Versprechen geben, nie wieder auf diese Sache zurückzukommen.«

»Von Herzen gern«, stimmte der Anwalt zu. »Hand darauf, Richard.«

Kapitel Zwei
Auf der Suche nach Mr. Hyde

An jenem Abend kam Mister Utterson von schweren Gedanken gequält nach Hause in seine Anwaltswohnung, und ohne jeden Appetit setzte er sich zum Abendessen. Es war seine Sonntagsgewohnheit, nach vollendetem Mahl dicht neben dem Kamin zu sitzen, ein Buch mit irgendeiner trocknen Bibelauslegung vor sich auf einem Lesepult, bis die Glocke der benachbarten Kirche die Mitternachtsstunde schlug. Dann ging er nüchtern und dankerfüllt zu Bett. Am heutigen Abend jedoch ergriff er, sobald das Tischtuch abgenommen war, eine Kerze und begab sich in sein Büro. Dort öffnete er den Geldschrank und entnahm seinem verborgensten Fach ein Dokument, das auf dem Umschlag die Bezeichnung ›Dr. Jekylls Letzter Wille‹ trug, und setzte sich mit umwölkter Stirn zurecht, um den Inhalt zu studieren. Das Testament war mit der Hand geschrieben; denn Mr. Utterson hatte sich geweigert, obwohl er es jetzt, nachdem es erst einmal fertiggestellt war, in Gewahrsam genommen hatte, bei seiner Abfassung auch nur den geringsten Beistand zu leisten. Das Testament bestimmte nicht nur, daß im Falle des Ablebens des besagten Henry Jekyll, M.D., D.C.L., L.L.D., F.R.S. und so weiter sein gesamtes Vermögen den Händen seines »Freundes und Wohltäters Edward Hyde« zu übergeben sei, sondern daß im Falle von Dr. Jekylls »Verschwinden oder unaufgeklärter Abwesenheit für länger als drei Kalendermonate« der besagte Edward Hyde in des besagten Dr. Henry Jekylls Rechte ohne jeden weiteren Verzug und frei von allen Lasten oder Verpflichtungen außer der Zahlung von ein paar geringfügigen Summen an die Angehörigen von des Doktors Haushalt treten sollte. Dieses Dokument war schon lange ein Dorn in des Anwalts Auge gewesen. Es irritierte ihn, sowohl in seiner Eigenschaft als Anwalt wie als Anhänger einer gesunden und den traditionellen Gewohnheiten entsprechenden Lebensführung. Dünkte ihn doch grillenhafte Phantasterei fast als etwas Unschickliches. Außerdem verstärkte seine Unkenntnis dieses Mr. Hyde noch seine Abneigung. Jetzt kannte er ihn plötzlich. Es war schon schlimm genug, als der Name lediglich ein Name war, über den er nicht mehr zu erfahren vermochte. Um wieviel ärger war es jetzt, da sich an diesen Namen so abscheuliche Attribute zu heften begannen; und heraus aus dem schwankenden, ungreifbaren Dunste, der so lange seine Augen verschleiert hatte, löste sich plötzlich die konkrete Vorstellung eines Teufels.

»Ich glaubte, es wäre Wahnsinn«, sagte er, während er die ominösen Schriftstücke wieder in den Safe legte, »und jetzt regt sich in mir die Furcht, daß es Schande bedeutet.«

Damit blies er die Kerze aus, zog einen weiten Mantel über und machte sich auf in Richtung nach Cavendish Square, der Hochburg medizinischer Wissenschaft, wo sein Freund, der berühmte Dr. Lanyon sein Haus hatte und seine zahlreichen Patienten empfing. »Wenn überhaupt jemand, wird Lanyon es wissen«, überlegte er bei sich.

Der feierliche Hausmeister erkannte und begrüßte ihn. Er brauchte nicht erst zu warten, sondern wurde direkt von der Haustür in das Speisezimmer geführt, wo Dr. Lanyon allein beim Weine saß. Lanyon war ein robuster, gesunder, gepflegter Mann mit rotem Gesicht, einer Löwenmähne vorzeitig ergrauter Haare und von polterndem und entschiedenem Wesen. Sobald er Mr. Utterson erblickte, sprang er aus seinem Lehnstuhl auf und streckte ihm beide Hände zur Begrüßung entgegen. Die Herzlichkeit des Mannes wirkte etwas theatralisch, entsprang aber ehrlichem Gefühl. Denn diese zwei waren alte Freunde, alte Kameraden von Schule und Universität her, beide von hoher Selbstachtung und Achtung für den anderen, und, was damit nicht immer gleichbedeutend ist, zwei Männer, die einer an des anderen Gesellschaft aufrichtige Freude empfanden.

Nach kurzem, gleichgültigem Gespräch lenkte der Anwalt auf den Gegenstand über, der seinen Geist in so unangenehmer Weise beschäftigte.

»Ich glaube, Lanyon«, sagte er, »du und ich sind wohl die beiden ältesten Freunde, die Henry Jekyll besitzt?«

»Ich wünschte, die Freunde wären jünger«, kicherte Dr. Lanyon, »aber ich denke, du hast recht. Doch was soll das? Ich sehe ihn jetzt nur selten.«

»Wirklich?« fragte Utterson, »ich dachte, euch verknüpften doch gemeinsame Interessen.«

»Das war einmal«, lautete die Antwort, »aber es ist schon länger als zehn Jahre her, seit Henry Jekyll für meinen Geschmack zu grillenhaft wurde. Er begann auf Abwege zu geraten, auf geistige Abwege; und obgleich ich natürlich noch immer Interesse an ihm nehme, um der alten Zeiten willen, sehe ich und habe ich schon lange verteufelt wenig von dem

Manne gesehen. Ein derart unwissenschaftliches Gewäsch«, fügte der Doktor plötzlich zornrot hinzu, »würde selbst Damon und Pythias entfremdet haben.«

Dieser kleine Temperamentsausbruch bereitete Mr. Utterson eine gewisse Erleichterung. »Sie haben sich nur wegen irgendeiner wissenschaftlichen Frage entzweit«, dachte er; und da er ohne wissenschaftliche Leidenschaft war, außer in Sachen von Zessionen, fügte er sogar hinzu: »Na, wenn es nichts Schlimmeres ist!« Er ließ seinem Freunde ein paar Sekunden Zeit, sich wieder zu fassen, und nahm dann erneut die Frage auf, derentwegen er gekommen war.

»Ist dir jemals ein Protégé von ihm – ein gewisser Hyde – über den Weg gelaufen?« erkundigte er sich.

»Hyde?« wiederholte Lanyon. »Nein, habe nie von ihm gehört. War nicht zu meiner Zeit.«

Das war das gesamte Ergebnis, das der Anwalt mit nach Hause brachte in das große, düstere Bett, auf dem er sich hin und her wälzte, bis die Stunden nach Mitternacht in die Morgenstunden übergingen. Es war keine Nacht, um sein grübelndes Denken zu erleichtern, sich abquälend in tiefster Dunkelheit und bestürmt von Fragen.

Sechs Uhr dröhnte es von den Glocken der Kirche, die so angenehm nahe bei Mr. Uttersons Wohnung lag, und noch immer wühlte er in diesen Problemen herum. Bisher hatte ihn die Sache lediglich vom Standpunkte der Vernunft aus interessiert, jetzt aber war seine Einbildungskraft aufgestachelt, oder richtiger, davon gefesselt. Und wie er so dalag und sich in der tiefen Finsternis der Nacht und des verhängten Schlafgemachs hin und her warf, zog Mr. Enfields Erzählung gleich einer Reihe Bilder einer Laterna magica an seinem Geiste vorbei. Er sah vor sich die unzähligen Lampen einer mitternächtigen Stadt; dann die Gestalt eines rasch dahineilenden Mannes; dann die eines Kindes, das eilig vom Doktor kam; dann stießen die beiden aufeinander, und der

Kobold in Menschengestalt rannte das Kind nieder und schritt ungeachtet der Angstschreie weiter. Oder er erblickte ein Zimmer in einem reichen Hause, in dem sein Freund schlafend liegt, träumend und lächelnd über seine Träume; und dann wird die Tür des Zimmers geöffnet, die Vorhänge an dem Bett werden zur Seite gezerrt, der Schläfer erwacht und – blickt nur hin! dort zu seiner Seite steht eine Gestalt, der Macht verliehen ist, und selbst in dieser nächtlichen Stunde muß er aufstehen und tun nach ihrem Gebot. In diesen zwei Wandlungen hetzt die Gestalt den Anwalt die ganze lange Nacht; und wenn er wirklich einmal in Schlummer fiel, sah er doch nur sie, wie sie verstohlener durch die schlafenden Häuser gleitet oder schnell und immer noch schneller mit einer Hast, die einen schwindeln macht, durch das weite Labyrinth einer lampenerhellten Stadt rast und an jeder Straßenkreuzung ein Kind zu Boden reißt und es jammernd liegen läßt. Und noch immer besitzt das Gespenst kein Antlitz, das man zu erkennen vermöchte. Selbst in seinen Träumen hat es kein Gesicht oder höchstens eines, das ständig vor seinen Augen in Nacht verschwimmt, und so keimte auf und wuchs in des Anwalts Hirn eine unwiderstehlich starke, fast krankhafte Neugier, die Gesichtszüge des wirklichen Mr. Hyde zu erblicken. Könnte er auch nur einmal sein Auge auf ihn heften, dann, dachte er, würde sich dieses Geheimnis schon lichten, ja vielleicht gänzlich schwinden, wie es gewöhnlich mit mysteriösen Dingen geht, wenn man sie nur sorgfältig prüft. Dann würde er schon einen Grund erkennen für seines Freundes befremdende Vorliebe oder Abhängigkeit (mochte man es nennen, wie es einem beliebte) und auch für die überraschenden Bestimmungen des Testamentes. In jedem Falle war es ein Gesicht, das des Ansehens wert war: das Antlitz eines Mannes, dem jede Regung des Mitgefühls fremd war: ein Gesicht, das sich nur zu zeigen brauchte, um in dem Geiste des sonst so unbewegten Enfield ein Gefühl unauslöschlichen Hasses aufspringen zu lassen.

Von dieser Zeit an begann Mr. Utterson die Tür in der Nebenstraße mit den Läden zu überwachen. Am frühen Morgen vor Geschäftsbeginn, mittags, wenn die Geschäfte drängten und Zeit kostbar war, nachts, im Scheine des trüben City-Mondes, zu allen Tageszeiten und zu allen Stunden, in Einsamkeit und unter Menschengewimmel konnte man den Anwalt auf seinem selbstgewählten Posten finden.

Und endlich wurde seine Geduld belohnt. Es war eine schöne, klare Nacht, Frost lag in der Luft, die Straßen sauber wie ein Tanzboden, die Lampen, von keinem Windhauch bewegt, zeichneten ein regelmäßiges Muster von Licht und Schatten. Zehn Uhr schlug es, die Läden waren geschlossen, und einsam, trotz des leisen Knurrens von London um sie her lag die Nebenstraße schweigend da. Jeder Ton wurde weithin getragen, und das Geräusch häuslicher Tätigkeit war deutlich zu beiden Seiten des Fahrdammes zu vernehmen; schon lange vorher hörte man den Klang der sich nähernden Schritte eines jeden Passanten. Mr. Utterson befand sich erst wenige Minuten auf seinem Posten, als er einen seltsam leichten Tritt herannahen hörte. Im Verlauf seiner nächtlichen Patrouillen hatte er lange gelernt, den eigentümlichen Klang aufzufassen, mit dem der Schritt eines einzelnen, während er sich noch in weiter Entfernung befindet, sich plötzlich und klar aus dem wüsten Gesumm und Gebrumm der Stadt abhebt. Doch noch nie vorher war seine Aufmerksamkeit so scharf und eindringlich erregt worden, und mit dem starken, ja fast abergläubischen Vorgefühl der Erfüllung zog er sich in den Hofeingang zurück.

Die Schritte kamen rasch näher und wurden plötzlich lauter, als sie um die Ecke der Straße bogen. Der Anwalt, scharf aus dem Hofeingang hervorspähend, konnte bald erkennen, mit was für einer Sorte Mensch er es zu tun hatte. Der Mann war klein und äußerst einfach gekleidet, und sein Blick, selbst auf diese Entfernung hin, berührte den Beobachter peinlich unangenehm. Die Gestalt ging quer über die Straße, um Zeit zu sparen, stracks auf die Tür zu und zog, wie jemand, der sich seinem Hause nähert, einen Schlüssel aus der Tasche.

Mr. Utterson trat vor und klopfte ihr, als sie vorüberschritt, auf die Schulter. »Mr. Hyde, wenn ich mich nicht irre.«

Mr. Hyde wich zurück und stieß einen zischenden Laut aus. Aber sein Schreck war nur momentan, und obgleich er dem Anwalte nicht ins Gesicht blickte, antwortete er vollkommen ruhig: »So heiß' ich, was wünschen Sie?«

»Ich sehe, Sie wollen hineingehen«, erwiderte der Anwalt. »Ich bin ein alter Freund Dr. Jekylls – Mr. Utterson von Gaunt Street – Sie müssen meinen Namen schon gehört haben, und da ich Sie zu so günstiger Stunde treffe, möchte ich Sie bitten, mich ebenfalls einzulassen.«

»Sie werden Dr. Jekyll nicht zu Hause finden, er ist ausgegangen«, erwiderte Mr. Hyde, auf seinem Schlüssel pfeifend. Und dann plötzlich, aber immer noch ohne aufzublicken: »Woher kennen Sie mich?«

»Würden Sie mir einen Gefallen erweisen?« fragte Mr. Utterson.

»Mit Vergnügen«, erwiderte der andere. »Worum handelt es sich?«

»Würden Sie mich wohl Ihr Gesicht sehen lassen?« fragte der Anwalt.

Mr. Hyde schien zu zögern, und dann, wie nach plötzlicher Überlegung, hob er mit herausfordernder Miene den Kopf, und die beiden starrten einander ein paar Sekunden lang wie gebannt an. »Jetzt werde ich Sie wiedererkennen«, sagte Mr. Utterson. »Das kann vielleicht einmal nützlich sein.«

»Gewiß«, entgegnete Mr. Hyde, »es ist sehr gut, daß wir uns getroffen haben, und, apropos, Sie wollen meine Adresse haben.« Und er nannte ihm eine Hausnummer in einer Straße in Soho.

»Guter Gott!« fuhr es Mr. Utterson durch den Kopf, »denkt er dabei vielleicht an das Testament?« Er behielt diesen Gedanken für sich und brummte lediglich einen Dank für die Adresse.

»Und nun«, sagte der andere, »wie haben Sie mich erkannt?«

»Nach Beschreibung«, lautete die Antwort.

»Wessen Beschreibung?«

»Wir haben gemeinsame Freunde«, sagte Mr. Utterson.

»Gemeinsame Freunde?« wiederholte Mr. Hyde etwas heiter. »Wer sollte das sein?«

»Jekyll zum Beispiel«, sagte der Anwalt.

»Der hat Ihnen nie von mir erzählt!« rief Mr. Hyde mit zornigem Erröten. »Ich nahm nicht an, daß Sie mich belügen würden.«

»Halt!« sagte Mr. Utterson, »das ist keine angemessene Redeweise.«

Der andere stieß ein rasendes Gelächter aus. Im nächsten Moment hatte er mit erstaunlicher Schnelligkeit die Tür aufgeschlossen und war in dem Hause verschwunden.

Der Anwalt stand noch, ein Bild innerer Unruhe, eine Zeitlang da, nachdem Mr. Hyde ihn verlassen hatte. Dann ging er langsam die Straße herauf, alle paar Schritte stehenbleibend und wie in völliger Verstörtheit mit der Hand über die Stirne streichend. Das Problem, das er so im Gehen wälzte, war derart, daß es sich kaum je würde lösen lassen. Mr. Hyde war bleich und gnomenhaft. Er machte den Eindruck eines Verwachsenen, ohne daß man einen Defekt anzugeben vermochte. Er hatte ein unangenehmes Lächeln. Sein Benehmen dem Anwalt gegenüber war gewissermaßen eine mörderische Mischung von Zaghaftigkeit und Unverschämtheit, und er sprach mit einer rauhen, flüsternden und wie gebrochen wirkenden Stimme. Das waren wohl alles Punkte, die gegen ihn einnahmen, aber alle zusammen vermochten nicht diesen bis dahin nie gekannten Widerwillen zu erklären, nicht den Ekel und die Furcht, womit Mr. Utterson seiner gedachte. »Dahinter muß noch etwas Besonderes stecken«, dachte der alte Herr bestürzt, »irgend etwas ist noch da, für das ich keinen Namen zu finden vermag; Gott schütze mich, der Mann hat kaum etwas Menschliches an sich! Etwas von einem Troglodyten könnte man fast sagen, oder handelt es sich um die alte Geschichte von Dr. Fell? Oder ist es nur der Widerschein einer verfluchten Seele, die hindurchschimmert und den irdischen Körper verunziert? Das wird es sein! O mein armer, alter Harry Jekyll, wenn ich je Satans Zeichen auf einem Antlitz erkannte, dann auf dem deines neuen Freundes.«

Gleich um die Ecke der Nebenstraße stand ein Block alter, stattlicher Häuser, jetzt zum größten Teil stark herabgekommen und in Mietwohnungen und Einzelzimmer für Leute aller Berufe und der verschiedensten Lebenslagen aufgeteilt: Landkartenstecher, Architekten, Winkeladvokaten und Agenten zweifelhafter Unternehmungen. Ein Haus jedoch, das zweite von der Ecke aus gerechnet, war noch im ganzen bewohnt. An der Tür dieses Gebäudes, das Reichtum und Behaglichkeit atmete, obgleich es gegenwärtig bis auf das Türfenster im Dunkel lag, blieb Mr. Utterson stehen und klopfte. Ein livrierter, ältlicher Diener öffnete die Pforte.

»Ist Dr. Jekyll zu Hause, Poole?« fragte der Anwalt.

»Ich werde nachsehen, Mr. Utterson«, antwortete Poole und ließ den Besucher, während er noch sprach, in eine große, niedrige, komfortable Diele, mit Fliesen ausgelegt, mit kostbaren Eichenschränken ausgestattet und (nach Art eines Landhauses) von einem großen, offenen Feuer durchwärmt, eintreten. »Möchten Sie hier beim Feuer warten, Herr Rechtsanwalt, oder soll ich Ihnen im Speisezimmer Licht anzünden?«

»Hier, besten Dank«, sagte der Anwalt. Damit trat er näher und lehnte sich gegen das hohe Kamingitter.

Dieser Vorraum, in dem er jetzt allein blieb, war der besondere Stolz seines Freundes, des Doktors. Utterson selbst pflegte ihn als den entzückendsten Raum in ganz London zu bezeichnen. Heute nacht jedoch lebte ein Grauen in seinem Blute; das Antlitz Hydes bedrückte sein Gedächtnis. Ekel und Lebensüberdruß (und das geschah ihm selten) erfüllten ihn. In seiner verdüsterten Gemütsstimmung wollte es ihm scheinen, als bedeuteten das flackernde Kaminfeuer auf den polierten Schränken und die unruhigen, unsteten Schatten an der Decke eine Drohung. Er schämte sich fast seiner Erleichterung, als Poole rasch zurückkehrte und ihm mitteilte, daß Dr. Jekyll ausgegangen sei.

»Ich sah Mr. Hyde durch die Tür des alten Seziersaales eintreten, Poole«, sagte er, »ist das erlaubt, wenn Dr. Jekyll ausgegangen ist?«

»Ganz in Ordnung«, erwiderte der Bediente, »Mr. Hyde besitzt einen Schlüssel.«

»Ihr Herr scheint in den jungen Mann großes Vertrauen zu setzen, Poole«, fuhr der andere nachdenklich fort.

»Ja, Herr Doktor, das tut er wirklich«, entgegnete Poole, »wir haben strikte Anweisung, ihm zu gehorchen.«

»Soviel ich weiß, bin ich Mr. Hyde nie hier begegnet?« erkundigte sich Utterson.

»Oh, sicherlich nicht, Herr Doktor, er speist niemals hier«, entgegnete der Hausmeister. »Wir sehen ihn nur äußerst selten in diesem Teile des Hauses, meist kommt und geht er durch das Laboratorium.«

»So, so, na, gute Nacht, Poole.«

»Gute Nacht, Mr. Utterson.«

Und mit tiefbekümmertem Herzen schritt der Anwalt nach Hause. »Armer Harry Jekyll«, dachte er dabei, »mein Herz sagt es mir, er steckt in einer schlimmen Klemme! Als er jung war, lebte er etwas wüst, das ist freilich lange her, aber das göttliche Gesetz kennt keine zeitlichen Grenzen. Ja, das muß es sein. Das Gespenst irgendeiner alten Sünde, der Krebsfraß verborgener Schande: die Strafe naht, pede claudo, Jahre, nachdem die Erinnerung längst erloschen ist und Eigenliebe den Fehler verziehen hat.« Und, erschrocken über diesen Gedanken, brütete der Anwalt lange Zeit über seine eigene Vergangenheit, stöberte in allen Winkeln seiner Erinnerung, ob nicht irgendein Springteufelchen einer alten Schuld ans Tageslicht hüpfen könnte. Doch seine Vergangenheit war völlig fleckenlos. Wenige Menschen konnten wohl die Rolle ihres Lebens mit so wenig Furcht studieren; dennoch fühlte er sich gedemütigt durch zahlreiche böse Dinge, die er getan hatte, und doch auch wieder von stiller, ehrfurchtsvoller Dankbarkeit erfüllt, dachte er an die vielen anderen, die ihn fast zum Straucheln gebracht und die er doch vermieden hatte. Als er sein Denken dann wieder dem früheren Gegenstande zuwandte, empfand er einen Hoffnungsschimmer. »Dieser Mister Hyde«, überlegte er bei sich, »würde, wenn man sich nur mit ihm eingehend beschäftigte, wohl selbst manche Geheimnisse haben: düstere Geheimnisse, nach seinem Blick zu schließen; Geheimnisse, mit denen verglichen des armen Jekylls Schuld rein wie Sonnenschein strahlen würde. So kann die Sache nicht weitergehen; es überläuft mich kalt, wenn ich denke, daß sich diese Kreatur gleich einem Dieb an Harrys Bett schleicht; armer Harry, welch ein Erwachen! Und Gefahr droht! Wenn dieser Hyde die Existenz des Testaments wittert, könnte ihn die Ungeduld packen, das Erbe anzutreten. Ja, ich muß meine Schultern gegen das Rad stemmen – wenn Jekyll sich nur belehren ließe!« fügte er hinzu. »Wenn Jekyll das nur ließe!« Und wieder traten vor sein geistiges Auge klar wie ein Transparent die seltsamen Klauseln des Testaments.

Kapitel Drei

Dr. Jekyll benimmt sich vollkommen unbefangen

Vierzehn Tage danach, ein glückliches Spiel des Zufalls, gab der Doktor einigen fünf oder sechs alten Busenfreunden, lauter klugen, angesehenen Männern und Kennern guter Weine, eines seiner amüsanten Diners. Mr. Utterson richtete es so ein, daß er noch blieb, als die anderen schon gegangen waren. Das war nichts Neues, sondern eine Sache, die schon ein dutzendmal vorgekommen war. Wo Utterson beliebt war, war er wirklich beliebt. Die Gastgeber hielten den nüchternen Anwalt gerne zurück, wenn die Leichtherzigen und Geschwätzigen bereits ihre Füße auf die Türschwelle gesetzt hatten; sie liebten es, eine Zeitlang still in seiner nie aufdringlichen Gesellschaft zu sitzen als Vorbereitung auf die Einsamkeit und nach den Aufwendungen und Anstrengungen der Fröhlichkeit bei des Mannes kostbarem Schweigen ihre Geister zu klären. Zu dieser Regel bildete Dr. Jekyll keine Ausnahme, und als er ihm jetzt am Kamin gegenübersaß – ein großer wohlgestalteter Mann mit ruhigem Gesicht, in den Fünfzigern, vielleicht mit einem etwas allzu schlauen Ausdruck, aber doch allen Zeichen von Klugheit und Güte – konnte man an seinen Blicken sehen, daß er Mr. Utterson eine aufrichtige und warme Neigung entgegenbrachte.

»Ich muß mit dir dringend sprechen, Jekyll«, begann der letztere. »Du erinnert dich doch an dein Testament.«

Ein scharfer Beobachter hätte vielleicht bemerkt, daß das Thema sehr unwillkommen war, und doch nahm der Doktor es völlig heiter auf. »Mein armer Utterson«, sagte er, »du bist unglücklich über diesen Klienten. Ich sah noch niemals einen Menschen sich so elend fühlen, wie du es angesichts meines

Testamentes tatest, höchstens jenen dickfelligen Pedanten Lanyon über meine sogenannte wissenschaftliche Ketzerei. Oh, ich weiß, er ist ein guter Kerl – du braucht gar nicht die Stirne zu runzeln, ein famoser Bursche, und ich bin überzeugt, man kann noch viel von ihm erwarten; aber trotzdem ein dickfelliger Pedant, ein dummer, polternder Pedant. Kein Mensch hat mich im Leben so enttäuscht wie Lanyon.«

»Du weißt, ich habe es nie gebilligt«, fuhr Utterson unter rücksichtsloser Mißachtung des neuen Themas fort.

»Mein Testament? Ja natürlich, das weiß ich«, entgegnete der Doktor eine Spur schärfer, »das hast du mir ja schon oft gesagt.«

»Gewiß, und ich sag' es dir wieder«, fuhr der Anwalt fort, »ich habe inzwischen Verschiedenes über den jungen Hyde erfahren.«

Das großgeschnittene Antlitz Dr. Jekylls wurde bleich bis in die Lippen, und seine Augen verdüsterten sich. »Ich wünsche hierüber nichts mehr zu hören. Das ist eine Angelegenheit, meine ich, die wir vereinbart hatten nicht mehr zu berühren.«

»Was ich hörte, war einfach scheußlich«, sagte Utterson.

»Das ändert nichts daran, du verstehst meine Lage nicht«, wiederholte der Doktor in ziemlicher Verwirrung. »Ich befinde mich in einer qualvollen Situation, Utterson. Meine Lage ist sehr seltsam – ungewöhnlich seltsam. Es ist eine von jenen Affären, die sich durch Sprechen nicht bessern lassen.«

»Jekyll«, sagte Utterson, »du kennst mich: ich bin ein Mann, dem man vertrauen kann. Schütte mir dein Herz aus, und ich zweifle keinen Augenblick, ich kann dir heraushelfen.«

»Mein guter Utterson«, sagte der Doktor, »das ist sehr lieb von dir, es ist unendlich gut von dir, und ich kann keine Worte finden, um dir zu danken. Ich glaube dir restlos. Ich würde dir mehr vertrauen als jedem anderen Menschen auf der Welt, ja mehr als mir selbst, wenn ich die Wahl hätte, aber wirklich, es ist nicht das, was du vermutest. Es ist nicht so schlimm, und, um dein gutes Herz zu beruhigen, will ich dir wenigstens eine Sache sagen: sobald ich es will, kann ich mich von Mr. Hyde befreien, darauf geb' ich dir meine Hand, und vielen, vielen Dank! Und jetzt möchte ich nur noch ein kleines Wort sagen, Utterson, und ich bin überzeugt, du wirst es nicht übelnehmen: dies ist eine Privatsache, und ich bitte dich, laß sie ruhen.«

Utterson blickte ins Feuer und überlegte eine Weile. »Ich bin überzeugt, du hast vollkommen recht«, sagte er endlich und sprang auf.

»Sehr schön«, fuhr der Doktor fort, »aber da wir einmal und, wie ich hoffe, zum letztenmal diese Geschichte berührt haben, so gibt es da noch einen Punkt, von dem ich gerne möchte, daß du ihn verstehst. Ich nehme wirklich ein sehr großes Interesse an dem armen Hyde. Ich weiß, du hast ihn gesehen. Er erzählte es mir, und ich fürchte, er war unverschämt. Aber ich nehme ganz aufrichtig ein großes, ein sehr großes Interesse an dem jungen Menschen, und wenn ich einmal dahingegangen bin, Utterson, wünschte ich, daß du mir versprächest, dich seiner anzunehmen und seine Rechte zu wahren. Wenn du alles wüßtest, würdest du es tun, und es würde mein Herz sehr beruhigen, wenn du mir das versprechen wolltest.«

»Ich kann dir nicht vorheucheln, daß ich ihn je lieben werde«, sagte der Anwalt.

»Das verlang' ich auch nicht«, verteidigte sich Jekyll und legte seine Hand auf des anderen Arm. »Ich fordere nur Gerechtigkeit. Ich bitte dich nur um meinetwillen, ihm zu helfen, wenn ich nicht mehr bin.«

Utterson stieß einen tiefen Seufzer aus. »Schön«, sagte er, »ich verspreche es.«

Kapitel Vier
Die Ermordung Carews

Etwa ein Jahr später, im Oktober 18**, wurde London durch ein Verbrechen von einzigartiger Scheußlichkeit aufgeschreckt, und die hohe Stellung des Opfers machte es noch bemerkenswerter. Die Einzelheiten waren spärlich und überraschend. Ein Dienstmädchen, das allein in einem Hause unfern vom Flusse lebte, war etwa um elf Uhr nach oben gegangen, um sich schlafen zu legen. Obwohl in den frühen Morgenstunden dichter Nebel die Stadt verhüllte, war der Abend wolkenlos und die Gasse, auf die das Fenster des Mädchens hinabblickte, vom Vollmond hell erleuchtet. Anscheinend war das junge Ding etwas romantisch veranlagt; denn es ließ sich auf seinen Koffer nieder, der unmittelbar unter dem Fenster stand, und verfiel in süße Träumerei. Nie (pflegte das Mädchen unter strömenden Tränen zu sagen, sooft es jene Geschichte erzählte), nie hätte es sich friedvoller mit allen Menschen verbunden gefühlt, nie liebevoller von der Welt gedacht. Als sie so dasaß, erblickte sie einen bejahrten, vornehmen Herrn mit weißem Haar, der die Gasse entlang näher kam. Ein zweiter, sehr kleiner Herr, dem sie zuerst nur wenig Beachtung schenkte, beeilte sich, ihn einzuholen. Als die beiden bis auf Gesprächsweite sich einander genähert hatten (und das geschah unmittelbar unter des Mädchens Augen), verbeugte sich der ältere Mann und redete den anderen in außerordentlich zuvorkommender Weise an. Es hatte nicht den Anschein, als wenn der Gegenstand seiner Frage besonders wichtig wäre. Aus der Art, wie er in eine bestimmte Richtung zeigte, schien hervorzugehen, daß er sich lediglich nach dem Wege erkundigte. Während er sprach, fiel der Mond auf sein Gesicht, und das Mädchen betrachtete ihn mit Wohlgefallen, denn aus seinem Antlitz sprach eine so unschuldige und altmodische Freundlichkeit, freilich mit etwas Hochmut gepaart, wie man das bei einem wohlsituierten und mit sich selbst zufriedenen Manne häufig findet. Bald wandten sich ihre Augen dem anderen zu, und sie war überrascht, in ihm einen gewissen Mr. Hyde wiederzuerkennen, der einmal ihren Herrn besucht hatte und gegen den sie eine große Abneigung hegte. Mr. Hyde trug in seiner Hand einen schweren Stock, mit dem er herumfuchtelte, doch er antwortete mit keiner Silbe und schien mit schlecht verhehlter Ungeduld zuzuhören. Und dann, ganz plötzlich, brach er in wütendem Zorne los, stampfte mit dem Fuß, schwang seinen Stock und führte sich (nach der Beschreibung des Mädchens) wie ein Besessener auf. Der alte Herr trat mit der Miene höchster Überraschung und etwas gekränkt einen Schritt zurück. Jetzt durchbrach Mr. Hyde alle Schranken, knüttelte ihn nieder, und im nächsten Augenblick, mit der Raserei eines Affen, trampelte er sein Opfer unter die Füße und ließ einen ganzen Hagel von Schlägen auf den Wehrlosen niedersausen, unter deren Wucht die Knochen krachten und der entseelte Körper auf dem Fahrdamm zuckte. Aus Schreck über diesen Anblick und die furchtbaren Töne wurde das Mädchen ohnmächtig.

Es war bereits zwei Uhr, als sie zu sich kam und die Polizei rief. Der Mörder hatte sich schon längst auf und davon gemacht, aber in der Mitte der Gasse lag das Opfer, schrecklich zugerichtet. Der Knüppel, mit dem Hyde die Tat verübt hatte, war, obwohl er aus einem seltenen, sehr zähen und schweren Holz bestand, unter der Wut dieser sinnlosen Grausamkeit mitten durchgebrochen, und das eine abgesplitterte Stück war in die nahe Gosse gerollt – das andere hatte der Mörder zweifellos mit fortgenommen. Man fand bei der Leiche eine Börse und eine goldene Uhr, aber weder Visitenkarten noch irgendwelche Papiere außer einem versiegelten und frankierten Briefe, den der Herr wahrscheinlich gerade auf die Post tragen wollte und der Name und Adresse von Mr. Utterson trug.

Dieses Schriftstück wurde am nächsten Morgen dem Anwalt überbracht, noch bevor er aufgestanden war. Kaum hatte er das Schreiben erblickt, kaum waren ihm die näheren Umstände mitgeteilt worden, als er mit feierlicher Miene bemerkte: »Bevor ich den Leichnam nicht gesehen habe, werde ich kein Wort sagen. Es scheint sich um etwas sehr Ernstes zu handeln. Haben Sie die Freundlichkeit zu warten, während ich mich ankleide.« Mit der gleichen ernsten Haltung nahm er rasch sein Frühstück ein und eilte auf die Polizeiwache, wohin der Tote geschafft worden war. Sobald der Anwalt die Zelle betreten hatte, nickte er. »Ja, ich erkenne ihn, es schmerzt mich, sagen zu müssen, daß es Sir Danvers Carew ist.«

»Großer Gott«, rief der Beamte aus, »ist das möglich?« Im nächsten Moment strahlte sein Auge vor beruflichem Ehrgeiz. »Das wird großen Lärm verursachen«, sagte er, »vielleicht können Sie uns zu unserem Manne verhelfen«, und kurz berichtete er, was das Mädchen gesehen hatte, und zeigte den zerbrochenen Stock. Mr. Utterson hatte schon davor gezittert, den Namen Hyde zu hören, doch als der Stock ihm vorgelegt wurde, konnte er nicht länger zweifeln: zerbrochen und zersplittert wie der Stock war, erkannte er in ihm einen wieder, den er vor vielen Jahren Henry Jekyll geschenkt hatte.

»Ist dieser Mr. Hyde ein Mensch von kleiner Statur?« erkundigte er sich.

»Auffallend klein und auffallend böse aussehend, so beschrieb ihn wenigstens das Mädchen«, sagte der Beamte.

Mr. Utterson dachte nach. Dann erhob er seinen Kopf: »Wenn Sie mich in meinem Wagen begleiten wollen, kann ich Sie, wie ich glaube, zu seinem Hause führen.«

Mittlerweile war es etwa neun Uhr geworden, und der erste Nebel dieses Jahres bedeckte die Stadt. Ein weites, schokoladenfarbiges Leichentuch überzog den Himmel, doch der Wind sprang ständig um und trieb den zusammengeballten Dunst vor sich her, so daß Mr. Utterson, während der Wagen von Straße zu Straße kroch, in erstaunlicher Wiederholung ein Ab- und Zunehmen des Zwielichtes beobachtete. Bald wurde es dunkel wie zu später Abendstunde, dann tauchte ein kräftiger und doch geisterhaft bräunlicher Schimmer auf wie das Leuchten einer seltsamen Feuersbrunst, dann zerteilte der Nebel sich sekundenlang fast völlig, und ein abgehärmtes bißchen Tageslicht glänzte zwischen den wirbelnden Schwaden hervor. Das elende Stadtviertel von Soho mit seinen schmutzigen Straßen, seinen schlampigen Bewohnern und mit seinen Laternen, die entweder überhaupt noch nicht ausgelöscht oder schon von neuem angezündet waren, um diese trostlose neue Invasion der Finsternis zu bekämpfen, erschien in des Anwalts Augen, in diesem Wechsel zwischen Hell und Dunkel, wie der Distrikt einer Stadt in einem wüsten Traumgebilde. Auch sonst bewegten traurige Gedanken seinen Geist, und wenn er einen Blick auf seinen Fahrtgefährten warf, empfand er einen Hauch jener Furcht vor dem Gesetz und den Gesetzesvertretern, die bisweilen auch den Ehrenhaftesten überfallen kann.

Als der Wagen vor der angegebenen Adresse hielt, lichtete sich der Nebel und zeigte ihm eine elende Straße, eine prunkvoll aufgedonnerte Kneipe gemeinster Sorte, ein Weinlokal sechsten Ranges, einen Laden, in dem billiger Kram und minderwertige Schleckereien feilgeboten wurden, zahlreiche in Lumpen gehüllte Kinder, die in den Torwegen herumlungerten, und eine Unmenge Weiber der verschiedensten Nationalitäten, die mit dem Schlüssel in der Hand aus und ein gingen, um ihren morgendlichen Schnaps zu trinken. Im nächsten Augenblick legte sich wieder Nebel über diese Szenerie, braunschwarz wie Umbra, und verhüllte die gemeine Umgebung. Das war das Heim von Harry Jekylls Günstling, das

Heim eines Mannes, der der Erbe einer Viertelmillion Pfund Sterling war.

Eine weißhaarige alte Frau mit einem vergilbten Gesicht öffnete die Tür. Sie hatte einen bösartigen Ausdruck, gemildert durch Heuchelei, aber ihr Benehmen war tadellos. Ja, sagte sie, dies sei Mr. Hydes Wohnung, aber er wäre nicht zu Hause; er wäre heute nacht sehr spät nach Hause gekommen, aber bereits nach kaum einer Stunde wieder ausgegangen. Daran wäre nichts Merkwürdiges, er hätte sehr unregelmäßige Gewohnheiten und wäre häufig abwesend. So wären zum Beispiel fast zwei Monate verstrichen, ohne daß sie ihn gesehen hätte, bis zum gestrigen Tage.

»Na, schön, dann wünschen wir seine Zimmer zu sehen«, entgegnete der Anwalt, und als die Frau auseinanderzusetzen begann, daß das unmöglich wäre, fügte er hinzu: »Ich hätte Ihnen gleich sagen sollen, wer dieser Herr ist. Es ist der Inspektor Newcome von Scotland Yard.«

Ein Ausdruck widerlicher Freude zeigte sich auf dem Gesicht des Weibes. »Ah«, rief sie aus, »er befindet sich in Schwierigkeiten! Was hat er angestellt?«

Mr. Utterson und der Inspektor wechselten einen Blick. »Er scheint nicht sehr populär zu sein«, erwiderte der letztere, »und jetzt, meine gute Frau, gestatten Sie mir und diesem Herrn ein wenig Umschau zu halten.«

In dem ganzen Gebäude, das bis auf die alte Frau keine Menschenseele beherbergte, hatte Mr. Hyde nur ein paar Zimmer in Benutzung. Diese jedoch waren luxuriös und mit seinem Geschmack ausgestattet. Eine Kammer war mit Wein gefüllt, das Geschirr war aus Silber, das Tischzeug elegant, ein gutes Bild hing an der Wand, (wie Utterson vermutete) ein Geschenk von Henry Jekyll, der auf diesem Gebiete als Kenner gelten konnte; üppige Teppiche, schön in der Farbe, lagen umher. Im Augenblick jedoch trugen die Räumlichkeiten alle Anzeichen einer vor kurzem erfolgten, eiligen Plünderung.

Kleidungsstücke lagen auf dem Boden verstreut, das Innere der Taschen nach außen gekehrt, verschließbare Schubladen standen offen, und der Kamin war mit grauer Asche angefüllt, als ob zahlreiche Papiere verbrannt worden wären. Aus diesen Überresten zog der Inspektor den Rücken eines grünen Scheckbuches hervor, der dem Feuer widerstanden hatte. Hinter der Tür fand man die andere Hälfte des Stockes, und da sich damit der Verdacht des Beamten bestätigte, war er schlechtweg begeistert. Ein Besuch auf der Bank, bei der man noch mehrere taufend Pfund, die zu des Mörders Verfügung bereitlagen, vorfand, machten seine Befriedigung vollständig.

»Sie können sich darauf verlassen, mein Herr«, sagte er zu Mr.Utterson, »ich habe ihn fest in der Hand. Er muß vollständig den Kopf verloren haben, sonst hätte er nie den Stock zurückgelassen, vor allem aber nicht das Scheckbuch verbrannt; Geld ist doch des Mannes Lebenselixier. Wir brauchen nichts anderes tun, als in der Bank auf ihn zu warten und den Steckbrief zu erlassen.«

Das war aber doch nicht so einfach zu bewerkstelligen; denn Mr. Hyde hatte nur wenig Umgang gepflogen – selbst der Herr des Dienstmädchens hatte ihn nur zweimal gesehen; seine Familie konnte nirgends aufgespürt werden, er hatte sich nie photographieren lassen, und die wenigen, die ihn beschreiben konnten, wichen in ihren Beschreibungen so weit voneinander ab, wie das gewöhnlich bei Zeugen der Fall ist. Nur in einem Punkte waren alle einig; das war das quälende Gefühl einer nicht näher zu beschreibenden Verunstaltung, das der Flüchtige bei allen, die ihn je gesehen hatten, erweckte.

Kapitel Fünf
Der Brief

Es war spät am Nachmittag, als Mister Utterson Dr. Jekylls Haustür erreichte. Er wurde sofort von Poole eingelassen und herunter durch die Küchenräume und über einen Hof, der einst ein Garten gewesen war, in das Laboratorium oder den Seziersaal geführt. Der Doktor hatte das Haus von den Erben eines berühmten Chirurgen erworben. Da seine eigenen Neigungen mehr der Chemie als der Anatomie galten, hatte er die Bestimmung des Gebäudes im Hintergrunde des Gartens geändert. Zum erstenmal wurde der Anwalt in diesem Teile der Wohnung seines Freundes empfangen. Neugierig betrachtete er den schmutzigen, fensterlosen Bau und blickte mit einem quälenden Gefühl der Befremdung umher, während er den Hörsaal durchschritt, in dem sich einst Scharen fleißiger Studenten drängten und der jetzt öde und schweigend dalag, die Tische beladen mit chemischen Apparaten, der Boden mit Kisten vollgestellt und mit Packmaterial bedeckt, während das Licht trübe durch die unsaubere Kuppel fiel. Am hinteren Ende führten einige Stufen zu einer von dunkelrotem Fries bespannten Tür. Durch diese gelangte Mr. Utterson endlich in des Doktors Arbeitszimmer. Es war ein großer Raum, rundum mit Glasschränken vollgestellt und unter anderem mit einem Drehspiegel und einem Experimentiertisch ausgestattet. Drei staubige, mit Eisenstäben gesicherte Fenster blickten auf den Hof. Das Feuer brannte auf dem Rost, auf dem Kaminsims stand eine angezündete Lampe; denn selbst in das Innere der Häuser begann der Nebel in dicken Schwaden vorzudringen. Dort, dicht neben dem Ofen, saß Dr. Jekyll mit dem Aussehen eines Todkranken. Er stand nicht auf, um seinen Besucher zu begrüßen, sondern streckte nur seine kalte

Hand aus und hieß ihn mit gänzlich veränderter Stimme willkommen.

Sobald Poole sie allein gelassen hatte, fragte Mr. Utterson: »Hast du die Neuigkeiten schon gehört?«

Der Doktor schauderte. »Sie brüllen es ja durch das ganze Viertel, ich hörte sie sogar in meinem Eßzimmer.«

»Ein Wort«, versetzte der Anwalt, »Carew war mein Klient, so gut wie du es bist, und ich möchte wissen, was ich tun soll. Du bist doch nicht so wahnsinnig gewesen, diesen Burschen bei dir zu verstecken?«

»Utterson, ich schwöre zu Gott« rief der Doktor, »ich schwöre zu Gott, ich will ihn nie wiedersehen, ich verpfände dir mein Ehrenwort, daß ich auf dieser Welt nichts mehr mit ihm zu schaffen haben will. Alles ist zu Ende, und wahrlich, er braucht auch meine Hilfe nicht, du kennst ihn nicht, so wie ich ihn kenne, er befindet sich in Sicherheit, völlig in Sicherheit. Beachte meine Worte. Man wird nie mehr etwas von ihm hören!«

Der Anwalt hörte traurig zu. Ihm mißfiel seines Freundes fieberhaftes Wesen. »Du scheinst seiner ziemlich sicher zu sein«, meinte er, »und um deinetwillen hoffe ich, daß du recht hast. Wenn es zu einer Gerichtsverhandlung käme, dürfte auch dein Name mit hineingezogen werden.«

»Ich bin seinetwegen völlig ruhig«, erwiderte Jekyll, »ich habe für diese Sicherheit meine Gründe, die ich aber niemandem mitteilen kann. Aber einen Punkt gibt es, über den du mich beraten könntest. Ich habe – ich habe einen Brief erhalten; und ich bin im Zweifel, ob ich ihn der Polizei zeigen soll. Ich möchte ihn gerne deinen Händen anvertrauen, Utterson, du wirst schon das Richtige treffen, davon bin ich überzeugt. Ich habe so großes Vertrauen zu dir.«

»Du fürchtest, wie ich annehme, daß der Brief zu seiner Entdeckung führen könnte?« erkundigte sich der Anwalt.

»Nein«, sagte der andere, »ich kann nicht sagen, daß ich

mir Sorge mache, was aus Hyde wird. Ich bin mit ihm völlig fertig. Ich dachte dabei lediglich an meinen eigenen Ruf, der durch diese verhaßte Geschichte fast bloßgestellt ist.«

Utterson sann eine Zeitlang nach. Der Egoismus seines Freundes überraschte und erleichterte ihn doch gleichzeitig. »Schön«, sagte er endlich, »laß mich den Brief sehen.«

Der Brief war in seltsam steilen Schriftzügen gehalten und unterzeichnet »Edward Hyde«. Er erklärte bündig genug, daß »des Schreibers Wohltäter, Dr. Jekyll«, dem er seine tausend Wohltaten lange Zeit so unwürdig vergolten hätte, sich um seine Sicherheit keine Sorge zu machen brauche, da er Mittel zur Flucht hätte, auf die er mit Zuversicht bauen könnte. Dem Anwalt war dieser Brief mehr als angenehm. Er ließ seines Freundes Intimität mit diesem Manne in einem weit besseren Lichte erscheinen als bisher, und er tadelte sich sogar seines früheren Argwohns wegen.

»Hast du den Umschlag?« fragte er.

»Ich verbrannte ihn«, erwiderte Jekyll, »ohne mir zu überlegen, was ich tat. Er trug aber keinen Poststempel. Das Schreiben wurde abgegeben.«

»Soll ich ihn behalten und die Sache erst einmal überschlafen?« erkundigte sich Utterson.

»Ich möchte, daß du ganz und gar für mich entscheidest«, war die Antwort. »Ich habe jedes Selbstvertrauen verloren.«

»Schön, ich will es mir überlegen«, entgegnete der Anwalt, »und jetzt nur noch ein Wort: war es nicht Hyde, der die Bestimmungen in deinem Testament über dein Verschwinden diktiert hat?«

Der Doktor schien einer Ohnmacht nahe, er preßte die Lippen fest aufeinander und nickte.

»Ich wußte es«, sagte Utterson. »Er wollte dich ermorden. Du bist noch gut davongekommen.«

»Für mich bedeutet die Sache noch weit mehr«, erwiderte der Doktor feierlich, »für mich bedeutet sie eine Lehre; mein

Gott, Utterson, welch furchtbare Lehre!« Und er bedeckte einen Augenblick sein Gesicht mit den Händen.

Beim Hinausgehen blieb der Anwalt stehen und wechselte noch mit Poole ein paar Worte. »Was ich sagen wollte. Es wurde doch heute ein Brief abgegeben: wie sah der Bote aus?« Aber Poole versicherte nachdrücklich, daß nichts gekommen wäre außer der Post. »Und auch diese brachte heute nur ein paar Drucksachen«, fügte er hinzu.

Diese Mitteilung erneute des Besuchers Befürchtung. Offenbar war der Brief an der Laboratoriumstür abgegeben worden, möglicherweise war er auch in dem Arbeitszimmer selbst geschrieben. War das der Fall, dann mußte man ihn ganz anders beurteilen und mit größerer Vorsicht behandeln.

Während er nach Hause ging, schrien sich die Zeitungsjungen noch immer auf der Straße heiser: »Extrablatt! Scheußlicher Mord an einem Parlamentsmitgliede!« Das war der Grabgesang für seinen Freund und Klienten, und er konnte sich einer gewissen Vorahnung nicht erwehren, daß auch der gute Name eines anderen Freundes in den Wirbel dieses Skandals mit einbezogen werden würde. Er mußte eine heikle Entscheidung treffen, und trotz seines starken Selbstvertrauens regte sich in ihm der Wunsch nach einem Rat. Er mochte ihn nicht direkt erbitten, aber vielleicht, überlegte er bei sich, könnte er ihn so nebenbei erhalten.

Bald darauf saß er an der einen Seite seines Kamins, an der anderen saß Mr. Guest, sein Bürovorsteher, und zwischen ihnen, in wohlerwogener Entfernung von dem Feuer, stand eine Flasche eines besonders alten Weines, der lange Zeit, dem Sonnenlicht entzogen, in den Kellern seines Hauses geruht hatte. Noch immer breitete der Nebel seine Schwingen über die erstickte Stadt, in der die Laternen gleich Karfunkeln glommen, und durch den Dunst und Qualm der herabsinkenden Wolken wälzte sich noch immer entlang der großen Verkehrsadern mit dem Tosen eines gewaltigen Windes die Prozession großstädtischen Lebens und Treibens. Das Zimmer jedoch erhellte freundlicher Feuerschein. Die Säure in der Flasche war längst verflogen, die köstliche Farbe hatte sich noch verdunkelt, gleichwie bemalte Fenster allmählich eine sattere Tönung annehmen, und die eingefangene Glut herbstlicher Tage auf den Abhängen der Weingärten wartete darauf, freigelassen zu werden und die Nebel Londons zu zerstreuen. Unmerklich taute der Anwalt auf. Es gab keinen Menschen, vor dem er weniger Geheimnisse bewahrte als vor Mr. Guest. Ja, er war sogar nicht immer sicher, daß er so viele vor ihm besaß, wie er meinte. Guest war oft in des Doktors geschäftlichen Angelegenheiten tätig gewesen, er kannte Poole, er hatte sicherlich auch von Hydes nahen Beziehungen zu dem Hause gehört und seine Schlüsse daraus gezogen; war es da nicht sogar gut, wenn er auch den Brief zu sehen bekam, der dieses Geheimnis aufklärte? Vor allem aber war Guest ein guter Beurteiler und Kenner von Handschriften, und die Maßnahme würde ihm als natürlich und gefällig erscheinen. Der Vorsteher war außerdem ein Mann der Ratschläge. Es war kaum anzunehmen, daß er ein so befremdliches Dokument lesen würde, ohne eine Bemerkung fallen zu lassen, und auf Grund dieser Bemerkung konnte Mr. Utterson vielleicht seinen weiteren Weg wählen.

»Das ist eine traurige Sache mit Sir Danvers«, bemerkte der Anwalt.

»Ja, weiß Gott, Herr Doktor. Sie hat das Volksempfinden aufs tiefste erregt«, erwiderte Guest. »Der Mensch war natürlich verrückt.«

»Ich würde gern Ihre Ansichten darüber hören«, entgegnete Utterson. »Ich habe hier ein Dokument in seiner Handschrift. Das bleibt natürlich unter uns, denn ich weiß kaum, was ich damit anfangen soll. Selbst im besten Falle ist es eine üble Sache. Doch sehen Sie selbst, es schlägt ganz in Ihr Fach: das Autogramm eines Mörders.«

Guests Augen funkelten, und er setzte sich sofort zurecht und studierte es leidenschaftlich. »Nein, Herr Rechtsanwalt, nicht verrückt, aber es ist eine merkwürdige Handschrift.«

»Und nach allem, was man hört, auch ein sehr merkwürdiger Verfasser«, fügte der Anwalt hinzu.

Gerade in diesem Augenblick trat der Diener mit einem Briefe ein.

»Ist das ein Schreiben von Dr. Jekyll, Herr Rechtsanwalt?« erkundigte sich der Vorsteher. »Ich glaubte die Schrift zu erkennen. Etwas Privates, Mr. Utterson?«

»Lediglich eine Einladung zum Abendessen. Warum möchten Sie sie sehen?«

»Nur einen Augenblick. Vielen Dank«, und der Vorsteher legte die beiden Schriftstücke nebeneinander und verglich eifrig ihren Inhalt. »Verbindlichen Dank, Herr Rechtsanwalt«, sagte er endlich und gab beide zurück. »Es ist ein außerordentlich interessantes Autogramm.«

Es entstand eine Pause, während der Mr. Utterson einen innerlichen Kampf ausfocht. »Warum verglichen Sie die beiden Schriftstücke, Guest?« erkundigte er sich plötzlich.

»Hm, Herr Rechtsanwalt«, entgegnete der Vorsteher.

»Es besteht zwischen ihnen eine ganz erstaunliche Ähnlichkeit. In vielen Punkten sind die beiden Handschriften identisch; verschieden ist nur die Steilheit.«

»Äußert seltsam«, sagte Utterson.

»Wie Sie zutreffend bemerkten, äußerst seltsam«, wiederholte Guest.

»Ich möchte nicht, daß über diesen Brief gesprochen wird, wissen Sie«, sagte der Anwalt.

»Bestimmt nicht, Herr Rechtsanwalt«, bestätigte der Vorsteher, »ich begreife.«

Aber kaum blieb Mr. Utterson an diesem Abend allein, so verschloß er den Brief in seinem Safe, in dem er von da an ruhte. »Was hat das zu bedeuten?« sagte er. »Henry Jekyll wird eines Mörders wegen zum Fälscher!« Und kalt kreiste das Blut in seinen Adern.

Kapitel Sechs
Merkwürdiges Erlebnis Dr. Lanyons

Die Zeit verrann. Mehrere tausend Pfund wurden als Belohnung ausgesetzt; denn der Tod Sir Danvers' wurde als öffentliche Schmach empfunden. Aber Mr. Hyde war aus dem Gesichtskreis der Polizei entschwunden, als hätte er nie existiert. Vieles aus seiner Vergangenheit wurde ausgegraben, und alles war unehrenhaft: Gerüchte tauchten auf über des Mannes Grausamkeit, über seine Hartherzigkeit und seinen Jähzorn, über seinen gemeinen Lebenswandel, seinen seltsamen Umgang, über den Haß, den er auf Schritt und Tritt aussäte; doch über seinen gegenwärtigen Aufenthalt auch nicht ein Wispern. Von dem Augenblick an, da er an dem Morgen des Mordes sein Haus in Soho verlassen hatte, war er einfach wie ausgelöscht, und allmählich, je mehr Tage verstrichen, begann Mr. Utterson sich von der ersten Hitze seiner Aufregung zu erholen und innerlich ruhiger zu werden. Der Tod Sir Danvers' war nach seiner Ansicht durch das Verschwinden Mr. Hydes mehr als bezahlt. Jetzt, da der schlimme Einfluß aufgehört hatte, begann für Dr. Jekyll ein neues Leben. Er trat aus seiner Abgeschlossenheit heraus, frischte die Beziehungen zu seinen Freunden wieder auf und wurde von neuem der vertraute Gast und Gastgeber. Schon immer war er wegen seiner Mildtätigkeit bekannt, jetzt wurde er es nicht weniger wegen seiner Religiosität. Er war geschäftig, bewegte sich viel in freier Luft und tat Gutes. Sein

Antlitz schien sich aufzuklären und zu strahlen wie im inneren Bewußtsein seines Wertes. Länger als zwei Monate lebte der Doktor so in Frieden.

Am 8. Januar hatte Utterson in kleinem Kreise bei dem Doktor gespeist. Lanyon war dort gewesen, und der Blick des Gastgebers hatte wieder, wie in alten Tagen, als das Trio noch unzertrennlich war, bald auf dem einen, bald auf dem anderen geruht. Am 12. und auch am 14. blieb die Tür vor dem Anwalt verschlossen. Der Doktor hätte sich in dem Hause eingeriegelt, erklärte Poole, und sähe niemand. Am 15. versuchte Utterson es noch einmal und erntete wieder eine Ablehnung. Gewöhnt, in den letzten zwei Monaten seinen Freund fast täglich zu sehen, drückte diese Rückkehr zum Einsiedlertum schwer auf sein Gemüt. Am fünften Abend speiste er zusammen mit Guest, und am sechsten begab er sich zu Dr. Lanyon.

Dort wurde er wenigstens nicht abgewiesen, aber als er eintrat, erschreckte ihn die Veränderung, die in des Doktors Aussehen vorgegangen war. Der Stempel des Todes war deutlich seinem Gesichte aufgedrückt. Der blühende Mann war blaß geworden, Körper und Wangen waren eingefallen, und er erschien kahler und gealtert; und doch waren es nicht in erster Linie diese Anzeichen eines raschen körperlichen Verfalles, die des Anwalts Blick fesselten, sondern der Ausdruck seiner Augen und ein gewisses Etwas in seinem Wesen, das von einer tiefen inneren Angst zu zeugen schien. Es schien kaum glaublich, daß der Doktor den Tod fürchten sollte, und doch fühlte sich Utterson versucht, das anzunehmen. »Gewiß«, dachte er, »er ist Arzt und muß sich über seinen Zustand klar sein. Er muß wissen, daß seine Tage gezählt sind, und diese Erkenntnis ist mehr, als er zu ertragen vermag.« Als jedoch Utterson eine Bemerkung über sein schlechtes Aussehen machte, erklärte Lanyon mit einem Ausdruck großer Gefaßtheit, daß er ein verlorener Mann sei.

»Ich habe einen Schreck gehabt, von dem ich mich nie wieder erholen werde. Es ist nur noch eine Frage von Wochen. Na gut, das Leben ist schön gewesen. Ich liebte es, ja ich liebte es wirklich! Manchmal aber denke ich, wenn wir alles wüßten, würden wir recht froh sein, es zu verlassen.«

»Jekyll ist ebenfalls krank, hast du ihn gesehen?« Lanyons Gesicht wechselte die Farbe, und er hob eine zitternde Hand hoch. »Ich wünsche nie wieder etwas von Dr. Jekyll zu sehen oder zu hören«, sagte er mit lauter, aber unsicherer Stimme. »Ich bin mit diesem Manne restlos fertig, und ich bitte dich, mich mit jeder Erwähnung eines Menschen zu verschonen, den ich bereits als tot betrachte.«

»Aber, aber«, meinte Mr. Utterson, und dann nach einer längeren Pause: »Kann ich nicht irgend etwas dabei tun? Wir drei sind doch so alte Freunde, denk' ich. Wir werden kaum noch neue erwerben.«

»Da läßt sich nichts tun, frage ihn selbst.«

»Er will mich nicht sehen«, entgegnete der Anwalt.

»Das überrascht mich nicht«, lautete die Antwort. »Eines Tages, Utterson, wenn ich erst tot bin, wirst du vielleicht erfahren, was Recht und Unrecht bei dieser Sache ist. Ich kann es dir nicht erzählen; und inzwischen, wenn du es über dich bringt, bei mir zu sitzen und über andere Dinge zu sprechen, um Gottes willen, bleib und tue es! Kannst du dich aber von diesem verfluchten Thema nicht frei machen, dann, in Gottes Namen, geh; denn ich vermag es nicht zu ertragen.«

Sobald Utterson wieder zu Hause war, setzte er sich hin und schrieb an Jekyll, beklagte sich über seinen Ausschluß aus dem Hause und erkundigte sich nach der Ursache dieses unseligen Bruches mit Lanyon. Der nächste Tag schon brachte ihm ein langes Antwortschreiben, oft sehr rührend in seiner Formulierung, bezüglich des eigentlichen Kerns aber reichlich dunkel gehalten. Der Bruch mit Lanyon wäre unheilbar. »Ich tadle unseren alten Freund nicht«, schrieb

Jekyll, »aber ich teile seine Ansicht, daß wir nie wieder zusammenkommen können. Ich beabsichtige, hinfort mein Leben in völliger Abgeschiedenheit zu verbringen. Das darf dich aber nicht überraschen; du sollst auch nicht an meiner Freundschaft zweifeln, wenn selbst dir meine Tür oft verschlossen ist. Du mußt mich schon meinen eigenen finsteren Weg gehen lassen. Ich habe selbst Strafe und Gefahr, die ich nicht nennen kann, auf mein Haupt herabbeschworen. Wie ich der erste unter den Sündern bin, bin ich auch der erste unter den Leidenden. Nie habe ich geahnt, daß auf dieser Erde Platz für so ein unmenschliches Leid, für so furchtbare Schrecknisse ist, und du kannst nur eines tun, Utterson, dieses herbe Schicksal zu mildern: das ist, mein Schweigen zu achten.« Utterson war erschüttert. Der finstere Einfluß Hydes war verschwunden gewesen, der Doktor wieder zu seinen alten Aufgaben und Freundschaften zurückgekehrt. Noch vor einer Woche hatte ihm die Zukunft lächelnd ein fröhliches und ein ehrenvolles Alter verhießen; und jetzt, in einem Augenblick, Freundschaft und Seelenfrieden und der ganze Sinn seines Lebens in Trümmern. Eine so große, so unerwartete Änderung ließ auf Wahnsinn schließen; aber angesichts Lanyons Verhalten und Worten mußte der Grund tiefer liegen.

Eine Woche später mußte sich Dr. Lanyon zu Bett legen, und in weniger als vierzehn Tagen war er tot. Am Abend nach dem Begräbnis, das Utterson tief ergriffen hatte, verschloß der Anwalt die Tür seines Arbeitszimmers und zog beim Scheine einer melancholischen Kerze ein Kuvert hervor, adressiert von der Hand und verschlossen mit dem Siegel seines toten Freundes. »Privat: lediglich für die Hand J. G. Uttersons bestimmt und im Falle seines Ablebens ungelesen zu vernichten«, lautete die emphatische Aufschrift. Der Anwalt fürchtete sich fast, den Inhalt kennenzulernen. »Einen Freund habe ich heute beerdigt«, dachte er, »wird mich dies vielleicht einen zweiten kosten?« Dann aber verwarf er diese Furcht als eine Treulosigkeit und erbrach das Siegel. In dem Umschlag befand sich ein weiteres Kuvert, in gleicher Weise versiegelt, mit der Aufschrift: »Bis zum Tode oder bis zu dem Verschwinden Dr. Henry Jekylls nicht zu öffnen.« Utterson wollte seinen Augen nicht trauen. Gewiß, da stand »Verschwinden«, hier wieder, genau wie in dem verrückten Testament, das er längst seinem Verfasser zurückgegeben hatte. Hier tauchte wieder die Idee eines Verschwindens in Verbindung mit dem Namen von Henry Jekyll auf. Aber in dem Testament war dieser Gedanke den finsteren Einflüsterungen des Mannes Hyde entsprungen. Er war dort eingefügt mit einer nur allzu klaren und furchtbaren Absicht. Niedergeschrieben von der Hand Lanyons, was konnte er da bedeuten? Gewaltige Neugier ergriff den Vertrauensmann, unter Mißachtung des Verbotes sofort diesem Geheimnisse auf den Grund zu kommen. Aber berufliche Ehre und die Treue dem toten Freunde gegenüber waren strenge Bindungen, und das Paket flog in die entferntere Ecke seines Geldschranks.

Es sind zwei verschiedene Dinge, Neugier zu unterdrücken und Neugier zu besiegen, und man kann es wohl bezweifeln, ob Utterson hinfort noch mit dem nämlichen Eifer ein Zusammensein mit seinem überlebenden Freunde herbeisehnte. Er dachte voller Freundschaft an ihn, aber seine Gedanken waren unruhig und furchterfüllt. Er ging ihn besuchen, aber vielleicht schaffte es ihm Erleichterung, nicht zugelassen zu werden; vielleicht zog er es in seinem innersten Herzen vor, mit Poole auf der Türschwelle, umgeben von der Luft, dem Geräusch der lebendigen Stadt, zu sprechen, als in dieses freiwillige Gefängnis eingelassen zu werden und dort zu sitzen und mit diesem undurchdringlichen Klausner zu reden. Poole vermochte auch wirklich keine sehr erfreulichen Neuigkeiten zu übermitteln. Der Doktor zog sich anscheinend mehr denn je in das Arbeitszimmer über dem Laboratorium zurück, in dem er bisweilen sogar schlief. Er war tief deprimiert, sein Schweigen war noch undurchdringlicher geworden, er las nicht, und es schien, als ob irgend etwas sein Denken gefangenhielt. Utterson gewöhnte sich allmählich so an diese stets gleichen Berichte, daß sich nach und nach die Häufigkeit seiner Besuche verminderte.

Kapitel Sieben
Das Fenster

An einem Sonntag war es. Mister Utterson und Mr. Enfield machten ihren üblichen Spaziergang, und ihr Weg führte sie wieder einmal durch jene Nebenstraße. Als sie sich der Tür gegenüber befanden, verhielten beide ihre Schritte und blickten sie an.

»Na«, meinte Enfield, »wenigstens hat jene Geschichte ihr Ende gefunden. Wir werden nie wieder etwas von Mr. Hyde zu sehen bekommen.«

»Das hoffe ich«, sagte Mr. Utterson; »erzählte ich dir eigentlich schon, daß ich ihn einmal gesehen habe und das gleiche Gefühl des Abscheus empfand wie du?«

»Das eine ohne das andere wäre auch ganz unmöglich!« erwiderte Enfield, »doch nebenbei, für was für einen Esel mußt du mich gehalten haben, daß ich nicht hätte wissen sollen, daß dies hier der Hintereingang zu Dr. Jekylls Haus ist! Es war zum Teil deine eigene Schuld, daß ich es herausbekam.«

»So, du hast es also herausbekommen?« meinte Utterson. »Da das nun einmal der Fall ist, wollen wir in den Hof gehen und uns die Fenster ansehen. Um dir die Wahrheit zu gestehen: ich bin wegen des armen Jekyll sehr besorgt, und selbst wenn wir uns nur außerhalb befinden, habe ich das Gefühl, die Nähe eines Freundes möchte ihm guttun.«

Der Hof war kühl und ein wenig dumpfig und schon von Zwielicht erfüllt, obwohl am Himmel oben noch der Sonnenuntergang erstrahlte. Das mittlere der drei Fenster stand halb offen, und dicht daneben sitzend und mit unendlich traurigem Ausdruck die Luft einschlürfend, gleich einem verzweifelten Gefangenen, erblickte Utterson Dr. Jekyll.

»Hallo, Jekyll!« rief er, »ich hoffe, es geht dir besser!«

»Ich bin sehr krank, Utterson«, erwiderte der Doktor traurig, »sehr krank. Gott sei Dank wird es nicht mehr lange dauern.«

»Du hältst dich zuviel im Zimmer auf«, entgegnete der Anwalt, »du solltest auch herauskommen und dein Blut in Bewegung bringen wie Mr. Enfield und ich (dieses ist mein Vetter – Mr. Enfield – Dr. Jekyll). Also komm, nimm deinen Hut und mach mit uns einen raschen Spaziergang.«

»Du bist so gut, ich würd' es ja so gerne tun, doch nein, nein, nein, es ist völlig unmöglich; ich wag' es nicht. Wirklich, ich freue mich aufrichtig, dich zu sehen; das ist mir eine ganz große Freude, ich würde dich und Mr. Enfield bitten, zu mir zu kommen, aber dieser Raum ist tatsächlich nicht für einen Besuch geeignet!«

»Na schön«, meinte der Anwalt gutmütig, »das beste, was wir dann tun können, ist hier zu bleiben und uns von hier aus mit dir zu unterhalten.«

»Gerade das gleiche wollte ich mir eben erlauben vorzuschlagen«, erwiderte der Doktor mit einem Lächeln; aber kaum waren die Worte heraus, als das Lächeln auch schon auf seinem Gesicht erstarb und einem Ausdrucke von so grauenvoller Angst und Verzweiflung Platz machte, daß den beiden Herren unten das Blut in den Adern gefror. Sie sahen das nur einen Augenblick, denn das Fenster wurde hastig zugeworfen, aber dieser kurze Blick hatte genügt. Sie machten kehrt und verließen ohne ein Wort den Hof. In tiefem Schweigen kreuzten sie die Nebenstraße, doch erst als sie die nächste Straße erreicht hatten, wo selbst am Sonntag noch lebendiges Leben herrschte, wagte Mr. Utterson sich umzuwenden und seinen Begleiter anzusehen. Sie waren beide blaß, und jeder las den gleichen Schauder in den Augen des anderen.

»Gott vergib uns, Gott vergib uns!« sagte Mr. Utterson. Aber Mr. Enfield neigte nur ernst das Haupt und ging stillschweigend weiter.

Kapitel Acht
Die letzte Nacht

Mister Utterson saß eines Abends nach dem Essen neben dem Kamin, als ihn ein Besuch Pooles überraschte.

»Mein Himmel, Poole, was führt Sie her!« und dann, nach einem zweiten Blick, fügte er hinzu, »was fehlt Ihnen? Ist der Doktor krank?«

»Mr. Utterson«, sagte der Mann, »da stimmt etwas nicht!«

»Nehmen Sie Platz! Hier ist ein Glas Wein für Sie!« sagte der Anwalt, »und dann nehmen Sie sich Zeit und erzählen Sie mir ausführlich, was Sie von mir wünschen.«

»Sie kennen des Doktors Art, Herr«, erwiderte Poole, »und wie er sich immer einschließt. Na schön, er hat sich wieder in das Arbeitszimmer eingeschlossen, und das gefällt mir nicht, Herr; ich möchte auf der Stelle sterben, wenn es mir gefiele. Mr. Utterson, Herr, ich ängstige mich!«

»Na, na, mein guter Mann«, versetzte der Anwalt, »sprechen Sie jetzt etwas deutlicher, wovor fürchten Sie sich?«

»Schon seit ungefähr einer Woche bin ich in ständiger

Angst«, erwiderte Poole, hartnäckig die Frage überhörend, »ich kann es nicht mehr ertragen!«

Das Aussehen des Mannes bestätigte klar seine Worte, sein Benehmen ließ das Schlimmste befürchten; ausgenommen den Moment, da er zum erstenmal von seiner Angst sprach, hatte er dem Anwalt nicht einmal ins Gesicht geblickt. Auch jetzt saß er, das Glas Wein unangerührt auf den Knien, da und starrte in eine Ecke der Diele. »Ich kann es nicht mehr ertragen!« wiederholte er.

»Fassen Sie sich«, sagte der Anwalt. »Ich begreife, Poole, daß Sie gute Gründe haben; ich sehe, daß da irgend etwas oberfaul ist. Versuchen Sie mir doch zu erklären, worum es sich handelt.«

»Ich glaube, es wird ein falsches Spiel getrieben«, sagte Poole heiser.

»Falsches Spiel!« rief der Anwalt, ziemlich erschreckt und folglich auch geneigt, ärgerlich zu werden. »Was heißt falsches Spiel, was meint der Mann?«

»Ich wag' es nicht zu sagen, Herr«, war die Antwort, »doch bitte, kommen Sie mit mir und sehen Sie selbst!«

Mr. Uttersons einzige Antwort bestand darin, daß er aufstand und Hut und Mantel ergriff. Mit Verwunderung bemerkte er die starke Erleichterung, die auf dem Gesicht des Hausmeisters zu erkennen war, und vielleicht mit nicht geringerem Erstaunen, daß der Wein noch immer unberührt war, als Poole das Glas hinstellte, um ihm zu folgen.

Es war eine stürmische, kalte, der Jahreszeit angemessene Märznacht mit bleichem Mond, der auf den Wolken zu liegen schien, als hätte ein Windstoß ihn umgeworfen, und eilenden Wolkenfetzen, die einem durchsichtigen Schleier gleich darunter hinzogen. Der Wind erschwerte das Sprechen und trieb das Blut in das Gesicht. Es schien, als habe er die Straßen von Fußgängern leer gefegt, und Mr. Utterson vermeinte, diesen Teil Londons noch nie so verödet gesehen zu haben. Dringend wünschte er, es wäre anders gewesen, denn noch nie in seinem Leben hatte er so lebhaft den Wunsch gefühlt, in engem Kontakt mit seinen Mitmenschen zu verbleiben; so sehr er auch dagegen ankämpfen mochte, sein Herz konnte die erdrückende Vorahnung eines Unglücks nicht überwinden. Über den Platz, den sie gerade erreicht hatten, tobte staubaufwirbelnder Wind, und die dünnen Bäume in den Gärten peitschten mit ihren Zweigen die Gitter. Poole, der den ganzen Weg ein oder zwei Schritte vorausgeeilt war, blieb plötzlich mitten auf dem Bürgersteig stehen, und trotz des schneidenden Wetters nahm er seinen Hut ab und trocknete sich die Stirn mit einem roten Taschentuch. Doch nicht die Eile des Laufes hatte diese Schweißtropfen, die er fortwischte, erzeugt, sondern sie waren der Ausdruck würgender Qual; denn sein Gesicht war fahl und seine Stimme klang rauh und gebrochen, als er jetzt sagte: »Nun Herr, da wären wir. Gott gebe, daß nichts Schlimmes passiert ist!«

»Amen, Poole«, sagte der Anwalt.

Der Diener klopfte darauf in sehr vorsichtiger Weise. Die Tür wurde geöffnet, soweit die Sicherheitskette es erlaubte, und eine Stimme fragte von innen her: »Sind Sie es, Poole?«

»Ganz recht«, erwiderte Poole, »öffnen Sie die Tür!«

Die Diele, die sie zuerst betraten, war hell erleuchtet. Das Feuer war heftig geschürt, und um den Kamin standen dicht gedrängt, wie eine Herde Schafe, sämtliche Dienstboten, männliche und weibliche. Beim Anblick Mr. Uttersons brach das Stubenmädchen in hysterisches Wimmern aus, und der Koch rannte mit dem Aufschrei: »Gott sei gedankt! Es ist Mr. Utterson« auf ihn zu, als ob er ihn umarmen wollte.

»Was ist denn, was ist denn! Warum seid ihr alle hier?« fragte der Anwalt verdrießlich. »Ganz ungehörig, sehr unschicklich, euer Herr wird das keineswegs billigen!«

»Sie fürchten sich alle«, sagte Poole.

Tiefe Stille folgte, niemand widersprach, nur das Mädchen schluchzte jetzt lauter.

»Halt's Maul!« brüllte Poole sie in einem wütenden Tone an, der die Gereiztheit seiner eigenen Nerven bewies, und wahrlich, als das Mädchen so plötzlich ihre Klagen laut werden ließ, hatten sich alle umgewandt und starrten mit ängstlich gespannten Gesichtern auf die Innentür. »Reich mir mal einen Leuchter!« fuhr der Hausmeister, zum Küchenjungen gewandt, fort, »dann wollen wir der Sache mit einem Schlage auf den Grund kommen.« Dann bat er Mr. Utterson ihm zu folgen und schritt den Weg zum Hintergarten voran.

»Bitte, Herr«, sagte er, »gehen Sie so leise, wie Sie können. Ich möchte, daß Sie hören, aber nicht gehört werden. Und hören Sie auf mich, Herr, falls er Sie vielleicht auffordern sollte, hineinzukommen, tun Sie's nicht!«

Mr. Uttersons Nerven erhielten bei diesem unerwarteten Schluß einen derartigen Stoß, daß er kaum sein seelisches Gleichgewicht zu bewahren vermochte. Aber er nahm allen Mut zusammen, folgte dem Hausmeister in den Laboratoriumsbau und durch den Hörsaal mit seinem Gerümpel von Kisten und Flaschen bis zum Fuße der Treppe. Hier veranlaßte Poole ihn, auf der einen Seite stehen zu bleiben und zu lauschen, während er selbst, nachdem er den Leuchter niedergestellt und mühsam seine ganze Entschlußkraft zusammengerafft hatte, die Stufen emporstieg und mit einer etwas zitternden Hand an der roten Friestür des Arbeitszimmers pochte.

»Mr. Utterson, Herr, möchte Sie besuchen«, gleichzeitig gab er dem Anwalt durch heftige Gesten zu verstehen, ja gut aufzupassen.

Von innen antwortete eine weinerliche Stimme: »Sage ihm, daß ich niemand sehen kann.«

»Ich danke Ihnen, Herr«, sagte Poole mit einem fast triumphierenden Klang in der Stimme. Dann nahm er den Leuchter wieder auf und führte Mr. Utterson über den Hof zurück in die große Küche, wo das Feuer ausgegangen war und die Schwaben sich auf dem Fußboden tummelten.

»Herr«, sagte er und blickte Mr. Utterson in die Augen, »war das die Stimme meines Herrn?«

»Sie schien stark verändert«, erwiderte der Anwalt, zwar sehr bleich, aber den Blick fest zurückgebend.

»Verändert? Ja, gewiß, das denk' ich auch«, entgegnete der Hausmeister. »Bin ich zwanzig Jahre lang in dem Hause dieses Mannes gewesen, um mich über seine Stimme täuschen zu lassen? Nein, Herr. Mein Herr ist verschwunden! Schon vor acht Tagen wurde er umgebracht, damals, als wir ihn den Namen Gottes anrufen hörten. Und wer steckt dort statt seiner drin? Und warum bleibt er dort? Das sind Sachen, die zum Himmel schreien, Mr. Utterson.«

»Das ist eine sehr seltsame Geschichte, Poole. Das ist fast eine etwas wüste Geschichte, mein lieber Mann«, sagte Mr. Utterson und biß sich auf den Finger. »Angenommen, die Sache wäre so, wie Sie es vermuten, angenommen, Dr. Jekyll wäre – gut, er wäre ermordet worden, was könnte wohl den Mörder veranlassen, dort zu bleiben? Das ist nicht stichhaltig, dafür gibt es keinen vernünftigen Grund.«

»Nun gut, Mr. Utterson, Sie sind ein schwer zu befriedigender Herr, aber ich will es dennoch tun«, entgegnete Poole. »Die ganze letzte Woche (müssen Sie wissen) hat er oder es oder was auch immer dort in jenem Zimmer lebt, Nacht und Tag nach einer gewissen Medizin geschrien und kann sich nicht darauf besinnen. Es war manchmal seine Art – die Art des seligen Herrn – seine Befehle auf einen Fetzen Papier zu schreiben und diesen auf die Treppe zu schmeißen. In der ganzen vergangenen Woche haben wir nichts anderes zu sehen bekommen; nichts außer solchen Zetteln und eine verriegelte Tür und die davorgestellten Speisen, um hineingeschmuggelt zu werden, wenn niemand zusah. Schön, Herr, jeden Tag, ja, und zwei- und dreimal am gleichen Tage, sind Befehle und Beschwerden ergangen, und ich bin in rasender Eile zu sämtlichen Apothekern in der ganzen Stadt herumgehetzt worden. Jedesmal brachte ich das verlangte Zeug mit; dann kam ein neues Papier, das mir befahl es zurückzubringen, weil es nicht rein wäre, und ein neuer Befehl an eine andere Firma. Diese Droge wird bitter nötig gebraucht, Herr, wofür es auch immer sein mag.«

»Haben Sie noch einen dieser Zettel?« fragte Mr. Utterson.

Poole fühlte in seine Tasche und zog ein zusammengeknülltes Papier heraus, das der Anwalt, dicht unter die Kerze haltend, sorgfältig prüfte. Der Inhalt lautete folgendermaßen: »Dr. Jekyll sendet den Messrs. Maw seine besten Empfehlungen. Er muß Ihnen leider versichern, daß Ihre letzte Probe unrein und für seinen augenblicklichen Zweck völlig unbrauchbar ist. Im Jahre 18** kaufte Dr. Jekyll eine ziemlich große Menge von Messrs. Maw. Er bittet Sie nun, mit peinlichster Sorgfalt Nachsuche zu halten und, falls noch etwas von der gleichen Qualität vorhanden sein sollte, es ihm sofort zu übermitteln. Kosten spielen keine Rolle. Die Bedeutung dieser Sache für Dr. Jekyll kann kaum übertrieben werden.« Bis hierher war der Brief ziemlich beherrscht gehalten, aber an dieser Stelle hatte den Schreiber offenbar seine Selbstbeherrschung verlassen, die Feder war ausgeglitten. »Um des Himmels willen«, hatte er noch hinzugefügt, »treiben Sie mir etwas von dem alten auf!«

»Das ist ein seltsames Schriftstück«, sagte Mr. Utterson, und dann scharf: »Wie kommen Sie dazu, es geöffnet zu haben?«

»Der Mann bei Maws war mächtig ärgerlich, Herr, und warf es mir wieder zu, als wäre es ein Stück Dreck«, erwiderte Poole.

»Das ist doch fraglos des Doktors Hand, nicht wahr?« meinte der Anwalt.

»Ich sollte meinen, daß sie ihr gleicht«, versetzte der Diener mürrisch. Dann, mit veränderter Stimme sagte er: »Aber, was kommt es darauf schon an. Ich habe ihn doch gesehen!«

»Ihn gesehen?« wiederholte Mr. Utterson. »Nun, und?«

»Das ist's ja eben«, sagte Poole. »Es war so: Ich kam unerwartet aus dem Garten in den Hörsaal. Anscheinend war er herausgeschlüpft, um nach diesem Zeug oder irgend etwas anderem zu suchen; denn die Arbeitszimmertür stand offen, und er wühlte an dem entfernteren Ende des Saales zwischen den Kisten herum. Als ich eintrat, blickte er auf, stieß eine Art Schrei aus und stürmte treppauf in das Kabinett. Kaum eine Minute hatte ich ihn gesehen, aber mir standen die Haare wie Borsten auf dem Kopfe. Herr, wenn das mein Gebieter war, warum trug er eine Maske vor dem Gesicht? Wenn es mein Herr war, warum quietschte er auf wie eine Ratte und rannte vor mir davon? Ich habe ihm doch lange genug gedient. Und dann ...« Der Mann stockte und strich sich mit der Hand über das Gesicht.

»Das sind in der Tat alles sehr merkwürdige Umstände«, sagte Mr. Utterson, »aber ich glaube, mir geht allmählich ein Licht auf. Ihr Herr, Poole, ist offenbar von einer jener Krankheiten ergriffen, die den Patienten sowohl quälen wie entstellen. Daher, wie ich annehmen möchte, die Veränderung seiner Stimme. Daher die Maske und das Vermeiden seiner Freunde. Daher das brennende Verlangen, die Droge zu finden. Wahrscheinlich die letzte Hoffnung dieser armen Seele, wieder zu gesunden. Gott gebe, daß ihm keine Enttäuschung wird! Das ist meine Erklärung: sie ist traurig genug, Poole, gewiß, und entsetzlich, wenn es so ist. Aber sie ist einfach und natürlich, alles stimmt zusammen und befreit uns von dieser übertriebenen Sorge.«

»Herr«, sagte der Hausmeister, und schmutzige Blässe überzog von neuem sein Gesicht. »Jenes Ding war nicht mein Herr. Das ist die Wahrheit. Mein Herr«, dabei blickte er sich scheu um und senkte die Stimme zu einem Flüstern, »ist ein großer, stattlicher Mann, und dies Ding war eher ein Zwerg.« Utterson wollte eine Einwendung machen. »Oh, Herr Doktor!« rief Poole, »glauben Sie, ich sollte nach zwanzig Jahren meinen Herrn nicht kennen? Glauben Sie, ich wüßte nicht, wie hoch sein Kopf in der Tür des Arbeitszimmers reicht, wo ich ihn jeden Morgen meines Lebens sah? Nein, Herr, das Ding in der Maske war niemals Dr. Jekyll – Gott weiß, was es war, aber es war nie Dr. Jekyll. Und mein Herz sagt es mir, dort ist ein Mord geschehen!«

»Poole«, erwiderte der Anwalt, »wenn Sie das behaupten, dann ist es meine Pflicht, der Sache auf den Grund zu gehen. So sehr ich auch wünsche, Ihres Herrn Gefühle zu schonen, so viel mir auch dieser Zettel zu denken gibt, der zu beweisen scheint, daß er noch lebt, betrachte ich es doch als meine Pflicht, jene Tür zu erbrechen.«

»Ah, Mr. Utterson, das ist ein Wort!« rief der Hausmeister.

»Und jetzt erhebt sich die zweite Frage«, fuhr Utterson fort, »wer soll es tun?«

»Wer? Sie und ich, Herr!« war die unerschrockene Antwort.

»Das ist ein gutes Wort«, erwiderte der Anwalt, »und was auch daraus folgen mag, ich werde jedenfalls dafür sorgen, daß Ihnen daraus kein Schaden erwächst.«

»In dem Hörsaal liegt eine Axt«, fuhr Poole fort, »und Sie können ja das Schüreisen nehmen.«

Der Anwalt nahm das rohe, aber gewichtige Instrument zur Hand und wog es. »Wissen Sie auch, Poole«, sagte er aufblickend, »daß Sie und ich im Begriff sind, uns in eine ziemlich gefährliche Situation zu begeben?«

»Da haben Sie sicherlich nicht unrecht«, erwiderte der Hausmeister.

»Dann ist es gut, wenn wir zueinander aufrichtig sind«, sagte der andere. »Wir beide denken mehr, als wir bisher ausgesprochen haben. Lassen Sie uns reinen Tisch machen! Haben Sie jene maskierte Gestalt, die Sie dort sahen, erkannt?«

»Hm, Herr, es ging alles so schnell, und das Wesen war so zusammengekrümmt, daß ich kaum darauf schwören könnte«, lautete die Antwort. »Aber wenn Sie annehmen, daß es Mr. Hyde war – nun ja, ich glaube, er war's! Sehen Sie, es war etwa von der gleichen Größe, und es hatte dieselben raschen Bewegungen, und dann, wer sonst hätte wohl durch die Laboratoriumstür hineinkommen können? Sie haben's doch nicht vergessen, Herr Doktor, daß er zur Zeit des Mordes noch immer den Schlüssel bei sich hatte? Ah, das ist noch nicht alles! Ich weiß nicht, Mr. Utterson, ob Ihnen je dieser Mr. Hyde begegnet ist?«

»Ja«, erwiderte der Anwalt, »einmal hab' ich mit ihm gesprochen.«

»Dann müssen Sie so gut wie wir anderen alle wissen, daß an diesem Herrn etwas Sonderbares war – etwas, das einem Menschen einen Ruck versetzte – ich weiß nicht recht, wie ich mich ausdrücken soll, Herr, höchstens so: Sie hatten das Gefühl, als liefe es Ihnen kalt durch Mark und Bein!«

»Ich gestehe, ich hatte tatsächlich ein ähnliches Gefühl, wie Sie's beschreiben«, sagte Mr. Utterson.

»Richtig, Herr«, erwiderte Poole, »nun, als jenes maskierte Wesen, einem Affen gleich, zwischen den Chemikalien herumhüpfte und in das Kabinett stürmte, rann es mir wie Eis den Rücken herunter. Oh, ich weiß, das ist kein Beweis, Mr. Utterson. Um das zu verstehen, habe ich genug gelesen. Aber ein Mensch hat sein sicheres Gefühl, und ich schwöre Ihnen auf die Bibel zu: es war Mr. Hyde.«

»Ja, ja«, sagte der Anwalt, »meine Befürchtungen neigen der gleichen Richtung zu. Böses, fürchte ich, entsprießt jener Verbindung – Böses mußte daraus folgen. Ja, wahrhaftig, ich glaube Ihnen, ich glaube, mein armer Henry ist ermordet, und ich glaube auch, daß sein Mörder (zu welchem Zweck vermag Gott allein zu sagen) noch immer in dem Zimmer seines Opfers lauert. Schön, uns gebührt die Rache! Rufen Sie Bradshaw.« Der Bediente kam auf den Ruf hin, sehr bleich und aufgeregt.

»Reißen Sie sich zusammen«, sagte der Anwalt, »diese Ungewißheit, ich weiß es, lastet auf euch allen. Aber es ist unsere Absicht, damit nun ein Ende zu machen. Poole und ich werden uns jetzt den Zutritt in das Arbeitszimmer erzwingen. Sollte alles in Ordnung sein, meine Schultern sind stark genug, die Blamage zu tragen. Inzwischen jedoch und für den Fall, daß doch etwas nicht in Ordnung ist oder irgendein Übeltäter versuchen sollte, durch die Hintertür zu entkommen, gehen Sie mit dem Jungen, mit ein paar guten Knüppeln bewaffnet, um die Ecke herum und stellen Sie sich neben der Laboratoriumstür auf. Wir geben euch zehn Minuten Zeit, euren Posten zu beziehen.«

Als Bradshaw fort war, sah der Anwalt auf seine Uhr. »Und jetzt, Poole, auf, an unser Werk!« Und mit dem Schüreisen unter dem Arm ging er in den Garten.

Regenwolken hatten sich vor den Mond geschoben, und es war jetzt völlig dunkel. Der Wind, der nur noch in einzelnen Stößen in diesen Brunnen von einem Gebäude hineindrang, ließ das Licht der Kerze während ihres Ganges hin und her flackern, bis sie in den Schutz des Hörsaales gelangten. Dort setzten sie sich schweigend hin und warteten. Feierlich tönte das Summen Londons aus der Ferne. Doch in ihrer Nähe wurde die Stille nur durch den Klang eines Schrittes unterbrochen, der auf und ab das Arbeitszimmer durcheilte.

»So geht es da drinnen den ganzen Tag, Herr«, sagte Poole. »Ja, und den größten Teil der Nacht. Nur wenn eine neue Mustersendung von dem Chemiker kommt, gibt es eine kurze Pause. Ach, es ist ein böses Gewissen, das solch ein Feind der Ruhe ist. Ach, Herr, Blut, schmählich vergossenes

Blut hängt an jedem dieser Tritte. Aber horchen Sie wieder! ein bißchen näher – legen Sie Ihr ganzes Herz in Ihre Ohren, Mr. Utterson, und sagen Sie mir: ist das des Doktors Schritt?«

Die Schritte waren leicht und unregelmäßig und etwas schwankend. Oft klangen sie auffallend leise. Es war in der Tat ein großer Unterschied zu dem gewichtigen, knarrenden Tritt Henry Jekylls. Utterson seufzte. »Geht das dort immer so?« fragte er.

Poole nickte. »Einmal«, sagte er, »einmal hörte ich es weinen.«

»Weinen? Was heißt das?« fragte der Anwalt mit einem plötzlichen Schauer des Schreckens.

»Weinen wie eine Frau oder eine verlorene Seele«, sagte der Hausmeister. »Es bedrückte so mein Herz, daß ich gleichfalls hätte weinen mögen.«

Jetzt waren die zehn Minuten vorüber. Poole zog unter einem Haufen Packstroh die Axt hervor, die Kerze wurde auf den nächstgelegenen Tisch gestellt, um ihnen bei ihrem Angriff zu leuchten, und mit verhaltenem Atem näherten sie sich dem Platze, worinnen jener ausdauernde Fuß in der Stille der Nacht noch immer einherging, auf und ab, auf und ab.

»Jekyll!« rief Utterson mit lauter Stimme, »ich muß dich sehen!«

Einen Moment lang wartete er, aber es kam keine Antwort. »Ich warne dich ehrlich. Unser Argwohn ist erwacht, und ich muß und werde dich sehen«, schloß er. »Wenn nicht mit ehrlichen, dann mit unehrlichen Mitteln – wenn nicht mit deiner Zustimmung, dann mit brutaler Gewalt.«

»Utterson«, antwortete die Stimme, »um des Himmels willen, sei barmherzig.«

»Ah!« rief Utterson. »Das ist nicht Jekylls Stimme – Poole, nieder mit der Tür!«

Poole schwang die Axt über seinem Kopf, der Schlag ließ das Gebäude erzittern, und die rote Friestür erzitterte in

Schloß und Angel. Ein mißtöniges Gekreisch wie von tierischer Angst drang aus dem Kabinett. Wieder hob sich die Axt, wieder krachten die Füllungen, und das Gerüst erzitterte. Viermal noch erdröhnte der Schlag, aber das Holz war zäh und das Türgerüst ausgezeichnete Zimmermannsarbeit. Erst beim fünften Hieb barst der Riegel in Stücke, und die Trümmer der Tür stürzten nach innen auf den Teppich.

Die Sieger, erschreckt über ihren eigenen Lärm und die plötzlich eingetretene Stille, traten ein Stückchen zurück und lugten hinein. Da lag das Kabinett vor ihren Augen in ruhigem Lampenlicht, ein angenehmes Feuer glühte und knatterte in dem Kamin, der Kessel sang an seiner dünnen Kette. Eine oder zwei Schiebladen standen offen, auf dem Experimentiertisch lagen wohlgeordnet Schriftstücke, und nahe dem Feuer war alles für den Tee vorbereitet: das friedlichste Zimmer, hätte man meinen können, und, abgesehen von den mit allen möglichen Chemikalien vollgepfropften Glasschränken, der gemütlichste Raum heute nacht in London.

Doch direkt in der Mitte lag der schmerzhaft zusammengekrümmte, noch zuckende Körper eines Mannes. Auf Zehenspitzen schlichen sie näher, drehten den Körper auf den Rücken und erblickten das Antlitz – Edward Hydes. Er war bekleidet mit Kleidern, die viel zu groß für ihn waren, einem Anzuge für des Doktors Größe. Die Muskeln seines Gesichtes zuckten noch mit einem Schein von Leben, aber die Seele war bereits entflohen. Angesichts der zerpreßten Phiole in seiner Hand und des starken Bittermandelgeruches, der in der Luft hing, wußte Utterson, daß er den Leib eines Selbstmörders vor sich hatte.

»Wir sind zu spät gekommen«, sagte er ernst, »zu retten sowohl wie zu strafen. Hyde ist zu seinem Richter eingegangen; uns bleibt lediglich, den Körper Ihres Herrn zu suchen.«

Der bei weitem größte Teil des Gebäudes wurde von dem Hörsaal eingenommen, der fast das ganze Erdgeschoß umfaßte und mittels Oberlicht erleuchtet wurde, sowie von dem Arbeitszimmer, das an dem einen Ende ein Zwischengeschoß bildete und auf den Hof hinaussah. Ein Korridor führte von dem Hörsaal nach der Tür in der Nebenstraße. Mit diesem Gang stand auch das Arbeitszimmer durch eine zweite Treppe in direkter Verbindung. Außerdem gab es dort noch ein paar dunkle Kammern und einen geräumigen Keller. Diese ganzen Räumlichkeiten durchstöberten die beiden von oben bis unten. Bei den verschiedenen Kammern bedurfte es nur eines flüchtigen Blickes; denn alle waren leer, und der Staub, der von den Türen herabfiel, zeigte, daß sie schon lange nicht mehr geöffnet waren. Der Keller dagegen war mit altem Plunder angefüllt, der zum größten Teil noch aus der Zeit von Jekylls Vorbesitzer, dem Chirurgen, stammte. Als sie jedoch die Tür öffneten, wurde ihnen sofort die Zwecklosigkeit eines weiteren Nachforschens klar; denn ein förmlicher Teppich von Spinnweben hatte offenbar schon seit Jahren den Eingang überzogen. Nirgends fand sich auch nur eine Spur von Henry Jekyll, tot oder lebend. Poole stampfte auf die Fliesen des Korridors: »Hier muß er begraben sein«, und lauschte auf den Klang.

»Falls er nicht entflohen ist«, meinte Utterson und machte kehrt, um die nach der Nebenstraße führende Tür zu untersuchen. Sie war verschlossen, und dicht daneben auf den Fliesen fanden sie den Schlüssel, bereits mit Rost überzogen.

»Das sieht nicht nach Gebrauch aus«, bemerkte der Anwalt.

»Gebrauch?« echote Poole. »Sehen Sie nicht, Herr, daß er zerbrochen ist, als ob ein Mensch auf ihm herumgetrampelt hätte?«

»Ja«, fuhr Utterson fort, »und die Bruchstellen sind ebenfalls bereits rostig.«

Die beiden Männer blickten sich in tödlichem Schrecken an. »Das geht über meinen Verstand, Poole«, sagte der Anwalt, »wir wollen ins Arbeitszimmer zurückgehen.«

Schweigend gingen sie die Treppe hinauf, und mit einem

gelegentlichen scheuen Seitenblick auf den toten Körper machten sie sich daran, den Inhalt des Kabinetts gründlicher zu durchstöbern. Auf dem einen Tisch bemerkte man Spuren einer chemischen Arbeit; verschiedene abgemessene Haufen eines weißen Salzes standen auf Glasschälchen da wie zu einem Versuch vorbereitet, an dessen Durchführung der unglückliche Mann verhindert worden war.

»Das ist die gleiche Droge, die ich ihm immer gebracht habe«, sagte Poole, und gerade, als er sprach, kochte der Kessel mit einem erschreckenden Geräusch über.

Dieses veranlaßte sie, zu dem Kamin hinzutreten, wo der Polsterstuhl einladend stand und alles zum Tee bequem zur Hand lag, selbst der Zucker war bereits in der Tasse. Auf einem Bord standen verschiedene Bücher, eines lag aufgeschlagen neben dem Teegerät, und Utterson war tief ergriffen, als er sah, daß es ein religiöses Werk war, für das der Doktor wiederholt große Bewunderung ausgedrückt hatte, und in das, von des Doktors eigener Hand, die scheußlichsten Blasphemien hineingekritzelt waren.

Weiter führte der Weg die Sucher bei der Durchforschung des Zimmers zu dem Drehspiegel, in dessen Tiefe sie mit einem unwillkürlichen Schauder blickten. Doch er war so gedreht, daß er ihnen nichts zeigte außer der rötlichen Glut, die an der Decke spielte, dem Feuerschein, der in hundert Wiederholungen von den geschliffenen Rändern des Spiegels widergestrahlt wurde und ihre eigenen angsterfüllten Gesichter, die hineinblickten.

»Dieses Glas hat manch seltsame Dinge gesehen«, flüsterte Poole.

»Doch sicherlich nicht Seltsameres als sich selbst«, wiederholte der Anwalt im nämlichen Tone, »wozu brauchte Jekyll« – er fuhr bei seinen eigenen Worten erschreckt zusammen, dann seiner Schwäche Herr werdend: »Wozu mochte ihn Jekyll nur gebrauchen?« fragte er.

»Ja, wozu nur?« erwiderte Poole.

Als nächstes wandten sie sich dem Experimentiertische zu. Auf der Platte zwischen den sauber geordneten Papieren lag zuoberst ein großer Briefumschlag, der in des Doktors Hand den Namen Mr. Uttersons trug. Der Anwalt entsiegelte ihn, und mehrere Einlagen fielen auf den Boden. Das erste war ein Testament mit den gleichen exzentrischen Bestimmungen wie jenes, das er ihm vor sechs Monaten zurückgegeben hatte. Es sollte im Falle des Todes als Testament, und im Falle seines Verschwindens als Geschenksurkunde dienen, aber an Stelle des Namens von Edward Hyde las der Anwalt mit unbeschreiblicher Rührung den Namen Gabriel John Utterson. Er blickte auf Poole und dann zurück auf das Schriftstück und endlich auf den toten, auf den Teppich hingestreckten Verbrecher.

»Mir dreht sich der Kopf«, sagte er. »All diese Tage hatte er diese Papiere im Besitz gehabt, er hat keine Ursache, mich zu lieben, er muß gerast haben, sich selbst entthront zu sehen, und doch hat er dieses Dokument nicht vernichtet.«

Er hob das nächste Schriftstück auf. Es war ein kurzer Brief in des Doktors Hand und trug oben das Datum. »Oh, Poole!« rief der Anwalt, »heute lebte er noch und war hier. In so kurzer Zeit kann er nicht vernichtet worden sein. Er muß noch leben, er muß entflohen sein! Aber warum entflohen? Und wie? Und ist das der Fall, wie läßt sich dieser Selbstmord erklären? Oh, wir müssen vorsichtig sein, sonst, fürchte ich, verstricken wir Ihren Herrn noch in irgendeine furchtbare Katastrophe.«

»Warum lesen Sie's nicht, Herr?« fragte Poole.

»Weil ich Angst habe!« erwiderte der Anwalt feierlich. »Gott gebe es, daß sie grundlos sei.« Mit diesen Worten nahm er den Brief auf und las folgendes:

»Mein lieber Utterson! Wenn dieses Schreiben in Deine Hand fällt, werde ich verschwunden sein. Unter welchen

Umständen habe ich nicht die Möglichkeit vorauszusehen. Aber mein Instinkt und sämtliche Einzelheiten meiner nicht zu beschreibenden Lage künden mir, daß das Ende sicher ist und nahe bevorsteht. Mach Dich auf und lies zuerst den Bericht, den Lanyon, wie er mir drohte, Deinen Händen anvertrauen wollte. Und wenn Du dann noch mehr zu hören wünschest, dann greife zu der Beichte Deines unwürdigen und unglücklichen Freundes

Henry Jekyll.«

»Es war doch noch eine dritte Einlage da?« erkundigte sich Utterson.

»Hier, Herr«, sagte Poole und übergab ihm ein umfangreiches, mit mehreren Siegeln verschlossenes Paket.

Der Anwalt steckte es in seine Tasche. »Ich würde nichts von diesem Papier erwähnen. Falls Ihr Herr geflohen oder tot ist, sollten wir wenigstens versuchen, seinen Ruf zu retten. Es ist jetzt zehn Uhr. Ich muß nun heimgehen, um diese Dokumente in Ruhe zu lesen, aber ich werde vor Mitternacht zurück sein, und dann werden wir nach der Polizei schicken.«

Sie gingen hinaus und verschlossen die Tür des Hörsaals hinter sich. Und Utterson schleppte sich mühsam heim in sein Büro, um die beiden Berichte zu lesen, die die Erklärung für dieses Mysterium bergen sollten; inzwischen blieben die Dienstboten ängstlich um das Feuer geschart in der Diele zurück.

Kapitel Neun
Dr. Lanyons Bericht

Am neunten Januar, heute vor vier Tagen, erhielt ich mit der Abendpost einen eingeschriebenen Brief von der Hand meines Kollegen und alten Schulkameraden Henry Jekyll. Ich war sehr überrascht, denn wir pflegten absolut nicht miteinander zu korrespondieren. Erst am Abend vorher hatte ich den Mann gesehen und mit ihm zusammen gespeist, und ich konnte mir nach der Art unseres Verkehrs nichts vorstellen, was die Formalität des Einschreibens gerechtfertigt hätte. Der Inhalt steigerte noch meine Verwunderung, denn der Brief lautete also:

»9. Januar 18**.

Lieber Lanyon! Du bist einer meiner ältesten Freunde, und obgleich wir seinerzeit in wissenschaftlichen Fragen auseinandergingen, kann ich mich, wenigstens was mich anbetrifft, nicht erinnern, daß unsere Zuneigung einen Bruch erlitten hätte. Nie gab es einen Tag, da ich, wenn Du zu mir gesagt hättest: ›Jekyll, mein Leben, meine Ehre, meine Vernunft hängen von dir ab‹, nicht freudig mein Vermögen oder meine linke Hand geopfert hätte, um Dir zu helfen. Lanyon! mein Leben, meine Ehre, mein Verstand hängen nur von Deiner Barmherzigkeit ab! Wenn Du mich heute nacht im Stich läßt, bin ich verloren! – Nach dieser Einleitung kannst du annehmen, daß ich im Begriff bin, Dich um etwas zu bitten, das zu gewähren unehrenhaft ist. Doch urteile selbst!

Ich bitte Dich, für heute nacht alle anderen Verabredungen abzusagen – selbst wenn Du an das Bett eines Kaisers gerufen wärest –, sofort eine Droschke zu nehmen, falls Dein eigener Wagen nicht gleich vor der Tür hält, und mit diesem Brief als Ausweis in Deiner Hand zu mir zu fahren. Poole, mein Hausmeister, hat seine Anweisung. Du wirst ihn mit einem Schlosser, Deine Ankunft erwartend, bereitfinden. Die Tür meines Arbeitszimmers soll dann gewaltsam geöffnet werden, und Du sollst allein eintreten. Öffne den Glasschrank (Ziff. E) zur Linken; falls er verschlossen ist, erbrich das Schloß und ziehe mit ihrem gesamten Inhalt, wie er steht und liegt, die vierte Schublade von oben oder (was das gleiche heißt) die dritte vom Boden heraus. Bei meiner vollständigen Geistesverwirrung habe ich eine tödliche Furcht, Dir falsche Angaben zu machen, aber selbst wenn ich mich geirrt haben sollte, kannst Du die richtige Schieblade an ihrem Inhalte erkennen: einige Pulver, eine Phiole und ein Notizbuch. Diese Schieblade bitte ich Dich, genau wie sie ist, mit Dir nach Cavendish Square zurückzunehmen.

Das ist der erste Teil des erbetenen Dienstes. Jetzt zum zweiten. Wenn Du genau nach dieser Anweisung handelst, wirst Du lange vor Mitternacht wieder zurück sein. Doch ich will Dir diesen Spielraum lassen, nicht nur aus Furcht vor irgendwelchen unvermeidlichen und nicht vorherzusehenden Hindernissen, sondern weil auch eine Stunde, zu der Deine Dienstboten sich bereits im Bett befinden, für das, was noch zu tun bleibt, vorzuziehen ist. Um Mitternacht also bitte ich Dich, allein in Deinem Sprechzimmer zu sein und mit eigener Hand einen Mann in das Haus zu lassen, der sich in meinem Namen vorstellen wird, und ihm die Schieblade zu übergeben, die Du aus meinem Arbeitszimmer mitgebracht hast. Damit ist Deine Rolle beendet, und Du kannst meiner rückhaltlosesten Dankbarkeit sicher sein. Fünf Minuten später, falls Du auf einer Erklärung bestehst, wirst Du eingesehen haben, daß diese Vorkehrungen von ausschlaggebender Bedeutung sind und daß durch Vernachlässigung auch nur einer derselben, phantastisch wie sie erscheinen müssen, Du Dein Gewissen mit meinem Tode oder der Zerstörung meines Verstandes belastet hättest. Vertrauensvoll wie ich bin, daß

Du mit dieser flehentlichen Bitte keinen Mißbrauch treiben wirst, sinkt mir das Herz und zittern meine Hände bei dem bloßen Gedanken an eine solche Möglichkeit. Denke in dieser Stunde an mich, wie ich hier an einem seltsamen Orte weile, leidend unter so furchtbaren Seelenqualen, daß keine Phantasie sich schlimmere auszudenken vermöchte, und dennoch mit der klaren Einsicht, daß, falls Du mir nur pünktlich dienst, meine Nöte dahinschwinden werden, wie eine Geschichte, die erzählt ist. Diene mir, mein lieber Lanyon, und rette Deinen Freund

H. J.

PS. Ich hatte bereits mein Siegel aufgedrückt, als ein neuer Schrecken meine Seele befiel. Ist es möglich, daß das Postamt mich im Stich läßt und dieser Brief erst morgen früh in Deine Hände gelangt? In diesem Falle, lieber Lanyon, folge meinem Auftrag im Verlaufe des Tages, wann es Dir am besten paßt, und erwarte meinen Boten noch einmal um Mitternacht. Vielleicht ist es dann bereits zu spät. Sollte auch diese Nacht ohne einen Zwischenfall vorübergehen, dann wirst Du wissen, daß Du das Letzte von Henry Jekyll gesehen hast.«

Nach der Lektüre dieses Briefes war ich überzeugt, daß mein Kollege geisteskrank sei. Aber solange das noch nicht über jeden Zweifel erwiesen war, fühlte ich mich verpflichtet, nach seinem Ersuchen zu handeln. Nur wenig vermochte ich von diesem Mischmasch zu begreifen. Nur wenig konnte ich in bezug auf seine Wichtigkeit beurteilen, aber einen so lautenden Appell konnte man nicht, ohne schwere Verantwortlichkeit auf sich zu laden, einfach beiseite legen. Ich erhob mich daher sofort vom Tisch, bestieg eine Droschke und fuhr direkt zu Jekylls Haus. Der Hausmeister erwartete schon meine Ankunft. Mit gleicher Post wie ich hatte er einen eingeschriebenen Brief mit Instruktionen erhalten und hatte sofort nach einem Schlosser und einem Zimmermann geschickt. Die

Handwerker kamen, während wir noch miteinander sprachen, und wir begaben uns gemeinsam nach des alten Doktor Denmans chirurgischem Hörsaal, von dem aus man (wie du zweifellos weißt) am bequemsten Jekylls Privatkabinett betritt. Die Tür war außerordentlich fest, das Schloß ausgezeichnet; der Zimmermann versicherte, er würde große Mühe haben und erheblichen Schaden anrichten, wenn Gewalt angewendet werden müßte, und der Schlosser wollte fast verzweifeln. Aber er war ein geschickter Bursche, und nach zwei Stunden Arbeit stand die Tür offen. Der mit ›E‹ bezeichnete Schrank war unverschlossen. Ich zog die Schieblade heraus, füllte sie mit Stroh an, umwickelte sie mit einem Tischtuch und fuhr dann mit ihr nach Cavendish Square zurück. Hier machte ich mich daran, ihren Inhalt zu untersuchen. Die Pulver waren sehr ordentlich verpackt, doch nicht mit der Sorgfalt eines zünftigen Chemikers. Es war daher klar, daß sie Jekylls eigenes Erzeugnis waren. Und als ich eines der Päckchen öffnete, fand ich darin eine Substanz, die mir ein einfaches kristallinisches Salz von weißer Färbung zu sein schien. Die Phiole, der ich dann meine Aufmerksamkeit zuwandte, mochte etwa zur Hälfte mit einer blutroten Flüssigkeit angefüllt sein, die äußerst beißend auf den Geruchssinn wirkte und mir Phosphor und irgendein flüchtiges Öl zu enthalten schien. Andere Ingredienzen vermochte ich nicht festzustellen. Das Buch war ein gewöhnliches Schreibheft und enthielt kaum etwas außer einer Reihe von Daten. Diese erstreckten sich über einen Zeitraum von vielen Jahren, aber ich bemerkte, daß die Eintragungen ganz abrupt vor etwa einem Jahr aufhörten. Hie und da war dem Datum eine kurze Bemerkung beigefügt, gewöhnlich nicht mehr als ein einzelnes Wort: ›verdoppelt‹. Das kam vielleicht sechsmal bei insgesamt mehreren hundert Eintragungen vor, und einmal, ziemlich am Anfang der Liste und gefolgt von mehreren Ausrufungszeichen stand: »Absolut versagt!!«. So sehr dieses alles meine Neugierde reizte, brachte es mir doch nur wenig Aufklärung. Da hatten wir ein Fläschchen mit irgendeiner Tinktur, ein Papier mit einem Salz und den Bericht über eine Reihe von Experimenten, die (wie nur allzu viele von Jekylls Forschungen) zu keinem praktischen Resultat geführt hatten. Wie vermochte wohl das Vorhandensein dieser Gegenstände in meinem Hause die Ehre, die Gesundheit oder gar das Leben meines phantastischen Kollegen zu beeinflussen? Wenn sein Bote hierher kommen konnte, warum konnte er nicht auch woandershin gehen? Und selbst zugegeben, es bestünde dafür ein Hinderungsgrund, warum sollte ich diesen Herrn so heimlich empfangen? Je mehr ich überlegte, desto mehr festigte sich bei mir die Überzeugung, daß ich es mit einem Fall geistiger Verwirrung zu tun hätte, und obwohl ich meine Dienstboten zu Bett schickte, lud ich einen alten Revolver, um mich wenigstens einigermaßen verteidigen zu können.

Kaum hatte die Uhr zwölfmal über London geschlagen, als leise von der Haustür her der Klopfer ertönte. Auf diese Aufforderung hin ging ich selbst nach unten und erblickte einen kleinen Mann, der sich eng an den Pfeiler des Portikus drückte.

»Kommen Sie von Dr. Jekyll?« fragte ich.

Mit einer gezwungenen Gebärde bejahte er, und als ich ihn bat, näherzutreten, folgte er erst, nachdem er einen forschenden Blick rückwärts auf den dunklen Platz geworfen hatte. Nicht weit entfernt war ein Polizist, der mit einer offenen Blendlaterne auf uns zukam. Bei seinem Anblick schien mir mein Besucher zu stutzen und mit größerer Hast hereinzukommen.

Ich muß offen gestehen, daß mich diese einzelnen Umstände unangenehm berührten, und während ich ihm in das helle Licht des Sprechzimmers folgte, hielt ich meine Waffe schußbereit in der Hand. Hier konnte ich ihn wenigstens deutlich erkennen. Das eine war sicher, ich hatte ihn vorher nie zu Gesicht bekommen. Wie ich schon erwähnte, war er klein. Abgesehen von dem abschreckenden Ausdruck seines Gesichtes fiel mir sofort die sonderbare Verbindung großer Muskelstärke mit scheinbarer Körperschwäche auf und – last not least – ein seltsames subjektives Mißbehagen, das seine Nähe mir erregte. Dieses Unbehagen hatte eine gewisse Ähnlichkeit mit einem beginnenden Starrkrampf und wurde von einer deutlichen Abnahme des Pulsschlages begleitet. Damals führte ich es auf eine gewisse Idiosynkrasie zurück, einen persönlichen Widerwillen, und wunderte mich nur über die Heftigkeit dieser Symptome. Aber seit jener Zeit hatte ich Grund zu glauben, daß die Ursache viel tiefer in der Natur dieses Mannes begründet lag, und edlere Beweggründe als Haßgefühl dafür anzunehmen.

Dieser Mensch nun (der vom ersten Moment seines Eintrittes an in mir ein Gefühl erzeugt hatte, das ich nur als eine mit Abscheu gemischte Neugier zu bezeichnen vermag) war in einer Art gekleidet, die einen gewöhnlichen Menschen nur lächerlich hätte erscheinen lassen: Sein Anzug, wenn man von einem Anzug überhaupt sprechen kann, obwohl von reichem, dunklem Stoff, war nach allen Ausmaßen unerhört viel zu groß für ihn – die Beinkleider hingen auf seine Stiefel herab und waren hochgeschlagen, damit sie nicht auf dem Boden schleppten; die Taille des Rockes saß unterhalb der Hüften, und der Kragen hing unordentlich über die Schultern. Seltsamerweise war diese lächerliche Ausrüstung weit davon entfernt, mich zum Lachen zu reizen. Wenn auch etwas Anormales und Mißgestaltetes aus dem innersten Wesen dieses Geschöpfes sprach, das mir hier gegenüberstand – etwas das fesselte, überraschte und empörte – schien diese äußerliche Disharmonie doch zu dem Ganzen zu passen und seine Wirkung noch zu verstärken, so daß sich meinem Interesse für des Mannes Natur und Charakter noch die Neugier über sein

Herkommen, sein Leben, seine Vermögensumstände und seine Stellung in der Welt hinzugesellte.

Diese verschiedenen Beobachtungen, einen so großen Raum sie auch zu ihrer Niederschrift beanspruchen, waren doch das Werk weniger Sekunden. Mein Besucher begann sofort in düsterer Erregung:

»Haben Sie es bekommen? Haben Sie es bekommen?« und so stark war seine Ungeduld, daß er mich sogar am Arm packte und zu schütteln versuchte. Ich stieß ihn zurück, bewußt eines eisigen Schauers, der bei seiner Berührung durch mein Blut rann.

»Beruhigen Sie sich, Herr«, sagte ich, »Sie vergessen, daß ich bisher nicht das Vergnügen Ihrer Bekanntschaft hatte. Bitte nehmen Sie Platz!« Ich ging ihm mit gutem Beispiel voran und ließ mich mit einer möglichst getreuen Nachahmung meiner üblichen Art einem Patienten gegenüber, so gut es die späte Stunde, meine Befangenheit und die Angst, die ich vor meinem Besucher hatte, mir gestatteten, auf meinem gewöhnlichen Platze nieder.

»Verzeihen Sie mir, Dr. Lanyon«, erwiderte er höflich, »was Sie sagen, ist nur allzu begründet, und meine Ungeduld hat meiner Höflichkeit den Rücken gekehrt. Ich bin auf Veranlassung Ihres Kollegen, Dr. Henry Jekyll, hierhergekommen, in einem Geschäft von einiger Bedeutung, und, wie ich verstand …« Er machte eine Pause und legte die Hand auf seine Brust, und trotz seiner gefaßten Art konnte ich sehen, daß er gegen einen neuen hysterischen Anfall kämpfte. – »Ich verstand eine Schieblade …«

Aus Mitleid mit der Ungewißheit, unter der mein Besucher litt, vielleicht war auch meine eigene wachsende Neugier der Grund, sagte ich:

»Dort steht sie, mein Herr«, und zeigte auf die Schieblade, die noch immer mit dem Tuche bedeckt hinter einem Tisch auf dem Boden stand.

Er sprang hin, dann blieb er stehen und legte die Hand auf sein Herz. Ich konnte hören, wie seine Zähne bei den konvulsivischen Zuckungen seiner Kiefer knirschten. Sein Gesicht hatte einen so geisterhaften Ausdruck, daß ich Sorge für sein Leben und für seinen Verstand zu empfinden begann.

»Fassen Sie sich«, sagte ich. Mit einem schrecklichen Lachen wandte er sich nach mir um, dann riß er mit der Entschlossenheit der Verzweiflung das Tuch fort.

Beim Anblick des Inhalts stieß er einen lauten Seufzer so unendlicher Erleichterung aus, daß ich wie versteinert dasaß, und im nächsten Augenblick fragte er mit einer Stimme, die er bereits wieder völlig in der Gewalt hatte: »Haben Sie ein Meßglas da?« Mit einiger Anstrengung erhob ich mich von meinem Platz und gab ihm das Verlangte.

Mit freundlichem Nicken dankte er mir, maß eine winzige Menge der roten Tinktur ab und schüttete eines der Pulver hinein. Die Mischung, die zuerst eine rötliche Tönung hatte, ging in dem Maße, wie das Salz schmolz, in eine leuchtende Farbe über, wallte hörbar auf und stieß kleine Dampfwölkchen aus. Plötzlich hörte das Aufwallen auf, und im gleichen Moment änderte sich die Färbung der Mischung in dunkles Purpur, das sich dann wieder allmählich in ein wäßriges Grün umwandelte. Mein Gast, der diese Metamorphosen mit scharfer Aufmerksamkeit verfolgt hatte, lächelte, stellte das Glas auf den Tisch, drehte sich dann um und blickte mich forschend an.

»Und jetzt«, sagte er, »heißt es beratschlagen, was geschehen soll. Wollen Sie klug sein? Wollen Sie sich raten lassen? Wollen Sie mir gestatten, dieses Glas zu ergreifen und, ohne weiter zu sprechen, Ihr Haus zu verlassen, oder hat die Neugier Sie schon allzu sehr gepackt? Überlegen Sie Ihre Antwort wohl, denn es soll alles genau so geschehen, wie Sie's bestimmen. Wenn Sie es wollen, bleibt alles, wie es vorher war, Sie werden weder reicher noch klüger sein, wenn man nicht das

Bewußtsein, einem Menschen in Todespein einen Dienst erwiesen zu haben, als eine Bereicherung der Seele betrachten will. Wenn Sie es aber vorziehen sollten, eine andere Wahl zu treffen, dann werden Ihnen in diesem Zimmer und im nämlichen Augenblick ein neues Wissensgebiet und neue Wege zu Ruhm und Macht geöffnet werden, und Ihr Auge wird von einem Wunder geblendet werden, groß genug, Satans Unglauben wanken zu machen.«

»Mein Herr«, sagte ich, eine Gleichgültigkeit markierend, die ich in Wirklichkeit keineswegs fühlte, »Sie sprechen in Rätseln, und Sie werden sich wahrscheinlich nicht wundern, daß ich Sie ohne rechten Glauben anhöre. Doch ich habe mich schon allzu tief in diese unerklärlichen Dienste eingelassen, um haltzumachen, bevor ich den Abschluß gesehen habe.«

»Schön«, erwiderte mein Besucher, »Lanyon, erinnern Sie sich Ihres Eides: was folgt steht unter dem Siegel unseres Berufsgeheimnisses. Und jetzt, gib acht, du, der du so lange an den engen und materiellen Anschauungen festgehalten hast, du, der du die Macht der transzendentalen Medizin geleugnet hast, du, der du die dir Überlegenen verspottetest – gib acht!«

Er führte das Glas an die Lippen und leerte es in einem Zug. Ein Schrei ertönte, er wankte, taumelte, griff nach dem Tisch und hielt sich an ihm fest, mit hervorquellenden Augen und mit offenem Munde nach Luft ringend. Und während ich noch hinblickte, plötzlich kam eine Veränderung – er schien aufzuschwellen – sein Gesicht verfärbte sich schwarz, und die Züge schienen sich aufzulösen und zu verändern – und im nächsten Augenblick war ich aufgesprungen, taumelte gegen die Wand, meine Arme hoben sich, um mich vor jenem Furchtbaren zu schützen, und meinen Geist ergrift Entsetzen

»O Gott« schrie ich, »o Gott!« wieder und wieder, denn dort vor mir vor meinen Augen bleich und zitternd und halb ohnmächtig und mit den Händen vor sich hertastend, wie ein vom Tode Auferstandener – dort stand – Henry Jekyll.

Was er mir in der nächsten Stunde erzählte, vermag ich nicht niederzuschreiben. Ich sah, was ich sah, ich hörte, was ich hörte, und bei alledem ward meine Seele krank; und dennoch, jetzt, da dieser Anblick meinen Augen entschwunden ist, jetzt frage ich mich: kann ich es glauben? Und ich finde keine Antwort. Mein Lebensnerv ist in seinen Wurzeln erschüttert, der Schlaf hat mich verlassen, tödlicher Schrecken sitzt mir zur Seite, jede Stunde, Tag und Nacht. Ich fühle, meine Tage sind gezählt, ich muß sterben; und dennoch, ich werde ungläubig sterben. An die moralische Verworfenheit, die jener Mensch mir enthüllte, obwohl mit Tränen der Reue, kann ich selbst in der Erinnerung nicht ohne neues Grauen denken. Nur eines will ich sagen, Utterson, und das (wenn Du Dich dazu zwingen kannst, es zu glauben) ist mehr als genug: das Geschöpf, das jene Nacht sich in mein Haus schlich, war nach Jekylls eigenem Bekenntnis bekannt unter dem Namen Hyde und wurde in jedem Winkel unseres Landes gesucht als Mörder Carews.

Hastie Lanyon.«

Kapitel Zehn

Henry Jekylls ausführliche Erklärung des Falls

Ich wurde im Jahre 18** als Erbe eines großen Vermögens geboren, von der Natur mit ausgezeichneten Anlagen beschenkt; ich war fleißig und legte Wert auf die Achtung der Klugen und Guten unter meinen Mitmenschen. All das hätte, wie man wohl annehmen konnte, eine Bürgschaft für eine ehrenvolle und glänzende Zukunft geboten. Tatsächlich bestand der schlimmste meiner Fehler in einer gewissen unbezähmbaren Neigung zur Fröhlichkeit, eine Veranlagung, die für viele das Glück bedeutet hätte. Ich aber fand es schwer, diese Neigung mit meinen hochfliegenden Wünschen, mein Haupt stolz zu tragen und in der Öffentlichkeit eine mehr als gewöhnliche feierliche Miene zu zeigen, in Einklang zu bringen. So kam es, daß ich meine Vergnügungen verheimlichte, und als ich die Jahre der Selbstbesinnung erreichte, anfing, mich umzuschauen und mir Rechenschaft über meinen Fortschritt und meine Stellung in der Welt abzulegen, stand ich bereits einer tiefen Zwiespältigkeit in meinem Dasein gegenüber. Manch einer hätte sich wohl sogar noch solcher Regelwidrigkeiten, wie ich sie mir zuschulden kommen ließ, gerühmt, doch bei den hohen Zielen, die ich mir gesteckt hatte, betrachtete und verbarg ich sie mit einem fast krankhaften Gefühl der Scham. Es waren also eher die hohen Forderungen meines Strebens als eine besondere Untiefe meiner Fehler, die mich zu dem machten, was ich war; und die Trennungslinie, die in meinem Innern jene Sphären von Gut und Böse schied, die des Menschen Doppelnatur trennen und verbinden, war bei mir sogar noch tiefer gezogen als bei der Mehrzahl der Menschen. Angesichts dieser Lage wurde ich dazu gedrängt, tief und unerbittlich über jenes harte Lebensgesetz nachzudenken, das einerseits die Wurzel der Religion ist, andererseits eine der stärksten Quellen des Elends bildet. Obwohl so im Grunde ein Doppelwesen, war ich doch in keiner Hinsicht ein Heuchler. Beide Seiten meines Wesens waren mir tödlich ernst. Es entsprach nicht weniger meinem wahren Ich, wenn ich alle Hemmungen beiseite warf und mich in Schande tauchte, als wenn ich in der Helle des Tages mich um den Fortschritt der Wissenschaft oder um Milderung von Sorgen und Leiden mühte. Es traf sich, daß die Richtung meiner wissenschaftlichen Forschungen, die ganz auf Mystik und Übersinnliches zielten, diese Erkenntnis des ewigen Kampfes in meinem Innern stärkten und erleuchteten. Mit jedem Tage und von beiden Seiten meiner Geistigkeit, der moralischen und der intellektuellen, näherte ich mich so ständig jener Wahrheit, durch deren teilweise Entdeckung ich zu einem so fürchterlichen Schiffbruch verdammt worden bin: daß der Mensch in Wahrheit nicht eins, sondern wahrlich zwei ist. Ich sage zwei, weil der Status meiner eigenen Erkenntnis nicht über diesen Punkt hinausgeht. Andere werden folgen, andere werden mich auf dieser gleichen Linie überflügeln. Ja, ich wage anzunehmen, daß die Menschheit sich schließlich bewußt werden wird eines ganzen Gemeinwesens vielfältiger, inkongruenter und unabhängiger Existenzen. Ich für meinen Teil, nach der Natur meines Lebens, schritt unfehlbar in einer Richtung vorwärts, und nur in einer Richtung. Auf dem Gebiete der Moral, an meiner eigenen Persönlichkeit, lernte ich die absolute, unergründliche Zwiespältigkeit im Menschen erkennen. Ich sah, daß, wenn ich auch von den beiden Naturen, die im Bereiche meines Bewußtseins miteinander im Kampfe lagen, mit Grund behauptete, die eine zu sein, dies lediglich deswegen geschehen konnte, weil ich wahr und wahrhaftig beide war. Schon sehr zeitig, sogar noch ehe der Verlauf meiner wissenschaftlichen Entdeckung angefangen hatte, auch nur die bloße Möglichkeit eines solchen Wunders in Betracht zu ziehen, vertiefte ich mich gern in angenehmen Wachträumen in den Gedanken einer Trennung dieser Elemente. Ich sagte mir, falls es gelänge, jede dieser beiden Naturen in gesonderte Persönlichkeiten zu verpflanzen, das Leben von all dem, was jetzt unerträglich war, befreit sein würde. Der Ungerechte könnte seinem Wege folgen, befreit von den Aspirationen und Gewissensbissen seines rechtschaffenen Zwillingsbruders, und der Gerechte könnte fest und sicher seinen aufwärtsführenden Pfad schreiten, das Gute tun, das seine Freude bildet, fürder nicht mehr Schande und Strafe ausgesetzt durch die Hand dieses ihm wesensfremden Bösen. Es war der Fluch der Menschheit, daß diese inkongruenten Teile so miteinander verbunden waren – daß in dem qualdurchzuckten Schoße des Bewußtseins diese einander feindlichen Zwillinge ständig im Kampfe liegen mußten. Was würde geschehen, wären sie geschieden? Soweit war ich in meinen Überlegungen gediehen, als von der Platte des Experimentiertisches ein Lichtschein auf dieses Problem zu fallen begann. Klarer, als es bisher je ein Mensch erkannt hatte, begann ich die Zufälligkeit und Unwesentlichkeit, die nebelhafte Körperlichkeit dieses scheinbar so festgefügten Leibes, mit dem bekleidet wir hier auf Erden wandeln, zu begreifen. Ich entdeckte, daß gewisse Agenzien die Macht hatten, die fleischliche Einkleidung zu erschüttern und zurückzustoßen, gerade wie der Wind die Vorhänge eines Pavillons zu teilen vermag. Aus zwei stichhaltigen Gründen will ich mich nicht tiefer auf die wissenschaftliche Seite meiner Beichte einlassen: erstens, weil ich die Erfahrung machen mußte, daß unseres Lebens Fluch und Bürde von Ewigkeit zu Ewigkeit im Schicksalsbuche verzeichnet steht, und wenn man auch den Versuch macht, seinem Schicksal zu entfliehen, es packt uns doch wieder, nur noch unbarmherziger und mit noch grausamerem Griff; zweitens, weil meine Entdeckung, wie mein Bericht, ach, nur allzu evident zeigen wird, unvollständig war. Genug denn, ich erkannte meinen Körper nicht nur als reine Ausstrahlung und als einen Abglanz gewisser Kräfte, die mein geistiges Ich bildeten, sondern es gelang mir auch, ein Mittel herzustellen, mit dessen Hilfe diese Kräfte ihrer Oberhoheit entledigt wurden und in neuer Form und Gestalt auftraten, meinem Ich nicht weniger natürlich, weil sie der Ausdruck waren und den Stempel trugen der niedrigeren Mächte meiner Seele.

Lange zögerte ich, bevor ich diese Theorie einer praktischen Probe unterzog. Ich wußte wohl, daß ich mein Leben wagte; denn eine Droge, die so übermächtig die starke Festung der Identität beherrschte und erschütterte, konnte, war die Dosierung auch nur um die geringste Kleinigkeit zu stark oder bei der leisesten Indisposition im Augenblick der Durchführung, von Grund aus dieses immaterielle Tabernakel, das ich zu verändern beabsichtigte, zerstören. Endlich aber siegte das Verführerische einer Entdeckung, so einzigartig, so inhaltsschwer, über alle Besorgnis. Lange stand meine Tinktur bereit. Ich kaufte einst von einer chemischen Fabrik eine erhebliche Quantität eines besonderen Salzes, das, wie ich nach meinen Experimenten wußte, das letzte erforderliche Ingrediens darstellte, und spät, in einer verfluchten Nacht, mischte ich diese Elemente, überwachte ihr Kochen und Brodeln in der Retorte, und als das Aufwallen nachgelassen hatte, nahm ich meinen ganzen Mut zusammen und stürzte die Arznei hinunter.

Quälendste Todesangst folgte; ein Reißen in den Knochen, tödliche Übelkeit und ein Angstgefühl, wie es in der Stunde der Geburt oder des Todes nicht größer sein kann. Dann begann diese Qual langsam zu weichen, und ich kam wieder zu mir mit einem Gefühl, als erwachte ich aus schwerer Krankheit. Es war etwas Fremdartiges in meinem Empfinden, etwas unbeschreiblich Neues, und, dank dieser völligen Neuheit, unsagbar Süßes. Ich fühlte mich jünger, leichter, glücklicher. In meinem Innern lebte eine berauschende Sorglosigkeit; ein Strom ungeordneter sinnlicher Vorstellungen durchrauschte in tausend Wirbeln meine Phantasie; alle Bande der Verpflichtung schienen gelöst, und ein nie gekanntes, doch nicht unschuldsvolles Freiheitsgefühl erfüllte meine Seele. Mit dem ersten Atemzug dieses neuen Lebens erkannte ich, daß ich lasterhafter geworden war, zehnfach lasterhafter, ein Sklave alles Bösen, das in mir gelebt hat. Dieser Gedanke stärkte und entzückte mich in dem Augenblick gleich Wein.

Jauchzend angesichts der Lebhaftigkeit dieser Empfindung streckte ich meine Arme aus, und im gleichen Moment wurde ich plötzlich gewahr, daß ich kleiner geworden war. Damals befand sich in meinem Arbeitszimmer noch kein Spiegel; der, welcher neben mir steht, während ich dies schreibe, wurde erst später und eigens zum Zweck dieser Verwandlungen hierher geschafft. Die Nacht war jedoch bereits in den Morgen übergegangen – und der Morgen, finster wie er war, war nahezu reif für den Empfang des Tages –, und die Mitbewohner meines Hauses lagen noch tief vom Schlafe umfangen. Im Überschwang von Hoffnung und Triumph beschloß ich, mich in meiner neuen Gestalt in mein Schlafzimmer vorzuwagen. Ich durchquerte den Hof, in dem die Sterne auf mich niederblickten, und staunend kam mir der Gedanke, das erste Geschöpf dieser Art zu sein, das ihre nie ruhende Wachsamkeit ihnen enthüllte. Ein Fremder in meinem eigenen Hause, stahl ich mich durch die Korridore, und als ich mein Zimmer erreichte, erblickte ich zum erstenmal die Erscheinung Edward Hydes.

Ich kann nur theoretisch sprechen und nicht sagen, was ich weiß, sondern lediglich das, was meiner Ansicht nach am wahrscheinlichsten ist. Die böse Seite meines Lebens, auf die ich jetzt die wirkende Kraft übertragen hatte, war weniger robust und weniger entwickelt als die gute, die ich gerade von ihrem Throne gestürzt hatte. Im Verlaufe meines Lebens, das trotz allem ein Leben der Arbeit, der Tugend und der Selbstzucht gewesen war, war diese Seite viel weniger geübt, doch auch viel weniger erschöpft worden. Daher kam es nach meiner Ansicht, daß Edward Hyde um soviel kleiner, schmächtiger und jünger war als Henry Jekyll. Wie das Gute aus dem Antlitz des einen strahlte, stand das Böse breit und klar auf dem Gesicht des anderen geschrieben. Dieses Böse (das, wie ich auch heute noch glaube, der sterbliche Teil des Menschen ist) hatte jenem Körper den Stempel der Verunstaltung und des Verfalles aufgedrückt, und doch, wenn ich auf jenes scheußliche Monstrum in dem Spiegel blickte, wurde ich mir keines Widerwillens, eher eines Gefühls freudigen Willkommens bewußt. Das war auch mein Ich. Es erschien mir natürlich und menschlich. In meinen Augen zeigte es einen lebendigeren Abglanz des Geistes, es erschien mir ausdrucksvoller und einheitlicher als das unvollkommene und zwiespältige Antlitz, das ich bisher gewöhnt war, als das meine zu bezeichnen. Soweit hatte ich zweifellos recht. Ich habe beobachtet, daß, wenn ich das Aussehen Edward Hydes zeigte, niemand mir zum erstenmal ohne einen sichtbaren physischen Schauder nahen konnte. Nach meiner Auffassung kam das daher, daß alle menschlichen Wesen, die uns begegnen, eine Mischung aus Gut und Böse in sich tragen. Edward Hyde allein unter allen Menschen war ausschließlich böse.

Ich weilte nur einen Augenblick vor dem Spiegel: das zweite und entscheidende Experiment mußte jetzt versucht werden. Es blieb noch festzustellen, ob ich meine Identität unwiederbringlich verloren hatte und noch vor Tagesanbruch aus einem Hause fliehen mußte, das nicht länger mehr meines war. Und in mein Arbeitszimmer zurückeilend, bereitete und trank ich noch einmal den Kelch, noch einmal erduldete ich die Qualen der Auflösung und kam wieder zu mir mit dem Charakter, der Gestalt und dem Antlitz Henry Jekylls.

In jener Nacht war ich zu dem verhängnisvollen Kreuzwege gelangt.

Wäre ich mit edlerem Geiste an meine Entdeckung herangetreten, hätte ich den Versuch gemacht unter dem Einfluß hochherzigen und frommen Strebens, alles hätte einen anderen Lauf nehmen müssen, und aus diesen Ängsten von Tod und Wiedergeburt wäre ich als Engel statt als Teufel auferstanden. Die Droge selbst hatte kein Unterscheidungsvermögen; sie war weder teuflisch noch göttlich, sie sprengte nur die Tore des Gefängnisses meiner Veranlagung, und gleich den

Gefangenen von Philippi, wurde, was innen lebte, frei. Zu jener Zeit schlief meine Tugend; mein Böses, durch Ehrgeiz wachgehalten, saß auf dem Sprung und ergriff behende die Gelegenheit; und das Ding, das so erzeugt wurde, hieß Edward Hyde. Obwohl ich von nun ab zwei Charaktere sowohl wie zwei Erscheinungsformen besaß, war die eine gänzlich schlecht, und die andere war noch weiter der alte Henry Jekyll, jene widerspruchsvolle Mischung, die zu bessern und zu veredeln ich bereits verzweifelt aufgegeben hatte. Die Bewegung war daher einzig dem Bösen zugewandt.

Selbst zu jener Zeit hatte ich meine Abneigung gegen ein trockenes Gelehrtenleben noch nicht ganz niedergekämpft. Bisweilen regte sich bei mir Genußsucht, und da meine Vergnügungen (um mich milde auszudrücken) nicht mehr ehrbarer Art waren, ich aber nicht nur allgemein bekannt und hochgeschätzt war, sondern auch anfing, ein bejahrterer Mann zu werden, wurde mir diese Gegensätzlichkeit meines Lebens von Tag zu Tag immer unangenehmer. Dies war die Stelle, an der die neue Macht mich versuchte, bis ich ihr als Sklave verfiel. Ich brauchte ja nur den Trank zu schlürfen, und sofort schwand der Körper des berühmten Professors und umhüllte sich wie mit einen dicken Mantel mit dem Körper Edward Hydes. Ich lächelte bei diesem Gedanken. Damals erschien er mir spaßhaft, und mit größter Sorgfalt traf ich meine Vorbereitungen. Ich mietete und möblierte das Haus in Soho, in dem Hyde von der Polizei gesucht wurde, engagierte als Haushälterin ein Geschöpf, von dem ich wußte, daß es verschwiegen und gewissenlos war; andererseits kündigte ich meiner Dienerschaft an, daß ein gewisser Mr. Hyde (den ich genau beschrieb) volle Freiheit und Verfügungsrecht über mein Haus an dem Platze hätte, und, um unglücklichen Zufälligkeiten vorzubeugen, sprach ich dort sogar in meiner zweiten Rolle vor und machte mich allen zu einer vertrauten Erscheinung. Das nächste war, daß ich jenes Testament aufsetzte, das du so heftig bekämpftest, damit, falls mir in der Person Dr. Jekylls etwas zustieß, ich ohne pekuniäre Verluste als Edward Hyde in seine Rechte eintreten konnte. So, wie ich annahm, nach jeder Seite hin gesichert, fing ich an, aus meinem sonderbaren Privileg Nutzen zu ziehen.

In alten Zeiten mieteten Menschen Bravos, um ihre Verbrechen auszuführen, während ihr Ruf und ihre eigene Person in Sicherheit blieb. Ich war der erste, der dieses tat, um seinen Lüsten zu frönen. Ich war der erste, der so in den Augen der Öffentlichkeit, beladen mit dem Rufe einer heiteren Achtbarkeit, dahinschreiten konnte, um in einem Augenblick, gleich einem Schulbuben, diese Fessel abzustreifen und mich in das Meer freier Ungebundenheit zu stürzen. Dank meiner undurchdringlichen Maske war die Sicherheit vollkommen. Bedenke – ich existierte ja nicht einmal! Laß mich nur hinter meine Laboratoriumstür schlüpfen, gewähre mir eine oder zwei Minuten Zeit, den Trank, der stets bereit stand, zu mischen und hinabzuschlucken, und was er auch immer verübt hatte, Edward Hyde schwand dahin gleich dem Hauch des Atems auf einer Spiegelfläche. Und an seiner Stelle saß ruhig in seinem Heime ein Mann und putzte die mitternächtige Lampe in seinem Arbeitszimmer, ein Mann, der sich gestatten konnte, über jeden Argwohn zu lächeln, Henry Jekyll.

Die Vergnügungen, denen ich in meiner Vermummung nachjagte, waren, das hab' ich bereits erwähnt, unwürdiger Art. Eine härtere Bezeichnung ließe sich kaum rechtfertigen. Aber in den Händen Edward Hydes erhielten sie bald ein monströses Ansehen. Wenn ich von diesen Ausflügen heimgekehrt war, setzte mich die tiefe Verderbtheit meines Stellvertreters oft selbst in Erstaunen. Dieser dienstbare Geist, den ich aus meiner eigenen Seele emporrief und allein aussandte, seinen Freuden nachzugehen, war ein durch und durch boshaftes, schändliches Geschöpf. All seine Taten und Gedanken hatten nur sein eigenes Selbst zum Mittelpunkte. Mit bestialischer Gier schlürfte er aus jeder Art Qual eines anderen seine Lust, mitleidlos, wie ein Mann von Stein. Entgeistert stand Henry Jekyll bisweilen vor Edward Hydes Taten. Aber dessen Stellung lag außerhalb des gewöhnlichen Gesetzes und zerstreute heimtückisch die Bedenken des Gewissens. Es war Hyde, trotz allem, und Hyde allein, der sich mit Schuld belud. Jekyll wurde dadurch nicht schlechter, anscheinend ungeschwächt erwachten wieder seine guten Eigenschaften. Wo es möglich war, eilte er sogar, das Böse, das Hyde getan, ungeschehen zu machen. So schlummerte sein Gewissen.

Ich habe nicht die Absicht, im einzelnen die Schandtaten zu erörtern, denen ich auf diese Weise stillschweigend zustimmte (denn selbst heute vermag ich kaum einzugestehen, daß ich selbst sie beging), ich möchte nur von den Warnungszeichen sprechen und zeigen, wie sich meine Strafe allmählich nahte. Ich beginne mit einem Vorfall, den ich jedoch, da er keine Folge nach sich zog, nur erwähnen möchte. Ein Akt der Grausamkeit gegen ein Kind erregte gegen mich den Zorn eines Passanten, in dem ich am folgenden Tage einen Verwandten von dir wiedererkannte. Der Arzt und des Kindes Familie traten ihm zur Seite, und es gab Augenblicke, in denen ich für mein Leben fürchtete. Endlich, um ihren nur allzu gerechten Zorn zu beschwichtigen, mußte Edward Hyde sie an die Hintertür führen und bezahlte sie mit einem auf den Namen Henry Jekyll ausgestellten Scheck. Doch eine derartige Gefahr ließ sich für die Zukunft leicht aus dem Wege räumen durch Eröffnung eines auf den Namen Edward Hyde selbst lautenden Kontos bei einer anderen Bank. Nachdem ich außerdem noch durch steil rückwärtsgeführte Schrift mein Doppelwesen mit eigener Unterschrift ausgerüstet hatte, glaubte ich mich der Reichweite des Fatums entzogen zu haben.

Etwa zwei Monate vor der Ermordung Sir Danvers war ich

wieder zu einem meiner Abenteuer ausgezogen und erst spät zurückgekehrt und erwachte am nächsten Morgen in meinem Bett mit einem etwas seltsamen Gefühl. Vergebens blickte ich mich um, vergebens war es, daß ich die anständige Einrichtung und die großen Ausmaße meines Zimmers am Platze betrachtete, vergebens, daß ich das Dessin der Bettvorhänge und das Muster des Mahagonigebälks wiedererkannte: irgend etwas sagte mir, daß ich nicht war, wo ich war, daß ich nicht dort aufgewacht war, wo ich mich anscheinend befand, sondern in dem kleinen Zimmer in Soho, wo ich gewöhnt war, in der Gestalt Edward Hydes zu schlafen. Ich lächelte über mich selbst, und als Psychologe begann ich schläfrig den Einzelheiten dieser Illusion nachzuforschen. Dabei fiel ich sogar gelegentlich in einen angenehmen morgendlichen Halbschlaf. So lag ich noch immer, als mein Auge zufällig in einem lichteren Moment auf meine Hand fiel. Nun war die Hand Henry Jekylls (wie du ja oft bemerkt hast) in Form und Größe eine typische Arzthand: sie war groß, fest, zart und schmal. Doch die Hand, die ich jetzt nur allzu klar in dem gelben Licht eines Londoner Morgens erblickte, die Hand, die halbgeschlossen auf dem Bettuch lag, war dürr, faltig, mit hervortretenden Knöcheln, gebräunt und mit einem schwarzen Haarwald überzogen; es war die Hand Edward Hydes.

Wohl eine halbe Minute lang muß ich in stupidem Erstaunen die Hand betrachtet haben, bevor plötzlich und erschreckend wie ein Posaunenstoß zitternde Angst in meiner Brust erwachte, und aus dem Bett aufschnellend stürzte ich zum Spiegel. Der Anblick, der sich meinen Augen bot, ließ mein Blut zu Eis erstarren. Kein Zweifel, als Henry Jekyll war ich zu Bett gegangen und als Edward Hyde erwachte ich. »Wie ließ sich das erklären?« frage ich, und dann, ein neuer Schreck durchzuckte mich – »wie ließ es sich heilen?« Es war schon spät am Morgen, die Dienstboten längst auf, meine sämtlichen Drogen befanden sich in dem Kabinett – ein weiter Weg, zwei Treppen hinunter, durch den rückwärtigen Korridor, quer über den offenen Hof und durch den anatomischen Hörsaal, von dort, wo ich jetzt angstgeschüttelt stand. Es mochte vielleicht möglich sein, mein Gesicht zu verdecken; aber was konnte das nützen, wenn ich nicht imstande war, die Veränderung meiner Gestalt zu verbergen? Dann mit unendlicher Süße kam mir die Erleichterung. Es fiel mir ein, daß die Dienstboten ja bereits an das Kommen und Gehen meiner zweiten Existenz gewöhnt waren. Ich war bald, so gut es ging, mit einem Anzug meiner eigentlichen Größe bekleidet: bald hatte ich das Haus durcheilt, wo Bradshaw verwundert gaffte und sich beim Anblick Mr. Hydes zu so ungewöhnlicher Stunde und in so seltsamem Aufzuge zurückzog, und zehn Minuten später war Dr. Jekyll zu seiner eigenen Gestalt zurückgekehrt, saß unten mit verfinsterter Stirne und erweckte den Eindruck, als frühstücke er.

Mein Appetit war in der Tat klein. Dieser rätselhafte Vorgang, dieses Über-den-Haufen-Stürzen meiner bisherigen Erfahrungen schien gleich dem babylonischen Finger auf der Wand die Worte meines Urteilsspruches zu künden. Ernsthafter als je vorher begann ich über die Folgen und Möglichkeiten meiner Doppelexistenz nachzudenken. Jener Teil meines Wesens, den ich die Macht hatte hervorzuzaubern, war in letzter Zeit in allzu hohem Maße geübt und gepflegt worden. Schon kürzlich hatte ich den Eindruck, als hätte der Körper Edward Hydes an Größe zugenommen, als strömte mir (wenn ich jene Form trug) das Blut lebhafter durch die Adern, und ich fing an eine Gefahr zu ahnen, daß, wenn dieses noch lange so fortging, das Gleichgewicht meiner Natur dauernd gestört werden könnte, die Macht willkürlicher Veränderung verscherzt und der Charakter Edward Hydes unwiderruflich der meinige würde. Die Kraft der Droge hatte nicht immer gleichmäßig gewirkt; einmal, ganz am Anfang meiner Laufbahn, hatte sie gänzlich versagt; dann hatte ich mich bei mehr denn einer Gelegenheit genötigt gesehen, die Menge zu verdoppeln, und einmal sogar, unter unerhörter Lebensgefahr, zu verdreifachen. Diese seltenen Unzuverlässigkeiten waren es, die bisher den einzigen Schatten auf mein Vergnügen geworfen hatten. Jetzt jedoch, angesichts des heutigen Vorfalles, erkannte ich, daß, während zu Anfang die Schwierigkeit bestanden hatte, den Leib Jekylls abzuwerfen, sich das später, ganz allmählich, aber entschieden gerade ins Umgekehrte gewandelt hatte. Alles schien daher auf das eine hinzuweisen: daß ich langsam, ganz langsam den Halt an meinem ursprünglichen und besseren Selbst verlor und allmählich in mein zweites und schlechteres Wesen umgewandelt wurde.

Zwischen diesen beiden, das fühlte ich, mußte ich jetzt wählen. Meinen beiden Naturen war gemeinsam die Erinnerung. Alle übrigen Fähigkeiten jedoch waren völlig ungleich und scharf zwischen ihnen geschieden. Jekyll (der ein Gemisch darstellte, bald voll zartester Empfindungen, bald voll schmutziger Gier) plante und teilte die Vergnügungen und Abenteuer Hydes. Hyde jedoch stand Jekyll indifferent gegenüber oder dachte seiner höchstens, wie der Bergräuber der Höhle gedenkt, in der er sich vor Verfolgung verbirgt. Jekyll besaß mehr als eines Vaters Interesse; Hyde mehr als eines Sohnes Gleichgültigkeit. Mein Schicksal mit Jekyll verbinden hieß jenen Geschmack abtöten, dem ich lange heimlich gefrönt und seit kurzem direkt zu pflegen begonnen hatte; es mit Hyde verbinden bedeutete den Verzicht auf tausend Interessen und Sehnsüchte und hieß mit einem Schlage für immer verachtet und freundlos werden. Der Handel mochte ungleich erscheinen, aber noch etwas anderes mußte überlegt werden: während Jekyll schmerzlich unter den Qualen der Abstinenz leiden mußte, würde Hyde sich nicht einmal dessen bewußt sein, was er alles verloren hatte. Einzigartig wie meine Lage war, die Bedingungen dieses Streites sind so alt und so verbreitet wie die Menschen. Fast die gleichen

Verführungen und Nöte werfen das Los für jeden verführten und schwankenden Sünder, und dieser Kampf ging auch für mich aus, wie er für die große Mehrheit meiner Kameraden ausgeht: ich wählte den besseren Teil, aber mir fehlte die Kraft festzuhalten.

Ja, ich bevorzugte den ältlichen und unzufriedenen Doktor, umgeben von Freunden, dem eine ehrenhafte Zukunft winkte; entschlossen sagte ich der Freiheit Lebewohl, der vergleichsweisen Jugend, dem leichten Schritt, den hüpfenden Pulsen und geheimen Vergnügungen, denen ich in der Maske Hydes gefrönt hatte. Vielleicht traf ich diese Wahl mit einem unterbewußten Vorbehalt, denn weder gab ich das Haus in Soho auf, noch vernichtete ich die Kleider Edward Hydes, die noch immer in meinem Arbeitszimmer bereit lagen. Zwei Monate jedoch blieb ich meiner Wahl treu, zwei Monate führte ich ein Leben solcher Strenge, wie ich es vorher nie erreicht hatte, und fand mich durch die Billigung meines Gewissens belohnt. Aber endlich begann die Zeit die Unmittelbarkeit meiner Sorge zu verwischen. Die Lobpreisungen des Gewissens wurden zu einer Alltäglichkeit, kreißende Schmerzen und Lüste begannen mich zu quälen, als ob Hyde um seine Freiheit rang, und endlich, in einer Stunde moralischer Schwachheit, mischte und trank ich wieder einmal den Zaubertrank.

Ich glaube nicht, daß ein Trunkenbold, der zur Einsicht seines Lasters kommt, damit auch nur eine der fünfhundert Gefahren, die ihm von dieser tierischen Sinnlosigkeit drohen, erkennt. So ging es auch mir. So eingehend ich auch meine Lage überdacht hatte, so hatte ich doch nicht genügend diese vollkommene moralische Sinnlosigkeit und diesen wahnsinnigen Hang zum Bösen, die die leitenden Charakterzüge Edward Hydes waren, in Betracht gezogen. Und das wurde mir zum Fluch. Der so lange in meinem Innern eingesperrte Satan brach brüllend hervor. Bereits in dem Augenblick, als ich den Trank nahm, wurde ich mir eines ungezügelten, eines fast rasenden Hanges zum Bösen bewußt. Diese aufgespeicherte Wut muß es wohl auch gewesen sein, die in meiner Seele jene wütende Ungeduld erzeugte, mit der ich die höflichen Fragen meines unglücklichen Opfers anhörte. Feierlich erkläre ich vor Gott, daß kein Mensch mit moralisch gesundem Sinn sich durch einen so erbärmlichen Anlaß eines solchen Verbrechens schuldig gemacht hätte. Aber ich hatte freiwillig alle ein Gegengewicht bietenden Instinkte von mir gestreift, die es selbst dem Bösesten unter uns ermöglichen, mit einem gewissen Grad von Sicherheit Versuchungen zu vermeiden. In meinem Falle jedoch bedeutete Versuchung, sie mochte noch so schwach sein, bereits den Fall.

Sofort erwachte in mir der Geist der Hölle und raste. In einem wahren Wonnetaumel zerstampfte ich den widerstandslosen Körper, und jeder Schlag erregte mir neues Lustgefühl. Erst als ich von der Anstrengung zu ermüden begann, zuckte plötzlich auf dem Höhepunkt meines Deliriums ein eisiger Schreckensschauer durch mein Herz. Ein Schleier hob sich, ich sah mein Leben zerstört und floh von dem Schauplatz dieser Exzesse, gleichzeitig frohlockend und zitternd, mein Hang zum Bösen befriedigt und angeregt, meine Lust zum Leben bis aufs höchste gesteigert. Ich lief zu dem Haus in Soho und (um meine Sicherheit noch zu verdoppeln) vernichtete ich meine Papiere und schritt dann, immer noch in der gleichen zerrissenen Geistesekstase durch die erleuchteten Straßen, mich an meinem Verbrechen weidend und leichtgemut neu für die Zukunft planend, dennoch in Hast und mit scharfen Sinnen auf die Schritte etwaiger Rächer lauschend. Mit einem Liedchen auf den Lippen mischte Hyde den Trank, und als er ihn nahm, trank er ihn auf das Wohl des toten Mannes. Die Qualen der Umwandlung waren noch nicht verklungen, da lag Henry Jekyll schon mit strömenden Tränen der Dankbarkeit und der Reue auf den Knien und streckte die gefalteten Hände zu Gott auf. Der Schleier der Selbstbeschönigung war von oben bis unten zerrissen, und ich sah mein Leben als ein Ganzes: ich verfolgte es von den Tagen der Kindheit ab, als ich an meines Vaters Hand schritt, durch die selbstverleugnenden Mühsale meines beruflichen Lebens, um wieder und wieder mit dem gleichen Gefühl der Unwirklichkeit zu den verfluchten Schrecken des Abends zu gelangen. Ich hätte laut aufschreien mögen. Mit Tränen und Bitten versuchte ich die unendliche Schar gräßlicher Bilder und Töne, mit denen Erinnerungen auf mich eindrangen, zu mildern, doch selbst zwischen meinen Gebeten starrte das scheußliche Antlitz meiner Bosheit in meine Seele. Im gleichen Maße wie die Heftigkeit dieser Reue dahinschwand, folgte ihr ein Gefühl der Freude. Das Problem meiner künftigen Lebensführung war gelöst. Hyde war hinfort unmöglich; ob ich wollte oder nicht, ich war jetzt auf den besseren Teil meiner Existenz beschränkt. Und, oh, mit welcher Freude erkannte ich das, mit welch strebender Demut klammerte ich mich aufs neue an die Beschränkung natürlichen Lebens! Mit welch aufrichtigem Gefühl der Verzichtleistung verschloß ich die Tür, durch die ich so oft ein- und ausgegangen war, und stampfte den Schlüssel in den Boden. Am nächsten Tage kam die Nachricht, daß der Mörder beobachtet worden war, daß die Schuld Hydes offen vor aller Welt lag und daß das Opfer ein Mann in hoher öffentlicher Stellung war. Es handelte sich nicht nur um ein Verbrechen, es war eine Wahnsinnstat von größter Tragik. Ich glaube, ich war froh das zu wissen, ich glaube, ich war froh, daß mein besserer Impuls gestärkt und von den Schrecken des Schafotts bewacht wurde. Jekyll war jetzt meine Zufluchtsstätte. Hyde brauchte nur einmal hervorzuschauen, und die Hände der ganzen Welt würden sich erheben, ihn zu ergreifen und zu erschlagen.

Ich beschloß, durch mein künftiges Verhalten die Vergangenheit zu büßen, und ehrlich kann ich behaupten, daß meinem Entschluß manches Gute entsproß. Du weißt selbst, wie ernst ich mich in den letzten Monaten des letzten Jahres mühte, Leid zu mildern. Du weißt, daß vieles für andere getan wurde und daß mir selbst die Tage ruhig, fast glücklich verstrichen. Ich kann auch nicht sagen, daß ich dieses wohltätigen und unschuldigen Lebens müde wurde. Ich glaube viel mehr, daß es meine tägliche Freude war, es immer noch vollkommener zu gestalten. Aber noch immer lagerte der Fluch zwiefachen Wollens auf mir, und, als die erste Heftigkeit meiner Reue nachließ, fing der Teil meines Wesens, so lange verhätschelt, so kurz erst in Ketten gelegt, grollend an, die Freilassung zu begehren. Nicht daß ich von einem Wiederaufleben Hydes träumte, der bloße Gedanke hätte mich dem Wahnsinn in die Arme getrieben: nein, in meiner eigenen Gestalt regte sich wieder die Versuchung, mit meinem Gewissen zu spielen, und, ein gewöhnlicher geheimer Sünder, erlag ich schließlich dem Ansturm der Versuchung.

Alles treibt dem Ende entgegen; das größte Maß wird endlich voll, und dieser kurze Abstieg zu dem bösen Ende zerstörte endgültig das Gleichgewicht meiner Seele. Dennoch war ich nicht beunruhigt. Der Fall schien natürlich wie eine Rückkehr zu den alten Tagen, bevor ich meine Entdeckung gemacht hatte. Es war ein schöner, klarer Tag im Januar, der Boden, wo es getaut hatte, feucht, aber der Himmel wolkenlos. Regentspark war voll von winterlichen Sängern, und Vorfrühlingshauch lag in der Luft. Ich saß im Sonnenschein auf einer Bank, die Bestie in mir leckte beim Erinnern die Lippen, mein geistiges Ich nickte ein wenig ein und versprach spätere Reue, tat aber nichts, um schon jetzt damit zu beginnen. Alles in allem, überlegte ich, war ich doch genau wie meine Mitmenschen, ja ich lächelte, wenn ich mich mit anderen verglich, wenn ich mein aktives Wohlwollen verglich mit der lässigen Grausamkeit ihrer Gleichgültigkeit. Im gleichen Moment, da diese hochmütigen Gedanken mir durch den

Kopf zogen, überkam mich ein Schwächeanfall, eine furchtbare Übelkeit, und Todesschauer durchrannen meinen Körper. Das ging vorüber, und halb ohnmächtig saß ich da. Und dann, als auch diese Schwäche nachließ, begann ich mir einer Veränderung in der Art meiner Gedankengänge bewußt zu werden, einer größeren Kühnheit, einer Verachtung der Gefahr, einem Losgelöstsein von allen Fesseln der Pflicht. Ich blickte herunter: formlos hingen meine Kleider um meine zusammengeschrumpften Glieder. Die Hand, die auf meinem Knie lag, war welk und haarig. Ich war wieder einmal Edward Hyde. Einen Moment vorher hätte ich der Achtung aller Menschen sicher sein können, ich war reich, wurde geliebt – sauber ausgebreitet lag das Tischtuch zu Hause in meinem Speisezimmer –, und jetzt war ich nur eine Jagdbeute für die Menschheit, gehetzt, heimatlos, ein verrufener Mörder auf dem Wege zum Galgen.

Mein Verstand geriet ins Wanken, aber er verließ mich doch nicht. Mehr als einmal habe ich die Beobachtung gemacht, daß in meinem zweiten Charakter alle meine Fähigkeiten bis zum äußerten geschärft schienen und meine Geisteskräfte elastischer waren; so kam es, daß dort, wo Jekyll vielleicht versagt hätte, Hyde sich ganz zur Höhe des Augenblicks aufschwang. Meine Medizin befand sich in einem der Schränke meines Arbeitszimmers. Wie konnte ich sie erreichen? So lautete das Problem, an dessen Lösung (die Schläfen in meinen Händen vergraben) ich mich jetzt machte. Die Laboratoriumstür hatte ich verschlossen. Wenn ich versuchte, durch das Haus hineinzugelangen, meine eigene Dienerschaft würde mich dem Galgen übergeben. Ich begriff, ich mußte eine andere Hand verwenden und dachte an Lanyon. Wie aber konnte ich erreichen, wie ihn überreden, vorausgesetzt, daß ich einer Gefangennahme in den Straßen entging? Wie sollte ich es anstellen, bis zu ihm vorzudringen, und wie sollte ich, ein Unbekannter und unerwünschter Besucher, den berühmten Arzt dazu überreden, das Arbeitszimmer seines Kollegen Dr. Jekyll zu plündern? Dann fiel mir ein, daß mir ja eine Eigenschaft meines eigentlichen Charakters verblieben war: ich konnte mit meiner eigenen Handschrift schreiben. Kaum war mir dieser freundliche Lichtschein aufgeblitzt, da lichtete sich auch schon vor mir der Weg, dem ich folgen mußte.

Ich ordnete meine Kleider so gut es ging, rief eine vorüberfahrende Droschke an und fuhr nach einem Hotel in Portland Street, dessen Name mir zufällig einfiel. Bei meinem Anblick (der in der Tat komisch genug war, welch tragisches Schicksal diese Kleider auch deckten) vermochte der Kutscher seine Heiterkeit nicht zu unterdrücken. Mit fletschenden Zähnen fuhr ich in teuflischer Wut auf ihn los, und das Lachen erstarb auf seinem Antlitz; ein Glück für ihn, doch noch ein größeres Glück für mich selbst, denn im nächsten Augenblick hätte ich ihn sicherlich von seinem Sitz heruntergezerrt. In dem Hotel blickte ich bei meinem Eintritt mit so finsterem Ausdruck um mich, daß alle Bedienten ein Zittern überlief. Auch nicht einen Blick wagten sie in meiner Gegenwart zu wechseln. Unterwürfig nahmen sie meine Befehle entgegen, führten mich in ein Gastzimmer und brachten mir Schreibmaterial. Hyde in Lebensgefahr war für mich ein neues Wesen: bebend vor unmäßigem Zorn, bereit zu neuem Mord, begierig Schmerz zu erzeugen. Dennoch war das Geschöpf schlau; mit großer Willensanstrengung meisterte es seine Wut, entwarf die beiden wichtigen Briefe, einen an Lanyon und einen an Poole, und um ganz sicher zu gehen, daß sie zur Post gebracht würden, schickte es sie mit der Anweisung fort, daß sie eingeschrieben werden sollten.

Den ganzen weiteren Tag saß es, Nägel kauend, in seinem Zimmer neben dem Feuer; dort aß es auch allein mit seinen Nöten, während der Kellner es zitternd bediente; dann, als die Nacht hereingebrochen war, lehnte es sich wieder zurück in die Ecke einer geschlossenen Droschke und ließ sich plan- und ziellos durch die Straßen der Stadt fahren. »Es«, sage ich – ich kann nicht ich sagen. Jenes Kind der Hölle hatte nichts Menschliches an sich, nur Furcht und Haß lebten in seinem Innern, und als Hyde endlich glaubte, der Kutscher finge an argwöhnisch zu werden, entließ er die Droschke und wagte sich, bekleidet mit seinem unordentlichen Anzuge, ein Gegenstand, bestimmt aufzufallen, mitten durch die nächtlichen Spaziergänger zu Fuß weiter, während diese beiden Grundleidenschaften wie ein Sturmwind sein Inneres durchtosten. Rasch schritt er aus, von Furcht gehetzt, im Selbstgespräch, nach Möglichkeit durch die weniger belebten Straßen schleichend, und zählte die Minuten, die ihn noch von der Mitternachtsstunde trennten. Einmal sprach ihn eine Frau an und bot ihm, wie ich glaube, eine Schachtel Streichhölzer zum Kauf. Er schlug ihr ins Gesicht, und sie entfloh.

Als ich bei Lanyon zu mir selbst kam – der Schauder meines alten Freundes erschütterte mich vielleicht ein wenig: ich weiß es nicht. Es war im höchsten Falle nur ein Tropfen in dem Meer des Abscheus, mit dem ich an diese Stunden zurückdachte. Eine Veränderung war mit mir vorgegangen. Nicht länger war es die Furcht vor dem Galgen, es war der Schauder, Hyde zu sein, der mich folterte. Lanyons Verdammungsurteil vernahm ich teils wie im Traum. Wie im Traum ging ich heim in mein eigenes Haus und legte mich zu Bett. Nach der Anspannung des Tages schlief ich einen festen und tiefen Schlaf, den nicht einmal der Alp, der mich bedrückte, zu unterbrechen vermochte. Am Morgen erwachte ich, erschüttert, geschwächt und doch erfrischt. Noch immer peinigte mich der gleiche Gedanke und erfüllte mich mit Haß gegen die Bestie, die in mir schlummerte, und ich hatte keineswegs die entsetzlichen Gefahren des verflossenen Tages vergessen, aber ich war doch wieder daheim in meinem eigenen Hause, dicht bei meinen Drogen. Und Dankbarkeit über mein Entkommen lebte so stark in meiner Seele, daß dieses Gefühl fast den Lichtschimmer der Hoffnung überstrahlte.

Gemächlich schritt ich nach dem Frühstück über den Hof und trank mit Wonne die kühle Luft, als ich von neuem von diesen unbeschreiblichen Sensationen, die die Umwandlung ankündigten, gepackt wurde. Ich hatte gerade noch Zeit, den Schutz meines Arbeitszimmers zu erreichen, als mich auch schon wieder die Leidenschaften Hydes durchrasten und durchfröstelten. Um mich wieder zu mir selbst zu bringen, nahm ich diesmal eine doppelte Dosis, doch ach, sechs Stunden später, als ich dasaß und traurig in das Feuer blickte, kehrten die Qualen zurück und die Droge mußte schon wieder zu Hilfe gerufen werden. Kurz, von jenem Tage an war ich nur noch unter großen Anstrengungen, wie bei körperlichen Übungen, unter der unmittelbaren stimulierenden Wirkung der Droge imstande, das Aussehen Jekylls zu bewahren. Zu jeder Stunde, am Tage und in der Nacht, faßte mich dieser warnende Schauer. Ob ich schlief, ob ich nur in Träumerei verfiel, immer erwachte ich als Hyde. Unter der Anspannung dieses ständig über mir schwebenden Fluches und durch die Schlaflosigkeit, zu der ich mich selbst verdammte, weit über die Grenzen dessen hinaus, was ich für menschenmöglich gehalten hatte, wurde mein eigentliches Ich ein vom Fieber aufgezehrtes und ausgesogenes Geschöpf, schlaff und matt an Körper und Geist und nur von dem einen Gedanken besessen: der Angst vor meinem anderen Selbst. Und wenn ich schlief, oder wenn die Wirkung der Medizin nachließ, wurde ich fast ohne Übergang (denn die Schmerzen der Transformation wurden täglich weniger fühlbar) in den Bannkreis einer mit Bildern des Schreckens überladenen Vorstellungswelt, einer von grundlosem Haßgefühl überschäumenden Seele und in einen Körper hineingerissen, der nicht stark genug schien, die tobenden Lebensenergien zu umfassen. Die Kräfte Hydes schienen mit der Schwäche Jekylls gewachsen zu sein, und der Haß, der jetzt die beiden schied, war sicher auf beiden Seiten gleich stark. Bei Jekyll war es einfacher Lebensinstinkt; er hatte jetzt die völlige Verunstaltung jenes Wesens, das mit ihm einige Bewußtseinsphänomene teilte, erkannt und war mit ihm Miterbe des Todes; und über diese Bande der Gemeinschaft hinaus, die in beider Innern den quälendsten Teil ihrer Schmerzen ausmachten, empfand er Hyde trotz seiner gewaltigen Lebenskraft nicht nur als etwas der Hölle Entsprossenes, nein auch als etwas Unorganisches. Das war das Entsetzliche, daß diese Ausgeburt der Hölle Stimmen und Schreie zu erzeugen schien, daß dieser formlose Staub gestikulierte und sündigte, daß das, was tot war und keine Gestalt besaß, die Funktionen des Lebens usurpieren sollte. Und dann auch dieses wieder, daß dieser aufrührerische Schauder ihm fester verbunden war als ein eheliches Weib, fester als sein Auge, daß dieses Wesen eingebettet lag in seinem Fleische, wo er es murren hörte und seine Anstrengung spürte, geboren zu werden. Und in jeder Stunde der Schwachheit und in der Zuversicht des Schlummers siegte es über ihn und stieß ihn aus dem Leben heraus. Der Haß Hydes gegen Jekyll war anderer Art, seine Angst vor dem Galgen trieb ihn, ständig vorübergehenden Selbstmord zu begehen und in diese untergeordnete Rolle, als ein Teil anstatt einer Person, zurückzukehren. Doch er fluchte dieser Notwendigkeit, er verfluchte die Verzweiflung, der Jekyll jetzt verfallen war, und verübelte die Abneigung, mit der man ihn betrachtete. Daher die affenähnlichen Streiche, die er mir spielte, indem er in meiner eigenen Handschrift Blasphemien auf die Seiten meiner Bücher kritzelte, Briefe verbrannte und das Bild meines Vaters vernichtete. Und wahrlich, wäre nicht seine Angst vor dem Tode gewesen, schon lange hätte er sich ins Unglück gestürzt, nur um mich mit in das Verderben zu verstricken, aber seine Liebe zum Leben ist bewundernswert. Ich gehe noch weiter! Ich, der ich krank werde und friere bei dem bloßen Gedanken an ihn: wenn ich an diesen verächtlichen und leidenschaftlichen Lebenshang denke, und wenn ich daran denke, wie sehr er meine Macht fürchtete, durch Selbstmord auch ihm ein Ende zu bereiten, fühle ich in meinem Herzen fast Mitleid mit ihm.

Doch es ist zwecklos – und die Zeit drängt mich auch –, diesen Bericht zu verlängern. Nie hat jemand solche Qualen erduldet. Das mag genügen. Und dennoch, selbst für diese Pein brachte die Gewohnheit – nein, keine Erleichterung –, aber sie erzeugte eine gewisse Gefühllosigkeit der Seele, ein gewisses Sichabfinden mit der Verzweiflung, und meine Bestrafung hätte sich vielleicht noch um Jahre hinausgezögert ohne diesen letzten Unglücksfall, der jetzt über mich hereingebrochen ist und der endgültig mich von meinem eigenen Antlitz und von meiner Natur geschieden hat. Mein Vorrat an dem Salz, der seit der Zeit des ersten Versuches nie erneuert worden war, begann zu schwinden. Ich sandte nach frischem Ersatz und mischte den Trank. Das Aufwallen erfolgte und auch die erste Änderung der Färbung, doch nicht die zweite. Ich trank ihn, aber die Wirkung blieb aus. Du wirst von Poole hören, wie ich ganz London abgesucht habe. Es war vergebens. Und heute bin ich überzeugt, daß mein ursprünglicher Vorrat unrein war, und daß es gerade diese unbekannte Verunreinigung war die dem Tranke seine Wirksamkeit verlieh.

Etwa eine Woche ist verstrichen, und unter dem Einflusse des letzten der alten Pulver will ich jetzt diese Erklärung beenden. Dies also ist das letztemal, falls kein Wunder geschieht, daß Henry Jekyll seine eigenen Gedanken denken oder sein eigenes Gesicht (ach wie traurig verändert!) in dem Spiegel zu sehen vermag. Ich darf auch nicht zu lange zögern, mein Schreiben zu beenden; denn wenn mein Bericht bisher der Vernichtung entgangen ist, ist das nur einem Zusammenwirken großer Klugheit und noch größeren Glücks zu danken. Würde der kreißende Schmerz der Verwandlung mich während des Schreibens packen, Hyde wird nicht zögern, diese Blätter in Stücke zu zerreißen. Ist jedoch einige Zeit verstrichen, nachdem ich sie aus der Hand gelegt habe, so wird sein bewunderungswürdiger Egoismus und sein Aufgehen in dem Augenblick es wahrscheinlich noch einmal vor seiner affenartigen Bosheit bewahren, denn tatsächlich hat das Verhängnis, das uns beide immer näher bedroht, auch ihn bereits verwandelt und zu Boden geschlagen. Nur noch eine halbe Stunde, dann werde ich wieder und diesmal für immer jene verhaßte Persönlichkeit annehmen; dann werde ich, das weiß ich, schaudernd und weinend in meinem Stuhle sitzen oder weiter unter der angespanntesten und angsterfülltesten Aufmerksamkeit lauschend in diesem Zimmer, meinem letzten irdischen Zufluchtsort, auf und ab rennen, achtend auf jeden drohenden Laut. Wird Hyde auf dem Schafott enden, oder wird er den Mut finden, sich im letzten Augenblick selbst zu befreien? Gott weiß es! Mich kümmert es nicht. Dies ist meine wahre Todesstunde; was folgt, berührt einen anderen, nicht mich. Hier also, da ich die Feder niederlege und mich anschicke, mein Bekenntnis zu versiegeln, beschließe ich das Leben des unglücklichen Henry Jekyll.

ENDE

Band 14 141
Dean Koont
Morgengrauen

Tommy Phan liebt seine Eltern und seine zahlreichen Geschwister über alles. Aber er sieht nicht ein, daß er deswegen auch ihrem Lebensstil nacheifern muß. Er bricht aus dem Viertel aus, in dem all seine Verwandten wohnen, und von dem ersten Geld, das er verdient, kauft er sich einen funkelnagelneuen Corvette.
Doch schon auf der ersten Fahrt beschleicht Tommy ein banges Gefühl. Das Autoradio spielt verrückt, gibt nur noch atmosphärisches Rauschen von sich, aus dem immer wieder Tommys Name ertönt. In seinem Apartment erwarten ihn weitere unheimliche Überraschungen: eine Stoffpuppe mit einer geheimnisvollen Botschaft – und eine handfeste Drohung, die über den Computerbildschirm flimmert:

DIE DEADLINE IST MORGEN FRÜH.

BASTEI LÜBBE

Band 13 985
Thomas Gifford
Gomorrha
Deutsche Erstveröffentlichung

US-Präsident Charles Bonner hat den Geheimdiensten, die ein bedrohliches Eigenleben entwickelt haben, den Kampf angesagt. Sein schärfster Gegner ist dabei Bob Hazlitt, der republikanische Herausforderer um das Präsidentenamt, Multimilliardär und Kopf des ›Heartland‹ genannten Kommunikationsimperiums, das für zivile und militärische Zwecke Satelliten baut.
Die Situation spitzt sich für den amtierenden Präsidenten zu, als sein persönlicher Anwalt tot aufgefunden wird. Er bittet daher seinen Freund aus Studientagen, Ben Driskoll, sich der Sache anzunehmen. Alle Spuren führen nach ›Heartland‹, und Driskoll stößt auf ein geheimes Rüstungsvorhaben von ungeahnten Ausmaßen.

THOMAS GIFFORD, Autor des weltweiten Bestsellers ›Assassini‹, hat mit ›Gomorrha‹ seinen zweiten Polit-Thriller um die Figur des Ex-Jesuiten Ben Driskoll geschrieben. Und die Macht der amerikanischen Geheimdienste ist nicht weniger bedrohlich als die des Vatikans ...

Band 13 871
Wolfgang Hohlbein
Der Widersacher

Auf der Suche nach einer Tankstelle stoßen der Versicherungsvertreter Brenner und die junge Anhalterin Astrid auf ein seltsames, uraltes Kloster, in dem die Zeit stehengeblieben zu sein scheint. Doch allzuschnell holt sie die Gegenwart ein. Über ihren Häuptern bricht ein flammendes Inferno aus, als ein arabischer Terrorist und die US-Luftwaffe sich ein letztes Gefecht liefern. Danach geschehen Zeichen und Wunder: Menschen, die Brenner verglühen sah, sind noch am Leben, und ein unheimlicher Priester enthüllt ihm die unglaubliche Kunde, daß das Ende der Welt angebrochen ist und der Widersacher nun auf der Erde wandle.

BASTEI
LÜBBE